BESTSELLER

Ken Follett nació en Cardiff (Gales), pero cuando tenía diez años su familia se trasladó a Londres. Se licenció en filosofía en la University College de Londres y posteriormente trabajó como reportero del *South Wales Echo*, el periódico de su ciudad natal. Más tarde colaboró en el *London Evening News* de la capital inglesa y durante esta época publicó, sin mucho éxito, su primera novela. Dejó el periodismo para incorporarse a una editorial pequeña, Everest Books, y mientras tanto continuó escribiendo. Fue su undécima novela la que se convirtió en su primer gran éxito literario.

Ken Follett es uno de los autores más queridos y admirados por los lectores en el mundo entero, y la venta total de sus libros supera los ciento setenta millones de ejemplares.

Follett, que ama la música casi tanto como los libros, toca el bajo con gran entusiasmo en dos grupos musicales. Vive en Stevenage, Hertfordshire, con su esposa Barbara, exparlamentaria laborista por la circunscripción de Stevenage. Entre los dos tienen cinco hijos, seis nietos y tres perros labradores.

Para más información, visite la página web del autor: www.kenfollett.es

Biblioteca

KEN FOLLETT

Una columna de fuego

Traducción de
ANUVELA

DEBOLS!LLO

Papel certificado por el Forest Stewardship Council®

MIXTO
Papel procedente de
fuentes responsables
FSC® C117695
FSC
www.fsc.org

Penguin
Random House
Grupo Editorial

Título original: *A Column of Fire*

Primera edición en Debolsillo: enero de 2019
Tercera reimpresión: marzo de 2022

© 2017, Ken Follett
© 2017, 2019, Penguin Random House Grupo Editorial, S. A. U.
Travessera de Gràcia, 47-49. 08021 Barcelona
© 2017, ANUVELA (Ana Alcaina Pérez, Verónica Canales Medina, Laura Manero Jiménez,
Laura Martín de Dios y Laura Rins Calahorra), por la traducción
© 2017, Stephen Raw, por el mapa
Diseño de la cubierta: Penguin Random House Grupo Editorial / Andreu Barberán

Printed in Spain – Impreso en España

ISBN: 978-84-663-4598-9
Depósito legal: B-25.793-2018

Compuesto en La Nueva Edimac, S. L.

Impreso en Liberdúplex
Sant Llorenç d'Hortons (Barcelona)

P 3 4 5 9 8 B

Para Emanuele:
49 años de alegría

Yahveh iba al frente de ellos, de día en columna de nube para guiarlos por el camino, y de noche en columna de fuego para alumbrarlos, de modo que pudiesen marchar de día y de noche.

Éxodo, 13, 21

Personajes

Espero que la consulta de esta lista no sea necesaria. Cuando creo posible que el lector haya olvidado quién es un personaje determinado, he optado por añadir en el texto un pequeño recordatorio, aunque me consta que a veces los lectores dejamos un libro para leerlo más tarde y no tenemos tiempo de retomar la lectura hasta al cabo de una semana o más —me pasa a mí también— y entonces se nos olvidan ciertos detalles. Por eso, he aquí una lista de los personajes que aparecen en más de una ocasión, solo por si acaso…

INGLATERRA

Familia Willard
Ned Willard
Barney, su hermano
Alice, su madre
Malcolm Fife, mozo de cuadra
Janet Fife, ama de llaves
Eileen Fife, hija de Malcolm y Janet

Familia Fitzgerald
Margery Fitzgerald
Rollo, su hermano
Sir Reginald, su padre
Lady Jane, su madre
Naomi, criada
Hermana Joan, tía abuela de Margery

Familia Shiring
Bart, vizconde de Shiring

Swithin, su padre, conde de Shiring
Sal Brendon, ama de llaves

Los puritanos
Philbert Cobley, armador
Dan Cobley, su hijo
Ruth Cobley, hija de Philbert
Donal Gloster, secretario
Padre Jeremiah, párroco de St. John, en Loversfield
Viuda Pollard

Otros
Fray Murdo, fraile itinerante
Susannah, condesa de Brecknock, amiga de Margery y Ned
Jonas Bacon, capitán del *Hawk*
Jonathan Greenland, primer oficial del *Hawk*
Stephen Lincoln, sacerdote
Rodney Tilbury, juez de paz

Personajes históricos reales
María Tudor, reina de Inglaterra
Isabel Tudor, medio hermana de María, posteriormente reina
Sir William Cecil, consejero de Isabel
Robert Cecil, hijo de sir William
William Allen, abanderado de los católicos ingleses exiliados
Sir Francis Walsingham, cabecilla de una red de espionaje

FRANCIA

Familia Palot
Sylvie Palot
Isabelle Palot, su madre
Gilles Palot, su padre

Otros
Pierre Aumande
Vizconde de Villeneuve, compañero de estudios de
    Pierre
Padre Moineau, tutor de Pierre
Nath, criada de Pierre

Guillaume de Ginebra, pastor itinerante
Louise, marquesa de Nimes
Luc Mauriac, consignatario
Aphrodite Beaulieu, hija del conde de Beaulieu
René Duboeuf, sastre
Françoise Duboeuf, su joven esposa
Marqués de Lagny, aristócrata protestante
Bernard Housse, joven cortesano
Alison McKay, dama de honor de María, la reina de los
    escoceses

Miembros ficticios de la familia de Guisa
Gaston Le Pin, jefe de la guardia de la familia de Guisa
Brocard y Rasteau, dos de los hombres de Gaston
Véronique
Odette, doncella de Véronique
Georges Biron, espía

Personajes históricos reales: la familia de Guisa
Francisco, duque de Guisa
Enrique, hijo de Francisco
Carlos, cardenal de Lorena, hermano de Francisco

Personajes históricos reales: los Borbones y sus aliados
Antonio, rey de Navarra
Enrique, hijo de Antonio
Luis, príncipe de Condé
Gaspard de Coligny, almirante de Francia

Personajes históricos reales: otros
Enrique II, rey de Francia
Catalina de Médici, reina de Francia
Hijos de Enrique y Catalina:
    Francisco II, rey de Francia
    Carlos IX, rey de Francia
    Enrique III, rey de Francia
    Margarita, reina de Navarra
María Estuardo, la reina de los escoceses
Charles de Louviers, asesino

ESCOCIA

Personajes históricos reales
Jacobo Estuardo, medio hermano ilegítimo de María, la reina
    de los escoceses
Jacobo Estuardo, hijo de María, la reina de los escoceses,
    posteriormente rey Jacobo VI de Escocia y I de Inglaterra

ESPAÑA

Familia Cruz
Carlos Cruz
Tía Betsy

Familia Ruiz
Jerónima
Pedro, su padre

Otros
Arcediano Romero
Padre Alonso, inquisidor
Capitán Gómez, «Mano de Hierro»

PAÍSES BAJOS

Familia Wolman
Jan Wolman, primo de Edmund Willard
Imke, su hija

Familia Willemsen
Albert
Betje, esposa de Albert
Drike, su hija
Evi, hermana viuda de Albert
Matthus, hijo de Evi

OTROS PAÍSES

Ebrima Dabo, esclavo mandinga
Bella, fabricante de ron en La Española

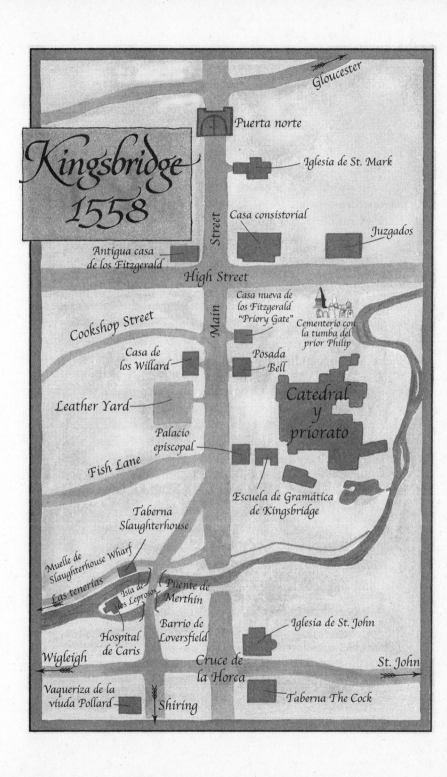

Kingsbridge 1558

Gloucester

Puerta norte

Iglesia de St. Mark

Casa consistorial

Juzgados

Antigua casa de los Fitzgerald

Street

High Street

Main

Casa nueva de los Fitzgerald "Priory Gate"

Cementerio con la tumba del prior Philip

Cookshop Street

Casa de los Willard

Posada Bell

Catedral y priorato

Leather Yard

Palacio episcopal

Fish Lane

Escuela de Gramática de Kingsbridge

Taberna Slaughterhouse

Muelle de Slaughterhouse Wharf

Las tenerías

Isla de los Leprosos

Puente de Merthin

Hospital de Caris

Barrio de Loversfield

Iglesia de St. John

Wigleigh

Cruce de la Horca

St. John

Vaqueriza de la viuda Pollard

Shiring

Taberna The Cock

Prólogo

*L*o ahorcamos delante de la catedral de Kingsbridge, el emplaza-miento habitual para todas las ejecuciones; porque si no se puede colgar a un hombre ante el rostro de Dios, tal vez eso signifique que no debería estar muerto.

El sheriff lo subió desde los calabozos de la cárcel —situada bajo la casa consistorial, la antigua sede del gremio— con las manos atadas a la espalda. Caminaba erguido, con una expresión desafiante en su cara macilenta, con el gesto impávido.

La multitud vociferaba mofándose de él, maldiciéndolo entre abu-cheos, y aunque él parecía no verlos, sí me vio a mí: nos miramos a los ojos, y en ese efímero intercambio de miradas había una vida entera.

Yo era responsable de su muerte, y él lo sabía.

Había estado persiguiéndolo durante decenios; era un asesino que, en un acto de salvaje brutalidad, habría acabado con la vida de la mi-tad de los gobernantes de nuestro país, incluida la práctica totalidad de la familia real, si yo no se lo hubiera impedido.

Me he pasado la existencia yendo tras esos asesinos en potencia, y muchos de ellos han sido ejecutados, no solo en la horca, sino, además, destripados y descuartizados, la muerte más terrible, la que se reserva para los peores criminales.

Sí, he hecho esto mismo innumerables veces: ver morir a un hom-bre sabiendo que yo, más que ningún otro, lo había llevado ante su castigo, un castigo justo pero atroz. Lo hice por mi país, que tengo en gran estima; por Su Majestad, a quien sirvo, y por algo más, por un principio: la convicción de que una persona tiene derecho a decidir cuáles son sus creencias con respecto a Dios.

Aquel fue el último de los muchos hombres a quienes envié al in-fierno, pero me hizo pensar en el primero...

PRIMERA PARTE

1558

1

I

Ned Willard regresó a casa, a Kingsbridge, en plena ventisca. Navegó río arriba desde la ciudad portuaria de Combe Harbour a bordo de una lenta barcaza cargada con telas de Amberes y vino de Burdeos. Cuando advirtió que la embarcación se aproximaba al fin a Kingsbridge, se arrebujó la capa sobre los hombros, se subió la capucha para protegerse las orejas, salió a cubierta y miró al frente.

Al principio se llevó una gran decepción, pues lo único que acertaba a vislumbrar era nieve y más nieve. Sin embargo, su ansia por ver al fin la ciudad, aunque solo fuese un pequeño atisbo de ella, era insoportable, de modo que aguzó la vista a través del vendaval, con la esperanza dibujada en el semblante. Al poco, sus deseos se hicieron realidad, y la tormenta empezó a amainar. Un retazo de cielo azul asomó por sorpresa entre las nubes y, mirando por encima de las copas de los árboles, Ned vio la torre de la catedral, de ciento veintitrés metros de altura, un dato que sabía cualquier alumno de la Escuela de Gramática de Kingsbridge. Un manto de nieve ribeteaba ese día las alas del ángel de piedra que vigilaba la ciudad desde lo alto de la aguja, y teñía las puntas grisáceas de sus alas de un blanco brillante. Mientras Ned la contemplaba, un fugaz rayo de sol iluminó la estatua e hizo refulgir la nieve, como bendiciéndola. Entonces la tormenta arreció de nuevo y la estatua desapareció de su vista.

Ned no vio nada más que árboles durante largo rato, pero su imaginación trabajaba con desbordante frenesí. Estaba a punto de reencontrarse con su madre, tras una ausencia de un año. Había decidido que no le diría cuánto la había echado de menos, pues a los dieciocho años un hombre debía ser independiente y autosuficiente.

Sin embargo, por encima de todo lo demás, había echado de menos a Margery. Se había enamorado de ella, con un pésimo sentido de la oportunidad, unas pocas semanas antes de abandonar Kingsbridge para realizar una estancia de un año en Calais, el puerto de dominio inglés en la costa norte de Francia. Conocía a la traviesa e inteligente hija de sir Reginald Fitzgerald desde la infancia, y también le había gustado desde entonces. Con el tiempo, la niña se había convertido en toda una mujer, y su picardía y vitalidad habían ejercido un nuevo atractivo sobre él, de manera que en ocasiones llegaba incluso a sorprenderse mirándola embobado en la iglesia, con la boca reseca y la respiración agitada. Él había tenido sus dudas respecto a hacer algo más que limitarse a observarla, pues la muchacha era tres años menor que él, pero ella no había mostrado semejantes reservas. Se habían besado en el camposanto de Kingsbridge, tras el voluminoso montículo que formaba la tumba del prior Philip, el monje encargado de la construcción de la catedral, cuatro siglos antes. No había habido nada de infantil en aquel largo y apasionado beso; luego, ella se había reído y había echado a correr.

Pero al día siguiente, ella lo besó otra vez, y la noche antes de su partida hacia Francia, ambos se habían confesado que se amaban.

Las primeras semanas se habían intercambiado cartas de amor. No habían dicho nada a sus padres acerca de sus sentimientos —les parecía demasiado pronto—, de modo que no podían escribirse abiertamente, pero Ned había confiado su secreto a su hermano mayor, Barney, quien se convirtió en el intermediario de ambos. Luego Barney se había marchado de Kingsbridge para ir a Sevilla. Margery también tenía un hermano mayor, Rollo, pero no confiaba en él del modo en que Ned confiaba en Barney, así que la correspondencia entre ellos cesó.

La falta de comunicación no hizo mella en los sentimientos de Ned; era consciente de lo que solía decirse sobre los primeros amoríos, y se cuestionaba a sí mismo de forma constante, esperando que lo que sentía por Margery cambiase en cualquier momento; sin embargo, nada cambió. Tras unas pocas semanas en Calais, su prima Thérèse le dejó bien claro que se había quedado prendada de él y estaba dispuesta a hacer cualquier cosa para demostrárselo, pero Ned no se sintió en absoluto tentado. Eso le produjo cierta sorpresa, pues hasta entonces nunca había dejado pasar la oportunidad de besar a una muchacha hermosa de pechos generosos.

Sin embargo, en ese momento sentía una desazón de índole distinta. Tras rechazar a Thérèse, estaba seguro de que sus sentimientos por Margery no iban a cambiar en todo el tiempo que permaneciese lejos de su hogar, pero en ese instante se preguntó qué sucedería cuando la viera. ¿Resultaría Margery en persona tan arrebatadora como había permanecido en sus recuerdos? ¿Superaría su amor la prueba del reencuentro?

¿Y Margery? Un año era mucho tiempo para una muchacha de catorce años, quince ya, por supuesto, pero aun así. Tal vez sus sentimientos habían ido perdiendo fuerza una vez que cesó la correspondencia epistolar. Tal vez había besado a otro tras la tumba del prior Philip. Ned se llevaría una enorme decepción si ahora él le resultaba indiferente. Y aunque ella aún lo amase, ¿estaría el verdadero Ned a la altura de sus dorados recuerdos?

La ventisca amainó de nuevo, y Ned vio cómo la barcaza atravesaba los barrios de la periferia al oeste de Kingsbridge. A ambas orillas se hallaban los talleres de las industrias que hacían uso de grandes cantidades de agua para su funcionamiento: la curtiduría y el tintado de telas, la elaboración de papel y el despiece de la carne en el matadero. Puesto que muchas veces dichos procesos podían despedir olores terriblemente pestilentes, era en la parte occidental de la ciudad donde el precio de la vivienda era más barato.

Al frente, la isla de los Leprosos apareció ante los ojos de Ned. El nombre había quedado anticuado, pues hacía siglos que allí no había ningún leproso. En el extremo más próximo de la isla se hallaba el hospital de Caris, erigido por la monja que había salvado a la ciudad durante la peste negra. A medida que la embarcación se acercaba a la costa, Ned pudo ver, más allá del hospital, los elegantes arcos gemelos del puente de Merthin, que conectaba la isla con tierra firme al norte y al sur. La historia de amor entre Caris y Merthin formaba parte de la leyenda local, una historia que se transmitía de generación en generación en torno a la lumbre del hogar en invierno.

La nave se detuvo en un amarradero en el muelle, atestado de gente. A primera vista, la ciudad apenas había cambiado en un año; los lugares como Kingsbridge cambiaban muy muy despacio, supuso Ned: catedrales, puentes y hospitales estaban hechos para perdurar por los siglos de los siglos.

Llevaba una bolsa colgada del hombro, y en ese momento el capitán de la barcaza le entregó su otro equipaje, un pequeño baúl de madera con algo de ropa, un par de pistolas y algunos libros. Ned cargó con el baúl, se despidió y bajó al muelle.

Se dirigió hacia el enorme edificio de piedra junto al agua que hacía las veces de almacén y que era la sede del negocio familiar, pero cuando solo había avanzado unos pocos pasos, oyó una voz familiar a su espalda.

—Vaya, vaya, vaya… Pero si es nuestro Ned. ¡Bienvenido a casa!

La mujer que hablaba era Janet Fife, el ama de llaves de su madre. Ned sonrió de oreja a oreja, contento de verla.

—Justo estaba comprando pescado para la cena de tu madre —dijo. Janet era tan delgada que semejaba un palo, pero le encantaba dar de comer a los demás—. Tú también deberías comer un poco. —Lo examinó de arriba abajo—. Has cambiado —observó—. Tienes la cara más flaca, pero ahora eres más ancho de espaldas. ¿Te ha alimentado bien tu tía Blanche?

—Sí, pero el tío Dick me tenía todo el día picando piedra.

—Pues eso no es trabajo para un joven con estudios.

—No, si a mí no me importaba…

Janet alzó la voz:

—¡Malcolm, Malcolm! ¡Mira quién está aquí!

Malcolm era el marido de Janet y el mozo de cuadra de la familia Willard. Llegó renqueando desde el otro lado del muelle; un caballo le había dado una coz algunos años antes, cuando era un muchacho joven e inexperto. Estrechó la mano de Ned con calidez.

—Ha muerto Bellotas —le dijo.

—Era el caballo favorito de mi hermano —repuso Ned.

Disimuló una sonrisa: era muy propio de Malcolm dar noticias sobre los animales antes que informar sobre lo acontecido a los seres humanos.

—¿Mi madre está bien?

—Sí, la señora está muy bien, gracias a Dios —contestó Malcolm—. Y lo mismo tu hermano, por lo último que supimos…, aunque eso de escribir cartas no se le da muy bien, y la correspondencia tarda un mes o dos en llegar desde España. Deja que te ayude con el equipaje, joven Ned.

Ned no quería ir directamente a casa, sino que tenía otros planes.

—¿Serías tan amable de llevar mi baúl a la casa? —le pidió a Malcolm. En un arranque impulsivo, se inventó una excusa—: Di a los míos que voy a entrar en la catedral un momento a dar gracias por que la travesía haya transcurrido sin incidencias, y que luego iré hacia allá.

—Muy bien.

Malcolm se alejó cojeando y Ned siguió andando más despacio, disfrutando de la imagen familiar de los edificios que le habían acompañado durante toda su infancia. La nieve todavía seguía cayendo, aunque de forma menos copiosa. Los tejados estaban todos blancos, pero en las calles había un trajín incesante de gente y carros, y bajo las pisadas y las ruedas solo había restos de nieve sucia.

Ned pasó junto a la famosa taberna White Horse, escena de las habituales trifulcas de los sábados por la noche, y caminó cuesta arriba por la calle mayor en dirección a la plaza de la catedral. Dejó atrás el palacio episcopal y se detuvo unos minutos frente a la puerta de la Escuela de Gramática, mirándola con expresión de nostalgia. A través de sus ventanas estrechas y ojivales, vio algunos anaqueles de libros iluminados por las lumbreras. Allí había aprendido a leer y a contar, a saber distinguir entre cuándo plantar cara y pelear y cuándo salir huyendo, y a soportar los azotes que le propinaban con una vara hecha de ramas sin que le cayera una sola lágrima.

En el extremo sur de la catedral se hallaba el priorato. Desde que el rey Enrique VIII disolvió los monasterios, el priorato de Kingsbridge había sufrido un lamentable proceso de deterioro y en ese momento tenía enormes agujeros en los tejados, unos muros que parecían a punto de desmoronarse y una espesa maleza que crecía de forma salvaje a través de las ventanas. El conjunto de edificios eran propiedad del alcalde de la ciudad, el padre de Margery, sir Reginald Fitzgerald, pero este no había hecho nada por mantenerlos en buenas condiciones.

Por fortuna, la catedral sí se conservaba en buen estado, y se erguía imponente ante él, tan alta y robusta como siempre, el símbolo en piedra de la vitalidad de la ciudad. Ned atravesó la enorme portada occidental hacia la nave central. Le daría gracias a Dios por haber llegado sano y salvo a su destino y, de ese modo, convertiría la mentira que le había dicho a Malcolm en una verdad.

Como siempre, además de lugar de culto, la iglesia seguía siendo un centro idóneo para las transacciones comerciales: fray Murdo disponía de una bandeja con frascos llenos de tierra de Palestina que, aseguraba, era auténtica; un hombre al que Ned no reconoció ofrecía piedras calientes para calentarse las manos a cambio de un penique, y

Puss Lovejoy, tiritando en su delgado vestido rojo, vendía lo que había vendido siempre.

Ned examinó los nervios de la bóveda, semejantes a un conjunto de brazos extendidos hacia arriba, hacia el cielo. Cada vez que entraba en aquella catedral, pensaba en los hombres y mujeres que la habían construido. Muchos de ellos eran conmemorados en el *Libro de Timothy*, una historia del priorato que se estudiaba en la escuela: los maestros albañiles Tom Builder y su hijastro Jack; el prior Philip; Merthin Fitzgerald, quien además del puente había levantado la torre central; así como todos los canteros, albañiles, carpinteros y vidrieros, personas normales y corrientes que habían hecho algo extraordinario, que habían sabido sobreponerse a sus humildes circunstancias y creado algo hermoso capaz de perdurar para toda la eternidad.

Ned se arrodilló un momento ante el altar. Un viaje sin contratiempos era algo digno de un profundo agradecimiento. Aunque la travesía entre Francia e Inglaterra era breve, los barcos podían sufrir situaciones difíciles, en ocasiones con un terrible desenlace.

Sin embargo, no permaneció demasiado rato en la iglesia. Su siguiente parada era la casa de Margery.

En el extremo norte de la plaza de la catedral, frente al palacio episcopal, estaba la posada Bell y, junto a ella, algún vecino de Kingsbridge estaba construyendo una casa nueva. Las tierras habían pertenecido al priorato, por lo que Ned supuso que la construcción era del padre de Margery. Resultaba evidente que el edificio iba a ser impresionante, con ventanas saledizas y múltiples chimeneas; sería la casa más majestuosa de toda la ciudad.

Siguió andando por la calle mayor hacia el cruce. La casa donde vivía Margery estaba situada en una esquina de la calle, al otro lado del consistorio. Aunque no era tan imponente como prometía el nuevo edificio, se trataba de una espectacular construcción de madera de grandes dimensiones que ocupaba una enorme extensión del terreno más caro de Kingsbridge.

Ned se detuvo en la puerta. Llevaba un año esperando que llegara aquel momento, pero ahora que al fin estaba allí, descubrió que una mezcla de miedo y nervios le atenazaba el corazón.

Llamó a la puerta.

Una sirvienta de avanzada edad, Naomi, le abrió y le invitó a pasar al espacioso salón de la casa. Naomi conocía a Ned desde que era un niño, pero lo recibió con nerviosismo, como si fuera un simple desconocido de quien convenía guardarse, y entonces, cuando preguntó por Margery, Naomi dijo que iría a ver si podía recibirlo.

Ned examinó el cuadro de Jesucristo en la cruz, que estaba colgado encima de la chimenea. En Kingsbridge había dos clases de temáticas pictóricas: las escenas bíblicas y los retratos formales de miembros de la nobleza. En las casas de las familias francesas acaudaladas, Ned se había sorprendido de ver cuadros de dioses paganos como Venus y Baco, retratados en medio de un entorno formado por bosques fabulosos y ataviados con túnicas que siempre parecían a punto de caer resbalando al suelo.

Sin embargo, allí había algo inusual: en la pared opuesta al cuadro de la Crucifixión habían colgado un mapa de Kingsbridge. Ned nunca había visto semejante cosa, y lo examinó con interés. En él se veía la ciudad claramente dividida en cuatro secciones por Main Street, la calle mayor, que iba de norte a sur, y High Street, la calle principal, que la recorría de este a oeste. La catedral y el antiguo priorato ocupaban el cuadrante inferior derecho, el sudeste, mientras que el pestilente barrio manufacturero se extendía por el sudoeste. Todas las iglesias aparecían señaladas en el mapa, así como algunas casas, incluidas la de los Fitzgerald y la de los Willard. El río marcaba el límite oriental de Kingsbridge y luego formaba un recodo, como la pata de un perro. En el pasado también había constituido la frontera más meridional, pero la ciudad había crecido en tamaño y ampliado su extensión por encima del agua gracias al puente de Merthin, y ahora había un inmenso arrabal al otro lado de la orilla.

Ned advirtió que ambos cuadros representaban a los padres de Margery: su padre, el político, había colgado el mapa, mientras que su madre, la católica devota, habría ordenado colgar la Crucifixión.

No fue Margery quien apareció en la amplia sala, sino el hermano de esta, Rollo. Era más alto que Ned, y un hombre apuesto, con el cabello negro. Ned y Rollo habían ido juntos a la escuela, pero nunca habían sido amigos: Rollo era cuatro años mayor. Había sido el chico más listo y aplicado de la escuela, y lo habían puesto a cargo de los alumnos más jóvenes; sin embargo, Ned se había negado a considerarlo su maestro y nunca había aceptado su autoridad. Para colmo, además, enseguida se vio que Ned iba a ser tan inteligente o más que Rollo. Ambos se enzarzaban constantemente en peleas y discusiones hasta que Rollo se marchó a estudiar al Kingsbridge College, en Oxford.

Ned trató de disimular su disgusto y contener la irritación.

—He visto que están construyendo algo junto a la posada Bell —dijo cortésmente—. ¿Está haciendo tu padre una casa nueva?

—Sí. Esta se está quedando bastante anticuada.

—Los negocios deben de ir muy bien en Combe.

Sir Reginald era administrador de aduanas en Combe Harbour. Se trataba de un cargo muy lucrativo que María Tudor le había otorgado al acceder al trono, como recompensa por su apoyo.

—Así que has vuelto de Calais —señaló Rollo—. ¿Cómo te ha ido?

—He aprendido mucho. Mi padre construyó allí un muelle y un almacén, que ahora dirige mi tío Dick. —Edmund, el padre de Ned había muerto diez años atrás, y su madre había asumido el control de todas las transacciones comerciales desde entonces—. Enviamos mineral de hierro, estaño y plomo inglés de Combe Harbour a Calais, y desde allí se distribuye a toda Europa.

La actividad de Calais constituía la base de todo el negocio familiar de los Willard.

—¿Y cómo ha afectado la guerra a vuestros negocios?

Inglaterra estaba en guerra con Francia, pero saltaba a la vista que la preocupación de Rollo era completamente falsa. En realidad se regodeaba con el peligro que la guerra suponía para la fortuna de los Willard.

Ned no quiso darle importancia.

—Calais está muy bien protegida —dijo con un tono rebosante de una confianza que no sentía en realidad—. Está rodeada de fuertes que la han defendido desde que pasó a formar parte de Inglaterra, hace doscientos años. —En ese momento se le agotó la paciencia—. ¿Está Margery en casa?

—¿Tienes alguna razón para verla?

Era una pregunta grosera, pero Ned la pasó por alto. Abrió su bolsa.

—Le he traído un obsequio de Francia —dijo al tiempo que extraía una pieza de seda de color lavanda, cuidadosamente doblada—. Creo que el color le sentará muy bien.

—No querrá verte.

Ned arrugó la frente. ¿Qué significaba aquello?

—Estoy seguro de que sí.

—Pues no veo por qué.

Ned escogió sus palabras con sumo cuidado.

—Siento mucho respeto y admiración por tu hermana, Rollo, y creo que ella me tiene aprecio.

—Vas a descubrir que las cosas han cambiado desde que te marchaste, joven Ned —dijo Rollo con aire condescendiente.

Ned no se tomó aquellas palabras en serio, sino que pensó que Rollo solo estaba siendo deliberadamente malévolo y desagradable con él.

—Sea como sea, dile que he venido a verla, por favor.

Rollo sonrió, y eso sí inquietó a Ned, pues era la misma sonrisa que esbozaba cada vez que le daban permiso para azotar a alguno de los alumnos más jóvenes en la escuela.

—Margery se ha prometido en matrimonio —reveló Rollo.

—¿Qué? —Ned se lo quedó mirando, perplejo y herido, como si alguien acabase de pegarle con un garrote por la espalda. Cuando había acudido allí, no sabía qué esperar exactamente, pero desde luego nada semejante a aquello.

Rollo se limitó a mirarlo de hito en hito él también, sin dejar de sonreír.

Ned dijo lo primero que le vino a la cabeza.

—¿Con quién?

—Va a casarse con el vizconde de Shiring.

—¡¿Con Bart?! —exclamó Ned. Eso era increíble. De todos los hombres del condado, el torpe y necio Bart Shiring, alguien que carecía por completo de sentido del humor, era el joven con menos posibilidades de robarle el corazón a Margery. La idea de que algún día llegaría a convertirse en el conde de Shiring habría bastado para tentar a un buen número de muchachas, pero no a Margery, de eso Ned estaba seguro… O, al menos, lo habría estado hacía un año—. ¿Te lo estás inventando? —quiso saber.

Ned se dio cuenta de inmediato de que se trataba de una pregunta estúpida. Rollo podía ser taimado y miserable, pero no era tonto: jamás se inventaría una cosa así, por miedo a quedar en ridículo cuando la verdad saliera a la luz.

Rollo se encogió de hombros.

—El compromiso se anunciará mañana, en el banquete en casa del conde.

Al día siguiente era la festividad de Epifanía. Si el conde de Shiring iba a hacer una celebración en su casa, sin duda la familia de Ned habría sido invitada, así que si Rollo decía la verdad, Ned estaría presente cuando se hiciese el anuncio.

—¿Y ella lo ama? —soltó Ned de improviso.

Rollo no esperaba aquella clase de pregunta, y esta vez fue él quien se quedó perplejo.

—No sé por qué tendría que discutir eso contigo.

Su vacilación hizo sospechar a Ned que la respuesta era negativa.

—¿Por qué te andas con tantos rodeos?

Rollo se puso a la defensiva.

—Será mejor que te vayas, antes de que me vea obligado a darte una paliza, como hacía siempre.

Ned también se envalentonó.

—Ya no estamos en la escuela —replicó—. Ya veríamos quién le da la paliza a quién...

Le entraron ganas de pelear con Rollo, y estaba lo bastante furioso para no preocuparse por si ganaba la pelea o no.

Sin embargo, Rollo se mostró más mesurado. Se dirigió a la puerta y la abrió.

—Adiós —dijo.

Ned vaciló unos instantes. No quería marcharse sin ver a Margery. Si hubiera sabido dónde estaba su alcoba, habría subido corriendo las escaleras, pero haría el ridículo abriendo puerta por puerta todas las habitaciones de una casa que ni siquiera era suya.

Cogió el retal de seda y volvió a meterlo en su bolsa.

—Esto no quedará así —aseveró—. No puedes tenerla encerrada. Hablaré con ella tarde o temprano.

Rollo hizo caso omiso de la amenaza y se quedó apostado pacientemente en la puerta.

Ned se moría de ganas de pegarle, pero hizo un esfuerzo por contenerse: ahora eran hombres hechos y derechos, y no podía empezar una pelea sin que el otro lo hubiese provocado en serio. Tenía la sensación de que, esta vez, la estrategia de su adversario había dado resultado. Vaciló durante un buen rato, pues no sabía qué hacer.

De modo que salió de la casa.

—No te des prisa en volver —dijo Rollo.

Ned echó a andar por la calle mayor y recorrió la escasa distancia que había hasta la casa donde había nacido.

El hogar de los Willard estaba frente a la fachada oeste de la catedral. Con el paso de los años, la familia había ido ampliando la casa, aunque lo habían hecho de forma arbitraria, por lo que ahora se extendía desordenadamente ocupando varios centenares de metros cuadrados. Sin embargo, era una vivienda cómoda y acogedora, con gigantescos hogares de leña, un amplio comedor para las reuniones sociales y unas buenas camas con colchones de plumas. La casa era el hogar de Alice Willard y sus dos hijos, además de la abuela, la madre del difunto padre de Ned.

Cuando entró, Ned encontró a su madre en el salón delantero, que hacía las veces de despacho cuando no estaba en el almacén del muelle. La mujer se levantó de la silla del escritorio de un salto y corrió a abrazar y besar a su hijo. Este advirtió de inmediato que estaba más gruesa que hacía un año, pero decidió no mencionarlo.

Miró a su alrededor. La sala no había cambiado: el cuadro favorito de su madre seguía allí, un óleo de Jesucristo y una mujer sorprendida en adulterio, rodeados de una multitud formada por un grupo de fariseos hipócritas que pretendían lapidarla. A Alice le gustaba citar las palabras de Jesús: «Aquel de vosotros que esté libre de pecado que tire la primera piedra». También se trataba de un cuadro erótico, pues los pechos de la mujer aparecían expuestos, una imagen que, en su momento, había hecho al joven Ned tener unos sueños muy vívidos.

Miró por la ventana de la sala a través de la plaza del mercado a la elegante fachada de la inmensa iglesia, con sus largas hileras de ventanas ojivales y arcos apuntados. El edificio había estado allí todos los días de su vida, y únicamente el cielo que lo cubría se transformaba con el paso de las estaciones. La catedral procuraba a Ned una extraña pero poderosa sensación de seguridad. Las personas nacían y morían, las ciudades podían vivir días de esplendor y luego caer en el ocaso, las guerras comenzaban y terminaban, pero la catedral de Kingsbridge perduraría hasta el día del Juicio Final.

—Así que has ido a la catedral a dar gracias —señaló Alice—. Eres un buen chico.

Pero Ned no podía mentir a su madre.

—También he ido a casa de los Fitzgerald —dijo. Percibió un destello de decepción en el rostro de la mujer y se apresuró a añadir—: Espero que no te importe que haya ido allí primero.

—Un poco —admitió ella—, pero aún recuerdo lo que se siente cuando se es joven y se está enamorado.

Alice tenía cuarenta y ocho años. Tras la muerte de Edmund, todos habían dicho que debería casarse de nuevo, y al pequeño Ned, de solo ocho años, le había aterrorizado la idea de tener un padrastro malvado y cruel. Sin embargo, ya hacía diez años que su madre era viuda, por lo que Ned suponía que permanecería soltera.

—Rollo me ha dicho que Margery va a casarse con Bart Shiring —le comentó a Alice.

—Oh, cariño... Algo así me temía... Pobrecillo Ned. Lo siento mucho.

—¿Por qué tiene derecho su padre a decirle con quién debe contraer matrimonio?

—Los padres esperan disfrutar de cierto grado de control sobre sus hijas. Tu padre y yo no tuvimos que preocuparnos por eso, porque no tuve ninguna hija... que llegara a sobrevivir.

Ned lo sabía. Su madre había dado a luz a dos niñas antes de Barney. Él mismo había visto en alguna ocasión las dos pequeñas tumbas en el cementerio del ala norte de la catedral de Kingsbridge.

—Una mujer debe amar a su marido —dijo Ned—. Tú no habrías forzado a una hija tuya a casarse con un necio como Bart.

—No, supongo que no.

—¿Se puede saber qué le pasa a esa gente?

—Sir Reginald cree en las jerarquías y en la autoridad. Como alcalde, piensa que el trabajo de los concejales es tomar decisiones y hacer luego que se cumplan. Cuando tu padre era alcalde, decía que los concejales debían gobernar la ciudad sirviendo a los intereses de esta.

—Eso parecen dos formas distintas de ver una misma cosa —dijo Ned con impaciencia.

—Pero no lo son —repuso su madre—. Son dos mundos distintos.

II

—¡No pienso casarme con Bart Shiring! —le aseguró Margery Fitzgerald a su madre.

Margery estaba disgustada y furiosa. Llevaba doce meses aguardando el regreso de Ned, pensando en él todos los días, anhelando volver a ver su sonrisa socarrona y sus ojos de color castaño dorado, y acababa de enterarse por los criados de que estaba de vuelta en Kingsbridge y que había ido a su casa a verla, pero a ella no se lo habían dicho y... ¡se había ido! Estaba furiosa con su familia por no decírselo, y lloraba de rabia y frustración.

—No te estoy pidiendo que te cases con el vizconde de Shiring hoy —dijo lady Jane—. Solo que vayas y hables con él.

Estaban en la alcoba de Margery. En una esquina había un *priedieu*, un reclinatorio donde se arrodillaba dos veces al día a rezar frente al crucifijo de la pared, contando sus oraciones con la ayuda de un rosario de cuentas de marfil. El resto de la habitación era la viva imagen del lujo más absoluto: una cama con dosel y colchón de plumas y cortinajes de ricos colores, un enorme baúl de madera de roble para su extensa colección de vestidos y un tapiz con una escena bucólica.

Aquella alcoba había sido testigo de numerosas discusiones con su madre a lo largo de los años, pero ahora Margery era toda una mujer. Era una joven menuda pero un poco más alta y corpulenta que su madre, una mujer diminuta y de temperamento feroz; así pues, ya no estaba tan claro como antes que la discusión fuese a terminar en victoria para lady Jane y humillación para Margery.

—¿Para qué? —dijo esta—. Ha venido aquí a cortejarme. Si hablo con él, eso le hará albergar esperanzas y entonces se enfadará aún más cuando lo rechace.

—Puedes ser amable y educada.

Margery no quería hablar sobre Bart.

—¿Cómo has podido no decirme que Ned estaba aquí? —exclamó—. Eso ha estado muy mal.

—¡Pero si no lo he sabido hasta que ya se había ido! Solo Rollo lo ha visto.

—Rollo estaba haciendo tu voluntad.

—Los hijos deben cumplir la voluntad de sus padres —dijo la madre—. Ya conoces el cuarto mandamiento: «Honra a tu padre y a tu madre». Es tu deber para con Dios.

Durante toda su corta vida, Margery había librado una batalla personal con aquello: sabía que Dios quería que fuese obediente, pero su naturaleza era obstinada y rebelde —tal como le habían dicho muchas veces— y le resultaba extraordinariamente difícil ser buena. Sin embargo, cuando alguien se lo señalaba de forma expresa, siempre reprimía su naturaleza y acababa obedeciendo con docilidad. La voluntad de Dios estaba por encima de todas las cosas, y ella era consciente de ello.

—Lo siento, madre —dijo.

—Ve a hablar con Bart —ordenó lady Jane.

—Muy bien.

—Pero péinate antes, querida.

Margery tuvo un arranque de rebeldía.

—Mi pelo está perfecto —dijo, y salió de la habitación antes de que su madre pudiese contestar.

Bart estaba en la entrada, vestido con un jubón amarillo nuevo. Jugaba a provocar a uno de los perros, ofreciéndole un trozo de jamón para quitárselo luego, en el último momento.

La madre siguió a Margery por las escaleras.

—Acompaña a lord Shiring a la biblioteca y muéstrale los libros.

—A él no le interesan los libros —contestó Margery de malos modos.

—¡Margery!

—Me gustaría ver los libros —dijo Bart.

Margery se encogió de hombros.

—Sígueme, por favor —dijo, y lo condujo a la sala contigua. Dejó la puerta entreabierta, pero su madre no los acompañó.

Los libros de su padre estaban distribuidos en tres anaqueles.

—¡Cielo santo, cuántos libros tenéis! —exclamó Bart—. Un hombre malgastaría su vida entera leyéndolos todos…

Había unos cincuenta volúmenes, más de los que solían verse fuera de una universidad o de la biblioteca de una catedral, y era un evidente signo de riqueza. Algunos estaban en latín o en francés.

Margery hizo un esfuerzo por ejercer de amable anfitriona. Cogió un libro de un autor inglés.

—Este es *El pasatiempo del placer* —dijo Margery—. Tal vez te interese.

Bart le lanzó una mirada lasciva y se acercó a ella.

—Sí, el placer es un magnífico pasatiempo…

Parecía muy complacido con su juego de palabras.

Margery dio un paso atrás.

—Es un poema alegórico sobre la educación de un caballero.

—Ah. —Bart perdió interés en el libro. Recorrió los anaqueles con la vista y escogió *El libro de la cocina*—. Este es importante —dijo—. Una esposa debe asegurarse de que su marido esté bien alimentado, ¿no te parece?

—Por supuesto. —Margery intentaba por todos los medios pensar en algo de que hablar. ¿Qué le interesaba a Bart? La guerra, tal vez—. El pueblo echa la culpa a la reina de la guerra con Francia.

—¿Por qué habría de ser culpa suya?

—Dicen que España y Francia luchan por sus posesiones en Italia, un conflicto que nada tiene que ver con Inglaterra, y si estamos involucrados es únicamente porque nuestra reina María está casada con el rey Felipe de España y tiene que apoyarlo.

Bart asintió.

—Una esposa debe dejarse guiar por su marido.

—Por eso precisamente es por lo que una mujer debe tener mucho cuidado al escoger marido. —Aquella indirecta era demasiado compleja para el lento cerebro de Bart. Margery siguió hablando—: Hay quienes dicen que nuestra reina no debería estar casada con un monarca extranjero.

Sin embargo, Bart se había cansado de tratar ese asunto.

—No deberíamos hablar de política. Las mujeres tendrían que dejar esas cuestiones a sus maridos.

—Las mujeres tienen tantos deberes y obligaciones para con sus maridos... —señaló Margery, a sabiendas de que Bart no captaría el tono irónico de sus palabras—. Tenemos que cocinar para ellos, dejarnos guiar por ellos y dejarles la política a ellos... La verdad es que me alegro mucho de no tener marido, la vida es más sencilla así.

—Pero todas las mujeres necesitan un hombre.

—Hablemos de otra cosa.

—Lo digo en serio. —Bart cerró los ojos para concentrarse y, acto seguido, se lanzó a pronunciar un discurso que traía aprendido de memoria—: Eres la mujer más hermosa del mundo y te quiero. Por favor, cásate conmigo.

La reacción de Margery fue visceral:

—¡No!

Bart se quedó desconcertado. No sabía cómo responder a eso; era evidente que había llegado hasta allí convencido de que obtendría una respuesta completamente distinta.

—¡Pero mi esposa será condesa algún día! —añadió al cabo de una pausa.

—Y deberías casarte con una mujer que ansíe precisamente eso con todo su corazón.

—¿Es que tú no lo deseas?

—No. —Margery no tenía intención de ser tan brusca, pero era difícil, pues la sutileza no era uno de los puntos fuertes del joven noble—. Bart, eres fuerte y bien parecido, y estoy segura de que también eres valiente, pero yo nunca podré amarte. —En ese momento visualizó la imagen de Ned: con él nunca le había hecho falta esforzarse por encontrar un tema de conversación—. Yo me casaré con un hombre que sea inteligente y considerado, y que quiera que su esposa sea algo más que la mujer de más categoría entre sus sirvientas.

«Ya está, ya lo he dicho», pensó; ni siquiera Bart era tan tonto como para no captar el sentido de esas palabras.

Él se desplazó a una velocidad sorprendente y la agarró de los brazos, asiéndola con fuerza.

—A las mujeres les gusta que las dominen —dijo.

—¿Quién te ha dicho eso? Créeme, ¡a mí no!

Trató de zafarse de él, pero fue imposible.

Bart la atrajo hacia sí y la besó.

Cualquier otro día, simplemente habría apartado la cara. Los labios no hacían daño. Sin embargo, seguía triste y rabiosa por no haber visto a Ned cuando este se había presentado en su casa. Su cerebro no dejaba de dar vueltas a lo que podría haber pasado si se hubiesen encontrado, a cómo tal vez ella lo habría besado, y le habría tocado el pelo, y habría atraído su cuerpo hacia sí... La presencia imaginaria de Ned era tan poderosa que el beso de Bart le produjo una repugnancia que rayaba el pánico. Sin pensar, Margery le asestó un rodillazo en la entrepierna con todas sus fuerzas.

Aquella reacción pilló a Bart por sorpresa; el joven lanzó un alarido de dolor, soltó a Margery y se dobló sobre su estómago, sin dejar de gemir, con los ojos cerrados con fuerza y sujetándose la entrepierna con las manos.

Margery corrió a la puerta, pero antes de llegar a ella, su madre irrumpió de golpe en la biblioteca; era evidente que había estado espiándolos desde fuera.

Lady Jane miró a Bart, comprendió de inmediato lo que había sucedido y se volvió hacia Margery.

—Niña insensata... —dijo.

—¡No pienso casarme con este mentecato! —gritó Margery.

En ese momento entró su padre. Era un hombre alto y tenía el pelo negro, como Rollo, pero, a diferencia de este, tenía el rostro cubierto de pecas.

—Te casarás con quienquiera que tu padre elija para ti —dijo fríamente.

Aquellas palabras, tan rotundas y aciagas para sus anhelos, asustaron a Margery. Empezaba a sospechar que había subestimado la determinación de sus padres. Era un error dejarse llevar por su indignación. Trató de tranquilizarse y de pensar aplicando la lógica.

—¡No soy una princesa! —se defendió, aún con tono apasionado, pero más comedido—. Somos parte de la burguesía, no de la aristocracia. Mi matrimonio no es una alianza política; soy la hija de un comerciante, la gente como nosotros no se casa por conveniencia.

Aquello enfureció a sir Reginald, que se ruborizó hasta la raíz del pelo.

—¡Yo soy caballero!

—¡Pero no un conde!

—Soy descendiente del gran Ralph Fitzgerald, que fue nombrado conde de Shiring hace dos siglos... igual que Bart. Ralph Fitzgerald era hijo de sir Gerald y hermano de Merthin, el constructor del puente. La sangre de la nobleza inglesa corre por mis venas.

Para su consternación, Margery se dio cuenta de que se enfrentaba no solo a la voluntad férrea de su padre, sino también al orgullo familiar. No sabía cómo iba a vencer el enorme obstáculo que suponía la combinación de ambos. De lo único que estaba segura era de que no debía mostrar debilidad.

Se dirigió a Bart. Sin duda, resultaba del todo imposible que quisiera desposarse con alguien que no estaba dispuesta a ser su mujer...

—Lo siento, lord Shiring, pero voy a casarme con Ned Willard.

Sir Reginald se quedó estupefacto.

—No, por Nuestro Señor Jesucristo que no vas a hacer tal cosa.

—Estoy enamorada de Ned Willard.

—Eres demasiado joven para estar enamorada de nadie, ¡y los Willard son prácticamente protestantes!

—Van a misa, como todos los demás.

—Me trae sin cuidado; te casarás con el vizconde de Shiring.

—No, no lo haré —insistió ella con serena firmeza.

Bart estaba recuperándose.

—Ya sabía yo que sería problemática —masculló.

—Solo necesita mano dura —dijo sir Reginald.

—Lo que necesita son unos azotes.

En ese momento intervino lady Jane.

—Piénsalo, Margery —dijo—. Serás condesa algún día, ¡y tu hijo será el conde!

—Eso es lo único que os importa, ¿no es así? —exclamó Margery. Oyó cómo su propia voz iba aumentando de volumen hasta convertirse en un bramido desafiante, pero no podía contenerse—. ¡Solo queréis que vuestros nietos sean aristócratas! —Vio, por la expresión de sus rostros, que había puesto el dedo en la llaga. Con la voz teñida de repugnancia, añadió—: Bien, pues no pienso ser una yegua de cría solo porque vosotros tengáis delirios de grandeza.

En cuanto hubo dicho aquellas palabras, supo que había ido demasiado lejos. Su insulto había alcanzado a su padre allí donde más le dolía.

Sir Reginald se quitó el cinturón.

Margery retrocedió unos pasos con gesto atemorizado y se vio atrapada contra el escritorio. Sir Reginald la sujetó por la nuca con la mano izquierda. Cuando vio que el extremo de la correa acababa en una punta de latón, Margery lanzó un alarido de puro terror.

Sir Reginald la obligó a inclinarse por encima del escritorio. La joven forcejeaba desesperadamente, pero el padre era demasiado fuerte y logró inmovilizarla sin esfuerzo.

—Salid de la habitación, por favor, lord Shiring —oyó decir a su madre, y eso la asustó aún más.

La puerta se cerró de golpe y entonces Margery oyó el restallido del cinturón en el aire. Aterrizó en la parte posterior de sus muslos. Llevaba un vestido demasiado fino para que le procurase algún tipo de protección y la muchacha gritó de nuevo, de dolor esta vez. El padre volvió a azotarla, y luego una tercera vez.

—Me parece que ya es suficiente, Reginald —intervino entonces su madre.

—No usar la vara es malcriar a la descendencia —repuso el padre. Era un sombrío proverbio familiar: todo el mundo creía que recibir azotes era bueno para los niños, todos excepto ellos.

—En realidad, la Biblia dice algo distinto —dijo la madre—: «Quien no usa la vara no quiere a su hijo, mas el que lo ama desde temprano lo corrige». Hace referencia a los hijos, no a las hijas.

Sir Reginald contraatacó con otro versículo.

—Otro proverbio bíblico dice: «No rehúses corregir al niño pequeño», ¿no es así?

—Pero es que ella ya no es una niña pequeña. Además, los dos sabemos que eso no funciona con Margery. El castigo solo la hace más terca.

—Entonces, ¿qué propones?

—Déjamela a mí. Hablaré con ella cuando se haya calmado.

—Muy bien —dijo sir Reginald, y Margery pensó que su calvario había llegado a su fin, pero entonces el cinturón restalló de nuevo y la zahirió en las piernas ya doloridas una vez más. A continuación oyó el ruido pesado de las botas de su padre alejándose y saliendo de la habitación, y fue entonces cuando terminó de veras.

III

Ned estaba seguro de que vería a Margery en la fiesta del conde Swithin. Sus padres no podían tenerla encerrada en casa; eso sería como anunciar públicamente que había algún problema en el seno de la familia. Habría murmuraciones y todo el mundo se preguntaría por qué Margery no estaba allí.

Los surcos de las rodadas de los carros en el camino de barro estaban completamente endurecidos por el hielo, y el poni de Ned avanzaba por la traicionera superficie con grácil prudencia. El calor del animal le calentaba el cuerpo, pero Ned tenía las manos y los pies entumecidos por el frío. Junto a él, su madre, Alice, montaba una yegua de amplio lomo.

La casa del conde de Shiring, New Castle, se hallaba a una veintena de kilómetros de Kingsbridge, y se tardaba casi medio día de viaje en llegar hasta allí, un día más corto aún por ser invierno. A Ned lo devoraba la impaciencia; tenía que ver a Margery, no solo porque necesitase verla a ella en persona por fin, sino también para poder averiguar qué diantres estaba pasando.

Al frente, la silueta de New Castle apareció a lo lejos. En las ruinas de la fortaleza medieval, construida hacía ciento cincuenta años, el conde había erigido recientemente una casa. Las almenas que aún quedaban en pie, de la misma piedra gris que la catedral de Kingsbridge, estaban engalanadas ese día con ribetes y jirones de niebla helada. A medida que se acercaba, Ned percibió la algarabía propia de una fiesta, saludos a voz en grito, el coro de risas y un conjunto de instrumentos campestres: el sonido grave del tambor, la alegre música del violín y el chirrido de las gaitas, resonando en el aire frío. La música entrañaba la promesa de hogueras llameantes, comida caliente y algo vigorizante para beber.

Ned espoleó su montura, impaciente por llegar y poner fin a su incertidumbre. ¿Amaba Margery a Bart Shiring e iba a casarse con él?

El camino conducía hasta la entrada. Los grajos que se pavoneaban por las murallas del castillo graznaban maliciosamente a los visitantes. El puente levadizo había desaparecido mucho tiempo atrás, y habían rellenado el foso, pero la torre del homenaje sobre la puerta todavía conservaba las aspilleras. Ned atravesó cabalgando el ruidoso patio de armas, lleno a rebosar de invitados vestidos con colores vivos, de caballos y de carros, así como de los atareados sirvientes del conde. Ned confió su poni a un mozo y se incorporó al gentío que se dirigía hacia la casa.

No veía a Margery por ninguna parte.

En el extremo opuesto del patio había una moderna mansión de ladrillo anexa a las viejas dependencias del castillo, con la capilla a un lado y la bodega para la elaboración de cerveza al otro. Desde su construcción, hacía cuatro años, Ned solo había estado allí una vez y se maravilló de nuevo al ver las hileras de grandes ventanales y la cantidad de múltiples chimeneas. Más majestuosa que cualquiera de las mansiones de los comerciantes más ricos de Kingsbridge, era la casa más grande del condado, aunque tal vez hubiese propiedades más grandes todavía en Londres, donde no había estado nunca.

El conde Swithin había perdido poderío económico y social durante el reinado de Enrique VIII por su oposición a la ruptura del monarca con el Papa, pero la fortuna había vuelto a sonreírle hacía cinco años, con el ascenso de la ultracatólica María Tudor al trono, y Swithin había recuperado de nuevo sus privilegios, su riqueza y su poder. Aquel prometía ser un banquete por todo lo alto.

Ned entró en la casa y accedió a un enorme salón de dos pisos de altura. Los altos ventanales hacían la estancia muy luminosa pese al día invernal. Las paredes estaban forradas de madera de roble con gigantescos tapices de escenas de caza. La leña ardía en dos chimeneas descomunales a cada extremo de la alargada sala. En la galería que recorría tres de las cuatro paredes, el grupo de músicos a los que había oído desde el camino tocaban sus instrumentos con brío. En lo alto de la cuarta pared había un retrato del padre del conde Swithin sujetando en la mano un bastón como símbolo de poder.

Algunos de los invitados estaban ejecutando una vigorosa danza en grupos de ocho, cogiéndose de las manos para formar corros rotatorios y detenerse a dar un salto hacia delante y luego otro hacia atrás. Otros conversaban animadamente en corrillos, alzando la voz para poder oírse unos a otros pese a la música y el ruido de los bailarines. Ned tomó un vaso de madera lleno de sidra caliente y miró alrededor.

Varias personas permanecían alejadas del baile: el armador Philbert Cobley y su familia, todos vestidos de gris y de negro. Los protestantes de Kingsbridge eran un grupo semiclandestino: toda la ciudad sabía que había protestantes en la comunidad, y más o menos podían adivinar quiénes eran, pero su existencia no se reconocía de manera abierta, algo parecido a la situación de la comunidad semiclandestina de hombres que sentían atracción por otros hombres, pensó Ned. Los protestantes no admitían su orientación religiosa, porque entonces serían torturados hasta que abjurasen de ella o morirían en la hoguera si se negaban a hacerlo. Si se les preguntaba cuáles eran sus creencias, contestaban con evasivas. Iban a las misas católicas, tal como estaban obligados por ley, pero aprovechaban cualquier ocasión para expresar su rechazo ante una canción algo subida de tono, los vestidos demasiado escotados y los sacerdotes beodos. Además, no había ninguna ley en contra de la ropa gris y anodina.

Ned conocía prácticamente a todos los presentes. Los invitados más jóvenes eran los muchachos con los que había asistido a la Escuela de Gramática de Kingsbridge y las chicas a las que tiraba del pelo los domingos después de ir a la iglesia. También había tenido mucho trato con la generación algo mayor, las personalidades más notables de la comunidad, pues siempre estaban entrando y saliendo de la casa de su madre.

Mientras buscaba a Margery, detuvo su mirada en un desconocido: un hombre de nariz alargada de treinta y muchos años, con un pelo castaño que empezaba a ralear y una perilla puntiaguda, en consonancia con los dictados de la moda del momento. Bajo de estatura y enjuto, lucía un sobretodo rojo oscuro que, aunque de factura cara, no resultaba en absoluto ostentoso. Estaba hablando con el conde Swithin y con sir Reginald Fitzgerald, y a Ned le sorprendió la actitud de los dos prohombres locales. Por el lenguaje corporal, resultaba evidente que el ilustre visitante no era de su agrado, pues Reginald lo miraba con el torso retirado hacia atrás y con los brazos cruzados, y

Swithin con las piernas separadas y los brazos en jarras, pero a pesar de ello, escuchaban atentamente todas y cada una de sus palabras.

Los músicos terminaron de tocar con un ademán florituresco y en el relativo silencio Ned empezó a hablar con el hijo de Philbert Cobley, Daniel, un par de años mayor que él, un joven regordete con la cara pálida y redonda.

—¿Quién es ese? —le preguntó Ned, señalando al forastero del sobretodo rojo.

—Sir William Cecil. Es el administrador de la princesa Isabel.

Isabel Tudor era la medio hermana de la reina María, y menor que esta.

—He oído hablar de Cecil —dijo Ned—. ¿No fue secretario de Estado durante un tiempo?

—Así es.

En aquella época Ned había sido demasiado joven para seguir los asuntos de política con atención, pero recordaba a su madre mencionar el nombre de Cecil con admiración. Cecil no había sido lo bastante católico para el gusto de María Tudor y la reina se deshizo de él en cuanto ascendió al trono, razón por la cual ahora tenía el trabajo mucho más prosaico de administrar las finanzas de Isabel.

Siendo así, ¿qué estaba haciendo él allí?

La madre de Ned sin duda querría saber de la presencia de Cecil en la fiesta. Un visitante siempre traía nuevas, y Alice estaba obsesionada con las noticias. Siempre había enseñado a sus hijos que la información podía significar una fortuna para un hombre... o salvarlo de la ruina. Pero cuando Ned miró a su alrededor en busca de Alice, vio a Margery e, inmediatamente, se olvidó de William Cecil.

La imagen de Margery lo dejó boquiabierto: parecía cinco años mayor y no uno; llevaba el pelo castaño oscuro recogido en un elaborado peinado y coronado por un tocado masculino con una graciosa pluma, mientras que una pequeña gorguera blanca alrededor del cuello parecía iluminarle el rostro. Era menuda pero no delgada, y el corpiño rígido de su traje de terciopelo azul, tan de moda entre las mujeres, no conseguía ocultar del todo sus deliciosas formas redondeadas. Como siempre, su rostro era muy expresivo: sonreía, enarcaba las cejas, ladeaba la cabeza y su expresión transmitía sorpresa, perplejidad, desdén y complacencia, sucesivamente. Él se sorprendió mirándola embobado, tal como le pasaba siempre, desde hacía años. Por un momento, fue como si no hubiese nadie más en la habitación.

Saliendo de su ensoñación, se encaminó hacia ella abriéndose paso entre la multitud.

Ella lo vio acercarse y su rostro se iluminó de regocijo, cosa que lo alegró enormemente; pero entonces su semblante se transformó, tan rápido como el tiempo en un día de primavera, y se nubló de preocupación. Cuando Ned llegó a su lado, Margery abrió los ojos atemorizada y fue como si estuviera diciéndole que se fuera. Sin embargo, él hizo caso omiso; necesitaba hablar con ella.

Ned abrió la boca, pero fue ella quien habló primero.

—Sígueme cuando empiecen a jugar a «cazar al ciervo» —le indicó en voz baja—. No digas nada ahora.

«Cazar al ciervo» era una variante del juego del escondite con la que se entretenían los jóvenes en las fiestas. Ned se quedó perplejo ante su invitación, pero no estaba dispuesto a alejarse de ella sin obtener al menos algunas respuestas.

—¿Estás enamorada de Bart Shiring? —le preguntó.

—¡No! Ahora vete… Hablaremos luego.

Ned estaba encantado con aquella respuesta, pero no había terminado.

—¿Vas a casarte con él?

—No mientras me quede aliento para decirle que se vaya al diablo.

Ned sonrió.

—Muy bien, ahora puedo ser paciente.

Y se alejó, feliz y contento.

IV

Rollo observó alarmado el intercambio entre su hermana y Ned Willard. No había sido muy prolongado, pero saltaba a la vista que sí muy intenso. Rollo se sentía preocupado. La víspera, había estado escuchando desde el otro lado de la puerta de la biblioteca, cuando Margery había recibido los azotes de su padre, y convenía con su madre en que el castigo solo hacía a Margery más terca.

No quería que su hermana se casara con Ned. A Rollo siempre le había disgustado, pero eso era lo de menos; lo más importante era que los Willard se mostraban tolerantes con el protestantismo. Edmund Willard había manifestado su satisfacción cuando el rey Enrique se puso en contra de la Iglesia católica, aunque también era cierto que no pareció contrariarse demasiado cuando la reina María revirtió el proceso…, pero eso también ofendía a Rollo. No soportaba a la gente que se tomaba un asunto tan importante como la religión a la ligera. La autoridad de la Iglesia debería serlo todo para ellos.

Casi tan importante como aquello era el hecho de que un enlace matrimonial con Ned Willard no haría nada por el prestigio de los Fitzgerald, sino que sería simplemente una alianza entre dos prósperas familias de comerciantes. Con Bart Shiring, por el contrario, pasarían a formar parte del estamento nobiliario. Para Rollo, el prestigio de la familia Fitzgerald importaba más que cualquier otra cosa salvo la voluntad de Dios.

El baile terminó y los criados del conde dispusieron tablones y caballetes para montar una mesa con forma de T, con el travesaño en un extremo y el resto atravesando la totalidad de la habitación; a continuación, empezaron a poner la mesa. A Rollo le pareció que hacían su tarea con una actitud más bien descuidada, dejando los vasos de arcilla cocida y las hogazas de pan allí encima de cualquier manera. Sin duda se debía a que no había ninguna mujer al frente de la casa: la condesa había muerto dos años atrás y Swithin no había vuelto a casarse.

Uno de los criados se dirigió a Rollo.

—Vuestro padre os llama, señor Fitzgerald. Está en el despacho del conde.

El hombre condujo a Rollo hasta una sala lateral con un escritorio y un anaquel con libros de cuentas, a todas luces el lugar donde el conde Swithin manejaba sus negocios.

Swithin estaba sentado en una gigantesca silla que casi semejaba un trono. Era un hombre alto y apuesto, como Bart, aunque los años de excesos tanto en la comida como en la bebida le habían agrandado el perímetro de la cintura y enrojecido la nariz. Hacía cuatro años había perdido casi todos los dedos de la mano izquierda en la batalla de Hartley Wood, y no solo no hacía ningún esfuerzo por ocultar la amputación sino que parecía enorgullecerse de su herida de guerra.

El padre de Rollo, sir Reginald, estaba sentado al lado de Swithin, delgado y con el rostro cubierto de pecas, un leopardo junto a un oso.

Bart Shiring también estaba allí y, para consternación de Rollo, asimismo Alice y Ned Willard.

William Cecil ocupaba un taburete bajo delante de los seis miembros de la comunidad local, pero, a pesar del simbolismo del asiento, Rollo tenía la sensación de que era Cecil quien estaba al frente de aquella reunión.

—¿No os importará que mi hijo se sume a nosotros? —le dijo Reginald a Cecil—. Ha ido a la Universidad de Oxford y estudió derecho en la Gray's Inn de Londres.

—Me alegro de tener aquí presente a la generación más joven —respondió Cecil afablemente—. Yo también incluyo a mi propio hijo en las reuniones, a pesar de que solo tiene dieciséis años; cuanto antes empiecen, más rápido aprenderán.

Al observar a Cecil con detenimiento, Rollo advirtió que tenía tres verrugas en la mejilla derecha, y que su perilla color castaño empezaba a lucir algún que otro pelo entrecano. Había sido un poderoso cortesano durante el reinado de Eduardo VI, cuando aún contaba veintipocos años, y aunque todavía no había cumplido los cuarenta, irradiaba un aire de sabiduría y seguridad en sí mismo propio de un hombre mucho mayor que él.

El conde Swithin se paseaba con impaciencia.

—Tengo a cien invitados en el salón, sir William. Será mejor que me digáis qué eso tan importante como para alejarme de mi propia fiesta.

—De inmediato, señor —dijo Cecil—. La reina no está embarazada.

Rollo soltó un gruñido de sorpresa y consternación.

La reina María y el rey Felipe estaban desesperados por conseguir herederos para sus respectivas coronas, en Inglaterra y en España, pero apenas pasaban tiempo juntos, tan sumamente ocupados como estaban gobernando sus reinos, separados por completo. Así, en ambos países había estallado el alborozo cuando María anunció que estaba esperando un hijo para el próximo mes de marzo. Era obvio que algo había salido mal.

El padre de Rollo, sir Reginald, fue el siguiente en hablar.

—Esto ya ha sucedido antes —dijo con tono sombrío.

Cecil asintió.

—Es su segundo falso embarazo.

Swithin parecía desconcertado.

—¿Falso? —repitió—. ¿Qué queréis decir?

—No ha habido aborto involuntario —dijo Cecil con solemnidad.

—Tiene tantas ganas de engendrar un hijo, que se convence de que está encinta cuando no lo está —explicó Reginald.

—Ya veo —dijo Swithin—. Estupidez femenina.

Alice Willard lanzó un resoplido desdeñoso ante aquella observación, pero Swithin no se dio cuenta.

—Ahora debemos hacer frente a la posibilidad de que nuestra reina nunca dará a luz a un heredero —dijo Cecil.

El cerebro de Rollo era un torbellino, pensando en las posibles consecuencias de aquello. El anhelado hijo de la ultracatólica reina María y el igualmente devoto rey de España habría sido educado en el más estricto catolicismo y habría actuado en favor de familias como los Fitzgerald, pero si María moría sin un heredero, todo cambiaba y no había forma de saber a qué atenerse.

Rollo supuso que Cecil ya lo había deducido hacía tiempo.

—La transición del reinado de un monarca a otro nuevo es una época de peligro para los súbditos de cualquier país —señaló Cecil.

Rollo tuvo que contener un acceso de pánico. Cabía la posibilidad de que Inglaterra volviera al protestantismo y todo lo que la familia Fitzgerald había logrado en los últimos cinco años sería destruido para siempre.

—Quiero planificar una sucesión suave, sin derramamiento de sangre —añadió Cecil en un tono imbuido de sensatez y moderación—. Con estas palabras me dirijo a tres de las personalidades locales más poderosas e influyentes, el conde del condado, el alcalde de Kingsbridge y la principal comerciante de la ciudad, y hago un llamamiento para solicitar vuestra ayuda y colaboración.

Hablaba con el engañoso tono de un humilde servidor trazando planes meticulosos, pero Rollo percibía que en realidad era un peligroso revolucionario.

—¿Y cómo os ayudaríamos? —preguntó Swithin.

—Prometiendo vuestro apoyo a mi querida Isabel.

—¿Dais por sentado que Isabel es la legítima heredera al trono? —dijo Swithin con tono desafiante.

—Enrique VIII tuvo tres hijos —dijo Cecil con aire pedante, señalando lo obvio—. Su hijo, Eduardo VI, el rey niño, murió antes de que pudiera dar un heredero, por lo que la hija mayor de Enrique, María Tudor, se convirtió en reina. La lógica es irrefutable. Si la reina María muere sin hijos, como lo hizo el rey Eduardo, la siguiente en la línea de sucesión al trono es sin duda la otra hija de Enrique, Isabel Tudor.

Rollo decidió que había llegado el momento de hablar. No podía dejar pasar aquel peligroso disparate sin rebatirlo, y él era el único abogado de la sala. Trató de hablar tan serena y racionalmente como Cecil, pero, a pesar de sus esfuerzos, percibió la alarma en su propia voz.

—¡Isabel es ilegítima! —exclamó—. Enrique no llegó a estar realmente casado con su madre. Su divorcio de su anterior esposa fue rechazado por el Papa.

—Los hijos bastardos no pueden heredar títulos ni propiedades —añadió Swithin—. Todo el mundo lo sabe.

Rollo hizo una mueca de disgusto. Llamar bastarda a Isabel era una grosería innecesaria delante de uno de los consejeros de la princesa. Por desgracia, los malos modales eran una característica de Swithin. A Rollo le parecía imprudente ganarse la antipatía del sereno Cecil. Puede que el consejero hubiese caído en desgracia en la actual corte, pero todavía conservaba un aire de discreto poder.

Cecil pasó por alto la impertinencia.

—El divorcio fue ratificado por el Parlamento inglés —dijo con educada insistencia.

—He oído que tiene inclinaciones protestantes —señaló Swithin.

«Ese es el meollo de la cuestión», pensó Rollo.

Cecil sonrió.

—Isabel me ha dicho muchas veces que si llega a convertirse en reina, es su firme deseo que ningún inglés pierda la vida a causa de sus creencias.

Ned Willard intervino entonces.

—Eso es una buena señal —aseveró—. Nadie quiere ver morir más gente en la hoguera.

Eso era típico de los Willard, pensó Rollo: cualquier cosa con tal de tener una vida tranquila y apacible.

El conde Swithin estaba igualmente irritado por tanta ambigüedad.

—¿Católica o protestante? —dijo—. Tiene que ser una cosa u otra.

—Al contrario —replicó Cecil—. Su credo es la tolerancia.

Swithin estaba indignado.

—¿Tolerancia? —espetó con desdén—. ¿Ante la herejía? ¿La blasfemia? ¿Ante una vida sin Dios?

A juicio de Rollo, la indignación de Swithin estaba plenamente justificada, pero no podía sustituir la argumentación legal. La Iglesia católica tenía su propia opinión sobre quién debía ser el próximo gobernante de Inglaterra.

—A los ojos del mundo, la verdadera heredera del trono es la otra María, la reina de los escoceses.

—Desde luego que no —repuso Cecil, quien claramente esperaba aquello—. María Estuardo no es más que la sobrina nieta del rey Enrique VIII, mientras que Isabel Tudor es su hija.

—Su hija ilegítima.

Ned Willard intervino de nuevo.

—Vi a María Estuardo cuando fui a París —dijo—. No hablé con ella, pero me encontraba en una de las salas exteriores del palacio del Louvre cuando pasó por allí. Es alta y hermosa.

—¿Qué tiene eso que ver con este asunto? —inquirió Rollo con impaciencia.

Ned insistió.

—Tiene quince años. —Miró a Rollo—. La misma edad que tu hermana, Margery.

—Eso no es razón...

Ned alzó la voz para evitar la interrupción.

—Hay quienes piensan que una muchacha de quince años es demasiado joven para estar capacitada para elegir un marido, conque mucho menos para gobernar un país.

Rollo respiró profundamente y su padre lanzó un gruñido de indignación. Cecil frunció el ceño, sin percatarse de que las palabras de Ned entrañaban un significado especial oculto, incomprensible para un forastero.

—Me han dicho que María habla francés y escocés, pero apenas entiende el inglés —añadió Ned.

—Tales consideraciones no tienen ningún peso en la ley —dijo Rollo.

Ned siguió hablando.

—Pero hay cosas peores. María está prometida en matrimonio con el príncipe Francisco, el heredero del trono francés. El matrimonio de nuestra reina con el rey de España no es del agrado de los súbditos ingleses, y serán aún más hostiles a una reina que se case con el rey de Francia.

—El pueblo inglés no puede dictar esa clase de decisiones —repuso Rollo.

—De todas maneras, donde hay dudas puede haber conflicto, y entonces el pueblo podría alzarse con sus guadañas y sus hachas y hacer valer sus opiniones.

—Y eso es exactamente lo que estoy tratando de evitar —apostilló Cecil.

Aquello en realidad era una amenaza, advirtió Rollo con enfado. Sin embargo, antes de que pudiera decirlo en voz alta, Swithin intervino de nuevo.

—¿Cómo es esa muchacha, Isabel, personalmente? No la conozco.

Rollo frunció el ceño, irritado por aquella digresión del asunto de la legitimidad, pero Cecil respondió de buena gana.

—Es la mujer más instruida que he conocido —dijo—. Sabe conversar en latín con tanta facilidad como en inglés, y también habla francés, español e italiano, y escribe griego. No se la considera una belleza exuberante, pero sabe cómo conseguir que un hombre la encuentre preciosa. Ha heredado la fuerza de voluntad de su padre, el rey Enrique. Será una soberana excepcional.

A Rollo le parecía obvio que Cecil estaba enamorado de ella, pero eso no era lo peor: los opositores de Isabel dependían de los argumentos legalistas porque no podían aferrarse a ninguna otra cosa. Por lo visto, Isabel era lo bastante mayor, lo bastante inteligente y lo bastante fuerte para gobernar Inglaterra. Podía ser protestante, pero era demasiado inteligente para hacer alarde de ello, y no tenían pruebas.

La perspectiva de tener una reina protestante horrorizaba a Rollo. Sin duda eso haría caer en desgracia a las familias católicas. La vida dejaría de sonreír a los Fitzgerald.

—Ahora bien —intervino Swithin—, si se casara con un poderoso marido católico que la tuviera bajo control, Isabel podría ser más aceptable. —Soltó una risa lasciva, y Rollo contuvo un escalofrío. Era evidente que la idea de tener a una princesa bajo control excitaba al conde.

—Lo tendré en cuenta —dijo Cecil secamente.

Una campanilla anunció a los invitados que había llegado la hora de ocupar sus lugares en la mesa, y Cecil se puso de pie.

—Lo único que pido es que no se hagan juicios precipitados. La princesa Isabel merece una oportunidad.

Reginald y Rollo se quedaron atrás cuando los demás salieron de la estancia.

—Creo que se lo hemos dejado claro —dijo Reginald.

Rollo sacudió la cabeza. Había momentos en que deseaba que el cerebro de su padre fuera más retorcido.

—Cecil ya sabía, antes de venir aquí, que los fieles católicos como tú y Swithin jamás se comprometerían a apoyar a Isabel.

—Supongo que sí —reflexionó Reginald—. Desde luego, Cecil tiene que estar bien informado.

—Y es evidente que es un hombre listo.

—Entonces, ¿por qué está aquí?

—Esa misma pregunta me he hecho yo —dijo Rollo—. Creo que ha venido a valorar la fuerza de sus enemigos.

—Ah —dijo su padre—. Eso no se me había ocurrido.

—Vamos a cenar —propuso Rollo.

V

A Ned le reconcomía la impaciencia durante todo el banquete. No veía la hora de que acabasen de comer y beber y de que diese comienzo el juego de «cazar al ciervo». Sin embargo, justo cuando empezaban a retirar las últimas viandas a base de dulces, su madre llamó su atención y le indicó que acudiera a su lado.

Ned la había visto absorta en una intensa conversación con sir William Cecil. Alice Willard era una mujer vigorosa y entrada en carnes que llevaba un costosísimo vestido de escarlata de Kingsbridge con brocado de oro y un medallón de la Virgen María alrededor del cuello para evitar las acusaciones de protestantismo. Ned sintió la tentación de fingir que no la había visto llamarlo. El juego tendría lugar mientras retiraban las mesas y los actores se preparaban para su representación teatral. Ned no estaba seguro de qué era lo que se proponía Margery, pero fuese lo que fuese, no tenía intención de perdérselo. Sin embargo, su madre era estricta además de cariñosa, y no toleraba la desobediencia, de modo que acudió a sentarse a su lado.

—Sir William quiere hacerte unas preguntas —dijo Alice.

—Será un honor —respondió Ned con educación.

—Quiero que me hables de Calais —empezó a decir Cecil—. Tengo entendido que acabas de volver de allí.

—Me marché una semana antes de Navidad y llegué a Kingsbridge ayer.

—No hace falta que os diga a ti y a tu madre lo importante que es la ciudad para el comercio inglés. También es una cuestión de orgullo nacional que gobernemos aún una pequeña parte de Francia.

Ned asintió.

—Algo que molesta profundamente a los franceses, por supuesto.

—¿Cómo anda de moral la comunidad inglesa allí?

—Bien, están bien —le aseguró Ned, pero empezaba a sentir cierta desazón. Cecil no lo estaba interrogando por simple curiosidad; había una razón. Además, acababa de fijarse en el semblante sombrío de su madre. Siguió hablando—: Cuando me fui, aún estaban celebrando la derrota de los franceses en San Quintín en agosto. Aquella victoria les hizo sentir que la guerra entre Inglaterra y Francia no iba a afectarles a ellos.

—Un exceso de confianza, tal vez —murmuró Cecil.

Ned arrugó la frente.

—Calais está rodeada de fuertes: Sangatte, Fréthun, Nielles...

Cecil lo interrumpió.

—¿Y si cayeran esas fortalezas?

—La ciudad cuenta con trescientos siete cañones.

—Tienes buena cabeza para los detalles, pero ¿resistirá la población un asedio a la ciudad?

—Tienen comida para tres meses.

Ned se había asegurado de averiguar aquella información antes de marcharse, pues sabía que su madre querría un informe detallado.

En ese momento se dirigió a Alice.

—¿Qué ha pasado, madre?

—Los franceses tomaron Sangatte el primero de enero —contestó Alice.

Ned recibió la noticia con estupor.

—¿Cómo ha podido suceder?

Cecil respondió a esa pregunta.

—El ejército francés estaba agrupado en las ciudades cercanas; lo llevaron todo con gran secretismo. El ataque tomó a la guarnición de Calais por sorpresa.

—¿Quién lidera las fuerzas francesas?

—Francisco, duque de Guisa.

—¡El Acuchillado! —exclamó Ned—. Es toda una leyenda.

El duque era el mejor general de Francia.

—Ahora la ciudad debe de estar ya bajo asedio.

—Pero no ha caído.

—No, que nosotros sepamos, pero mis últimas noticias son de hace cinco días.

Ned volvió a dirigirse a Alice.

—¿No sabemos nada del tío Dick?

Alice negó con la cabeza.

—No puede enviar mensajes desde una ciudad sitiada.

Ned pensó en sus parientes de Calais: la tía Blanche, mucho mejor cocinera que Janet Fife, aunque eso Ned nunca se lo diría a Janet; el primo Albin, de su misma edad, que le había enseñado las palabras en francés para las partes íntimas del cuerpo y otras cosas innombrables, y la amorosa Thérèse. ¿Sobrevivirían?

—Casi todo cuanto tenemos depende por completo de Calais —dijo Alice en voz baja.

Ned frunció el ceño. ¿Era posible eso?

—Pero ¿no tenemos cargamentos con destino a Sevilla?

El puerto español de Sevilla era el arsenal del rey Felipe, cuyo apetito por el metal era insaciable. Un primo del padre de Ned, Carlos Cruz, compraba allí todo el metal que Alice pudiese enviar y lo convertía en cañones y balas de cañón para las interminables guerras españolas. El hermano de Ned, Barney, estaba en Sevilla, viviendo y trabajando como aprendiz con Carlos, aprendiendo otra faceta del negocio familiar, como Ned había hecho en Calais. Sin embargo, la travesía por mar era larga y peligrosa, y solo se enviaban barcos allí cuando el almacén mucho más cercano de Calais estaba lleno.

Alice contestó a la pregunta de Ned:

—No. En este momento no tenemos ningún barco con Sevilla como destino ni procedente de allí.

—De modo que si perdemos Calais...

—Lo perdemos prácticamente todo.

Ned había creído que entendía los entresijos del negocio, pero no había imaginado que podía irse a pique tan rápidamente. Se sentía igual que cuando, montado a lomos de un buen caballo, el animal tropezaba y corcoveaba, haciéndole perder el equilibrio en la silla. Interpretó aquello como un repentino recordatorio de que la vida era impredecible.

Sonó una campanilla que anunciaba el comienzo del juego.

Cecil sonrió.

—Gracias por tu información, Ned —dijo—. No es habitual que un hombre joven se muestre tan preciso en su exposición.

Ned se sintió halagado.

—Me alegro de haberos sido de ayuda, señor.

La hermosa hermana de Dan Cobley, Ruth, con una espléndida melena rubio dorado, pasó en ese momento junto a ellos.

—Vamos, Ned, es la hora de jugar a «cazar al ciervo» —le dijo.

—Ya voy —respondió él, pero no se movió. Tenía sentimientos encontrados: estaba desesperado por hablar con Margery, pero después de aquella noticia, no estaba de humor para juegos—. Supongo que no podemos hacer nada —le dijo a su madre.

—Solo esperar a tener más información..., cosa que tal vez no ocurra hasta dentro de mucho tiempo.

Siguió un silencio abatido.

—Por cierto —dijo entonces Cecil—, estoy buscando un ayudante para que me asista en mi cometido con Isabel, un hombre joven que vaya a vivir al palacio de Hatfield como miembro de su personal y que actúe en mi nombre cuando yo tenga que ausentarme a Londres o a cualquier otro lugar. Sé que tu destino es trabajar con tu madre en el negocio familiar, Ned, pero si por casualidad conocieras a un joven parecido a ti mismo, inteligente y digno de confianza, con buen ojo para los detalles..., házmelo saber.

Ned asintió.

—Por supuesto. —Sospechaba que en realidad Cecil estaba ofreciéndole el trabajo a él.

Cecil siguió hablando:

—El joven debería compartir la actitud tolerante de Isabel con respecto a la religión.

La reina María Tudor había ordenado la muerte de centenares de protestantes en la hoguera.

Desde luego, Ned compartía esa visión, tal como Cecil debía de haber deducido durante la discusión en la biblioteca del conde sobre la sucesión al trono. Millones de ingleses también estaban de acuerdo con ella: ya fuesen católicos o protestantes, estaban hartos de las ejecuciones.

—Isabel me ha dicho muchas veces que si llega a convertirse en reina, es su firme deseo que ningún inglés pierda la vida a causa de sus creencias. —A continuación, Cecil añadió—: Me parece un ideal digno de la fe de un hombre.

Alice parecía un tanto molesta.

—Tal como habéis dicho, sir William, mis hijos están destinados a trabajar en el negocio familiar. Ve si quieres, Ned.

Ned se dio media vuelta y se puso a buscar a Margery.

VI

El conde Swithin había contratado a una compañía itinerante de actores, y ahora estaban levantando una plataforma elevada en una de las paredes más alargadas de la inmensa sala. Mientras Margery los observaba, lady Brecknock estaba a su lado y hacía lo propio. A sus treinta y tantos años, Susannah Brecknock era una mujer atractiva y de sonrisa cálida; prima del conde Swithin, era una visitante asidua de Kingsbridge, donde tenía una casa. Margery la conocía y le parecía una mujer simpática y en absoluto pretenciosa.

El escenario estaba hecho de tablones de madera y barriles.

—No parece muy sólido… —comentó Margery.

—¡Eso mismo estaba pensando yo! —dijo Susannah.

—¿Sabéis qué van a representar?

—La vida de María Magdalena.

—Ah.

María Magdalena era la santa patrona de las prostitutas. «De las prostitutas reformadas», solían corregir los sacerdotes, pero eso no hacía disminuir la curiosidad sobre la santa.

—Pero ¿cómo van a hacerlo? Todos los actores son hombres.

—¿Es que nunca has visto una obra de teatro?

—No de esta clase, con escenario y actores profesionales. Solo he visto procesiones y representaciones populares.

—Los personajes femeninos siempre son interpretados por hombres. Las mujeres tienen prohibido actuar sobre un escenario.

—¿Por qué?

—Bueno, supongo que es porque somos seres inferiores, físicamente frágiles e intelectualmente débiles.

Estaba siendo sarcástica. A Margery le agradaba Susannah por su forma tan franca de decir las cosas. La mayoría de los adultos respondían a las preguntas embarazosas yéndose por las ramas y con palabras vacías, pero Susannah era de las que decían la verdad sin adornos de ninguna clase. Envalentonada, Margery se lanzó a formularle la pregunta que le rondaba en la cabeza:

—¿Os forzaron a casaros con lord Brecknock?

Susannah arqueó las cejas.

Margery se dio cuenta de inmediato de que había ido demasiado lejos.

—Lo siento mucho —dijo rápidamente—. No tengo ningún derecho a preguntaros esa clase de cosas, os ruego que me perdonéis —añadió con lágrimas en los ojos.

Susannah se encogió de hombros.

—Desde luego que no tienes ningún derecho a hacerme esa clase de preguntas, pero yo tampoco he olvidado qué se siente a los quince años. —Bajó un poco el tono de voz—. ¿Con quién quieren que te cases?

—Con Bart Shiring.

—Ah, cielo santo, pobrecilla... —exclamó, a pesar de que Bart era su primo segundo. Su compasión hizo a Margery sentir aún más lástima por sí misma. Susannah se quedó pensativa un momento—. No es ningún secreto que mi matrimonio fue concertado, pero nadie me forzó a casarme —dijo—. Conocí a lord Brecknock y me gustó.

—¿Lo amáis?

Volvió a reflexionar unos instantes, y Margery advirtió que estaba dividida entre la discreción y la compasión.

—No debería responder a eso.

—No, por supuesto que no, os ruego que me perdonéis... otra vez.

—Pero es evidente que estás angustiada, de modo que confiaré en ti, siempre y cuando me prometas que no le repetirás nunca a nadie lo que voy a decirte.

—Lo prometo.

—Brecknock y yo somos amigos —aclaró—. Es bueno y amable conmigo y yo hago todo lo que puedo por complacerlo. Y tenemos cuatro hijos maravillosos. Soy feliz. —Hizo una pausa y Margery aguardó la respuesta a su pregunta. Al fin, Susannah dijo—: Pero sé que existe otra clase de felicidad, el éxtasis arrebatado de adorar a alguien y ser adorada de forma recíproca.

—¡Sí! —Margery se alegraba enormemente de que Susannah la comprendiera.

—Esa dicha en particular no nos es concedida a todos y cada uno de nosotros —anunció con aire solemne.

—¡Pero debería! —Margery no soportaba la idea de que a alguien pudiese negársele el amor.

Por un momento, Susannah parecía desolada.

—Tal vez sí —murmuró—. Tal vez sí.

Mirando por encima del hombro de Susannah, Margery vio acercarse a Ned, con su jubón francés de color verde. Susannah siguió la mirada de la joven y, con mucha perspicacia, comentó:

—¿Ned Willard es el hombre al que quieres?

—Sí.

—Buena elección; es apuesto.

—Es maravilloso.

Susannah sonrió, con el gesto aún entristecido.

—Espero que tengas suerte.

Ned la saludó con una reverencia y Susannah le respondió con otra, pero se alejó.

Los actores estaban colgando unos cortinajes en un rincón de la sala.

—¿Para qué crees que será eso? —le preguntó Margery a Ned.

—Se pondrán los trajes detrás de las cortinas, creo. —Bajó la voz—. ¿Cuándo podemos hablar? No puedo esperar más.

—El juego está a punto de empezar. Sígueme.

El apuesto secretario de Philbert Cobley, Donal Gloster, fue el elegido como cazador. Tenía el pelo oscuro y ondulado y un rostro sensual. A Margery no le resultaba atractivo —demasiado debilucho—, pero varias de las muchachas estarían encantadas de que fuese él quien las encontrase, estaba segura de ello.

New Castle era el escenario ideal para aquel juego, porque había más escondites que en la madriguera de un conejo, especialmente en las partes donde la nueva mansión quedaba unida al viejo castillo, donde había extraños armarios, escaleras inesperadas, nichos y habitaciones de formas irregulares. Era un juego de niños y, cuando era pequeña, Margery se preguntaba por qué a los jóvenes de diecinueve años les gustaba tanto aquel entretenimiento. Ahora entendía que el juego brindaba una oportunidad a los adolescentes de hacerse arrumacos y besuquearse en los rincones.

Donal cerró los ojos y empezó a recitar el padrenuestro en latín, y todos los jóvenes corrieron a esconderse.

Margery ya sabía adónde dirigirse, pues ya había localizado buenos escondrijos antes, para estar segura de que ella y Ned se procurasen suficiente intimidad para hablar. Salió de la sala y corrió por el pasadizo en dirección a las estancias del viejo castillo, confiando en que Ned la seguiría. Atravesó una puerta al final del corredor.

Al mirar atrás vio a Ned…, pero, por desgracia, también vio a más gente. Aquello era un auténtico fastidio: lo quería para ella sola.

Pasó por una pequeña despensa y subió por unas escaleras de caracol de peldaños de piedra y luego bajó otro tramo de escaleras. Oía a los otros a su espalda, pero ahora los había perdido de vista. Entró en un pasadizo a sabiendas de que no había ninguna salida al otro extremo, un espacio iluminado por una sola vela en una palmatoria en la pared. A medio camino había un enorme hogar de leña; era la tahona medieval, en desuso desde hacía muchos años, cuya chimenea se había derrumbado en el transcurso de la construcción de la casa moderna. En un costado de la tahona, oculta por un pilar de piedra, estaba la puerta del descomunal horno, prácticamente invisible en la penumbra. Margery se deslizó en el interior del horno, subiéndose los faldones del vestido. En su búsqueda de posibles lugares donde esconderse, ya se había dado cuenta de que el horno estaba inusitadamente limpio. Tiró de la puerta hasta cerrarla casi por completo y se asomó por una rendija.

Ned se acercó corriendo por el pasadizo, seguido de cerca por Bart y, a continuación, por la guapa Ruth Cobley, quien probablemente le había echado el ojo a Bart. Margery lanzó un gruñido de frustración. ¿Cómo lograría alejar a Ned de los demás?

El grupo pasó corriendo por delante del horno sin reparar en la puerta. Al cabo de un momento, al llegar al extremo sin salida, volvieron sobre sus pasos en orden inverso: primero Ruth, luego Bart y, por último, Ned.

Margery vio su oportunidad.

Cuando perdió a Bart y a Ruth de vista, Margery dijo:

—¡Ned!

El joven se detuvo y miró alrededor, confuso.

Ella abrió la puerta del horno.

—¡Aquí dentro!

No hizo falta que se lo dijera dos veces: se metió dentro con ella y cerró la puerta tras de sí.

El interior se hallaba completamente a oscuras, pero los dos estaban tumbados en la superficie, pegados el uno al otro, y Margery percibía el contacto de su cuerpo contra ella. Entonces la besó.

Margery le devolvió el beso con avidez. Pasara lo que pasase, él aún la quería, y eso era lo único que le importaba en ese momento. Temía que la hubiese olvidado en Calais; pensaba que tal vez conocería a chicas francesas más sofisticadas e interesantes que la joven Marge Fitzgerald de Kingsbridge; pero no había sido así, era evidente por la forma en que la abrazaba, la besaba y la acariciaba. Loca de alegría, le rodeó la cabeza con las manos, abrió la boca para acoger la lengua de él y arqueó el cuerpo contra el suyo.

Ned rodó en el suelo para situarse encima de ella. En ese momento le habría entregado su cuerpo con gusto, y le habría dejado desvirgarla, pero pasó algo. Se oyó un ruido sordo, como si él le hubiese dado a algo con el pie, y luego otro ruido como el que hacía un tablón al caer al suelo, y de pronto, Margery vio las paredes del horno a su alrededor.

Ella y Ned se asustaron mucho, lo bastante para interrumpir inmediatamente lo que estaban haciendo y mirar arriba. Descubrieron entonces que la parte posterior del horno había desaparecido: se había caído al suelo y había dejado al descubierto un espacio iluminado por una luz tenue. Margery dedujo, con gran angustia, que podía haber gente allí viéndolos besarse a los dos. Se incorporó de golpe y se asomó a mirar.

No había nadie a la vista. Vio una pared con una ventana ojival por la que se colaba la última luz del atardecer. Era un pequeño espacio detrás de la vieja tahona que había quedado tapiado por la construcción de la nueva casa. No conducía a ninguna parte, y la única vía de acceso hasta él era a través del horno. Tirado en el suelo había un tablón de madera que habría tapado el agujero hasta que Ned, llevado por la excitación, le había dado un puntapié. Margery oyó voces, pero procedían del exterior, del patio de armas. Respiró tranquila; no los habían visto.

Se desplazó a gatas por el agujero y se puso de pie en el centro del reducido espacio. Ned la siguió. Ambos miraron alrededor con interés.

—Podríamos quedarnos aquí para siempre —aventuró Ned.

Sus palabras devolvieron a Margery a la realidad, y se dio cuenta de lo cerca que había estado de cometer un pecado mortal. El deseo concupiscente había estado a punto de hacerle perder su capacidad de distinguir entre el bien y el mal. Había escapado del pecado de milagro.

Su propósito al atraer a Ned allí había sido el de hablar con él, no el de besarlo.

—Ned, quieren obligarme a que me case con Bart. ¿Qué vamos a hacer?

—No lo sé —contestó él.

Rollo advirtió que Swithin estaba completamente borracho. El conde estaba despatarrado en un sillón frente al escenario improvisado, con una copa en la mano derecha. Una joven sirvienta le rellenó la copa, y mientras lo hacía, el conde le agarró el pecho con su mutilada mano izquierda. La muchacha gritó horrorizada y, al apartarse de golpe, derramó el vino; Swithin se echó a reír.

Un actor salió a escena y empezó a recitar un prólogo, explicando que para poder narrar una historia de arrepentimiento antes era necesario mostrar el pecado y disculparse de antemano por si alguien podía sentirse ofendido.

Rollo vio a su hermana, Margery, aparecer a hurtadillas en la sala junto a Ned Willard, y frunció el ceño con aire reprobatorio. Cayó en la cuenta de que habían aprovechado el juego de «cazar al ciervo» para verse a solas, y sin duda habrían aprovechado también para hacer sabe Dios qué temeridades.

Rollo no entendía a su hermana. Se tomaba la religión muy en serio, pero siempre había sido desobediente. ¿Cómo era eso posible? Para él, la esencia de la religión residía en la sumisión a la autoridad. Ahí radicaba precisamente el problema con los protestantes: se creían con derecho a tomar sus propias decisiones. Sin embargo, Margery era una católica devota.

En ese momento salió al escenario un personaje llamado Infidelidad, identificable gracias a una pieza de vestuario exageradamente grande y colocada encima de la bragueta. Guiñaba los ojos, miraba a derecha e izquierda y se tapaba la boca con disimulo para hablar, como asegurándose de que no lo oían los demás personajes. El público se reía al reconocer en él una versión desmedida de un tipo de persona que conocían muy bien.

La conversación con sir William Cecil había soliviantado a Rollo, pero ahora pensaba que tal vez había reaccionado con desmesura. Puede que la princesa Isabel fuese protestante, pero era demasiado pronto para preocuparse por ella; al fin y al cabo, la reina María Tudor solo tenía cuarenta y un años y gozaba de buena salud, más allá de los falsos embarazos, por lo que aún podía reinar varias décadas más.

María Magdalena subió al escenario. Evidentemente, aquella era la santa antes de su arrepentimiento. Se contoneaba enfundada en un vestido rojo, jugueteando con un collar y coqueteando con Infidelidad con la mirada. Llevaba los labios pintados de rojo con alguna especie de carmín.

Rollo se quedó muy sorprendido, porque no había visto a ninguna mujer entre los actores. Además, a pesar de que nunca en su vida había presenciado una representación teatral, estaba seguro de que las mujeres tenían prohibido actuar. La compañía parecía estar compuesta de cuatro hombres y un muchacho de unos trece años. Rollo frunció el ceño al mirar a María Magdalena, perplejo; en ese momento se le ocurrió que tenía la misma estatura y corpulencia que el muchacho.

Los espectadores empezaron a sospechar la verdad y se oyeron murmullos de admiración y sorpresa, pero Rollo también oyó exclamaciones de protesta, sofocadas pero claras, y al mirar alrededor vio que procedían del rincón desde el que Philbert Cobley y su familia estaban viendo la obra. Los católicos eran bastante laxos con las obras de teatro, siempre y cuando hubiese algún mensaje religioso, pero algunos de los ultraprotestantes estaban en contra de ellas. Que un varón se vistiera de mujer era precisamente la clase de cosa que solía despertar la más absoluta indignación entre ellos, sobre todo cuando el personaje femenino adoptaba una actitud seductora y sensual. Rollo vio que todos estaban muy serios, siguiendo el desarrollo de la obra con el gesto impertérrito, todos menos uno: el joven y brillante secretario de Philbert, Donal Gloster, que se reía tan abiertamente y con tantas ganas como los demás. Rollo y todos los jóvenes de la ciudad sabían que Donal estaba enamorado de la hija de Philbert, Ruth. Rollo supuso que Donal solo era protestante para ganarse el corazón de Ruth.

En el escenario, Infidelidad estrechó a María Magdalena entre sus brazos y le dio un lujurioso y prolongado beso. Aquello provocó un nuevo estallido de risas, carcajadas y silbidos, sobre todo entre el público masculino más joven, quienes para entonces ya habían descubierto que María era un chico.

Sin embargo, Philbert Cobley no le veía la gracia por ninguna parte. Era un hombre corpulento, bajo pero ancho de espaldas, con una calva incipiente y una barba descuidada. En ese momento tenía la cara roja como la grana, y blandía el puño en el aire gritando algo que no se podía oír. Al principio, nadie le prestó atención, pero cuando los actores interrumpieron el beso al fin y cesaron las risas, el público se volvió para localizar el origen de los gritos.

De pronto, Rollo vio como el conde Swithin se percataba del griterío y su rostro adoptaba una expresión enfurecida. «Aquí va a haber problemas», pensó.

Philbert dejó de gritar, dijo algo a su entorno más inmediato y se dirigió hacia la puerta. Su familia fue tras él. Donal también lo siguió, pero Rollo se dio cuenta de que lo hacía a regañadientes.

Swithin se levantó del sillón y se dirigió hacia ellos.

—¡Quedaos donde estáis! —vociferó—. No he dado permiso a nadie para que se marche.

Los actores se detuvieron y se volvieron para ver qué sucedía entre el público, un intercambio de papeles cuya ironía no pasó desapercibida para Rollo.

Philbert se detuvo y se dio media vuelta.

—¡No nos quedaremos en este palacio de Sodoma! —le gritó a Swithin, y siguió andando hacia la puerta.

—¡Protestante orgulloso y engreído! ¡Mirad cómo se pavonea! —gritó Swithin, y echó a correr hacia Philbert.

El hijo de Swithin, Bart, se interpuso en el camino de su padre, levantando una mano para apaciguarlo.

—Deja que se vayan, padre —dijo—. No merece la pena.

Swithin lo apartó a un lado de un empujón y cayó sobre Philbert.

—¡Te mataré, por Cristo en la cruz!

Lo agarró del cuello y empezó a estrangularlo. Philbert cayó de rodillas y Swithin se inclinó sobre él, atenazándolo con fuerza pese a su mutilada mano.

Todos empezaron a gritar. Varios hombres y mujeres tiraron de las mangas de Swithin, tratando de apartarlo de Philbert, pero tenían miedo de hacer daño a un conde, aunque estuviese a punto de cometer un asesinato. Rollo se mantuvo al margen, pues le traía sin cuidado si Philbert vivía o moría.

Ned Willard fue el primero en actuar con decisión. Pasó el brazo derecho alrededor del cuello de Swithin, encajando la parte interna del codo bajo el mentón del conde, y tiró hacia arriba y hacia atrás. Swithin no pudo hacer otra cosa más que apartarse y soltar el cuello de Philbert.

Rollo recordó que Ned siempre había sido así; ya incluso de muy pequeño, en la escuela, era un niño desvergonzado y peleón, dispuesto a desafiar a los muchachos mayores, y él se había visto obligado a enseñarle más de una lección con la vara. Luego Ned había madurado y le habían crecido las manos y los pies, y a pesar de que aún era más bajo de estatura que la media, los chicos mayores habían aprendido a sentir respeto por sus puños.

En ese momento Ned soltó a Swithin y, muy sabiamente, se alejó, mezclándose de nuevo entre la multitud. Furioso, Swithin se dio media vuelta para buscar a su atacante, pero no podía saber quién había sido. Tarde o temprano acabaría averiguándolo, supuso Rollo, pero para entonces ya estaría sobrio.

Philbert se levantó, frotándose el cuello, y se encaminó hacia la puerta con paso tambaleante, sin que Swithin lo viera.

Bart cogió a su padre del brazo.

—Vamos a tomar otra copa de vino y a ver la obra —dijo—. Dentro de un momento aparecerá la Concupiscencia Carnal.

Philbert y su familia llegaron a la puerta.

Swithin se quedó mirando a Bart con gesto colérico durante largo rato. Al parecer, había olvidado con quién se suponía que estaba enfadado.

Los Cobley abandonaron la sala y la enorme puerta de roble se cerró con estruendo a su espalda.

—¡Que continúe la obra! —gritó el conde.

Los actores reanudaron su representación.

2

I

Pierre Aumande se ganaba la vida aliviando a los parisinos del exceso de dinero, tarea que en días como aquel, entre festejos y celebraciones, resultaba extremadamente fácil.

Todo París estaba exultante: el ejército francés había conquistado Calais, recuperando la ciudad de manos de los bárbaros ingleses que habían conseguido hacerse con ella doscientos años atrás. En todas y cada una de las tabernas de la ciudad los hombres bebían a la salud del Acuchillado, duque de Guisa, el gran general que había borrado la antigua mancha del orgullo nacional.

La taberna de Saint-Étienne, en el barrio llamado Les Halles, no era ninguna excepción. En un extremo de la sala, un pequeño grupo de jóvenes jugaba a los dados y brindaba a la salud del Acuchillado cada vez que alguien ganaba. Junto a la puerta había una mesa de hombres de armas celebrando los acontecimientos como si ellos mismos hubieran conquistado Calais. En una esquina, una prostituta se había desplomado sobre una mesa y el pelo se le estaba empapando en un charco de vino.

Ese tipo de celebraciones suponía una oportunidad de oro para los hombres como Pierre.

Era estudiante en la Universidad de la Sorbona y había explicado a sus compañeros que gozaba de una generosa asignación por parte de sus padres, cuyo hogar se encontraba en la región de la Champaña. En realidad su padre no le daba nada, y su madre se había gastado los ahorros de una vida en un conjunto de ropa nueva para que él pudiera lucirla en París, de modo que estaba sin blanca. Daban por sentado que Pierre se mantendría gracias a trabajos de escribiente como copiar documentos legales, igual que muchos estudiantes. No obstante, él se costeaba de otro modo el derroche a manos llenas que exigían los placeres que ofrecía la ciudad. Ese día llevaba un jubón a la moda de paño azul con unos cortes que dejaban ver el forro de seda blanca de debajo. Ropas así no podrían pagarse copiando documentos ni durante un año entero.

Mientras observaba la partida de dados, dedujo que los jugadores debían de ser hijos de ciudadanos prósperos: joyeros, abogados y maestros constructores. Uno de ellos, Bertrand, barría con todo. Al principio Pierre sospechó que Bertrand era un estafador como él y lo observó con detalle, intentando descubrir cómo hacía las trampas. Sin embargo, al final resolvió que no había treta alguna; Bertrand, simplemente, gozaba de una racha de buena suerte.

Lo cual brindó a Pierre su oportunidad.

Cuando Bertrand hubo ganado un poco más de cincuenta *livres*, las libras francesas, sus amigos salieron de la taberna con los bolsillos vacíos. Entonces pidió una botella de vino y una ración de queso, y en ese momento intervino Pierre.

—El primo de mi abuelo era muy afortunado, como vos —dijo con aquel tono afable y despreocupado que en el pasado le había prestado tan buen servicio—. Siempre que jugaba, ganaba. Luchó en Marignano y sobrevivió. —Pierre se inventaba la historia a medida que la contaba—. Se casó con una muchacha pobre, porque era bella y la amaba, y luego heredó un molino de un tío suyo. Tuvo un hijo que llegó a ser obispo.

—Yo no siempre tengo suerte.

Bertrand no era tonto del todo, pensó Pierre, aunque probablemente sí lo bastante ingenuo.

—Seguro que hubo alguna muchacha a quien parecíais no gustarle hasta que un buen día os besó.

Pierre sabía que muchos hombres habían vivido una experiencia así durante la adolescencia, pero Bertrand creyó que la perspicacia de Pierre era asombrosa.

—¡Sí! —exclamó—. Clotilde… ¿Cómo lo habéis adivinado?

—Ya os lo he dicho, sois muy afortunado. —Se inclinó para acercarse y habló en voz más baja, como si le estuviera confiando un secreto—. Un día, cuando el primo de mi abuelo era anciano, un mendigo le reveló el secreto de su buena fortuna.

Bertrand fue incapaz de resistirse.

—¿Cuál era?

—El mendigo le dijo así: «Cuando vuestra madre os tenía en su vientre, me dio una moneda, y por eso durante toda la vida os ha sonreído la buena fortuna». Es la verdad.

Bertrand se mostró decepcionado, pero Pierre levantó un dedo en el aire, cual mago a punto de ejecutar un truco.

—En ese momento el mendigo se despojó de sus ropas miserables y le enseñó que era... ¡un ángel!

Bertrand parecía escéptico y atemorizado a partes iguales.

—El ángel bendijo al primo de mi abuelo antes de marcharse volando al Cielo. —Pierre bajó la voz hasta convertirla en un susurro—. Creo que vuestra madre le dio limosna a un ángel.

—Puede ser —respondió Bertrand, que no estaba del todo borracho.

—¿Es tal su naturaleza? —preguntó Pierre, consciente de que pocos hombres responderían que no a una pregunta así.

—Mi madre es una santa.

—Ya lo veis.

Pierre pensó un instante en su propia madre y en lo decepcionada que se sentiría si supiera que su modo de ganarse la vida era estafando dinero al prójimo. «Bertrand lo está pidiendo a gritos —se imaginó justificándose—; es un jugador y un borracho.» Sin embargo, la excusa no satisfizo a su madre ni siquiera en el plano imaginario.

Apartó la idea de su mente; no era momento para dudar de sí mismo. Bertrand estaba empezando a morder el anzuelo, de modo que Pierre prosiguió.

—Hubo un hombre mayor que vos, y que no es vuestro padre, que os aconsejó sabiamente por lo menos una vez.

Bertrand abrió los ojos con gran sorpresa.

—Nunca comprendí por qué monsieur Larivière me había prestado tanta ayuda.

—Lo envió vuestro ángel de la guarda. ¿En alguna ocasión os habéis librado por muy poco de resultar herido o muerto?

—Una vez, cuando tenía cinco años, decidí cruzar el río para regresar a mi hogar. Estuve a punto de ahogarme, pero un fraile que pasaba por allí me salvó.

—No era ningún fraile, era vuestro ángel de la guarda.

—Es asombroso... ¡Tenéis razón!

—Vuestra madre ayudó a un ángel disfrazado, y desde entonces ese ángel ha estado velando por vos. Os lo digo yo.

Pierre aceptó una copa de vino y un pedazo de queso. La comida que no había que pagar era siempre bienvenida.

Estaba estudiando para ser sacerdote porque era un modo directo de ascender en la escala social. Con todo, a los pocos días de ingresar en la universidad, se dio cuenta de que ya de entrada los alumnos estaban divididos en dos grupos con destinos radicalmente distintos. Los jóvenes hijos de nobles y ricos mercaderes se convertirían en abades y obispos (nada menos); algunos incluso sabían de antemano qué abadía o qué diócesis, dotada de buenos fondos, regirían, pues tales cargos eran en realidad propiedad privada de una determinada familia. Por contra, los inteligentes hijos de médicos de provincias y mercaderes de vino se convertirían en párrocos rurales.

Pierre pertenecía al segundo grupo, pero estaba decidido a unirse al primero.

Al principio la división era apenas perceptible, y durante aquellos primeros días Pierre se había pegado con determinación a la élite. Enseguida perdió su acento regional y aprendió a hablar con el deje característico de los aristócratas. Tuvo un golpe de suerte cuando el acaudalado vizconde de Villeneuve, que por despiste había salido de casa sin blanca, le pidió que le prestara veinte libras hasta el día siguiente. Era todo el dinero con que contaba Pierre, pero le pareció una oportunidad única, así que se lo entregó a Villeneuve sin darle ninguna importancia. El vizconde olvidó pagarle al día siguiente.

Pierre estaba desesperado, pero no dijo nada. Esa noche cenó gachas porque no podía permitirse el pan. Sin embargo, Villeneuve olvidó pagarle también al cabo de dos días.

Pierre siguió sin decir nada. Sabía que si le pedía que le devolviera el dinero, Villeneuve y sus amigos comprenderían de inmediato que en realidad no era uno de ellos, y su aceptación era algo que ansiaba más que disponer de comida.

Había pasado un mes cuando el joven noble se dirigió a él con tono lánguido.

—¿Sabes, Aumande? Diría que no he llegado a devolverte las veinte libras, ¿verdad?

Haciendo un enorme acopio de voluntad, Pierre respondió:

—Querido compañero, no tengo ni idea. Olvídalo, por favor. —Y tuvo la inspiración de añadir—: Es obvio que necesitabas ese dinero.

Los otros estudiantes se habían echado a reír, puesto que sabían lo rico que era Villeneuve, y el ingenio de Pierre había afianzado su posición como miembro del grupo.

Cuando Villeneuve le entregó un puñado de monedas de oro, él las dejó caer en su bolsillo sin siquiera contarlas.

Lo aceptaron, pero eso implicaba que debía vestir como ellos, alquilar carruajes para los desplazamientos, jugar sin límites y pedir comida y bebida en las tabernas como si pagarlas no le supusiera nada.

Pierre siempre pedía dinero prestado, lo devolvía solo cuando no tenía más remedio e imitaba la mala memoria de Villeneuve para los asuntos económicos. Con todo, a veces necesitaba obtener dinero contante y sonante, y por ello agradecía al Cielo que existieran los memos como Bertrand.

Lentamente pero con aplomo, mientras Bertrand iba vaciando la botella de vino, Pierre introdujo en la conversación la excepcional oportunidad de compra.

Cada vez se trataba de algo distinto. Ese día se sacó de la manga a un alemán con pocas luces —el tonto de la historia siempre era extranjero— que había heredado joyas de una tía suya y quería vendérselas a Pierre por cincuenta libras, ajeno al hecho de que su valor equivalía a cientos. Pierre no tenía cincuenta libras, le dijo a Bertrand, pero cualquiera que dispusiera del dinero podría multiplicar esa cantidad por diez. La historia no tenía que ser muy creíble, pero la forma de contarla era crucial. Pierre tenía que parecer reacio a aceptar que Bertrand se implicara en el trato, nervioso por la idea de que este comprara las joyas, molesto ante su propuesta de que aceptara las cincuenta libras que había ganado en el juego y se marchara para efectuar la compra de su parte.

Bertrand estaba suplicando a Pierre que aceptara el dinero, y este se disponía a guardárselo en el bolsillo y desaparecer de la vida de aquel hombre para siempre cuando, de pronto, la viuda Bauchene entró en el local.

Pierre trató de conservar la calma.

En París había trescientas mil personas, y nunca pensó que el riesgo de tropezarse accidentalmente con alguna de sus antiguas víctimas fuera muy elevado, sobre todo porque procuraba mantenerse alejado de los lugares que estas solían frecuentar. Había tenido muy mala suerte.

Se volvió de espaldas, pero no fue lo bastante rápido y entonces la mujer lo vio.

—¡Tú! —gritó, señalándolo.

A Pierre le entraron ganas de asesinarla.

Era una mujer atractiva de unos cuarenta años, con una amplia sonrisa y un cuerpo voluptuoso. Le doblaba la edad a Pierre, pero este la había seducido con gusto. A cambio, ella se había volcado en enseñarle formas de hacer el amor por él desconocidas y, lo más importante, le prestaba dinero siempre que se lo pedía.

Cuando su aventura amorosa empezó a perder interés, ella se hartó de darle dinero. En ese momento cualquier mujer casada habría puesto fin a tanto derroche y habría cortado la relación diciéndose que la lección le había costado cara, ya que no podía destapar el engaño de Pierre porque ello significaría confesar su adulterio. Sin embargo, en el caso de una viuda era distinto. Pierre pudo comprobarlo cuando madame Bauchene se volvió en su contra, puesto que se despachó a gusto con todo aquel dispuesto a escuchar sus quejas.

¿Existía alguna forma de evitar que levantara sospechas en Bertrand? Era difícil, pero había conseguido cosas más insólitas.

Tenía que hacerla salir de esa taberna lo más rápido posible.

Se dirigió a Bertrand en voz baja:

—Esa pobre mujer está como un cencerro. —Dicho esto, se puso en pie, hizo una reverencia y añadió con un tono glacial puramente cortés—: Madame Bauchene, estoy a vuestro servicio, como siempre.

—En tal caso, devuélveme las ciento doce libras que me debes.

Qué contratiempo. Pierre deseaba fervientemente mirar a Bertrand para poder evaluar su reacción, pero eso delataría su nerviosismo, por lo que se contuvo y no lo hizo.

—Os entregaré el dinero mañana por la mañana, si tenéis la deferencia de mencionar un lugar.

—¡Me habéis dicho que no disponéis siquiera de cincuenta libras! —exclamó Bertrand, tambaleándose.

La cosa se estaba poniendo cada vez peor.

—¿Por qué esperar a mañana? ¿Qué problema hay en que sea ahora? —dijo madame Bauchene.

Pierre se esforzó por conservar su aparente indiferencia.

—¿Quién lleva tanto oro en su bolsa?

—Eres un mentiroso de tomo y lomo —respondió la viuda—, pero a mí ya no me engañas.

Pierre oyó que Bertrand soltaba un gruñido de sorpresa; estaba empezando a atar cabos. No obstante, él siguió intentándolo. Se puso muy tieso y se hizo el ofendido.

—Madame, estáis hablando con Pierre Aumande de Guisa. Tal vez reconozcáis el nombre de mi familia, así que sed tan amable de dar por seguro que nuestro honor no permite engaño alguno.

Uno de los hombres sentado a la mesa que había junto a la puerta y que bebía a la salud de «Calais para los franceses», levantó la cabeza y miró a Pierre con severidad. El hombre había perdido la mayor parte de la oreja derecha en una batalla, y Pierre, al verlo, sufrió unos instantes de desazón, pero tenía que concentrarse en la viuda.

—Tu nombre no sé cuál es, pero honor no tienes ninguno, bribón. Quiero mi dinero.

—Lo tendréis, os lo aseguro.

—Pues llévame a tu casa ahora.

—Temo que no puedo daros gusto. Mi madre, madame de Châteauneuf, no os consideraría una huésped adecuada.

—Tu madre no se llama madame de nada —se burló la viuda.

—Creía que erais estudiante y vivíais en la residencia universitaria —intervino Bertrand, que parecía más sobrio a cada minuto que pasaba.

«Se acabó lo que se daba», se dijo Pierre. Había perdido su oportunidad con Bertrand.

—Podéis iros al infierno —exclamó furioso, volviéndose hacia el hombre antes de dirigirse de nuevo a madame Bauchene, y sintió una punzada de nostalgia por su cuerpo cálido y prieto y su alegre lascivia, pero endureció el corazón—. Y vos también —le dijo, cubriéndose con la capa.

Menuda pérdida de tiempo. Al día siguiente, tendría que volver a empezar de cero. Pero... ¿y si se tropezaba con otra de sus antiguas víctimas? Se puso de mal humor, qué noche tan penosa. Se oyeron nuevos vítores por «Calais para los franceses». «Al diablo con Calais», pensó Pierre, y se dirigió a la puerta.

Para su sorpresa, el hombre de armas con la oreja mutilada se había puesto de pie y le bloqueaba el paso.

«Por el amor de Dios, qué ocurre ahora», pensó Pierre.

—Hazte a un lado —le dijo al hombre con tono altivo—. Esto no tiene nada que ver contigo.

El hombre se quedó donde estaba.

—Te he oído decir que tu nombre es Pierre Aumande de Guisa.

—Así es, o sea que será mejor que te apartes de mi camino si no quieres tener problemas con mi familia.

—La familia de Guisa no me causará ningún problema —dijo el hombre con una calma y una confianza que turbaron a Pierre—. Mi nombre es Gaston Le Pin.

Pierre se planteó apartar al hombre de un empujón y largarse corriendo, por lo que lo miró de arriba abajo. Le Pin tenía unos treinta años y era más bajo que Pierre pero ancho de espaldas. Tenía unos ojos azules de mirada severa. La oreja mutilada daba a entender que no le resultaba desconocida la violencia, de modo que no sería fácil apartarlo de un empujón.

Pierre se esforzó por mantener el tono de superioridad.

—¿Y qué quieres decir con eso, Le Pin?

—Que trabajo para la familia de Guisa. Soy el jefe de la guardia.

Pierre se vino abajo.

—Y te detengo en nombre del duque de Guisa por hacer uso fraudulento de un nombre aristocrático.

—¡Lo sabía! —exclamó la viuda Bauchene.

—Buen señor, debéis saber que…

—Guárdate las palabras para el juez —soltó Le Pin con aire desdeñoso—. Rasteau, Brocard, prendedlo.

Sin que Pierre lo advirtiera, dos de los hombres de armas sentados a la mesa se habían levantado y se habían situado silenciosamente junto a él, uno a cada lado. Lo cogieron por los brazos, y a Pierre sus manos se le antojaron correas de acero, por lo que no se molestó en forcejear. Le Pin hizo una señal afirmativa con la cabeza y los hombres salieron de la taberna llevándose a Pierre.

—¡Ojalá te cuelguen! —oyó gritar a la viuda.

Estaba oscuro, pero las estrechas calles llenas de recovecos bullían con la presencia de juerguistas y el ruido de los cantos patrióticos y los gritos de «¡Larga vida al Acuchillado!».

Rasteau y Brocard avanzaban deprisa, y Pierre tenía que espabilarse para seguirles el ritmo y evitar que lo arrastraran por las calles.

Le aterrorizaba pensar qué castigo podían imponerle; hacerse pasar por un noble era un delito muy grave. Además, aunque saliera relativamente airoso, ¿qué futuro le esperaba? Era posible que encontrara a otros ingenuos como Bertrand, y a mujeres casadas a las que seducir; pero a cuantas más personas engañara, más probabilidades había de que estas acabaran pidiéndole explicaciones. ¿Cuánto tiempo podría mantener ese estilo de vida?

Echó un vistazo a los guardias. Rasteau, el mayor con una diferencia de cuatro o cinco años, no tenía nariz, tan solo dos agujeros rodeados de piel enquistada que formaba una cicatriz, sin duda resultado de una pelea con cuchillos. Pierre aguardó a que empezaran a aburrirse y dejaran de sujetarlo con tanta firmeza para poder soltarse, echar a correr y perderse entre la multitud, pero ambos seguían alerta y pendientes de cualquiera de sus movimientos, agarrándolo con fuerza.

—¿Adónde me lleváis? —preguntó, pero los hombres no se molestaron en responderle. En vez de eso, estaban enfrascados en una conversación sobre luchas con espada que al parecer habían iniciado en la taberna.

—Olvídate del corazón —dijo Rasteau—. Es posible que la punta resbale sobre las costillas y no causes a tu rival más que un rasguño.

—¿Pues adónde apuntarías tú? ¿A la garganta?

—Es un blanco demasiado pequeño. Yo apuntaría al vientre. Una hoja bien clavada en el vientre no mata de inmediato a un hombre, pero lo paraliza porque el dolor es tan intenso que no puede pensar en nada más.

Soltó una risita chillona cuyo sonido resultaba inesperado al proceder de alguien de aspecto tan tosco.

Pierre pronto descubrió adónde iban. Torcieron en la rue Vieille du Temple. Pierre sabía que allí era donde la familia de Guisa había hecho construir su nuevo palacio, el cual ocupaba una manzana entera. A menudo soñaba con subir los pulidos escalones y entrar en el gran vestíbulo. Sin embargo, accedieron a la casa por la portezuela del jardín y la entrada de la cocina. Bajaron unas escaleras que conducían al sótano, donde olía a queso y se amontonaban cajas y barriles. Lo arrojaron sin miramientos dentro de una habitación y tras él la puerta se cerró de golpe. Oyó una barra deslizándose dentro de un soporte, y cuando intentó abrir la puerta, no pudo.

En la celda hacía frío y apestaba como la letrina de una taberna. En el pasillo, una vela proyectaba una tenue luz a través del ventanuco cubierto con una reja que había en la puerta. Observó el suelo de tierra y el techo abovedado de ladrillo. El único accesorio era un orinal que alguien había usado y no había llegado a vaciar; de ahí el hedor.

Resultaba asombroso con qué rapidez su vida se había venido abajo.

Dio por seguro que iba a pasar la noche allí, así que se sentó en el suelo y se recostó en la pared. Por la mañana lo llevarían ante un juez, de modo que tenía que pensar lo que le diría. Necesitaba idear alguna historia que soltar durante el juicio. Si lo hacía bien, tal vez se librara de un duro castigo.

Sin embargo, se encontraba demasiado abatido para inventarse algún cuento. No dejaba de preguntarse qué sucedería cuando todo aquello hubiera terminado. Disfrutaba mucho llevando aquella vida de miembro de la clase acaudalada: apostando y perdiendo dinero en peleas de perros, dando propinas exageradas a las taberneras, comprando guantes hechos con piel de cabritilla… Aquel estilo de vida lo mantenía en un estado de perpetua alegría y vitalidad que no iba a olvidar jamás.

¿Debía darlo por perdido?

Lo que más le complacía era la forma en que los demás lo habían aceptado. No tenían ni idea de que fuera bastardo e hijo de bastardo. No captaba la más mínima condescendencia en su trato; al contrario, a menudo pasaban a buscarlo de camino a alguna de sus escapadas de placer. Si por algún motivo se quedaba atrás mientras se desplazaban de una a otra de las tabernas del barrio universitario, alguno de ellos siempre decía: «¿Dónde está Aumande?». Entonces se detenían y esperaban a que los alcanzara. Al recordarlo en esos momentos, le entraron ganas de echarse a llorar.

Se arrebujó en su capa. ¿Sería capaz de dormir sobre el frío suelo? Cuando compareciera ante el tribunal, quería dar la impresión de ser un auténtico miembro de la familia de Guisa.

En su celda se hizo la luz. Oyó un ruido en el pasillo. Alguien desatrancó la puerta y la abrió de par en par.

—¡En pie! —exclamó una voz áspera.

Pierre se levantó apresuradamente.

De nuevo lo agarraron por el brazo con suficiente fuerza para disipar cualquier ilusión de poder escapar.

Gaston Le Pin aguardaba fuera de la celda. Pierre hizo acopio de su antigua arrogancia hecha pedazos.

—Imagino que vais a soltarme —dijo—. Exijo una disculpa.

—Cierra la boca —espetó Le Pin.

Lo guio por el pasillo hasta las escaleras de la parte de atrás de la casa, luego cruzaron la planta baja y subieron una amplia escalinata. El desconcierto de Pierre era absoluto: por una parte lo trataban como a un criminal, pero por la otra lo conducían a la planta noble del palacio como si fuera un invitado.

Le Pin lo hizo pasar a una sala en la que lucían una alfombra de motivos variados, unas gruesas cortinas con brocados multicolor y un gran cuadro sobre la chimenea que mostraba a una voluptuosa mujer desnuda. Dos hombres bien vestidos estaban sentados en sendos sillones tapizados, discutiendo en voz baja. Entre ellos había una pequeña mesa con una jarra de vino, dos copas y un plato lleno de frutos de cáscara, fruta desecada y galletitas. Los hombres ignoraron a los recién llegados y siguieron hablando sin prestar atención al hecho de que pudieran escucharlos.

No cabía duda de que eran hermanos, ambos de complexión agradable, pelo claro y barba rubia. Pierre los reconoció; eran los hombres más famosos de Francia después del rey.

Uno de ellos tenía unas tremendas cicatrices en ambas mejillas, las marcas de una lanza que había atravesado la boca de lado a lado. La leyenda decía que la punta de la lanza había quedado allí alojada, y que él había regresado a caballo hasta su tienda y ni siquiera había gritado cuando el cirujano retiró la hoja. Era Francisco, duque de Guisa, conocido como el Acuchillado. Faltaban pocos días para su trigésimo noveno cumpleaños.

El hermano más joven, nacido el mismo día cinco años más tarde, era Carlos, cardenal de Lorena. Vestía las ropas de vivo color púrpura propias de su cargo eclesiástico. Había sido nombrado arzobispo de Reims a la edad de catorce años, y gozaba de tantas posiciones lucrativas en la Iglesia que era uno de los hombres más ricos de Francia, con una renta anual que ascendía a la increíble cantidad de trescientas mil libras.

Pierre había soñado durante años con conocer a aquellos dos hombres, que eran los más poderosos de Francia sin contar, obviamente, a la familia real. En su fantasía lo apreciaban como consejero, hablaban con él casi de igual a igual y buscaban sus recomendaciones para las decisiones políticas, financieras e incluso militares.

En cambio, allí estaba, frente a ellos, acusado de ser un criminal.

Escuchó su conversación.

—El rey no ha terminado de recuperar su prestigio después de la derrota de San Quintín —dijo el cardenal Carlos en voz baja.

—Pero sin duda mi victoria en Calais ha resultado de ayuda —repuso el duque Francisco.

Carlos negó con la cabeza.

—Ganamos esa batalla, pero estamos perdiendo la guerra.

73

Pierre se sentía fascinado a pesar del miedo. Francia había luchado contra España por el dominio del reino de Nápoles y otros estados de la península italiana. Inglaterra se había aliado con España. Francia había conseguido recuperar Calais, pero no los estados italianos. El pacto no había resultado del todo ventajoso, aunque muy poca gente se atrevía a confesarlo abiertamente. Los dos hermanos tenían una confianza ciega en su poder.

Le Pin aprovechó una pausa para intervenir.

—Este es el impostor, mis señores.

Los hermanos levantaron la cabeza.

Pierre recobró la compostura. Había conseguido escabullirse de situaciones delicadas con anterioridad gracias a su discurso ágil y sus mentiras verosímiles. Se dijo que debía tomarse aquel problema como una oportunidad: si permanecía atento y conservaba la capacidad de pensar con rapidez, tal vez incluso saliera ganando con el encuentro.

—Buenas noches, mis señores —dijo dándose importancia—. Qué honor tan inesperado.

—Habla solo cuando te hablen, hijo de perra —le ordenó Le Pin.

Pierre se volvió hacia él.

—Abstente de utilizar palabras soeces en presencia del cardenal —dijo—. Si no, me encargaré de que recibas una lección.

Le Pin se irritó, pero no se atrevió a golpear a Pierre delante de sus señores.

Los dos hermanos intercambiaron una mirada, y Carlos enarcó una ceja, divertido. Pierre los había sorprendido de veras. Bien.

Fue el duque quien habló.

—Te has hecho pasar por un miembro de nuestra familia. Es una ofensa muy grave.

—Os pido disculpas humildemente. —Y antes de que ninguno de los dos hermanos pudiera responder, prosiguió—: Mi padre es hijo ilegítimo de una lechera de Thonnance-lès-Joinville. —Detestaba tener que contar esa historia porque era cierta y se avergonzaba de ello, pero estaba desesperado, de modo que continuó hablando—: Según la leyenda familiar, su amante era un apuesto joven de Joinville, un primo de la familia de Guisa.

El duque Francisco soltó un gruñido de escepticismo. La residencia de la familia de Guisa estaba en Joinville, en la región de la Champaña, y Thonnance-lès-Joinville se encontraba cerca, como indicaba su nombre. Sin embargo, muchas madres solteras culpaban de su estado a algún amante aristócrata. Aunque, por otra parte, lo cierto era que solían tener razón.

—Mi padre se educó en la Escuela de Gramática y se convirtió en sacerdote de una parroquia gracias a la recomendación del padre de vuestros ilustrísimos señores, cuya alma está en el Cielo; descanse en paz.

Pierre sabía que tal explicación era del todo creíble. Las familias nobles no reconocían abiertamente a sus bastardos, pero solían echarles una mano con la misma naturalidad con la que un hombre se agacharía para quitarle una espina clavada en una pata a un perro que cojea.

—¿Cómo es posible que seas el hijo de un sacerdote célibe? —preguntó el duque Francisco.

—Mi madre es su ama de llaves.

A los sacerdotes no les estaba permitido casarse, pero solían tener amantes, y «ama de llaves» era el eufemismo para designarlas.

—¡De modo que eres ilegítimo por partida doble!

Pierre se sonrojó, y la vergüenza que sentía era auténtica. No necesitaba fingir que se avergonzaba de su cuna. De todos modos, el comentario del duque también sirvió para animarlo, ya que daba a entender que empezaban a tomarse en serio su historia.

—Aunque tu leyenda familiar fuera cierta, no estarías autorizado a usar nuestro nombre, como bien debes de ver —dijo el duque.

—Sé que he obrado mal —reconoció Pierre—, pero toda mi vida he admirado a los De Guisa. Daría mi alma por poder seros útil. Ya sé que vuestro deber es castigarme, pero, por favor, en lugar de eso servíos de mí. Dadme una misión y la cumpliré con meticulosidad, lo juro. Haré cualquier cosa que me pidáis, cualquier cosa.

El duque sacudió la cabeza con aire desdeñoso.

—No logro imaginar qué servicio podrías hacernos.

Pierre estaba desesperado. Había puesto el alma y el corazón en su discurso… y había fracasado.

Entonces intervino el cardenal Carlos.

—Pensándolo bien, puede que haya una posibilidad.

A Pierre el corazón le dio un brinco, esperanzado.

El duque Francisco parecía algo molesto.

—¿En serio?

—Sí.

El duque hizo un gesto con la mano para indicarle «adelante».

—En París hay protestantes —dijo el cardenal Carlos, que era católico a ultranza, lo cual no era de sorprender dada la cantidad de riquezas que le proporcionaba la Iglesia.

Además tenía razón con respecto a los protestantes, pues aunque París era una ciudad eminentemente católica donde todos los domingos predicadores incendiarios arremetían desde sus púlpitos contra la herejía, había una minoría del pueblo dispuesta a escuchar las denuncias contra los sacerdotes que se beneficiaban de las rentas de su iglesia y no hacían nada por la congregación. Algunos sentían tal indignación ante el problema de la corrupción en las iglesias que corrían toda clase de riesgos y asistían a oficios protestantes clandestinos, a pesar de que tal cosa constituía delito.

Pierre simuló escandalizarse.

—¡Debería darse muerte a toda esa gente!

—Y así se hará —dijo Carlos—, pero primero tenemos que encontrarla.

—¡Yo me encargaré de eso! —se apresuró a exclamar Pierre.

—También quiero los nombres de sus esposas y sus hijos, sus amigos y todo aquel con quien se relacionen.

—Muchos de mis compañeros en la Sorbona tienen tendencias heréticas.

—Pregúntales dónde pueden adquirirse libros y panfletos críticos con la Iglesia.

Vender textos protestantes era un delito penado con la muerte.

—Dejaré caer algún comentario —dijo Pierre—. Fingiré que tengo sinceras dudas.

—Sobre todo, quiero saber en qué lugares se reúnen los protestantes para celebrar sus oficios blasfemos.

Pierre frunció el entrecejo, asaltado por un pensamiento. Seguramente la necesidad de disponer de esa información no era algo que hubiera sobrevenido a Carlos en los últimos minutos.

—Eminencia, seguro que disponéis ya de otras personas encargadas de tales indagaciones.

—No tienes por qué saber nada de ellos, ni ellos de ti.

De modo que Pierre formaría parte de un grupo de espías, no sabía cuán numeroso.

—¡Seré el mejor de todos!

—Si es así, recibirás una buena recompensa.

Pierre apenas daba crédito a su buena suerte. Se sentía tan aliviado que deseaba marcharse de inmediato, antes de que Carlos pudiera cambiar de opinión, pero tenía que transmitir serenidad y seguridad.

—Gracias por depositar vuestra confianza en mí, cardenal.

—Oh, por favor, no creas que confío en ti —respondió Carlos con un desdén que no se molestaba en disimular lo más mínimo—, pero en la tarea de exterminar a los herejes, uno se siente obligado a utilizar cuantos medios tenga al alcance.

Pierre no quería marcharse justo tras ese comentario. Necesitaba impresionar de algún modo a los hermanos. Recordó la conversación que mantenían cuando él entró y actuó obviando toda prudencia.

—Cardenal, estoy de acuerdo con lo que decíais sobre la necesidad de fomentar la buena reputación de Su Majestad el rey.

Daba la impresión de que Carlos no sabía si sentirse ofendido o tomarse la afrenta de Pierre por el lado gracioso.

—¿De verdad? —dijo.

Pierre se lanzó.

—Lo que necesitamos es una gran celebración, una muy vistosa y espléndida, para que la gente olvide la vergüenza de San Quintín.

El cardenal hizo una leve inclinación de cabeza, y Pierre, animado, prosiguió:

—Una boda real, por ejemplo.

Los hermanos se miraron el uno al otro.

—¿Sabes qué? Puede que este granuja tenga razón —opinó el duque Francisco.

Carlos asintió.

—He conocido a hombres mejores que entienden mucho menos de política.

Pierre estaba entusiasmado.

—Gracias, mi señor.

Entonces Carlos dejó de interesarse por él.

—Puedes retirarte —dijo, cogiendo la copa de vino.

Pierre dio un paso hacia la puerta, y entonces su mirada recayó en Le Pin. Asaltado por una idea, dio media vuelta.

—Eminencia —dijo, dirigiéndose a Carlos—, cuando tenga las direcciones donde los protestantes celebran sus oficios, ¿debo traéroslas a vos o entregarlas a uno de vuestros sirvientes?

El cardenal se detuvo con la copa en los labios.

—Estrictamente a mí en persona, sin excepción. Retírate —le ordenó, y bebió de su copa.

Pierre captó la mirada de Le Pin y sonrió con aire triunfal.

—Gracias, mi señor —dijo, y abandonó la sala.

II

Sylvie Palot había reparado el día anterior en el apuesto joven del mercado del pescado. No era un vendedor: iba demasiado bien vestido, con un jubón azul cuyas cuchilladas dejaban ver el forro de seda blanca. Ese día lo había visto comprar un poco de salmón, pero lo había hecho de forma despreocupada, sin el verdadero interés de quien va a comerse aquello que ha comprado. Y le había sonreído varias veces.

Le resultaba difícil no sentirse complacida.

Era un hombre bien parecido, con el pelo claro y una incipiente barba rubia. Le calculaba veinte años, tres más de los que tenía ella. Aparentaba una confianza en sí mismo que resultaba muy seductora.

Ella ya tenía un admirador. Entre las amistades de sus padres figuraba la familia Mauriac. Tanto el padre como el hijo eran de corta estatura, y lo compensaban con su talante alegre y bromista. El padre, Luc, era un hombre encantador y caía bien a todo el mundo, lo cual explicaba tal vez por qué tenía tanto éxito como consignatario, pero el hijo, Georges, que era el admirador de Sylvie, no le llegaba a la suela del zapato con sus bromas sosas y sus burdas ocurrencias. La verdad era que necesitaba que se largara lejos un par de años y madurara un poco.

Su nuevo admirador del mercado del pescado se dirigió a ella por primera vez una fría mañana de enero. Había nieve en la orilla del Sena y en el agua de los barriles de los pescaderos se formaban finas capas de hielo. Las gaviotas, que acumulaban el hambre del invierno, volaban en círculo sobre sus cabezas y graznaban llenas de frustración ante el espectáculo de tanta comida a la vista.

—¿Cómo se sabe si el pescado es fresco? —le preguntó el joven.

—Por los ojos —respondió ella—. Si los tiene turbios, es que es viejo. Los ojos deben ser transparentes.

—Como los tuyos —la alabó él.

Ella se echó a reír. Por lo menos tenía ingenio. Georges Mauriac solo sabía decir sandeces como «¿Te han besado alguna vez?».

—Y ábrele las agallas —añadió—. Por dentro tienen que ser rosadas y húmedas. Ay, madre mía... —Se llevó la mano a la boca porque acababa de darle pie a hacer un comentario obsceno sobre algo cuyo interior también era rosado y húmedo, y notó cómo se sonrojaba.

Él la miró con cierto regocijo, pero se limitó a decir:

—Lo tendré en cuenta.

Sylvie agradeció su tacto. No se parecía a Georges Mauriac, era evidente.

El joven permaneció junto a ella mientras compraba tres truchas pequeñas, el pescado favorito de su padre, y pagó por ellas un sueldo y seis dineros. Y se mantuvo a su lado cuando se alejó con el pescado en la cesta.

—¿Cómo te llamas? —preguntó Sylvie.

—Pierre Aumande. Sé que tú eres Sylvie Palot.

—¿Me has estado observando? —le preguntó Sylvie; le gustaba ir al grano.

Él vaciló un momento, con aire avergonzado.

—Sí, supongo que así es —dijo a continuación.

—¿Por qué?

—Porque eres muy guapa.

Sylvie sabía que gozaba de un rostro agradable y transparente, de tez limpia y ojos azules, pero no estaba segura de ser guapa, de modo que preguntó:

—¿Eso es todo?

—Eres muy perspicaz.

O sea que había algo más. No pudo evitar sentirse decepcionada. Qué vanidad por su parte creer, siquiera por unos instantes, que lo había cautivado con su belleza. Tal vez, después de todo, acabara con Georges Mauriac.

—Será mejor que me lo cuentes —dijo, intentando no revelar su desilusión.

—¿Has oído hablar alguna vez de Erasmo de Rotterdam?

Por supuesto que había oído hablar de él. Sylvie notó que se le erizaba el vello de los brazos. Por unos minutos había olvidado que su familia y ella eran criminales, y que podían ser ejecutados por ello si los prendían, pero en ese instante el temor de la familia se hizo patente de nuevo.

No era tan tonta como para contestar a esa pregunta, por mucho que quien la hubiera formulado fuera un hombre de ensueño. Al cabo de un momento se le ocurrió una respuesta evasiva.

—¿Por qué me lo preguntas?

—Soy un estudiante de la universidad. Allí nos enseñan que Erasmo es un hombre malvado, el padre del protestantismo, pero a mí me gustaría leer sus obras para formarme una opinión propia. En la biblioteca no disponen de sus libros.

—¿Y por qué iba yo a saber de esas cosas?

Pierre se encogió de hombros.

—Tu padre es impresor, ¿no?

La había estado observando, eso resultaba obvio, pero era imposible que supiera la verdad.

A Sylvie y a su familia Dios les había encomendado una misión. Su sagrado deber era ayudar a que sus compatriotas conocieran la verdadera religión, cosa que hacían vendiendo libros; sobre todo la Biblia, en francés, desde luego, para que todo el mundo pudiera comprenderla con facilidad y darse cuenta de lo equivocada que estaba la Iglesia católica, pero también discursos escritos por hombres sabios como Erasmo, que explicaban las cosas claramente a aquellos lectores acaso demasiado lentos para sacar las conclusiones apropiadas sin ayuda.

Cada vez que vendían uno de esos libros corrían un riesgo tremendo: el castigo era la muerte.

—¿Qué es lo que te hace pensar que vendemos esa clase de textos? ¡Va contra la ley!

—Uno de mis compañeros de la universidad creía que cabía esa posibilidad, eso es todo.

De modo que solo se trataba de un rumor, aunque eso en sí ya era lo bastante preocupante.

—Bueno, pues, por favor, dile que no lo hacemos.

—De acuerdo.

Pierre parecía decepcionado.

—¿No sabes que los locales de los impresores deben poder ser registrados en cualquier momento en busca de libros ilegales? Nuestra imprenta ha sido inspeccionada varias veces, y nuestra reputación no tiene mácula.

—Felicidades.

Caminó un poco más a su lado antes de detenerse.

—Ha sido un placer conocerte, de todos modos.

—Un momento —dijo entonces Sylvie.

La mayoría de los que compraban publicaciones prohibidas eran personas a quienes ya conocían, hombres y mujeres que rezaban a su lado durante los oficios ilícitos celebrados en lugares discretos. Otros pocos llegaban por recomendación de algún conocido correligionario. Incluso esos eran peligrosos; si los detenían y los torturaban, probablemente acabarían contándolo todo.

Sin embargo, los protestantes debían correr un riesgo aún mayor y hablar con extraños acerca de su fe, ya que era el único modo de dar a conocer el Evangelio. El trabajo que a Sylvie correspondía en la vida era convertir a católicos, y acababa de presentársele la oportunidad de hacer precisamente eso. Si permitía que Pierre se marchara, tal vez no volvería a verlo nunca más.

El joven parecía sincero y se había acercado a ella con cautela, como si de verdad tuviera miedo. No daba la impresión de ser un bocazas ni de querer burlarse, no era un idiota ni un borracho; no se le ocurría ninguna excusa para rechazarlo.

¿Cabía la posibilidad de que estuviera un poco más dispuesta de lo habitual a correr riesgos porque el futuro converso era un joven que parecía sentirse atraído hacia ella? Se dijo que esa cuestión carecía de importancia.

Tenía que jugarse la vida y rezar para que Dios la protegiera.

—Ven esta tarde a la tienda —dijo—. Tráete cuatro libros y compra un ejemplar de *La gramática del latín*. Hagas lo que hagas, no menciones a Erasmo.

—De acuerdo —dijo Pierre, aunque parecía sorprendido ante la repentina determinación de la muchacha.

—Pues entonces nos encontraremos de nuevo en el mercado del pescado al caer la tarde. —La orilla del río estaría desierta a esas horas—. Y tráete *La gramática*.

—Y luego, ¿qué?

—Luego, confía en Dios.

Dio media vuelta y se alejó sin esperar respuesta.

De camino a casa, rezó para haber hecho lo correcto.

París estaba dividida en tres partes: la más grande, llamada la Ville, ocupaba la zona al norte del río Sena, conocida como la orilla derecha. El asentamiento menor al sur del río, en la margen izquierda, se llamaba Universidad, o a veces Quartier Latin debido a todos los estudiantes que hablaban esa lengua. La isla que quedaba en medio recibía el nombre de Île de la Cité, y ahí era donde vivía Sylvie.

Su casa se encontraba a la sombra de la gran catedral de Notre-

Dame. La planta baja la ocupaban la tienda y los libros guardados en armarios con puertas de malla, cerrados con llave. Sylvie y sus padres vivían arriba. En la parte trasera estaba la imprenta. Sylvie y su madre, Isabelle, se ocupaban por turnos de la tienda, mientras su padre, Gilles, que no era buen dependiente, trabajaba con ahínco en el taller.

Sylvie frio las truchas con cebolla y ajo en la cocina de la planta superior y puso el pan y el vino en la mesa. Su gato, Fifi, apareció de la nada. Sylvie le dio la cabeza de una trucha y el gato se la comió con delicadeza, empezando por los ojos. Sylvie estaba preocupada por lo acontecido esa mañana. ¿Aparecería el estudiante? ¿O en su lugar se presentaría un ayudante del juez con un grupo de hombres de armas, para prender a toda la familia acusándolos de herejía?

Sylvie sirvió a Gilles, que comió primero. Era un hombre corpulento, de brazos y hombros fuertes a causa del trabajo físico de tener que levantar las pesadas placas de roble llenas de tipos de imprenta, fabricados con una aleación de plomo. Si estaba de mal humor podía mandar a Sylvie a la otra punta de la sala de un solo manotazo, pero la trucha era hojaldrada y tierna, y el hombre se encontraba en una disposición jovial.

Cuando su padre hubo terminado, Sylvie esperó sentada en la tienda mientras Isabelle comía y luego cambiaron de lugar, pero la muchacha no tenía apetito.

Después de la hora de comer, Sylvie regresó a la tienda. Dio la casualidad de que no había clientes, e Isabelle la interpeló de inmediato.

—¿Por qué estás tan preocupada?

Sylvie le contó su encuentro con Pierre Aumande.

Isabelle se puso nerviosa.

—Deberías haber vuelto a quedar con él para averiguar más cosas antes de pedirle que viniera a la tienda.

—Ya lo sé, pero ¿qué excusa tenía para querer volver a verlo?

Isabelle le dirigió una mirada pícara.

—No se me da bien coquetear, ya lo sabes. Lo siento.

—Me alegro —dijo Isabelle—. Eso te pasa por ser demasiado sincera. De todos modos debemos correr riesgos, es nuestra cruz.

—Espero que no sea de los que sufren ataques repentinos de culpabilidad y se lo sueltan todo a su confesor.

—Más posibilidades hay de que se asuste y se eche atrás. Es probable que no vuelvas a verlo nunca.

No era eso lo que Sylvie esperaba que ocurriera, pero no lo dijo.

La conversación se vio interrumpida por un cliente. Sylvie lo miró con curiosidad; la mayoría de las personas que entraban en la tienda iban bien vestidas, pues los pobres y los harapientos no podían permitirse comprar libros. Las ropas de aquel joven todavía podían usarse, pero eran sencillas y estaban muy desgastadas. Su grueso abrigo tenía manchas de haber andado de acá para allá, y sus fuertes botas estaban cubiertas de polvo. Debía de ser algún viajero de paso por la ciudad. Parecía fatigado e inquieto, y Sylvie sintió una punzada de compasión.

—Quisiera hablar con Gilles Palot —dijo con acento forastero.

—Iré a buscarle —se ofreció Isabelle, y se dirigió al taller de la trastienda.

Sylvie sentía curiosidad. ¿Qué querría aquel viajero de su padre, si no era comprar un libro?

—¿Habéis recorrido un largo camino? —lo tanteó.

Antes de que el hombre pudiera responder entró otro cliente. Sylvie reconoció que se trataba de un clérigo de la catedral. Ella y su madre tenían buen cuidado de mostrarse reverentes y serviciales con los sacerdotes. Gilles no lo hacía, pero se mostraba gruñón con todo el mundo.

—Buenas tardes, arcediano Raphael; nos alegramos mucho de veros por aquí, como siempre.

De repente, el joven de la capa mugrienta pareció sentirse molesto, y Sylvie se preguntó si tendría algún motivo para sentir aversión por los arcedianos.

—¿Tenéis algún ejemplar de los Salmos? —preguntó Raphael.

—Desde luego.

Sylvie abrió uno de los armarios cerrados con llave y sacó una versión en latín, dando por sentado que Raphael no deseaba la traducción al francés, ni siquiera la que había sido aprobada por la facultad de teología de la Sorbona. Supuso que el arcediano iba a comprar un regalo, pues él ya debía de tener la Biblia entera.

—Este será un bonito regalo —dijo—. El labrado de la cubierta está hecho con pan de oro, y la impresión es en dos colores.

Raphael pasó las páginas.

—Me complace en alto grado.

—Cinco libras —dijo Sylvie—, un precio muy razonable.

Era una pequeña fortuna para la gente corriente, pero los arcedianos no eran gente corriente.

En ese momento entró un tercer cliente, y Sylvie reconoció a Pierre Aumande. Sintió un ligero rubor de satisfacción al ver su rostro sonriente, aunque esperaba tener razón al haberlo considerado discreto; si empezaba a hablar de Erasmo delante de un arcediano y de un misterioso desconocido, sería una catástrofe.

Su madre salió de la parte trasera del local y se dirigió al viajero.

—Mi marido estará con vos en un momento. —Al ver que Sylvie estaba atendiendo al arcediano, se volvió hacia el otro cliente—. ¿Hay algo en que pueda serviros, señor?

Sylvie captó la atención de su madre y abrió un poco los ojos en señal de advertencia para indicarle que el recién llegado era el estudiante de quien le había estado hablando. Isabelle respondió con una inclinación de cabeza apenas perceptible, dando a entender que lo había comprendido. Madre e hija se habían vuelto unas expertas en comunicarse sin palabras, puesto que vivían con Gilles.

—Necesito un ejemplar de *La gramática del latín*.

—Enseguida.

Isabelle se dirigió al armario correspondiente, dio con el libro y lo llevó hasta el mostrador.

Gilles emergió de la trastienda. Había tres clientes, dos de los cuales estaban siendo atendidos, de modo que dio por sentado que quien había requerido su presencia era el tercero.

—¿Sí? —preguntó.

Los modales del hombre eran, por lo general, bruscos, por eso Isabelle intentaba mantenerlo alejado de la tienda.

El viajero vaciló; parecía incómodo.

—¿Preguntabais por mí? —dijo Gilles, impaciente.

—Mmm… ¿Disponéis de un libro de historias de la Biblia en francés, con ilustraciones?

—Por supuesto que sí —respondió Gilles—. Es el libro que más vendo. Pero podríais habérselo pedido a mi esposa en lugar de hacer que abandonara los trabajos de imprenta para acudir aquí.

Sylvie pensó, y no por primera vez, que ojalá su padre fuera más agradable con los clientes. Sin embargo, resultaba extraño que el viajero hubiera preguntado por él para luego pedir algo tan corriente. Miró a su madre y observó que torcía ligeramente el gesto, lo cual era indicativo de que también Isabelle había reparado en algo que no encajaba.

Se dio cuenta de que Pierre estaba escuchando la conversación, al parecer tan intrigado como ella misma.

—La gente debe oír las historias de la Biblia de boca de sus párrocos —dijo el arcediano de mal humor—. Si empiezan a leerla por su cuenta, seguro que acabarán haciéndose una idea equivocada. —Dejó unas monedas de oro sobre el mostrador para pagar los Salmos.

«O tal vez acabarán por hacerse una idea acertada», se dijo Sylvie. En los tiempos en que la gente corriente no podía leer la Biblia, los párrocos tenían poder para explicar cualquier cosa, y eso era lo que querían. Les aterraba que la luz de la palabra de Dios brillara en sus enseñanzas y sus prácticas.

Pierre adoptó un tono adulador.

—Tenéis razón, reverencia…, si se le permite expresar su opinión a un humilde estudiante. Debemos mantenernos firmes, o cada zapatero y cada tejedor terminará por formar una secta propia.

Se creía que los artesanos independientes, tales como los zapateros y los tejedores, eran más susceptibles de convertirse en protestantes. Su trabajo les dejaba tiempo a solas para pensar, imaginó Sylvie, y no temían tanto a los sacerdotes y a los nobles como los campesinos.

No obstante, Sylvie se sorprendió ante un comentario tan adulador por parte de Pierre después de que hubiera mostrado interés en los textos subversivos. Lo miró con curiosidad, y él la obsequió con un gran guiño.

Tenía unos modales muy atractivos.

Sylvie apartó la mirada y envolvió los Salmos del arcediano con un cuadrado de basta tela de lino, tras lo cual ató el paquete con una cuerda.

El viajero puso mala cara ante la crítica del arcediano.

—La mitad de la población de Francia no ha visto jamás a su párroco —dijo con tono desafiante.

Exageraba, pensó Sylvie, pero la verdad era que la mayor parte de los sacerdotes se quedaban con la retribución que percibían por sus funciones y ni siquiera visitaban la parroquia de vez en cuando.

El arcediano lo sabía, y no tenía respuesta para ello. Cogió los Salmos y salió de allí enfurruñado.

—¿Quieres que te envuelva *La gramática*? —le preguntó Isabelle al estudiante.

—Sí, por favor.

Sacó cuatro libras.

—¿Queréis el libro de historias o qué? —le dijo Gilles al viajero.

Este se encorvó sobre el libro que le mostraba el impresor, examinando las ilustraciones.

—No me vengáis con prisas —dijo con tono firme. No había tenido miedo de discutir con el arcediano, y parecía que los malos modales de Gilles no le afectaban. En aquel hombre había algo más que lo que mostraba su apariencia descuidada.

Pierre tomó su paquete y se marchó. En la tienda ya solo quedaba un cliente. Sylvie tuvo la sensación de que había pasado el peligro.

El viajero cerró el libro de golpe y se irguió.

—Soy Guillaume de Ginebra.

Sylvie oyó que Isabelle ahogaba un grito de sorpresa.

La actitud de Gilles cambió.

—Sois muy bienvenido. Entrad —dijo estrechándole la mano a Guillaume y lo guio hacia la zona privada de la planta superior.

Sylvie no acababa de entender de qué iba todo aquello. Sabía que Ginebra era una ciudad protestante independiente, bajo dominio del gran Juan Calvino. Sin embargo, se encontraba a cuatrocientos kilómetros de distancia, un viaje que duraba un par de semanas o acaso un poco más.

—¿Qué hace aquí ese hombre?

—La Academia de Ginebra forma a misioneros y los envía por toda Europa para predicar el nuevo Evangelio —explicó Isabelle—. El último se llamaba Alphonse. Tú tenías trece años.

—¡Alphonse! —exclamó Sylvie, recordando a un escrupuloso joven que no le hacía ni caso—. No entendía por qué vivía aquí.

—Nos traen los escritos de Calvino, y otras obras, para que tu padre las copie y las imprima.

Sylvie se sintió como una tonta. Jamás se había preguntado de dónde salían los libros protestantes.

—Fuera está oscureciendo —dijo Isabelle—. Será mejor que vayas a buscar un ejemplar de Erasmo para tu amigo el estudiante.

—¿Qué piensas de él? —preguntó Sylvie mientras se ponía el abrigo.

Isabelle le dirigió una sonrisa de complicidad.

—Que es guapísimo, el endiablado, ¿a que sí?

Sylvie se refería a si creía que Pierre era de fiar, no a su aspecto, pero pensándolo mejor no estaba dispuesta a iniciar esa conversación por si se asustaba demasiado. Masculló una evasiva a modo de respuesta y salió de la tienda.

Se dirigió hacia el norte y cruzó el río. Los joyeros y los sombrereros del puente de Notre-Dame estaban a punto de cerrar sus puertas. Una vez se hubo adentrado en la Ville, avanzó por la rue Saint-Martin, la arteria principal que conectaba el norte con el sur. Unos minutos más tarde llegó a la rue du Mur, que más que una calle era un callejón. A un lado se veía el muro de la ciudad; al otro, las entradas traseras de unas cuantas casas y la alta valla de un jardín descuidado. Se detuvo junto al establo de la parte trasera de una vivienda habitada por una anciana que no poseía caballo. El establo no tenía ventanas, las paredes estaban desprovistas de pintura y su aspecto era de total abandono, pero su construcción era sólida, con una robusta puerta y una cerradura resistente aunque discreta. Gilles lo había comprado hacía ya años.

Junto a la jamba de la puerta, a la altura de la cadera, había medio ladrillo suelto. Tras asegurarse de que no la observaba nadie, Sylvie lo retiró, metió la mano en el hueco, sacó una llave y volvió a colocar el ladrillo. Dio la vuelta a la llave en la cerradura, entró, cerró y atrancó la puerta tras de sí.

En la pared había un candelero con una vela. Sylvie había llevado consigo una caja para la yesca que contenía un pedernal, un eslabón con forma de D mayúscula que encajaba a la perfección alrededor de sus delgados dedos menudos, unos cuantos fragmentos de madera seca y un torzal de lino. Al golpear el pedernal con el eslabón, dentro de la caja saltaron chispas que prendieron los fragmentos de madera, y al momento se produjo la llama. Sylvie prendió un extremo del torzal de lino y lo utilizó para encender la vela.

La luz titilante dejó ver una pared en la que, del suelo al techo, había apilados viejos barriles. La mayoría contenían arena y pesaban demasiado para que los levantara una sola persona, pero unos cuantos estaban vacíos. Todos tenían el mismo aspecto, pero Sylvie conocía bien la diferencia. Apartó con rapidez una pila y se introdujo a través del hueco. Detrás de los barriles había cajas de madera con libros.

El momento de mayor peligro para la familia Palot era cuando los libros de contrabando se imprimían y se encuadernaban en el taller de Gilles. Si registraban el lugar en un momento inoportuno, morirían todos. Sin embargo, en cuanto los libros estaban terminados, los apilaban en cajas —siempre colocando encima alguno de los inocentes textos católicos permitidos para camuflar el resto— y los transportaban en un carro hasta el almacén, donde se recogían las obras impresas para producir verdaderos libros. La mayor parte del tiempo el edificio cercano a la catedral no contenía ni por asomo nada que pudiera considerarse ilegal.

Además, tan solo tres personas sabían del almacén: Gilles, Isabelle y Sylvie, y a esta última no se lo dijeron hasta que cumplió los dieciséis años. Ni siquiera los trabajadores del taller de impresión conocían su existencia, a pesar de que todos eran protestantes: les dijeron que los libros terminados se entregaban a un comerciante secreto.

Sylvie localizó una caja marcada como «SA», de *Sileni Alcibiadis*, probablemente la más importante de las obras de Erasmo. Sacó un ejemplar y lo envolvió en un cuadrado de lino que cogió de una pila cercana, luego ató el paquete con una cuerda. Lo colocó todo en su sitio de modo que las cajas de libros quedaran ocultas de nuevo, por lo que cuanto podía verse a primera vista era una sala llena hasta la mitad de barriles.

Mientras regresaba por la rue Saint-Martin, se preguntó si el estudiante acudiría a su cita. Había ido a la tienda, tal como habían acordado, pero era posible que todavía estuviera asustado. O peor, podía acudir con algún representante de la ley dispuesto a prenderla. No temía la muerte, desde luego, ningún verdadero cristiano la temía. No obstante, la aterraba que pudieran torturarla. Le venían a la cabeza imágenes de tenazas al rojo vivo atravesándole la carne, y tenía que apartarlas de sí rezando en silencio.

Junto al río, por la noche, reinaba la tranquilidad. Los puestos de los pescaderos estaban cerrados y las gaviotas se habían marchado a algún otro lugar a escarbar en busca de comida. Las aguas lamían la orilla con indolencia.

Pierre la estaba esperando con un farol en la mano. Iluminado desde abajo, su rostro aparecía siniestramente atractivo.

Estaba solo.

Ella le mostró el libro, pero no se lo dio.

—Jamás debes decirle a nadie que tienes esto —le advirtió—. Podrían matarme por habértelo vendido.

—Lo entiendo —dijo él.

—Y tú también estás arriesgando tu vida al aceptar que te lo dé.

—Ya lo sé.

—Si estás seguro, cógelo y devuélveme *La gramática*.

Intercambiaron los paquetes.

—Adiós —dijo Sylvie—. Recuerda lo que te he dicho.

—Lo haré —prometió él.

Entonces la besó.

III

Alison McKay avanzaba a toda prisa por los pasillos del palacio de Les Tournelles, entre corrientes de aire, con una noticia sorprendente para su mejor amiga.

Esta tendría que cumplir una promesa que no había hecho jamás. Hacía años que se esperaba que sucediera, pero de todos modos era tremendamente impactante. Se trataba de buenas y malas noticias a la vez.

El edificio medieval situado en el este de París era grande y decrépito. A pesar de la riqueza del mobiliario, las alfombras y los cortinajes, hacía frío y resultaba incómodo. Gozaba de prestigio pero estaba descuidado, igual que su actual ocupante, Catalina de Médici, reina de Francia, la esposa de un rey que prefería a su amante.

Alison entró en una sala y encontró a la persona que buscaba.

Dos adolescentes se hallaban sentados en el suelo junto a la ventana, jugando a las cartas, iluminados por el sol intermitente del invierno. Sus ropas y sus joyas daban a entender que se encontraban entre las personas más ricas del mundo, pero se jugaban las monedas con entusiasmo y lo estaban pasando en grande.

El muchacho tenía catorce años pero parecía más joven. Su crecimiento se había atrofiado y se le veía frágil. Estaba a punto de entrar en la pubertad y tartamudeaba al hablar con aquella voz quebrada. Era Francisco, el primogénito del rey Enrique II y la reina Catalina, heredero al trono de Francia.

La joven era guapa y pelirroja, tan extraordinariamente alta que a sus quince años sobrepasaba a la mayoría de los hombres. Se llamaba María Estuardo y era la reina de los escoceses.

Cuando María tenía cinco años y Alison ocho, se habían trasladado desde Escocia hasta Francia; dos niñas aterrorizadas en un extraño país donde no comprendían ni una palabra de lo que se decía. Francisco, el niño enfermo, se había convertido en su compañero de juegos, y los tres habían forjado el fuerte vínculo de quienes están juntos en la adversidad.

Alison sentía un afecto protector hacia María, quien a veces necesitaba que velaran por ella debido a su tendencia a comportarse de forma impulsiva e imprudente. Ambas querían mucho a Francisco, como se quiere a un cachorrito indefenso. Y Francisco adoraba a María como se adora a una diosa.

Sin embargo, aquel triángulo amistoso estaba a punto de sufrir una sacudida y tal vez incluso acabaría destruido.

María levantó la cabeza y sonrió, pero entonces reparó en la expresión de Alison y la asaltó la preocupación.

—¿Qué ha ocurrido?

Alison lo soltó de golpe.

—¡Francisco y tú tendréis que casaros el domingo después de Pascua!

—¡Tan pronto! —exclamó María, y las dos miraron a Francisco.

María se había prometido con Francisco a los cinco años, justo antes de trasladarse a vivir a Francia. Se trataba de una alianza política, como todas las bodas reales. Se suponía que el compromiso debía consolidar la alianza de Francia y Escocia en contra de Inglaterra.

Pero a medida que las muchachas se fueron haciendo mayores empezaron a dudar de que fuera así. Las relaciones entre los tres reinos cambiaban a menudo. Los poderes en la sombra de Londres, Edimburgo y París no dejaban de hablar de posibles maridos para María Estuardo. Nada parecía saberse con certeza, hasta el momento presente.

Francisco parecía angustiado.

—Te quiero —le dijo a María—. Quiero casarme contigo… cuando sea mayor.

María le tomó la mano con gesto compasivo, pero el chico estaba superado por las circunstancias, así que estalló en lágrimas y se puso en pie como buenamente pudo.

—Francisco… —empezó a decir Alison.

Él sacudió la cabeza con impotencia y salió corriendo de la sala.

—Dios mío… —exclamó María—. Pobre Francisco.

Alison cerró la puerta, de modo que las dos muchachas se quedaron a solas y en la intimidad. Alison le dio la mano a María para ayudarla a levantarse del suelo y, juntas, sin soltarse, fueron a tomar asiento en el sofá cubierto con una suntuosa tela de terciopelo de color castaño. Guardaron silencio un minuto, hasta que habló Alison:

—¿Cómo te sientes?

—Durante toda mi vida me han estado diciendo que soy una reina —explicó María—, pero no es cierto. Me convertí en la reina de los escoceses a los seis días de vida y la gente no ha dejado de tratarme como a una niña pequeña, pero si me caso con Francisco y él es rey, yo seré la reina de Francia, una reina de verdad. —Sus ojos centelleaban con anhelo—. Eso es lo que quiero.

—Pero Francisco...

—Ya lo sé. Es un encanto, y le quiero, pero acostarme con él y... ya sabes...

Alison asintió enérgicamente.

—Casi no puedo ni imaginármelo.

—A lo mejor Francisco y yo podemos casarnos y fingir.

Alison negó con la cabeza.

—Entonces el matrimonio sería nulo.

—Y yo ya no sería la reina.

—Exacto.

—¿Y por qué ahora? ¿Quién ha traído la noticia? —quiso saber María.

A Alison se lo había dicho la reina Catalina, la persona mejor informada de Francia.

—El Acuchillado se lo ha sugerido al rey.

El duque de Guisa era el tío de María, hermano de su madre. La familia estaba ganando posiciones después de la victoria de Calais.

—¿Y por qué se molesta mi tío?

—Piensa en lo que supondrá para el prestigio de la casa de Guisa que una de las mujeres de la familia se convierta en reina de Francia.

—El Acuchillado no es más que un soldado.

—Sí. Seguro que ha sido idea de otra persona.

—Pero Francisco...

—Todo el problema está en el pequeño Francisco, ¿verdad?

—Es tan poca cosa... —se lamentó María—. Y está enfermo. ¿Será capaz de hacer lo que se supone que un hombre debe hacer con su esposa?

—No lo sé —dijo Alison—. Pero lo descubrirás el domingo después de Pascua.

3

I

Margery y sus padres continuaban en un callejón sin salida a principios de febrero. Sir Reginald y lady Jane se habían empecinado en que su hija se casase con Bart y ella había anunciado que, definitivamente, jamás se uniría en matrimonio con ese hombre.

Rollo estaba resentido con su hermana. A la joven se le presentaba la oportunidad de relacionar a la familia con la nobleza católica y ella, en cambio, prefería unir lazos con los Willard, de sesgo protestante. ¿Cómo podía plantearse siquiera tamaña traición? Sobre todo con una reina que trataba con favoritismo a los católicos en todos los ámbitos.

Los Fitzgerald eran la familia más prominente de la ciudad y se conducían como tal, pensó Rollo con orgullo mientras observaba a los miembros del clan familiar vestirse con sus ropas de abrigo en la entrada de la casa, con el potente tañido de la gran campana de la catedral como ruido de fondo, que llamaba a misa. Sir Reginald era un hombre alto y enjuto, con un rostro manchado de pecas que contribuían a darle un aire distinguido. El hombre se puso una gruesa capa de color marrón oscuro. Lady Jane era una mujer bajita y delgada, de nariz afilada y ojos vivaces a los que no solía escapárseles nada. Su capa estaba forrada de pieles.

Margery no era mucho más alta que su madre, pero sí algo más rolliza. La joven estaba de mal humor. No le habían permitido salir de casa desde la fiesta del conde, pero no podían mantenerla incomunicada de por vida. Además, esa mañana el obispo de Kingsbridge asistiría a la misa, un aliado poderoso al que la familia no podía permitirse ofender.

Al menos era evidente que había decidido no parecer tan desgraciada como se sentía y había escogido una capa de escarlata Kingsbridge y un gorro a juego. A lo largo del último año se había convertido en la jovencita más atractiva de la ciudad, algo de lo que hasta su hermano se había percatado.

El quinto miembro de la familia lo componía la tía abuela de Rollo. Había sido monja en el priorato de Kingsbridge y había ido a vivir con los Fitzgerald después de que el rey Enrique VIII mandase cerrarlo. La mujer había transformado en un pequeño convento las dos habitaciones que le habían cedido, en la última planta de la casa. El dormitorio era una celda austera, y había dispuesto una capilla en el salón. La devoción de su tía abuela, a la que todo el mundo seguía llamando hermana Joan, infundía a Rollo un gran temor y respeto. A pesar de su avanzada edad y de su fragilidad, que la obligaba a caminar ayudándose de dos bastones, insistía en acudir a la iglesia siempre que los visitaba el obispo Julius. Naomi, la criada, llevaría una silla a la catedral para la hermana Joan, ya que la mujer no podía permanecer de pie una hora entera.

Salieron de casa todos juntos. Vivían en el cruce que se hallaba en lo alto de Main Street, frente al consistorio, desde donde se dominaba la ciudad, y sir Reginald se detuvo unos instantes para contemplar las calles de viviendas apiñadas que descendían como escalones hasta el río. Una nevisca caía sobre los tejados de paja y las chimeneas humeantes. «Mi ciudad», decía su expresión.

Los vecinos los saludaban con respeto a medida que el alcalde y su familia bajaban la cuesta con paso majestuoso. Los más prósperos les deseaban un buen día mientras que los más modestos se llevaban la mano al gorro en un gesto silencioso.

A la luz del día, Rollo se percató de que la capa de su madre estaba ligeramente apolillada y rezó por que nadie se diese cuenta. Por desgracia, su padre no disponía de suficiente dinero para invertir en ropa nueva. Los negocios no iban bien en Combe Harbour, donde sir Reginald desempeñaba el cargo de administrador de aduanas. Los franceses habían tomado el puerto de Calais, la guerra se eternizaba y ya apenas existía el comercio marítimo a través del Canal.

De camino a la catedral, pasaron junto a la otra causa de los apuros económicos de la familia: la casa nueva, a la que llamarían Priory Gate. Se alzaba al norte de la plaza del mercado, en un terreno que se había anexionado a la casa del prior cuando el priorato aún existía. La obra había ido retrasándose hasta hallarse prácticamente detenida, ya que la mayoría de los maestros constructores se habían ido a trabajar a otro lado, para gente que sí podía pagarles. Estaba rodeada por una tosca cerca de madera, erigida para disuadir a los curiosos de entrar en el palacete inacabado.

Sir Reginald también era dueño del conjunto de edificios del priorato que se alzaba al sur de la catedral: la cocina y los dormitorios de los monjes, los claustros, el convento y los establos. Cuando el monarca Enrique VIII eliminó los monasterios, tanto las edificaciones como los terrenos fueron entregados o vendidos a los potentados del lugar, y sir Reginald se quedó con el priorato. Los edificios, centenarios en su mayoría, de vigas colonizadas por nidos de pájaros y claustros invadidos por las zarzas, llevaban decenios abandonados y empezaban a desmoronarse. Lo más probable era que Reginald volviese a vendérselos al cabildo.

La catedral se elevaba orgullosa entre las dos propiedades descuidadas, inmutable y centenaria, igual que la fe católica que representaba. A lo largo de los cuarenta años anteriores, los protestantes habían intentado reformar la doctrina cristiana que durante tanto tiempo se había impartido en aquel lugar, aunque Rollo no se explicaba cómo habían podido mostrar tamaña arrogancia. Era como querer instalar ventanas modernas en las paredes de la iglesia. La fe verdadera era eterna, como la catedral.

Atravesaron los grandes arcos de la fachada occidental. Dentro parecía que hiciese más frío que fuera. Como siempre, la visión de la extensa nave, con sus hileras ordenadas de arcos y columnas que se repetían a intervalos precisos y regulares transmitía a Rollo una sensación de paz y lo convencía de la existencia de un universo sistemático gobernado por una deidad racional. En el otro extremo, la luz invernal iluminaba débilmente el gran rosetón, cuyos vidrios de colores representaban el fin del mundo: Dios dictaba sentencia en el día del Juicio Final, los pecadores sufrían su castigo en el infierno, los justos entraban en el Cielo y volvía a reinar el equilibrio.

Los Fitzgerald avanzaban por el pasillo en dirección al crucero cuando comenzaron las oraciones, y contemplaron desde cierta distancia cómo los sacerdotes celebraban la misa en el altar mayor. A su alrededor se encontraba el resto de las familias prominentes de la ciudad, incluidos los Willard y los Cobley, y del condado, entre quienes destacaban el conde de Shiring y su hijo Bart, y lord y lady Brecknock.

Los cánticos no estaban a la altura del pasado. El cierre del priorato y la consiguiente disolución del coro habían puesto fin a siglos de música celestial en la catedral de Kingsbridge. Algunos de los antiguos monjes habían intentado retomar la tradición, pero la motivación no era la misma. No habían conseguido emular la disciplina ciega de un grupo de personas que había consagrado su vida a la alabanza de Dios a través de la música.

Los feligreses guardaron silencio en los momentos de mayor solemnidad, como la elevación del Santísimo Sacramento, y escucharon con atención el sermón del obispo Julius, que versó sobre la obediencia, pero prácticamente dedicaron el resto del tiempo a conversar entre ellos.

A Rollo lo contrarió ver que Margery se había alejado de la familia de manera subrepticia y que mantenía una charla animada con Ned Willard, como indicaba el vigoroso vaivén de la pluma que adornaba el gorro de su hermana. Ned también iba elegante, con su capa francesa de color azul, y saltaba a la vista que disfrutaba de la compañía de la joven. Rollo lo habría pateado por su insolencia.

A fin de compensar tal desfachatez, se acercó a Bart Shiring y le aseguró que al final todo saldría bien. Hablaron de la guerra. La pérdida de Calais no solo había perjudicado al comercio. La reina María y su marido extranjero cosechaban cada vez menos simpatías, y aunque Rollo seguía convencido de que Inglaterra no volvería a tener otro monarca protestante, tenía la impresión de que María Tudor no estaba ayudando a la causa católica.

Al término de la misa, Dan, el rollizo hijo de Philbert Cobley, se acercó a Rollo. El joven Fitzgerald estaba seguro de que los puritanos Cobley estaban allí a su pesar; imaginaba que odiaban las estatuas y las pinturas y que, de haber podido, se habrían tapado la nariz para protegerse del tufo del incienso. Lo exasperaba la idea de que la gente —la gente de a pie, lerda, inculta e ignorante— tuviese derecho a decidir sobre la fe que debía profesar. Si una noción tan pueril llegaba a arraigar, solo cabía esperar el ocaso de la civilización. El pueblo necesitaba que se le dijese lo que tenía que hacer.

Dan iba acompañado por un hombre enjuto y nervudo, de rostro curtido, llamado Jonas Bacon, uno de los muchos capitanes que contrataban los comerciantes de Kingsbridge.

—Tenemos un cargamento que queremos vender. ¿Podría interesaros? —le preguntó Dan al joven Fitzgerald.

Los armadores como los Cobley solían vender la mercancía por adelantado, mercaduría que en ocasiones fraccionaban en cuatro u ocho partes para ofrecerla a distintos inversores. De ese modo reunían suficiente dinero para costear el viaje y, al mismo tiempo, minimizaban el riesgo. Los interesados incluso podían llegar a multiplicar por diez lo invertido... o perderlo todo. En tiempos más prósperos, sir Reginald había logrado obtener grandes beneficios con este tipo de transacciones.

—Podría interesarnos —contestó Rollo, aunque no estaba siendo del todo sincero. Su padre no disponía de dinero para comprar un cargamento, pero de todos modos quería enterarse de qué se trataba.

—El *St. Margaret* regresa del mar Báltico con la bodega a rebosar de pieles cuyo valor supera las quinientas libras una vez descargadas —le informó Dan—. Puedo enseñarte el manifiesto.

Rollo frunció el ceño.

—¿Cómo lo sabes si todavía no ha atracado?

—Lo rebasé frente a la costa de los Países Bajos —contestó el capitán Bacon con una voz enronquecida tras años de gritar al viento—. Mi barco, el *Hawk*, es más rápido. Me puse al pairo y me informé. El *St. Margaret* estaba a punto de entrar a puerto para realizar unas reparaciones de poca importancia, pero llegará a Combe Harbour en un par de semanas.

El capitán Bacon no gozaba de buena reputación, como muchos otros que ejercían su mismo oficio. Nadie sabía qué hacían los marineros una vez que habían zarpado, y se decía que eran ladrones y asesinos. Sin embargo, la historia parecía creíble, de modo que Rollo asintió y se volvió hacia Dan.

—¿Por qué quieres vender la mercancía ahora?

El rostro redondo y blanquecino del joven Cobley adoptó una expresión astuta.

—Necesitamos el dinero para otra inversión.

No iba a confiarle de qué se trataba. Lógico, en cualquier caso: si Cobley había dado con una buena oportunidad de negocio, no iba a permitir que otros se le adelantasen. De todas maneras, Rollo no las tenía todas consigo.

—¿Pasa algo con la mercancía?

—No, y para demostrarlo estamos dispuestos a garantizar el valor de las pieles en quinientas libras, pero a ti te las venderemos por cuatrocientas.

Era una suma importante. Un granjero próspero, dueño de sus tierras, podía obtener unas ganancias anuales de cincuenta libras; un comerciante de Kingsbridge con un negocio floreciente podía contentarse con unas doscientas. Cuatrocientas libras era una inversión desmesurada, pero un beneficio garantizado de cien libras en solo dos semanas era una oportunidad que no se presentaba todos los días.

Y todas las deudas de la familia Fitzgerald quedarían saldadas.

Por desgracia, no tenían ni cuatro libras, conque mucho menos cuatrocientas.

—Lo comentaré con mi padre —dijo Rollo de todos modos.

Estaba convencido de la imposibilidad del trato, pero no quería que sir Reginald se ofendiera si se enteraba de que su hijo hablaba con autoridad en nombre de la familia.

—No tardes mucho —le avisó Dan—. He acudido a ti el primero por respeto, porque sir Reginald es el alcalde, pero hay más gente con la que tratar. Y necesitamos el dinero mañana.

En cuanto el hijo del armador y el capitán se marcharon, Rollo buscó a su padre por toda la nave hasta que lo encontró, apoyado en una columna estriada.

—He estado hablando con Dan Cobley.

—¿Ah, sí? —A sir Reginald no le gustaban los Cobley. Y no era el único. Se daban aires de superioridad moral, y que hubiesen abandonado la representación teatral a la mitad había molestado a todo el mundo—. ¿Qué quería?

—Vender un cargamento.

Rollo le contó los detalles.

—¿Y están dispuestos a garantizar el valor de las pieles? —preguntó Reginald cuando su hijo hubo acabado.

—Quinientas libras, por una inversión de cuatrocientas. Sé que no disponemos de esa cantidad, pero pensé que te gustaría saberlo.

—Tienes razón, no disponemos de tanto dinero. —Reginald se quedó pensativo—. Pero quizá pueda encontrarlo.

Rollo se preguntó cómo, aunque su padre era un hombre de recursos; no era la clase de comerciante que va construyendo su negocio poco a poco, sino un oportunista avispado que no dudaba en aprovechar un trato ventajoso.

¿Era posible que consiguiera solucionar todos los problemas familiares de un plumazo? Rollo no se atrevía ni a imaginarlo.

Para su sorpresa, Reginald se acercó a hablar con los Willard. Alice era una de las comerciantes más influyentes de la ciudad, de manera que el alcalde solía tener asuntos que tratar con ella; no obstante, no se tenían gran simpatía y las relaciones no habían mejorado después de que los Fitzgerald hubiesen rechazado al joven Ned como posible yerno. Rollo siguió a su padre, intrigado.

—Señora Willard, ¿tendríais la amabilidad de dedicarme unos minutos? —preguntó Reginald en voz baja.

Alice era una mujer bajita y robusta, de modales exquisitos.

—Por descontado —contestó con suma educación.

—Necesito que me prestéis cuatrocientas libras, que no tardaría en devolveros.

Alice lo miró desconcertada.

—Tal vez deberíais ir a Londres —dijo tras un breve silencio—. O a Amberes. —La ciudad flamenca de Amberes era la capital financiera de Europa—. Tenemos un primo allí —añadió—, aunque no puedo aseguraros que esté dispuesto a prestar una cantidad tan grande.

—Lo necesito hoy —insistió sir Reginald.

Alice enarcó las cejas.

Rollo se sintió avergonzado. Resultaba humillante pedir un préstamo a la familia a la que habían despreciado pocos días antes.

—Eres la única comerciante de Kingsbridge que dispone de tal cantidad al instante, Alice —prosiguió Reginald a pesar de todo, abandonando el tono formal.

—¿Puedo preguntar para qué necesitas tanto dinero? —quiso saber Alice.

—Se me ha presentado la oportunidad de comprar un buen cargamento.

Rollo supuso que Reginald no le diría a quién por miedo a que Alice se le adelantase.

—El barco llegará a Combe Harbour en un par de semanas —añadió Reginald.

Ned Willard se unió a la conversación justo en ese momento. Naturalmente, pensó Rollo con acritud, ¿cómo iba a perderse ver a los Fitzgerald solicitando ayuda a los Willard? Sin embargo, su aportación fue de carácter profesional.

—¿Y por qué el dueño quiere venderlo justo ahora? —preguntó con escepticismo—. Solo tiene que esperar dos semanas para obtener el valor total de la mercancía puesta sobre el muelle.

A Reginald le molestó que un simple muchacho se atreviese a cuestionarlo, pero reprimió su enojo y contestó:

—El vendedor necesita dinero en efectivo de manera inmediata para invertir en otro negocio.

—No puedo arriesgarme a perder una cantidad tan desorbitada... como comprenderás —dijo Alice.

—No hay ningún riesgo —aseguró Reginald—. Lo recuperarás todo en poco menos de dos semanas.

Rollo sabía que aquello era una bravuconada, siempre existía un riesgo.

—Somos vecinos, Alice —prosiguió el hombre, bajando la voz—. Nos ayudamos unos a otros. Yo facilito el tránsito de tus mercancías en Combe Harbour, ya lo sabes. Y tú me ayudas a mí. Así es como funciona Kingsbridge.

Alice lo miró sorprendida, y al cabo de un momento Rollo comprendió la razón. Las palabras conciliadoras de su padre acerca de la ayuda entre vecinos en realidad constituían una amenaza velada. En ellas iba implícito que si Alice no cooperaba, Reginald podría buscarle problemas en el puerto.

Todo el mundo guardó silencio mientras Alice decidía qué hacer. Rollo imaginaba lo que pasaba en esos momentos por su cabeza: no quería prestar tanto dinero, pero no podía permitirse enemistarse con alguien tan poderoso como Reginald.

—Quiero una garantía —anunció al fin.

Las esperanzas de Rollo se desvanecieron. Quien nada tiene, nada puede garantizar, solo era otra manera de negarse.

—Te ofrezco mi puesto de administrador de aduanas como aval —dijo Reginald.

Alice negó con la cabeza.

—No puedes disponer de él sin permiso real... y no tienes tiempo para eso.

Rollo sabía que Alice tenía razón. Si no andaba con cuidado, Reginald acabaría revelando hasta qué punto era desesperada su situación.

—¿Qué te parece entonces el priorato? —le propuso el alcalde.

La mujer volvió a negar con la cabeza.

—No quiero tu casa a medio construir.

—Pues los terrenos que quedan al sur, los claustros y los dormitorios de los monjes y el convento.

Rollo estaba convencido de que Alice no lo aceptaría como garantía. Los edificios del antiguo priorato llevaban más de veinte años en desuso y estaban prácticamente en ruinas.

Sin embargo, para su sorpresa, la propuesta pareció despertar un interés repentino en la próspera comerciante.

—Tal vez… —contestó la mujer.

—Pero, padre, ya sabes que el obispo Julius desea que el cabildo recupere el priorato —intervino Rollo— y podría decirse que te has comprometido a vendérselo.

La beata reina María había tratado de devolver a sus antiguos dueños las propiedades que su codicioso padre, Enrique VIII, había confiscado a la Iglesia, pero el Parlamento no había aprobado la ley —la medida del monarca anterior había beneficiado a muchos de sus miembros—, por lo que la Iglesia estaba intentando volver a adquirirlos a bajo precio, y Rollo creía que todo buen católico tenía el deber de contribuir a dicha labor.

—No pasa nada —aseguró Reginald—. No voy a faltar a la devolución del préstamo, por lo que no será necesario ejecutar la garantía. El obispo tendrá lo que quiere.

—Bien —dijo Alice.

Se hizo un silencio. Era evidente que esperaba algo, pero que no tenía intención de ser la primera en mencionarlo.

—Te pagaría un buen interés —afirmó Reginald, que al fin lo había adivinado.

—Tendría que ser alto —repuso Alice—. Aunque cargar intereses en los préstamos se considera usura, que es tanto un delito como un pecado.

Tenía razón, si bien no se trataba de un escollo insalvable. Las leyes contra la usura se burlaban a diario en todos los centros comerciales de Europa, de ahí que los remilgos de Alice estuviesen destinados únicamente a guardar las apariencias.

—Bueno, estoy convencido de que podríamos llegar a entendernos —aseguró Reginald en el tono jocoso de alguien que propone un pequeño engaño.

—¿En qué estás pensando? —preguntó Alice con cautela.

—Pongamos que te concedo el uso del priorato durante lo que dure el préstamo y que luego me lo arriendas.

—En ese caso te pediría ocho libras al mes.

Ned parecía nervioso. Por lo visto deseaba que su madre no firmase el trato, y Rollo conocía la razón: Alice arriesgaría cuatrocientas libras solo para ganar ocho.

Reginald fingió ofenderse.

—¡Pero eso es un veinticuatro por ciento anual! ¡Más, si es compuesto!

—Entonces será mejor que lo olvidemos.

Rollo empezó a abrigar esperanzas. ¿Por qué discutía Alice la tasa de interés? Eso solo podía significar que iba a concederles el préstamo. Vio que Ned parecía alarmado y supuso que estaban pensando lo mismo, aunque en su caso, desde el punto de vista de alguien consternado ante la perspectiva.

Reginald sopesó su respuesta largo rato.

—Muy bien —dijo al fin—. Trato hecho.

Le tendió la mano y Alice se la estrechó.

La astucia y la habilidad de su padre dejaron pasmado a Rollo. Para un hombre que se encontraba prácticamente en la ruina, realizar una inversión de cuatrocientas libras era un verdadero acto de valentía. Y el cargamento del *St. Margaret* impulsaría la economía familiar. Bendita fuese la necesidad acuciante de dinero de Philbert Cobley.

—Redactaré el contrato esta tarde —dijo Alice Willard antes de despedirse.

En ese momento apareció lady Jane.

—Es hora de volver a casa —anunció—. La comida ya debe de estar lista.

Rollo buscó a su hermana, pero no la vio por ninguna parte.

II

—¿Por qué vas a prestarle tanto dinero a sir Reginald? —le preguntó Ned a su madre en cuanto los Fitzgerald se encontraron lo bastante lejos para que no alcanzasen a oírlos.

—Porque, de haberme negado, nos hubiese buscado problemas.

—Pero ¿y si falta al pago? ¡Podríamos perderlo todo!

—No, tendríamos el priorato.

—Son solo ruinas.

—No son los edificios lo que me interesa.

—Entonces... —Ned frunció el ceño.

—Piensa —lo animó su madre.

Si no se trataba de los edificios, ¿qué quería su madre?

—¿El terreno?

—No vas mal encaminado.

—Está en el centro de la ciudad.

—Exacto. Es el mejor terreno de Kingsbridge, y vale mucho más que cuatrocientas libras para quien sepa cómo sacarle provecho.

—Entiendo —aseguró Ned—, pero ¿qué harías? ¿Construir una casa, como Reginald?

Alice lo miró con aire burlón.

—No necesito un palacio. Construiría un mercado cubierto que abriría todos los días, hiciese el tiempo que hiciese, y arrendaría el espacio a los comerciantes para que instalasen allí sus tenderetes: reposteros, queseros, guanteros, zapateros... Gracias a su ubicación, junto a la catedral, daría dinero hasta el final de los tiempos.

Ned pensó que solo a un genio podría habérsele ocurrido un proyecto de aquella envergadura, y de ahí que lo hubiese concebido su madre y no él.

Aun así, seguía preocupado. No se fiaba de los Fitzgerald.

De pronto se le ocurrió algo.

—¿Se trata de un plan de contingencia por si lo hemos perdido todo en Calais?

Alice había removido cielo y tierra para recibir noticias del puerto de ultramar, pero no sabía nada desde que los franceses se habían apoderado de la ciudad. Tal vez habían confiscado todas las propiedades inglesas, incluido el almacén de los Willard, lleno a rebosar; quizá tío Dick y su familia se encontrasen ya de camino a Kingsbridge, con las manos vacías. Sin embargo, la ciudad había prosperado en gran parte gracias al comercio con los ingleses y también era posible que el rey francés hubiese comprendido que resultaba más inteligente permitir que los extranjeros conservasen sus bienes y continuasen con su trabajo.

Por desgracia, la ausencia de noticias no era una buena señal; el hecho de que ningún inglés hubiese escapado todavía de Calais y vuelto a casa con información, a pesar de que ya había pasado un mes, sugería que quedaban pocos con vida.

—Independientemente de lo que ocurra, vale la pena construir un mercado cubierto —contestó Alice—, pero sí, no descarto que tengamos que dedicarnos a otro negocio si las noticias de Calais son tan malas como tememos.

Ned asintió. Su madre siempre iba un paso por delante de los demás.

—Aunque es probable que no haga falta —concluyó Alice—. Reginald no se habría rebajado a pedirme un préstamo si no tuviese entre manos un negocio verdaderamente atractivo.

Ned ya tenía la cabeza en otra parte. La negociación con Reginald había apartado momentáneamente de su mente al único miembro de la familia Fitzgerald que en realidad le interesaba.

Buscó a Margery entre los feligreses, pero no la vio. Ya se había ido, y sabía adónde, por lo que cruzó la nave intentando disimular sus prisas.

Atribulado como estaba, se dejó embelesar, como siempre, por la música que componían los arcos. Los de menor altura formaban notas graves que se repetían en un ritmo constante, mientras que los más pequeños, que adornaban la galería y el triforio, enlazaban armonías más altas en el mismo acorde.

Se ajustó la capa a la salida de la catedral y se encaminó hacia el norte, como si se dirigiese al cementerio. La nieve caía con más fuerza y se posaba en el tejado del sepulcro monumental del prior Philip. Era tan grande que Ned y Margery se habían instalado en la parte más alejada y habían podido besuquearse sin temor a ser vistos. Según contaba la leyenda, el prior Philip se había mostrado indulgente con quienes cedían a la tentación de la carne, por lo que Ned imaginaba que el alma del difunto monje no se vería demasiado importunada por dos jóvenes besándose sobre su tumba.

Aun así, a Margery se le había ocurrido un lugar de encuentro mejor y le había contado su idea durante la breve charla que habían mantenido en misa. Siguiendo las instrucciones de la joven, Ned rodeó la parcela donde el padre de Margery estaba construyéndose un palacio hasta que alcanzó el extremo más alejado. Se detuvo para comprobar que nadie lo veía y, acto seguido, se coló por un agujero que había en el cercado.

La casa nueva de sir Reginald disponía de suelos, paredes, escaleras y estaba techada, pero le faltaban las puertas y las ventanas. Ned entró en el edificio y ascendió la majestuosa escalinata de mármol italiano a toda prisa hasta un rellano amplio, donde lo esperaba Margery. Iba envuelta en un recio abrigo rojo, pero lo miraba con expresión impaciente. Ned la rodeó con sus brazos y se besaron apasionadamente. El joven cerró los ojos y se dejó embriagar por su fragancia, por el cálido perfume que desprendía la piel de su cuello.

—Estoy preocupado —le confesó cuando hicieron una pausa para recuperar el aliento—. Mi madre acaba de prestar cuatrocientas libras a tu padre.

Margery se encogió de hombros.

—No es nada del otro mundo.

—Los préstamos acarrean desavenencias. Esto podría ponernos las cosas más difíciles.

—¿Más de lo que están? Anda, bésame.

Ned había besado a otras chicas, pero a ninguna como ella. Margery era la única que se mostraba tal cual era y decía lo que quería. Se suponía que las mujeres debían dejarse guiar por los hombres, sobre todo en lo tocante a lo físico, pero Margery parecía ignorarlo.

—Me gusta cómo besas —dijo Ned al cabo de un rato—. ¿Quién te ha enseñado?

—¡No me ha enseñado nadie! ¿Por quién me tomas? Además, como si solo hubiese una manera de hacerlo bien… Esto no es como anotar asientos.

—Supongo que tienes razón. Cada chica es distinta. A Ruth Cobley le gusta que le estrujen los pechos con fuerza para seguir notándolo luego, mientras que a Susan White…

—¡Ya basta! No quiero saber nada de las otras chicas con las que has estado.

—Te estaba tomando el pelo. Nunca he conocido a nadie como tú, por eso te quiero.

—Yo también te quiero.

Empezaron a besarse de nuevo. Ned se abrió la capa y desabrochó el abrigo de Margery para pegar sus cuerpos. Apenas notaban el frío.

—¡Separaos ahora mismo! —oyó Ned que gritaba una voz conocida. Era Rollo.

A pesar del sobresalto inicial, cargado de culpabilidad, Ned se contuvo a tiempo; no había ninguna razón que le impidiese besar a la mujer que amaba. Soltó a Margery y se volvió con lentitud deliberada. Ya no le imponía.

—Ni se te ocurra darme órdenes, Rollo. No estamos en la escuela.

El joven Fitzgerald lo ignoró por completo y se dirigió a Margery, armado de indignada legitimidad.

—Ahora mismo te vienes a casa conmigo.

Margery llevaba toda la vida conviviendo con los modales autoritarios de su hermano y estaba acostumbrada a resistirse a sus imposiciones.

—Ve adelantándote —contestó con una naturalidad que sonó ligeramente forzada—. Yo iré enseguida.

Rollo se puso colorado.

—He dicho ahora mismo.

La cogió por el brazo.

—Quítale las manos de encima, Rollo —le advirtió Ned—. No hace falta usar la fuerza.

—Cierra la boca. Es mi hermana y haré con ella lo que me plazca.

Margery intentó zafarse, pero Rollo cerró la mano con fuerza.

—¡Déjame, que me haces daño! —protestó la joven.

—Te he avisado, Rollo —dijo Ned. No quería pelearse, pero no estaba dispuesto a dejarse intimidar.

Al ver que Rollo tiraba del brazo de Margery, Ned lo agarró del abrigo, lo apartó de ella y le propinó tal empujón que el joven Fitzgerald trastabilló. En ese momento vieron que Bart subía la escalinata de mármol.

Rollo recuperó el equilibrio.

—¡Te vas a enterar! —gritó, levantando un dedo en un gesto amenazador al tiempo que se acercaba a Ned para darle una patada.

Iba dirigida a la entrepierna, pero Ned se apartó unos centímetros y solo lo alcanzó en el muslo. La rabia lo hizo inmune al dolor. Se abalanzó sobre Rollo y empezó a golpearlo en la cabeza y en el pecho con los puños, tres, cuatro, hasta cinco veces. Rollo dio un paso atrás e intentó responder, pero, aun siendo más alto y teniendo los brazos más largos, su furia no igualaba a la de su contrincante, quien apenas oyó los gritos de Margery suplicándoles que pararan.

Ned hizo retroceder a Rollo varios pasos hasta que, de pronto, sintió que alguien lo agarraba por detrás y comprendió que se trataba de Bart, que le inmovilizó los brazos a los costados como si lo ciñera con una cuerda. El joven Shiring era mucho más alto y fuerte que cualquiera de los otros dos. Ned forcejeó con furia, pero no logró soltarse y en ese momento supo que estaba a punto de recibir una buena paliza.

Rollo empezó a golpearlo mientras Bart lo sujetaba. Ned trataba de agacharse y esquivarlo, pero el joven Shiring le impedía moverse, y

Rollo podía sacudirle a su antojo en la cara y en el estómago y asestar-le patadas en la entrepierna, con saña, una y otra vez, mientras Bart se reía con regocijo. Margery se puso a chillar e hizo lo posible por fre-nar a su hermano, ·pero con escaso éxito: le sobraba valor, pero era demasiado enclenque para poder detenerlo.

Al poco, Bart dejó de reír, cansado del juego, y apartó a Ned a un lado de un empujón. El joven Willard cayó al suelo y, aunque intentó levantarse, al principio no pudo. Tenía un ojo cerrado, pero con el otro vio que Rollo y Bart asían a Margery uno por cada brazo y la obligaban a descender la escalinata.

Ned tosió y escupió sangre acompañada de un diente, que aterri-zó en el suelo, según comprobó con el ojo bueno. Y vomitó.

Le dolía todo el cuerpo. Intentó volver a levantarse, pero la tortu-ra era insoportable. Se quedó tumbado boca arriba en el frío suelo de mármol, esperando a que remitiera.

—Mierda —masculló—. Mierda.

III

—¿Dónde has estado? —le preguntó lady Jane a Margery en cuan-to Rollo la llevó a casa.

—¡Rollo ha estado pegando a Ned mientras Bart lo sujetaba! —gri-tó Margery—. ¡Eso solo lo hace un animal!

—Tranquilízate —le pidió su madre.

—Míralo, frotándose los nudillos… ¡Encima se enorgullece!

—Me enorgullezco de hacer lo correcto —contestó Rollo.

—Pero no te has atrevido a enfrentarte a Ned tú solo, ¿verdad? —Y señaló a Bart, que entró detrás de su hermano—. Has necesitado su ayuda.

—Olvídate de eso ahora —insistió lady Jane—. Tienes visita.

—No estoy para recibir a nadie —replicó Margery. Lo único que quería era quedarse a solas en su habitación.

—No seas respondona —la reprendió su madre—. Ven.

Margery no opuso mayor resistencia. Había visto cómo le habían dado una paliza al hombre que amaba, y todo por su culpa, por que-rerlo. Tenía la sensación de que ya no sabía qué era lo correcto. Se en-cogió de hombros con apatía y siguió a su madre.

Se dirigieron al salón de lady Jane, desde el que la mujer gobernaba la casa y el servicio doméstico. Se trataba de una habitación austera, con sillas de asiento duro, un reclinatorio y un escritorio, donde estaba expuesta su colección de santos tallados en marfil. El obispo de Kingsbridge estaba esperándolas.

El obispo Julius era un hombre delgado de avanzada edad, debía de rondar los sesenta y cinco años, pero de gesto vivo, y su calvicie hacía que Margery siempre comparase su rostro con el de una calavera. La inteligencia brillaba en sus ojos azul claro.

A la joven le sorprendió verlo allí. ¿Qué podía querer de ella?

—El obispo tiene algo que decirte —anunció lady Jane.

—Siéntate, Margery —le pidió Julius.

La joven obedeció.

—Te conozco desde que naciste. Te has criado en la fe cristiana y eres una buena católica. Tus padres pueden estar orgullosos de ti.

Margery no contestó. No veía al obispo, su mente estaba ocupada por las imágenes de Rollo golpeando con saña el amado rostro de Ned.

—Rezas, vas a misa y confiesas tus pecados una vez al año. Dios está contento contigo.

Eso era cierto. Tenía la sensación de que su vida era un despropósito —su hermano era un ser odioso, sus padres la trataban con crueldad y querían que se casase con un animal—, pero al menos creía estar en paz con Dios. Se trataba de su único consuelo.

—Sin embargo, parece que, de la noche a la mañana, has olvidado todo lo que te han enseñado —prosiguió el obispo.

De pronto, el hombre obtuvo toda su atención.

—Por supuesto que no —protestó Margery, indignada.

—No seas insolente, y habla solo cuando te lo pida el obispo —la reprendió su madre.

Julius sonrió con indulgencia.

—No pasa nada, lady Jane. Creo que Margery está disgustada.

La chica se lo quedó mirando. Tenía ante ella al representante de Dios en la tierra, al pastor del rebaño cristiano. Sus palabras procedían del Señor. ¿De qué la acusaba?

—Parece que has olvidado por completo el cuarto mandamiento —dijo el hombre.

Margery se sintió avergonzada al instante; sabía a qué se refería. Clavó la vista en el suelo.

—Recita el cuarto mandamiento, Margery.

—Honrarás a tu padre y a tu madre —masculló la joven.

—Alto y claro, por favor.

La chica levantó la cabeza, pero esquivó su mirada.

—Honrarás a tu padre y a tu madre —repitió.

Julius asintió.

—En este último mes has deshonrado a tu padre y a tu madre, ¿no es así?

Margery asintió. Era cierto.

—Tu deber sagrado es hacer lo que te digan.

—Lo siento —susurró desconsolada.

—Ah, pero no basta con arrepentirse, ¿verdad que no, Margery? Y tú lo sabes.

—¿Qué debo hacer?

—Debes dejar de pecar. Debes obedecer.

Levantó la vista y lo miró a los ojos.

—¿Obedecer?

—Es la voluntad de Dios.

—¿De verdad?

—Así es.

Era el obispo. Él conocía su voluntad. Y se la había comunicado. Volvió a bajar la mirada.

—Quiero que hables con tu padre ahora mismo —prosiguió Julius.

—¿Es necesario?

—Sabes muy bien que lo es. Y creo que también sabes lo que debes decirle, ¿no es así?

El nudo que tenía en la garganta le impedía hablar, pero asintió con la cabeza.

El obispo le hizo una señal a lady Jane, que se acercó a la puerta y la abrió. Sir Reginald, que esperaba al otro lado, entró.

—¿Y bien? —preguntó el hombre, mirando a Margery.

—Lo siento, padre —dijo la joven.

—Como debe ser —contestó él.

Se hizo un breve silencio, a la espera de que la muchacha continuase.

—Me casaré con Bart Shiring —dijo al fin.

—Buena chica —la felicitó su padre.

—¿Puedo irme? —preguntó levantándose.

—Tal vez deberías agradecer al obispo que te haya guiado de vuelta al buen camino —apuntó su madre.

Margery se volvió hacia Julius.

—Gracias, ilustrísima.

—Muy bien —dijo lady Jane—. Ahora puedes irte.

Margery abandonó la habitación.

IV

El lunes por la mañana, Ned miraba por la ventana cuando vio a Margery y sintió que se le aceleraba el pulso.

Estaba en el salón, y su gata de color pardo, Maddy, se frotaba la cabeza contra su tobillo. De pequeña la llamaba Madeja por lo juguetona que era, siempre enredándose en todas partes, pero se había convertido en una señorona que se relamía, de una manera digna y sobria, de volver a disfrutar de su compañía.

Ned vio que Margery cruzaba la plaza en dirección a la Escuela de Gramática. Tres mañanas a la semana se encargaba de los más pequeños y les enseñaba los números, las letras y los milagros de Jesús, preparándolos para el verdadero estudio. Había desatendido sus obligaciones todo el mes de enero, pero Ned supuso que volvía a retomarlas. Iba con Rollo, que parecía acompañarla a modo de escolta.

Tal como esperaba.

No era la primera vez que estaba enamorado. Jamás había cometido el pecado de la fornicación, si bien había estado a punto en una o dos ocasiones, pues en un momento u otro se había sentido muy atraído por Susan White y Ruth Cobley. Sin embargo, con Margery había sabido desde el principio que no era lo mismo. No solo deseaba llevársela detrás de la tumba del prior Philip para besarla y acariciarla. Claro que quería, pero también le apetecía pasar largas horas a su lado, sin prisas, charlar con ella sobre obras de teatro y cuadros, sobre los chismes y habladurías que corrían por Kingsbridge o sobre política inglesa, o simplemente tumbarse junto a ella en la hierba, a la orilla de un riachuelo, bañados por el sol.

Reprimió el impulso de salir corriendo de casa y abordarla en el mercado. Ya hablaría con ella cuando acabaran las clases, al mediodía.

Pasó la mañana en el almacén, anotando asientos en el libro de cuentas. Su hermano mayor, Barney, renegaba de esa parte del trabajo

—nunca se le habían dado bien las letras y no había aprendido a leer hasta los doce años—, pero a Ned le gustaba. Facturas y recibos; cantidades de estaño, plomo y mineral de hierro; viajes a Sevilla, a Calais, a Amberes; precios, beneficios... Sentado a la mesa con una pluma, un tintero y un grueso libro de listados, veía ante sí un imperio comercial internacional.

Sin embargo, en esos momentos era un imperio al borde del precipicio. La mayor parte de las posesiones de la familia Willard se encontraban en Calais y seguramente habían sido confiscadas por el rey de Francia. La mercancía que conservaban en Kingsbridge era valiosa, pero difícil de vender mientras la guerra restringiese el comercio marítimo a través del Canal, y se habían visto obligados a despedir a varios empleados por no tener en qué ocuparlos. La labor contable de Ned consistía en intentar cuadrar lo que quedaba y comprobar si alcanzaba para pagar las deudas pendientes.

Su trabajo se veía constantemente interrumpido por la gente que le preguntaba por qué tenía un ojo morado. Él les contaba la verdad, como había hecho con su madre: Bart y Rollo le habían dado una paliza por besar a Margery, y a nadie le escandalizaba, ni siquiera le sorprendía, pues las riñas eran habituales entre los jóvenes, sobre todo al final de la semana, y todo el mundo estaba acostumbrado a ver moretones el lunes por la mañana.

Su abuela se había indignado.

—Ese Rollo es ladino como un zorro —había dicho—. Siempre fue un crío malintencionado y ahora se ha convertido en un hombretón rencoroso. Será mejor que te guardes de él.

Alice se había echado a llorar al ver que había perdido un diente.

Cuando el sol alcanzó su cenit, Ned salió del almacén y enfiló Main Street, cubierta de nieve medio derretida, pero en lugar de volver a casa se dirigió a la salida de la Escuela de Gramática. Las campanas de la catedral anunciaban el mediodía a su llegada. Tenía la sensación de que habían pasado décadas desde que había dejado aquella misma escuela, solo tres años atrás. Los dilemas que había vivido con tanta intensidad —exámenes, competiciones, rivalidades— ahora se le antojaban ridículos y triviales.

Ned vio que Rollo atravesaba el mercado en su dirección y supuso que venía para acompañar a Margery de vuelta a casa. El joven Fitzgerald pareció sorprenderse y asustarse ligeramente cuando se percató de su presencia.

—Mantente alejado de mi hermana —le advirtió de inmediato, envalentonado.

Ned estaba esperándolo.

—¿Me vas a obligar tú, pueblerino cerril?

—¿Quieres que te ponga el otro ojo morado?

—Atrévete.

Rollo se echó atrás.

—No voy a pegarme en un sitio público.

—Claro que no —contestó Ned con desdén—. Y menos cuando no está tu amiguito cerca para ayudarte.

Margery salió de la escuela.

—¡Rollo! —lo llamó—. Por el amor de Dios, ¿es que quieres empezar otra pelea?

Ned la contempló con el corazón en un puño. Apenas abultaba, pero la barbilla alzada, los ojos verdes de mirada desafiante y aquella voz, imperiosa a pesar de su juventud, le conferían una presencia imponente.

—No tienes permiso para hablar con el hijo de los Willard —le recordó Rollo—. Vamos a casa.

—Pues quiero hablar con él —respondió.

—Te lo prohíbo terminantemente.

—Ni se te ocurra cogerme del brazo, Rollo —le advirtió su hermana, leyéndole la mente—. Anda, compórtate como una persona sensata y espérame junto a la puerta del palacio episcopal. Desde allí podrás vernos, aunque no nos oigas.

—No tienes nada de que hablar con Willard.

—No digas tonterías, tendré que contarle lo que pasó ayer. Es lo mínimo, ¿no crees?

—¿Eso y nada más? —preguntó Rollo, escéptico.

—Te lo prometo. Tengo que decírselo.

—No dejes que te toque.

—Ve y espérame junto a la puerta del obispo.

Ned y Margery esperaron hasta que Rollo salvó los veinte pasos de distancia, se volvió en redondo y se los quedó mirando, con el ceño fruncido.

—¿Qué pasó ayer, después de la pelea? —preguntó Ned.

—Comprendí algo —contestó Margery, notando que las lágrimas acudían a sus ojos.

Ned tuvo un mal presentimiento.

—¿Qué comprendiste?

—Que es mi deber sagrado obedecer a mis padres.

Se echó a llorar. Ned metió la mano en el bolsillo y sacó un pañuelo de lino que le había cosido su madre, con unas bellotas bordadas. Le tocó las mejillas con delicadeza para enjugarle las lágrimas, pero ella se lo arrebató y se secó los ojos sin remilgos.

—Supongo que no es necesario decir nada más, ¿no? —añadió la joven.

—Ya lo creo que sí. —Ned intentó poner en orden sus pensamientos. A pesar de su apasionamiento y resolución, sabía que Margery también era profundamente devota.

—¿No es pecado yacer con un hombre al que odias?

—Eso no forma parte de las enseñanzas sacramentales.

—Pues debería.

—Los protestantes siempre queriendo reformar las leyes de la Iglesia.

—¡No soy protestante! ¿A eso se reduce todo?

—No.

—¿Qué han hecho? ¿Cómo te han convencido? ¿Te han amenazado?

—Me han recordado mi deber.

Ned tenía la sensación de que le ocultaba algo.

—¿Quién? ¿Quién te lo ha recordado?

Margery vaciló, reacia a contestar, pero luego se encogió ligeramente de hombros, como si en realidad no importase.

—El obispo Julius —dijo.

Ned estalló en cólera.

—¡Para hacerles un favor a tus padres! Es un viejo amigo de sir Reginald.

—Es el representante de Cristo.

—¡Jesús no dice con quién debemos casarnos!

—Estoy segura de que Jesús quiere que sea obediente.

—Esto no tiene nada que ver con la voluntad de Dios. Tus padres están usando tu devoción para manipularte y conseguir que hagas lo que les conviene.

—Siento que pienses así.

—¿De verdad vas a casarte con Bart Shiring solo porque te lo ha dicho el obispo?

—Porque así lo desea Dios. Me voy, Ned. De ahora en adelante será mejor que tú y yo hablemos lo mínimo posible.

—¿Por qué? Vivimos en la misma ciudad, vamos a la misma iglesia... ¿Por qué no podemos hablar?

—Porque se me parte el corazón —contestó Margery antes de marcharse.

4

I

Barney Willard recorría los concurridos muelles de Sevilla esperando encontrar algún barco inglés que hubiese remontado el río Guadalquivir con la marea de la mañana. Estaba desesperado por saber si su tío Dick seguía vivo y si su familia lo había perdido todo o no.

Un viento frío bajaba por el río, pero el cielo lucía completamente despejado y de un azul muy oscuro, y el sol de la mañana le calentaba el rostro bronceado. Barney sentía que, después de haber vivido allí, jamás podría acostumbrarse de nuevo al frío húmedo y el gris borrascoso del clima de Inglaterra.

Sevilla se levantaba a uno y otro lado de un meandro del Guadalquivir. En el interior de la curva, una amplia playa de barro y arena emergía del agua en suave pendiente hacia tierra firme, donde miles de casas, palacios e iglesias se apiñaban entre sí para formar la mayor ciudad de España.

La playa estaba repleta de hombres, caballos y bueyes que transportaban cargamentos de las embarcaciones a los carros y viceversa, y de compradores y vendedores que regateaban a voz en grito. Barney inspeccionó las naves amarradas aguzando el oído a la espera de encontrar las vocales amplias y las consonantes suaves de la lengua inglesa.

Los barcos le transmitían algo que hacía que su alma cantase. Jamás había sido tan feliz como durante su travesía hasta allí. A pesar de la comida podrida, el agua repugnante que bebían, las sentinas apestosas y las aterradoras tempestades, el mar le encantaba. La sensación de ganar velocidad surcando las olas mientras el viento henchía las velas le provocaba una emoción tan intensa como la de yacer con una mujer. Bueno, casi.

Los barcos de la orilla estaban tan apretados unos contra otros como las casas de la ciudad, atracados con la proa hacia dentro y la popa hacia fuera. Barney estaba acostumbrado a los muelles de Combe Harbour, donde había entre cinco y diez barcos amarrados en un día ajetreado, pero en Sevilla se contaban unos cincuenta con asiduidad.

Barney también tenía un motivo muy prosaico para ir a visitar el puerto a primera hora. Vivía con Carlos Cruz, un primo segundo suyo, que era fundidor. En Sevilla se fabricaban armas para las interminables guerras del rey Felipe II, y nunca había suficiente metal. Carlos compraba todo lo que exportaba la madre de Barney: plomo de las colinas de Mendip para la munición, estaño de las minas de Cornualles para los contenedores de alimentos y utensilios de a bordo, y —lo más importante— mineral de hierro. Pero los minerales y los metales llegaban a Sevilla en barco a través de muchos otros exportadores, algunos del sur de Inglaterra, algunos del norte de España, y Carlos también tenía que comprarles a ellos su mercancía.

Barney se detuvo para contemplar una embarcación recién arribada que se estaba introduciendo con delicadeza en un amarradero. Le resultó familiar y el corazón le dio un vuelco de esperanza. El barco tenía unos cien pies de eslora y veinte de manga, una forma estrecha que era muy apreciada por los capitanes que gustaban de moverse deprisa. Calculó que debía de desplazar unas cien toneladas. Tenía tres mástiles con un total de cinco velas cuadradas para conseguir potencia, más una latina triangular en el mástil central que le daba maniobrabilidad. Debía de ser una embarcación muy ágil.

Pensó que podía tratarse del *Hawk*, propiedad de Philbert Cobley de Kingsbridge, y cuando oyó a los marineros gritarse unos a otros en inglés estuvo seguro. Entonces un hombre de escasa estatura y unos cuarenta años, con una calva bronceada y barba rubia, caminó por el agua poco profunda de la orilla para alcanzar la playa, y Barney reconoció a Jonathan Greenland, que a menudo navegaba como primer oficial del capitán Bacon.

Esperó mientras Jonathan ataba un cabo a una estaca bien hundida en la arena de la playa. En su Inglaterra natal, los hombres como Jonathan siempre podían conseguir uno o dos vasos de vino en casa de los Willard, frente a la catedral de Kingsbridge, ya que el apetito de Alice Willard por noticias de todos los confines del mundo era insaciable. De niño, a Barney le había encantado escuchar a Jonathan, que les hablaba de África y de Rusia y del Nuevo Mundo, lugares en los que el sol siempre brillaba o la nieve no se derretía nunca, y sus informes sobre precios y política se entremezclaban con relatos de traición y piratería, revueltas y secuestros.

La historia preferida de Barney era la que narraba cómo Jonathan se hizo marinero. A la edad de quince años se había emborrachado en el Jolly Sailor de Combe Harbour un sábado por la noche y se había despertado a la mañana siguiente a dos millas de la costa y rumbo a Lisboa. No volvió a ver Inglaterra hasta cuatro años después, pero cuando por fin regresó lo hizo con suficiente dinero para comprarse una casa. Él lo contaba como una fábula con moraleja, pero el Barney niño lo entendía como una aventura maravillosa y deseaba que le sucediera a él también. Ahora que ya era un hombre de veinte años, a Barney seguía entusiasmándole el mar.

Cuando el *Hawk* estuvo bien amarrado, los dos hombres se saludaron dándose un apretón de manos.

—Llevas pendiente —comentó Jonathan con una sonrisa de asombro—. Estás muy exótico. ¿Es una moda española?

—La verdad es que no —contestó Barney—. Es más bien una costumbre turca. Considéralo un capricho. —Lo llevaba porque con él se sentía romántico, y porque a las mujeres les resultaba fascinante.

Jonathan se encogió de hombros.

—Nunca había estado en Sevilla —dijo—. ¿Cómo es?

—A mí me encanta: el vino es fuerte y las muchachas, guapas —respondió Barney—. Pero ¿qué noticias traes de mi familia? ¿Qué ha ocurrido en Calais?

—El capitán Bacon tiene una carta para ti de tu madre. Aunque no hay mucho que contar. Seguimos esperando información fidedigna.

Barney se dejó llevar por el desánimo.

—Si los ingleses de Calais hubiesen recibido un trato clemente y les permitieran seguir viviendo y trabajando allí, a estas alturas ya nos habrían enviado algún mensaje. Cuanto más esperamos, más probable es que los hayan hecho prisioneros, o algo peor.

—Eso dice la gente. —Desde la cubierta del *Hawk* alguien vociferó el nombre de Jonathan—. Tengo que volver a bordo —se excusó.

—¿Traéis algo de mineral de hierro para mi primo Carlos?

Jonathan negó con la cabeza.

—Este cargamento es todo lana. —Volvieron a llamarlo con impaciencia—. Luego te llevo la carta.

—Ven a comer con nosotros. Estamos en el barrio más cercano de la ciudad, donde se ve todo ese humo. Se llama el Arenal, y es donde se fabrican las armas del rey. Pregunta por Carlos Cruz.

Jonathan trepó por un cabo y Barney dio media vuelta.

No le habían sorprendido las noticias de Calais o, mejor dicho, la falta de ellas, pero sí estaba muy desalentado. Su madre había pasado los mejores años de su vida levantando el negocio familiar, y a Barney le enfurecía y le entristecía pensar que podían robárselo todo así, sin más.

Terminó su patrulla por la orilla sin encontrar nada de mineral de hierro que comprar. Torció por el puente de Triana y se internó en las estrechas callejuelas zigzagueantes de la ciudad, donde ya reinaba el ajetreo, pues la gente salía de las casas para empezar sus quehaceres diarios. Sevilla era mucho más adinerada que Kingsbridge, pero, en comparación, sus habitantes tenían un aspecto más lúgubre. España era el país más rico del mundo, pero también el más conservador; existían leyes en contra de la indumentaria estridente. Los ricos vestían de negro, mientras que los pobres llevaban marrones deslavazados. Resultaba irónico, pensó Barney, lo mucho que se parecían los extremistas católicos a los extremistas protestantes.

Aquella era la hora menos peligrosa del día para pasear por la ciudad; ladrones y rateros solían dormir durante la mañana y, en cambio, sacaban mayor partido de su trabajo por la tarde y por la noche, cuando los hombres se mostraban menos cuidadosos a causa del vino.

Aflojó el paso al acercarse a la casa de la familia Ruiz. Era un edificio de ladrillos nuevo e impresionante, con una hilera de cuatro grandes ventanas en la planta principal, la de arriba. A medida que avanzaba el día, esas ventanas se cubrían con una pantalla de rejilla, y el señor Pedro Ruiz, orondo y resollante, se sentaba tras una de ellas como un sapo entre los juncos, a observar a los paseantes a través de la celosía. A esa hora tan temprana, sin embargo, aún seguía en la cama, y todas las ventanas y las pantallas estaban abiertas de par en par para dejar que entrara el aire fresco de la mañana.

Barney levantó la mirada y vio lo que ansiaba ver: un atisbo de la hija de diecisiete años del señor Ruiz, Jerónima. Caminó más despacio todavía y se la quedó mirando fascinado por su pálida tez, los rizos exuberantes de su melena oscura y, sobre todo, esos ojos castaños, grandes y luminosos, acentuados por las cejas negras. La chica le sonrió y saludó con un discreto gesto de la mano.

Las muchachas de buena familia no debían acercarse a las ventanas, y menos aún saludar a los jóvenes que pasaban, así que se metería en un buen lío si la descubrían allí. Pero todas las mañanas a la misma hora, ella se arriesgaba, y Barney, entusiasmado, sabía que aquello era lo más lejos que podía llevar su coqueteo con él.

Al pasar la casa se volvió y empezó a caminar marcha atrás, todavía sonriendo. Se tropezó, a punto estuvo de caerse y torció el gesto. Ella soltó una risilla llevándose la mano a los labios encarnados.

Barney no pensaba en casarse con Jerónima. A sus veinte años todavía no estaba preparado para el matrimonio y, de haberlo estado, no tenía la certeza de que Jerónima fuese la elegida. Aun así, deseaba conocerla más, acariciarla con discreción cuando nadie los viera y robarle besos. Sin embargo, en España las jóvenes estaban sometidas a una supervisión más estricta que en Inglaterra y, al ver que le enviaba un beso por el aire, Barney se preguntó si llegaría a disfrutar de uno de verdad algún día.

Ella volvió entonces la cabeza como si hubiera oído que la llamaban, y un momento después ya había desaparecido. Barney, a su pesar, se alejó.

La casa de Carlos no quedaba lejos y los pensamientos de Barney pasaron del amor al desayuno con una prontitud que le avergonzó ligeramente.

La fachada de los Cruz estaba atravesada por un amplio arco que conducía a un patio donde se realizaba el trabajo. Montones de mineral de hierro, carbón y cal aguardaban almacenados contra las paredes de ese patio, separados por burdos divisores de madera. En un rincón había un buey atado. El centro lo ocupaba el horno.

El esclavo africano de Carlos, Ebrima Dabo, alimentaba el fuego para preparar la primera tanda del día mientras su frente oscura se llenaba de perlas de sudor. Barney ya se había cruzado con africanos en Inglaterra, sobre todo en ciudades portuarias como Combe Harbour, pero eran hombres libres; la legalidad inglesa no permitía la esclavitud. España era diferente. En Sevilla había esclavos a millares, Barney calculaba que constituían más o menos una décima parte de la población. Eran árabes, norteafricanos, unos cuantos indios americanos y otros, como Ebrima, de la región mandinga del África Occidental. Barney, que era rápido aprendiendo lenguas y ya había pescado algunas palabras de mandinga, a menudo oía a Ebrima saludar a la gente con un *I be nyaadi?*, que significaba «¿Cómo estás?».

Carlos se encontraba de espaldas a la entrada, estudiando una estructura de ladrillos recién construida. Había oído hablar de un tipo de horno diferente, que permitía el paso de ráfagas de aire desde abajo mientras el mineral de hierro y la cal se introducían por arriba. Ninguno de los tres hombres había visto jamás cosa semejante, pero estaban construyendo un prototipo experimental y trabajaban en ello cuando tenían tiempo.

Barney hablaba con Carlos en español.

—Hoy no ha llegado nada de mineral de hierro a los muelles.

Carlos, que tenía la mente puesta en el nuevo horno, se rascó los rizos negros de la barba.

—Tenemos que encontrar una forma de enjaezar el buey para que ponga en funcionamiento el fuelle.

Barney arrugó la frente.

—No acabo de verlo, pero se puede conseguir que un animal ponga en marcha cualquier mecanismo si se tienen suficientes ruedas.

Ebrima los oyó.

—Dos juegos de fuelles —opinó—. Uno que saque el aire hacia fuera mientras el otro sopla hacia dentro.

—Buena idea —dijo Carlos.

Los fogones estaban en el patio, algo más cerca de la casa, y la abuela de Carlos le daba vueltas a una cazuela.

—Lavaos las manos, chiquillos, que esto ya está listo —anunció.

Era la tía abuela de Barney y él la llamaba tía Betsy, aunque en Sevilla la conocían como Elisa. Tenía un gran corazón, aunque no era una mujer hermosa. Su rostro estaba dominado por una nariz grande y retorcida. Tenía la espalda ancha y unas manos enormes, igual que los pies. Había llegado a los sesenta años, una edad nada desdeñable, pero todavía conservaba sus curvas y se mantenía activa. Barney recordaba a su abuela de Kingsbridge diciendo: «Mi hermana Betsy no daba más que problemas cuando era niña... Por eso hubo que enviarla a España».

Costaba imaginarlo. La tía Betsy era una mujer prudente y sabia. Había advertido a Barney con discreción que Jerónima Ruiz solo miraba por su propio interés y sin duda se casaría con alguien mucho más rico que él.

Betsy había criado a Carlos después de que su madre muriera en el parto. Su padre había fallecido hacía un año, apenas unos días antes de la llegada de Barney. Los hombres vivían en un lateral del arco, y

Betsy, que era la propietaria de la casa, ocupaba la otra mitad del edificio.

Habían puesto la mesa en el patio, ya que solían comer al aire libre durante las horas de luz, a menos que hiciera un día excepcionalmente frío. Se sentaron a disfrutar de unos huevos cocinados con cebolla, pan de trigo y una jarra de vino flojo. Eran hombres fuertes que realizaban trabajos pesados todo el día, así que comían en cantidad.

Ebrima comía con ellos. Un esclavo jamás compartía la mesa de sus amos en las grandes casas de las familias adineradas, pero Carlos era un artesano que se ganaba la vida con las manos y trabajaba duro junto a Ebrima. Aun así, el africano siempre lo trataba con deferencia; en ningún momento pretendía hacerse pasar por su igual.

A Barney le había asombrado la inteligente contribución de Ebrima a la conversación sobre el horno nuevo.

—Sabes mucho de fundición —comentó mientras comían—. ¿Lo aprendiste del padre de Carlos?

—Mi propio padre era fundidor de hierro —respondió Ebrima.

—¡Vaya! —Carlos se sorprendió—. No sé por qué, pero nunca había imaginado a los africanos fundiendo hierro.

—¿Y cómo creías que conseguimos espadas para luchar nuestras guerras?

—Desde luego. Entonces… ¿cómo te convertiste en esclavo?

—En una guerra con un reino vecino. Me capturaron. De donde vengo, a los prisioneros de guerra suelen hacerlos esclavos para trabajar los campos del bando vencedor. Pero mi amo murió y su viuda me vendió a un negrero árabe… y, tras una larga travesía, acabé en Sevilla.

Barney, que nunca le había preguntado a Ebrima por su pasado, sintió curiosidad. ¿Añoraba su hogar o prefería Sevilla? Aparentaba unos cuarenta años, ¿a qué edad lo habían hecho esclavo? ¿Echaba de menos a su familia? Sin embargo, fue Ebrima quien tomó la palabra:

—¿Puedo haceros una pregunta, señor Willard?

—Desde luego.

—¿Hay esclavos en Inglaterra?

—En realidad no.

Ebrima dudó unos instantes.

—¿Qué significa eso de «En realidad no»?

Barney reflexionó un momento.

—En mi ciudad, Kingsbridge, vive un joyero portugués de nombre Rodrigo. Compra telas finas, encajes y sedas, luego les cose perlas y confecciona tocados, pañuelos, velos y otras fruslerías por el estilo. Las mujeres se vuelven locas por su género. De toda Inglaterra vienen esposas de hombres ricos a comprárselas.

—¿Y tiene un esclavo?

—Cuando llegó, hace cinco años, tenía un mozo de cuadra marroquí llamado Ahmed al que se le daban muy bien los animales. Enseguida se corrió la voz al respecto, y la gente de Kingsbridge pagaba a Ahmed para que curara a sus caballos. Al cabo de un tiempo, Rodrigo se enteró y le exigió el dinero, pero Ahmed no quiso entregárselo. Rodrigo acudió al tribunal de sesiones trimestrales y dijo que el dinero era suyo porque Ahmed era su esclavo, pero el juez Tilbury repuso: «Ahmed no ha violado ninguna ley inglesa». Así que Rodrigo perdió y Ahmed se quedó con el dinero. Ahora tiene su propia casa y un próspero negocio como médico de animales.

—¿O sea que los ingleses pueden tener esclavos, pero si el esclavo se marcha, el amo no puede obligarlo a volver?

—Exacto.

Barney se dio cuenta de que a Ebrima le fascinaba esa idea. Tal vez soñaba con ir a Inglaterra y ser allí un hombre libre.

La conversación se vio interrumpida entonces. Tanto Carlos como Ebrima se pusieron tensos de repente y miraron hacia el arco de la entrada.

Barney siguió su mirada y vio a tres personas que se acercaban. A la cabeza iba un hombre de baja estatura y hombros anchos con ropajes caros y un bigote grasiento. A lado y lado de este, y un paso o dos por detrás, lo seguían dos hombres más altos que, por sus ropas sencillas, podían ser criados o tal vez escoltas. Barney nunca había visto a ninguno de los tres, pero reconoció su aspecto. Parecían mercenarios.

Carlos habló en un tono neutro y prudente.

—Sancho Sánchez, buenos días.

—Carlos, amigo mío —repuso Sancho.

A Barney no le pareció que fuesen amigos.

La tía Betsy se puso de pie.

—Tomad asiento, por favor, señor Sánchez —ofreció. Sus palabras eran hospitalarias, pero su tono de voz no era afable—. Dejad que os traiga algo de desayunar.

—No, gracias, señora Cruz —dijo Sancho—. Aunque sí tomaré un vaso de vino. —Y aceptó el asiento de la tía Betsy.

Sus acompañantes siguieron de pie.

Sancho empezó una conversación sobre los precios del plomo y el estaño, y Barney dedujo que también él era trabajador del metal. Sancho pasó a comentar la guerra con Francia, y luego una epidemia de fiebres que estaba devastando la ciudad y se llevaba las vidas de ricos y pobres por igual. Carlos contestaba con frialdad. Nadie comía nada.

Sancho entró por fin en materia.

—Te ha ido bien, Carlos —dijo con condescendencia—. Cuando murió tu padre, en paz descanse, no pensé que fueses capaz de continuar llevando la empresa tú solo. Contabas veintiún años y acababas de terminar tus años de aprendiz, así que tenías derecho a intentarlo, pero creí que fracasarías. Nos has sorprendido a todos.

Carlos estaba receloso.

—Gracias —dijo sin inflexión en la voz.

—Hace un año me ofrecí a comprar tu negocio por cien escudos.

Carlos enderezó la espalda, se cuadró y alzó la barbilla.

Sancho levantó una mano a la defensiva.

—Un precio bajo, lo sé, pero era lo que creía que valía sin tu padre para dirigirlo.

—Esa oferta fue un insulto —repuso Carlos con frialdad.

Los dos escoltas se pusieron en guardia. Hablar de insultos podía desembocar enseguida en violencia.

Sancho seguía mostrándose conciliador, o lo más parecido a eso de lo que era capaz, pensó Barney. No se disculpó por haber insultado a Carlos, sino que prefirió hablar con indulgencia, como si Carlos lo hubiese desairado.

—Comprendo que te sintieras así —dijo—, pero tengo dos hijos y quiero darles un negocio a cada uno. Ahora estoy dispuesto a pagarte un millar de escudos. —Como si Carlos no supiera contar, añadió—: Eso son diez veces la oferta inicial.

—El precio sigue siendo demasiado bajo —contestó Carlos.

Barney se dirigió a Sancho por primera vez:

—¿Por qué no construís otro horno para vuestro segundo hijo?

Sancho lo miró con altivez, como si hasta entonces no hubiese reparado en su presencia. Parecía pensar que Barney no debió hablar hasta que alguien le hubiera pedido su opinión. Fue Carlos quien respondió la pregunta.

—Al igual que la mayoría de las industrias en España, la fundición está controlada por una «corporación de oficios», algo así como un gremio inglés, solo que más conservador. La corporación limita la cantidad de hornos.

—La regulación garantiza unos altos niveles de calidad y mantiene a los operadores deshonestos fuera del negocio —dijo Sancho.

—Y asegura que los precios no se desplomen por culpa de alternativas baratas, supongo —dedujo Barney.

—Sancho está en el consejo del gremio del metal de Sevilla, Barney —añadió Carlos.

A Sancho no le interesaba Barney.

—Carlos, amigo mío y vecino, respóndeme a una pregunta muy sencilla. ¿Qué precio aceptarías por tu negocio?

Carlos sacudió la cabeza.

—No está en venta.

Sancho reprimió visiblemente una contestación furiosa y forzó una sonrisa.

—Podría llegar hasta mil quinientos.

—No vendería ni por quince mil.

Barney vio que la tía Betsy ponía cara de gran inquietud. Era evidente que Sancho le daba miedo y le preocupaba que Carlos se estuviera ganando su enemistad.

Carlos vio su mirada y se obligó a hablar en un tono más amistoso.

—Pero agradezco la gentileza de tu propuesta, vecino Sancho.

—Fue un buen intento, pero no sonó sincero.

El hombre se quitó entonces la máscara.

—Puede que lo lamentes, Carlos.

La voz de este se cargó de desdén.

—¿Por qué habrías de decirme algo así, Sancho? Casi parece una amenaza.

El otro ni lo confirmó ni lo negó.

—Si el negocio empieza a irte mal, acabarás deseando haber aceptado mi dinero.

—Correré ese riesgo. Y ahora tengo trabajo que hacer. El armero del rey necesita hierro.

Sancho se enfureció al ver que lo estaban echando. Se puso en pie.

—Espero que os haya gustado el vino, señor… Es el mejor que tenemos —dijo la tía Betsy.

Sancho no se molestó en contestar a un comentario tan banal de una simple mujer.

—Volveremos a hablar pronto —le dijo a Carlos.

Barney vio que su primo reprimía una contestación sarcástica y respondía únicamente con una cabezada silenciosa.

Sancho se volvía ya para marchar cuando se fijó en el horno nuevo.

—¿Y eso qué es? —preguntó—. ¿Otro horno?

—El viejo hay que sustituirlo ya. —Carlos se levantó—. Gracias por la visita, Sancho.

El hombre no se movió.

—Pues a mí me parece que el horno viejo está en perfecto estado.

—Cuando tengamos listo el nuevo, echaremos el viejo abajo. Conozco las normas tan bien como tú. Adiós.

—El nuevo tiene un aspecto curioso —insistió Sancho.

Carlos dejó que su irritación saliera a relucir.

—Estoy haciéndole unas mejoras al diseño tradicional. No hay ninguna norma de la corporación en contra de eso.

—Calma ese genio, hijo, solo te hacía una pregunta.

—Y yo solo te digo adiós.

Sancho no se inmutó siquiera ante la descortesía de Carlos. Siguió mirando el nuevo horno un minuto entero, después dio media vuelta y se marchó seguido por sus dos escoltas. Ninguno había dicho una sola palabra en todo ese rato.

—Es mal hombre para tenerlo como enemigo —comentó la tía Betsy cuando Sancho ya no podía oírla.

—Lo sé —repuso Carlos.

II

Esa noche, Ebrima durmió con la abuela de Carlos.

En el lado de la casa ocupado por los hombres, Carlos y Barney tenían las camas en la planta superior, mientras que Ebrima dormía en un jergón en la planta baja. Ese día, Ebrima esperó media hora tumbado sin dormir hasta que se aseguró de que toda la casa estaba en silencio; entonces se levantó y cruzó el patio sin hacer ruido hacia el lado de Elisa. Se metió en la cama a su lado e hicieron el amor.

Era una blanca vieja y fea, pero estaba oscuro y su cuerpo se le antojaba suave y cálido. Y lo más importante: siempre había sido amable con Ebrima. Él no la amaba y nunca lo haría, pero no le resultaba difícil darle lo que esperaba de él.

Al terminar, cuando Elisa se quedó dormida, Ebrima siguió despierto y recordó la primera vez.

Lo habían llevado a Sevilla en un barco esclavista y lo habían vendido al padre de Carlos hacía diez años. Se sentía solo, invadido por la añoranza y desesperado. Un domingo, mientras todos los demás estaban en la iglesia, la abuela de Carlos, a quien Barney llamaba tía Betsy y Ebrima, Elisa, se le había acercado al encontrarlo llorando con amargura. Para gran asombro suyo, le había besado las lágrimas y le había apretado el rostro contra sus pechos suaves, y Ebrima, llevado por el anhelo de afecto humano que sentía, le había hecho el amor con avidez.

Era consciente de que Elisa lo utilizaba. Ella podía poner fin a la relación cuando quisiera, pero él no. Sin embargo, esa mujer era la única persona que podía estrechar en sus brazos. Durante una década de exilio solitario, ella le había proporcionado consuelo.

Cuando Elisa empezó a roncar, él regresó a su cama.

Todas las noches, antes de dormir, Ebrima pensaba en la libertad. Se imaginaba en una casa de su propiedad, con una mujer que fuera su esposa, y tal vez incluso hijos. En su visión llevaba el bolsillo lleno de dinero que se había ganado con su trabajo, y además vestía ropas que había escogido y pagado él, no prendas heredadas. Salía de casa cuando le apetecía y regresaba cuando le venía en gana, y nadie podía azotarlo por ello. Al irse a dormir siempre esperaba soñar con esa visión, y a veces lo conseguía.

Durmió unas cuantas horas y despertó al alba. Era domingo. Algo después iría a la iglesia con Carlos, y por la tarde se acercaría a la taberna que regentaba un esclavo africano liberto y apostaría el poco dinero que sacaba de las propinas, pero antes que nada tenía que encargarse de un asunto personal. Se vistió y salió de la casa.

Cruzó la puerta norte de la ciudad y siguió el río corriente arriba mientras la luz de la mañana iba intensificándose. Pasada una hora llegó a un lugar aislado que ya había visitado en otras ocasiones, un punto donde el río estaba flanqueado por una arboleda. Allí realizaba el rito del agua.

Nadie lo había visto hacerlo jamás, pero tampoco importaría que lo viesen, pues daba la impresión de que solo se estaba bañando.

Ebrima no creía en el Dios crucificado. Fingía creer porque eso le hacía la vida más fácil, e incluso lo habían bautizado como cristiano en España, pero él sabía lo que se hacía. Los europeos no se daban cuenta de que en todas partes había espíritus, en las gaviotas y en el viento del oeste y en los naranjos. El más poderoso de todos era el dios del río; Ebrima lo sabía porque había crecido en un pueblo que se encontraba a la orilla de un río. Ese río era otro diferente, y no sabía a cuántos miles de kilómetros estaba de su lugar de origen, pero el dios era el mismo.

Al entrar en el agua murmurando las palabras sagradas, su alma se embebió de serenidad y él permitió que los recuerdos emergieran desde las profundidades de su mente. Recordó a su padre, un hombre fuerte con negras cicatrices de quemaduras en la piel morena causadas por accidentes con el metal fundido; a su madre, con los pechos descubiertos mientras arrancaba las malas hierbas del huerto; a su hermana con un niño en brazos, el sobrino al que Ebrima jamás vería crecer y convertirse en un hombre. Ninguno de ellos conocía siquiera el nombre de la ciudad en la que Ebrima hacía su vida ahora, pero todos ellos veneraban al mismo espíritu.

El dios del río le ofrecía consuelo en su tristeza. Cuando el rito terminó, el dios le confirió su don final: fuerza. Ebrima salió de la corriente con gotas de agua resbalándole por la piel, vio que el sol estaba alto y entonces supo que sería capaz de aguantar durante algo más de tiempo.

III

Los domingos Barney iba a la iglesia con Carlos, la tía Betsy y Ebrima. Formaban un grupo poco corriente, o esa era su impresión. Carlos parecía demasiado joven para ser el cabeza de familia, a pesar de su barba poblada y sus hombros anchos. La tía Betsy no parecía ni vieja ni joven: tenía el pelo gris, pero conservaba su figura femenina. Ebrima llevaba las ropas que Carlos ya había desechado, pero caminaba muy erguido y de algún modo conseguía parecer arreglado para ir a la iglesia. El propio Barney tenía una barba pelirroja y los ojos de los Willard, de un castaño dorado, y su pendiente era lo bastante peculiar para atraer miradas de asombro, sobre todo de las jóvenes, que era el motivo por el que lo llevaba.

La catedral de Sevilla era mayor que la de Kingsbridge, lo cual era reflejo de la fabulosa riqueza del clero español. La nave central, de una altura extraordinaria, estaba flanqueada por dos pares de naves laterales más dos hileras de capillas, cosa que hacía que el edificio pareciera casi más ancho que largo. Cualquier otra iglesia de la ciudad cabría allí dentro sin ningún problema. Un millar de personas parecían un grupo reducido, apretadas frente al elevado altar, y sus respuestas a la liturgia se perdían reverberando en el vacío de las bóvedas de lo alto. El retablo era inmenso, un derroche de tallas doradas que seguía aún sin terminar después de setenta y cinco años de trabajo.

La misa, además de una oportunidad para purificar el alma, era un acontecimiento social útil. Todo el mundo debía asistir, en especial los ciudadanos más prominentes. Era una ocasión para hablar con gente a la que de otro modo no se tenía acceso. Allí una muchacha respetable podía conversar incluso con un soltero sin que su reputación se viera comprometida, aunque sus padres estarían vigilándola de cerca.

Carlos se había puesto un abrigo nuevo con cuello de pieles y le había dicho a Barney que ese día tenía pensado hablar con el padre de Valentina Villaverde, la chica a la que amaba. Había estado dudando un año entero, consciente de que la comunidad de negocios esperaba a ver si conseguía que la empresa de su padre saliera adelante; pero sentía que ya había esperado suficiente. La visita de Sancho le indicaba que todos reconocían que había salido airoso… y que por lo menos un hombre deseaba arrebatársela. Era un buen momento para proponerle matrimonio a Valentina. Si ella lo aceptaba, no solo conseguiría la prometida con la que soñaba, sino que estaría entrando por vía del matrimonio en la élite sevillana, que lo protegería de depredadores tales como Sancho.

Se encontraron con la familia Villaverde nada más entrar por las grandes puertas occidentales de la catedral. Carlos le hizo una honda reverencia a Francisco Villaverde y luego le sonrió a Valentina con entusiasmo. Barney se fijó en que ella tenía la tez rosada y el pelo rubio, parecía más una muchacha inglesa que española. Cuando se casaran, según le había confiado Carlos, iba a construirle una casa alta y fresca, con fuentes y un jardín repleto de árboles de sombra generosa, para que el sol jamás abrasara los pétalos de sus mejillas.

Ella le correspondió la sonrisa con alegría. Estaba ferozmente protegida por su padre y un hermano mayor, además de por su madre, pero nadie podía impedirle mostrar el placer que sentía al ver a Carlos.

Barney, que tenía su propio cortejo que atender, buscó entre la muchedumbre y localizó a Pedro Ruiz y a su hija, Jerónima; la madre había fallecido. Se abrió camino entre la congregación hasta donde estaban y le hizo una reverencia a Pedro, que resollaba después del breve paseo desde su casa hasta la catedral. Pedro era un intelectual y hablaba con Barney acerca de si era posible que la Tierra se moviera alrededor del Sol, y no al contrario.

Sin embargo, a Barney le interesaba más su hija y no tanto sus opiniones, así que le dedicó a Jerónima una sonrisa tan resplandeciente como cien candelabros. Ella le sonrió también.

—Veo que hoy oficia la misa el amigo de tu padre, el arcediano Romero —comentó. Romero era un clérigo que había ascendido deprisa y que, según decían, se hallaba próximo al rey Felipe. Barney sabía que Romero era un visitante asiduo en casa de los Ruiz.

—A padre le gusta conversar con él sobre teología —repuso Jerónima. Puso cara de disgusto y bajó la voz—: No hace más que darme la lata.

—¿Romero? —Barney miró a Pedro con cautela, pero el hombre estaba saludando a un vecino y por un momento había apartado los ojos de su hija—. ¿Qué quieres decir con que te da la lata?

—Dice que espera ser mi amigo cuando ya esté casada, y me toca la mejilla. Me pone los pelos de punta.

A Barney le pareció que sin duda el arcediano sentía una pasión pecaminosa por Jerónima. Él podía entenderlo, pues compartía sus sentimientos; sin embargo, era listo y sabía que no debía decirlo.

—Qué repugnante —opinó—. Un sacerdote lascivo.

Llamó entonces su atención una figura que subía al púlpito con el hábito blanco y la capa negra de un monje dominico. Iba a dar un sermón. Barney no reconoció al orador, que era un hombre alto y delgado, con las mejillas pálidas y una mata de pelo lacio y espeso. Debía de rondar la treintena, con lo que era muy joven para predicar en la catedral. Barney ya se había fijado en él durante las oraciones, puesto que parecía estar poseído por un éxtasis santo y pronunciaba las palabras latinas con arrobamiento, los ojos cerrados y el rostro blanco vuelto hacia los cielos, al contrario que la mayoría de los sacerdotes, que actuaban como si estuvieran ocupándose de una obligación tediosa.

—¿Quién es ese? —preguntó.

—El padre Alonso —respondió Pedro, que volvió a dirigir su atención hacia el pretendiente de su hija—. Es el nuevo inquisidor.

Carlos, Ebrima y Betsy aparecieron al lado de Barney y juntos se adelantaron para ver más de cerca al sacerdote.

Alonso empezó hablando de las fiebres que habían matado a centenares de ciudadanos durante el invierno y que, según él, era un castigo de Dios. Las gentes de Sevilla tenían que aprender de ello una lección y hacer examen de conciencia. ¿Qué terribles pecados habían cometido para que Dios estuviera tan enfadado? La respuesta era que habían tolerado a paganos entre ellos. El joven sacerdote se fue calentando a medida que enumeraba las blasfemias de los herejes. Escupió las palabras «judío», «musulmán», «protestante», como si ellas mismas le llenaran la boca de un sabor repugnante.

Pero ¿de quiénes estaba hablando? Barney conocía la historia de España. En 1492, Isabel y Fernando —los Reyes Católicos— les dieron un ultimátum a los judíos españoles: o se convertían al cristianismo o abandonaban el país. Más adelante, los musulmanes recibieron la misma alternativa brutal. Desde entonces, todas las sinagogas y las mezquitas se habían transformado en iglesias. Y Barney jamás había visto a un protestante español, que él supiera.

Pensó que aquel sermón no era más que palabrería, pero la tía Betsy se mostró inquieta.

—Esto no es bueno —dijo en voz baja.

—¿Por qué? —preguntó Carlos—. En Sevilla no tenemos herejes.

—Si pones en marcha una caza de brujas, tienes que encontrar alguna.

—¿Cómo va a encontrar herejes si no los hay?

—Mira a tu alrededor. Dirá que Ebrima es musulmán.

—¡Pero si Ebrima es cristiano! —protestó Carlos.

—Dirán que ha retomado su primera religión, lo cual es pecado de apostasía, mucho peor que si no hubiera sido cristiano nunca.

Barney pensó que seguramente Betsy tenía razón: el color oscuro de la piel de Ebrima arrojaría todas las sospechas sobre él al margen de los hechos.

Betsy meneó la cabeza en dirección a Jerónima y su padre.

—Pedro Ruiz lee los libros de Erasmo y discute con el arcediano Romero sobre las enseñanzas de la Iglesia.

—¡Pero Pedro y Ebrima están aquí, asistiendo a la misa! —contestó Carlos.

—Alonso dirá que practican sus ritos paganos en casa, cuando ha caído la noche, con los postigos de las ventanas y las puertas de la casa cerrados a cal y canto.

—Pero ¿no le harán falta pruebas a Alonso?

—Confesarán ellos mismos.

Carlos estaba desconcertado.

—¿Por qué habrían de hacerlo?

—Hasta tú confesarías ser hereje si te arrancaran la ropa y te ataran con unas cuerdas que poco a poco se tensan hasta que se te clavan en la piel y empiezan a arrancarte la carne del cuerpo...

—Basta, ya lo entiendo. —Carlos se estremeció.

Barney se preguntó cómo conocía Betsy los métodos de tortura de la Inquisición.

Alonso llegó al punto álgido de su discurso e hizo un llamamiento para que todo ciudadano se sumara a él en una nueva cruzada contra los infieles que estaban justo allí, entre todos ellos. Al terminar dio comienzo la eucaristía. Barney miró las caras de los feligreses y pensó que el sermón los había dejado intranquilos. Eran buenos católicos, pero querían una vida tranquila, no una cruzada. Igual que la tía Betsy, preveían problemas.

Cuando terminó el oficio y el clero abandonó la nave en procesión, Carlos le dijo a Barney:

—Acompáñame a hablar con Villaverde. Siento que necesito el apoyo de un amigo.

Barney lo siguió de buena gana mientras se acercaba a Francisco y le hacía una reverencia.

—¿Me permitís que os robe un momento, señor, para discutir un asunto de gran importancia?

Francisco Villaverde tenía la misma edad que Betsy; Valentina era hija de su segunda mujer. Era un hombre pulcro y ufano, pero no antipático, y sonrió con afabilidad.

—Faltaría más.

Barney vio que Valentina estaba cohibida. Aunque su padre no lo sospechara, la muchacha intuía lo que estaba a punto de suceder.

—Ha pasado ya un año desde la muerte de mi padre —dijo Carlos.

Barney esperaba oír la murmurada contestación de «En paz descanse» que constituía la cortesía acostumbrada cada vez que se mencionaba a un pariente difunto, pero Francisco, para su sorpresa, no dijo nada.

—Todo el mundo puede ver que mi taller funciona muy bien y que la empresa es próspera —siguió diciendo Carlos.

—Hay que felicitarte por ello —dijo Francisco.

—Gracias.

—¿Adónde quieres llegar, joven Carlos?

—Tengo veintidós años, estoy sano y gozo de seguridad económica. Estoy listo para casarme. Mi esposa recibirá mi amor y mis cuidados.

—Seguro que así será. ¿Y bien…?

—Humildemente os pido permiso para visitar vuestra casa, con la esperanza de que vuestra maravillosa hija, Valentina, quiera aceptarme como pretendiente.

A Valentina le asomaron los colores a la cara, pero su hermano prorrumpió un gruñido que tal vez fuera de indignación.

La actitud de Francisco Villaverde cambió de pronto.

—De ninguna de las maneras —dijo con una vehemencia sorprendente.

Carlos se quedó de piedra. Por un momento no supo qué decir.

—¿Cómo te atreves? —añadió Francisco—. ¡Mi hija!

Carlos recuperó la voz.

—Pero… ¿puedo preguntar por qué?

Eso mismo se preguntaba Barney. Francisco no tenía motivos para sentirse superior. Era perfumista, un negocio que quizá fuese algo más refinado que el de fundidor, pero aun así, al igual que Carlos, fabricaba su mercancía y la vendía. No pertenecía a la nobleza.

Francisco vaciló un instante.

—No eres de sangre pura —dijo entonces.

Carlos se quedó perplejo.

—¿Porque mi abuela es inglesa? Eso es ridículo.

El hermano de Valentina se enfureció.

—Ten cuidado con lo que dices.

—No me quedaré aquí de pie para que me tachen de ridículo —dijo Francisco.

Barney vio que la muchacha estaba consternada. Era evidente que tampoco ella había esperado una negativa tan furibunda.

—Esperad un momento —dijo Carlos a la desesperada.

Francisco se mostró categórico.

—La conversación ha terminado. —Y dio media vuelta.

Tomó a Valentina del brazo y se dirigió a la puerta occidental. La madre y el hermano los siguieron.

Barney sabía que ir tras ellos no serviría de nada, que Carlos solo conseguiría parecer un bobo, pero veía que su primo se sentía herido y estaba furioso. Esa acusación de tener sangre impura era un disparate, pero probablemente no resultaría menos perjudicial por ello. «Impuro» solía significar judío o musulmán; Barney nunca lo había oído decir de nadie con ancestros ingleses, pero la gente podía ponerse puntillosa por un sinfín de motivos.

Ebrima y Betsy se unieron a ellos. La mujer enseguida se dio cuenta del estado de ánimo de Carlos y se volvió hacia Barney con un interrogante en la mirada.

—Valentina lo ha rechazado.

—Maldita sea —dijo Betsy.

Estaba enfadada, pero no parecía sorprendida, y a Barney le dio la impresión de que hasta cierto punto lo había visto venir.

IV

Ebrima sentía lástima por Carlos y quería hacer algo para animarlo. Cuando llegaron a casa, le propuso que probaran el nuevo horno. Era tan buen momento como cualquier otro, pensó, y quizá distrajera a Carlos de la humillación sufrida. Los cristianos tenían prohibido trabajar o hacer negocios los domingos, por supuesto, pero en realidad aquello no era trabajo, era un experimento.

A Carlos le gustó la idea. Encendió el horno mientras Ebrima enjaezaba el buey con los arreos que habían inventado y Barney mezclaba mineral de hierro machacado con cal.

Había una pega con los fuelles, así que tuvieron que rehacer el mecanismo tirado por el buey. Betsy olvidó sus planes de preparar una elegante comida de domingo y sacó pan y cerdo en salazón, que los tres hombres comieron sin sentarse siquiera. La luz de la tarde empezaba a desvanecerse cuando consiguieron que todo funcionara de nuevo. Con el fuego ya bien ardiente y azuzado por los fuelles gemelos, Ebrima empezó a alimentar el horno con paladas de mineral de hierro y cal.

Durante un rato pareció que no sucedía nada. El buey avanzaba en pacientes círculos, los fuelles soplaban y resollaban, la chimenea irradiaba calor y los hombres esperaban.

Carlos había oído hablar de esa forma de obtener hierro a dos personas, un francés de Normandía y un valón de los Países Bajos, y

Barney había oído algo similar de boca de un inglés de Sussex. Todos ellos afirmaban que con ese método se conseguía hierro dos veces más deprisa. Tal vez fuera una exageración, pero aun así la idea resultaba apasionante. Decían que el hierro fundido salía por el fondo del horno, así que Carlos había construido una tolva de piedra que conduciría el fluido a unas concavidades con forma de lingote hechas en el suelo del patio. Sin embargo, nadie había sido capaz de dibujarles un plano de ese horno, así que el diseño era invención suya.

Ebrima, viendo que allí seguía sin aparecer ningún hierro, empezó a preguntarse qué podía haber salido mal. Quizá la chimenea debía ser más alta. El calor era la clave, pensó. Tal vez debieran utilizar carbón vegetal, que ardía a más temperatura que el mineral, aunque era caro en un país donde todos los árboles se necesitaban para construir los barcos de Su Majestad.

Entonces empezó a funcionar. Una media luna de hierro fundido apareció en el orificio de salida del horno y avanzó despacio hacia la tolva de piedra. Una protuberancia dubitativa que se convirtió primero en una ola lenta y luego en un borbotón. Los hombres estallaron en gritos de júbilo y Elisa salió a ver.

El metal líquido era rojo al principio, pero enseguida se volvía gris. Estudiándolo con atención, Ebrima pensó que parecía más bien hierro colado, así que habría que fundirlo de nuevo para refinarlo, pero eso no representaba mayor problema. Por encima del hierro se veía una capa como de cristal fundido que sin duda era escoria, y tendrían que encontrar la forma de retirarla de la superficie. Sin embargo, el proceso era rápido y, una vez empezaba a salir, el hierro fluía como si hubieran abierto un grifo. No tenían más que seguir echando carbón, mineral de hierro y cal en lo alto del horno, y esa riqueza líquida fluiría por el otro extremo.

Los tres hombres se felicitaron y Elisa les sacó una botella de vino. Allí de pie, con los vasos en la mano, bebiendo y mirando embelesados el hierro que se endurecía, Carlos parecía más alegre; se estaba recuperando del golpe que le había supuesto el rechazo. Tal vez aprovechara ese momento de celebración para anunciarle a Ebrima que era un hombre libre.

—Alimenta el horno, Ebrima —dijo unos minutos después.

El esclavo dejó su vaso.

—Ahora mismo —repuso.

V

El nuevo horno era un triunfo para Carlos, pero no todo el mundo estaba contento con ello.

El horno trabajaba desde la salida hasta la puesta del sol, seis días a la semana, y Carlos vendía el hierro colado a una ferrería. Así no tenía que refinarlo él mismo y podía concentrarse solo en la producción, mientras que Barney le aseguraba el suministro cada vez mayor de mineral de hierro que necesitaban.

El armero real estaba satisfecho. Constantemente bregaba por comprar armamento suficiente para las guerras en Francia e Italia, para batallas navales contra la flota del sultán y para que los galeones de América se protegieran de los piratas. Las forjas y los talleres de Sevilla no daban abasto, y las corporaciones se oponían a cualquier expansión de su capacidad, de modo que el armero tenía que adquirir gran parte de lo que necesitaba a países extranjeros… y de ahí que la plata que llegaba a España procedente de América se gastara a un ritmo tan veloz. Por eso estaba entusiasmado de contar con una producción tan rápida de hierro.

Los fundidores de hierro sevillanos, sin embargo, no estaban tan contentos. Veían que Carlos ganaba el doble de dinero que ellos, así que tenía que haber alguna norma que lo prohibiera. Sancho Sánchez presentó incluso una queja formal ante la corporación. El consejo tendría que tomar una decisión.

Barney estaba preocupado, pero Carlos opinaba que la corporación no sería capaz de ponerse en contra del armero real.

Fue entonces cuando recibieron la visita del padre Alonso.

Estaban trabajando en el patio cuando Alonso irrumpió seguido de un pequeño séquito de sacerdotes más jóvenes. Carlos se apoyó en su pala y se quedó mirando al inquisidor intentando aparentar tranquilidad, aunque a Barney le pareció que no lo conseguía. La tía Betsy salió de la casa y se plantó con las grandes manos apoyadas en sus anchas caderas, dispuesta a enfrentarse a Alonso.

Barney no lograba imaginar cómo podrían acusar a Carlos de herejía, aunque, por otro lado, ¿para qué otra cosa podía estar Alonso allí?

Antes de decir nada, el inquisidor miró despacio a su alrededor por todo el patio, con su estrecha nariz aguileña en alto, como si fuese un ave de presa. Su mirada recayó en Ebrima y, por fin, habló:

—¿Ese negro es musulmán?

Ebrima respondió por sí mismo.

—En el pueblo donde nací, padre, nunca se oyó hablar del evangelio de Jesucristo, como tampoco se pronunció el nombre del profeta musulmán. Me criaron en la ignorancia pagana, como a mis ancestros. Pero la mano de Dios me ha guiado en un largo viaje y, cuando me enseñaron la sagrada verdad, aquí en Sevilla, me convertí en cristiano y me bautizaron en la catedral, por lo cual doy gracias a mi padre celestial todos los días en mis oraciones.

Fue un discurso tan bueno que Barney supuso que Ebrima debía de haberlo pronunciado antes.

A Alonso, en cambio, no le bastó con eso.

—Entonces, ¿por qué trabajas los domingos? —preguntó—. ¿No es porque el día santo musulmán es el viernes?

—Aquí nadie trabaja en domingo, y todos trabajamos siempre los viernes —respondió Carlos.

—Vieron tu horno encendido el domingo que pronuncié mi primer sermón en la catedral.

Barney maldijo entre dientes; los habían sorprendido. Pasó la mirada por los edificios colindantes y vio numerosas ventanas que daban al patio. Algún vecino había hecho la acusación, seguramente un trabajador del metal presa de la envidia, tal vez incluso Sancho.

—Pero es que no estábamos trabajando —explicó Carlos—. Practicábamos un experimento.

Sonó a excusa débil, incluso a oídos de Barney.

—Veréis, padre —siguió diciendo Carlos con una nota de desesperación—, este tipo de horno tiene una entrada de aire en el fondo de la chimenea…

—Lo sé todo sobre tu horno —interrumpió Alonso.

La tía Betsy tomó entonces la palabra.

—Me pregunto cómo puede un sacerdote saberlo todo acerca de un horno. ¿No será que habéis hablado con los rivales de mi nieto? ¿Quién lo ha denunciado, padre?

Por la expresión de Alonso, Barney vio que la tía Betsy llevaba razón, pero el clérigo no respondió su pregunta.

—Anciana, tú naciste en la Inglaterra protestante.

—De ninguna manera —negó Betsy con vehemencia—. El buen rey católico Enrique VII era quien ocupaba el trono de Inglaterra cuando nací. Su hijo protestante, Enrique VIII, aún se orinaba en la cama cuando mi familia abandonó Inglaterra y me trajo a Sevilla. Jamás he regresado allí.

Alonso se volvió hacia Barney, y este sintió un profundo escalofrío de miedo. Ese hombre tenía poder para torturar y matar a personas.

—Sin duda no es ese tu caso —dijo Alonso—. Tú debiste de nacer protestante y así debieron de criarte.

El español de Barney no era lo bastante bueno para una discusión teológica, así que su respuesta fue sencilla:

—Inglaterra ya no es protestante, y tampoco yo. Padre, si registráis esta casa veréis que no tenemos aquí libros prohibidos, ni textos heréticos, ni esteras de oración musulmanas. Sobre mi cama cuelga un crucifijo, y en mi pared un retrato de san Huberto de Lieja, patrón de los trabajadores del metal. Fue san Huberto quien...

—Conozco la historia de san Huberto.

Era evidente que a Alonso le ofendía la insinuación de que alguien pudiese tener algo que enseñarle. No obstante, pensó Barney, tal vez le habían hecho perder ímpetu. Cada una de sus acusaciones había sido rebatida. Lo único que tenía era a unos hombres haciendo algo que tal vez contara como trabajo en domingo o tal vez no, y Carlos y su familia no eran ni mucho menos los únicos en Sevilla que interpretaban esa norma de manera libre.

—Espero que todo lo que me habéis dicho hoy sea la pura verdad —terminó Alonso—. En caso contrario, sufriréis el mismo destino que Pedro Ruiz.

Se volvió para salir del patio, pero Barney lo detuvo.

—¿Qué le ha ocurrido a Pedro Ruiz? —Le inquietaba que pudiera haberle pasado algo al padre de Jerónima.

Alonso parecía complacido de haber conseguido sobresaltarlo.

—Ha sido apresado —dijo—. Encontré en su casa una traducción del Antiguo Testamento al español, lo cual es ilegal, y un ejemplar del herético *La institución de la religión cristiana*, de Juan Calvino, el dirigente protestante de la abominable ciudad de Ginebra. Como es natural, todas las posesiones de Pedro Ruiz han sido confiscadas por la Inquisición.

A Carlos no pareció sorprenderle, así que Alonso debía de decir la verdad cuando afirmaba que era lo habitual, pero Barney sí estaba conmocionado.

—¿Todas sus posesiones? —repitió—. ¿Y de qué vivirá su hija?

—De la gracia de Dios, igual que todos nosotros —contestó Alonso, y entonces salió del patio seguido por su séquito.

Carlos se mostró aliviado.

—Siento lo del padre de Jerónima —dijo—, pero creo que le hemos ganado la batalla a Alonso.

—No estés tan seguro —repuso Betsy.

—¿Por qué dices eso? —se extrañó Carlos.

—No te acuerdas de tu abuelo, mi marido.

—Murió cuando yo aún era un niño de pecho.

—En paz descanse. Creció siendo musulmán.

Los tres hombres se la quedaron mirando sin salir de su asombro.

—¿Tu marido era musulmán? —preguntó Carlos con incredulidad.

—Al principio, sí.

—¿Mi abuelo, José Alano Cruz?

—Su nombre originario era Yusef al Jalil.

—¿Cómo pudiste casarte con un musulmán?

—Cuando los expulsaron de España, él decidió convertirse al cristianismo en lugar de marcharse. Lo formaron en religión y lo bautizaron de adulto, igual que a Ebrima. José fue su nuevo nombre. Para sellar su conversión, quiso casarse con una muchacha cristiana. Esa fui yo, que tenía entonces trece años.

—¿Hubo muchos musulmanes que se casaron con cristianos? —preguntó Barney.

—No. Solían casarse con personas de su misma comunidad, incluso después de convertirse. Mi José fue una excepción.

Carlos estaba más interesado en la faceta personal.

—¿Y tú sabías que creció siendo musulmán?

—No, al principio no. Había llegado aquí desde Madrid y no se lo contó a nadie. Pero continuamente venían personas de Madrid, y al final se topó con alguien que lo había conocido de musulmán. Después de eso nunca lo mantuvo demasiado en secreto, aunque sí intentamos ser discretos.

Barney no podía reprimir la curiosidad.

—¿Tenías trece años? ¿Y lo amabas?

—Lo adoraba. Nunca fui una chica guapa, y él era apuesto y encantador. También era muy afectuoso, cariñoso y bueno. Me sentía como en el Cielo con él. —La tía Betsy estaba de humor para confidencias.

—Y entonces mi abuelo murió… —dijo Carlos.

—Yo no encontraba consuelo —explicó Betsy—. Fue el amor de mi vida y jamás quise ningún otro marido. —Se encogió de hombros—. Pero tenía que cuidar de mis hijos, así que estaba demasiado atareada para morir de pena. Y luego llegaste tú, Carlos, sin madre antes de cumplir un día de vida.

Barney sintió de forma instintiva que, aunque Betsy hablaba con toda franqueza, también había algo que se callaba. No había querido ningún otro marido, pero ¿no habría ahí nada más que contar?

Carlos ató cabos.

—¿Por eso Francisco Villaverde no quiere que me case con su hija?

—Por eso mismo. No le importa que tu abuela sea inglesa. Es tu abuelo musulmán a quien considera impuro.

—Maldita sea.

—Pero no es ese el mayor de tus problemas. Está claro que también Alonso conoce la historia de Yusef al Jalil. La visita de hoy no ha sido más que el principio. Volverá, créeme.

VI

Tras la visita de Alonso, Barney fue a casa de la familia Ruiz para ver qué había sido de Jerónima.

Le abrió la puerta una joven que parecía norteafricana y era, a todas luces, una esclava. Barney pensó que debía de ser guapa, pero tenía toda la cara hinchada y los ojos enrojecidos de tanto llorar.

—He de ver a Jerónima —dijo alzando la voz.

La mujer se llevó un dedo a los labios en un gesto que pedía silencio, luego le hizo un ademán para que la siguiera y lo condujo a la parte de atrás de la casa.

Barney esperaba ver a una cocinera y un par de criadas preparando la cena, pero la cocina estaba fría y en silencio. Recordó que Alonso había dicho que la costumbre era requisar los bienes de todo sospechoso, pero no se había dado cuenta de lo deprisa que sucedía algo así. De pronto comprendió que los empleados de Pedro ya habían sido despachados, y era probable que vendieran a su esclava, lo cual explicaría que la mujer hubiese llorado.

—Soy Farah —dijo ella.

—¿Por qué me has traído aquí? ¿Dónde está Jerónima? —preguntó Barney con impaciencia.

—Hablad en voz baja —contestó la mujer—. Jerónima está arriba, con el arcediano Romero.

—No me importa, quiero hablar con ella —repuso él, y se acercó a la puerta.

—No, por favor —insistió Farah—. Habrá problemas si Romero os ve.

—Estoy preparado para los problemas.

—Traeré a Jerónima aquí. Diré que ha venido una vecina e insiste en verla.

Barney dudó, pero luego asintió con la cabeza y Farah salió a buscar a su señora.

Él miró a su alrededor. No había cuchillos, ollas, jarras ni escudillas. Habían vaciado el lugar. ¿Acaso la Inquisición vendía incluso los enseres domésticos de la gente?

Jerónima apareció unos minutos después. Estaba cambiada; de repente parecía tener muchos más años de los diecisiete con que contaba. Su hermoso rostro era una máscara impasible y tenía los ojos secos, pero su piel aceitunada parecía haberse vuelto gris, y su cuerpo esbelto temblaba de arriba abajo como si tuviera fiebre. Barney se dio cuenta del enorme esfuerzo que hacía para reprimir la pena y la rabia.

Se acercó a ella con la intención de abrazarla, pero Jerónima dio un paso atrás y levantó las manos como para apartarlo.

Barney la miró con impotencia.

—¿Qué ocurre? —preguntó.

—Me encuentro en la indigencia —dijo ella—. Mi padre está en la cárcel y no tengo más familia.

—¿Cómo está él?

—No lo sé. A los presos de la Inquisición no se les permite comunicarse con su familia ni con nadie más. Pero tiene mala salud, ya lo has oído resollar después de caminar solo un poco, y seguramente…

—Fue incapaz de seguir hablando, pero le duró solo un instante. Bajó la mirada, tomó aliento y recuperó el control—. Seguramente lo someterán a la tortura del agua.

Barney había oído hablar de ello. Se tapaba los orificios de la nariz del reo para evitar que respirase por ellos y se le obligaba a abrir la boca, entonces vertían una jarra de agua tras otra por su garganta. Lo que tragaba le dilataba el estómago de una forma terrible, y el agua que se colaba por la tráquea le asfixiaba.

—Lo matarán —dijo Barney, horrorizado.

—Ya se han llevado todo su dinero y sus posesiones.

—¿Qué vas a hacer?

—El arcediano Romero se ha ofrecido a acogerme en su casa.

Barney estaba desconcertado. Todo aquello iba demasiado deprisa y a él se le ocurrían muchas preguntas a la vez.

—¿En calidad de qué? —quiso saber.

—Es lo que estábamos hablando ahora mismo. Quiere que me ocupe de su guardarropa, que ordene y cuide sus vestiduras, que supervise a su lavandera. —Era evidente que hablar de asuntos tan prácticos la ayudaba a controlar sus sentimientos.

—No vayas —le pidió Barney—. Escápate conmigo.

Era una idea insensata y ella lo sabía.

—¿Adónde? No puedo vivir con tres hombres. Eso solo puede hacerlo vuestra abuela.

—En Inglaterra tengo un hogar.

Ella negó con la cabeza.

—No sé nada sobre tu familia. Apenas te conozco a ti. No hablo inglés. —Su rostro se suavizó por un instante—. Tal vez, si esto no hubiese ocurrido, podrías haberme cortejado y haberle hecho una propuesta formal a mi padre, y quizá me habría casado contigo y habría aprendido inglés... ¿Quién sabe? Admito que lo había pensado. Pero ¿escapar contigo a un país extranjero? No.

Barney vio que ella estaba siendo mucho más sensata que él, pero aun así espetó:

—Romero quiere convertirte en su amante secreta.

Jerónima lo miró, y en sus grandes ojos él encontró una dureza que nunca antes había visto. Recordó entonces las palabras de la tía Betsy: «Jerónima Ruiz solo mira por su propio interés». Pero sin duda debía haber un límite, ¿no?

—¿Y qué si lo hace? —dijo entonces ella.

Barney se quedó atónito.

—¿Cómo puedes decirlo siquiera?

—Lo he estado pensando durante cuarenta y ocho horas, sin dormir ni una sola de ellas. No tengo alternativa. Ya sabes qué les sucede a las mujeres indigentes.

—Se hacen prostitutas.

Eso no pareció estremecerla.

—O sea que debo elegir entre huir contigo hacia lo desconocido, la prostitución en las calles, o un puesto dudoso en la acomodada casa de un sacerdote corrupto.

—¿No se te ha ocurrido pensar —dijo Barney con ciertas dudas—

que el mismo Romero podría haber denunciado a tu padre con la intención de obligarte a aceptar ese puesto?

—Estoy convencida de que así ha sido.

Barney volvió a quedarse de piedra. Jerónima siempre iba varios pasos por delante de él.

—Sé desde hace meses que Romero quiere convertirme en su amante. Era la peor vida que imaginaba para mí. Ahora es la mejor que puedo esperar.

—¡Pero todo ha sido culpa suya!

—Lo sé.

—¿Y piensas aceptarlo, meterte en su cama y perdonarlo?

—¿Perdonarlo? —repitió ella, y un nuevo resplandor apareció en sus ojos castaños, una mirada de odio como ácido hirviente—. No —dijo—. Tal vez finja hacerlo, pero un día tendré poder sobre él. Y cuando ese día llegue, me vengaré.

VII

Ebrima había hecho tanto como cualquier otro por conseguir que el nuevo horno funcionara y albergaba la secreta esperanza de que Carlos lo recompensara por ello concediéndole su libertad. Sin embargo, cuando el horno llevaba ya días y semanas en marcha, sus esperanzas empezaron a esfumarse y se dio cuenta de que a Carlos ni siquiera se le había pasado la idea por la cabeza. Mientras cargaba fríos lingotes de hierro en la plataforma del carro y los iba colocando de manera entrelazada para que no se movieran durante el camino, Ebrima reflexionó sobre qué hacer a continuación.

Había esperado que Carlos le hiciera el ofrecimiento de forma espontánea, pero, puesto que no había ocurrido así, tendría que pedírselo directamente. No le gustaba mendigar; el acto mismo de suplicar daría a entender que no tenía derecho a lo que deseaba..., pero por supuesto que lo tenía. Estaba convencido de ello.

Tal vez podía intentar ganarse el apoyo de Elisa. La mujer le tenía cariño y quería lo mejor para él, de eso estaba seguro, pero ¿iría su afecto tan lejos como para liberarlo, en cuyo caso ya no lo tendría allí cuando necesitara amor por las noches?

Sopesándolo bien, quizá fuera mejor confiarse a ella antes de hablar con Carlos. Al menos así sabría hacia qué lado se decantaría Elisa cuando hubiera que tomar una decisión sobre su libertad.

¿Cuándo se lo diría? ¿Una noche, después de hacerle el amor? A lo mejor sería más inteligente sacar el tema antes de entrar en materia, cuando su corazón estuviera henchido de deseo. Asintió para sí... y en ese momento comenzó el ataque.

Eran seis hombres, todos ellos armados con garrotes y martillos. Sin decir palabra, de inmediato empezaron a apalear a Ebrima y a Carlos con sus garrotes.

—¡¿Qué ocurre?! —gritó Ebrima—. ¡¿Por qué hacéis esto?!

Los atacantes no abrieron la boca. Ebrima levantó un brazo para protegerse y se llevó un terrible golpe en la mano, luego otro en la cabeza, y entonces cayó al suelo.

Su asaltante fue entonces a por Carlos, que retrocedía por el patio. Ebrima lo vio todo mientras intentaba recuperarse del aturdimiento causado por el golpe en la cabeza. Carlos agarró una pala, la hundió en el metal fundido que salía del horno y lanzó a sus adversarios una lluvia de gotas candentes. Dos de ellos chillaron de dolor.

Por un momento Ebrima pensó que tal vez Carlos y él lograrían imponerse y cambiar las tornas, pero antes de que aquel pudiera palear más metal, los otros dos lo prendieron y lo tumbaron.

Entonces cargaron contra el nuevo horno y destrozaron su mampostería de ladrillo usando almádenas con cotillo de hierro. Al ver que destruían su creación, Ebrima encontró fuerzas para ponerse en pie.

—¡No! ¡No podéis hacer eso! —gritó mientras corría hacia los atacantes.

Empujó a uno con tal ímpetu que lo tiró al suelo, y al otro lo apartó del valioso horno. Solo usaba la mano derecha, porque con la izquierda ya no podía asir nada, pero aun así era un hombre fuerte. No obstante, se vio obligado a retroceder para esquivar la trayectoria mortal de una almádena.

Desesperado por salvar el horno, agarró una pala de madera y cargó de nuevo contra ellos. Le dio a uno en la cabeza, pero encajó un golpe desde atrás, un mandoble que impactó sobre su hombro derecho que le obligó a soltar la pala. Se volvió para encararse con su adversario y esquivó el siguiente golpe.

Mientras retrocedía, saltando como podía para eludir el garrote que descendía con furia, vio con el rabillo del ojo que estaban demoliendo el horno. Todo el contenido se vertió fuera: carbón ardiendo y minerales al rojo vivo que se desparramaron por el suelo. El buey, llevado por el pánico, empezó a gruñir con gran escándalo y a soltar sonidos lastimeros.

Elisa salió corriendo de la casa y comenzó a gritar a los asaltantes.

—¡Dejadlos en paz! ¡Fuera de aquí!

Los hombres se rieron de la anciana, y uno de los que Ebrima había tumbado se levantó, la agarró por detrás y la levantó del suelo. Era grande —todos lo eran— y no le costó resistir la fuerza con que se debatía la mujer.

Dos de ellos estaban sentados encima de Carlos, uno más retenía a Elisa y otro tenía arrinconado a Ebrima. Los dos que faltaban se pusieron manos a la obra y destrozaron con sus almádenas el mecanismo de los fuelles al que Ebrima, Carlos y Barney habían dedicado tantas horas de reflexión. Ebrima sintió ganas de echarse a llorar.

Cuando el horno y el mecanismo de los fuelles quedaron arrasados, uno de ellos sacó una daga larga e intentó cortarle la garganta al buey. No era tarea fácil; el cuello del animal tenía gruesos músculos y el hombre debía sajar la carne con su hoja mientras la bestia intentaba huir de los escombros dando coces. Por fin le segó la yugular. Los bramidos cesaron de repente y la sangre empezó a manar de la herida como si fuera un manantial. El buey se desplomó en el suelo.

Y entonces, tan deprisa como habían llegado, los seis hombres se fueron de allí.

VIII

Mientras salía medio aturdido de la casa de los Ruiz, Barney pensó que Jerónima se había convertido en una arpía calculadora. Tal vez siempre había ocultado una faceta dura y él no se había dado cuenta; o quizá la gente podía transformarse después de una experiencia tan terrible… No lo sabía. Sentía que no sabía nada. Cualquier cosa era posible, incluso que el río se tragara la ciudad en una crecida.

Sus pasos lo llevaron automáticamente a casa de su primo, donde recibió una segunda conmoción: habían apaleado a Carlos y a Ebrima.

El primero estaba sentado en una silla del patio mientras la tía Betsy se ocupaba de sus heridas. Tenía un ojo cerrado, los labios hinchados y ensangrentados, y estaba medio encorvado, como si le doliera la barriga. El segundo estaba tumbado en el suelo, sujetándose una mano bajo la axila contraria y con un vendaje manchado de sangre alrededor de la cabeza.

Tras ellos se veía lo que quedaba del nuevo horno. Estaba destrozado, ya no era más que un montón de ladrillos. El mecanismo del fuelle se había convertido en una maraña de sogas y leños. El buey yacía muerto en mitad de un charco de sangre. Y un buey contenía muchísima sangre, pensó Barney de forma inconexa.

Betsy, que había lavado la cara de Carlos con un retal de lino empapado en vino, se enderezó entonces y lanzó el trapo al suelo con un gesto de indignación.

—Escuchadme —dijo, y Barney se dio cuenta de que había esperado que regresara él antes de dirigirse a todos ellos.

Aun así, se le anticipó.

—¿Qué ha ocurrido aquí?

—No hagas preguntas estúpidas —contestó ella con impaciencia—. Ya ves lo que ha ocurrido.

—Me refería a quién ha sido.

—Unos hombres que no habíamos visto nunca, y casi seguro que no son de Sevilla. La verdadera pregunta es quién los ha contratado, y la respuesta es: Sancho Sánchez. Él es quien ha estado instigando el resentimiento contra el éxito de Carlos, y él es quien quiere comprar el negocio. Tampoco tengo la menor duda de que fue él quien le dijo a Alonso que Ebrima es musulmán y que trabaja en domingo.

—¿Qué vamos a hacer?

Carlos se levantó y respondió a la pregunta de Barney.

—Nos vamos a rendir.

—¿Qué quieres decir con eso?

—Podríamos enfrentarnos a Sancho o enfrentarnos a Alonso, pero no podemos enfrentarnos a los dos. —Se acercó a donde estaba tumbado Ebrima, lo agarró de la mano derecha, porque la izquierda la tenía claramente malherida, y lo ayudó a ponerse en pie—. Voy a vender el negocio.

—Puede que ya no baste con eso —dijo Betsy.

Carlos se extrañó.

—¿Por qué?

—Sancho se contentará con el negocio, pero Alonso no. Él necesita un sacrificio humano. No puede admitir que ha cometido un error. Ahora que te ha acusado, debe castigarte.

—Acabo de ver a Jerónima —anunció Barney—. Cree que someterán a su padre a la tortura del agua. Todos confesaríamos herejía si nos lo hicieran a nosotros.

—Barney tiene razón —opinó Betsy.

—¿Qué podemos hacer? —se preguntó Carlos.

La tía Betsy suspiró.

—Marchaos de Sevilla, de España. Hoy mismo.

Barney se quedó de piedra, pero sabía que su tía tenía razón. Los hombres de Alonso podían presentarse en cualquier momento y, cuando eso sucediera, ya sería tarde para huir. Miró con aprensión hacia el arco de la entrada al patio, temiendo que ya pudieran estar allí; pero no había nadie, todavía.

¿Acaso era posible marchar ese mismo día? Tal vez… si hubiera un barco que zarpase con la marea de la tarde, y si ese barco necesitase tripulación. Lo más probable era que no pudieran elegir destino. Barney levantó la mirada hacia el sol; pasaba ya del mediodía.

—Si de verdad vamos a hacerlo, debemos darnos prisa —dijo.

A pesar del peligro en que se encontraban, se le alegraba el ánimo solo con pensar en hacerse a la mar.

Ebrima habló entonces por primera vez.

—Si no nos vamos, somos hombres muertos. Y yo seré el primero.

—¿Qué pasará contigo, tía Betsy? —preguntó Barney.

—Estoy muy vieja para irme lejos. Además, yo no les importo mucho… Soy una mujer.

—¿Qué harás?

—Tengo una cuñada en Carmona. —Barney recordó que Betsy había ido allí unas semanas en verano—. A Carmona puedo llegar a pie en una mañana. Aunque Alonso descubra dónde estoy, dudo que se moleste en venir a por mí.

Carlos tomó una decisión.

—Barney, Ebrima, recoged todo lo que queráis de la casa y regresad aquí en lo que se cuenta hasta cien.

Ninguno de ellos tenía muchas pertenencias. Barney se remetió una pequeña bolsa de dinero en la cinturilla, por dentro de la camisa, se puso sus mejores botas y la capa gruesa. Espada no tenía; la pesada espada larga estaba hecha para el campo de batalla, diseñada para clavarla en los puntos vulnerables de la armadura del enemigo, pero era difícil de manejar en la lucha cuerpo a cuerpo. Envainó su daga española de sesenta centímetros, empuñadura con forma de disco y hoja de acero de doble filo. En una pelea callejera, una daga grande como esa era más letal que cualquier espada.

De nuevo en el patio, Carlos llevaba una espada debajo de su abrigo nuevo con cuello de pieles. Abrazó a su abuela, que lloraba. Barney le dio un beso en la mejilla.

—Bésame una última vez, amor mío —le dijo la tía Betsy a Ebrima.

El esclavo la estrechó entre sus brazos.

Barney arrugó la frente.

—¡Oye...! —exclamó Carlos.

La tía Betsy le dio un beso apasionado a Ebrima y su mano se hundió en su pelo oscuro mientras Carlos y Barney los miraban sin salir de su asombro.

—Te quiero, Ebrima. No deseo que te marches, pero no puedo dejar que te quedes aquí para morir en la cámara de torturas de la Inquisición —dijo la mujer cuando interrumpieron el beso.

—Gracias, Elisa, por ser tan buena conmigo —contestó él.

Volvieron a besarse, y entonces Betsy se apartó y entró corriendo en la casa.

«Pero ¿qué ha sido todo esto?», pensó Barney.

Carlos parecía atónito, pero no había tiempo para preguntas.

—Vámonos —dijo.

—Un momento —pidió Barney, y les enseñó su daga—. Si nos topamos con los hombres de Alonso por el camino, no me apresarán vivo.

—Tampoco a mí —dijo Carlos, tocando la empuñadura de su espada.

Ebrima abrió su capa y dejó ver un martillo con cotillo de hierro entremetido en su cinturón.

Los tres se marcharon en dirección a la orilla del río.

Estuvieron alerta por si veían a los hombres de Alonso, pero a medida que se alejaban de la casa el peligro disminuía. Aun así, la gente no dejaba de mirarlos fijamente, y Barney se dio cuenta de que causaban espanto, con Carlos y Ebrima malheridos y todavía sangrando por la pelea.

—¿O sea que la abuela...? —le dijo Carlos a Ebrima unos minutos después.

Este habló con calma:

—A los esclavos siempre nos usan para el sexo. Seguro que lo sabíais.

—Yo no —repuso Barney.

—Hablamos entre nosotros en el mercado. Casi todos somos la perra de alguien. Los más viejos no, pero los esclavos no solemos vivir hasta llegar a ancianos. —Miró a Barney—. Pedro Ruiz, el padre de tu novia, fornica con Farah, aunque es ella la que tiene que ponerse encima.

—¿Por eso lloraba? ¿Porque lo ha perdido?

—Lloraba porque ahora la venderán y tendrá que fornicar con un extraño. —Ebrima se volvió hacia Carlos—. Francisco Villaverde, que es demasiado orgulloso para ser tu suegro, siempre compra esclavos cuando son niños y los sodomiza hasta que crecen. Después se los vende a un granjero.

Carlos seguía sin poder creerlo.

—Así que todas las noches, mientras yo dormía, ¿te ibas al dormitorio de la abuela?

—Todas las noches no. Solo cuando me lo pedía.

—¿Te importaba? —preguntó Barney.

—Elisa es una mujer vieja, pero es afable y cariñosa. Y estaba contento de que no fuera un hombre.

Barney se sentía como si hubiera sido un niño hasta ese día. Era consciente de que los sacerdotes podían encarcelar a un hombre y torturarlo hasta la muerte, pero no de que también pudieran quedarse con todas sus posesiones y dejar a su familia en la indigencia. No había imaginado que un arcediano pensara en acoger en su casa a una muchacha para convertirla en su amante, y no tenía ni idea de lo que hacían hombres y mujeres con sus esclavos. Era como si hubiese estado viviendo en una casa con habitaciones en las que jamás había entrado, y la hubiese compartido con unos extraños a quienes jamás les había puesto los ojos encima. Se sentía desorientado por el descubrimiento de su propia ignorancia. Era como perder el equilibrio. Y de pronto su vida corría peligro e intentaba salir de Sevilla y abandonar España, todo ello a salto de mata.

Llegaron a la orilla. En la playa reinaba el ajetreo habitual de estibadores y carros. A primera vista, Barney calculó que había unos cuarenta barcos atracados. La marea de la mañana era la preferida para zarpar, pues entonces la embarcación tenía todo un día de singladura por delante, pero casi siempre había uno o dos que salían por la tarde. Aun así, la marea ya estaba cambiando; pronto soltarían amarras.

Los tres hombres corrieron hasta el agua y examinaron los navíos en busca de señales de partida inminente: escotillas cerradas, el capitán en cubierta, la tripulación en las jarcias. Un barco llamado *Ciervo* estaba saliendo ya de su atracadero, la tripulación usaba pértigas para mantenerlo a distancia de los bajeles del otro lado. Todavía estaban a tiempo de subir a bordo, aunque por los pelos. Carlos hizo bocina con las manos en la boca y gritó:

—¡Patrón! ¿Queréis tres marineros fuertes?

—¡No! —fue la respuesta—. Llevo la tripulación completa.

—¿Y tres pasajeros? Podemos pagar.

—¡No hay sitio!

Debía de ir rumbo a algún lugar ilegal, supuso Barney, y no quería como testigos a unas personas que no conocía y en quienes no confiaba. El delito más frecuente en esas aguas era el comercio con plata americana frente a las costas para evitar los impuestos reales en Sevilla. Aunque la piratería pura y dura también era habitual.

Corrieron a lo largo de la orilla, pero se les había acabado la suerte. Nadie parecía estar a punto de zarpar. Barney se desesperó. ¿Qué harían?

Llegaron al límite del puerto río abajo, que estaba señalado por una fortaleza llamada Torre del Oro. En ese punto, una cadena de hierro podía extenderse de una orilla a otra para impedir que los invasores que remontaran el río desde el mar cayeran sobre los barcos anclados.

A las puertas de la fortaleza había un reclutador subido a un barril que animaba a los jóvenes a unirse al ejército.

—¡Habrá una comida caliente y una botella de vino para todo hombre que se aliste ahora! —gritó ante una multitud expectante—. Allí espera un barco que se llama *José y María*, y los dos santos benditos lo protegen y guardarán a todo el que navegue en él. —Señaló con el brazo, y Barney vio que tenía una mano de hierro, a todas luces sustituto artificial de la verdadera, perdida en alguna batalla.

Barney miró en la dirección indicada y se encontró con un gran galeón de tres mástiles, erizado de cañones y con la cubierta repleta ya de hombres jóvenes.

—Zarpamos esta tarde —siguió diciendo el reclutador— hacia un lugar donde hay viles paganos que matar y donde las mozas son tan dispuestas como hermosas, lo cual puedo contaros, muchachos, por experiencia personal. Ya sabéis a lo que me refiero.

Hubo risas cómplices entre la muchedumbre.

—No os quiero si sois débiles —dijo con desdén—. No os quiero si sois tímidos. No os quiero si sois unos amanerados, y también sabéis a lo que me refiero con eso. Esto es solo para los fuertes, los valientes y los duros. Esto es para hombres de verdad.

—¡Todo el mundo a bordo! —gritó alguien desde la cubierta del *José y María*.

—¡La última oportunidad, muchachos! —exclamó el reclutador—. ¿Qué ha de ser? ¿Quedarse en casa con mamá, a comer pan con leche y hacer lo que os manden? ¿O venir conmigo, el capitán Gómez Mano de Hierro, a vivir una vida de hombres, viajar y tener aventuras, fama y fortuna? Lo único que tenéis que hacer es cruzar esa pasarela... ¡y el mundo será vuestro!

Barney, Carlos y Ebrima se miraron.

—¿Sí o no? —dijo Carlos.

—Sí —contestó Barney.

—Sí —contestó Ebrima.

Los tres hombres corrieron hacia el barco, subieron a la pasarela y, de allí, a bordo.

IX

Dos días después estaban en mar abierto.

Ebrima había navegado muchas millas, pero siempre como prisionero, encadenado en la bodega. Ver el mar desde la cubierta era una experiencia nueva y tonificante.

Los reclutas no tenían nada más que hacer que especular sobre su destino, que todavía no les había sido revelado, pues era secreto militar. Pero Ebrima contaba con otra pregunta más sin responder, la de su futuro.

Al embarcar en el *José y María* los había recibido un oficial sentado a una mesa con un libro mayor.

—¿Nombre? —había preguntado.

—Barney Willard.

El oficial lo anotó en el libro y miró a Carlos.

—¿Nombre?

—Carlos Cruz.

Escribió también su nombre, entonces vio a Ebrima y dejó la pluma.

—No podéis tener un esclavo en el ejército —anunció mirando alternativamente a Carlos y a Barney—. Un oficial sí, pero debe alimentar y vestir al hombre con su propio dinero. Un soldado raso, evidentemente, no puede hacerse cargo de algo así.

Ebrima escrutó con la mirada el rostro de Carlos. Una expresión desesperada apareció en los ojos de su amo; veía cómo se cerraba su vía de escape. Después de tan solo un momento de duda, dijo lo único que podía decir:

—No es un esclavo, es un hombre libre.

A Ebrima se le paró el corazón.

El oficial asintió con la cabeza. Los esclavos libertos no eran muy frecuentes, pero ni mucho menos resultaba algo impensable.

—Está bien —dijo—. ¿Nombre?

Todo sucedió muy deprisa y, cuando terminó, Ebrima no sabía muy bien en qué situación había quedado. Barney no lo felicitó por su liberación, Carlos no actuaba como un hombre que acaba de hacer un gran regalo. Estaba claro que allí tratarían a Ebrima como si fuese un hombre libre, pero ¿cuánta verdad habría en ello?

¿Era libre o no lo era?

No lo sabía.

5

I

Tuvieron que aplazar la boda de Margery. Tras la caída de Calais, Inglaterra esperaba la invasión, y Bart Shiring fue designado para alzar en armas a un centenar de hombres y acuartelar Combe Harbour. El enlace tendría que esperar.

Para Ned Willard, el aplazamiento era sinónimo de esperanza. Las ciudades como Kingsbridge se afanaban en reconstruir sus murallas, y los condes, en reforzar la protección de sus castillos. En los puertos se quitaba el óxido de los antiguos cañones de los malecones, y se exigió a la nobleza local que cumpliera con su deber de defender a la población de los temibles franceses.

El pueblo culpaba a la reina María Tudor. Ella era la responsable de tanta desdicha por casarse con el rey de España. De no ser por él, Calais seguiría siendo inglesa, Inglaterra no estaría en guerra con Francia y las ciudades no precisarían murallas ni puertos provistos de cañones.

Ned se sentía feliz. Mientras Margery y Bart siguieran sin desposarse, todo era posible: Bart podía cambiar de parecer, caer en la batalla o fallecer entre convulsiones a causa de la epidemia de fiebres que estaba arrasando el país.

Margery era la mujer que Ned amaba, y no había más que hablar. El mundo estaba lleno de muchachas atractivas, pero ninguna de ellas contaba para él; Ned solo tenía ojos para Margery. En realidad, el joven no entendía la intensidad de sus sentimientos. Sencillamente, sabía que Margery siempre estaría ahí, como la catedral.

Consideraba el compromiso de la joven con otro hombre un revés, no una derrota.

El último sábado antes de Pascua, Bart y su escuadra se congregaron en Kingsbridge para viajar en barcaza hasta Combe Harbour. Esa mañana, una multitud se reunió en el río para despedir a los hombres entre vítores. Ned se unió a la algarabía popular, pues quería cerciorarse de que Bart partía de verdad.

Hacía frío aunque lucía el sol, y en el muelle se respiraba un aire festivo. Río abajo, desde el puente de Merthin, había botes y barcazas amarrados en ambas riberas y alrededor de todo el perímetro de la isla de los Leprosos. En la parte más distante, en el barrio periférico de Loversfield, almacenes y talleres se disputaban el espacio. Desde Kingsbridge, el río era navegable para embarcaciones de poco calado, a lo largo de toda la línea de la costa. Hacía ya tiempo que Kingsbridge era una de las ciudades comerciales más grandes de Inglaterra. En ese momento, además, tenía negocios con Europa.

Cuando el muchacho llegó al muelle de Slaughterhouse Wharf, una enorme barcaza estaba atracando en la ribera más próxima a Ned. Debía de ser la nave que llevaría a Bart y sus soldados a Combe Harbour. Veinte hombres habían remontado el río a remo, ayudados por la fuerza de una sola vela. Tras el esfuerzo, descansaban doblegados sobre sus remos mientras la barcaza era empujada con ayuda de una pértiga hacia un amarradero. La travesía río abajo sería más fácil, incluso con un centenar de pasajeros.

Los Fitzgerald recorrieron la calle principal para ofrecer una calurosa despedida al hombre destinado a convertirse en su hijo político. Sir Reginald y Rollo caminaban uno junto a otro, la versión entrada en años y la juvenil, respectivamente, de la misma persona; altos, delgados y mojigatos. Ned se quedó mirándolos con auténtico desprecio. Margery y lady Jane iban por detrás de ellos: la primera, menuda y seductora; menuda y malvada la otra.

Ned creía que Rollo consideraba a Margery un simple medio para obtener poder y prestigio. Muchos hombres tenían esa actitud con las jóvenes de su familia, aunque, en opinión de Ned, eso era lo contrario al afecto. En el caso de que Rollo sintiera algún cariño por su hermana, no era nada muy distinto a lo que hubiera sentido por un caballo: quizá le gustara, pero sería capaz de venderla o canjearla si fuera necesario.

Sir Reginald no era mucho mejor. Ned sospechaba que lady Jane no era tan implacable, aunque siempre anteponía los intereses de la familia a la felicidad de cualquiera de sus miembros, y al final eso la convertía en un ser tan cruel como el patriarca.

Ned contempló cómo Margery se acercaba a Bart. Él estaba pavoneándose, orgulloso de tener a la muchacha más hermosa de Kingsbridge como prometida.

La observó con detenimiento. Parecía prácticamente otra persona con el llamativo manto de color escarlata Kingsbridge y el bonete con la pluma. La muchacha permanecía erguida e inmóvil, y aunque estaba hablando con Bart, su gesto era impertérrito. Todo en ella transmitía resolución, no emoción. No quedaba ni rastro de la joven traviesa de antaño.

Sin embargo, nadie cambiaba de la noche a la mañana. El espíritu travieso debía de seguir habitando en el interior de Margery, en algún rincón de su ser.

Ned sabía que ella era infeliz, y eso lo enfurecía y también lo entristecía. Deseaba levantarla en volandas y salir huyendo con ella. Durante la noche fantaseaba con la posibilidad de que ambos huyeran furtivamente de Kingsbridge al amanecer y desaparecieran adentrándose en el bosque. En algunas ocasiones imaginaba que llegaban caminando a Winchester y se desposaban con nombres falsos; o que lograban llegar hasta Londres y emprendían alguna empresa; incluso se trasladaban hasta Combe Harbour y embarcaban en una nave con rumbo a Sevilla. Aun así, él no podría salvarla a menos que ella deseara ser salvada.

Los remeros desembarcaron y fueron hasta la taberna más próxima, la de Slaughterhouse, para saciar su sed. Un pasajero descendió de la barcaza y Ned se quedó observándolo, sorprendido. Envuelto en una mugrienta capa y portando un ajado morral de cuero, el hombre tenía la mirada agotada y esquiva característica del viajero procedente de tierras lejanas. Se trataba del primo de Ned, el primo Albin de Calais.

Ambos tenían la misma edad y habían trabado amistad durante el tiempo que Ned vivió con el tío Dick.

Ned caminó con premura por el embarcadero.

—¿Albin? —preguntó—. ¿Eres tú?

El muchacho respondió en francés.

—¡Ned, por fin! —exclamó—. ¡Qué alivio!

—¿Qué ocurrió en Calais? Todavía no hemos recibido información concluyente, pese a todo el tiempo transcurrido.

—No hay más que malas noticias —anunció Albin—. Mis padres y mi hermana han muerto, y lo hemos perdido todo. La Corona francesa asaltó el almacén y entregó todo su contenido a sus compatriotas mercaderes.

—Eso imaginábamos. —Eran las noticias que los Willard habían temido durante tanto tiempo, y Ned se quedó completamente desolado. Se sentía especialmente triste por su madre, quien había perdido el fruto del trabajo de toda una vida. Quedaría destrozada al saber lo ocurrido. Sin embargo, Albin había sufrido una pérdida mucho mayor—. Lamento en lo más profundo el fallecimiento de tus padres y de Thérèse.

—Gracias.

—Ven a nuestra casa. Tienes que contárselo todo a mi madre.

—Ned temía ese momento, pero Alice debía conocer la verdad.

Fueron caminando por Main Street.

—Conseguí escapar de la ciudad —dijo Albin—. Pero no tengo dinero y no había forma posible de conseguir un pasaje que me llevara de Francia a Inglaterra en este momento a causa de la guerra. Es la razón por la que no habíais recibido noticia alguna.

—¿Y cómo has llegado hasta aquí?

—Primero tuve que dejar Francia; para ello crucé la frontera en los Países Bajos, pero seguía sin disponer del dinero para viajar a Inglaterra. Así que tuve que recurrir a nuestro tío de Amberes.

Ned asintió con la cabeza.

—Jan Wolman, el padre de nuestro primo.

El caballero en cuestión había visitado Calais mientras Ned estaba allí, y así lo había conocido Albin.

—Así que viajé a pie hasta Amberes.

—Eso son más de ciento sesenta kilómetros.

—Y mis pies sufrieron cada metro del recorrido. Equivoqué mis pasos en la ruta unas cuantas veces y estuve a punto de morir de hambre, pero conseguí llegar.

—Bien hecho. El tío Jan te acogería, sin duda.

—Fue maravilloso. Me sirvió ternera y vino, y la tía Hennie me vendó los pies. Más adelante, Jan me compró un pasaje para viajar desde Amberes hasta Combe Harbour, y un nuevo par de zapatos, y me dio dinero para la travesía.

—Y aquí estás.

Llegaron a la puerta de entrada de la casa de los Willard. Ned acompañó a Albin hasta el salón principal. Alice se encontraba frente a una mesa situada junto a la ventana para aprovechar la luz, anotando asientos en un libro mayor. En el hogar ardía un fuego vivo, y la mujer iba abrigada con una capa forrada de piel. Ella misma solía decir que nadie conseguía entrar en calor llevando la contabilidad.

—Madre, aquí está Albin, llegado desde Calais.

Alice dejó la pluma.

—Bienvenido, Albin. —Se volvió hacia Ned—. Ve a buscar algo de comida y bebida para tu primo.

Ned fue a la cocina y pidió al ama de llaves, Janet Fife, que sirviera vino y pastel.

De regreso al salón, Albin relató su historia. Hablaba en francés y Ned iba traduciendo los fragmentos que su madre no entendía.

El relato emocionó a Ned hasta las lágrimas. La corpulenta figura de su madre parecía empequeñecerse en la silla a medida que Albin relataba los espeluznantes detalles de su vivencia: el cuñado de Alice había muerto, al igual que su esposa e hija; todo el contenido de la bodega había sido entregado a un mercader francés; había unos extranjeros viviendo en casa de Dick.

—Pobre Dick... —masculló Alice—. Pobre Dick...

—Lo siento, madre.

Alice sacó fuerzas de flaqueza para enderezarse y mostrarse positiva.

—No estamos arruinados, no del todo. Todavía tengo esta casa y cuatrocientas libras. Y poseo seis casas junto a la iglesia de St. Mark. —Las casitas de St. Mark eran la herencia que había recibido por parte de su padre, y le reportaban una pequeña ganancia en concepto de renta—. Es una riqueza superior a la que muchas personas verán jamás en toda su vida. —Entonces le sobrevino un pensamiento preocupante—. Aunque ahora desearía no haber prestado mis cuatrocientas libras a sir Reginald Fitzgerald.

—Tanto mejor así —opinó Ned—. Si no devuelve el dinero, nos quedamos con el priorato.

—Hablando de eso... —dijo su madre—. Albin, ¿sabes algo de un barco inglés llamado *St. Margaret*?

—Claro que sí —respondió Albin—. Arribó a Calais para unas reparaciones el día previo al ataque de los franceses.

—¿Qué ocurrió con el barco?

—Fue capturado por la Corona francesa, como todas las demás propiedades de los ingleses en Calais: botines de guerra. La bodega estaba llena de pieles. Se subastaron en el muelle y se vendieron por más de quinientas libras.

Ned y Alice se miraron entre sí. Era una noticia demoledora.

—Lo cual quiere decir que Reginald ha perdido su inversión. Por el amor de Dios, no estoy segura de que ese hombre pueda sobrevivir a esto —dijo Alice.

—Y, en consecuencia, perderá el priorato —añadió Ned.

—Habrá problemas.

—Ya lo sé —dijo el joven—. Pondrá el grito en el cielo. Pero nosotros tendremos una nueva empresa. —Empezó a animarse—. Podemos volver a empezar.

—Albin, tal vez quieras asearte y ponerte una camisa limpia —le ofreció Alice, siempre tan cortés—. Janet Fife te facilitará todo cuanto precises. Después nos sentaremos a la mesa a comer.

—Gracias, tía Alice.

—Soy yo quien te da las gracias por haber realizado tan largo viaje y traerme al fin noticias, por dolorosas que sean.

Ned examinó con detenimiento el rostro de su madre; aunque no podía decirse que esperase buenas nuevas después de tanto tiempo, lo cierto era que la mujer estaba completamente destrozada. El muchacho trató por todos los medios de pensar en algo capaz de volver a levantarle el ánimo.

—Podríamos ir a echar un vistazo al priorato ahora mismo —sugirió—. Así empezaremos a imaginar la posible distribución del espacio y la organización de todo lo demás.

Alice reaccionó con desgana, pero, de pronto, hizo un esfuerzo por recomponerse.

—¿Por qué no? Ahora es nuestro —dijo, y se puso en pie.

Salieron de la casa y cruzaron la plaza del mercado hacia el ala sur de la catedral.

El padre de Ned, Edmund, había sido alcalde de Kingsbridge cuando el rey Enrique VIII empezó a imponer la disolución de los monasterios. Alice le contó a Ned que Edmund y el prior Paul —el último prior de Kingsbridge— habían previsto lo que ocurriría, y tramaron un plan para salvar la escuela. Habían separado la escuela del priorato y le habían concedido un gobierno autónomo, así como un capital en concepto de donación. Doscientos años antes, había ocurrido algo similar con el hospital de Caris, y Edmund se había inspirado en ello para hacer lo mismo con el priorato. Era el motivo por el que la ciudad seguía teniendo una importante escuela y un famoso hospital.

El resto del edificio era una ruina.

La puerta principal permanecía clausurada, pero los muros estaban derrumbándose, y madre e hijo encontraron un lugar en la parte trasera de las antiguas cocinas por donde lograron trepar sobre los escombros y acceder así al edificio.

Otras personas habían tenido la misma ocurrencia. Ned vio los rescoldos de una hoguera reciente, unos cuantos huesos roídos y una desgastada bota de vino; alguien había pasado la noche allí, seguramente en compañía de alguna amante ilícita. Se percibía hedor a putrefacción en el interior de las edificaciones, y los excrementos de pájaros y roedores alfombraban todas las superficies.

—Y pensar que los monjes habían sido siempre tan aseados... —se lamentó Alice con desánimo al tiempo que contemplaba cuanto la rodeaba—. Nada es perdurable, salvo el cambio.

A pesar del deterioro, Ned sentía una intensa ilusión: en ese momento, todo aquello pertenecía a su familia. Podía convertirse en algo maravilloso. Pensándolo bien, se dijo, su madre era una mujer muy inteligente; había tenido una idea asombrosa justo cuando la familia necesitaba una alternativa para su salvación.

Fueron recorriendo los claustros y los soportales, y acabaron situados en el centro de un huerto invadido por la maleza, junto a la fuente en ruinas, donde los monjes acostumbraban a lavarse las manos. Tras observar el estado general de la galería, Ned se fijó en que muchas de las columnas y bóvedas, parapetos y arcos seguían en pie, a pesar de llevar decenios abandonados. Los albañiles de Kingsbridge los habían construido con solidez.

—Deberíamos empezar por aquí —indicó Alice—. Derribaremos un arco del muro oeste para que los paseantes tengan una visión del interior desde la plaza del mercado. Podemos dividir los claustros en pequeñas tiendas, una por cada galería.

—Haciéndolo así conseguiríamos unas veinticuatro... —dijo Ned al tiempo que contaba—, veintitrés tiendas, si usamos una de las galerías como entrada.

—El público accederá al patio interior y podrá curiosear.

Ned ya podía imaginarlo y saltaba a la vista que su madre también: los tenderetes con tejidos de llamativos colores, las frutas y verduras frescas, botas y cinturones de cuero curtido, quesos y vinos; los tenderos ofreciendo sus productos a voz en cuello, atrayendo a los clientes, recibiendo dinero y dando el cambio; y los compradores con sus mejores atuendos, sujetando con fuerza sus bolsitas de monedas mirando, tocando y oliendo el género mientras compartían chismorreos con sus vecinos. A Ned le gustaban los mercados, eran una fuente de prosperidad.

—Para empezar no será necesario que hagamos grandes trabajos —prosiguió Alice—. Habrá que limpiar el lugar, pero los tenderos podrán traer sus propios tablones y todo cuanto necesiten para instalarse. En cuanto el mercado esté montado y en marcha, y produciendo beneficios, podremos plantearnos restaurar la mampostería, reparar el tejado y pavimentar el patio interior.

De súbito, Ned tuvo la sensación de que estaban vigilándolos. Al volverse, vio que la puerta del ala sur de la catedral estaba abierta y que el obispo Julius se hallaba en el claustro, con las manos apoyadas sobre sus huesudas caderas, igual que garras, mirando a madre e hijo con sus ojos azules de expresión amenazante. Ned se sintió culpable, aunque no había razón para ello. Se había dado cuenta de que los sacerdotes solían provocar ese efecto en las personas.

Alice tardó algo más en percatarse de la presencia del obispo. Emitió un gruñido de incómoda sorpresa.

—Supongo que lo mejor será acabar con esto cuanto antes —masculló.

—¡¿Qué creéis estar haciendo aquí?! —exclamó Julius con indignación.

—Os deseo buen día, ilustrísima. —Alice se acercó a él caminando, y Ned siguió los pasos de su madre—. Estoy revisando el estado de mi propiedad.

—¿Qué diantre queréis decir?

—El priorato ahora es mío.

—No, no es vuestro. Es de sir Reginald. —El rostro cadavérico del obispo expresaba desprecio, aunque Ned percibía, bajo esa actitud fanfarrona, la preocupación del religioso.

—Reginald puso el priorato como aval de un préstamo que le hice y que ahora no puede pagar. Compró el cargamento de una nave llamada *St. Margaret* que ha sido confiscada por el rey francés, y jamás recuperará su dinero. Por tanto, la propiedad pasa a ser mía. Naturalmente, mi deseo es que seamos buenos vecinos, ilustrísima, y tengo la intención de comentaros mis planes...

—Esperad un momento. No podéis ejecutar ese compromiso.

—Todo lo contrario. Kingsbridge es una ciudad comercial famosa por el cumplimiento de los contratos. Nuestra prosperidad depende de ello. Y también la vuestra.

—Reginald prometió volver a vender el priorato a la Iglesia, a la que pertenece por derecho.

—Entonces sir Reginald incumplió su promesa con vos en cuanto avaló mi préstamo con esta propiedad. En cualquier caso, estaría encantada de venderos el priorato, si es lo que deseáis.

Ned contuvo la respiración. Sabía que esa no era la auténtica voluntad de su madre.

—Pagadme la cantidad que Reginald me debe y el lugar es vuestro —prosiguió Alice—. Cuatrocientas veinticuatro libras.

—¿Cuatrocientas veinticuatro? —repitió el obispo Julius, como si la cifra tuviera algo extraño.

—Sí.

El priorato valía más que eso, pensó Ned. Si Julius era un hombre mínimamente razonable, aprovecharía la oferta sin pensarlo. Aunque era posible que no tuviera el dinero.

—Reginald me lo ofreció por el mismo precio que él pagó: ¡ochenta libras! —exclamó el obispo, indignado.

—Eso habría sido una piadosa donación, no una transacción comercial.

—Vos deberíais hacer lo mismo.

—La costumbre de Reginald de vender sus posesiones por menos de lo que valen quizá sea la razón por la que ahora no tiene un penique.

El obispo cambió de estrategia:

—¿Qué proponéis hacer con las ruinas?

—No estoy segura —mintió Alice—. Dadme tiempo para desarrollar una serie de ideas, regresad y hablaré con vos.

Ned se preguntaba si lo que su madre quería era impedir que Julius hiciera campaña en contra del mercado antes incluso de que llevaran a cabo sus planes.

—No importa lo que intentéis hacer, os lo impediré.

«Eso no va a ocurrir», pensó Ned. Todos los ediles del consejo sabían hasta qué punto la ciudad necesitaba más espacio para que sus habitantes vendieran sus productos. Eran muchos los que aguardaban con desesperación tener acceso a un recinto donde realizar sus ventas, y serían los primeros en alquilar un puesto en el nuevo mercado.

—Espero que podamos colaborar —declaró Alice con tono sereno.

—Podríais ser excomulgada por esto —replicó Julius con ira desmedida.

Alice no se inmutó.

—La Iglesia ha intentado toda clase de ardides para recuperar las propiedades monasteriales —replicó—, pero el Parlamento no dará su brazo a torcer.

—¡Sacrilegio!

—Los monjes se tornaron ricos, ociosos y corruptos, y el pueblo perdió el respeto por ellos. Esa es la razón por la que el rey Enrique logró llevar adelante la disolución de los monasterios.

—Enrique VIII era un hombre malvado.

—Deseo ser vuestra amiga y aliada, ilustrísima, pero no a cambio de empobrecer a mi familia ni a mí misma. El priorato es mío.

—Eso no es así; pertenece a Dios —sentenció Julius.

II

Rollo invitó a beber a todos los soldados antes de que embarcaran con rumbo a Combe Harbour. No podía permitírselo, pero tenía mucho interés en llevarse bien con el prometido de su hermana. No quería que se rompiera el compromiso. El matrimonio transformaría las fortunas de la familia Fitzgerald; Margery sería condesa y, si daba a luz un varón, el pequeño se convertiría en conde. Los Fitzgerald pasarían a formar parte prácticamente de la aristocracia.

No obstante, todavía no habían dado ese codiciado salto; un compromiso no era un matrimonio. La obstinada Margery podía volver a rebelarse, alentada por el detestable Ned Willard. O bien su mal disimulado rechazo ofendería de tal manera a Bart que podría obligarlo a romper el compromiso por sentir herido su orgullo. Con tal de consolidar su amistad con Bart, Rollo se gastó un dinero que no tenía.

No resultaba fácil. La camaradería entre cuñados debía combinarse con el toque justo de deferencias y coronarse con halagos. Sin embargo, Rollo era muy capaz de hacerlo.

—¡Mi noble hermano! —exclamó levantando su jarra—. ¡Que la gracia de Dios proteja vuestro fuerte brazo derecho y os ayude a repeler a esos apestosos franceses!

El brindis agradó a los presentes. Los soldados lo jalearon y bebieron.

Alguien tocó una campanilla, vaciaron sus jarras y marcharon para embarcar. Los Fitzgerald se despidieron desde el muelle. Cuando la nave ya no era visible desde la orilla, Margery y sus padres regresaron al hogar, pero Rollo volvió a la taberna.

Allí se fijó en un hombre que no participaba del ánimo festivo, sino que se encontraba sentado en un rincón con expresión abatida. Reconoció el brillante cabello negro y los labios carnosos de Donal Gloster. De pronto Rollo se mostró muy interesado en hablar con él; Donal era débil, y los hombres débiles podían resultar útiles.

Pagó dos nuevas jarras de cerveza y se acercó a la mesa del secretario para sentarse con él. Ambos pertenecían a clases sociales demasiado distintas para ser amigos íntimos, pero tenían la misma edad y habían asistido a la Escuela de Gramática de Kingsbridge el mismo año.

Rollo alzó su jarra.

—¡Muerte a los franceses! —exclamó.

—No nos invadirán —repuso Donal con firmeza, aunque bebió de todas formas.

—¿Qué te hace estar tan seguro de ello?

—El rey de Francia no puede permitírselo. Puede que hablen de una invasión, e incluso de llevar a cabo incursiones esporádicas, pero la flota necesaria para llevar a cabo una invasión real a través del Canal costaría más de lo que pueden permitirse.

A Rollo se le ocurrió que Donal podría estar hablando con conocimiento de causa. Su amo, Philbert Cobley, estaba más familiarizado con los costes de las naves que cualquier otro ciudadano de Kingsbridge y, por su condición de comerciante de ultramar, era probable que entendiera también las finanzas de la Corona francesa.

—Entonces, ¡deberíamos celebrarlo! —propuso el joven Fitzgerald.

Donal emitió un gruñido de disgusto.

—Tienes aspecto de haber recibido malas noticias, viejo compañero de estudios —dijo Rollo.

—¿Eso os parece?

—No es que sea de mi incumbencia, por supuesto…

—No estaría de más que supierais el porqué. Pronto lo sabrán todos. He propuesto matrimonio a Ruth Cobley, y ella me ha rechazado.

Rollo quedó sorprendido. Todo el mundo esperaba que Donal se casara con Ruth. Lo más frecuente era que un empleado se desposara con la hija de su amo.

—¿El padre de la joven no te tiene en buena estima?

—Sería un buen yerno para él, porque conozco muy bien el oficio. Pero no soy hombre lo bastante religioso para el gusto de Philbert.

—Vaya. —Rollo recordó la representación teatral de New Castle. No cabía duda de que Donal lo había pasado bien, y le pareció que al muchacho le había costado abandonar el recinto con los airados Cobley—. Pero has dicho que fue Ruth quien te rechazó. —Rollo imaginaba que Donal gustaba a las jóvenes, con su cabello negro y su aspecto de galán.

—Dice que soy como un hermano para ella.

Rollo se encogió de hombros. El amor carecía de toda lógica.

Donal lo miró con perspicacia.

—Vos no estáis muy interesado en las muchachas.

—Tampoco en los muchachos, si era eso lo que creías.

—Sí que lo había pensado.

—Pues no.

Lo cierto era que Rollo no entendía por qué había que complicarse tanto. Para él, la masturbación era un ligero placer, como quien comía miel, pero la idea de tener relaciones sexuales con una mujer, o con un hombre, para el caso, se le antojaba un tanto desagradable. Él prefería el celibato. Si los monasterios hubieran seguido existiendo, habría sido monje.

—Sois un hombre afortunado, pues —afirmó Donal con amargura—. Cuando pienso en todo el tiempo invertido en intentar ser el marido perfecto para ella: fingiendo que no me gustaba beber, ni bailar, ni ver obras de teatro, teniendo que asistir a esos aburridos oficios religiosos, hablar con su madre…

A Rollo se le pusieron los vellos de punta: Donal había dicho «asistir a esos aburridos oficios religiosos». Desde hacía tiempo sabía que los Cobley pertenecían a esa peligrosa categoría de personas que se creían con derecho a tener opinión propia sobre la religión, aunque nunca antes se había topado con pruebas fehacientes de que practicaban su herejía allí, en Kingsbridge. Intentó que su repentina emoción no resultara demasiado evidente.

—Supongo que esos oficios serían bastante insulsos —comentó, esforzándose por parecer despreocupado.

Donal se desdijo de inmediato.

—Debería haberlos llamado reuniones —puntualizó—. Por supuesto que no celebran oficios religiosos, eso sería herejía.

—Sé qué quieres decir —afirmó Rollo—. Pero no existe ley alguna que prohíba que las personas recen juntas, o que lean la Biblia, o que canten salmos.

Donal se llevó la jarra a los labios y volvió a soltarla.

—No estoy diciendo más que tonterías —zanjó. En su mirada se intuía la sombra del miedo—. Seguramente habré bebido demasiado. —Se puso en pie con gran esfuerzo—. Me voy a casa.

—No te vayas —dijo Rollo, ávido por saber más sobre las reuniones de Philbert Cobley—. Termina tu jarra.

Sin embargo, Donal estaba asustado.

—Necesitaría echar una cabezadita —masculló—. Gracias por la cerveza. —Y se alejó tambaleante.

Rollo siguió bebiendo con gesto reflexivo. Sobre los Cobley y sus amistades sobrevolaba la clara sospecha de practicar en secreto creencias protestantes, pero eran precavidos, y jamás había existido ni la más mínima prueba sobre comportamiento ilícito alguno. Mientras se reservaran sus ideas para sí mismos, no cometían ninguna ofensa. No obstante, la celebración de oficios protestantes ya era harina de otro costal. Constituía un pecado y un delito, y el castigo era morir quemado en la hoguera.

Y Donal, borracho y amargado, había desvelado un secreto, aunque hubiera sido en un leve descuido.

Rollo no podía hacer gran cosa al respecto, porque al día siguiente Donal, sin duda, lo negaría todo y achacaría sus palabras a la embriaguez. Sin embargo, esa información sí podía resultar útil en algún momento.

Decidió contárselo a su padre. Terminó su bebida y se marchó.

Llegó a la casa familiar, situada en High Street, al mismo tiempo que el obispo Julius.

—Hemos ofrecido una jubilosa despedida a nuestros soldados —anunció con alegría al obispo.

—Eso da igual —replicó Julius, iracundo—. Tengo algo que decirle a sir Reginald. —Sin duda alguna estaba furioso, aunque, por suerte, su ira no parecía provocada por los Fitzgerald.

Rollo lo condujo hasta el salón principal.

—Iré a buscar a mi padre de inmediato. Por favor, sentaos frente al hogar.

Julius hizo un gesto despreciativo con la mano y empezó a caminar de un lado para otro con impaciencia.

Sir Reginald estaba disfrutando de un sueño reparador. Rollo lo despertó y le dijo que el obispo lo esperaba en el piso de abajo. Reginald emitió un gruñido y salió de la cama.

—Sírvele una copa de vino mientras me visto —ordenó.

Transcurridos unos minutos, los tres hombres se encontraban sentados en el salón. Julius empezó a hablar sin demora.

—Alice Willard ha recibido noticias de Calais. El *St. Margaret* ha sido capturado por los franceses y han vendido su cargamento.

Rollo fue presa de la desesperación.

—¡Lo sabía! —exclamó. Había sido la última apuesta arriesgada de su padre, y había perdido. ¿Qué iban a hacer?

Sir Reginald estaba rojo de ira.

—¿Qué diablos hacía el barco en Calais?

Fue su hijo quien respondió.

—Jonas Bacon nos contó que cuando vio el barco por última vez, su capitán estaba intentando arribar a puerto para unas reparaciones sin importancia. De ahí el retraso.

—Pero Bacon no especificó si se trataba del puerto de Calais.

—No.

El rostro pecoso de Reginald se demudó de pura rabia.

—No obstante, él lo sabía —dijo—. Y apostaría a que Philbert también lo sabía cuando nos vendió el cargamento.

—Desde luego que Philbert lo sabía, ese protestante timador e hipócrita. —Rollo bullía de furia por dentro—. Nos han robado.

—De ser así, ¿podéis recuperar vuestro dinero de manos de Philbert? —preguntó el obispo.

—Jamás —dijo Reginald—. Una ciudad como esta no puede permitir que nadie incumpla un contrato, aunque se hayan producido prácticas ilícitas. El contrato es sagrado.

Rollo, quien había estudiado leyes, sabía que su padre estaba en lo cierto.

—El tribunal de sesiones trimestrales confirmará la validez de la transacción —afirmó.

—Si habéis perdido ese dinero, ¿podréis pagar lo que debéis a Alice Willard? —quiso saber el obispo Julius.

—No.

—¿Y presentasteis el priorato para avalar el préstamo?

—Sí.

—Alice Willard me ha dicho esta mañana que ahora el priorato es suyo.

—Maldita sea su existencia —espetó Reginald.

—Entonces, Alice tiene razón.

—Sí.

—Ibais a permitir que la Iglesia recuperase el priorato, Reginald.

—No pidáis compasión por mi parte, Julius. Acabo de perder cuatrocientas libras.

—Cuatrocientas veinticuatro, según me ha informado Willard.

—Correcto.

Por lo visto, Julius entendía que la cantidad exacta era importante, y Rollo se preguntó cuál sería el motivo, aunque no tuvo oportunidad de expresar su duda. Su padre se incorporó, inquieto, y empezó a dar vueltas por la sala.

—Haré que Philbert me las pague por esto, lo juro. Descubrirá que nadie tima a Reginald Fitzgerald y sale indemne. No pararé hasta ver que se lamenta. No sé cómo…

A Rollo le sobrevino una inspiración repentina.

—Yo sí sé cómo —dijo.

—¿Qué?

—Sé cómo podemos vengarnos de Philbert.

Reginald dejó de pasearse inquieto y se quedó mirando a su hijo con los ojos entornados.

—¿Qué estás tramando?

—El secretario de Philbert, Donal Gloster, estaba ebrio en la taberna Slaughterhouse esta tarde. La hija de Philbert lo ha rechazado. La cerveza le soltó la lengua y el resentimiento lo hizo hablar con malicia. Me ha contado que los Cobley y sus amistades celebran oficios religiosos.

El obispo Julius reaccionó escandalizado.

—¿Oficios? ¿Sin sacerdote? ¡Eso es herejía!

—En cuanto he mostrado mayor interés por la cuestión, Donal ha cambiado su versión y ha dicho que eran meras reuniones. A partir de entonces, la culpabilidad lo ha hecho cerrarse en banda.

—Hace tiempo que sospechaba que esas ratas celebraban ritos protestantes en secreto. Pero ¿dónde? ¿Y cuándo? ¿Y quién asiste a tales oficios? —preguntó el obispo.

—No lo sé —respondió Rollo—. Pero Donal sí lo sabe.

—¿Crees que te lo contará?

—Tal vez sí. Ahora que Ruth lo ha rechazado, ya no debe lealtad alguna a la familia Cobley.

—Vamos a averiguarlo.

—Permitidme que me encargue de ello. Llevaré a Osmund conmigo. —Osmund Carter, el jefe de la guardia, era un hombre corpulento con una vena muy violenta.

—¿Qué le dirás a Donal?

—Le explicaré que es sospechoso de herejía y que será llevado a juicio a menos que lo cuente todo.

—¿Eso lo asustará?

—Se manchará los pantalones.

—Esta podría ser una buena ocasión para asestar un golpe a los protestantes —reflexionó el obispo Julius en voz alta—. Resulta patético que la Iglesia católica esté a la defensiva. La reina María Tudor se ha vuelto impopular tras la pérdida de Calais. Su heredera por derecho, María Estuardo, la reina de los escoceses, está a punto de casarse en París, y un marido francés hará que los ingleses se rebelen contra ella. Sir William Cecil y sus hombres están recorriendo el país en busca de apoyo para coronar reina a la ilegítima Isabel Tudor como heredera al trono. Por todo ello, tomar medidas drásticas contra las herejías de Kingsbridge en este momento supondría una forma de elevar la moral de los católicos.

«Entonces cumpliremos con la voluntad de Dios además de conseguir nuestra venganza», pensó Rollo. Un odio irracional le hacía hervir la sangre.

Saltaba a la vista que su padre sentía lo mismo.

—Hazlo, Rollo —ordenó Reginald—. Hazlo ahora mismo.

Rollo se puso el sobretodo y salió de la casa.

El consistorio estaba justo en la calle de enfrente. El sheriff Matthewson tenía un despacho en la primera planta, que compartía con su secretario, Paul Pettit, quien redactaba cartas y mantenía la documentación en perfecto orden y guardada en un cofre. No se podía confiar en que Matthewson siempre actuara al antojo de la familia Fitzgerald; en ocasiones desafiaba la voluntad de sir Reginald, argumentando que servía a la reina, no al alcalde. Por suerte, resultó que el sheriff no estaba en su despacho ese día, y Rollo no tenía ninguna intención de mandarlo llamar.

En lugar de ello fue directamente al sótano, donde Osmund y el resto de la guardia estaban preparándose para sus quehaceres del sábado por la noche. El jefe de la guardia llevaba un casquete de cuero ajustado a la cara que le daba un aspecto aún más belicoso. Estaba atándose unas botas que le llegaban hasta las rodillas.

—Necesito que me acompañes para interrogar a alguien —le dijo Rollo a Osmund—. No hace falta que digas nada. —Iba a añadir: «Basta que parezcas amenazante», pero eso habría sido innecesario.

Mientras caminaban juntos por Main Street a la luz del ocaso, Rollo se preguntó si habría hecho lo correcto al asegurar tanto a su padre como al obispo que Donal se derrumbaría. Si a esas alturas el secretario ya estaba sobrio, era posible que se mostrara más fuerte. Cabía la posibilidad de que se disculpara por haber dicho tonterías estando borracho y negara en redondo haber acudido jamás a un oficio protestante. En tal caso, sería complicado probar nada.

Al pasar junto a los embarcaderos, Rollo vio que lo saludaba Susan White, la hija de un panadero que tenía la misma edad que el hijo de sir Reginald. La muchacha tenía el rostro con forma de corazón y era de naturaleza bondadosa. Cuando ambos eran más jóvenes se habían besado y habían experimentado con otros inocentes toqueteos. Fue el momento en que Rollo se había dado cuenta de que el sexo no ejercía el mismo poder en él que en muchachos como Donal Gloster y Ned Willard, y su flirteo con Susan había quedado en agua de borrajas. De todas formas, algún día se casaría para conseguir la ayuda de una mujer que llevara su hogar, aunque, en tal caso, aspiraba a una dama de clase más alta y no la simple hija de un panadero.

Susan no le guardaba ningún rencor, tenía muchísimos pretendientes. En ese momento se mostró compasiva con él.

—Siento que hayáis perdido vuestro cargamento —dijo—. Parece algo injusto.

—Y es injusto. —A Rollo no le sorprendía que lo ocurrido empezara a ser la comidilla de la ciudad. La mitad de la población de Kingsbridge estaba relacionada, de una forma u otra, con las transacciones marítimas, y todo el mundo tenía interés en las noticias que traían los barcos, ya fueran buenas o malas.

—Tras la tormenta siempre llega la calma —dijo Susan—. Eso es lo que dicen.

—Espero que sea cierto.

Susan miró con curiosidad a Osmund, sin duda preguntándose qué andarían tramando él y Rollo.

Rollo no quería tener que dar explicaciones, por ello puso punto final a la conversación.

—Discúlpame, tengo prisa.

—¡Adiós!

Rollo y Osmund siguieron caminando. Donal vivía en la parte sudoeste de la ciudad, en el barrio manufacturero conocido como las Tanneries, las tenerías. El norte y el este hacía tiempo que eran los barrios más codiciados. El priorato siempre había poseído el terreno situado río arriba desde el puente de Merthin, y en ese tramo el agua estaba limpia. El consejo del municipio había situado los talleres río abajo, y todas las ocupaciones que generaban desechos de Kingsbridge —el curtido de pieles, el tinte de tejidos, el lavado de carbón, la elaboración de papel— vertían sus residuos en ese tramo del río, tal como habían hecho durante siglos.

Al día siguiente sería domingo y los feligreses intercambiarían chismes en la parroquia, aventuró Rollo. Por la tarde, todos los habitantes de Kingsbridge sabrían qué había ocurrido con el *St. Margaret*. Tal vez simpatizaran con él, como Susan, o tal vez creyeran que sir Reginald era un idiota por haberse dejado timar. Creyeran lo que creyeran, juzgarían a la familia Fitzgerald con una mezcla de lástima y desprecio. Rollo ya se imaginaba los ingeniosos comentarios tras la ceremonia: «Ese Philbert es muy astuto. Jamás ha regalado nada a nadie. Sir Reginald debería haberlo sabido». Pensar en ello hizo que el joven sintiera vergüenza. Detestaba la idea de que la gente mirase a su familia por encima del hombro.

No obstante, cambiarían de opinión en cuanto Philbert fuera detenido por herejía. Lo considerarían un castigo para el timador. Todos dirían: «No sale a cuenta timar a sir Reginald; Philbert debería haberlo sabido». El honor de la familia quedaría restablecido y, una vez más, Rollo volvería a henchirse de orgullo cuando dijera cómo se apellidaba.

Si es que conseguía hacer hablar a Donal.

Rollo enfiló hacia una casucha situada por detrás de las dársenas. La mujer que abrió la puerta poseía la misma belleza sensual que Donal.

—¡Por el amor de Dios! ¿Qué ha hecho mi chico? —exclamó al reconocer a Osmund.

Rollo la apartó de un empujón para entrar en la casa, y el corpulento guardia lo siguió.

—Siento que se haya emborrachado —dijo la mujer—. Ha sufrido una terrible decepción.

—¿Está tu esposo en casa? —preguntó Rollo.

—Mi esposo está muerto.

Rollo había olvidado ese detalle. Esa situación lo favorecía.

—¿Dónde está Donal?

—Iré a buscarlo. —Dio media vuelta.

Rollo la sujetó por un brazo.

—Cuando te hable, debes escuchar con atención. No te he dicho que vayas a buscarlo. Te he preguntado dónde está.

Los ojos castaños de la mujer reflejaron una rabia intensa, y durante un instante Rollo creyó que iba a decirle que haría lo que se le antojara mientras estuviera en su casa. No obstante, ella se contuvo, sin duda temerosa de que las cosas para su hijo fuesen a peor si plantaba cara.

—En la cama. La primera puerta al final de las escaleras —respondió, cabizbaja.

—Espera aquí. Osmund, ven conmigo.

Donal estaba tumbado boca abajo sobre la cama, totalmente vestido salvo por las botas. Apestaba a vómito, aunque, por lo visto, su madre había recogido la peor parte. Rollo lo sacudió para despertarlo. El joven se volvió, todavía adormilado. Al ver a Osmund se incorporó de golpe.

—¡Que Dios me asista! —exclamó.

Rollo se sentó en el borde de la cama.

—Dios te salvará si dices la verdad. Estás metido en un buen lío, Donal.

Este quedó sobrecogido.

—¿Qué clase de lío?

—¿No recuerdas nuestra conversación en la taberna Slaughterhouse?

El pánico demudó el rostro del joven mientras intentaba recordar.

—Mmm..., vagamente...

—Me contaste que asistías a oficios protestantes con la familia Cobley.

—¡Jamás he dicho tal cosa!

—Ya he hablado con el obispo Julius. Vas a tener que presentarte ante un tribunal acusado de herejía.

—¡No!

Los tribunales rara vez declaraban inocente a los individuos juzgados. La opinión generalizada era que si un hombre fuera inocente, no se habría metido en líos desde un principio.

—Saldrás mejor parado si dices la verdad.

—¡Estoy diciendo la verdad!

—¿Se la saco a golpes? —preguntó Osmund.

Donal parecía aterrorizado.

Entonces se oyó a su madre hablando desde la puerta.

—No vas a golpear a nadie, Osmund. Mi hijo es un ciudadano observador de la ley y un buen muchacho católico, y si le pones la mano encima, serás tú quien tenga problemas.

Estaba claro que se trataba de una bravuconada de su madre —Osmund jamás se había metido en problemas por pegar a nadie—, pero su valiente declaración animó a Donal.

—Jamás he asistido a un oficio protestante, ni con Philbert Cobley ni con ninguna otra persona —aseguró con ánimo más corajudo.

—No se puede tener en cuenta lo que dice un hombre estando ebrio, y si lo intentáis, quedaréis como un idiota, joven Rollo —dijo la señora Gloster.

Rollo blasfemó para sus adentros. Aquella mujer estaba sacándolo de sus casillas. Se dio cuenta de que había cometido un error al interrogar a Donal allí mismo, en su casa, en presencia de su madre, quien lo envalentonaba. Sin embargo, creía poder enmendarlo. No pensaba permitir que una mujer se interpusiera en el camino de la venganza de la familia Fitzgerald. Se puso en pie.

—Cálzate las botas, Donal. Tendrás que acompañarnos a la casa consistorial.

—Yo también iré —dijo la señora Gloster.

—No, tú no irás a ninguna parte —zanjó Rollo.

La mujer lo miró con gesto desobediente.

—Y si te veo allí, también te detendré —añadió Rollo—. Tú debías saber que Donal asistía a oficios blasfemos, así que eres culpable de ocultar su delito.

La señora Gloster volvió a quedar cabizbaja.

Donal se calzó las botas.

Rollo y Osmund lo condujeron por Main Street hasta la encrucijada y lo obligaron a entrar en el consistorio por la entrada del sótano.

Rollo envió a uno de los guardias a buscar a su padre, quien llegó, pasados unos minutos, acompañado por el obispo Julius.

—Bueno, joven Donal —dijo Reginald fingiendo afabilidad—. Espero que entiendas la importancia de decir toda la verdad en este caso.

El joven habló con voz temblorosa, aunque sus declaraciones fueron bastante valerosas.

—No sé qué habré dicho estando borracho, pero sí sé la verdad. Jamás he asistido a un oficio protestante.

Rollo empezaba a temer que Donal no se derrumbara.

—Deja que te enseñe algo —dijo Reginald. Se dirigió hacia un portón gigantesco, levantó la pesada barrera y lo abrió—. Ven a echar un vistazo.

Donal obedeció a regañadientes. Rollo lo siguió. Ante ellos había una sala desprovista de ventanas, con techos altos y suelo de tierra. Hedía a sangre reseca y excrementos; apestaba a matadero.

—¿Ves ese gancho colgado del techo? —preguntó Reginald.

Ambos miraron hacia arriba.

—Tendrás las manos atadas a la espalda —dijo Reginald—. La cuerda te colgará de las muñecas y la ataremos al gancho, y a ti te subiremos con él.

Donal gimoteó.

—El dolor resulta insoportable, por supuesto, aunque en un primer momento no se te dislocarán los hombros; no sucede con tanta celeridad. Se te atarán pesadas piedras a los pies, lo cual aumentará la dolorosa agonía para tus articulaciones. Cuando pierdas el conocimiento, te echarán agua helada en la cara para despertarte; no habrá descanso. A medida que el peso aumenta, el dolor se intensifica. Por último, se te dislocarán los brazos. Por lo visto, esa es la peor parte.

Donal estaba lívido, pero no se derrumbó.

—Soy ciudadano de Kingsbridge. No podéis torturarme sin una orden real —protestó.

Eso era cierto. El Consejo Privado debía autorizar la tortura. La norma se incumplía a menudo, pero el pueblo de Kingsbridge conocía sus derechos. Se alzaría el clamor popular si torturaban a Donal de forma ilegal.

—Puedo conseguir ese permiso, joven estúpido.

—Hacedlo entonces —dijo Donal con un tono teñido de miedo, aunque a la par decidido.

Rollo empezaba a pensar que al final tendrían que renunciar a su plan. Habían hecho todo lo posible por amedrentar al secretario de Cobley y así conseguir que confesara, pero no estaba funcionando. Era posible que Philbert no recibiera castigo alguno.

Entonces intervino el obispo Julius.

—Creo que lo mejor será que tú y yo tengamos una charla tranquila, joven Donal —dijo—. Pero aquí no. Acompáñame.

—Está bien —convino el muchacho con nerviosismo.

Parecía inquieto, aunque Rollo supuso que accedería a hacer cualquier cosa que lo alejara del sótano.

Julius acompañó a Donal hasta el exterior de la casa consistorial. Rollo y Reginald los seguían a unos metros de distancia. Rollo se preguntó qué tendría el obispo en mente. ¿Sería capaz de salvar el buen nombre de la familia Fitzgerald?

Fueron por Main Street hasta la catedral. Julius los hizo pasar por una portezuela situada en el ala norte de la nave. El coro cantaba vísperas. El interior de la iglesia estaba iluminado por la mortecina lumbre de las velas, cuyas sombras danzaban trémulas entre los arcos.

El obispo tomó una vela y condujo a Donal hasta una capilla lateral ornamentada con un pequeño altar y un cuadro gigantesco de Jesucristo en la cruz. Colocó la vela sobre la mesa consagrada e iluminó la imagen de la Crucifixión. Luego permaneció plantado ahí, dando la espalda al altar, y obligó a Donal a que lo mirase a la cara al tiempo que también veía a Jesús en la cruz.

Julius hizo un gesto a Rollo y a Reginald para que se mantuvieran alejados. Los dos hombres se quedaron en el exterior, aunque veían la capilla y oían lo que se estaba diciendo en su interior.

—Quiero que olvides los castigos terrenales —le dijo Julius a Donal—. Quizá te torturen y tal vez ardas en la hoguera por hereje, pero eso no es lo que debes temer de esta noche.

—¿Ah, no? —Donal estaba tan intrigado como asustado.

—Hijo mío, tu alma está en peligro mortal. Lo que hayas dicho antes en la taberna de Slaughterhouse no tiene importancia, porque Dios conoce la verdad. Él sabe qué has hecho. Los padecimientos que sufrirás en el infierno serán mucho más terribles que cualquier sufrimiento que pudieras experimentar aquí en la Tierra.

—Ya lo sé.

—Pero Dios nos ofrece la esperanza del perdón, como bien sabes. Siempre.

Donal no dijo nada. Rollo observó el rostro del joven, iluminado por la luz trémula de la vela, pero era incapaz de interpretar su expresión.

—Debes contarme tres cosas, Donal —dijo Julius—. Si lo haces, perdonaré tus pecados y también lo hará Dios. Si me mientes, irás al infierno. Esa es la decisión que debes tomar aquí y ahora.

Rollo vio que Donal echaba ligeramente hacia atrás la cabeza para contemplar mejor la pintura de Jesucristo.

—¿Dónde celebran sus oficios? —preguntó el obispo—. ¿Cuándo lo hacen? ¿Y quién asiste a los mismos? Debes responderme de inmediato.

Donal emitió un sollozo. Rollo contuvo la respiración.

—Empecemos por el dónde —sugirió Julius.

Donal no dijo nada.

—Es tu última oportunidad para obtener el perdón —le advirtió el prelado—. No volveré a preguntártelo. ¿Dónde?

—En la vaqueriza de la viuda Pollard —respondió Donal.

Rollo lanzó un disimulado suspiro. El secreto había sido desvelado.

La señora Pollard poseía una parcela en la linde meridional de la ciudad, en el camino a Shiring. No había otras casas cercanas, que debía de ser el motivo por el que nadie había oído a los protestantes.

—¿Y cuándo?

—Esta noche —respondió Donal—. Siempre se reúnen los sábados por la noche, a la hora del crepúsculo.

—Recorren las calles al cobijo de la penumbra para no ser descubiertos —comentó Julius—. Los hombres prefieren la oscuridad a la luz porque sus acciones son fechorías. Pero Dios los ve. —Levantó la vista y señaló la ventana ojival—. Ya casi ha caído la noche. ¿Estarán allí ahora?

—Sí.

—¿Quiénes?

—Philbert, la señora Cobley, Dan y Ruth. La hermana de Philbert y el hermano de la señora Cobley, y sus respectivas familias. La señora Pollard. Ellis, el cervecero. Los hermanos Mason. Elijah Cordwainer. Eso es todo lo que sé. Podría haber más gente.

—Buen muchacho —dijo Julius—. Ahora, dentro de unos minutos, te daré mi bendición y podrás irte a casa. —Levantó un dedo amenazante—. No cuentes a nadie que hemos tenido esta conversación; no quiero que nadie sepa de dónde proviene mi información. Tú retoma tu vida con normalidad. ¿Lo has entendido?

—Sí, ilustrísima.

El obispo miró hacia el lugar donde se encontraban Rollo y Reginald, justo a la salida de la capilla. Pasó de hablar con tono susurrante y amistoso a hacerlo de forma enérgica e imperativa.

—Id a esa vaqueriza ahora mismo —ordenó—. Detened a los herejes. A todos ellos. ¡Ahora!

Cuando Rollo se volvió para marcharse oyó a Donal lamentándose entre dientes.

—Oh, Dios, los he traicionado a todos, ¿verdad?

—Has salvado sus almas —dijo el obispo Julius— y también la tuya.

Rollo y Reginald salieron corriendo de la catedral. Ascendieron por Main Street hasta el consistorio y llamaron a los guardias que se encontraban en el sótano. Cruzaron la calle hasta su casa y se armaron con sus espadas.

Los guardias portaban varas talladas a mano de distintas formas y tamaños. Osmund llevaba una bobina de resistente cuerda para atar las muñecas de los detenidos. Dos de los hombres portaban faroles colgados de pértigas.

El hogar de la viuda Pollard se encontraba a un kilómetro y medio de distancia.

—Habría sido más rápido ir a caballo —opinó Rollo.

—No mucho más rápido habiendo caído ya la noche —respondió su padre—. Y el ruido de los caballos habría advertido a los protestantes de nuestra presencia. No quiero que ninguno de esos demonios tenga oportunidad de salir huyendo.

Avanzaron por Main Street y dejaron atrás la catedral. Los presentes los miraban con aprensión. No les cupo duda de que alguien estaba metido en un buen lío.

A Rollo le preocupó que alguna persona afín a los protestantes intuyera qué estaba ocurriendo. Un corredor veloz podría dar la voz de alarma. Apretó el paso.

Cruzaron el puente doble de Merthin hacia el barrio de Loversfield, luego siguieron por el camino a Shiring en dirección sur. Las afueras de la ciudad eran más silenciosas y estaban más oscuras. Por suerte, el camino era recto.

La casa de la viuda Pollard daba a la calle, pero su vaqueriza estaba situada en la parte trasera, en un terreno de aproximadamente media hectárea. El difunto Walter Pollard tenía un pequeño rebaño de vacas lecheras. Cuando falleció, su viuda vendió las reses. Ese era el motivo por el que la mujer contaba con una maravillosa vaqueriza de ladrillo vacía y disponible.

Osmund abrió un ancho portón y todos siguieron las huellas de las vacas que habían pasado por allí para ser ordeñadas. No salía ninguna luz del edificio: las vaquerizas no tenían necesidad de ventanas. Osmund habló entre susurros a uno de los hombres que portaban los faroles.

—Deprisa, da un rodeo para ver si hay otra salida.

Los demás se acercaron al amplio portón doble. Sir Reginald se llevó un dedo a los labios para pedir silencio y todos aguzaron el oído. Del interior les llegaba el murmullo de numerosas voces que entonaban algún cántico. Transcurrido un minuto, Rollo reconoció una oración a Nuestro Señor.

En inglés.

Eso era herejía. No eran necesarias más pruebas.

—No hay otra entrada ni salida —dijo el portador del farol al regresar a todo correr.

Reginald intentó abrir una puerta. Parecía que estaba cerrada por dentro con un madero.

El ruido alertó a los ocupantes de la vaqueriza y se quedaron todos callados.

Cuatro de los guardias cargaron contra la puerta, y esta se abrió de par en par. Reginald y Rollo entraron en la vaqueriza.

Había veinte personas sentadas en cuatro bancos. Ante ellos se veía una sencilla mesa cuadrada, cubierta con un mantel blanco, sobre la cual había una hogaza de pan y una jarra que, supuestamente, contenía vino. Rollo estaba horrorizado: ¡estaban celebrando su propia versión de la misa! Había oído que esas cosas ocurrían, pero jamás imaginó que llegaría a verlo con sus propios ojos.

Philbert estaba de pie tras la mesa, llevaba una túnica blanca sobre el jubón y las calzas. Desempeñaba el papel de sacerdote, aunque jamás hubiera sido ordenado como tal.

Los intrusos se quedaron perplejos observando la herejía que tenía lugar ante ellos. La congregación les devolvió la mirada; unos y otros estaban igual de atónitos.

Reginald por fin reunió la entereza necesaria para hablar.

—Esto es herejía. Salta a la vista —dijo—. Estáis todos detenidos, hasta el último de vosotros. —Hizo una pausa—. Y vos con más razón que ninguno, Philbert Cobley.

6

I

El día antes de la boda, Alison McKay fue llamada ante la reina de Francia.

Cuando llegó la orden de comparecencia, Alison se hallaba con la novia, María Estuardo, la reina de los escoceses. Le había estado rasurando a conciencia las axilas y había conseguido retirar el vello sin que le saliera sangre. Le estaba aplicando aceite para suavizar la piel cuando llamaron a la puerta y, acto seguido, entró una de las damas de honor de María. Se trataba de Véronique de Guisa, de dieciséis años, prima lejana y, en consecuencia, no muy importante, pero compensaba ese hecho con su belleza, su elegancia y sus aires seductores.

—Acaba de llegar un mensajero de la reina Catalina —le anunció a Alison—. A Su Majestad le gustaría verte ahora mismo.

Véronique se pegó a Alison cuando esta abandonó las dependencias que ocupaba María y cruzó a toda prisa las sombrías estancias del viejo palacio de Les Tournelles en dirección a los aposentos de Catalina.

—¿Qué crees que quiere Su Majestad? —le preguntó.

—No tengo ni idea —respondió Alison, que no sabía si Véronique era simplemente una muchacha curiosa o algo más siniestro, una espía dispuesta a hacer llegar la información a los poderosos tíos de María.

—A la reina Catalina le caes bien —apostilló Véronique.

—A la reina le cae bien cualquiera que sea amable con el pobre Francisco.

No obstante, Alison sentía cierta aprensión. Los miembros de la familia real no tenían la obligación de comportarse con coherencia, y una orden de comparecencia lo mismo podía suponer una mala noticia que una buena.

Les cortó el paso un joven a quien Alison no reconoció.

—Qué placer veros, mademoiselle de Guisa —le dijo a Véronique a la vez que la saludaba con una gran reverencia—. Sois un rayo de sol en este castillo lúgubre.

Alison no lo había visto nunca, de lo contrario lo habría recordado, pues se trataba de un joven atractivo cuyo pelo claro formaba ondas, e iba bien vestido, con un jubón verde y dorado. También sus modales resultaban seductores, pero no cabía duda de que sentía más interés por Véronique que por Alison.

—¿Hay algún modo en que pueda serviros, mademoiselle Véronique? —añadió.

—No, gracias —respondió la joven con cierta impaciencia.

Él se volvió hacia Alison e hizo otra reverencia.

—Me honra conoceros, señorita McKay —aseveró—. Soy Pierre Aumande. Tengo el honor de servir al tío de mademoiselle de Guisa, el cardenal Carlos de Lorena.

—¿En serio? —se extrañó Alison—. ¿En calidad de qué?

—Le ayudo con su numerosa correspondencia.

Daba la impresión de que Pierre era un simple secretario, en cuyo caso denotaba una gran ambición por su parte tratar de ganarse las atenciones de Véronique de Guisa. Con todo, a veces la suerte favorecía a los atrevidos, y sin duda que monsieur Aumande lo era.

Alison aprovechó la oportunidad para quitarse de encima a su acompañante.

—No debo hacer esperar a Su Majestad —dijo—. Adiós, Véronique.

Y se escabulló antes de que esta pudiera responder.

Encontró a la reina recostada en un diván, con media docena de gatitos a su lado revolcándose y dando volteretas mientras trataban de alcanzar el extremo de una cinta rosa que Catalina agitaba delante de ellos. La mujer levantó la cabeza y dirigió a Alison una sonrisa cordial, y la muchacha exhaló un quedo suspiro de alivio, puesto que, en apariencia, no estaba metida en ningún lío.

La reina Catalina, que ni siquiera de joven destacaba por su belleza, tenía ya cuarenta años y encima estaba gorda. Sin embargo, le encantaban los atavíos, y ese día llevaba un vestido negro adornado con perlas enormes, extravagante aunque poco favorecedor. Dio unas palmaditas sobre el diván y Alison tomó asiento, dejando en medio a los gatos. La muchacha se sintió complacida ante aquel gesto de confianza. Tomó en brazos a un gatito negro y blanco que empezó lamiendo la joya de su dedo anular para luego mordisquearla con fines exploratorios. Tenía los dientecillos afilados pero la mandíbula demasiado débil para que los mordiscos causaran dolor alguno.

—¿Cómo está la futura novia? —preguntó Catalina.

—Sorprendentemente tranquila —respondió Alison acariciando al gatito—. Un poco nerviosa, pero con ganas de que sea mañana.

—¿Sabe que tendrá que perder la virginidad delante de testigos?

—Lo sabe y le da apuro, pero lo soportará.

Un pensamiento asaltó a Alison al instante: «Suponiendo que Francisco sea capaz», aunque no dijo nada por miedo a ofender a la reina. Sin embargo, la propia Catalina expresó en voz alta su preocupación.

—No sabemos si el pobre Francisco podrá hacerlo.

Alison no dijo nada, puesto que se exponía a adentrarse en un terreno peligroso.

Catalina se inclinó para acercársele y habló con voz baja y tono grave.

—Escúchame bien: pase lo que pase, María debe fingir que el matrimonio se ha consumado.

Alison sintió una profunda gratitud al poder mantener una conversación tan íntima y confidencial con la reina de Francia, pero preveía problemas.

—Tal cosa puede resultar difícil.

—Los testigos no podrán verlo todo.

—Aun así...

Alison vio que el gatito se había dormido en su regazo.

—Francisco debe colocarse encima de María, y montarla o hacer ver que la monta.

Alison se sobresaltó ante las soeces palabras de Catalina, pero se dio cuenta de que el tema era demasiado importante para utilizar eufemismos que pudieran dar lugar a equívocos.

—¿Quién le dirá a Francisco lo que tiene que hacer? —preguntó con tono igual de pragmático.

—Yo lo haré, pero tú debes hablar con María. Ella confía en ti.

Era cierto, y Alison estuvo muy contenta de que la reina lo hubiera notado. Se sentía orgullosa.

—¿Qué debo decirle a María?

—Debe anunciar bien alto que ha perdido la virginidad.

—¿Y si se decide que los médicos la examinen?

—Tomaremos precauciones, por eso te he hecho llamar. —Catalina sacó un pequeño objeto del bolsillo y se lo tendió a Alison—. Mira esto.

Se trataba de una bolsa diminuta confeccionada con algún tipo de piel muy suave. No era más grande que el pulpejo de su dedo pulgar y tenía la boca más estrecha doblada sobre sí misma y atada con una fina cinta de seda.

—¿Qué es?

—La vejiga de un cisne.

Alison se quedó estupefacta.

—Está vacía, pero mañana al caer la tarde te la entregaré llena de sangre —anunció Catalina—. La cinta estará muy bien atada para evitar que la sangre se derrame. María debe esconder la bolsita debajo de su camisón. Después del acto, sea real o figurado, debe retirar la cinta y esparcir la sangre en las sábanas, y luego asegurarse de que todo el mundo lo vea.

Alison asintió. Eso estaba muy bien. Tradicionalmente, las sábanas manchadas de sangre eran la prueba de que una unión se había consumado, de modo que todos sabrían lo que eso significaba y no albergarían más dudas.

De ese modo las mujeres como Catalina ejercían su poder, advirtió Alison con admiración. Actuaban con astucia pero sin que se notara, moviéndose entre bastidores para dirigir los acontecimientos mientras los hombres creían que tenían el control absoluto.

—¿Hará María lo que se le pide? —preguntó Catalina.

—Sí —respondió Alison con seguridad, puesto que a María no le faltaba coraje—. Pero… los testigos podrían ver la bolsita.

—Cuando la haya vaciado, María debe metérsela en sus partes, todo lo dentro que pueda, y dejarla allí hasta que disponga de un momento a solas para deshacerse de ella.

—Espero que no se le salga.

—Seguro que no, te lo digo yo. —Catalina le dirigió una sonrisa forzada—. María no es la primera muchacha que utiliza ese truco.

—De acuerdo.

Catalina tomó el gatito del regazo de Alison y este abrió los ojos.

—¿Te ha quedado todo claro?

Alison se puso en pie.

—Oh, sí, es bastante sencillo. Hace falta tener los nervios bien templados, pero María de eso sabe mucho. No os defraudará.

Catalina sonrió.

—Estupendo. Gracias.

De pronto a Alison la asaltó una idea y frunció el entrecejo.

—La sangre tendrá que ser fresca. ¿Cómo la conseguiréis?

—Aún no lo sé. —Catalina ató la cinta rosa formando un lazo alrededor del cuello del gatito negro y blanco—. Ya se me ocurrirá algo.

II

Pierre eligió el día de la boda real para hablar con el temible padre de Sylvie Palot sobre la idea de desposar a su querida hija.

En París todo el mundo iba bien vestido esa mañana del domingo 24 de abril de 1558. Pierre se atavió con aquel jubón cuyas cuchilladas dejaban ver el forro de seda blanca. Sabía que a Sylvie le gustaba esa indumentaria, puesto que era mucho más elegante que cualquiera de las ropas que lucían las sobrias amistades de sus padres, y sospechaba que formaba parte de los motivos por los cuales la muchacha se sentía atraída por él.

Salió de la universidad situada en el barrio de igual nombre de la margen izquierda del río y se encaminó al norte, hacia la Île de la Cité. En las calles estrechas y abarrotadas se respiraba un ambiente cargado de expectación. Los vendedores de ostras, pan de especias, naranjas y vino habían instalado puestos ambulantes para aprovechar la concurrencia, y un buhonero ofreció a Pierre un folleto con ocho páginas impresas dedicadas a la boda real y una xilografía en la cubierta que teóricamente representaba a la feliz pareja, aunque la imagen guardaba tan solo un parecido aproximado. Mendigos, prostitutas y músicos ambulantes llevaban el mismo camino que Pierre. París estaba exultante con los festejos.

A Pierre le complacía que se celebrara aquella boda. Para la familia de Guisa era un golpe maestro. Los tíos de María, el duque Francisco el Acuchillado y el cardenal Carlos, gozaban ya de un gran poder, pero tenían rivales: los Montmorency y los Borbones, emparentados entre sí, eran sus enemigos. Con todo, la boda serviría para situar a la familia de Guisa por delante de todas las demás. Si las cosas seguían el curso previsto, su sobrina María se convertiría en reina de Francia y entonces los De Guisa pasarían a formar parte de la familia real.

Pierre se moría de ganas de participar de su poder, pero para eso tenía que realizar un gran trabajo para el cardenal Carlos. Ya había recogido los nombres de muchos protestantes de París, algunos de ellos amigos de la familia de Sylvie. Los tenía anotados en un cuaderno con la cubierta de piel negra, un color muy apropiado, puesto que lo más probable era que todos los que allí figuraban acabaran quemados en la hoguera. Sin embargo, lo que Carlos más deseaba era conocer el lugar en el que los protestantes celebraban sus oficios religiosos, y Pierre todavía no había descubierto la dirección de una sola de las iglesias clandestinas.

Empezaba a desesperarse. El cardenal le había pagado por los nombres entregados, pero le había prometido aumentar la suma si le proporcionaba una dirección. Además, no se trataba únicamente de un asunto pecuniario, aunque Pierre siempre andaba falto de dinero. Carlos contaba con otros espías. Pierre no sabía cuántos, pero sí sabía que no quería ser tan solo uno de ellos; tenía que convertirse en el mejor, sin comparación posible. No solo tenía que serle útil al cardenal, tenía que ser imprescindible.

Sylvie y su familia desaparecían todos los domingos por la tarde, sin duda para asistir a algún oficio protestante. Pero, para frustración de Pierre, Gilles Palot no lo había invitado a sumarse a ellos, a pesar de que sus indirectas iban en aumento, de modo que ese día decidió tomar medidas drásticas. Pensaba proponerle matrimonio a Sylvie. Imaginaba que si la familia lo aceptaba como su prometido, tendrían que permitir que los acompañara a la iglesia.

Ya le había hecho la pregunta a Sylvie, y ella estaba dispuesta a casarse con él de un día para otro. Sin embargo, su padre no resultaría tan fácil de engañar. Ese día Pierre hablaría con él, Sylvie estaba de acuerdo. Era un buen día para una proposición matrimonial. La boda real había teñido de romanticismo el ánimo general, y tal vez también hubiera afectado a Gilles.

Pierre no tenía ninguna intención de casarse con Sylvie, desde luego. Una esposa protestante acabaría con su recién estrenada carrera junto a la familia de Guisa. Además, ni siquiera le gustaba la muchacha, era demasiado seria. No; él necesitaba una esposa que lo hiciera ascender en la escala social, y tenía la mirada puesta en Véronique de Guisa, que pertenecía a una oscura rama de la familia y, según suponía, comprendía lo que era tener aspiraciones. Si ese día se comprometía con Sylvie, tendría que estrujarse los sesos para buscar un motivo por el cual pudiera retrasar la boda, pero ya se le ocurriría algo.

En lo más profundo de sus pensamientos, una voz queda pero fastidiosa no dejaba de recordarle que iba a romperle el corazón a una jovencita modélica, lo cual era infame y cruel. Sus anteriores víctimas, como la viuda Bauchene, estaban más o menos pidiendo a gritos que las engañaran, pero Sylvie no había hecho nada para merecer lo que le estaba sucediendo. Tan solo se había enamorado del hombre que Pierre, con gran habilidad, fingía ser.

Aquella voz no lo hizo cambiar de planes. Iba camino de adquirir poder y fortuna entrando por la puerta grande, y no podía permitir que tales nimiedades se interpusieran en sus proyectos. La voz le hizo reparar en lo mucho que había cambiado desde que se marchó de Thonnance-lès-Joinville con destino a París. De hecho, parecía estar convirtiéndose en otra persona. «Espero que así sea —se dijo—. Antes no era más que el hijo bastardo de un párroco de pueblo, pero voy a convertirme en un hombre importante.»

Cruzó el Petit Pont hacia la Île de la Cité, la isla en mitad del Sena donde se alzaba la catedral de Notre-Dame de París. Francisco y María iban a casarse en la plaza situada frente a la fachada occidental de la gran iglesia. Para la ceremonia se había construido un enorme entarimado de tres metros y medio de altura que se extendía a lo ancho de la plaza, desde el palacio arzobispal hasta la puerta de la catedral, a fin de que los parisinos vieran la ceremonia pero no pudieran tocar a la familia real ni a sus invitados. Los espectadores ya empezaban a apiñarse en torno al entarimado para asegurarse un lugar con buenas vistas. Al fondo de la catedral había un dosel cubierto por innumerables metros de ondeante seda azul con motivos bordados de flor de lis para proteger a los novios del sol. Pierre se estremeció al pensar en su gran valor.

Vio sobre el entarimado al Acuchillado, el duque de Guisa, que ese día era el maestro de ceremonias. Daba la impresión de estar discutiendo con algunos caballeros de rango menor que habían acudido temprano para asegurarse un buen lugar, y parecía estar pidiéndoles que cambiaran de sitio. Pierre se acercó al entarimado y saludó al duque Francisco con una gran reverencia, pero este no lo vio.

Entonces el joven se dirigió hacia la hilera de casas situadas al norte de la catedral. La librería de Gilles Palot estaba cerrada con motivo del día del Señor, y la puerta que daba a la calle tenía una vuelta de llave, pero Pierre conocía cómo acceder al taller por la entrada trasera.

Sylvie bajó corriendo las escaleras para recibirlo, lo cual les brindó unos instantes a solas en el silencio de la imprenta. Ella le echó los brazos al cuello y lo besó con la boca abierta.

A Pierre le pareció sorprendentemente difícil fingir una pasión recíproca. Le rodeó la lengua con fuerza y le apretó los senos a través del corpiño de su vestido, pero no sintió la menor excitación.

Ella interrumpió el beso.

—¡Está de buen humor! —exclamó con entusiasmo—. ¡Ven, sube!

Pierre la siguió hasta la vivienda de la planta superior. Gilles y su esposa, Isabelle, se hallaban sentados a la mesa con Guillaume.

Gilles era un toro, todo cuello y espaldas. Parecía capaz de levantar una casa entera. Por comentarios de Sylvie, Pierre sabía que el hombre podía comportarse de modo violento con su familia y con los aprendices. ¿Qué ocurriría si descubriera que él era un espía católico? Intentó no pensar en ello.

Pierre saludó primero a Gilles en reconocimiento a su posición como cabeza de familia.

—Buenos días, monsieur Palot —dijo—. Espero que estéis bien.

Gilles contestó con un gruñido, lo cual no era particularmente ofensivo puesto que así saludaba a todo el mundo.

Isabelle se mostró más receptiva ante los encantos de Pierre. Sonrió cuando él le besó la mano y lo invitó a sentarse. Igual que su hija, Isabelle tenía la nariz recta y la barbilla marcada, unos rasgos que denotaban determinación en su forma de ser. Probablemente la gente la consideraba atractiva, pero no guapa, y Pierre la imaginaba comportándose de modo seductor en los momentos apropiados. Madre e hija tenían una personalidad parecida: resuelta y atrevida.

Guillaume constituía un misterio. El hombre de veinticinco años y tez pálida estaba rodeado de un halo de intensidad. Había acudido a la librería el mismo día que Pierre y de inmediato lo habían guiado hasta la vivienda familiar de la planta superior. Tenía los dedos manchados de tinta, e Isabelle había insinuado que era estudiante, aunque no se relacionaba con ninguno de sus compañeros de la Sorbona y Pierre no lo había visto jamás en clase. No estaba claro si pagaba por el hospedaje o si era un invitado. Durante la conversación con Pierre no soltó prenda, y a este le habría gustado preguntar con más insistencia, pero temía dar la impresión de estar siendo indiscreto y, por tanto, levantar sospechas.

Cuando Pierre entró en la sala reparó en que Guillaume cerraba un libro con un aire de despreocupación que no acababa de resultar convincente. El libro estaba sobre la mesa y Guillaume tenía la mano encima, como para evitar que alguien pudiera abrirlo. Tal vez había estado leyéndolo en voz alta al resto de la familia, y la intuición de Pierre le decía que se trataba de algún ejemplar prohibido de una obra protestante. Hizo como que no se daba cuenta.

Cuando terminó la ronda de saludos intervino Sylvie.

—Pierre tiene que decirte algo, padre.

La muchacha era de lo más directa.

—Bueno, pues adelante, jovenzuelo —lo invitó Gilles.

Pierre detestaba que lo trataran con condescendencia, pero no era el momento de demostrarlo.

—A lo mejor preferís hablar en privado —terció Sylvie.

—No veo por qué —repuso Gilles.

Pierre lo habría preferido, pero respondió con una pose de indiferencia.

—Me parece bien que lo oiga todo el mundo.

—De acuerdo —dijo Gilles, y Guillaume, que ya se estaba poniendo en pie, se sentó de nuevo.

Pierre dijo así:

—Monsieur Palot, os pido humildemente permiso para casarme con Sylvie.

Isabelle soltó un gritito, no de sorpresa, era de suponer, puesto que debía de imaginar que la petición tendría lugar un día u otro. De placer, tal vez. Pierre captó la expresión asombrada de Guillaume y se preguntó si albergaría tal vez algún pensamiento romántico en relación con Sylvie. Gilles simplemente se mostró molesto porque habían perturbado la paz de ese domingo.

Con un suspiro apenas reprimido, el hombre centró sus pensamientos en la tarea que tenía por delante: responder a la petición de Pierre.

—Eres un estudiante —dijo con sorna—. ¿Cómo se te ocurre proponerle matrimonio?

—Comprendo vuestra preocupación —respondió Pierre con afabilidad. No pensaba permitir que la mera tosquedad de aquel hombre lo desviara de su camino, así que empezó a contar mentiras, que era lo que se le daba mejor—: Mi madre posee una pequeña porción de tierra en la Champaña. No tiene más que unas cuantas viñas, pero dan sus buenos arriendos, así que disponemos de ingresos. —La madre de Pierre era el ama de llaves de un párroco rural y estaba sin blanca, de modo que él vivía únicamente de su propio ingenio—. Cuando termine los estudios tengo intención de hacerme abogado, y mi esposa estará bien atendida.

Esa parte se acercaba más a la verdad.

Gilles no hizo ningún comentario a esa respuesta, sino que formuló otra pregunta.

—¿Cuál es tu religión?

—Soy un cristiano que busca la luz espiritual.

Pierre había previsto que Gilles le haría preguntas y, en consecuencia, había preparado las oportunas respuestas falsas. Esperaba que no resultaran demasiado artificiosas.

—Háblame de esa luz que buscas.

Era una pregunta hábil. No bastaba con que Pierre se declarara protestante, pues no había pertenecido nunca a una congregación; sin embargo, tenía que dejar claro que estaba dispuesto a convertirse.

—Me preocupan dos cosas —empezó a decir, tratando de parecer turbado de veras—. La primera es la misa. Hemos aprendido que el pan y el vino son el cuerpo y la sangre de Cristo, pero no lo parecen en absoluto, ni huelen ni saben como ellos. ¿Qué clase de transformación es esa? A mí me suena a filosofía falsa.

Pierre había oído esos argumentos de boca de compañeros de estudios que se inclinaban por el protestantismo. Personalmente, le parecía incomprensible que los hombres se enzarzaran en discusiones por cuestiones tan abstractas.

Gilles, sin duda, estaba completamente de acuerdo con el razonamiento, pero no lo dijo.

—¿Cuál es la segunda?

—Esa costumbre, tan común entre los sacerdotes, de quedarse con los diezmos aportados por campesinos pobres y emplear el dinero en una vida llena de lujos sin molestarse en cumplir con ninguna de sus sagradas obligaciones.

Era algo de lo que incluso los católicos más devotos se quejaban.

—Podrían encerrarte en prisión por decir esas cosas. ¿Cómo te atreves a proferir herejías en mi casa? —Gilles fingía muy mal su indignación, pero no por ello resultaba menos amenazador.

—No finjas, padre —dijo Sylvie con arrojo—. Él ya sabe lo que somos.

Gilles la miró enfadado.

—¿Se lo has dicho tú? —replicó apretando su puño rollizo.

—No me lo ha dicho ella, lo sé porque salta a la vista —se apresuró a aclarar Pierre.

Gilles se ruborizó.

—¿Cómo que salta a la vista?

—Cualquiera que eche un vistazo a vuestra casa notará que faltan muchas cosas. No hay ningún crucifijo colgado sobre la cama, ninguna hornacina junto a la puerta con una imagen de la Virgen, ningún cuadro de la Sagrada Familia encima de la repisa de la chimenea. Vuestra esposa no luce perlas cosidas en la tela de su mejor vestido, a pesar de que podéis permitiros adquirir unas cuantas. Vuestra hija lleva un abrigo marrón. —Entonces, con un movimiento ágil, arrebató el libro de debajo de la mano de Guillaume y, abriéndolo, prosiguió—: Y leéis el Evangelio de San Mateo en francés un domingo por la mañana.

Guillaume habló por primera vez.

—¿Vas a denunciarnos?

Parecía asustado.

—No, Guillaume. Si esa fuera mi intención, habría acudido aquí acompañado por agentes de la guardia de la ciudad. —Pierre posó la mirada en Gilles—. Quiero unirme a vosotros, quiero ser protestante. Y quiero casarme con Sylvie.

—Por favor, di que sí, padre —le pidió Sylvie a su progenitor, y se arrodilló frente a él—. Pierre me ama y yo lo amo. Juntos seremos muy felices. Y se sumará a nosotros en la misión de divulgar el verdadero Evangelio.

Gilles dejó de apretar el puño y su rostro recobró el color habitual.

—¿Lo harás? —le preguntó a Pierre.

—Sí —dijo este—. Si me lo permitís.

Gilles miró a su esposa, e Isabelle respondió con un gesto de asentimiento apenas perceptible. Pierre sospechaba que era ella quien ejercía el auténtico poder en la familia a pesar de las apariencias. Gilles sonrió —cosa rarísima en él— y se dirigió a Sylvie.

—Muy bien. Cásate con Pierre y que Dios bendiga vuestra unión.

Sylvie se puso en pie de un salto, abrazó a su padre y, sin pensarlo dos veces, besó a Pierre con entusiasmo. Por pura casualidad, en ese momento se oyeron vítores procedentes de la multitud reunida frente a la catedral.

—Parece que aprueban nuestro compromiso —dijo Pierre, y todos se echaron a reír.

Se acercaron a las ventanas que daban a la plaza. El cortejo nupcial avanzaba por el entarimado, guiado por una compañía de soldados conocidos con el nombre de los Cien Suizos, fáciles de identificar por las mangas de rayas y el morrión con plumas. Mientras Pierre los observaba, apareció un numeroso grupo de músicos que tocaban la flauta y el tambor, y luego, los caballeros de la corte, todos ataviados con prendas nuevas: una explosión de rojo, dorado, azul brillante, amarillo y lavanda.

—¡Es como si tocaran para nosotros, Pierre! —exclamó Sylvie, entusiasmada.

La multitud fue guardando silencio y agachó la cabeza cuando aparecieron los obispos, que portaban crucifijos con incrustaciones de gemas y reliquias sagradas en el interior de bellísimos relicarios de oro. Pierre divisó al cardenal Carlos con sus vestiduras púrpura, que sostenía un cáliz de oro decorado con piedras preciosas.

Por fin llegó el novio. Francisco, de catorce años, parecía aterrado. Se le veía débil y flaco, y ni siquiera la gran cantidad de joyas de su parlota y su manto le conferían una apariencia regia. Junto a él estaba el rey Antonio de Navarra, cabeza de los Borbones, enemigos de la familia de Guisa. Pierre imaginó que alguien —tal vez la reina Catalina, que siempre obraba con prudencia— había concedido a Antonio ese lugar privilegiado para equilibrar el peso de la familia de Guisa, que amenazaba con dominar la ceremonia.

En ese momento los espectadores se pusieron como locos por ver al rey en persona, Enrique II, y a su heroico guerrero, el duque Francisco el Acuchillado, que avanzaban a derecha e izquierda de la novia, respectivamente.

María iba vestida de un blanco inmaculado.

—¿De blanco? —se extrañó Isabelle, que, situada detrás de Pierre, asomaba la cabeza por encima del hombro de este. El blanco era el color del luto—. ¡¿Va de blanco?!

III

Alison McKay estaba en contra de que el vestido de novia fuera blanco, puesto que ese era el color que, en Francia, simbolizaba el luto. Temía que la gente se escandalizara. Además, hacía que María Estuardo pareciera aún más pálida de lo habitual. Sin embargo, la reina de los escoceses era muy tozuda y se aferraba a sus ideas como cualquier muchacha de quince años, sobre todo por lo que respectaba a las prendas de vestir. Quería ir de blanco y no estaba dispuesta siquiera a que le plantearan otras opciones.

La cuestión es que la cosa funcionó. La seda tenía una apariencia reluciente gracias a la pureza de la virginal María. Sobre el vestido llevaba un manto de terciopelo de un tono plomizo pálido que, bajo el sol del mes de abril, brillaba como la superficie del río que bordeaba la catedral. La cola, del mismo tejido, pesaba lo suyo. Alison lo sabía bien, puesto que era una de las dos damas que la sostenían.

María llevaba una pequeña corona de oro con incrustaciones de diamantes, perlas, rubíes y zafiros. Alison suponía que debía de estar impaciente por quitarse aquel peso de la cabeza. En el cuello, María lucía un enorme colgante que había bautizado con el nombre de «Great Harry» porque era un obsequio del rey Enrique.

Con su cabello pelirrojo y su piel blanca, María parecía un ángel, y el pueblo la adoraba. Al caminar del brazo del rey por la plataforma elevada, el rugido de aprobación avanzó cual lenta oleada por las concentradas hileras de espectadores, al compás de los pasos de la novia.

Alison era una figura menor en aquella constelación de personajes de la realeza y la nobleza, pero gozaba del halo de gloria de su mejor amiga. María y Alison habían compartido confidencias y soñaban con sus respectivas bodas desde que esta podía recordar. Sin embargo, la presente ceremonia eclipsaba cualquiera de las que habían imaginado. Daba sentido por sí sola a la existencia de María. Alison se alegraba mucho por su amiga y por sí misma.

Llegaron a la tarima cubierta con un dosel donde estaba esperando el novio.

Una vez situados el uno al lado del otro, saltaba a la vista que la novia le sacaba más de un palmo de altura al novio, cosa que resultaba cómica, y desató risas y abucheos por parte de ciertos elementos subversivos que se encontraban entre la multitud. Entonces la pareja se arrodilló frente al arzobispo de Ruán y la imagen pasó a ser menos hilarante.

El rey tomó el anillo que llevaba puesto y lo entregó al arzobispo, con lo cual empezó la ceremonia.

María pronunció las respuestas en voz alta y clara, mientras que Francisco habló en voz baja para que la multitud no se echara a reír ante su tartamudeo.

A Alison le vino a la cabeza, como un destello en sus recuerdos, que María iba vestida de blanco la primera vez que se vieron. Tanto el padre como la madre de Alison habían muerto a causa de la peste, y esta vivía en la fría casa de su tía Janice, una viuda amiga de la madre de María, María de Guisa. Como deferencia, a la huérfana la llevaban a jugar con la reina de Escocia, que a la sazón tenía cuatro años. La habitación de María era un lugar donde ardía un buen fuego y había suaves y esponjosos cojines y bonitos juguetes, y mientras estaba allí Alison conseguía olvidar que no tenía madre.

Sus visitas se hicieron frecuentes. La pequeña María admiraba a su amiga de seis años y Alison agradecía que la rescataran del ambiente sombrío que reinaba en casa de la tía Janice. Tras un año feliz, les comunicaron que María se marchaba a vivir a Francia. A Alison se le partió el corazón, pero María, haciendo honor a la mujer autoritaria en que llegaría a convertirse, cogió un berrinche e insistió en que Alison debía acompañarla en su viaje a Francia, y al final logró salirse con la suya.

Habían compartido una litera durante la agitada travesía por mar, y de noche se abrazaban la una a la otra para estar más cómodas, cosa que seguían haciendo siempre que se sentían inquietas o asustadas. Aguardaban cogidas de la mano mientras les presentaban a decenas de ciudadanos franceses con sus vestidos de vivos colores, que se reían de ellas por hablar en aquel dialecto escocés de sonidos guturales. Todo resultaba terriblemente extraño, y a Alison, por ser más mayor, le tocó cuidar de María, ayudándola a aprender las desconocidas palabras en francés y los modales refinados de la corte, y consolándola cuando lloraba por las noches. Alison sabía que ninguna de las dos olvidaría jamás la devoción que habían sentido la una por la otra siendo niñas.

La ceremonia terminó. Por fin a María le colocaron el anillo de oro en el dedo y los novios fueron declarados marido y mujer, tras lo cual estalló una ovación.

En ese momento, dos heraldos reales que llevaban sendas bolsas de piel empezaron a arrojar puñados de monedas a la multitud, y esta prorrumpió en gritos de aprobación. Los hombres saltaban para alcanzar las monedas y luego, al caer, palpaban el suelo buscando las que se les habían escapado. En otras zonas de la plaza, los ciudadanos se disputaban a gritos su reparto. Hubo peleas. A los que estaban por el suelo los pisoteaban, y los que estaban de pie acababan aplastados. Los heridos chillaban de dolor. A Alison le resultaba desagradable, pero muchos de los invitados a la boda real reían a carcajadas mientras los plebeyos luchaban encarnizadamente por cuatro monedas. Lo consideraban más divertido que el lanceo de toros. Los heraldos siguieron arrojando monedas hasta que las bolsas quedaron vacías.

El arzobispo encabezó la entrada en la catedral para celebrar la misa nupcial, seguido de los recién casados: poco más que dos niños atrapados en un matrimonio que suponía un completo desastre para ambos. Alison los siguió, sosteniendo todavía la cola del vestido. Cuando abandonaron la luz del sol para entrar en la fría penumbra de la gran iglesia, se le ocurrió pensar que los niños de la realeza gozaban de todas las cosas buenas de la vida excepto de la libertad.

IV

Sylvie aferraba el brazo de Pierre con gesto posesivo cuando se dirigían hacia el sur cruzando el Petit Pont. Por fin aquel muchacho le pertenecía, e iría cogida de su brazo para siempre. Era inteligente, tanto como su padre, y mucho más simpático. Además, era increíblemente guapo, con su cabello abundante, sus ojos avellana y su encantadora sonrisa. Le gustaban incluso sus prendas, aunque albergaba sentimientos de culpa al dejarse seducir por el tipo de indumentaria llamativa que los protestantes repudiaban.

Por encima de todo, lo amaba porque se tomaba tan en serio como ella el verdadero Evangelio. Había llegado por sí solo a cuestionarse las peligrosas enseñanzas de los sacerdotes católicos. Tan solo había hecho falta que lo guiara un poquito para dar con el camino de la verdad. Y estaba dispuesto a arriesgar la vida por acompañarla a una de las iglesias protestantes clandestinas.

La boda real había concluido, la multitud se había dispersado y la familia Palot, que incluía a Pierre Aumande, se dirigía a aquella iglesia suya, una iglesia protestante.

Desde que se había prometido, Sylvie descubrió que la asaltaban nuevas preocupaciones. ¿Qué sentiría al yacer con Pierre? Su madre le había explicado años atrás, cuando empezó con los ciclos menstruales, lo que los hombres y las mujeres hacían en el lecho conyugal. Sin embargo, Isabelle se había mostrado evasiva, algo impropio de ella, respecto a qué era lo que se sentía exactamente. Sylvie tenía muchas ganas de descubrirlo, de que las manos de Pierre cubrieran todo su cuerpo desnudo, de sentir su peso sobre ella, de ver cómo eran sus partes íntimas.

Se había ganado su amor, pero ¿sería capaz de conservarlo durante una vida entera? Isabelle decía que Gilles nunca había flirteado con otras mujeres, pero algunos maridos sí perdían el interés por sus esposas al cabo de un tiempo, y Pierre siempre sería un hombre atractivo. Sylvie tendría que esforzarse mucho para conseguir tenerlo igual de embelesado en el futuro. La fe les ayudaría, sobre todo porque trabajarían codo con codo para divulgar el Evangelio.

¿Cuándo se casarían? Ella deseaba hacerlo cuanto antes. Pierre había comentado que quería traer a su madre de la Champaña para la ceremonia si se encontraba con ánimos para viajar. Había dejado las cosas un poco en el aire, y Sylvie no se atrevía a presionarlo porque la avergonzaba estar tan impaciente.

Isabelle se mostró encantada con la promesa de matrimonio, y Sylvie tenía la sensación de que a su madre no le habría importado ser ella quien desposara a Pierre. No lo pensaba en serio, claro, pero aun así…

Su padre se sentía más complacido de lo que estaba dispuesto a demostrar, según imaginaba Sylvie. Se le veía relajado y de buen humor, lo cual era lo más cerca de la felicidad que había estado jamás.

Guillaume, por su parte, tenía un humor avinagrado, y Sylvie se dio cuenta de que, seguramente, se sentía atraído por ella. Tal vez en secreto hubiera alimentado la idea de proponerle matrimonio. Pues ya era demasiado tarde. Quizá si no hubiera llegado a conocer a Pierre le gustaría Guillaume, un hombre inteligente y serio. Sin embargo, él jamás la habría mirado de esa forma que provocaba en ella la sensación de que le daba vueltas la cabeza, y que debía sentarse de tanto como le flaqueaban las piernas.

Lo que más le gustaba era lo contento que estaba Pierre esa mañana. Caminaba con brío, sonreía todo el tiempo y la hacía reír con sus comentarios irónicos sobre la gente y los edificios que veían al cruzar el barrio universitario por la rue Saint-Jacques. Era evidente que estaba encantado de ser su prometido.

Sylvie también sabía que se alegraba mucho de que finalmente lo hubieran invitado a un oficio protestante. Más de una vez le había preguntado dónde estaba la iglesia, y se le veía dolido cuando ella le respondía que no estaba autorizada a decírselo. Por fin se desvelaría el secreto.

La muchacha estaba impaciente por que la vieran en su compañía. Se sentía orgullosa de él y tenía muchas ganas de presentárselo a todo el mundo. Seguro que les caía bien, y esperaba que el sentimiento fuera mutuo.

Cruzaron la puerta de Saint-Jacques y salieron a los barrios periféricos, donde abandonaron la vía principal y tomaron un camino apenas perceptible que se adentraba en un bosque. A unos cien metros, en un punto que no alcanzaba a verse desde la vía principal, se apostaban dos hombres corpulentos con aspecto de guardias, aunque no llevaban armas. Gilles los saludó con una inclinación de cabeza y luego señaló a Pierre con el dedo pulgar.

—Nos acompaña —dijo, y el grupo pasó junto a los guardias sin detenerse.

—¿Quiénes son esos hombres? —le preguntó Pierre a Sylvie.

—Cierran el paso a todo aquel a quien no conocen —le explicó ella—. Si por casualidad alguien llega paseando hasta aquí, le dicen que el bosque es privado.

—¿Y de quién es?

—Pertenece al marqués de Nimes.

—¿Forma parte de la congregación?

Sylvie vaciló, pero pensó que podía decírselo. No más secretos.

—Sí.

La muchacha era consciente de que había muchos protestantes aristócratas, y cabía la posibilidad de que acabaran condenados a morir en la hoguera, igual que cualquier otra persona. Sin embargo, tanto en el caso de la herejía como en el de cualquier otro delito, los nobles tenían más oportunidades de librarse del castigo gracias a la intervención de sus poderosos amigos.

El pequeño grupo llegó hasta lo que parecía un pabellón de caza abandonado. Las ventanas de la planta baja estaban cerradas con postigos y los hierbajos que proliferaban alrededor de la puerta principal demostraban que no se había abierto durante años.

Sylvie sabía que en algunas poblaciones francesas donde los protestantes eran mayoría se habían tomado iglesias de verdad y se celebraban los oficios abiertamente, si bien estaban protegidas por guardias armados. Pero en París no ocurría así. La capital era un baluarte del catolicismo y estaba llena de personas que se ganaban la vida sirviendo a la Iglesia y a la monarquía. Allí odiaban a los protestantes.

Rodearon el edificio hasta una pequeña puerta lateral y entraron en un amplio vestíbulo donde reinaban el silencio y la penumbra, aunque Sylvie imaginaba que en otros tiempos se habrían servido espléndidos platos de caza. Había sillas y bancos dispuestos en hileras frente a una mesa cubierta con una tela blanca. Un centenar de personas estaban presentes. Como siempre, había una sencilla bandeja de loza con pan y una jarra con vino.

Gilles e Isabelle tomaron asiento, y Sylvie y Pierre los siguieron. Guillaume ocupó una silla de cara a la congregación.

—¿De modo que Guillaume es sacerdote?

—Pastor —lo corrigió Sylvie—, pero está de paso. Habitualmente es Bernard quien dirige el oficio.

Señaló a un hombre alto de unos cincuenta años con aspecto solemne cuyo pelo gris ya clareaba.

—¿El marqués está aquí?

Sylvie miró alrededor y divisó la figura corpulenta del marqués de Nimes.

—En la primera fila —musitó—. El del cuello blanco y grande.

—¿Esa es su hija, la que lleva el tocado y la capa verde oscuro?

—No, es la marquesa, Louise.

—Qué joven.

—Tiene veinte años, es su segunda esposa.

La familia Mauriac estaba presente: Luc, Jeanne y su hijo, Georges, el pretendiente de Sylvie. La muchacha reparó en que Georges miraba a Pierre con sorpresa y envidia, y por su expresión dedujo que sabía que no podía competir con él. Se permitió gozar de unos instantes de orgullo pecaminoso. Pierre despertaba su deseo mucho más que Georges.

Empezaron por cantar un salmo.

—¿No hay coro? —susurró Pierre.

—El coro somos nosotros.

A Sylvie le encantaba poder cantar himnos en francés a voz en cuello. Constituía una de las mayores satisfacciones de ser una seguidora del verdadero Evangelio. En las iglesias normales se sentía como una espectadora que asistía a una representación, pero allí participaba de forma activa.

—Tienes una voz muy bonita —la alabó Pierre.

Era cierto y Sylvie lo sabía. De hecho, lo hacía tan bien que con frecuencia corría peligro de pecar de orgullo.

A continuación vinieron las plegarias y las lecturas de la Biblia, todas en francés, y luego la comunión. Allí el pan y el vino no eran el cuerpo y la sangre de Cristo, solo eran unos símbolos, lo cual resultaba mucho más sensato. Por fin Guillaume recitó un sermón vehemente sobre la maldad del papa Pablo IV. A sus ochenta y un años, Pablo era un conservador intransigente que había fortalecido la Inquisición y había obligado a los judíos de Roma a llevar un gorro amarillo. Lo odiaban tanto los católicos como los protestantes.

Cuando hubo terminado el oficio se formó una especie de círculo con las sillas y empezó una reunión de otro cariz.

—En esta parte final, intercambiamos noticias y comentamos todo tipo de cosas —le explicó Sylvie a Pierre—. A las mujeres se nos permite hablar.

El primero en hablar fue Guillaume, quien anunció algo que sorprendió a Sylvie y a todos los demás: se marchaba de París.

Estaba contento, dijo, de haber podido ayudar al pastor Bernard y a los más ancianos a reestructurar la congregación según las directrices que había establecido Juan Calvino en Ginebra. La notable difusión del protestantismo en Francia durante los últimos años se debía, en parte, a la estricta organización y disciplina de las comunidades calvinistas tales como la del barrio parisino de Saint-Jacques. Guillaume se sentía especialmente emocionado de que hubieran tenido la confianza de plantearse celebrar al año siguiente el primer sínodo protestante del país.

Sin embargo, era misionero y otras congregaciones lo necesitaban. Se marcharía al domingo siguiente.

No esperaban que se quedara con ellos para siempre, pero la noticia los cogió de improviso. Guillaume no había mencionado su marcha hasta ese momento, y Sylvie no podía evitar plantearse que aquella decisión repentina podía deberse a su compromiso con Pierre, aunque se dijo que era peligroso el modo en que se estaba decantando hacia la vanidad y rezó una breve plegaria pidiendo ser más humilde.

Luc Mauriac apuntó una cuestión conflictiva:

—Siento que nos dejéis tan pronto, Guillaume, porque hay un tema importante que aún no hemos tratado: la herejía dentro de nuestro movimiento. —Luc mostraba la pose belicosa típica de los hombres de baja estatura, pero en realidad abogaba por la tolerancia—. Muchos de los que pertenecemos a esta congregación nos quedamos perplejos cuando Calvino ordenó que quemaran en la hoguera a Miguel Servet.

Sylvie sabía de lo que estaba hablando, igual que todos los allí reunidos. Servet era un intelectual protestante que había chocado con Calvino en relación con la doctrina de la Santísima Trinidad. Lo habían ejecutado en Ginebra para consternación de algunos protestantes como Luc Mauriac, quien había creído que solo los católicos mataban a aquellos que contravenían los preceptos de su Iglesia.

—Eso ocurrió hace cinco años —repuso Guillaume con impaciencia.

—Pero la cuestión sigue sin haberse resuelto.

Sylvie asintió enérgicamente. Aquella polémica le hacía hervir la sangre. Puesto que los protestantes exigían tolerancia por parte de reyes y obispos contrarios a su doctrina, ¿cómo podían perseguir a otros? No obstante, había muchos que deseaban comportarse con tanta crueldad como los católicos, desde luego.

Guillaume agitó la mano en señal disuasoria.

—Dentro de nuestro movimiento debe haber disciplina.

Era evidente que no quería entablar aquella discusión. Su tono vago enfureció a Sylvie.

—Pero no debemos matarnos los unos a los otros —dijo en voz alta. La muchacha no solía hablar durante la reunión al final del oficio. Aunque en ella las mujeres tenían voz, no se animaba a las más jóvenes a expresar su opinión. Con todo, Sylvie era casi una mujer casada y, de todos modos, no era capaz de guardar silencio ante aquella cuestión—. Cuando Servet luchó mediante la argumentación y la escritura, se le debería haber repudiado con la argumentación y la escritura, ¡no con la violencia!

Luc Mauriac asintió con entusiasmo, contento de recibir un apoyo tan vehemente, a pesar de que algunas de las mujeres de más edad parecían reprobarlo. Sin embargo, Guillaume respondió a su réplica con desdén:

—Esas palabras no son tuyas, estás citando a Castellion, otro hereje.

Tenía razón; Sylvie estaba repitiendo una frase de un panfleto de Sebastián Castellion titulado «¿Debe perseguirse a los herejes?», pero también tenía otros recursos. Había leído los libros impresos por su padre y sabía tanto como Guillaume sobre las obras de los teólogos protestantes.

—Citaré a Calvino si lo preferís —dijo—. Él escribió lo siguiente: «Es impropio del cristianismo utilizar las armas contra aquellos que han sido expulsados de la Iglesia». Por supuesto, eso fue cuando lo perseguían a él por hereje.

Observó gestos de censura por parte de varias personas y se dio cuenta de que había ido un poco lejos al insinuar que el gran Juan Calvino había actuado con hipocresía.

—Eres demasiado joven para entenderlo —dijo Guillaume.

—¡¿Demasiado joven?! —se indignó Sylvie—. ¡Jamás habéis dicho que fuera demasiado joven para arriesgar la vida vendiendo ejemplares de los libros que traéis de Ginebra!

Varias personas hablaron a la vez y el pastor Bernard se puso en pie para apelar a la calma.

—Esta es una cuestión que no vamos a resolver en una sola tarde —dijo—. Pidámosle a Guillaume que traslade nuestras inquietudes a Juan Calvino cuando regrese a Ginebra.

Luc Mauriac no estaba satisfecho.

—Pero ¿nos responderá Calvino?

—Por supuesto que lo hará —dijo Bernard sin dar ningún motivo por el cual estaba tan confiado—. Y ahora vamos a poner fin a la reunión con una última plegaria.

Cerró los ojos, inclinó el rostro en dirección al cielo y empezó a rezar de manera improvisada.

En la quietud, Sylvie se tranquilizó. Recordó cuánto había deseado presentar a Pierre a todo el mundo, y se oyó pronunciar las palabras «mi prometido».

Después del último «amén», los miembros de la congregación empezaron a hablar unos con otros y Sylvie guio a Pierre por la sala. Rebosaba de orgullo por tener un novio tan atractivo y se esforzó mucho por no sentirse demasiado pagada de sí misma. Sin embargo, le resultaba difícil puesto que se sentía muy muy feliz.

Pierre se mostró tan encantador como siempre. Hablaba con respeto a los hombres, flirteaba de modo inocente con las mujeres de edad y dejaba encandiladas a las jovencitas. Prestaba mucha atención siempre que Sylvie le presentaba a alguien, se concentraba en recordar todos los nombres y mostraba su cortesía poniendo interés en la información sobre dónde vivían y qué oficio desempeñaban. A los protestantes siempre les complacía contar con un nuevo converso e hicieron que Pierre se sintiera acogido.

La cosa se torció cuando Sylvie le presentó a Louise, la marquesa de Nimes, hija de un próspero mercader de vinos de la Champaña. Era atractiva, de busto prominente, con lo que seguramente había conseguido captar la atención del marqués de mediana edad. Se trataba de una muchacha estirada y tenía unos modales altaneros que, según imaginó Sylvie, había adquirido porque no procedía de cuna aristocrática y se sentía insegura en su papel de marquesa. No obstante, cuando la contrariaban sabía responder con un sarcasmo mordaz.

Pierre cometió el error de tratarla afablemente como a una compatriota.

—Yo también soy de la Champaña —dijo, y añadió sonriendo—: Soy un provinciano en la ciudad, igual que vos.

No lo había dicho de modo despectivo, por supuesto. Ni a él ni a Louise les faltaba sofisticación. Había querido hacer un comentario jocoso, pero había elegido un tema equivocado. Él no podía saberlo, pero Sylvie comprendía que el mayor miedo de Louise consistía en llamar la atención por ser considerada una provinciana.

Su reacción fue instantánea. Palideció y su rostro se heló en una expresión de desdén. Echó hacia atrás la cabeza como si percibiera algún hedor y levantó mucho la voz para que las personas cercanas pudieran oírla.

—Incluso en la Champaña deberían enseñar a un hombre a mostrarse respetuoso con sus superiores —repuso con frialdad.

Pierre se ruborizó, y Louise se volvió y empezó a hablar en voz baja con otra persona, dándoles la espalda a él y a Sylvie.

Sylvie se sintió muy avergonzada. La marquesa se había enfrentado a su prometido, y estaba segura de que jamás cambiaría de actitud. Aún peor: muchas personas de la congregación la habían oído y antes de que la sala quedara vacía lo sabría todo el mundo, por lo que temía que no llegaran a aceptar a Pierre. Se le cayó el alma a los pies.

Entonces miró a Pierre y vio en él una expresión que nunca había observado. Su boca formaba una mueca de rencor y el odio llameaba en sus ojos. Daba la impresión de que habría sido capaz de matar a Louise.

«Dios mío —pensó Sylvie—, espero que a mí jamás me mire de ese modo.»

V

A la hora de acostarse, Alison estaba exhausta. Sin duda María se sentía igual que ella, pero aún le esperaba la prueba más dura.

Los festejos habían sido espléndidos incluso para los estándares de la realeza de París. Después de la boda se celebró un banquete en el palacio arzobispal, seguido de un baile. Luego el cortejo nupcial en pleno se trasladó al Palais de la Cité, en un viaje corto que duró horas a causa de la muchedumbre, para participar en un baile de disfraces con atracciones especiales entre las que se incluían doce caballos mecánicos para que los niños de la familia real montaran en ellos. Al final se ofreció una cena de bufet en la que había más platos distintos de repostería de los que Alison había visto juntos jamás. Y por fin todo quedó en calma y solo faltaba una última ceremonia que realizar.

Alison compadecía a María por tener que cumplir con aquel último deber. La idea de yacer con Francisco como marido y mujer resultaba tan desagradable como hacerlo con un hermano. Y si las cosas salían mal, sería un escándalo público del que se hablaría en todas y cada una de las ciudades de Europa. María se moriría, y Alison temía pensar que su amiga podía sufrir una humillación semejante.

Los miembros de la realeza debían cargar con aquel peso, y ella lo sabía, formaba parte del precio que tenían que pagar por vivir una vida de privilegios. Y María tendría que pasar por ello sin la compañía de su madre. María de Guisa gobernaba Escocia en lugar de su hija y no podía arriesgarse a salir del país, ni siquiera con motivo de su boda, tal era el escaso poder de la monarquía católica sobre los beligerantes y rebeldes escoceses. A veces Alison se preguntaba si no se viviría mejor gozando de la libertad de ser la hija de un panadero y pudiendo andar por los soportales arrimándose a un fogoso aprendiz.

Alison no era más que una de las damas de la corte reunidas para asear y vestir a la novia con motivo de su desfloración. Sin embargo, necesitaba disponer de un minuto a solas con la joven esposa antes del gran momento.

Desvistieron a María, que estaba nerviosa y temblaba, aunque se la veía muy bella: alta, esbelta y pálida, con unos pequeños pechos perfectos y unas piernas largas. Las mujeres la lavaron con agua templada, le afeitaron el vello púbico de color claro y la empaparon de perfume. Por fin la ayudaron a vestirse con un camisón bordado con hilo de oro. Se puso unas zapatillas de raso, un gorro de dormir de encaje y una capa ligera de lana fina para guardar el calor al pasar del vestidor a la cámara.

Estaba a punto, pero ninguna de las mujeres parecía tener intención de retirarse, de modo que Alison tuvo que hablarle con voz susurrante.

—Diles que esperen fuera, es muy importante que hable contigo a solas.

—¿Por qué?

—¡Confía en mí, por favor!

María le hizo caso.

—Gracias a todas, *mes dames* —dijo—. Ahora, por favor, dejadme unos minutos a solas con Alison mientras me preparo mentalmente para el gran momento.

Las mujeres parecían resentidas; la mayoría ostentaban un rango superior al de Alison, pero ninguna podía negarse ante tal petición por parte de la novia, así que, aunque a regañadientes, abandonaron la sala.

Por fin las dos amigas se quedaron a solas, y Alison habló con el mismo lenguaje directo que había empleado Catalina.

—Si Francisco no te monta, el matrimonio no se consumará, y eso significa que podrían considerarlo nulo.

María lo comprendió.

—Y si eso ocurre, nunca llegaré a ser la reina de Francia.

—Exacto.

—¡Pero no sé si Francisco será capaz! —María parecía consternada.

—Nadie lo sabe —dijo Alison—. Por eso, pase lo que pase esta noche, tienes que fingir que sí que lo ha hecho.

María asintió y su rostro adoptó aquella expresión decidida que era uno de los motivos por los que Alison la adoraba.

—De acuerdo, pero ¿me creerán?

—Sí, si sigues los consejos de la reina Catalina.

—¿Por eso te hizo llamar ayer?

—Sí. Dice que debes asegurarte de que Francisco yace encima de ti y por lo menos finge estar montándote.

—Eso puedo hacerlo, pero tal vez no baste para convencer a los testigos.

Alison introdujo la mano en su vestido y sacó lo que llevaba allí escondido.

—La reina me dio esto para ti —dijo—. Tu camisón tiene un bolsillo donde puedes guardártelo.

—¿Qué tiene dentro?

—Sangre.

—¿De quién?

—No lo sé —confesó Alison, aunque lo imaginaba—. Da igual de dónde provenga, lo importante es adónde irá a parar: a las sábanas del lecho nupcial. —Le mostró a María la cinta que cerraba el cuello de la bolsita—. Si tiras de aquí, se deshará el nudo.

—Y todos creerán que he perdido la virginidad.

—Pero nadie debe ver la bolsa, así que métetela dentro de inmediato y déjala ahí hasta que haya pasado el momento.

María puso cara de horror y repugnancia, pero solo durante un breve instante, porque su naturaleza animosa se hizo cargo de la situación enseguida.

—De acuerdo —dijo, y a Alison le entraron ganas de chillar de alegría.

Llamaron a la puerta y se oyó la voz de una mujer.

—El príncipe Francisco está listo para vos, reina María.

—Una cosa más —dijo Alison en voz baja—. Si Francisco falla, no debes contarle nunca a nadie la verdad, ni a tu madre, ni a tu confesor, ni siquiera a mí. Di siempre, con una sonrisa tímida, que Francisco hizo lo que debe hacer un hombre recién desposado y que cumplió a la perfección.

María asintió despacio.

—Sí —dijo con aire pensativo—, tienes razón. La única forma segura de guardar un secreto es el silencio eterno.

Alison abrazó a María.

—No te preocupes —dijo—, Francisco hará todo lo que le pidas. Te adora.

María se serenó.

—Vamos.

Rodeada por la comitiva de sus damas, María bajó despacio las escaleras que conducían a la planta principal. Tenía que cruzar la gran sala de guardia de los mercenarios suizos y luego la antecámara del rey ante las miradas de todos aquellos frente a los que pasaba hasta llegar a los aposentos del lecho real.

En mitad de la habitación había una cama con dosel cubierta tan solo por finas sábanas blancas. En cada esquina había unas gruesas colgaduras de brocado y cortinas de encaje atadas al poste. Francisco permanecía de pie, esperando, vestido con un hermoso batín bajo el cual lucía una camisa de dormir de batista; el gorro de dormir le quedaba demasiado grande y le daba un aspecto infantil.

En distintos lugares de la estancia había unos quince hombres y unas cuantas mujeres, ya fuera sentados o de pie. Los tíos de María, el duque Francisco y el cardenal Carlos, estaban presentes, además del rey y la reina y una selección de cortesanos y sacerdotes de alcurnia.

Alison no imaginaba que fuese a haber tanta gente.

Hablaban en voz baja, pero guardaron silencio al ver a María, quien se detuvo antes de tomar la palabra.

—¿Van a correr las cortinas? —preguntó.

Alison sacudió la cabeza.

—Solo las de encaje —dijo—. Debe haber testigos de que se consuma el acto.

María tragó saliva y a continuación avanzó con valentía. Tomó la mano de Francisco, que parecía asustado, y sonrió con aire alentador.

Se despojó de las zapatillas y dejó que su capa cayera al suelo. Allí de pie, cubierta tan solo con el camisón de tela fina enfrente de todas aquellas personas, vestidas de pies a cabeza, a Alison le pareció la víctima de un sacrificio.

Francisco parecía estar paralizado. María lo ayudó a despojarse del batín y luego lo guio hasta la cama. Los dos jóvenes se colocaron sobre el alto colchón y se taparon con la única sábana que lo cubría.

Alison corrió las cortinas de encaje, que tan solo les aportaban una intimidad simbólica. Se les veía la cabeza, y la silueta del cuerpo se distinguía con claridad bajo la sábana.

Alison apenas podía respirar mientras los observaba. María se arrimó a Francisco y le susurró al oído palabras que nadie más pudo oír, seguramente explicándole lo que tenía que hacer o fingir que hacía. Se besaron. La sábana se movió pero no era posible ver con exactitud lo que estaba ocurriendo. Alison sentía una profunda compasión por María. Se imaginó haciendo el amor por primera vez delante de veinte testigos y le pareció algo imposible. Sin embargo, su amiga seguía adelante con valentía. Alison no era capaz de distinguir la expresión de los rostros de los novios, pero imaginó que María estaba intentando dar ánimos a Francisco para que se relajara.

Entonces la muchacha se tumbó de espaldas y su joven esposo se encaramó sobre ella.

A Alison le pareció que era prácticamente imposible soportar tanta tensión. ¿Lo lograrían? Y si no, ¿saldría airosa María al fingir que lo habían logrado? ¿Podrían engañar a todas aquellas personas, de más edad que ellos?

En la cámara reinaba un silencio sepulcral roto solo por las palabras que María susurraba a Francisco, en voz tan baja que era imposible captar su sentido. Podría tratarse tanto de cariñosas expresiones de aliento como de instrucciones detalladas.

Las dos figuras se recolocaron con torpeza. Por la posición de los brazos de María, daba la impresión de que estaba guiando a Francisco para que entrara dentro de ella... o para fingir que lo hacía.

María soltó un chillido de dolor breve y repentino, y Alison no habría sabido decir si era auténtico, pero todos los presentes musitaron palabras de aprobación. Francisco pareció sobresaltarse y dejó de moverse, pero María lo abrazó bajo las sábanas con gesto reconfortante y atrajo su cuerpo hacia sí.

Entonces la pareja empezó a moverse al compás. Alison jamás había observado a nadie haciendo aquello, de modo que no tenía ni idea de si parecía real, por lo que miró los rostros de los hombres y mujeres situados a su alrededor. Se les veía tensos, fascinados, y también se notaba que estaban violentos, pero no observó gestos de escepticismo. Al parecer, todo el mundo creía estar contemplando un acto sexual auténtico y no puro teatro.

Alison no sabía cuánto tiempo se suponía que debía durar aquello, no se le había ocurrido preguntarlo, y a María tampoco. Sin embargo, el instinto le decía a Alison que era posible que una primera vez fuera breve.

Tras un par de minutos hubo un movimiento repentino, como si el cuerpo de Francisco estuviera sufriendo convulsiones o María estuviera agitando el suyo para que lo pareciera. Luego los dos se relajaron y el movimiento cesó.

Los testigos siguieron observando en silencio.

Alison contuvo la respiración. ¿Lo habían logrado? Y si no, ¿se acordaría María de la bolsita?

Tras una pausa, María apartó a Francisco de encima y se incorporó para quedar sentada. Se removió un poco bajo la sábana; según parecía, se estaba bajando el camisón para que le cubriera las piernas, y Francisco hizo algo similar.

Entonces María habló con tono imperativo.

—¡Descorred las cortinas!

Varias damas corrieron a cumplir sus órdenes.

Cuando las finas cortinas volvieron a quedar atadas a los postes, María retiró con gesto teatral la sábana que la cubría.

En la de debajo había una pequeña mancha de sangre.

Los cortesanos estallaron en aplausos. Habían cumplido con su deber, el matrimonio se había consumado y todo había salido bien.

Alison no pudo por menos que sentirse aliviada. Aplaudió y prorrumpió en vítores junto con los demás mientras se preguntaba qué había ocurrido en realidad.

Jamás lo sabría.

7

I

Ned perdió los estribos cuando sir Reginald Fitzgerald se negó a firmar los documentos que transferían la propiedad del antiguo priorato a Alice Willard.

Reginald era el alcalde de una ciudad dedicada al comercio, por lo que se trataba de una noticia extremadamente perjudicial para la reputación de Kingsbridge. La mayoría de sus habitantes estaban de parte de Alice; ellos también habían suscrito contratos y no podían permitirse que no se respetasen.

Finalmente, Alice tuvo que ir a juicio para obligar a sir Reginald a cumplir su promesa.

Ned estaba convencido de que el tribunal confirmaría la validez del acuerdo, pero la tardanza estaba resultando desesperante. A su madre y a él les interesaba inaugurar el mercado cubierto cuanto antes y cada día que pasaba a la espera de la celebración del juicio, la familia Willard perdía dinero. Por fortuna, Alice contaba con unos ingresos modestos que procedían de las casitas que poseía en la parroquia de St. Mark.

—¿Para qué toda esta pantomima? —preguntó Ned, contrariado—. Es imposible que Reginald gane.

—Lo único que consigue es engañarse a sí mismo —convino Alice—. Hizo una mala inversión y ahora pretende que otros carguen con la culpa.

Ciertos casos importantes se arbitraban en las sesiones trimestrales, que se celebraban cuatro veces al año. Dichas sesiones estaban presididas por dos jueces de paz, que contaban con la asistencia de un escribano. El pleito de Alice se dispuso para las de junio y fue el primero del día.

Los juzgados de Kingsbridge se ubicaban en una antigua casa particular de High Street, contigua al consistorio. El juicio se llevaba a cabo en lo que había sido el comedor, mientras que el resto de las estancias servían de despachos para los jueces y los escribanos. Los calabozos se encontraban en el sótano.

Ned llegó a los juzgados con su madre. La sala estaba repleta de vecinos que charlaban repartidos por la estancia, donde ya se encontraban sir Reginald y Rollo. Ned se alegró de que Margery no los hubiese acompañado, pues no quería que viera cómo humillaban a su padre.

Saludó a Rollo con frialdad. Se sentía incapaz de seguir fingiendo cordialidad con la familia Fitzgerald, y el litigio había puesto fin a aquella farsa. Todavía saludaba a Margery cuando la veía por la calle, aun sabiendo que la incomodaba, pero no había dejado de amarla y estaba convencido de que, a pesar de todo, a ella le pasaba lo mismo.

Dan Cobley y Donal Gloster también estaban presentes. Tal vez saliese a colación el malhadado *St. Margaret*, y a los Cobley les interesaba escuchar lo que se dijese sobre ellos.

Dan y los demás protestantes a los que habían detenido en la vaqueriza de la viuda Pollard habían sido puestos en libertad bajo fianza, todos menos Philbert, del que nadie dudaba que era el cabecilla. El hombre se encontraba en los calabozos del sótano, después de haber sido interrogado por el obispo Julius, a la espera de ser juzgado al día siguiente junto a los demás, aunque no en las sesiones trimestrales sino en un tribunal eclesiástico independiente.

Donal Gloster se había librado de la detención gracias a que no estaba con su patrón en la vaqueriza de la viuda Pollard. Corría el rumor de que, por fortuna para él, se encontraba en casa, borracho. Si varios testigos no hubiesen confirmado su historia, asegurando que lo habían visto salir tambaleante de la taberna Slaughterhouse esa misma tarde, Ned habría sospechado inmediatamente de Donal como autor de la denuncia del lugar donde iba a celebrarse el servicio protestante.

El secretario, Paul Pettit, pidió silencio, y los dos jueces entraron y ocuparon sus asientos en uno de los extremos de la sala. El juez de mayor antigüedad era Rodney Tilbury, un comerciante de paño ya retirado que ese día lucía un jubón de un cálido color azul y varios anillos ostentosos. Famoso por su catolicismo recalcitrante, había sido nombrado juez de paz por la reina María Tudor, aunque Ned dudaba que eso fuera a influir en su veredicto, ya que el caso no tenía nada que ver con la religión. El segundo magistrado, Seb Chandler, era amigo de sir Reginald; sin embargo, Ned estaba convencido de que era imposible que encontrara la manera de ir en contra de los hechos claros del caso, por lo que tampoco le preocupaba.

El jurado, compuesto por doce hombres, todos ciudadanos de Kingsbridge, prestó juramento.

—Con la venia, esta mañana hablaré en nombre de mi padre —anunció Rollo, apresurándose a dar un paso al frente.

A Ned no le sorprendió. Sir Reginald era un hombre irascible y cabía la posibilidad de que lo echara todo a perder por culpa de su temperamento. Rollo igualaba a su padre en inteligencia, pero sabía controlarse.

El juez Tilbury asintió.

—Si no recuerdo mal, estudiasteis derecho en la Gray's Inn de Londres, señor Fitzgerald.

—En efecto, señoría.

—Muy bien.

Conforme se iniciaba el acto, entró el obispo Julius, ataviado con sus vestiduras sacerdotales. A nadie le sorprendió su presencia: quería los edificios del priorato y Reginald le había prometido que se los vendería a buen precio, por lo que probablemente esperaba que el alcalde encontrase la manera de deshacer el contrato.

Alice dio un paso al frente con intención de exponer su caso y le tendió al secretario el acuerdo firmado y sellado.

—Sir Reginald no puede negar tres hechos clave —expuso Alice. Utilizaba el tono de voz suave y comedido de quien tiene como único objetivo constatar la verdad—. Uno: firmó el contrato. Dos: aceptó el dinero. Y tres: no lo ha devuelto dentro del plazo acordado. Solicito al tribunal que dictamine que ha perdido la garantía, pues, al fin y al cabo, para eso es una garantía.

Alice estaba convencida de que obtendría la victoria, y Ned no concebía que un tribunal pudiese fallar a favor de Reginald, salvo que los jueces estuvieran comprados... En cualquier caso, ¿de dónde iba a sacar Reginald el dinero para algo así?

Tilbury agradeció a Alice su intervención con educación y se volvió hacia Rollo.

—¿Qué tenéis que decir a eso, joven Fitzgerald? Parece que está bastante claro.

Sin embargo, Reginald no le dio la oportunidad de responder.

—¡Me engañaron! —barbotó al tiempo que su rostro pecoso adoptaba una tonalidad rosácea—. Philbert Cobley sabía muy bien que el *St. Margaret* había llegado a Calais y que cabía la posibilidad de que lo perdieran.

Ned pensó que probablemente era cierto. Philbert era tan escurridizo como una anguila. Aun así, la reclamación de Reginald no tenía ni pies ni cabeza. ¿Por qué habría de pagar la familia Willard la falta de honradez de Philbert?

—¡Eso es mentira! —saltó Dan Cobley, el hijo de Philbert—. ¿Cómo íbamos a saber lo que haría el rey francés?

—¡Seguro que lo sabíais! —replicó Reginald.

—«El hombre cuerdo encubre su saber», dicen los Proverbios —contestó Dan, recurriendo a una cita de la Biblia.

—¡Esto es lo que ocurre cuando se permite que unos necios ignorantes lean la Biblia en inglés! —intervino el obispo Julius con tono airado, señalando a Dan con un dedo huesudo—. ¡Utilizan la palabra de Dios para justificar sus crímenes!

El secretario se levantó y reclamó silencio hasta que todo el mundo recuperó la compostura.

—Gracias, sir Reginald —dijo Tilbury—. Aun siendo cierto que Philbert Cobley, o cualquier otro, os hubiese engañado, eso no os libera de su vuestra obligación de cumplir el contrato con Alice Willard. Si en eso se basa vuestra argumentación, estáis claramente equivocado y el tribunal dictaminará en vuestra contra.

«Exacto», pensó Ned, complacido.

—En modo alguno es esa nuestra argumentación —se apresuró a replicar Rollo—, y pido perdón a Sus Señorías por el arrebato de mi padre, aunque seguro que dispensaréis su enfado.

—Entonces, ¿qué argumentáis? Estoy impaciente por oírlo, y seguro que el jurado también.

Y Ned. ¿Acaso Rollo se guardaba un as en la manga? Tal vez fuese un sinvergüenza de la peor calaña, pero no era tonto.

—Sencillamente que Alice Willard es culpable de usura —alegó Rollo—. Prestó cuatrocientas libras a sir Reginald, pero exigió que se le devolvieran cuatrocientas veinticuatro. Eso es cargar intereses, lo que supone un delito.

Ned recordó de pronto la conversación que habían mantenido con el obispo Julius en los claustros del priorato en ruinas. Alice le había informado de la cantidad exacta a la que ascendía la deuda, y aunque la cifra pareció sorprenderlo en un primer momento, al final no había hecho ningún comentario. Y estaba allí, asistiendo a la vista.

Ned frunció el ceño, con preocupación. El contrato entre Alice y sir Reginald se había redactado con sumo cuidado para que no apareciera ninguna referencia a los intereses, pero existía un gran vacío legal en cuanto a la definición de usura.

—No se establecieron intereses pagaderos —dijo Alice con firmeza—. El contrato estipula que sir Reginald abonará un arriendo de ocho libras mensuales por el uso continuado del priorato hasta la devolución del préstamo o el decomisado de la propiedad.

—¿Por qué iba a pagar yo un arriendo? —protestó sir Reginald—. ¡Si no uso nunca ese sitio! Usura encubierta, eso es lo que era.

—¡Pero si lo propusisteis vos! —exclamó Alice.

—Fui engañado.

—¡Por favor! Dirigíos al tribunal —intervino el secretario—, no el uno al otro.

—Gracias, señor Pettit —dijo el juez Tilbury—. Así es.

—El tribunal no puede ordenar el cumplimiento de un contrato que exige que una de las partes cometa un delito —insistió Rollo.

—Sí, he entendido ese extremo —aseguró Tilbury—. De modo que solicitáis al tribunal que decida si la cantidad pagadera adicional que estipula el contrato se trata de un verdadero arriendo o de una forma encubierta de usura.

—No, señoría, no solicito que decidáis. Con vuestro permiso, querría llamar a un testigo fidedigno que confirmará que se trata de usura.

Ned se quedó perplejo. ¿De qué hablaba?

Los dos jueces parecían igual de desconcertados.

—¿Un testigo fidedigno? —repitió Tilbury—. ¿De quién habláis?

—Del obispo de Kingsbridge.

Un murmullo de sorpresa recorrió la sala. Nadie esperaba aquel giro de los acontecimientos, ni siquiera el juez Tilbury, que parecía tan atónito como los demás.

—Muy bien, ¿qué tenéis que decir al respecto, ilustrísima? —preguntó al cabo de un momento.

Ned estaba consternado; todo el mundo sabía de parte de quién estaba Julius.

El prelado se acercó con paso lento y la cabeza bien alta, sacándole el mayor partido posible a la respetabilidad que le otorgaba su cargo.

—No cabe duda de que el pretendido arriendo es un interés encubierto —declaró, como todo el mundo esperaba—. Sir Reginald no utilizó las tierras ni los edificios durante el período en cuestión y nunca tuvo intención de hacerlo. Únicamente se trataba de una triste argucia para cometer el pecado y el delito que supone la usura.

—¡Protesto! —exclamó Alice—. El obispo no es un testigo imparcial. Sir Reginald le ha prometido el priorato.

—¿No estaréis acusando al obispo de falsedad? —deslizó Rollo.

—Os acuso de preguntarle al gato si debe dejar libre al ratón —contestó Alice.

La ocurrencia provocó una carcajada entre los asistentes a la vista, con la que agradecieron el ingenio de la argumentación. No fue el caso del juez Tilbury.

—Este tribunal no tiene potestad para contradecir al obispo en cuestiones sacramentales —anunció muy serio—. En vista de ello, el jurado tendrá que dictaminar que el contrato no es válido.

No parecía contento con la decisión, pues sabía muy bien que aquella resolución ponía en entredicho la legitimidad de muchos de los acuerdos firmados por los comerciantes de Kingsbridge; sin embargo, Rollo lo había puesto entre la espada y la pared.

—Ya no se trata solamente de invalidar el contrato, señorías —añadió el joven Fitzgerald con una expresión de malicia y satisfacción que preocupó a Ned—. Alice Willard ha sido hallada culpable de cometer un delito. Sostengo que es deber de este tribunal imponerle el castigo que establece la ley de 1552.

Ned desconocía qué castigo estipulaba dicho decreto.

—Me declararé culpable de usura… con una condición —decidió Alice.

—Muy bien, ¿y cuál es? —preguntó Tilbury.

—Hay otra persona en esta sala que es tan culpable como yo y, por lo tanto, también debe ser castigada.

—Si os referís a sir Reginald, el delito se atribuye al prestamista, no al prestatario…

—No me refiero a sir Reginald.

—¿A quién, entonces?

—Al obispo de Kingsbridge.

—Tened cuidado con lo que decís, Alice Willard —le advirtió Julius, furioso.

—El pasado octubre vendisteis por adelantado la lana de un millar de ovejas a la viuda Mercer, a diez peniques la pieza —prosiguió Alice—. Esquilasteis las ovejas en abril y la señora Mercer vendió la lana a Philbert Cobley a doce peniques la pieza, dos peniques más de los que os pagó a vos. Perdisteis dos peniques por lana para tener el dinero con seis meses de antelación. Pagasteis un interés anual del cuarenta por ciento.

Se oyó un murmullo de aprobación. La mayoría de los ciudadanos más influyentes eran comerciantes y estaban familiarizados con el cálculo de porcentajes.

—No es a mí a quien se juzga aquí, sino a vos —protestó Julius.

Alice hizo caso omiso de su comentario y prosiguió.

—En febrero comprasteis piedra en la cantera del conde para ampliar vuestro palacio. Debíais pagar tres libras, pero el maestro cantero del conde os ofreció una rebaja de un chelín por libra si pagabais por adelantado, trato que aceptasteis. La piedra os fue entregada por barcaza un mes después. De hecho, le cargasteis al conde un sesenta por ciento de interés sobre el dinero que le pagasteis con antelación.

El público estaba empezando a disfrutar de la vista; Ned incluso oyó risas y algún que otro aplauso.

—¡Silencio! —gritó Pettit.

—En abril vendisteis un molino de harina en Wigleigh... —continuó Alice.

—Todo eso es irrelevante —la interrumpió Julius—. No podéis justificaros denunciando, sea cierto o no, que otra gente ha cometido delitos similares.

—El obispo tiene razón —admitió Tilbury—. Solicito al jurado que declare a Alice Willard culpable de usura.

Ned albergaba la débil esperanza de que los comerciantes que formaban parte del jurado protestasen, pero no tuvieron el valor de cuestionar una orden tan clara y directa de los jueces y, al poco, todos asintieron dando su conformidad.

—A continuación, consideraremos la cuestión del castigo —dijo Tilbury.

—La ley de 1552 es muy clara al respecto, señorías —volvió a intervenir Rollo con tono firme—. El culpable perderá tanto el interés como el capital principal del préstamo y, además, se le aplicará la «multa y rescate que el rey considere conveniente», citando el texto exacto de la ley.

—¡No! —gritó Ned. Era imposible que su madre no solo tuviese que renunciar a las cuatrocientas libras sino también a los intereses.

Los ciudadanos de Kingsbridge eran del mismo parecer y empezó a oírse un murmullo de rebelión. Paul Pettit tuvo que volver a pedir silencio.

El público finalmente calló, pero Tilbury no se pronunció de inmediato. Se volvió hacia su colega, el juez de paz Seb Chandler, e iniciaron un discreto debate hasta que Tilbury pidió a Pettit que se les uniera. La tensión en el ambiente era cada vez más palpable. Los jueces consultaron con Pettit, que era abogado titulado, como todos los escribanos de paz. El hombre negaba con la cabeza, como si discutiesen. Por fin, Tilbury se encogió de hombros y se volvió, Seb Chandler asintió en señal de conformidad y Pettit regresó a su asiento.

—La ley es la ley —anunció el juez finalmente. Ned supo al instante que su madre estaba arruinada—. Alice Willard deberá renunciar tanto a la cantidad del préstamo como al arriendo adicional o interés exigido. —Tuvo que alzar la voz para hacerse oír por encima de las protestas—. No se le aplicará ningún otro castigo.

Ned miró a su madre de hito en hito. Alice había sufrido un duro revés. Hasta ese momento se había mostrado desafiante, pero se había enfrentado al poder supremo de la Iglesia y su resistencia había resultado inútil. La mujer había empequeñecido de pronto; estaba pálida, aturdida, desorientada. Tenía el aspecto de alguien al que acababa de derribar un caballo desbocado.

—Siguiente caso —anunció el secretario.

Ned y su madre salieron del juzgado y recorrieron Main Street hasta su casa en silencio. La vida de Ned acababa de dar un giro de ciento ochenta grados y no sabía si sería capaz de digerir lo que eso implicaba. Hacía seis meses estaba seguro de que acabaría su vida como comerciante y prácticamente daba por hecho que casado con Margery. Y ahora, de pronto, no tenía trabajo y Margery estaba prometida con Bart.

Fueron al salón.

—Al menos no nos moriremos de hambre —dijo Alice—. Aún nos quedan las casas de St. Mark.

Ned no esperaba que su madre se mostrase tan pesimista.

—¿No intentarás empezar de nuevo?

Alice negó con la cabeza, cansada.

—Dentro de poco cumpliré los cincuenta… y no me quedan fuerzas. Además, cuando pienso en estos últimos meses, cada vez queda más claro que me he comportado como una insensata. Tendría que haber trasladado parte del tráfico de Calais a otro lugar cuando estalló la guerra en junio. Tendría que haberme centrado más en la alianza con Sevilla. Y no tendría que haberle prestado dinero a Reginald Fitzgerald, por mucho que me presionara. Ahora ya no queda nada que tu hermano y tú podáis heredar.

—A Barney le dará igual —aseguró Ned—. Él de todos modos prefiere el mar.

—Me pregunto dónde estará ahora. Hay que explicárselo, si conseguimos localizarlo.

—Seguramente en el ejército español.

Habían recibido una carta de la tía Betsy. Barney y Carlos habían tenido problemas con la Inquisición y se habían visto obligados a abandonar Sevilla a toda prisa. Betsy no estaba segura de adónde habían ido, pero un vecino creía haberlos visto hablando con un capitán que estaba reclutando gente en los muelles.

—Pero ¿qué va a ser de ti, Ned? —se lamentó Alice—. Te he criado para que fueses comerciante.

—Sir William Cecil dijo que necesitaba a un joven como yo.

Alice se animó.

—Sí que lo dijo. Lo había olvidado.

—Puede que él también.

Alice negó con la cabeza.

—Ese hombre nunca olvida nada.

Ned se preguntó cómo sería trabajar para Cecil y formar parte de la casa de Isabel Tudor.

—¿Crees que Isabel llegará a ser reina algún día?

—Si lo consigue, tal vez se deshaga de unos cuantos obispos arrogantes —contestó su madre con repentino rencor.

Ned empezó a ver un atisbo de esperanza.

—Escribiré a Cecil, si quieres —se ofreció Alice.

—No sé, también podría presentarme en su puerta sin más.

—Y él podría enviarte a casa sin más.

—Sí —admitió Ned—, bien podría.

La venganza de los Fitzgerald prosiguió al día siguiente.

Hacía calor, pero por la tarde siempre se estaba fresco en el crucero sur de la catedral de Kingsbridge. Todos los ciudadanos prominentes habían acudido al juicio eclesiástico en el que se procesaría por
herejía a los protestantes que habían detenido en la vaqueriza de la
viuda Pollard. Casi nadie era declarado inocente, eso lo sabía todo el
mundo; lo que verdaderamente importaba era la severidad del castigo.

Philbert Cobley se enfrentaba a los cargos más graves. Todavía no
lo habían llevado a la catedral cuando llegó Ned, pero la señora Cobley ya estaba allí. La mujer lloraba desconsolada. La guapa Ruth
Cobley tenía los ojos enrojecidos, y el rostro rechoncho de Dan lucía
una expresión inusitadamente seria. La hermana de Philbert y el hermano de la señora Cobley intentaban reconfortarlos.

El obispo Julius estaba al mando de la situación. Ese era su tribunal, en el que ejercía tanto de juez como de fiscal, y no había jurado.
Junto a él se sentaba el canónigo Stephen Lincoln, un joven adlátere
que le tendía documentos y tomaba notas. Al lado de Stephen se encontraba el deán de Kingsbridge, Luke Richards. Los deanes no dependían de los obispos y no siempre obedecían sus órdenes, de ahí
que ese día Luke fuese la única esperanza que tenían los Cobley de
hallar misericordia.

Uno tras otro, los protestantes confesaron sus pecados y abjura-
ron de su fe, con lo que evitaban el castigo físico. Se les impusieron
multas, que muchos de ellos pagaron al obispo de inmediato.

Según Julius, Dan Cobley era el segundo al mando, y se le impuso
una penitencia adicional y humillante: tenía que desfilar por las calles
de Kingsbridge con un crucifijo y en camisa de dormir mientras entonaba el padrenuestro en latín.

Sin embargo, Philbert era el cabecilla y todo el mundo quería saber cuál sería la condena.

De pronto, los asistentes se volvieron hacia la nave de la iglesia.

Siguiendo la dirección de sus miradas, Ned vio que se acercaba
Osmund Carter, con su casquete de cuero y sus botas anudadas hasta
las rodillas. Lo acompañaba otro miembro de la guardia y entre ambos transportaban una silla de madera en la que se distinguía una especie de bulto. Cuando estuvieron más cerca, Ned descubrió que el
bulto no era otro que Philbert Cobley.

A pesar de su corta estatura, el armador era un hombre robusto de presencia imponente. O lo había sido. Las piernas se balanceaban por el borde de la silla y los brazos le colgaban inertes a los costados mientras gruñía constantemente de dolor, con los ojos cerrados. Ned oyó gritar a la señora Cobley cuando lo vio.

Los guardias lo dejaron frente al obispo Julius y se colocaron detrás.

Los brazos de la silla impedían que Philbert cayera de lado, pero el hombre no podía mantenerse erguido y empezó a escurrirse del asiento.

La familia corrió a socorrerlo. Dan lo cogió por debajo de las axilas y lo incorporó, ante lo que Philbert aulló de dolor. Ruth le empujó las caderas para que quedase sentado.

—Ay, Phil, mi Phil…, ¿qué te han hecho? —gimió la señora Cobley.

Ned sabía lo que había pasado: lo habían sometido al potro de tortura. Le habían atado las muñecas a dos postes y le habían ceñido los tobillos con una cuerda que, a su vez, estaba enrollada en un torno. Con cada giro de la rueda, la cuerda se tensaba y estiraba el cuerpo de la víctima hasta límites insufribles. La regla que prohibía a los sacerdotes derramar sangre había dado lugar a la invención de aquel método de tortura.

Era evidente que, a pesar del dolor, Philbert se había resistido y se había negado a abjurar de su fe, de modo que el martirio había continuado hasta que le habían dislocado los hombros y las caderas. En esos momentos no era más que un inválido.

—Philbert Cobley ha admitido haber conducido a la herejía a unos pobres necios —anunció el obispo Julius.

—Aquí está la confesión firmada —añadió el canónigo Lincoln blandiendo un documento.

—Quiero verla —dijo Dan Cobley, y se aproximó a la mesa del tribunal.

Lincoln vaciló y miró a Julius. No estaban obligados a responder a las peticiones del hijo del acusado, pero el obispo no deseaba provocar más protestas entre los asistentes. Se encogió de hombros y el canónigo entregó los documentos a Dan.

—Esta no es la firma de mi padre —aseguró el joven Cobley, dirigiéndose a la última página y mostrándosela a quienes lo rodeaban—. Todos conocéis la letra de mi padre. No es la suya.

Varios hombres asintieron dándole la razón.

—Es obvio que no pudo firmar sin ayuda —respondió Julius de mal talante.

—Tirasteis de sus miembros hasta que... —Se le quebró la voz mientras las lágrimas rodaban por sus mejillas, pero se obligó a continuar—: Tirasteis de sus miembros hasta que fue incapaz de escribir... y aun así pretendéis hacernos creer que lo firmó él.

—¿Haceros creer? ¿Estáis acusando a un obispo de mentir?

—Lo que digo es que mi padre jamás ha admitido haber cometido herejía.

—¿Cómo podéis saber...?

—Porque no se considera un hereje, y el único modo de obligarle a decir lo contrario sería sometiéndolo a tortura.

—Fue piadosamente persuadido a recapacitar sobre el error de su conducta.

—¿Es esto lo que le ocurre a un hombre cuando el obispo de Kingsbridge se apiada de él? —preguntó Dan, señalando con un gesto dramático el bulto informe en que habían convertido a su padre.

—¡Este tribunal no consentirá más insolencias!

—¿Dónde está el potro? —intervino Ned Willard.

Los tres sacerdotes lo miraron en silencio.

—Philbert ha sido sometido al potro de tortura, eso es obvio... Pero ¿dónde? —insistió Ned—. ¿Aquí, en la catedral? ¿En el palacio episcopal? ¿Bajo los juzgados? ¿Dónde guardáis el potro? Creo que los ciudadanos de Kingsbridge tienen derecho a saberlo. La tortura es un delito en Inglaterra, salvo cuando lo autoriza el Consejo Privado. ¿Quién ha dado permiso para aplicar la tortura en Kingsbridge?

—No hay potros en Kingsbridge —contestó Stephen Lincoln, tras un largo silencio.

Ned asimiló el dato, pero no cedió:

—Entonces Philbert ha sido torturado en otro lugar. ¿Creéis que eso lo arregla todo? —Señaló al obispo Julius—. Como si ha sido torturado en Egipto... Si vos lo habéis enviado al potro, vos sois el torturador.

—¡Silencio!

Ya había dicho lo que quería, así que se dio la vuelta y se quedó a un lado.

En ese momento, el deán Luke se puso en pie. Era un hombre alto y algo encorvado, de unos cuarenta años, carácter afable y pelo cano y fino.

—Ilustrísima, os ruego misericordia —dijo—. Sin duda alguna Philbert es un hereje y un necio, pero también es un cristiano y rinde culto a Nuestro Señor, aunque de modo equivocado. Ningún hombre debería ser ejecutado por algo así.

Volvió a tomar asiento.

Un rumor de aprobación recorrió la nave. La mayoría de los presentes eran católicos, pero habían sido protestantes con los dos monarcas anteriores, y ninguno de ellos se sentía completamente a salvo.

El obispo Julius fulminó al deán con una mirada cargada de desdén y desoyó su ruego.

—Philbert Cobley es culpable, no solo de cometer herejía, sino también de extenderla —se reafirmó—. Como es habitual en estos casos, se le condena a ser excomulgado y a morir en la hoguera. Las autoridades seculares llevarán a cabo la sentencia mañana al amanecer.

Existían distintos métodos de ejecución. La nobleza solía beneficiarse de los más expeditivos, como la decapitación, que apenas duraba un instante si el verdugo era diestro en su oficio, o un minuto si resultaba torpe y necesitaba asestar varios hachazos para separar la cabeza del tronco por completo. Los traidores se enfrentaban a la horca y se los destripaba mientras seguían vivos para despedazarlos posteriormente. Quien robaba a la Iglesia era desollado vivo, le separaban la piel de la carne con un cuchillo muy afilado mientras aún respiraba. En manos de un experto, el pellejo podía salir de una sola pieza. A los herejes se los condenaba a la hoguera.

Aunque la sentencia no sorprendió del todo a los presentes, recibieron la noticia con un silencio sobrecogido. Nunca habían quemado a nadie en Kingsbridge. Ned pensó que acababa de cruzarse una línea escalofriante y tuvo la impresión de que sus vecinos eran de la misma opinión.

De pronto se oyó la voz de Philbert, fuerte y sorprendentemente potente. Debía de haber estado ahorrando las fuerzas que le quedaban para ese momento.

—Agradezco a Dios que mi sufrimiento esté a punto de acabar, Julius..., pero el tuyo está aún por empezar, demonio blasfemo. —Un grito ahogado recorrió la multitud ante aquel insulto. El obispo se levantó de un salto, indignado, pero la tradición marcaba que al condenado se le permitiera expresar su opinión—. Pronto irás al infierno, donde debes estar, Julius, y tu tormento no tendrá fin. Que Dios condene tu alma inmortal.

La maldición de un moribundo no era algo que tomarse a la ligera, y aunque el obispo solía burlarse de ese tipo de supersticiones, temblaba de rabia y de miedo.

—¡Lleváoslo! —gritó—. ¡Y desalojad la iglesia! ¡El juicio ha acabado!

Dio media vuelta y salió por la puerta meridional con paso airado.

Ned y su madre regresaron a casa sumidos en un silencio lúgubre. Los Fitzgerald habían ganado. Habían acabado con el hombre que los había engañado, se habían apoderado de la fortuna de los Willard y también habían evitado que su hija se casara con Ned. Una derrota demoledora.

Janet Fife les sirvió una cena desangelada a base de jamón frío, que Alice acompañó con varias copas de vino de Jerez.

—¿Irás a Hatfield? —le preguntó a su hijo cuando Janet hubo recogido la mesa.

—Todavía no lo he decidido. Margery aún no se ha casado.

—Aunque Bart cayera muerto mañana mismo, tampoco le permitirían casarse contigo.

—Cumplió dieciséis la semana pasada. De aquí a cinco años podrá hacerlo con quien quiera.

—Pero tú no puedes quedarte de brazos cruzados hasta entonces, como un barco al pairo. No dejes que esto te arruine la vida.

Ned sabía que su madre tenía razón.

Se fue temprano a la cama, aunque le costó dormirse. Los tristes procesos de ese día lo animaban a ir a Hatfield, pero seguía sin decidirse. Creía que eso equivaldría a perder la esperanza.

Acabó conciliando el sueño de madrugada, hasta que lo despertó el ruido procedente de la calle. Al mirar por la ventana de su habitación, vio a varios hombres en la plaza del mercado que trabajaban a la luz de media docena de antorchas llameantes, transportando leña para la ejecución. Entre ellos se encontraba el sheriff Matthewson, un hombre grande, espada al cinto, que supervisaba los preparativos. Los sacerdotes podían condenar a muerte a un hombre, pero no les estaba permitido ejecutar la sentencia personalmente.

Ned se puso un abrigo sobre la camisa de dormir y salió a la calle. El aire de la mañana olía a humo de leña.

La familia Cobley ya estaba allí, y la mayoría de los demás protestantes no tardaron en llegar. La multitud se multiplicó en cuestión de minutos. A la primera luz del alba, cuando las llamas de las antorchas empezaron a languidecer, al menos un millar de personas se había reunido en la plaza situada frente a la catedral. Los hombres de la guardia obligaban a la muchedumbre a mantenerse a cierta distancia.

El murmullo era ensordecedor, pero todo el mundo guardó silencio cuando Osmund Carter apareció por el camino de la casa consistorial acompañado de otro guardia. Entre ambos transportaban una silla de madera en la que iba sentado Philbert. Tuvieron que abrirse paso entre la gente, que se apartaba a regañadientes, como si quisieran entorpecer el avance de la silla pero les faltara valor.

Las mujeres de la familia Cobley lloraban de manera lastimera cuando ataron al inválido a un poste de madera clavado en el suelo. Las piernas no lo sostenían y se escurría cada dos por tres, lo que obligó a Osmund a ceñir las cuerdas con fuerza para que se mantuviera en su sitio.

Los guardias apilaron leña a su alrededor mientras el obispo Julius entonaba una oración en latín.

Osmund cogió una de las antorchas que había alumbrado su quehacer nocturno. Se detuvo delante de Philbert y miró al sheriff Matthewson, que alzó una mano para indicar al jefe de la guardia que debía esperar. Matthewson se volvió hacia Julius.

En ese momento, la señora Cobley empezó a chillar y su familia tuvo que sujetarla.

El obispo asintió, el sheriff bajó el brazo y Osmund acercó la antorcha a la leña que rodeaba las piernas del reo.

La madera seca prendió con rapidez y las llamas empezaron a crepitar con un júbilo infernal. Philbert gritó débilmente al sentir el calor. El humo asfixiaba a los espectadores más próximos, que retrocedieron.

No tardaron en percibir otro olor, uno que les resultó familiar y nauseabundo al mismo tiempo, el olor a carne quemada. Philbert comenzó a aullar de dolor.

—¡Llevadme, Jesucristo! ¡Llevadme, Señor! ¡Llevadme ya, por favor! —chilló entre un alarido y otro.

Pero Jesús no se lo llevó de inmediato.

Ned había oído que, en ocasiones, los jueces misericordiosos permitían que la familia colgase una bolsa de pólvora alrededor del cuello del condenado para acelerar el final. Sin embargo, era evidente que

Julius no les había concedido aquella merced. La parte inferior del cuerpo de Philbert continuó ardiendo mientras siguió con vida. Los gritos provocados por el sufrimiento, más parecidos a los chillidos de un animal aterrorizado que a los de un hombre, eran insoportables. Por fin quedó en silencio. Tal vez su corazón había dicho basta, quizá lo había asfixiado el humo o igual el calor le había hervido el cerebro. El fuego continuó ardiendo hasta convertir el cuerpo sin vida de Philbert en despojos calcinados. Ned dio gracias a Dios por que al fin hubiera terminado.

III

Nunca en mi corta vida había sido testigo de algo tan espantoso. No entendía cómo los hombres eran capaces de algo semejante y no comprendía por qué Dios se lo permitía.

Mi madre decía algo que he recordado muchas veces a lo largo de los años: «El hombre que se jacta de conocer la voluntad de Dios y está dispuesto a cumplirla a toda costa es el hombre más peligroso del mundo».

Cuando los espectadores empezaron a abandonar la plaza del mercado, yo me quedé. Salió el sol, aunque no brilló sobre los restos humeantes, que quedaban al frío abrigo de la catedral, y me puse a pensar en sir William Cecil y en la conversación que habíamos mantenido sobre Isabel el día de Epifanía. «Me ha dicho muchas veces que si llega a convertirse en reina, es su firme deseo que ningún inglés pierda la vida a causa de sus creencias. Me parece un ideal digno de la fe de un hombre», había asegurado.

En aquel momento me había parecido una esperanza un tanto infundada, pero después de lo que había visto ese día, lo volví a pensar. ¿Era siquiera posible que Isabel pudiera deshacerse de obispos dogmáticos como Julius y poner fin a escenas como la que acababa de presenciar? ¿Llegaría el día en que personas de fes distintas no se mataran entre ellas?

En cualquier caso, ¿Isabel reinaría a la muerte de María Tudor? Todo dependía, supuse, del tipo de ayuda que recibiera. Contaba con el temible William Cecil, pero no bastaba con un hombre. Necesitaba un ejército de hombres dispuestos a ayudarla.

Y yo podía ser uno de ellos.

La perspectiva me levantó el ánimo. Contemplé con impotencia las cenizas de Philbert Cobley. Estaba convencido de que aquello no tenía por qué ser así. Que había gente en Inglaterra que deseaba poner fin a aquellas prácticas.

Y yo quería estar a su lado. Quería luchar por los ideales tolerantes de Isabel.

No más ejecuciones en la hoguera.

Decidí ir a Hatfield.

8

I

Ned recorrió a pie el trayecto de Kingsbridge a Hatfield, unos ciento sesenta kilómetros, sin saber si sería bien recibido y le darían un empleo o si lo enviarían de vuelta a casa con cajas destempladas. Los primeros dos días se unió a una partida de estudiantes que se dirigían a Oxford. Todo el mundo viajaba en grupo: un hombre solo corría el riesgo de que lo asaltaran; una mujer sola era más vulnerable todavía a peligros peores.

Tal como le había inculcado su madre, Ned hablaba con todo el que se encontraba en el camino, y así reunía información que podría serle útil o no: los precios de la lana, el cuero, el mineral de hierro y la pólvora; noticias sobre epidemias, tormentas e inundaciones; bancarrotas y revueltas; bodas y funerales de la aristocracia.

Todas las noches se hospedaba en tabernas, a menudo compartiendo cama, una experiencia desagradable para un muchacho de familia comerciante, acostumbrado a tener su propia habitación. Sin embargo, los estudiantes eran unos compañeros de camino muy animados, que continuamente y sin mayor esfuerzo pasaban de los chistes soeces a las discusiones teológicas. El tiempo de julio era bastante caluroso, pero al menos no llovía.

Durante las pausas en la conversación, Ned se inquietaba por lo que le aguardaría en el palacio de Hatfield. Anhelaba que vieran en él al joven ayudante que estaban buscando, pero Cecil también podía decir: «¿Ned? ¿Qué Ned?». Si lo rechazaban, no sabía muy bien qué haría después. Regresar a Kingsbridge con el rabo entre las piernas resultaría humillante. Quizá podría ir a Londres y probar suerte en la gran ciudad.

En Oxford se hospedó en el Kingsbridge College. El colegio, que había sido fundado por el gran prior Philip como delegación del priorato de Kingsbridge, se había independizado del monasterio, pero seguía ofreciendo alojamiento a estudiantes de la localidad, y hospitalidad a sus habitantes.

Para cubrir el trecho de Oxford a Hatfield, a Ned le fue más difícil encontrar compañeros de camino. La mayoría de la gente iba a Londres, que a él no le quedaba de camino, y mientras esperaba cayó bajo el influjo de la universidad. Le gustaban los animados debates sobre toda clase de temas, desde dónde se encontraba el Jardín del Edén hasta cómo podía ser redonda la Tierra sin que la gente se cayera de ella. Casi todos los estudiantes acabarían convirtiéndose en sacerdotes, y unos cuantos en abogados o doctores; a Ned, su madre le había dicho que en la universidad no aprendería nada que pudiera serle útil a un comerciante. De pronto se preguntaba si estaba en lo cierto. Era una mujer sabia, pero no omnisciente.

Al cabo de cuatro días se unió a un grupo de peregrinos que iba a la catedral de St. Albans. Eso le llevó tres jornadas, tras lo cual se arriesgó y recorrió sin compañía los últimos once kilómetros desde St. Albans hasta su destino.

El rey Enrique VIII había confiscado el palacio de Hatfield al obispo de Ely y lo había utilizado como residencia ocasional para sus hijos. Ned sabía que Isabel había pasado allí gran parte de su infancia. En la actualidad, a la reina María Tudor, la hermanastra mayor de Isabel, le gustaba tenerla allí. Hatfield quedaba una treintena de kilómetros al norte de Londres, lo cual suponía un día de camino a pie o medio día a galope tendido; Isabel estaba fuera de la ciudad, donde podría haber sido un estorbo, pero lo bastante cerca para poder tenerla vigilada. No era exactamente una prisionera, pero tampoco libre de ir y venir como gustara.

El palacio se veía ya desde lejos, en lo alto de una elevación. Parecía un granero enorme de ladrillo rojo y con ventanas emplomadas. Mientras subía por la cuesta hacia el arco de entrada, Ned vio que en realidad se trataba de cuatro edificios unidos en un cuadrado, y que en su interior albergaba un patio lo bastante grande para contener varias pistas de tenis.

Su recelo fue en aumento al ver el ajetreado gentío que ocupaba el patio: mozos de cuadra, lavanderas, recaderos… Se dio cuenta de que, aunque Isabel hubiese caído en desgracia, seguía siendo de la realeza y, por tanto, mantenía una casa formidable. Sin duda serían muchísimas las personas que querrían trabajar para ella, y era probable que los criados echaran de allí a postulantes todos los días.

Ned entró en el patio y miró a su alrededor. Todo el mundo estaba ocupado, nadie se fijó en él. Se le ocurrió entonces que tal vez Cecil estuviera ausente; uno de los motivos por los que el hombre necesitaba un ayudante era que no podía estar en Hatfield todo el tiempo.

Se acercó a una mujer mayor que pelaba guisantes con mucha calma.

—Buenos días, señora —saludó con educación—. ¿Dónde podría encontrar a sir William Cecil?

—Pregúntale a ese gordo —contestó ella, sacudiendo el pulgar hacia un hombre entrado en carnes y bien vestido en el que Ned no se había fijado hasta entonces—. Tom Parry.

Ned se acercó a él.

—Buenos días, señor Parry —dijo—. He venido a ver a sir William Cecil.

—Son muchos los que querrían ver a sir William —repuso Parry.

—Si le decís que Ned Willard de Kingsbridge está aquí, se alegrará de oírlo.

—¿Eso hará? —Parry se mostró escéptico—. ¿De Kingsbridge?

—Sí. He venido a pie.

Parry no se dejó impresionar.

—No pensaba que hubieras venido volando.

—¿Seríais tan amable de darle mi nombre?

—Y si me pregunta qué asunto tiene Ned Willard con él, ¿qué le digo?

—Que el asunto confidencial que él y yo discutimos con el conde de Shiring el día de Epifanía.

—¿Sir William, el conde y tú? —preguntó Parry—. ¿Qué hacías, servirles el vino?

Ned esbozó una sonrisa.

—No, pero el tema, como ya he dicho, era confidencial. —Decidió que, si seguía sometiéndose a ese burdo interrogatorio, empezaría a parecer desesperado, así que zanjó la conversación—. Gracias por vuestra amabilidad —dijo, y le dio la espalda al hombre.

—Está bien, no hace falta que te ofendas. Ven conmigo.

Ned siguió a Parry al interior de la casa. El palacio era lúgubre y estaba algo destartalado. Quizá Isabel contaba con ingresos reales, pero era evidente que no alcanzaban para renovar todo un palacio.

Parry abrió una puerta y miró en el interior.

—¿Queréis recibir a un tal Ned Willard de Kingsbridge, sir William? —preguntó.

—Está bien —respondió una voz.

Parry se volvió hacia Ned.

—Adelante.

La sala era grande, pero no estaba decorada con ostentación. Era un despacho funcional con libros mayores en las estanterías, más que un salón para recibir visitas. Cecil estaba sentado a un escritorio con plumas y tinta, papel y lacre. Llevaba un jubón negro de terciopelo que parecía abrigar demasiado para el calor del verano..., pero era un hombre sedentario, y Ned, en cambio, había estado caminando bajo el sol.

—Ah, sí, ya me acuerdo —dijo Cecil al ver a Ned—. El chico de Alice Willard. —El tono de su voz no era amistoso ni desagradable, solo algo cauto—. ¿Se encuentra bien tu madre?

—Ha perdido todo su dinero, sir William —contestó Ned—. La mayor parte de nuestra fortuna estaba en Calais.

—Muchos hombres buenos han sufrido un destino similar. Fuimos necios al declararle la guerra a Francia, pero ¿por qué has venido a verme? Yo no puedo recuperar Calais.

—Cuando nos vimos en el banquete del conde de Shiring, comentasteis que buscabais a un joven más o menos como yo que os ayudara con el trabajo que realizáis para lady Isabel. Mi madre os dijo que mi destino era dedicarme al negocio familiar, y que por lo tanto no me encontraba disponible..., pero ahora ya no existe ese negocio. No sé si habréis contratado a alguien...

—Pues sí —dijo Cecil para desgracia de Ned. Sin embargo, un instante después añadió—: Pero ha resultado ser una mala elección.

A Ned se le iluminó la cara de nuevo.

—Me sentiría muy honrado y agradecido si me consideraseis para ocupar su lugar —dijo con entusiasmo.

—No sé —repuso Cecil—. No se trata de uno de esos puestos que solo existen para generarle ingresos a un cortesano. Requiere trabajo de verdad.

—Estoy dispuesto a trabajar.

—Tal vez, pero, para serte sincero, un chico de casa rica cuya familia vive malos tiempos no suele ser un buen ayudante. Es más que probable que esté demasiado acostumbrado a dar órdenes, y quizá le resulte extraño que se espere de él que haga lo que le mandan con prontitud y a conciencia. Normalmente solo quiere el dinero.

—Yo quiero algo más que dinero.

—¿Ah, sí?

—Sir William, hace dos semanas quemamos a un protestante en Kingsbridge... El primero en nuestra ciudad. —Ned sabía que no debía emocionarse, pero le costaba horrores evitarlo—. Mientras veía cómo moría gritando, recordé lo que me dijisteis sobre el deseo de Isabel de que nadie más tenga que morir por su confesión.

Cecil asintió con la cabeza.

—Deseo que un día sea reina —dijo Ned con pasión—. Deseo que nuestro país sea un lugar en el que católicos y protestantes no se maten entre sí. Cuando llegue el momento, deseo estar con vos, ayudando a Isabel a ganar el trono. Ese es el verdadero motivo que me ha traído aquí.

Cecil escudriñó a Ned con la mirada, como intentando alcanzar a ver su corazón y determinar si estaba siendo sincero.

—De acuerdo —dijo tras una larga pausa—. Te concederé una prueba.

—Gracias —repuso Ned con fervor—. Os prometo que no lo lamentaréis.

II

Ned seguía enamorado de Margery Fitzgerald, pero se habría acostado con Isabel sin dudarlo un instante.

Y no es que fuese guapa. Tenía una nariz grande, la barbilla pequeña y los ojos demasiado juntos. Sin embargo, aunque resultara extraño, desprendía un encanto irresistible: era pasmosamente inteligente, tan encantadora como una gatita y coqueta hasta el descaro. La honda impresión que causaba no se resentía demasiado por culpa de su impetuosidad y su mal humor ocasional. Hombres y mujeres la adoraban aun después de que los hubiera reprendido con crueldad. Ned jamás había conocido a nadie que se le pareciera ni de lejos. Era apabullante.

Con él hablaba en francés, se burlaba de su latín titubeante y le decepcionó que no pudiera ayudarla a practicar español. Dejaba que leyera cualquiera de sus libros si le apetecía, a condición de que después los comentara con ella. También le hacía preguntas sobre sus finanzas que dejaban bien claro que entendía de cuentas tanto como él.

Ned tardó pocos días en descubrir las respuestas a dos interrogantes fundamentales.

La primera, que Isabel no conspiraba contra la reina María Tudor. De hecho, manifestaba sentir un horror a la traición que a Ned le parecía auténtico. En cambio, sí se estaba preparando de una forma bastante metódica para reclamar su derecho al trono después de la muerte de María, cuando quiera que se produjese. El viaje de Cecil a Kingsbridge en Navidad formaba parte de un plan en el que él, así como otros aliados de Isabel, visitaba las ciudades más importantes de Inglaterra para hacer una estimación de sus seguidores… y de sus detractores. La admiración de Ned por Cecil creció deprisa: era un hombre de pensamiento estratégico que juzgaba cada asunto según su efecto a largo plazo en el destino de la princesa a quien servía.

La segunda, que Isabel era protestante, por mucho que Cecil pretendiera asegurar que ya no tenía fuertes convicciones religiosas. Iba a misa y cumplía con todos los rituales católicos que se esperaban de ella, pero lo hacía solo por guardar las apariencias. Su libro preferido era las *Paráfrasis del Nuevo Testamento*, de Erasmo, y lo más revelador era lo malhablada que era. Juraba de un modo que cualquier católico consideraría ofensivo. En compañía cortés escogía expresiones que no resultaban del todo blasfemas: «pardiez» en lugar de «por Dios», «diantres» por «diablos», y «madre mía» por «madre de Dios». Pero en privado se mostraba más irreverente y decía cosas como «¡La Virgen!» o —su preferida— «¡Por los clavos de Cristo!».

Todas las mañanas estudiaba con su tutor, y Ned se quedaba en el despacho de Cecil con los libros mayores. Isabel tenía muchísimas propiedades, y buena parte del trabajo de Ned consistía en asegurarse de que le pagaran por completo y a tiempo las rentas debidas. Después de la comida del mediodía, Isabel se relajaba y a veces le gustaba tener consigo a sus criados preferidos para que charlaran con ella. Esas tardes se sentaban en una sala conocida como el salón del obispo, que tenía los asientos más cómodos de palacio y donde había un tablero de ajedrez y un virginal, una especie de clavecín en el que Isabel tocaba melodías de vez en cuando. Su institutriz, Nell Baynsford, siempre estaba allí, y en ocasiones también Tom Parry, que era su tesorero.

Ned no pertenecía a ese exclusivo círculo privado, pero un día que Cecil estaba ausente lo llamaron para hablar sobre los preparativos del vigésimo quinto cumpleaños de la princesa, el 7 de septiembre, para el que faltaban solo unas semanas. ¿Debían intentar organizar una gran celebración en Londres, lo cual requeriría del permiso de la reina, o algo más modesto allí, en Hatfield, donde podían hacer lo que gustaran? Mientras discutían la cuestión, llegó una visita sorpresa.

Oyeron un chacoloteo de cascos cuando varios caballos cruzaron el arco de entrada hacia el patio central. Ned se acercó a la ventana emplomada y miró a través del cristal ahumado. Eran seis jinetes con monturas imperiosas y caras, y los mozos de cuadra de Isabel salieron de los establos para ocuparse de las monturas. Ned miró con más atención al jefe del grupo y se sorprendió al reconocerlo.

—¡Es el conde Swithin! —exclamó—. ¿Qué ha venido a hacer aquí?

Lo primero que se le pasó por la cabeza fue que la visita debía estar relacionada con el matrimonio entre el hijo del conde, Bart, y la chica a la que él amaba, Margery, que no tardaría en celebrarse. Pero eso no era más que una ilusión; aunque el compromiso se hubiese roto, el conde no iría allí a decírselo a Ned.

Entonces, ¿qué?

Los visitantes fueron conducidos al interior de la casa mientras se quitaban las capas cubiertas de polvo. Unos minutos después, un criado entró en el salón para anunciar que el conde de Shiring deseaba hablar con lady Isabel, y esta ordenó que lo hicieran pasar.

El conde Swithin era un hombre grande con una voz potente y, cuando entró, llenó la sala con su presencia. Ned, Nell y Tom se pusieron en pie, pero Isabel siguió sentada, tal vez para dejar constancia de que su sangre real tenía más peso que la edad avanzada de Swithin. El conde hizo una profunda reverencia, pero habló con un tono familiar, como haría un tío con una sobrina.

—Me alegra veros con tan buen aspecto, y tan hermosa —dijo.

—Qué grata e inesperada sorpresa —respondió Isabel. El cumplido era empalagoso, pero su voz denotaba cautela. Era evidente que desconfiaba de Swithin.

Y bien que hacía, pensó Ned. Los católicos leales como Swithin habían prosperado bajo el reinado de María Tudor y temían el regreso del protestantismo, así que no querían que Isabel fuese coronada.

—¡Tan bella y ya casi con veinticinco años! —siguió halagándola el conde—. Un hombre sin sangre azul como yo mismo no puede evitar pensar que tanta belleza no debería desperdiciarse... Sin duda me perdonaréis por decirlo.

—¿Eso haré? —replicó Isabel con voz gélida. Detestaba esas vagas insinuaciones sexuales expresadas con tono jovial.

Swithin sintió la frialdad de Isabel y miró a los tres sirvientes que aguardaban en un segundo plano. Sin duda se estaba preguntando si no le iría mejor no tenerlos allí escuchando. Cuando sus ojos recayeron en Ned se llevó un leve sobresalto, pero no dijo nada.

—¿Podría hablar con vos en privado, querida? —preguntó volviéndose de nuevo hacia Isabel.

Dar por hecha una familiaridad injustificada no era la mejor forma de engatusar a la princesa. Había sido la pequeña de la familia, algunos decían que ilegítima, y eso la hacía extraordinariamente sensible a cualquier muestra de falta de respeto. Sin embargo, Swithin era demasiado inepto para comprender algo así.

—Lady Isabel jamás debe quedarse a solas con un hombre... —objetó Tom Parry—. Por órdenes de la reina.

—¡Tonterías! —exclamó Swithin.

Ned pensó que ojalá Cecil estuviera allí, pues los sirvientes corrían un grave riesgo si se enfrentaban a un conde. Incluso aventuró que Swithin podría haber planeado su encuentro con Isabel sabiendo que ese día no habría en palacio nadie de su personal de mayor rango.

¿Qué se proponía?

—La princesa no tiene nada que temer de mí —insistió el conde, y soltó una sonora carcajada de satisfacción que hizo que a Ned se le pusieran los pelos de punta.

Pero a Isabel le ofendió el comentario.

—¿Temer? —dijo alzando la voz. Se tomaba a mal cualquier insinuación de que era una mujer frágil necesitada de protección—. ¿Por qué iba yo a temer nada? Desde luego que hablaré con vos en privado.

Los tres sirvientes salieron de la sala a regañadientes.

—Tú lo conoces —le dijo Tom a Ned cuando se cerró la puerta—. ¿Cómo es?

—Swithin es un hombre violento —respondió Ned—. Debemos quedarnos cerca. —Se dio cuenta de que Tom y Nell volvían la vista hacia él buscando consejo, así que pensó con rapidez—. Nell, ¿diréis en cocina que envíen vino para el invitado? —Si era preciso entrar en el salón, el vino podía darles un buen pretexto.

—¿Qué hará él si volvemos a entrar? —preguntó Tom.

Ned pensó en la reacción de Swithin aquel día que los puritanos se marcharon en mitad de la obra teatral.

—He visto cómo intentaba matar a un hombre que lo había ofendido.

—Dios nos libre...

Ned acercó la cabeza a la puerta. Oía las dos voces: la de Swithin era fuerte y la de Isabel, penetrante. No lograba entender las palabras, pero su tono era calmado, cuando no muy amistoso, y por un momento sintió que la princesa no corría ningún peligro.

Intentó adivinar qué estaba ocurriendo. La visita sorpresa de Swithin debía de estar relacionada con la sucesión al trono. Era el único motivo por el que un cortesano poderoso podía interesarse en Isabel.

Ned recordó que una solución ampliamente debatida al problema de la sucesión era la de casar a la princesa con un católico fuerte, pues se daba por hecho que ella se dejaría guiar por su marido en asuntos religiosos. Ned había llegado a conocerla lo bastante para darse cuenta de que ese plan no daría resultado, pero otras personas no lo veían así. El rey Felipe había propuesto a su primo, el duque de Saboya, pero Isabel lo había rechazado.

¿Querría Swithin casarse él mismo con ella? Era una posibilidad. Tal vez esperase seducirla en esa visita. Aunque era más probable que pensase que, si pasaba suficiente tiempo a solas con Isabel, la sospecha de fornicación hiciera del matrimonio la única alternativa viable para salvar la reputación de la princesa.

No sería el primero en intentarlo. Cuando Isabel contaba con solo catorce años, Thomas Seymour —un hombre de cuarenta— había incurrido en tocamientos sexuales tramando casarse con ella. Seymour acabó ejecutado por traición, aunque sus propósitos con Isabel no habían sido su único delito. Ned no descartaba que el insensato del conde Swithin estuviera dispuesto a correr ese mismo destino.

La inflexión de las voces dentro de la sala cambió e Isabel empezó a sonar más autoritaria. Swithin reaccionó en sentido contrario, contrarrestando la frialdad de ella con una voz tan obsequiosa que casi resultaba lasciva.

Si ocurriera algo desagradable, Isabel podía gritar para pedir auxilio. Sin embargo, ella nunca admitía necesitar ayuda y, además, Swithin podía silenciarla de algún modo.

Nell regresó con una bandeja en la que llevaba una jarra de vino, dos copas y un plato con pastelitos. Ned levantó una mano para detenerla y que no entrara aún.

—Todavía no —murmuró.

Un minuto después, Isabel profirió un sonido que prácticamente fue un grito. Acto seguido, se escuchó un estrépito que Ned interpretó que era un cuenco de manzanas que se habría caído al suelo. Dudó, esperando que Isabel gritara, pero después solo se oyó el silencio. No sabía qué hacer; aquel silencio le parecía más siniestro aún que cualquier otra cosa.

Incapaz de soportar el suspense, abrió la puerta de golpe, le quitó la bandeja a Nell y entró.

El conde Swithin tenía a Isabel arrinconada entre sus brazos al fondo de la sala y la estaba besando. Los mayores temores de Ned estaban justificados.

La princesa volvía la cabeza de un lado a otro intentando escapar de su boca, y Ned vio que golpeaba con sus pequeños puños las anchas espaldas de Swithin sin lograr zafarse de él. Era evidente que lo estaba rechazando, pero Ned supuso que en eso consistía el cortejo para Swithin. Sin duda imaginaba que podía vencer a una mujer con la fuerza de su pasión, y que ella accedería a sus abrazos y se enamoraría de él por su imperiosa masculinidad.

Isabel no se dejaría seducir así ni aunque Swithin fuese el último hombre de la Tierra.

—Un pequeño refrigerio para vos, conde —anunció Ned en alto. Temblaba de miedo, pero logró que su voz sonara jovial—. ¿Una copa de vino de Jerez, quizá? —Dejó la bandeja sobre una mesa que había junto a la ventana.

Swithin se volvió hacia él sin aflojar su deformada mano izquierda, con la que tenía inmovilizada la delgada muñeca de Isabel.

—Fuera de aquí, pedazo de mierda —espetó.

Que persistiera en su actitud sobresaltó a Ned. ¿Cómo podía continuar después de que lo hubieran visto? Incluso un conde sería ejecutado por violación, sobre todo si existían tres testigos independientes…, y tanto Tom como Nell estaban en el umbral, mirando, aunque demasiado aterrados para entrar.

Swithin, sin embargo, no pensaba desistir.

Ned entendió que ya no podía irse de allí, pasara lo que pasase.

Con gran esfuerzo, controló el temblor de sus manos lo bastante para servir el vino en una copa.

—Y en las cocinas han tenido la amabilidad de enviar unos pasteles. Seguro que estáis hambriento después de vuestro viaje.

—Soltadme el brazo, Swithin —dijo Isabel. Tiró de él, pero aunque el hombre la sostenía con la mano mutilada, la que había perdido dos dedos y medio, no lograba liberarse.

Swithin se llevó la otra mano a la daga de su cinto.

—Fuera de esta sala ahora mismo, joven Willard, o por Dios que te corto el pescuezo.

Ned sabía que era muy capaz de hacerlo. En New Castle, durante sus ataques de cólera había herido a criados en diversos incidentes que, más tarde, habían quedado en el olvido gracias a una combinación de amenazas y compensaciones. Si Ned se defendía, además podían ahorcarlo por atacar a un noble.

Sin embargo, a esas alturas no podía abandonar a Isabel.

La mención del cuchillo le sirvió de inspiración.

—Ha habido una pelea en los establos —improvisó—. Dos de vuestros jinetes se han puesto a discutir. Los mozos han logrado separarlos, pero parece que uno ha quedado gravemente herido... por causa de un puñal.

—Condenado mentiroso —dijo Swithin, pero era evidente que no estaba seguro, y la duda enfrió su ardor.

Detrás de Ned, Nell y Tom por fin entraron vacilantes en el salón. Nell se arrodilló y empezó a recoger el cuenco de fruta hecho añicos. Tom le siguió la corriente a Ned con su historia.

—Vuestro hombre está sangrando mucho, conde Swithin —añadió.

El sentido común empezó a imponerse y Swithin pareció darse cuenta de que no podría apuñalar a tres sirvientes de Isabel sin buscarse problemas, así que su plan de seducción se vino abajo. Su expresión era de furia, pero soltó a la princesa, que de inmediato se apartó de él frotándose la muñeca.

Con un gruñido de frustración, el hombre salió de la sala dando grandes zancadas.

Ned casi se derrumbó del alivio. Nell se echó a llorar. Tom Parry dio un trago de vino de Jerez directamente de la jarra.

—Mi señora, deberíais ir a vuestros aposentos con Nell y atrancar la puerta. Tom, será mejor que vos y yo también desaparezcamos.

—Estoy de acuerdo —dijo Isabel, pero no se marchó de inmediato, sino que se acercó más a Ned y le dijo en voz baja—: No ha habido ninguna pelea en los establos, ¿verdad?

—No; ha sido lo único que se me ha ocurrido sobre la marcha.

—¿Cuántos años tienes, Ned? —preguntó ella sonriendo.

—Diecinueve.

—Has arriesgado la vida por mí. —Se puso de puntillas y le dio un beso en los labios, breve y tierno—. Gracias.

Entonces abandonó la sala.

III

La mayoría de la gente se bañaba dos veces al año, en primavera y en otoño, pero las princesas eran maniáticas, e Isabel pedía el baño más a menudo. Se trataba de una operación complicada; las sirvientas tenían que acarrear grandes tinas de dos asas de la lavandería, llenas de agua caliente, desde el fuego de la cocina hasta su dormitorio y apresurarse a subir las escaleras antes de que se enfriara.

El día después de la visita de Swithin, Isabel tomó un baño, como para limpiarse de la repugnancia que había sentido. No dijo nada más sobre el conde después de besar a Ned, pero él sentía que se había ganado su confianza.

También era consciente de que había convertido a un conde poderoso en su enemigo, pero tenía la esperanza de que se le pasase; Swithin era irascible y vengativo, pero Ned creía que ninguna pasión le duraba demasiado. Con suerte, solo le guardaría rencor hasta que se le despertara otro más enconado.

Sir William Cecil llegó poco después de la partida de Swithin, y a la mañana siguiente se puso a trabajar con Ned. El despacho de Cecil se encontraba en la misma ala que los aposentos privados de Isabel, y este envió a Ned al despacho de Tom Parry a buscar el libro mayor de gastos de otra casa que poseía la princesa. Al regresar con el pesado libro en las manos, Ned recorrió el pasillo de Isabel, donde los tablones del suelo estaban encharcados por el agua que habían vertido las criadas. Cuando pasó por delante de su aposento, vio que la puerta estaba abierta y cometió la estupidez de mirar al interior.

Isabel acababa de salir del baño. Lo que era la tina estaba tapada por un biombo, pero ella se había desplazado por la habitación para alcanzar un gran paño de lino blanco con el que secarse. Debería haber tenido a una criada esperando junto al agua con el paño, y desde luego la puerta debería haber estado cerrada; pero alguien se estaba retrasando e Isabel era impaciente con las sirvientas embobadas.

Ned jamás había visto a una mujer desnuda. No tenía hermanas, nunca había llegado tan lejos con ninguna muchacha y no había visitado ningún burdel.

Se quedó de piedra, sin dejar de mirar. El agua caliente del baño, que humeaba un poco, resbalaba por los hombros delicados de Isabel hasta sus pequeños pechos y continuaba hacia las caderas curvilíneas y los fuertes muslos, musculados de montar a caballo. Su piel era de un blanco cremoso y tenía el vello púbico de un maravilloso rojizo dorado. Ned sabía que debía apartar la mirada enseguida, pero estaba hechizado y no podía moverse.

Ella lo descubrió y se sobresaltó, pero solo un momento. Alargó una mano y asió el borde de la puerta.

Entonces sonrió.

Un instante después, cerró de golpe.

Ned corrió por el pasillo con el corazón latiéndole como si fuera un gran tambor. Por lo que acababa de hacer podían despedirlo de su trabajo, ponerle el cepo, azotarlo... O las tres cosas juntas.

Pero Isabel había sonreído.

Había sido una sonrisa cálida, afable y algo coqueta. Ned imaginó que una mujer desnuda le sonreiría así a su esposo o a su amante. Su sonrisa parecía decir que ese atisbo de belleza prohibida era un favor que estaba contenta de concederle.

No le contó a nadie lo ocurrido.

Esa noche esperó que se produjera una explosión de ira, pero no ocurrió nada. Isabel no mencionó el incidente, ni a él ni a nadie más. Poco a poco, Ned se convenció de que no iban a castigarlo. Después empezó a dudar incluso de que hubiera sucedido de verdad. Casi parecía haberlo soñado.

Sin embargo, recordaría esa visión el resto de su vida.

IV

Bart besó a Margery por primera vez en la casa nueva, Priory Gate.

Sir Reginald Fitzgerald, lady Jane y Rollo le mostraban orgullosos al conde Swithin la casa. Margery los seguía junto a Bart, que ya había regresado de su destino en Combe Harbour ahora que la amenaza de una invasión francesa parecía haberse desvanecido. Margery sabía que su padre había vuelto a vender el resto del priorato al cabildo de la catedral, tal como había prometido. El precio había sido bajo, pero suficiente para pagar las obras de la casa nueva y dejarla terminada.

Era una magnífica e impresionante estructura moderna que se levantaba en la plaza del mercado, construida con la misma piedra caliza clara que la catedral. Tenía varias hileras de ventanales y altas chimeneas agrupadas. Dentro parecía que hubiese escaleras por doquier, y decenas de hogares. Olía a recién pintado, algunas chimeneas humeaban por donde no debían y varias de las puertas no cerraban bien del todo, pero era habitable y los criados ya estaban trasladando mobiliario desde la casa antigua de High Street.

Margery no deseaba vivir allí. Para ella, Priory Gate siempre olería a derramamiento de sangre y estafa. Philbert Cobley había muerto en la hoguera y Alice Willard había quedado arruinada para que esa casa pudiera terminarse. Philbert y Alice habían cometido pecados, desde luego, y debían recibir un castigo por ellos, pero la estricta moralidad de Margery no le permitía estar de acuerdo con unos criterios tan imprecisos: las severas sentencias que habían recibido estaban provocadas por motivos impuros. El obispo Julius había conseguido así que la catedral recuperase el priorato, y el padre de Margery se había embolsado un buen montón de dinero que en realidad no le pertenecía.

Pensar en esas cosas no era asunto de una simple muchacha, pero ella no podía evitarlo y se enfurecía cada vez que lo recordaba. La mala conducta de obispos y prebostes católicos era en gran parte lo que impulsaba el protestantismo... ¿Cómo era posible que no lo vieran? Sin embargo, Margery no podía hacer nada más que rabiar.

Cuando la comitiva entró en la galería, Bart se quedó rezagado, agarró a Margery del codo y tiró de ella hacia atrás. En cuanto perdieron de vista a los demás, la besó.

Era alto, apuesto y vestía muy bien. Margery sabía que debía amarlo, pues sus padres lo habían escogido para que fuera su esposo, y a ellos Dios les había dado autoridad sobre ella. Así que le correspondió el beso, abrió la boca y dejó que explorase su cuerpo, palpase sus pechos e incluso que apretase la mano entre las piernas de ella. Le resultó difícil, sobre todo porque no dejaba de recordar que Ned la había besado en esa misma casa cuando estaba a medio construir, así que intentó evocar los sentimientos que solían invadirla cuando estaba con él. No le funcionó del todo, pero al menos consiguió que el mal trago fuese un poco más fácil de soportar.

Al poner fin al abrazo, vio que Swithin los estaba mirando.

—Nos estábamos preguntando dónde os habíais metido vosotros dos —dijo el conde. Les ofreció una sonrisa de complicidad y guiñó el ojo con lascivia.

A Margery le resultó repulsivo pensar que el hombre había estado ahí, observándolos, hasta que ella lo había descubierto.

Todos se sentaron en la estancia designada como el salón de sir Reginald a hablar de la boda. Solo faltaba un mes para que se celebrase; Margery y Bart se casarían en la catedral de Kingsbridge y luego habría un banquete allí, en la casa nueva. Margery había encargado un vestido de una seda azul celeste y un tocado muy trabajado, de ese estilo desenfadado que tanto le gustaba. El conde Swithin quería conocer todos los detalles de su vestimenta, casi como si fuese él quien iba a casarse con ella. Sus padres también vestirían prendas nuevas, y había un centenar de decisiones más que tomar. Los invitados disfrutarían de pasatiempos, así como de comida y bebida, y sir Reginald tendría que suministrar cerveza gratis para todo el que se presentara en la casa.

Estaban debatiendo qué obra sería adecuada para poner fin a los festejos cuando el jefe de mozos, Percy, entró seguido de un joven con el polvo del camino todavía en la ropa.

—Un correo de Londres, sir Reginald —anunció Percy—. Me asegura que desearéis oír sin demora las noticias que trae.

Sir Reginald miró al correo.

—¿De qué se trata?

—Traigo una carta de Davy Miller, señor. —Miller era el representante comercial de Reginald en Londres.

El correo le tendió una delgada cartera de cuero.

—Dime lo que dice, joven —pidió sir Reginald con impaciencia.

—La reina está enferma.

—¿Qué le ocurre?

—Los médicos creen que es una tumefacción maligna en sus partes pudendas lo que está provocando que se le hinche la barriga.

—Ah. Esos falsos embarazos... —comentó Rollo.

—Es tan grave que a veces cae inconsciente.

—Pobre mujer —dijo Margery. Tenía sentimientos encontrados

en cuanto a María Tudor. La reina era una mujer con una tenacidad y una devoción admirables, pero no estaba bien que quemase a protestantes. ¿Por qué no podía la gente ser devota y compasiva a la vez, como Jesús?

—¿Cuál es el pronóstico? —preguntó Rollo, preocupado.

—Entendemos que puede tardar varios meses en morir, pero ya no se recuperará.

Margery vio que Rollo palidecía un poco y, un momento después, comprendió por qué.

—Son las peores noticias que podíamos recibir —dijo su hermano—. María Tudor no tiene hijos, y la joven María Estuardo es ahora una sucesora menos atractiva, puesto que se ha casado con ese desgraciado chiquillo francés. Todo eso convierte a Isabel Tudor en la candidata principal... y nuestros esfuerzos por tenerla controlada han fracasado.

Rollo no se equivocaba. Margery no lo había visto tan deprisa como él, pero en cuanto le oyó decirlo, comprendió que así era, igual que su padre y también el conde. Inglaterra corría el peligro de volver a caer en la ciénaga de la herejía. Se estremeció.

—¡Isabel no debe llegar al trono! —exclamó Swithin—. Eso sería una catástrofe.

Margery miró a Bart, pero este parecía aburrido. Su futuro marido no tenía paciencia para la política. Prefería hablar de caballos y perros. A ella le sacaba de quicio: ¡aquello concernía a su futuro!

—María Estuardo está casada con un príncipe francés —dijo Reginald—, y el pueblo de Inglaterra no quiere otro rey extranjero.

—El pueblo de Inglaterra no tendrá ni voz ni voto en la cuestión —masculló Swithin—. Decidles ahora que su próximo monarca será María Estuardo y, para cuando llegue el momento, ya se habrán acostumbrado a la idea.

Margery pensó que todas esas palabras no eran más que elucubraciones, y su padre, con su siguiente comentario, demostró estar de acuerdo con ella.

—Podemos decirles lo que queramos —opinó Reginald—, pero ¿nos creerán?

Rollo respondió la pregunta.

—Tal vez sí —dijo con un deje especulativo. Estaba pensando a toda velocidad, pero lo que decía tenía sentido—. Sobre todo si el anuncio cuenta con el refrendo del rey Felipe.

—Quizá —repuso sir Reginald—. Antes tendríamos que conseguir que el rey Felipe accediera.

Margery empezó a ver un rayo de esperanza.

—Entonces iremos a ver al rey Felipe —dijo Rollo.

—¿Dónde se encuentra ahora?

—En Bruselas, conduciendo su ejército contra los franceses. Pero la guerra casi ha terminado.

—Puede que debamos darnos prisa si la reina está tan enferma como parece.

—En efecto. Podemos cruzar de Combe Harbour a Amberes; Dan Cobley tiene barcos que hacen el trayecto todas las semanas. Desde Amberes hay un día a caballo hasta Bruselas. Estaremos de vuelta para la boda.

A Margery le pareció irónico que tuvieran que confiar en el ultraprotestante Dan Cobley para que los transportara en esa misión.

—¿Y el rey Felipe nos recibirá? —preguntó Rollo.

Fue Swithin quien respondió a eso:

—A mí sí. Inglaterra es uno de sus reinos, y yo soy uno de los mayores nobles ingleses. Además, se hospedó en New Castle una vez, después de su matrimonio, en el camino de Winchester a Londres.

Los tres hombres se miraron: Reginald, Rollo y Swithin.

—Muy bien —dijo Reginald—. Iremos a Bruselas.

Margery se sintió mejor. Al menos estaban haciendo algo.

Rollo se puso en pie.

—Iré a ver a Dan para hablar de ese barco —dijo—. No tenemos tiempo que perder.

V

A Ned Willard no le apetecía ir a Kingsbridge para la boda de Margery, pero tenía que hacerlo. La ceremonia le ofrecía un pretexto demasiado bueno para su misión encubierta.

En octubre desanduvo el camino que había hecho en julio, pero esta vez a caballo. Su encargo era urgente. La reina se moría y todo apremiaba.

Su madre parecía haber encogido. No era tanto algo físico —pues seguía estando bastante entrada en carnes— como que su fortaleza de espíritu la había abandonado. Ned no había acabado de creerla cuando, en junio, le había dicho: «Dentro de poco cumpliré los cincuenta... y no me quedan fuerzas». Tres meses después, no obstante, seguía abatida y letárgica. Ahora Ned estaba seguro de que Alice jamás remontaría el negocio familiar. Al pensarlo, apretó los dientes con rabia.

Sin embargo, las cosas iban a cambiar. Él formaba parte de la fuerza que acabaría con el poder de hombres como el obispo Julius y sir Reginald. A Ned le emocionaba pertenecer a la casa de Isabel. Tenía el favor tanto de Cecil como de la propia princesa, sobre todo desde que había desafiado a Swithin, y sentía una oleada de ansiosa impaciencia cada vez que pensaba en cómo cambiarían el mundo juntos. Antes, con todo, tenían que colocar a Isabel en el trono de Inglaterra.

Ned estaba con su madre en la plaza del mercado, esperando a la novia, mientras un enérgico viento del norte soplaba por el espacio abierto. Como siempre, los novios se profesarían los votos en el pórtico de la iglesia y después entrarían para celebrar la misa nupcial. Los habitantes de Kingsbridge recibieron a Ned con cariño; la mayoría estaban convencidos de que su familia había recibido un trato más que injusto.

Swithin y Bart estaban en primera fila del público, Bart con un jubón nuevo de color amarillo. Todavía no se veía a la novia por ninguna parte. ¿Estaría contenta o triste? ¿Le habían roto el corazón, le habían destrozado la vida porque no iba a casarse con Ned? ¿O a esas alturas habría superado ya su amor por él y empezaría a disfrutar de su nuevo papel junto al vizconde Bart? Ned no estaba seguro de cuál de las dos opciones le costaría más soportar.

Aun así, no estaba allí por Margery. Peinó la muchedumbre en busca de los protestantes. Entonces localizó a Dan Cobley y dio comienzo a su misión.

Cruzó la plaza con un aire despreocupado para hablar con él, que estaba junto a la esquina noroeste de la catedral. Aunque solo habían pasado tres meses, Dan parecía cambiado: había perdido peso y tenía las facciones más duras, además de enjutas. A Ned le agradó el cambio, pues su cometido era el de convertirlo en un cabecilla militar.

No resultaría fácil.

Mientras intercambiaban cortesías, Ned se llevó a Dan tras un enorme contrafuerte y allí le habló en voz baja.

—La reina está entre la vida y la muerte.

—Eso he oído —dijo Dan con cautela.

Ned se desanimó al ver que no confiaba en él, pero entendía por qué. Los Willard habían pasado del catolicismo al protestantismo y viceversa con demasiada facilidad para el gusto de Dan. Ya no estaba seguro de cuál era su verdadera posición.

—La sucesión está en disputa, entre Isabel Tudor y María Estuardo —explicó Ned—. Ahora bien, María tiene quince años y está casada con un esposo enfermizo que es aún más joven que ella; sería una reina débil, dominada por sus tíos franceses, los hermanos De Guisa, que son ultracatólicos. Los protestantes debéis temerla.

—Pero Isabel va a misa.

—Y puede que siga haciéndolo después de convertirse en reina... Eso nadie lo sabe. —Lo cual no era cierto. Ned, como todo el que estaba cerca de Isabel, sabía que se declararía abiertamente protestante en cuanto pudiera, pues esa era la única forma de acabar con el dominio de la Iglesia. Sin embargo, fingían lo contrario para desarmar así a la oposición. En el mundo de los reyes y los cortesanos, Ned había aprendido que nadie decía toda la verdad en todo momento.

—En tal caso —repuso Dan—, ¿por qué debería importarme si nuestro próximo monarca es Isabel Tudor o María Estuardo?

—Si Isabel llega a ser reina, no quemará a protestantes por su fe.

—Esa parte sí era cierta.

Los ojos de Dan refulgieron de ira al verse obligado a recordar la terrible muerte de su padre, pero controló sus emociones.

—Eso es fácil de decir.

—Sé realista. Vosotros queréis que acabe cuanto antes la matanza de protestantes. Isabel no es solo vuestra mayor esperanza, también es la única.

Ned suponía que Dan no quería creerlo, pero en sus ojos vio el reconocimiento de la verdad, y tuvo la satisfacción de sentirse un paso más cerca de su objetivo.

—¿Por qué me cuentas todo esto a mí? —preguntó Dan, receloso.

Ned respondió esa pregunta con otra:

—¿Cuántos protestantes hay ahora en Kingsbridge?

Dan puso cara de obstinación y no abrió la boca.

—Tienes que confiar en mí —lo apremió Ned—. ¡Vamos!

—Al menos dos mil —concedió Dan al cabo.

—¿Qué? —Ned se vio gratamente sorprendido—. Imaginaba que varios cientos, como mucho.

—Hay más de un grupo, y la cantidad ha aumentado desde junio.

—¿Por lo que pasó con tu padre?

Dan torció el gesto.

—Más bien por lo que pasó con tu madre. Les da miedo hacer negocios. Ningún acuerdo está a salvo ahora. A la mayoría de esas personas les importa poco un mártir protestante, pero no pueden vivir con una Iglesia que les roba el dinero.

Ned asintió con la cabeza. Sospechaba que Dan tenía mucha razón. A pocas personas les apasionaban las discusiones doctrinales, pero todo el mundo tenía que ganarse la vida, y una Iglesia que les impedía hacerlo acabaría teniendo problemas tarde o temprano.

—He venido desde Hatfield con una pregunta para ti, Dan —dijo Ned—, y podría ponerme en peligro solo con pronunciarla, así que, por favor, piensa bien antes de contestar.

Dan parecía asustado.

—¡No me metas en ningún asunto que pueda considerarse traición!

Eso era justo lo que Ned estaba a punto de hacer.

—De entre esos dos mil protestantes, ¿a cuántos hombres físicamente capaces podrías reunir cuando muera la reina para luchar por Isabel en contra de los defensores de María Estuardo?

Dan apartó la mirada.

—No tengo idea.

Ned sabía que eso solo era una evasiva. Se acercó más a Dan e insistió:

—¿Y si un grupo de nobles católicos, encabezados quizá por el conde Swithin, reunieran un ejército para marchar sobre Hatfield con la intención de hacer prisionera a Isabel mientras esperan a que María Estuardo y sus inflexibles tíos lleguen de Francia? ¿Te quedarías quieto y lo permitirías?

—Cuatrocientos hombres de Kingsbridge no cambiarían las cosas.

«De modo que cuatrocientos», pensó Ned. Era la información que necesitaba. Estaba satisfecho; sumaban más de lo que esperaba.

—¿Imaginas que sois los únicos protestantes valientes de Inglaterra? —preguntó. Y entonces bajó la voz—: Todas las ciudades del país cuentan con un grupo como el vuestro, dispuesto a marchar hacia Hatfield y defender a Isabel, esperando solo una palabra de ella.

Por primera vez la cara de Dan se iluminó de esperanza… aunque fuera la esperanza de vengarse.

—¿Es eso verdad? —preguntó.

En cierto modo era una exageración, pero tampoco era del todo mentira.

—Si deseas libertad para venerar a Dios de la forma que crees con pasión que es la correcta —dijo Ned—, y hacerlo sin sentir a cada minuto el miedo a que puedan quemarte vivo por ello, entonces debes estar dispuesto a luchar, y me refiero a luchar con espadas.

Dan asintió pensativamente.

—Hay una cosa más que debes hacer —prosiguió Ned—: descubrir si el conde Swithin y sir Reginald traman algo. Envíame un mensajero raudo a Hatfield en cuanto detectes indicios fuera de lo normal, como que hacen acopio de armas. Tener la información a tiempo es crucial.

Dan no dijo nada. Ned se lo quedó mirando en espera de una repuesta, deseando que fuera afirmativa.

—Pensaré en lo que me has dicho —dijo Dan por fin, y entonces se marchó.

Ned se sentía frustrado. Había creído que Dan estaría deseoso de vengar el asesinato de su padre encabezando la milicia de Kingsbridge para luchar por Isabel, y así se lo había asegurado a sir William Cecil. Tal vez se había excedido en su confianza.

Desanimado, volvió a cruzar la plaza hacia donde se encontraba su madre, pero a medio camino se encontró cara a cara con Rollo Fitzgerald.

—¿Qué noticias hay de la reina? —preguntó este.

El tema ocupaba los pensamientos de todo el mundo, por supuesto.

—Está gravemente enferma —dijo Ned.

—Corren rumores de que Isabel pretende tolerar el protestantismo si llega al trono. —Rollo hizo que sonara a acusación.

—¿Ah, sí? ¿Hay rumores? —Ned no tenía ninguna intención de meterse en esa discusión.

Intentó esquivar a Rollo, pero este le cortó el paso.

—E incluso de que quiere convertir Inglaterra a la herejía, igual que hizo su padre. —Rollo levantó el mentón con agresividad—. ¿Es cierto?

—¿Quién te ha dicho eso?

—Piensa una cosa —dijo Rollo, que era capaz de hacer oídos sordos a una pregunta con la misma facilidad que Ned—. Si lo intenta, ¿quién se opondría a ella? Roma, desde luego.

—En efecto —dijo Ned—. La política del Papa hacia los protestantes es el exterminio.

Rollo se llevó las manos a las caderas y se inclinó hacia delante en actitud combativa. A Ned esa postura le sonaba de sus días en la escuela: aquel era Rollo haciéndose el bravucón.

—Y también se opondría el rey de España, que es el hombre más rico y poderoso del mundo.

—Tal vez. —La posición de España no era tan sencilla, pero sin duda existía el peligro de que el rey Felipe intentara debilitar a Isabel.

—Y el rey de Francia, que sin duda es el segundo más poderoso.

—Mmm... —También ese era un peligro real.

—Por no hablar del rey de Portugal y la reina de los escoceses.

Ned fingía que aquellos argumentos le resultaban indiferentes, pero Rollo tenía una razón aplastante. Casi toda Europa se volvería en contra de Isabel si hacía lo que Ned sabía perfectamente que pensaba hacer. Él era consciente de todo ello, pero el resumen de Rollo iba recalcando cada extremo con un efecto escalofriante.

—¿Y quiénes la apoyarán? —siguió diciendo este—. El rey de Suecia y la reina de Navarra. —La Baja Navarra era un pequeño reino entre España y Francia.

—Pintas un panorama muy dramático.

Rollo se le acercó tanto que resultó desagradable. Era alto, y se cernió amenazante sobre Ned.

—La verdad es que sería muy necia si pretendiera pelearse con tantos hombres poderosos.

—Da un paso atrás, Rollo —le advirtió Ned—. Si no lo haces, te prometo que te levantaré con ambas manos y te tiraré al suelo.

Rollo pareció vacilar.

Ned le puso una mano en el hombro, un gesto que podría haber sido amistoso, y añadió:

—No te lo diré dos veces.

Rollo le apartó la mano de su hombro y dio media vuelta para marcharse.

—¡Así es como Isabel y yo tratamos a los bravucones! —exclamó Ned.

Se oyó una fanfarria de trompetas que anunciaba a la novia.

Ned se quedó sin aliento; estaba preciosa. Su vestido era de un azul cielo pálido y por debajo llevaba una saya de color azul oscuro. El cuello alto se elevaba de manera espectacular por detrás, como si fuera un abanico, y así enmarcaba su pelo rizado. El tocado bordado de joyas tenía una pluma ladeada.

Ned oyó a un grupo de muchachas murmurar con aprobación por allí cerca. Al mirarlas, lo que más claramente vio en sus caras fue envidia, y entonces comprendió que Margery había pescado al hombre que todas querían. Bart debía de ser el soltero más codiciado del condado. Aquellas jóvenes pensaban que se había llevado el primer premio. Qué equivocadas estaban...

Sir Reginald caminaba a su lado y se lo veía llevar con orgullo un jubón de una fantástica seda roja bordada con hilo de oro. «Todo eso lo ha pagado el dinero de mi madre», pensó Ned con rabia.

Se fijó entonces en la expresión de Margery mientras cruzaba la plaza. Parecía pequeña e indefensa al acercarse a los enormes sillares de la fachada occidental. ¿En qué estaría pensando? Tenía los labios helados en una media sonrisa y miraba a un lado y a otro, asintiendo a sus amigos. Su aspecto era seguro y orgulloso. Pero Ned, que la conocía mejor, sabía que la serenidad no era su estilo. La Margery natural era juguetona, traviesa, divertida y alegre. Ese día no había risa en ella. Solo estaba interpretando un papel, como el niño que había representado a María Magdalena en aquella obra.

Al pasar junto a él, lo vio.

No sabía que Ned estaría allí y se sorprendió. Abrió los ojos con consternación y apartó la mirada de inmediato, pero con eso le bastó para perder aplomo. Su sonrisa impasible flaqueó y, un momento después, Margery dio un traspié.

Ned se adelantó de manera automática para ayudarla, pero estaba a casi cinco metros de ella. Sir Reginald, que iba a su lado, la agarró del brazo, pero su reacción llegó tarde y, además, sin fuerza suficiente para salvarla. Margery perdió el equilibrio y cayó de rodillas.

La multitud soltó un grito ahogado. Era un mal augurio. Caerse de camino al altar era la peor señal posible de cara a la vida de casada.

Margery se quedó arrodillada unos segundos mientras recuperaba el aliento e intentaba recobrar la compostura, y su familia se reunió a su alrededor. Ned era uno de los muchos que intentaban ver algo por encima de sus hombros para averiguar si la novia estaba bien. Los que quedaban varias filas más atrás se preguntaban unos a otros qué había ocurrido.

Por fin Margery volvió a erguirse; parecía haber encontrado ya suficiente estabilidad. Su rostro mostraba de nuevo la misma expresión controlada de antes cuando miró a su alrededor con una sonrisa compungida, como riendo de su propia torpeza. Dio un paso adelante y continuó su camino hacia el pórtico de la catedral.

Ned se quedó donde estaba, no tenía ninguna necesidad de ver la ceremonia de cerca. La mujer que amaba iba a entregarle su vida a otro hombre. Margery se tomaba muy en serio las promesas; para ella, un voto era sagrado. Cuando diera el «Sí, quiero», lo daría de verdad. Ned sabía que la perdería para siempre.

Después de los votos, todo el mundo pasó al interior de la catedral para la misa nupcial.

Ned entonó las letanías y contempló las pilastras esculpidas y los arcos elevados, pero ese día el ritmo atemporal de las numerosas columnas y volutas no logró consolar su alma herida. Bart iba a hacer muy desgraciada a Margery, y Ned lo sabía. La idea que no dejaba de acudirle a la mente y que, por mucho que lo intentara, no lograba reprimir del todo era la de que esa noche Bart, ese idiota con cerebro de madera vestido con un jubón amarillo, se acostaría en la misma cama que Margery y haría con ella todo lo que él mismo deseaba hacer.

Y entonces todo habría acabado; serían marido y mujer.

Ned salió de la catedral. Ya no había duda, como tampoco esperanza. Tendría que pasar el resto de su vida sin ella.

Estaba convencido de que jamás amaría a ninguna otra y seguiría soltero hasta el final de sus días. Al menos se alegraba de tener una nueva ocupación que le entusiasmaba sobremanera. El trabajo que realizaba para Isabel casi lo tenía obsesionado. Si no podía pasar su vida con Margery, se dedicaría por entero a Isabel. Su ideal de tolerancia religiosa era de una radicalidad extravagante, desde luego. Medio mundo pensaba que dejar a cada cual venerar a Dios como desease era un beneplácito repugnante y una auténtica locura. Ned, sin embargo, creía que esa mayoría eran unos locos, y que los únicos cuerdos eran quienes pensaban como Isabel.

La vida sin Margery sería triste, pero no carecería de sentido.

Ned ya había impresionado a Isabel una vez por la forma en que había manejado la situación con el conde Swithin, y necesitaba hacerlo una vez más reclutando a Dan Cobley y a los protestantes de Kingsbridge como soldados para su ejército.

Se detuvo en la plaza, entre las ráfagas de viento, y miró a su alrededor buscando a Dan, que no había entrado en la catedral para asistir a la misa nupcial. Era de suponer que se había pasado esa hora sopesando su propuesta. ¿Cuánto tiempo necesitaría? Ned lo vio en el cementerio y se acercó a hablar con él.

Philbert Cobley no tenía tumba, por supuesto; los herejes no tenían derecho a un funeral cristiano. Dan estaba de pie ante la tumba de sus abuelos, Adam y Deborah Cobley.

—Recogimos algunas cenizas a escondidas, después de que lo quemaran —explicó. Tenía las mejillas húmedas de haber llorado—. Las trajimos aquí esa tarde y las enterramos al anochecer. Volveremos a verlo el día del Juicio Final.

Ned no sentía simpatía por Dan, pero no podía evitar que su infortunio le entristeciera.

—Amén —dijo—. Aunque todavía falta mucho para el Juicio Final, y mientras tanto tenemos que desempeñar la obra de Dios aquí, en la Tierra.

—Os ayudaré —repuso Dan.

—¡Bien dicho! —Ned se alegró de haber cumplido su misión. Isabel estaría complacida.

—Debería haber aceptado al instante, pero nos hemos vuelto cautelosos.

Ned pensó que era comprensible. Aun así, no quería seguir dándole vueltas al pasado ahora que Dan ya se había comprometido. Adoptó un tono de voz brioso y práctico.

—Deberás nombrar a diez capitanes, cada uno al mando de cuarenta hombres. No todos tendrán espada, pero diles que se busquen una buena daga o una maza. Una cadena de hierro también puede ser un arma útil.

—¿Es el consejo que estás dando a todas las milicias protestantes?

—Exacto. Necesitamos hombres disciplinados. Debes llevártelos a algún prado y hacer que marchen de un lado a otro. Parece una idea tonta, pero cualquier ejercicio que los acostumbre a moverse al unísono les irá bien. —Ned no hablaba por propio conocimiento ni experiencia, solo repetía lo que le había explicado Cecil.

—Puede que nos vean marchando —objetó Dan con ciertas dudas.

—No, si sois discretos.

Dan asintió con la cabeza.

—Una cosa más —añadió—. Quieres saber lo que hacen Swithin y los Fitzgerald, ¿verdad?

—Ya lo creo.

—Estuvieron en Bruselas.

Ned se quedó de piedra.

—¿Qué? ¿Cuándo?

—Hace cuatro semanas. Lo sé porque viajaron en uno de mis barcos. Los llevamos a Amberes y oímos que contrataban a un guía para llegar hasta Bruselas. Regresaron también en uno de mis barcos. Temían verse obligados a posponer la boda, pero llegaron hace tres días.

—El rey Felipe está en Bruselas.

—Eso he oído decir.

Ned intentó analizar esa información tal como lo haría William Cecil, y las piezas fueron encajando una tras otra en su cabeza. ¿Por qué querían Swithin y los Fitzgerald ver al rey Felipe? Para hablar sobre quién reinaría en Inglaterra cuando muriese María Tudor. ¿Qué le habían dicho a Felipe? Que María Estuardo debía ser reina, y no Isabel Tudor.

Seguramente le habían pedido al rey Felipe que apoyara a María.

Y si este había aceptado, Isabel tenía problemas.

VI

Ned se preocupó mucho más aún al ver la reacción de Cecil.

—No esperaba que el rey Felipe apoyara a Isabel, pero sí que tal vez se mantuviera al margen —comentó el consejero con inquietud.

—¿Por qué no habría de apoyar a María Estuardo?

—Le inquieta que Inglaterra acabe bajo el control de sus tíos franceses. No le interesa que Francia llegue a ser demasiado poderosa. Así pues, por mucho que desee que volvamos a ser católicos, tiene la opinión dividida. No quiero que nadie le convenza para decidirse en favor de María Estuardo.

Ned no había pensado en eso. Era extraordinaria la cantidad de veces que Cecil señalaba cuestiones que a él ni se le habían ocurrido. Aprendía deprisa, pero sentía que jamás llegaría a dominar las complejidades de la diplomacia internacional.

Cecil estuvo de mal humor un día entero, intentando pensar en algo que hacer o decir para persuadir al rey español de que no interviniese. Después, Ned y él fueron a visitar al conde de Feria.

Ned había visto al conde ya en otra ocasión, el verano anterior, cuando el cortesano español se acercó a Hatfield. Isabel se había alegrado de verlo y tomó su visita como una señal de que su señor, el rey Felipe, tal vez no se opusiera tajantemente a su derecho al trono. Isabel desplegó todo el poder de sus encantos ante el conde de Feria, y este se marchó de allí medio enamorado de ella. Sin embargo, en el mundo de las relaciones internacionales nada era del todo como parecía. Ned no estaba seguro de cuánto significaba que el conde se hubiese quedado prendado de Isabel. Era un diplomático avezado; cortés con todos pero despiadado bajo la superficie.

Cecil y Ned lo encontraron en Londres esta vez.

La ciudad de Londres era pequeña en comparación con Amberes, París o Sevilla, pero se había convertido en el corazón palpitante de la creciente vida comercial de Inglaterra. Desde allí, el camino que llevaba hacia el oeste a lo largo del río pasaba por palacios y mansiones con jardines que se extendían hasta las playas. A unos tres kilómetros se encontraba la ciudad vecina de Westminster, que era el centro de gobierno. White Hall, Westminster Yard y el palacio de St. James eran donde nobles, consejeros y cortesanos se reunían para discutir las leyes que posibilitaban a los comerciantes desarrollar su actividad.

El conde de Feria tenía una estancia en aquella profusión de edificios varios conocida como palacio de White Hall. Cecil y Ned tuvieron suerte y lo encontraron justo antes de que regresara a Bruselas para reunirse con su señor.

A Cecil no se le daba muy bien el español, pero por suerte el conde hablaba un buen inglés. El consejero fingió pasar casualmente por delante de su puerta y llamar con la sola intención de presentarle sus respetos, y el diplomático tuvo a su vez la cortesía de fingir creerlo. Así estuvieron varios minutos, realizando cada cual sus pasos de baile, intercambiando lugares comunes.

Tras esas cortesías había muchísimo en juego. El rey Felipe creía que su deber sagrado era el de apoyar a la Iglesia católica, por tanto era muy posible que Swithin y sir Reginald lo hubiesen convencido para que se opusiera a Isabel.

—Entre nosotros: Inglaterra y España ya casi han derrotado a Francia y Escocia —comentó Cecil una vez hubieron terminado con las formalidades.

Ned tomó nota del extraño énfasis. Inglaterra tenía poco que ver en la guerra; era España la que estaba ganando. Y Escocia era poco más que irrelevante. Sin embargo, con ese detalle Cecil le recordaba al conde de Feria quiénes eran sus aliados.

—La guerra está casi ganada —repuso el conde.

—El rey Felipe debe de estar satisfecho.

—Y agradecido sobremanera por la ayuda de sus súbditos ingleses.

Cecil asintió con reconocimiento y entró en materia:

—Por cierto, conde, ¿habéis estado en contacto hace poco con María Estuardo, la reina de los escoceses?

A Ned le sorprendió la pregunta. Cecil no le había informado de lo que pensaba decir.

También el conde español reaccionó con sorpresa.

—Dios santo, no —contestó—. ¿Por qué diantres querríais que me comunicara con ella?

—Oh, no digo que debáis... Aunque, yo que vos, sí lo haría.

—¿Con qué motivo?

—Bueno, tal vez se convierta en la próxima reina de Inglaterra, aunque no sea más que una niña.

—Lo mismo podría decirse de la princesa Isabel.

Ned frunció el ceño. El conde de Feria había juzgado mal a Isabel si creía que solo era una niña. Quizá no era tan agudo como decían.

Cecil pasó por alto el comentario.

—De hecho, tengo entendido que le han pedido al rey Felipe que refrende el derecho al trono de la escocesa María.

Cecil se detuvo para darle al conde ocasión de negarlo, pero el español no dijo nada. Ned llegó a la conclusión de que sus conjeturas eran acertadas: Swithin y Reginald le habían pedido a Felipe que apoyara a María Estuardo.

—Yo, en vuestro lugar —siguió exponiendo Cecil—, le pediría a María Estuardo un compromiso muy específico. Querría que garantizase que, bajo su reinado, Inglaterra no cambiará de bando para unir fuerzas con Francia y Escocia en contra de España. A la postre, llegado este punto casi sería la única jugada que podría evitar una victoria española en la guerra.

Ned se quedó maravillado. La imaginación de Cecil había encontrado la fantasía perfecta para espantar al conde de Feria... y a su señor, el rey de España.

—Sin duda no creeréis que algo así sea probable, ¿verdad? —dijo el conde.

—Me temo que es inevitable —contestó Cecil, aunque Ned estaba convencido de que no lo creía ni mucho menos—. Técnicamente, María Estuardo es la soberana de Escocia, aunque su madre actúe como regente. Y el esposo de María es el heredero al trono de Francia. ¿Cómo podría serles desleal a sus dos países? Sin duda volverá a Inglaterra en contra de España... a menos que hagáis algo enseguida para evitarlo.

El conde de Feria asintió con aire pensativo.

—Y supongo que vos tenéis una sugerencia —dijo.

Cecil se encogió de hombros.

—Apenas si oso ofrecer consejo al diplomático más distinguido de toda Europa. —También Cecil sabía mostrarse lisonjero cuando hacía falta—. No obstante, si el rey Felipe está sopesando de veras una petición de los católicos ingleses para que apoye a María Estuardo como heredera al trono de Inglaterra, sí creo que Su Majestad debería pedirle antes una garantía de que, como reina de Inglaterra, no le declarará la guerra a España. Podría convertirlo en condición para su respaldo.

—Podría —repuso sin más el conde.

Ned estaba confuso. Se suponía que Cecil iba a intentar convencer al conde de Feria para que no apoyara a María Estuardo. En lugar de eso, parecía proporcionarle al rey Felipe una forma de superar el obstáculo principal. ¿Acaso había, una vez más, algo oculto que Ned no veía aún?

Cecil se puso en pie.

—Me alegro de que hayamos tenido la oportunidad de charlar —dijo—. Solo había pasado para desearos buen viaje.

—Siempre es un placer veros. Por favor, presentadle mis respetos a la encantadora Isabel.

—Lo haré, y se alegrará.

Ambos salieron de la estancia.

—¡No lo entiendo! —exclamó Ned en cuanto los dos estuvieron fuera—. ¿Por qué le habéis dado ese consejo tan útil de que le pidan una garantía a María Estuardo?

Cecil sonrió.

—En primer lugar, el rey Enrique de Francia jamás permitirá que su nuera haga semejante promesa.

Ned no lo había pensado. María solo tenía quince años, no podía hacer nada sin permiso.

—En segundo lugar —prosiguió Cecil—, su garantía no tendría ningún valor. La quebrantaría en cuanto llegara al trono, y nadie podría hacer nada para obligarla a mantenerla.

—Y el rey Felipe verá esas dos pegas.

—Si no las ve él, el conde de Feria se las hará ver.

—Entonces, ¿por qué se lo habéis sugerido?

—Ha sido la forma más rápida de alertarlos a él y a Felipe de los peligros que conlleva respaldar a María Estuardo. El conde de Feria no aceptará mi sugerencia, pero ahora está cavilando sobre qué otra cosa hacer para proteger a España, y Felipe no tardará en pensar también en ello.

—¿Y qué harán?

—No lo sé… Pero sí sé lo que no harán. No ayudarán al conde Swithin y a sir Reginald. No se volcarán en la campaña por María Estuardo. Y eso nos deja en una situación mucho más favorable.

VII

La reina María Tudor abandonaba esta vida lenta y majestuosamente, como un imponente galeón alejándose poco a poco de su amarradero.

Mientras ella estaba cada vez más débil en la cama de sus aposentos privados del palacio de St. James, en Londres, Isabel recibía cada vez más visitas en Hatfield. Representantes de familias nobles y prósperos negocios se acercaban a decirle lo descontentos que estaban con la persecución religiosa. Otros enviaban mensajes en los que se ofrecían a hacer todo lo que estuviera en sus manos por ella. Isabel se pasaba la mitad del día dictando a sus secretarios, enviando un aluvión de notas con las que agradecía a la gente su lealtad y afianzaba amistades. El mensaje que iba implícito en cada una de esas cartas era: «Seré una reina enérgica y recordaré quiénes me ayudaron al principio».

Ned y Tom Parry estaban al cargo de los preparativos militares. Requisaron una casa cercana, Brocket Hall, y la convirtieron en su cuartel general. Desde allí actuaban como enlace con los partidarios de Isabel de las ciudades de provincias y se preparaban para hacer frente a un posible levantamiento católico. Ned sumó la cantidad de soldados que podrían reunir, calculó cuánto tardaría cada grupo en llegar a Hatfield y se enfrentó al problema de encontrar armas para todos ellos.

La astuta intervención de Cecil con el conde de Feria había dado resultado. El diplomático ya volvía a estar en Inglaterra la segunda semana de noviembre para reunirse con el Consejo Privado —el grupo de asesores más poderosos de cualquier monarca— y decirles que el rey Felipe apoyaba a Isabel como heredera al trono. La reina María, en la medida en que era capaz de hacer algo, parecía haber aceptado la decisión de su esposo.

Después de eso, el conde de Feria viajó a Hatfield.

Entró con una sonrisa de oreja a oreja; era un hombre que traía buenas noticias a una mujer cautivadora. El pueblo español era el más rico del mundo, y el conde vestía un jubón rojo con delicados calados que dejaban ver el dorado del forro. Su capa negra estaba revestida de tela roja con bordados dorados. Ned jamás había visto a nadie tan ufano.

—Señora, os traigo un presente —anunció.

Además de Isabel y el conde de Feria, en la sala también estaban Cecil, Tom Parry y Ned.

A Isabel le gustaban los regalos, pero detestaba las sorpresas.

—Qué amable —dijo, por tanto, con cautela.

—Un presente de mi señor y el vuestro, el rey Felipe —siguió diciendo el español.

Técnicamente, Felipe seguía siendo señor de Isabel puesto que María Tudor aún vivía, aún era reina de Inglaterra y, en consecuencia, su esposo era el rey. Sin embargo, a Isabel no le gustó que se lo recordaran. Ned vio las señales —la barbilla un punto más elevada, el esbozo de un ceño en su frente pálida, una rigidez apenas perceptible de su cuerpo en el asiento de roble labrado—, pero el conde no las supo reconocer.

—El rey Felipe os entrega el trono de Inglaterra —terminó de decir. Entonces dio un paso atrás y se inclinó como si esperase una salva de aplausos, o quizá un beso.

Isabel mantuvo la calma, pero Ned se dio cuenta de que estaba pensando a toda velocidad. El conde de Feria le traía buenas noticias, pero las había manifestado con una condescendencia extraordinaria. ¿Cómo reaccionaría la princesa?

—Permitidme que sea el primero en felicitaros… —añadió el diplomático un momento después—, majestad.

Isabel realizó un regio gesto con la cabeza, pero seguía sin decir nada. Ned sabía que un silencio así no presagiaba nada bueno.

—Ya he informado al Consejo Privado de la decisión del rey Felipe —insistió el conde.

—Mi hermana está en su lecho de muerte y yo voy a ser reina —dijo Isabel—. Siento una especie de alegría maltrecha, dicha y tristeza a partes iguales.

Ned pensó que debía de haber preparado esas palabras con antelación.

—La reina María —repuso el conde de Feria—, pese a su enfermedad, ha sido capaz de ratificar la elección de su esposo.

Ned percibió una sutil transformación en las maneras del hombre y sospechó instintivamente que mentía en eso último.

—Os designa como sucesora, a condición de que prometáis que Inglaterra seguirá siendo católica —terminó de decir el español.

Ned volvió a desanimarse. Si accedía, Isabel tendría las manos atadas desde el inicio de su reinado. El obispo Julius y sir Reginald continuarían haciendo en Kingsbridge lo que les viniera en gana.

Ned miró a Cecil, que no parecía consternado. Quizá también él pensaba que el conde mentía. La expresión del consejero denotaba cierta diversión, y miraba a Isabel a la expectativa.

Se produjo un largo silencio que rompió el conde de Feria:

—¿Puedo decirles al rey y a la reina que consentís a su decisión?

Cuando Isabel habló por fin, su voz sonó como el restallido de un látigo:

—No, señor, no podéis.

El conde encajó la respuesta como si de una bofetada se tratara.

—Pero…

Isabel no le dio ocasión de protestar:

—Si llego al trono, será porque me ha elegido Dios, no el rey Felipe —dijo.

Ned sintió ganas de vitorearla.

—Si reino, será con el consentimiento del pueblo inglés, no de mi hermana en su lecho de muerte.

El diplomático se quedó estupefacto mientras el desdén de Isabel se volvía cada vez más virulento.

—Y cuando sea coronada —continuó—, pronunciaré el juramento tradicional de los soberanos ingleses… y no añadiré ninguna promesa adicional que me haya propuesto el conde de Feria.

Por una vez, el español no supo qué decir.

Ned comprendió que el hombre había jugado sus cartas en un orden equivocado. El conde debería haberle exigido a Isabel la promesa del catolicismo antes, y no después, de refrendarla ante el Consejo Privado. Ahora ya era demasiado tarde. Ned supuso que, en su primer encuentro, la conducta seductora de Isabel le había hecho creer erróneamente que se trataba de una mujer débil que podría ser manipulada por un hombre resuelto. Sin embargo, era ella quien había jugado con él, y no al revés.

Pero el conde de Feria no era necio, y Ned vio que él mismo se daba cuenta de todo en tan solo un instante. De repente se le veía desinflado, como un odre de vino vacío. Hizo como si fuese a hablar y luego cambiase de opinión, varias veces; Ned supuso que no se le ocurría nada que decir para arreglar aquello.

Isabel lo sacó de su desgracia.

—Gracias por venir a visitarnos, conde —dijo—. Por favor, trasladad nuestros mejores deseos al rey Felipe. Y aunque nuestras esperanzas son exiguas, rezaremos por la reina María.

Ned se preguntó si con ello había querido incluir en los buenos deseos a su personal o si ya estaba utilizando el plural mayestático de los reyes. Conociéndola, se decantó por creer que esa ambigüedad era intencionada.

El conde de Feria encajó la invitación a marchar con toda la gracia que pudo y salió de la estancia.

Ned sonrió con alegría.

—Bueno, el conde de Feria no es el primero que sufre por subestimar a Isabel —le comentó en voz baja a Cecil, pensando en el conde Swithin.

—No —repuso el consejero—, y algo me dice que no será el último.

VIII

Cuando Margery tenía nueve años anunció que iba a hacerse monja.

Estaba deslumbrada por la vida devota que llevaba su tía abuela, la hermana Joan, que residía en el piso superior de la casa con su altar y su rosario. Joan disfrutaba de dignidad e independencia, y de un propósito en la vida.

Enrique VIII había abolido todos los conventos, así como los monasterios, y la reina María Tudor nunca había llegado a restituirlos; pero ese no fue el motivo de que Margery olvidara su ambición. En realidad, nada más alcanzar la pubertad supo que jamás podría llevar una vida célibe. Le encantaban los muchachos, aunque se comportaran como bobos. Le gustaba su atrevimiento, su fuerza y su sentido del humor, y le excitaban esas miradas anhelantes con que contemplaban su cuerpo. Incluso le agradaba lo ciegos que estaban ante las sutilezas de los significados ocultos; su simpleza tenía algo atrayente, y a veces las muchachas eran muy maliciosas.

De manera que había olvidado su intención de hacerse monja, pero todavía le atraía la idea de dedicar su vida a una misión, y así se lo confesó a la hermana Joan el día que debía trasladarse a New Castle, mientras cargaban su ropa, sus libros y joyas en un carro de cuatro ruedas para el viaje.

—No te preocupes por eso —dijo su tía abuela, sentada en un taburete de madera con la espalda erguida y siempre alerta a pesar de su edad—. Dios tiene un propósito para ti. Tiene un propósito para todos nosotros.

—Pero ¿cómo puedo saber cuál es su propósito para mí?

—¡No puedes! —exclamó la mujer—. Solo debes esperar a que Él te lo revele. A Dios no hay que apresurarlo.

Margery prometió hacer gala de autocontrol, aunque empezaba a sentir que toda su vida era un ejercicio de contención. Se había sometido a sus padres al casarse con Bart. Había pasado las dos últimas semanas con su nuevo esposo en una casa de la isla de los Leprosos que era propiedad del conde, y en todo ese tiempo Bart había dejado claro que esperaba que se sometiera a él de la misma forma que lo había hecho con sus progenitores. Él decidía por su cuenta adónde irían y qué harían, y luego se limitaba a darle a ella instrucciones igual que habría podido hacer con un administrador. Margery había esperado que su matrimonio fuese más como una sociedad, pero esa idea no parecía haber cruzado por la mente de Bart. Ella confiaba en poder hacerle cambiar, poco a poco y con sutileza, pero por desgracia era digno hijo de su padre.

La orgullosa familia de Margery la acompañó en el viaje a New Castle: sir Reginald, lady Jane y Rollo. Ahora que estaban emparentados con el conde, se deleitaban en su conexión con la aristocracia.

Además, los hombres se morían por consultar con el conde Swithin.

Su viaje a Bruselas había fracasado; el rey Felipe parecía haberles escuchado y estar de acuerdo con sus perspectivas, pero alguien más debía de haber llegado hasta él, pues al final había decantado el peso de su decisión hacia Isabel. Margery veía que Rollo sentía una amarga decepción.

Durante el viaje, Reginald y Rollo hablaron sobre qué hacer a continuación. El único recurso que les quedaba era levantarse en armas contra Isabel justo después de la muerte de María Tudor. Necesitaban saber a cuántos combatientes podría reunir el conde Swithin, y en quiénes de entre la nobleza católica podían confiar para apoyarlo.

Margery estaba atribulada. Veía el protestantismo como una herejía arrogante, favorecida por hombres que imaginaban ser lo bastante inteligentes para enmendar a la Iglesia después de tantos siglos de doctrina, pero también creía que los cristianos no deberían matarse entre sí. No obstante, cuando New Castle apareció en el horizonte, sus pensamientos empezaron a girar en torno a preocupaciones más mundanas. El conde Swithin era viudo, así que Margery —que había pasado a ostentar el título de vizcondesa de Shiring— sería la señora de la casa. No tenía más que dieciséis años y apenas si sabía qué hacía falta para administrar un castillo. Había hablado largamente de ello con lady Jane y había hecho algunos planes, pero le preocupaba el momento de enfrentarse a la realidad.

Como Bart se había adelantado, cuando llegó la comitiva de los Fitzgerald ya había una veintena de criados aguardándolos en el patio. Aplaudieron y jalearon a Margery cuando la vieron entrar a caballo, y ella se sintió bienvenida. Quizá no les agradaba trabajar para una familia en la que todo eran hombres y ansiaban un toque femenino. Esperaba que así fuera.

Swithin y Bart salieron a recibirlos. Bart le dio un beso; luego Swithin hizo lo propio y dejó que sus labios se entretuvieran en la mejilla de ella mientras apretaba su cuerpo contra el de Margery. Después el conde le presentó a una mujer voluptuosa de unos treinta años.

—Sal Brendon es mi ama de llaves y te ayudará en todo —dijo—. Enséñale el castillo a la vizcondesa, Sal. Los hombres tenemos mucho de que hablar.

Cuando se volvió para hacer entrar a Reginald y a Rollo en la casa, le dio a Sal una palmada en su amplio trasero. La mujer no pareció sorprenderse ni disgustarse, pero tanto Margery como lady Jane se fijaron en el detalle y cruzaron una mirada. Era evidente que Sal era más que un ama de llaves.

—Os llevaré a vuestros aposentos —anunció la mujer—. Por aquí.

Margery quería ver más partes de la casa. Ya había estado allí antes, la última vez el día de Epifanía, pero era un edificio grande y tenía que volver a familiarizarse con la distribución.

—Primero echaremos un vistazo a la cocina.

Sal dudó. Pareció molesta.

—Como deseéis —dijo, a pesar de todo.

Entraron en la casa y fueron a la cocina. Allí dentro hacía calor, la estancia estaba llena de vapor y no demasiado limpia. Un criado entrado en años estaba sentado en un taburete, mirando cómo trabajaba la cocinera y bebiendo de una jarra. Cuando entró Margery, se levantó bastante despacio.

—Esta es la cocinera, Mave Brown —dijo Sal.

Había un gato encima de la mesa, mordisqueando con delicadeza los restos de un codillo de jamón. Margery levantó al animal con un movimiento raudo y lo dejó en el suelo.

—Esa gata es muy buena cazando ratones —dijo Mave Brown con rencor.

—Y más que lo será si no dejas que coma jamón —contestó Margery.

El viejo criado empezó a preparar una bandeja con una fuente de ternera fría, una jarra de vino y algo de pan. Margery pescó una loncha de ternera y se la llevó a la boca.

—Eso es para el conde —dijo el hombre.

—Y está muy bueno, la verdad —repuso Margery—. ¿Cómo te llamas?

—Colly Knight —contestó él—. He trabajado para el conde Swithin durante cuarenta años, cuando era niño y cuando se hizo hombre. —Lo dijo con un aire de superioridad, como dándole a entender a Margery que no era más que una recién llegada.

—Yo soy la vizcondesa —anunció esta—. Deberías decir «mi señora» cuando te dirijas a mí.

Se produjo una larga pausa.

—Sí, mi señora —accedió Colly al cabo.

—Ahora iremos a los aposentos del vizconde —dijo Margery.

Sal Brendon encabezó la marcha. Cruzaron el gran salón, donde una niña de diez u once años barría el suelo con desgana, sosteniendo la escoba con una sola mano.

—Pon las dos manos en el palo de la escoba —le espetó Margery al pasar.

La niña pareció sorprenderse, pero hizo lo que le mandaban.

Subieron las escaleras y recorrieron el pasillo hasta el final. El dormitorio era una habitación esquinera con puertas que daban a dos salas laterales. A Margery enseguida le gustó la disposición, así Bart podría tener un vestidor para sus botas llenas de barro y ella un tocador donde las criadas la ayudarían con la ropa y el peinado.

Sin embargo, todas las salas estaban mugrientas. Parecía que hubiese pasado un año desde que no se limpiaban las ventanas. Había dos grandes perros tumbados en una manta, uno viejo y otro joven. Margery vio excrementos en el suelo… Era evidente que Bart había permitido a sus mascotas hacer lo que les viniera en gana en sus aposentos. En la pared colgaba un cuadro de una mujer desnuda, pero no había flores ni plantas en la estancia, tampoco había fuentes de fruta o pasas, ningún cuenco con hierbas secas y pétalos olorosos para aromatizar el aire. En una silla se veía un montón de prendas sucias enredadas, entre ellas una camisa llena de sangre que parecía llevar allí una buena temporada.

—Esto está asqueroso —le dijo Margery a Sal Brendon—. Vamos a limpiarlo todo antes de abrir mis baúles. Ve a buscar escobas y una pala. Lo primero que harás será limpiar los excrementos de perro.

Sal se llevó una mano a la cadera y pareció amotinarse.

—Mi señor es el conde Swithin —contestó—. Será mejor que habléis con él.

Eso hizo reaccionar a Margery. Llevaba demasiado tiempo accediendo a lo que le decía todo el mundo: sus padres, el obispo Julius, Bart. No pensaba ceder también ante Sal Brendon. Toda la rabia acumulada durante el año anterior bullía dentro de ella. Echó el brazo hacia atrás y le soltó a Sal una tremenda bofetada en toda la cara. El golpe de la palma de su mano contra la mejilla de la mujer resonó con tal fuerza que uno de los perros dio un respingo. Sal retrocedió con un grito de sorpresa.

—Jamás vuelvas a hablarme de ese modo —le advirtió Margery—. Conozco a las de tu calaña. Solo porque el conde se alivia contigo cuando está borracho ya te crees la condesa. —Margery vio un brillo de admisión en los ojos de Sal que confirmaba lo acertado de su acusación—. Ahora la señora de la casa soy yo y me obedecerás a mí. Y como des problemas, estarás fuera tan deprisa que tus pies no tocarán el suelo hasta que llegues al burdel de Kingsbridge, que seguramente es donde deberías estar.

Se veía que Sal estaba tentada a desafiarla. Su rostro se había teñido de rojo por la ira, y puede que incluso tuviera ganas de devolverle el bofetón. Pero vaciló. Debió de comprender que, si la nueva nuera del conde le pedía que se deshiciera de una criada insolente el día de su llegada, sin duda él no podría negarse. Sal fue sensata y cambió la cara.

—Os... Os pido perdón, mi señora —dijo con humildad—. Ahora mismo voy por las escobas. —Y salió del dormitorio.

—Bien hecho —le dijo lady Jane a Margery en voz baja.

Margery vio una fusta de montar junto a un par de espuelas en un taburete, la cogió y cruzó la habitación hasta donde estaban tumbados los perros.

—Fuera de aquí, bestias apestosas —dijo, y les dio un azote a cada uno.

Más extrañados que heridos, los dos perros saltaron y salieron huyendo de la habitación con aire indignado.

—¡Y no volváis a entrar! —exclamó Margery.

IX

Rollo se negaba a creer que las tornas se hubiesen vuelto en contra de María Estuardo. ¿Cómo era posible, se preguntaba con indignación, si Inglaterra era un país católico y María contaba con el respaldo del Papa? Así que esa tarde escribió una carta para que el conde Swithin se la enviara al arzobispo de Canterbury, el cardenal Pole.

En la carta pedía la bendición del arzobispo para organizar una insurrección armada contra Isabel Tudor.

La violencia era ya la única esperanza. El rey Felipe había dado la espalda a María Estuardo y apoyaba a Isabel. Eso significaba el desastre para Rollo, la familia Fitzgerald y la verdadera fe católica y cristiana en Inglaterra.

—¿Esto es traición? —preguntó Swithin al levantar la pluma.

—No —respondió Rollo—. Isabel no es reina todavía, así que nadie está conspirando para rebelarse contra la soberana.

Rollo sabía que, si perdían e Isabel ganaba la corona, ella no vería ninguna diferencia en ese matiz, así que todos se arriesgaban a ser ejecutados. En momentos como ese, no obstante, los hombres tenían que escoger un bando.

Swithin firmó la carta... no sin cierta dificultad, pues le resultaba más fácil domar un caballo salvaje que escribir su nombre.

Pole estaba enfermo, pero Rollo creía que sin duda podría dictar una carta. ¿Qué le diría en su respuesta a Swithin? El arzobispo de Canterbury era el católico más acérrimo de todos los obispos ingleses, y Rollo estaba casi seguro de que apoyaría una revuelta. De ese modo, las acciones de Swithin y sus partidarios quedarían legitimadas por la Iglesia.

Entregaron la misiva a dos hombres en quienes Swithin confiaba para que la llevaran al palacio de Lambeth, la residencia del arzobispo, cerca de Londres.

Mientras tanto, sir Reginald y lady Jane regresaron a Kingsbridge. Rollo, en cambio, se quedó con el conde porque quería asegurarse de que no se echaba atrás.

Mientras esperaban la respuesta del arzobispo, Swithin y Bart se dispusieron a reunir una fuerza de hombres armados. Rollo suponía que otros condes católicos debían de estar haciendo lo propio por toda Inglaterra, y uniendo sus fuerzas serían invencibles.

El conde Swithin era amo y señor en cientos de pueblos del condado de Shiring y aún conservaba casi la misma autoridad absoluta que sus ancestros habían ejercido durante la Edad Media. Swithin y Bart visitaron en persona algunos de esos lugares, mientras que los criados del conde leyeron una proclama en otros y los párrocos difundieron el mismo mensaje en sus sermones. Todos los hombres solteros de entre dieciocho y treinta años eran convocados a New Castle y se les ordenaba que llevaran consigo hachas, guadañas y cadenas de hierro.

Rollo no tenía ninguna experiencia en esos menesteres, ni similares, y solo podía imaginar lo que sucedería a continuación.

La respuesta le dejó entusiasmado. Todos los pueblos enviaron a media docena de jóvenes deseosos de acudir a su llamada. Las armas improvisadas y los muchachos que las blandían no eran muy necesarios en los campos en el mes de noviembre. El protestantismo, además, era un movimiento urbano; nunca se había afianzado en el campo, más conservador. Aquello era lo más emocionante que había ocurrido desde que tenían memoria. Todo el mundo hablaba de ello, y los chiquillos imberbes y los ancianos lloraban porque a ellos no los querían.

Aquel ejército no podía quedarse muchos días en New Castle, y de todos modos tenían una larga marcha hasta Hatfield, así que partieron a pesar de no haber recibido todavía respuesta del cardenal Pole. Su ruta los llevaría a cruzar Kingsbridge, donde recibirían la bendición del obispo Julius.

Swithin cabalgaba a la cabeza de la columna, con Bart a su lado y Rollo tras ellos. Llegaron a Kingsbridge tres días después. Cuando iban a entrar en la ciudad, el padre de Rollo, sir Reginald, que también era el alcalde, los detuvo en el puente de Merthin. Iba acompañado por los concejales del municipio.

—Lo siento —le dijo al conde—, pero hay un contratiempo.

Rollo adelantó su montura para colocarse al frente con Swithin y Bart.

—¿Qué diantres sucede? —preguntó.

Su padre parecía desesperado.

—Si desmontáis y venís conmigo, os lo mostraré —contestó el hombre.

—¡Qué forma más miserable de recibir a una cruzada santa! —exclamó Swithin, airado.

—Lo sé —repuso Reginald—. Creedme que estoy abochornado, pero venid a ver.

Los tres cabecillas desmontaron de sus caballos. El conde reunió a los capitanes, les dio dinero y les dijo que ordenasen enviar barriles de cerveza desde la taberna de Slaughterhouse para tener a los hombres contentos.

Reginald los condujo hasta la ciudad, al otro lado del puente doble, y luego por Main Street hasta la plaza del mercado.

Allí se encontraron con una estampa asombrosa.

Los puestos del mercado estaban cerrados, las estructuras temporales se habían retirado y toda la plaza estaba despejada. Cuarenta o cincuenta troncos resistentes, todos de entre quince y veinte centímetros de diámetro, se erguían bien plantados en el duro suelo invernal. Varios cientos de jóvenes aguardaban alrededor de los postes, y Rollo vio con creciente estupefacción que todos ellos tenían escudos y espadas de madera.

Era un ejército en plena instrucción.

Mientras los miraban, un cabecilla realizó una demostración sobre un escenario elevado y atacó su poste con la espada y el escudo de madera, usando los brazos derecho e izquierdo alternativamente con un ritmo que, según imaginó Rollo, resultaría muy efectivo en el campo de batalla. Cuando la demostración terminó, todos los demás intentaron imitar sus acciones por turnos.

Rollo recordó haber visto ejercicios parecidos en Oxford, cuando la reina María Tudor se preparaba para enviar un ejército inglés a Francia con la intención de respaldar a España en la guerra. Esos postes estaban clavados con firmeza y era muy difícil derribarlos. Recordó que al principio los golpes de los hombres sin entrenar eran tan impetuosos que a veces ni siquiera tocaban el poste. Pronto aprendían a apuntar mejor y a golpear con más fuerza, y había oído decir a los militares que unas cuantas tardes de práctica con el poste de madera podían convertir a un palurdo inútil en un soldado un tanto peligroso.

Rollo vio a Dan Cobley entre los que se entrenaban, y entonces la última pieza del puzle encajó en su lugar.

Aquello era un ejército protestante.

Ellos no se denominarían así, desde luego. Dirían que se estaban preparando para resistir una invasión española, tal vez. Sir Reginald y el obispo Julius no los habrían creído, pero ¿qué podían hacer? La decena larga de hombres que formaban la guardia de la ciudad no podían detener y encarcelar a varios centenares por mucho que aquellos reclutas hubieran quebrantado la ley, cosa que seguramente tampoco habían hecho.

Rollo miró impotente a los jóvenes que atacaban aquellos postes y se volvían más certeros y eficaces a toda velocidad.

—Esto no es una coincidencia —dijo—. Se han enterado de que nuestro ejército se acercaba y han reunido el suyo para impedirnos el paso.

—Conde Swithin —dijo Reginald—, si vuestro ejército entra en la ciudad se producirá una batalla campal en las calles.

—Mis campesinos de brazos fuertes aplastarán a estos protestantes enclenques de ciudad.

—Los concejales no admitirán a vuestros hombres.

—Desautorizad a esos cobardes —exigió Swithin.

—No tengo derecho a hacerlo, y ya me han advertido de que me apresarán si lo intento.

—Que lo hagan. Os sacaremos de la cárcel.

—Tendremos que luchar para franquearnos el paso por ese maldito puente —adujo Bart.

—Podemos lograrlo —espetó Swithin.

—Perderíamos a muchos hombres.

—Para eso están.

—Pero, entonces, ¿con quiénes iríamos a Hatfield?

Rollo observó la expresión de Swithin. No era propio de él ceder, ni siquiera cuando tenía todas las probabilidades en contra. Su rostro mostraba una furiosa indecisión.

—Me pregunto si estará sucediendo algo parecido en todas partes… —dijo Bart—. Me refiero a que los protestantes estén prevenidos para combatir.

A Rollo no se le había ocurrido pensarlo. Cuando propuso que Swithin reuniera un pequeño ejército, debería haber intuido que los protestantes pensarían de la misma manera. Él había previsto dar un limpio golpe de Estado, pero en lugar de eso se arriesgaban a una sangrienta guerra civil. Y el instinto le decía que el pueblo inglés no quería una guerra civil… y que bien podía volverse contra los hombres que la provocasen.

Todo parecía indicar que tendrían que enviar de vuelta a casa a sus jóvenes campesinos.

Dos hombres salieron de la cercana posada Bell y se acercaron a la carrera. Al verlos, Reginald se acordó de algo.

—Tenemos un mensaje para vos, conde —dijo—. Estos dos hombres llegaron hace una hora. Les dije que esperasen en lugar de arriesgarse a no encontraros por los caminos.

Rollo los reconoció: eran los correos que Swithin había enviado al palacio de Lambeth. ¿Qué había dicho el cardenal Pole? Su respuesta podía resultar decisiva. Con su apoyo, tal vez el ejército de Swithin podría seguir camino hasta Hatfield. Sin él, quizá fuera más sensato disolverse.

—No hay respuesta del cardenal —anunció el mayor de los dos mensajeros.

Rollo se sintió abatido.

—¿Qué significa eso de que no hay respuesta? —preguntó Swithin con furia—. Algo tiene que haber dicho.

—Hablamos con su secretario, el canónigo Robinson. Nos dijo que el cardenal estaba demasiado enfermo para leer vuestra carta, y mucho menos responderla.

—¡Santo cielo, debe de estar a las puertas de la muerte! —exclamó Swithin.

—Sí, mi señor.

Rollo pensó que aquello era una catástrofe. El principal dirigente ultracatólico de Inglaterra agonizaba en un momento crucial de la historia del país. Ese hecho lo cambiaba todo. La idea de apresar a Isabel e ir en busca de María Estuardo había parecido hasta ese instante una empresa prometedora con grandes probabilidades de éxito. De pronto semejaba un suicidio.

A veces, reflexionó Rollo, el destino parecía estar de parte del diablo.

X

Ned se trasladó a Londres y empezó a frecuentar el palacio de St. James a la espera de noticias de la reina María Tudor.

La reina sufrió un empeoramiento importante el 16 de noviembre, un día que los protestantes empezaron a llamar el Miércoles de la Esperanza antes aun de que se pusiera el sol. A la mañana siguiente, Ned se encontraba entre la muchedumbre que aguardaba frente a la alta torre de entrada de ladrillo rojo, justo antes del alba, cuando un criado que salía a toda prisa con un mensaje susurró un «Ya nos ha dejado».

Ned cruzó corriendo el camino hacia la taberna de Coach and Horses. Allí pidió que le ensillaran un caballo y luego despertó a su mensajero, Peter Hopkins. Mientras Hopkins se vestía y bebía una jarra de cerveza para desayunar, Ned escribió una nota en la que comunicaba a Isabel que María Tudor había fallecido. Después envió a su hombre a Hatfield.

Entonces regresó a la torre de entrada y se encontró con que el gentío ya era mucho mayor.

Durante las siguientes dos horas vio a cortesanos relevantes y a mensajeros de menor importancia entrar y salir a todo correr. Sin embargo, al ver salir a Nicholas Heath, decidió seguirlo.

Heath debía de ser el hombre más poderoso de toda Inglaterra. Era arzobispo de York, canciller de la reina María y tenedor del Gran Sello. Cecil había intentado ganarlo para la causa de Isabel, pero Heath seguía sin comprometerse con nadie. Había llegado el momento de que se decantara… hacia uno u otro bando.

Heath y su séquito cubrieron a caballo la corta distancia que había hasta Westminster, donde los miembros del Parlamento se estarían reuniendo a esas horas para la sesión de la mañana. Ned y otros corrieron tras ellos. También en Westminster se estaba formando ya una muchedumbre. Heath anunció que se dirigiría a los lores y a los comunes a la vez, así que todos se reunieron en la Cámara de los Lores.

Ned intentó colarse junto al séquito de Heath, pero un guardia lo detuvo.

—Represento a la princesa Isabel —adujo él haciéndose el sorprendido—. Me ha ordenado que esté presente y le informe de lo que ocurra.

El guardia estaba dispuesto a ponerle trabas, pero Heath oyó el altercado e intervino.

—Yo te conozco, joven —le dijo a Ned—. Estabas con sir William Cecil, me parece.

—Sí, excelencia reverendísima. —Ned recordó que era cierto, y le sorprendió que Heath se acordara también.

—Déjalo pasar —le dijo el arzobispo al guardia.

El hecho de que el Parlamento tuviese sesión significaba que la sucesión podía producirse muy deprisa, sobre todo si Heath respaldaba a Isabel. Era una mujer popular, hermana de la reina María Tudor, y se encontraba tan solo a unos treinta kilómetros de distancia. María Estuardo, por el contrario, era una desconocida para los ingleses, tenía un esposo francés y residía en París. La conveniencia favorecía a Isabel.

Pero la Iglesia favorecía a María Estuardo.

En la Cámara, el debate resonaba en animadas conversaciones mientras los asistentes discutían el asunto, pero entonces Heath se puso en pie y de repente todos guardaron silencio.

—Dios ha llamado a su lado esta misma mañana a nuestra difunta soberana, la reina María —anunció.

La asamblea soltó un suspiro colectivo. Todos ellos lo sabían ya, o bien habían oído rumores, pero la confirmación resultó poco sutil.

—Sin embargo, tenemos motivo para regocijarnos y alabar a Dios Todopoderoso, pues nos ha dejado a una heredera leal y legítima a la corona.

La Cámara cayó en un silencio sepulcral. Heath estaba a punto de nombrar a la próxima reina, pero ¿cuál de las dos sería?

—¡Lady Isabel —anunció—, de cuyos derecho y título absolutamente legítimos no tenemos por qué dudar!

Un gran revuelo estalló en la sala. Heath siguió hablando, pero nadie oyó lo que decía. El arzobispo había refrendado a Isabel y había descrito su título como «legítimo» en directa contradicción con el fallo del Papa. Todo había terminado.

Unos cuantos miembros del Parlamento gritaron en señal de protesta, pero Ned vio que la mayoría lo celebraban. Isabel era la elección del Parlamento inglés. Tal vez habían temido expresar sus sentimientos mientras el asunto seguía en disputa, pero sus reparos habían desaparecido ya. Quizá Cecil había subestimado incluso la popularidad de Isabel, pensó. Aunque se veían algunas caras largas en la Cámara, hombres que ni aplaudían ni vitoreaban, sino que seguían sentados con los brazos cruzados, apenas representaban una minoría. El resto estaban encantados. Se había evitado la guerra civil, no habría ningún rey extranjero, las hogueras terminarían. Ned se dio cuenta de que también él lanzaba vítores.

Heath abandonó la Cámara seguido de la mayor parte del Consejo Privado y se detuvo en los escalones exteriores para repetir su proclamación ante la muchedumbre que aguardaba allí.

Anunció entonces que volvería a leerla en la ciudad de Londres, pero antes de marcharse le hizo una señal a Ned con la cabeza.

—Espero que partas ahora hacia Hatfield con la noticia —dijo.

—Sí, excelencia reverendísima.

—Puedes decirle a la reina Isabel que me reuniré con ella antes de que caiga la noche.

—Gracias.

—No te detengas a celebrarlo hasta que hayas entregado el mensaje.

—De ningún modo, señor.

Heath se marchó y Ned regresó corriendo a Coach and Horses. Unos minutos después ya estaba en el camino de Hatfield.

Su yegua era un animal bueno y fiable al que hacía ir un rato al trote y un rato al paso. Le daba miedo forzarla demasiado, no fuera a derrumbarse. La velocidad no era fundamental, siempre que llegara antes que Heath.

Había partido a media mañana, y era media tarde cuando vio ante sí los gabletes de ladrillo rojo del palacio de Hatfield.

Hopkins ya debía de estar allí, así que todo el mundo sabría que la reina María Tudor había muerto. Lo que no sabían, sin embargo, era el nombre de la nueva soberana.

—¿Qué noticias hay? —gritaron varios mozos a la vez al verlo entrar cabalgando en el patio.

Ned decidió que la primera en saberlo debía ser la propia Isabel, así que no les dijo nada y mantuvo una expresión impasible.

Isabel estaba en su salón con Cecil, Tom Parry y Nell Baynsford. Todos se lo quedaron mirando sumidos en un tenso silencio cuando entró, todavía con la pesada capa de cabalgar encima.

Ned se acercó a Isabel e intentó mantenerse solemne, pero no pudo evitar sonreír. Ella interpretó su expresión y Ned vio que sus labios se movían levemente, respondiendo a su sonrisa.

—Sois la reina de Inglaterra —anunció. Se quitó el sombrero, dobló la rodilla y realizó una profunda y amplia reverencia—. Majestad.

XI

Sentíamos alegría porque no teníamos ni idea de la gran cantidad de problemas que estábamos causando. No se trataba solo de mí, desde luego; yo era el más joven entre otros que eran mayores y mucho más sabios. Pero ninguno de nosotros vio lo que nos deparaba el futuro.

Habíamos sido advertidos. Rollo Fitzgerald me había aleccionado sobre el elevado número de oponentes a los que se enfrentaría la reina Isabel y los miserablemente pocos dirigentes europeos que le brindarían su apoyo. No le había hecho caso, pero ese canalla mojigato tenía mucha razón.

Lo que hicimos el memorable año de 1558 conllevó conflictos políticos, revueltas, guerra civil y una invasión. En años posteriores hubo momentos en los que, sumido en la desesperación, me preguntaría si había valido la pena. La sencilla idea de que todo el mundo debía tener derecho a venerar a Dios como deseara provocó más sufrimiento que las diez plagas de Egipto.

Así pues, de haber sabido entonces lo que sé ahora, ¿habría actuado igual?

Ya lo creo que sí.

SEGUNDA PARTE

1559-1563

9

I

Paseando por la parte del sur de la Île de la Cité un soleado viernes del mes de junio, con la sublime catedral a un lado y el reflejo plateado del río al otro, Sylvie Palot hablaba con Pierre Aumande.

—¿Quieres casarte conmigo o no? —le preguntó.

Tuvo la satisfacción de ver un destello de pánico en sus ojos, cosa muy poco frecuente. No resultaba fácil perturbar la serenidad de aquel muchacho, pues siempre tenía el ánimo bajo control.

Pierre recobró la compostura con tal rapidez que aquel instante bien podría haber sido un simple producto de la imaginación de Sylvie.

—Pues claro que quiero casarme contigo, querida —respondió con aire herido—. ¿Cómo puedes preguntarme tal cosa?

Ella se arrepintió al momento. Lo adoraba, y detestaba verlo disgustado fuera cual fuese el motivo. Ese día tenía un aspecto especialmente adorable, con la melena rubia ondeando a causa de la brisa procedente del río. Sin embargo, Sylvie no se arredró e insistió en el asunto.

—Llevamos más de un año prometidos, es demasiado tiempo.

Por todo lo demás, Sylvie estaba satisfecha con la vida que llevaba. La librería de su padre gozaba de un momento de auge y el hombre se estaba planteando abrir otra tienda en el barrio universitario, al otro lado del río. El negocio clandestino de las biblias en francés y otros libros prohibidos iba mejor todavía. Apenas transcurría un día entero sin que Sylvie tuviera que ir al almacén secreto de la rue du Mur a por un par de libros para vendérselos a alguna familia protestante. Las nuevas congregaciones protestantes florecían como las campanillas en plena primavera, tanto en París como en otros lugares. Además de divulgar el verdadero Evangelio, la familia Palot estaba obteniendo grandes beneficios.

Con todo, el comportamiento de Pierre la tenía perpleja y atribulada.

—Debo terminar la carrera, y el padre Moineau se ha negado a que siga estudiando una vez casado —dijo él—. Ya te lo expliqué, y estuviste de acuerdo en esperar.

—Sí, un año, pero faltan pocos días para que acaben las clases y empiecen las vacaciones de verano. Tenemos el consentimiento de mis padres, disponemos de dinero suficiente, podemos vivir en la vivienda que hay encima de la tienda, por lo menos hasta que tengamos hijos; aun así, sigues sin decir nada.

—He escrito a mi madre.

—No me lo habías contado.

—Estoy esperando su respuesta.

—¿Qué le has preguntado?

—Si se encuentra con ánimos de viajar hasta París para la boda.

—¿Y si no es así?

—Dejemos de preocuparnos por eso hasta ver qué ocurre.

Sylvie no quedó satisfecha con esa respuesta, pero dejó correr la cuestión por el momento.

—¿Dónde celebraremos la ceremonia oficial? —le preguntó a Pierre, y este levantó la cabeza para mirar las torres de Notre-Dame, ante lo cual ella se echó a reír.

—Ahí no. Es solo para los nobles —dijo.

—En la iglesia parroquial, imagino —contestó él.

—Y luego celebraremos la verdadera boda en nuestra iglesia.

Se refería al viejo pabellón de caza situado en mitad del bosque, ya que los protestantes no tenían autorizado celebrar el culto en París a pesar de que en otras ciudades sí que se permitía.

—Supongo que tendremos que invitar a la marquesa —dijo Pierre con una mueca de disgusto.

—Teniendo en cuenta que el edificio pertenece a su esposo...

Era una pena que Pierre hubiera metido la pata al conversar con la marquesa Louise y después no hubiera sabido ganarse su simpatía. De hecho, cuanto más intentaba congraciarse con ella, más glacial era la reacción de la mujer. Sylvie esperaba que Pierre fuera capaz de asumir con una sonrisa el malentendido con la aristócrata, pero al parecer no podía. Lo ponía furioso, y Sylvie se dio cuenta de que su prometido, tan seguro de sí mismo en apariencia, en realidad tenía la piel muy fina con cualquier tipo de desaire por cuestiones de estatus social.

Aquella vulnerabilidad hacía que lo amara más incluso; sin embargo, también la turbaba, aunque no sabía muy bien por qué.

—Imagino que no hay forma de evitarlo —repuso Pierre con tono liviano pero con la mirada sombría.

—¿Te comprarás ropas nuevas? —Sylvie sabía que Pierre adoraba comprarse ropa.

Él sonrió.

—Debería llevar un sobrio abrigo gris como buen protestante, ¿no?

—Sí.

Era un fiel devoto y asistía al oficio todas las semanas. Enseguida se familiarizó con todos los miembros de la congregación y mostraba inclinación por conocer a feligreses de otros grupos de París. Incluso había asistido a oficios celebrados por otras congregaciones. Habría dado cualquier cosa por asistir al sínodo nacional que había tenido lugar en París en el mes de mayo —era la primera vez que los protestantes franceses se atrevían a celebrar una asamblea de esas características—, pero la organización del acto se había llevado en el más estricto secreto y tan solo los protestantes que lo eran desde hacía mucho tiempo habían sido invitados. A pesar del rechazo que sufrió en aquella ocasión, Pierre gozaba de plena aceptación dentro de la comunidad, lo cual hacía las delicias de Sylvie.

—Es probable que haya algún sastre especializado en confeccionar prendas oscuras para los protestantes —dijo.

—Sí, el sastre Duboeuf de la rue Saint-Martin. Mi padre va siempre allí, aunque solo cuando mi madre lo obliga. Podría permitirse estrenar un abrigo todos los años, pero no quiere gastar dinero en lo que él considera simplezas. Espero que me compre un vestido de novia, pero sé que no le entusiasmará la idea.

—Si él no te lo compra, te lo compraré yo.

Ella lo agarró del brazo, obligándolo a detenerse, y lo besó.

—Eres maravilloso —dijo.

—Y tú eres la muchacha más guapa de París. Qué digo, de París; de Francia.

Sylvie se echó a reír. No era cierto, aunque sí que estaba guapa con aquel vestido negro de cuello blanco. Los típicos colores protestantes armonizaban con su pelo oscuro y su tez lozana. Entonces recordó su propósito y volvió a ponerse seria.

—Cuanto recibas noticias de tu madre...

—¿Sí?

—Tendremos que fijar una fecha. Diga lo que diga, no quiero esperar más.

—De acuerdo.

Por un momento, Sylvie dudó que Pierre hubiera dado su consentimiento, y no se atrevía a dar rienda suelta a la alegría.

—¿Lo dices en serio?

—Por supuesto. Fijaremos una fecha, ¡te lo prometo!

Ella rio encantada.

—Te quiero —dijo, y volvió a besarla.

II

«No sé cuánto tiempo podré seguir con esto», se dijo Pierre, preocupado, cuando dejó a Sylvie en la puerta de la tienda de su padre y se dirigió hacia el norte cruzando el puente de Notre-Dame hasta la orilla derecha. Lejos del río no soplaba brisa alguna, y muy pronto empezó a sudar.

La había hecho esperar más de lo que sería razonable. Su padre estaba de peor humor que de costumbre y su madre, que siempre se había inclinado favorablemente por Pierre, tendía a hablarle con tono cortante. Sylvie, por su parte, estaba enamoradísima, pero aun así se mostraba disgustada. Todos sospechaban que Pierre le estaba dando largas, y tenían razón, por supuesto.

La cuestión es que la relación con la muchacha le estaba dando buenos frutos. Su cuaderno con la cubierta de piel negra contenía ya cientos de nombres de protestantes de París y las direcciones donde celebraban sus oficios heréticos.

Ese mismo día le había proporcionado una ganancia extra. ¡Un sastre protestante! Había lanzado la propuesta medio en broma, pero sus elucubraciones habían resultado ser ciertas y la tonta de Sylvie así lo había confirmado. Aquella pista era de un valor incalculable.

Los archivos de Carlos estaban rebosantes. Lo que sorprendía a Pierre era que el cardenal todavía no hubiera prendido a uno solo de los herejes, y pensó que le preguntaría, sin dejar pasar mucho tiempo, cuándo pensaba caer sobre ellos.

Iba camino de reunirse con él, pero le sobraba tiempo. Tomó la rue Saint-Martin hasta dar con el establecimiento de René Duboeuf. Visto desde fuera se parecía mucho a una casa normal de las de París, aunque las ventanas eran más grandes de lo habitual y en la puerta había un letrero. Entró.

Le impresionaron la pulcritud y el orden que allí se respiraban. La tienda estaba abarrotada de género, pero todo se veía en su sitio: los tejidos de seda y lana sobre las estanterías, alineados con precisión; los cuencos con botones dispuestos por colores y las cajoneras con pequeñas etiquetas que indicaban su contenido.

Un hombre calvo se hallaba encorvado sobre una mesa, cortando cuidadosamente una larga pieza de tela con unas enormes tijeras de muelle que parecían muy afiladas. Al fondo, una bella mujer estaba sentada bajo una lámpara de hierro y cosía a la luz de sus doce velas. Pierre se preguntó si también llevaría una etiqueta con la palabra «esposa».

Otra familia protestante no añadía un gran valor a lo ya aportado, pero Pierre esperaba encontrar allí a algunos de sus clientes.

El hombre dejó las tijeras y se acercó para saludar a Pierre, presentándose con el nombre de Duboeuf. Miró detenidamente el jubón acuchillado de Pierre, al parecer evaluándolo con su ojo experto, y Pierre se preguntó si lo consideraba demasiado ostentoso para un protestante.

El joven se presentó.

—Necesito un abrigo nuevo —dijo—. No demasiado vistoso. Gris oscuro, tal vez.

—Muy bien, monsieur —dijo el sastre con cautela—. ¿Venís recomendado por alguien, quizá?

—Por Gilles Palot, el impresor.

Duboeuf se relajó.

—Lo conozco muy bien.

—Pronto será mi suegro.

—Felicidades.

Había aceptado a Pierre como cliente. Ese era el primer paso.

Duboeuf era un hombre menudo, pero bajó los pesados rollos de tela de las estanterías con la facilidad de los años de práctica. Pierre eligió un tono de gris que se aproximaba mucho al negro.

Por desgracia, ningún otro cliente entró en la sastrería. Pierre se preguntó cómo sacar partido al hecho de conocer a un sastre protestante. No era factible quedarse allí todo el día esperando para conocer a algún cliente. Podía conseguir que pusieran vigilancia en el lugar —Gaston Le Pin, el jefe de la guardia de la familia de Guisa, sabría dar con alguien discreto—, pero el centinela desconocería los nombres de quienes entraban y salían, de modo que la maniobra sería en vano. Pierre se estrujó los sesos: tenía que haber alguna forma de sacar provecho a aquel hallazgo.

El sastre seleccionó una tira larga de piel fina y empezó a medir el cuerpo de Pierre y a clavar alfileres de colores en la tela para marcar la anchura de los hombros, la longitud de los brazos y el diámetro del pecho y la cintura.

—Tenéis una esbelta figura, monsieur Aumande —lo alabó—. El abrigo os dará un aspecto muy distinguido.

Pierre ignoró aquellos halagos de negociante. ¿Cómo iba a conseguir los nombres de los clientes de Duboeuf?

Cuando terminó de tomarle medidas, el sastre sacó un cuaderno de un cajón.

—¿Podríais anotarme vuestra dirección, monsieur Aumande?

Pierre se quedó mirando el cuaderno. Pues claro: Duboeuf tenía que saber dónde vivían sus clientes, si no sería muy fácil que alguien le encargara un abrigo y luego, simplemente, cambiara de opinión y no volviera por allí. Aun en el supuesto de que Duboeuf gozara de una memoria prodigiosa y recordara a todos los clientes y todos sus pedidos, sin duda el hecho de no tomar nota de ello desencadenaría disputas a la hora de cobrar por el trabajo. No; Duboeuf, siempre obsesionado con el orden, tenía que conservar los datos por escrito.

Pierre consiguió echar un vistazo al cuaderno. Los nombres y direcciones figuraban ya en el suyo, el de la cubierta de piel negra donde guardaba la relación de todos los protestantes que descubría.

—¿Vuestra dirección, monsieur? —repitió Duboeuf.

—Vivo en el Collège des Âmes.

Duboeuf reparó en que se había secado la tinta del tintero.

—Disculpadme un momento —dijo con una risita que denotaba cierta vergüenza—, voy a por un bote de tinta.

Y desapareció cruzando una puerta.

Pierre vio su oportunidad de echar un vistazo al cuaderno, pero sería mejor que antes se librara de la mujer de Duboeuf. Fue hasta el fondo del establecimiento y empezó a hablar con ella. Calculó que debía de tener alrededor de dieciocho años; era más joven que su marido, que rondaba los treinta.

—Me preguntaba… ¿Seríais tan amable de servirme una copita de vino? Hace un día muy caluroso.

—Desde luego, monsieur.

La mujer entró en la trastienda y dejó solo a Pierre, quien aprovechó para abrir el cuaderno del sastre.

Tal como esperaba, contenía una lista con los nombres y las direcciones de los clientes, junto a la información sobre las prendas que habían encargado y las telas seleccionadas, además de la cantidad de dinero que habían entregado a cuenta y la que debían. Reconoció algunos nombres que se contaban entre los protestantes a quienes ya había identificado y empezó a entusiasmarse. Probablemente, aquel cuaderno contenía los nombres de la mitad de los herejes de París. El cardenal Carlos lo consideraría un bien de valor incalculable. Le entraron ganas de esconderlo dentro de su jubón, pero, de hacerlo, cometería una imprudencia. En vez de eso, empezó a memorizar tantos nombres como pudo.

Se encontraba en plena tarea cuando oyó la voz de Duboeuf a su espalda.

—¿Qué estáis haciendo?

El sastre estaba pálido y asustado. No había para menos, pensó Pierre, ya que había cometido un grave error dejando el cuaderno sobre la mesa. Lo cerró y sonrió.

—Simple curiosidad. Perdonadme.

—¡Ese cuaderno es personal! —exclamó Duboeuf con severidad.

Pierre observó que estaba fuera de sí.

—Resulta que conozco a la mayoría de vuestros clientes —repuso Pierre con tono despreocupado—. ¡Me alegra saber que mis amigos pagan sus deudas!

Duboeuf no se rio, pero ¿qué otra cosa podía hacer?

Tras unos instantes, el sastre abrió el nuevo bote de tinta, mojó la pluma y anotó el nombre y la dirección de Pierre.

En ese momento entró la mujer.

—El vino, señor —dijo, y tendió una copa a Pierre.

—Gracias, Françoise —dijo Duboeuf.

Pierre reparó en que tenía una bella figura y se preguntó qué la habría hecho sentirse atraída por Duboeuf, un hombre mayor que ella. Tal vez la perspectiva de una vida confortable junto a un marido próspero. O tal vez se trataba de amor.

—Si sois tan amable de volver dentro de una semana, vuestro

abrigo nuevo estará listo para que os lo probéis. Costará veinticinco libras.

—Magnífico.

Pierre no creía que ese día fuera a obtener gran cosa más de Duboeuf, de modo que apuró la copa y se marchó.

El vino no había apagado su sed, por lo que entró en la taberna más próxima y pidió una jarra de cerveza. También compró una hoja de papel y pidió prestados una pluma y un tintero. Mientras se tomaba la cerveza, escribió con pulcritud: RENÉ DUBOEUF, SASTRE, RUE SAINT-MARTIN. FRANÇOISE DUBOEUF, ESPOSA. Luego añadió todos los nombres y las direcciones del cuaderno que logró recordar. Dejó que la tinta se secara antes de guardarse la hoja en el jubón. Más tarde traspasaría la información a su cuaderno.

Daba sorbos de cerveza mientras se preguntaba, impaciente, cuándo haría uso de toda esa información el cardenal Carlos. De momento, parecía satisfecho con ir acumulando nombres y direcciones, pero llegaría un día en que llevaría a cabo una redada que haría estragos entre las filas de los herejes, y Pierre participaría del triunfo del purpurado. Sin embargo, se removió con incomodidad en el taburete de la taberna al pensar en los cientos de hombres y mujeres a quienes apresarían, torturarían e incluso tal vez quemarían vivos. Muchos de los protestantes eran mojigatos que alardeaban de su superioridad moral, y Pierre se alegraría viéndolos sufrir, en especial a la marquesa Louise. Otros, sin embargo, habían sido amables con él, lo habían hecho sentirse acogido en la iglesia del pabellón de caza, lo habían invitado a entrar en su casa y habían respondido a sus astutas preguntas con una franqueza que lo hacía estremecerse al pensar en el modo en que los estaba engañando. Tan solo dieciocho meses atrás, lo más malvado que había hecho en la vida era aprovecharse de la generosidad de una viuda calenturienta. Parecía que hubiera pasado mucho más tiempo.

Vació la jarra de cerveza y se marchó. No estaba lejos de la rue Saint-Antoine, donde se estaba celebrando un torneo. París volvía a estar en fiestas. Se había firmado el tratado con España y el rey Enrique II celebraba la paz y hacía como si no hubiera perdido la guerra.

La rue Saint-Antoine era la calle más ancha de París, por lo cual los torneos tenían lugar en ella. A un lado se extendía el enorme y destartalado palacio de Les Tournelles, cuyas ventanas abarrotadas de espectadores pertenecientes a la realeza y la aristocracia con sus caros ropajes de vivos colores formaban una serie de vistosos cuadros colocados en hilera. En el lado opuesto de la calle, la gente corriente se disputaba a empujones el espacio, con sus prendas baratas en distintos tonos de marrón desvaído, como un campo labrado en invierno. Estaban de pie o sentados, bien en taburetes que llevaban consigo, bien encaramados peligrosamente en las repisas de las ventanas y en los tejados. Un torneo ofrecía un espectáculo imponente, y además tenía el atractivo adicional de que alguno de los contrincantes de alto rango pudiera resultar herido o incluso muerto.

Cuando Pierre entró en el palacio, Odette, una doncella que tenía unos veinte años, le ofreció una bandeja de pasteles. Odette era voluptuosa pero simple, y le sonrió con aire insinuante mostrando sus dientes cariados. Tenía fama de mujer fácil, pero a Pierre no le interesaban las sirvientas; para eso podría haberse quedado en Thonnance-lès-Joinville. Con todo, se alegró de verla puesto que significaba que la adorable Véronique andaba cerca.

—¿Dónde está tu señora? —le preguntó.

—Mademoiselle está arriba —respondió Odette con un mohín.

La mayoría de los cortesanos se encontraban en la planta superior, cuyas ventanas daban al lugar donde se celebraban las justas. Véronique estaba sentada a la mesa junto a un grupo de muchachas de la aristocracia, tomando bebidas de fruta. Una pariente lejana de los hermanos De Guisa se contaba entre los miembros menos importantes de la familia, pero aun así era noble. Llevaba un vestido verde claro confeccionado con una mezcla de seda y lino, tan ligero que parecía flotar alrededor de su figura perfecta. La idea de tener desnuda en sus brazos a una mujer de tan alta cuna hizo que a Pierre le diera vueltas la cabeza. Era con ella con quien deseaba casarse y no con la burguesa hija de un impresor protestante.

Véronique lo había tratado con cierto desdén la primera vez que se vieron, pero poco a poco se había ido mostrando más afectuosa con él. Todo el mundo sabía que Pierre era el único hijo de un párroco de pueblo, pero también sabían que tenía buena relación con el poderoso cardenal Carlos y ello le concedía un estatus especial.

Pierre la saludó con una reverencia y le preguntó si estaba disfrutando con el torneo.

—No mucho —respondió ella.

Él la obsequió con su sonrisa más encantadora.

—¿No os gusta contemplar cómo los hombres se lanzan al galope con sus caballos y se arrojan al suelo mutuamente? Qué raro.

Ella se echó a reír.

—Prefiero los bailes.

—Yo también. Por suerte, hay uno esta noche.

—No veo la hora de asistir.

—Estaré esperando veros allí. Ahora debo hablar con vuestro tío, el cardenal Carlos. Disculpadme.

Se alejó con una buena sensación de aquel breve encuentro. La había hecho reír y ella lo había tratado casi como a un igual.

Carlos se encontraba en una sala con un muchacho que tenía el cabello rubio característico de la familia de Guisa. Era su sobrino Enrique, de ocho años, el hijo mayor del duque Francisco el Acuchillado. Consciente de que el muchacho podía llegar a ser un día duque de Guisa, Pierre lo saludó con una reverencia y le preguntó si lo estaba pasando bien.

—No me dejan participar en los torneos —dijo Enrique—. Pero estoy seguro de que podría hacerlo. Se me da muy bien montar a caballo.

—Corre, Enrique, ve a verlo —lo animó Carlos—. Dentro de un momento empezará otra competición y seguro que no quieres perdértela.

Enrique se marchó, y Carlos le señaló una silla a Pierre.

En el año y medio que Pierre llevaba espiando para el cardenal, su relación había cambiado. Carlos se sentía agradecido por los nombres y las direcciones que le había proporcionado. Su archivo con información sobre los protestantes de París contenía muchos más datos que antes de que Pierre se sumara a la tarea. El cardenal seguía tratándolo con desdén y condescendencia, pero eso era algo que hacía con todo el mundo y, en cambio, parecía respetar el criterio de Pierre. A veces hablaban sobre cuestiones de política general, e incluso entonces Carlos escuchaba su opinión.

—He hecho un descubrimiento —dijo Pierre—. Muchos de los protestantes acuden a un sastre de la rue Saint-Martin que tiene anotados sus nombres y direcciones en un pequeño cuaderno.

—¡Es una mina de oro! —exclamó Carlos—. Santo Dios, esa gente no podrá negar la evidencia.

—He estado tentado de cogerlo y salir corriendo.

—No quiero que reveles quién eres todavía.

—Ya. Pero en algún momento me haré con ese cuaderno. —Pierre introdujo la mano en su jubón—. Mientras tanto, he anotado todos los nombres y direcciones que he podido memorizar.

Tendió la hoja de papel a Carlos y este leyó la lista.

—Muy útil.

—He tenido que encargarle un abrigo al sastre —dijo Pierre, y exageró el precio—. Cuarenta y cinco libras.

Carlos sacó unas monedas de su bolsa y entregó a Pierre veinte *écus d'or*, cada uno de los cuales equivalía a dos libras y media.

—Debe de ser un abrigo bonito —comentó.

—¿Cuándo nos ocuparemos de esos degenerados? Tenemos registrados cientos de protestantes de París.

—Ten paciencia.

—Pero cada hereje desenmascarado es un enemigo menos. ¿Por qué no nos libramos de ellos?

—Cuando tomemos medidas contra ellos, queremos que todo el mundo sepa que es cosa de los De Guisa.

Pierre comprendió por qué.

—De ese modo la familia ganará la lealtad de los ultracatólicos, imagino.

—Y quienes abogan por la tolerancia, los medias tintas, los *moyenneurs*, serán tachados de protestantes.

«Qué sutil», pensó Pierre. Los peores enemigos de la casa de Guisa eran aquellos que abogaban por la tolerancia porque podían llegar a socavar la posición dominante de la familia. Tales personas debían ser forzadas a decantarse por un extremo o por el otro. La astucia política de Carlos no dejaba de impresionarlo.

—Pero ¿cómo lograremos ser nosotros quienes acabemos con la herejía?

—Un día el joven Francisco será rey. Todavía no, espero, ya que antes tenemos que conseguir que se aleje de la reina Catalina y quede bajo la completa influencia de su esposa, nuestra sobrina, María Estuardo. Pero cuando eso ocurra... —Carlos agitó la hoja de papel que le había entregado Pierre—, entonces usaremos esto.

A Pierre se le cayó el alma a los pies.

—No me había dado cuenta de que el vuestro era un plan a tan largo plazo. Eso me supone un problema.

—¿Por qué?

—Llevo más de un año prometido con Sylvie Palot y ya no sé qué excusa ponerle.

—Pues cásate con esa hija de perra —dijo Carlos.

Pierre se quedó horrorizado.

—¡No quiero verme atrapado por una esposa protestante!

Carlos se encogió de hombros.

—¿Por qué no?

—Porque me gustaría casarme con otra persona.

—Ah. ¿Con quién?

Era hora de explicarle a Carlos qué recompensa deseaba por su labor.

—Véronique de Guisa.

Carlos rio a carcajadas.

—¡Vaya con el advenedizo engreído! ¿Tú, casado con una pariente mía? ¡Ni el diablo es tan arrogante! No digas tonterías.

Pierre notó que el rubor lo invadía desde la coronilla hasta el cuello. Había cometido un error de cálculo y, en consecuencia, lo habían humillado.

—Pues yo no veo que sea tan ambicioso —protestó—. Es una pariente lejana.

—¡Es prima segunda de María Estuardo, que probablemente un día será la reina de Francia! ¿Quién te has creído que eres? —Carlos lo despachó con un brusco ademán—. ¡Fuera de aquí ahora mismo!

Pierre se puso en pie y se marchó.

III

Alison McKay disfrutaba de la vida. Desde que María Estuardo se había convertido en la esposa de Francisco en lugar de ser solo su prometida, su estatus social había aumentado, y, por ello, también el de Alison. Tenían más sirvientes, más vestidos y más dinero. La gente saludaba a María con reverencias más largas y pomposas. Era indiscutible que había pasado a formar parte de la realeza, y tanto a María como a Alison les encantaba su nueva posición. El futuro les deparaba más de lo mismo, puesto que María sería la reina de Francia.

Ese día se encontraban en la estancia más amplia del palacio de Les Tournelles, frente al mayor ventanal, donde la reina Catalina, la suegra de María, había reunido a sus cortesanos. La monarca llevaba un vestido confeccionado con tela de oro y plata que debía de haber costado una fortuna. Era última hora de la tarde, pero hacía calor y la ventana estaba abierta para que corriera una ligera brisa.

Entró el rey, y con él la sala se llenó de un fuerte olor a sudor. Todo el mundo a excepción de Catalina se puso en pie. Enrique parecía contento. Tenía la misma edad que su esposa, cuarenta años, y se le veía en la flor de la vida: guapo, fuerte y lleno de energía. Le encantaban los torneos y ese día estaba ganando. Incluso había conseguido derribar a Francisco el Acuchillado, el duque de Guisa, su gran general.

—Una competición más y basta —le dijo a Catalina.

—Se está haciendo tarde —protestó ella en francés pero con aquel fuerte acento italiano que jamás había perdido—. Además, estás cansado. ¿Por qué no lo dejas ya?

—¡Pero si lucho por ti! —dijo él.

Catalina no se tragó el cumplido. Apartó la mirada y María hizo una mueca. Todo el mundo había visto que Enrique llevaba la lanza adornada con cinta negra y blanca, los colores de Diana de Poitiers, quien había seducido a Enrique tras su primer año de matrimonio. Catalina llevaba veinticinco fingiendo que no sabía nada. Enrique tenía otras amantes, pero Diana era el amor de su vida a pesar de ser mucho mayor que él, pues al cabo de unas semanas cumpliría los sesenta. Catalina estaba acostumbrada, pero su marido todavía podía herirla sin que le importara lo más mínimo.

Enrique salió para vestirse de nuevo con la armadura, y las damas de la corte empezaron a murmurar. Catalina hizo señas a Alison. La reina, que siempre se mostraba amable con ella porque había sido una buena amiga del enfermizo Francisco, dio la espalda al resto del grupo, indicando así que la conversación era privada.

—Ya han pasado catorce meses —dijo en voz baja.

Alison sabía de qué estaba hablando; era el tiempo transcurrido desde la boda de Francisco y María.

—Y aún no está encinta —añadió Alison.

—¿Algo va mal? Tú lo sabrías.

—María dice que no.

—Pero no la crees.

—No sé qué pensar.

—Yo también tuve problemas para concebir al principio de estar casada —confesó Catalina.

—¿De verdad? —Alison no daba crédito, pues Catalina había dado a luz diez hijos de Enrique.

La reina asintió.

—Estaba consternada, sobre todo después de que Madame sedujera a mi esposo. —«Madame» era el nombre con el que todo el mundo se dirigía a Diana—. Lo adoraba, aún lo adoro, pero ella supo arrebatármelo. Creí que con un hijo volvería a ganarme su amor. Él seguía acudiendo a mi lecho, aunque luego supe que era ella quien se lo ordenaba. —Alison se estremeció. Resultaba duro oír todo aquello—. Pero no conseguía quedarme encinta.

—¿Qué hicisteis?

—Tenía quince años y mi familia se encontraba a cientos de kilómetros de distancia. Estaba desesperada. —Bajó la voz—. Los espié.

Alison se quedó estupefacta y turbada ante aquella revelación íntima, pero Catalina tenía ganas de contarle la historia. Aquel comentario tan poco delicado por parte de Enrique al decirle que luchaba por ella había perturbado el estado de ánimo de la reina.

—Creía que tal vez estaba haciendo algo mal con Enrique, y quería ver si Madame tenía un método distinto —prosiguió Catalina—. Ellos solían yacer a media tarde y mis doncellas encontraron un lugar desde donde podía espiarlos.

«Qué estampa tan inusitada —pensó Alison—: la reina observando a través de algún agujero cómo su esposo yace en la cama con una amante.»

—Me costaba mucho mirarlos, porque era obvio que él la adoraba. Y no aprendí nada. Jugaban a juegos que yo desconocía, pero al final él la follaba igual que me follaba a mí. La única diferencia es que con ella disfrutaba mucho más.

Catalina hablaba con dureza y amargura. Alison no era ñoña, pero estaba al borde de las lágrimas. Pensó que a la reina debió de rompérsele el corazón en pedazos. Le habría hecho unas cuantas preguntas, pero tuvo miedo de alterar su predisposición a las confidencias.

—Probé todo tipo de remedios, algunos de lo más desagradables, como aplicarme cataplasmas de estiércol en la vagina y cosas así, pero nada funcionaba. Entonces conocí al doctor Fernel y descubrí qué era lo que me impedía quedar en estado.

Alison estaba fascinada.

—¿Qué era?

—El rey tiene una verga corta y gruesa; es adorable, pero no larga. No me penetraba lo suficiente y por eso mi virginidad seguía intacta, de modo que el semen no llegaba hasta arriba. El doctor me rompió la membrana con un artilugio especial y al cabo de un mes concebí a Francisco. *Pronto.*

Se oyeron unos vítores procedentes de la multitud reunida en el exterior, como si hubieran estado escuchando la historia y oído su final feliz. Alison supuso que el rey había montado para iniciar el siguiente asalto. Catalina posó la mano en la rodilla de Alison, como si quisiera retenerla un instante más.

—El doctor Fernel murió, pero su hijo es igual de buen médico que él —le explicó—. Dile a María que vaya a verlo.

Alison se preguntó por qué la reina no le decía aquello directamente a María, y Catalina le contestó como si le hubiera leído el pensamiento:

—María es muy orgullosa. Si le doy la impresión de que creo que podría ser estéril, se ofenderá. Un consejo así es mejor recibirlo de una amiga que de una suegra.

—Lo comprendo.

—Hazme ese favor.

Era muy cortés por parte de la reina pedirle que hiciera algo cuando podría habérselo ordenado.

—Por supuesto —respondió Alison.

Catalina se puso de pie y se acercó a la ventana. Las otras personas reunidas en la estancia se apiñaron en torno a ella, Alison también, y miraron lo que ocurría en el exterior.

En mitad de la calle, dos vallas separaban un tramo largo y alargado. En un extremo estaba el caballo del rey, llamado Tristón; en el otro, el de Gabriel, conde de Montgomery. El tramo quedaba interrumpido en el centro por una barrera que impedía que los dos caballos chocaran.

El rey estaba hablando con Montgomery en el centro de la palestra. Desde la ventana del palacio no podían oírse sus palabras, pero daba la impresión de que discutían. El torneo estaba a punto de terminar y algunos espectadores ya se marchaban, pero Alison dedujo que el combativo Enrique querría participar en una última justa. Entonces el rey alzó la voz y todo el mundo oyó lo que decía.

—¡Es una orden!

Montgomery se inclinó en señal de obediencia y se puso el yelmo. El rey hizo lo propio y los dos hombres regresaron a sus respectivos extremos del palenque. Enrique se bajó la visera.

—Ciérralo bien, *chéri* —oyó Alison musitar a Catalina cuando el rey ajustó el seguro que impedía que la visera se levantara con el movimiento.

Enrique estaba impaciente y no esperó a que sonara la trompeta para picar espuelas y lanzarse a la carga. Montgomery lo imitó.

Los caballos eran destriers, animales grandes y fuertes criados para hacer la guerra, cuyos cascos hacían tanto ruido como un titán golpeando la tierra con unas mazas gigantes. Alison sintió que la excitación y el miedo le aceleraban el pulso. Los dos jinetes ganaron velocidad. La multitud estalló en vítores cuando los caballos se lanzaron el uno contra el otro, con los galones al viento. El rey y el conde orientaron sus lanzas de madera por encima de la barrera central; las armas tenían la punta roma puesto que el objetivo no era herir al adversario sino, simplemente, derribarlo de la silla. Con todo, Alison se alegró de que solo les estuviera permitido practicar aquel deporte a los hombres; a ella la habría aterrorizado.

En el último momento, los dos jinetes se sujetaron con fuerza al caballo apretando las piernas e inclinaron el cuerpo hacia delante. Chocaron con un ruido tremendo, y la lanza de Montgomery golpeó la cabeza del rey y le dañó el yelmo. La visera salió volando y Alison comprendió de inmediato que con el impacto se había roto el seguro. La lanza se partió en dos.

El tremendo ímpetu de los caballos siguió impulsando a los dos hombres hacia delante y, una fracción de segundo después, el extremo roto de la lanza de Montgomery volvió a golpear la cara del rey, quien se tambaleó sobre la silla como si estuviera perdiendo el conocimiento. Catalina chilló de horror.

Alison vio que el duque Francisco saltaba la valla y se dirigía corriendo hasta el rey. Otros nobles hicieron lo mismo. Tranquilizaron al caballo, bajaron al rey de la silla con un gran esfuerzo a causa de la pesada armadura y lo tendieron en el suelo.

IV

El cardenal Carlos salió corriendo tras su hermano, Francisco el Acuchillado, y Pierre los siguió de cerca. Cuando, con suma cautela, le quitaron el yelmo al rey, vieron de inmediato que había resultado herido de gravedad. Tenía el rostro cubierto de sangre. Una astilla larga y gruesa le sobresalía de un ojo y otras estaban clavadas en distintos puntos de la cara y la cabeza. Yacía quieto, aparentemente ajeno al dolor y apenas consciente. Su médico se encontraba entre los espectadores por si ocurría un incidente de aquella índole, y en ese momento estaba arrodillado junto al paciente.

Carlos se quedó mirando al rey unos instantes y luego retrocedió.

—Se muere —le susurró a Pierre, quien se sintió confundido.

¿Qué significaba aquello para la familia de Guisa, cuyo futuro era el futuro de Pierre? El plan a largo plazo que Carlos acababa de plantearle se había venido abajo. Pierre sintió una ansiedad tan intensa que rayaba el pánico.

—¡Es demasiado pronto! —exclamó, y se dio cuenta de que había alzado la voz hasta resultar un punto estridente. Hizo un esfuerzo por hablar con más calma antes de proseguir—: Francisco no puede gobernar este país.

Carlos se apartó más de la multitud para asegurarse de que nadie los oía, aunque todo el mundo tenía puesta la atención en el rey.

—Según las leyes francesas, un rey puede gobernar a partir de los catorce años, y Francisco tiene quince.

—Es cierto. —Pierre se devanó los sesos. El pánico se esfumó y la lógica tomó las riendas de su cerebro—. Pero Francisco necesitará ayuda —dijo—, y quien se convierta en su mayor consejero será el verdadero rey de Francia. —Y entonces, haciendo caso omiso de lo que dictaba la prudencia, se acercó al purpurado y le habló con tono grave, imperioso—: Cardenal, ¡ese hombre tiene que ser Vuestra Eminencia!

Carlos lo obsequió con una intensa mirada que a Pierre le resultaba familiar. Significaba que lo había sorprendido diciendo algo en lo que el cardenal no había pensado.

—Tienes razón —dijo Carlos despacio—. Pero lo natural sería que eligiera a Antonio de Borbón. Es el primer príncipe de sangre.

Un príncipe de sangre era un varón que descendía directamente de un rey francés. Tales hombres eran la flor y nata de la aristocracia, dejando aparte a la propia familia real, y tenían prioridad sobre todos los otros nobles. Antonio era el mayor de todos ellos.

—Dios nos libre —dijo Pierre—. Si Antonio se convierte en el principal consejero del rey Francisco II, la familia de Guisa perderá todo su poder. —«Y yo también», añadió para sí.

Antonio era el soberano de la Baja Navarra, un pequeño reino situado entre Francia y España. Y lo más importante: era el cabeza de los Borbones, la familia que, junto con la de Montmorency, rivalizaba en mayor grado con los De Guisa. Su política religiosa no seguía unas directrices claras, pero la alianza entre los Borbones y los Montmorency tendía a ser más laxa con respecto a la herejía que los De Guisa, y por tanto gozaban del favor de los protestantes, una circunstancia que no siempre se veía con buenos ojos. Si Antonio controlaba al joven rey, los De Guisa quedarían impotentes. Más valía no planteárselo siquiera.

—Antonio es tonto. Y se sospecha que es protestante —dijo Carlos.

—Y lo más importante: está fuera de la ciudad.

—Sí, está en Pau.

La residencia de los reyes de Navarra se hallaba al pie de los Pirineos, a ochocientos kilómetros de París.

—Pero antes de que caiga la noche habrá algún mensajero de camino —insistió Pierre—. Podéis quitar de en medio a Antonio, pero solo si actuáis con rapidez.

—Debo hablar con mi sobrina, María Estuardo. Ella será la reina de Francia, y tiene que convencer al nuevo rey para que rechace a Antonio como consejero.

Pierre negó con la cabeza. Carlos pensaba mucho, pero él le sacaba ventaja.

—María es una bella muchacha, no podéis dejar en sus manos un asunto tan importante como este.

—Pues entonces hablaré con Catalina.

—Catalina no es muy dura con los protestantes y tal vez no tenga objeciones con respecto a Antonio. Se me ocurre una idea mejor.

—Sigue.

Carlos lo escuchaba como haría con un igual, por lo que a Pierre se le iluminó la cara de placer. Su perspicacia para la política le había valido el respeto del estratega más hábil de Francia.

—Decidle a Catalina que si os acepta a vos y a vuestro hermano como principales consejeros del rey, alejaréis a Diana de Poitiers de la corte el resto de su vida.

Carlos lo pensó un rato y luego asintió con un único gesto, muy lentamente.

V

Alison se regocijaba en secreto de las heridas sufridas por el rey Enrique. Se atavió con prendas completamente blancas en señal de luto, e incluso consiguió forzar las lágrimas en alguna ocasión, pero todo era puro teatro por su parte. Por dentro se sentía exultante: María Estuardo estaba a punto de convertirse en reina de Francia, ¡y Alison era su mejor amiga!

Habían llevado al rey al interior del palacio de Les Tournelles y la corte se había reunido en la puerta de su cámara. Su agonía estaba siendo extremadamente lenta, pero no cabía ninguna duda sobre cuál sería el desenlace. Entre los médicos que lo asistían se encontraba Ambroise Paré, el cirujano que había retirado la punta de lanza del rostro del duque Francisco de Guisa, dejándole la cicatriz por la cual había recibido su apodo. Paré dijo que si la astilla hubiera penetrado solo en el ojo, el rey habría podido sobrevivir, siempre y cuando la herida no se hubiera infectado mortalmente; pero la punta se había clavado más adentro y había penetrado en el cerebro. Paré había llevado a cabo experimentos con cuatro criminales condenados a muerte, clavándoles astillas en los ojos para replicar la herida, pero todos habían fallecido y no cabía albergar esperanzas en relación con el rey.

El marido quinceañero de María Estuardo, que pronto sería el rey Francisco II, se volvió aún más infantil. No salía de la cama, profería gemidos incomprensibles, se balanceaba adelante y atrás como un loco y tenían que sujetarlo para que no se golpeara la cabeza contra la pared. Incluso a María y a Alison, que habían sido sus amigas desde la infancia, les molestaba que fuera tan inútil.

La reina Catalina, a pesar de tener un esposo que jamás había sido suyo en realidad, sintió consternación ante la idea de perderlo. Sin embargo, dio muestras de su naturaleza más despiadada prohibiendo que su rival, Diana de Poitiers, acudiera a ver al rey. En dos ocasiones Alison vio a Catalina enfrascada en una conversación con el cardenal Carlos, quien tal vez le estuviera ofreciendo consuelo espiritual, pero lo más probable es que la estuviera ayudando a planear una sucesión tranquila. Las dos veces los asistía Pierre Aumande, el apuesto y misterioso joven que había aparecido de la nada hacía aproximadamente un año y que acompañaba a Carlos cada vez más a menudo.

El rey Enrique recibió la extremaunción la mañana del 9 de julio.

Ese mismo día, poco después de la una, María y Alison estaban comiendo en sus aposentos del palacio cuando entró Pierre Aumande. Las saludó con una gran reverencia y se dirigió a María.

—El rey se está apagando rápidamente. Ha llegado la hora de pasar a la acción.

Era el momento que todos habían estado esperando.

María no fingió angustiarse ni ponerse histérica. Tragó saliva, dejó el cuchillo y la cuchara y se enjugó los labios con una servilleta.

—¿Qué debo hacer? —preguntó.

Alison sintió orgullo ante el temple de su señora.

—Debéis ayudar a vuestro esposo —le explicó Pierre—. El duque de Guisa está con él en estos momentos. Nos marcharemos de inmediato al Louvre con la reina Catalina.

—Tendréis en vuestras manos a la figura del nuevo rey de Francia —dijo Alison.

Pierre fijó de súbito la vista en ella. Alison reparó en que era la clase de hombre que solo veía a las personas importantes; el resto le resultaban invisibles. Sin embargo, en esa ocasión la miró con aprecio.

—De eso se trata exactamente —dijo—. La reina madre está de acuerdo con los tíos de Su Alteza, Francisco y Carlos. En estos momentos de peligro, Francisco debe confiar en su esposa, la reina María, a la hora de buscar apoyo; en nadie más.

Alison sabía que eso era una solemne tontería. Francisco y Carlos querían que el nuevo rey confiara en ellos, y María no era más que su tapadera. En las horas de incertidumbre que siempre sucedían a la muerte de un rey, el hombre que ostentaba el poder no era el nuevo monarca sino aquel que lo manejara a su antojo. Por eso Alison había utilizado la frase: «Tendréis en vuestras manos a la figura del nuevo rey», lo cual había alertado a Pierre de que la joven sabía lo que tramaban.

María no habría caído en ello, pensó Alison, pero eso no importaba. El plan de Pierre la beneficiaba. Sería más poderosa si se aliaba con sus tíos. Por el contrario, Antonio de Borbón intentaría, sin duda, dejarla al margen si conseguía controlar a Francisco. Por eso cuando María miró a Alison con expresión inquisitiva, esta hizo un breve gesto de asentimiento.

—De acuerdo —dijo la futura reina, y se puso en pie.

Al observar la cara de Pierre, Alison vio que aquel pequeño intercambio entre ambas no le había pasado desapercibido.

Alison se dirigió junto con María a los aposentos de Francisco, y Pierre las siguió. La puerta estaba vigilada por dos hombres de armas, y la muchacha reconoció a quien estaba al frente de la guardia, Gaston Le Pin, el robusto jefe de los sicarios de la familia de Guisa. No dudarían en sujetar a Francisco por la fuerza si era necesario, dedujo.

Francisco lloraba, pero se estaba vistiendo con ayuda de sus sirvientes. Tanto el duque Francisco el Acuchillado como el cardenal Carlos se hallaban presentes, observándolo con impaciencia, y al cabo de un momento entró la reina Catalina.

Alison comprendió que aquel era el grupo de personas que iba a hacerse con el poder. La madre de Francisco había cerrado un trato con los tíos de María. También se planteó quién podía tratar de impedírselo. El primer candidato debería ser el duque de Montmorency, que ostentaba el título de condestable de Francia. Sin embargo, el aliado de Montmorency entre la realeza, Antonio de Borbón, que jamás había destacado por su rapidez, aún no había llegado a París.

Los De Guisa ocupaban una posición fuerte, según vio Alison. De todos modos, tenían sus motivos para actuar. Las cosas podían cambiar de un momento a otro, y el hecho de gozar de ventaja no servía de nada si no se le sacaba partido.

Pierre se dirigió a Alison.

—Los nuevos monarcas ocuparán los aposentos reales del palacio del Louvre de inmediato. El duque de Guisa se trasladará a la suite de Diana de Poitiers y el cardenal Carlos ocupará las cámaras del duque de Montmorency.

«Qué astuto», pensó Alison.

—De modo que la familia de Guisa acompañará al rey y ocupará el palacio.

Pierre se veía muy pagado de sí mismo, y Alison dedujo que aquello debía de haber sido idea suya. La muchacha siguió hablando.

—O sea que habéis conseguido neutralizar efectivamente a vuestra facción rival.

—No hay ninguna facción rival —replicó Pierre.

—Pues claro que no —dijo Alison—. Qué tonta soy.

Él la miró con un gesto que denotaba respeto, lo cual la complació, y entonces se dio cuenta de que se sentía atraída por aquel joven inteligente y seguro de sí mismo. «Tú y yo podríamos ser aliados —pensó—, y tal vez algo más.» Al haber vivido casi toda la vida en la corte francesa, había aprendido a ver el matrimonio del modo en que lo ven los nobles, más como una alianza estratégica que como un lazo de amor. Pierre Aumande y ella formarían una pareja extraordinaria. Y, después de todo, tampoco representaría sacrificio alguno despertarse por la mañana junto a un hombre como aquel.

El grupo bajó la imponente escalinata, cruzó el vestíbulo y alcanzó los escalones de la entrada.

Detrás de la verja, multitud de parisinos aguardaban para descubrir qué sucedía, y prorrumpieron en vítores al ver a Francisco. También ellos sabían que el muchacho pronto sería su rey.

Los carruajes aguardaban en el patio delantero, vigilados por más hombres al servicio de la familia de Guisa. Alison se percató de que los vehículos estaban situados de modo que todo el mundo pudiera ver quién se subía en ellos.

Gaston Le Pin abrió la portezuela del primer carruaje. El duque de Guisa avanzó despacio junto con Francisco. La multitud conocía al Acuchillado y todos vieron que tenía al rey a su cargo. Alison reparó en que aquello tenía que haber sido planeado con sumo detalle.

Francisco se dirigió al coche de caballos, subió el escalón y entró sin ponerse a sí mismo en ridículo, para gran alivio de Alison.

Catalina y María lo siguieron. Al encontrarse frente al escalón, María retrocedió para permitir que Catalina entrara antes. Sin embargo, la reina sacudió la cabeza y esperó.

Con la cabeza muy alta, María entró en el carruaje.

VI

Pierre habló con su confesor.

—¿Es pecado casarse con alguien a quien no amas?

El padre Moineau era un sacerdote robusto y de rasgos angulosos que superaba los cincuenta años. Su estudio del Collège des Âmes contenía más libros que la tienda del padre de Sylvie. Era un intelectual más bien remilgado, pero disfrutaba con la compañía de hombres más jóvenes y gozaba de popularidad entre los estudiantes. Lo sabía todo sobre el cometido que Pierre estaba llevando a cabo para el cardenal Carlos.

—No, sin duda —respondió Moineau. Tenía una sonora voz de barítono algo enronquecida debido a su afición por el fuerte vino canario—. Los nobles están obligados a hacerlo. Incluso podría ser pecado para un rey casarse con alguien a quien sí ama. —Se echó a reír. Le gustaban las paradojas, como a todos los profesores.

Sin embargo, Pierre no estaba para bromas.

—Voy a destrozar la vida de Sylvie.

Moineau sentía afecto por Pierre, y era evidente que le habría gustado trasladar su intimidad al plano físico, pero enseguida comprendió que Pierre no era uno de aquellos hombres que aman a otro hombre y se limitó a darle unas cariñosas palmaditas en la espalda. Captó su tono de voz y se puso serio.

—Me doy cuenta —dijo—. Y quieres saber si vas a cumplir con la voluntad de Dios.

—Exacto.

Pierre no solía tener cargos de conciencia, pero jamás había causado a nadie tanto daño como estaba a punto de causarle a Sylvie.

—Escúchame bien —dijo Moineau—: hace cuatro años se cometió un terrible error. Se conoce como la Paz de Augsburgo, y es un tratado que permite a los estados alemanes seguir la herética doctrina luterana si su gobernante así lo elige. Por primera vez, hay lugares en el mundo donde ser protestante no se considera un crimen, lo cual es una catástrofe para la fe cristiana.

—*Cuius regio, eius religio* —respondió Pierre en latín. Era el lema del tratado de Augsburgo, cuyo significado es: «De tal regente, tal religión».

—Al firmar el acuerdo, el emperador Carlos V esperaba acabar con el conflicto religioso —prosiguió Moineau—. Pero... ¿fue eso lo que ocurrió? A principios de este año la execrable reina Isabel de Inglaterra impuso el protestantismo a sus desgraciados súbditos, que se han visto privados del consuelo de los sacramentos. La tolerancia se está extendiendo, esa es la terrible verdad.

—Y tenemos que hacer todo lo que podamos para evitarlo.

—Hablas con mucha propiedad: «todo lo que podamos». Tenemos a un joven rey bajo la fuerte influencia de la familia de Guisa. El Cielo nos ha mandado una oportunidad para tomar medidas enérgicas. Mira, sé cómo te sientes; ningún hombre con un alma sensible gusta de ver a personas quemadas vivas. Ya me has hablado de Sylvie, y parece una muchacha normal; algo lasciva, tal vez. —Soltó otra risita y recuperó su tono grave—. En muchos sentidos la pobre Sylvie no es más que una víctima de sus malvados padres, que la han educado en la herejía. Pero eso es lo que hacen los protestantes. Convierten a otras personas, y las víctimas pierden su alma inmortal.

—De modo que me estáis diciendo que no hago nada malo casándome con Sylvie y traicionándola después.

—Al contrario —dijo Moineau—. Estarás cumpliendo con la voluntad de Dios, y en el Cielo se te recompensará por ello, te lo aseguro.

Era lo que Pierre quería oír.

—Gracias —respondió.

—Dios te bendiga, hijo mío —dijo el padre Moineau.

VII

Sylvie y Pierre contrajeron matrimonio el último domingo de septiembre.

La boda católica se celebró el sábado en la iglesia parroquial, pero Sylvie no lo tomó en cuenta: se trataba de un requisito legal, nada más. Pasaron la noche del sábado separados, y el domingo tuvo lugar el verdadero enlace en el pabellón de caza que servía de iglesia protestante.

Era un día cálido entre el verano y el otoño, nublado pero sin lluvia. El vestido de Sylvie era de un suave gris perla, y Pierre le dijo que aquel color destacaba la luminosidad de su piel y el brillo de sus ojos. El propio Pierre estaba irresistiblemente guapo con el nuevo abrigo confeccionado por Duboeuf. El pastor Bernard se ocupó de ofrecer el servicio, y el marqués de Nimes fue el testigo. Cuando Sylvie pronunció los votos, la invadió una sensación de serenidad, como si por fin empezara a vivir.

Después la congregación en pleno fue invitada a acudir a la librería. Llenaron la tienda y la vivienda de la planta superior. Sylvie y su madre habían pasado toda la semana cocinando: caldo al azafrán, empanada de cerdo con jengibre, tartaletas de queso y cebolla, pastelitos de crema, buñuelos de manzana y carne de membrillo. El padre de Sylvie tenía un humor jovial poco propio de él y servía vino en los vasos y ofrecía la comida de las bandejas. Todo el mundo comía y bebía de pie a excepción de los novios y los marqueses, que gozaban del privilegio de sentarse a la mesa.

Sylvie pensó que Pierre parecía un poco tenso, cosa anormal en él puesto que, precisamente, solía ser en las ocasiones de mayor vida social cuando se le veía más relajado: escuchaba con atención a los hombres, hacía las delicias de las mujeres y no se olvidaba jamás de comentar lo guapo que era un recién nacido fuera cual fuese su aspecto. Sin embargo, ese día estaba inquieto. Se acercó dos veces a la ventana, y cuando las campanas de la catedral dieron la hora, se sobresaltó.

Sylvie imaginó que le preocupaba encontrarse en una reunión de protestantes en el centro de la ciudad.

—Relájate —le dijo—. Solo estamos celebrando una boda como cualquier otra. Nadie sabe que somos protestantes.

—Claro —respondió él, y sonrió con gesto ansioso.

Sylvie pensaba sobre todo en la noche de bodas. La esperaba con ganas, pero también estaba un poquito nerviosa.

—Perder la virginidad no duele gran cosa, y solo dura un segundo —le había dicho su madre—. Hay muchachas que apenas se dan cuenta. Y no te preocupes si no sangras, no le pasa a todo el mundo.

En realidad, no era eso lo que inquietaba a Sylvie. Anhelaba que llegara el momento de yacer íntimamente con Pierre, de besarlo, de acariciarlo tal como le dictaba el corazón, sin tener que refrenarse. Su nerviosismo tenía que ver con su cuerpo, con si le gustaría a Pierre. Tenía la sensación de que no era lo bastante perfecta para él. Las esculturas que representaban a mujeres siempre tenían pechos de simetría exacta mientras que los suyos no eran completamente iguales. Y las mujeres desnudas de los cuadros tenían unas partes íntimas casi invisibles, a veces cubiertas por un fino vello, pero las suyas eran abultadas y peludas. ¿Qué pensaría al mirarla por primera vez? Sentía demasiado pudor para compartir tales preocupaciones con su madre.

Se le pasó por la cabeza preguntarle a la marquesa Louise, que solo le llevaba tres años y cuyo busto llamaba la atención de tan prominente como era. Entonces, cuando acababa de decidir que Louise no era lo bastante cercana, sus pensamientos se vieron interrumpidos. Oyó que en la tienda se alzaban voces y alguien chilló. Lo extraño fue que Pierre volvió a acercarse a la ventana cuando, sin duda, el ruido procedía de dentro de la casa. Oyó cristales rotos. ¿Qué estaba pasando? Cada vez se parecía más a una pelea. ¿Se habría emborrachado alguien? ¿Cómo se atrevían a estropearle el día de su boda?

El marqués y la marquesa parecían estar muertos de miedo y Pierre había palidecido. Seguía con la espalda pegada a la ventana, mirando el rellano y las escaleras a través de la puerta entreabierta. Sylvie corrió hasta la barandilla. Por una ventana que daba a la parte trasera de la casa vio que algunos de los invitados estaban cruzando el patio para escapar. Mientras estaba allí asomada, un hombre al que no conocía empezó a subir los escalones. Iba vestido con un jubón de piel y llevaba una porra en la mano. Sylvie se percató con horror de que aquello era peor que una reyerta de borrachos entre los invitados a la boda: se trataba de una redada oficial. Su enfado se tornó miedo. Asustada por aquel bestia que subía las escaleras, entró corriendo en el comedor.

El hombre la siguió. Era de baja estatura y constitución fuerte y había perdido la mayor parte de una oreja, por lo que tenía un aspecto aterrador. Con todo, el pastor Bernard, que a sus cincuenta y cinco años estaba ya delicado, se plantó delante de él con gran valentía.

—¿Quién sois y qué deseáis? —le preguntó.

—Soy Gaston Le Pin, jefe de la guardia de la familia de Guisa, y tú eres un hereje y un blasfemo —soltó el hombre, y acto seguido levantó la porra y la estampó contra el clérigo. Bernard se volvió para esquivarla, pero recibió un golpe en la base del cuello y cayó al suelo.

Le Pin miró a los otros invitados, que estaban pegados a las paredes.

—¿Alguien más tiene alguna pregunta? —dijo, y nadie respondió.

Otros dos bravucones entraron en el comedor y se situaron detrás de Le Pin.

Entonces, de forma incomprensible, Le Pin se dirigió a Pierre.

—¿Quién es el marqués? —preguntó.

Sylvie se quedó perpleja. ¿Qué estaba pasando?

Y lo más desconcertante todavía fue que Pierre señaló al marqués de Nimes.

—Y supongo que la puta de las tetas grandes es la marquesa, ¿no?

Pierre asintió en silencio.

Sylvie sintió que su mundo se había vuelto patas arriba. Su boda se había convertido en una violenta pesadilla donde nadie era quien parecía ser.

La marquesa Louise se puso de pie y se encaró con Le Pin.

—¿Cómo os atrevéis…?

Le Pin le estampó una sonora bofetada y, con un grito, la marquesa cayó de espaldas. La mejilla se le puso roja al instante, y arrancó a llorar.

El corpulento marqués empezó a levantarse de la silla, pero entonces se dio cuenta de que no serviría de nada y volvió a sentarse.

Le Pin habló con los dos hombres que lo habían seguido.

—Prended a esos dos y aseguraos de que no escapen.

Sacaron al marqués y a la marquesa a rastras del comedor.

El pastor Bernard, que seguía en el suelo, señaló a Pierre y exclamó:

—¡Tú, hombre del demonio! ¡Eres un espía!

De pronto, todo cobró sentido para Sylvie. Dedujo, con inmensa consternación, que Pierre había organizado la redada. Se había infiltrado en la congregación para traicionarlos. Había fingido enamorarse de ella con el único objeto de ganarse su confianza. Por eso había retrasado tanto la fecha de la boda.

Lo miró aterrada y vio un monstruo en quien antes veía al hombre que amaba. Se sentía como si le hubieran arrancado un brazo y estuviera contemplando el muñón ensangrentado, pero aquello dolía más aún: le había arruinado no solo la boda sino la vida entera. Deseaba morir.

Se acercó a Pierre.

—¡¿Cómo has podido?! —gritó avanzando hacia él sin saber muy bien lo que quería hacer—. Judas Iscariote, ¡¿cómo has podido?!

Entonces recibió un golpe en la nuca y todo se volvió negro.

VIII

—Hay un aspecto de la coronación que me tiene inquieto —le confesó Pierre al cardenal Carlos.

Se encontraban en el vasto palacio que la familia de Guisa ocupaba en la rue Vieille du Temple, en aquella opulenta sala en la que Pierre había conocido a Carlos y a su hermano mayor, Francisco el Acuchillado. Carlos había comprado más cuadros, y teóricamente todos representaban escenas bíblicas, pero estaban cargados de un gran contenido sexual: *Adán y Eva*, *Susana y los viejos* y *La esposa de Potifar*.

A veces a Carlos le interesaban los comentarios de Pierre y otras veces le mandaba callar con un simple gesto disuasorio de sus dedos largos y elegantes. Ese día estaba receptivo.

—Sigue.

Pierre recurrió a una cita.

—«Francisco y María, por la gracia de Dios, rey y reina de Francia, Escocia, Inglaterra e Irlanda.»

—Efectivamente, lo son. Francisco es el rey de Francia. María es la reina de los escoceses. Y por derecho de herencia y la autoridad del Papa, María es reina de Inglaterra e Irlanda.

—Y esa frase está grabada en sus muebles y en la nueva vajilla de la reina para que todo el mundo la vea, incluido el embajador inglés.

—¿Qué quieres decir con eso?

—Al insistir en que María Estuardo deje claro ante el mundo que a ella le corresponde legítimamente la corona de Inglaterra, nos hemos convertido en enemigos de la reina Isabel.

—¿Y qué? Isabel no representa ninguna amenaza.

—Pero ¿de qué nos sirve? Debemos hacer enemigos cuando ello conlleve alguna ventaja. De otro modo, solo conseguiremos salir perjudicados.

El rostro alargado de Carlos adquirió una expresión de codicia.

—Dirigiremos el mayor imperio que ha existido en Europa desde Carlomagno —dijo—. Será más grande que el de Felipe de España, porque sus dominios están esparcidos por el mundo y son imposibles de gobernar, mientras que el nuevo imperio francés será compacto y su poder y su fuerza estarán concentrados. Ejerceremos nuestra influencia desde Edimburgo hasta Marsella, y controlaremos las aguas desde el mar del Norte hasta el golfo de Vizcaya.

Pierre se arriesgó a llevarle la contraria.

—Si eso va en serio, mejor haríamos ocultando nuestras intenciones a los ingleses. Ahora están prevenidos.

—¿Y qué harán? Isabel rige un país de bárbaros que es pobre y no tiene ejército.

—Tiene armada.

—No vale gran cosa.

—Pero teniendo en cuenta la dificultad que comporta atacar una isla...

Carlos chascó los dedos con aquel gesto que indicaba que había perdido el interés por la conversación.

—Hablemos de cosas más prácticas —dijo, y le tendió a Pierre una hoja de papel grueso y resistente con un sello oficial—. Aquí tienes, la anulación de tu matrimonio.

Pierre tomó la hoja con gratitud. Los motivos estaban claros: el matrimonio no había llegado a consumarse. Aun así, podía resultar difícil conseguir la nulidad. Se sintió aliviado.

—Qué rápido.

—Por algo soy cardenal. Además, tuviste agallas de tragarte la ceremonia.

—Valió la pena. —Cientos de protestantes de toda la ciudad habían sido apresados en una serie de operaciones coordinadas y planeadas por Carlos y Pierre—. Incluso aunque la mayoría acaben libres pagando una multa.

—Si renuncian a su fe, no podemos quemarlos en la hoguera, sobre todo si son aristócratas como el marqués de Nimes y su esposa. El pastor Bernard morirá, se ha negado a retractarse incluso bajo tortura. Y en la imprenta hemos encontrado fragmentos de una Biblia en francés, así que el padre de la que fue tu esposa no podrá evitar la pena aunque se retracte. Gilles Palot también morirá en la hoguera.

—Y con ello los De Guisa se convertirán en héroes católicos.

—Gracias a ti.

Pierre inclinó la cabeza en señal de agradecimiento y se le iluminó la cara de puro orgullo. Lo invadió una profunda satisfacción. Eso era lo que tanto había deseado: ser el brazo derecho del hombre con más poder de la Tierra. Estaba en un momento triunfal. Intentó no demostrar cuán exultante se sentía.

—Pero hay otro motivo por el que me he dado prisa en conseguirte la nulidad —prosiguió Carlos.

Pierre lo miró perplejo. ¿Cuál sería? Carlos era el único hombre de París tan taimado como el propio Pierre.

—Quiero que te cases con otra persona.

—¡Santo Dios! —Pierre se estremeció. Eso no se lo esperaba. Enseguida le vino a la cabeza Véronique de Guisa. ¿Habría cambiado Carlos de opinión e iba a permitirle que se casara con ella? Su corazón se llenó de esperanza. ¿Era posible que se cumplieran dos de sus sueños?

—Mi sobrino Alain, que solo tiene catorce años, ha seducido a una doncella y la ha dejado encinta. No es posible que se case con ella.

El ánimo de Pierre sufrió una dolorosa sacudida.

—¿Una doncella?

—A Alain le concertaremos una boda política de conveniencia, como a todos los hombres de la familia de Guisa a excepción de aquellos que hemos sido llamados a ejercer el sacerdocio. Pero me gustaría ocuparme de la doncella. Seguro que lo entiendes, puesto que naciste en circunstancias parecidas.

Pierre se sintió aturdido. Había creído que su triunfo junto a Carlos elevaría su estatus hasta situarlo en una posición más cercana a la familia, pero en vez de eso el cardenal le recordaba lo lejos que estaba de ser realmente como ellos.

—¿Queréis que me case con una doncella?

Carlos se echó a reír.

—¡No lo digas como si te estuviera condenando a muerte!

—Más bien a cadena perpetua. —¿Qué iba a hacer? A Carlos no le gustaba que le llevaran la contraria. Una negativa por parte de Pierre podría arruinar su próspero futuro.

—Te daré una pensión —añadió Carlos—. Cincuenta libras al mes.

—El dinero no me importa.

Carlos arqueó las cejas ante la insolencia de osar interrumpirlo.

—¿Ah, no? ¿Y qué es lo que te importa?

Pierre reparó en una posible recompensa que haría que aquel sacrificio mereciera la pena.

—Quiero obtener el derecho de llamarme Pierre Aumande de Guisa.

—Cásate con ella y ya veremos.

—No. —Pierre se dio cuenta de que en esos momentos lo estaba arriesgando todo—. Mi nombre debe figurar en el certificado de matrimonio como Pierre Aumande de Guisa; si no, no lo firmaré.

Jamás se había comportado con tanto atrevimiento frente a Carlos. Contuvo la respiración, aguardando la reacción del cardenal y temiendo una explosión de furia.

—Eres una sabandija de lo más perseverante, ¿verdad? —dijo el purpurado.

—De otro modo no os sería tan útil.

—Cierto. —Carlos se quedó pensativo y en silencio durante unos instantes—. De acuerdo, te lo concedo —dijo al fin.

Pierre sintió que se le aflojaban las piernas de puro alivio.

—De ahora en adelante eres Pierre Aumande de Guisa.

—Gracias.

—La muchacha está en la cámara contigua, siguiendo el pasillo. Ve a verla y date a conocer.

Pierre se levantó y se dirigió a la puerta.

—Sé amable —añadió Carlos—. Obséquiala con un beso.

Pierre abandonó la sala sin replicar. Tras cruzar el umbral se quedó quieto un momento, tembloroso, intentando asimilar todo aquello. No sabía si sentir euforia o consternación. Había escapado de un matrimonio que no deseaba para acabar cayendo en otro. ¡Pero era un De Guisa!

Recobró la compostura. Sería mejor que echara un vistazo a su futura esposa. Era de clase baja, eso resultaba obvio. Pero tal vez fuera guapa, puesto que había engatusado a Alain de Guisa. Claro que, por otra parte, no costaba mucho atraer el interés sexual de un muchacho de catorce años; la predisposición constituía el mayor atractivo.

Avanzó por el pasillo hasta la puerta contigua y entró sin llamar. Una muchacha estaba sentada en el diván con la cara entre las manos, sollozando. Llevaba el sencillo vestido de una sirvienta. Estaba bastante gruesa, según vio Pierre, quizá por la preñez.

Cuando cerró la puerta, la muchacha levantó la cabeza.

La conocía; se trataba de la anodina Odette, la doncella de Véronique. Siempre le recordaría a la muchacha con quien no le habían permitido casarse.

Odette lo reconoció y sonrió con valentía entre lágrimas, mostrando sus dientes irregulares.

—¿Sois mi salvador? —preguntó.

—¡Válgame Dios! —exclamó Pierre.

IX

Después de que Gilles Palot muriera quemado en la hoguera, la madre de Sylvie cayó en una depresión.

Para Sylvie, aquel fue el mayor de los traumas que había sufrido jamás, un drama mayor que la traición de Pierre e incluso más triste que la ejecución de su padre. Se había forjado la imagen de su madre como una roca incapaz de desmoronarse, el pilar de su vida. Isabelle le había curado las heridas siendo niña, la había alimentado cuando tenía hambre y había aplacado el genio volcánico de su padre. Pero se había quedado desvalida. Pasaba los días sentada en una silla. Si Sylvie encendía el fuego, Isabelle lo contemplaba con la mirada perdida; si Sylvie preparaba la comida, Isabelle se la comía de modo mecánico; si Sylvie no la ayudaba a vestirse, Isabelle se pasaba el día en ropa interior.

El destino de Gilles lo habían determinado unos pliegos recién impresos de la Biblia en francés que habían sido encontrados en la tienda. Los pliegos estaban preparados para cortarlos en hojas y luego encuadernar los ejemplares, tras lo cual estos habrían sido guardados en el almacén secreto de la rue du Mur. Pero no había tenido tiempo de terminar la tarea, de modo que Gilles era culpable no solo de cometer herejía sino de incitar a otros a que lo hicieran. No habían tenido piedad con él.

A ojos de la Iglesia, la Biblia era el más peligroso de todos los libros prohibidos, sobre todo la traducida al francés y al inglés con notas en los márgenes que explicaban cómo ciertos pasajes demostraban la certeza de las enseñanzas protestantes. Los sacerdotes sostenían que los ciudadanos corrientes eran incapaces de interpretar correctamente la palabra de Dios y, por tanto, necesitaban que alguien los guiara. Los protestantes, en cambio, decían que la Biblia ponía de manifiesto los errores del clero. Ambos bandos veían la lectura de la Biblia como el motivo principal del conflicto político que había azotado Europa.

Los empleados de Gilles decían no saber nada de aquellos pliegos. Solo imprimían la Biblia en latín y otras obras permitidas, según explicaron. Gilles debía de haber impreso las polémicas obras por su cuenta de noche, después de que ellos se marcharan a casa. Los habían multado de todas formas, pero habían escapado de la pena de muerte.

Cuando un hombre era ejecutado por herejía, todos sus bienes eran confiscados. Esa ley se aplicaba de forma irregular y su interpretación variaba según el caso, pero Gilles lo perdió todo y su mujer y su hija quedaron en la indigencia. Consiguieron abandonar la tienda con todo el dinero que había en ella antes de que se instalara otro impresor. Más tarde volvieron para suplicar que les entregaran sus ropas y supieron que las habían vendido: existía un gran mercado de prendas de segunda mano. A la sazón vivían en la habitación de una casa de vecinos.

Sylvie era una costurera mediocre —la habían educado para vender libros, no para confeccionar prendas—, de modo que ni siquiera podía ganarse la vida cosiendo, que era el último recurso de las mujeres de clase media que no disponían de dinero. El único trabajo que pudo conseguir fue ocuparse de hacer la colada de familias protestantes. A pesar de las redadas, la mayoría de los protestantes seguían ateniéndose a su verdadera religión, y tras pagar las multas habían restablecido rápidamente las congregaciones y habían hallado nuevos lugares donde celebrar el culto en secreto. Aquellos que conocían a Sylvie de los viejos tiempos solían pagarle más de lo habitual por hacer la colada, pero aún no bastaba para cubrir las necesidades básicas de dos personas y, poco a poco, el dinero que se habían llevado de la tienda se agotó. Terminaron de gastarlo un glacial mes de diciembre en que el gélido viento penetraba por las estrechas y elevadas calles de París.

Un día que Sylvie estaba lavando una sábana para Jeanne Mauriac en las heladas aguas del Sena y las manos le dolían tanto a causa del frío que no podía dejar de llorar, un transeúnte le ofreció cinco sueldos si le chupaba la verga.

Ella negó con la cabeza en silencio y siguió lavando la sábana, y el hombre se marchó.

Sin embargo, no podía quitárselo de la cabeza. Cinco sueldos, un cuarto de libra. Serviría para comprar un montón de leña, una pierna de cerdo y pan para una semana entera. Y todo cuanto tenía que hacer era meterse el miembro de un hombre en la boca. ¿Podía ser peor que lo que estaba haciendo? Era pecado, claro está, pero resultaba difícil preocuparse por no pecar cuando las manos le causaban tanto sufrimiento.

Llevó la sábana a casa y la colgó en la habitación para que se secara. La última carga de leña estaba a punto de agotarse; al día siguiente no podría secar la colada, y ni siquiera los protestantes pagarían si les devolvía las sábanas mojadas.

Esa noche no durmió gran cosa. Se preguntaba por qué iba a desearla nadie. Incluso lo de Pierre no había sido más que una pantomima. Nunca había creído que fuera guapa, y encima había adelgazado e iba sucia. Sin embargo, el hombre que la había visto en el río la deseaba, de modo que tal vez otros también lo hicieran.

Por la mañana compró dos huevos con el poco dinero que le quedaba. Echó los últimos restos de leña al fuego y coció los huevos; su madre y ella se comieron uno cada una con los mendrugos sobrantes de la semana anterior. Luego no les quedó nada. Tendrían que morir de hambre.

«Dios proveerá», decían siempre los protestantes. Pero no había sido así.

Sylvie se peinó y se lavó la cara. No tenía espejo, de modo que no sabía cuál era su aspecto. Dio la vuelta a las medias para ocultar la suciedad y salió a la calle.

No estaba segura sobre qué hacer. Caminó de aquí para allá pero nadie le propuso nada. Pues claro, ¿por qué iban a hacerlo? Era ella quien debía proponerlo. Intentó sonreír a los hombres que pasaban por su lado, pero ninguno respondió. Se dirigió a uno:

—Te chupo la verga por cinco sueldos.

Pero el hombre pareció incomodarse y avivó el paso. Tal vez debería enseñar los pechos, pero hacía frío.

Vio a una joven con un abrigo rojo que caminaba con paso presuroso junto a un hombre bien vestido de mediana edad al que aferraba del brazo como si temiera que pudiera escapársele. La mujer la miró con una dureza que podía significar que había reconocido en ella a una rival. A Sylvie le habría gustado hablar con la mujer, pero esta parecía empeñada en llegar a alguna parte con el hombre.

—Está nada más doblar la esquina, querido —la oyó decirle.

En ese momento Sylvie reparó en que, si conseguía un cliente, no tenía ningún sitio adonde llevarlo.

Se encontraba en la rue du Mur, justo frente al almacén donde la familia Palot escondía los libros ilegales. No era una vía muy transitada, pero tal vez los hombres estuvieran más dispuestos a hacer tratos con prostitutas en los callejones. Pronto no le cupo duda, porque un hombre se detuvo y se dirigió a ella.

—Bonitas tetas —le dijo.

El corazón le dio un brinco. Sabía lo que tenía que decir a continuación: «Te chupo la verga por cinco sueldos». Le entraron náuseas. ¿De verdad iba a hacerlo? Pero tenía hambre y frío.

—¿Cuánto cobras por follar? —quiso saber él.

No se le había ocurrido pensar en eso. No sabía qué decir.

Su actitud vacilante irritó al hombre.

—¿Dónde tienes la habitación? —le preguntó—. ¿Cerca?

Sylvie no podía llevarlo donde estaba su madre.

—No tengo habitación —contestó.

—Perra estúpida —la insultó el otro, y se alejó.

A Sylvie le entraron ganas de echarse a llorar. Era una perra estúpida; no había sabido hacerlo.

Entonces se fijó en el almacén del otro lado de la calle.

Lo más probable era que hubieran quemado los libros ilegales. Tal vez el nuevo impresor lo estuviera utilizando o tal vez lo hubiera cedido a otra persona. No obstante, era posible que la llave siguiera estando detrás del ladrillo suelto. A lo mejor el almacén podía ser su «habitación».

Cruzó la calle.

Extrajo el ladrillo suelto de la jamba de la puerta y metió la mano en el hueco. La llave estaba allí. La sacó y volvió a colocar el ladrillo en su sitio.

Apartó con el pie un poco de basura acumulada frente a la puerta del almacén. Dio la vuelta a la llave en la cerradura, entró, cerró la puerta, la atrancó y encendió la lámpara.

El lugar tenía el mismo aspecto de siempre. Los barriles apilados del suelo al techo seguían estando en su sitio, y entre ellos y la pared había espacio suficiente para hacer lo que Sylvie estaba planeando. El suelo era de piedra sin pulir. Aquella sería su secreta alcoba de la vergüenza.

Los barriles tenían polvo, como si últimamente el almacén no se usara mucho. Se preguntó por qué los barriles vacíos seguían estando en el mismo lugar de antes. Intentó mover uno y logró levantarlo con facilidad.

Vio que seguía habiendo cajas llenas de libros detrás de los barriles y se le ocurrió una extraña idea.

Abrió una caja. Estaba llena de las biblias en francés.

¿Cómo era posible? Su madre y ella habían dado por sentado que el nuevo impresor se había hecho con todas sus propiedades, pero era evidente que no había descubierto lo del almacén. Sylvie frunció el entrecejo, pensativa. Su padre siempre había insistido en mantenerlo en secreto, por lo tanto ni siquiera sus empleados conocían la existencia de aquel lugar. Y a ella le habían ordenado que no le dijera nada a Pierre hasta que estuvieran casados.

No lo sabía nadie excepto Sylvie y su madre, de modo que los libros aún estaban allí; cientos de ellos.

Eran libros valiosos, si encontraba a gente que tuviera agallas de comprarlos.

Sylvie tomó una de las biblias en francés. Valía mucho más de los cinco sueldos que había intentado ganar en la calle.

Como en los viejos tiempos, lo envolvió con un basto pedazo de lino y lo ató con una cuerda. Luego salió del almacén, mirando cuidadosamente tras de sí antes de esconder la llave.

Se alejó de allí llena de esperanzas renovadas.

En la casa de vecinos, Isabelle miraba fijamente el fuego extinguido.

Los libros tenían mucho valor, pero ¿a quién podría vendérselos Sylvie? Solo a protestantes, desde luego. Su mirada se posó en la sábana que había estado lavando el día anterior. Pertenecía a Jeanne Mauriac, una de las mujeres de la congregación que solía acudir a los oficios del pabellón de caza del barrio de Saint-Jacques. Su marido, Luc, era consignatario, aunque no sabía muy bien lo que significaba eso. Jamás les había vendido ninguna Biblia, pensó, aunque no cabía duda de que el hombre podía permitírsela. ¿Se atrevería a comprarla cuando solo habían pasado seis meses desde las redadas del cardenal Carlos?

La sábana estaba seca y le pidió a su madre que la ayudara a doblarla. Luego cubrió el libro con ella y llevó el paquete a casa de los Mauriac.

Programó la visita de modo que la familia estuviera tomando la comida del mediodía. La criada miró su vestido raído y le pidió que esperara en la cocina, pero Sylvie estaba demasiado desesperada para que una simple criada la disuadiera, de modo que se abrió paso hasta el comedor. El olor de las chuletas de cerdo le provocó retortijones en el estómago.

Luc y Jeanne estaban sentados a la mesa con Georges, su hijo. Luc saludó a Sylvie con jovialidad; el hombre siempre estaba de buen humor. Jeanne parecía recelosa. Era el sostén de la familia y con frecuencia daba la impresión de que le molestaban las bromas de su marido y su hijo. El joven Georges había sido pretendiente de Sylvie, pero en aquellas circunstancias apenas podía mirarla a la cara. Ya no era la hija bien vestida de un próspero impresor; era una indigente mugrienta.

Sylvie desdobló la sábana y le mostró el libro a Luc, quien, según imaginó, estaría dispuesto a comprarlo.

—Creo recordar que aún no tenéis la Biblia en francés —dijo—. Esta edición es particularmente bella, mi padre estaba orgulloso. Tomad, echadle un vistazo.

Había aprendido hacía tiempo que era más probable que un cliente comprara un libro después de tenerlo en las manos.

Luc hojeó el ejemplar con admiración.

—Deberíamos tener una Biblia en francés —le dijo a su esposa.

Sylvie le sonrió a Jeanne.

—Seguro que tal cosa complacería al Señor.

—Va contra la ley —contestó Jeanne.

—Ser protestante va contra la ley —repuso su marido—. Podemos esconder el libro. —Miró a Sylvie—. ¿Cuánto cuesta?

—Mi padre solía venderlos por seis libras —dijo ella.

Jeanne masculló algo en señal reprobatoria, como si el precio superara con mucho el valor del libro.

—Debido a mis circunstancias, os lo dejo por cinco —dijo Sylvie, conteniendo la respiración.

Luc parecía estar dudoso.

—Si fueran cuatro…

—Hecho —decidió Sylvie—. El libro es vuestro, y que Dios os bendiga por tener tan buen corazón.

Luc sacó su bolsa y contó ocho monedas de plata llamadas testones, cada una de las cuales valía diez sueldos, o sea, media libra.

—Gracias —dijo Sylvie—. Y diez dineros por la sábana. —Ya no los necesitaba, pero se acordó de lo mucho que le habían dolido las manos al lavarla y sintió que debía cobrar por ello.

Luc sonrió y le entregó una pequeña moneda llamada *dixain*, equivalente a diez dineros.

Luc volvió a abrir el libro.

—Cuando lo vea mi amigo Radiguet tendrá envidia.

—No me queda ninguno más —se apresuró a aclarar Sylvie. La rareza de los libros protestantes contribuía a que su precio fuera elevado, y su padre le había enseñado que jamás debía permitir que la gente supiera que tenían montones de ellos—. Si doy con otro ejemplar, iré a ver a Radiguet.

—Por favor, hazlo.

—¡Pero no le digáis que os lo he dejado tan barato!

Luc sonrió con gesto de complicidad.

—No antes de que os haya pagado, por lo menos.

Sylvie le dio las gracias y se marchó.

El alivio le produjo tal flojera que no encontró energías para sentirse exultante. Entró en la taberna más próxima y pidió una jarra de cerveza que se bebió de un trago. Eso alivió la sensación de hambre pero la dejó medio mareada.

Cerca de su casa compró jamón, queso, mantequilla, pan y manzanas, además de una pequeña botella de vino. También compró un saco de leña y pagó diez dineros a un muchacho para que cargara con él en su lugar.

Cuando entró en la habitación de la casa de vecinos, su madre miró con estupefacción lo que había comprado.

—Hola, madre —la saludó Sylvie—. Nuestros problemas han terminado.

X

Con un humor de perros, Pierre se casó por segunda vez tres días después de la Navidad de 1559.

Estaba decidido a que la boda fuera un asunto sin importancia y no pensaba organizar ninguna celebración. No invitó a nadie y no planeó ningún banquete. No quería parecer pobre, de modo que se atavió con su nuevo abrigo gris oscuro, cuyo tono apagado estaba acorde con su estado de ánimo. Llegó a la iglesia parroquial justo cuando el reloj marcaba la hora señalada.

Para su consternación, Véronique de Guisa estaba presente, sentada en el último banco de la pequeña iglesia con seis doncellas de la familia de Guisa, seguramente amigas de Odette.

A Pierre no podía pasarle nada peor que soportar que Véronique presenciara su humillación. Ella era con quien deseaba casarse en realidad. Había hablado con la muchacha, le había mostrado sus encantos y había hecho todo lo posible por causarle la impresión de que ocupaban la misma posición social. Aquello no había pasado de ser un sueño, tal como el cardenal Carlos le había aclarado sin miramientos. Pero que Véronique viera cómo Pierre se casaba con su doncella era terriblemente doloroso. Le entraron ganas de marcharse de la iglesia.

Entonces pensó en su recompensa. Al final de aquel suplicio firmaría la partida matrimonial con su nuevo nombre, Pierre Aumande de Guisa. Era su más ferviente deseo. Sería reconocido como miembro de la importante familia de Guisa, y eso era algo que nadie podría arrebatarle jamás. Se desposaría con una fea sirvienta que llevaba en su vientre al hijo de otro hombre, pero sería un De Guisa.

Apretó los dientes y se prometió que lo soportaría.

La ceremonia fue corta, puesto que el sacerdote había recibido los honorarios mínimos. Véronique y las otras muchachas rieron durante la misa. Pierre no sabía qué les resultaba tan divertido, pero no podía quitarse de encima la sensación de que se reían de él. Odette todo el rato se volvía a mirarlas y les sonreía, mostrando sus dientes irregulares que, como las lápidas de un viejo cementerio, montaban los unos sobre los otros y se inclinaban en todas las direcciones.

Cuando la ceremonia terminó, Odette parecía orgullosa de salir de la iglesia del brazo de un novio tan guapo y ambicioso, como si hubiera olvidado que a Pierre se la habían endosado contra su voluntad. ¿Acaso se engañaba a sí misma pensando que de algún modo se había ganado su amor y su cariño?

Como si tal cosa fuera posible.

Recorrieron a pie la distancia que separaba la iglesia de la modesta casa que el cardenal Carlos les había proporcionado. Estaba cerca de la taberna de Saint-Étienne, en el barrio de Les Halles, donde los parisinos compraban a diario carne, vino y las prendas de segunda mano con las que todo el mundo se vestía a excepción de los ricos. Sin que nadie las hubiera invitado, Véronique y las doncellas los siguieron. Una de ellas llevaba una botella de vino e insistieron en entrar en la casa y beber a la salud de los recién casados.

Por fin se marcharon, tras muchas bromas de mal gusto sobre el hecho de que la pareja tendría prisa por hacer lo que los novios hacen la noche de bodas.

Pierre y Odette se dirigieron a la planta superior, donde había un dormitorio y una cama. Hasta ese momento, Pierre no había afrontado la cuestión de si tendría relaciones sexuales normales con su mujer.

Odette se tumbó.

—Bueno, ya estamos casados —dijo, y se despojó del vestido para exponer su cuerpo desnudo—. Ven, vamos a disfrutarlo.

Pierre sintió una repugnancia absoluta. La vulgaridad de aquella postura le desagradó sobremanera. Estaba horrorizado.

En ese momento supo que no podría tener relaciones con ella, ni ese día ni nunca.

10

I

Barney Willard odiaba el ejército. La comida era espantosa, no había manera de quitarse el frío de encima salvo cuando, por el contrario, hacía un calor de mil demonios y para colmo, durante mucho tiempo, las únicas mujeres que veía eran las prostitutas que seguían a los campamentos, almas tristes y desesperadas. El capitán al mando de la compañía de Barney, Gómez, era un fantoche de talla imponente y despiadado que disfrutaba utilizando su mano de hierro para escarmentar la falta de disciplina. Y lo peor de todo era que llevaban meses sin cobrar.

Barney no entendía cómo era posible que el rey Felipe de España tuviese problemas de dinero. A pesar de ser el hombre más rico del mundo, siempre estaba en la ruina. El joven Willard había visto atracar en el puerto de Sevilla galeones cargados de plata procedentes de Perú. ¿Adónde iba toda esa plata? A las tropas no, desde luego.

Tras zarpar de Sevilla, dos años atrás, el *José y María* había puesto rumbo a un lugar llamado Países Bajos, una federación libre formada por diecisiete provincias de la costa norte de Europa, que se extendían entre Francia y Alemania. Por razones históricas que Barney jamás había acabado de desentrañar, el rey español gobernaba los Países Bajos, donde había dejado estacionado un ejército que había luchado en la guerra contra Francia.

Barney, Carlos y Ebrima eran fundidores con experiencia, de ahí que los hubiesen destinado como artilleros, y se encargaban del mantenimiento y la detonación de las grandes piezas de artillería. A pesar de que habían entrado en liza, no solían verse implicados en la lucha cuerpo a cuerpo, y los tres habían sobrevivido a la guerra ilesos.

El tratado de paz entre España y Francia se había firmado en abril de 1559, hacía casi un año, y Felipe había regresado a casa, pero no se había llevado a su ejército con él. Barney suponía que el monarca quería asegurarse de que los Países Bajos, sumamente prósperos, pagaban sus impuestos. Sin embargo, las tropas estaban aburridas, resentidas y al borde de la rebelión.

La compañía del capitán Gómez se acuartelaba en Cortrique, una ciudad a la orilla del Lys, cuyos habitantes detestaban a los soldados. Eran extranjeros, unos borrachos escandalosos, llevaban armas y, como no recibían la paga, robaban. Además, los neerlandeses eran dados a la insubordinación y procuraban que los españoles supieran que no deseaban tener a su ejército en sus tierras.

Los tres amigos querían dejar las tropas. Barney tenía familia y un hogar en Kingsbridge y deseaba volver a verlos. Carlos había inventado un nuevo tipo de horno que algún día lo convertiría en un hombre rico, pero para eso primero debía regresar a la industria del metal. En cuanto a Ebrima, Barney ignoraba cuáles eran sus planes de futuro, pero estaba seguro de que distaban mucho de la vida de soldado. Pese a todo, no era sencillo escapar. Las deserciones estaban a la orden del día, pero quienes huían se arriesgaban a que les descerrajaran un tiro si los detenían. Barney llevaba meses esperando una oportunidad que todavía no se había presentado y empezaba a preguntarse si no debería lanzarse sin más.

Mientras tanto, pasaban casi todo el tiempo en la taberna.

Ebrima era un jugador empedernido que arriesgaba de manera obsesiva el poco dinero que tenía, soñando con una mano ganadora. Carlos bebía vino cuando podía permitírselo, y a Barney le perdían las mujeres. La taberna de Saint-Martin, en el Mercado Viejo de Cortrique, tenía un poco de todo: se jugaba a las cartas, servían vino español y la atendía una chica guapa.

Barney escuchaba a la tabernera, Anouk, que despotricaba en francés de su marido, mientras Carlos procuraba que el vaso le durara toda la tarde. Ebrima estaba jugándose el dinero con Gómez Mano de Hierro y otros dos soldados españoles, e iba ganando por el momento. Los otros bebían sin medida y alzaban la voz cuando ganaban o perdían, pero Ebrima permanecía callado. Era un jugador serio, sumamente prudente, y nunca hacía apuestas demasiado altas o demasiado bajas. A veces perdía, pero a menudo ganaba solo porque los demás arriesgaban sin pararse a pensar. Y ese día la suerte le sonreía.

—La armada y el ejército españoles deberían usar balas de cañón del mismo calibre —le comentó Carlos a Barney cuando Anouk desapareció en la cocina—. Es lo que hacen los ingleses. Fabricar un millar de balas de cañón del mismo tamaño es más barato que fabricar balas de veinte tamaños distintos para veinte cañones distintos.

Como era habitual, entre ellos hablaban en español.

—Así no acabarías queriendo meter por el brocal una bala dos dedos más grande que el cañón… como nos ha pasado más de una vez —coincidió Barney.

—Exacto.

Ebrima se levantó de la mesa.

—Yo me retiro —anunció—. Gracias por la partida, caballeros.

—Espera un momento —dijo Gómez, malhumorado—. Queremos un desquite.

Los otros dos jugadores estuvieron de acuerdo.

—¡Eso es! —exclamó uno, y el otro estampó el puño en la mesa.

—Tal vez mañana —contestó Ebrima—. Llevamos jugando toda la tarde y me gustaría echar un trago, ahora que puedo permitírmelo.

—Venga, una mano más, doble o nada.

—No os queda dinero para tal apuesta.

—Te lo quedaré a deber.

—Las deudas se cobran enemigos.

—¡Venga, hombre!

—No, capitán.

Gómez se levantó y derribó la mesa. Medía más de un metro ochenta, además de ser un hombre fornido, y tenía el rostro congestionado por el vino de Jerez.

—¡Pues yo digo que sí! —insistió, alzando la voz.

Los clientes de la taberna se hicieron a un lado, intuyendo lo que iba a suceder.

—Capitán, permitidme invitaros a una copa, la vuestra se ha derramado —dijo Barney con voz tranquila, acercándose a él.

—¡Vete al infierno, gañán inglés! —bramó Gómez. Los españoles consideraban a los ingleses bárbaros del norte, de igual modo que les ocurría a los ingleses con los escoceses—. Tiene que seguir jugando.

—No, no tiene por qué. —Barney abrió los brazos en un gesto que pretendía llamar a la razón—. La partida bien habrá de acabarse en algún momento, ¿no?

—Yo diré cuándo. Soy el capitán.

—Eso no es justo —intervino Carlos, indignado. Las injusticias lo soliviantaban en extremo, tal vez por las que habían cometido con él—. Una vez que se reparten las cartas, todos somos iguales. —Y estaba en lo cierto, esa era la norma cuando los oficiales jugaban con los soldados rasos—. Y vos lo sabéis, capitán Gómez, no finjáis lo contrario.

—Gracias, Carlos —dijo Ebrima, y se alejó de la mesa derribada.

—Vuelve aquí, demonio tizón —le advirtió Gómez.

En las pocas ocasiones en que Ebrima participaba en una discusión, el contrario siempre acababa utilizando su color de piel a modo de insulto, algo que ya resultaba aburrido de tan previsible. Por fortuna, Ebrima poseía un dominio de sí mismo digno de admiración y jamás picaba el anzuelo, por lo que se limitó a responder a la pulla de Gómez dándole la espalda.

Como todos los que disfrutaban abusando de su poder, Gómez odiaba que lo ignoraran y, furioso, arremetió contra él por detrás. El puñetazo, impetuoso y poco atinado por los efluvios del alcohol, solo alcanzó a Ebrima en la cabeza, pero la mano al final del brazo era de hierro y, tras un breve tambaleo, el africano cayó de rodillas.

Gómez se dirigió hacia él con la clara intención de volver a golpearlo, pero Carlos se adelantó y asió al capitán por detrás, tratando de detenerlo. El hombre estaba fuera de sí. Forcejearon. Carlos era fuerte, pero no tanto como Gómez, que finalmente consiguió soltarse.

Ayudándose de la mano buena, el capitán desenvainó la daga.

En ese momento intervino Barney y, junto a Carlos, intentaron frenarlo como pudieron mientras Ebrima se ponía en pie, vacilante y aturdido. Gómez se desembarazó de ambos y se dirigió hacia aquel, con la daga en alto.

Barney comprendió horrorizado que ya no se trataba de una simple pelea de taberna y que Gómez estaba decidido a matarlo.

Carlos quiso sujetar el brazo que empuñaba el arma, pero el capitán lo arrojó a un lado con un amplio y contundente gesto de la mano de hierro.

Sin embargo, el sevillano había conseguido retrasarlo dos segundos, el tiempo que necesitó Barney para desenvainar su propia vizcaína, la daga española de amplia cazoleta y una hoja de más de dos palmos de largo.

Gómez tenía un brazo alzado y había extendido la mano de hierro para mantener el equilibrio, lo que le dejaba el pecho desprotegido.

Al tiempo que el capitán dirigía una cuchillada mortal al cuello expuesto del aturdido Ebrima, Barney blandió su daga en un arco amplio y se la hundió en el costado izquierdo.

Fue un golpe de suerte, o tal vez de verdadera desgracia. Aunque Barney había atacado casi sin mirar, la afilada hoja de doble filo se había deslizado limpiamente entre las costillas de Gómez y había quedado encajada hasta la empuñadura. El rugido de dolor cesó de manera abrupta al cabo de medio segundo. Barney sacó la hoja de un tirón y un chorro de sangre roja y brillante brotó tras ella. En ese momento comprendió que había alcanzado el corazón del capitán. Un instante después, el hombre se desplomó de rodillas, la daga se le escurrió de entre los dedos inertes y cayó al suelo como un árbol derribado.

Barney lo miró con ojos desorbitados, horrorizado. Carlos lanzó una maldición.

—¿Qué hemos hecho? —se lamentó Ebrima, saliendo de su aturdimiento.

El joven inglés se arrodilló junto al cuerpo para buscarle el pulso en el cuello. Pero fue inútil. La sangre había cesado de manar de la herida.

—Está muerto —confirmó.

—Hemos matado a un capitán —dijo Carlos.

Barney había impedido que Gómez asesinara a Ebrima, pero les costaría demostrarlo. Miró a su alrededor y vio que los testigos huían a toda prisa. Nadie se molestaría en investigar lo que había ocurrido de verdad. Se trataba de una pelea de taberna y un soldaducho había matado a su capitán. El ejército no tendría piedad.

Luego se percató de que el tabernero estaba dando instrucciones en flamenco occidental, su dialecto, a un adolescente, que salió corriendo un momento después.

—Han ido a avisar a la guardia —dedujo Barney.

—Seguramente haya hombres acuartelados en el ayuntamiento —dijo Carlos—. No tardarán ni cinco minutos en detenernos.

—Ya puedo darme por muerto —se lamentó Barney.

—Y yo —afirmó Carlos—. Te he ayudado.

—No habrá justicia para un africano —añadió Ebrima.

Sin más, corrieron hacia la puerta y salieron al mercado. Barney vio que el sol se ponía tras el cielo nublado. Eso era bueno. Apenas quedaban un par de minutos para el anochecer.

—¡Al río! —gritó.

Atravesaron la plaza a la carrera y torcieron en Leiestraat, que conducía a la orilla del Lys. Era una calle bulliciosa en pleno corazón de una ciudad próspera, atestada de gente, caballos, carretillas cargadas y mozos que avanzaban con dificultad bajo fardos pesados.

—Más despacio —recomendó Barney—. Es mejor que nadie recuerde adónde nos dirigíamos.

Aun a paso ligero, continuaban llamando la atención. La gente los identificaría como soldados por las espadas. Además, aunque vestían una ropa anodina, Barney era alto y lucía una poblada barba cobriza y Ebrima era africano. Sin embargo, anochecía y pronto se podrían refugiar entre las sombras.

Llegaron al río.

—Hay que encontrar una barca —decidió Barney. Siempre le había gustado navegar y sabía manejar casi todo tipo de embarcaciones. Había muchas a la vista, amarradas a la orilla o fondeadas en medio de la corriente. Aun así, casi nadie era tan necio como para no asegurar una barca de alguna manera, y menos aún en una ciudad llena de tropas extranjeras. Las embarcaciones de mayor tamaño contaban con guardias, y hasta las más pequeñas estaban sujetas con cadenas y les faltaban los remos.

—Agachaos —dijo Ebrima—. Hagamos lo que hagamos, es mejor que no nos vea nadie.

Se arrodillaron en el fango.

Barney miró a su alrededor, desesperado. No disponían de mucho tiempo. ¿Cuánto tardaría la guardia en empezar a registrar la orilla?

Si rompían la ensambladura que unía la cadena a la madera, podían soltar una pequeña barca, pero sin remos estaban perdidos; quedarían a merced de la corriente, no podrían maniobrar y sería fácil capturarlos. Lo mejor era nadar hasta una barcaza, reducir al vigilante y levar anclas, pero ¿tenían tiempo? Además, cuanto más valiosa fuese la embarcación, más decidida sería la persecución.

—No sé, tal vez deberíamos cruzar el puente y tomar el primer camino que nos alejara de la ciudad.

Entonces vieron la balsa.

No valía mucho; era más bien una docena de troncos unidos con cuerdas sobre los que se veía un pequeño cobertizo en el que podía dormir un hombre. Su dueño estaba en cubierta, dejándose llevar por la corriente mientras utilizaba una pértiga para maniobrar. A su lado había una pila de bártulos que parecían, a la luz crepuscular, cubos y cuerdas que podrían utilizarse para pescar.

—Ese es nuestro bote —decidió Barney—. Sin hacer ruido.

Se adentró en el río de rodillas. Los otros dos lo siguieron.

La orilla descendía bruscamente y, ya de pie, el agua no tardó en llegarles al cuello. Al cabo de poco casi tenían la balsa encima. Se agarraron al borde y se dieron impulso para subir cuando oyeron chillar al anciano dueño, sorprendido y asustado. Carlos se abalanzó sobre el hombre, forcejeó con él hasta obligarlo a tumbarse en cubierta y le tapó la boca para que no pudiera pedir ayuda. Barney consiguió atrapar la pértiga, que el hombre había soltado, antes de que se la tragase el río y viró la balsa hacia la mitad de la corriente. Vio que Ebrima le arrancaba la camisa al anciano y se la metía en la boca para silenciarlo; a continuación, el africano cogió una cuerda del montón y le ató las muñecas y los tobillos. Barney pensó que se les daba bien trabajar juntos, todo gracias al tiempo que habían pasado maniobrando y disparando un pesado cañón codo con codo.

Echó un vistazo su alrededor. Por lo que podía ver, nadie se había percatado del robo de la balsa. De todos modos, ¿qué debían hacer a continuación?

—Habrá que…

—Calla —lo interrumpió Ebrima.

—¿Qué?

—Ten cuidado con lo que dices. No hables más de la cuenta, podría saber español.

Barney comprendió a qué se refería. Tarde o temprano, el anciano le contaría a alguien lo que le había sucedido… salvo que lo mataran, cosa que ninguno de ellos quería hacer. Le harían preguntas sobre los asaltantes, así que cuanto menos supiera, mejor. Ebrima les sacaba veinte años, y esa no era la primera vez que su buen juicio había contenido la impulsividad de sus compañeros.

—Pero ¿qué vamos a hacer con él? —preguntó Barney.

—Llevarlo con nosotros hasta que nos hayamos alejado lo suficiente de la ciudad. Luego lo dejaremos en la orilla, atado y amordazado. No le pasará nada, pero no lo encontrarán hasta la mañana siguiente, y para entonces ya habremos puesto tierra de por medio.

Barney pensó que lo más indicado era hacer lo que decía Ebrima.

Consideró que lo mejor sería viajar de noche y ocultarse durante el día. Cuanta mayor distancia los separase de Cortrique, mayores dificultades tendrían las autoridades de la ciudad para encontrarlos. Y luego ¿qué? Si no recordaba mal, el río desembocaba en el Escalda, que a su vez pasaba por Amberes.

Barney tenía un pariente allí: Jan Wolman, primo de su difunto padre. Y, pensándolo bien, Carlos también estaba emparentado con él. Cuatro primos habían creado el entramado comercial entre Melcombe, Amberes, Calais y Sevilla: el padre de Barney, Edmund Willard; el hermano de Edmund, tío Dick; el padre de Carlos, y Jan.

Si los tres fugitivos conseguían llegar a Amberes, seguramente podrían considerarse a salvo.

Cayó la noche. Barney había decidido que viajarían al abrigo de la oscuridad sin pararse a pensar en nada más, pero resultaba difícil gobernar la balsa en esas circunstancias. El anciano no llevaba faroles, si bien tampoco los habrían encendido por miedo a que los descubrieran, y la débil luz de las estrellas apenas conseguía traspasar las nubes. Unas veces Barney lograba distinguir el río delante de él, pero conducía la balsa a ciegas contra la orilla y tenía que alejarla con la pértiga.

Se sentía raro y se preguntó por qué, hasta que recordó que había matado a un hombre. Qué extraño que algo tan terrible pudiera huir de su conciencia y regresar de manera inesperada. Estaba de un humor tan sombrío como la noche y notaba los nervios a flor de piel. Se detuvo a pensar en cómo había caído Gómez, como si la vida lo hubiera abandonado incluso antes de golpearse contra el suelo.

No era la primera vez que mataba a alguien. Había disparado balas de cañón contra las tropas que avanzaban a lo lejos, y había visto caer hombres por decenas, muertos o heridos de muerte; sin embargo, aquello nunca lo había mortificado, tal vez porque no veía sus rostros cuando agonizaban. Matar a Gómez, por el contrario, había resultado un acto íntimo y personal. Aún notaba en la muñeca la sensación de la hoja encontrando el cuerpo de Gómez y hundiéndose en él. Vio el chorro de sangre brillante bombeada por un corazón vivo y palpitante. El capitán español era un hombre despreciable y todos estaban mejor sin él, pero eso no hacía que Barney se sintiese mejor.

En lo alto, la luna se asomaba con disimulo entre las nubes. Aprovechando un momento de visibilidad, dejaron al anciano en un lugar que, según sus cálculos, parecía suficientemente alejado de cualquier población. Ebrima lo arrastró hasta una zona seca, bastante por encima del río, y procuró que estuviera cómodo. Desde la balsa, Barney oyó que hablaba con él en voz baja y pensó que tal vez estuviese disculpándose. Era lógico, el anciano no había hecho nada para merecer lo que le había sucedido. También distinguió el tintineo de unas monedas.

Ebrima regresó a bordo y Barney alejó la balsa de la orilla ayudándose de la pértiga.

—Le has dado el dinero que le ganaste a Gómez, ¿verdad? —le preguntó Carlos.

El africano se encogió de hombros bajo la luz de la luna.

—Le hemos robado la balsa. Se ganaba la vida con ella.

—Y nos hemos quedado a dos velas.

—Tú ya lo estabas —contestó Ebrima con aspereza—. Ahora yo también.

Barney pensó de nuevo en sus perseguidores. No sabía con qué empeño acometían la tarea. A las autoridades de la ciudad no les gustaban los asesinatos, por descontado, pero víctima y autores eran soldados españoles, y el ayuntamiento de Cortrique no iba a gastar mucho dinero en ir tras unos extranjeros que habían matado a otro extranjero. Si pudiese, el ejército español los ejecutaría, aunque Barney se preguntó si le importarían lo suficiente para organizar una cacería. Era probable que los españoles se limitasen a cumplir con la formalidad y no tardasen en abandonar la búsqueda.

—Carlos, hay algo que deberíamos aclarar cuanto antes —dijo Ebrima de pronto, con tono serio. Había estado muy callado y pensativo.

—¿El qué?

—Ya no estamos en el ejército.

—Si no nos cogen, así es.

—Cuando embarcamos en el *José y María*, le dijiste al oficial que era un hombre libre.

—Lo sé —contestó Carlos.

Barney percibió la tensión. Durante dos años, Ebrima había sido tratado como un soldado normal y corriente, de aspecto un tanto exótico, pero tan libre como los demás. Pero ¿y a partir de ese momento?

—A tu entender, ¿sigo siendo un hombre libre, Carlos? —preguntó Ebrima.

A Barney no le pasó por alto la expresión que había usado. Era evidente que, «a su entender», se consideraba como tal.

El joven inglés desconocía la opinión de su primo. No habían vuelto a hablar sobre la condición de Ebrima desde que habían embarcado en el *José y María*.

Se hizo un largo silencio.

—Eres un hombre libre, Ebrima —contestó Carlos, al fin.

—Gracias, me alegra que nos entendamos.

Barney se preguntó qué habría hecho Ebrima si Carlos hubiese dicho que no.

Las nubes empezaban a clarear. Con algo más de luz, Barney consiguió mantener la balsa en medio de la corriente y avanzaron más rápido.

—Por cierto, ¿adónde lleva este río? —preguntó Carlos al cabo de un rato.

—A Amberes —respondió Barney—. Vamos a Amberes.

II

Ebrima no sabía si creer a Carlos. No era aconsejable depositar demasiada confianza en las palabras amables de un amo, algo que los esclavos de Sevilla consideraban una verdad absoluta. Quien no se atribulaba por tener a alguien prisionero, obligarlo a trabajar a cambio de nada, azotarlo si lo desobedecía o violarlo a su antojo, tampoco dudaría en mentir. Carlos era distinto, pero ¿hasta qué punto? La respuesta a esa pregunta determinaría el futuro de Ebrima.

Le dolía la cabeza por culpa del golpe que le había asestado Gómez. Se la tocó con cuidado y notó un bulto en el lugar donde había impactado la mano de hierro, pero no se sentía confuso ni mareado y pensó que se recuperaría.

Con la llegada del alba se detuvieron junto a una arboleda por la que discurría el río. Tras sacar la balsa del agua y ocultarla con ramas, se turnaron para montar guardia mientras los otros dos dormían. Ebrima soñó que se despertaba encadenado.

A la mañana del tercer día, divisaron la alta torre de la catedral de Amberes a lo lejos, por lo que abandonaron la balsa a merced de la corriente y cubrieron a pie los últimos kilómetros. Ebrima creía que seguían en peligro y que aún podían detenerlos y enviarlos a los calabozos para entregarlos posteriormente al ejército español, que se apresuraría a juzgarlos y a ejecutarlos de inmediato por el asesinato de Gómez Mano de Hierro. Sin embargo, en los caminos concurridos que conducían a la ciudad, nadie parecía haber oído hablar de los tres soldados españoles —uno de ellos de barba cobriza y otro africano—

que habían matado a un capitán en Cortrique y se habían dado a la fuga.

Las noticias solían viajar de una ciudad a otra en los boletines de los mercaderes, que en su mayor parte contenían información comercial. Ebrima no sabía leer, pero según Carlos ese tipo de publicaciones incluían referencias a delitos solo si estos tenían relevancia política: asesinatos, disturbios o rebeliones. Una reyerta en una taberna en la que solo estaban involucrados soldados extranjeros no revestía ningún interés. Conforme exploraban los alrededores, Ebrima vio que Amberes estaba rodeada por agua. Al oeste discurría la amplia curva del río Escalda mientras que una muralla, circundada por un amplio canal, separaba el resto de la ciudad de la tierra firme. Varios puentes cruzaban el foso y conducían a su correspondiente puerta fortificada. Se decía que era la ciudad más rica de la Tierra, de ahí que estuviese tan bien defendida.

Aunque los guardias no estuviesen al tanto de lo ocurrido en Cortrique, ¿franquearían el paso a unos hombres harapientos, famélicos y armados? Los tres amigos se aproximaron un tanto nerviosos.

Sin embargo, y para alivio de Ebrima, los guardias no parecían estar buscando a tres fugitivos de la justicia, aunque sí los miraron con recelo —llevaban la misma ropa con la que dos años antes habían embarcado en el *José y María*— hasta que Barney comentó que eran parientes de Jan Wolman, momento en que desapareció toda sospecha. Incluso les indicaron cómo llegar hasta su casa, que se ubicaba cerca de la alta catedral que habían divisado desde lejos.

La isla estaba atravesada por diques largos y estrechos y entrecruzada por canales serpenteantes. Conforme avanzaban por las concurridas calles, Ebrima se preguntó cómo recibiría Jan Wolman a dos primos segundos sin un penique y a un africano. Tal vez la visita sorpresa no motivara la más cálida de las bienvenidas. Por fin encontraron la casa, una magnífica vivienda de gran altura, adosada a otras tantas similares, y llamaron a la puerta con cierto temor. Los criados que los atendieron los escrutaron con desconfianza hasta que apareció Jan, quien los recibió con los brazos abiertos.

—Eres clavado a mi difunto padre, a como lo recuerdo de cuando yo era un crío —dijo dirigiéndose a Barney. Jan también había heredado el pelo cobrizo y los ojos castaño dorado de los Willard.

Habían decidido no contarle el verdadero motivo de su huida de Cortrique y le explicaron que habían desertado del ejército español porque no les pagaban. Jan no solo los creyó, sino que incluso dio a entender que los soldados que no recibían paga tenían derecho a desertar.

Viendo lo hambrientos que estaban, hizo que les sirvieran vino, pan y ternera fría, aunque luego les pidió que se asearan y les prestó camisas limpias porque, dijo con amable franqueza, apestaban.

Ebrima nunca había estado en una casa como aquella. A pesar de lo espaciosa que era, sobre todo para una ciudad, no alcanzaba las dimensiones de un palacio; no obstante, estaba abarrotada de muebles y objetos valiosos: enormes espejos de pared enmarcados, alfombras turcas, cristalería decorada de Venecia, instrumentos musicales y tazas y cuencos de delicada cerámica que antes parecían adornos que enseres de uso diario. Ebrima tampoco recordaba haber visto cuadros como aquellos. Los neerlandeses preferían los lienzos en los que aparecía gente como ellos ensimismada en la lectura de un libro, jugando a las cartas o escuchando música en habitaciones acogedoras similares a las suyas, como si sus propias vidas se les antojaran más interesantes que las de los profetas de la Biblia o los personajes mitológicos, más habituales en el arte español.

Le adjudicaron una habitación más pequeña que la de Barney y Carlos, pero no le pidieron que durmiera con los criados, por lo que concluyó que Jan no estaba seguro de su condición social.

Esa noche, los tres fugitivos compartieron mesa con la familia Wolman, que estaba compuesta por la mujer de Jan, Hennie; su hija, Imke, y tres niños pequeños, Frits, Jef y Daan.

Utilizaron una mezcla de idiomas para comunicarse. En el sur y el oeste de los Países Bajos predominaba el uso del francés, aunque en otros lugares se hablaba distintos dialectos holandeses. Jan, como muchos comerciantes, se defendía en varias lenguas, entre ellas el español y el inglés.

La hija de Jan parecía una versión más joven de Hennie. Imke, que tenía diecisiete años, era una muchacha atractiva, de sonrisa amplia y alegre, y cabello rubio y rizado. La joven enseguida tomó simpatía por Barney, con esa sonrisa pícara que las mujeres adoraban, y Ebrima se percató de que Carlos competía en vano por reclamar su atención. En su opinión, Carlos era mejor partido, un hombre más formal y digno de confianza, pero pocas adolescentes eran tan juiciosas para reparar en algo así. A él no le interesaban las jovencitas, pero le gustaba Hennie, que parecía inteligente y bondadosa.

La mujer les preguntó cómo habían acabado alistándose en el ejército español y Ebrima empezó a contarle la historia, en una mezcla de español y francés en la que intercalaba las pocas palabras dialectales que conocía. Era un buen orador y no tardó en acaparar la atención de toda la mesa. Habló del nuevo horno con sumo detalle, haciendo hincapié en que Carlos y él habían intervenido a partes iguales en su invención. Les explicó cómo el chorro de aire conseguía elevar tanto la temperatura del fuego que el hierro se fundía y fluía de manera continuada, lo que permitía que el horno produjera una tonelada de metal al día. Se percató de que Jan lo miraba con mayor respeto mientras hablaba.

Los Wolman eran católicos, pero se escandalizaron al enterarse del trato que Carlos había recibido en Sevilla por parte del clero. Jan aseguró que algo así jamás ocurriría en Amberes, aunque Ebrima no sabía si creerlo, teniendo en cuenta que la Iglesia de ambos países estaba dirigida por el mismo Papa.

A Jan pareció entusiasmarle el nuevo horno y dijo que Ebrima y Carlos tenían que conocer a su principal proveedor de metal, Albert Willemsen, lo antes posible; de hecho, al día siguiente.

Así pues, por la mañana se dirigieron a un barrio más humilde, cerca de los muelles. Albert vivía en una casa modesta con su mujer, Betje; su hija, Drike, una niñita muy seria de ocho años; la hermana de Albert, una atractiva viuda llamada Evi, y el hijo de Evi, Matthus, que tenía unos diez años. Sorprendentemente, la vivienda de Albert se parecía al antiguo hogar de Carlos en Sevilla. Contaba con un pasillo que conducía a un patio trasero que se utilizaba como lugar de trabajo y en el que se veían un horno y reservas de mineral de hierro, piedra caliza y carbón. El proveedor de Wolman accedió de inmediato a que Carlos, Ebrima y Barney construyeran allí el nuevo horno, y Jan se comprometió a prestarles el dinero que necesitasen.

Acabaron familiarizándose con la ciudad a lo largo de los días y las semanas posteriores. A Ebrima le sorprendía lo trabajadores que eran los neerlandeses; no los pobres, pues esos se deslomaban en todas partes, sino los ricos. Jan era uno de los hombres más acaudalados de la ciudad, pero no faltaba a su puesto ni un solo día de la semana, salvo los domingos. Un español con tanto capital se habría retirado al campo, habría comprado una finca y habría contratado a un administrador para recaudar las rentas de los campesinos con tal de que sus dedos blancos como la nieve no tuvieran que tocar el dinero mugriento, mientras se dedicaba a buscar un buen partido para su hija con la esperanza de que sus nietos heredaran títulos nobiliarios. Los neerlandeses no parecían dar tanta importancia a los títulos como al dinero. Jan adquiría hierro y bronce y fabricaba cañones y munición. Compraba lana en Inglaterra y tejía paños que volvía a vender a los ingleses. Se hacía con participaciones lucrativas de cargamentos, talleres, granjas y tabernas. Prestaba dinero a negocios en expansión, a obispos manirrotos y a príncipes. Y siempre cobraba intereses, por supuesto. En Amberes se ignoraba la prohibición de usura impuesta por la Iglesia.

La herejía era otra de aquellas cuestiones que tampoco preocupaban a sus habitantes. La ciudad estaba atestada de judíos, musulmanes y protestantes, fácilmente reconocibles por sus ropas, que se dedicaban a los negocios en igualdad de condiciones. Había gente de todo tipo: pelirrojos como Barney, africanos como Ebrima, turcos de piel morena y bigote ralo y chinos de tez pálida y cabello liso y azabache. Los amberinos no odiaban a nadie, salvo a quienes no pagaban sus deudas. A Ebrima le gustaba aquel lugar.

En ningún momento se habló de la condición social del africano. Todos los días acompañaba a Carlos y a Barney al patio de Albert, y todas las noches comían juntos en casa de Jan. Los domingos iba a misa con la familia y por la tarde se escabullía —mientras los demás dormían la siesta bajo los efectos del vino con que habían regado la comida— y se perdía en el campo en busca de un lugar donde llevar a cabo sus abluciones. Nadie lo llamaba esclavo, pero, por lo demás, su vida se parecía preocupantemente a la que había llevado en Sevilla.

Cuando trabajaban en el patio, la hermana de Albert, Evi, solía sentarse con ellos durante el descanso. Tendría unos cuarenta años, era regordeta —como muchas mujeres neerlandesas bien alimentadas de mediana edad— y tenía un brillo especial en su mirada de ojos azul verdoso. Hablaba con todos, pero sobre todo con Ebrima, tal vez por la cercanía de edad entre ambos. Poseía una viva curiosidad y le preguntaba sobre su vida en África, pidiéndole que le contara detalles que el hombre a veces tenía que esforzarse por recordar. Era viuda y tenía un hijo, de modo que probablemente estuviese buscando marido; y dado que Carlos y Barney eran demasiado jóvenes para interesarse en ella, Ebrima no pudo por menos de preguntarse si no le habría echado el ojo. No había vuelto a intimar con una mujer desde que se había separado de Elisa, pero esperaba que solo se tratara de algo temporal; desde luego no tenía intención de dedicar el resto de su vida al celibato.

Tardaron un mes en construir el horno.

Cuando estuvieron listos para probarlo, tanto la familia de Jan como la de Albert quisieron presenciar el acontecimiento.

Hasta ese momento, Ebrima ni siquiera se había planteado que solo habían hecho aquello una vez y no podía asegurar que funcionase una segunda. Si algo salía mal, harían el ridículo. Peor aún, el fracaso empañaría su futuro y eso hizo que Ebrima se diera cuenta de que, de manera inconsciente, había fantaseado con la idea de establecerse y ganarse la vida en ese lugar. Además, no soportaría quedar como un tonto delante de Evi.

Carlos encendió el fuego, Ebrima vertió el mineral de hierro y la cal y Barney fustigó las grupas de los dos caballos de tiro que hacían funcionar el engranaje del fuelle.

Igual que la primera vez, la espera fue larga y angustiosa.

Barney y Carlos no paraban de moverse por culpa de los nervios mientras Ebrima luchaba por conservar su impasibilidad habitual. El africano tenía la sensación de haberlo apostado todo a una sola carta.

La gente empezó a aburrirse. Evi se puso a hablar con Hennie sobre los quebraderos de cabeza que daban los adolescentes, los tres hijos de Jan persiguieron a la hija de Albert por el patio y la mujer de Albert, Betje, les ofreció una bandeja llena de naranjas. Ebrima estaba demasiado tenso para comer.

Hasta que empezó a fluir el hierro.

El metal fundido asomó lentamente por la base del horno y se deslizó por los conductos de piedra que habían dispuesto. Al principio avanzaba con una lentitud exasperante, pero el material derretido no tardó en ganar brío y empezó a llenar los hoyos con forma de lingote que habían cavado en el suelo. Ebrima vertió más materia prima en la boca del horno.

—¡Mirad eso...! ¡No para de salir! —oyó que decía Albert, maravillado.

—Exacto —confirmó Ebrima—. Mientras no dejes de alimentar el horno, este seguirá dándote hierro.

—Es hierro colado —le advirtió Carlos—; para poder usarlo, primero hay que refinarlo.

—Eso ya lo veo —contestó Albert—, pero no deja de ser sorprendente.

—¿Me estáis diciendo que el rey de España despreció este invento? —preguntó Jan, incrédulo.

—Yo diría que el rey Felipe ni siquiera llegó a oír hablar de él —aventuró Carlos—. El resto de los fundidores de Sevilla se sintieron amenazados. A los españoles no les gustan los cambios, la gente que dirige nuestras manufacturas prefiere aferrarse a las tradiciones.

Jan asintió.

—Supongo que por eso vuestro rey compra tantos cañones a extranjeros como yo, porque los españoles no fabrican suficientes.

—Y luego se quejan de que la plata de América parte a otros destinos tan pronto como llega a puerto español.

Jan sonrió.

—Bueno, ya que somos comerciantes holandeses en lugar de grandes de España, entremos en casa, bebamos algo y hablemos de negocios.

Pasaron dentro y se sentaron alrededor de la mesa. Betje les sirvió cerveza y salchicha fría mientras Imke repartía uvas pasas a los niños para que estuviesen callados.

—Los beneficios del nuevo horno se destinarán, primero, a saldar el préstamo, con sus intereses —dijo Jan.

—Por supuesto —contestó Carlos.

—A partir de ahí, deberíais repartir las ganancias con Albert. ¿Cómo lo veis?

Ebrima se percató de que no había especificado de manera deliberada quiénes debían compartir dichas ganancias. Jan no sabía si debía considerar a Ebrima como un socio en igualdad de condiciones con respecto a Carlos y a Barney.

No era el momento de andarse con remilgos.

—Carlos, Barney y yo construimos el horno los tres juntos —intervino Ebrima.

Todo el mundo miró al español mientras Ebrima contenía la respiración. Carlos vaciló y el africano supo que aquella era la prueba definitiva. En la balsa no le había costado nada decir: «Eres un hombre libre, Ebrima», pero esto era distinto. Si lo reconocía como a un igual, delante de Jan Wolman y Albert Willemsen, tendría que mantener su palabra.

Y él sería libre.

—Entonces se repartirán entre cuatro —dijo Carlos, al fin—. Albert, Barney, Ebrima y yo.

El africano sintió que le daba un vuelco el corazón, pero permaneció inmutable. Su mirada se cruzó con la de Evi y vio que parecía complacida.

—No contéis conmigo —anunció Barney justo en ese momento, sorprendiendo a todo el mundo.

—¿De qué hablas? —preguntó Carlos.

—Ebrima y tú inventasteis el horno —contestó Barney—, yo no he hecho nada. Además, de todos modos, no pensaba quedarme en Amberes.

Ebrima se percató de que Imke ahogaba un grito y supuso que había recibido la noticia como un jarro de agua fría, pues se había enamorado de Barney.

—¿Adónde irás? —quiso saber Carlos.

—A casa —dijo el inglés—. Hace más de dos años que no veo a mi familia y, desde que estamos aquí, sé por Jan que mi madre lo perdió todo con la caída de Calais. Mi hermano, Ned, ya no trabaja en el negocio familiar, pues no existe negocio al que dedicarse, y ahora está empleado en la corte de la reina Isabel en calidad de secretario o algo por el estilo. Me gustaría verlos, quiero cerciorarme de que están bien.

—¿Cómo irás a Kingsbridge?

—Ahora mismo hay un barco fondeado en Amberes que procede de Combe Harbour, el *Hawk*, a las órdenes del capitán Jonas Bacon. El dueño se llama Dan Cobley.

—No puedes permitirte un pasaje... No tienes dinero.

—Ayer hablé con el primer oficial, Jonathan Greenland, a quien conozco desde que yo era niño. Uno de los tripulantes murió en el viaje de ida, el herrero y carpintero del barco, y me he quedado con su puesto, aunque solo para la travesía de vuelta a casa.

—Pero ¿de qué vas a vivir cuando llegues a Inglaterra si ya no existe el negocio familiar?

Barney esbozó aquella sonrisa despreocupada que hacía estragos entre las jóvenes como Imke.

—No lo sé —contestó—. Ya se me ocurrirá algo.

III

Barney abordó a Jonathan Greenland tan pronto como el *Hawk* estuvo en alta mar y la tripulación pudo dedicarse a otras ocupaciones que no fuesen gobernar el barco.

Jonathan había pasado el último invierno en Kingsbridge y hacía escasas semanas que había regresado a bordo, de modo que disponía de información reciente. Había visitado a la familia de Barney, suponiendo que Alice estaría tan impaciente como siempre por tener informes del extranjero. Sin embargo, la había encontrado en el salón principal de la gran casa, sentada frente a la ventana, contemplando la fachada occidental de la catedral con la mirada perdida, sin hacer nada, rodeada de viejos libros de cuentas que no se molestaba en abrir. Por lo visto, asistía a las reuniones del consejo municipal, aunque no participaba. A Barney le costaba imaginar a su madre de brazos cruzados. Desde que tenía memoria, Alice había vivido para los negocios, los porcentajes y los beneficios; el afán de hacer dinero con el comercio ocupaba todo su tiempo, por lo que aquella transformación no auguraba nada bueno.

Según Jonathan, sir Reginald Fitzgerald, que había urdido la ruina de Alice, seguía siendo el alcalde de Kingsbridge y vivía en Priory Gate, su nuevo e inmenso palacio. Sin embargo, habían depuesto al obispo Julius. La reina Isabel había roto su palabra y, tras devolver a Inglaterra al protestantismo, había exigido que todos los sacerdotes prestaran el Juramento de Supremacía mediante el cual le prometían lealtad como gobernadora suprema de la Iglesia de Inglaterra. Negarse equivalía a cometer traición. La práctica totalidad del clero menor había accedido, pero casi la gran mayoría de los viejos obispos católicos se habían opuesto. Podrían haberlos ejecutado, pero Isabel había prometido que nadie sería ajusticiado por su fe y estaba cumpliéndolo… por el momento. En la mayoría de los casos, simplemente se relegó a los obispos de su cargo. Desde entonces, Julius vivía con dos o tres antiguos monjes en una casa aledaña a la iglesia de St. Mark, al norte de Kingsbridge. Lo había visto en la posada Bell, borracho, un sábado por la noche, contando a quien quisiera escucharle que la verdadera fe católica no tardaría en regresar. Según Jonathan, daba lástima, aunque Barney pensó que ese viejo sacerdote miserable merecía un destino bastante peor.

También le habló de los atractivos de la vida en el mar. A bordo se sentía como en casa; era un hombre enjuto y nervudo, de tez curtida, con las manos y los pies endurecidos por el trabajo duro, y tan ágil como una ardilla entre las jarcias. Hacia el final de la guerra contra Francia, el *Hawk* había capturado un navío francés. El capitán Bacon y Dan Cobley habían compartido los beneficios con la tripulación y Jonathan había obtenido una bonificación de sesenta libras, aparte de sus emolumentos. Le había comprado una casa a su madre viuda en Kingsbridge y se había vuelto a hacer a la mar con la esperanza de que continuara la racha.

—Pero ya no estamos en guerra —observó Barney—. Si ahora capturas un barco francés, te acusan de piratería.

Jonathan se encogió de hombros.

—Tarde o temprano entraremos en guerra con alguien.

El hombre tiró de un cabo para comprobar un nudo que ya no podía estar más apretado, de lo que Barney dedujo que no le apetecía profundizar demasiado en el tema de la piratería.

El joven Willard cambió de tema y le preguntó por su hermano.

Ned había ido a Kingsbridge por Navidad, y se paseaba con un abrigo negro y caro con el que aparentaba tener más de veinte años. Jonathan se enteró de que trabajaba con sir William Cecil, el secretario de Estado, y la gente de Kingsbridge decía que cada vez tenía más influencia en la corte, a pesar de su juventud. Había hablado con él el día de Navidad, en la catedral, pero no había sacado demasiado en claro. Ned se había mostrado bastante vago respecto a qué labores desempeñaba para la reina, por lo que Jonathan supuso que estaba relacionado con el discreto mundo de la diplomacia internacional.

—Qué ganas tengo de volver a verlos… —dijo Barney.

—Me lo imagino.

—Ya solo deben de faltar un par de días.

Jonathan comprobó otro cabo y desvió la mirada.

Nadie esperaba entrar en batalla durante la travesía por el canal de Inglaterra, que lo llevaría de Amberes a Combe Harbour, pero Barney creía que debía pagarse el pasaje a base de trabajo y procuraba que el armamento del *Hawk* estuviese a punto en todo momento.

Los barcos mercantes necesitaban ir provistos de cañones igual que cualquier otra embarcación. La vida en el mar nunca se hallaba exenta de peligros. En tiempos de guerra, los barcos de un país combatiente estaban legitimados a atacar los navíos enemigos, y las grandes naciones estaban en paz tan a menudo como en guerra. En cambio, en tiempos de paz, la misma actividad se denominaba piratería, aunque casi se practicaba con la misma asiduidad. Todos los barcos tenían que ser capaces de defenderse.

El *Hawk* llevaba doce *minions*, pequeños cañones de bronce, también llamados medios sacres, que lanzaban proyectiles de a cuatro libras. Estos se encontraban en la cubierta de artillería, justo debajo de la principal, seis por banda, y disparaban a través de unos orificios con forma cuadrada que se habían practicado en los costados de la nave. El diseño de los barcos había cambiado para acomodar esta necesidad. En embarcaciones más antiguas, esta clase de troneras habría debilitado seriamente la estructura, pero el *Hawk* estaba construido a tingladillo, por lo que las tablas del casco se unían al esqueleto, formado por pesadas cuadernas que le proporcionaban una gran resistencia, como la piel sobre las costillas. Este tipo de estructura tenía la ventaja adicional de que los proyectiles enemigos podían practicar varios agujeros en el casco sin que este tuviera que hundirse necesariamente.

Barney limpiaba y engrasaba los cañones, comprobaba que se desplazaban sobre sus ruedas sin impedimentos y realizaba pequeñas reparaciones con las herramientas que había dejado el difunto herrero. También se encargaba de revisar las reservas de munición: todos los cañones tenían el mismo calibre y disparaban balas de hierro intercambiables.

Sin embargo, el cometido de mayor importancia era el de mantener la pólvora en buen estado. La mezcla tendía a absorber la humedad —sobre todo estando en el mar— y Barney se aseguraba de que siempre hubiera bolsas de red con carbón colgando del techo de la cubierta de artillería para secar el aire. El otro peligro residía en que los componentes de la pólvora —azufre, salitre y carbón vegetal— acabaran separándose y que el salitre, más pesado, se quedara en el fondo, lo que inutilizaría la mezcla. Barney había aprendido en el ejército a dar la vuelta a los barriles una vez a la semana.

Incluso calibró los cañones. No quería desperdiciar munición, pero el capitán Bacon le permitió disparar varios proyectiles. Todos los cañones descansaban sobre muñones que facilitaban la tarea de alzarlo o bajarlo, una especie de piezas cilíndricas a uno y otro lado del cañón y que a su vez encajaban en la cureña, el carro de madera con ruedas sobre el que se desplazaba. En un ángulo de cuarenta y cinco grados —la posición idónea para lograr el máximo alcance—, los medios sacres eran capaces de disparar una bala de a cuatro libras a casi una milla de distancia. Para variar el ángulo, el extremo del cañón se calzaba con cuñas. En posición horizontal, el proyectil caía al agua a unos trescientos metros, por lo que Barney dedujo que por cada siete grados de elevación desde la horizontal se añadían algo más de doscientos metros al alcance del proyectil. Se había llevado del ejército un transportador de hierro con una plomada y un semicírculo graduado para medir ángulos, de modo que con su largo brazo metido en el cañón podía calcular el ángulo con precisión. En tierra funcionaba bien. En el mar, el movimiento constante del barco restaba precisión al disparo. El cuarto día, Barney no tenía nada más que hacer y volvió a encontrarse con Jonathan en cubierta. Estaban cruzando una bahía. La costa quedaba a babor, como durante todo el trayecto desde que el *Hawk* había salido del estuario del Escalda Occidental y había entrado en el canal de Inglaterra. Barney no era ningún experto en navegación, pero creía que a esas alturas ya tendrían que haber divisado la costa inglesa a estribor. Frunció el ceño.

—¿Cuánto tiempo crees que tardaremos en llegar a Combe Harbour?

Jonathan se encogió de hombros.

—No lo sé.

De pronto lo asaltó una idea inquietante.

—Porque nos dirigimos a Combe Harbour, ¿verdad?

—En algún momento.

Barney empezó a alarmarse.

—¿En algún momento?

—El capitán Bacon no me confía sus intenciones. Ni a mí ni a nadie, si vamos a eso.

—Pero tienes la impresión de que no nos dirigimos a casa.

—Estoy estudiando el litoral.

Barney aguzó la vista. En medio de la bahía, frente a la costa, se alzaba una pequeña isla escarpada y coronada por una cima de difícil acceso donde se encaramaba una iglesia como si se tratara de una gaviota gigantesca. Le resultó familiar y, consternado, comprendió que ya la había visto antes... en dos ocasiones. Se llamaba Monte Saint-Michel, y había pasado frente a ella de camino a Sevilla, hacía tres años, y de nuevo dos años atrás, cuando se dirigía a los Países Bajos.

—Vamos a España, ¿verdad? —le preguntó a Jonathan.

—Eso parece.

—Podrías habérmelo dicho.

—No lo sabía. Además, necesitamos un artillero.

A Barney no le costó imaginar para qué necesitaban un artillero, lo que además explicaba por qué Bacon lo había contratado cuando en aquel barco apenas había trabajo de herrero.

—Así que Bacon y tú me habéis engañado para que me enrolase.

Jonathan volvió a encogerse de hombros.

Barney se volvió hacia el norte. Combe Harbour estaba a sesenta millas en esa dirección. Después miró de nuevo la iglesia insular. Se encontraba a una o dos millas del barco, con olas que alcanzaban hasta un metro de altura. No podía salvar esa distancia a nado y lo sabía. Sería un suicidio.

—Pero después de Sevilla volveremos a Combe Harbour, ¿no? —preguntó tras un largo silencio.

—Puede que sí —contestó Jonathan—, o puede que no.

11

I

Mientras Odette daba a luz, entre dolores y alaridos, Pierre planeaba cómo deshacerse del recién nacido.

Odette estaba sufriendo el castigo divino por no ser casta y pura. Se lo tenía merecido. Al fin y al cabo, quedaba algo de justicia en esta Tierra, pensó Pierre.

En cuanto llegara el niño, ella lo perdería.

Pierre estaba sentado en la planta baja de la pequeña casa, hojeando su cuaderno de cubiertas negras de piel, mientras la comadrona atendía a Odette en la alcoba. Los restos de un desayuno interrumpido estaban todavía sobre la mesa, frente a él: pan, jamón y unos cuantos rabanillos tiernos. El cuarto tenía un aspecto lúgubre, con las paredes vacías, el suelo de losa, la chimenea sin lumbre y una ventana diminuta que daba a una calle angosta y oscura. Pierre detestaba ese sitio.

Por lo general, se marchaba en cuanto terminaba el desayuno. Tenía la costumbre de acudir primero al palacio de la familia de Guisa, en la rue Vieille du Temple, un lugar donde los suelos eran de mármol y las paredes estaban decoradas con espléndidos cuadros. Pasaba gran parte del día en el palacio del Louvre, al servicio del cardenal Carlos o del duque Francisco. A última hora de la tarde solía celebrar reuniones con los miembros de su red de espías, cada vez más extensa, gracias a la cual iba ampliándose también su lista de protestantes inscritos en el cuaderno de cubiertas negras de piel. Rara vez regresaba a la pequeña casa de Les Halles antes de la hora de acostarse. Ese día, no obstante, estaba allí presente esperando la llegada del recién nacido.

Corría el mes de mayo de 1560, y Pierre y Odette llevaban cinco meses casados. Durante las primeras semanas, ella había intentado cumplir los deberes conyugales con su esposo. Se esforzaba por mostrarse seductora, pero no lo hacía con naturalidad y, cuando contoneaba su orondo trasero y le sonreía, enseñando su dentadura mellada, él sentía un profundo rechazo. Más adelante, ella empezó a mofarse de él acusándole de impotente o, como chanza alternativa, llamándole homosexual. Ninguna de las pullas tenía un efecto práctico sobre él —solo rememoraba con nostalgia las largas tardes en la mullida cama de plumas de la viuda Bauchene—; no obstante, los insultos de Odette lo sacaban de quicio.

El resentimiento mutuo fue acrecentándose hasta convertirse en puro odio, mientras el vientre de ella iba creciendo al final de un duro invierno y el principio de una lluviosa primavera. Su conversación se redujo hasta limitarse a breves charlas relativas a la comida, la colada, el dinero para la casa y el comportamiento de su malhumorada criada adolescente, Nath. Pierre hervía de rabia por dentro. El desprecio hacia su odiosa mujer lo emponzoñaba todo. La perspectiva de tener que vivir, no solo con Odette, sino con su recién nacido, el hijo de otro hombre, se le antojaba algo tan despreciable que le resultaba prácticamente imposible de digerir.

Quizá el retoño naciera muerto. Eso esperaba. Lo simplificaría todo.

Odette dejó de chillar y, transcurridos unos minutos, Pierre oyó el berrido de un niño. Lanzó un suspiro desalentado: su deseo no se había hecho realidad. El pequeño bastardo sonaba tan sano que hasta daba asco. Hastiado, Pierre se frotó los ojos con las manos. Nada le resultaba fácil, nada le salía jamás como esperaba. Siempre sufría decepciones. En algunas ocasiones se preguntaba si el problema sería su filosofía de vida en general.

Dejó el cuaderno en un cofre donde guardaba los documentos, lo cerró con llave y se la metió en el bolsillo. No podía guardarlo en el palacio de los De Guisa, porque allí no tenía una cámara propia.

Se levantó. Ya había planeado qué haría a continuación.

Subió las escaleras.

Odette yacía en la cama con los ojos cerrados. Estaba pálida y bañada en sudor, aunque respiraba con normalidad; o bien estaba dormida, o bien descansando. Nath, la criada, enrollaba una sábana manchada con sangre y mucosidades. La comadrona sostenía el diminuto bebé con el brazo izquierdo y le limpiaba la cabeza y la cara con la mano derecha; lo hacía humedeciendo un trapo en un cuenco con agua.

El recién nacido era una criatura horrenda: rojo, arrugado y con una mata de pelo negro. Además, emitía unos ruiditos muy irritantes. Mientras Pierre estaba mirando, la comadrona envolvió al niño con un arrullo azul. El joven recordó que había sido un regalo de Véronique de Guisa para Odette.

—Es un varón —anunció la comadrona.

Pierre no se había fijado en el sexo del pequeño, a pesar de haberlo visto desnudo.

—Se llama Alain —dijo Odette sin molestarse en abrir los ojos.

Pierre podría haberla matado. No solo se esperaba de él que criara al niño, sino que ella quería convertirlo en un recordatorio diario de Alain de Guisa, el consentido y joven aristócrata que era el verdadero padre del bastardo. Bueno, pues a la madre le esperaba una sorpresa.

—Tomad, cogedlo —dijo la comadrona, y entregó el pequeño bulto a Pierre. Él se percató de que el arrullo de Véronique estaba confeccionado con caro hilo de seda.

—No le entregues el niño —murmuró Odette.

Sin embargo, la madre había reaccionado demasiado tarde. El joven ya tenía al pequeño entre sus brazos. Era ligero como una pluma. Durante un instante le sobrevino una extraña sensación: la necesidad repentina de proteger a ese ser humano diminuto para que no sufriera daño alguno. No obstante, reprimió ese impulso de inmediato. «No pienso desgraciarme la vida por este inservible pedazo de carne», pensó.

—Dame el niño —dijo Odette al tiempo que se incorporaba en la cama.

La comadrona alargó las manos hacia el bulto, pero Pierre no lo entregó.

—¿Cómo has dicho que se llamaba, Odette? —preguntó él con tono desafiante.

—Eso da igual, dámelo. —Retiró las mantas con la evidente intención de levantarse de la cama, pero lanzó un grito, como si hubiera sufrido una dolorosa contracción, y volvió a caer sobre la almohada.

La comadrona parecía preocupada.

—El niño debería mamar ahora —indicó.

Pierre se fijó en que el pequeño fruncía los labios, dispuesto a succionar, aunque solo estaba tragando aire. Con todo, siguió reteniéndolo en sus brazos.

La comadrona hizo un decidido intento de arrebatárselo. Sin dejar de sujetar al pequeño con un brazo, Pierre abofeteó a la comadrona en la cara con la otra mano, y la mujer cayó de espaldas. Nath gritó. Odette volvió a incorporarse, lívida de dolor. Pierre se dirigió hacia la puerta llevando al niño consigo.

—¡Vuelve! —gritó la madre—. ¡Pierre, por favor, no te lleves a mi hijo!

Salió de la casa y cerró la puerta de la habitación de golpe.

Bajó las escaleras. El recién nacido lloraba. Era una tarde primaveral de temperatura suave, pero Pierre se puso la capa para ocultar al pequeño debajo. Luego salió de la casa.

Por lo visto, al niño le gustaba el movimiento; cuando Pierre empezó a caminar con paso constante, el pequeño dejó de llorar. Fue un auténtico alivio, y Pierre se dio cuenta de que los berridos lo habían crispado; se había impuesto, sin saberlo, la obligación de acallarlos.

Se dirigió hacia la Île de la Cité. Deshacerse del retoño sería fácil. Había un rincón específico en el interior de la catedral donde la gente depositaba a los recién nacidos no deseados: a los pies de la escultura de santa Ana, madre de María y santa patrona de la maternidad. La costumbre era que los sacerdotes dejaran el capazo del niño donde todo el mundo pudiera verlo y, en algunas ocasiones, el recién nacido era adoptado por alguna pareja de buen corazón como acto de caridad. Si eso no ocurría, el pequeño sería criado por las monjas.

El niño se agitó bajo su brazo y, una vez más, Pierre tuvo que reprimir la necesidad irracional de quererlo y cuidar de él.

Más acuciante era el problema de tener que explicar la desaparición de un recién nacido de la familia de Guisa, a pesar de que fuera un bastardo. Aunque Pierre ya había ideado una historia. En cuanto regresara, echaría de su casa a la comadrona y a la criada. Luego contaría al cardenal Carlos que el pequeño había nacido muerto, pero que la tragedia había enloquecido a Odette, y que ella se había negado a aceptar que su hijo no estaba vivo. Mientras caminaba, Pierre fue inventándose unos cuantos detalles: su mujer fingió dar de mamar al cadáver, lo vistió con su ropita nueva, lo depositó en el capazo y afirmó que estaba durmiendo.

Carlos sospecharía de la historia, pero esta era creíble, y no había pruebas que la contradijesen. Pierre pensó que saldría bien parado. En algún momento durante los últimos dos años, el joven percibió que no gustaba a Carlos y que jamás sería santo de su devoción, pero que lo consideraba demasiado útil para deshacerse de él. Pierre había aprendido la lección: mientras fuera indispensable, estaría a salvo.

Las calles estaban abarrotadas, como siempre. Pasó junto a un enorme montículo de desperdicios: cenizas, raspas de pescado, heces acumuladas durante la noche, la suciedad barrida de los establos, zapatos viejos... Se le ocurrió que podía dejar al niño sobre ese montón de basura, aunque debería asegurarse de que nadie lo viera. Entonces vio una rata royendo la cabeza de un gato muerto y se dio cuenta de que el pequeño correría la misma suerte, pero estando vivo. No tenía estómago para hacerlo. No era un monstruo.

Cruzó el río por el puente de Notre-Dame y entró en la catedral. Sin embargo, una vez en el interior, empezó a albergar dudas sobre su plan. Como era habitual, por el gran templo desfilaban personas de toda condición: sacerdotes, feligreses, peregrinos, vendedores y rameras. Avanzó con parsimonia por la nave central hasta llegar a la altura de la pequeña capilla lateral dedicada a santa Ana. ¿Podría dejar al niño con discreción delante de la estatua sin que nadie lo viera? No sabía cómo hacerlo. Era posible que a una mujer indigente no le importara ser vista, pues nadie conocería su identidad y ella desaparecería con sigilo antes de que alguien reparase en su presencia y le hiciera alguna pregunta. Sin embargo, ese no era el caso de un joven elegante. Podía meterse en problemas por el simple hecho de que el pequeño rompiera a llorar. Pegó el cuerpecito caliente del niño todavía más a su torso por debajo de la capa, con la esperanza de acallar cualquier ruido que pudiera hacer y mantenerlo oculto. Cayó en la cuenta de que habría sido más conveniente acudir al lugar a última hora de la noche o al despuntar el alba. No obstante, ¿qué habría hecho con el niño hasta ese momento?

Una joven delgada, con un vestido rojo, cruzó una mirada con él, y Pierre tuvo una idea. Ofrecería dinero a una ramera para que se llevara a la criatura y la dejara en la capilla. Una mujer de esa calaña no reconocería a Pierre, y el pequeño permanecería en el anonimato. Estaba a punto de acercarse a la mujer vestida de rojo cuando, para su sorpresa, oyó una voz que le resultaba familiar.

—Pierre, mi querido muchacho, ¿cómo estás?

Era su anciano tutor.

—¡Padre Moineau! —exclamó horrorizado. Era una catástrofe. Si el niño empezaba a llorar, ¿cómo explicaría Pierre lo que estaba haciendo?

El rostro anguloso y rubicundo del sacerdote se arrugó por su amplia sonrisa.

—¡Me alegro de verte! ¡Sé que te has convertido en un hombre de provecho!

—Algo parecido —dijo Pierre. Desesperado, añadió—: Lo que por desgracia significa que el tiempo apremia y debo dejaros.

Moineau torció el gesto ante una evasiva tan brusca.

—Por favor, no permitas que te entretenga —respondió cortante y con cierta ironía.

Pierre deseaba confiarle sus problemas, aunque pudo más la necesidad imperiosa de salir de la catedral con el recién nacido.

—Ruego me perdonéis, padre —dijo—. No tardaré en ir a visitaros.

—Si es que tienes tiempo —comentó Moineau con sarcasmo.

—Lo siento. ¡Adiós!

Moineau no correspondió la despedida, sino que se alejó con actitud petulante.

Pierre retrocedió a toda prisa por la nave y salió por la puerta oeste. Le angustiaba haber ofendido a Moineau, la única persona del mundo a quien podía confiar sus problemas. Pierre tenía sus señores y sus sirvientes, pero no había cultivado ninguna amistad; Moineau era la excepción. Y en ese momento lo había ofendido.

Dejó de pensar en su tutor y rehízo el camino por el puente. Deseó poder tirar el niño al río, pero alguien podría verlo. De todas maneras, sabía que el padre Moineau no refrendaría el argumento de que un asesinato así fuera voluntad de Dios. Los pecados cometidos por una buena causa podían ser perdonados, pero todo tenía un límite.

Al no abandonar al niño en la catedral decidió llevarlo directamente con las monjas. Sabía que uno de los conventos hacía las veces de orfanato; se encontraba en la zona pudiente del este de la ciudad, no muy lejos del palacio de la familia de Guisa. Dobló en esa dirección. Tuvo claro que ese debió ser su plan desde el principio; la idea de la catedral había sido un error.

El lugar en el que estaba pensando era el convento de la Sagrada Familia. Además de un orfanato, las religiosas tenían un colegio para niños y niñas. A medida que Pierre se acercaba, oyó el alboroto inconfundible de los pequeños jugando. Subió la escalinata principal hasta una puerta alta de madera tallada y entró en un vestíbulo frío y silencioso con suelos de piedra.

Sacó el niño de debajo de la capa. El retoño tenía los ojos cerrados, pero todavía respiraba. Agitó sus puños diminutos por delante de la cara, como si intentara meterse el pulgar en la boca.

Pasados unos segundos, una joven novicia entró en el vestíbulo caminando con ligereza y en silencio. Se quedó mirando al pequeño.

Pierre se dirigió a ella con su tono más autoritario.

—Debo hablar con vuestra madre superiora de inmediato.

—Sí, señor —respondió la religiosa. Se comportaba con educación, aunque no se mostró intimidada; Pierre se dio cuenta de que un hombre con un niño pequeño en brazos no podía resultar temible. La monja preguntó a continuación—: ¿Puedo saber quién desea verla?

Pierre había supuesto que se lo preguntarían.

—Soy el doctor Jean de la Rochelle, adjunto del Collège Sainte Trinité.

La monja abrió la puerta.

—Por favor, sed tan amable de esperar aquí.

Pierre entró en una agradable salita con una talla de madera cromada de la Virgen María, san José y el Niño Jesús. El único mueble que había era un banco, pero no se sentó.

Transcurridos unos minutos, entró una monja de avanzada edad.

—¿Doctor Roche? —preguntó.

—De la Rochelle —la corrigió Pierre. Era muy probable que el error con el nombre fuera un ardid deliberado para ponerlo a prueba.

—Perdonadme. Soy la madre Ladoix.

—La madre de este recién nacido está poseída por el diablo —afirmó Pierre con tono dramático.

La religiosa quedó tan impactada como el joven pretendía. Se persignó.

—¡Que Dios nos proteja! —exclamó.

—Es imposible que esa madre críe a su hijo. El pequeño moriría.

—¿Y los demás miembros de su familia?

—Es hijo ilegítimo.

La madre Ladoix empezaba a recuperarse del impacto inicial y miró a Pierre con cierto escepticismo.

—¿Y el padre?

—No soy yo, os lo aseguro, por si era lo que estabais pensando —advirtió el joven con altanería.

La anciana parecía azorada.

—Desde luego que no.

—No obstante, sí que se trata de un joven noble. Soy el médico de la familia. Naturalmente, no puedo revelar su apellido.

—Lo entiendo.

El bebé empezó a llorar. De forma casi automática, la madre Ladoix lo tomó de brazos de Pierre y lo acunó.

—Tiene hambre —sentenció la mujer.

—Sin duda —admitió Pierre.

—Este arrullo es muy suave. Debe de haber costado una fortuna.

La anciana quería dar a entender algo más. Pierre sacó su saquito de monedas. No se había preparado para tal eventualidad, aunque, por suerte, llevaba dinero encima. Contó diez escudos de oro, el equivalente a unas veinticinco libras francesas, suficiente para alimentar a un niño durante años.

—La familia me ha pedido que os ofrezca diez escudos y que os informe de que os entregarán la misma cantidad todos los años mientras el niño siga en el convento.

La madre Ladoix dudó por un instante. Pierre supuso que estaba sopesando hasta qué punto creer su historia. No obstante, cuidar de niños no deseados era su misión en la vida. Además, diez escudos era muchísimo dinero. La religiosa aceptó las monedas.

—Gracias —dijo—. Cuidaremos debidamente del pequeño.

—Rezaré por él y por vos.

—Y espero veros dentro de un año a contar desde hoy mismo.

Durante un instante, Pierre quedó desconcertado. Entonces se dio cuenta de que la monja quería verlo regresar con otros diez escudos, tal como acababa de prometerle. Eso jamás ocurriría.

—Aquí estaré —mintió—. Dentro de un año a contar a partir de hoy mismo.

Abrió la puerta y la mantuvo así para que pasara la anciana. La madre superiora salió de la habitación y se dirigió en silencio hacia el interior del convento.

Pierre se marchó de allí aliviado y caminando con paso enérgico. Se sentía radiante de felicidad. Se había deshecho del bastardo. Cuando llegara a su casa tendría que soportar un aluvión de improperios, pero le daba igual. Ya no había nada que lo atara a la repulsiva Odette. Tal vez también pudiera librarse de ella.

Con tal de posponer la confrontación, entró en una taberna y pidió una copa de vino de Jerez para celebrar lo ocurrido. Mientras estaba allí sentado, a solas, bebiendo a sorbos el intenso vino de color ámbar, empezó a maquinar.

Todo era más difícil en ese momento, comparado con sus inicios.

El rey Francisco II había incrementado el número de juicios contra los protestantes, quizá por influencia de su esposa escocesa, María Estuardo, aunque era más probable que se debiera a la presión de sus tíos de la familia de Guisa. Esa persecución más insistente había obligado a los protestantes a ser más cautelosos.

Numerosos espías de Pierre eran protestantes que, tras ser detenidos y amenazados con la tortura, se convertían en traidores. Sin embargo, los herejes ya habían aprendido la lección y no confiaban tan fácilmente en sus correligionarios. En esa época, a menudo solo se conocían por el nombre de pila y no facilitaban a nadie ni su apellido ni las señas donde vivían. Era como un juego de mesa: por cada movimiento de la Iglesia, se producía un contraataque de los herejes. No obstante, Carlos era paciente y Pierre, incansable. Esa partida acabaría en muerte.

El joven apuró su vino y emprendió el camino de regreso a casa.

Al llegar le alarmó encontrar allí al cardenal Carlos sentado en el salón, con su túnica de seda carmesí, esperándolo.

La comadrona estaba de pie detrás del purpurado, con los brazos cruzados y la barbilla levantada con gesto desafiante.

—¿Qué has hecho con el niño? —preguntó Carlos sin más preámbulos.

Pierre se sobrepuso de inmediato del impacto inicial y pensó a toda prisa en una respuesta. Odette había reaccionado antes de lo que él había imaginado. Había subestimado los recursos de una mujer desesperada. Debió de recuperar suficientes fuerzas tras el parto para enviar un mensaje al cardenal, seguramente a través de Nath, suplicándole su ayuda. La sirvienta había tenido la suerte de encontrar a Carlos en palacio y dispuesto a responder sin demora a la llamada. Como resultado, Pierre estaba metido en un buen lío.

—Lo he dejado en un lugar seguro —dijo en respuesta a la pregunta del cardenal.

—Si has matado a un niño de la familia de Guisa, te juro por Dios que morirás, sin importar lo bien que se te dé cazar herejes.

—El pequeño está sano y salvo.

—¿Dónde?

No tenía sentido oponer resistencia. Pierre confesó.

—En el convento de la Sagrada Familia.

La comadrona lo miró con gesto triunfal. Pierre se sentía humillado. En ese momento se arrepentía de haberla abofeteado.

—Regresa y recupéralo —ordenó Carlos.

Pierre dudó un instante. No podía ni imaginar tener que volver al convento, pero si desafiaba al cardenal lo estropearía todo.

—Será mejor que lo traigas vivo —le advirtió el cardenal.

Pierre se dio cuenta de que si, a esas alturas, el niño había muerto por causas naturales, como era habitual entre los recién nacidos en sus primeras horas de vida, la culpa recaería sobre él y seguramente lo ejecutarían por asesinato.

Dio media vuelta y se dirigió hacia la puerta.

—Espera —dijo Carlos—. Escúchame. Vas a vivir con Odette y cuidarás de ella y del niño el resto de tu vida. Esa es mi voluntad.

Pierre permaneció en silencio. Nadie podía desafiar la voluntad del cardenal de Lorena, ni tan siquiera el rey.

—Y el nombre del niño es Alain —añadió Carlos.

Pierre asintió en silencio y salió de la casa.

II

La vida de Sylvie transcurrió sin problemas durante medio año.

Con los beneficios de la venta de libros, su madre y ella arrendaron una agradable casita de dos habitaciones en la rue de la Serpente, una calle en el barrio universitario en la margen izquierda, y abrieron una tienda en el salón de la vivienda. Vendían papel, tinta y otros utensilios de escritura a profesores, estudiantes y al público alfabetizado en general. Sylvie compraba el papel en Saint-Marcel, un barrio periférico situado en la parte sur de los extramuros de la ciudad, donde los fabricantes contaban con un suministro ilimitado del agua que necesitaban, extraída del río Bièvre. Elaboraba ella misma la tinta usando cáscaras de bellota y unos bultos parecidos a verrugas que obtenía de la corteza de los árboles del bosque. Su padre le había enseñado la fórmula. La tinta para imprimir era distinta, estaba hecha con aceite para darle una textura más viscosa, aunque la joven también sabía cómo obtener una preparación más diluida para la escritura habitual. En realidad, la tienda no daba dinero suficiente para que ambas vivieran de los beneficios, pero les servía como tapadera creíble de su auténtica misión.

Isabelle se recuperó de su depresión, pero había envejecido. Los horrores padecidos por ambas mujeres habían debilitado a la madre y fortalecido a la hija. En ese momento, era Sylvie quien había tomado las riendas de la vida de ambas.

La joven llevaba una peligrosa existencia como delincuente y hereje, aunque, paradójicamente, se sentía feliz. Cuando pensaba en el porqué, llegaba a la conclusión de que, por primera vez en su vida, no había ningún hombre que le dijera qué debía hacer. Había decidido abrir la tienda, había escogido volver a unirse a la congregación protestante y seguía vendiendo libros prohibidos. Lo compartía todo con su madre, pero era ella quien tomaba las decisiones. Se sentía feliz porque era libre.

Añoraba un hombre al que abrazar por las noches, pero no a cambio de su libertad. La mayoría de los esposos trataban a sus mujeres como niñas, y la única diferencia era que las mujeres podían trabajar más duro. Quizá en algún lugar existían hombres que no considerasen a sus esposas como propiedades, pero ella no había conocido a ninguno así.

Sylvie había inventado nombres nuevos para ambas, con el objeto de que las autoridades no las relacionaran con el hereje ejecutado Gilles Palot. En ese momento se hacían llamar Thérèse y Jacqueline Saint-Quentin. Los protestantes entendían el porqué y les seguían el juego. Ninguna de las dos tenía amigos que no profesaran su misma religión.

Sus nombres falsos habían engañado a un funcionario del gobierno municipal que las había visitado poco después de que abrieran la tienda. Había echado un vistazo al sitio y les había hecho muchísimas preguntas. Bien podría haber sido uno de los soplones de Pierre Aumande, pensó Sylvie; aunque cualquier negocio de papel podía ser objeto de un registro en busca de literatura prohibida. No había otros libros en el local más que cuadernos y libros de contabilidad, y el hombre se había marchado satisfecho.

Los volúmenes de contrabando se encontraban en el almacén de la rue du Mur, y Sylvie solo recogía un ejemplar cuando había recibido la solicitud de algún comprador, de tal forma que no hubiera pruebas incriminatorias en la casa más que unas pocas horas. Entonces, una mañana de domingo del año 1560, acudió al almacén en busca de una Biblia de Ginebra escrita en francés y vio que solo quedaba una.

Tras revisar todas las cajas, descubrió que la mayoría contenían textos de género más complejo, como las obras de Erasmo, que lograba vender de manera ocasional a sacerdotes de mentalidad abierta o universitarios curiosos. Imaginó la razón: los libros seguían allí porque no tenían salida. Con la excepción de la Biblia, el único título moderadamente popular era el manifiesto de Juan Calvino *Institución de la religión cristiana*. Era la razón por la que su padre había estado imprimiendo más biblias ese último mes de septiembre, cuando los De Guisa se le habían echado encima. Pero esas biblias, las encontradas en la tienda y, por tanto, letal prueba condenatoria de Gilles, habían ardido en la hoguera.

Sylvie se dio cuenta de que había cometido el error de no ser previsora. ¿Qué iba a hacer? Pensó con estremecimiento en la profesión que se había planteado ejercer durante el invierno, cuando su madre y ella estuvieron a punto de morir de hambre. Se juró que no volvería a pensar en ello.

Mientras se dirigía a casa pasó por Les Halles, el barrio donde vivía Pierre. A pesar del desprecio que sentía hacia el joven, intentaba tenerlo vigilado. Su señor, el cardenal Carlos, era responsable de las severas medidas de la Corona contra los protestantes parisinos, y Sylvie estaba segura de que Pierre todavía tenía el cometido de localizarlos. Ya no podía seguir siendo espía, porque eran muchas las personas que lo conocían, pero seguramente era el cabecilla de una red de espionaje.

La joven había estado vigilando con discreción la casa de Pierre, y hablaba con los clientes habituales de la cercana taberna de Saint-Étienne. Los miembros de la guardia de la casa de Guisa tenían por costumbre beber en ese lugar, y ella aguzaba el oído para enterarse de lo que tramaba la familia. También supo que Pierre había contraído matrimonio a renglón seguido de la anulación. En ese momento tenía una esposa llamada Odette, un hijo recién nacido llamado Alain y una criada llamada Nath. El rumor que corría por la taberna era que tanto Odette como Nath odiaban a Pierre. Sylvie todavía no había hablado directamente con ninguna de ellas, pero sí las saludaba con un ademán, y esperaba poder convencerlas algún día de que le confiaran los secretos del hombre de la casa. Mientras tanto, Pierre era vigilado en la corte por la joven marquesa de Nimes, quien llevaba un registro de las personas que veía hablando con él. Hasta la fecha, la única identificación con un moderado interés había sido la de Gaston Le Pin, jefe de la guardia de la familia de Guisa, famoso por su papel clandestino dentro del entramado familiar.

Al llegar a casa, Sylvie le contó a su madre que se habían quedado sin biblias.

—Podríamos olvidarnos de los libros y limitarnos a vender utensilios de escritura —sugirió Isabelle.

—Con la papelería no ganaremos dinero suficiente —aclaró Sylvie—. Además, no quiero pasarme la vida vendiendo papel y tinta. Tenemos la misión de conseguir que nuestros hermanos y hermanas puedan leer la palabra de Dios y encontrar su propio camino hasta el verdadero Evangelio. Yo quiero continuar dedicándome a eso.

Su madre sonrió.

—Buena chica.

—Pero ¿cómo conseguiré los libros? No podemos imprimirlos. La maquinaria de padre ahora pertenece a otra persona.

—Tiene que haber otros impresores protestantes en París.

—Sí que los hay…, he visto sus libros en casa de los clientes. Y tenemos suficiente dinero de las ventas pasadas para comprar nuevas remesas. Sin embargo, no consigo averiguar quiénes son los impresores; obviamente es un secreto. De todas formas, ellos pueden vender los libros por su cuenta, ¿para qué iban a necesitarme?

—Solo hay un lugar donde es posible comprar gran cantidad de libros protestantes, y es, nada más y nada menos, que Ginebra —dijo Isabelle como si esa ciudad estuviera en la Luna.

Pero no resultaba fácil desanimar a Sylvie.

—¿A cuánta distancia está desde aquí?

—¡No puedes ir! Está muy lejos, y es un viaje peligroso. Además, nunca has ido más allá de las afueras de París.

Sylvie fingió más valentía de la que realmente sentía.

—Otras personas lo han hecho. ¿Recuerdas a Guillaume?

—Por supuesto que lo recuerdo. Deberías haberte casado con él.

—No debería haberme casado con nadie. ¿Cómo llega la gente desde París hasta Ginebra?

—No tengo ni la menor idea.

—Tal vez Luc Mauriac sí lo sepa. —Sylvie conocía bien a la familia Mauriac.

Isabelle asintió con la cabeza.

—Es consignatario.

—Jamás he tenido muy claro en qué consiste la labor de un consignatario.

—Imagina que un capitán llega desde Burdeos y remonta el río

Sena hasta París con un cargamento de vino. Luego consigue un cargamento de tejidos para transportarlos en su travesía de regreso a Burdeos, pero esa carga solo ocupa la mitad de su bodega. No quiere esperar más días amarrado a puerto; necesita otro cargamento con el que llenar la mitad vacía cuanto antes. Así que acude a Luc, quien conoce a todos los mercaderes de París y de todos los puertos de Europa. Luc proporcionará al capitán un cargamento de carbón, pieles o sombreros de moda que haya solicitado algún comerciante de Burdeos.

—Así que Luc sabe cómo llegar a todas partes, incluida Ginebra.

—Te dirá que una joven jamás logrará realizar ese viaje sola.

—Se acabó la época en que los hombres me decían qué puedo y qué no puedo hacer.

Isabelle se quedó mirándola. Para asombro de Sylvie, empezaron a brotarle las lágrimas.

—Eres tan valiente… —dijo Isabelle—. Me cuesta creer que seas hija mía.

Sylvie se sintió conmovida por la emotividad de su madre.

—Soy exactamente igual que tú —consiguió decir.

Isabelle negó con la cabeza.

—Tanto como una iglesia comparada con la catedral.

Sylvie no estaba segura de qué decir a su madre. Lo natural no era que un progenitor admirase a su hijo; debía ser a la inversa. Se hizo un silencio incómodo. Al final la joven habló:

—Es hora de acudir al oficio.

La congregación que se reunía en el refugio de caza había encontrado una nueva ubicación para lo que a veces llamaban «su templo». Sylvie e Isabelle entraron en un gran patio donde se alquilaban caballos y carrozas. Llevaban ropas harapientas para no parecer demasiado elegantes y delatarse como asistentes a la iglesia. El negocio, propiedad de un protestante, permanecía cerrado por el día, pues era domingo, pero las puertas no estaban clausuradas. Entraron en el establo, un enorme edificio de piedra. Un mozo corpulento y joven estaba cepillando la crin de un caballo. Las miró con severidad, dispuesto a desafiarlas, luego las reconoció y se hizo a un lado para dejarlas pasar.

En el fondo del establo se abrió una puerta que daba a unas escaleras ocultas, y estas ascendían hasta un desván. Allí era donde rezaba el grupo. Como siempre, el espacio no contaba con cuadros ni esculturas, y estaba amueblado sencillamente con sillas y bancos. Una gran ventaja de ese espacio era que no tenía ventanas, por lo que la habitación quedaba aislada. Sylvie se quedó en la calle mientras la congregación cantaba a voz en cuello, y no oyó más que unas estrofas musicales distantes que podrían haber procedido de cualquiera de los numerosos edificios de carácter religioso de la zona: la parroquia, un monasterio o la escolanía de alguna facultad.

Todos los presentes en la sala conocían a Sylvie. Era una pieza clave de la congregación por su papel como librera. Además, durante las sesiones de debate, ella solía manifestar con vehemencia sus opiniones incisivas, en especial sobre el delicado tema de la tolerancia. Sus puntos de vista, al igual que su voz al cantar, no podían pasar desapercibidos. Jamás llegaría ser una sabia anciana consejera, pues ese papel estaba reservado a los hombres; no obstante, gozaba del mismo trato destinado a los líderes.

Su madre y ella ocupaban asientos en la primera fila. A Sylvie le encantaban los oficios protestantes, aunque, a diferencia de muchos de sus hermanos, no despreciaba los ritos católicos; ella entendía que para muchas personas, el intenso hedor del incienso, las palabras en latín y el espeluznante cántico de un cura formaran parte de la experiencia espiritual. Aun así, había otras cosas que sí la conmovían: el lenguaje claro, las creencias lógicas y los himnos que ella podía cantar.

De todos modos, en ese instante se sentía impaciente por que el oficio concluyera. Luc Mauriac estaba en la congregación con su familia, y Sylvie no podía esperar a formularle numerosas preguntas.

Sin embargo, el negocio era lo primero. Inmediatamente después del último «amén», entregó el ejemplar de la Biblia en francés que le quedaba a Françoise Duboeuf, la joven esposa del sastre, y recibió cinco libras a cambio.

Después la abordó Louise, la joven marquesa de Nimes.

—La corte se traslada a Orleans —anunció.

Para el rey y su séquito era algo habitual viajar a distintos puntos del país de tiempo en tiempo.

—Tal vez suponga un respiro para los protestantes parisinos —dijo Sylvie, esperanzada—. ¿Qué ocurre en Orleans?

—El rey ha sido convocado a una asamblea de los Estados Generales que se celebrará allí. —Se trataba de una asamblea nacional tradicional—. El cardenal Carlos y Pierre Aumande viajarán con la corte.

Sylvie frunció el ceño.

—Me pregunto qué nueva tropelía estarán tramando esos dos demonios.

—Sea lo que sea, no supondrá nada bueno para nosotros.

—El Señor nos asista.

—Amén.

Sylvie dejó a Louise y fue en busca de Luc.

—Necesito ir a Ginebra —le dijo.

Luc era un hombre menudo de carácter alegre, pero hizo un leve mohín de desaprobación.

—¿Puedo preguntar por qué, Sylvie? ¿O debería decir Thérèse?

—Hemos vendido todas nuestras biblias en francés y debo adquirir más ejemplares.

—Dios te bendiga —dijo el hombre—. Admiro tu arrojo.

Por segunda vez esa misma mañana, Sylvie quedó asombrada por esas demostraciones de admiración inesperadas. Ella no era valiente; estaba asustada.

—Solo hago lo que es menester —afirmó.

—Pero en este caso no puedes —la contradijo Luc—. No existe una ruta segura, y eres una mujer joven que no puede permitirse pagar a soldados para protegerte contra los asaltantes del camino, los mesoneros deshonestos y los campesinos lascivos armados con sus palas de madera.

Sylvie frunció el ceño al imaginar a los campesinos lascivos. ¿Por qué los hombres trataban tan a menudo el tema de los abusos deshonestos como si fuera una chanza más? Sin embargo, se negaba a que la disuadieran.

—Ilustradme —dijo—. ¿Cómo llega la gente a Ginebra?

—La forma más rápida es navegar río arriba por el Sena desde Montereau, que se encuentra nada más y nada menos que a cien kilómetros de distancia de aquí. El resto del viaje, después de otros cuatrocientos kilómetros más o menos, es casi todo por tierra, y es conveniente que no tengas ninguna mercancía que transportar. Se tardan unas dos o tres semanas, eso si no se produce ningún retraso de consideración, aunque siempre hay alguno. Tu madre te acompañará, por supuesto.

—No. Ella debe quedarse y mantener la tienda abierta.

—Te lo digo en serio, Sylvie, no puedes hacer esto tú sola.

—Pues tendré que hacerlo.

—Entonces deberás sumarte a grupos numerosos en cada etapa del trayecto. Las familias son la compañía más segura. Evita las cuadrillas formadas solo por hombres, por razones evidentes.

—Desde luego. —Todo aquello era nuevo para Sylvie. La perspectiva resultaba aterradora. Se sentía estúpida por haber hablado tan a la ligera de viajar a Ginebra—. Aun así, quiero hacerlo —afirmó intentando parecer más segura de lo que se sentía.

—En tal caso, ¿cuál será tu historia?

—¿Qué queréis decir?

—Viajarás en compañía. Los viajeros no tienen otro entretenimiento que la conversación. Te harán preguntas. No vas a reconocer que viajas a Ginebra a comprar libros prohibidos. De hecho, lo mejor sería que no revelaras tu auténtico destino, pues por todos es sabido que Ginebra es la capital de la herejía. Necesitas inventar una historia.

Sylvie se quedó sin habla.

—Ya se me ocurrirá algo —dijo al fin.

Luc adoptó un gesto reflexivo.

—Puedes contar que vas de peregrinaje.

—¿Adónde?

—A Vézelay, que está a mitad de camino en dirección a Ginebra. Su abadía alberga reliquias de María Magdalena. Las mujeres suelen viajar en peregrinación hasta allí.

—Perfecto.

—¿Cuándo quieres partir?

—Pronto. —No quería pasar demasiado tiempo preocupándose por el viaje—. Esta misma semana.

—Daré con un capitán de confianza que te lleve hasta Montereau. Al menos llegarás segura hasta allí. Tú solo tendrás que mantenerte alerta para protegerte.

—Gracias. —Dudó un instante, pues pensaba que debía decir algo amable después de haberlo obligado a pensar tanto—. ¿Cómo se encuentra Georges? Hace tiempo que no lo veo.

—Bien, gracias. En este momento se encarga de abrir un establecimiento de nuestro negocio en Ruán.

—Siempre ha sido inteligente.

Luc sonrió con ironía.

—Quiero muchísimo a mi hijo, pero jamás ha estado a tu altura, Sylvie.

Eso era cierto, aunque bochornoso, por eso la muchacha pasó por alto el comentario.

—Gracias por vuestra ayuda. Iré a visitaros a vuestro despacho mañana, si es posible.

—Hazlo mejor el martes por la mañana. Para entonces habré localizado un capitán.

Sylvie separó a su madre de un grupo de mujeres. Estaba impaciente por llegar a casa y empezar a ocuparse de los preparativos.

En el camino de regreso a la rue de la Serpente localizó una mercería barata y compró una tela de vulgar paño gris, fea pero resistente.

—Cuando lleguemos a casa, necesito que me confecciones un hábito de monja —le dijo a su madre.

—Por supuesto, aunque soy casi tan mala costurera como tú.

—No pasa nada. Cuanto más tosco, mejor; lo único que importa es que no se descosa.

—Está bien.

—Pero antes necesito que me cortes el pelo. Todo. Debe quedarme menos de un dedo de largo.

—Vas a quedar espantosa.

—Exacto —dijo Sylvie—. Eso es lo que quiero.

III

En Orleans, Pierre estaba planeando un asesinato.

Él no empuñaría el puñal, pero sería el instigador del crimen.

Carlos de Guisa lo había llevado a Orleans con ese fin. El cardenal seguía enojado con Pierre por su intento de deshacerse del hijo de Odette, pero, tal como Pierre había previsto, su buen servicio lo había salvado.

En otras circunstancias, Pierre no habría sobrepasado ese límite y no estaría planificando un asesinato. Jamás había cometido un pecado tan terrible, aunque había estado a punto cuando se sintió profundamente tentado de matar al pequeño Alain, aunque no fuera capaz de hacerlo. Había sido responsable de muchas muertes, incluida la de Gilles Palot, pero todas fueron ejecuciones legítimas. Sabía que estaba a punto de cruzar una terrible línea.

No obstante, debía volver a ganarse la confianza de Carlos, y esa era la forma de conseguirlo. Además, esperaba que el padre Moineau estuviera de acuerdo en que esa era la voluntad de Dios. De no ser así, Pierre estaba perdido.

La supuesta víctima era Antonio de Borbón, rey de Navarra. Y el

349

asesinato era el elemento crucial de un golpe que al mismo tiempo neutralizaría a los otros dos enemigos más importantes de la familia de Guisa: el hermano pequeño de Antonio, Luis, príncipe de Condé, y el aliado más importante de los Borbones, Gaspard de Coligny, almirante de Francia y el miembro más enérgico de la familia Montmorency.

Esos tres individuos, que rara vez iban juntos a ningún sitio por miedo precisamente a esa clase de intrigas, habían sido atraídos hasta Orleans con la promesa de que se discutiría sobre la libertad de culto en una asamblea de los Estados Generales. Como líderes de la facción tolerante, no podían ausentarse en una ocasión tan crucial. Debían correr ese riesgo.

Orleans se encontraba en la margen septentrional del Loira. Estaba a unos trescientos kilómetros del mar, pero el tramo de río que la cruzaba era muy transitado, sobre todo por barcazas de fondo plano con mástiles abatibles, que podían navegar por aguas poco profundas y pasar por debajo de los puentes. En el centro de la ciudad, en la calle situada frente a la catedral, se elevaba un palacio recién construido, el Château Groslot, cuyo orgulloso dueño, Jacques Groslot, había sido expulsado de su maravilloso hogar sin estrenar para albergar a la comitiva real.

A Pierre le pareció un edificio espléndido cuando lo vio por vez primera, al despuntar el alba, la mañana del asesinato. Sus ladrillos rojos combinaban a la perfección con el negro de las hileras de rombos que enmarcaban las altas ventanas. Dos escalinatas idénticas ascendían describiendo sendas curvas en la entrada principal. Se trataba de una construcción inteligente e innovadora, cuyo estilo era admirado por Pierre.

El joven no se alojaba allí. Como siempre, dormía con los sirvientes, aunque en ese momento llevara el apellido De Guisa. Sin embargo, algún día tendría un palacio de su propiedad.

Entró con Charles de Louviers, el asesino.

Pierre se sentía raro en compañía de Louviers. Este iba bien vestido y sus modales eran refinados, pero a pesar de ello, había algo animal en la postura altanera de sus hombros erguidos y en su mirada. En el mundo había muchos asesinos, por supuesto, y en numerosas ocasiones, Pierre había visto a hombres de su calaña ahorcados en la place de Grève, en París. Sin embargo, Louviers era diferente. Pertenecía a la nobleza —lo que explicaba el «de» presente en su apellido— y estaba deseoso de matar a personas de su misma clase. Parecía extraño, pero todo el mundo coincidía en que un príncipe de sangre azul como Antonio no podía ser asesinado por un delincuente común.

El interior del palacio era un deslumbrante despliegue de riquezas sin par. Los artesonados relucían, los intensos colores de los tapices no habían tenido tiempo de desvaírse y en los gigantescos candelabros no se apreciaba ni una mota de polvo. Los recargados frescos de los techos artesonados estaban recién pintados. Monsieur Groslot era un político y comerciante local, y quería que todo el mundo supiera que había prosperado.

Pierre condujo a Louviers hasta la cámara ocupada por la reina. Una vez allí, pidió a un sirviente que anunciara su llegada a Alison McKay.

En realidad, Alison había pasado a formar parte de la más alta nobleza, pues su amiga íntima María Estuardo se había convertido en reina de Francia. Pierre había observado a ambas jóvenes, ataviadas con carísimos vestidos y lujosas joyas, reaccionando ante las exageradas reverencias y profundas genuflexiones de la nobleza con un leve asentimiento de cabeza o con una sonrisa condescendiente, y había pensado en la rapidez con la que se acostumbraban las personas a ese estatus elevado y a las deferencias generalizadas… y en lo mucho que deseaba él ser objeto de una veneración por el estilo.

Resultaba impúdico que preguntase por Alison a una hora tan temprana de la mañana. Sin embargo, la conocía desde hacía más de un año, desde el día en que comunicó a María la noticia de la muerte inminente del rey Enrique II. De ese modo, el futuro de Alison, al igual que el de Pierre, había quedado vinculado al sino de la familia de Guisa. Ella sabía que el joven acudía en calidad de emisario del cardenal Carlos y confiaba en él. Alison sabría también que él no le haría perder el tiempo.

Pasados unos minutos, la doncella los condujo hasta una sala pequeña situada en un lateral del palacio. Alison se hallaba sentada frente a una mesa redonda. No cabía duda de que se había vestido a todo correr; se había echado un manto de brocado por encima del camisón. Con su melena negra cepillada con descuido y sus ojos azules hinchados por el sueño, tenía un aspecto desaliñado que resultaba encantador.

—¿Cómo se encuentra el rey Francisco? —le preguntó Pierre.

—No se encuentra bien —respondió ella—. Pero él jamás se encuentra bien. Sufrió la viruela de niño. La enfermedad frenó su crecimiento y lo dejó afectado de por vida.

—¿Y la reina María? Supongo que todavía llora la muerte de su madre. —La madre de María Estuardo, María de Guisa, había fallecido en Edimburgo el mes de junio.

—Tanto como se pueda llorar la pérdida de una madre que apenas se ha llegado a conocer.

—Confío en que no se descarte la posibilidad de que la reina María viaje a Escocia. —Se trataba de algo que preocupaba constantemente a Pierre y a los hermanos De Guisa. Si María Estuardo decidía, por puro capricho, que quería gobernar Escocia, a los De Guisa les resultaría muy difícil impedírselo, porque era la reina de los escoceses.

Alison no expresó su conformidad de inmediato, lo cual aumentó la desazón de Pierre.

—Está claro que los escoceses necesitan ser gobernados con mano dura —dijo.

No era la respuesta que Pierre deseaba escuchar, pero era cierto. Su Parlamento, dominado por los protestantes, acababa de aprobar una propuesta de ley que convertía en delito la celebración de la misa.

—Pero la primera obligación de María sin duda se encuentra aquí, en Francia.

Por suerte, Alison estaba de acuerdo con su observación.

—María debe quedarse junto a Francisco hasta que le dé un hijo varón; idealmente, dos. Ella entiende que asegurar la sucesión en Francia es más importante que apaciguar los ánimos de los escoceses rebeldes.

—Además —añadió Pierre con una sonrisa aliviada—, ¿por qué alguien que es reina de Francia querría cambiar esa condición por la de reina de Escocia?

—En efecto. Ninguna de nosotras dos tiene más que vagos recuerdos sobre Escocia; cuando nos marchamos, María tenía cinco años y yo ocho. Ninguna de las dos sabe hablar el dialecto escocés. Pero estoy segura de que no me habéis sacado de la cama a estas horas del alba para hablar sobre Escocia.

Pierre cayó en la cuenta de que había estado evitando el auténtico tema de conversación. «No temas —se dijo—. Eres Pierre Aumande de Guisa.»

—Todo está dispuesto —le anunció a Alison—. Nuestros tres enemigos se encuentran en la ciudad.

Ella sabía exactamente a qué se refería.

—¿Actuamos de inmediato?

—Ya lo hemos hecho. Luis de Borbón está detenido, acusado de alta traición, y puede ser condenado a la pena capital. —Pierre pensó que seguramente era culpable, aunque no tenía mayor importancia—. El alojamiento de Gaspard de Coligny está rodeado por hombres armados que lo siguen a todas partes. Podríamos decir que ya está preso. —Gaston Le Pin lo había conseguido gracias a la guardia privada de la familia de Guisa, un ejército compuesto por varios centenares de hombres—. El rey Francisco ha mandado llamar a Antonio de Borbón esta mañana. —Pierre señaló con un gesto a su acompañante—. Y Charles de Louviers es el hombre que le dará muerte.

Alison no se inmutó. Pierre quedó impresionado por su frialdad.

—¿Qué precisáis de mí? —quiso saber la joven.

Fue Louviers quien habló por primera vez. Lo hizo con un tono cultivado y usando las palabras justas; su acento era el característico de la nobleza.

—El rey debe darme la señal que me indique cuándo estará listo para que yo acometa el encargo.

—¿Por qué? —preguntó Alison.

—Porque un príncipe de sangre real no puede ser asesinado salvo por mandato del rey.

Lo que Louviers quería decir era que debía quedar claro a todos los presentes en la sala que el rey Francisco sería el responsable del asesinato. De no ser así, resultaría muy sencillo para el monarca, una vez cometido el delito, repudiar el asesinato, proclamar su inocencia y ejecutar a Louviers, a Pierre, al cardenal Carlos y a cualquiera al que pudiera relacionarse con la trama.

—Desde luego —confirmó Alison, quien, como siempre, supo leer entre líneas el auténtico significado de las palabras del noble.

—Louviers debería compartir un tiempo con Su Majestad sin ser interrumpido —dijo Pierre—, así podrán acordar una señal entre ambos. El cardenal Carlos ya se lo ha explicado al rey.

—Muy bien. —Alison se puso en pie—. Acompañadme, monsieur de Louviers.

Louviers la siguió hasta la puerta. Ella se volvió.

—¿Lleváis encima vuestra arma?

El noble metió la mano por debajo de su capa y mostró la daga de sesenta centímetros envainada en una funda alargada que colgaba de su cinto.

—Sería mejor que la dejaseis con monsieur Aumande de Guisa por el momento.

Louviers desenganchó del cinto la funda con el arma, lo dejó todo sobre la mesa y siguió a Alison hasta salir de la sala.

Pierre se dirigió a la ventana y miró al otro lado de la plaza, en dirección a los elevados arcos ojivales de la fachada occidental de la catedral. Estaba nervioso y lo acuciaba el sentimiento de culpa. «Voy a hacer esto por ese templo —se dijo a sí mismo—, por el Dios que lo habita y por la más antigua y auténtica fe.»

Se sintió aliviado cuando Alison reapareció. La joven se situó junto a él, hombro con hombro, y miró en su misma dirección.

—Ese es el lugar donde rezaba Juana de Arco durante la toma de Orleans —dijo—. Ella libró a la ciudad del salvajismo del ejército inglés.

—Algunos dicen que salvó a toda Francia —aclaró Pierre—. Tal como nosotros intentamos salvarla ahora.

—En efecto.

—¿Va todo bien entre el rey Francisco y Louviers?

—Sí. Están hablando.

Pierre se sintió más animado.

—Estamos a punto de librarnos para siempre de la amenaza de los Borbones. Llegué a creer que jamás vería el día en que fuera posible. Todos nuestros enemigos desaparecerán. —Alison no respondió, aunque parecía incómoda, y Pierre preguntó, en confianza ahora que estaban solos los dos—: ¿No estás de acuerdo?

—Ten cuidado con la reina madre —respondió Alison.

—¿Por qué dices tal cosa?

—La conozco. Ella me aprecia. Cuando éramos pequeños yo cuidaba de Francisco y María, sobre todo de él, porque era un niño muy delicado. La reina Catalina siempre se ha sentido agradecida conmigo por ello.

—¿Y...?

—Ella y yo hemos hablado. Opina que lo que nosotros hacemos está mal. —Cuando Alison decía «nosotros» se refería a la familia de Guisa, y Pierre lo sabía.

—¿Que está mal? —preguntó—. ¿En qué sentido?

—Opina que jamás acabaremos con el protestantismo llevando a sus fieles a la hoguera. Así solo conseguiremos crear mártires. Ella considera que deberíamos aniquilar el impulso que inspira a la conversión de nuevos protestantes mediante la reforma de la Iglesia católica.

La joven tenía razón en lo referente a los mártires. A nadie le gustaba el autoritario Gilles Palot en vida, pero en ese momento, según los espías de Pierre, era considerado poco menos que un santo. No obstante, la reforma de la Iglesia era un ideal imposible.

—Estás hablando de privar de riquezas y privilegios a hombres tan influyentes como el cardenal Carlos. Eso jamás ocurrirá, porque esas personas son demasiado poderosas.

—Catalina cree que ese es precisamente el problema.

—El pueblo siempre pondrá reparos a la Iglesia. La solución es enseñarles que no tienen derecho a criticar.

Alison se encogió de hombros.

—Yo no digo que la reina Catalina tenga razón. Pero sí opino que debemos ser cautelosos.

Pierre mostró sus dudas con un mohín.

—Estaría de acuerdo contigo si la reina ostentara algún poder. Pero teniendo en cuenta que el rey se ha casado con una sobrina de la familia de Guisa, la situación está controlada. No creo que haya nada que temer de la reina madre.

—No la subestimes por el simple hecho de ser mujer. Recuerda a Juana de Arco.

Pierre opinaba que Alison se equivocaba.

—Jamás he subestimado a una mujer —aclaró, no obstante, y le dedicó su más encantadora sonrisa.

Alison se volvió ligeramente, de tal forma que sus senos quedaron presionados contra el torso de Pierre. El joven tenía la convicción de que las mujeres jamás hacían tales gestos por casualidad.

—Tú y yo somos parecidos —dijo ella—. Hemos dedicado nuestra vida al servicio de personas muy poderosas. Somos consejeros de auténticos titanes. Deberíamos trabajar juntos siempre.

—Eso me placería.

Alison estaba hablando de una alianza política, pero entre líneas Pierre captó otro mensaje. El tono de voz y la mirada transmitían pura atracción.

Llevaba un año sin pensar en asuntos de amor. La decepción vivida con Véronique y el rechazo que sentía por la repulsiva Odette no habían dejado espacio en su corazón para albergar sentimientos hacia otra mujer.

Durante un instante fue incapaz de pensar qué debía responder a Alison. Entonces se dio cuenta de que las palabras de la joven no eran simple cháchara para ocultar su interés romántico. Más bien al contrario: se comportaba de forma seductora para conseguir que él fuera su aliado. Por lo general, era Pierre quien fingía estar enamorado de alguna dama y así lograr algo a cambio. Sonrió al pensar en lo irónico de la situación, y ella lo interpretó como una puerta abierta a sus insinuaciones. Inclinó la cabeza ligeramente hacia atrás para orientar el rostro hacia el de Pierre. La invitación no dejaba lugar a dudas.

Con todo, Pierre no estaba seguro. ¿Qué ganaba él con eso? La respuesta se le ocurrió de inmediato: control sobre la reina de Francia. Si la mejor amiga de María Estuardo se convertía en su amante, podía obtener más poder incluso que el duque Francisco y el cardenal Carlos.

Inclinó un poco la cabeza y la besó. Sintió sus labios tersos y ardientes. Ella colocó una mano en su nuca para atraerlo más hacia sí y abrió la boca para recibir la lengua de Pierre. Pero entonces retrocedió.

—Ahora no —dijo—. Aquí no.

Pierre intentó imaginar qué significaba aquello. ¿Acaso deseaba yacer con él más tarde, en otro lugar? Una muchacha soltera como Alison no podía sacrificar su virginidad. Si llegaba a saberse —y esas cosas siempre acababan sabiéndose en la corte—, malograría para siempre sus posibilidades de casarse bien.

No obstante, una dama virgen de clase alta podía permitirse ciertas libertades con un hombre con el que esperara contraer matrimonio.

De pronto, Pierre cayó en la cuenta de algo.

—¡Oh, no! —exclamó.

—¿Qué?

—No lo sabes, ¿verdad?

—¿Qué es lo que debo saber?

—Que estoy casado.

A ella se le demudó el rostro.

—¡Por el amor de Dios, no es posible!

—Fue un matrimonio de conveniencia pactado por el cardenal

Carlos. Con una mujer que necesitaba un marido a toda prisa, por el motivo más habitual.

—¿Quién?

—Alain de Guisa preñó a una doncella.

—Sí, ya lo había oído... ¡Oh! ¿Eres tú quien se casó con Odette?

Pierre se sentía estúpido y avergonzado.

—Sí.

—Pero ¿por qué?

—Mi recompensa al enlace fue el derecho a llevar el nombre de Pierre Aumande de Guisa. Lo dice en mi certificado de matrimonio.

—Maldición.

—Lo siento.

—Yo también lo siento. Aunque yo habría hecho lo mismo por un nombre así.

Pierre se sintió algo reconfortado. Había ganado y perdido una oportunidad incomparable para acercarse a la reina, pero al menos Alison no lo despreciaba por haberse casado con Odette. Su rechazo habría resultado agónico.

La puerta se abrió, y Pierre y Alison se apartaron con sensación de culpabilidad. Louviers entró en la sala.

—Todo está dispuesto.

Cogió la daga de la mesa, volvió a colocarse la funda en el cinturón, se cubrió con la capa y ocultó el arma debajo.

—Voy a vestirme —anunció Alison—. Esperadme en el salón de recepciones. —Salió por la puerta que conducía a los aposentos privados del palacio.

Pierre y Louviers caminaron por un pasillo y cruzaron un vestíbulo hasta una sala de artesonado dorado, papel para las paredes de vivos colores y una alfombra turca. Era sencillamente una sala de espera. A continuación se encontraba la cámara de presencia, donde el rey ofrecía sus audiencias, la cámara de la guardia, ocupada por unos veinte o treinta soldados, y, al final de todas ellas, la cámara real.

Habían llegado con antelación, aunque ya había unos cuantos miembros de la corte allí reunidos.

—Tardará entre una y dos horas. Ni siquiera se había vestido —informó Louviers.

Pierre se dispuso a esperar, preocupado. Mientras repasaba mentalmente su conversación con Alison, un reflujo ácido empezó a provocarle ardores de estómago. ¡Pensar que la mejor amiga de la reina de Francia podría haberse casado con él de haber estado soltero! ¡Qué dúo tan fabuloso habrían formado! Ambos inteligentes, atractivos y ambiciosos. Quizá hubiera acabado convirtiéndose en duque. La oportunidad perdida le afligía tanto como si estuviera de luto. Eso intensificó su odio hacia Odette. Era una mujer de lo más vulgar y de la clase más baja de todas, y lo había obligado a descender de nuevo a ese escalafón del que le había costado tanto escapar. Odette había arruinado su única misión en la vida.

La sala fue llenándose poco a poco. Antonio de Borbón llegó a media mañana. Su rostro era hermoso, aunque de aspecto enfermizo, con los párpados caídos y el bigote con las puntas curvadas hacia abajo, lo que le daba un aire mohíno y aletargado. Con su hermano encarcelado y Coligny detenido, Antonio debía suponer que se planeaba una intriga letal contra su persona. Al mirarlo, Pierre tuvo la sensación de que sabía que podía morir ese mismo día. Su forma de moverse transmitía una apatía total. «Nada me importa lo que hagáis, por terrible que sea», parecía decir.

El duque Francisco el Acuchillado y el cardenal Carlos llegaron a palacio. Saludaron a los conocidos con una inclinación de la cabeza y atravesaron los salones interiores sin detenerse.

Transcurridos escasos minutos, los cortesanos que permanecían a la espera fueron llamados a la cámara de presencia.

El rey Francisco se encontraba sentado en su trono de madera con elaboradas tallas de ebanistería. Estaba recostado hacia un lado, como si necesitara el apoyo del brazo del sitial. Tenía el rostro pálido y sudoroso.

«Jamás se encuentra bien», había dicho Alison, aunque en esa ocasión su fragilidad parecía más enfermiza que de costumbre.

El cardenal Carlos estaba de pie junto al trono.

Pierre y Louviers se situaron en primera fila de los presentes para cerciorarse de que el rey los veía con toda claridad. Antonio de Borbón se encontraba a unos pasos de distancia.

En ese momento, todo cuanto necesitaban era que el rey hiciera la señal.

En lugar de eso, Francisco hizo un gesto con la mano para llamar a un cortesano, quien dio un paso adelante y respondió a una pregunta casual. Pierre no logró oír de qué estaban hablando. El rey debería haber ordenado la ejecución de inmediato. Resultaba estrambótico anteponer otros asuntos de menor importancia, como si el asesinato fuera otro punto más en el orden del día. A pesar de todo, el rey procedió a consultar con otro cortesano una cuestión igualmente rutinaria.

El cardenal Carlos susurró algo al oído del rey, era de suponer que estaba sugiriéndole que abordara ya el tema, pero Francisco hizo un gesto despreciativo con la mano, como diciendo: «Estoy a punto de hacerlo».

El obispo de Orleans inició un discurso. Pierre deseó estrangular a aquel hombre. El rey se recostó en su trono y cerró los ojos. Su intención era que los presentes lo creyeran concentrado en las palabras del obispo; aunque más bien parecía a punto de dormirse... o de desmayarse.

Transcurrido un minuto, el monarca abrió los ojos y miró a su alrededor. Clavó la vista en Louviers, y Pierre tuvo la certeza de que había llegado el momento. Sin embargo, el rey siguió con actitud contemplativa.

Entonces empezó a temblar.

Pierre se lo quedó mirando, horrorizado. La epidemia de fiebres era un mal que había arrasado Francia y otros países europeos durante los tres años anteriores. En algunos casos era letal.

«Haced la señal, por el amor de Dios —pensó—, ¡luego ya os desmayaréis!»

El rey, en cambio, se dispuso a levantarse. Parecía demasiado débil para ponerse en pie y volvió a caer desplomado en el asiento. El obispo prosiguió con su perorata, ya que, o bien no se había percatado del estado del rey, o bien no le importaba que pareciera enfermo; sin embargo, el cardenal Carlos supo reaccionar con más rapidez. Murmuró algo a Francisco, quien negó en silencio con un gesto de debilidad extrema. Con expresión de impotencia, Carlos lo ayudó a levantarse.

El monarca se dirigió hacia la puerta que daba a las dependencias privadas de palacio, sujeto del brazo del cardenal.

Pierre miró a Antonio de Borbón. Se lo veía tan sorprendido como todos los demás presentes. Quedaba claro que aquello no era el resultado de un enrevesado plan ideado por él. Por el momento, estaba fuera de peligro, pero evidentemente no sabía el motivo.

Carlos hizo un gesto a su hermano, el duque Francisco el Acuchillado, aunque, para sorpresa de Pierre, el duque parecía profundamente asqueado y volvió la espalda a Carlos y al rey, una descortesía que podría haberlo enviado a prisión.

Apoyándose con todas sus fuerzas sobre Carlos, el rey Francisco abandonó la sala.

IV

A medida que Sylvie ascendía por las laderas de los Alpes en dirección a Ginebra, hacía cada vez más frío. Era invierno, y la joven habría necesitado un abrigo de pieles. No lo había previsto.

Había muchas circunstancias que no había tenido en cuenta de antemano. No había imaginado lo rápido que se desgastaban los zapatos al caminar sin descanso todos los días. Le impactó la codicia de los mesoneros, en especial en las localidades donde solo había un establecimiento de esa clase: cobraban precios exorbitados, incluso a una monja. Había previsto que la acosaran los hombres, y los trataba con actitud enérgica, pero cuál no fue su sorpresa cuando una mujer la atacó en el dormitorio comunitario de una posada.

Sintió un profundo alivio cuando vislumbró los chapiteles de las iglesias protestantes de Ginebra asomar en lontananza. También se sintió orgullosa de sí misma. Le habían dicho que su hazaña era un imposible; sin embargo, ella lo había logrado, con la ayuda de Dios.

La ciudad se encontraba en el extremo sur del lago del mismo nombre, en el punto en que el Ródano desaguaba en su camino hasta el lejano mar Mediterráneo. A medida que Sylvie iba acercándose, vio que se trataba de una ciudad pequeña en comparación con París. Aunque todas las ciudades que había visto parecían pequeñas en comparación con París.

La visión le resultó tan hermosa como reconfortante. El lago era cristalino, las montañas que lo rodeaban eran blancas y celestes, y el cielo tenía un tono gris perlado.

Antes de llegar a las puertas de la ciudad, Sylvie se quitó la toquilla de monja, ocultó bajo el vestido el crucifijo que llevaba colgando sobre el pecho y se cubrió la cabeza y el cuello con un pañuelo amarillo. De ese modo dejaba de parecer una monja y adoptaba la apariencia de una mujer harapienta cualquiera. Le permitieron el acceso sin problemas.

Encontró alojamiento en una pensión regentada por una mujer. Al día siguiente compró una gorra de lana roja. Con ella ocultó su cabeza rapada de religiosa, además de abrigarse mejor que con el pañuelo amarillo.

Un viento frío y racheado procedente del valle del Ródano barría la superficie del lago y formaba pequeñas olas con cresta espumosa, al tiempo que helaba la atmósfera. Los habitantes del lugar eran tan fríos como el clima, según descubrió Sylvie. Sentía el deseo de decirles que no hacía falta vivir malhumorado para ser protestante.

La ciudad estaba repleta de maestros impresores y vendedores de libros. Producían biblias y otros títulos en inglés y alemán así como en francés, y enviaban sus volúmenes a países de toda Europa para su venta. Sylvie entró en el taller de impresión más próximo a su alojamiento y encontró a un hombre y su aprendiz trabajando en la imprenta, rodeados por pilas de libros. Preguntó por el precio de un ejemplar de la Biblia en francés.

El maestro impresor se quedó mirando su tosca vestimenta.

—Son demasiado caras para ti.

El aprendiz rio con disimulo.

—Hablo en serio —dijo ella.

—Pues no lo parece —repuso el hombre—. Dos libras.

—¿Y si te compro cien?

El hombre se volvió de medio lado para demostrar su falta de interés.

—No tengo cien ejemplares.

—Bueno, de todas formas no pensaba poner mi negocio en manos de alguien tan apático —dijo ella con tono cortante, y salió del establecimiento.

Sin embargo, en el siguiente taller de impresión recibió la misma respuesta. Resultaba exasperante. La joven no entendía por qué no le querían vender sus libros. Intentaba convencerlos de que había viajado desde París, nada más y nada menos, pero no la creían. Contaba que tenía la misión sagrada de llevar la Biblia a los descarriados católicos franceses, pero se reían de ella.

Tras un día infructuoso regresó a la pensión, abatida por la sensación de impotencia y desamparo. ¿Había viajado hasta allí para nada? Agotada, durmió profundamente y despertó decidida a enfocar la situación desde otro punto de vista.

Localizó la Academia de Ginebra, donde se formaban los futuros pastores, pues supuso que su misión era propagar la palabra de Dios, y estaba segura de que querrían ayudarla. Allí, en el vestíbulo del modesto edificio, vio a alguien conocido. Le costó un par de minutos darse cuenta de que se trataba del joven misionero que había entrado en la tienda de su padre hacía casi tres años.

—Soy Guillaume de Ginebra.

Ella lo saludó, aliviada.

El hombre, por su parte, consideró la aparición repentina de Sylvie en Ginebra como un regalo del Cielo. Tras dos viajes por toda Francia para propagar el Evangelio, en ese momento se dedicaba a la enseñanza de hombres más jóvenes para animarlos a seguir sus pasos. Viviendo en Ginebra, con un día a día más cómodo, había perdido su intensidad habitual, y ya no estaba delgado como un palillo. De hecho, estaba bastante orondo y satisfecho. Y la llegada de Sylvie completó esa evidente felicidad.

Le impactó recibir noticias sobre la maldad de Pierre, aunque no logró ocultar su regocijo al saber que su rival, mucho más gallardo y elegante, acababa siendo un fraude. Rompió a llorar cuando ella relató el martirio sufrido por Gilles.

En el momento en que Sylvie le contó sus experiencias con los libreros de Ginebra, al pastor no le sorprendió.

—Te ha ocurrido porque los has tratado como a iguales —le aclaró.

Sylvie había aprendido a no mostrarse apocada y a actuar con determinación como única forma de impedir que los hombres se aprovecharan de ella.

—¿Y qué hay de malo en ello? —preguntó Sylvie.

—Esperan que una mujer se muestre humilde.

—En París también gustan más las mujeres respetuosas, pero no desprecian a sus clientes por ser así. Si una dama tiene dinero y los comerciantes poseen productos para su venta, hacen negocio.

—París es diferente.

«Evidentemente», pensó ella.

Guillaume accedió de buen grado a ayudarla. Canceló las clases que debía impartir durante el día y la llevó a ver a un maestro impresor que conocía. La joven se quedó en segundo plano y dejó que fuera Guillaume quien hablara.

Sylvie quería dos tipos de Biblia: una lo bastante barata para cualquier bolsillo, y una edición de lujo, de carísima impresión y encuadernación, para los clientes más acaudalados. Siguiendo las instrucciones que le había dado la joven, Guillaume negoció el precio sin dar su brazo a torcer y consiguió una cifra por ambos tipos de ejemplares que Sylvie podría triplicar en París. Compró un centenar de ediciones de lujo y un millar de ejemplares de factura más económica.

Sylvie se emocionó al ver en el mismo taller de impresión copias de los Salmos en la traducción del poeta francés Clément Marot. Ese había sido un enorme logro para su padre, y ella sabía que podría vender muchos más libros. Compró quinientos ejemplares.

A la joven le embargó la emoción mientras contemplaba las cajas que iban sacando del almacén de la trastienda. Su viaje no había finalizado, ni mucho menos, pero hasta el punto al que había llegado, la fortuna le había sonreído. Se había negado a abandonar su misión y no se había equivocado. Esos libros llevarían la palabra de Dios a los corazones de cientos de personas. También les darían de comer a su madre y a ella durante un año o más tiempo. Era un auténtico triunfo.

Sin embargo, antes tenía que llevarlos a París, y tal cosa requería cierta astucia.

También compró un centenar de resmas de papel para vender en la tienda de la rue de la Serpente. Siguiendo sus instrucciones, Guillaume le dijo al maestro impresor que cubriera los libros de todas las cajas con las resmas de papel; de ese modo, si alguien las abría por cualquier motivo, los libros de contrabando no quedarían a la vista. La joven también ordenó que marcaran los embalajes con la frase en italiano CARTA DI FABRIANO. La ciudad de Fabriano era famosa por su papel de excelente calidad. Con esa treta ideada por ella, los libros superarían con éxito cualquier registro rutinario. Aunque, si las cajas eran sometidas a una inspección más concienzuda, Sylvie estaría acabada.

Esa noche, Guillaume la invitó a cenar a casa de sus padres.

Sylvie no podía rechazar la invitación, pues el joven había sido amable con ella, y sin su ayuda seguramente habría fracasado en su misión. Pero la joven no se sentía cómoda. Sabía que Guillaume profesaba sentimientos románticos hacia ella y había abandonado París de forma repentina en cuanto se comprometió con Pierre. Tenía claro que esos sentimientos habían aflorado de nuevo en el corazón del pastor, o tal vez jamás hubiera renunciado a ellos.

Guillaume era hijo único y sus padres sentían predilección por él. Eran personas cálidas y amables, y saltaba a la vista que sabían que su hijo bebía los vientos por ella. Sylvie tuvo que contar de nuevo la historia del martirio de su padre, y cómo su madre y ella habían rehecho su vida. El padre de Guillaume, orfebre, se mostraba orgulloso de

Sylvie como si ya fuera su nuera. La madre admiraba su valentía, pero en su mirada se apreciaba que ella sí sabía la verdad y que, por muy triste que fuera, era innegable: su hijo no había conseguido robarle el corazón a Sylvie.

La invitaron a pasar la noche, pero ella declinó la invitación, pues no quería que albergasen falsas esperanzas.

Esa noche se preguntó por qué no amaba a Guillaume. Tenían muchas cosas en común: provenían de prósperas familias de clase media; ambos estaban comprometidos con la misión de propagar el verdadero Evangelio; ambos habían experimentado las privaciones y riesgos de los viajes de larga distancia, y ambos conocían el peligro y habían sido testigos de la violencia. Con todo, había rechazado a ese hombre valiente, inteligente y honrado por un espía mentiroso y ladino. ¿Había algo que fallaba en ella? Quizá no estuviera destinada a enamorarse ni a casarse.

Al día siguiente, Guillaume la llevó hasta los muelles y le presentó a un gabarrero en quien creía que se podía confiar. El hombre acudía a la misma iglesia que Guillaume, y también lo hacían su esposa e hijos. A Sylvie le merecía tanta confianza como cualquier otro hombre.

En ese momento, la joven tenía en su poder un cargamento considerable, muy difícil de transportar en carromato por los caminos rurales, por eso debía regresar a París en barco. La barcaza la llevaría río abajo hasta Marsella, donde trasladaría los libros a una nave de transporte marítimo con destino a Ruán, en la costa septentrional francesa. Desde allí, remontaría el río con rumbo al norte hasta París.

Cargaron sus cajas al día siguiente y, por la mañana, Guillaume la acompañó hasta el embarcadero. Sylvie se sentía mal aceptando todas sus atenciones cuando ella no tenía intención de darle lo que él realmente deseaba. Para acallar su conciencia, se dijo a sí misma que Guillaume la había ayudado por voluntad propia y que ella no lo había manipulado. No obstante, seguía sintiéndose culpable.

—Escríbeme cuando hayas vendido todos los libros —le dijo él—. Dime cuántos quieres y yo mismo iré a París para llevarte el pedido.

Sylvie no quería que Guillaume fuera a París. Él insistiría en cortejarla y a ella no le resultaría tan fácil evitar su compañía. Imaginó la comprometida situación en un abrir y cerrar de ojos, pero no podía despreciar su ofrecimiento. A cambio conseguiría toda una partida de libros sin tener que realizar ese largo y complicado viaje.

¿Sería hipócrita por su parte aceptar la oferta? Ella sabía muy bien por qué lo hacía. Sin embargo, no podía pensar solo en sí misma. Guillaume y ella compartían un deber sagrado.

—Eso sería maravilloso —dijo Sylvie—. Te escribiré.

—Estaré esperando con anhelo tu carta —dijo él—. Rezaré para que no tarde en llegar.

—Adiós, Guillaume —se despidió Sylvie.

V

Alison temía que el rey Francisco muriera. María quedaría viuda y dejaría de ser reina, y ella no sería más que la amiga de quien había ocupado el trono. ¿No merecían ambas disfrutar más tiempo de las regalías de la vida en la corte?

Todo el mundo se encontraba al borde de la desesperación por la enfermedad de Francisco. La muerte de un rey suponía siempre un momento de terrible incertidumbre. Una vez más, los hermanos De Guisa lucharían contra los Borbones y los Montmorency por el poder; una vez más, la auténtica religión tendría que combatir la herejía; una vez más, el poder y la riqueza quedarían en manos de aquellos capaces de reaccionar con más celeridad y luchar con más dureza.

Puesto que Francisco se sentía cada día más abatido, la reina Catalina mandó llamar a Alison McKay. La reina madre llevaba un imponente vestido de seda negra y complementaba su atuendo con unas carísimas joyas de diamantes.

—Lleva un mensaje a tu amigo Pierre —dijo.

Catalina tenía intuición femenina y, sin duda alguna, había adivinado los cálidos sentimientos que Alison profesaba por Pierre. La reina madre conocía todas las habladurías, por lo que era probable que supiera que él era un hombre casado y que esa relación estaba condenada al fracaso.

Alison se disgustó mucho por la confesión de Pierre. Se había permitido enamorarse del joven. Era inteligente y encantador, además de guapo y elegante. Ella había fantaseado con la idea de que se convertirían en la poderosa pareja que gobernase en la sombra, tras el trono, entregados el uno al otro y al rey y la reina, respectivamente. Tal como estaban las cosas, tendría que olvidar ese sueño.

—Por supuesto, majestad.

—Dile que necesito ver al cardenal Carlos y al duque Francisco el Acuchillado en la cámara de presencia dentro de una hora.

—¿Con relación a qué asunto debo anunciar?

La reina madre sonrió.

—Si te lo pregunta —dijo—, dile que lo ignoras.

Alison salió de la cámara de Catalina y recorrió los pasillos del Château Groslot. Los hombres y mujeres hacían reverencias a su paso. Ella no podía evitar disfrutar de tales deferencias, sobre todo en ese momento en que era consciente de que durarían muy poco.

Mientras caminaba se preguntaba qué andaría tramando Catalina. Sabía que la reina madre era astuta y estricta. Cuando Enrique murió, la reina se sintió en una posición débil, por eso se había aliado con los hermanos De Guisa; pero, en ese instante, aquella decisión parecía un error, pues Carlos y Francisco habían dejado a un lado a Catalina y habían manipulado al rey a través de la reina María. Alison tenía la sensación de que no engañarían a la reina madre con tanta facilidad una segunda vez.

Los hermanos De Guisa también tenían sus aposentos en el *château*, junto con la familia real. Entendían la importancia crucial de estar físicamente cerca del rey. Pierre, a su vez, sabía que debía permanecer próximo al cardenal Carlos. Estaba alojado en la taberna de Saint-Joan, en los alrededores de la catedral, pero Alison sabía que todas las mañanas llegaba a Groslot, donde ella se encontraba, antes de que los hermanos De Guisa se levantaran, y se quedaba hasta que se iban a dormir. De esa forma no se perdía detalle del día a día en palacio.

Lo encontró en la cámara del cardenal Carlos, en compañía de muchos otros asistentes y sirvientes. Pierre llevaba un jubón de piel azul sin mangas sobre una camisa blanca con bordados azules y gola. Siempre tenía un aspecto deslumbrante, en especial cuando se vestía de azul.

El cardenal seguía en sus aposentos, aunque sin duda ya estaba vestido y recibiendo visitas; Carlos no era en absoluto perezoso.

—Lo interrumpiré —le dijo Pierre a Alison al tiempo que se levantaba—. ¿Qué quiere Catalina?

—Se muestra muy misteriosa —comentó Alison—. Ambroise Paré ha examinado al rey esta mañana. —Paré era el cirujano real—. Pero, hasta el momento, solo Catalina conoce su diagnóstico.

—Quizá el rey esté recuperándose.

—O quizá no.

La felicidad de Alison, y la de María Estuardo, dependía de la inestable salud de Francisco. Podría haber sido distinto si María hubiera tenido un hijo, pero todavía no estaba encinta. La había visitado el médico recomendado por Catalina, pero la reina no compartió con Alison lo que este le había aconsejado.

—Si el rey Francisco muere sin ser padre de un varón, su hermano Carlos se convertirá en rey —sentenció Pierre con tono reflexivo.

Alison asintió en silencio.

—Pero Carlos tiene solo diez años, así que alguien tendrá que gobernar como regente.

—Y ese puesto corresponde automáticamente al primer príncipe en la línea sucesoria, que resulta ser Antonio de Borbón.

—Nuestro gran enemigo.

Alison imaginó una auténtica pesadilla. En su aciaga predicción, la familia de Guisa perdía toda su influencia, y María Estuardo y ella se convertían en dos mujeres sin relevancia alguna ante las cuales nadie se molestaba en hacer reverencias.

Estaba segura de que Pierre compartía esa funesta visión, aunque percibió que él ya estaba pensando en cómo revertirla. Su aliado jamás parecía desalentado, y eso le gustaba.

—Entonces, si muere Francisco —dijo Pierre—, el reto al que tendremos que enfrentarnos será anular a Antonio. ¿Crees que es eso lo que Catalina quiere discutir con los hermanos De Guisa?

Alison sonrió.

—Si alguien te lo pregunta, dile que lo ignoras.

Una hora más tarde, Alison y Pierre se encontraban reunidos con el duque Francisco el Acuchillado y el cardenal Carlos, en medio de la suntuosa decoración de la cámara de presencia. El fuego ardía en una gigantesca chimenea. Para sorpresa de Alison, Antonio de Borbón también se encontraba allí. Los rivales se quedaron mirándose entre sí desde ambos extremos de la cámara. El duque estaba rojo de ira, y Carlos se toqueteaba la barba dándole forma puntiaguda, como hacía siempre que hervía de rabia por dentro. Antonio parecía asustado.

¿Por qué habría reunido Catalina a dos enemigos mortales? ¿Acaso quería instigar un enfrentamiento para ver qué facción prevalecía en caso de fallecer Francisco?

Los demás presentes en la sala eran cortesanos de primer orden, la mayoría miembros del Consejo Privado del rey, y todos ellos parecían desconcertados. Por lo visto, nadie tenía la menor idea de qué estaba pasando. ¿Antonio de Borbón iba a ser asesinado delante de todas aquellas personas? El asesino, Charles de Louviers, no se hallaba presente.

No cabía duda de que algo trascendental estaba a punto de suceder, pero Catalina había hecho lo posible por mantenerlo en secreto. Ni siquiera Pierre lo sabía y, por lo general, él lo sabía todo.

Era poco frecuente, o eso pensaba Alison, que la reina madre tomara una iniciativa de esa clase. No obstante, podía ser muy astuta. Alison recordó la pequeña bolsa de sangre que Catalina había proporcionado para la noche de bodas de María Estuardo. También recordaba los gatitos, y se dio cuenta de que esa mujer poseía una dureza que solía ocultar.

La reina madre entró, y todos le dedicaron una profunda reverencia. Alison jamás la había visto con un aspecto tan imponente, y comprendió que el vestido de seda negra y los diamantes que lucía cuando habló con ella eran un símbolo deliberado de autoridad. En ese momento vestía el mismo atuendo, aunque había añadido un tocado similar a una corona. Cruzó la sala seguida por cuatro soldados a los que Alison no había visto antes. ¿De dónde habían salido? La acompañaban además dos secretarios con un escritorio portátil y utensilios de escritura.

Catalina se sentó en el trono que por lo general ocupaba Francisco. Alguien lanzó un suspiro ahogado.

La reina madre llevaba dos pliegos de papel en la mano izquierda.

Los secretarios se instalaron frente al escritorio y los guardaespaldas se situaron por detrás de Catalina.

—Mi hijo Francisco está muy enfermo —anunció la reina.

Alison y Pierre intercambiaron una mirada. «¿Mi hijo?» ¿Y no «Su Majestad el rey»?

—Los cirujanos no pueden hacer nada por él —prosiguió Catalina. Se le quebró la voz en un momento de debilidad maternal, y se enjugó las lágrimas con un pañuelo de encaje—. El doctor Paré me ha comunicado que Francisco fallecerá dentro de pocos días.

«¡Eso era! —pensó Alison—. Nos ha convocado por la sucesión.»

—He mandado llamar a mi segundo hijo —dijo Catalina—, Carlos Maximiliano, que ha llegado desde Saint-Germain-en-Laye y se encuentra conmigo aquí y ahora.

Eso sí que era una novedad para Alison. Catalina había actuado con rapidez y astucia. En el peligroso momento en que un rey sucedía a otro, el poder podía recaer en quien quisiera que tuviera influencia en el nuevo monarca. Catalina había ido un paso por delante de todos.

Alison volvió a mirar a Pierre, que se había quedado boquiabierto por la sorpresa.

—¡Ninguno de tus espías nos lo ha advertido! —le susurró el cardenal Carlos, furioso.

—Se les paga para que espíen a los protestantes, no a la familia real —repuso Pierre a la defensiva.

Catalina separó los dos pliegos de papel que tenía en la mano y levantó uno de ellos.

—Sin embargo —prosiguió—, el rey Francisco ha sacado fuerzas de flaqueza para firmar la orden de ejecución de Luis de Borbón, príncipe de Condé.

Numerosos cortesanos lanzaron un grito ahogado. Luis había sido acusado de traición, pero hasta ese momento el rey había dudado sobre su ejecución. Matar a un príncipe de la línea sucesoria era una medida extrema; Europa entera quedaría horrorizada. Solo los hermanos De Guisa se sentirían felices de ver a Luis muerto. Aunque parecía que iban a salirse con la suya, como ya era habitual. Daba la impresión de que Catalina quería garantizar la continuidad del reinado de la familia de Guisa.

La reina madre agitó el papel. Alison se preguntó si el rey de verdad lo habría firmado, pues nadie había llegado a verlo.

Antonio tomó la palabra.

—Os lo suplico, majestad —dijo—. Por favor, no ejecutéis a mi hermano. Os juro que es inocente.

—¡Ninguno de vosotros es inocente! —espetó Catalina. Alison jamás la había oído usar ese tono de voz—. La pregunta más trascendental que está haciéndose el rey es si ambos debéis morir.

Antonio era obstinado en el campo de batalla y timorato en cualquier otro contexto, y en ese momento adoptó una actitud servil.

—Os lo ruego, majestad, perdonadnos la vida. Os juro que somos leales al rey.

Alison se quedó mirando a los hermanos De Guisa. Apenas eran capaces de ocultar su euforia. Sus enemigos estaban siendo vilipendiados en el momento apropiado.

—Si el rey Francisco muere —dijo Catalina— y mi segundo hijo de diez años se convierte en el rey Carlos IX, ¿cómo ibas a ser el regente tú, Antonio, si has participado en una conspiración contra su predecesor?

No existía prueba alguna de que los dos Borbones hubieran conspirado contra el rey Francisco, pero Antonio optó por dar un giro a la discusión.

—Yo no quiero ser regente —afirmó con desesperación—. Renunciaré a la regencia. Solo os pido que perdonéis la vida a mi hermano, y a mí.

—¿Renunciarías a la regencia?

—Por supuesto, majestad, vuestros deseos son órdenes.

Alison sospechaba que el objetivo de Catalina, desde el comienzo de la reunión, había sido conseguir que Antonio pronunciara precisamente esas palabras. Lo que la reina hizo a continuación confirmó sus suposiciones.

Catalina levantó el segundo pliego de papel.

—En ese caso, quiero que firmes este documento delante de la corte en pleno, aquí presente. En él declaras que renuncias a tu derecho a la regencia en favor de... otra persona. —Miró de forma significativa a Francisco el Acuchillado, pero no lo nombró.

—Firmaré lo que sea —aseguró Antonio.

Alison se percató de que el cardenal Carlos estaba sonriendo de oreja a oreja. Eso era exactamente lo que querían los hermanos De Guisa. Controlarían al nuevo rey y seguirían aplicando su política de exterminio de protestantes. No obstante, Pierre estaba ceñudo.

—¿Por qué ha actuado por su cuenta y riesgo? —le preguntó a Alison entre susurros—. ¿Por qué no ha involucrado a los De Guisa en la intriga?

—Quizá quiera dejar clara su postura de poder —sugirió Alison—. Han estado ignorándola en gran medida desde el fallecimiento del rey Enrique.

Catalina entregó el documento al secretario, y Antonio dio un paso al frente.

El Borbón leyó el documento, que era breve. En un momento dado pareció sorprendido y levantó la cabeza para mirar a Catalina.

—¡Firma de una vez por todas! —exhortó la reina con su nuevo tono imperativo.

Uno de los secretarios mojó la pluma en el tintero y se la ofreció a Antonio.

El de Navarra estampó su rúbrica.

Catalina se levantó del trono con la orden de ejecución en la mano. Se dirigió hacia la chimenea y lanzó el documento a las ascuas incandescentes. El papel ardió en cuestión de segundos y desapareció para siempre.

«Ahora nadie sabrá jamás si el rey Francisco de verdad la había firmado», pensó Alison.

Catalina volvió a ocupar su puesto en el trono. Estaba claro que todavía no había acabado.

—La ascensión al trono del rey Carlos IX marcará el comienzo de una época de reconciliación en Francia.

¿Reconciliación? Alison opinaba que la actuación de la reina no era forma de apaciguar a nadie. Más bien parecía una victoria rotunda para la familia de Guisa.

—Antonio de Borbón —prosiguió Catalina—, serás nombrado lugarteniente general de Francia, en reconocimiento a tu voluntad de compromiso.

«Esa ha sido su recompensa», pensó Alison; el premio de consolación. Aunque con aquel nombramiento, la reina, además, impedía su rebelión. La joven se quedó mirando a los hermanos De Guisa. No estaban satisfechos con el desarrollo de los acontecimientos, aunque el cargo era una nadería en comparación con la regencia.

—Antonio, por favor —dijo Catalina—, lee en voz alta el documento que acabas de firmar ante la corte en pleno.

El Borbón levantó el pliego de papel y se volvió hacia el público allí presente. Parecía satisfecho. Tal vez el cargo de lugarteniente general de Francia fuera un título que anhelaba hacía tiempo.

—Yo, Antonio de Borbón —empezó a leer—, rey de Navarra…

—Ve directamente a la parte sustancial —lo interrumpió Catalina.

—Renuncio a mi derecho a la regencia y transfiero todos mis poderes, a tal efecto, a Su Alteza Real la reina Catalina, reina madre.

Alison lanzó un suspiro ahogado.

Francisco el Acuchillado se levantó de un salto.

—¡¿Cómo?! —exclamó a voz en cuello, furioso—. ¿No me los transfiere a mí?

—A vos no —aclaró Antonio con serenidad.

El duque se acercó a él. Antonio entregó el documento a Catalina. El De Guisa se volvió hacia ella. Los guardaespaldas de la reina se aproximaron más a su señora, estaba claro que habían sido advertidos de esa posibilidad. El Acuchillado se detuvo, impotente. Las cicatrices de su rostro adquirieron un tono parduzco cuando se puso rojo de ira.

—¡Esto es intolerable! —gritó.

—¡Guarda silencio! —espetó Catalina—. ¡No te he mandado llamar para que hables!

Alison estaba estupefacta. Catalina había engañado a todo el mundo y se había hecho con el poder. Se había convertido en monarca de Francia a todos los efectos. Quien dirigiría su destino no sería ni la familia de Guisa ni los Borbón-Montmorency; sería la mismísima Catalina de Médici. Se había colado entre los dos gigantes y los había inutilizado a ambos. ¡Qué retorcida! Nadie había sospechado, ni remotamente, cuál era su plan. Con habilidad y firmeza, había llevado a cabo una maniobra que en realidad era un auténtico golpe de Estado. A pesar de su enojo y su decepción, Alison no podía evitar sentir, al mismo tiempo, admiración por la estrategia de Catalina.

No obstante, la reina madre todavía no había terminado.

—Y ahora —dijo—, para sellar la paz ganada hoy, el duque de Guisa abrazará al rey de Navarra.

Para el Acuchillado aquella era la humillación definitiva.

Francisco y Antonio se miraron con intensidad.

—Hacedlo, por favor —dijo Catalina—. Yo os lo ordeno.

Fue Antonio quien se movió primero, pisando con firmeza las baldosas multicolores en dirección al duque. Ambos hombres tenían prácticamente la misma edad, pero el parecido terminaba ahí. Antonio exhibía un aire apático y, bajo su bigote, lucía la sonrisa hipócrita de quien se sabe obligado a pasar por el aro; Francisco el Acuchillado era un hombre curtido, demacrado, desfigurado y maligno. No obstante, Antonio no era estúpido. Se detuvo a un metro del duque y abrió los brazos de par en par.

—Yo obedezco a Su Majestad la reina madre.

El duque no podía ser menos.

Se detuvo mirando a Antonio, y ambos hombres compartieron el abrazo más breve posible; luego se separaron, como si temieran contraer la peste.

Catalina sonrió y aplaudió, y los demás miembros de la corte la secundaron.

VI

En el bullicioso puerto mediterráneo de Marsella, Sylvie trasladó su cargamento de la barcaza a un barco mercante destinado al comercio por mar. La nave la llevó a través del estrecho de Gibraltar, por la bahía de Vizcaya, donde sufrió unos terribles mareos, por el Canal y, a continuación, remontando el río Sena, hasta Ruán, el puerto más importante al norte de Francia.

Un tercio de la ciudad era protestante, y Sylvie acudió a un oficio dominical, cuya verdadera naturaleza apenas se ocultaba y se celebraba en una auténtica iglesia. Allí podría haber vendido todos sus libros. Sin embargo, la necesidad era mayor en el París católico; además, allí los precios también eran más elevados.

Corría el mes de enero de 1561, y en Francia todo eran buenas noticias. Después de la muerte del rey Francisco II, su madre, la reina Catalina, había tomado el mando y había depuesto a los hermanos De Guisa de algunos de sus cargos políticos. Había proclamado nuevas normativas que facilitaban la vida a los protestantes, aunque no fueran leyes en el sentido más formal. Todos los presos religiosos debían ser puestos en libertad, se suspendieron los juicios por herejía y fue abolida la pena capital por dicha acusación. Los protestantes, a los que a partir de entonces Sylvie oía llamar por el apodo de «hugonotes», estaban exultantes.

Sin embargo, vender libros prohibidos era considerado herejía, y seguía siendo delito.

Mientras navegaba río arriba rumbo a París, con la bodega de la nave ocupada por sus cajas, se sentía llena de esperanza y miedo a partes iguales. Llegó una fría mañana de febrero al muelle de la Grève, donde docenas de barcos mercantes y naves de todas clases se encontraban amarrados en las riberas o anclados en mitad del mar.

Sylvie envió un mensaje a su madre para avisarle de que había llegado, y una nota a Luc Mauriac en la que decía que esperaba verlo pronto para agradecerle en persona su ayuda en la planificación de su exitosa travesía. A continuación recorrió a pie la corta distancia hasta el edificio de la aduana, ubicada en la place de Grève. Si iba a meterse en algún lío, todo empezaría allí.

Entregó los recibos que había falsificado hasta el último detalle con la ayuda de Guillaume, con los que demostraba que había comprado ciento diez cajas de papel a un fabricante ficticio de Fabriano.

También sacó su bolsa de monedas, dispuesta a pagar las tasas arancelarias.

Mostró los recibos al secretario de turno.

—¿Papel? —preguntó el hombre—. ¿Papel en blanco, sin nada escrito ni impreso en él?

—Mi madre y yo vendemos papel y tinta a los estudiantes —explicó.

—Has comprado mucha cantidad.

Ella intentó esbozar una sonrisa.

—Hay muchos estudiantes en París... por suerte para mí.

—Y has recorrido un largo camino para conseguirlo. ¿Es que no tenemos nuestros propios fabricantes de papel en Saint-Marcel?

—El papel italiano es mejor... y más barato.

—Tendrás que hablar con el jefe. —Le devolvió la documentación y le señaló un banco—. Espera ahí.

Sylvie se sentó con sensación de estar abocada a un inevitable destino aciago. Bastaría con que abrieran las cajas y las inspeccionaran. Tenía la sensación de que ya conocían su culpabilidad y de que ella estaba allí esperando la sentencia. La tensión resultaba difícil de soportar. Prácticamente deseaba que la metieran en prisión y acabar con aquella agonía de una vez por todas.

Intentó distraerse observando cómo se hacían allí los negocios, y se dio cuenta de que la mayoría de los hombres que entraban por la puerta eran conocidos de los funcionarios. La documentación que exhibían era tratada con eficiencia y despreocupación, pagaban las tasas y se marchaban. Qué afortunados.

Tras una hora de angustiosa espera, la llevaron al piso de arriba por unas escaleras, hasta un despacho más amplio ocupado por el administrador adjunto, Claude Ronsard, un individuo de mirada resentida, ataviado con un jubón de piel marrón y un bonete de terciopelo. Mientras insistía en formularle todo el tiempo las mismas preguntas, Sylvie a su vez se preguntaba, incómoda, si tendría que pagar un soborno a alguno de ellos. No se había percatado de que eso ocurriera en la planta de abajo, aunque supuso que no podía hacerse abiertamente.

—Tu cargamento debe ser sometido a inspección —dijo al final Ronsard.

—Muy bien —accedió ella; intentó forzar un tono despreocupado, como si fuera una molestia menor, pero le palpitaba el corazón.

Sacudió la bolsa de monedas con discreción, para indicar que estaba dispuesta a pagar un soborno, pero Ronsard pareció no inmutarse siquiera. Tal vez solo aceptara esa clase de pagos de personas a las que conocía muy bien. En ese momento, Sylvie no sabía qué hacer para salvar su cargamento... o su propia vida.

Ronsard se levantó y ambos salieron del despacho. A Sylvie le temblaba todo el cuerpo y caminaba con dificultad, aunque el hombre se mostraba totalmente indiferente a sus síntomas de malestar. Mandó llamar al secretario con el que ella había hablado primero, y se dirigieron todos juntos hacia el amarradero.

Para sorpresa de Sylvie, su madre se encontraba allí. Había contratado los servicios de un hombre que poseía un pesado carromato de cuatro ruedas para transportar las cajas al almacén de la rue du Mur. Sylvie le explicó a Isabelle la situación y su madre pareció asustarse.

Ronsard y el secretario subieron a bordo y seleccionaron una caja para su descarga y posterior registro. El porteador la bajó del barco y la depositó en el muelle. Estaba hecha de madera ligera, sellada con clavos y, en un lateral, llevaba la inscripción en italiano CARTA DI FABRIANO.

Sylvie pensó que era muy poco probable que, después de haberse tomado todas esas molestias, no vaciaran su contenido. Entonces encontrarían en su interior cuarenta biblias de Ginebra en francés, rematadas con sus incendiarios apuntes protestantes en los márgenes.

El porteador abrió el embalaje con una palanca. Allí, en la superficie, había varias resmas de papel en blanco.

En ese momento llegó Luc Mauriac.

—Ronsard, amigo mío, he estado buscándote —dijo con ánimo desenfadado. Llevaba una botella—. Ha llegado una partida de vino de Jerez, y se me ha ocurrido que deberías catarlo para asegurarte de que, bueno..., ya sabes, está todo correcto. —Guiñó un ojo de forma exagerada.

Sylvie no podía apartar la vista de la caja. Justo debajo de esas resmas de papel estaban los ejemplares de la Biblia que habrían supuesto su condena.

Ronsard estrechó la mano de Luc con calidez, tomó la botella y presentó al secretario.

—Estábamos a punto de inspeccionar el cargamento de esta mujer —dijo señalando a Sylvie.

Luc miró a la joven y fingió sorpresa.

—Saludos, mademoiselle, ¿ya estáis de regreso? No debes preocuparte por ella, Ronsard. La conozco bien: vende papel y tinta a los estudiantes en la margen izquierda.

—¿De veras?

—Oh, sí; yo respondo por ella. Escucha, viejo amigo, acabo de recibir un cargamento de pieles del Báltico y hay una de zorro dorado que le sentaría de maravilla a madame Ronsard. Ya estoy imaginándome su cabellera cayendo sobre ese cuello de piel. Si te gusta, el capitán te la dará como gesto de buena voluntad..., ya sabes a qué me refiero. Ven conmigo a echarle un vistazo.

—Desde luego que sí —accedió Ronsard con entusiasmo, y volviéndose a su secretario, dijo—: Firma la documentación de la joven.

Luc y él marcharon cogidos del brazo.

Sylvie estuvo a punto de desmayarse de lo aliviada que se sentía.

Pagó la tasa arancelaria al secretario. Este le pidió un escudo de oro «por la tinta», que era evidentemente su comisión bajo mano, pero Sylvie pagó sin rechistar y el hombre se marchó feliz y contento.

Después, el porteador empezó a cargar las cajas de la joven en su carromato.

VII

A principios de 1561, la reina Isabel encomendó su primera misión internacional a Ned Willard. Él se sentía abrumado por el peso de la responsabilidad y estaba ansioso por realizar su cometido con éxito.

Recibió instrucciones de sir William Cecil en su bonita y nueva casa, ubicada en la Strand, sentado frente a una ventana panorámica de la parte trasera de la vivienda, con vistas a los campos de Covent Garden.

—Queremos que María Estuardo se quede en Francia —dijo Cecil—. Si se marcha a Escocia como reina, tendremos problemas. Allí el equilibrio entre credos religiosos es delicado, y una soberana tan devotamente católica podría provocar una guerra civil. En tal caso, si ella venciera a los protestantes y ganara la contienda, volcaría su atención en Inglaterra.

Ned lo entendía. María Estuardo era la reina por derecho de Inglaterra a ojos de la gran mayoría de los mandatarios europeos. Y se convertiría en una amenaza incluso mayor para Isabel si cruzaba el Canal.

—Y, por el mismo motivo —intervino Ned—, supongo que la familia de Guisa la quiere en Escocia.

—En efecto. Por lo tanto, tu misión consistirá en convencerla de que es mejor que se quede donde está.

—Haré cuanto esté en mi mano —dijo Ned, aunque en ese momento no podía ni imaginar cómo iba a hacerlo.

—Vamos a enviarte con su hermano.

—¡Si ella no tiene hermano! —Ned sabía que María era la única hija del rey Jaime V de Escocia y su reina, María de Guisa.

—Tiene muchos hermanos —dijo Cecil resoplando con exasperación—. Su padre fue infiel a su esposa hasta unos niveles que resultan increíbles incluso para las costumbres de los reyes, y tuvo al menos nueve hijos bastardos. —Cecil, nieto de un posadero, sentía el desprecio típico de la clase media hacia los vicios de la realeza—. Este se llama Jacobo Estuardo. María Estuardo lo tiene en buena estima, aunque él sea protestante. También él quiere que ella se quede en Francia, donde no pueda causar grandes problemas. Te infiltrarás fingiendo ser su secretario; no queremos que los franceses sepan que la reina Isabel está interfiriendo en esta cuestión.

Jacobo resultó ser un hombre solemne de pelo rubio, de unos veintiocho o veintinueve años, que vestía un jubón de piel marrón claro tachonado de joyas. Toda la nobleza escocesa hablaba francés, aunque algunos lo hacían mejor que otros; el francés de Jacobo era torpe y con un marcado acento inglés, pero Ned podría ayudarlo a mejorar.

Viajaron en barco hasta París, una travesía relativamente cómoda en esa época, pues Inglaterra y Francia ya no estaban en guerra. Una vez llegados a su destino, a Ned le defraudó saber que María Estuardo había ido a Reims a celebrar la Pascua.

—La dinastía de Guisa se ha retirado en masa a la Champaña para lamerse las heridas —le dijo sir Nicholas Throckmorton, el embajador inglés. Throckmorton era un hombre de mirada penetrante, de unos cuarenta años, con una barba que todavía conservaba su juvenil tono castaño rojizo. Vestía un jubón de piel negro con discretos puños rizados, aunque bordados de forma exquisita, al igual que su gola—. La reina Catalina los superó en astucia y con brillantez en Orleans, y desde entonces nadie le ha presentado batalla de forma contundente, lo que ha dejado frustrados a los De Guisa.

—Hemos oído que se han producido revueltas protestantes durante la Pascua —dijo Ned.

Throckmorton asintió en silencio.

—En Angers, Le Mans, Beauvais y Pontoise. —Ned quedó impresionado por lo detallado de su información—. Como ya sabes, a los supersticiosos católicos les encanta organizar desfiles en los que portan objetos sagrados por las calles. Nosotros, los ilustrados protestantes, sabemos que venerar imágenes y reliquias constituye pecado de idolatría, y algunos de nuestros más apasionados hermanos han atacado las procesiones.

Los protestantes violentos enfurecían a Ned.

—¿Por qué no pueden contentarse sencillamente con no tener ídolos en sus lugares sagrados? Deberían dejar a Dios la tarea de juzgar a quienes estén en desacuerdo con ellos.

—Quizá —dijo Throckmorton. Era un protestante más extremista que Ned, al igual que muchos de los hombres más relevantes al servicio de Isabel, entre los que se contaba Cecil, aunque la propia reina fuera más bien moderada.

—Sin embargo, Catalina parece proclive a contener ese tipo de exaltación —dijo Ned.

—Sí. Se muestra reticente a confrontar la violencia con violencia. Siempre intenta evitar que los altercados suban de intensidad. Una vez pasada la Pascua, los ánimos se han calmado.

—Es una mujer juiciosa.

—Tal vez —afirmó Throckmorton de nuevo. Acto seguido, añadió, cuando Ned ya se iba—: En Reims, ten mucho cuidado con Pierre Aumande de Guisa, un muchacho un par de años mayor que tú que se encarga de los trabajos sucios de la familia.

—¿Y por qué debería andarme con cuidado?

—Es tremendamente ponzoñoso.

—Gracias por la advertencia.

Ned y Jacobo viajaron a Reims en una barcaza que los llevó por el Sena y luego hasta el Marne; era una forma lenta de viajar, aunque más cómoda que tres o cuatro jornadas a caballo. Sin embargo, una nueva decepción los aguardaba en la gran ciudad de la Champaña: María Estuardo se había marchado e iba de camino a visitar a su primo Carlos, duque de Lorena.

Siguiendo sus pasos, esta vez sí a caballo, Ned habló con todo el que encontró por el camino, como siempre, para recabar información. Quedó desconcertado al saber que no eran las únicas personas que iban a la zaga de María Estuardo. John Leslie, un sacerdote escocés que Ned supuso que debía de ser un enviado de los católicos escoceses, les llevaba uno o dos días de ventaja. El mensaje que este individuo portaba para María era de signo contrario al suyo.

Ned y Jacobo por fin alcanzaron a María en el castillo real de Saint-Dizier, una fortaleza amurallada de ocho torres. Dieron sus nombres y fueron conducidos hasta el salón principal. Transcurridos unos pocos minutos, se encontraban frente a un atractivo joven de aire arrogante que parecía disgustado de verlos.

—Soy Pierre Aumande de Guisa —dijo.

Jacobo y Ned se levantaron.

—¿Pariente de mi hermana, la reina María?

—Por supuesto. —Pierre se volvió hacia Ned—. ¿Y vos, señor?

—Ned Willard, secretario de Jacobo Estuardo.

—¿Y qué están haciendo aquí dos protestantes escoceses?

Ned se sintió encantado de que Pierre se hubiera dejado engañar por su falsa identidad. Podría resultar más fácil persuadir a María si ella creía que el mensaje procedía de un pariente escocés y no de un rival inglés.

Jacobo no se inmutó ante los malos modos de Pierre.

—He venido para hablar con mi hermana —respondió con serenidad.

—¿Con qué propósito?

Jacobo sonrió.

—Vos decidle que Jacobo Estuardo está aquí.

Pierre elevó la barbilla con gesto de altivez.

—Preguntaré si la reina María desea concederos audiencia.

A Ned le quedó claro que Pierre haría cuanto estuviera en su mano para impedir el encuentro.

Jacobo se sentó y se volvió hacia otro lado. Al fin y al cabo, tenía sangre real y había sido ya mucho más cortés de lo estrictamente necesario con un joven asistente.

Pierre tenía expresión iracunda, pero se marchó de la estancia sin decir nada más.

Ned se acomodó para esperar. El castillo bullía de actividad, y los sirvientes que acompañaban a los visitantes de la realeza pasaban cruzando el salón sin parar. Transcurrieron hasta dos horas de espera.

Una joven de la edad de Ned entró en la sala. Resultaba evidente por el vestido de seda rosa y la diadema de perlas con la que tocaba sus cabellos negros que no se trataba de una doncella. Su mirada de ojos azules era perspicaz cuando se volvió para dirigirse a Ned. Sin embargo, cuando vio a Jacobo, sonrió.

—¡Qué sorpresa! —exclamó ella—. ¡Lord Jacobo! ¿Me recuerdas? Soy Alison McKay, nos conocimos en la boda de María.

Jacobo se levantó e hizo una reverencia. Ned hizo lo propio.

—Por supuesto que te recuerdo —dijo Jacobo.

—¡No sabíamos que estabas aquí!

—He dado mi nombre a un individuo llamado Pierre no sé qué más.

—¡Oh! Le han ordenado que mantenga alejadas de María a personas como vosotros. Pero ella te recibirá, por supuesto. Permítame que le diga que estás aquí, luego enviaré a alguien a buscaros… a ambos. —Se quedó mirando a Ned con gesto interrogante.

—Es mi secretario —explicó Jacobo—, Ned Willard.

Ned repitió la reverencia. Alison le dedicó una fugaz inclinación de cabeza y luego salió.

—¡Ese mequetrefe, ese tal Pierre, ni siquiera ha anunciado a María que habíamos llegado! —exclamó Jacobo.

—Ya me habían advertido sobre su malicia —repuso Ned.

Transcurridos unos minutos, un sirviente los acompañó desde el salón hasta una sala pequeña y confortable. Ned estaba nervioso. Esa era la reunión para la que habían viajado desde tan lejos. Tanto su reina, Isabel, como su maestro y mentor, Cecil, habían depositado su fe en él. Desearía haber tenido la misma fe en sí mismo.

Poco después, María Estuardo entró en la sala.

Ned ya la había visto en una ocasión anterior, aunque volvió a sorprenderle lo alta que era y su apabullante hermosura. Su piel era blanca como el mármol y sus cabellos de un rojo intenso. Solo tenía dieciocho años, aunque su aplomo resultaba sorprendente, y avanzaba como un barco por un mar en calma, con la cabeza alta sobre su alargado y grácil cuello. Su período oficial de duelo había tocado a su fin, pero ella todavía vestía de blanco, el color del luto.

Alison McKay y Pierre Aumande de Guisa caminaban por detrás de ella.

Jacobo hizo una profunda reverencia, pero María fue directamente hacia él y lo besó.

—Eres un hombre inteligente, Jacobo —dijo—. ¿Cómo has sabido que estaba en Saint-Dizier?

—Me ha costado un tiempo localizarte —reconoció él con una sonrisa.

María tomó asiento y los invitó a hacer lo mismo.

—Me han dicho que debería regresar a Escocia, como el sol de un nuevo amanecer, para disipar las nubes del tumulto religioso que está ensombreciendo el país.

—Supongo que has estado hablando con John Leslie —dijo Jacobo.

Eso era precisamente lo que Ned temía. Leslie había contactado con ella primero, y lo que le había dicho, sin duda alguna, la había deslumbrado.

—¡Lo sabes todo! —exclamó María. Resultaba evidente que admiraba a su medio hermano—. Dice que si viajo en barco hasta Aberdeen, él tendrá un ejército de veinte mil hombres esperándome para marchar conmigo hasta Edimburgo y derrocar el Parlamento protestante como glorioso gesto de iluminación cristiana.

—No lo habrás creído, ¿verdad? —preguntó Jacobo.

Mucho temía Ned que María sí lo creía. Empezaba a darse cuenta de que la joven era muy impresionable. Su pose y su gracia eran dignas de una reina, pero no había captado señal alguna de que poseyera ese sabio escepticismo tan esencial para los monarcas que recibían lisonjas por doquier.

María ignoró la pregunta de Jacobo alegremente.

—Si decido regresar a Escocia —dijo—, voy a nombrarte arzobispo.

Todos los presentes en la sala quedaron sorprendidos. Como reina de Escocia no nombraría obispos, a diferencia del monarca de Francia, que sí tenía ese poder. Sin embargo, Jacobo puso otra clase de objeción.

—No soy católico —señaló.

—Pero debes convertirte —afirmó María con tono enérgico.

Jacobo se resistió a la vitalidad de su medio hermana.

—He venido aquí para pedirte que te conviertas al protestantismo —anunció con tono sombrío.

Ned frunció el ceño. Esa no era en absoluto su misión.

La respuesta de María fue firme.

—Soy católica y mi familia es católica. No puedo cambiar.

Ned vio cómo Pierre asentía con la cabeza. No cabía duda de que la idea de que una De Guisa se convirtiera al protestantismo le horrorizaba.

—Si no te conviertes —dijo Jacobo—, ¿serás al menos tolerante? Los protestantes te serán leales si les dejas vivir su fe como desean.

A Ned no le gustaba el derrotero que estaba tomando la conversación. Su misión consistía en convencer a María de que permaneciera en Francia.

Pierre también parecía incómodo, aunque estaba claro que por otro motivo: el concepto de tolerancia era una abominación para los ultracatólicos.

—¿Y los protestantes tratarían a los católicos con la misma tolerancia? —le preguntó María a Jacobo.

Ned habló por primera vez.

—Desde luego que no —dijo—. En la actualidad es un delito celebrar la misa en Escocia.

Pierre intervino.

—Os equivocáis, monsieur Willard —lo corrigió—. La misa no es un delito.

—¡El Parlamento escocés ha aprobado una ley que así lo decreta!

—Ese Parlamento, constituido por los propios escoceses y por nadie más, quizá haya aprobado una propuesta de ley —repuso Pierre—, pero solo el monarca puede transformar esa sugerencia en mandato legal, y Su Majestad la reina María no ha dado su consentimiento real.

—En eso no os falta razón —concedió Ned—. Lo que ocurre es que no deseo que Su Majestad sea mal informada en lo relativo al grado de tolerancia que prevalece en Escocia.

—¿Y en nombre de quién habláis al afirmar tal cosa, monsieur Willard?

Por lo visto, Pierre había supuesto que Ned era algo más que un secretario. Ned no respondió a la pregunta. Habló directamente a María.

—Majestad, aquí en Francia sois duquesa, poseéis tierras, tenéis dinero y el apoyo de familiares acaudalados y poderosos. En Escocia todo cuanto os aguarda es conflicto.

—En Francia —dijo María— soy la viuda de un rey. En Escocia soy reina.

Ned se dio cuenta de que no estaba logrando convencerla.

—¿Qué pensaría la reina Isabel, monsieur Willard —preguntó Pierre—, si Su Majestad la reina María regresara a Escocia?

Era una pregunta trampa. Si Ned respondía, se delataría como enviado de la reina Isabel. Así que fingió no haberla escuchado.

—Nosotros los escoceses solo sabemos lo que oímos. Tened en cuenta que en Reims estáis más próximos a Londres que nosotros en Edimburgo.

Pierre no se dejó embaucar por la cuestión de la distancia.

—Y bien, ¿qué habéis oído vosotros los escoceses?

Ned respondió con cautela:

—A ningún monarca le gusta que le digan que otra persona aspira a ocupar el trono, y, por lo visto, la reina Isabel se sintió abatida cuando el rey Francisco y la reina María se proclamaron monarcas de Inglaterra e Irlanda, así como de Francia y Escocia. No obstante, entendemos que Isabel crea firmemente en el derecho de María a gobernar Escocia, y no se interpondría en su camino.

Eso no era del todo cierto. Isabel estaba destrozada. Su convicción ideológica en la primacía de la herencia real entraba en conflicto con el miedo a María como rival a la hora de ocupar su propio trono. Era el motivo por el que deseaba que la joven Estuardo permaneciera en Francia sin dar problemas.

Pierre seguramente lo sabía, aunque fingió tomarse en serio a Ned.

—Es bueno saberlo —comentó—, porque los escoceses aman a su reina. —Se volvió hacia María—. La recibirán entre vítores y fogatas.

María sonrió.

—Sí —afirmó—. Creo que así será.

«Pobre estúpida», pensó Ned.

Jacobo estuvo a punto de decir algo, sin duda alguna para expresar con tacto lo que Ned había pensado con tanta brutalidad, pero María lo interrumpió.

—Ya es mediodía —advirtió—. Vayamos a comer algo. Así podemos seguir conversando. —Se levantó y todos la emularon.

Ned supo que había perdido la batalla, aunque hizo un último intento.

—Majestad —dijo—, creo que no sería inteligente que regresarais a Escocia.

—¿Eso pensáis? —preguntó María con pompa regia—. Pues, de todas formas, yo creo que sí debería ir.

VIII

Pierre se quedó en la Champaña la mayor parte del siguiente año, pero detestaba estar allí. Se sentía impotente en la campiña. Los De Guisa habían perdido toda su influencia en la corte, y la reina Catalina estaba manteniendo la paz, únicamente, entre católicos y protestantes. Él no podía hacer nada al respecto mientras se encontrara a unos cientos de kilómetros de París. Por otra parte, no le gustaba estar tan cerca de su lugar de nacimiento, donde los habitantes conocían los detalles sobre sus humildes orígenes.

A finales del mes de febrero de 1562, se unió al duque Francisco el Acuchillado con entusiasmo, cuando el noble dejó su residencia campestre en Joinville y partió hacia la capital. Era la oportunidad de Pierre para volver a entrar en escena.

El viaje empezó por los angostos caminos de tierra entre los campos recién arados y los viñedos desprovistos de hojas por el invierno. Era un día frío y soleado. El duque iba escoltado por doscientos hombres armados, encabezados por Gaston Le Pin. Algunos de los soldados portaban unas modernas espadas llamadas roperas. No tenían uniforme propio, pero muchos lucían los intensos colores del ducado: rojo y amarillo. Parecían las huestes de un ejército invasor.

Francisco el Acuchillado pasó la última noche de febrero en el pueblo de Dommartin. Allí se reunió con un hermano más joven, el cardenal Luis, apodado «cardenal Botellas» debido a su afición al vino. El ejército armado fue reforzado por el cuerpo de arcabuceros de Luis.

Los arcabuces eran armas de cañón largo, llamadas *arquebus* en francés por su culata con forma levemente arqueada. Eran lo bastante ligeras para ser disparadas apoyándolas en el hombro, a diferencia de los mosquetes, que debían sostenerse sobre una horquilla de madera clavada en el suelo.

Al día siguiente, el primero de marzo, era domingo, y partieron al amanecer. Debían recoger una escuadra de caballería pesada en la ciudad de Wassy. Cuando el Acuchillado llegara por fin a París, contaría con soldados suficientes para desalentar cualquier acción enemiga en su contra.

Wassy era una ciudad pequeña junto al río Blaise, con fraguas en los barrios periféricos y molinos de agua a lo largo de la ribera. Cuando el ejército de los De Guisa se aproximaba a la puerta sur, los hombres oyeron campanas. Su tañido en un momento no habitual del día solía anunciar problemas, y el Acuchillado preguntó a alguien que pasaba por allí qué estaba ocurriendo.

—Serán los protestantes convocando a los suyos para el oficio —respondió el hombre.

El duque enrojeció de furia y sus marcas faciales se oscurecieron.

—¿Campanas protestantes? —preguntó—. ¿Cómo han conseguido campanas?

El transeúnte se sintió amedrentado.

—No lo sé, señor.

Aquella era la clase de provocación protestante que iniciaba las revueltas. Pierre empezó a albergar ciertas esperanzas. Eso podía provocar un altercado incendiario.

—Incluso si el edicto de tolerancia se convierte en ley —dijo el Acuchillado—, lo que podría no llegar a suceder jamás, ¡se supone que deben celebrar sus ritos blasfemos con discreción! ¿Qué tiene esto de discreto?

El hombre permaneció callado, pero el duque ya no estaba dirigiéndose a él, se limitaba a expresar su indignación. Pierre sabía por qué estaba tan airado. La ciudad de Wassy era propiedad de María Estuardo, y en ese momento, en que ya había regresado a Escocia, el Acuchillado, como tío de más edad de la joven, había quedado al mando de sus estados. Por lo tanto, ese era su territorio.

Pierre metió el dedo en la llaga.

—Los protestantes, como todos los demás habitantes de la ciudad, debían de saber que Vuestra Excelencia llegaría esta mañana —dijo—. Esas campanadas no pueden ser otra cosa más que un insulto deliberado dirigido a vuestra persona.

Gaston Le Pin estaba escuchando. Era un soldado que creía en eludir la violencia en la medida de lo posible, y bien podía ser el motivo por el que seguía vivo a los treinta y tres años.

—Señor, podríamos evitar el paso por la ciudad —sugirió en ese momento—. No nos interesa arriesgarnos a perder hombres antes de haber llegado siquiera a París. Es necesario que allí hagamos una gran demostración de fuerza.

A Pierre no le gustaba ese planteamiento.

—No podéis pasar por alto esta afrenta, Excelencia —murmuró—. Daría impresión de debilidad.

—No tengo intención de parecer débil —espetó el Acuchillado, airado, y azuzó a su caballo con un puntapié.

Le Pin dedicó a Pierre una mirada sombría, aunque sus soldados siguieron al Acuchillado de muy buena gana, animados ante la posibilidad de entrar en acción. Pierre decidió envalentonarlos con disimulo. Se quedó rezagado y se dirigió a un grupo.

—Huelo a botín —dijo, y todos rieron. Estaba recordándoles que, cuando se producían actos de violencia, solía haber también un saqueo.

Mientras entraban en la ciudad, las campanas dejaron de sonar.

—Mandad llamar al párroco —ordenó el duque.

Las huestes avanzaban con parsimonia por la calle principal de la ciudad. En el interior de un recinto amurallado se levantaba un real tribunal de justicia, un castillo y una iglesia. En la plaza del mercado, al oeste del templo, encontraron, esperándolos, un escuadrón de la caballería pesada que habían ido a recoger: cincuenta hombres, cada uno de ellos con dos caballos de combate y un animal de carga que portaba todo el armamento. Las corpulentas bestias relincharon y se agitaron al olfatear a los recién llegados.

Gaston Le Pin ordenó a los soldados que desmontaran en el mercado semitechado y acomodó a los arcabuceros del cardenal Luis en el cementerio situado junto a la fachada meridional de la iglesia. Algunos de los hombres entraron en la taberna de Le Cygne, en la plaza, para desayunar jamón asado y cerveza.

El párroco de la iglesia entró a toda prisa con migas de pan en la sobrepelliz. El pavorde del castillo le pisaba los talones.

—Bien, dime —ordenó el Acuchillado—, ¿los protestantes están celebrando un oficio blasfemo esta mañana en Wassy?

—Sí —respondió el párroco.

—No puedo detenerlos —dijo el pavorde—. No me escucharán.

—El edicto de tolerancia —dijo el Acuchillado—, que no ha sido ratificado, autorizaría que tales oficios tuvieran lugar solo fuera del recinto de la ciudad.

—Estrictamente hablando —aclaró el pavorde—, no están dentro de la ciudad.

—Entonces, ¿dónde están?

—Dentro del recinto del castillo, que no se considera parte de la ciudad, desde un punto de vista legal. Al menos, eso es lo que ellos alegan.

—Una disputable nimiedad legal —comentó Pierre.

—Pero ¿dónde se encuentran exactamente? —preguntó el Acuchillado con impaciencia.

El pavorde señaló hacia el otro extremo del cementerio, en dirección a un enorme granero en ruinas con boquetes en el tejado y que descansaba sobre los muros del castillo.

—Allí. Ese granero está en terreno que pertenece al castillo.

—¡Lo que significa que ese granero es mío! —exclamó el duque, furioso—. Esto es intolerable.

Pierre vio una oportunidad de aumentar la tensión.

—El edicto de tolerancia, señor, concede a los funcionarios reales el derecho de vigilar las asambleas de los protestantes. Estaríais en vuestro pleno derecho de inspeccionar el oficio que está celebrándose en ese lugar.

Una vez más, Le Pin intentó evitar el conflicto.

—Eso sin duda causaría una disputa innecesaria.

Sin embargo, al pavorde le gustó la idea.

—Si fuerais a hablar con ellos hoy, excelencia, con vuestros soldados arropándoos, tal vez consiguierais amedrentarlos para que obedezcan en un futuro.

—Sí —dijo Pierre—. Es vuestro deber, señor.

Le Pin se frotó la oreja mutilada como si le picara.

—Será mejor no tentar a la suerte —advirtió.

El Acuchillado parecía pensativo, estaba sopesando el consejo que lo animaba a buscar razones con los protestantes, y Pierre temió que estuviera tranquilizándose y optara por el planteamiento más prudente de Le Pin. Entonces, los feligreses empezaron a cantar.

Los cánticos corales no formaban parte de los servicios católicos habituales, pero eran los favoritos de los protestantes, y cantaban los salmos en voz muy alta y con gran entusiasmo, y en francés. El sonido de cientos de voces elevadas como una sola canción llegó con toda nitidez a través del cementerio hasta la plaza del mercado. La indignación del Acuchillado se acrecentó.

—¡Se creen todos sacerdotes! —exclamó.

—Su insolencia es insufrible —añadió Pierre.

—Desde luego que lo es —refrendó el duque—. Y pienso decírselo.

—En tal caso, dejad que me adelante con un par de hombres para advertirles de vuestra llegada —dijo Le Pin—. Si entienden que tenéis el derecho de hablarles y se preparan para escucharos con serenidad, tal vez evitemos el baño de sangre.

—Está bien —accedió el Acuchillado.

Le Pin señaló a dos hombres armados con roperas.

—Rasteau y Brocard, seguidme.

Pierre los reconoció como la pareja de guardias que había marchado con él por las calles de París desde la taberna de Saint-Étienne hasta el palacio de la familia de Guisa. Eso había sucedido hacía cuatro años, pero él jamás olvidaría tal humillación. Sonrió al pensar en lo lejos que habían llegado aquellos dos esbirros. ¡Y cómo había cambiado su propia vida!

Cruzaron el cementerio, y Pierre fue con ellos.

—No os he pedido que me acompañéis —murmuró Le Pin.

—No os he preguntado qué queríais —repuso Pierre.

El granero era una estructura prácticamente en ruinas. Faltaban algunos troncos de las paredes, la puerta colgaba entreabierta de los goznes y había una enorme pila de adoquines rotos en la entrada. A medida que se acercaban, Pierre era más consciente de que estaban siendo observados por los soldados apostados en la puerta de la iglesia y los arcabuceros del cementerio.

El salmo tocó a su fin y se hizo el silencio justo cuando llegaron a la puerta del granero.

Le Pin indicó a los demás que se quedaran rezagados y abrió la puerta.

En el interior del edificio había unos quinientos hombres, mujeres y niños, todos de pie, pues no había bancos. Resultaba evidente, por su vestimenta, que los ricos y los pobres se mezclaban sin problema, a diferencia de lo que ocurría en una iglesia católica, donde la clase alta contaba con asientos especiales. En un extremo del granero, Pierre vio un púlpito construido de forma rudimentaria y, mientras miraba, un pastor con sotana empezó a orar.

Transcurrido un instante, varios hombres situados cerca de la puerta se percataron de la presencia de los recién llegados y reaccionaron prohibiéndoles el paso.

Le Pin retrocedió varios metros para evitar una confrontación directa. Rasteau y Brocard hicieron lo mismo.

—El duque de Guisa va a venir a hablaros —anunció Le Pin—. Preparad a la congregación para recibirlo.

—¡Chitón! —lo hizo callar un joven de barba negra—. ¡El pastor Morel está predicando!

—Ándate con ojo —le advirtió Le Pin—. El duque ya está disgustado por el hecho de que estéis celebrando este oficio sin permiso legal en un granero de su propiedad. Te aconsejo que no lo enfades más todavía.

—Esperad hasta que el pastor haya finalizado.

—¡El duque no esperará por gente como vosotros! —gritó Pierre bien alto.

Otros miembros de la congregación miraron en dirección a la puerta.

—¡No podéis entrar! —gritó el joven de la barba negra.

Le Pin dio un paso adelante, con intencionada parsimonia, y se dirigió directamente hacia él.

—Voy a entrar —dijo de forma deliberada.

El joven empujó a Le Pin con una fuerza sorprendente. El soldado retrocedió un paso tambaleante.

Pierre oyó los gritos de indignación de los centinelas de guardia en el mercado. Con el rabillo del ojo vio a alguien que empezaba a dirigirse hacia el cementerio.

—No deberías haber hecho eso —dijo Le Pin.

Con una velocidad inusitada, lanzó un puñetazo que impactó directamente contra la mandíbula del joven. La barba no le sirvió de mucha protección contra un golpe tan potente. El muchacho se desplomó.

—Ahora —dijo Le Pin—, voy a entrar.

Para asombro y deleite de Pierre, los protestantes no tuvieron el buen juicio de permitirle el paso. En su lugar, empezaron a armarse con adoquines, y Pierre se dio cuenta de que se había equivocado al suponer que la pila eran solo cascotes del edificio derruido. Observaba el desarrollo de los hechos con incredulidad. ¿De verdad iban a iniciar una batalla contra cientos de hombres armados?

—Apartad de mi camino —ordenó Le Pin, y dio un paso hacia delante.

Los protestantes lanzaron sus piedras.

Le Pin recibió el impacto de varios proyectiles. Una piedra le dio en la cabeza, y él cayó al suelo.

Pierre, que no llevaba espada, retrocedió para resguardarse.

Rasteau y Brocard lanzaron un grito de rabia ante el ataque sufrido por su capitán. Ambos desenvainaron sus roperas y salieron disparados para cargar contra los feligreses.

Los protestantes volvieron a atacar. Ambos soldados se vieron atrapados bajo una lluvia de piedras. Una de ellas hizo un tajo en la mejilla a Rasteau, el mayor de los dos, el que no tenía nariz. Otra impactó en la rodilla de Brocard, y lo hizo caer. Salieron más hombres de la iglesia para recoger piedras.

Rasteau se lanzó a la carrera, sangrando por la herida de la cara, con la ropera en ristre, que hundió en el vientre del joven de la barba negra. El muchacho lanzó un grito horrorizado de dolor. La delgada hoja le atravesó el cuerpo, y la punta empapada en sangre le asomó por la espalda. Pierre recordó de pronto haber oído a Rasteau y a Brocard discutir sobre los combates con espada, ese día fatídico de hacía cuatro años. «Olvídate del corazón —había dicho Rasteau—. Una hoja bien clavada en el vientre no mata de inmediato a un hombre, pero lo paraliza porque el dolor es tan intenso que no puede pensar en nada más...». Luego había reído con nerviosismo.

Rasteau desensartó la espada de las tripas del joven, lo que produjo un ruido de succión que dio a Pierre ganas de vomitar. A continuación, los protestantes se lanzaron contra el soldado; eran seis o siete hombres que trataron de acabar con él a pedradas. Tras defenderse con uñas y dientes, el secuaz del duque se batió en retirada.

Los soldados del Acuchillado se lanzaron a la carrera por el cementerio saltando sobre las lápidas, desenvainando sus espadas sin dejar de correr, gritando que vengarían a sus compañeros malheridos. Los arcabuceros del cardenal Luis ya sacaban las armas de sus fundas. Salieron más hombres del granero y, sin miedo a perder la vida, se armaron con adoquines para lanzarlos a los soldados que cargaban contra ellos.

Pierre vio que Le Pin se había recuperado del golpe de la cabeza y que estaba levantándose; entonces se agachó para esquivar el impacto de dos piedras lanzadas contra él, una maniobra con la que Pierre entendió que el soldado estaba de nuevo en pleno uso de sus facultades. Entonces desenvainó su ropera.

Para desesperación de Pierre, Le Pin hizo un nuevo intento de frenar el creciente baño de sangre. Levantó su espada.

—¡Deteneos! —gritó a voz en cuello—. ¡Deponed las armas! ¡Envainad vuestras espadas!

Nadie le prestó atención. Le Pin esquivó un pedrusco enorme que iba directo a él, y acto seguido cargó contra el enemigo.

Pierre se sintió verdaderamente horrorizado por la velocidad y la violencia del ataque del soldado. Su espada lanzó un destello por el reflejo de la luz del sol. Clavó, sajó y soltó mandobles con ella, y con cada movimiento ágil de su brazo un contrincante quedaba lisiado o caía muerto.

Entonces llegaron los demás soldados, y Pierre no perdió ocasión de jalearlos:

—¡Matad a los herejes! ¡Matad a los blasfemos!

La carnicería fue general. Los soldados del duque irrumpieron en el granero y empezaron a masacrar a hombres, mujeres y niños. Pierre vio a Rasteau atacando a una joven con un salvajismo apabullante, sajándole la cara sin descanso, una y otra vez.

Pierre seguía el avance de los soldados, siempre con la precaución de mantenerse varios pasos por detrás de la primera línea de ataque: no era su cometido arriesgar la vida en la batalla. En el interior, unos pocos protestantes estaban contraatacando con espadas y dagas, aunque la mayoría iban desarmados. Cientos de personas gritaban aterrorizadas o agonizantes. En cuestión de segundos las paredes del granero quedaron salpicadas de sangre.

Pierre vio, en el fondo del edificio, unos escalones de madera que llevaban a un pajar. Los escalones estaban repletos de personas, algunos de ellos con niños pequeños en brazos. Desde el pajar huían encaramándose a los agujeros del techo. Justo en el momento en que se percató de ello, oyó una descarga de disparos. Dos personas cayeron desde el techo y aterrizaron en el suelo del granero. Los arcabuceros del cardenal Botellas habían desplegado sus armas.

Pierre se volvió, cruzó entre la multitud de soldados que todavía estaban entrando, y logró salir como pudo para verlo todo mejor.

Los protestantes seguían escapando por el techo, algunos de ellos intentaban abrirse paso hasta el suelo y otros saltaban para alcanzar las murallas del castillo. Los arcabuceros del cardenal disparaban a los fugitivos. Las armas ligeras, con sus modernos mecanismos de disparo, eran fáciles de sacar y rápidas de recargar, y el resultado era una lluvia constante de balas que derribaban a casi todas las personas que se aventuraban a salir por el tejado.

Pierre miró hacia el otro extremo del cementerio, en dirección a la plaza del mercado. Los habitantes de la ciudad llegaban corriendo a la plaza, sin duda advertidos por el estruendo de las armas de fuego. Al mismo tiempo, había más soldados que iban saliendo de la taberna de Le Cygne, algunos todavía masticando el desayuno. Se iniciaron los enfrentamientos cuando los soldados empezaron a impedir a los ciudadanos que acudieran al rescate de los protestantes.

Un soldado de caballería tocó una trompeta para congregar a sus compañeros.

Entonces todo terminó de forma tan repentina como había empezado. Gaston Le Pin salió del granero con el pastor, sujetándolo por el brazo como a un prisionero, con puño de hierro. Otros soldados los siguieron al salir. No hubo más personas que huyeran por el techo, y los arcabuceros dejaron de disparar. De regreso en la plaza del mercado, los capitanes ordenaron a sus hombres que se colocaran en formación de escuadra para poder controlarlos, e instaron a los habitantes de la ciudad a que regresaran a sus casas.

Pierre se asomó al interior del granero y vio que la batalla había finalizado. Los protestantes que todavía podían moverse estaban agachados sobre sus semejantes tirados en el suelo, intentando ayudar a los heridos y llorando a los muertos. El suelo estaba teñido de sangre. Alaridos y sollozos de agonía sustituyeron los gritos de terror.

Pierre no podría haber deseado nada mejor. Calculaba que habían muerto unos cincuenta protestantes y que había más de un centenar de heridos. La mayoría de ellos estaban desarmados, y algunos eran mujeres y niños. La noticia se propagaría por toda Francia en cuestión de días.

Asimismo, le impactó darse cuenta de que en ese momento estaba encantado, cuando, cuatro años atrás, se habría sentido horrorizado ante semejante matanza. ¡Cuánto había cambiado! No lograba adivinar de qué modo aprobaría Dios esa faceta del nuevo Pierre. Un miedo indefinible y oscuro empezó a reptar desde las profundidades de su mente hacia la superficie, como la sangre que empezaba a ennegrecerse en el suelo del granero. Bloqueó esa sensación. Esa era la voluntad de Dios; debía ser cumplida.

Podía imaginar los panfletos de ocho páginas que pronto saldrían de los talleres de imprenta protestantes, cada uno con una espeluznante ilustración en la cubierta de la matanza en el granero. La oscura ciudad de Wassy sería objeto de miles de sermones por toda Europa. Los protestantes formarían milicias armadas, alegando que, en caso contrario, no podrían estar seguros. Los católicos reforzarían sus ejércitos como respuesta.

Estallaría la guerra civil.

Que era exactamente lo que Pierre quería.

Sentada en la taberna de Saint-Étienne, con un plato de pescado ahumado y un vaso de vino delante, Sylvie se sentía abatida.

¿Llegaría algún día el fin de la violencia? Gran parte de los franceses solo querían vivir en paz con sus vecinos de ambas religiones, pero cualquier esfuerzo de reconciliación era saboteado por hombres como los hermanos De Guisa, para quienes la religión era un medio para hacerse con más poder y riquezas.

La necesidad más acuciante de Sylvie y sus amigos era descubrir cuánto sabían sobre ellos las autoridades. Siempre que podía, acudía a lugares como esa taberna y hablaba con personas relacionadas con la caza de herejes: miembros de las milicias civiles, parásitos de la familia de Guisa y cualquier individuo relacionado con Pierre. Recababa muchísima información de sus despreocupados chismes. Aunque lo que realmente necesitaba era contactar con un simpatizante perteneciente a los círculos de poder más relevantes.

Levantó la vista de su almuerzo y vio a la criada de Pierre, Nath, entrando en la taberna con un ojo morado.

Sylvie solía saludar a la muchacha con un ademán, aunque no había llegado a decirle hola. En ese momento reaccionó deprisa.

—Parece que lo tienes hinchado —dijo—. Permíteme que te invite a un vaso de vino para aliviar el dolor.

Nath rompió a llorar.

Sylvie rodeó a la chica con un brazo. Su compasión no era fingida: tanto Sylvie como su madre habían sido víctimas de la violencia del corpulento Gilles Palot.

—Tranquila, tranquila —murmuró Sylvie.

La mesonera les sirvió algo de vino y Nath dio un buen sorbo.

—Gracias —dijo.

—¿Qué te ha pasado? —preguntó Sylvie.

—Pierre me ha pegado.

—¿También pega a Odette?

Nath negó con la cabeza.

—Le da demasiado miedo. Ella le devolvería el golpe.

Nath debía de tener unos dieciséis años, era menuda y delgada, seguramente incapaz de pegar a un hombre; igual que Sylvie había sido incapaz de defenderse de su padre. El recuerdo la enfureció.

—Bebe un poco más de vino.

Nath tomó otro trago.

—Lo odio —dijo.

A Sylvie se le aceleró el pulso. Durante más de un año había estado esperando un momento como ese. Sabía que tarde o temprano llegaría, si era paciente, porque todo el mundo odiaba a Pierre, y más pronto que tarde alguien estaría dispuesto a traicionarlo.

Por fin había llegado su oportunidad, pero no debía precipitarse. No podía mostrarse demasiado ansiosa ni delatar sus intenciones de modo demasiado evidente. De todas formas, sí tendría que correr algún riesgo.

—Tú no eres la única que odia a Pierre —comentó con cautela—. Dicen que es el principal espía responsable de la persecución de los protestantes. —No era información confidencial; lo sabía medio París.

—Es cierto —dijo Nath—. Tiene una lista.

Sylvie se quedó de pronto sin respiración. Estaba claro que tenía una lista, pero ¿qué sabía Nath sobre ella?

—¿Una lista? —preguntó Sylvie con un tono de voz tan bajo que fue casi un susurro—. ¿Cómo lo sabes?

—La he visto. En un cuaderno negro, lleno de nombres y direcciones.

Eso valía su peso en oro. Sería arriesgado intentar involucrar a Nath, pero la recompensa resultaba irresistible. Movida por una decisión impulsiva, Sylvie actuó sin pensarlo.

—Si quieres vengarte —dijo fingiendo hablar con despreocupación—, deberías entregar el cuaderno a los protestantes.

—Lo haría si tuviera el valor suficiente.

«¿De verdad lo harías? —pensó Sylvie—. ¿Cómo lo encajaría tu conciencia?»

—Pero eso iría en contra de la Iglesia, ¿verdad? —planteó con cautela.

—Yo creo en Dios —afirmó Nath—. Pero Dios no está en la Iglesia.

—¿Cómo puedes decir eso? —Sylvie casi no podía respirar.

—A los once años el cura de mi parroquia me forzó. Ni siquiera tenía pelos en mis partes. ¿Estaba Dios ahí? No lo creo.

Sylvie vació de un trago su vaso y lo dejó sobre la mesa.

—Tengo un amigo que pagaría diez escudos de oro por echar un vistazo a ese cuaderno.

Sylvie podía conseguir el dinero: el negocio daba beneficios y su madre estaría de acuerdo en que era una buena forma de invertirlos.

—¿Diez escudos de oro? —dijo Nath con los ojos muy abiertos.

Era más de lo que ella ganaba en un año, mucho más.

Sylvie asintió con la cabeza. A renglón seguido, añadió una justificación moral al incentivo monetario.

—Supongo que mi amigo cree que podría salvar a muchísima gente de morir en la hoguera.

Nath estaba más interesada en el dinero.

—Pero ¿decías en serio lo de los diez escudos?

—Oh, desde luego. —Sylvie fingió darse cuenta de pronto de que Nath hablaba en serio—. Pero... tú no podrías echar el guante a ese cuaderno..., ¿verdad?

—Sí puedo.

—¿Dónde está?

—Lo guarda en la casa.

—¿En qué lugar de la casa?

—En un cofre cerrado con llave donde guarda los documentos.

—Si el cofre está cerrado con llave, ¿cómo vas a conseguir el cuaderno?

—Puedo abrir el cofre.

—¿Cómo?

—Con un alfiler —respondió Nath.

X

La guerra civil era todo cuanto deseaba Pierre. Un año después de la matanza de Wassy, los católicos, dirigidos por el duque Francisco el Acuchillado, estaban a punto de alzarse con la victoria. A principios de 1563, el Acuchillado sitió Orleans, último bastión protestante, donde se encontraba oculto Gaspard de Coligny. El 18 de febrero, un jueves, el duque inspeccionó las defensas de la ciudad y anunció que lanzaría el ataque final al día siguiente.

Pierre se encontraba con él y tenía la sensación de que la victoria absoluta estaba por completo en sus manos.

Al caer la noche se dirigieron de regreso a sus aposentos en el Château des Vaslins, la casa solariega del noble. El Acuchillado vestía un jubón de color beis y un bonete con una alargada y erecta pluma blanca, un atuendo demasiado vistoso para el campo de batalla; la verdad era que esperaba reunirse con su esposa, Anna, esa misma noche. Su hijo mayor, Enrique, quien ya contaba doce años, también estaría en el castillo. Pierre había tenido la precaución de caer en gracia al heredero del duque desde el día en que lo conoció, hacía cuatro años, en el torneo en que el rey Enrique II había sufrido la lesión fatal en el ojo.

Tenían que cruzar el angosto río con una barcaza que solo transportaba a tres personas. Pierre, el Acuchillado y Gaston Le Pin se quedaron esperando mientras los demás miembros del séquito ayudaban a cruzar a los caballos.

—¿Has oído que la reina Catalina quiere que proclamemos la paz? —comentó el duque con tono amable.

Pierre rio con prepotencia.

—Se proclama la paz cuando uno va perdiendo, no cuando está ganando.

El Acuchillado asintió con la cabeza.

—Mañana tomaremos Orleans y aseguraremos la línea de defensa en la orilla del río Loira. Desde allí nos dirigiremos al norte para entrar en Normandía y acabaremos con los soldados que todavía queden del ejército protestante.

—Y eso es lo que asusta a Catalina —dijo Pierre—. Cuando hayamos conquistado el país y lo hayamos limpiado de protestantes, vos, duque, seréis más poderoso que el rey. Gobernaréis Francia.

«Y yo seré uno de vuestros principales consejeros», pensó.

Cuando todos los caballos estuvieron a salvo en la otra orilla, los tres hombres montaron en la barcaza.

—No he sabido nada del cardenal Carlos —dijo Pierre.

Carlos estaba en Italia, en la ciudad de Trento, asistiendo a una asamblea convocada por el papa Pío IV.

—Palabras, palabras, palabras —dijo el Acuchillado con desprecio—. Mientras tanto, nosotros estamos matando herejes.

—Debemos asegurarnos de que la Iglesia se decanta por la estrategia más severa —osó diferir Pierre—. De no ser así, vuestros triunfos serían socavados por hombres débiles con principios basados en la tolerancia y el compromiso.

El duque parecía pensativo. Tanto él como su hermano escuchaban atentos cuando Pierre hablaba. Este había demostrado el mérito de sus valoraciones políticas en infinidad de ocasiones, y ya no lo trataban como a un advenedizo impertinente. Pensar en ello provocaba en Pierre una profunda satisfacción.

El Acuchillado abrió la boca para replicar el comentario de su joven consejero cuando de pronto se oyó un disparo.

La detonación por lo visto procedía de la orilla del río que acababan de abandonar. Pierre y Le Pin se volvieron al mismo tiempo. Aunque ya era de noche, Pierre vio la silueta reflejada en el agua con total nitidez. Era un hombre bajo de unos veintitantos años, de piel oscura y un mechón de pelo de punta en el centro de la frente. Transcurrido un instante, el intruso salió corriendo y Pierre vio que empuñaba una pistola.

El Acuchillado cayó desplomado al suelo.

Le Pin lanzó una blasfemia y se inclinó sobre él.

Pierre se dio cuenta de que el duque había recibido un balazo en la espalda. Había sido un blanco fácil desde muy corta distancia, y más aún por los llamativos colores de su vestimenta.

—Está vivo —dijo Le Pin.

El soldado volvió a mirar a la orilla del río, y Pierre supuso que estaría calculando si podría vadearlo o cruzar a nado unos metros y atrapar al tirador antes de que este escapara. Entonces oyeron pisadas de caballo y cayeron en la cuenta de que el hombre debía de haber dejado su montura atada no lejos de allí. Todos sus caballos estaban justo en la orilla contraria. Le Pin ya no podía atraparlo. El atentado había sido bien planificado.

—¡Adelante, sigue adelante! —gritó Le Pin al barquero.

El hombre empezó a mover la pértiga con más energía, sin duda temeroso de que pudieran acusarlo de aquella intriga.

El duque tenía la herida justo por debajo del hombro derecho. La bala seguramente iba dirigida al corazón. La sangre empapaba su jubón beis, lo cual era una buena señal, y Pierre lo sabía; los hombres muertos no sangraban.

De todos modos, era posible que el duque no se recuperase. Incluso las heridas superficiales podían infectarse, lo cual provocaba fiebre y, a menudo, la muerte. A Pierre le entraron ganas de echarse a llorar. ¿Cómo iban a perder a su heroico líder justo cuando estaban a punto de ganar la guerra?

A medida que la barcaza se aproximaba a la otra orilla, los hombres que esperaban empezaron a atosigarlo a preguntas. Pierre los ignoró. Él mismo tenía las suyas. ¿Qué ocurriría si el Acuchillado moría?

El joven Enrique se convertiría en duque a los doce años, la misma edad que el rey Carlos IX, y demasiado joven para tomar parte en la guerra civil. El cardenal Carlos se encontraba demasiado lejos; el cardenal Luis estaba demasiado borracho. La familia de Guisa perdería toda su influencia en un abrir y cerrar de ojos. El poder era terriblemente frágil.

Pierre combatió la desesperación y se obligó a seguir pensando de forma lógica. Si la familia de Guisa se veía indefensa, la reina Catalina haría las paces con Gaspard de Coligny y recuperaría el edicto de tolerancia, maldita fuera. Los Borbones y los Montmorency volverían a contar con el favor de la monarquía y los protestantes tendrían autorización para cantar sus salmos tan alto como se les antojara. Todo aquello por lo que Pierre había luchado durante cinco años sería borrado del mapa.

Una vez más, hizo un esfuerzo por despejar de su cabeza esos pensamientos de desesperación profunda. ¿Qué podía hacer?

Su primera necesidad era conservar su puesto como principal consejero de la familia.

En cuanto la pértiga tocó la otra orilla, Pierre empezó a dar órdenes. Durante una crisis, las personas asustadas obedecían a cualquiera que hablara como si supiera qué estaba haciendo.

—El duque debe ser trasladado a su residencia lo antes posible, sin zarandearlo —especificó—. Cualquier bache podría provocar que se desangrara hasta la muerte. Necesitamos un tablón plano. —Echó un vistazo a su alrededor. Si era preciso, arrancarían algún tablón de la pequeña barcaza. Entonces localizó una cabaña que estaba por allí y señaló la puerta de entrada—. Descolgad esa puerta de los goznes y colocadlo sobre ella. Quiero que seis hombres lo transporten.

Se apresuraron a obedecer, contentos de que alguien les dijera qué hacer.

No era fácil ordenar nada a Gaston Le Pin; por eso Pierre, en lugar de darle órdenes, se limitó a hacerle sugerencias:

—Creo que vos deberíais llevaros a uno o dos hombres y unos caballos, y volver a cruzar el río para ir a la caza del asesino. ¿Lograsteis verlo?

—Bajito, de piel oscura, de unos veinticinco años, con un mechón de pelo en la frente.

—Yo he visto lo mismo.

—Iré a por él. —Le Pin se volvió hacia sus secuaces—. Rasteau, Brocard, cargad de nuevo tres caballos en la barcaza.

—Necesito el mejor caballo —dijo Pierre—. ¿Cuál de estos es el más veloz?

—El que utiliza el duque para la carga, Cañón, pero ¿para qué lo necesitáis? Soy yo el que va a ir a la caza del atacante.

—La recuperación del duque es nuestra prioridad —repuso Pierre con resolución—. Voy a adelantarme a todos para llegar al castillo y enviar a los cirujanos.

Le Pin entendió que era una decisión razonable.

—Muy bien.

Pierre montó el purasangre y lo azuzó para salir. No era un jinete avezado, y Cañón era un caballo veloz, pero, por suerte, la bestia estaba cansada tras una larga jornada, y respondía dócilmente a las órdenes de Pierre. Empezó yendo al trote, pero el jinete picó espuelas hasta avanzar a galope tendido.

Llegó a la casa solariega en cuestión de minutos. Desmontó del caballo de un salto y entró corriendo en el vestíbulo.

—¡El duque ha sido herido! —gritó—. Llegará en un instante. ¡Mandad llamar a los cirujanos reales! Preparad una cama en el primer piso para el duque. —Tuvo que repetir las órdenes varias veces a los atónitos sirvientes.

La duquesa, Anna d'Este, bajó las escaleras a toda prisa tras oír la conmoción. La esposa del Acuchillado era una italiana de aspecto sencillo de treinta y un años. El matrimonio había sido concertado en su día, y el duque no era mucho más fiel que otros hombres ricos y poderosos; a pesar de ello, apreciaba a Anna y ella sentía lo mismo por él.

El joven Enrique, un muchacho muy bien parecido con el cabello rubio y rizado, estaba justo detrás de ella.

La duquesa Anna jamás había hablado con Pierre ni se había percatado siquiera de su existencia, por eso era importante que él se presentara como alguien con autoridad en quien poder confiar en ese momento crítico. Pierre hizo una reverencia.

—Madame, joven monsieur, siento anunciaros que el duque ha resultado herido.

Enrique parecía asustado. Pierre lo recordó cuando, con ocho años, protestaba porque le consideraban demasiado joven para participar en la justa. Tenía valor y podía convertirse en digno sucesor de su padre, pero ese día estaba muy distante.

—¿Cómo? ¿Dónde? ¿Quién lo ha hecho? —preguntó en ese momento el muchacho con tono aterrorizado.

Pierre lo ignoró y se dirigió a su madre.

—He mandado llamar a los cirujanos reales, y he ordenado a vuestros sirvientes que preparen una cama aquí, en la planta baja, para que el duque no tenga que ser subido por las escaleras.

—¿Es muy grave la herida? —preguntó ella.

—Le han disparado en la espalda, y cuando lo he dejado estaba inconsciente.

La duquesa sollozó, pero se controló de inmediato.

—¿Dónde está? Debo ir con él.

—Llegará dentro de unos minutos. He ordenado a los hombres que improvisen una camilla. No debería ser zarandeado.

—¿Cómo ha ocurrido tal cosa? ¿Se ha librado una batalla?

—¡A mi padre jamás le habrían disparado por la espalda en una batalla! —gritó Enrique.

—Chitón —lo hizo callar su madre.

—Tenéis mucha razón, príncipe Enrique —dijo Pierre—. Vuestro padre siempre combate al enemigo de frente. Debo deciros que ha sido un acto de traición. —Les contó que el asesino se había ocultado y que había disparado en cuanto la barcaza se había alejado bastante de la orilla—. He enviado una batida de soldados en pos del malnacido.

—¡Cuando lo atrapemos, debemos exterminarlo! —ordenó Enrique entre lágrimas. De pronto, Pierre se dio cuenta de que si el Acuchillado moría, la catástrofe todavía podía devenir en una situación ventajosa.

—Lo exterminaremos, en efecto —comentó con astucia—, pero no sin que antes nos diga de quién obedecía las órdenes. Presumo que el hombre que apretó el gatillo es un don nadie. El auténtico criminal es quien le dio la orden.

Antes de anunciar en quién estaba pensando, la duquesa lo hizo por él, y pronunció su nombre con ponzoña.

—Gaspard de Coligny.

El almirante, sin duda, era el principal sospechoso, teniendo en cuenta que Antonio de Borbón estaba muerto y su hermano Luis, cautivo. Sin embargo, la verdad importaba poco. Coligny sería una víctima propicia del odio para la familia de Guisa, y en especial para el impresionable muchacho cuyo padre acababa de recibir un disparo.

El plan de Pierre empezaba a tomar forma en su mente cuando unos gritos del exterior anunciaron que el duque ya había llegado.

Pierre permaneció cerca de la duquesa mientras unos hombres entraban al duque en el castillo y lo acomodaban en una cama. Cada vez que Anna expresaba un deseo, Pierre lo repetía en voz alta a modo de orden, y así daba la impresión de que él era su mano derecha. Ella estaba demasiado disgustada para preocuparse por las maquinaciones de Pierre, y, de hecho, parecía contenta de tener a alguien a su lado que supiera qué debía hacerse en ese momento.

El Acuchillado había recuperado el conocimiento, y fue capaz de hablar con su esposa e hijo. Llegaron los cirujanos. Diagnosticaron que la herida no era letal, aunque todo el mundo sabía lo fácil que era que una herida así se infectara y acabara provocando la muerte, por lo tanto nadie quiso alegrarse todavía.

Gaston Le Pin y sus dos secuaces regresaron a media noche con las manos vacías.

Pierre llevó a Le Pin hasta un rincón del vestíbulo.

—Retomad la búsqueda al amanecer —le dijo—. Mañana no habrá batalla, el duque no se recuperará de la noche a la mañana. Eso significa que dispondréis de numerosos soldados que os asistan. Empezad al alba y ampliad vuestra red de alcance. Debemos encontrar al hombrecillo del mechón en la frente.

Le Pin asintió con la cabeza.

Pierre permaneció junto al lecho del duque toda la noche.

Al despuntar el día, volvió a reunirse con Le Pin en el vestíbulo del castillo.

—Si atrapáis al criminal, yo me encargaré del interrogatorio —dijo—. La duquesa así lo ha decretado. —Eso no era cierto, pero Le Pin lo creyó—. Encerradlo cerca de aquí y luego acudid a mí.

—Como ordenéis.

Pierre lo vio partir en compañía de Rasteau y Brocard. Reclutarían a todos los ayudantes que necesitaran por el camino. Poco después fue a acostarse. Debía tener el ingenio aguzado y mostrarse firme los días que estaban por venir.

Le Pin lo despertó a mediodía.

—Lo tengo —anunció con satisfacción.

Pierre se levantó de inmediato.

—¿Quién es?

—Dice que se llama Jean de Poltrot, *sieur* de Méré.

—Confío en que no lo habréis traído al castillo…

—No, el joven Enrique podría intentar matarlo. Lo tenemos encadenado en la casa del sacerdote.

Pierre se vistió a toda prisa y siguió a Le Pin hasta la aldea más próxima.

—Ha sido Gaspard de Coligny, ¿verdad? —preguntó a Poltrot en cuanto estuvo a solas con él—. ¿Fue él quien te ordenó que mataras al duque?

—Sí —dijo Poltrot.

Pronto resultó evidente que Poltrot respondería cualquier cosa. Era el tipo de hombre con el que Pierre ya se había topado antes, un fantasioso.

Poltrot seguramente había trabajado como una especie de espía para los protestantes, pero nadie podría adivinar quién le había ordenado matar al Acuchillado. Podría haber sido Coligny, como Poltrot respondía a veces; podría haber sido otro dirigente protestante, o incluso podía haber sido idea del propio Poltrot.

Esa tarde y durante los días siguientes el asesino habló sin pausa. Era muy probable que la mitad de lo que decía fuera inventado para satisfacer al interrogador, y que la otra mitad sirviera para quedar en buen lugar. La historia que contaba un día se contradecía con la que contaba el siguiente. No se podía confiar en él en absoluto.

Lo cual no constituía un problema.

Pierre redactó la confesión de Poltrot, en la que afirmaba que Gaspard de Coligny le había pagado por asesinar al duque de Guisa, y el prisionero la firmó.

Al día siguiente le subió la fiebre al Acuchillado, y los doctores le aconsejaron que se preparase para reunirse con su Creador. Su hermano, el cardenal Luis, le dio la extremaunción; a continuación, se despidió de Anna y del joven Enrique.

Cuando la duquesa y el futuro duque salieron de la cámara del moribundo, bañados en lágrimas, Pierre se dirigió a ellos:

—Coligny mató al duque Francisco el Acuchillado. —Y les mostró la confesión.

El resultado de tales palabras superó ampliamente sus expectativas.

La duquesa de pronto comenzó a soltar imprecaciones.

—¡Coligny debe morir! ¡Debe morir!

Pierre le contó que la reina Catalina estaba iniciando las conversaciones de paz con los protestantes, y que Coligny, con seguridad, se libraría del castigo como parte de cualquier tratado.

Al escucharlo, Enrique estuvo a punto de sufrir un ataque de nervios.

—¡Lo mataré! ¡Yo mismo lo mataré! —gritó el muchacho con su temblorosa voz infantil.

—Sé que lo haréis un día, príncipe Enrique —le dijo Pierre—. Y, cuando lo hagáis, yo estaré a vuestro lado.

El duque Francisco el Acuchillado murió al día siguiente.

El cardenal Luis se responsabilizó de los preparativos para el funeral, aunque no solía estar sobrio el tiempo suficiente para encargarse de todo, y Pierre lo sustituyó sin problema. Con el apoyo de Anna planeó una despedida magnífica. El cuerpo del duque sería trasladado en primer lugar a París, donde su corazón recibiría sepultura en la catedral de Notre-Dame. A continuación, el ataúd viajaría por el país hasta la Champaña, donde enterrarían sus restos en Joinville. Unas honras fúnebres tan gloriosas solían estar reservadas a la realeza. Sin duda alguna, la reina Catalina habría preferido menos ostentación, pero Pierre no le consultó. Por su parte, Catalina evitaba una discusión siempre que podía, y seguramente supuso que el Acuchillado ya no podía hacer más daño, aunque disfrutara del funeral de un rey.

No obstante, el plan de Pierre, que consistía en convertir a Coligny en objeto de odio, no se desarrolló con tanta facilidad como él había imaginado. Una vez más, Catalina demostró que podía ser tan astuta como Pierre. La reina había enviado una copia de la confesión de Poltrot a Coligny, que se había retirado al interior, a la protestante Normandía, y le había pedido que respondiera. Catalina ya estaba planificando el perdón del noble.

Sin embargo, los De Guisa jamás lo perdonarían.

Pierre viajó a París para llegar allí antes que el cuerpo del duque y rematar los preparativos. Ya había enviado a Poltrot, y lo había encarcelado en la Concièrgerie, en la parte oeste de la Île de la Cité. Pierre insistió en mantener allí un nutrido cuerpo de centinelas. El ultracatólico pueblo parisino adoraba al Acuchillado, y si la turba echaba el guante a Poltrot, lo despedazaría vivo.

Mientras el cadáver del duque iba de camino a París, Coligny redactó un testimonio en el que negaba su implicación en el asesinato, y remitió copias de dicha carta, entre otros, a la reina Catalina. Se trataba de una defensa vigorosa, y Pierre tuvo que admitir —solo para sí mismo, claro está— que resultaba convincente. Gaspard era hereje, no idiota, y si hubiera planeado asesinar al Acuchillado, con seguridad habría escogido a un asesino más hábil que el inestable Poltrot.

La última parte de la declaración de Gaspard de Coligny era especialmente peligrosa. Señalaba que, en justicia, le correspondía el derecho a encararse con quien lo acusaba en los tribunales, y suplicaba a la reina Catalina que garantizase la seguridad de Poltrot, y que se asegurase de que sobrevivía para servir como prueba en una investigación formal.

Un interrogatorio legal era lo que menos interesaba a Pierre.

Para empeorar las cosas, en la Concièrgerie, Poltrot se retractó de su confesión.

Pierre debía cortar cuanto antes aquella sucesión de despropósitos en cadena. Acudió a la corte suprema llamada Parlamento de París y propuso que se sometiera a juicio de inmediato a Poltrot. Argumentó que, si el asesinato seguía estando impune, se producirían revueltas cuando los restos del héroe llegaran a París. Los jueces estuvieron de acuerdo.

A primera hora del 18 de marzo, el ataúd del duque llegó a los barrios periféricos del sur de París y fue alojado en un monasterio.

A la mañana siguiente, Poltrot fue declarado culpable y condenado al desmembramiento.

La sentencia tuvo cumplimiento en la place de Grève ante una turba clamorosa. Pierre estaba presente para asegurarse de que el asesino moría. Ataron los brazos y piernas de Poltrot a cuatro caballos orientados en dirección a los cuatro puntos cardinales, y los fustigaron para que se pusieran en movimiento. En teoría, sus extremidades serían arrancadas de su cuerpo, lo que dejaría un tronco que sangraría hasta la muerte. Pero el verdugo hizo una chapuza con los nudos y las cuerdas se soltaron. Pierre mandó traer una espada, y el verdugo empezó a sajar los brazos y piernas de Poltrot con ella. La multitud lo jaleaba, pero fue un proceso difícil. En un momento dado, durante la media hora que duró la ejecución, Poltrot dejó de chillar y quedó inconsciente. Por último, le cortaron la cabeza, con su característico mechón en la frente, y la empalaron en una pica.

Al día siguiente, el cuerpo del duque Francisco el Acuchillado fue trasladado a la ciudad.

XI

Sylvie Palot contemplaba la procesión y se dejó invadir por el optimismo.

Entró en París desde el sur, por la puerta de Saint-Michel, y atravesó el barrio universitario, donde se encontraba su tienda. El cortejo fúnebre iba encabezado por veintidós pregoneros de la ciudad, ataviados con el blanco de luto, tocando solemnes campanas de mano y convocando a los dolientes ciudadanos para que orasen por el alma difunta de su gran héroe. Acudieron sacerdotes de todas las parroquias de la ciudad, y todos portaban crucifijos. Doscientos ciudadanos de la élite caminaban muy de cerca con antorchas que proyectaban un paño mortuorio negro y oscurecían el cielo. Los ejércitos que habían seguido al Acuchillado hasta la victoria en tantas ocasiones estaban representados por seis mil soldados con pendones dirigidos hacia el suelo, tocando sus graves tambores y haciéndolos sonar como si fueran cañonazos lejanos. Luego llegó la milicia ciudadana con un grupo de banderas negras ondeando al viento de marzo que soplaba desde las frías aguas del río.

Las calles estaban abarrotadas de parisinos dolientes, aunque Sylvie sabía que algunos de ellos sentían lo mismo que ella, un secreto júbilo por el hecho de que el Acuchillado hubiera muerto. El asesinato había traído la paz, al menos, por el momento. Al cabo de unos días, la reina Catalina se reuniría con Coligny para debatir sobre un nuevo edicto de tolerancia.

Las persecuciones habían aumentado durante la guerra civil, aunque los protestantes del círculo de Sylvie contaban en ese momento con cierta protección. Ella misma se había sentado en el escritorio de Pierre un día, mientras él estaba fuera de París con el Acuchillado y Odette había salido a comer con sus amigas, y copió hasta la última palabra escrita en el cuaderno negro mientras Nath jugaba con el pequeño Alain de dos años, quien todavía no hablaba lo suficiente para contar el secreto de la visita de Sylvie.

La mayoría de los nombres no le sonaban. Muchos podían ser falsos, porque los protestantes sabían que los estaban espiando y a menudo daban nombres inventados y otra información engañosa: Sylvie y su madre se hacían llamar Thérèse y Jacqueline y no hablaban a nadie sobre su tienda. La joven no tenía forma de saber qué nombres desconocidos eran reales.

Sin embargo, muchos de los anotados eran amigos suyos y compañeros de fe. Esas personas habían sido advertidas con discreción. Unos pocos habían abandonado la congregación por miedo y otros habían vuelto al catolicismo; otros se habían mudado de casa y se habían cambiado el nombre; muchos habían dejado París para trasladarse a ciudades más tolerantes.

Y lo que era más importante a largo plazo: Nath se había convertido en un miembro habitual de la congregación en el pajar sobre el establo, y allí cantaba los salmos a pleno pulmón y desafinando. Con los diez escudos de oro en la mano se había planteado dejar de trabajar para Pierre, pero Sylvie la había convencido para que siguiera en la casa y continuara espiándolo para los protestantes.

Una atmósfera más segura era favorable para la venta de libros, y Sylvie estaba contenta con la nueva remesa que Guillaume había traído desde Ginebra. El pobre seguía enamorado de ella. Sylvie lo apreciaba y agradecía tenerlo como aliado, pero era incapaz de encontrar en su corazón el amor para corresponderlo. Su madre se sentía frustrada por que su hija rechazara a un pretendiente aparentemente ideal. Era un hombre inteligente, próspero y apuesto que compartía la religión y los ideales de la joven. ¿Qué más podía pedir? Sylvie estaba igual de confusa que Isabelle en lo relativo a esa cuestión.

Al final pasó el ataúd, envuelto por un estandarte con el escudo de armas de los De Guisa, transportado sobre una cureña para cañones, tirada por seis caballos blancos. Sylvie no pidió por el alma del Acuchillado. En lugar de eso, dio las gracias a Dios por haber puesto fin a su existencia. En ese momento se atrevía a albergar la esperanza de que hubiera paz y tolerancia.

Por detrás del féretro iba la viuda, Anna, a caballo, vestida de blanco de pies a cabeza y flanqueada por sus damas de compañía. Al final de la comitiva iba un muchacho de hermoso rostro y el cabello rubio; debía de ser el heredero del Acuchillado, Enrique. A su lado, con un jubón blanco y cuello de piel de un tono claro, iba un hombre apuesto de unos veinticinco años con una abundante cabellera rubia.

Sylvie se quedó abrumada por la impactante visión. Sintió asco y horror cuando reconoció la figura que caminaba a la derecha del nuevo duque de Guisa.

Era Pierre.

12

I

Barney pensó que la isla caribeña de La Española debía de ser el lugar más caluroso del planeta.

El verano de 1563, tres años después de haber embarcado en Amberes con la intención de no ir más allá de Combe Harbour, seguía siendo artillero jefe del *Hawk*. Anhelaba regresar a casa y ver a su familia, pero, por extraño que pareciese, tampoco estaba demasiado enfadado por que lo hubiesen engañado para enrolarlo en la tripulación. La vida en el mar era peligrosa y a veces incluso cruel, pero tenía algo que a Barney le sentaba de maravilla. Le gustaba despertar por las mañanas sin saber qué le depararía el nuevo día. Cada vez estaba más convencido de que, para él, la triste quiebra del negocio de su madre había sido una vía de escape.

Su mayor queja consistía en que la compañía era exclusivamente masculina. Siempre había disfrutado del trato con las mujeres, y ellas, a su vez, solían encontrarlo atractivo. A diferencia de muchos marineros, él nunca recurría a las prostitutas de los muelles, que a menudo contagiaban terribles infecciones a los hombres. Su mayor deseo era el de pasear por una calle con una muchacha a su lado, intentando conquistarla y buscando la oportunidad de robarle un beso.

El *Hawk* había navegado de Amberes a Sevilla, y de allí a las islas Canarias. A esta ruta le siguieron una serie de lucrativas travesías de ida y vuelta en las que la nave transportó cuchillos, azulejos cerámicos y prendas de ropa desde Sevilla hasta las islas y regresó cargada con barriles de fuerte vino canario. Eran tratos pacíficos, así que no habían requerido la experiencia de Barney con la artillería, aunque él siempre mantenía el armamento a punto. La tripulación se había reducido de cincuenta a cuarenta hombres a causa de accidentes y enfermedades, los peligros habituales de la vida en el mar, pero no habían tenido que luchar.

El capitán Bacon había decidido entonces que el dinero de verdad estaba en el tráfico de esclavos. En Tenerife encontró a un timonel portugués, de nombre Duarte, que estaba familiarizado tanto con la costa africana como con la travesía transatlántica. La tripulación se había sentido inquieta ante esa peligrosa perspectiva, sobre todo tras llevar tanto tiempo embarcados, así que Bacon les prometió que después de un único viaje regresarían a casa, y que además les daría una prima.

El comercio de esclavos tenía una importancia capital en el África occidental. Desde tiempos inmemoriales, reyes y caciques de la región les vendían compatriotas suyos a compradores árabes que se los llevaban a los mercados esclavistas de Oriente Próximo. Los nuevos comerciantes europeos solo se habían introducido en un negocio que existía ya antes de su llegada.

Bacon compró trescientos veinte hombres, mujeres y niños en Sierra Leona, y luego el *Hawk* zarpó rumbo al oeste, hacia el otro lado del océano Atlántico y el vasto territorio cuyos mapas estaban aún por trazar, llamado Nueva España.

A la tripulación no le gustaba el comercio de esclavos. Los pobres desdichados acabaron hacinados en la bodega y encadenados en condiciones repugnantes. Todo el mundo oía llorar a los niños y lamentarse a las mujeres. A veces cantaban canciones tristes para no perder el ánimo, y eso era aún peor. Cada pocos días moría alguno de ellos, y entonces echaban el cadáver por la borda sin ceremonia alguna. «No son más que ganado», decía Bacon si alguien protestaba; pero el ganado no se lamentaba con cánticos.

Cuando los primeros europeos en cruzar el Atlántico avistaron tierra firme, creyeron que estaban en la India, y por eso llamaron a esas islas las Indias Occidentales. Desde que Magallanes y El Cano circunnavegaran el globo terráqueo ya se sabía que no era así, pero el nombre se les había quedado.

La Española era la más desarrollada de esas numerosas islas, pocas de las cuales tenían nombre siquiera. Su capital, Santo Domingo, era la primera ciudad europea de Nueva España, y hasta tenía catedral, pero, para decepción suya, Barney no llegó a verla. El timonel Duarte alejó el *Hawk* de la ciudad porque los negocios de la embarcación eran ilegales. La Española estaba gobernada por el rey de España, y los mercaderes ingleses tenían prohibido comerciar allí, así que Duarte aconsejó al capitán Bacon que se dirigiera a la costa septentrional, lo más lejos posible de las fuerzas de la ley y el orden.

A los dueños de las plantaciones de caña de azúcar les apremiaba conseguir mano de obra. Barney había oído decir que prácticamente la mitad de todos los europeos que emigraban a las Indias Occidentales morían en los primeros dos años, y los índices de mortalidad eran casi igual de elevados entre los africanos, que parecían resistentes a algunas enfermedades de Nueva España, pero no a todas. De resultas de ello, los dueños de las plantaciones no tenían escrúpulos en comprar a mercaderes ingleses ilícitos y, un día después de que el *Hawk* fondeara en una pequeña localidad sin nombre, Bacon vendió ochenta esclavos a cambio de un pago en oro, perlas y pieles.

Jonathan Greenland, el primer oficial, fue a la ciudad a comprar suministros, y la tripulación disfrutó de su primera comida fresca desde hacía dos meses.

A la mañana siguiente, Barney se encontraba en el entrepuente, la parte central de la cubierta, hablando con Jonathan; parecían inquietos. Desde donde estaban se veía casi toda la pequeña localidad en la que por fin habían atracado. Un embarcadero de madera llevaba hasta una playita y, al otro lado, había una plaza. Todos los edificios eran de madera excepto uno, un palacete construido en piedra coralina de un dorado pálido.

—No me gusta que esto sea ilegal —le dijo Barney a Jonathan en voz baja—. Podríamos dar con nuestros huesos en una cárcel española, y ¿quién sabe cuánto tardaríamos en salir de allí?

—Y todo por nada —repuso Jonathan.

La tripulación no compartía los beneficios del comercio regular, solo se llevaba una parte del botín si capturaban un barco, así que Jonathan estaba decepcionado porque el viaje había sido muy tranquilo.

Mientras hablaban, un joven vestido de negro clerical salió por la puerta principal del palacio y, con aires de personaje importante, cruzó la plaza, bajó hasta la playa y subió al embarcadero. Al llegar a la pasarela dudó un momento, pero luego saltó a ella y subió a bordo.

—Debo hablar con vuestro jefe —dijo en español.

—El capitán Bacon está en su camarote. ¿Vos quién sois? —repuso Barney en el mismo idioma.

Al hombre pareció ofenderle el interrogatorio.

—El padre Ignacio, y traigo un mensaje de don Alfonso.

Barney supuso que Alfonso era el representante de la autoridad local, e Ignacio su secretario.

—Dadme a mí el mensaje y me aseguraré de hacérselo llegar al capitán.

—Don Alfonso llama a vuestro capitán a su presencia de inmediato.

Barney consideraba importante no ofender a las autoridades locales, así que fingió no reparar en la arrogancia de Ignacio.

—Entonces acudirá sin duda —dijo con gentileza—. Si esperáis un momento, iré por él.

Entró en el camarote de Bacon, donde el capitán ya estaba vestido y comía plátanos fritos con pan del día. Barney le dio el mensaje.

—Puedes venir conmigo —dijo Bacon—. Hablas mejor español que yo.

Minutos después, bajaron de la nave al embarcadero. Barney sintió la calidez del sol de la mañana en la cara; de nuevo haría un día abrasador. Mientras seguían al padre Ignacio por la playa, los vecinos más madrugadores de la ciudad se los quedaron mirando con vivo interés. Por lo visto, allí los forasteros eran tan escasos que resultaban fascinantes.

Al cruzar la plaza de tierra, a Barney le llamó la atención una muchacha con un vestido amarillo. Era una africana de piel dorada, aunque iba demasiado bien vestida para ser una esclava. Empujaba un pequeño barril desde la entrada de una casa hasta un carro que esperaba fuera, y levantó la vista hacia los recién llegados. Su mirada audaz se encontró con la de Barney, y él se sobresaltó al ver que tenía los ojos azules.

Le costó lo suyo volver a centrar la atención en el palacete. Dos guardias, armados y con los ojos entornados para protegerse del sol, vigilaban en silencio mientras Bacon y él seguían a Ignacio por la gran puerta. Barney se sintió igual que un delincuente, cosa que era, y entonces se preguntó si lograrían salir de allí tan fácilmente como habían entrado.

El interior del palacio era fresco, tenía los techos altos y los suelos de piedra. Las paredes estaban cubiertas de azulejos de un azul brillante y un amarillo dorado que Barney reconoció como los que salían de las alfarerías de Sevilla. Ignacio los hizo subir por unas amplias escaleras y les dijo que se sentaran en un banco de madera que había arriba. Barney supuso que aquello era un desaire. El alcalde del lugar no tenía en la puerta una cola de personas a las que recibir todas las mañanas. Solo los hacía esperar para demostrar que podía hacerlo. Le pareció buena señal; nadie se molestaba en despreciar a un hombre si estaba a punto de encerrarlo en una cárcel.

Un cuarto de hora después, Ignacio reapareció.

—Don Alfonso os recibirá ahora —anunció, y los hizo pasar a una sala espaciosa llena de altas ventanas con postigos.

Alfonso era un hombre obeso. Tenía unos cincuenta años, el cabello plateado y los ojos azules, y estaba sentado en una silla que parecía haber sido fabricada ex profeso para acomodar su contorno desproporcionado. Dos robustos bastones que había en una mesa junto a él indicaban que no era capaz de caminar sin ayuda.

Estaba leyendo un fajo de papeles y, una vez más, Barney pensó que solo lo hacía para darse importancia. Bacon y él se quedaron de pie junto a Ignacio, esperando a que Alfonso tomara la palabra. Barney sintió que el capitán empezaba a enfadarse, que ese trato desdeñoso le estaba disgustando. Deseó que conservara la calma.

Alfonso levantó la mirada al fin.

—Estáis detenidos —anunció—. Habéis comerciado ilegalmente.

Era lo que Barney había temido. Se lo tradujo al capitán.

—Si intenta apresarme, el *Hawk* aplastará esta ciudad —repuso Bacon.

Era una exageración. El *Hawk* estaba armado con medios sacres, unos cañones ligeros que no eran capaces de destruir ninguna estructura de mampostería bien construida. Eran incluso demasiado pequeños para hundir un barco, a menos que se tuviera una suerte extraordinaria. Sus balas de a cuatro libras estaban diseñadas para inutilizar una embarcación enemiga destrozándole mástiles y jarcias, matando y desmoralizando a la tripulación para así dejar al capitán sin ningún control. De todos modos, sí podía provocar gran cantidad de daños en la plaza de la pequeña ciudad.

Barney se esforzó por encontrar una forma más conciliadora de trasladar la réplica de Bacon.

—El capitán Bacon propone que enviéis un mensaje a su tripulación —le tradujo a Alfonso en español al cabo de un momento— diciéndoles que lo habéis detenido con arreglo a la ley, y que no deben disparar los cañones del barco contra vuestra ciudad, por muy furiosos que estén.

—Eso no es lo que ha dicho. —Era evidente que Alfonso entendía algo de inglés.

—Pero es lo que quería decir.

—Pregúntale cuánto quiere como soborno —interrumpió Bacon con impaciencia.

De nuevo, Barney tuvo más tacto con la traducción.

—El capitán Bacon pregunta cuánto costaría comprar una licencia para comerciar aquí.

Se produjo una pausa. ¿Se negaría Alfonso, airado, y los encarcelaría por corrupción además de por comercio ilegal?

—Cinco escudos por esclavo, que satisfaréis a mi persona —les informó el gordo.

«Gracias al Cielo», pensó Barney. Era un precio alto, pero no desorbitado: un escudo español era una moneda que contenía 3,4 gramos de oro.

—No puedo pagar más de un escudo —fue la respuesta de Bacon.

—Tres.

—Hecho.

—Una cosa más.

—Maldición —masculló el capitán—. He accedido demasiado deprisa. Ahora habrá algún cargo suplementario.

—El capitán Bacon no pagará más —dijo Barney en español.

—Tenéis que amenazar con destruir la ciudad —añadió Alfonso.

Barney no había esperado semejante petición.

—¿Cómo?

—Cuando las autoridades de Santo Domingo me acusen de permitir el comercio ilícito, mi defensa será que me vi obligado a ello para salvaguardar la ciudad de la ira de los salvajes piratas ingleses.

Barney tradujo.

—Me parece bien —dijo Bacon.

—Lo necesitaré por escrito.

El capitán asintió con la cabeza.

Barney arrugó el ceño. Aunque hubiese sido cierto, la idea de dejar escrita la confesión de un delito no le gustaba, pero no veía otra forma de salir del aprieto.

La puerta se abrió entonces y la joven del vestido amarillo entró en la sala. Ignacio la miró sin ningún interés; Alfonso le sonrió con cariño. La muchacha cruzó la estancia hasta la silla de él con tanta naturalidad como si fueran familia y le dio un beso en la frente.

—Esta es mi sobrina, Bella —la presentó Alfonso.

Barney supuso que «sobrina» era un eufemismo para no decir «hija ilegítima». Alfonso, por lo visto, había engendrado una hija con una hermosa esclava. Barney recordó las palabras de Ebrima: «A los esclavos siempre nos usan para el sexo».

Bella llevaba una botella y la dejó en la mesa, junto a los bastones.

—Pensé que podría veniros bien un poco de ron —dijo en un español de mujer instruida, con tan solo un leve acento que Barney no reconoció. Ella lo miró directamente y él se fijó en que sus ojos tenían el mismo azul claro que los de Alfonso—. Disfrutadlo con salud —añadió antes de salir.

—Su madre era una fiera, en paz descanse —comentó Alfonso con nostalgia. Guardó silencio un instante, recordándola, y luego añadió—: Deberíais comprarle ron a Bella. Es el mejor. Probémoslo.

Barney empezó a relajarse. El ambiente había cambiado por completo. De pronto eran socios, no adversarios.

El secretario sacó tres vasos de un aparador, le quitó el tapón a la botella y sirvió generosas medidas para los hombres. Todos bebieron. Era un ron muy bueno, especiado pero suave, y con pegada al tragar.

—Un placer hacer negocios con vos, don Alfonso —dijo Bacon.

El alcalde sonrió.

—Tengo entendido que ya habéis vendido ochenta esclavos.

Barney empezó a excusarse.

—Bueno, no estábamos al tanto de la prohibición...

Alfonso no le hizo ningún caso y prosiguió.

—Lo cual significa que me debéis doscientos cuarenta escudos. Podéis saldar la cuenta aquí y ahora.

Bacon frunció el ceño.

—Eso será algo difícil...

Alfonso lo interrumpió antes de que Barney tuviera tiempo de traducir:

—Recibisteis cuatro mil escudos por los esclavos.

Barney se sorprendió; no sabía que el capitán hubiese sacado tanto. Bacon era muy reservado en cuestiones de dinero.

—Podéis permitiros pagarme doscientos cuarenta ahora mismo —insistió el español.

Tenía razón. Bacon sacó su pesada bolsa y contó minuciosamente el dinero, casi todo en esas enormes monedas llamadas doblones, cada una de las cuales contenía 6,8 gramos de oro y, por lo tanto, valía dos escudos. Su rostro se torcía en una mueca de disgusto, como si tuviese retortijones. Le dolía pagar un soborno tan elevado.

Ignacio comprobó la cantidad y le hizo un ademán a Alfonso.

Bacon se levantó para irse.

—Hacedme llegar vuestra carta de amenaza antes de vender un esclavo más —dijo aquel.

El capitán se encogió de hombros.

Barney se estremeció. A los españoles, que valoraban las formalidades, les molestaban los malos modos. Barney no quería que Bacon lo estropeara todo ofendiendo la sensibilidad de la autoridad justo antes de marchar. Todavía estaban bajo jurisdicción española.

—Gracias, don Alfonso, por vuestra amabilidad al recibirnos —dijo con educación—. Nos sentimos honrados por vuestra cortesía.

El hombre hizo un presuntuoso gesto para despedirlos, e Ignacio los acompañó afuera.

Barney se sintió mejor, aunque no estaba seguro de haber escapado completamente del peligro. De todos modos, deseaba ver de nuevo a Bella. Se preguntó si estaría casada, o si alguien la cortejaría. Supuso que tendría unos veinte años; podrían ser menos, pero la piel oscura siempre parecía más joven. Anhelaba saber más de ella.

—Necesitamos ron a bordo —le dijo a Bacon una vez fuera, en la plaza—. Casi se nos ha acabado. ¿Le compro un barril a esa mujer, Bella, la sobrina?

La excusa no engañó al capitán.

—Vamos, ve, granuja desbraguetado.

Mientras Bacon se dirigía de vuelta al *Hawk*, Barney fue hacia la puerta por donde antes había visto salir a Bella. Era una casa de madera, pero por lo demás estaba construida con la misma planta que el hogar de Carlos Cruz en Sevilla, con un arco central que conducía a un patio ocupado por el taller; la típica vivienda de un artesano.

Barney percibió el terroso olor de la melaza, ese amargo jarabe negro que se obtenía en el segundo hervor de la caña de azúcar y que se utilizaba sobre todo para hacer ron. Supuso que el olor venía de los grandes barriles que estaban alineados contra un lateral del patio. En el otro lado había barriles más pequeños y botellas apiladas, a todas luces para guardar el ron. El patio terminaba en un pequeño huerto de limeros.

El espacio central lo ocupaban dos grandes depósitos. Uno era un cuadrado de tablones calafateados que llegaba hasta la cintura, lleno de una mezcla pegajosa a la que un africano daba vueltas con una enorme pala de madera. El brebaje desprendía el olor a pan de la levadura, así que Barney supuso que era la cuba de fermentación. Junto a ella había un caldero de hierro colgado sobre un fuego. El caldero tenía una tapa cónica con un caño largo, y de él goteaba un líquido oscuro que caía en un cubo. Barney dedujo que en ese caldero se destilaba la mezcla fermentada para producir el licor.

Bella estaba inclinada sobre el cubo, olfateándolo. Barney la contempló y admiró su concentración. Era delgada pero robusta, con piernas y brazos fuertes, sin duda de mover a pulso los barriles. Su frente alta tenía algo que le recordaba a Ebrima y, siguiendo ese impulso, le habló en mandinga.

—*I be nyaadi?* —dijo, que significaba «¿Cómo estás?».

Ella se sobresaltó y se volvió hacia él. Una vez recuperada, le dirigió una parrafada en su idioma.

Barney contestó en español:

—La verdad es que no hablo mandinga, lo siento. Aprendí algunas palabras de un amigo en Sevilla.

—Mi madre me hablaba en mandinga —dijo ella en español—. Está muerta, así que me has dado un susto horrible.

—Lo siento.

La muchacha se lo quedó mirando, pensativa.

—No hay muchos europeos que se molesten en aprender aunque sea unas palabras de ninguna lengua africana.

—Mi padre nos enseñó a aprender todo lo posible de cualquier lengua con la que nos cruzáramos. Decía que era mejor que tener dinero en el banco.

—¿Eres español? No lo pareces, con esa barba pelirroja.

—Inglés.

—Nunca había conocido a ningún inglés. —Levantó el cubo que tenía a sus pies, lo olió y vertió el contenido en el suelo.

—¿Estaba malo el ron? —preguntó Barney.

—Siempre hay que desechar el primer destilado. Es venenoso. Se puede guardar y usarlo para limpiar botas, pero, si lo hago, tarde o temprano algún idiota intentará bebérselo y se matará. Así que prefiero tirarlo. —Tocó el caño con la yema de uno de sus esbeltos dedos y lo olfateó—. Esto ya está mejor. —Hizo rodar un barril vacío hasta colocarlo debajo del caño y luego volvió a prestarle atención a Barney—. ¿Quieres comprar ron?

—Sí, por favor.

—Ven conmigo. Voy a enseñarte la mejor forma de beberlo.

Se lo llevó al fondo del patio, donde empezó a arrancar de los árboles unas limas pequeñas y de un verde pálido y se las fue pasando. Barney la miraba encandilado; todos sus movimientos eran gráciles y elegantes. Bella se detuvo cuando le había cargado más o menos con una docena de frutas.

—Tienes las manos grandes —comentó. Luego miró más detenidamente—. Pero estropeadas. ¿Qué te ocurrió?

—Son marcas de quemaduras —contestó él—. Antes era artillero del ejército español. Es como ser cocinero…, siempre andas quemándote con algo.

—Qué lástima —dijo ella—. Te las afea.

Barney sonrió. Era un poco descarada, pero eso a él le gustaba.

La siguió al interior de la casa. Su salón tenía el suelo de tierra batida y era evidente que los muebles los había hecho ella misma, pero había alegrado el lugar con flores de buganvilla y cojines coloridos. No se veía indicio alguno de un marido: ni botas en el rincón, ni una espada colgada de un gancho, ni un sombrero alto con pluma. Bella señaló una silla de madera basta y Barney se sentó.

La joven sacó entonces dos vasos altos de un armario. Barney se sorprendió, porque el cristal era un lujo inusual. Sin embargo, su negocio era la venta de ron, y cualquier bebida sabía mejor servida en cristalería.

Bella recogió las limas y las partió por la mitad con un cuchillo para exprimir su jugo en una jarra de loza. Sabía que Barney la estaba mirando, pero no parecía importarle.

Sirvió un dedo de ron en cada vaso, añadió una cucharada de azúcar y luego acabó de llenarlos con zumo de lima.

Barney aceptó un vaso y dio un sorbo. Era la bebida más deliciosa que había probado jamás.

—¡Caramba! —exclamó—. Sí que es la mejor forma de beberlo.

—¿Quieres que envíe algo de ron al *Hawk* esta tarde? El mejor que tengo cuesta medio escudo el barril de ciento cincuenta litros.

A Barney le pareció un precio barato; más o menos el mismo que la cerveza en Kingsbridge. Claro que la melaza debía de costar prácticamente nada en esa isla con plantaciones de caña de azúcar…

—Que sean dos barriles —pidió.

—Hecho.

Dio otro sorbo de la ácida bebida.

—¿Cómo te metiste en este negocio?

—Cuando mi madre estaba en su lecho de muerte, don Alfonso le ofreció lo que quisiera. Ella le pidió que me diera la libertad y me facilitara alguna forma de ganarme la vida.

—Y se le ocurrió esto.

Bella se echó a reír abriendo mucho la boca.

—No, propuso que me dedicara a hacer labores. Lo del ron fue idea mía. ¿Y tú? ¿Qué te ha traído a La Española?

—Fue por accidente.

—¿De verdad?

—Bueno, más bien por una serie de accidentes.

—¿Cómo es eso?

Barney se acordó de Sancho en Sevilla, del *José y María*, de la muerte de Gómez Mano de Hierro, del descenso en balsa por el río Lys, de la familia Wolman en Amberes y del engaño del capitán Bacon.

—Es una larga historia.

—Me encantaría escucharla.

—Y a mí contártela, pero me necesitan a bordo.

—¿Es que nunca te deja librar el capitán?

—Por las noches, normalmente.

—Si te preparo la cena, ¿me contarás tu historia?

El corazón de Barney empezó a latir más deprisa.

—De acuerdo.

—¿Esta noche?

—Sí. —Y se levantó.

Para su sorpresa, ella le dio un beso breve y suave en los labios.

—Ven a la puesta de sol —dijo.

II

—¿Crees en el amor a primera vista? —le preguntó Barney a Bella tres semanas después.

—Puede, no sé.

Estaban en la cama, en casa de ella, y el sol acababa de salir. El nuevo día ya era cálido, así que habían apartado las sábanas. Dormían desnudos; en ese clima no hacía falta ponerse camisones.

Los ojos de Barney jamás habían visto nada tan hermoso como el cuerpo marrón dorado de Bella, echado con despreocupación sobre la sábana de lino bajo la luz de la mañana. Nunca se cansaba de contemplarla, y a ella nunca parecía molestarle.

—El día que fui a hablar con don Alfonso —dijo él— y, al mirar al otro lado de la plaza, te vi salir de esta casa haciendo rodar un barril, y tú alzaste los ojos y te encontraste con los míos…, justo entonces me enamoré, aun sin saber nada de ti.

—Podría haber resultado una bruja.

—¿Qué pensaste cuando me viste mirándote?

—Bueno, prefiero no hablar demasiado, la verdad, por si se te sube a la cabeza.

—Vamos, arriésgate.

—Lo cierto es que en ese momento no era capaz de pensar en absoluto. El corazón me latía muy deprisa y casi me faltaba la respiración. Me dije que no eras más que otro hombre blanco con el pelo de un color curioso y un aro en la oreja, nada por lo que emocionarse. Y entonces apartaste la mirada sin más, como si en realidad no te hubieses fijado en mí, y supuse que, en efecto, no había motivo para emocionarse.

Barney estaba profundamente enamorado de ella, igual que ella de él, y ambos lo sabían, pero no tenía ni idea de qué hacer con ese sentimiento.

Bacon ya casi había vendido todos los esclavos, y los que quedaban eran sobre todo los defectuosos: hombres que habían caído enfermos durante la travesía, mujeres embarazadas, niños que languidecían tras verse separados de sus padres… La bodega del *Hawk* estaba repleta de oro, azúcar y pieles. El barco pronto zarparía hacia Europa, y esta vez parecía que Bacon sí tenía intención de ir a Combe Harbour.

¿Regresaría Bella con Barney a su hogar? Eso le comportaría abandonar todo lo que conocía, incluso su próspero negocio. Él tenía miedo de proponérselo. Ni siquiera sabía si Bacon accedería a llevar a una mujer a bordo durante la travesía a Inglaterra.

Pero, entonces, ¿tendría que abandonar Barney su antigua vida y establecerse en La Española? ¿Y a qué se dedicaría? Podría ayudar a Bella a ampliar el negocio del ron. O tal vez podría fundar una plantación de caña, aunque no tenía capital para invertir. Era un paso muy grande tras solo un mes en aquel lugar, pero sabía que quería pasar el resto de su vida junto a Bella.

Tenía que hablar con ella sobre el futuro. Esa pregunta que pendía en el aire siempre le rondaba la mente; quizá rondara también la de ella. Debían afrontarlo de una vez.

Abrió la boca para hablar, pero justo entonces entró Jonathan Greenland por la puerta.

—¡Barney! —exclamó—. ¡Tienes que venir ahora mismo! —De pronto vio a Bella y añadió—: Ay, Dios mío, qué preciosidad…

Fue un comentario torpe, pero la belleza de Bella era capaz de turbar de esa manera a un hombre normalmente inteligente, aun yendo del todo vestida. Barney reprimió una sonrisa.

—¡Fuera de aquí! —dijo—. ¡Esto es el dormitorio de una dama!

Jonathan se volvió de espaldas, pero no salió.

—Lo siento, señorita, pero el tiempo apremia —adujo.

—No pasa nada —repuso Bella tapándose con la sábana—. ¿Qué es tan urgente?

—Se acerca un galeón a gran velocidad.

Barney saltó de la cama y se puso los calzones.

—Volveré —le dijo a Bella mientras metía los pies en las botas.

—¡Ve con cuidado! —exclamó ella.

Barney y Jonathan salieron corriendo de la casa y cruzaron la plaza. El *Hawk* ya estaba levando el ancla. La mayor parte de la tripulación se encontraba en cubierta y en las jarcias, desplegando las velas. Ya habían soltado las amarras del embarcadero, así que los dos rezagados tuvieron que saltar una distancia de un metro para alcanzar el barco.

Una vez a bordo, Barney miró sobre las aguas. Una milla al este vio un galeón español erizado de cañones que se acercaba a ellos deprisa merced al viento de popa. Durante tres semanas había olvidado el peligro en el que se encontraban tanto él como el resto de la tripulación, pero de pronto habían llegado las fuerzas de la ley y el orden.

Los marineros utilizaron largas pértigas para apartar el *Hawk* del embarcadero y empujarlo hacia aguas profundas. El capitán Bacon hizo virar el barco al oeste, y el viento hinchó las velas.

El galeón surcaba el agua con altura, lo cual indicaba que llevaba poco o ningún cargamento. Tenía cuatro mástiles con más velas de las que Barney podía contar de un vistazo, cosa que le confería velocidad. Era de manga ancha y tenía un castillo de popa bastante alto, así que sería relativamente torpe al virar; en cambio, en una persecución en línea recta no había forma de evitar que atrapase al *Hawk*.

Barney oyó una explosión lejana y al instante reconoció el disparo de un cañón. Enseguida se produjo un estrépito, una cacofonía de maderos partiéndose y un coro de gritos de sorpresa entre la tripulación. Una enorme bala de cañón había pasado a poco menos de un metro de Barney y había atravesado la carpintería del castillo de proa antes de desaparecer.

Era una bala mucho mayor que las de a cuatro libras con que iba armado el *Hawk*, así que el galeón debía de tener cañones más pesados. De todos modos, Barney pensó que si su artillero había acertado a una milla de distancia, tenía que ser por pura suerte.

Un momento después, el *Hawk* viró con brusquedad y Barney perdió el equilibrio. De pronto temió que el barco se hubiese visto gravemente dañado y estuviese fuera de control, quizá incluso yéndose a pique. La perspectiva de morir en el mar le aterrorizaba… pero fue solo un momento. Enseguida vio al capitán Bacon girando el timón, virando a propósito hacia el norte, con el viento de costado. El desconcierto sustituyó al miedo. Era evidente que Bacon se había dado cuenta de que no podía ir más deprisa que el español, pero… ¿en qué alternativa había pensado?

—¡Deja de mirar sin hacer nada, maldito imbécil! —le rugió Jonathan a Barney—. ¡Baja ya a la cubierta de artillería, que es tu lugar!

Barney se dio cuenta de que estaba a punto de vivir su primera batalla naval y se preguntó si también sería la última. Deseó haber podido regresar a casa, a Kingsbridge, una vez más antes de morir.

Ya había estado otras veces bajo fuego enemigo. Tenía miedo, pero sabía cómo controlarlo y hacer su trabajo.

Primero fue a la cocina, en el castillo de proa. El cocinero sangraba porque se le había clavado una astilla del impacto anterior, pero los fogones estaban intactos y Barney pudo encender un trozo de madera. Oyó una segunda explosión y se tensó a la espera del golpe, aterrorizado otra vez, pero la bala erró el blanco.

Abajo, en la bodega, los pocos esclavos que quedaban suponían ya lo que pasaba y gritaban presa del horror, temiendo sin duda estar a punto de morir encadenados a un barco que se hundía.

Hubo un tercer estallido, de nuevo sin impacto, y la suposición de Barney quedó confirmada: el primer tiro había sido cuestión de suerte. El artillero del galeón debió de llegar a la misma conclusión y decidió reservar la munición para oportunidades mejores, porque ya no hubo una cuarta explosión.

Barney regresó arriba protegiendo la llama con la mano. La mayoría de los tripulantes estaban en cubierta o subidos a las jarcias, ajustando las velas según las órdenes que les gritaba el capitán Bacon. Él corrió hacia la portezuela de las escaleras de cámara, que descendían a las cubiertas inferiores, y bajó los peldaños llevando su astilla encendida.

La tripulación ya había abierto las troneras y desatado los cabos que retenían los medios sacres en posición cuando no se usaban; así, las pesadas cureñas que sostenían los cañones podrían rodar hacia atrás con el retroceso del cañonazo. Los hombres eran sensatos y llevaban muchísimo cuidado al desplazarse por la cubierta de artillería cuando los cañones estaban sueltos; si alguien se encontraba detrás de un cañón en el momento de disparar, podía quedar lisiado o incluso morir.

Cada cañón tenía a su lado un arca con casi todo lo necesario para disparar: una pequeña cubeta de cuero con tapa para la pólvora; un montón de trapos para usar de taco; una mecha de tres hebras de algodón entrelazadas y empapadas en salitre y lejía; herramientas para cargar el cañón y limpiarlo entre disparo y disparo, y un cubo de agua. La munición estaba en un gran arcón en el centro de la cubierta, junto a un barril de pólvora.

Había dos hombres por cada cañón. Uno usaba el cucharón, una pala de mango largo que servía para medir la pólvora justa; una cantidad que pesara exactamente lo mismo que la bala, aunque los buenos artilleros hacían pequeños ajustes cuando conocían su arma. El otro remetía tela por el alma del cañón para que hiciera de taco, y luego la bala.

Al cabo de pocos minutos, todos los cañones de estribor estaban cargados. Barney fue encendiendo las mechas de todos los hombres con su astilla. La mayoría liaban la suya en la punta de una vara ahorquillada que se llamaba botafuego, y así podían estar bien lejos del cañón cuando acercaban la brasa a la cazoleta.

Barney miró al exterior por una tronera. El *Hawk* estaba cruzado en la fuerte brisa del este, surcando las aguas a la increíble velocidad de ocho o nueve nudos y con el raudo galeón a media milla, echándoseles encima por estribor.

Decidió esperar. A esa distancia podía acertarle al otro navío, y quizá incluso ocasionarle daños de poca consideración, pero no sería la mejor forma de aprovechar su armamento.

La embarcación atacante se les acercaba de frente, de manera que no podía utilizar los potentes cañones del costado. Dos pequeñas explosiones le indicaron que el artillero enemigo lo estaba intentando con los cañones de la cubierta de proa, pero Barney vio por las salpicaduras que las dos balas habían acabado en el agua sin causar ningún daño.

Aun así, el veloz barco pronto estaría lo bastante cerca para virar ligeramente y desplegar los cañones laterales, y entonces el *Hawk* sí que estaría en apuros. ¿Qué diantres pensaba hacer el capitán Bacon? Tal vez el viejo idiota no había planeado nada. Barney intentó mantener a raya el pánico.

—¿Disparamos, señor? —preguntó con impaciencia un artillero llamado Silas.

A Barney le costó un gran esfuerzo controlar su nerviosismo.

—Todavía no —dijo con más seguridad de la que sentía—. Están demasiado lejos.

Arriba, en cubierta, Bacon gritó:

—¡No disparéis, artilleros!

Aunque no pudo oír a Silas, su instinto le había dicho que en la cubierta de artillería se estaban poniendo nerviosos.

A medida que el galeón se acercaba, también mejoraba su ángulo de disparo. A unos quinientos cincuenta metros, abrió fuego.

Se produjo una explosión y una bocanada de humo. La bala se movía lo bastante despacio para resultar visible, y Barney vio cómo se alzaba describiendo una ligera parábola. Resistió la tentación de agacharse. Antes de que el proyectil se acercara, vio que iba a alcanzarlos, pero el artillero español había apuntado un poco demasiado arriba, y la bala pasó volando entre las jarcias. Oyó cómo se desgarraban lonas y cabos, pero sonó como si no hubiese provocado daño alguno en la madera.

Barney estaba a punto de contraatacar, pero se detuvo cuando oyó a Bacon gritar varias órdenes seguidas. Entonces el *Hawk* dio otra sacudida y viró a sotavento. Por unos instantes tuvieron viento de popa, pero el capitán siguió virando ciento ochenta grados hasta poner rumbo al sur, de vuelta a la isla.

Sin que hiciera falta que nadie se lo dijera, todos los artilleros se colocaron en el costado de babor de la cubierta de artillería y cargaron los otros seis medios sacres.

Pero ¿qué tramaba Bacon?

Barney vio por la tronera que la proa del galeón cambiaba de dirección para interceptar el nuevo curso del *Hawk*. Y entonces comprendió las intenciones de su capitán.

Le estaba ofreciendo el blanco perfecto.

Al cabo de uno o dos minutos, el *Hawk* estaría con el costado hacia la proa de la nave enemiga, y a solo doscientos setenta metros. Entonces Barney podría abrir fuego y barrer con una salva de cañonazos la desguarnecida cubierta del galeón, de proa a popa, lo cual causaría el máximo daño posible tanto a los aparejos como a la tripulación.

Si hacía bien su trabajo.

Los separaba tan poca distancia que no había necesidad de colocar cuñas para elevar los cañones. El tiro sería perfecto disparando a nivel, aunque el blanco era estrecho…

—¿Ahora, señor? —preguntó Silas.

—No —respondió Barney—. Estad preparados, mantened la calma.

Se arrodilló junto al primer cañón y, con el corazón latiéndole con fuerza, miró fuera para tener vigilado el ángulo del galeón. Era mucho más fácil en tierra firme, cuando ni el cañón ni el blanco subían y bajaban constantemente por el oleaje.

El barco enemigo parecía virar poco a poco. Barney luchó contra la tentación de empezar a disparar demasiado pronto. Decidió observar los cuatro mástiles; dispararía cuando los tuviera en línea recta, de manera que el primero tapara el resto. O justo antes, para compensar el tiempo que tardaría la bala en alcanzar su objetivo.

—¡Cuando digáis, señor! —gritó Silas.

—¡Preparados! —Los mástiles estaban casi alineados, así que le dio unos golpecitos a Silas en el hombro—. ¡Fuego el uno!

El artillero acercó la punta ardiente de su mecha a la cazoleta del cañón.

La explosión resultó ensordecedora en el espacio reducido de la cubierta de artillería, y el cañón salió disparado hacia atrás a causa del retroceso.

Barney miró fuera y vio que el proyectil se estrellaba contra el castillo de proa del galeón. Gritos de júbilo estallaron entre la tripulación del *Hawk*.

Se acercó al siguiente cañón y le dio unos golpes en el hombro a su artillero.

—¡Fuego!

Esa bala fue más alta e impactó contra los mástiles del galeón español.

Barney oyó estallar fuertes vítores en cubierta. Fue avanzando por toda la línea en dirección a popa, concentrado en intentar que los disparos fueran sincronizados, una fracción de segundo por cada cañón, hasta descargar los seis.

Regresó entonces al primero, esperando encontrarse a Silas cargando de nuevo. Para su consternación, el artillero y su compañero estaban felicitándose con un apretón de manos.

—¡Volved a cargar! —gritó Barney—. ¡Esos puercos no están muertos todavía!

Silas se hizo a toda prisa con un sacatrapos, una herramienta de mango largo con una espiral de hierro acabada en punta al final, y lo utilizó para extraer los restos del taco del alma del cañón. Los desechos salían humeando y echando chispas. Silas pisoteó las ascuas con su calloso pie descalzo y no pareció sentir ningún dolor. Su compañero agarró entonces un palo largo envuelto con numerosos trapos bien tirantes, lo hundió en el cubo de agua y lo metió por el cañón para extinguir cualquier chispa que quedase y apagar cualquier fragmento encendido que pudieran prender la siguiente carga de pólvora antes de tiempo. Retiró el escobillón, y el calor del arma evaporó enseguida todo rastro de agua. Los dos hombres volvieron a cargar el cañón ya limpio.

Barney miró de nuevo por la tronera. La proa del galeón estaba agujereada por dos puntos y su trinquete se inclinaba hacia un lado. Desde la cubierta —que ya solo estaba a unos ciento ochenta metros— llegaban los gritos de los heridos y las exclamaciones de terror de los supervivientes. Aun así, la nave no había quedado inutilizada y el capitán conservaba el control. El galeón seguía avanzando a una velocidad apenas reducida.

Barney cayó presa del desánimo al ver lo mucho que tardaban sus artilleros en recargar. La experiencia en el campo de batalla le había enseñado que con una única descarga nunca se ganaba la batalla. Los ejércitos podían recuperarse. Con varias descargas consecutivas que diezmaran sus filas y derribaran a sus compañeros, sin embargo, se destruía la moral y se empujaba a los hombres a huir o a rendirse. La repetición lo era todo. No obstante, la tripulación del *Hawk* estaba formada por marineros, no artilleros, y nadie les había enseñado la importancia de volver a cargar con rapidez y disciplina.

El galeón avanzaba directo hacia el *Hawk*. Su capitán no pretendía disparar los cañones del costado. «Claro que no», pensó Barney, los españoles no querrían hundir el *Hawk*, ellos preferirían capturarlo y confiscar el tesoro que habían acumulado de forma ilegal. Por eso disparaban con los cañones de la cubierta de proa, más pequeños. Algunos de sus proyectiles estaban alcanzando las jarcias, pero el *Hawk* era una nave estrecha, con lo que las balas de cañón pasaban fácilmente de largo, o no llegaban. La táctica del galeón, según vio Barney entonces, sería la de embestirlos y luego abordarlos.

Para cuando los cañones del *Hawk* estuvieran listos, el galeón les quedaría a menos de cien metros de distancia. No obstante, como era más alto que el *Hawk* y Barney quería alcanzar la cubierta y no el casco, necesitaba elevar un poco sus cañones. Corrió a lo largo de la línea para ajustar las cuñas.

Los siguientes minutos se le hicieron eternos. El galeón se movía deprisa, a nueve o diez nudos, y su proa levantaba espuma en el oleaje, pero daba la sensación de acercarse centímetro a centímetro. Tenía la cubierta repleta de marineros y soldados a todas luces ansiosos por saltar a bordo del *Hawk* y matarlos a todos. Silas y sus compañeros no hacían más que mirar del galeón a Barney y viceversa; estaban impacientes por acercar ya sus mechas a la pólvora.

—¡Esperad a mi orden! —gritó él. Un disparo prematuro era el mayor regalo posible para el enemigo, pues le permitía acercarse a salvo mientras los otros volvían a cargar las armas.

Sin embargo, el galeón quedó entonces a noventa metros y Barney decidió que había llegado el momento.

Una vez más, el capitán Bacon le había ofrecido un blanco perfecto. El navío español iba directo hacia los cañones del *Hawk*. A tan poca distancia no podía fallar. Barney ordenó disparar los seis cañones en rápida sucesión y luego gritó:

—¡Recargad! ¡Recargad!

Miró entonces al exterior y vio que sus cañonazos habían sido más certeros aún de lo que esperaba. Una bala debió de alcanzar el palo mayor, porque se inclinaba hacia delante, empujado por el viento. El ritmo del galeón se redujo cuando varias de sus velas se vinieron abajo. El palo mayor cayó entre las jarcias del trinquete dañado, y también este empezó a ladearse. El barco español estaba a cuarenta y cinco metros nada más, pero seguía siendo mucha distancia para que sus hombres pudiesen abordar el *Hawk*. Aunque sufría cuantiosos daños, Barney constató que seguía un rumbo de deriva que lo haría chocar contra ellos, y que entonces los abordarían de todas formas.

Pero Bacon volvió a actuar. Hizo virar el *Hawk* a sotavento y el viento del este hinchó las velas. El barco ganó velocidad. En cuestión de segundos, el *Hawk* iba lanzado hacia el oeste y el galeón, gravemente incapacitado, no pudo seguirle el ritmo.

¿De verdad se había acabado?

Barney subió a cubierta, donde la tripulación lo recibió con vítores. La victoria era suya. Habían derrotado a una embarcación mayor y más veloz. Barney era su héroe, aunque él sabía que en realidad habían ganado la batalla gracias a la habilidad del capitán Bacon y a su barco ágil y rápido.

Barney miró atrás. El galeón a duras penas ponía rumbo al puerto y La Española poco a poco se perdía a lo lejos.

Igual que Bella.

Se acercó a Bacon, que estaba en el timón.

—¿Adónde nos dirigimos, capitán?

—A casa —contestó este—. A Combe Harbour. —Al ver que Barney no decía nada, añadió—: ¿No era eso lo que querías?

Barney echó otro vistazo a La Española, que desaparecía en la bruma, bajo el sol del Caribe.

—Lo era —dijo.

13

I

Margery sabía que estaba cometiendo un delito grave cuando cogió una escoba y empezó a barrer el suelo de la capilla con intención de adecentarla para la misa.

El pequeño pueblo de Tench no tenía iglesia, pero esa capilla pertenecía a la casa señorial. El conde Swithin casi nunca visitaba Tench y el edificio estaba sucio, en mal estado e invadido por el moho. Cuando Margery hubo terminado con el suelo, abrió una ventana y dejó entrar un poco de aire fresco. Con la luz del amanecer empezó a parecerse algo más a un lugar destinado a la oración.

Stephen Lincoln colocó velas en el altar, a ambos lados de un pequeño crucifijo incrustado de joyas que había hurtado de la catedral de Kingsbridge tiempo atrás, durante los primeros días del reinado de Isabel, antes de abandonar el sacerdocio de manera oficial. El hombre llevaba una magnífica capa pluvial que había rescatado de una hoguera protestante a la que habían arrojado vestiduras sacerdotales. Era una verdadera obra de arte, bordada con hilo de oro y plata y seda de colores, que representaba el martirio de Tomás Becket. También aparecían motivos foliáceos distribuidos de forma aleatoria y, por alguna razón, varios loros.

Margery llevó una silla de madera del salón y se sentó para prepararse para la misa.

No había relojes en Tench, pero todo el mundo sabía cuándo amanecía, de ahí que las pequeñas familias de los aldeanos empezaran a entrar en la capilla, saludando en voz baja a los vecinos, al tiempo que la pálida luz de la mañana estival se colaba por la ventana oriental y transformaba en oro las paredes de piedra gris. Stephen esperaba de espaldas a los feligreses, que contemplaron, fascinados, las imágenes coloridas de la capa pluvial.

Margery sabía cuánta gente vivía en Tench, ya que la aldea formaba parte del condado de Shiring, y le complació comprobar que había acudido hasta el último de sus habitantes, incluida la vecina de mayor edad de todos, la abuela Harborough, a la que tuvieron que ayudar a entrar y la única que disfrutaría del privilegio de permanecer sentada durante todo el oficio.

Stephen inició las plegarias. Margery cerró los ojos y dejó que la conocida cadencia de las palabras en latín penetrara en su mente e inundara su alma de la apreciada tranquilidad que la hacía sentir en comunión con Dios y con el mundo.

Durante sus viajes por el condado de Shiring, a veces acompañada por su marido, Bart, y otras sin él, Margery hablaba con la gente sobre su sentir religioso. Tanto hombres como mujeres la querían por igual, y se mostraban más dispuestos a abrirse a una mujer joven porque no resultaba intimidatoria. Solía dirigirse al administrador, un hombre contratado para velar por los intereses del conde, quien, si se le trataba con amabilidad, y al tanto de la ferviente adhesión al catolicismo de la familia de su patrón, no tardaba en confesarle a Margery qué fe profesaban los aldeanos. En lugares pobres y apartados como Tench era habitual descubrir que todos eran católicos. Y cuando aquello ocurría, lo disponía todo para que Stephen pudiese llevarles los sacramentos.

A pesar de constituir un delito, Margery no creía que corriese peligro. En los cinco años que Isabel llevaba en el trono, no se había ejecutado a nadie por profesar la fe católica. Stephen tenía la impresión, a raíz de sus charlas con otros antiguos sacerdotes, de que las misas clandestinas como las que él oficiaba en realidad eran bastante habituales y, aun así, no había habido una reacción por parte de las autoridades ni se había iniciado ninguna campaña para erradicarlas.

Todo indicaba que la reina Isabel estaba dispuesta a tolerar esa clase de actividades, o al menos era lo que había insinuado Ned Willard, que visitaba Kingsbridge una o dos veces al año. Margery solía verlo en la catedral e incluso hablaba con él, aunque su rostro y su voz le provocaban pensamientos impuros. Según Ned, a Isabel no le interesaba castigar a los católicos; sin embargo —añadía como si se tratase de una advertencia personal—, quien desafiase su autoridad como cabeza de la Iglesia de Inglaterra —o, incluso peor, quien cuestionase su derecho al trono— recibiría un trato severo.

A pesar de que Margery no pretendía realizar ningún alegato político, debía andarse con cuidado, convencida de que sería un error bajar la guardia. Los monarcas cambiaban de opinión.

Aunque el miedo siempre estaba presente en su vida, como una campana tocando a muerto en la lejanía, no la apartaba de su deber. Se sentía orgullosa de haber sido la elegida para preservar la fe verdadera en el condado de Shiring y aceptaba el peligro como parte de dicha misión. Si algún día aquello le acarreaba problemas serios, encontraría la fuerza para enfrentarse a ellos, estaba segura. O casi segura.

Los feligreses que habían acudido a la misa católica se cubrirían más tarde las espaldas acercándose hasta la aldea de al lado, donde un pastor celebraría un servicio protestante ayudado del devocionario autorizado por Isabel y la Biblia en inglés introducida por su herético padre, el rey Enrique VIII. De todas formas, estaban obligados a presentarse, ya que la multa por no ir a la iglesia era de un chelín y nadie en Tench podía permitírselo.

Margery fue la primera en recibir la comunión, para animar a los demás, y luego se quedó a un lado observando a los aldeanos. Sus rostros curtidos se iluminaban cuando recibían el sacramento que durante tanto tiempo se les había negado. Finalmente llevaron a la abuela Harborough hasta la parte delantera. Era muy probable que esa fuese la última vez que comulgase, pero su semblante arrugado estaba bañado de júbilo. Margery imaginaba lo que pensaba: su alma se hallaba a salvo y se sentía en paz.

Ahora ya podía morir feliz.

II

—Si tuviera veinte años menos, me casaría contigo, Ned Willard, créeme —dijo la condesa viuda de Brecknock una mañana en la cama.

Tenía cuarenta y cinco años y era prima del conde Swithin. Ned la conocía de vista desde que era pequeño, aunque jamás había soñado con convertirse en su amante. Estaba tumbada a su lado, con la cabeza apoyada sobre su pecho y un muslo rollizo sobre sus rodillas. Se imaginaba casado con ella. Era inteligente y divertida, y tan lasciva como una gata en celo. Nunca había conocido a nadie que se comportara en la cama como ella, y le proponía juegos que él jamás hubiese concebido. Tenía un rostro sensual, ojos de un cálido color castaño y unos pechos grandes y suaves; no obstante, lo mejor de todo era que lo había ayudado a dejar de pensar en Margery acostándose con Bart.

—Aunque es una idea pésima, claro. Ya no tengo edad para darte hijos, y aunque podría contribuir a la carrera de un joven, con sir William Cecil de mentor no necesitas ninguna ayuda. Además, ni siquiera tengo fortuna que dejarte.

«Y no estamos enamorados», pensó Ned, aunque no lo dijo. Susannah le gustaba muchísimo, y la mujer le había procurado un placer intenso durante un año, pero no la amaba y estaba bastante seguro de que ella a él tampoco. Ned ignoraba que ese tipo de relaciones fuesen siquiera posibles. Había aprendido mucho de ella.

—Además —añadió Susannah—, estoy convencida de que nunca vas a superar lo de Margery.

Con el tiempo, Ned había comprendido que la única desventaja de tener una amante mayor que él residía en que no podía ocultarle nada. Ignoraba cómo lo hacía, pero aquella mujer lo adivinaba todo, incluso lo que no deseaba que supiese. Sobre todo, lo que no deseaba que supiese.

—Margery es una chica encantadora y se merecía estar contigo —insistió Susannah—, pero su familia estaba desesperada por pertenecer a la nobleza y la utilizó.

—Los hombres de esa familia son la escoria de la sociedad —masculló Ned con sentimiento—. Los conozco muy bien.

—No lo dudo. Por desgracia, el matrimonio no siempre tiene que ver con el amor. Sin ir más lejos, yo debo casarme sin falta.

Ned se quedó atónito.

—¿Por qué?

—Una viuda es una carga. Podría vivir con mi hijo, pero a nadie le apetece tener a su madre al lado a todas horas. La reina Isabel me aprecia, si bien se considera que la corte no es lugar para una mujer soltera. Además, si encima es atractiva, las casadas se ponen nerviosas. No; necesito un marido, y Robin Twyford será perfecto.

—¿Vas a casarte con lord Twyford?

—Sí, diría que sí.

—¿Y él lo sabe?

Susannah se echó a reír.

—No, pero me encuentra fascinante.

—Porque lo eres, pero Robin Twyford no está a tu altura.

—No seas condescendiente. Tiene cincuenta y cinco años, pero es un hombre brioso, inteligente y me hace reír.

Ned comprendió que debía suavizar el tono.

—Querida mía, espero que seas muy feliz.

—Eres un cielo.

—¿Irás esta noche a la representación?

—Sí. —Le encantaba el teatro, igual que a él.

—Entonces nos veremos allí.

—Si coincides con Twyford, compórtate. Nada de celos absurdos.

Los celos de Ned los suscitaba otra persona, pero se lo calló.

—Te lo prometo.

—Gracias. —Le chupó un pezón.

—Eso me gusta. —Ned oyó las campanas de St. Martin-in-the-Fields—. Pero tengo que ir a servir a Su Majestad.

—No, todavía no. —Le chupó el otro pezón.

—Pronto.

—No te preocupes —lo tranquilizó, poniéndose encima de él—. Seré rápida.

Media hora después, Ned recorría la Strand con paso vivo.

La reina Isabel aún no había nombrado al obispo que sustituiría a Julius, y Ned quería que le adjudicase el cargo al deán de Kingsbridge, Luke Richards. El deán era un hombre justo... y amigo de la familia Willard.

Todo el mundo en la corte intentaba encontrar puestos para sus amigos, por lo que Ned no estaba seguro de si debía importunar a la reina con sus preferencias personales. En aquellos cinco años a su servicio, había aprendido lo rápido que un cortesano perdía la simpatía de Isabel cuando olvidaba quién servía a quién; por eso había estado esperando el momento oportuno. Ese día la reina consultaría el tema de los obispos con el secretario de Estado, sir William Cecil, quien le había pedido a su ayudante que asistiera a la audiencia.

El palacio de White Hall estaba formado por decenas de edificios, patios y jardines, entre los que se incluía un campo de tenis. Ned conocía el camino hasta las dependencias reales y atravesó la sala de la guardia sin detenerse, en dirección a sala de espera. Suspiró aliviado al ver que Cecil no había llegado aún. Susannah había sido rápida, como le había prometido, y no lo había retrasado demasiado.

En la antecámara también se encontraba el embajador español, Álvaro de la Quadra, que se paseaba inquieto por la estancia con gesto huraño, aunque Ned sospechaba que parte del enojo era pura afectación. Sabía que la labor del embajador no era sencilla: cuando su señor estaba exaltado, él debía transmitir dicha emoción, tanto si la compartía como si no.

Pocos minutos después apareció el secretario de Estado, que prácticamente arrastró a Ned consigo a la cámara de presencia.

La reina Isabel había cumplido treinta años y había perdido el rubor juvenil que en el pasado casi la había hecho parecer hermosa. También había engordado, y su afición a los dulces le estropeaba los dientes. Pero ese día estaba de buen humor.

—Antes de pasar al tema de los obispos, que entre el embajador español —ordenó. Ned supuso que había estado esperando a Cecil para no enfrentarse sola a Álvaro de la Quadra, que representaba al monarca más poderoso de Europa.

El dignatario realizó un saludo tan brusco que casi podría dar pie a ser interpretado como un insulto.

—Unos piratas ingleses han atacado un galeón español —anunció sin más.

—Lamento oírlo —contestó la reina.

—¡Mataron a tres nobles! Sin contar con que también murieron varios marineros y que el barco sufrió grandes daños antes de que los piratas huyeran.

Leyendo entre líneas, Ned concluyó que el galeón se había llevado la peor parte en la refriega, lo que habría herido el orgullo del rey Felipe y de ahí su ira.

—Me temo que no está en mi poder controlar los actos de mis súbditos cuando se encuentran en alta mar y lejos de casa —replicó Isabel—. Ni en el mío ni en el de ningún monarca.

En realidad, se trataba de una verdad a medias. No resultaba sencillo controlar los barcos que se hallaban en alta mar, pero, por otro lado, Isabel tampoco ponía demasiado empeño en la labor. Los barcos mercantes tenían patente de corso, a menudo de manera literal, gracias al papel que desempeñaban en la seguridad de su reino. En tiempos de guerra, el monarca podía ordenarles que unieran sus fuerzas a la armada real, por lo que juntos constituían la principal defensa de una nación insular sin ejército permanente. Isabel era dueña de un mastín que sabía cómo ahuyentar a los intrusos.

—De todos modos, ¿dónde ha ocurrido? —prosiguió Isabel.

—Frente a las costas de La Española.

—¿Y quién efectuó el primer disparo? —preguntó Cecil, que había estudiado derecho en el colegio de abogados de la Gray's Inn. Una pregunta sutil.

—No dispongo de esa información —aseguró De la Quadra, por lo que Ned presumió que habían sido los españoles. El embajador prácticamente confirmó sus sospechas cuando, acto seguido, añadió con altanería—: En cualquier caso, un barco de Su Majestad el rey Felipe estaría legitimado a disparar a cualquier navío implicado en actividades delictivas.

—¿De qué tipo de delito estamos hablando? —quiso saber Cecil.

—El barco inglés carecía de permiso para navegar a Nueva España. Igual que cualquier otro barco extranjero.

—¿Y sabemos qué hacía el capitán en el Nuevo Mundo?

—¡Vender esclavos!

—Veamos si os he comprendido —intervino Isabel. Ned se preguntó si el embajador habría detectado el tono de advertencia de su voz con la misma claridad que él—. Un galeón español dispara a un barco inglés que estaba negociando pacíficamente con compradores de La Española dispuestos a tratar con ellos..., ¿y os atrevéis a quejaros ante mí porque los ingleses respondieron al fuego?

—¡Su sola presencia allí constituye un delito de por sí! Majestad, sabéis muy bien que Su Santidad el Papa ha concedido la jurisdicción sobre el Nuevo Mundo a los reyes de España y Portugal.

—¡Y Su Majestad el rey Felipe sabe muy bien que el Papa no posee autoridad para conceder a su antojo ni esa ni ninguna otra tierra de Nuestro Señor a ningún monarca! —contestó la reina con voz glacial.

—El Santo Padre, en su infinita sabiduría...

—¡Por los clavos de Cristo! —explotó Isabel, recurriendo a una blasfemia que ofendía profundamente a católicos como De la Quadra—. ¡Si disparáis a los ingleses simplemente por estar en el Nuevo Mundo, vuestros barcos deberán asumir el riesgo que ello conlleve! No vengáis luego a quejaros de las consecuencias. Podéis retiraros.

El embajador hizo una reverencia y a continuación la miró con expresión taimada.

—¿No deseáis conocer el nombre del barco inglés?

—Adelante, decidlo.

—Se trataba del *Hawk*, con base en Combe Harbour, a las órdenes del capitán Jonas Bacon. —El embajador se volvió hacia Ned—. El maestro artillero es alguien llamado Barnabas Willard.

Ned ahogó un grito.

—¡Mi hermano!

—Vuestro hermano —repitió el español con evidente satisfacción—, y, según las leyes por todos aceptadas, un pirata. —Hizo una nueva reverencia ante la reina—. Deseo que paséis un buen día, majestad.

—¿Lo sabías? —le preguntó Isabel a Ned cuando el embajador se hubo ido.

—Solo una parte —contestó Ned, intentando ordenar sus ideas—. Hace tres años, mi tío Jan de Amberes escribió para decir que Barney había vuelto a casa a bordo del *Hawk*. Hasta ahora pensábamos que se había desviado a algún otro lugar. ¡Pero jamás imaginamos que había cruzado el Atlántico!

—Espero que vuelva a casa sano y salvo —dijo la reina—. Bien, hablando de Kingsbridge, ¿quién nos conviene como obispo?

Ned, aturdido aún por lo que acababa de descubrir acerca de Barney, no estuvo al quite de la pregunta; sin embargo, Cecil acudió presto en su rescate y lo invitó a intervenir:

—Willard conoce al candidato idóneo.

Ned salió de su ensimismamiento.

—Luke Richards, cuarenta y cinco años. Ahora es el deán.

—Y amigo tuyo, imagino —apuntó la reina con arrogancia.

—Sí, majestad.

—¿Cómo es?

—Un hombre moderado. Y un buen protestante, aunque, si os soy sincero, mi señora, debo confesaros que hace cinco años era un buen católico.

Cecil frunció el ceño en señal de desaprobación, pero la reina Isabel rio de buena gana.

—Excelente —celebró la soberana—. ¡Esa es justo la clase de obispo que me gusta!

III

Margery llevaba cinco años casada y no había habido ni un solo día en todo ese tiempo que no hubiese pensado en salir huyendo.

En términos generales, Bart Shiring no era un mal marido. Jamás le había puesto la mano encima, y aunque debía cumplir con sus obligaciones conyugales de cuando en cuando, la mayoría de las veces él satisfacía sus necesidades en otra parte. En ese aspecto, se parecía a casi todos los nobles. Se sentía muy decepcionado por no tener descendencia, algo de lo que solía culparse a la mujer, pero no la había acusado de brujería, como habrían hecho algunos maridos. Aun así, lo odiaba.

La huida soñada adoptaba muchas y variadas formas. Había sopesado la idea de ingresar en un convento francés, pero Bart acabaría dando con ella y la obligaría a volver a casa. Podía cortarse el pelo, vestirse de hombre y hacerse a la mar, pero en los barcos no había intimidad y tardarían menos de un día en descubrirla. También tenía la posibilidad de ensillar su caballo preferido una mañana y no volver nunca más, pero ¿adónde iría? Londres la atraía, pero ¿de qué viviría? Sabía muy poco acerca de cómo funcionaba el mundo, y por todos era sabido que las muchachas que huían a la gran ciudad solían acabar trabajando de prostitutas.

En ocasiones la tentaba el pecado del suicidio.

Lo único que la mantenía con vida era el trabajo clandestino que realizaba para ayudar a los católicos menos favorecidos de Inglaterra; una labor que daba sentido a su existencia, además de resultar emocionante y aterradora al mismo tiempo. Sin eso, solo habría sido una triste víctima de las circunstancias; en cambio se sentía como una aventurera, una proscrita, una enviada secreta del Señor.

Cuando Bart no estaba en casa, casi era feliz. Le gustaba disponer de la cama para ella sola: nadie roncaba, ni eructaba, ni se levantaba a medianoche con paso tambaleante para mear en el orinal, y por las mañanas adoraba poder asearse y vestirse a solas. Sentía una gran estima por su tocador, con su pequeño anaquel de libros y sus jarroncitos con ramilletes verdes. Y por las tardes regresaba a su habitación y se sentaba a leer poesía o a estudiar su Biblia en latín sin tener que soportar las preguntas cargadas de desdén que cuestionaban sus gustos.

Sin embargo, no ocurría demasiado a menudo. Cuando Bart viajaba, normalmente lo hacía a Kingsbridge, y en esas ocasiones Margery lo acompañaba y aprovechaba para ver a sus amigos y para ponerse en contacto con los católicos que vivían su fe de manera clandestina. No obstante, esta vez Bart había ido a Combe Harbour, y Margery estaba disfrutando de su tiempo a solas.

Aun así, bajó al comedor a la hora de cenar, por descontado. El conde Swithin había contraído segundas nupcias con una muchacha más joven que Margery, pero la condesa adolescente había fallecido en el parto de su primogénito, un niño que había nacido muerto, de manera que Margery volvía a ser la señora de la casa y las comidas formaban parte de sus responsabilidades. Esa noche había pedido que se sirviera cordero con miel y canela. Solo la acompañaban el conde Swithin y Stephen Lincoln, que en esos momentos vivía en New Castle. Oficialmente trabajaba como secretario del conde, pero en realidad era su sacerdote. Todos los domingos, decía misa en la capilla para la familia y los criados, menos cuando Margery y él se ausentaban para hacer lo mismo en otro lugar.

A pesar de la discreción general, era imposible que tales prácticas no acabasen conociéndose en un momento u otro. Ya por entonces mucha gente sabía o sospechaba que en New Castle y, tal vez, en toda Inglaterra seguían oficiándose misas católicas. Una realidad que indignaba profundamente a los puritanos del Parlamento —todos hombres, por descontado—, pero la reina Isabel se negaba a imponer la ley. Margery había empezado a percatarse de que esa clase de soluciones intermedias eran típicas de Isabel. La soberana era una hereje, pero también una mujer sensata, y la vizcondesa daba gracias a Dios por ello.

Se retiró tan pronto como se lo permitió la etiqueta, aunque no tuvo que buscar una excusa: el ama de llaves estaba enferma, en realidad era probable que estuviese agonizando, y quería asegurarse de que la pobre mujer pasaba la noche lo más cómoda posible.

Se dirigió a las dependencias de los criados. Sal Brendon estaba tumbada en una pequeña alcoba junto a la cocina. Habían tenido un mal comienzo, cinco años atrás, pero poco a poco Margery había conseguido convertirla en su aliada y por entonces ya gobernaban la casa codo con codo. Desgraciadamente, a Sal le había salido un bulto en uno de sus generosos pechos y, a lo largo del último año, la mujer oronda y voluptuosa de mediana edad se había convertido en un saco de huesos con pellejo.

El tumor se había abierto camino hasta la piel y se le había extendido al hombro, que llevaba vendado para disimular el mal olor. Margery la animó a beber un poco de vino de Jerez y se sentó a charlar un rato con ella. Sal le contó, con amarga resignación, que hacía semanas que el conde no se dignaba a visitarla y que tenía la sensación de que había malgastado su vida intentando hacer feliz a un hombre ingrato.

La joven se retiró luego a su habitación y se animó leyendo un libro francés desternillante titulado *Pantagruel* que hablaba sobre una raza de gigantes, algunos de los cuales tenían unos testículos tan grandes que bastaban tres para llenar un saco. Stephen Lincoln habría desaprobado aquella clase de lectura, cuando en realidad no tenía nada de malo. Estuvo leyendo una hora a la luz de las velas, riéndose sofocadamente de vez en cuando, y luego se desvistió.

Dormía con un camisón de lino que le llegaba a las rodillas. La cama tenía dosel, aunque ella mantenía las colgaduras retiradas. Gracias a las altas ventanas de la casa y a que la luna estaba en cuarto creciente, la oscuridad no era completa. Se metió bajo las sábanas y cerró los ojos.

Le habría gustado enseñarle *Pantagruel* a Ned Willard, que habría disfrutado con las ocurrencias cómicas y estrafalarias del autor como lo había hecho con la representación de María Magdalena, en New Castle. Siempre que topaba con algo interesante o desacostumbrado se preguntaba qué opinaría Ned al respecto.

Solía pensar en él por las noches. Aunque sabía que no era así, tenía la sensación de que sus fantasías pecaminosas eran más secretas cuando la amparaba la oscuridad. En ese momento recordó la primera vez que Ned la había besado y la había acariciado, en el viejo horno en desuso, y lamentó que no hubiesen ido más lejos. Las imágenes la llenaron de una sensación cálida y agradable. Sabía que era pecado tocarse allí abajo, pero —como le ocurría a veces— esa noche la sacudida le sobrevino sin necesidad de emplear las manos y no pudo hacer otra cosa más que apretar los muslos y abandonarse a las oleadas de placer.

Después la asaltó la tristeza. Pensó en los lamentos de Sal Brendon y se vio en su propio lecho de muerte, preguntándose si acabaría tan amargada como ella. Las lágrimas acudieron a sus ojos. Alargó la mano hacia un pequeño cofre que tenía junto a la cama, donde guardaba sus cosas privadas, y sacó un pañuelo de lino bordado con bellotas. Era de Ned; nunca se lo había devuelto. Enterró la cara en él, imaginando que volvía a estar a su lado y que él le acariciaba las mejillas con delicadeza, enjugándole las lágrimas.

En ese momento oyó una respiración.

En New Castle no había cerraduras, pero ella solía ajustar la puerta. En cualquier caso, no había oído que nadie la abriera. Tal vez solo la había dejado entornada, pero ¿quién iba a entrar procurando no hacer ruido?

Quizá era un perro. De noche, los sabuesos del conde campaban a sus anchas por los pasillos y podía ser que hubiera entrado uno llevado por la curiosidad. Aguzó el oído. Lo que fuese intentaba contener la respiración, como un hombre que desea moverse con sigilo... Y los perros no hacían eso.

Abrió los ojos y se incorporó, con el pulso acelerado. A la luz de la luna, adivinó la silueta de un hombre en camisa de dormir.

—Fuera de mi habitación —instó con firmeza al desconocido, aunque con un pequeño temblor en la voz.

Se hizo un silencio. Estaba demasiado oscuro para distinguir de quién se trataba. ¿Habría vuelto Bart de manera inesperada? No, nadie viajaba después de que hubiese anochecido. No podía ser un criado, una audacia semejante se pagaba con la vida, y tampoco Stephen Lincoln, porque estaba segura de que nada lo llamaba junto al lecho de una mujer; si el sacerdote hubiese de cometer esa clase de pecado, sería con un jovencito atractivo.

—No tengas miedo —dijo el hombre.

Era Swithin.

—Marchaos —le pidió Margery.

El conde se sentó en el borde de la cama.

—Ambos nos sentimos solos —repuso él. Arrastraba un poco las palabras, como siempre hacía al final de la velada.

La joven hizo ademán de levantarse, pero él la retuvo con fuerza.

—Sabes que quieres —insistió él.

—¡No, no quiero! —Margery forcejeó, pero Swithin era un hombre fornido y aún conservaba su fuerza a pesar de lo que había bebido.

—Me gusta que opongan un poco de resistencia.

—¡Soltadme! —gritó Margery.

El hombre retiró las sábanas con la mano libre, le subió el camisón hasta las caderas y contempló sus muslos con anhelo. Irracionalmente, la joven se sintió avergonzada e intentó cubrir su desnudez con las manos.

—Oh, eres tímida —observó complacido.

Margery no sabía qué hacer para librarse de él.

Con una rapidez sorprendente, el conde la agarró por los tobillos y tiró de ella con fuerza. La joven se vio arrastrada hacia abajo y cayó de espaldas sobre el colchón. Aún no se había recuperado de la impresión cuando vio que Swithin subía a la cama y se tumbaba sobre ella.

Era pesado y notó su aliento fétido mientras le sobaba los pechos con la mano mutilada.

—¡Marchaos ahora o gritaré y se enterará todo el mundo! —chilló Margery.

—Les diré que me sedujiste —contestó él—. ¿A quién piensas que creerán?

Se quedó helada. Sabía que tenía razón. La gente decía que las mujeres eran incapaces de controlar sus instintos, a diferencia de los hombres. Margery creía que sucedía justo al contrario, pero no le costaba imaginar a los hombres poniéndose de parte del conde mientras ella era el blanco de las miradas recelosas de las mujeres en medio de un intercambio de acusaciones. Bart se hallaría entre la espada y la pared, pues conocía muy bien a su padre, pero era muy posible que no tuviera el valor de oponerse al conde.

Notó que Swithin se movía con torpeza para levantarse la camisa de dormir. Tal vez no consiguiera tener una erección, pensó, aferrándose a esa esperanza. A veces le ocurría a Bart, por lo general porque había bebido demasiado, aunque él siempre le echaba la culpa a ella y la acusaba de quitarle las ganas. Y Swithin había bebido mucho.

Aunque no lo suficiente, pues sintió cómo su pene empujaba contra ella. Todas sus esperanzas se desvanecieron.

Cerró las piernas con fuerza. Él intentó separárselas, pero sus movimientos eran torpes. Tenía que descansar su peso considerable en un codo mientras arremetía entre los muslos de la joven con la otra mano, y gruñó, frustrado. Tal vez, si ella se lo ponía difícil, él acabase perdiendo la erección e, indignado, se diese por vencido.

—Abre las piernas, puta —siseó el conde.

Margery las apretó aún más.

Él la golpeó en la cara con la mano libre.

Fue como una explosión. Swithin era un hombre corpulento, de espaldas anchas y brazos fornidos, y había asestado muchos puñetazos en su vida. Margery ignoraba que pudiera doler tanto. Convencida de que la cabeza iba a separársele del cuello y con la boca llena de sangre, por un instante perdió toda capacidad de resistencia, algo que él aprovechó para separarle las piernas y penetrarla con fuerza.

A partir de ahí, todo fue muy rápido. Margery soportó las acometidas completamente aturdida; le dolía tanto la cara que apenas sentía el resto del cuerpo. Swithin se tumbó a un lado cuando terminó, respirando con dificultad.

La joven se levantó, corrió a un rincón de la habitación y se sentó en el suelo, cogiéndose la cabeza, que creía a punto de estallar. Un minuto después, oyó que el conde salía del dormitorio sin hacer ruido, resollando.

Margery se secó las lágrimas con el pañuelo que, para su sorpresa, aún llevaba en la mano, aferrado entre los dedos, y esperó a estar segura de que el conde se había ido para regresar a la cama. Permaneció tumbada, llorando con voz queda, hasta que el sueño la sumió finalmente en la deseada inconsciencia.

A la mañana siguiente, de no ser por lo mucho que le dolía la cara, habría jurado que lo había soñado. Se miró en un espejo y vio que la tenía hinchada y amarillenta. Durante el desayuno dijo que se había caído de la cama. ¿Qué importaba si alguien creía o no la historia que acababa de inventarse?; acusar al conde solo le acarrearía más problemas.

Swithin comió copiosamente y actuó como si no hubiese pasado nada.

Tan pronto como el conde dejó la mesa, Margery le pidió a la criada que se retirara y fue a sentarse junto a Stephen.

—Swithin fue anoche a mi habitación —le confesó en voz baja.

—¿Para qué?

La joven se lo quedó mirando. Era sacerdote, pero tenía veintiocho años y había estudiado en Oxford; era imposible que fuese tan ingenuo.

—¡Ah! —exclamó al cabo de un momento.

—Me forzó.

—¿Te resististe?

—Por supuesto, pero es más fuerte que yo. —Se tocó la cara hinchada con las yemas de los dedos, procurando no apretar—. No me he caído de la cama. Su puño hizo esto.

—¿Gritaste?

—Lo amenacé con hacerlo, pero dijo que le contaría a todo el mundo que yo lo había seducido y que lo creerían a él, no a mí. Y en eso tiene razón…, como bien sabéis.

Stephen no parecía sentirse cómodo con aquella conversación.

Se hizo un silencio.

—¿Qué hago? —preguntó Margery al fin.

—Reza y pide perdón —contestó Stephen.

La joven frunció el ceño.

—¿Se puede saber de qué habláis?

—Pide perdón por tus pecados. Dios será misericordioso.

—¡¿Qué pecados?! —exclamó alzando la voz—. ¡Yo no he cometido ningún pecado! Soy la víctima de uno… ¿Cómo podéis decirme que pida perdón?

—¡No grites! Lo que estoy diciendo es que Dios perdonará tu adulterio.

—¿Y qué hay de él?

—¿Del conde?

—Sí. Él ha cometido un pecado mucho peor que el del adulterio. ¿Qué vais a hacer al respecto?

—Soy un sacerdote, no el sheriff.

Margery lo miró de hito en hito, incrédula.

—¿Estáis hablando en serio? ¿Eso es lo que le respondéis a una mujer que ha sido violada por su suegro? ¿Que no sois el sheriff?

Stephen desvió la mirada.

La joven se levantó.

—Gusano —le espetó—. Sois un vil gusano.

Y abandonó la estancia.

En ese momento habría sido capaz de renunciar a su religión, aunque sabía que se trataba de algo pasajero. Pensó en Job, cuyas tribulaciones habían puesto a prueba su fe. «Maldice a Dios, y muérete», le había dicho su mujer, pero Job se había negado. Si todos los que se topaban con un sacerdote pusilánime renegasen de Jesús no habría muchos cristianos. Así y todo, ¿qué iba a hacer? Bart no volvería hasta el día siguiente. ¿Y si Swithin regresaba esa noche a su alcoba?

Invirtió el resto del día en idear un plan. Le pidió a una joven criada, Peggy, que durmiera en su habitación, en un jergón colocado al pie de la cama. Era usual que una criada acompañase por las noches a las mujeres solteras, aunque Margery nunca había sido demasiado partidaria de dicha costumbre. Ahora comprendía su razón de ser.

También tenía un perro. Por el castillo siempre pululaban cachorros, y había encontrado uno lo bastante joven para enseñarle a serle fiel. No tenía nombre, así que le había puesto Mick. Ya por entonces armaba un jaleo fenomenal cuando se ponía a ladrar; con el tiempo, aprendería a protegerla.

A Margery le asombró el comportamiento de Swithin a lo largo del día. Volvió a coincidir con él en la comida y en la cena, durante las que no se dirigió a ella, cosa que era habitual, aunque sí charló con Stephen Lincoln sobre asuntos de actualidad: el Nuevo Mundo, el diseño de las naves y la falta de decisión de la reina Isabel en cuanto a su posible consorte. Era como si hubiese olvidado el crimen infame que había cometido la noche anterior.

Cuando Margery se fue a la cama, cerró la puerta con firmeza y a continuación la atrancó con un arcón que Peggy le ayudó a arrastrar. Hubiera preferido que pesara más, pero entonces no habrían podido moverlo.

Finalmente se ciñó un cinturón sobre el camisón, al que sujetó un pequeño cuchillo con funda. Decidió que, en cuanto pudiera, buscaría un puñal más grande.

La pobre Peggy estaba aterrorizada, pero Margery no le ofreció ninguna explicación, ya que eso hubiese exigido acusar al conde.

La criada apagó las velas y se ovilló en el jergón. Como es evidente, Mick estaba desconcertado por sus nuevos aposentos, pero aceptó el cambio con estoicismo canino y se echó a dormir delante de la chimenea.

Margery se metió en la cama. No podía tumbarse del lado izquierdo porque el mínimo contacto con el rostro magullado, aunque se tratase de una almohada de plumas, le producía un dolor insoportable. Se echó de espaldas con los ojos bien abiertos. Sabía con toda certeza que esa noche no iba a conciliar el sueño.

Solo quería que las horas pasasen lo antes posible. Bart volvería a casa al día siguiente y, a partir de entonces, procuraría no volver a quedarse sola con Swithin nunca más. Sin embargo, descartó la idea de inmediato. Bart era quien decidía si lo acompañaba, y no siempre le consultaba qué prefería. Era probable que la dejara en casa cuando quisiera ir a visitar a alguna de sus queridas, o llevarse a sus amigos a un burdel, o disfrutar de cualquier otro pasatiempo en el que la presencia de una esposa supusiese un estorbo. Margery no podía ir en contra de los deseos de su marido sin un motivo y no le quedaba otro remedio que callar el suyo. Estaba en un atolladero, cosa que Swithin sabía.

La única salida era matar al conde, pero si lo hacía, la ahorcarían. Nada la salvaría del castigo.

Salvo que lograse que pareciera un accidente…

¿Dios la perdonaría? Tal vez. Seguro que no quería que la violaran.

Seguía absorta en sus reflexiones cuando oyó que el picaporte se movía.

Mick empezó a ladrar, nervioso.

Alguien quería entrar.

—¿Quién puede ser? —preguntó Peggy con voz asustada.

Volvieron a oír el picaporte y, a continuación, un golpe seco. La puerta había topado con el arcón, del que la separaban dos centímetros.

—¡Marchaos! —gritó Margery.

Oyó un gruñido al otro lado, como el de alguien haciendo un esfuerzo, y vio que el arcón se movía.

Peggy gritó.

Margery salió de la cama de un salto.

El arcón se desplazó unos centímetros y la puerta se abrió lo suficiente para dejar pasar a un hombre. Swithin, que únicamente vestía una camisa de dormir, se coló en el dormitorio.

Mick le ladró y el conde le propinó una patada que lo alcanzó en la panza. El perro gimió de terror y se escabulló a través del resquicio entre la puerta y el arcón.

—Largo de aquí si no quieres que te patee a ti también —le dijo a Peggy en cuanto la vio.

La criada huyó despavorida.

A continuación, se acercó a Margery.

—Si no os marcháis, os mataré —le advirtió la joven, desenvainando el cuchillo que llevaba en el cinturón.

Swithin lo apartó de un manotazo que la alcanzó en la muñeca con la fuerza de un martillo, y el cuchillo salió volando. Acto seguido, la levantó del suelo sin esfuerzo tras agarrarla por los brazos, la arrojó sobre la cama y se puso encima de ella.

—Abre las piernas —le ordenó—. Lo estás deseando.

—Os odio —dijo Margery.

Swithin levantó el puño.

—Abre las piernas o te pegaré en el mismo sitio.

El dolor de la cara era insufrible y estaba convencida de que la mataría si volvía a golpearla. Empezó a llorar, sin poder contenerse, y separó los muslos.

IV

Rollo Fitzgerald hacía todo cuanto estaba en su mano para tener vigilados a los puritanos de Kingsbridge. Su principal fuente de información era Donal Gloster, el secretario de Dan Cobley. Donal tenía una motivación doble: odiaba a la familia Cobley por haberlo rechazado como yerno y codiciaba el dinero de Rollo porque su patrón le pagaba mal.

Rollo se reunía con Donal de manera regular en una taberna llamada The Cock, situada en el Cruce de la Horca. En realidad se trataba de un burdel, lo que le permitía a Rollo alquilar una habitación privada donde podían conversar sin que nadie los molestase. Si a alguna de las chicas le daba por hablar de aquellos encuentros, la gente pensaría de inmediato que eran amantes. La homosexualidad era un pecado y un delito, pero los hombres que chismorreaban con las prostitutas no solían estar en posición de lanzar acusaciones.

—A Dan no le ha sentado bien que hagan obispo al deán Luke —le informó Donal un día de otoño de 1563—. Los puritanos creen que Luke tiende la capa según sopla el viento.

—Y con razón —afirmó Rollo con desdén. Adoptar una creencia nueva con cada cambio de monarca se llamaba «hacer política», y «políticos» a quienes la practicaban. Rollo los odiaba—. Supongo que la reina lo habrá escogido por su maleabilidad. ¿A quién quería Dan de obispo?

—Al padre Jeremiah.

El joven Fitzgerald asintió. Jeremiah era el párroco de St. John, en Loversfield, un barrio al sur de Kingsbridge. Siempre había sido un reformista, aunque se había quedado en la Iglesia. Habría sido un obispo protestante radical que se hubiese mostrado muy poco tolerante con quienes añoraban los viejos tiempos.

—Gracias al Cielo que Dan no se ha salido con la suya.

—Todavía no ha dado su brazo a torcer.

—¿Qué quieres decir? La decisión está tomada, la reina ya lo ha anunciado. La investidura se llevará a cabo pasado mañana.

—Dan tiene un plan, por eso os he hecho venir. Os interesará.

—Adelante.

—Para la investidura de un nuevo obispo, el clero siempre saca a san Adolfo.

—Sí, tienes razón. —Los huesos de san Adolfo llevaban siglos depositados en la catedral de Kingsbridge, en un relicario recubierto de joyas que estaba expuesto en el presbiterio. Peregrinos de toda Europa acudían a rezarle al santo para pedirle salud y buena suerte—. Aunque puede que esta vez Luke deje los huesos donde están.

Donal negó con la cabeza.

—Luke los sacará en procesión, porque eso es lo que quiere el pueblo de Kingsbridge. Dice que nadie les rinde culto, así que no es idolatría, solo veneran la memoria del hombre santo.

—Siempre tan conciliador, ese Luke.

—Los puritanos creen que es una blasfemia.

—No me extraña.

—Y actuarán el domingo.

Rollo enarcó las cejas. Aquello era interesante.

—¿Qué van a hacer?

—Se apoderarán del relicario en plena ceremonia de bendición de los huesos y profanarán los restos del santo... mientras le piden a Dios que los fulmine si lo desaprueba.

Rollo se quedó de piedra.

—¿Piensan hacer algo así con unas reliquias que los sacerdotes de Kingsbridge llevan custodiando quinientos años?

—Sí.

Incluso la reina reprobaba esa clase de comportamientos. La iconoclastia se había extendido durante el reinado de Eduardo VI, pero Isabel había aprobado una ley que sancionaba la destrucción de imágenes y objetos que pertenecieran a la Iglesia. Sin embargo, había muchos protestantes radicales y la prohibición había tenido un éxito moderado.

—No sé de qué me sorprendo —dijo Rollo.

—Supuse que os gustaría saberlo.

En eso tenía razón, un secreto era un arma. Aun así, poseer información de la que otros carecían era lo que regocijaba a Rollo, quien se relamía por las noches al saberse su único dueño, sintiéndose poderoso.

Metió la mano en el bolsillo y le tendió a Dan cinco ángeles, una moneda de oro cuyo valor equivalía a diez chelines o media libra.

—Bien hecho —lo felicitó.

Dan se embolsó el dinero con aire complacido.

—Gracias.

A Rollo lo asaltó la imagen de las trece monedas de plata de Judas Iscariote.

—Mantenme informado —le pidió, y se fue.

Cruzó el puente de Merthin para dirigirse al centro de la ciudad y echó a andar por Main Street. El filo cortante del frío aire otoñal parecía intensificar su entusiasmo. Al mirar las antiguas y sagradas piedras de la catedral y pensar en la blasfemia que pretendían cometer se estremeció de horror, jurándose que lo impediría.

Aunque tal vez podía hacer algo más que impedirlo. ¿Y si encontraba la manera de que el incidente jugase a su favor?

Se dirigió a Priory Gate, el palacio de su padre, absorto en sus pensamientos, sin prisas. La construcción de la vivienda prácticamente había dejado en la ruina a la familia Fitzgerald, aunque al final habían sido los Willard quienes se habían llevado la peor parte. Cinco años después, la casa había perdido el lustre original y tenía un aire más asentado. La lluvia inglesa y el humo de dos mil chimeneas habían oscurecido ligeramente la pálida piedra gris, procedente de la misma cantera que los sillares de la catedral.

El conde Swithin estaba de visita en Kingsbridge, acompañado de Bart y Margery, para asistir a la investidura del nuevo obispo. Se alojaban en la casa del conde, en la isla de los Leprosos, pero pasaban gran parte del tiempo en Priory Gate, por lo que Rollo esperaba que estuvieran allí en ese momento. Se moría de ganas de compartir con Swithin lo que Donal acababa de contarle, convencido de que el conde se indignaría incluso más que él.

Ascendió las escaleras de mármol y entró en el salón de sir Reginald. A pesar de que la casa contaba con habitaciones de mayor empaque, la gente solía reunirse en aquella para hablar de negocios. Sir Reginald, que rozaba una edad en la que el frío empezaba a calar los huesos, había hecho que encendieran un buen fuego. Y allí encontró a los invitados, con una jarra de vino en la mesa.

A Rollo lo enorgulleció ver que el conde parecía sentirse como en casa. A pesar de que nunca lo había dicho, sabía que a su padre le ocurría otro tanto. En presencia de Swithin reprimía su carácter impulsivo y beligerante y se mostraba más sensato y contenido a la hora de expresarse, como un consejero cabal y experimentado.

Bart se parecía físicamente a Swithin, era una versión más joven del conde, aunque carecía de su personalidad. Veneraba a su poderoso y autoritario padre, pero nunca estaría a su altura.

«A pesar de Isabel, la vieja guardia sigue en pie», pensó Rollo. Habían sufrido reveses, pero no los habían derrotado.

Se sentó junto a su hermana y aceptó la copa de vino que le tendió su madre. Estaba ligeramente preocupado por Margery. Solo tenía veinte años, pero parecía mayor. Había perdido peso, estaba muy pálida y tenía una magulladura en la mandíbula. Ella siempre se había enorgullecido de su aspecto, para el gusto de Rollo, rozando la vanidad, pero ese día llevaba un vestido anodino y el pelo grasiento y descuidado. Estaba convencido de que era infeliz, aunque ignoraba el motivo. Le había preguntado sin ambages si Bart la maltrataba, pero ella le había asegurado que su marido era un hombre decente. Tal vez estuviese frustrada porque todavía no habían concebido un hijo. Fuera cual fuese el motivo de su infelicidad, solo esperaba que su hermana no causase problemas.

—Traigo noticias un tanto inquietantes —anunció tras beber un trago de vino—. He estado hablando con Donal Gloster.

—Un sujeto despreciable —gruñó sir Reginald.

—Despreciable, pero útil. Sin él no sabríamos que Dan Cobley y los puritanos están planeando cometer una atrocidad el domingo, durante la investidura de Luke Richards, a quien no consideran lo bastante herético para su gusto.

—¿Una atrocidad? —repitió su padre—. ¿Qué piensan hacer?

—Profanar los huesos del santo —reveló Rollo sin más.

La noticia los dejó tan atónitos que todos guardaron silencio un momento.

—No —susurró Margery.

—Como se atreva, le hundiré mi espada en las tripas —barbotó el conde Swithin.

Rollo lo miró sorprendido. Tal vez el uso de la violencia no tuviese que ser solo en un sentido; no había pensado en ello.

—Si matáis a un hombre en la iglesia, Swithin, seréis ejecutado —intervino lady Jane con tono enérgico—. Ni siquiera un conde conseguiría salir impune de un acto semejante.

El encanto y la frescura de lady Jane le permitían hablar con absoluta franqueza.

Swithin reaccionó como si acabaran de cortarle las alas.

—Tenéis razón, maldita sea —dijo.

—Puede que mi madre se equivoque, mi señor —repuso Rollo.

—¿En qué?

—Sí, dinos en qué me equivoco, si eres tan listo, hijo mío —lo animó lady Jane, enarcando las cejas.

Rollo se concentró e intentó explicarles el plan que iba urdiendo en su cabeza conforme hablaba:

—Sí, hasta un conde tendría que responder con su vida por cometer un asesinato premeditado en una iglesia, pero pensemos un poco más. ¿Y si el alcalde de Kingsbridge tuviera una versión distinta?

Swithin parecía no entender nada, pero Reginald lo invitó a continuar:

—Adelante, Rollo, lo que dices suena interesante.

—Cualquier suceso puede ser bueno o malo, dependiendo del punto de vista. Imaginemos lo siguiente: un grupo de indeseables armados entran en una ciudad, matan a los hombres, violan a las mujeres y huyen con todo lo que consideran de valor. No cabe duda de que se trata de un crimen atroz, salvo que la ciudad se encuentre en Asiria y las víctimas sean musulmanes, en cuyo caso los hombres armados dejan de ser criminales y se convierten en cruzados y héroes.

—Y ni siquiera pretendes ser sarcástico —comentó Margery, indignada.

Rollo no sabía a qué se refería.

—¿Y? —preguntó sir Reginald, impaciente.

—Lo que ocurrirá el domingo es que los puritanos atacarán al clero e intentarán robar las reliquias, desoyendo la ley aprobada por la reina Isabel. A continuación, algunos fieles cristianos acudirán en defensa del nuevo obispo de Isabel y salvarán los huesos del santo. Lo mejor sería que no se utilizasen armas, aunque naturalmente habrá hombres que lleven los cuchillos de diario que usan para cortar la carne cuando se sientan a comer. Por desgracia, en el desorden que se sucederá a continuación, el cabecilla de los puritanos de Kingsbridge, Dan Cobley, acabará herido de muerte, pero al ser el principal instigador de los disturbios, se considerará un designio divino. Además, será imposible determinar quién asestó la cuchillada mortal. Y tú, padre, como alcalde de Kingsbridge, escribirás un informe a Su Majestad la reina en el que le contarás esta sencilla historia.

—La muerte de Dan Cobley sería un regalo del Cielo. Está al frente de los puritanos —comentó sir Reginald con aire meditativo.

—Y es el peor enemigo de la familia —añadió Rollo.

—Podría morir mucha más gente —apuntó Margery, muy seria.

A Rollo no le sorprendió su desaprobación. Era muy devota, pero creía que la fe católica debía promoverse por cualquier medio que no implicara el uso de la violencia.

—Margery tiene razón, es arriesgado —admitió el conde Swithin—. Pero no podemos permitir que eso se interponga en nuestro camino. —Sonrió—. Las mujeres se preocupan por cosas como esas, por eso Dios hizo al hombre su señor.

V

Margery repasaba lo que había ocurrido ese día, mientras descansaba en la cama. Dan Cobley y los puritanos merecían su desprecio por planear semejante profanación, aunque casi le inspiraban más repulsa su padre y su hermano, quienes pensaban aprovechar el sacrilegio para asestar un golpe político como toda respuesta.

Tanto Reginald como Rollo podían resultar heridos en el altercado, aunque comprobó que asumía ese riesgo con cierta indiferencia. Le daba igual lo que les sucediese. La habían utilizado sin ningún reparo para ascender socialmente del mismo modo que planeaban utilizar el sacrilegio de los puritanos. No les importaba que le hubiesen arruinado la vida. De pequeña le habían procurado el mismo cariño que le habrían mostrado a un potro que prometía acabar convirtiéndose en un caballo de tiro. Las lágrimas acudieron a sus ojos al pensar con nostalgia en su infancia, cuando creía que la querían de verdad.

Sin embargo, estaba muy lejos de mostrarse indiferente ante la posibilidad de que hirieran a Swithin. Deseaba con toda su alma que lo mataran, o al menos que lo dejaran impedido de tal manera que no pudiera volver a forzarla nunca más. En sus plegarias, le rogó a Dios que enviara a Swithin al infierno el domingo por la mañana, y se fue a dormir imaginando la llegada del día en que se habría librado de su torturador.

Cuando despertó, comprendió que estaba en su mano que su deseo se convirtiera en realidad.

Swithin iba a poner su vida en peligro, pero ella tenía que encontrar la manera de asegurarse de que saliese mal parado. Gracias al trabajo clandestino que realizaba con Stephen Lincoln, Rollo y Reginald la consideraban una firme aliada, por eso jamás se les hubiera ocurrido ocultarle nada. Conocía el secreto y tenía que usarlo.

Se levantó temprano. Su madre ya estaba en la cocina, dando instrucciones a los criados para las comidas del día. Lady Jane era perspicaz, por lo que debía saber que algo iba mal en la vida de su hija, pero no había dicho nada. La mujer la aconsejaría si se lo pedía, pero no iba a indagar sin que antes le dieran pie. Tal vez había cosas respecto a su propio matrimonio que prefería guardarse para sí misma.

Lady Jane le pidió a su hija que se acercara a la ribera para ver si había pescado bueno y fresco. Era una lluviosa mañana de sábado, por lo que Margery se puso un abrigo viejo antes de coger una cesta para el pescado y dirigirse a la plaza, donde los mercaderes ya estaban preparando sus puestos.

Tenía que avisar a los puritanos de la trampa que estaban tendiéndoles, de ese modo irían armados a la catedral, para defenderse. Sin embargo, no podía llamar a la puerta de Dan Cobley y anunciar que deseaba comunicarle un secreto. Para empezar, la gente la reconocería, y que la vizcondesa de Shiring hubiese ido a ver a Dan Cobley sería una noticia tan sorprendente que iría de boca en boca en cuestión de minutos. Además, Dan no la creería y sospecharía que era una treta. Tenía que encontrar una manera más sutil de ponerlo sobre aviso.

Pero no se le ocurría nada. Atravesaba la plaza absorta en sus pensamientos cuando una voz que le aceleró el pulso la sacó del ensimismamiento.

—¡Qué alegría verte!

Levantó la vista, gratamente sorprendida. Allí, con un caro abrigo negro y el mismo aspecto de siempre, estaba Ned Willard. A Margery le pareció un ángel de la guarda enviado por Dios.

De pronto fue consciente de lo desaliñada que iba ella, con un abrigo poco favorecedor y el pelo recogido bajo un pañuelo. Por fortuna, a Ned, quien la miraba y sonreía como si no tuviera nada mejor que hacer en todo el día, no pareció importarle.

—Ahora llevas espada —observó Margery.

Ned se encogió de hombros.

—Igual que todos los cortesanos —contestó él—. Incluso me han dado clases de esgrima, para que sepa qué hacer con ella.

Tras sobreponerse a la sorpresa, Margery empezó a pensar con lógica. Era evidente que acababa de presentársele la oportunidad de utilizar el secreto. Si la gente la veía hablar con Ned, se limitaría a asentir y a comentar en voz baja que la joven nunca lo había superado. Y lo mismo ocurriría con su familia, en el caso de que llegase a sus oídos.

Lo que no sabía era hasta dónde contarle.

—Va a haber un altercado durante la investidura —se lanzó—. Dan Cobley quiere llevarse los huesos del santo.

—¿Cómo lo sabes?

—Donal Gloster se lo dijo a Rollo.

Ned enarcó las cejas. Ignoraba que la mano derecha de Dan Cobley trabajaba de espía para los católicos, pero no hizo ningún comentario, como si se reservara la información para analizarla más tarde.

—Rollo se lo dijo a Swithin —prosiguió Margery—, y Swithin va a utilizarlo como excusa para iniciar una escaramuza y matar a Dan.

—¿En la iglesia?

—Sí. Cree que saldrá impune porque actuará en defensa del clero y las reliquias.

—Swithin no es tan listo como para que se le haya ocurrido a él.

—No, fue idea de Rollo.

—Es astuto como el demonio.

—He intentado encontrar la manera de avisar a los puritanos para que vayan armados, pero podrías hacerlo tú.

—Sí —contestó Ned—, déjamelo a mí.

Margery resistió la tentación de lanzarse en sus brazos y besarlo.

VI

—Hay que suspender la ceremonia —decidió el deán Luke cuando Ned le contó lo que iba a suceder.

—¿Y cuándo volvería a celebrarse?

—No lo sé.

Se encontraban en el presbiterio, junto a uno de los imponentes pilares que sostenían la torre. Al alzar la vista, Ned recordó que se trataba de la torre de Merthin, la misma que había reconstruido después de que se desplomase la anterior, según contaba la historia de Kingsbridge, conocida como el *Libro de Timothy*. Merthin debió de ser un buen constructor, porque habían transcurrido doscientos años.

Ned volvió la mirada hacia el rostro angustiado y los ojos azules y afables de Luke. El sacerdote era un hombre que evitaba el conflicto a toda costa.

—No podemos posponer la investidura —sostuvo Ned—. Sería un revés político para la reina Isabel. La gente diría que los puritanos de Kingsbridge le impidieron nombrar al obispo de su elección, lo que daría pie a que los ultraprotestantes de otras ciudades se creyesen legitimados para decidir su propio obispo y eso podría causar altercados similares. La reina nos crucificaría, a ti y a mí, por no detenerlo a tiempo.

—Ay, Señor —se lamentó Luke—; entonces tendremos que dejar al santo en su capilla.

Ned echó un vistazo a la tumba de san Adolfo. Una reja de hierro impedía el paso de los feligreses al monumento; justo delante había un pequeño grupo de peregrinos arrodillados que, a través de los barrotes, contemplaban el relicario, un estuche de oro con forma de iglesia, con arcadas, torrecillas y una aguja. También estaba incrustado de perlas, rubíes y zafiros que lanzaban destellos bajo la luz deslavazada que se colaba a través del gran ventanal oriental.

—No sé si será suficiente —repuso Ned—. Ahora que ya lo tienen todo planeado, puede que tiren la reja abajo.

Luke se dejó llevar por el pánico:

—¡No puedo permitirme un altercado durante mi investidura!

—No, desde luego. A ojos de la reina Isabel, eso casi sería tan perjudicial como cancelarlo.

—Y entonces, ¿qué?

Ned sabía lo que quería hacer, pero dudaba. Había algo que Margery no le había contado. Quería que distribuyera armas entre los puritanos, no que evitara la refriega, y le sorprendía que hubiera optado por esa vía, teniendo en cuenta que abominaba de cualquier clase de violencia. Aquella idea se le había pasado vagamente por la cabeza mientras hablaba con ella, pero en esos momentos lo veía con mayor claridad. Había algo más, aunque no sabía el qué.

Pese a todo, no podía tomar una decisión basándose en suposiciones. Por el momento, apartó a Margery de su mente y se concentró en ofrecer una salida a Luke.

—Hay que sacar la pólvora del cañón —dijo.

—¿A qué te refieres?

—A que debemos deshacernos de las reliquias.

Luke lo miró sorprendido.

—¡No podemos tirarlas sin más!

—Claro que no, pero podemos enterrarlas… con la ceremonia debida. Oficia un servicio funerario mañana con la primera luz del alba, solo un par de sacerdotes más y tú, y dile a George Cox que esta noche cave un agujero dentro de la catedral, pero que solo él sepa dónde. —George Cox era el sepulturero—. Luego entierra los huesos, junto con el cofre dorado, y que George vuelva a colocar las losas del suelo para que nadie se dé cuenta de que las han movido.

Luke lo meditó detenidamente con gesto preocupado.

—Cuando la gente llegue para la investidura, ya estará todo hecho. Pero ¿qué dirán? Verán que el santo no está.

—Pon un aviso en la reja de la capilla diciendo que san Adolfo está enterrado en la catedral. Luego, durante el sermón, explica que el santo sigue aquí, bendiciéndonos con su presencia, pero que se le ha dado sepultura en un lugar secreto para proteger sus restos de quien pudiera sentir deseos de profanarlos.

—No está mal pensado —admitió Luke, admirado—. La gente estará contenta y los puritanos no tendrán nada que objetar. Su protesta será como la mezcla de la pólvora que se ha separado.

—Una buena imagen. Utilízala en el sermón.

Luke asintió.

—Entonces, todo arreglado —decidió Ned.

—Tengo que consultarlo con el cabildo.

Ned estuvo a punto de replicar con exasperación, pero se contuvo.

—En realidad, no. Eres el obispo electo. —Sonrió—. Podrías ordenarlo sin más.

Luke no parecía cómodo con la sugerencia.

—Siempre es mejor explicar los motivos que suscitan las órdenes.

Ned decidió no entrar en una batalla dialéctica.

—Como tú quieras. Vendré al alba para asistir a la sepultura.

—Muy bien.

Ned no estaba seguro de que Luke fuese a cumplir lo pactado, por lo que tal vez conviniese recordarle la deuda que tenía con él.

—Me alegro de haber podido convencer a la reina de que eras el hombre idóneo para ocupar el cargo de obispo de Kingsbridge —comentó.

—Te estoy profundamente agradecido por la fe que has depositado en mí, Ned.

—Creo que, en los años venideros, trabajaremos bien juntos en la lucha contra el odio entre religiones.

—Amén.

Aun así, Luke todavía estaba a tiempo de cambiar de opinión si uno de los otros eclesiásticos del cabildo ponía objeciones a enterrar las reliquias, pero, por el momento, Ned ya no podía hacer nada más. Decidió que volvería a visitar a Luke antes del anochecer para asegurarse.

Se despidió y recorrió la nave entre el desfile de columnas, las piruetas de los arcos y el resplandor que se filtraba por los ventanales, pensando en todo el bien y todo el mal que habría visto ese edificio en los últimos cuatrocientos años. Nada más salir por la puerta occidental, volvió a toparse con Margery, que regresaba a casa con la cesta del pescado colgando del brazo. Sus miradas se cruzaron y la joven fue a su encuentro.

—¿Ya está? —le preguntó en el pórtico de la catedral.

—Creo que he evitado el derramamiento de sangre —contestó Ned—. He convencido a Luke para que entierre los huesos mañana por la mañana sin que nadie lo sepa, así no habrá motivo por el que pelearse.

Esperaba verla contenta y agradecida, pero, para su desconcierto, lo miró horrorizada.

—¡No! No puede ser —musitó al cabo de un largo silencio.

—¿De qué diantres estás hablando?

—Tiene que haber una pelea.

—Pero si siempre has estado en contra de la violencia.

—¡Swithin ha de morir!

—¡Calla! —La asió por el codo y la condujo al interior de la catedral. En el pasillo norte había una pequeña capilla dedicada a santa Dimpna, que estaba completamente vacía, ya que no se trataba de una imagen muy popular. El óleo que representaba la decapitación de la santa había sido retirado para contentar a los puritanos.

—Será mejor que me cuentes qué ocurre —dijo poniéndose delante de ella y tomándola de las manos—. ¿Por qué tiene que morir Swithin?

Margery no contestó, pero con solo mirarla Ned comprendió que una lucha se libraba en su interior, y esperó.

—Cuando Bart no está en casa, Swithin entra en mi alcoba de noche —le confesó al fin.

Ned la miró espantado. Su propio suegro… la violaba. Era obsceno. Y monstruoso. Empezó a notar que lo invadía una ira ciega e hizo un esfuerzo por tranquilizarse y pensar de manera racional. Miles de preguntas asaltaron su mente, aunque las respuestas eran obvias:

—Tú te resistes, pero él es demasiado fuerte y dice que si gritas le contará a todo el mundo que lo has seducido y que la gente lo creerá a él.

Las lágrimas rodaron por las mejillas de Margery.

—Sabía que tú lo entenderías.

—Ese hombre es un animal.

—No tendría que habértelo dicho. Ojalá Dios se lleve la vida de Swithin mañana.

«Y si no lo hace Dios, lo haré yo», juró Ned para sus adentros.

—Volveré a hablar con Luke —decidió—. Me aseguraré de que se inicie una pelea.

—¿Cómo?

—No lo sé. Tengo que pensar.

—No arriesgues tu vida. Eso sería incluso peor.

—Lleva el pescado a casa.

Margery vaciló un prolongado instante antes de hablar.

—Eres la única persona en la que puedo confiar —dijo al fin—. La única.

Él asintió.

—Lo sé. Ve a casa.

Margery se limpió la cara con la manga y salió de la catedral. Ned la siguió un minuto después.

Si hubiese visto a Swithin en ese momento, se habría abalanzado sobre el conde, le habría rodeado el cuello con las manos y lo habría estrangulado… siempre y cuando Swithin no lo hubiera atravesado antes con su espada, aunque estaba demasiado furioso para temer ni por su vida ni por nada.

Se volvió y contempló de nuevo la imponente fachada occidental de la catedral que la lenta y persistente lluvia inglesa calaba en esos momentos. Era la entrada que la gente franqueaba para ir a su encuentro con Dios, ¿cómo podía plantearse siquiera que se cometiese un asesinato allí? Sin embargo, no podía pensar en otra cosa.

Intentó discurrir con claridad. «Afróntalo —se dijo—, llevas todas las de perder en un enfrentamiento directo con Swithin y, además, si salieses victorioso, te ahorcarían por asesinar a un noble. Pero, a diferencia de Swithin, eres listo, así que ingéniatelas para acabar con él.»

Dio media vuelta y cruzó la plaza del mercado. Los sábados siempre estaba a rebosar, pero ese día no cabía ni un alfiler gracias a toda la gente que había acudido a Kingsbridge para asistir a la ceremonia del día siguiente. Por lo general, mientras daba vueltas entre los tenderetes, se habría fijado en los precios que subían y bajaban, en las mercancías que escaseaban o que sobraban, de cuánto dinero disponían los compradores y en qué se lo gastaban…, salvo ese día. Era consciente de que iba cruzándose con conocidos que lo saludaban, pero estaba demasiado absorto en sus pensamientos para responder con algo más que un gesto vago o un movimiento de cabeza distraído. Llegó junto a la puerta de casa y entró.

La vejez no había tratado bien a su madre. Alice parecía haber encogido dentro de su propia piel, andaba encorvada y daba la impresión de haber perdido el interés por todo lo que ocurría al otro lado de los muros de su casa. Tanto era así que le preguntaba a Ned sobre su trabajo con la reina, pero casi nunca prestaba atención a la respuesta. En los viejos tiempos, habría esperado con impaciencia que le hablara sobre las maniobras políticas de las que tuviera conocimiento y habría querido saber hasta el último detalle de cómo gobernaba Isabel a su gente.

Sin embargo, todo indicaba que algo había cambiado desde que Ned había salido esa mañana. Su madre estaba en el salón principal con los tres criados: Janet Fife, el ama de llaves; su marido, el cojo Malcolm, y su hija de dieciséis años, Eileen, y todos parecían muy animados. Enseguida adivinó que tenían buenas noticias.

—¡Barney ha vuelto a Inglaterra! —anunció su madre en cuanto lo vio.

Ned pensó que al menos algo iba bien y consiguió esbozar una sonrisa.

—¿Dónde está?

—Ha desembarcado en Combe Harbour con el *Hawk*. Según nos han dicho, solo está esperando a cobrar la paga, ¡tres años de sueldo!, y luego vendrá a casa.

—¿Y está bien? Ya te dije que ha estado en el Nuevo Mundo.

—¡Pero ha vuelto sano y salvo!

—Pues matemos un ternero para celebrar la vuelta del hijo pródigo…

El júbilo de Alice se empañó ligeramente.

—No tenemos terneros.

—Pero sí un lechón de seis meses en el patio trasero que mi madre reservaba para el invierno —intervino, entusiasmada, la joven Eileen, que de pequeña había estado locamente enamorada de Barney—. Podríamos asarlo.

Ned estaba contento, por fin volverían a estar todos juntos.

Sin embargo, recordó la delicada situación de Margery en cuanto se sentó a comer con su madre. La mujer charlaba animadamente, preguntándose qué clase de aventuras habría vivido Barney en Sevilla, Amberes y La Española. Ned se dejó arropar por el sonido de la voz de su madre mientras le daba vueltas a la cabeza.

El plan de Margery era poner a los puritanos sobre aviso para que fuesen armados, con la esperanza de que Swithin muriese en la pelea que tendría lugar. Pero en aquel momento Ned no sabía toda la historia y, a pesar de haber actuado con la mejor intención, había puesto fin a las esperanzas de la joven. Ya no habría ningún altercado; las reliquias no se expondrían durante la ceremonia de investidura, los puritanos no tendrían motivo de protesta y Swithin se quedaría sin pretexto para iniciar una trifulca.

¿Estaba a tiempo de deshacer su propio ardid? Era prácticamente imposible. El deán Luke se negaría a retomar el plan original solo para garantizar que católicos y protestantes se mataran entre sí.

En cambio, sí podía recrear las condiciones necesarias para iniciar una pelea, solo tenía que informar a ambas partes de que las reliquias serían enterradas al amanecer. Aun así, existía otro inconveniente: el desenlace era impredecible. Había tantas posibilidades de que Swithin resultase herido como de que saliese ileso y, por el bien de Margery, Ned necesitaba algo más seguro.

¿Habría alguna manera de convertir el entierro del día siguiente en una trampa para Swithin?

¿Y si conseguía que el violento plan de Rollo siguiese adelante, pero se las ingeniaba para que no le fuese posible justificarlo después?

Una idea empezó a cobrar forma en su mente. Quizá pudiese atraer a Swithin a la catedral con información falsa, aunque era evidente que los católicos no iban a fiarse de él. ¿En quién confiarían?

En ese momento recordó que Margery le había dicho que Donal Gloster era un espía. Rollo se fiaría de Donal.

Notó que recuperaba las esperanzas.

Se excusó de la mesa en cuanto pudo. Atravesó Main Street, torció hacia el muelle de Slaughterhouse Wharf y pasó junto a los amarraderos que conducían a las tenerías, un pestilente barrio de la ribera lleno de casas pequeñas donde se hallaba la vivienda de Donal Gloster. Llamó a la puerta y salió a recibirle la madre, una atractiva mujer de mediana edad, con los labios gruesos de Donal y una melena oscura y espesa. La mujer lo miró con recelo.

—¿Qué os trae por aquí, señor Willard?

—Buenas tardes, viuda Gloster —la saludó Ned con educación—. Me gustaría hablar con Donal.

—Está trabajando. Ya sabéis dónde se encuentra el negocio de Dan Cobley.

Ned asintió. Dan tenía un almacén junto a los muelles.

—No querría molestarlo en el trabajo. ¿A qué hora suele volver a casa?

—Termina al anochecer, pero acostumbra a ir a la taberna del muelle antes de venir aquí.

—Gracias.

—¿Qué queréis de él?

—No pretendo causarle ningún mal.

—Gracias —contestó, aunque, por el tono vacilante, Ned sospechó que no le había creído.

Regresó al muelle y se sentó encima de una soga enrollada para acabar de dar forma a su plan, incierto y peligroso, en medio del trajín que generaba la actividad comercial del puerto, mientras contemplaba las barcas y los carros que llegaban y partían y que cargaban y descargaban grano, carbón, piedra de la cantera, madera del bosque, balas de paño y barriles de vino. Así era como había prosperado su familia: comprando en un lugar, vendiendo en otro y embolsándose los beneficios. No tenía mayor misterio, era la manera más sencilla de hacerse rico. En realidad, era la única manera de enriquecerse, salvo que pertenecieses a la nobleza y pudieses obligar a la gente a pagar una renta por la tierra que labraba.

Comenzó a oscurecer. Se cerraron las trampillas y las bodegas, y los hombres empezaron a abandonar los muelles, impacientes por llegar a casa y cenar, o por acercarse a la taberna y cantar, o por perderse en un callejón oscuro con una amante y fornicar. Ned vio que Donal salía del edificio de los Cobley y caminaba por Slaughterhouse como quien no tiene nada que decidir porque hace lo mismo todos los días.

Ned lo siguió hasta la taberna.

—Donal, me gustaría hablar contigo a solas.

En esos días, nadie le negaba una charla a Ned. Se había convertido en un hombre poderoso e importante, y todo el mundo en Kingsbridge lo sabía, si bien, por extraño que pudiese parecer, eso a él no le reportaba ninguna satisfacción. Había hombres que anhelaban el reconocimiento de los demás, otros el vino, o la compañía de mujeres hermosas, o consagrar su vida al orden y la obediencia monásticos. ¿Qué ansiaba Ned? La respuesta acudió a su mente sin esfuerzo y a una velocidad que lo sorprendió: ansiaba justicia.

Tendría que pensar en aquello con calma.

Pidió dos jarras de cerveza y condujo a Donal hasta un rincón.

—Llevas una vida llena de peligros, Donal —comentó en cuanto se hubieron sentado.

—Ned Willard, el chico más listo de la escuela —contestó Donal con un rictus desagradable.

—Pero ya no estamos allí, donde se limitaban a azotarnos cuando nos equivocábamos. Ahora los errores pueden costarnos la vida.

Aquellas palabras parecieron intimidar a Donal, que adoptó un aire indiferente a pesar de todo.

—Pues menos mal que no cometo errores.

—Si Dan Cobley y los puritanos descubren lo que Rollo y tú os traéis entre manos, date por muerto.

Donal palideció.

Se disponía a hablar tras un largo silencio, pero Ned se le adelantó:

—No lo niegues, sería una pérdida de tiempo. Es mejor que te centres en lo que debes hacer para que no revele tu secreto.

Donal tragó saliva y asintió de manera vacilante.

—Lo que le contaste ayer a Rollo era cierto, pero las cosas han cambiado —prosiguió Ned.

Donal se quedó boquiabierto.

—¿Cómo…?

—No importa cómo sé lo que le dijiste a Rollo. Lo único que debes saber es que mañana se profanarán las reliquias del santo en la catedral… pero a una hora distinta. Será al amanecer y habrá muy pocos testigos.

—¿Por qué me lo contáis?

—Para que se lo digas a Rollo.

—Pero vos odiáis a los Fitzgerald… Arruinaron a vuestra familia.

—No intentes comprenderlo, solo haz lo que te he dicho y salvarás el pellejo.

—Rollo preguntará cómo sé lo del cambio.

—Cuéntale que se lo has oído decir a Dan Cobley.

—De acuerdo.

—Ve ahora. Supongo que tendrás alguna manera de avisarle para veros cuanto antes.

—Primero me terminaré la cerveza.

—¿No sería mejor que estuvieses sobrio?

Donal miró su jarra con pesar.

—Ahora, Donal —insistió Ned.

Gloster se levantó y se fue.

Ned salió de la taberna unos minutos después. Volvió a subir Main Street, intranquilo. Tenía un plan, pero dependía de que mucha gente hiciese lo que él esperaba: el deán Luke, Donal Gloster, Rollo Fitzgerald y el más importante y más impredecible de todos, el conde Swithin. Si la cadena se rompía por algún lado, el plan se iría al traste.

Y aún faltaba añadir un último eslabón.

Pasó junto a la catedral, la posada Bell, el nuevo palacio de los Fitzgerald y entró en la casa consistorial. Llamó a la puerta de las dependencias del sheriff Matthewson, aunque entró sin esperar a que lo invitaran. El hombre, que estaba cenando temprano un poco de pan y fiambre, dejó el cuchillo y se limpió la boca.

—Buenas noches, señor Willard. Espero que estéis bien.

—Muy bien, sheriff, gracias.

—¿En qué puedo serviros?

—A mí no, a la reina, sheriff. Su Majestad tiene un cometido para vos... esta noche.

VII

Rollo tocó la empuñadura de la espada con nerviosismo; nunca se había visto obligado a usarla. De niño había practicado con una de madera, como la mayoría de los hijos de familias prósperas, pero no tenía experiencia en un enfrentamiento real.

El dormitorio de sir Reginald estaba lleno de gente, y a oscuras, aunque no había nadie acostado. Las ventanas ofrecían una vista espectacular de las fachadas norte y oeste de la catedral de Kingsbridge en una noche clara como aquella. La titilante luz de las estrellas permitía a Rollo, cuyos ojos se habían acostumbrado a la penumbra, distinguir la silueta de la iglesia con bastante nitidez. Bajo los arcos ojivales, los portales y los ventanales estaban sumidos en las sombras, como las cuencas vacías de un condenado por falsificar dinero. En lo alto, las torrecillas, con sus bonitos capiteles de crochet y sus coronamientos, se recortaban contra el firmamento nocturno.

Junto a Rollo estaba su padre, sir Reginald; su cuñado, Bart Shiring; el padre de Bart, el conde Swithin, y dos de los hombres de confianza del noble. Todos iban armados con espadas y puñales.

Se mantenían a la espera desde que la campana de la catedral había anunciado las cuatro de la madrugada, momento en que Stephen Lincoln había celebrado una misa y los había absuelto de los pecados que estaban a punto de cometer.

Las mujeres de la casa, lady Jane y Margery, estaban en la cama, aunque Rollo suponía que continuaban despiertas.

La plaza del mercado, tan concurrida y bulliciosa de día, se hallaba desierta y en silencio. En el otro extremo se encontraba la Escuela de Gramática y el palacio episcopal, ambos a oscuras. Más allá, la ciudad se extendía por la pendiente hasta el río, con los tejados de las casas tan pegados unos a otros que parecían los peldaños embaldosados de unas escaleras gigantescas.

Rollo esperaba que Swithin, Bart y los hombres de armas del conde, mercenarios de profesión, se ocuparan del derramamiento de sangre.

La primera luz del alba se abrió paso en el firmamento estrellado y bañó la catedral de gris.

—Allí —susurró alguien poco después.

Rollo vio una hilera de personas que abandonaban el palacio episcopal en procesión silenciosa, seis figuras oscuras cada una con un farol en la mano. Atravesaron la plaza y entraron en la iglesia por la puerta occidental al tiempo que la luz de los faroles se extinguía.

Rollo frunció el ceño y supuso que Dan Cobley y los demás puritanos debían de estar ya en la catedral. Tal vez se habían acercado por el lado de los edificios monásticos en ruinas y habían entrado por una de las puertas de la parte más alejada, de ahí que el grupo de Priory Gate no los hubiese visto. La incertidumbre lo puso nervioso, pero si decía algo a esas alturas, atribuirían sus dudas a pura cobardía, así que guardó silencio.

—Esperaremos un minuto más —murmuró el conde Swithin—. Démosles tiempo a que hayan iniciado sus ritos satánicos.

Tenía razón. Sería un error precipitarse e irrumpir en la iglesia antes de que hubiesen sacado las reliquias y las hubiesen profanado.

Rollo imaginó a los sacerdotes avanzando por la nave lateral hasta el extremo oriental, abriendo la reja de hierro y haciéndose con el relicario. ¿Qué harían a continuación? ¿Arrojar los huesos al río?

—Muy bien, vamos —dijo Swithin.

El conde encabezó el grupo, que lo siguió escaleras abajo hasta la puerta del palacio. Tan pronto como alcanzaron la calle, echaron a correr y sus pisadas retumbaron en el silencio de la noche. Rollo se preguntó si los oirían desde la catedral y si serían lo bastante listos para dejar lo que estaban haciendo y huir.

En ese momento, Swithin abrió la gran puerta de par en par e irrumpieron en el templo con las espadas desenvainadas.

Habían llegado justo a tiempo. El deán Luke estaba en medio de la nave, frente al altar menor, sobre el que ardían algunas velas. Sostenía el relicario dorado entre las manos, en alto, mientras los demás entonaban un cántico que debía de formar parte del ritual de adoración al diablo. En la penumbra era difícil determinar cuántas personas se escondían entre las sombras de la inmensa catedral. Al tiempo que los intrusos cruzaban la nave en su carrera hacia el sobresaltado grupo del altar, Rollo se percató de que alguien había practicado un agujero en el suelo de la iglesia y que una lápida enorme esperaba a un lado, apoyada en un pilar junto al que también se hallaba George Cox, el sepulturero, encorvado sobre una pala. No era la escena que Rollo esperaba encontrarse, pero no importaba: el gesto del deán Luke revelaba a las claras su propósito blasfemo.

Al frente del grupo, el conde Swithin se dirigió hacia Luke con la espada en alto. El deán se volvió en redondo, sin bajar el relicario.

Al ver lo que ocurría, George Cox levantó la pala y se abalanzó sobre el conde.

En ese momento, Rollo oyó un grito desconcertante, aunque no logró determinar de dónde procedía la voz.

—¡Deteneos, en nombre de la reina!

Swithin atacó a Luke. El deán saltó hacia atrás en el último instante, pero la hoja le rasgó el hábito negro y le produjo un corte profundo en uno de los antebrazos. Aulló de dolor y soltó el relicario, que se estrelló contra el suelo con gran estrépito; varias piedras preciosas se soltaron y acabaron rodando sobre las losas de piedra.

Con el rabillo del ojo, Rollo atisbó un movimiento en el crucero sur y un segundo después, un grupo de unos diez o doce hombres irrumpieron en la nave blandiendo espadas y garrotes. Los recién llegados se abalanzaron sobre los intrusos. La voz de antes repitió la orden de detenerse en nombre de la reina y Rollo comprobó que el hombre que gritaba aquella consigna absurda no era otro que el sheriff Matthewson. ¿Qué estaba haciendo él allí?

George Cox agitó la pala con intención de golpear al conde en la cabeza, pero Swithin se movió y la herramienta solo lo alcanzó en un hombro. Iracundo, este atacó con su espada y Rollo vio, horrorizado, que la hoja atravesaba el vientre del sepulturero y asomaba por la espalda.

Los demás sacerdotes se arrodillaron junto al relicario, como si quisieran protegerlo.

El sheriff y sus hombres, entre los que Rollo distinguió el casquete de cuero de Osmund Carter, se abalanzaron sobre el conde y su grupo. ¿Y no era ese el pelo cobrizo de Ned Willard?

Los superaban en número. «Voy a morir —pensó Rollo—, pero Dios me recompensará.»

Estaba a punto de unirse a la refriega cuando lo asaltó una idea, instigada por la presencia inesperada de Ned Willard. No se trataría de una trampa, ¿verdad? ¿Dónde se hallaban los puritanos? Si hubieran estado escondidos entre las sombras, ya tendrían que haberse dejado ver. Sin embargo, allí solo estaban los hombres del conde a un lado, los del sheriff al otro y los aterrorizados sacerdotes en medio.

Tal vez la información de Donal Gloster era errónea; aunque los sacerdotes se habían presentado al alba, como había dicho, y no cabía duda de que los sorprendieron haciendo algo siniestro con las reliquias. Lo más probable era que Dan Cobley hubiera cambiado de parecer y hubiese decidido que no valía la pena reivindicar nada en una iglesia vacía. Sin embargo, lo que realmente lo desconcertaba era la presencia del sheriff. ¿Por qué estaba allí? ¿Se habría enterado de las intenciones del conde? Aunque era imposible, pues los únicos que lo sabían, además de la familia, eran los hombres de Swithin y Stephen Lincoln, y confiaba plenamente en todos ellos. Tal vez el deán Luke había decidido tomar precauciones extremas. Los miedos siempre acosaban a quien no tenía la conciencia tranquila.

¿Una trampa? ¿O una temeridad que había acabado en fracaso? Ya no importaba, habían desenvainado las espadas.

El sheriff y el conde fueron los primeros en enfrentarse. Swithin tiraba de su espada, tratando de arrancarla del cuerpo de George Cox, cuando el acero del sheriff lo alcanzó en la mano. El conde soltó la empuñadura rugiendo de dolor y Rollo vio que un pulgar cercenado caía al suelo, junto a las joyas esparcidas.

Ned Willard asomó entre el grupo de los hombres del sheriff y se dirigió hacia Swithin a toda velocidad, con la espada desenvainada. Rollo echó a correr para interponerse en su camino y proteger al conde herido, por lo que Ned se detuvo en seco. Los dos jóvenes se enfrentaron cara a cara.

Rollo era más alto y fornido. En la escuela había hostigado al pequeño Ned Willard, pero solo hasta que este creció. Ahora había algo en la postura y en la manera en que Ned lo miraba que socavó su confianza.

Se movieron en círculo, apuntándose con las espadas, esperando el momento propicio para lanzar el primer envite. Rollo distinguió algo cercano al odio en la expresión de Ned. «¿Qué he hecho para que me odies?», se preguntó. Las respuestas no tardaron en acudir a su cabeza: obligar a Margery a casarse con Bart; acusar a su madre de usura, lo que había llevado a la ruina a la familia Willard; tratar de impedir que Isabel subiera al trono, aunque había resultado un intento fallido... Todo eso, además de hacerle la vida imposible en la escuela.

Rollo oyó un rugido detrás de él y volvió la cabeza un instante. El conde Swithin seguía peleando, a pesar de estar herido. Le costaba manejar la espada, pero había conseguido hacerle un corte en la frente al sheriff. Aunque el tajo era superficial, sangraba profusamente y le empañaba la visión. Luchaban con torpeza a causa de las heridas, como si estuvieran borrachos.

Rollo cometió un error al mirar atrás. Ned se abalanzó sobre su rival con rapidez, atacándolo con saña y por sorpresa. La pesada espada lanzaba destellos a la luz de las velas con cada estocada, cuchillada y mandoble. Rollo se defendió desesperadamente, tratando de parar los golpes al tiempo que retrocedía, hasta que notó que algo se movía debajo de una de sus botas —las joyas del relicario, comprendió a pesar del miedo— y acabó resbalando. El arma se le escapó de las manos al caer al suelo; quedó tumbado de espaldas con los brazos extendidos a ambos lados en una posición tan comprometida que al instante presintió su muerte.

Para su asombro, Ned pasó por encima de él.

Rollo se puso de rodillas y se volvió. Ned se batía con el conde con saña renovada mientras Matthewson se mantenía a un lado tratando de enjugarse la sangre de los ojos. Swithin retrocedió hasta que el pilar le cortó la retirada. Ned lo desarmó con una estocada certera en la mano y, a continuación, apoyó la punta de su espada en el cuello del conde.

—¡Detenedlo! —gritó el sheriff.

El extremo afilado rasgó la piel de la garganta, por la que empezó a correr un hilo de sangre, pero Ned se contuvo. Por un instante infinito, Swithin estuvo a las puertas de la muerte.

—Decid a vuestros hombres que suelten ya las armas —lo apremió Ned.

—¡Rendíos! ¡Rendíos! —les ordenó Swithin.

El fragor de la contienda cesó al instante, sustituido por el estrépito del acero rebotando en el suelo de piedra. Al mirar a su alrededor, Rollo vio que su padre, sir Reginald, se arrodillaba al tiempo que se sujetaba la cabeza, toda ensangrentada.

También se percató de que Ned no le quitaba los ojos de encima a Swithin.

—¡Quedáis detenido en nombre de la reina por blasfemia, profanación y asesinato! —proclamó Ned.

Rollo se puso en pie de un salto.

—¡Nosotros no somos los blasfemos!

—¿Ah, no? —dijo Ned con sorprendente serenidad—. Sin embargo estáis en una iglesia, con la espada desenvainada. Habéis herido al obispo electo y asesinado al sepulturero, y por mor de vuestras acciones las reliquias sagradas han quedado esparcidas por el suelo.

—¿Y qué me decís de los vuestros?

—El sheriff y sus hombres han venido a proteger al clero y las reliquias, y en buena hora lo hemos hecho.

Rollo estaba desconcertado. ¿Cómo había podido torcerse todo de aquella manera?

—Osmund, átalos, llévalos a la casa consistorial y enciérralos en el calabozo —dijo Ned.

El hombre se apresuró a sacar un rollo de cuerda gruesa.

—Luego ve a buscar al cirujano y asegúrate de que el deán Luke es el primero en ser atendido —añadió.

Rollo observó a Ned mientras le ataban las manos a la espalda y creyó distinguir en su expresión una especie de regocijo feroz. Se devanó los sesos buscando una explicación a aquel desastre. ¿Alguien había puesto al sheriff al tanto de las intenciones de Swithin, o el apocado deán Luke los había hecho llamar, acuciado por sus miedos? ¿Habría avisado alguien a los puritanos, o sencillamente estos habían decidido no ir?

¿Era posible que todo aquello fuese obra de Ned Willard?

No lo sabía.

VIII

El conde Swithin fue ejecutado y yo fui el responsable de su muerte, aunque en ese momento ignoraba que sería la primera de muchas.

Rollo, Bart y sir Reginald fueron sancionados con multas cuantiosas; sin embargo, alguien tenía que morir, y el conde había asesinado a un hombre en la iglesia, circunstancia que se utilizó como excusa, pues lo que realmente selló su destino fue el haber pretendido desafiar la voluntad de la reina. Isabel quería que Inglaterra entendiera que ella, y solo ella, tenía derecho a nombrar obispos, y que cualquiera que se opusiese a su prerrogativa lo pagaría con la vida. Por audaz que resultase ajusticiar a un conde, era necesario que Swithin muriera.

Me aseguré de que el juez tuviese claros los deseos de la reina.

Rollo no apartó su mirada de mí mientras la gente se congregaba delante de la catedral de Kingsbridge para asistir a la ejecución, e imaginé que sospechaba que les habían tendido una trampa, aunque dudo que jamás llegase a descubrir la verdad.

Lo acompañaba sir Reginald, que lucía una larga cicatriz en la cabeza, donde no volvería a crecerle el pelo. Asimismo, la herida le había afectado al raciocinio y nunca volvió a ser el mismo. Sé que Rollo siempre me culpó de ello.

Bart y Margery también estaban presentes.

Bart lloraba. Swithin era un hombre cruel, pero era su padre.

En cambio, parecía como si a Margery acabaran de liberarla de una mazmorra oscura y volviera a respirar tranquila a la luz del sol. Ya no tenía el aspecto enfermizo de antes y vestía con la elegancia de siempre, aunque había sustituido los colores vívidos por el luto; sin embargo, solo ella era capaz de hacer que un tocado negro con una pluma del mismo tono pareciese alegre. Su torturador iba camino del infierno, donde debía estar; se había librado de él.

Sacaron a Swithin del consistorio y no me cupo duda de que la peor parte del castigo sería la procesión humillante por Main Street hasta la plaza, ante una muchedumbre a la que siempre había despreciado y considerado inferior a él. Le cortaron la cabeza; la decapitación era la muerte expeditiva y misericordiosa que se reservaba para la nobleza, e imagino que el fin fue una especie de liberación.

Se hizo justicia; Swithin era un asesino y un violador que merecía morir. Aun así, yo no tenía forma de apaciguar mi conciencia. Le había tendido una emboscada y, en cierto modo, también yo era responsable de la muerte del pobre George Cox. Había interferido en asuntos de los que debía ocuparse la ley o, en su defecto, Dios.

Tal vez deba pagar por mis pecados en el infierno, pero si volviera a encontrarme en la misma situación, no cambiaría nada con tal de poner fin al tormento de Margery. Prefería sufrir yo a saber que continuaba su suplicio, pues su bienestar era lo único que me importaba.

Si algo he aprendido en esta vida es que el amor significa precisamente eso.

TERCERA PARTE

1566-1573

14

I

E brima Dabo estaba viviendo su sueño: era libre, rico y feliz. En la tarde de un domingo de verano de 1566, él y su socio, Carlos Cruz, abandonaron la ciudad de Amberes para dirigirse al campo. Los dos eran habitantes prósperos y bien vestidos de una de las ciudades del mundo donde abundaban más riquezas. Entre los dos poseían el mayor negocio de fundición de hierro de Amberes y, para Ebrima, la inteligencia de ambos era perfectamente equiparable: él era mayor y más sabio, pero Carlos gozaba de una imaginación desbordante, propia de la juventud. Carlos estaba casado con Imke, la hija de Jan Wolman, primo lejano de Carlos, y tenían dos hijos pequeños. Ebrima, que al año siguiente cumpliría los cincuenta, se había casado con Evi Dirks, una viuda de su misma edad, y tenía un hijastro adolescente que trabajaba en la fundición.

Ebrima pensó con nostalgia en el pueblo donde había nacido. Si pudiera haber retrocedido en el tiempo y evitado que lo hicieran prisionero de guerra y lo vendieran como esclavo, en aquel pueblo habría disfrutado de una vida larga, sin incidentes y llena de satisfacciones. Cuando pensaba de ese modo se sentía triste, pero no podía volver atrás. En primer lugar, no tenía ni idea de cómo llegar hasta allí; sin embargo, también había otro motivo: sabía demasiadas cosas. Había probado el fruto del árbol de la sabiduría, como Eva en el mito en que creían los cristianos, y jamás podría regresar a aquel jardín del Edén. Hablaba español y francés, y también el dialecto del ducado de Brabante, y, en cambio, llevaba años enteros sin pronunciar una sola palabra de mandinga. En su casa tenía colgadas pinturas al óleo, adoraba escuchar las melodías de músicos que interpretaban partituras complejas y se mostraba exigente en relación con la calidad del vino. Era un hombre distinto.

Gracias a su inteligencia, su tesón y su buena suerte, se había forjado una nueva vida. Todo cuanto deseaba era conservar lo que había obtenido. Sin embargo, temía no ser capaz de hacerlo.

Carlos y él no eran las únicas personas que se disponían a salir de la ciudad. Los habitantes de Amberes solían salir a pasear por el campo cuando hacía buen tiempo; no obstante, ese día había una cantidad de gente fuera de lo común. Centenares de personas atestaban el estrecho camino rural. Ebrima los conocía a casi todos: unos le proporcionaban mena, otros le compraban hierro, había familias que vivían en su misma calle, dueños de establecimientos a quienes les compraba carne, guantes y piezas de cristalería. Todos se dirigían al mismo lugar, una amplia pradera conocida como el Prado de Lord Hubert. Era el sitio preferido por los hijos de Carlos para las comidas campestres. Sin embargo, la multitud que copaba el camino al prado no pensaba celebrar ninguna comida campestre.

Eran protestantes.

Muchos de ellos llevaban consigo ejemplares del mismo librito, los salmos traducidos al francés por el poeta Clément Marot, impresos en Amberes. Estar en posesión de tal libro constituía delito, y su venta estaba penada con la muerte, pero resultaba fácil de conseguir y costaba muy poco dinero.

La mayoría de los hombres más jóvenes también llevaban armas.

Ebrima suponía que habían elegido el Prado de Lord Hubert como lugar de reunión porque estaba fuera de la jurisdicción del consistorio de Amberes, de modo que la guardia de la ciudad no tenía allí autoridad alguna, y los agentes rurales no disponían de recursos suficientes para dispersar a una multitud semejante. Aun así, siempre existía el riesgo de violencia. Todo el mundo había oído hablar de la matanza de Wassy, y no cabía duda de que algunos de los más jóvenes estaban predispuestos a responder la violencia con violencia.

Carlos era católico. Ebrima era lo que los cristianos llamarían pagano de haber sabido qué albergaba en su fuero interno, cosa que por supuesto ignoraban, pues él fingía ser un devoto cristiano igual que el español. Ni siquiera su esposa, Evi, sabía la verdad, y si se preguntaba por qué le gustaba dar paseos por el río los domingos al amanecer, tenía la delicadeza suficiente para no preguntárselo. Tanto Ebrima como Carlos acudían regularmente a la iglesia parroquial junto con sus respectivas familias, y, en las ocasiones importantes, a la catedral de Amberes. Los dos temían que las guerras de religión de los Países Bajos destruyeran su felicidad, como les había ocurrido a muchas personas al otro lado de la frontera con Francia.

Carlos tenía un alma sencilla para las cuestiones filosóficas y no podía comprender por qué había quien deseaba embarcarse en una religión alternativa. Ebrima, sin embargo, veía con tristeza y preocupación qué era lo que atraía a muchos habitantes de las Diecisiete Provincias hacia el protestantismo. El catolicismo representaba el credo de los caciques españoles, y muchas personas se sentían contrariadas por la dominación extranjera. Además, los habitantes de aquel territorio gustaban de innovar, mientras que la Iglesia católica era conservadora en todo, rápida a la hora de condenar las ideas nuevas y lenta con respecto a los cambios. Y lo peor de todo: el clero no era amigo de las actividades comerciales con las que muchos habían hecho fortuna en aquellas tierras, en especial la banca, cuya existencia era imposible sin que los hombres cometieran el pecado de la usura. En cambio, el influyente Juan Calvino, cabeza de los protestantes de Ginebra hasta su muerte dos años atrás, había permitido gravar los préstamos con intereses.

Ese verano, a la vez que una nueva hornada de misioneros calvinistas procedentes de Ginebra pronunciaba sermones no oficiales en los bosques y los campos de los Países Bajos, lo que al principio era un reguero de protestantes se había convertido en un aluvión.

La persecución, aunque implacable, era intermitente. La gobernadora del territorio era Margarita, duquesa de Parma, medio hermana ilegítima del rey Felipe de España. Margarita tendía a ser benevolente con los herejes a cambio de una vida tranquila, pero su hermano estaba decidido a erradicar la herejía de todos sus dominios. Cuando su tolerancia llegó a ser excesiva, el sanguinario inquisidor Pieter Titelmans tomó medidas enérgicas: los protestantes eran torturados, mutilados y quemados hasta la muerte. Sin embargo, la línea dura contaba con escaso apoyo incluso por parte de los católicos. La mayoría de las veces, el cumplimiento de las leyes era laxo. Los hombres como Carlos estaban más interesados en confeccionar objetos y venderlos, y la nueva religión se propagaba.

¿Hasta qué punto se había extendido? Ebrima y Carlos se dirigían a aquella reunión al aire libre para averiguarlo. Los concejales querían saber de cuánta popularidad gozaba la religión alternativa. En condiciones normales costaba saberlo porque el protestantismo se profesaba de forma semiclandestina. La reunión de ese día constituía una oportunidad excepcional para ver cuántos protestantes había en realidad. Por eso un concejal les había pedido informalmente a Carlos y Ebrima, como ciudadanos de firme convicción católica sin cargo oficial, que los contaran con discreción.

A juzgar por la multitud que ocupaba el camino, el total de personas superaría la cantidad esperada.

Mientras caminaban, Ebrima formuló una pregunta.

—¿Cómo va el cuadro?

—Está casi terminado.

Carlos había encargado a uno de los mejores artistas de Amberes que pintara un cuadro para la catedral. Ebrima sabía que en sus plegarias Carlos daba gracias a Dios por sus bendiciones y le pedía que le permitiera conservarlas. Igual que Ebrima, no daba por sentado que su prosperidad fuera a durar por siempre. Con frecuencia mencionaba la historia de Job, el hombre que lo había tenido todo y lo había perdido todo, y la citaba así: «El Señor me dio lo que tenía y el Señor me lo ha quitado».

A Ebrima le tenía intrigado que Carlos no hubiera dado la espalda a la Iglesia tras la persecución de que había sido objeto en Sevilla. El español no se mostraba muy comunicativo en relación con su vida espiritual, pero a lo largo de los años Ebrima había descubierto, por comentarios sin importancia y pistas varias, que su amigo hallaba un gran consuelo en las misas católicas, algo parecido a lo que le sucedía a él con el ritual del agua. Ni el uno ni el otro sentían lo mismo durante el austero oficio protestante en una iglesia de paredes encaladas.

—Al final, ¿por qué tema te has decidido para el cuadro? —preguntó Ebrima.

—Por el milagro de las bodas de Caná, cuando Jesús convirtió el agua en vino.

Ebrima se echó a reír.

—Tu pasaje favorito de la Biblia, no sé por qué.

Carlos sonrió. Su afición por el vino era de todos conocida.

—La obra se descubrirá la semana que viene en la catedral.

En sentido estricto, el cuadro era un regalo de los fundidores de la ciudad, pero todo el mundo sabía que lo habían adquirido con el dinero de Carlos. Era una muestra de la rapidez con que este se había erigido en uno de los ciudadanos más importantes de Amberes. Era afable, sociable y muy inteligente, por lo que tal vez un día llegaría a convertirse en concejal.

Ebrima era otra clase de hombre, introvertido y prudente. Su inteligencia igualaba a la de Carlos, pero no tenía aspiraciones políticas. Además, prefería guardarse su dinero para sí mismo.

—Después daremos una gran fiesta. Espero que Evi y tú vengáis —añadió Carlos.

—Por supuesto.

Oyeron los cánticos antes de llegar a su destino, y Ebrima notó que se le erizaba el vello de la nuca. El sonido era extraordinario. Estaba acostumbrado a los cantos de los coros de las iglesias católicas, aquellos coros tan numerosos de las catedrales, pero ese era distinto. Jamás había oído miles de voces alzarse para entonar una misma composición.

El camino atravesaba un pequeño bosque e iba a parar a la cima de una colina poco elevada desde donde se veía la pradera en toda su extensión. Esta descendía hasta un arroyo poco profundo y volvía a ascender hasta el extremo opuesto. La totalidad del terreno de cuatro hectáreas o más estaba ocupado por hombres, mujeres y niños. A lo lejos, un pastor, de pie sobre una plataforma improvisada, dirigía los cánticos.

El himno era en francés:

Si seurement, que quand au val viendroye,
D'umbre de mort, rien de mal ne craindroye.

Ebrima comprendió las palabras en francés y reconoció que se trataba de una traducción del popular salmo veintitrés que había oído en la iglesia en latín… aunque jamás con un sonido semejante. Parecía un imponente fenómeno de la naturaleza, le evocaba un temporal en el mar. Creían realmente aquello que estaban cantando, que cuando cruzaran el sombrío valle de la muerte no temerían mal alguno.

Ebrima divisó a su hijastro, Matthus, no muy lejos de allí. El muchacho seguía asistiendo a misa con su madre y su padrastro todos los domingos, pero últimamente había empezado a criticar a la Iglesia católica. Su madre insistía en que se guardara las dudas para sí, pero este no era capaz, pues tenía diecisiete años y para él lo que estaba bien, estaba bien y lo que estaba mal, estaba mal. Ebrima se preocupó al ver que formaba parte de un grupo de jóvenes y que todos ellos llevaban garrotes nada edificantes.

Carlos lo vio al mismo tiempo que él.

—Parece que esos muchachos están buscando pelea —dijo con nerviosismo.

—Pues no creo que hoy vayan a salirse con la suya —respondió Ebrima, esperanzado, ya que en la pradera se respiraba un ambiente de paz y felicidad.

—Qué cantidad de gente… —señaló Carlos.

—¿Cuánta crees que hay?

—Millares de personas.

—No sé cómo vamos a contarlas.

A Carlos se le daban bien los números.

—Pongamos que la mitad están a este lado del río y la mitad al otro. Ahora imagínate una línea que va desde aquí hasta el pastor. ¿Cuántas personas hay en el cuadrado más cercano? Vuelve a dividirlo en cuatro.

Ebrima hizo un cálculo aproximado.

—¿Quinientas en cada dieciseisavo?

Carlos no respondió a la pregunta. En vez de eso, hizo otro comentario.

—Va a haber problemas.

Estaba mirando por encima del hombro de Ebrima, y este se volvió para ver el motivo de sus palabras. Al instante se percató de lo que había alertado a Carlos: por el camino que cruzaba el bosque se acercaba un grupo de clérigos y hombres de armas.

Si habían acudido para poner fin a aquella reunión, eran demasiado pocos. La multitud armada, con toda su rectitud y su honradez, los aniquilaría.

En el centro del grupo había un sacerdote de unos sesenta y cinco años que llevaba una ostentosa cruz de plata sobre sus vestiduras negras. Cuando se acercaron, Ebrima vio que tenía unos ojos negros y hundidos junto a una nariz de caballete prominente, y que su boca formaba una línea firme y severa. No reconoció al hombre, pero Carlos sí.

—Es Pieter Titelmans, deán de Ronse —anunció—. El inquisidor.

Ebrima miró con nerviosismo hacia donde estaban Matthus y sus amigos. Todavía no habían visto al recién llegado. ¿Qué harían cuando se dieran cuenta de que el inquisidor había acudido a espiar su reunión?

—Será mejor que nos apartemos de su camino; ese hombre me conoce —dijo Carlos cuando el grupo se acercó más.

Pero era demasiado tarde. Titelmans cruzó una mirada con él y puso cara de sorpresa.

—Lamento verte en este nido de impíos.

—¡Soy un buen católico! —protestó Carlos.

Titelmans echó hacia atrás la cabeza, cual animal rapaz hambriento que acabara de detectar un movimiento entre la hierba.

—¿Y qué hace un buen católico en una orgía de salmos protestantes?

La respuesta se la dio Ebrima.

—El consistorio necesita saber cuántos protestantes hay en Amberes. Nos han enviado para contarlos.

Titelmans lo miró con expresión escéptica y se dirigió a Carlos.

—¿Por qué debería creer las palabras de un etíope? Seguramente es musulmán.

«Si tú supieras...», pensó Ebrima. Entonces reconoció a uno de los acompañantes de Titelmans, un hombre de mediana edad con el pelo salpicado de canas y la tez encendida de los amantes del vino.

—El padre Huus, que está ahí, me conoce —dijo. Huus era canónigo de la catedral de Amberes.

—Estos dos hombres son buenos católicos, deán Pieter —dijo Huus en voz baja—. Van a la iglesia parroquial de Sint-Jacob.

El salmo tocó a su fin y el pastor empezó a hablar. Algunas personas se acercaron para oír sus palabras, pronunciadas a voz en cuello en mitad del prado. Otras se percataron de la presencia de Titelmans, con su gran cruz de plata, y se oyeron comentarios entre dientes.

Huus volvió a dirigirse al deán con nerviosismo.

—Señor, aquí hay más protestantes de lo que podíamos imaginar, y si estalla la violencia, somos demasiado pocos para protegeros.

Titelmans no le hizo caso.

—Si sois lo que decís ser —les espetó a Carlos y a Ebrima con expresión maliciosa—, me revelaréis los nombres de algunos de esos canallas.

Señaló a la congregación con un amplio movimiento del brazo.

Ebrima no pensaba delatar a sus vecinos ante un torturador, y sabía que Carlos pensaba igual que él. Vio que su amigo, indignado, estaba a punto de protestar y se le adelantó.

—Por supuesto, deán Pieter —respondió—. Será una gran satisfacción para nosotros revelaros sus nombres. —Hizo además de mirar alrededor y dijo—: Ahora mismo no veo a nadie que conozca, por desgracia.

—Tal cosa no es posible. Ahí debe de haber siete u ocho mil personas.

—Amberes es una ciudad de ochenta mil habitantes, no los conozco a todos.

—Da igual, a algunos sí que los reconocerás.

—Creo que no. A lo mejor es porque todos mis amigos son católicos.

Titelmans no supo qué contestarle y Ebrima sintió un gran alivio. Había salido airoso del interrogatorio.

Entonces oyó una potente voz en el dialecto del ducado de Brabante.

—¡Carlos! ¡Ebrima! ¡Buenos días!

Ebrima se dio media vuelta y vio a Albert Willemsen, su cuñado, el fundidor de hierro que los había ayudado cuando llegaron a Amberes seis años atrás. Albert había construido un alto horno igual que el suyo, y en general el negocio había sido un éxito. Con Albert estaban su esposa, Betje, y su hija. Drike, que ya tenía catorce años, se había convertido en una esbelta adolescente de cara angelical. Albert y su familia habían adoptado la doctrina protestante.

—¿No os parece fantástico? —les preguntó Albert con gran entusiasmo—. Toda esa gente está entonando la palabra de Dios, ¡y nadie les ordena que se callen!

—Cuidado con lo que dices —respondió Carlos en voz baja.

Pero el vehemente Albert no había reparado en Titelmans ni en su cruz.

—Vamos, Carlos, tú eres un hombre tolerante, no como esos partidarios de la línea dura. Seguro que no observas aquí nada que pueda contrariar al Dios del amor.

—Cállate —lo apremió Ebrima.

Albert lo miró con expresión herida y perpleja, pero entonces Betje, su esposa, señaló al inquisidor y Albert se puso pálido.

No eran los únicos que se habían percatado de la presencia de Titelmans: la mayoría de los protestantes que se encontraban más cerca daban la espalda al predicador y lo estaban mirando. Matthus y sus amigos se acercaban empuñando los garrotes.

—Apartaos, muchachos. ¡No os quiero aquí! —gritó Ebrima.

Matthus no hizo caso de su padrastro y se plantó al lado de Drike. Era un chico alto cuya constitución aún no se correspondía con su tamaño, y su cara de adolescente reflejaba una mezcla de miedo y de gesto amenazante a la vez. Sin embargo, su actitud hacia Drike parecía protectora, por lo que Ebrima se preguntó si el muchacho estaría enamorado. «Tengo que preguntárselo a Evi», pensó.

Fue el padre Huus quien intervino.

—Debemos regresar a la ciudad, deán Pieter.

Titelmans parecía resuelto a no marcharse con las manos vacías.

—Dime, padre Huus, ¿cómo se llama este hombre?

—Lo siento, deán, no lo conozco —respondió Huus, y Ebrima se dio cuenta de que había sido muy valiente al mentirle.

Entonces Titelmans se volvió hacia Carlos.

—Pues es obvio que tú sí que lo conoces, te habla como a un viejo amigo. ¿Quién es?

Carlos vaciló.

Titelmans tenía razón, pensó Ebrima. Carlos no podía fingir que no conocía a Albert después de un saludo tan efusivo.

—¡Venga, venga! —lo instó Titelmans—. Si eres tan buen católico como dices, estarás encantado de delatar a semejante hereje, y si no lo haces, te interrogaremos en otro sitio, donde tenemos los medios para obligarte a ser sincero.

Carlos se echó a temblar, y Ebrima imaginó que se había acordado de Pedro Ruiz y la tortura del agua en Sevilla.

—No estoy dispuesto a que torturen a mis amigos por mi culpa —dijo el neerlandés con valentía—. Me llamo Albert Willemsen.

—¿Tu profesión?

—Fundidor de hierro.

—¿Y las mujeres?

—A ellas dejadlas al margen de esto.

—No se puede dejar a nadie al margen cuando se trata de cumplir la voluntad de Dios.

—No sé quiénes son —contestó Albert, desesperado—. Son prostitutas que me he encontrado por el camino.

—No tienen aspecto de prostitutas, pero ya averiguaré la verdad. —Titelmans se volvió hacia Huus—. Toma nota del nombre: Albert Willemsen, fundidor de hierro. —Se recogió los faldones de la sotana, se dio media vuelta y se marchó por donde había venido, seguido de su pequeño séquito.

Los otros lo observaron.

—¡Maldición! —exclamó Carlos.

II

La torre septentrional de la catedral de Amberes tenía más de ciento veinte metros de altura. En el proyecto habían diseñado no una torre sino dos, pero la meridional no había llegado a construirse. Ebrima pensó que sola resultaba más imponente, un dedo que señalaba directamente al Cielo.

No pudo evitar sentirse sobrecogido al entrar en la nave. El estrecho pasillo central tenía un techo abovedado cuya altura parecía verdaderamente colosal. De hecho, a veces, al verse frente a aquellas dimensiones extraordinarias, no podía por menos que preguntarse si el dios de los cristianos existiría de verdad. Entonces recordó que nada de lo que pudiera construirse era comparable a la fuerza y la majestuosidad de un río.

Sobre el altar mayor se hallaba el orgullo de la ciudad, una talla de gran tamaño que representaba a Cristo crucificado en medio de dos ladrones. Amberes era una ciudad rica y culta, y en su catedral abundaban los cuadros, las esculturas, los vitrales y los objetos preciosos. Además, ese día Carlos, el socio y amigo de Ebrima, contribuiría a aumentar ese tesoro.

El africano albergaba la esperanza de que eso sirviera para compensar el desagradable encuentro con el odioso Pieter Titelmans. No era buena cosa tener al inquisidor como enemigo.

En el lado sur había una capilla dedicada a san Urbano, el patrón de los viticultores. Allí se hallaba el nuevo cuadro, cubierto por una tela de terciopelo rojo. Los asientos de la pequeña capilla estaban reservados para los amigos y la familia de Carlos, además de los dirigentes del gremio de los fundidores. De pie cerca de allí, ansiosos por ver el cuadro nuevo, había alrededor de un centenar de vecinos y compañeros de oficio, todos ataviados con sus mejores galas.

Ebrima vio que Carlos estaba radiante de felicidad. Ocupaba un asiento de honor en la iglesia, que era el centro neurálgico de Amberes, y esa ceremonia confirmaría su ciudadanía de pleno derecho. Se sentía querido, respetado y seguro.

Llegó el padre Huus para oficiar la misa con motivo de la inauguración del cuadro. En su breve sermón mencionó lo buen cristiano que era Carlos, al educar a sus hijos en la piedad y emplear su dinero para ampliar la riqueza de la catedral. Incluso dejó entrever que estaba destinado a ocupar, en el futuro, un cargo en el gobierno de la ciudad.

Ebrima sentía simpatía por Huus. Solía predicar en contra del protestantismo, pero no tenía intención de ir más allá de sus sermones. Ebrima estaba seguro de que era reacio a colaborar con Titelmans y solo lo hacía bajo presión.

Los niños se mostraban cada vez más inquietos durante las plegarias. Si ya les costaba prestar atención durante mucho tiempo a alguien hablando en su propio idioma, con más motivo cuando lo hacía en latín. Carlos los mandó callar, pero con delicadeza; era un padre indulgente.

Cuando la misa tocó a su fin, Huus le pidió a Carlos que se acercara y destapara el cuadro.

Carlos asió la tela de terciopelo rojo y entonces tuvo dudas. Ebrima creyó que tal vez estuviera a punto de pronunciar un discurso, cosa que sería un error, puesto que los ciudadanos corrientes no hablaban en las iglesias a menos que fueran protestantes. Entonces Carlos tiró de la tela, con nerviosismo al principio y con más firmeza después. Por fin la tela cayó como una cascada carmesí, y el cuadro quedó al descubierto.

La boda que representaba tenía lugar en una magnífica casa de ciudad que bien podría ser el hogar de un banquero de Amberes. Jesús ocupaba la cabecera de la mesa e iba vestido con una túnica azul. Junto a él, el anfitrión de la fiesta era un hombre de espaldas anchas con una poblada barba negra, muy parecido a Carlos, y junto a este se hallaba sentada una mujer sonriente de pelo claro que podría ser Imke. Se oyó un murmullo procedente del grupo que permanecía de pie en la nave, y proliferaron las sonrisas y carcajadas al identificar otros rostros entre los invitados. Estaba Ebrima, con un tocado de estilo árabe y Evi a su lado, vestida con una túnica que realzaba su busto prominente. El hombre de ricas vestiduras situado junto a Imke era, sin duda, su padre, Jan Wolman; y las jarras de vino estaban siendo examinadas por un mozo alto y delgado de aire consternado que se parecía a Adam Smits, el comerciante de vino más famoso de Amberes. Incluso aparecía un perro que se semejaba al sabueso de Carlos, Sansón.

El cuadro quedaba bien en la capilla, colocado sobre las viejas piedras de la catedral e iluminado por el sol a través de una ventana que daba al sur. Las vestiduras de los acaudalados comensales producían destellos de vivo naranja, azul y verde en el mantel blanco y las paredes claras del comedor.

Carlos estaba visiblemente emocionado. El padre Huus le estrechó la mano y se marchó. Todo el mundo quería felicitarle y se paseó entre la multitud, sonriendo y aceptando los aplausos que le dedicaban sus conciudadanos. Al final dio una palmada y se dirigió a la muchedumbre:

—¡Escuchad todos! ¡Estáis invitados a mi casa! ¡Y os prometo que no nos quedaremos sin vino!

Avanzaron en procesión por las sinuosas calles del centro de la ciudad hasta su hogar. Carlos los guio a la planta superior, donde había comida y vino dispuestos sobre unas mesas en el gran salón.

Los invitados disfrutaron del ágape entusiasmados; los acompañaban unos cuantos protestantes que no habían acudido a la catedral, entre los que se contaban Albert y su familia.

Ebrima dio un gran trago de su copa y se enjugó la boca con la manga. El vino de Carlos, que siempre era de calidad, le templó el ánimo e hizo que se sintiera más sosegado. Charló amigablemente con Jan Wolman sobre los negocios, con Imke sobre los hijos de esta, y también comentó unos instantes con Carlos la situación de un cliente que se estaba demorando en el pago. El susodicho se hallaba presente, disfrutando de la hospitalidad de Carlos, y Ebrima pensó que era un buen momento para enfrentarse a él y pedirle el dinero, pero Carlos no quería que nada aguara la fiesta. Los invitados empezaron a armar alboroto: los niños se peleaban, los adolescentes cortejaban a las muchachas de su edad y los hombres casados tonteaban con las esposas de sus amigos. Las fiestas siempre eran igual en todas partes, pensó Ebrima, incluso en África.

Entonces entró Pieter Titelmans.

Lo primero que notó Ebrima fue que en la sala se hizo un silencio abrumador, que empezó en la puerta y fue extendiéndose por todos los rincones de la estancia. Estaba hablando con Albert sobre las ventajas que ofrecían los cañones de hierro fundido en comparación con los de bronce cuando los dos advirtieron que algo iba mal y levantaron la cabeza. Titelmans estaba plantado en la puerta, con su gran cruz de plata, acompañado de nuevo por el padre Huus y cuatro hombres de armas.

—¿Qué querrá ese demonio? —preguntó Ebrima.

—A lo mejor ha venido para felicitar a Carlos por el cuadro —dijo Albert, haciéndose ilusiones a pesar de que estaba nervioso.

Carlos se abrió paso entre la multitud, cuyas conversaciones habían cesado, y se dirigió a Titelmans en señal de concordia.

—Buenos días, deán Pieter —dijo—. Bienvenido a mi casa. ¿Deseáis una copa de vino?

Titelmans hizo caso omiso de su ofrecimiento.

—¿Hay algún protestante entre los presentes? —preguntó.

—No lo creo —respondió Carlos—. Acabamos de llegar de la catedral, donde se ha inaugurado...

—Ya sé lo que habéis hecho en la catedral —lo interrumpió Titelmans con rudeza—. ¿Hay aquí algún protestante?

—Os aseguro que hasta donde yo sé...

—Estás a punto de mentirme. Lo noto.

La cordialidad de Carlos empezaba a flaquear.

—Si no me creéis, ¿por qué me formuláis esa pregunta?

—Para ponerte a prueba. Ahora cierra la boca.

—¡Estoy en mi casa! —le espetó Carlos con rabia.

Titelmans alzó la voz para que todo el mundo pudiera oírlo.

—He venido a ver a Albert Willemsen.

El hombre no parecía estar muy seguro de quién era Albert, puesto que solo lo había visto unos minutos en el Prado de Lord Hubert, y por un momento Ebrima se hizo la ilusión de que todo el mundo fingiría que no estaba presente. Pero los invitados no tenían la suficiente agilidad mental; de hecho, la mayoría reaccionaron irreflexivamente y todos se volvieron a mirar a Albert de hito en hito.

Tras vacilar unos instantes, el hombre dio un paso al frente.

—¿Qué queréis de mí? —dijo haciendo alarde de valor.

—De ti y de tu mujer —dijo Titelmans señalándolos.

Por desgracia, Betje estaba de pie al lado de Albert y Titelmans acertó con sus cálculos. Betje, pálida y asustada, dio también un paso adelante.

—Y de vuestra hija.

Drike no se encontraba junto a sus padres y era imposible que Titelmans se acordara de la muchacha de catorce años.

—No está aquí —mintió Carlos con coraje.

A lo mejor podían salvarla, pensó Ebrima, esperanzado.

No obstante, la muchacha no quería que la salvaran.

—Yo soy Drike Willemsen —dijo de repente una voz de niña.

A Ebrima se le cayó el alma a los pies.

La vio junto a la ventana con un vestido blanco, hablando con su hijastro Matthus mientras tenía en brazos al gatito de Carlos.

—No es más que una niña, deán —apostilló este—. Seguro que...

Pero Drike no había terminado.

—Y soy protestante —añadió con tono retador—. Por ello doy gracias a Dios.

Entre los invitados se extendió un murmullo que era a la vez de admiración y abatimiento.

—Ven aquí —le ordenó Titelmans.

La muchacha cruzó el salón con la cabeza muy alta.

«Maldición», pensó Ebrima.

—Lleváoslos a los tres —ordenó Titelmans a su séquito.

—¿Por qué no nos dejáis en paz? —gritó alguien.

Titelmans miró con enfado hacia el lugar de donde procedía la ofensa, pero no vio quién había hablado. Ebrima, en cambio, sí que lo sabía, pues había reconocido la voz del joven Matthus.

—¡Sí! ¡Volved a Ronse! —gritó otro hombre.

El resto de los invitados prorrumpieron en vítores de aprobación y lanzaron otros abucheos. Los hombres de armas de Titelmans sacaron a la familia Willemsen del salón. Cuando el inquisidor estaba dando media vuelta para seguirlos, Matthus arrojó un panecillo que golpeó a Titelmans en la espalda. El hombre hizo como si nada, pero entonces una copa voló por los aires y fue a estrellarse contra la pared más cercana al deán, salpicándole la sotana. El abucheo se tornó más burdo y más ruidoso. Titelmans apenas pudo conservar la dignidad mientras cruzaba corriendo la puerta antes de que pudiera ser víctima de otra afrenta.

La multitud estalló en carcajadas y aplausos ante su huida, pero Ebrima era consciente de que nada de aquello era motivo de risa.

III

Se estableció que la joven Drike muriera en la hoguera dos semanas más tarde.

La ejecución fue anunciada en la catedral. Titelmans explicó que Albert y Betje habían abjurado del protestantismo, que habían pedido perdón a Dios y que habían implorado que los acogieran de nuevo en el seno de la Iglesia. El deán probablemente sabía que su arrepentimiento no era sincero, pero se vio obligado a dejarlos libres a cambio de una multa. Sin embargo, para consternación de todos, Drike se había negado a renegar de su fe.

Titelmans no permitía que recibiera visitas en prisión; a pesar de ello, Albert sobornó a los guardias y entró. Con todo, no consiguió convencerla de que se retractase. Dando muestras del idealismo propio de la juventud, la joven insistió en que prefería morir antes que traicionar al Señor.

Ebrima y Evi visitaron a sus padres el día anterior a la ejecución. Deseaban ofrecer apoyo y consuelo a sus amigos, pero no sirvió de nada. Betje no paraba de sollozar y Albert apenas era capaz de pronunciar palabra. Drike era su única hija.

Ese día plantaron una estaca en la plaza del centro de la ciudad, dominada por la catedral, el elegante edificio del mercado central y la espléndida casa consistorial a medio construir. Al pie de la estaca había esparcido un montón de leña seca.

La ejecución tendría lugar en cuanto saliera el sol, y antes del amanecer ya había un numeroso grupo de gente allí reunido. Ebrima percibió que se respiraba un profundo desánimo; cuando se ejecutaba a ladrones o violadores, los espectadores se burlaban de ellos y gritaban de entusiasmo ante la agonía de su muerte, pero todo apuntaba a que no era eso lo que iba a ocurrir aquel día. La multitud en su mayoría eran protestantes, y temían que algún día pudiera ocurrirles lo mismo que a Drike. Los católicos, como Carlos, estaban furiosos por los alborotos que causaban los protestantes y tenían miedo de que las guerras de religión de Francia se extendieran a los Países Bajos. Sin embargo, muy pocos creían que fuera correcto condenar a una muchacha a morir en la hoguera.

Drike salió del consistorio guiada por Egmont, el verdugo, un hombre corpulento cubierto con un delantal de piel, que portaba una antorcha encendida. La muchacha llevaba el mismo vestido blanco del día en que la habían apresado. Ebrima enseguida se dio cuenta de que Titelmans, con su arrogancia, había cometido un error. Drike tenía aspecto de virgen, y sin duda lo era. Tenía la belleza pálida de la Virgen María en los cuadros. Al verla, la multitud al unísono ahogó un grito.

—Esto será un martirio —le dijo Ebrima a Evi. Luego miró a Matthus y vio que el muchacho tenía los ojos arrasados en lágrimas.

Una de las dos puertas occidentales de la catedral se abrió y por ella salió Titelmans encabezando una pequeña comitiva de eclesiásticos que más bien se parecía a una bandada de cuervos.

Dos hombres de armas ataron a Drike a la estaca y apilaron la leña alrededor de sus pies.

Titelmans empezó a hablar a la multitud sobre la verdad y la herejía. El inquisidor no tenía ni idea del efecto que producía en los demás, según percibió Ebrima. Todo lo relativo a su persona los ofendía: su tono intimidatorio, su mirada altanera y el hecho de no ser de su misma ciudad.

Entonces fue Drike quien empezó a hablar, y su timbre de soprano se alzó por encima del vozarrón de Titelmans. Hablaba en francés:

> *Mon Dieu me paist soubs sa puissance haute,*
> *C'est mon berger, de rien je n'auray faute.*

Era el mismo salmo que la multitud cantaba en el Prado de Lord Hubert, el número veintitrés, que comenzaba diciendo: «El Señor es mi pastor». La emoción inundó a la muchedumbre cual maremoto. Las lágrimas afloraron a los ojos de Ebrima; otras personas, en cambio, lloraban abiertamente. Todos tenían la sensación de estar presenciando una tragedia sagrada.

Titelmans estaba furioso y se dirigió al verdugo. Ebrima se hallaba lo bastante cerca para oír sus palabras.

—¡Se supone que debes arrancarle la lengua!

Existía una herramienta especial para ello, semejante a unas tenazas. Se había diseñado con el objeto de castigar a los mentirosos, pero a veces se utilizaba para silenciar a los herejes, de modo que no pudieran predicar ante la multitud mientras morían.

—Solo si recibo órdenes precisas —soltó Egmont con hosquedad.

Drike prosiguió:

> *En tect bien seur, joignant les beaulx herbages,*
> *Coucher me faict, me meine aux clairs rivages.*

Miraba hacia el cielo, y Ebrima no albergaba dudas de que estaba viendo los verdes pastos y las mansas aguas que aguardaban en el más allá de todas las religiones.

—Dislócale la mandíbula —ordenó Titelmans.

—Como deseéis —respondió Egmont. Aunque, por supuesto, el verdugo carecía de sensibilidad, incluso a él lo ofendía aquella orden, y no se molestó en ocultar su aversión. Con todo, le entregó la antorcha a un hombre de armas.

Matthus, situado junto a Ebrima, se dio media vuelta y gritó:

—¡Van a dislocarle la mandíbula!

—¡Cállate! —exclamó su madre con nerviosismo, pero la sonora voz de Matthus ya había recorrido un buen trecho.

Se oyó un rugido colectivo de furia, y la multitud se hizo eco de las palabras de Matthus hasta que todo el mundo estuvo enterado de lo que ocurría.

—¡Dejadla rezar! —gritó Matthus, y el grito se repitió.

—¡Dejadla rezar! ¡Dejadla rezar!

—¡Te estás buscando problemas! —le advirtió Evi.

Egmont se acercó a Drike y le agarró la cara con las manos. Le introdujo los pulgares en la boca y le sujetó la mandíbula con fuerza para poder sacar el hueso de su cavidad.

Ebrima notó un súbito movimiento brusco a su lado, y en ese momento Egmont recibió un impacto en la nuca provocado por una piedra que había arrojado Matthus.

Era una piedra grande, lanzada con buena puntería y con el impulso del fuerte brazo de un joven de diecisiete años, y Ebrima oyó el ruido sordo al golpear el cráneo de Egmont. El verdugo se tambaleó, como si hubiera perdido momentáneamente el conocimiento, y apartó las manos del rostro de Drike, resbalándole hacia abajo. Todos prorrumpieron en vítores.

Titelmans se dio cuenta de que la cosa se le estaba escapando de las manos.

—Bueno, da igual, ¡enciende el fuego! —dijo.

—¡No! —gritó Matthus.

Más piedras volaron por los aires, pero no alcanzaron su objetivo.

Egmont recuperó la antorcha y la acercó a la leña. La madera seca prendió rápidamente.

Matthus empujó a Ebrima para abrirse paso y salió corriendo de entre la multitud en dirección a Drike.

—¡Detente! —gritó Evi, pero su hijo no le hizo caso.

Los hombres de armas echaron mano de sus espadas, pero Matthus fue más rápido que ellos. De un puntapié, apartó la leña encendida de los pies de Drike y se escabulló entre la multitud de la que había salido.

Los soldados lo persiguieron empuñando las espadas. La muchedumbre, aterrada, se dispersó a su paso.

—¡Lo van a matar! —gritó Evi.

Ebrima vio que solo había una forma de salvar al muchacho, provocar un disturbio general, lo cual no resultaría difícil, pues la gente en la plaza estaba enardecida. Avanzó, y otros lo siguieron y se arremolinaron en torno a la estaca que había quedado sin defensa. Ebrima sacó su daga y cortó las cuerdas que ataban a Drike. De pronto apareció Albert y se la llevó en brazos, pues la muchacha no pesaba mucho, para luego mezclarse entre la muchedumbre.

La gente se volvió contra los sacerdotes y empezó a darles empujones, ante lo cual los soldados dejaron de buscar a Matthus y volvieron para defender a los clérigos.

Titelmans huyó a toda prisa en dirección a la catedral, y los sacerdotes lo siguieron, primero con paso vivo, luego corriendo. La multitud dejó que se fueran entre abucheos, observándolos cuando cruzaron el arco de piedra primorosamente labrada, empujaron la gran puerta de madera y desaparecieron en la oscuridad de la iglesia.

IV

Albert y su familia abandonaron Amberes esa misma noche.

Ebrima era una de las pocas personas que sabía que partían hacia Amsterdam, una ciudad de menor extensión pero situada más hacia el nordeste y, por tanto, más alejada del centro del poder español en Bruselas, razón por la cual estaba prosperando y creciendo rápidamente.

Entre Ebrima y Carlos compraron la fundición de Albert, y le pagaron con una cantidad de oro que él guardó en unas alforjas bien cerradas, colocadas sobre un robusto poni.

Matthus, perdidamente enamorado, quiso marcharse con ellos, y Ebrima —que, aunque de modo difuso, recordaba la fuerza del amor de juventud— se lo permitió. Sin embargo, Albert entendía que Drike era demasiado joven para casarse y que debían esperar un año. Al cabo de ese tiempo, Matthus podría viajar hasta Amsterdam y proponerle matrimonio, si todavía lo deseaba. Matthus juró que así sería, ante lo cual su madre repuso que eso ya se vería.

Nada más se supo de Titelmans. No hubo más confrontaciones ni más apresamientos. Tal vez se había dado cuenta de que a los católicos de Amberes les molestaba su extremismo, o tal vez simplemente estuviera aguardando el momento oportuno.

Ebrima deseaba que los protestantes guardaran silencio, pero también ellos parecían haber ganado confianza, por no llamarlo arrogancia. Exigían que los demás fueran tolerantes con ellos y les concedieran el derecho de orar a su antojo, pero aun así no quedaban satisfechos, pensó con exasperación. No solo creían que sus rivales se equivocaban, sino que los consideraban malvados. Las prácticas católicas, que habían constituido la forma de culto en Europa durante cientos de años, eran injuriosas, según decían, y debían abolirse. De ningún modo ponían en práctica la tolerancia que tanto predicaban.

A Ebrima le preocupaba que los caciques españoles y sus aliados del clero tuvieran la sensación de estar perdiendo el dominio de la situación. El odio y la violencia bullían en la ciudad con cada día que pasaba. Como toda persona que regentaba un negocio, él solo deseaba paz y estabilidad para poder realizar su actividad.

Precisamente se encontraba haciendo tratos con un comprador en la fundición, sudando un poco a causa del calor del verano, aquel 20 de agosto en que volvió a estallar el conflicto.

Oyó escándalo en la calle: pasos apresurados, cristales rotos y los chillidos estridentes de los hombres enloquecidos. Salió corriendo para ver qué ocurría, y Carlos y Matthus fueron con él. Un grupo formado por un centenar de jóvenes, entre los que había algunas chicas, corrían llevando escaleras, poleas y cuerdas además de herramientas más toscas como garrotes y mazos de madera, barras de hierro y cadenas.

—¿Qué estáis haciendo? —les gritó Ebrima, pero nadie respondió a su pregunta.

El cristal que había oído romperse correspondía a la ventana de la casa del padre Huus, que vivía en la misma calle de la fundición; pero al parecer aquello había sido únicamente un daño accidental causado por la emoción del momento; la turba se dirigía a la ciudad con un objetivo concreto.

—¿Qué narices se proponen? —preguntó Carlos.

Ebrima lo imaginaba, aunque esperaba estar equivocado.

Los tres hombres siguieron a la multitud hasta la plaza del mercado de donde habían rescatado a Drike. Los jóvenes se apiñaron en el centro y uno de ellos empezó a implorar a Dios hablando en el dialecto de Brabante. En la religión protestante todo el mundo estaba autorizado a predicar, no solo los pastores, y podían utilizar su propio idioma en lugar del latín. Ebrima temía que hubieran acudido a la plaza del mercado porque allí era donde estaba la catedral, y su temor resultó ser cierto. Cuando terminó la plegaria, todos se pusieron en marcha a la vez, siguiendo un plan preestablecido, y se dirigieron a la catedral.

Un arco gótico con forma ojival coronaba la entrada al templo. En el tímpano se leía la inscripción DIOS EN EL CIELO, y las arquivoltas concéntricas del arco estaban repletas de ángeles y santos. Carlos, situado junto a Ebrima, ahogó un grito de horror cuando el grupo arremetió contra la piedra labrada con los martillos y las armas improvisadas. Mientras destrozaban las hiladas de piedra, recitaban a voz en grito citas de la Biblia, de forma que las palabras de las escrituras parecían maldiciones.

—¡Deteneos! —les gritó Carlos—. ¡Tomarán represalias!

Pero nadie se dio por aludido. Ebrima veía que Matthus estaba impaciente por unirse a ellos, y cuando el muchacho dio un paso adelante, este lo cogió por el brazo con la fuerza propia de un herrero.

—¿Qué dirá tu madre? —lo instó—. ¡Ella viene a rezar aquí! Detente y piensa.

—¡Están obrando en nombre de Dios! —gritó Matthus.

Los alborotadores descubrieron que las puertas de la gran catedral estaban cerradas: los párrocos los habían visto llegar. Ebrima se sintió aliviado, ya que por lo menos el daño que podían hacer era limitado. Tal vez se calmaran. Soltó el brazo de Matthus.

No obstante, la multitud corrió hacia el norte de la iglesia en busca de otra entrada; los curiosos fueron tras ellos. Para consternación de Ebrima, habían encontrado una puerta lateral sin atrancar; los sacerdotes, presa del pánico, seguramente habían olvidado cerrarla con llave. La turba se abrió paso hacia el interior de la iglesia y Matthus se apartó de Ebrima.

Cuando este entró en la catedral, los protestantes corrían en todas direcciones, profiriendo gritos triunfales y arremetiendo contra cualquier imagen pintada o labrada en piedra. Parecían estar ebrios, aunque no por causa del vino. Estaban poseídos por una fiebre de destrucción. Tanto Carlos como Ebrima les gritaron que se detuvieran, y otros ciudadanos de edad se unieron a sus súplicas, pero no sirvió de nada.

Había unos cuantos sacerdotes en el presbiterio, y Ebrima vio cómo algunos huían por el acceso meridional. Uno hizo lo contrario y se dirigió hacia los intrusos con las dos manos en alto con intención de detenerlos. Ebrima reconoció al padre Huus.

—Sois hijos de Dios —repetía sin cesar mientras avanzaba directamente hacia los jóvenes que habían asaltado la catedral—. Parad y hablemos.

Un muchacho alto chocó con él y lo tiró al suelo, y otros le pasaron por encima.

Descolgaron obras valiosas y las arrojaron formando una pila en el centro del crucero, donde unas muchachas, entre alaridos, les prendieron fuego con las velas encendidas de un altar. Hicieron añicos esculturas de madera, arrancaron páginas de libros antiguos y rasgaron vestiduras preciosas, y todos los desechos fueron arrojados a las llamas.

Ebrima estaba horrorizado, no solo por la destrucción sino también por sus inevitables consecuencias. Aquello era intolerable; era la provocación más escandalosa hasta el momento contra el rey Felipe II y el papa Pío V, los dos hombres más poderosos de Europa. Amberes sería castigada. Tardaría en llegar, pues la maquinaria de la política internacional giraba despacio, pero cuando sucediera, el castigo sería terrible.

Algunos de los integrantes del grupo iban aún más en serio. No cabía duda de que habían planificado el ataque, y se reunieron en torno al altar mayor con el objetivo claro de dañar la enorme escultura. Pronto dispusieron las escaleras y las poleas en lugares que debían de haber estudiado previamente. Carlos estaba aterrorizado.

—¡Van a destrozar el Cristo crucificado! —exclamó.

Observaron con horror cómo rodeaban con cuerdas a Jesús y hacían cortes en las piernas para debilitar la estructura. No dejaban de hablar de idolatría, pero incluso para el pagano Ebrima resultó evidente que en ese caso eran los protestantes quienes estaban incurriendo en una injuria. Hicieron girar las poleas con resuelta concentración, tirando de las cuerdas hasta que por fin el moribundo Jesús se inclinó hacia un lado, se partió por las rodillas y acabó arrancado del lugar que ocupaba y cayendo al suelo boca abajo. No satisfechos con eso, los protestantes atacaron la escultura caída con martillos, machacándole los brazos y la cabeza entre un júbilo tal que parecía satánico.

Los dos ladrones de la talla, crucificados a ambos lados de la posición que había ocupado Jesús, daban la impresión de mirar con expresión lastimera su cuerpo hecho pedazos.

Alguien acudió con una jarra de vino sagrado y un cáliz de oro, y todos se felicitaron unos a otros mientras bebían.

Un grito procedente del ala sur hizo que Ebrima y Carlos se volvieran. Con horror, el africano vio que un pequeño grupo se había reunido en la capilla de san Urbano y miraba el cuadro que Carlos había encargado sobre el milagro de Caná.

—¡No! —rugió, pero nadie le oyó.

Entonces cruzó la iglesia a toda prisa, pero antes de que llegara, uno de los muchachos había alzado una daga y había rajado el lienzo de un lado a otro. Carlos se arrojó contra él y lo tiró al suelo, y el cuchillo salió volando, pero otros agarraron a Carlos y a Ebrima y los redujeron rápidamente; aunque se resistieron, no pudieron soltarse.

El muchacho a quien Carlos había atacado se levantó del suelo, al parecer ileso. Recogió su daga y rajó la tela una y otra vez, haciendo trizas las imágenes de Jesús y los discípulos, y las figuras de Carlos, su familia y sus amigos pintadas entre los invitados a la boda.

Una joven acudió con una candela y la acercó al cuadro destripado. La pintura empezó a arder lentamente, arrojando humo, pero poco a poco el fuego prendió con más fuerza y se propagó con rapidez, de modo que el cuadro entero ardió en llamas.

Ebrima cesó de forcejear. Miró a Carlos, que había cerrado los ojos. Los jóvenes vándalos los dejaron ir y se marcharon para destrozar alguna otra cosa.

Una vez liberado, Carlos cayó de rodillas y se echó a llorar.

15

Alison McKay estaba en prisión con María, la reina de los escoceses. Las habían confinado en un castillo, en una isla, en mitad de un lago escocés llamado Loch Leven. Las custodiaban día y noche quince hombres de armas, un número más que suficiente para vigilar a dos jóvenes mujeres... decididas a escapar de allí.

María era una mujer rebelde. Había demostrado tener poco juicio: en los momentos más oscuros, Alison no tenía más remedio que reconocer que prácticamente todas las decisiones tomadas por la reina habían tenido nefastas consecuencias. Sin embargo, María nunca se rendía, y eso era lo que más admiraba Alison de ella.

Loch Leven era un lugar lúgubre y tenebroso. La casa consistía en una torre cuadrada de piedra gris con ventanas pequeñas y estrechas para impedir el paso del viento frío que soplaba con fuerza sobre la superficie del agua, incluso en verano. El edificio ocupaba un recinto cuya longitud era inferior a cien metros, rodeado de una delgada franja de terreno lleno de maleza, y más allá estaba el lago. Cuando había tormenta, la franja de tierra quedaba sumergida en el agua y el embate de las olas azotaba las paredes de piedra del muro perimetral. La extensión de Loch Leven era muy amplia, y un hombre fuerte tardaba media hora en llegar a remo desde la isla hasta la orilla opuesta del lago, en tierra firme.

Escapar de aquella prisión era tarea harto difícil, pero tenían que intentarlo. Allí eran muy desgraciadas; hasta entonces, Alison nunca había imaginado siquiera que el aburrimiento pudiese llevar a contemplar la posibilidad del suicidio.

Habían crecido en la deslumbrante corte francesa, rodeadas de gente vestida con magníficos ropajes y joyas de valor incalculable, invitadas todos los días a banquetes, escenificaciones de los misterios bíblicos y representaciones teatrales. Sus conversaciones cotidianas versaban sobre complots políticos e intrigas sociales. Los hombres con los que se codeaban empezaban guerras y luego les ponían fin, mientras que las mujeres eran reinas y madres de reyes. Después de todo eso, Loch Leven suponía el purgatorio.

Corría el año 1568. Alison había cumplido los veintisiete y María, los veinticinco. Llevaban encerradas en Loch Leven casi un año, y Alison había pasado buena parte de ese tiempo pensando en qué se habían equivocado.

El primer error de María había sido enamorarse primero y casarse después con el primo de la reina Isabel, lord Darnley, un borracho encantador enfermo de sífilis. Alison había tenido sentimientos encontrados: feliz de ver a María enamorada, pero horrorizada por su elección de marido. El amor no tardó en desaparecer y cuando María se quedó embarazada, Darnley asesinó a su secretario personal, de quien sospechaba que era el verdadero padre de la criatura.

Si en Escocia había algún otro noble peor aún que Darnley ese era sin duda, en opinión de Alison, el pendenciero y violento conde de Bothwell, y el segundo error de María había sido incitarle a que matase a su esposo. Bothwell lo había hecho, pero todos sabían o sospechaban lo que había sucedido en realidad.

Ni María ni Alison habían sabido predecir la reacción de los escoceses. Los ciudadanos de Escocia eran un pueblo honrado, y católicos y protestantes por igual condenaron enérgicamente aquella inmoralidad monárquica. El prestigio de María entre el pueblo escocés cayó en picado.

Alison presintió que una racha de mala suerte se cernía sobre ellas cuando Bothwell las raptó a ambas y obligó a María a pasar la noche con él. En otras circunstancias, el país se habría indignado ante aquel ultraje contra su reina y se habría alzado para defenderla; pero para entonces la reputación de la joven ya estaba por los suelos y María no estaba segura de poder granjearse el favor del pueblo. Juntas decidieron que la única forma que tenía María de recobrar su respetabilidad era casándose con Bothwell y fingiendo que en realidad no la había violado. La esposa de Bothwell, más que harta de él, obtuvo un divorcio extremadamente rápido que no fue reconocido por la Iglesia católica. La boda se celebró de inmediato.

Ese fue el tercer error.

Veintiséis nobles escoceses indignados reunieron un ejército y derrotaron a las fuerzas de Bothwell y María. Capturaron a la reina, la obligaron a abdicar en su hijo de apenas un año, Jacobo, y la encerraron allí, en Loch Leven..., pero sin su pequeño.

Sin duda todos aquellos acontecimientos fueron seguidos con mucho interés por la reina Isabel de Inglaterra. En teoría, Isabel apoyaba a María como la reina incontestablemente legítima de Escocia, pero en la práctica no movió un dedo para organizar ninguna maniobra de rescate. Probablemente, Isabel actuó como alguien que oye una reyerta entre borrachos en la calle de noche: no importaba quién de los dos ganase siempre y cuando no intentasen entrar en su casa.

Mientras María estuvo casada con Darnley, Alison contrajo matrimonio con un buen católico, un hombre con ojos color de avellana y una mata de pelo rubio que le recordaba a Pierre Aumande. Era bueno y cariñoso con ella, pero esperaba que Alison le rindiese pleitesía a él, y no a María, cosa que le resultaba enormemente difícil, a pesar de que debería haberlo previsto. Se quedó embarazada, pero sufrió un aborto al cabo de cuatro meses. Poco después, su marido murió en un accidente de caza y para Alison casi fue un alivio volver a desempeñar su viejo papel de siempre, el de abnegada mano derecha de María.

Y ahora sucedía aquello.

—Nadie me ha querido como tú me quieres —le había dicho María durante uno de los largos y oscuros atardeceres en Loch Leven, y Alison se había ruborizado con una difusa pero fuerte emoción—. Mi padre murió cuando yo era una niña —había seguido diciendo la reina—. Mi madre y yo siempre vivimos separadas. Mis tres maridos han sido terriblemente débiles, cada uno a su manera. Tú has sido madre, padre y esposo para mí. ¿No es eso extraño?

Sus palabras habían hecho saltar las lágrimas a Alison.

Su carcelero era sir William Douglas, el señor del castillo de Loch Leven. María tenía un poderoso don para granjearse la simpatía del prójimo, y sir William se había quedado prendado de ella. Se comportaba como si fuera un perfecto anfitrión agasajando a un huésped distinguido. Sus hijas adoraban a María —la idea de una reina encarcelada les parecía tremendamente romántica—, pero su esposa, lady Agnes, no había caído rendida a los pies de su regia prisionera, ni mucho menos. La mujer poseía un fuerte sentido del deber y permanecía constantemente alerta.

Sin embargo, Agnes acababa de dar a luz a su séptimo hijo y aún estaba guardando cama después del parto, una de las razones por las que aquel era el momento más oportuno para un intento de fuga.

A María aún la custodiaban el capitán Drysdale y sus hombres, pero aquel día era domingo 2 de mayo, de modo que los soldados estaban celebrando las Fiestas de Mayo, una tradición ancestral de primavera, y emborrachándose más que de costumbre. Alison esperaba que bajasen del todo la guardia al caer la tarde, circunstancia que ella y María aprovecharían para escaparse.

Sería difícil, pero contaban con algunos colaboradores.

En Loch Leven también vivía el apuesto hermanastro de sir William, George, a quien apodaban «Geordie el Hermoso», así como Willie Douglas, un huérfano de quince años y de gran estatura de quien Alison sospechaba que era hijo ilegítimo de sir William.

María había puesto todo su empeño en ganarse el corazón de Geordie el Hermoso. Le habían permitido disponer de sus ropas en el castillo —aunque no de sus joyas— y vestía de forma elegante. De todos modos, George no suponía un difícil reto para ella: María siempre había sido una mujer muy atractiva, y allí, en la diminuta isla, no tenía rivales. La convivencia de un grupo pequeño de gente en un espacio tan reducido hacía que las emociones del corazón estuviesen a flor de piel. Alison supuso que a María no le costaba ningún esfuerzo seguir el juego, pues George era encantador además de bien parecido. Era posible incluso que los sentimientos de María hacia él fuesen genuinos.

Alison no sabía con certeza qué clase de favores concedía María a George; algo más que besos, desde luego, porque el escocés era un hombre hecho y derecho, pero sin llegar a mantener relaciones sexuales plenas, porque María, con su reputación manchada, no podía arriesgarse a sufrir la deshonra de un embarazo ilegítimo. Alison no le preguntaba por los detalles; había pasado mucho tiempo desde los días felices en París, cuando eran dos chiquillas adolescentes que se lo contaban todo. Ahora, lo único que importaba era que George estaba tan perdidamente enamorado que solo ansiaba interpretar el papel del caballero de brillante armadura y rescatar a su amada del castillo de la desesperación.

La propia Alison se había concentrado en el joven Willie. Una vez más, tampoco en este caso le supuso un reto, a pesar de que ella casi le doblaba la edad. Recién estrenada la adolescencia, Willie se habría enamorado de cualquier mujer atractiva que le hubiese dedicado unas migajas de atención. A Alison no le hizo falta más que charlar con él y preguntarle por su vida arrimándose un poco más de la cuenta; besarlo de forma casi fraternal… aunque no del todo; sonreír cuando lo sorprendía mirándole los pechos, y hacer comentarios pícaros sobre los «hombretones como tú» para avivar su coraje. No tuvo que otorgar favores sexuales a aquel muchacho que era como cualquier hombre. En los rincones más recónditos de su cerebro semiconsciente, casi lamentaba esto último…, algo que le daba vergüenza admitir incluso a sí misma. Pero Willie había sucumbido fácilmente y ahora era su esclavo.

George y Willie llevaban varios meses introduciendo y sacando a escondidas de la prisión las cartas de María, pero no sin dificultades. La huida aún sería más complicada.

María no podía cruzar el pequeño recinto sin ser vista, pues era el hogar de unas cincuenta personas: además de la familia y los hombres de armas, estaban los secretarios de sir William y un amplio número de sirvientes domésticos. La puerta siempre permanecía cerrada, y cualquiera que quisiera entrar o salir tenía que pedir que la abrieran o saltar por encima de la muralla del castillo. Siempre había tres o cuatro botes amarrados en la playa, pero María necesitaría un cómplice robusto que la llevara a remo hasta la orilla, y además, podían seguirla fácilmente. Luego, una vez en tierra, requeriría de amigos con caballos que la condujesen a algún escondite seguro, a salvo de persecuciones.

Había un sinfín de detalles que podían salir mal.

A Alison le costó un gran esfuerzo conservar la calma durante el oficio matinal en la capilla. Se moría de ganas de escapar de allí, pero también temía las consecuencias si las atrapaban: a María y a ella probablemente las recluirían en una habitación, tal vez incluso les prohibirían aquellos paseos por la parte superior del perímetro de la muralla que, aunque deprimentes, al menos les brindaban la oportunidad de respirar aire fresco y divisar a lo lejos el mundo exterior. Y lo peor de todo: podían separarlas.

María era sin duda una mujer intrépida y audaz, y estaba dispuesta a correr el riesgo, al igual que Alison, pero el castigo si fracasaban sería terrible.

Después del oficio en la iglesia se celebraron los tradicionales festejos de primavera. Willie se superó a sí mismo como un magnífico e hilarante *Lord of Misrule*, el Señor del Desgobierno, fingiéndose completamente borracho cuando, en realidad, era uno de los pocos hombres en la isla que estaba del todo sobrio.

Geordie el Hermoso se encontraba en tierra firme y para entonces ya debía de estar en el pueblo de Kinross, junto al lago. Su misión consistía en reunir a un grupo de hombres y caballos que escoltaran a María y a Alison en su huida antes de que alguien pudiese darles alcance y capturarlas de nuevo. Alison estaba ansiosa por saber si Geordie habría llevado a cabo con éxito su parte del plan, y esperaba con suma impaciencia una señal.

María comió a primera hora de la tarde con sir William y la familia, y Alison y Willie ayudaron a servir la mesa. El comedor estaba situado en una planta superior de la torre cuadrada, con vistas, desde las diminutas ventanas, a tierra firme; una característica defensiva necesaria. Alison tuvo que reprimir las ganas constantes de asomarse a mirar más allá del lago.

Al final de la comida, Willie se fue. Según el plan, treparía al otro lado de la muralla y esperaría fuera la llegada de un bote con un mensaje de George anunciándoles que todo estaba listo.

Durante la planificación de la fuga, el joven Willie había sugerido que María saltase desde lo alto del muro al suelo, una distancia de dos metros que el muchacho salvaba con suma facilidad. Como experimento, Alison había intentado saltar primero y se había torcido el tobillo. No podían correr el riesgo de que María resultase malherida y que eso la rezagase en la huida, por lo que habían desechado la sugerencia de Willie. En vez de eso, escaparía a través de la puerta, lo que significaba que tenían que conseguir una llave.

Como miembro de la pequeña nobleza, además del personal de servicio, Alison tenía permiso para sumarse a los demás comensales en la mesa mientras conversaban después de la comida, degustando frutos secos y fruta desecada, y sir William bebiendo vino. No había gran cosa de que hablar en Loch Leven, pero, a falta de otras diversiones, la conversación era la principal forma de entretenimiento en el castillo.

Fue la madre de sir William, lady Margaret, quien se asomó a la ventana y vio algo extraño en la orilla opuesta.

—Me pregunto quiénes serán esos hombres a caballo... —dijo con tono de leve curiosidad.

Alison se quedó paralizada. ¿Cómo podía George ser tan descuidado? ¡Se suponía que sus hombres debían permanecer escondidos! Si aquello despertaba la más mínima sospecha en sir William, este bien podía encerrar a María en su habitación, y entonces todo el plan se iría al traste. ¿Y si ya había fracasado?

Sir William miró por la ventana y arrugó el ceño.

—No hay ninguna razón para que estén ahí fuera, que yo sepa.

María supo reconducir la situación de forma brillante.

—Debo hablaros, lady Margaret, de vuestro hijo Jacobo, mi hermano —anunció con voz desafiante.

Aquellas palabras captaron la atención de todos los presentes. En su juventud, lady Margaret había sido una de las numerosas amantes del padre de María, el rey Jacobo V. Había dado a luz a su hijo ilegítimo, Jacobo Estuardo, el medio hermano de María al que Alison había conocido en Saint-Dizier en compañía del enigmático Ned Willard cuando los dos habían intentado disuadirla de regresar a Escocia. María sabía que no era de buena educación sacar a relucir aquel tema en la mesa.

—Jacobo está en Francia —respondió lady Margaret, abochornada.

—¡Visitando al almirante Coligny! ¡El héroe de los hugonotes!

—No hay nada que yo pueda hacer con respecto a Jacobo, señora, como bien sabéis.

María consiguió de ese modo que todos se centrasen en ella en lugar de curiosear por la ventana, y añadió con tono de indignación:

—Me he portado muy bien con él. ¡Hasta lo nombré conde de Moray!

Margaret se sintió intimidada por aquella joven reina súbitamente furibunda.

—Y me consta que siente una enorme gratitud hacia vos —contestó con nerviosismo.

En ese momento ya nadie miraba por la ventana.

—En ese caso, ¿por qué ha estado Jacobo intrigando a mis espaldas? —exclamó María. Alison sabía que su estallido de ira, aunque calculado, era auténtico—. Desde que me trajeron aquí me ha obligado a firmar los documentos de la abdicación, ha coronado a mi hijo como rey Jacobo VI, y además se ha nombrado regente. ¡Ahora mismo es el rey de Escocia *de facto*, aunque sea sin legitimidad!

Los Douglas sentían lástima por María, pero aprobaban plenamente las maniobras de Jacobo Estuardo, y parecían incómodos…, lo cual era bueno, pensó Alison, pues de ese modo habían olvidado qué hacían aquellos jinetes apostados a la otra orilla del lago.

Sir William trató de mostrarse conciliador.

—Por supuesto, no es así como os gustaría que fuesen las cosas, señora —le dijo a María—. Por otra parte, vuestro hijo es rey y vuestro hermano es regente, de modo que el acuerdo tiene un grado de legitimidad innegable.

Alison miró de hurtadillas a la ventana. Ya no se veían señales de ningún jinete, de modo que imaginaba que George debía de haberles ordenado, furioso, que se alejaran de la orilla. Tal vez llevaban ya una hora o dos en Kinross y se estaban poniendo nerviosos; tal vez su disciplina empezaba a flaquear. Sin embargo, la apariencia de normalidad había regresado a la mesa.

Habían superado el momento de incertidumbre, pero lo cierto es que aquello no había hecho más que subrayar lo arriesgado de todo el plan en sí, y ahora la tensión era aún más insoportable.

A María se le agotó la paciencia.

—Con todos estos festejos me noto agotada —dijo levantándose—. Voy a retirarme para descansar.

Alison la acompañó. Al otro lado de la puerta, una escalera de caracol de piedra, oscura y estrecha, conducía a las plantas superiores e inferiores del castillo. Subieron a los aposentos de la reina.

María no estaba en absoluto cansada, sino ansiosa, prácticamente al borde de la histeria, y no dejaba de levantarse de la silla para acudir a la ventana, asomarse y volver a sentarse de nuevo.

Alison comprobó el disfraz de ambas, varias piezas de ropa dobladas en un baúl, ocultas por los trajes de María. Habían conseguido hacerse con las prendas de paño áspero que las numerosas sirvientas del castillo confeccionaban ellas mismas y se ponían encima de las enaguas, además de un tocado para el pelo al uso de Flandes, consistente en una capucha abierta con caperuza en punta que cubría la totalidad de la cabeza y dificultaba que alguien pudiese verles la cara, salvo si las miraban directamente de frente. A veces las sirvientas llevaban recias botas de cuero, tan rígidas que María y Alison ni siquiera podían caminar con ellas, pero, por fortuna, las mujeres también utilizaban los escarpines de raso y seda que sus señoras ya no querían. A lo largo de las semanas anteriores, cada vez que se quedaban a solas, Alison y María aprovechaban para ponerse sus zapatos viejos y asegurarse de desgastarlos lo suficiente para que pasasen por zapatos usados.

Sin embargo, su principal problema era la estatura de María; no había forma de disfrazar su altura. No había ninguna otra mujer en toda la isla tan alta como ella, por lo que Alison no imaginaba cómo iban a poder sortear ese obstáculo.

Volvió a guardar los disfraces. Tenían que seguir siendo pacientes al menos otra hora más, y entonces, a las seis, le subirían la cena a María a su habitación.

Como de costumbre, era sir William el encargado de servirle la cena, una deferencia que su carcelero tenía para con su prisionera real. Alison salió de la alcoba y fue a buscar a Willie para averiguar qué estaba sucediendo. Fuera, con motivo de las festividades, tenía lugar un partido de pelota que enfrentaba a los soldados contra los sirvientes, cada uno con su propio grupo de animadores. Alison advirtió que Drysdale, que se suponía que debía vigilar de cerca a María, era el capitán del equipo de los soldados, lo cual era una buena noticia para sus planes, pensó, pues así estaría distraído.

De pronto, Willie cruzó el patio en dirección a ella, con gesto de entusiasmo.

—¡Es la hora! —le dijo, susurrando, y le mostró un pendiente de perla.

Aquella era la señal de George, en la otra orilla del lago. El pendiente significaba que estaba todo listo para la fuga de María. Alison recibió la noticia con enorme alegría, pero Willie no había sido nada discreto.

—¡Cierra el puño! —exclamó, hablándole entre dientes—. No queremos que nos hagan preguntas.

Por suerte, el público reunido en el patio estaba absorto en el juego de pelota.

—Lo siento —dijo Willie. Ocultó en su mano la joya y se la pasó a Alison con toda naturalidad.

—Y ahora, salta al otro lado del muro e inutiliza todos los botes menos uno.

—¡Estoy preparado! —respondió, apartándose la capa a un lado para dejar al descubierto un martillo que llevaba colgado del cinto.

Alison regresó a los aposentos de María, quien no había comido demasiado. Lo comprendía perfectamente: ella misma estaba tan nerviosa que no podría haber probado bocado tampoco. Le dio a María la joya.

—Aquí tienes el pendiente que perdiste —le dijo—. Lo ha encontrado uno de los mozos.

María sabía cuál era el significado de sus palabras.

—¡Cuánto me alegro! —exclamó, sonriendo de oreja a oreja.

Sir William miró por la ventana y lanzó un gruñido de sorpresa.

—¿Qué está haciendo ese idiota con los botes? —dijo con un tono afectuoso y exasperado al mismo tiempo.

Alison siguió su mirada. Willie estaba en la orilla, arrodillado delante de uno de los tres botes amarrados en la playa. No se veía lo que hacía desde tanta distancia, pero Alison sabía que estaba agujereando el casco de la barca para impedir que la usaran sus posibles perseguidores cuando se produjera la fuga. Alison experimentó un momento de auténtico pánico, pues no tenía ni idea de cómo proceder. Se volvió hacia María.

—¡Es Willie! —articuló en voz baja.

María sabía qué era lo que el muchacho debía hacer con los botes y, una vez más, demostró su habilidad para pensar con rapidez en una situación apurada.

—Me siento terriblemente débil… —dijo, y se desplomó en una silla, con los ojos cerrados.

Alison se dio cuenta de lo que pretendía y le siguió la corriente.

—Ay, querida… ¿Qué tienes? —exclamó fingiendo alarma.

Sabía que María estaba haciendo teatro, pero sir William no. Asustado, el hombre corrió junto a la joven. Si moría estando bajo su cuidado, eso supondría un grave problema para él. El regente, Jacobo Estuardo, se vería obligado a negar cualquier connivencia con su asesinato, y para demostrar que decía la verdad, sería capaz de ordenar que lo ejecutaran.

—¿Qué es? ¿Qué ha ocurrido? —dijo sir William.

—Deberíamos darle un vino fuerte para reanimarla —dijo Alison—. Sir William, ¿tenéis vino canario?

—Por supuesto. Ahora mismo iré a buscarlo.

Salió de la habitación.

—Bien hecho —le dijo Alison a María en voz baja.

—¿Willie aún sigue con los botes? —preguntó esta.

Alison miró por la ventana; el muchacho estaba haciendo lo mismo en otro bote.

—¡Date prisa, Willie! —masculló. ¿Cuánto tiempo se tardaba en hacer un agujero en una barca?

Sir William regresó en compañía de un criado que portaba una jarra de vino y un vaso.

—Me tiemblan las manos, sir William —dijo Alison—. ¿Podríais acercarle vos el vaso a los labios?

El noble hizo lo que le pedía, aprovechando la oportunidad de apoyar afectuosamente una mano en la parte posterior de la cabeza de María, y no se le ocurrió mirar por la ventana.

Ella tomó un sorbo de vino, tosió y fingió reanimarse un poco.

Haciendo grandes aspavientos, Alison se puso entonces a tocarle la frente y a tomarle el pulso.

—Enseguida os pondréis bien, majestad, pero tal vez deberíais retiraros por esta noche.

—Muy bien —dijo María.

Sir William parecía aliviado.

—En ese caso, os dejaré —dijo—. Buenas noches, señoras.

En ese momento miró por la ventana y Alison lo imitó. Willie ya no estaba en la playa. Era imposible saber si había logrado su propósito de agujerear los botes.

Aun así, se fue sin hacer ningún comentario.

El criado recogió la mesa y salió, momento en que Alison y María se quedaron a solas.

—¿Crees que lo hemos conseguido? —dijo María.

—Eso espero. Seguramente sir William habrá olvidado lo que ha visto por la ventana; ha estado bebiendo toda la tarde y ahora debe de estar, como mínimo, un poco aturdido.

—Ojalá que sus sospechas no le hagan estar alerta; Willie aún tiene que robar la llave.

Sir William, siempre muy precavido, guardaba la llave de la puerta a buen recaudo. Cuando alguien iba o venía de tierra firme, él mismo abría la puerta o confiaba la llave a un guardia, aunque solo durante unos pocos minutos. Por lo demás, nadie tenía ninguna necesidad de abandonar nunca el recinto del castillo, pues fuera solo estaban los botes.

María y Alison necesitaban sortear los muros de aquella prisión, pero el experimento de Alison había demostrado que no podían trepar por la muralla, de modo que no tenían más remedio que salir por la puerta. Willie les había asegurado a ambas que podría robar la llave sin que sir William se diese cuenta, y el éxito de la misión dependía por completo de que lo consiguiese.

—Deberíamos vestirnos para estar listas —dijo Alison.

Se quitaron sus lujosos vestidos y se pusieron las ropas más bastas, y a continuación se cambiaron los zapatos por los más viejos y gastados. Las capuchas les tapaban la cabeza y ocultaban muy hábilmente el inconfundible pelo rojizo de María.

Ahora no podían hacer otra cosa más que esperar.

A sir William le gustaba que Willie le sirviese la cena, y era el cariño que profesaba por el joven huérfano lo que hacía a todos sospechar que eran padre e hijo. Sin embargo, Alison se había encargado de socavar la lealtad del muchacho; supuso que, en esos momentos, una planta por debajo, Willie estaría preparando una bandeja con platos, servilletas y una jarra. Tal vez la llave estaba en la mesa junto al vaso de vino, así que imaginó a Willie dejando caer la servilleta para, acto seguido, recoger ambas, llave y servilleta, a la vez. ¿Lo conseguiría? ¿En qué estado de embriaguez estaría ya sir William? No tenían más remedio que esperar a ver.

Si el plan tenía éxito, la fuga de María supondría un terremoto político. Declararía nulos los documentos de la abdicación que se había visto obligada a firmar y reclamaría su legítimo derecho al trono. Jacobo, su medio hermano, reuniría un ejército protestante y los partidarios católicos de María se alzarían en su defensa…, al menos aquellos que no habían perdido la fe en su reina. La guerra civil estallaría de nuevo. María sería aclamada por su cuñado, el rey de Francia, quien estaba librando una prolongada y similar guerra fratricida con los hugonotes. Contaría también con el apoyo del Papa, quien se complacería enormemente en anular su matrimonio con Bothwell. Volverían las especulaciones sobre posibles maridos para ella en todas las cortes reales, desde Roma hasta Estocolmo. La balanza de poder europea sufriría una sacudida de dimensiones descomunales; la reina Isabel de Inglaterra se pondría furiosa.

Todo eso dependía de Willie Douglas, un muchacho de quince años.

En ese instante, alguien llamó a la puerta, con un golpeteo suave pero insistente, y Alison acudió a abrir. Willie apareció allí de pie, sonriendo de oreja a oreja, sosteniendo una enorme llave de hierro en la mano.

El muchacho entró en la habitación y Alison cerró la puerta.

María se levantó.

—Vayámonos inmediatamente —dijo.

—Aún siguen sentados a la mesa —informó Willie—. Sir William se ha quedado dormido, por el vino, pero lady Margaret está hablando con sus nietas. Podrían vernos, por la rendija de la puerta, cuando bajemos.

La escalera de caracol pasaba por delante de las puertas de cada planta del castillo.

—Pero este es un buen momento —señaló Alison—, los soldados aún siguen jugando a pelota.

—Tendremos que correr el riesgo —decidió María con determinación—. Nos vamos ya.

Willie tenía el gesto descompuesto.

—Debería haber cerrado la puerta del comedor. No se me ha ocurrido.

—No importa, Willie —dijo Alison—. Lo estás haciendo todo muy bien.

Le dio un beso suave en los labios y fue como si el muchacho hubiese subido al cielo.

Alison abrió la puerta y salieron.

Willie iba delante, seguido de María y Alison, que iba la última. Intentaban bajar sin hacer ruido por la escalera de caracol, con la esperanza de no llamar la atención. Las dos mujeres se ajustaron la capucha hacia delante cuando se aproximaron a la puerta entreabierta del comedor. La luz se colaba hacia la escalera y Alison oyó unas voces femeninas. Willie pasó por delante sin mirar, y María se tapó la cara con la mano cuando la luz la iluminó. Alison se preparó para oír un grito de alarma, y pasó por delante de la puerta, siguiendo escaleras abajo. Oyó una risotada e imaginó a lady Margaret burlándose abiertamente de su patético intento de disfrazarse, pero, al parecer, el motivo de su risa era otro, pues no se habían percatado de su presencia en la puerta, o si casualmente lady Margaret había levantado la mirada y las había visto, no había notado nada de particular en aquellas sirvientas que pasaban por delante de la puerta del comedor para seguir con sus quehaceres.

Salieron al exterior.

Apenas unos pocos pasos separaban la puerta de la torre de la puerta del castillo, pero parecía un trecho mucho más largo. En el patio, atestado de gente, todos estaban siguiendo el partido. Alison vio a

Drysdale golpear la pelota con las dos manos muy juntas y el gesto de concentración absoluta.

Entonces Willie llegó a la puerta.

Introdujo la llave de hierro en el enorme candado y la hizo girar.

Alison se situó de espaldas a la multitud, ocultando su rostro, pero eso significaba que no sabía si alguien los veía o no. Tuvo que echar mano de toda su fuerza de voluntad para resistir la tentación de volverse a mirar. La gigantesca puerta de madera emitió un aparatoso crujido cuando Willie la empujó para abrirla; ¿habría oído alguien el chirrido, a pesar de los gritos de los seguidores del partido? Los tres fugitivos cruzaron al otro lado. Nadie fue tras ellos. Willie cerró la puerta a su espalda.

—Ciérrala con llave —ordenó Alison—. Así los retrasaremos, si salen en nuestra persecución.

El muchacho obedeció y luego arrojó la llave al interior del cañón que había junto a la entrada.

Nadie los había descubierto.

Salieron corriendo hacia la playa.

Willie se acercó al único bote que estaba intacto y lo empujó hacia la franja de agua poco profunda, sujetándolo todavía con la rodilla tocando la orilla. Alison subió a bordo y luego se volvió a ayudar a María. Una vez dentro, la reina se sentó. Willie lo empujó para apartarlo de la playa, se subió de un salto y empezó a remar.

Alison miró atrás. Todo indicaba que nadie se había percatado de su ausencia: no había gente en la muralla, ni siquiera asomándose por las ventanas del castillo, tampoco corriendo por la playa.

¿De veras habían logrado escapar?

El sol no se había escondido todavía, y tenían por delante una larga noche de verano. El viento, aunque enérgico, era cálido. Willie tiraba con fuerza de los remos. Tenía unos brazos y unas piernas muy largos, y su motivación era el amor. Aun así, el avance por la amplia extensión del lago se les hacía insoportablemente lento. Alison no dejaba de mirar atrás, pero seguía sin haber nadie tras ellos. Es más, aunque se diesen cuenta de que la reina no estaba, ¿qué podían hacer? Tendrían que reparar uno de los botes antes de iniciar su persecución.

Alison empezaba a creer que, efectivamente, eran libres.

Cuando se aproximaron a la otra orilla, atisbó la figura de un hombre al que no reconoció, esperando al borde del agua.

—Maldita sea —exclamó—. ¿Quién es ese?

De pronto la asaltó la terrible angustia de que hubiesen llegado tan lejos para volver a caer presas.

Willie miró por encima de su hombro.

—Es Alistair Hoey. Está con George.

El pulso de Alison volvió a sosegarse.

Alcanzaron la orilla y bajaron del bote de un salto. Alistair los condujo por un sendero entre varias casas y Alison oyó el ruido de unos caballos, que resoplaban y golpeaban con sus cascos en el suelo impacientemente. Los fugitivos salieron al camino principal a través del pueblo... y encontraron allí a Geordie el Hermoso, que les sonreía con aire triunfal, rodeado de hombres armados. Los caballos, ensillados, estaban listos para que los montase el trío de fugitivos. George ayudó a María a subirse al suyo, y Willie tuvo el placer de sujetar el pie de Alison mientras esta tomaba impulso.

A continuación, todos salieron a caballo del pueblo en dirección a la libertad.

II

Exactamente dos semanas más tarde, Alison estaba convencida de que María iba a cometer el mayor error de su vida.

Las dos se encontraban en la abadía de Dundrennan, en la costa sur escocesa, frente al fiordo de Solway, en la frontera con Inglaterra. Dundrennan fue antaño el monasterio más importante de Escocia. Los monasterios habían sido secularizados, pero todavía quedaban una magnífica iglesia gótica y un amplio número de dependencias razonablemente confortables. María y Alison estaban a solas en los otrora lujosos aposentos del abad, contemplando sombríamente su futuro.

A la reina María todo le había salido mal... una vez más.

Su ejército se había enfrentado a las fuerzas de Jacobo Estuardo en un pueblo llamado Langside, cerca de Glasgow. María había cabalgado con sus hombres, y había demostrado tanto arrojo y determinación que sus propios soldados tuvieron que impedirle dirigir la carga; pero a pesar de todo, había sido derrotada y ahora estaba huyendo de nuevo. Había cabalgado en dirección sur, a través de los lóbregos páramos azotados por el viento, quemando puentes tras de sí para obstaculizar su labor a sus perseguidores. Una noche aciaga, Alison le había cortado la hermosa melena de color castaño rojizo para que fuera menos reconocible, y ahora María lucía una peluca de apagados tonos marrones... Lo que parecía completar su desdicha.

Quería ir a Inglaterra y Alison estaba intentando disuadirla.

—Aún tienes millares de partidarios —dijo Alison con buen ánimo—. La mayoría del pueblo escocés es católico. Solo los advenedizos y los mercaderes son protestantes.

—Una exageración, pero también hay una parte de verdad —dijo María.

—Puedes reagrupar a los tuyos, reunir un ejército más numeroso, volver a intentarlo...

María negó con la cabeza.

—Contaba con el mayor de los ejércitos en Langside. Está visto que no puedo ganar la guerra civil sin ayuda externa.

—Entonces, volvamos a Francia. Allí tienes tierras, y también dinero.

—En Francia soy una antigua reina. Me siento demasiado joven para ejercer ese papel.

María era una antigua reina en todas partes, pensó Alison, pero no lo dijo en voz alta.

—Tus parientes franceses son la familia más poderosa del país. Podrían reunir un ejército para respaldarte, si se lo pides personalmente.

—Si ahora voy a Francia, nunca volveré a Escocia. Lo sé.

—Así que estás decidida...

—Iré a Inglaterra.

Habían mantenido aquella discusión varias veces, y en todas ellas María llegaba a la misma conclusión.

—Puede que Isabel sea protestante —prosiguió—, pero cree que una reina ungida con los santos óleos, como lo fui yo a los nueve meses de edad, lo es por derecho divino. No puede refrendar a un usurpador como mi hermano Jacobo... El peligro de ser usurpada ella también es demasiado grande.

Alison no estaba segura de que la situación de Isabel fuese tan delicada como María creía, pues llevaba diez años como reina sin ninguna oposición seria. Pero tal vez todos los monarcas se sentían vulnerables.

María siguió hablando.

—Isabel debe ayudarme a recuperar mi trono.

—Nadie más piensa así.

Era verdad. Todos los nobles que habían combatido en Langside del lado de María se oponían ahora a sus planes.

Sin embargo, ella acabaría haciendo lo que quisiese, como siempre.

—Tengo razón —dijo—. Y ellos están equivocados.

María siempre había sido obstinada, pensó Alison, pero aquello era casi suicida.

La reina se levantó.

—Es hora de irnos.

Salieron afuera. George y Willie esperaban delante de la iglesia, con una comitiva de despedida formada por nobles y un grupo de sirvientes que acompañaría a la reina. Subieron a sus monturas y siguieron un camino cubierto de hierba paralelo a un riachuelo que, entre borboteos y chasquidos, atravesaba los terrenos de la abadía en dirección al mar. El camino recorría una zona boscosa de un verde primaveral salpicado de florecillas silvestres, pero luego la vegetación se transformaba en un sotobosque de recios arbustos de tojo entreverados con flores de color amarillo dorado. Las flores de la primavera eran como pequeñas señales de esperanza, pero Alison no albergaba ninguna.

Llegaron a una playa blanca de guijarros donde el riachuelo se vaciaba en el mar.

Un barco de pesca aguardaba en un embarcadero hecho de madera tosca. Una vez allí, María se detuvo, se volvió y se dirigió directamente a Alison en voz baja.

—No tienes por qué venir —dijo.

Era verdad; Alison podía darse media vuelta con total tranquilidad. Los enemigos de María la habrían dejado en paz, pues no suponía ningún peligro: creerían que una simple dama de honor no podía orquestar una contrarrevolución, y estarían en lo cierto. Alison tenía un tío en Stirling que la acogería con los brazos abiertos. Podía volver a casarse incluso; desde luego, aún era lo bastante joven.

Sin embargo, la perspectiva de disfrutar de la libertad sin María se le antojaba la peor de las alternativas posibles. Había dedicado una vida entera a su servicio. Aun en los largos meses y semanas de reclusión en Loch Leven, tan vacíos, no había querido otra cosa más que estar a su lado. Era prisionera, sí, pero no por los muros de piedra, sino por su amor.

—¿Y bien? —dijo María—. ¿Vendrás conmigo?

—Por supuesto que sí —contestó Alison.

Así que las dos embarcaron.

—Todavía podríamos ir a Francia —dijo Alison a la desesperada.

María sonrió.

—Estás pasando por alto un factor muy importante —dijo—: el Papa y todos los monarcas europeos consideran a Isabel una hija ilegítima. Por tanto, nunca ha tenido derecho a ocupar el trono de Inglaterra. —Hizo una pausa, mirando al horizonte de agua del otro extremo del estuario. Al seguir su mirada, Alison vio, desdibujadas por la bruma, las bajas colinas verdes de Inglaterra—. Y si Isabel no es reina de Inglaterra —dijo María—, entonces lo soy yo.

III

—María la escocesa ha llegado a Carlisle —informó Ned Willard a la reina Isabel, en la cámara de presencia del palacio de White Hall.

La reina esperaba que Ned estuviese al tanto de aquella clase de cosas, y él se ocupaba de tener las respuestas necesarias siempre a punto; por esa razón lo había nombrado sir Ned.

—Se ha trasladado a ese castillo —siguió explicándole— y el vicegobernador de Carlisle os ha escrito preguntándoos qué debe hacer con ella.

Carlisle estaba en el extremo noroeste de Inglaterra, muy cerca de la frontera escocesa, razón por la cual había allí una fortaleza.

Isabel se paseó arriba y abajo por la estancia, con el frufrú de su magnífico vestido de seda siguiendo el compás de sus impacientes pasos.

—¿Qué demonios debo decirle?

Isabel tenía treinta y cuatro años. Había gobernado Inglaterra con mano firme durante diez, sujetando con fuerza el timón de la política europea, navegando por sus procelosas aguas y sorteando las traicioneras corrientes submarinas con sir William Cecil como su segundo de a bordo, pero no sabía qué hacer con María. La reina de los escoceses era un problema sin solución satisfactoria aparente.

—No puedo tener a María suelta por Inglaterra, metiendo cizaña y despertando de nuevo el descontento entre los católicos —exclamó

Isabel con frustración—. Empezarían a decir que ella es la reina legítima y nos enfrentaríamos a una rebelión en menos de lo que se tarda en decir «transubstanciación».

—No tenéis por qué permitir que se quede —intervino Cecil, y a continuación hizo gala de sus conocimientos en leyes—: Es una monarca extranjera que se halla en suelo inglés sin vuestro permiso, lo cual es, como mínimo, una descortesía, y podría interpretarse como una invasión.

—La gente diría que soy una mujer despiadada y cruel —señaló Isabel—. Arrojarla así a los lobos escoceses...

Ned sabía que Isabel podía ser despiadada y cruel cuando le convenía; sin embargo, siempre se mostraba sensible a lo que sus súbditos ingleses pudiesen opinar sobre sus actos.

—Lo que María desea es que enviéis tropas inglesas a Escocia para ayudarla a recuperar su legítimo trono —explicó Ned.

—No tengo dinero para eso —dijo Isabel rápidamente. Detestaba la guerra y detestaba gastar dinero. Ni Ned ni Cecil acogieron con sorpresa su negativa instantánea a llevar adelante esa posibilidad.

—Si no obtiene vuestra ayuda —dijo Cecil—, es posible que acuda a sus parientes franceses en busca de auxilio, y no queremos un ejército francés en Escocia.

—Dios no lo quiera...

—Amén —dijo Cecil—. Y no olvidemos que cuando estuvo casada con Francisco se hacían llamar rey y reina de Francia, Escocia, Inglaterra e Irlanda. ¡Incluso llegó a grabarlo en su servicio de mesa! En mi opinión, las ambiciones de su familia francesa no conocen límites.

—Es como tener un guijarro en el zapato —dijo Isabel—. Por los clavos de Cristo..., ¿qué voy a hacer?

Ned rememoró su encuentro con María, siete años antes, en Saint-Dizier. Era una mujer deslumbrante, más alta que Ned y de una belleza casi etérea. Le había parecido valiente pero impulsiva, y la imaginó capaz de tomar decisiones arriesgadas pero imprudentes. Casi con toda seguridad, al ir a Inglaterra había dado un paso en falso. También recordó a su compañera, Alison McKay, una mujer más o menos de su misma edad, con el pelo oscuro y los ojos azules, no tan guapa como María, pero probablemente más sensata. Las acompañaba un cortesano joven y arrogante llamado Pierre Aumande de Guisa, por el que Ned había sentido una antipatía casi inmediata.

Cecil y Ned ya sabían qué decisión debía tomar Isabel, pero la conocían demasiado bien para atreverse a decirle lo que debía hacer, de modo que le habían mostrado todas las opciones posibles, dejando que fuera ella misma quien descartara las peores. En ese momento, Cecil adoptó un tono de voz despreocupado para formular en voz alta la opción por la que él prefería que se decantara.

—Podríais encarcelarla, simplemente.

—¿Aquí, en Inglaterra?

—Sí. Permitid que se quede aquí, pero mantenedla prisionera. Es una opción que cuenta con ciertas ventajas. —Cecil y Ned habían elaborado mano a mano la lista de ventajas, pero Cecil hablaba como si se le acabaran de ocurrir a él—. Así siempre sabréis dónde está, no estaría libre para instigar una rebelión, y sería una forma de debilitar a los católicos escoceses, que tendrían a su cabeza visible encarcelada en un país extranjero.

—Pero estaría aquí, y los católicos ingleses lo sabrían…

—Eso es una desventaja, ciertamente —repuso Cecil dándole la razón a la reina—, pero tal vez podríamos tomar medidas para impedir que se comunicara con la parte descontenta de la población. O con cualquiera…, ya puestos.

Ned sospechaba que, en la práctica, a buen seguro era harto difícil mantener a un prisionero completamente incomunicado. Sin embargo, Isabel tenía la mente puesta en otra dirección.

—Yo tendría plena justificación para encerrarla —dijo con aire pensativo—. Se ha llamado a sí misma reina de Inglaterra. ¿Qué le haría Felipe II a un hombre que se autoproclamase como el legítimo rey de España?

—Ejecutarlo, por descontado —contestó Cecil de inmediato.

—De hecho —continuó Isabel, convenciéndose a sí misma de lo que quería hacer—, sería una señal de clemencia por mi parte limitarme a encarcelar a María.

—Creo que así es como se vería desde fuera —convino Cecil.

—Me parece que esa es la solución —sentenció—. Gracias, Cecil. ¿Qué haría yo sin ti?

—Sois muy amable, majestad.

La reina se dirigió entonces a Ned.

—Será mejor que vayas a Carlisle y te asegures de que todo se hace como es debido —dijo.

—Muy bien, mi señora —dijo Ned—. ¿Qué razón debo dar para

justificar el cautiverio de María? No queremos que la gente diga que su encarcelamiento es ilegal.

—Cierto —respondió Isabel—. No lo sé.

—En cuanto a eso —terció Cecil—, tengo una sugerencia.

IV

Carlisle era una fortaleza formidable con una larga muralla defensiva cuya única abertura consistía en una entrada angosta. El castillo estaba construido con la piedra arenisca de color rojo rosado de las canteras locales, al igual que la catedral de enfrente. En el interior de la muralla había una torre cuadrada con cañones en la parte superior, cañones que apuntaban de forma permanente hacia Escocia.

Alison y María se alojaban en una torre más pequeña en una esquina del recinto. Era un lugar igual de desangelado que Loch Leven, y hacía frío incluso en junio. Alison echaba en falta tener unos caballos para así al menos poder salir a pasear por los alrededores, algo con lo que María siempre había disfrutado enormemente y que tanto había echado de menos en Loch Leven. Sin embargo, tenían que contentarse con dar paseos a pie, siempre escoltadas por un grupo de soldados ingleses.

María decidió no transmitir sus quejas a Isabel; lo único que importaba era que la reina de Inglaterra la ayudase a recuperar su trono escocés.

Ese día se produciría al fin la esperada visita del emisario de la corte isabelina. Había llegado la víspera, muy tarde, y se había retirado inmediatamente a sus aposentos.

Alison había conseguido hacer llegar mensajes a los amigos de María en Escocia y, como resultado, le habían enviado a esta algo de ropa y algunas pelucas, aunque sus joyas —muchas de ellas regalo del rey Francisco II cuando era la reina de Francia— aún seguían en poder de Jacobo, su medio hermano protestante. Sin embargo, esa mañana había logrado adoptar una apariencia regia. Después del desayuno se sentaron a esperar en la minúscula habitación que ocupaban en el castillo, aguardando a oír su destino.

Llevaban un mes hablando día y noche sobre Isabel, discutiendo sobre sus convicciones religiosas, su concepción de la monarquía, su supuestamente vasta educación y su célebre personalidad insensible.

Trataban de adivinar qué decisión tomaría con respecto a María: ¿la ayudaría a recuperar su trono o no? No habían llegado a ninguna conclusión, o, mejor dicho, llegaban a una conclusión distinta cada día. Ahora saldrían de dudas por fin.

El mensajero de Isabel era un poco mayor que Alison, de unos treinta años, según sus cálculos. Era de porte esbelto, con una sonrisa agradable y unos ojos de color castaño dorado. Llevaba ropa de calidad pero no demasiado ostentosa. Cuando lo observó con más atención, Alison se sorprendió al reconocerlo. Miró a María y vio que esta arrugaba levemente la frente, como si ella también estuviese tratando de recordar dónde lo había visto antes. Cuando el hombre se inclinó haciendo una reverencia ante la reina y saludó a Alison, recordó dónde se habían conocido.

—¡En Saint-Dizier! —exclamó.

—Hace seis años —contestó él en francés, pues sabía, o había adivinado, que María se sentía más cómoda en esa lengua, siendo el escocés su segundo idioma y con el inglés ocupando un secundario tercer lugar. Su actitud era educada y cortés, pero relajada a la vez—. Soy sir Ned Willard.

Alison tuvo la sensación de que bajo sus buenos y cuidados modales se ocultaba una rudeza peligrosa, como una vaina de terciopelo para una afilada espada. La mujer se dirigió a él con un tono afectuoso y cálido en un intento de ablandarlo.

—¡Sir Ned! Os han nombrado señor —exclamó—. Enhorabuena.

—Sois muy amable.

Alison recordó en ese momento que Ned había fingido ser un simple secretario de Jacobo Estuardo, fachada que se vino abajo en cuanto se dirigió a Pierre Aumande de una forma tan desafiante.

—Intentasteis persuadirme de que no fuera a Escocia —recordó María.

—Deberíais haber seguido mi consejo —dijo él sin rastro de alegría en la voz.

María hizo caso omiso de sus palabras y fue directa al grano.

—Soy la reina de Escocia —dijo—. La reina Isabel no puede negarlo.

—No, desde luego —repuso Ned.

—Fui hecha prisionera ilícitamente por traidores entre mis súbditos. Una vez más, estoy segura de que mi prima Isabel estaría de acuerdo.

No eran primas carnales, por supuesto, sino que su parentesco era más lejano: el abuelo de Isabel, el rey Enrique VII de Inglaterra, era el bisabuelo de María, pero sir Ned no la corrigió.

María siguió hablando:

—Y he venido aquí a Inglaterra por mi propia voluntad. Lo único que pido es la oportunidad de hablar con Isabel en persona y de implorarle su ayuda.

—Desde luego, le transmitiré el mensaje —aseguró Ned.

Alison contuvo un bufido de decepción. Ned se estaba mostrando evasivo, y sin duda eso eran malas noticias.

María entonces estalló.

—¿Transmitirle el mensaje? —espetó con indignación—. ¡Esperaba que vos me comunicaseis su decisión!

Ned seguía impertérrito. Quizá no era la primera vez que tenía que vérselas con una reina furiosa.

—Su Majestad no puede tomar esa clase de decisión inmediatamente —dijo con el tono sosegado de la razón.

—¿Por qué no?

—Antes deben resolverse otras cuestiones.

Pero María no iba a darse por vencida fácilmente.

—¿Qué cuestiones?

Ned respondió de mala gana.

—La muerte de vuestro marido, lord Darnley, el rey consorte de Escocia y primo de la reina Isabel, aún sigue siendo una desgracia... inexplicada.

—¡Pero eso no tiene nada que ver conmigo!

—Yo os creo —dijo Ned. Alison sospechaba que no era así—. Y Su Majestad la reina Isabel os cree. —Eso tampoco era verdad—. Pero debemos determinar los hechos para satisfacer al pueblo antes de que podáis ser recibida en la corte de Isabel. Su Majestad espera que vos, que sois reina también, lo entendáis.

Alison comprendió que aquello era un rechazo, y le entraron ganas de llorar. El asesinato de Darnley no era el verdadero problema, sino un pretexto. La cruda verdad era que Isabel no quería recibir a María.

Y eso significaba que no quería ayudarla tampoco.

María llegó a la misma conclusión.

—¡Esto es terriblemente injusto y cruel! —exclamó, poniéndose en pie. Tenía el rostro enrojecido y las lágrimas le afloraron a los ojos—. ¿Cómo puede mi prima tratarme con tanta frialdad?

—Os pide que seáis paciente. Entretanto, se ocupará de que todas vuestras necesidades estén satisfechas.

—No acepto esta decisión. Zarparé hacia Francia. Allí mi familia me brindará la ayuda que Isabel me niega.

—La reina Isabel no querrá que llevéis un ejército francés a Escocia.

—Entonces, simplemente volveré a Edimburgo y correré el riesgo de enfrentarme a mi medio hermano, el traidor, vuestro amigo Jacobo Estuardo.

Ned vaciló un momento. Alison advirtió que había palidecido un poco y que juntaba las manos por detrás de la espalda, como para evitar retorcérselas de incomodidad. La ira de una reina era un espectáculo pavoroso. Sin embargo, Ned llevaba todas las de ganar. Cuando habló, lo hizo con una voz fuerte y poderosa, y sus palabras no admitían réplica.

—Me temo que eso no va a ser posible.

En ese instante le tocó el turno a María de sentir miedo.

—¿De qué diantres estáis hablando?

—Las órdenes de la reina son que permanezcáis aquí, hasta que los tribunales ingleses puedan determinar vuestro grado de complicidad en el asesinato de lord Darnley.

Alison notó cómo le brotaban las lágrimas.

—¡No! —gritó. Aquella era la peor alternativa posible.

—Siento ser el portador de tan funestas noticias —dijo, y Alison estaba convencida de que lo decía de corazón. Era un hombre bueno con un mensaje nefasto.

María habló con voz temblorosa.

—Entonces, ¿la reina Isabel no me recibirá en la corte?

—No —respondió Ned.

—¿No me permitirá ir a Francia?

—No —repitió.

—¿Y no puedo regresar a mi hogar en Escocia?

—No —dijo Ned por tercera vez.

—Entonces, ¿soy prisionera?

—Sí —contestó Ned.

—Otra vez —dijo María.

16

I

Cuando murió su madre, Ned se sintió triste y huérfano, además de solo, pero sobre todo sintió rabia. Los últimos años de Alice Willard deberían haber estado marcados por el boato y el triunfo. En lugar de eso, había quedado en la ruina por culpa de una disputa religiosa y había muerto creyendo haber fracasado.

Corría la Semana Santa de 1570 y daba la casualidad de que Barney, en un breve descanso entre travesía y travesía, había regresado a casa. El lunes de Pascua los hermanos celebraron la Resurrección en la catedral de Kingsbridge, y al día siguiente estaban el uno junto al otro en el cementerio mientras el féretro de su madre descendía hacia la misma tumba donde yacía su padre. Ned sintió el ardor del resentimiento en el estómago, un dolor bilioso y agrio, y una vez más prometió dedicar su vida a asegurarse de que hombres como el obispo Julius no tuvieran poder para destruir a mercaderes honrados como Alice Willard.

Cuando ya se alejaban del túmulo, Ned intentó dirigir su pensamiento hacia asuntos más prácticos.

—La casa es tuya, por supuesto —le dijo a su hermano.

Barney era el primogénito. Se había afeitado la poblada barba y con ello había descubierto un rostro que, con tan solo treinta y dos años, estaba prematuramente envejecido a causa de los fríos vientos marinos y el fulgor incesante del sol.

—Lo sé —repuso—, pero de poco me servirá. Por favor, ocúpala tú cada vez que estés en Kingsbridge.

—¿Es que tu vida va a ser navegar?

—Sí.

A Barney le habían ido bien las cosas. Después de abandonar el *Hawk* lo nombraron capitán de una nave con un porcentaje de participación en los beneficios, y más adelante se compró su propio barco. Había heredado el don de su madre para hacer dinero.

Ned miró al otro lado de la plaza del mercado, hacia la casa donde había nacido. Adoraba el viejo caserón con vistas a la catedral.

—Estaré encantado de cuidártela. Los Fife harán todo el trabajo, pero no les quitaré el ojo de encima.

Janet y Malcolm Fife seguían siendo el ama de llaves y el mozo de cuadra.

—Se van haciendo mayores —dijo Barney.

—Ya han cumplido cincuenta y tantos, pero Eileen solo tiene veintidós.

—Y quizá se case con un hombre a quien le apetezca hacerse cargo del puesto de Malcolm.

Ned sabía que eso no sucedería.

—Eileen jamás se casará con nadie que no seas tú, Barney.

Su hermano se encogió de hombros. Muchas mujeres se habían enamorado perdidamente de él; la pobre Eileen solo era una más.

—¿Acaso no te tienta la idea de sentar la cabeza? —preguntó Ned.

—¿Para qué? Un marinero casi nunca ve a su esposa. Pero ¿qué me dices de ti?

Ned reflexionó unos instantes. La muerte de su madre le había hecho ver que el tiempo del que disponía en esta vida era limitado. Por supuesto que antes ya lo sabía, pero de repente era más consciente de ello y había empezado a preguntarse si la vida que llevaba era la que deseaba de verdad. Le sorprendió su respuesta a la pregunta de Barney.

—Quiero lo que tuvieron ellos —dijo volviendo la mirada hacia la tumba donde descansaban sus padres—. Quiero una compañera de por vida.

—Empezaron jóvenes. Se casaron cuando tenían más o menos veinte años, ¿no? —comentó Barney—. Ya vas con diez de retraso.

—Tampoco es que lleve una vida de monje…

—Me alegra oír eso.

—Pero, no sé por qué, no acabo de encontrar a una mujer junto a la que quiera pasar mi vida.

—Con una excepción —dijo Barney mirando por encima del hombro de su hermano.

Ned se volvió y vio a Margery Fitzgerald. Ya debía de estar dentro de la iglesia durante el oficio, pero no la había visto entre la concurrencia. De pronto dio un vuelco el corazón. Se había vestido con gravedad para el funeral, pero llevaba un sombrero, como siempre, y el de ese día era un tocado de terciopelo púrpura que se había prendido medio ladeado con un alfiler sobre sus exuberantes rizos. Estaba hablando con gesto grave con el anciano padre Paul, un antiguo monje del priorato de Kingsbridge que había acabado como canónigo de la catedral, y que sin duda seguía siendo católico en secreto. El tenaz catolicismo de Margery debería haber ahuyentado a Ned, pero, muy al contrario, hacía que admirase su idealismo.

—Me temo que como ella solo hay una, y está casada con otro —dijo, y pensó con impaciencia que esa conversación no conducía a ninguna parte—. ¿Adónde te llevará tu próxima travesía marítima?

—Quiero volver a visitar el Nuevo Mundo. No me gusta el comercio de esclavos..., hay muchas probabilidades de que el cargamento muera durante el viaje. Pero por aquellas tierras necesitan de casi todo lo demás, menos azúcar.

Ned sonrió.

—Y me parece recordar que mencionaste a una muchacha...

—¿De verdad? ¿Cuándo?

—A mí eso me suena a un sí.

Barney parecía avergonzado, como si no quisiera admitir que sentía algo profundo.

—Bueno, es cierto que nunca he conocido a nadie como Bella.

—Eso fue hace siete años.

—Lo sé. A estas alturas seguro que se habrá casado con algún rico hacendado y tendrá dos o tres hijos.

—Pero quieres descubrir qué ha pasado de verdad. —A Ned le sorprendía bastante—. Al final no vas a ser tan diferente de mí...

Fueron dando un paseo hacia las ruinas del monasterio.

—La Iglesia nunca hizo nada con estos edificios viejos —comentó Ned—. Nuestra madre soñaba con convertirlos en un mercado cubierto.

—Era muy lista. Es una buena idea, deberíamos hacerlo algún día.

—Nunca tendré suficiente dinero.

—Pero yo a lo mejor sí, si la mar se porta bien conmigo.

Margery se acercó seguida por una dama de honor y un hombre de armas; rara vez iba sola a ninguna parte desde que era la condesa de

Shiring. Su pequeño séquito se quedó a unos metros de distancia mientras ella estrechaba la mano de Barney y luego la de Ned.

—Un día muy triste —les dijo.

—Gracias, Margery —repuso Barney.

—Pero es maravilloso ver la cantidad de gente que ha asistido al funeral. Vuestra madre era muy querida.

—Desde luego que sí.

—Bart os ruega que perdonéis su ausencia. Ha tenido que irse a Winchester.

—Si me disculpáis… —se excusó Barney—. Tengo que hablar con Dan Cobley. Quiero que invierta en mi nueva travesía… para minimizar riesgos. —Se apartó y dejó a Ned a solas con Margery.

La voz de ella adoptó entonces un tono más grave e íntimo.

—¿Cómo estás, Ned?

—Mi madre tenía casi sesenta años, así que no me ha cogido por sorpresa —contestó él. Eso le decía a todo el mundo, pero era pura palabrería, y con Margery sentía el impulso de desahogarse, así que, algo más lúgubre, añadió—: Pero madre no hay más que una.

—Lo sé. A mí ni siquiera me gustaba mi padre, sobre todo después de que me obligara a casarme con Bart, pero aun así lloré cuando falleció.

—Casi toda su generación ha desaparecido ya. —Ned sonrió—. ¿Te acuerdas de aquella fiesta de la noche de Epifanía de hace doce años, cuando vino William Cecil? En aquellos tiempos parecían gobernar el mundo: tu padre, mi madre y el padre de Bart.

Los ojos de Margery brillaron con picardía.

—Claro que me acuerdo.

Ned sabía que estaba pensando en los ardorosos minutos que habían pasado besándose en el horno abandonado, y sonrió también al recordarlo.

—Ven a casa a tomar una copa de vino —dijo siguiendo un impulso—. Charlaremos de los viejos tiempos. Hoy es un día para recordar.

Avanzaron lentamente por el mercado. Estaba muy concurrido; los negocios no se detenían por un funeral. Cruzaron Main Street y entraron en la casa de los Willard. Ned hizo pasar a Margery al pequeño salón delantero donde siempre se había sentado su madre, con vistas a la fachada occidental de la catedral.

Margery se volvió hacia los dos sirvientes que la habían acompañado dentro.

—Podéis ir a la cocina.

—Janet Fife os dará una jarra de cerveza y algo de comer —dijo Ned—. Y, por favor, pedidle que nos traiga vino a vuestra señora y a mí.

Los sirvientes salieron y Ned cerró la puerta.

—¿Cómo está tu pequeño? —le preguntó a Margery.

—Bartlet ya no es tan niño —respondió ella—. Tiene seis años, camina y habla como un adulto, y hasta lleva una espada de madera.

—Y Bart no imagina...

—No lo digas siquiera. —Margery bajó la voz hasta convertirla en un susurro—. Ahora que Swithin está muerto, tú y yo somos los únicos que lo sabemos. Debemos guardarlo en secreto para siempre.

—Por supuesto.

Margery estaba bastante segura de que Bartlet había sido engendrado por Swithin, y no por Bart; Ned creía que, casi con toda certeza, se hallaba en lo cierto. En doce años de matrimonio solo había concebido una vez, y fue después de que su suegro la violara.

—¿Cambia eso lo que sientes? —preguntó.

—¿Por Bartlet? No. Lo adoro desde el momento en que lo vi.

—¿Y Bart?

—También lo venera. El hecho de que Bartlet se parezca a Swithin resulta bastante natural, claro. Bart quiere convertir al chico en una copia de sí mismo en todos los sentidos...

—También eso es natural.

—Escucha, Ned. Sé que los hombres creen que si una mujer concibe es porque lo ha disfrutado.

—Yo no lo creo.

—Porque no es verdad. Pregúntale a cualquier mujer.

Ned vio que necesitaba con desesperación que la creyera.

—No me hace falta preguntarle a nadie. De veras.

—No crees que yo sedujera a Swithin, ¿verdad?

—Por supuesto que no.

—Espero que estés seguro.

—Estoy más seguro de eso que de mi propio nombre.

A ella se le saltaron las lágrimas.

—Gracias.

Ned le tomó la mano.

—¿Puedo hacerte otra pregunta? —dijo ella un minuto después.

—Está bien.

—¿Ha habido alguien más?

Él vaciló.

El silencio que siguió fue suficiente para Margery.

—O sea que sí —concluyó.

—Lo siento, pero no soy un monje.

—Más de una, entonces.

Ned no dijo nada.

—Hace años, Susannah Brecknock me contó que tenía un amante al que le doblaba la edad —dijo Margery—. Eras tú, ¿verdad?

A Ned le asombró lo certero de su intuición.

—¿Cómo lo has adivinado?

—Me parecía que encajaba. Me contó que él no la quería, pero que a ella no le importaba porque disfrutaba mucho yaciendo con él.

A Ned le dio vergüenza que dos mujeres hubiesen hablado de su persona en esos términos.

—¿Estás enfadada? —preguntó.

—No tengo derecho a estarlo. Yo me acuesto con Bart, ¿por qué ibas tú a guardar celibato?

—Pero a ti te obligaron a casarte.

—Y a ti te sedujo una mujer de corazón cálido y cuerpo suave. No estoy enfadada, solo la envidio.

Ned se llevó una mano de Margery a los labios.

La puerta se abrió y él la soltó enseguida.

El ama de llaves entró con una jarra de vino y una bandeja con frutos secos, ciruelas y uvas pasas.

—Hoy también es un día triste para ti, Janet —dijo Margery con cariño.

La mujer rompió a llorar y salió sin decir nada.

—Pobrecilla —musitó Margery.

—Ha trabajado para mi madre desde que era una niña. —Ned quería volver a estrecharle la mano, pero se contuvo. En lugar de eso, sacó otro tema de conversación—. Tengo que hablar con Bart sobre un pequeño problema.

—¿Ah, sí? ¿De qué se trata?

—La reina me ha hecho señor de Wigleigh. Ahora soy lord.

—¡Enhorabuena! Ahora serás rico.

—Rico no, pero sí viviré con desahogo. —Ned recibiría rentas de todos los granjeros del pueblo. Así era como muchos monarcas pagaban a sus consejeros... Sobre todo los gobernantes tacaños, como Isabel.

—O sea que ahora eres sir Ned Willard de Wigleigh —dijo Margery.

—Mi padre siempre dijo que Wigleigh había pertenecido tradicionalmente a nuestra familia. Pensaba que descendíamos de Merthin, el constructor del puente. Según el *Libro de Timothy*, el hermano de Merthin, Ralph, fue señor de Wigleigh, y Merthin construyó el molino de agua que todavía sigue en pie allí.

—Así que desciendes de la nobleza…

—De la pequeña nobleza, al menos.

—¿Y cuál es el problema que debes discutir con Bart?

—Uno de mis aparceros ha talado parte del bosque más allá del río, en una tierra que os pertenece. No tenía derecho, desde luego. —Los aparceros siempre intentaban ampliar furtivamente sus tierras—. Pero no me gusta castigar la iniciativa, así que quisiera llegar a algún acuerdo que compense a Bart la pérdida de esa hectárea escasa.

—¿Por qué no vienes a New Castle a comer un día de la semana próxima y hablas con él?

—De acuerdo.

—¿El viernes a mediodía?

De pronto Ned se puso contento.

—Sí —respondió—. El viernes me viene bien.

II

A Margery le avergonzaba lo entusiasmada que estaba con la visita de Ned.

Creía en la fidelidad. Aunque la habían obligado a casarse con Bart, su deber era serle fiel, y eso no podía cambiarlo ni siquiera el hecho de que cada vez se pareciese más a su padre: zafio, bravucón y promiscuo. Para ella no había excusa; el pecado era el pecado.

Le turbaba el rubor del deseo que la invadió cuando Ned le prometió visitar New Castle. Se juró que lo trataría con una cortesía comedida y una calidez no mayor de la que mostraría cualquier anfitriona educada con un invitado distinguido. Deseaba que Ned se enamorase de otra y se casara, y perdiese así el interés por ella. Tal vez entonces podrían pensar el uno en el otro con calma, como en un viejo amor que se había consumido hacía mucho tiempo.

El día anterior le había ordenado a la cocinera que matara y desplumara un par de gansos bien gordos, y esa mañana se dirigía a la cocina para dar instrucciones de cómo prepararlos cuando vio a una chiquilla que salía de la habitación de Bart.

Se dio cuenta de que se trataba de Nora Josephs, quien, a sus quince años, era la más joven de las criadas. Llevaba el pelo alborotado y resultaba evidente que se había vestido a toda prisa. No era guapa, pero tenía uno de esos cuerpos jóvenes y rellenitos que tanto le gustaban a su marido.

Hacía ya unos cinco años que dormían cada uno en su habitación. Margery lo prefería así. Bart seguía acudiendo a su lecho de cuando en cuando, pero cada vez menos a menudo. Sabía que su marido tenía a otras mujeres y, aunque se decía que no le importaba porque no lo amaba, de todas formas habría deseado de todo corazón tener una clase de matrimonio muy diferente.

Que ella supiera, ninguna de las amantes de Bart se había quedado nunca encinta. Sin embargo, él nunca parecía preguntarse por qué. No tenía una mente muy lógica y, si pensaba en ello, tal vez se decía que esa era la voluntad del Señor.

Margery estaba dispuesta a fingir que no se había dado cuenta, pero la joven Nora le lanzó una mirada insolente, y eso era mala señal. Margery no iba a tolerar que la humillasen, así que decidió que más le valía ocuparse de Nora en ese mismo instante. No era la primera vez que se encontraba en esa situación, y sabía qué hacer.

—Ven conmigo, niña —ordenó con su voz más autoritaria.

Nora no se atrevió a desobedecer, así que fueron al tocador de la condesa.

Margery se sentó y dejó de pie a la joven, que a esas alturas parecía asustada, así que quizá hubiera todavía esperanza para ella.

—Escúchame con atención, porque el resto de tu vida depende de cómo te comportes ahora —le dijo a Nora—. ¿Me has entendido?

—Sí, señora.

—Si lo prefieres, puedes alardear de tu relación con el conde. Puedes tocarlo delante de los demás criados, puedes presumir de los regalos que te haga, incluso puedes avergonzarme besándolo en mi presencia. Todo el mundo en esta casa y la mitad de los habitantes del condado de Shiring sabrán que eres la amante del conde. Te sentirás orgullosa.

Se detuvo. Nora no se atrevía a mirarla a los ojos.

—Pero ¿qué ocurrirá cuando se canse de ti? Yo misma te echaré de aquí, desde luego, y a Bart le dará igual. Intentarás encontrar trabajo como criada en otra casa, y entonces te darás cuenta de que ninguna mujer querrá aceptarte, porque todas pensarán que vas a seducir a su marido. ¿Y sabes dónde acabarás?

De nuevo hizo una pausa.

—No, señora —susurró Nora.

—En el burdel de los muelles de Combe Harbour, chupando la verga de diez marineros todas las noches, y morirás de una horrible enfermedad.

En realidad, Margery no sabía muy bien qué ocurría en los burdeles, pero consiguió que pareciera lo contrario y dejó a Nora luchando por contener las lágrimas.

—O bien puedes tratarme con respeto —siguió diciendo entonces—. Si el conde te lleva a su cama, déjalo solo en cuanto se quede dormido y regresa a las dependencias de los criados. Niégate a contestar las preguntas que te hagan los demás. Durante el día, no lo mires ni hables con él, y jamás lo toques delante de mí ni de nadie más. Así, cuando se canse de ti, seguirás teniendo un lugar en esta casa y tu vida volverá a la normalidad. ¿Comprendes la elección a la que te enfrentas?

—Sí, señora —murmuró Nora.

—Puedes retirarte. —Cuando la muchacha abrió la puerta, Margery añadió con acritud—: Y cuando escojas un marido para ti, búscate uno que no sea como el mío.

Nora se escabulló a toda prisa, y Margery fue a ver cómo iban los gansos.

Ned llegó a mediodía vistiendo un magnífico sobretodo negro con cuello de encaje blanco, un atuendo que se estaba convirtiendo en el uniforme de los protestantes acomodados, por lo que Margery podía ver. A Ned le daba un aspecto bastante austero; ella lo prefería vestido con colores cálidos, verdes y dorados.

Su perro, Mick, le lamió la mano al visitante. También Bart lo recibió con afabilidad y sacó su mejor vino para la comida. Fue todo un alivio; quizá había olvidado que Margery, en su día, había querido casarse con Ned. O tal vez no le importaba porque se la había quedado él y, para hombres como Bart, lo fundamental era ganar.

Su marido no era un gran pensador, por eso jamás sospechó que había sido Ned quien había orquestado la caída y la ejecución de Swithin. Bart tenía otra teoría: estaba convencido de que Dan Cobley, el cabecilla de los puritanos, había preparado la trampa para vengarse de sir Reginald y Rollo, al ser ellos los responsables de que ejecutaran a su padre. Y era cierto que Dan seguía sintiendo un rencor ponzoñoso hacia Rollo.

Margery también estaba nerviosa por Stephen Lincoln, que se sentaría con ellos a la mesa. Ned adivinaría cuál era el papel de Stephen en la casa del conde, pero no diría nada. La presencia de sacerdotes en las casas de nobles católicos era algo que absolutamente todo el mundo sabía, aunque nunca se hablaba de ello. Margery solía torcer el gesto ante cualquier hipocresía: el huérfano cuyo padre era conocido pero cuyo nombre nunca se mencionaba; las monjas que compartían un amor apasionado del que todos fingían no darse cuenta; el ama de llaves soltera que había parido una serie de hijos, todos ellos de un gran parecido con el sacerdote que la empleaba. En este caso, no obstante, la farsa actuaba a su favor.

Aun así, no estaba segura de que Stephen fuese a mostrar tanto tacto como su visitante. El sacerdote odiaba a la reina Isabel, a quien Ned había dedicado toda su carrera. Y Ned tenía buenos motivos para odiar a la Iglesia católica, que había castigado a su madre por usura de una forma muy cruel. La comida podía convertirse en una reunión tensa.

—Bueno, Ned —dijo Bart con simpatía—, eres uno de los consejeros más importantes de la reina, por lo que me han dicho. —Su tono contenía tan solo un pequeño matiz de resentimiento. Pensaba que los consejeros de la reina deberían ser condes, no hijos de comerciantes; pero en el fondo también sabía que él jamás habría sido capaz de darle a la reina ninguna orientación sobre las complejidades de la política europea.

—Trabajo con sir William Cecil, como he hecho durante doce años —repuso Ned—. El importante es él.

—Pero la reina te ha nombrado caballero y, ahora, señor de Wigleigh.

—Le estoy muy agradecido a Su Majestad.

Sentada a aquella mesa, mirando a Ned mientras hablaba, Margery sintió que la invadía un sentimiento al que no estaba acostumbrada. Ned tenía una inteligencia rápida, y su sonrisa formaba a menudo unas arruguitas alrededor de sus ojos. Dio un trago de vino y deseó que la comida no se acabase nunca.

—¿Qué es exactamente lo que hacéis para Isabel, sir Ned? —preguntó Stephen Lincoln.

—Intento prevenirla con antelación sobre problemas incipientes.

Margery pensó que eso sonaba muy manido, como si a Ned le hubieran preguntado lo mismo muchas veces y él siempre recitara la misma respuesta.

Stephen esbozó una sonrisa retorcida.

—¿Quiere eso decir que espiáis a la gente que está en desacuerdo con ella?

Margery rezongó por dentro. Stephen iba a ponerse combativo y estropearía el buen ambiente.

Ned irguió la espalda contra el respaldo de su silla y se cuadró.

—No le importa que la gente esté en desacuerdo con ella, siempre que se guarden sus opiniones para sí. Suponía que vos lo sabíais ya, Stephen, puesto que el conde Bart paga con regularidad la multa de un chelín por no ir a la iglesia.

—Asisto a los grandes acontecimientos de la catedral de Kingsbridge —dijo Bart de mal humor.

—Y bien que haces, si me permites decirlo. Pero en la Inglaterra de Isabel no se tortura a nadie por su religión y nadie ha muerto en la hoguera, lo cual es una gran diferencia respecto al reinado de su predecesora, la reina María.

Bart volvió a tomar la palabra:

—Pero ¿y el Levantamiento del Norte?

Margery sabía de lo que hablaba. Justo antes de Navidad, un grupo de condes católicos habían tomado las armas en contra de Isabel en la única rebelión de su reinado hasta la fecha. Celebraron una misa en latín en la catedral de Durham, ocuparon muchas otras ciudades del norte y marcharon hacia Tutworth, donde estaba presa María, la reina de los escoceses, con la evidente intención de liberarla y proclamarla reina de Inglaterra. Pero el levantamiento había sumado pocos apoyos, las fuerzas de la Corona lo habían aplastado con rapidez y María Estuardo siguió prisionera.

—Eso quedó en nada —dijo Ned.

—¡Quinientos hombres fueron ahorcados! —exclamó Bart con indignación—. ¡Por orden de esa reina que se lamenta de la crueldad de María Tudor!

—Cuando un hombre intenta derrocar a su monarca suele ser ejecutado, por regla general —dijo Ned con calma—. En todos los países del mundo, tengo entendido.

Bart no sabía escuchar, como su padre, y respondió como si no hubiese atendido a las palabras de Ned:

—¡El norte ya era bastante pobre, pero ha sido saqueado sin compasión, les han confiscado tierras y les han quitado el ganado para llevarlo al sur!

Margery se preguntó si esa alusión haría recordar a Ned cómo el padre de ella había saqueado a su familia sin piedad; pero si lo pensó, ocultó su dolor. La tosca invectiva de Bart lo estaba acalorando, pero Margery supuso que, puesto que vivía rodeado de los consejeros de la reina, Ned había aprendido a mantener la calma durante las discusiones más encarnizadas.

—Puedo decirte que la reina apenas ha recibido nada de ese botín —explicó con un tono de voz razonable—, y ni mucho menos algo que se acerque al coste que le supuso reprimir la insurrección.

—El norte es parte de Inglaterra, no debería verse saqueado como si fuese un país extranjero.

—Entonces sus gentes deberían comportarse como ingleses, y obedecer a su reina.

Margery decidió que era un buen momento para cambiar de tema.

—Ned, cuéntale a Bart lo del problema de Wigleigh.

—Enseguida está explicado, Bart. Uno de mis aparceros ha invadido tus tierras y ha talado algo menos de una hectárea de bosque en tu lado del río.

—Pues échalo de allí —dijo Bart.

—Si te parece bien, le conminaré a que deje de usar esa tierra, por supuesto.

—¿Y si te desobedece?

—Le quemaré la cosecha.

Margery sabía que Ned fingía ser severo para tener tranquilo a Bart, quien no se daba cuenta de que lo estaban manipulando.

—Si es lo que merece… —dijo con un deje de satisfacción—. Esos campesinos conocen las lindes mejor que nadie. Si las ha traspasado, lo ha hecho a sabiendas.

—Estoy de acuerdo, pero podría haber una solución mejor —dijo Ned, casi como si no le importara lo uno o lo otro—. A fin de cuentas, cuando a los campesinos les va bien, también les va bien a los señores de sus tierras. ¿Y si yo te diera dos hectáreas de bosque en algún otro lugar a cambio de la que ya te han talado? De este modo, los dos saldríamos ganando.

Bart parecía tener reservas, pero era evidente que no se le ocurría ningún argumento en contra. Aun así, trató de ganar tiempo.

—Hagamos una visita a Wigleigh juntos —dijo.

Margery sabía que el pensamiento abstracto no era su fuerte; sin duda prefería ver con sus ojos la tierra en cuestión antes de decidir nada.

—Desde luego, estaré encantado —accedió Ned—. Sobre todo si puede ser pronto. Debo regresar a Londres, ahora que ya he enterrado a mi madre.

Margery sintió una punzada de decepción y comprendió que había esperado que Ned se quedase más tiempo en Kingsbridge.

—¿Qué te parece el próximo viernes? —propuso Bart.

Ned se impacientó, pero reprimió ese sentimiento. Margery se dio cuenta por la cara que puso, pero seguramente nadie más lo notó. Era evidente que habría preferido dejar zanjado ese asunto trivial para así poder centrarse de nuevo en las grandes cuestiones de Estado.

—¿Te vendría bien el lunes? —preguntó.

Bart pareció molesto. Margery sabía que le había ofendido que a él, un conde, intentara apresurarlo un simple caballero.

—No, me temo que no —contestó testarudo.

—Muy bien —dijo Ned—. Sea el viernes.

III

Los días que siguieron al funeral, a Ned le dio por pensar en el momento en que se reuniría con su Creador, y se preguntó si se sentiría orgulloso de la vida que había llevado. Se había dedicado en cuerpo y alma a una visión que compartía con la reina Isabel, la de una Inglaterra donde nadie muriese por su fe. ¿Podría decir que había hecho todo lo posible por defender ese ideal?

Tal vez el mayor peligro fuese el rey de España. Felipe estaba constantemente en guerra, a menudo por diferencias religiosas. Luchaba contra los musulmanes otomanos en el mar Mediterráneo y contra los protestantes holandeses en los Países Bajos. Ned estaba convencido de que, tarde o temprano, volvería su atención hacia Inglaterra y la Iglesia anglicana.

España era el país más rico y poderoso del mundo, y nadie sabía cómo defender Inglaterra de él.

Ned le habló de esa inquietud a su hermano.

—Lo único en lo que está dispuesta a gastar dinero la reina Isabel es en la armada —le contó—, pero jamás tendremos una flota equiparable a los galeones del rey Felipe.

Estaban sentados en el comedor, acabando de desayunar. Barney partiría en breve hacia Combe Harbour, donde su barco se avituallaba para la siguiente travesía. Le había cambiado el nombre a la embarcación y le había puesto *Alice*, en recuerdo de su madre.

—Inglaterra no necesita galeones —dijo Barney.

Eso desconcertó a Ned. Se disponía a darle una loncha de pescado ahumado a Maddy, la gata parda —hija, o quizá nieta, de la mascota de su infancia—, pero se detuvo a medio camino y miró a su hermano.

—¿Y qué es lo que necesitamos, en tu opinión? —preguntó.

—La idea de los españoles es la de contar con grandes navíos para transportar a cientos de soldados. Su táctica consiste en embestir para que los soldados puedan abordar la nave enemiga y aplastar a su tripulación.

—Tiene sentido.

—Y a menudo funciona. Pero los galeones tienen un castillo de popa muy alto, con camarotes para todos los oficiales y los nobles de a bordo. Esa estructura actúa como una vela, solo que no puede ajustarse, así que empuja el barco en la dirección del viento sin que importe adónde quiera llevarlo el capitán. Dicho de otra forma, hace que el barco sea más difícil de gobernar.

La gata profirió un sonido quejumbroso de impaciencia, y Ned por fin le dio el pescado.

—Si lo que necesitamos no son galeones, ¿qué nos hace falta para protegernos? —preguntó entonces.

—La reina debería construir barcos estrechos y bajos, y por lo tanto más maniobrables. Una embarcación ágil puede danzar alrededor de un galeón y dispararle sin dejar que este se le acerque lo bastante para que todos esos soldados puedan abordarla.

—Tengo que informar de eso.

—El otro factor principal en las batallas navales es la velocidad de recarga.

—¿De verdad?

—Es más importante que contar con cañones pesados. Mis marineros están entrenados para limpiar el cañón y recargar de forma rápida y segura. Con la práctica, son capaces de hacerlo en menos de cinco minutos. Una vez estás lo bastante cerca para alcanzar la nave enemiga con cada cañonazo, ya solo se trata de la cantidad de veces que puedas disparar. Una descarga cerrada de proyectiles desmoraliza y devasta al enemigo muy deprisa.

Ned estaba fascinado. Isabel no tenía un ejército permanente, así que la armada era su única fuerza militar estable. El país no contaba con grandes riquezas en comparación con Europa, pero toda su prosperidad procedía del comercio de ultramar. Su armada era una presencia formidable en mar abierto y lograba que los demás dudaran mucho antes de atacar buques mercantes ingleses. Más en concreto, la armada le había valido a Inglaterra la supremacía en el Canal, la manga de agua que separaba el país del continente. Isabel era tacaña, pero tenía buen ojo para lo que era importante de verdad y prestaba la debida atención a sus barcos.

Barney se levantó.

—No sé cuándo volveré a verte —dijo.

«No sé si volveré a verte alguna vez», pensó Ned. Fue a buscar la pesada capa de viaje de su hermano y le ayudó a ponérsela.

—Cuídate mucho, Barney —dijo.

Se separaron con pocas ceremonias, como hermanos que eran.

Después, Ned fue al salón delantero y se sentó al escritorio que su madre había usado durante tantos años. Mientras aún tenía la conversación fresca en el recuerdo, anotó todo lo que Barney le había dicho sobre el diseño de naves de batalla.

Cuando terminó, miró por la ventana y vio la fachada occidental de la catedral. «He cumplido treinta años —se dijo—. Mi padre, a mi edad, ya nos tenía a Barney y a mí. Dentro de otros treinta puede que me vea en el cementerio, descansando junto a mis progenitores. Pero ¿quién visitará mi tumba?»

Vio a Dan Cobley acercarse a la casa y ahuyentó esos lúgubres pensamientos.

Dan entró.

—Barney acaba de marcharse —le informó Ned suponiendo que había ido a hablar sobre su inversión en la travesía de su hermano—. Tomará la barcaza a Combe Harbour, pero quizá lo encuentres aún en el muelle si te das prisa.

—Mis negocios con Barney ya están cerrados, para nuestra mutua satisfacción —repuso Dan—. He venido a verte a ti.

—En tal caso, toma asiento, por favor.

Dan, a sus treinta y dos años, estaba más gordo que nunca y aún tenía ese aire de sabelotodo que a Ned le parecía algo adolescente. Sin embargo, era un hábil comerciante, había expandido el negocio heredado de su padre y debía de ser ya el hombre más rico de Kingsbridge. Estaba buscando una casa mayor y había ofrecido un buen precio para comprar Priory Gate, pero Rollo no quería venderla. Dan era también el cabecilla indiscutible de los puritanos de la ciudad, a quienes les gustaba rendir culto en la iglesia de St. John, en el alejado barrio de Loversfield.

Tal como Ned temía, Dan había ido para hablar con él de religión.

—Hay un católico entre los clérigos de la catedral de Kingsbridge —anunció inclinándose hacia delante con teatralidad.

—¿Ah, sí? —Ned soltó un hondo suspiro—. ¿Cómo puedes saber algo así?

—Se trata del padre Paul —dijo Dan, respondiendo a una pregunta diferente.

Paul Watson era un viejo sacerdote afable. Había sido el último prior de Kingsbridge y sin duda no había llegado a convertirse a la religión reformada.

—Y exactamente ¿cuál es el delito del padre Paul?

—¡Que celebra misas en secreto, en la cripta, a puerta cerrada! —exclamó Dan, triunfal.

—Es un anciano —adujo Ned con cansancio—. A los viejos les cuesta cambiar sus convicciones religiosas.

—¡Es un blasfemo!

—Sí que lo es. —Ned coincidía con Dan en cuestiones teológicas; solo estaba en desacuerdo sobre la forma de imponerlas—. ¿Has sido testigo de esos ritos ilegales en persona?

—He visto a varios entrando a hurtadillas en la catedral por una puerta lateral el domingo al alba… Entre ellos, muchos de quienes hace tiempo sospecho que han recaído en la idolatría: Rollo Fitzgerald, para empezar, y también su madre, lady Jane.

—¿Se lo has contado al obispo Luke?

—¡No! Seguro que él lo permite.

—Entonces, ¿qué es lo que propones?

—El obispo Luke tiene que irse.

—Y supongo que querrás que hagan obispo al padre Jeremiah, de St. John.

Dan dudó, sorprendido de que Ned le hubiera adivinado las intenciones con tanta facilidad. Se aclaró la garganta.

—Eso debe decidirlo Su Majestad —dijo con falsa deferencia—. Solo el monarca puede nombrar o destituir obispos en la Iglesia anglicana, como bien sabes. Pero quisiera que le contaras a la reina lo que sucede..., si no lo haces tú, lo haré yo.

—Deja que te explique algo, Dan, aunque no te va a gustar. Puede que a Isabel no le agraden los católicos, pero a los puritanos los odia. Si voy a verla para contarle esta historia, hará que me echen de la cámara de presencia. Lo único que quiere es paz.

—Pero las misas son ilegales, ¡además de una herejía!

—La ley no se hace cumplir de manera estricta. ¿Cómo es posible que no lo hayas notado?

—¿De qué sirve la ley si no se hace cumplir?

—Se trata de que todo el mundo esté contento hasta cierto punto. Los protestantes están satisfechos porque la misa es ilegal. Los católicos están satisfechos porque de todas formas pueden ir a misa. Y la reina está satisfecha porque cada cual se ocupa de sus asuntos y no va matando a nadie por su religión. Te aconsejo encarecidamente que no acudas a ella con tus protestas. No hará nada con el padre Paul, pero puede que sí lo haga contigo.

—Esto es indignante —dijo Dan, y se levantó.

Ned no quería discutir.

—Siento despacharte con una respuesta evasiva, Dan —repuso—, pero así son las cosas. Si te dijera algo diferente, te estaría induciendo a error.

—Agradezco tu franqueza —dijo Dan a regañadientes, y al menos así se despidieron con apariencia de cordialidad.

Cinco minutos después, Ned salió de casa. Subió por Main Street y pasó por delante de Priory Gate, la casa de la que siempre pensaría que se había construido con el dinero que le robaron a su madre. Vio salir de allí a Rollo Fitzgerald, que ya tenía treinta y tantos años. Su pelo negro empezaba a ralear, lo cual le hacía la frente más alta. Al morir sir Reginald, Rollo había solicitado ocupar su lugar como administrador de aduanas en Combe Harbour, pero esos puestos tan golosos los usaban los soberanos para recompensar la lealtad, así que había recaído en un protestante acérrimo, lo cual no era sorprendente. Sin embargo, la familia Fitzgerald todavía contaba con un amplio negocio en la compraventa de lana, y Rollo lo dirigía bastante bien, de una forma más competente de lo que había conseguido nunca su padre.

Ned no habló con él, sino que corrió a cruzar High Street y siguió hacia una vieja casona que había cerca de la iglesia de St. Mark. Allí vivían los monjes de Kingsbridge que quedaban. El rey Enrique VIII había concedido un pequeño estipendio a algunos de los desposeídos, y los pocos que seguían con vida continuaban recibiendo su pensión. Le abrió la puerta el padre Paul, una figura encorvada con la nariz roja y el pelo ralo.

Invitó a Ned a pasar al salón.

—Siento que hayas perdido a tu madre —dijo el anciano con sencillez—. Era una buena mujer.

El anterior obispo, Julius, también vivía allí, y estaba sentado en un rincón mirando al vacío. Tenía demencia senil y había perdido la facultad del habla, pero su rostro mostraba una expresión furiosa mientras mascullaba a la pared un rabioso galimatías.

—Está muy bien que cuidéis de Julius —le dijo Ned al padre Paul.

—Es lo que se espera de los monjes, que cuidemos de los enfermos, de los pobres, de los desposeídos.

«Y si los monjes no lo hubiesen olvidado, tal vez aún tendríamos un monasterio...», pensó Ned, pero se lo guardó para sí.

—Por supuesto —dijo—. La legendaria Caris, fundadora del hospital, fue monja en Kingsbridge.

—En paz descanse. —Y con algo más de alegría, Paul añadió—: ¿Un vaso de vino, quizá?

Ned detestaba el efecto embotador del vino por la mañana.

—No, gracias. No me quedaré mucho rato. He venido a traeros una advertencia.

Un ceño de preocupación cruzó la frente arrugada de Paul.

—Ay, Dios mío, eso no augura nada bueno.

—Lleváis razón, en parte. Me han dicho que sucede algo en la cripta los domingos al alba.

El anciano palideció.

—No tengo idea de...

Ned levantó una mano para silenciar su interrupción.

—No os estoy preguntando si es cierto, y no es necesario que me digáis nada.

El padre Paul estaba inquieto, pero hizo esfuerzos visibles por tranquilizarse.

—Muy bien.

—Quien sea que esté usando la cripta a esas horas, por el motivo que sea, debería saber que los puritanos de la ciudad sospechan algo. Para evitar problemas, quizá deberían trasladarse los oficios, si eso es lo que son, a otro emplazamiento.

El padre Paul tragó saliva.

—Comprendo.

—Su Majestad la reina cree que la religión nos fue dada para encontrar consuelo en esta vida y salvación en la eterna, y que aunque no nos pongamos de acuerdo sobre ella, jamás deberíamos permitir que sea causa de violencia entre un inglés y otro.

—Sí.

—Creo que no hace falta que diga nada más.

—Me parece que te he entendido perfectamente.

—Y será mejor que no le digáis a nadie que he venido a veros.

—Por supuesto.

Ned le dio la mano al anciano.

—Me alegra que hayamos tenido ocasión de charlar.

—A mí también.

—Adiós, padre Paul.

—Que Dios te bendiga, Ned.

IV

El viernes por la mañana, el marido de Margery cayó enfermo. No era nada excepcional, y menos aún después de una buena cena con vino abundante la noche anterior. Sin embargo, ese día el conde Bart debería haber ido a Wigleigh para encontrarse con sir Ned Willard.

—No puedes dejarlo plantado —dijo Margery—. Habrá cabalgado ex profeso hasta allí.

—Tendrás que ir tú en mi lugar —repuso Bart desde la cama—, ya me contarás después de qué se trata. —Y volvió a meter la cabeza debajo de la manta.

Margery se animó solo con la perspectiva de pasar una o dos horas junto a Ned. Le dio la sensación de que el corazón le latía más deprisa y tenía la respiración agitada, así que se alegró de que Bart no la estuviera mirando.

Su reacción, sin embargo, le demostraba lo poco sensato que era acudir a esa cita.

—No quiero ir —mintió ella—. Tengo mucho que hacer aquí, en el castillo.

La voz de Bart llegó amortiguada por la manta, pero sus palabras se oyeron con suficiente claridad.

—No seas idiota. Ve.

Margery tenía que obedecer a su marido.

Ordenó que ensillaran su mejor montura, una gran yegua con el nombre de Bermeja. Llamó a la dama de honor y al hombre de armas que solían acompañarla; con ellos le bastaría para no meterse en líos. Se vistió con ropa de viaje, un largo abrigo azul y una bufanda roja, además de un sombrero para impedir que el pelo se le llenara de tierra. Era un atuendo práctico, se dijo. ¿Qué podía hacer ella si, en contraste con su tez clara, esos colores la favorecían y estaba guapa con ese tocado?

Se despidió de Bartlet con un beso y llamó silbando a su perro, Mick, al que le encantaba acompañarla cuando salía a cabalgar. Después partió.

Hacía un bonito día de primavera y decidió dejar de preocuparse y disfrutar del sol y el aire fresco. A sus veintisiete años era condesa, tenía fortuna, salud y belleza; si ella no podía ser feliz, ¿quién lo sería?

Se detuvo en una taberna del camino para beber un vaso de cerveza y comer un trozo de queso. Mick, que parecía incansable, bebió en el estanque mientras el soldado le daba un puñado de avena a cada caballo.

Llegaron a Wigleigh a primera hora de la tarde. Se trataba de un pueblo próspero, con algunas tierras cultivadas siguiendo aún el viejo sistema de campos abiertos y otras que pertenecían a agricultores particulares. Un vigoroso riachuelo movía un viejo molino de agua para batanar paño al que llamaban el molino de Merthin. En el núcleo había una taberna, una iglesia y una pequeña casa solariega. Ned los esperaba en la taberna.

—¿Dónde está Bart? —quiso saber.

—Se ha puesto enfermo —respondió Margery.

Primero pareció sorprendido, luego contento, después algo inquieto, y todo ello en una rápida sucesión mientras digería la noticia. Margery sabía qué podía causar su inquietud: era el peligro de la tentación. Ella también sentía ese mismo nerviosismo.

—Espero que no sea nada grave —dijo Ned.

—No. Es la clase de enfermedad que sufre un hombre después de beber demasiado vino.

—Ah.

—En su lugar vengo yo..., un modesto segundo plato —dijo ella con una humildad burlona.

Él sonrió con alegría.

—Ninguna queja por mi parte.

—¿Vamos a ver el lugar?

—¿No quieres comer y beber algo antes?

A Margery no le apetecía sentarse en el aire viciado de una sala con media docena de campesinos mirándola todo el rato.

—No estoy cansada —dijo.

Enfilaron a caballo un sendero entre campos de trigo y cebada verdes, pues era primavera.

—¿Vivirás en la casa solariega? —preguntó Margery.

—No, me gusta demasiado la vieja casa de Kingsbridge. Solo usaré este lugar para pasar una o dos noches cuando tenga que venir de visita.

Margery tuvo una visión en la que se imaginó colándose en la casa de Ned por la noche y se obligó a ahuyentar esa idea traviesa de su pensamiento.

Llegaron al bosque. El río que impulsaba el molino también señalaba parte de los límites entre Wigleigh y la tierra que pertenecía al conde Bart. Siguieron la corriente durante un kilómetro y medio, y por fin llegaron al emplazamiento en cuestión. Margery enseguida se dio cuenta de lo que había ocurrido. Un campesino más emprendedor que la mayoría, o más codicioso, o ambas cosas, había talado el bosque de la orilla del conde y tenía a sus ovejas pastando en la hierba áspera que crecía en ese terreno.

—Justo más allá está la parcela que le ofrezco a Bart en compensación —dijo Ned.

Margery vio un lugar con un terreno muy boscoso del lado de Wigleigh. Cruzaron el riachuelo a caballo, luego desmontaron y se internaron entre los árboles tirando de las monturas. Margery se fijó en unos robles adultos que proporcionarían una leña muy valiosa. Se detuvieron en un bonito claro con flores silvestres y una franja de hierba junto a la corriente.

—No veo por qué habría de oponerse Bart al intercambio —opinó Margery—. De hecho, me parece que salimos ganando con el trato.

—Muy bien —dijo Ned—. ¿Descansamos un rato aquí?

La sola idea resultaba deliciosa.

—Sí, por favor —repuso ella.

Ataron los caballos donde pudieran pacer un poco de hierba.

—Podríamos enviar a tu gente a la taberna a por algo de comer y de beber —propuso Ned.

—Buena idea. —Margery se volvió hacia el hombre de armas y la dama de honor—. Volved los dos al pueblo. Podéis ir a pie; los caballos necesitan descansar. Comprad una jarra de cerveza y un poco de pan y jamón. Y que haya también suficiente para vosotros, desde luego.

Los dos sirvientes desaparecieron entre los árboles.

Margery se sentó en la hierba, junto al río, y Ned se tumbó a su lado. El bosque estaba tranquilo, solo se oía el susurro de la corriente y el aliento de una suave brisa entre las hojas primaverales. Mick se estiró en el suelo y cerró los ojos, pero despertaría y los avisaría si se acercaba alguien.

—Ned, sé lo que hiciste por el padre Paul —dijo Margery.

Él arqueó las cejas.

—Qué rápido corren las noticias…

—Quiero darte las gracias.

—Supongo que tú le proporcionas las hostias para consagrar. —Ella no supo qué decir a eso, pero Ned enseguida añadió—: No quiero conocer los detalles. Por favor, olvida lo que he dicho.

—Siempre que sepas que yo jamás conspiraría contra la reina Isabel. —Margery quería que lo entendiera—. Es nuestra soberana ungida. Puede que me pregunte por qué Dios, en su sabiduría, decidió poner a una hereje en el trono, pero no soy quién para cuestionar su decisión.

Ned, todavía tumbado, levantó la mirada hacia ella y sonrió.

—Me alegro mucho de oír eso.

Le tocó el brazo y ella miró su rostro bondadoso e inteligente, y lo que vio en sus ojos fue un anhelo tan intenso que podría haberle roto el corazón. Ningún otro hombre había sentido jamás nada igual por ella, y lo sabía. En ese momento le pareció que el único pecado posible sería el de rechazar su pasión. Bajó la cabeza y le dio un beso en los labios.

Cerró los ojos y se abandonó al amor que la imbuía y que inundaba su alma igual que la sangre llenaba su cuerpo. Llevaba deseándolo desde la última vez que se besaron, y de repente, después de tan larga espera, su boca le pareció más dulce todavía. Succionó el labio inferior de Ned y luego jugueteó con el superior provocándolo con la punta de la lengua antes de introducirla por completo en su boca. Margery sentía que jamás tendría suficiente.

Él la agarró de los hombros y la atrajo hacia sí hasta tenerla tumbada sobre él, con todo su peso encima. Margery sintió su erección a través de las enaguas. Le preocupaba hacerle daño, así que se movió un poco para apartarse, pero él la retuvo en su lugar. Ella se dejó llevar por la sensación de tenerlo tan cerca que casi podían fundirse en uno solo. No parecía existir en el mundo nada más que ellos dos, nada fuera de sus dos cuerpos.

Pero ni siquiera esa cercanía la satisfizo por mucho tiempo, todo lo que hacían provocaba en ella el deseo de más. Se arrodilló a horcajadas sobre los muslos de Ned y le abrió la bragueta de los calzones para liberar su miembro. Se lo quedó mirando y empezó a acariciarlo con ternura. Era pálido, algo curvado, y nacía de una mata de rizos de un castaño rojizo. Se inclinó, lo besó y oyó que él gemía de placer. Una minúscula gota apareció en la punta. Incapaz de resistir la tentación, Margery la lamió.

Ya no podía contener su impaciencia. Se desplazó hacia arriba para quedar a horcajadas sobre sus caderas, cubrió con la falda del vestido la parte central del cuerpo de Ned y entonces se dejó caer guiando su pene hacia su interior. Estaba tan mojada que entró sin ningún esfuerzo. Margery se inclinó hacia delante para poder besarlo en la boca de nuevo, y juntos cabalgaron así largo rato; a ella le habría gustado que durase para siempre…

Pero entonces fue él quien quiso más. Rodó hasta ponerse encima sin salir de ella. Margery abrió las piernas todo lo que pudo y levantó las rodillas. Quería sentirlo más adentro, llenándola por completo, y en ese momento notó cómo él perdía el control.

—Eres tú, Ned, eres tú… —dijo mirándolo a los ojos.

Sintió su espasmo de placer y el torrente que salía de su miembro, y eso la llevó al éxtasis a ella también, y se sintió feliz, verdaderamente feliz por primera vez en muchos años.

V

Rollo Fitzgerald habría preferido morir antes que cambiar de religión. Para él no había margen de tolerancia. La Iglesia católica tenía razón y todos sus rivales estaban equivocados. Era algo evidente, y Dios jamás perdonaría a los hombres que cerraban los ojos ante lo evidente. Cada cual sostenía su alma en la mano como si de una perla se tratase, y si dejaba caer esa perla en el mar, jamás la recuperaría.

Le costaba mucho creer que Isabel Tudor hubiese conseguido cumplir doce años como reina ilegítima de Inglaterra. Le había dado a su pueblo un ápice de libertad de culto y, sorprendentemente, su convenio religioso todavía no se había venido abajo. Los condes católicos no habían logrado derrocarla, y los monarcas europeos habían vacilado mientras ella fingía que tal vez aceptara casarse con un buen católico. Había sido una terrible decepción. De no ser porque decir algo así era blasfemia, Rollo habría creído que Dios se había echado a dormir.

Y de pronto, en mayo de 1570, todo cambió; no solo para Rollo, sino para todos los habitantes de Inglaterra.

Recibió la noticia mientras desayunaba en Priory Gate. Su hermana, Margery, compartía con él la mesa. Estaba haciendo una visita prolongada en Kingsbridge para cuidar de su madre, lady Jane, que había caído enferma. La mujer se había recuperado hasta cierto punto y ese día desayunaba también con ellos, pero Margery no parecía tener ninguna prisa por regresar a su casa. Peggy, la criada, entró y le entregó una carta a Rollo diciendo que la había traído un correo desde Londres. Era una hoja grande de papel grueso, con las esquinas dobladas hacia el centro y cerrada con un pegote de lacre rojo impreso con el sello de los Fitzgerald. La letra era la de Davy Miller, el hombre que llevaba los negocios de la familia en Londres.

Las cartas de Davy solían hablar del precio de la lana, pero esa era diferente. El Papa había publicado un anuncio formal, lo que recibía el nombre de «bula papal». Eran unos mensajes que no circulaban por Inglaterra, por supuesto. Rollo había oído rumores al respecto, pero, según Davy, al final alguien se había atrevido a clavar una copia en la puerta del palacio episcopal de Londres, para que todo el mundo supiera lo que decía. Rollo ahogó una exclamación al leer el resumen que le hacía Davy.

El papa Pío V había excomulgado a la reina Isabel.

—¡Son buenas noticias! —exclamó—. El Papa habla de Isabel como «falsa reina de Inglaterra y servidora del mal». ¡Por fin!

—Isabel debe de estar furiosa —dijo Margery—. Me pregunto si Ned Willard estará al tanto.

—Ned Willard lo sabe todo —comentó lady Jane con un tono sombrío.

—Y es aún mejor —siguió diciendo Rollo, exultante—. Los ingleses quedan dispensados de la lealtad debida a Isabel, aunque le hayan hecho juramento.

Margery arrugó la frente.

—No estoy segura de que debas alegrarte tanto —opinó—. Esto traerá problemas.

—¡Pero es verdad! Isabel es una hereje y una reina ilegítima. Nadie debería obedecerla.

—Tu hermana tiene razón, Rollo —terció lady Jane—. Puede que no sean buenas noticias para nosotros.

Su hijo siguió leyendo.

—De hecho, se le ordena al pueblo que la desobedezca, y cualquiera que no lo haga queda incluido en la sentencia de excomunión.

—¡Es una catástrofe! —exclamó Margery.

Rollo no las entendía.

—Alguien tenía que decirlo, ¡y el Papa lo ha hecho al fin! ¿Cómo van a ser malas noticias?

—¿Es que no ves lo que significa esto, Rollo? —replicó Margery—. ¡El Papa ha convertido a todos los católicos ingleses en traidores!

—Solo está diciendo bien claro lo que todo el mundo sabe ya.

—A veces es mejor no decir en voz alta lo que todo el mundo sabe.

—Pero ¿qué estás diciendo?

—Todo el mundo sabe que el padre Paul celebra misas para nosotros, igual que Stephen Lincoln y todos los demás sacerdotes en la sombra…, pero nadie dice nada. Es la única razón por la que no recibimos un castigo. Con esta noticia, ahora corremos peligro. Todos somos traidores en potencia.

Rollo comprendía lo que querían decir, pero creía que se equivocaban. La gente era idiota, y el exceso de libertad, vertiginosamente arriesgado. Los hombres tenían que luchar contra la herejía de Isabel, aunque eso supusiera una vida incómoda o incluso peligrosa.

—Las mujeres no entendéis de política —dijo.

El hijo de Margery, Bartlet, entró en la sala. Rollo miró al chico con orgullo: era su sobrino y algún día se convertiría en el conde de Shiring.

—¿Podemos jugar hoy con los gatitos? —preguntó el niño.

—Claro, mi vida —contestó Margery, y añadió para los demás—:

La gata parda de Ned ha tenido gatitos, y Bartlet está fascinado con ellos.

—Yo que tú no me quedaría mucho en casa de los Willard —dijo lady Jane.

Rollo se preguntó por qué hablaba su madre con un tono tan gélido, pero enseguida recordó lo mucho que había costado conseguir que Margery se casara con Bart y no con Ned. Aquello era agua pasada, pero quizá lady Jane temía que la gente pensase que su hija tenía motivos ocultos para visitar a Ned en su casa.

Y tal vez así fuera.

Rollo ahuyentó esa idea; tenía cosas más importantes en que pensar.

—Debo asistir a una reunión del consejo municipal —dijo—. Os veré a todos en la comida. —Le dio un beso a su madre y salió.

Kingsbridge estaba gobernado por un consejo de doce concejales, todos ellos comerciantes de la localidad, presidido por el alcalde. Rollo había ocupado el lugar de su padre como concejal al heredar el negocio familiar de la lana, pero el alcalde actual era Elijah Cordwainer, buen amigo de Dan Cobley. El consejo se reunía en la casa consistorial, la antigua sede del gremio, como llevaba haciendo desde hacía siglos.

Rollo enfiló Main Street hasta el cruce, entró en el consistorio y subió las escaleras que llevaban a la cámara del consejo, consciente de que estaba a punto de participar en una venerable tradición. Las paredes de la sala tenían un revestimiento de paneles de madera ennegrecida por el humo. Las sillas de cuero estaban dispuestas alrededor de una mesa de reuniones que había quedado marcada con viejos garabatos. En un aparador había un redondo de ternera y una jarra de cerveza, por si a alguien no le había dado tiempo de desayunar.

Rollo ocupó su lugar. Era el único católico de la sala; ninguno de los demás concejales había hecho jamás acto de presencia en una de las misas clandestinas del padre Paul. Se sintió ligeramente intimidado, como si fuera un espía entre enemigos. Nunca antes había tenido esa sensación, y se preguntó si sería por la bula papal. Tal vez Margery tuviera razón, aunque esperaba que no.

El consejo regulaba el comercio y la actividad manufacturera de la ciudad, y los temas que tratarían esa mañana eran pesos y medidas, salarios y precios, maestros y aprendices. Les habían informado de que unos mercaderes que estaban visitando el mercado utilizaban la libra torre, prohibida, que pesaba menos que la libra troy, la autorizada. Comentaron un rumor según el cual la reina Isabel quizá estableciera el valor de una milla en 5.280 pies, en lugar de 5.000. Estaban a punto de interrumpir la sesión para irse a comer cuando el alcalde Cordwainer anunció un punto añadido al orden del día en el último momento: la bula papal.

Rollo estaba desconcertado. El consejo nunca debatía sobre religión. ¿Qué se proponían?

—Por desgracia —dijo Cordwainer—, el Papa de Roma ha creído oportuno ordenar a los ingleses que desobedezcan a Su Majestad la reina Isabel.

—¿Qué tiene eso que ver con este consejo? —interrumpió Rollo, molesto.

Cordwainer parecía incómodo.

—Bueno, en fin, al concejal Cobley le parece que podría suscitar preguntas...

De modo que Dan Cobley tramaba algo, pensó Rollo. Eso le puso nervioso. Dan seguía culpándolo de la ejecución de Philbert y ansiaba venganza.

Todos miraron a Dan.

—No sería bueno que la sombra de la traición recayera sobre el municipio de Kingsbridge —comenzó lo que claramente era un discurso ensayado—. Seguro que todos estáis de acuerdo en eso.

Se oyó un murmullo de aprobación que recorrió toda la mesa. En el desayuno, Margery había dicho que la bula convertía a todos los católicos en traidores, y de pronto Rollo tuvo un mal presentimiento.

—Para evitar cualquier sospecha —siguió diciendo Dan—, tengo una propuesta muy simple: todos los comerciantes de Kingsbridge deberían jurar los Treinta y Nueve Artículos.

Se hizo el silencio en la sala. Todos ellos sabían lo que significaba eso. Era un ataque directo contra Rollo. Los Treinta y Nueve Artículos definían la doctrina de la Iglesia anglicana. Cualquier católico que los aceptase estaría abjurando de su fe. Rollo preferiría morir a realizar tal juramento.

Y los presentes en esa sala lo sabían.

No todos los protestantes de Kingsbridge eran de línea tan dura como Dan, la mayoría solo querían hacer negocios en paz, pero Dan podía ser astutamente convincente.

—El Parlamento ha realizado varios intentos de obligar a todos los funcionarios públicos a jurar los Artículos, pero la reina Isabel siempre se ha negado a ratificar cualquier tipo de legislación al respecto —dijo Paul Tinsley, el abogado que era escribano del juez de paz de la ciudad.

—No se negará la próxima vez que surja el tema —repuso Dan—; no después de esta bula. Tendrá que tomar medidas drásticas.

—Tal vez —concedió Tinsley—, pero podríamos esperar a que lo decida el Parlamento, en lugar de tomar nosotros cartas en el asunto.

—¿Por qué esperar? —insistió Dan—. Sin duda no hay nadie en esta sala que niegue la verdad de los Artículos. Y si lo hay, ¿deberíamos permitirle comerciar en Kingsbridge después de esta bula papal?

—Puede que tengáis razón, concejal Cobley —perseveró Tinsley con su tono de voz conciliador—. Tan solo sugiero que no nos precipitemos demasiado.

Rollo tomó la palabra.

—El concejal Tinsley tiene razón —comenzó—. Yo, sin ir más lejos, no firmaré ninguna declaración religiosa que el concejal Cobley me ponga delante. —Y añadió—: Si Su Majestad la reina me lo pidiera, eso sería otra cosa.

No era cierto, pero Rollo estaba desesperado; se jugaba su medio de sustento.

—¿Y si se corriera la voz de que hemos tenido esta discusión y hemos decidido no actuar? ¿No nos pondría eso a todos en tela de juicio? —dijo Dan.

Alrededor de la mesa comenzaron a verse asentimientos de cabeza, aunque a regañadientes, y Rollo empezó a pensar que Dan se saldría con la suya.

—Me parece que debemos votar —dijo Cordwainer—. Quienes estén a favor de la propuesta del concejal Cobley, por favor, que levanten la mano.

Se alzaron diez manos. Solo Rollo y Tinsley estaban en contra.

—La moción queda aprobada —anunció Cordwainer.

Rollo se levantó y abandonó la sala.

VI

Margery estaba en la cama, en New Castle, escuchando el canto de los pájaros al alba de una mañana de julio. Se sentía feliz, culpable y asustada.

Estaba feliz porque amaba a Ned y él la amaba a ella. Se había quedado en Kingsbridge todo el mes de mayo, y se había visto con ella varias veces a la semana. Después le habían ordenado que informase sobre las defensas de la costa sur. Como Margery tenía por costumbre acompañar a Stephen Lincoln al menos una vez a la semana para celebrar la misa clandestina en pueblos remotos y graneros de las afueras, los amantes se las ingeniaron para que sus caminos se cruzaran. A menudo conseguían hacer noche en la misma ciudad o en pueblos cercanos. Con la oscuridad, cuando la mayoría de la gente se había acostado ya, ellos se encontraban. Si Margery se hospedaba en una posada, Ned se colaba en su habitación, y las noches cálidas a veces se veían en el bosque. El secreto hacía que sus encuentros resultasen casi insoportablemente excitantes. En esos momentos él se hallaba a tan solo unos kilómetros de New Castle, y ese día ella esperaba poder escaparse a verlo con cualquier pretexto. Vivía en un estado de entusiasmo constante que le hacía casi imposible comer nada. Se alimentaba solo de pan de trigo con mantequilla y vino rebajado.

Bart parecía no darse cuenta de nada. Jamás se le ocurriría pensar que su mujer pudiera serle infiel, igual que nunca esperaría que su perro pudiera morderle. Tal vez la madre de Margery, lady Jane, tuviera sus sospechas, pero no diría nada por miedo a causar problemas. Sin embargo, Margery era consciente de que Ned y ella tampoco podían alargar ese comportamiento de manera indefinida sin recibir represalias. Quizá al cabo de una semana o quizá al cabo de un año, pero tarde o temprano los descubrirían. Aun así, no se veía capaz de ponerle fin.

Estaba feliz, pero al mismo tiempo la torturaba la culpabilidad. A menudo rememoraba el momento en que se había equivocado. Había sido al ordenarles a la dama de honor y al hombre de armas que regresaran a pie hasta Wigleigh para comprar comida. En el fondo de su corazón debía haber sabido que yacería con Ned entre las flores silvestres, junto al riachuelo, y esa perspectiva le había resultado demasiado dulce para resistirse a ella. Había visto la senda escarpada y llena de espinas que llevaba al Cielo, pero había escogido el camino primaveral de los escarceos. Estaba pecando, lo disfrutaba y repetía. Todos los días se prometía acabar con ello, y cada vez que veía a Ned, flaqueaba.

Aun así, temía las consecuencias, tanto en el presente como en la vida eterna. Dios la castigaría, sin lugar a dudas. Tal vez le enviara una terrible enfermedad, o la volviera loca, o la dejara ciega. A veces acababa provocándose dolor de cabeza de tanto pensarlo. También tenía otros motivos para sentir miedo. Su mal presentimiento sobre las repercusiones de la bula papal había resultado ser trágicamente certero. Los puritanos ya podían regocijarse al señalar a los católicos como un peligro para la seguridad de la nación. La intolerancia había conseguido un pretexto.

En lugar del chelín semanal por no ir a la iglesia, de pronto Bart tenía que pagar la considerable cantidad de una libra. Y una libra era el precio de un mosquete, de una camisa elegante o de una cría de poni. Suponía una fuerte tajada de los ingresos que su marido obtenía con las rentas, que ascendían a unas cincuenta libras semanales. El coadjutor del párroco sentía un temor natural ante el conde, pero una vez cada siete días reunía el valor suficiente para acercarse al castillo y exigirle ese dinero, y Bart tenía que dárselo.

Mucho peor fue lo que le supuso a Rollo. Su hermano había perdido el negocio por negarse a jurar los Treinta y Nueve Artículos, le habían obligado a vender Priory Gate, y Dan Cobley le había comprado la casa, exultante. Lady Jane se había ido a vivir a New Castle con Margery y Bart, mientras que el propio Rollo se había marchado, y ni siquiera su madre sabía adónde.

Ned estaba furioso. La reina Isabel lo había arriesgado todo por su ideal de libertad religiosa y había conseguido mantenerlo durante una década, con lo que había demostrado que era posible; pero rabiaba de ira porque de pronto la habían desautorizado... Y el Papa, nada menos. A Margery no le gustaba oírlo criticar a Su Santidad, aunque en secreto también ella estaba de acuerdo, así que intentaba evitar el tema.

De hecho, evitaba cualquier pensamiento serio dentro de lo posible y dejaba que su mente se centrara en el amor. Cuando no estaba con Ned, soñaba despierta con la próxima vez que se verían y lo que harían. En esos momentos, mientras su imaginación empezaba a dibujarlos juntos y ella fantaseaba con las palabras íntimas que él le murmuraría mientras la tocaba, notó una sensación familiar en la entrepierna, y la mano se le fue a ese lugar entre los muslos donde nacía el placer. Resultaba extraño, pero los encuentros con Ned no saciaban ese deseo; de hecho, Margery lo buscaba más que nunca, como si lo uno alimentara lo otro.

Su perro Mick, que estaba tumbado junto a la cama, se despertó y gruñó.

—Chisss… —le chistó, pero el animal se puso a ladrar.

Un momento después alguien llamó a golpes a la puerta de la casa. Solo por el sonido, supo que habían llegado problemas. Los golpes eran fuertes, insistentes, exigentes, autoritarios. Pocas personas se atrevían a llamar a la puerta de un conde de una forma tan agresiva y arrogante. Saltó de la cama y corrió a la ventana a ver. Fuera estaba el sheriff Matthewson con un grupo de nueve o diez hombres.

Margery no podía adivinar qué querría Matthewson exactamente, pero no tenía ninguna duda de que estaría relacionado con la religión.

Salió corriendo de su dormitorio mientras se echaba una bata por encima del camisón. En ese mismo pasillo, Bart asomó la cabeza por la puerta de su cuarto.

—¿Qué ocurre? —preguntó, adormilado aún.

—No abras la puerta —dijo Margery.

Los golpes no cesaban.

Cruzó corriendo el descansillo hacia la habitación de Stephen Lincoln e irrumpió en ella, pues no había tiempo para cortesías, pero se lo encontró ya levantado, vestido y arrodillado en su reclinatorio.

—El sheriff está en la puerta —le anunció al hombre—. Venid conmigo y traed los sacramentos.

Stephen sacó una caja que contenía todo lo necesario para la misa y acompañó a Margery.

Ella vio a Bartlet en camisón, seguido por una joven monja medio dormida.

—Regresa a tu cuarto, Barty —ordenó—. Iré a buscarte cuando esté listo el desayuno.

Bajó las escaleras corriendo y rezando por que los criados no hubiesen dejado entrar a Matthewson todavía. A punto estuvo de llegar demasiado tarde: la joven Nora Josephs se disponía a desatrancar la puerta.

—¡Está bien! ¡Está bien! ¡Ya va! —exclamaba.

—¡Espera! —siseó Margery.

Todos los criados eran católicos, así que comprenderían lo que sucedía y no dirían una palabra de lo que sabían.

Con Stephen siguiéndola de cerca, Margery corrió por el pasillo y cruzó una despensa para llegar a una escalera de caracol. Subió por ella y luego bajó un tramo de pocos peldaños que conducía al pasadizo sin salida que en su día fue la tahona del viejo castillo pero que había quedado en desuso. Abrió de golpe la puerta de hierro del gigantesco horno donde Ned y ella se besaron hacía tantos años.

—¡Adentro! —le dijo a Stephen—. ¡Escondeos!

—¿No buscarán aquí?

—Id hasta el fondo de todo y empujad contra la pared. Hay una entrada a una cámara secreta. ¡Aprisa!

Stephen se metió dentro con su caja, y Margery cerró la puerta.

Desanduvo el camino respirando con pesadez hasta el vestíbulo de la entrada. También su madre estaba allí, con un gesto de preocupación dibujado en la cara. Margery se ciñó más la bata alrededor del cuerpo y le hizo una señal a Nora con la cabeza.

—Ahora ya puedes abrir.

La muchacha obedeció.

—Buenos días, sheriff —dijo Margery con alegría—. ¡Sí que llamáis con fuerza…! ¿Acaso tenéis prisa?

Matthewson era un hombretón que gastaba modales bruscos con los malhechores, pero que se sentía incómodo delante de una condesa. Levantó el mentón en actitud desafiante y habló alzando la voz:

—Su Majestad la reina ha ordenado la detención de Stephen Lincoln, sacerdote de quien se sospecha que conspira con la reina de los escoceses para traicionarla.

Era una acusación ridícula. Stephen jamás había conocido a María, la reina de los escoceses, y aunque así hubiese sido, no habría tenido aplomo para urdir ninguna conspiración. Era un pretexto malicioso, y Margery sospechó que Dan Cobley estaba tras él. Aun así, sonrió.

—Entonces no os hacía falta despertarnos tan temprano. Stephen no es sacerdote, y tampoco está aquí.

—¡Vive aquí!

—Era el secretario del conde, pero se marchó. —Improvisando a la desesperada, añadió—: Me parece que se fue a Canterbury. —Decidió que con esos detalles bastaba—. De todas formas, estoy bastante segura de que nunca ha tenido ningún contacto con la reina de los escoceses. Siento mucho que hayáis hecho el camino en balde, pero, ya que estáis aquí, ¿os gustaría a vos y a vuestros hombres tomar algo de desayuno?

—No, gracias. —Matthewson se volvió hacia sus acompañantes—. Registrad la casa.

—Ah, no, de ninguna manera —oyó Margery que decía Bart.

Se volvió y entonces lo vio bajando las escaleras. Llevaba la espada además de los calzones y las botas puestos.

—¿Qué diantres creéis que estáis haciendo, Matthewson?

—Cumplir las órdenes de la reina, señor, y espero que no ofendáis a Su Majestad obstaculizando mi labor.

Margery, que se encontraba entre Bart y el sheriff, habló en voz baja:

—No te enfrentes a él. No permitas que te ejecuten como a tu padre. Déjale registrar la casa, no encontrará nada.

—Al infierno...

—Sois sospechoso de dar cobijo a un sacerdote católico llamado Stephen Lincoln, que es un traidor —dijo el sheriff.

Margery habló entonces con Bart, esta vez más alto:

—Ya le he explicado que Stephen no es sacerdote y que ya no está aquí.

Bart parecía desconcertado. Se acercó más a Margery y susurró:

—Pero ¿no...?

—¡Confía en mí! —siseó ella.

Él no dijo más.

Margery volvió a alzar la voz.

—Tal vez debamos dejar que el sheriff compruebe por sí mismo que decimos la verdad. Así, todo el mundo quedará satisfecho.

Bart cayó entonces en la cuenta.

—¿En el viejo horno? —preguntó casi sin articular ningún sonido.

—Sí, por eso creo que podemos dejar que registren —contestó Margery de igual manera.

Bart miró a Matthewson.

—Está bien, pero no olvidaré esto... Sobre todo vuestra participación.

—No ha sido decisión mía, señor, como sabéis.

El conde gruñó con desdén.

—Empezad. Y prestad especial atención a los restos del viejo castillo... Seguro que están llenos de escondrijos —ordenó el sheriff, que no era ningún idiota.

—Sirve el desayuno en el comedor —le dijo Margery a Nora—, pero solo para la familia, para nadie más. —De nada serviría fingir hospitalidad.

Bart se fue de mal humor al comedor seguido por lady Jane, pero Margery no logró reunir suficiente sangre fría para sentarse a comer mientras los hombres buscaban a Stephen, así que siguió al sheriff por todo el edificio.

Aunque sus hombres registraron los vestíbulos y salones de la casa nueva, a Matthewson le interesaba más el viejo castillo, y se llevó un farol para iluminar los rincones oscuros. Lo primero que examinó fue la iglesia. Le llamó la atención la tumba de un antepasado olvidado, llevó las manos hasta la efigie del caballero que la coronaba e intentó moverla para comprobar si podían haberla abierto. La piedra estaba firme.

La tahona fue casi el último lugar donde miró. Abrió la puerta de hierro e introdujo dentro el farol. Margery contuvo la respiración mientras fingía indiferencia. El sheriff se inclinó hacia delante, metió cabeza y hombros en el horno y desplazó el farol allí dentro. ¿La puerta del fondo era tan invisible como Margery la recordaba? Matthewson gruñó, pero ella no fue capaz de interpretar ese sonido.

Entonces se retiró y cerró de un portazo.

—¿Acaso creíais que guardamos curas escondidos en el horno? —comentó la condesa con alegría, y esperó que el hombre no hubiese notado el ligero temblor de su voz.

Él puso cara de fastidio y no se molestó en contestar su pregunta burlona.

Regresaron al vestíbulo de la entrada. Matthewson estaba furioso. Sospechaba que lo habían engañado, pero no era capaz de adivinar cómo.

Justo cuando estaba a punto de salir, la puerta principal se abrió y por ella apareció sir Ned Willard.

Margery se lo quedó mirando horrorizada, pues él sí conocía el secreto del viejo horno. ¿Qué hacía allí?

Se le veía una fina película de sudor en la frente y respiraba con pesadez; era evidente que había cabalgado a galope tendido. Margery supuso que de algún modo se había enterado de la misión del sheriff. Pero ¿qué se proponía? Sin duda estaría preocupado por ella, pero también era protestante; ¿se sentiría tentado de desenmascarar al sacerdote fugitivo? Su lealtad a la reina Isabel era profunda, rayana en el amor; ¿conseguiría superarla el amor que sentía por Margery?

Ned dirigió a Matthewson una mirada hostil y fulminante.

—¿Qué ocurre aquí? —exigió saber.

El sheriff repitió sus razones.

—Stephen Lincoln es sospechoso de traición.

—Yo no sé nada de esa sospecha —dijo Ned.

—Según tengo entendido, sir Ned, no habéis estado en Londres desde antes de Pascua, así que tal vez no os hayáis enterado. —Las palabras del sheriff eran cordiales, pero las pronunció con desdén.

Por la expresión de Ned, Margery comprendió que se sentía como un idiota. Él, que se enorgullecía de ser siempre el primero en saberlo todo, había fallado… y por culpa de ella, sin duda.

—Stephen Lincoln no está aquí —aseguró Margery—. El sheriff ha registrado mi casa a conciencia. Si tuviéramos un ratón católico en la despensa, estoy convencida de que lo habría encontrado.

—Me alegra oír que las órdenes de la reina se llevan a cabo con tal meticulosidad —repuso Ned, que parecía haber cambiado de bando—. Bien hecho, sheriff.

Margery estaba tan tensa que tenía ganas de gritar. Temía que Ned estuviese a punto de preguntar: «Pero ¿habéis encontrado la cámara secreta detrás del viejo horno?».

—Si eso es todo, sheriff… —dijo controlando su voz con gran esfuerzo.

Matthewson dudó, pero no tenía nada más que hacer. Igual que un trueno, se dio media vuelta y se marchó de malos modos y sin despedirse.

Uno tras otro, todos sus hombres lo siguieron por la puerta.

Bart salió entonces del comedor.

—¿Ya se han ido? —preguntó.

Margery no era capaz de hablar. Rompió a llorar.

Bart la rodeó con sus brazos.

—Vamos, tranquila —dijo—. Has estado magnífica.

Ella miró por encima del hombro de su marido y vio a Ned, cuyo rostro era el de un hombre atormentado.

VII

Rollo estaba decidido a cobrarse su venganza.

Corría el mes de julio de 1570 cuando, cansado y polvoriento y devorado por el odio, llegó a la ciudad universitaria de Douai, en la región sudoccidental de habla francesa de los Países Bajos. Le recordó a Oxford, donde había estudiado: muchas iglesias, elegantes edificios de colegios, jardines y huertos donde profesores y alumnos podían pasear y conversar. Había sido una época dorada, pensó con amargura; su padre aún vivía, el trono de Inglaterra lo ocupaba un católico próspero y fuerte, y Rollo parecía tener el futuro asegurado.

Había recorrido un largo camino por el paisaje plano de Flandes, pero no le dolían tanto los pies como el corazón. Los protestantes nunca se daban por satisfechos, pensó con furia. Inglaterra ya tenía una reina protestante, obispos sumisos, una Biblia inglesa y un devocionario reformado. Habían descolgado los cuadros, decapitado las estatuas, fundido los crucifijos de oro y, aun así, no era suficiente. También habían tenido que arrebatarle a Rollo el negocio y la casa, y expulsarlo de su propio país.

Algún día lo lamentarían.

Hablando una mezcla de francés e inglés logró dar con un edificio de ladrillo, grande aunque no bonito, en una calle de comercios y casas de vecindad. Todas sus esperanzas estaban puestas en esa construcción tan decepcionantemente corriente. Si Inglaterra iba a recuperar la fe verdadera, si Rollo iba a vengarse de sus enemigos, todo comenzaría allí.

La puerta estaba abierta.

En el vestíbulo se encontró con un hombre vivaracho y rubicundo unos diez años más joven que él; Rollo había cumplido ya los treinta y cinco.

—*Bonjour, monsieur* —dijo con educación.

—Tú eres de Inglaterra, ¿verdad? —repuso el joven.

—¿Es esto el Colegio Inglés?

—Por supuesto que sí.

—Gracias a Dios. —Rollo se sintió aliviado. El viaje había sido largo, pero al fin había llegado. Solo faltaba por ver si estaría a la altura de sus esperanzas.

—Soy Leonard Price. Llámame Lenny. ¿Qué te ha traído aquí?

—Perdí mi medio de sustento en Kingsbridge por negarme a firmar los Treinta y Nueve Artículos.

—¡Bien hecho!

—Gracias. Me gustaría restablecer la fe verdadera en Inglaterra y me han dicho que esa es la misión que tenéis aquí.

—De nuevo aciertas. Preparamos a sacerdotes y los enviamos de vuelta a casa, clandestinamente, por supuesto, para que lleven los sacramentos a los católicos leales.

Esa era la idea que tenía tan entusiasmado a Rollo. Ahora que la reina Isabel empezaba a desvelar su verdadera naturaleza tiránica, la Iglesia contraatacaría. Y Rollo también. Le habían destrozado la vida, así que no tenía nada que perder. Debería haber sido un concejal próspero de Kingsbridge con domicilio en la mejor casa de la ciudad, destinado a ser alcalde, igual que su padre; en lugar de eso, era un marginado que recorría los caminos polvorientos de un país extranjero. Pero un día lograría volver las tornas.

Lenny bajó la voz.

—Si le preguntas a William Allen, que es nuestro fundador, te dirá que nuestra única misión es la de preparar a sacerdotes, pero algunos pensamos más a lo grande.

—¿A qué te refieres?

—Hay que derrocar a Isabel y conseguir que suba al trono María, la reina de los escoceses.

Era lo que Rollo quería oír.

—¿De verdad estáis planeando eso?

Lenny vaciló, seguramente al darse cuenta de que había sido indiscreto.

—Digamos que es solo una fantasía —repuso—, pero una que comparten muchas personas.

Eso era indiscutible. El derecho de María al trono era un tema constante de conversación en todas las mesas católicas.

—¿Puedo ver a William Allen? —pidió Rollo con ansia.

—Vamos a preguntar. Está con una visita muy importante, pero quizá los dos quieran hablar con una posible nueva incorporación. Acompáñame.

Lenny le hizo subir unas escaleras hasta la primera planta. Rollo estaba exultante; tal vez su vida no se hubiera acabado aún. Lenny llamó a una puerta y, al abrirla, dejó ver una sala amplia y luminosa repleta de libros, y a dos hombres muy absortos en su conversación. Se dirigió a uno de ellos, un caballero de rostro delgado, varios años mayor que Rollo, vestido con un desaliño que le recordó a sus profesores de Oxford.

—Mil perdones por interrumpiros, señor, pero he pensado que querríais conocer a alguien que acaba de llegar desde Inglaterra.

Allen se volvió hacia su invitado.

—Si me permitís… —dijo en francés.

El segundo hombre era más joven, pero llevaba una vestimenta más ostentosa, una túnica verde bordada de amarillo. Su apostura resultaba llamativa, tenía los ojos castaño claro y el pelo espeso y rubio.

—Como deseéis —dijo tras encogerse de hombros.

Rollo dio un paso al frente y ofreció su mano.

—Me llamo Rollo Fitzgerald, de Kingsbridge.

—Yo soy William Allen. —El hombre le estrechó la mano y luego señaló a su invitado con un gesto—. Este es un gran amigo del colegio, monsieur Pierre Aumande de Guisa, venido de París.

El francés le dedicó a Rollo un frío ademán con la cabeza y no le ofreció un apretón de manos.

—Rollo perdió su medio de sustento porque se negó a firmar los Treinta y Nueve Artículos —explicó Lenny.

—Bien hecho —opinó Allen.

—Y desea unirse a nosotros.

—Sentaos, los dos.

Monsieur Aumande de Guisa hablaba un inglés muy cuidado.

—¿Qué estudios tienes, Rollo?

—Fui a Oxford y después estudié leyes en la Gray's Inn antes de meterme en el negocio de mi padre. No tomé el hábito, pero es lo que más deseo hacer ahora.

—Bien. —Aumande empezaba a mostrarse algo más distendido.

—La misión que aguarda a nuestros alumnos al final de su preparación —dijo Allen— es la de arriesgar la vida. ¿Eres consciente de ello? Si te atraparan, podrían sentenciarte a muerte. Por favor, no te unas a nosotros si no estás dispuesto a correr ese destino.

Rollo sopesó bien su respuesta.

—Sería necio considerar esa perspectiva a la ligera. —Tuvo la satisfacción de ver a Allen asentir con aprobación, y prosiguió—: Pero con la ayuda de Dios creo que puedo enfrentarme a ese peligro.

Aumande volvió a tomar la palabra:

—¿Qué sentimiento te inspiran los protestantes? En el plano personal, quiero decir.

—¿En el plano personal? —Rollo empezó a componer otra respuesta juiciosa, pero sus emociones le ganaron la partida. Apretó los puños—. Los odio —confesó. Estaba tan turbado que casi le costó pronunciar las palabras siguientes—: Deseo aniquilarlos, destruirlos, matar hasta al último de ellos. Eso es lo que siento.

Aumande esbozó una sonrisa.

—En tal caso, creo que tendrás un lugar entre nosotros.

Rollo se dio cuenta de que había dado la respuesta adecuada.

—Bueno —dijo Allen con mayor cautela—, espero que te quedes aquí unos cuantos días, por lo menos, para que podamos llegar a conocernos. Después de eso hablaremos algo más acerca de tu futuro.

—Necesita un nombre falso.

—¿Tan pronto? —repuso Allen.

—Cuantas menos personas conozcan su verdadero nombre, mejor.

—Supongo que tienes razón.

—Llamadlo Jean Langlais.

—«Juan el Inglés»… en francés. Está bien. —Allen miró a Rollo—. Desde ahora serás Jean Langlais.

—Pero ¿por qué? —preguntó Rollo.

Fue Aumande quien respondió:

—Ya lo verás. Cada cosa a su tiempo.

VIII

Ese verano, el pánico a una invasión se había adueñado de toda Inglaterra. La gente consideraba que la bula papal incitaba a los países católicos a atacar, y por eso esperaban ver aparecer cualquier día en el horizonte galeones repletos de soldados armados hasta los dientes, ansiosos por incendiar, saquear y violar. A lo largo de toda la costa meridional se ordenó que los albañiles reparasen las murallas de castillos derruidos por los años. Se limpiaron los oxidados cañones de las bocanas de los puertos, se engrasaron y se probaron. Los robustos muchachos de las granjas se unieron a las milicias locales y practicaron con el arco durante las soleadas tardes de los domingos.

La condesa de Shiring, sin embargo, se sentía invadida por un fervor muy diferente. De camino a encontrarse con Ned, Margery visualizaba todo lo que harían juntos y ya notaba en su interior la humedad del deseo. Una vez había oído a alguien decir que las cortesanas francesas se lavaban sus partes nobles todos los días y se las perfumaban por si los hombres querían besarlas ahí. Ella nunca había creído esa historia, y estaba claro que Bart nunca le había dado un beso en ese lugar, pero Ned lo hacía a menudo, así que Margery había empezado a lavarse como si fuera una cortesana. Al hacerlo, sabía que se estaba preparando para cometer otra vez pecado mortal, y también sabía que un día le llegaría su castigo, pero esos pensamientos la atormentaban, así que prefería reprimirlos.

Viajó a Kingsbridge y se alojó en la casa que Bart tenía en la isla de los Leprosos. Su pretexto era ir a ver a Guillaume Forneron. Este, que era un refugiado protestante de Francia, confeccionaba el cambray más delicado de todo el sur de Inglaterra, y Margery le compraba camisas para Bart y, para ella, enaguas y camisones.

La segunda mañana salió sola y fue a ver a Ned a casa de su amiga Susannah, que se había convertido en lady Twyford. Todavía conservaba la casa de Kingsbridge que había heredado de su padre, y solía trasladarse allí cuando su marido marchaba de viaje. Ned había propuesto esa cita, y tanto él como Margery estaban seguros de poder confiar en que Susannah les guardaría el secreto.

Ella ya se había acostumbrado a la idea de que Susannah fuese una vez la amante de Ned. Su amiga se había sentido avergonzada cuando Margery le confesó que había adivinado lo sucedido. «Tú tenías su corazón —le dijo Susannah—. Yo solo tuve su cuerpo, que por suerte era lo único que deseaba.» Margery vivía tan cegada por la pasión que apenas si era capaz de pensar con claridad sobre eso o sobre cualquier otra cosa.

Su amiga la recibió en su salón y le dio un beso en los labios.

—Sube ya, muchacha afortunada —le dijo.

Unas escaleras cerradas subían del salón al tocador de Susannah, y allí la estaba esperando Ned.

Margery lo rodeó con sus brazos. Se besaron con premura, como si estuviesen hambrientos de amor.

—La cama —balbuceó ella tras interrumpir el beso.

Entraron en la alcoba de Susannah y se quitaron la ropa. El cuerpo de Ned era esbelto, tenía la piel blanca y un espeso vello oscuro en el pecho. Margery adoraba contemplarlo.

Pero algo iba mal. El miembro de Ned permanecía flácido, indiferente. Eso le ocurría a menudo con Bart, cuando estaba borracho, pero era la primera vez que lo veía en Ned. Margery se arrodilló delante de él y empezó a lamerlo tal como le había enseñado a hacer su marido. Eso solía darle resultado, pero a Ned ese día no le sirvió de nada. Margery se levantó y tomó su rostro entre las manos. Le miró a esos ojos castaño dorado y vio que se avergonzaba.

—¿Qué te sucede, cariño? —preguntó.

—Es que algo me preocupa —dijo él.

—¿Qué es?

—¿Qué vamos a hacer? ¿Qué futuro tenemos?

—¿Por qué hemos de pensar en eso? Amémonos y punto.

Ned negó con la cabeza.

—Debo tomar una decisión. —Alargó la mano hasta el abrigo que había dejado tirado a un lado y sacó una carta.

—¿De la reina? —preguntó Margery.

—De sir William Cecil.

Ella sintió como si el cálido día de verano hubiese quedado arrasado por un repentino viento invernal.

—¿Malas noticias?

Ned lanzó la carta a la cama.

—No sé si son buenas o malas.

Margery se la quedó mirando. El papel yacía sobre el cubrecama como un pajarillo muerto; sus esquinas dobladas sobresalían como alas rígidas, el sello de cera roja roto era como una salpicadura de sangre. Tuvo el pálpito de que ese papel le anunciaba su aciago destino.

—Cuéntame qué dice —le pidió en voz baja.

Ned se sentó en la cama y cruzó las piernas.

—Es sobre Francia —dijo—. Los protestantes de allí, que se llaman hugonotes, parecen estar ganando la guerra civil con la ayuda de un ingente préstamo de la reina Isabel.

Eso Margery ya lo sabía. Aunque Ned estaba satisfecho con ello, a ella le horrorizaba el implacable avance de la herejía, pero intentaba no pensar en eso ni en ninguna otra de las cosas que los separaban.

—Resulta que, por fortuna, el rey católico está en conversaciones de paz con el cabecilla protestante, un hombre llamado Gaspard de Coligny.

Al menos Margery compartía la satisfacción de Ned al respecto. Ambos querían que los cristianos dejaran de matarse entre sí, pero ¿cómo podía eso perjudicar a su amor?

—La reina Isabel va a enviar a uno de los nuestros, sir Francis Walsingham, como mediador para las negociaciones.

Margery no entendió por qué.

—¿De verdad necesitan los franceses a un inglés en sus conversaciones de paz?

—No, se trata de una pantalla. —Ned dudó un instante—. Cecil no me explica más en la carta, pero puedo imaginar la verdad. Estaré contento de compartir contigo lo que creo, pero no puedes contárselo a nadie más.

—Está bien.

Margery accedió a desgana a esa conversación que tenía el efecto de posponer el temido momento en que conocería su destino.

—Walsingham es un espía. La reina quiere saber lo que pretende hacer el rey de Francia con la escocesa María. Si los católicos y los hugonotes de veras alcanzan la paz, puede que el rey dirija su atención hacia Escocia, o incluso hacia Inglaterra. Isabel siempre desea saber qué podrían estar tramando los demás.

—De modo que la reina envía un espía a Francia.

—Dicho así, no resulta demasiado secreto.

—De todas formas, no se lo contaré a nadie. Pero haz el favor, por compasión, ¿qué tiene que ver todo esto contigo y conmigo?

—Walsingham necesita un ayudante, un hombre que hable francés con soltura, y Cecil quiere que vaya yo. Me parece que no le hace mucha gracia que me haya ausentado de Londres tanto tiempo.

—O sea que me abandonas —dijo Margery, sumida en la desgracia. Ahí tenía el significado del pajarillo muerto.

—No tengo por qué. Podríamos seguir tal como estamos, amándonos y viéndonos en secreto.

Margery sacudió la cabeza. Por primera vez desde hacía semanas tenía la mente clara y al fin pudo pensar con lucidez.

—El riesgo que corremos cada vez es terrible. Cualquier día nos descubrirán y entonces Bart te matará, se divorciará de mí y me quitará a Bartlet.

—Pues huyamos y punto. Le diremos a la gente que estamos casados, que somos el señor y la señora Weaver. Podemos tomar un barco hacia Amberes. Allí tengo a un primo lejano, Jan Wolman, que me dará trabajo.

—¿Y Bartlet?

—Nos lo llevaremos con nosotros. En realidad, tampoco es hijo de Bart.

—Seríamos culpables de secuestrar al heredero de un condado. Seguro que es un delito capital. Nos ejecutarían a ambos.

—Si cabalgamos hasta Combe Harbour, podríamos estar embarcados antes de que nadie se diera cuenta de lo que hemos hecho.

Margery ansiaba decir que sí. Los últimos tres meses había sido feliz por primera vez desde que tenía quince años. El anhelo de estar con Ned la poseía como si fuera una fiebre, pero sabía, aunque él tal vez no, que su amado jamás sería feliz trabajando para su primo de Amberes. Durante toda su vida adulta, Ned había estado estrechamente ligado al gobierno de Inglaterra, y eso le gustaba más que ninguna otra cosa. Adoraba a la reina Isabel, reverenciaba a William Cecil y le fascinaban los desafíos a los que se enfrentaban. Si ella lo apartaba de todo ese mundo, lo destrozaría.

Además, también Margery tenía una gran tarea. En las últimas semanas había aprovechado su misión sagrada con el vergonzoso propósito de encubrir sus encuentros adúlteros, pero aun así se sentía entregada a la labor que Dios le había asignado. Abandonar eso sería una transgresión tan horrible como el adulterio.

Había llegado el momento de ponerle fin. Confesaría su pecado, pediría la clemencia del Altísimo y volvería a dedicarse al sagrado deber de llevar los sacramentos a los católicos ingleses que se habían visto privados de ellos. Tal vez con el tiempo llegara a sentirse perdonada.

Al tomar su decisión, se echó a llorar.

—No llores —dijo Ned—. Encontraremos la forma de solucionarlo.

Ella sabía que eso no era posible. Lo abrazó y lo atrajo hacia sí. Se tumbaron en la cama y ella susurró:

—Ned. Ned, amor mío...

Sus lágrimas mojaron el rostro de él cuando se besaron, y de pronto su miembro cobró turgencia.

—Una vez más —dijo Margery.

—No será la última —repuso Ned mientras se colocaba encima.

«Sí que lo será», pensó ella, pero descubrió que no era capaz de decir nada, y se entregó a la pena y el placer.

IX

Seis semanas después, Margery supo que estaba embarazada.

17

I

Sir Francis Walsingham depositaba tanta fe en las listas como en los Evangelios. Anotaba en ellas a las personas que había visto el día anterior y los nombres de quienes iba a ver al día siguiente. Incluso había confeccionado una, junto con Ned Willard, en la que aparecían todos los ingleses que visitaban París y que podían resultar sospechosos.

En 1572, Walsingham ocupaba el cargo de embajador de la reina Isabel en Francia, asistido por Ned en calidad de adjunto. Walsingham infundía a su ayudante el mismo respeto que este había sentido por sir William Cecil, aunque sin la devoción ciega que el joven había demostrado por su primer mentor. Si a Cecil le había rendido adoración y reverencia, a Walsingham le profesaba lealtad y admiración. Ciertamente, se trataba de dos hombres distintos, como también era cierto que el Ned que en esos momentos ocupaba el cargo de embajador adjunto hacía tiempo que había dejado atrás al joven entusiasta protegido de Cecil. Había madurado.

Había llevado a cabo misiones secretas para Isabel desde el principio, pero en esos momentos Walsingham y él formaban parte del cada vez más extenso servicio de inteligencia que se había creado para proteger a la reina y a su gobierno de cualquier amenaza para la Corona. La bula papal había puesto en peligro la paz entre católicos y protestantes que había imperado en Inglaterra durante la primera década del reinado de Isabel, y la monarca ya había sido víctima de una conspiración. El enviado del Papa en Inglaterra, Roberto Ridolfi, había intrigado para asesinarla, poner a María Estuardo en el trono y, posteriormente, casar a esta con el duque de Norfolk. El servicio secreto había descubierto la confabulación y la cabeza del duque había rodado pocos días antes. Aun así, nadie creía que aquello hubiese zanjado el asunto.

Ned, igual que los demás consejeros de Isabel, temía que se sucedieran más conspiraciones. Todo aquello por lo que había trabajado los últimos catorce años estaba en peligro. El sueño de la libertad de culto a la que aspiraban podía convertirse de la noche a la mañana en una pesadilla habitada por la Inquisición, y el olor nauseabundo de hombres y mujeres quemados vivos en la hoguera volvería a invadir Inglaterra.

Decenas de católicos acaudalados habían huido del país y la mayoría de ellos habían recalado en Francia. Ned y Walsingham estaban convencidos de que la siguiente confabulación contra Isabel se maquinaría en París, por lo que su misión consistía en identificar a los conspiradores, averiguar sus intenciones y desbaratar sus planes.

La embajada inglesa se ubicaba en una gran casa de la margen izquierda, en el barrio universitario que se extendía al sur del río. Ni Walsingham ni Inglaterra nadaban en la abundancia, de modo que no podían permitirse una residencia en la orilla derecha, más cara, donde se situaban los palacios de la aristocracia.

Ese día, Walsingham y Ned asistirían a una audiencia real en el palacio del Louvre. Ned estaba impaciente. La concurrencia de los hombres y las mujeres más poderosos de Francia suponía una oportunidad inigualable para recabar información. Los cortesanos cotilleaban y algunos eran dados a compartir secretos, así que se proponía hablar con todo el mundo para hacerse una idea de la situación.

Estaba un poco nervioso, aunque no por él, sino por su mentor. A sus cuarenta años, Walsingham poseía una mente brillante, pero carecía de don de gentes y su primera aparición ante el rey Carlos IX había resultado embarazosa. Puritano convencido, Walsingham había vestido de negro riguroso, como era habitual en él, algo que en la alegre corte francesa se consideró como una recriminación protestante.

Ese mismo día, Ned había vuelto a ver a Pierre Aumande de Guisa, a quien había conocido en Saint-Dizier, junto a María Estuardo. Habían transcurrido doce años desde entonces, pero guardaba un recuerdo muy vivo de Aumande. A pesar de que se trataba de un hombre bien parecido y de que vestía con elegancia, había algo en él que le producía repulsa.

El rey Carlos le había preguntado a Walsingham sin rodeos si realmente era necesario que Isabel mantuviera prisionera a María Estuardo, antigua soberana de Francia, reina depuesta de los escoceses y cuñada de Carlos. El embajador tendría que haber conocido el libro de los Proverbios lo suficiente para recordar que «la respuesta suave aplaca la ira»; sin embargo, había contestado armado de justa indignación —uno de los puntos débiles de los puritanos— y el rey había reaccionado de manera glacial.

Desde entonces, Ned se había propuesto mostrarse más amable que su inflexible jefe. Había adoptado un estilo de vestimenta apropiado para un diplomático de categoría inferior sin rígidas convicciones religiosas, y para ese día había elegido un jubón de color azul pastel cuyas cuchilladas dejaban ver el beis del forro, una pieza muy poco ostentosa para París, pero lo bastante elegante, o eso esperaba, para apartar la atención del atuendo de Walsingham, que se aferraba al negro con terquedad.

Desde la ventana de su buhardilla se veían las torres de la catedral de Notre-Dame, en la orilla opuesta del Sena. Ned guardaba junto al espejo deslucido el pequeño retrato que Margery le había dado. A pesar de que se trataba de una representación un poco idealizada, con una tez extremadamente blanca y unas mejillas sonrosadas, el artista había sabido plasmar los rizos indomables y la sonrisa pícara que Ned adoraba.

Aún la amaba. Hacía dos años se había visto obligado a aceptar que ella jamás abandonaría a su marido y, privada de esperanza, la pasión había ido consumiéndose, aunque el fuego no se había extinguido y puede que no lo hiciera nunca.

No tenía noticias de Kingsbridge, no sabía nada de Barney, al que suponía en alta mar, y Margery y él habían acordado que no se escribirían para evitar torturarse. Lo último que había hecho Ned antes de marchar de Inglaterra había sido anular la orden de detención de Stephen Lincoln, que se había emitido basándose en pruebas falsas aportadas por Dan Cobley. Si Margery consideraba que tenía un deber sagrado y que debía reconfortar a los católicos más necesitados, Ned no iba a permitir que Dan Cobley se lo impidiese.

Mientras se colocaba el cuello de encaje delante del espejo, sonrió al recordar la representación que había visto la noche anterior: *Les Corrivaus*. Se trataba de una comedia sumamente original sobre gente corriente que hablaba con naturalidad y no en verso. Los protagonistas eran dos hombres jóvenes empeñados en raptar a la misma mujer, que, en un sorprendente final, resultaba ser hermana de uno de ellos. Toda la acción se desarrollaba en un mismo lugar, en un corto tramo de calle, y abarcaba menos de veinticuatro horas. Ned no había visto nunca antes algo tan ingenioso, ni en Londres ni en París.

Estaba a punto de salir cuando entró un criado.

—Ha venido una mujer que dice vender el papel y la tinta más baratos de todo París —anunció el hombre en francés—. ¿La hago pasar?

Ned gastaba grandes cantidades de tinta y papel caros para redactar y codificar las cartas confidenciales que Walsingham enviaba a la reina y a Cecil. Además, la reina era tan poco pródiga con sus espías como con el resto, por lo que Ned siempre buscaba precios más asequibles.

—¿Qué está haciendo sir Francis?

—Leyendo la Biblia.

—Entonces tengo tiempo. Dile que suba.

Un minuto después, una mujer de unos treinta años se presentó en sus aposentos. Ned la estudió con interés. Tal vez no la calificaría como hermosa, pero sí atractiva, vestía con modestia y tenía una mirada decidida, suavizada por unos ojos azules. La mujer dijo llamarse Thérèse Saint-Quentin mientras sacaba unas muestras de una cartera de cuero y lo invitaba a probarlas.

Ned se sentó al escritorio. Tanto el papel como la tinta parecían de gran calidad.

—¿De dónde proceden estos artículos? —preguntó.

—El papel se elabora en las afueras de París, en Saint-Marcel —contestó Thérèse—. También dispongo de uno italiano muy bueno, de Fabriano, para vuestras cartas de amor.

A pesar de que no parecía demasiado coqueta, lo había dicho con picardía, por lo que Ned supuso que formaba parte de su estrategia de venta.

—¿Y la tinta?

—La hago yo. Por eso es tan barata… aunque muy buena.

Ned comparó los precios con lo que solía pagar y comprobó que, ciertamente, eran muy competitivos, así que le hizo un pedido.

—Os lo traeré todo hoy —aseguró la mujer y, acto seguido, bajó la voz—. ¿Tenéis la Biblia en francés?

Ned se quedó anonadado. ¿Era posible que esa joven mujer de aspecto respetable estuviese involucrada en la venta de libros prohibidos?

—¡Va contra la ley!

—Pero, según la Paz de Saint-Germain, incumplirla ya no conlleva la pena de muerte —contestó ella con absoluta calma.

La mujer se refería al tratado de paz que se había firmado en Saint-Germain durante la conferencia a la qué habían sido enviados Ned y Walsingham, por lo que el embajador adjunto lo conocía con detalle. El acuerdo ofrecía a los hugonotes cierta libertad de culto. Para Ned, un país católico que toleraba a los protestantes estaba a la misma altura que un país protestante que toleraba a los católicos; lo importante era la libertad. Sin embargo, se trataba de una libertad precaria. Francia había firmado tratados de paz con anterioridad y ninguno había perdurado. Los famosos e incendiarios predicadores parisinos despotricaban contra cualquier amago de conciliación y, supuestamente, esta debía sellarse con un matrimonio —la disoluta hermana del rey, la princesa Margarita, estaba prometida con el acomodadizo Enrique de Borbón, rey protestante de Navarra—, pero ya habían transcurrido dieciocho meses y el enlace aún no se había celebrado.

—El tratado de paz podría anularse —le advirtió Ned— y podrían tomarse medidas enérgicas contra gente como tú en cualquier momento.

—No creo que nos sorprendiera. —A Ned le habría gustado saber por qué, pero la mujer prosiguió sin darle tiempo a intervenir—: Además, creo que puedo confiar en vos. Sois un enviado de Isabel, así que debéis de ser protestante.

—¿Por qué te interesa saberlo? —preguntó con cautela.

—Si queréis una Biblia en francés, puedo conseguiros una.

A Ned le asombraba la desenvoltura de la mujer. Además, resultaba que sí quería una Biblia en francés. Hablaba el idioma lo bastante bien para pasar por un nativo, pero había ocasiones en que, en medio de una conversación, se le escapaban las citas y las alusiones bíblicas que los protestantes utilizaban a todas horas, por lo que a menudo había pensado en leer los capítulos más conocidos para familiarizarse con la traducción. Aparte de que, como diplomático extranjero, la posesión del libro no le acarrearía demasiados problemas, en el caso poco probable de que lo descubrieran.

—¿Qué precio tiene?

—Hay dos ediciones, ambas impresas en Ginebra: la normal y corriente, una verdadera ganga solo por dos libras, y un ejemplar maravillosamente encuadernado, entintado a dos colores y con ilustraciones, por siete libras. Puedo traeros las dos para que las veáis.

—Muy bien.

—Veo que vais a salir… Al Louvre, supongo, a juzgar por ese abrigo tan bonito.

—Sí.

—¿Volveréis para cenar?

—Es probable. —Ned estaba perplejo. Thérèse se había adueñado de la conversación y él se limitaba a aceptar lo que le proponía. Tal vez resultase un tanto avasalladora, pero era tan franca y encantadora que no podía sentirse ofendido.

—Entonces os traeré vuestros artículos de escritorio y dos biblias para que podáis escoger la que prefiráis.

Ned no creía haberse comprometido a comprar ninguna, pero lo dejó correr.

—Estoy impaciente por verlas.

—Volveré esta tarde.

El temple de la mujer era impresionante.

—Eres muy valiente —comentó Ned.

—El Señor me da fuerzas.

«Sin duda alguna», pensó Ned, aunque seguro que le sobraban con las suyas.

—Dime una cosa, ¿cómo has acabado vendiendo libros de contrabando? —le preguntó, tomando por fin la iniciativa de la conversación.

—Mi padre era impresor. Lo quemaron en la hoguera por hereje en 1559 y decomisaron todos sus bienes, por lo que mi madre y yo nos quedamos en la más absoluta miseria. Lo único que teníamos eran unas cuantas biblias que mi padre había impreso.

—Entonces, ¿llevas trece años dedicándote a esto?

—Casi.

Los arrestos de la joven lo dejaron sin habla.

—Pero durante todo ese tiempo podrían haberte ejecutado, como a tu padre.

—Sí.

—Además, seguro que podrías haberte ganado la vida de manera lícita limitándote a vender papel y tinta.

—Podríamos, pero creemos que la gente tiene derecho a leer la palabra de Dios por sí misma y a decidir cuál es el verdadero Evangelio.

Ned compartía su opinión.

—Y estás dispuesta a arriesgar tu vida por ese principio.

No mencionó que, si la apresaban, la torturarían antes de ejecutarla.

—Sí —contestó ella.

Ned la contempló fascinado.

—Hasta esta tarde, entonces —se despidió la mujer, tras sostenerle la mirada con descaro unos instantes.

—Adiós.

En cuanto salió de la habitación, Ned se acercó a la ventana, que daba al concurrido mercado de frutas y verduras de la place Maubert. Thérèse no parecía temer tanto como cabría esperar que se tomaran medidas contundentes contra los protestantes. «No creo que nos sorprendiera», había dicho. Ned se preguntó con qué medios contaba para conocer por anticipado las intenciones de los ultracatólicos.

Poco después, ella apareció en la puerta de la calle y echó a andar, una figura menuda y erguida que caminaba con paso firme y enérgico, alguien dispuesto a morir por un ideal, el de la tolerancia, que Ned compartía. «Qué mujer —pensó—. Una heroína.»

La siguió con la mirada hasta que la perdió de vista.

II

Pierre Aumande de Guisa se recortaba la barba rubia mientras se preparaba para asistir a la audiencia real en el palacio del Louvre. Siempre le daba forma afilada para parecerse más a su joven señor y pariente lejano, Enrique, el duque de Guisa, que en esos momentos contaba veintiún años.

Estudió su rostro con atención. Había desarrollado una afección cutánea y le salían manchas rojas y escamosas en el cuero cabelludo y en la comisura de los ojos y de la boca. También las tenía en las corvas y en el pliegue de los brazos, que le picaban de manera exasperante. El médico de la familia de Guisa le había diagnosticado un exceso de calor y le había prescrito un ungüento que solo parecía empeorar los síntomas.

Su hijastro, Alain, de doce años, entró en la habitación. Era una pobre criatura, enclenque y apocada, con aspecto de niña. Pierre lo había enviado a la vaquería de la esquina a por leche y queso y el pequeño le traía una jarra y una copa.

—¿Dónde está el queso? —preguntó Pierre.

—Hoy no tenían —contestó el niño, tras una leve vacilación.

Pierre lo miró a la cara.

—Mentiroso, te has olvidado.

—¡No, de verdad que no, lo juro! —exclamó Alain, aterrorizado, y se echó a llorar.

En ese momento entró Nath, la escuálida criada.

—¿Qué ocurre, Alain? —preguntó.

—Me ha mentido y ahora teme que le dé una paliza —contestó Pierre—. ¿Qué quieres?

—Ha venido a veros un sacerdote, Jean Langlais.

Era el nombre falso que Pierre le había adjudicado a Rollo Fitzgerald, el más prometedor de los exiliados que estudiaba en el Colegio Inglés.

—Dile que suba y llévate a este llorica de aquí. Ah, y tráeme queso para el desayuno.

Pierre había visto a Rollo en otras dos ocasiones después del primer encuentro y en todas ellas había quedado impresionado por su entrega y su inteligencia. Era evidente que en sus ojos ardía la llama de una misión sagrada. Además, odiaba enconadamente a los protestantes, aunque sin duda se debía a que los puritanos de Kingsbridge, su ciudad natal, habían llevado a su familia a la ruina. Pierre había depositado grandes esperanzas en el inglés.

Poco después, Rollo apareció vestido con una sotana que le llegaba hasta el suelo y con un crucifijo de madera que pendía de una cadena.

Se estrecharon las manos y Pierre cerró la puerta.

—¿Esa joven dama era vuestra esposa? —preguntó Rollo.

—Desde luego que no —contestó Pierre—. Madame Aumande de Guisa fue dama de honor de Véronique de Guisa. —No era cierto, Odette había sido criada, no dama de honor, pero Pierre no quería que la gente lo supiera—. Ha salido. —Había ido al mercado del pescado—. La mujer que te ha hecho pasar es del servicio.

—Os ruego que me disculpéis —dijo Rollo, avergonzado.

—No te preocupes. Bienvenido a nuestra humilde morada. Paso la mayor parte del tiempo en el palacio de Guisa de la rue Vieille du Temple, pero si nos hubiésemos reunido allí, nos habría visto una veintena de personas. Este lugar posee una gran ventaja: es tan insignificante que nadie se molestaría en vigilarlo. —En realidad, Pierre no veía el momento de irse de ese cuchitril, pero aún no había conseguido persuadir al joven duque para que le adjudicara una de las estancias del palacio. En esos momentos ocupaba el cargo de primer consejero de la familia de Guisa, pero, como siempre, esta no parecía tener prisa por reconocer el estatus que merecía—. ¿Cómo van las cosas por Douai?

—No podrían ir mejor. Desde que el Papa excomulgó a Isabel se nos han sumado otros quince jóvenes y buenos católicos ingleses. De hecho, William Allen me envía para informaros de que prácticamente estamos listos para mandar un grupo de vuelta a Inglaterra.

—¿Y cómo tenéis pensado organizarlo?

—El padre Allen me ha pedido que me ocupe del asunto.

Pierre pensó que se trataba de una buena decisión, resultaba evidente que a Rollo le sobraban recursos para ser algo más que un simple sacerdote clandestino.

—¿Qué plan tienes?

—Los desembarcaremos en una playa apartada al atardecer y desde ahí viajarán de noche hasta el castillo de mi hermana, la condesa de Shiring. Lleva años organizando misas católicas en secreto y ya dirige una red de sacerdotes. Desde allí se distribuirán por toda Inglaterra.

—¿Hasta qué punto podemos confiar en tu hermana?

—Por completo, siempre y cuando no medien derramamientos de sangre. Me temo que esa es una línea que no está dispuesta a cruzar. Nunca ha comprendido que el uso de la violencia a veces es necesario cuando se sirve a la Iglesia.

—No deja de ser una mujer. —A Pierre le complació comprobar que Rollo sí entendía que en ciertas ocasiones se requería el empleo de la fuerza.

—¿Y en París? —preguntó Rollo—. En Douai estamos preocupados por las noticias que nos llegan.

—La Paz de Saint-Germain ha supuesto una gran derrota para nosotros, eso es innegable. La política del papa Pío V es muy clara al respecto: acabar con todos los protestantes, pero el rey Carlos IX se ha decantado a favor de una coexistencia pacífica.

Rollo asintió.

—Hasta cierto punto, el rey se vio obligado a claudicar por culpa de la derrota militar.

—Sí, es una verdadera desgracia que Coligny haya resultado ser un general disciplinado y con talento al mando de los ejércitos hugonotes. Y la reina madre, Catalina, es otra de las personas con peso que abogan por la tolerancia de la herejía más abyecta. —En ocasiones, Pierre tenía la sensación de que todo el mundo estaba en su contra—. Pero no es el primer edicto por el estilo que vemos y ninguno ha prosperado —añadió optimista.

—¿La princesa Margarita se casará con Enrique de Borbón?

Rollo sabía lo que debía preguntar. Enrique era hijo del difunto Antonio de Borbón y, como rey de Navarra, se había erigido en el máximo valedor de la alianza Borbón-Montmorency a favor de la tolerancia. Si se emparentaba con la familia real Valois, tal vez conseguiría que el tratado de paz de Saint-Germain perdurase, y la unión de las familias Borbón, Montmorency y Valois bastaría para aplastar a los De Guisa.

—Hemos hecho todo lo que hemos podido por retrasar el matrimonio —aseguró Pierre—, pero Coligny acecha en la sombra, es una amenaza constante.

—Qué lástima que nadie le clave un cuchillo en el corazón…

—A muchos nos gustaría, créeme —aseguró Pierre, incluyéndose a sí mismo—, pero Coligny no es estúpido y no lo pone fácil. No suele venir a París. —Oyó que las campanas de Saint-Étienne daban las diez—. Tengo que acudir a la audiencia real. ¿Dónde te hospedas?

Rollo miró a su alrededor. Era evidente que había pensado alojarse en casa de Pierre, pero comprendió que, en un lugar tan pequeño, no habría sitio para él.

—No lo sé.

—El conde de Beaulieu suele acoger de buen grado a católicos ingleses. Allí tal vez conozcas gente que te sea útil, pero cuídate de los protestantes ingleses.

—¿Hay muchos en París?

—Algunos, sobre todo en la embajada, a cargo de sir Francis Walsingham. Es un viejo cascarrabias, pero listo como el hambre.

—Y un puritano blasfemo.

—Lo tengo vigilado, aunque es más peligroso su adjunto, un hombre con encanto además de inteligencia: sir Ned Willard.

La noticia sorprendió a Rollo.

—¿De verdad? ¿Ned Willard es embajador adjunto?

—Parece que lo conoces.

—Es de Kingsbridge. No sabía que se había vuelto tan importante.

—Ya lo creo. —Pierre recordó al joven que había intentado hacerse pasar por un protestante escocés en Saint-Dizier. Después de aquello, había leído en una carta que Alison McKay le había hecho llegar de manera clandestina que Willard había acudido al castillo de Carlisle para informar a María Estuardo de que era prisionera. Y de pronto el hombre aparecía en París—. No debemos subestimar a Ned Willard.

—Se llevó más de una tunda cuando íbamos a la escuela.

—¿Ah, sí?

—Ojalá lo hubiera matado de una paliza.

Pierre se levantó.

—El conde de Beaulieu vive en la rue Saint-Denis. Te indicaré cómo llegar. —Acompañó a Rollo hasta la puerta y salió con él a la calle—. Ven a verme antes de que te vayas de París. Tal vez tenga alguna carta para William Allen.

Le mostró el camino hasta el palacio de Beaulieu y se estrecharon la mano.

Conforme Rollo se alejaba, Pierre se fijó en una mujer, de espaldas a él, que iba en la misma dirección. Le sonaba, pero la mujer dobló en la esquina y la perdió de vista antes de que consiguiera recordar de dónde.

De todos modos, vestía sin ostentación, así que no podía tratarse de nadie importante. Regresó dentro y la olvidó.

Encontró a Alain en la cocina.

—Alain, tengo algo que decirte —anunció utilizando un tono de voz más amable de lo habitual—: ha habido un accidente. Un caballo ha coceado a tu madre y me temo que ha muerto.

Alain se lo quedó mirando con ojos desorbitados un largo rato hasta que arrugó el rostro con expresión angustiada y se echó a llorar.

—¡Mami! —gritó—. ¡Mami, mami!

—No vas a conseguir nada llamándola —dijo Pierre, recuperando el tono de voz irritado con el que solía dirigirse al niño—. No puede oírte, está muerta. Se ha ido, no volveremos a verla.

Alain chilló desesperado. Había conseguido engañarlo tan bien que Pierre casi se arrepintió de haberlo hecho.

Un minuto después, Odette entró corriendo con la cesta del pescado.

—¡¿Qué ocurre, qué pasa, Alain?! —preguntó alarmada.

El niño abrió los ojos, vio a su madre y la rodeó con los brazos.

—Ha dicho que te habías muerto —contestó el niño entre sollozos.

—Monstruo cruel —le espetó Odette a Pierre—. ¿Cómo se te ocurre hacer algo así?

—El crío tenía que aprender una lección —contestó Pierre con aire ufano—. Me mintió y le he pagado con la misma moneda. Ya verás como la próxima vez se lo pensará dos veces antes de hacerlo.

III

El Louvre era una fortaleza medieval de planta cuadrada con torres angulares de tejados cónicos. Walsingham y Ned cruzaron el puente levadizo que salvaba el foso y entraron en el patio. Ned estaba con los cinco sentidos alerta, nervioso, entusiasmado. Allí se concentraba el poder. En aquel edificio se encontraban los hombres que dirigían ejércitos e iniciaban guerras, hombres que podían encumbrar a sus amigos hasta lo más alto y destruir a sus enemigos, hombres que decidían quién debía vivir y quién debía morir. Y Ned iba a hablar con ellos.

El difunto rey Enrique II había hecho derribar el muro occidental y en su lugar había ordenado construir un palacio de estilo italiano, con pilastras acanaladas, altísimos ventanales y un sinfín de esculturas. Ned reconoció que no había nada parecido en Londres. Más recientemente, el hijo de Enrique, Carlos IX, había ampliado el nuevo edificio, que tenía forma de ele.

Como siempre, la corte se reunía en una serie de espacios intercomunicados que establecían una jerarquía. Los mozos de cuadra, las criadas y la guardia personal permanecían en el patio, no importaba el tiempo que hiciese. Ned y Walsingham cruzaron la puerta principal y entraron en el salón de baile, que ocupaba toda la planta baja del ala oeste y donde se reunían los acompañantes de mayor rango, como las damas de honor. De camino a la siguiente sala, Ned se percató, sorprendido, de que lo seguía con la mirada una mujer imponente con una extraña expresión en la que se mezclaban el asombro, la ilusión y el desconcierto.

La estudió con atención. Tendría más o menos su misma edad;

una clásica belleza mediterránea de melena morena, cejas claramente perfiladas y labios sensuales. Aunque otras mujeres vestían con mayor suntuosidad que ella, el atuendo rojo y negro que lucía la convertía, sin lugar a dudas, en la más llamativa de todas. En cualquier caso, tenía algo que le hizo pensar que no se trataba de una simple dama de honor.

—No, definitivamente no sois Barney —dijo la mujer con acento extranjero. No era ni francesa ni inglesa.

A pesar de tratarse de un comentario confuso, Ned supo a qué se refería.

—Mi hermano se llama Barney, pero es más alto que yo, y más apuesto.

—Entonces, ¡vos sois Ned!

Decidió que debía de ser española.

—El mismo, señorita —contestó él, haciendo una reverencia.

—Barney solía hablar de vos. Le tenía mucho apego a su hermano pequeño.

Walsingham los interrumpió, impaciente.

—Yo sigo adelante. No tardes.

—Me llamo Jerónima Ruiz —se presentó la mujer, dirigiéndose a Ned.

El nombre le sonaba de algo.

—¿Conocisteis a Barney en Sevilla?

—¿Conocerlo? Me habría casado con él, pero el destino no lo quiso.

—¿Y cómo habéis acabado en París?

—Soy la sobrina del cardenal Romero, enviado en misión diplomática por el rey Felipe de España.

Ned habría oído hablar de aquella misión si se hubiera tratado de un asunto oficial, por lo que supuso que el cometido tendría carácter informal.

—Imagino que al rey Felipe no le hace gracia que la princesa Margarita se case con un hugonote —comentó buscando información. En el tablero de ajedrez de la diplomacia internacional, el rey de España apoyaba a los católicos en Francia del mismo modo que la reina de Inglaterra ayudaba a los protestantes.

—Solo soy una mujer, no presto atención a esos asuntos.

—Habéis respondido como una consumada diplomática —observó Ned, con una sonrisa.

—Mi única función consiste en atender a los invitados a la mesa de mi tío —contestó Jerónima, decidida a seguir representando su papel—. El cardenal no tiene esposa, obviamente. —Lo miró de manera provocativa—. A diferencia de vuestros sacerdotes ingleses, a los que se les permite todo.

Ned la encontró muy atractiva.

—¿Por qué no os casasteis con mi hermano?

De pronto se puso muy seria.

—Mi padre murió durante una «audiencia» con la Inquisición. Mi familia lo perdió todo y Romero, que por entonces era arcediano, me invitó a formar parte de su servicio. Me salvó..., aunque, por descontado, tuve que desechar la idea de casarme.

Ned comprendió lo que quería decir. No era la sobrina de Romero, era su amante. El sacerdote se había aprovechado de ella cuando el mundo de la joven se vino abajo. La miró a los ojos y vio dolor en ellos.

—Habéis recibido un trato cruel —comentó.

—Nadie decidió por mí.

Ned se preguntó si sus experiencias la habrían puesto en contra de la Iglesia católica y si, en ese caso, estaría dispuesta a vengarse ayudando a la causa protestante. Sin embargo, decidió que no era el momento de planteárselo de manera tan abierta.

—Me gustaría volver a hablar con vos —dijo.

Jerónima lo miró como si lo estudiara con atención y Ned tuvo la sensación desconcertante de que adivinaba lo que pasaba por su mente.

—De acuerdo —contestó.

Ned se despidió con una reverencia. Pasó bajo la tribuna de los músicos, apoyada en cuatro cariátides, y subió las escaleras. «Qué mujer tan bella —pensó Ned, aunque se acercaba más al tipo de su hermano que al suyo—. ¿Cuál es mi tipo?», se preguntó. Alguien como Margery, claro.

Atravesó la sala de la guardia suiza, destinada a la protección personal del rey, y a continuación entró en el guardarropa, una estancia amplia y luminosa donde esperaba la gente con posibilidades de que se le concediera una audiencia real, nobleza de poca importancia y peticionarios.

—Te has tomado tu tiempo con esa buscona española —comentó Walsingham, malhumorado.

—Pero ha valido la pena —contestó Ned.

—¿De verdad? —Walsingham no parecía demasiado convencido.

—Es la amante del cardenal Romero. Creo que podría servirnos de informante.

—¡Bien! —exclamó Walsingham, cambiando de tono—. Me gustaría saber qué se trae entre manos ese zalamero sacerdote español.

Su mirada tropezó con el marqués de Lagny, un hombre orondo y afable que se cubría la calva con un bonete bordado con gemas. Lagny era protestante e íntimo de Gaspard de Coligny. Gracias a los últimos acuerdos, se toleraba la presencia de los aristócratas hugonotes en la corte, al menos hasta que hiciesen algo que supusiera un desafío manifiesto contra el rey.

—Acompáñame —le dijo Walsingham a Ned, y cruzaron la sala.

Walsingham saludó al marqués en un francés fluido y correcto. Había vivido en el exilio durante la mayor parte del reinado de la hermana mayor católica de Isabel, la reina María Tudor, «María la Sanguinaria», y hablaba varios idiomas.

Le preguntó a Lagny sobre el tema que en esos momentos corría en boca de todos, los Países Bajos españoles. El eficaz e implacable general del rey Felipe, el duque de Alba, estaba aplastando sin piedad la rebelión de los holandeses protestantes, que esperaban la ayuda de Adrien de Hangest, señor de Genlis, al mando de un ejército francés.

—Coligny ha ordenado a Hangest que una fuerzas con Guillermo de Orange —le informó Lagny. El príncipe de Orange era el caudillo de los holandeses—. Orange ha solicitado a la reina Isabel un préstamo de treinta mil libras —prosiguió el marqués—. ¿Creéis que se lo concederá, sir Francis?

—Tal vez —contestó Walsingham.

Ned lo consideraba muy poco probable. Dudaba que a Isabel le sobrasen treinta mil libras y, si así fuera, seguramente se le ocurrirían otros usos para ese dinero.

Una mujer de mediana edad y vestida con ostentación apartó a Ned de la conversación dirigiéndose a él en inglés.

—¡Sir Ned! —lo saludó—. Qué bonito jubón.

Ned la saludó con una reverencia. Marianne, condesa de Beaulieu, era una inglesa católica casada con un noble francés. La acompañaba su hija, una jovencita rolliza de dieciocho años y carácter alegre a la que habían llamado Aphrodite, un capricho que atendía a los gustos de su padre, experto en griego. La condesa tenía debilidad por Ned y lo animaba a hablar con Aphrodite. Jamás permitiría que su hija se casase con un protestante, pero parecía convencida de que el diplomático inglés bien podía convertirse al catolicismo. A Ned le gustaba bastante Aphrodite, aunque se trataba de un afecto carente de ningún afán romántico. Era una joven risueña y despreocupada, sin intereses duraderos, y no tardaba en aburrirlo. Aun así, Ned flirteó con ambas, madre e hija, porque deseaba tener acceso a la mansión de los Beaulieu, en la rue Saint-Denis, refugio para los ingleses católicos exiliados y el lugar idóneo donde urdir la siguiente conjura contra la reina Isabel. Sin embargo, hasta el momento no había sido invitado.

Charló con las Beaulieu acerca del secreto peor guardado de París: el idilio de la princesa Margarita y el duque Enrique de Guisa.

—El duque Enrique no es el primer hombre que le hace la corte a la princesa —comentó la condesa con aire enigmático.

A la joven Aphrodite le turbó y asombró la insinuación de que una princesa pudiese ser promiscua.

—¡Madre! —exclamó—. No deberíais repetir esas calumnias. ¡Margarita está prometida a Enrique de Borbón!

—Tal vez se ha confundido de Enrique —murmuró Ned.

La condesa ahogó una risita.

—Hay demasiados Enriques en este país.

Ned ni siquiera mencionó el rumor aún más escandaloso de que Margarita estaba manteniendo al mismo tiempo una relación incestuosa con su hermano, Hércules Francisco, de diecisiete años.

Bernard Housse, un joven y prometedor cortesano que había sabido ganarse el favor del rey, atrajo de pronto la atención de ambas mujeres. Aphrodite lo saludó con una sonrisa complacida y Ned pensó al instante que hacían buena pareja.

Dejó a las Beaulieu con el recién llegado y tropezó con la mirada de la marquesa de Nimes, una aristócrata protestante. Más o menos de su misma edad, y voluptuosa, Louise de Nimes era la segunda esposa del marqués, mucho mayor que ella. Su padre, como el de Ned, había sido un rico comerciante.

La mujer no tardó ni un instante en ponerlo al tanto del último cotilleo:

—¡El rey se ha enterado de lo de Margarita y Enrique de Guisa!

—¿De verdad? ¿Y qué ha hecho?

—¡La sacó a rastras de la cama y la hizo azotar!

—Por Dios. Tiene dieciocho años, ¿no? Es un poco mayor para unos azotes.

—Un rey puede hacer lo que le plazca.

La expresión de la mujer mudó por completo al mirar detrás de Ned. Su sonrisa se desvaneció como si acabase de ver una rata muerta. El cambio fue tan sorprendente que Ned se volvió para averiguar la causa y se encontró con Pierre Aumande.

—Creo que no os gusta monsieur Aumande de Guisa —aventuró.

—Es un mal bicho. Y tiene de Guisa lo que yo. Somos del mismo sitio, lo conozco muy bien.

—¿Ah, sí? Contadme.

—Su padre era hijo ilegítimo de uno de los De Guisa, de ahí que la familia enviara al bastardo a la escuela y luego lo hiciera párroco de Thonnance-lès-Joinville.

—Si el hombre es sacerdote, ¿cómo puede ser su padre?

—La madre es el ama de llaves del sacerdote.

—Así que Pierre es hijo ilegítimo de un hijo ilegítimo de un De Guisa.

—Y, para colmo, obligaron a Pierre a casarse con una criada que otro De Guisa desbraguetado había dejado preñada.

—Fascinante. —Ned se volvió de nuevo y observó a Pierre un instante. Vestía un suntuoso jubón de color lavanda con calados que dejaban ver el morado del forro—. No parece que eso haya sido ningún obstáculo.

—Es un ser despreciable. Un día se mostró grosero conmigo, le llamé la atención y desde entonces me odia.

Pierre hablaba con un hombre de aspecto tosco que no parecía vestir a la altura de las circunstancias.

—Siempre me ha parecido un poco siniestro.

—¡Un poco...!

Walsingham le indicó que se acercara y Ned se despidió de Louise y se reunió con él de camino hacia la puerta que conducía a la última y la más importante de las salas, la cámara privada del rey.

IV

Pierre vio que Walsingham entraba en los aposentos reales seguido de su secuaz, Ned Willard, y fue tal la repugnancia que sintió que se le revolvió el estómago: aquellas dos personas eran el enemigo de todo el poder y la riqueza que representaba la familia de Guisa. No pertenecían a la nobleza, procedían de un país pobre y atrasado y, además, eran herejes. Aun así, los temía y los detestaba.

Lo acompañaba el cabecilla de sus espías, Georges Biron, señor de Montagny, un pequeño pueblo de Poitiers. Se trataba de un par de poca importancia, sin apenas rentas, cuyo único valor residía en su capacidad para moverse con facilidad entre la nobleza. Bajo la tutela de Pierre, se había convertido en un hombre astuto y despiadado.

—Llevo un mes vigilando a Walsingham, pero no está metido en nada que podamos usar en su contra. No tiene amantes, ni hombres ni mujeres; no juega; no bebe, y no ha intentado sobornar a los criados del rey. En realidad, ni a ellos ni a nadie. O es inocente o muy discreto.

—Yo diría que discreto.

Biron se encogió de hombros.

El instinto de Pierre le decía que los dos ingleses protestantes se traían algo entre manos y tomó una decisión.

—Olvida a Walsingham y sigue al adjunto.

—Willard. —Un apellido difícil de pronunciar para un francés.

—El mismo procedimiento, las veinticuatro horas. Averigua cuáles son sus puntos débiles.

—Muy bien, señor.

Pierre se despidió y siguió a Walsingham hasta la sala de audiencias. Se sentía orgulloso de encontrarse entre los privilegiados, aunque también recordó con amarga añoranza los tiempos en que los hermanos De Guisa y él vivían en el palacio con la familia real.

«Volveremos», se juró.

Atravesó la estancia y saludó a Enrique, el joven duque de Guisa, con una reverencia. Enrique tenía doce años cuando Pierre le comunicó la noticia del asesinato de su padre y señaló a Gaspard de Coligny como responsable de la muerte. Habían pasado nueve años, pero el joven no había olvidado su promesa de venganza. Pierre se había asegurado de ello.

El duque Enrique se parecía mucho a su difunto padre: alto, rubio, apuesto y tenaz. Con quince años, había partido hacia Hungría para luchar contra los turcos. Solo le faltaba la desfiguración que le había dado al duque Francisco el apodo del Acuchillado. Desde pequeño le habían inculcado que su destino consistía en defender a la Iglesia católica y a la familia de Guisa, y jamás lo había cuestionado.

El idilio con la princesa Margarita constituía una prueba irrefutable de sus arrestos, había comentado alguien ocurrente de la corte, teniendo en cuenta lo problemática que era la princesa. Pierre imaginó que debían de tener una relación tempestuosa.

En ese momento se abrió una puerta y todo el mundo guardó silencio al tiempo que una trompeta anunciaba la entrada del rey Carlos.

El monarca tenía diez años cuando subió al trono, por lo que durante mucho tiempo la toma de decisiones quedó en manos de otras personas, principalmente en las de su madre, la reina Catalina. En esos momentos, con veintiuno, era quien daba las órdenes, pero no gozaba de buena salud —se decía que tenía problemas respiratorios— y continuaba siendo muy manipulable, tanto por Catalina como por otros, aunque no por la familia de Guisa, por desgracia.

El rey despachó las cortesías y los asuntos de rigor entre algún que otro acceso de tos ronca y poco saludable, sentado en un sillón tallado y pintado mientras el resto de los presentes permanecían de pie. Pierre intuyó que el monarca tenía que hacer un anuncio y este no tardó en producirse.

—El matrimonio entre nuestra hermana Margarita y Enrique de Borbón, el rey de Navarra, se concertó en agosto del pasado año —dijo.

Pierre vio que Enrique de Guisa se ponía tenso y supo que no se debía únicamente a que se tratara del amante de Margarita. Los Borbones eran enemigos acérrimos de los De Guisa. Las dos familias habían luchado por el favor de la Corona francesa desde antes de que hubiese nacido cualquiera de los dos Enriques.

—El matrimonio reforzará la reconciliación religiosa de nuestro reino —prosiguió el rey Carlos.

Justo lo que temían los De Guisa. Pierre supuso que el talante conciliador de la reina Catalina se encontraba detrás de las palabras del rey.

—Por lo tanto, he decidido que el enlace tenga lugar el próximo 18 de agosto.

Un rumor recorrió la sala al conocerse la gran noticia. Muchos esperaban o temían que la boda no llegara a celebrarse. Sin embargo, acababa de fijarse una fecha, lo que suponía un triunfo de los Borbones y un revés para los De Guisa.

Enrique estaba furioso.

—Un Borbón blasfemo en la familia real francesa... —masculló indignado.

Pierre se sentía consternado. Una amenaza para la familia de Guisa era una amenaza para él; corría el riesgo de perder todo lo que había conseguido hasta el momento.

—El matrimonio de vuestra prima escocesa, María Estuardo, con Francisco nos convirtió en la familia más poderosa de Francia —comentó con el duque, apesadumbrado.

—Ahora serán los Borbones quienes tengan el poder.

La predicción política de Enrique era acertada, aunque su rabia la alimentaban los celos de carácter sexual. Seguramente Margarita era una amante fogosa, algo que se adivinaba en su mirada, y ahora se la habían arrebatado. ¡Y, además, un Borbón!

Pierre, más tranquilo y capaz de pensar con mayor claridad, creyó dar con algo que al joven Enrique no se le había ocurrido.

—El matrimonio podría no llegar a celebrarse —insinuó.

Enrique tenía la misma impaciencia castrense de su padre con los dobles sentidos.

—¿A qué demonios te refieres?

—El enlace supondrá el mayor hito en la historia del protestantismo francés. Representará el triunfo de los hugonotes.

—¿Y cómo va a ser eso una buena noticia?

—Acudirá gente de todo el país, tanto invitados al enlace como muchos otros que solo vendrán para ver el recorrido nupcial y celebrarlo con los suyos.

—Será un espectáculo lamentable. Ya los veo pavoneándose por las calles, alardeando de sus vestimentas negras.

Pierre bajó la voz:

—Y ahí empezarán los problemas.

Por su expresión, vio que Enrique comenzaba a entender a qué se refería.

—Crees que podría haber altercados entre los protestantes eufóricos que vengan de fuera y los parisinos católicos resentidos.

—Sí —afirmó Pierre—, y esa será nuestra oportunidad.

V

De camino al almacén, Sylvie se detuvo en la taberna de Saint-Étienne y pidió una escudilla de anguila ahumada para comer y una jarra de cerveza suave. A continuación, le dio una propina al chico de los recados para que se acercara hasta la casa de Pierre Aumande, a la vuelta de la esquina, y entregara la jarra en la puerta del servicio. Era la señal que había convenido con Nath, la criada de Pierre, para que, si podía, fuera a la taberna. Minutos después, la mujer se presentó en el local.

A sus veinticinco años, Nath seguía siendo el mismo saco de huesos que siempre, aunque ahora veía el mundo a través de unos ojos en los que ya no se reflejaba el miedo. Asistía a todos los servicios protestantes que se oficiaban en el desván del establo, y contar con un grupo de amigos le había proporcionado cierta seguridad en sí misma, a la que también había contribuido la amistad con Sylvie.

Sylvie fue derecha al grano.

—Esta mañana he visto a Pierre con un sacerdote que no conozco —dijo—. Coincidió que pasaba por delante de la puerta cuando salían.

El hombre tenía algo que había llamado poderosamente su atención. A pesar de sus rasgos anodinos —cabello oscuro con entradas y una barba cobriza—, la intensidad de su expresión le hizo pensar que se trataba de un fanático peligroso.

—Sí, iba a hablarte de él —aseguró Nath—. Es inglés.

—¡Ah! Interesante. ¿Sabes cómo se llama?

—Jean Langlais.

—Suena a nombre falso.

—Es la primera vez que viene a casa, pero a Pierre no le ha extrañado, así que debían de conocerse de antes.

—¿Oíste de lo que hablaban?

Nath negó con la cabeza.

—Pierre cerró la puerta.

—Lástima.

—¿Pierre te vio cuando pasaste por delante de casa? —preguntó nerviosa.

Sylvie pensó que tenía razón en preocuparse. No les convenía que Pierre sospechase cuán de cerca lo vigilaban los protestantes.

—Yo diría que no. Desde luego, no cruzamos la mirada, pero no sé si me reconocería de espaldas.

—Es imposible que te haya olvidado.

—Lo dudo. Estuvimos casados. —Sylvie torció el gesto ante el desagradable recuerdo.

—Aunque también es cierto que nunca te ha mencionado.

—Me considera una persona insignificante, y eso juega a mi favor.

Sylvie acabó de comer y salieron de la taberna por separado. Se dirigió hacia el norte, a la rue du Mur, pensando que a Ned Willard le interesaría oír lo de la visita del sacerdote inglés.

Ned le había causado buena impresión. Muchos hombres consideraban que una mujer que quería venderles algo era un objetivo legítimo de sus bromas sexuales, o peor, que estaba dispuesta a chupársela solo para que le compraran un bote de tinta. Sin embargo, Ned le había hablado con respeto y había mostrado un interés sincero. Era un hombre de cierto poder y relevancia, pero no se había comportado de manera arrogante; de hecho, la modestia formaba parte de su encanto. Aun así, Sylvie sospechaba que no se trataba de un mojigato. Había visto asomar una espada y un largo puñal español por un lado de la capa y ninguno de los dos parecían decorativos.

La rue du Mur estaba desierta cuando sacó la llave que había escondida detrás del ladrillo suelto y se coló en la vieja cuadra sin ventanas que durante tantos años había servido de escondite para los libros prohibidos.

Volvía a quedarse sin existencias, por lo que tendría que realizar un nuevo encargo a Guillaume, en Ginebra.

Un banquero protestante de Ruán, que tenía un primo en Ginebra, se encargaba de la correspondencia con Guillaume. El banquero recibía el dinero de Sylvie y su primo le pagaba al ginebrino. Aun así, ella tenía que remontar el Sena hasta Ruán para recoger el cargamento personalmente, pero resultaba mucho más sencillo que ir hasta Ginebra. Luego regresaba a París por el río y, con la ayuda de Luc Mauriac, el consignatario, pagaba los sobornos necesarios para asegurarse de que las aduanas no inspeccionaran los cajones de «artículos de escritorio». Era arriesgado, como toda actividad ilegal, pero hasta el momento se las había arreglado.

Metió dos biblias en la cartera y se dirigió a la tienda de la rue de la Serpente, un estrecho callejón del barrio universitario. Cuando llegó, entró por la puerta de atrás.

—¡Soy yo! —anunció para que la oyera su madre.

—¡Estoy con un cliente!

Sylvie cogió el papel y la tinta que Ned había encargado y apiló los paquetes en una carretilla. Pensó en contarle a su madre lo del gran pedido que le había hecho aquel inglés tan encantador, pero se dio cuenta de que no le apetecía y se dijo que era un poco tonta por sentirse tan atraída por él después de un encuentro tan breve. Isabelle era una persona de carácter fuerte y firmes convicciones, por lo que Sylvie siempre debía estar dispuesta a darle la razón o a rebatírsela con argumentos de peso. No tenían secretos la una con la otra. Por la noche se contarían lo que había ocurrido durante el día, pero para entonces Sylvie habría vuelto a ver a Ned y, tal vez, ya habría cambiado de opinión sobre él.

—¡Tengo que hacer una entrega! —gritó para que estuviera al tanto y salió de la tienda.

Empujó la carretilla por la rue de la Serpente, pasó junto a la magnífica iglesia de Saint-Séverin, cruzó la amplia rue Saint-Jacques, dejó atrás la blanca y pequeña iglesia de Saint-Julien-le-Pauvre, atravesó el concurrido mercado de la place Maubert, con sus horcas, y llegó a la embajada inglesa. Hacer avanzar la carretilla por las calles adoquinadas no era tarea sencilla, pero estaba acostumbrada y apenas tardó unos minutos en cubrir la distancia.

Cuando llamó a la puerta, Ned todavía no había regresado del Louvre, así que aprovechó para descargar los artículos de escritorio y subirlos a la estancia del embajador adjunto con la ayuda de un criado.

Luego se sentó a esperar en el banco de la entrada, con la cartera a los pies. A veces se enrollaba en la muñeca el tirante de la cartera para que no pudieran robársela —los libros eran caros y París estaba lleno de ladrones—; sin embargo, creía que allí no corría peligro.

Pocos minutos después entró Walsingham. El rostro serio del embajador reflejaba una gran inteligencia y Sylvie decidió que se trataba de una persona a la que tener en cuenta. Vestía de negro, con un cuello blanco de lino liso, no de encaje, y llevaba una gorra sencilla sin plumas ni ningún otro adorno. Obviamente deseaba que se supiera que era puritano con solo mirarlo.

Ned entró detrás de él, con su jubón azul, y sonrió al verla.

—Esta es la mujer de la que os hablé —le comentó a Walsingham en francés, por deferencia a Sylvie—. Mademoiselle Thérèse Saint-Quentin.

Walsingham le estrechó la mano.

—Sin duda eres muy valiente —admitió—. Sigue así.

El hombre desapareció en la sala contigua y Ned acompañó a Sylvie arriba, a la habitación que parecía utilizar tanto de oficina como de vestidor. Los artículos de escritorio estaban en la mesa.

—El rey ha anunciado una fecha para la boda —dijo Ned.

Sylvie no tuvo que preguntar a qué boda se refería.

—¡Qué buena noticia! Tal vez este sea el tratado de paz definitivo.

Ned levantó una mano en un gesto que recomendaba precaución.

—Todavía no se ha celebrado, pero se ha fijado para el 18 de agosto.

—Tengo que decírselo a mi madre.

—Siéntate, por favor.

Sylvie tomó asiento.

—Dispongo de información que podría interesaros —se decidió al fin—. ¿Conocéis a un hombre llamado Pierre Aumande de Guisa?

—Desde luego —contestó Ned—. ¿Por qué?

—Esta mañana lo ha visitado un sacerdote católico inglés que responde al nombre de Jean Langlais.

—Gracias, tienes razón, me interesa, y mucho —afirmó Ned.

—Pasaba por delante de la casa cuando vi salir al sacerdote.

—¿Qué aspecto tiene?

—Llevaba una sotana y una cruz de madera, y era un poco más alto que la media, pero por lo demás no tenía nada de particular. Solo lo vi de refilón.

—¿Lo reconocerías si volvieras a verlo?

—Creo que sí.

—Gracias por contármelo. Estás muy bien informada. ¿De qué conoces a Pierre Aumande?

La respuesta a esa pregunta implicaba entrar en un terreno demasiado personal y doloroso, y no conocía a Ned lo suficiente para sincerarse de esa manera.

—Es una larga historia —contestó—. ¿Vuestra esposa os acompaña en París? —dijo, intentando cambiar de tema.

—No estoy casado.

Sylvie puso cara de sorpresa.

—En Kingsbridge, de donde procedo, había una mujer con la que quería casarme.

—¿Es la joven del retrato?

Ned la miró desconcertado, como si no se le hubiese ocurrido que Sylvie pudiera ver el pequeño retrato que había junto al espejo y extraer la conclusión obvia.

—Sí, pero se casó con otro.

—Qué lástima.

—Ya hace mucho tiempo de eso.

—¿Cuánto?

—Catorce años.

Sylvie se mordió la lengua antes de que se le escapara un «¿Y aún conservas el retrato?» y abrió la cartera.

Sacó los dos libros.

—La Biblia sencilla es de primerísima calidad —empezó—. Una buena traducción, la impresión es clara y resulta perfecta para una familia a la que no le sobra el dinero. —Abrió la edición de lujo, la que pretendía venderle en realidad—. Esta edición es magnífica y aparenta justo lo que es: una obra que contiene la palabra de Dios.

Le gustaba Ned, pero también necesitaba ganarse el sueldo y, según su experiencia, lo más efectivo era convencer a un hombre de que un libro caro le haría ganar distinción ante los demás.

A pesar de su modestia, Ned se dejó embaucar por la labia de Sylvie y compró la Biblia cara.

La mujer hizo la cuenta y Ned la acompañó hasta la puerta después de pagarle.

—¿Dónde tienes la tienda? —preguntó—. Puede que me pase algún día.

—En la rue de la Serpente. Me encantaría volver a veros. —Lo decía en serio—. Adiós.

Empujó la carretilla vacía de vuelta a casa con el corazón alegre. ¡Una princesa católica iba a desposarse con un rey protestante nada más y nada menos que en París! Tal vez los tiempos de las persecuciones habían acabado de verdad.

Además, había encontrado un nuevo cliente y había hecho una buena venta. Las libras de Ned tintineaban en el bolsillo.

El inglés era muy agradable y se preguntó si de verdad iría a la tienda. ¿Hasta qué punto seguía amando a esa joven cuyo retrato había conservado tanto tiempo?

Tenía ganas de contarle a su madre lo del enlace real, pero no sabía qué decirle sobre Ned. Estaban muy unidas, sin duda por todo lo que habían pasado juntas, y rara vez se sentía tentada de ocultarle nada a Isabelle. Sin embargo, el verdadero problema era que ni ella misma sabía realmente lo que sentía.

Dejó la carretilla en el cobertizo que había detrás de la casa y entró.

—¡Ya estoy aquí! —anunció.

Un cliente se marchaba en ese mismo momento.

Su madre se volvió y la miró.

—Dios mío, sí que vienes contenta —observó—. ¿Es que te has enamorado?

18

I

Barney Willard fondeó el *Alice* en la bahía de la ciudad sin nombre de la costa norte de La Española. Había ido a ver a Bella.

No amarró el barco en el muelle, pues eso le pondría muy fácil a cualquier fuerza hostil abordarlos desde tierra. Alineó los cañones de proa apuntando directamente al palacio de piedra coralina que seguía siendo el mayor edificio de la localidad, y así los cañones de babor quedaron en dirección a mar abierto, lo cual resultaría muy útil en caso de que se acercara cualquier embarcación.

Barney tomó precauciones, aunque en realidad no esperaba encontrar allí ningún problema.

El *Alice* era un barco mercante de tres mástiles, con ciento sesenta toneladas y veintisiete metros de eslora. Barney había modernizado su diseño y había mandado reducir la altura de los castillos de proa y de popa. También le había añadido dieciséis cañones de peso medio, llamados culebrinas, que disparaban proyectiles de a dieciocho libras. Había insistido en que fuesen de cuatro metros y medio de largo; puesto que el barco solo tenía nueve metros de manga en su punto más ancho, había que ir alternando los cañones por toda la cubierta de artillería de tal modo que no chocaran unos contra otros durante el retroceso. Sin embargo, los cañones largos disparaban más lejos y con una precisión mayor, y Barney sabía por experiencia que la única forma de derrotar a un imponente galeón español era dejarlo inutilizado antes de que se acercara demasiado.

El *Alice* solo contaba con veinte tripulantes. La mayoría de los barcos de su tamaño llevaban cuarenta marineros o más. La embarcación no necesitaba tantos, pero los capitanes solían ser generosos al contratar para compensar las muertes en travesía, no solo las causadas por las batallas, sino también por las fiebres que brotaban con frecuencia. Barney lo veía de otro modo. Pensaba que había más probabilidades de que los hombres contrajeran infecciones en un barco demasiado abarrotado, y se sentía satisfecho de haber demostrado que era mejor empezar con menos hombres y en mejores condiciones higiénicas. También llevaba a bordo ganado vivo y barriles de manzanas y peras para que la tripulación tuviera comida fresca, un principio que había copiado de sir John Hawkins, el pirata. Cuando, a pesar de sus precauciones, perdía a algún hombre, lo reemplazaba con un nuevo recluta de los que siempre estaban disponibles en las ciudades portuarias, y así era como el *Alice* había acabado con tres marineros africanos de piel oscura, embarcados en Agadir.

Hacia el final de la tarde, envió a tierra una partida de hombres en un bote. Compraron pollos y piñas, y también fregaron a cepillo los barriles de agua del barco antes de llenarlos en el cristalino riachuelo que cruzaba la ciudad. Sus hombres le informaron de que los habitantes se habían entusiasmado al saber cuál era el cargamento del *Alice*: tijeras y cuchillos de acero toledano; rollos de fina tela de Holanda; sombreros, zapatos y guantes… Objetos de lujo y básicos que no podían manufacturarse en aquella isla del Caribe.

Barney estuvo profundamente tentado de bajar a tierra enseguida para buscar a Bella. Durante la larga travesía transatlántica, su intensa curiosidad se había convertido en anhelo. Aun así, se obligó a esperar. No sabía con qué podía encontrarse, y sería poco decoroso por su parte irrumpir en lo que tal vez fuera una íntima escena doméstica. Cuando abandonó La Española, ella era joven y guapa; ¿por qué no habría de haberse casado? Por otro lado, Bella tenía un negocio propio y ganaba dinero, así que no necesitaba a un hombre que la mantuviera. Barney abrigaba la esperanza de que no hubiese querido renunciar a su independencia por un marido. Sin duda era una mujer lo bastante batalladora para mostrar esa actitud.

Si se acercaba a ella como un viejo amigo, en cambio, se veía capaz de enfrentarse a cualquier situación. En caso de que Bella tuviese marido, Barney ocultaría su decepción, le daría un apretón de manos y felicitaría al hombre por su buena suerte. Si estaba soltera y sola —¡Dios lo quisiera!—, la estrecharía entre sus brazos.

Por la mañana se puso una casaca verde con botones de oro. Le confería un aire formal y camuflaba en parte la espada que colgaba de su cinto; no llegaba a esconderla del todo, pero sí la hacía menos ostentosa. Una vez listo, Jonathan Greenland y él fueron a visitar al alcalde.

La ciudad había crecido, pero por lo demás no estaba muy cambiada. Mientras cruzaban la plaza central se sintieron observados, igual que había sucedido nueve años atrás, y seguramente por las mismas personas. En esta ocasión Barney les devolvió la mirada en busca de una hermosa muchacha africana de ojos azules, pero no la encontró.

En el fresco palacio les hicieron esperar un rato lo bastante largo para que calara en ellos la impresión de que el personaje a quien deseaban ver era de alto rango.

Después, un joven vestido con sotana de sacerdote los escoltó escaleras arriba. Tal vez fuera el padre Ignacio, o quizá su sustituto; Barney no tenía un recuerdo exacto.

Sin embargo, a quien sí recordaba con viveza era al obeso Alfonso, el padre de Bella, y era evidente que el joven a quien encontraron en el despacho del alcalde no era él.

—Don Alfonso falleció —explicó el hombre que ocupaba su silla—, hace ya cinco años.

Barney no se sorprendió. Los recién llegados al Caribe eran muy vulnerables a extrañas enfermedades tropicales.

—Ahora yo soy el alcalde. —El sustituto de Alfonso era joven, pero también él podía tener una vida corta: su tez teñida de amarillo solía interpretarse como síntoma de ictericia—. Me llamo don Jordi. ¿Quién sois vos?

Barney hizo las presentaciones y después se entregó a esa danza ritual en la que don Jordi fingía no querer un soborno y él fingía no ofrecérselo. Cuando acordaron el precio de la «licencia comercial temporal», el cura sacó una botella y unos vasos.

—¿Es el ron de Bella? —preguntó Barney tras dar un trago.

—No tengo la menor idea —contestó don Jordi—. ¿Quién es Bella?

Aquello era mala señal.

—Solía hacer el mejor ron de por aquí. —Barney ocultó su decepción—. ¿Es posible que se haya trasladado?

—Es muy probable. ¿No es este de vuestro agrado?

—Al contrario. ¡Por la amistad!

En el camino de vuelta, Barney y Jonathan cruzaron la plaza hacia la casa que había sido el hogar y la destilería de Bella. Pasaron por el arco central y entraron en el patio. El negocio había crecido: había allí dos alambiques de los que el licor caía en sendos barriles.

Un hombre con aire autoritario se les acercó. Tenía unos treinta años, la piel oscura de los africanos y el pelo liso, una combinación que parecía señalarlo como hijo de un dueño de plantación y una esclava. Les sonrió con afabilidad.

—Buenos días —saludó—. Supongo que habéis venido a comprar el mejor ron del mundo.

Barney pensó con temor que aquel era justamente el tipo de hombre con quien podría haberse casado Bella.

—Desde luego que sí —repuso—, y tal vez a venderos un par de pistolas españolas.

—Entrad y probad el género —ofreció el mulato—. Soy Pablo Trujillo, el propietario.

Barney no logró controlar su impaciencia.

—¿Qué le ha sucedido a Bella?

—Le compré el negocio hará dos años, pero sigo usando sus recetas. —Los hizo entrar en la casa y se puso a exprimir limas igual que había hecho Bella.

—¿Y dónde está ahora? —quiso saber Barney.

—Vive en una casita de la hacienda de don Alfonso. Él murió y ahora la plantación es de otro, pero Alfonso le dejó una casa.

Barney sintió que Pablo le estaba ocultando algo.

—¿Está casada? —preguntó.

—Me parece que no. —Pablo sacó vasos y una botella.

A Barney le daba apuro preguntar tanto sobre Bella. No quería que la gente lo creyera tan bobo como para haber cruzado el Atlántico por una mujer. Se contuvo y dejó de hacer preguntas mientras probaban el ron y acordaron un precio ridículo por dos barriles.

Sin embargo, cuando estaban a punto de marcharse, se tragó su orgullo y anunció:

—Puede que vaya a visitar a Bella. ¿Hay alguien en la ciudad que pueda llevarme hasta allí?

—Justo en la puerta de al lado. Mauricio Martínez se llega hasta la plantación cada pocos días con una mula cargada de provisiones.

—Gracias.

El edificio colindante era un oloroso almacén con barriles de arroz y legumbres, atados de hierbas, cazuelas para cocinar, clavos y cintas de colores. Mauricio accedió a cerrar la tienda en ese mismo instante y acompañar a Barney a la plantación.

—Tenía que ir de todas formas —dijo—. Harina y aceite de oliva, necesitan. —Hablaba abreviando las frases como para decir lo máximo posible en el tiempo de que disponía.

Barney envió a Jonathan de vuelta para encargarse del *Alice*.

Mauricio ensilló un caballo para el visitante, pero él fue a pie, guiando a la mula de carga. Siguieron una pista de tierra que salía de la ciudad y subía por las colinas. Barney no estaba de humor para conversaciones, pero Mauricio, aunque en su estilo condensado, tenía mucho que decir. Por suerte no parecía importarle que le respondieran o no, o que lo entendieran siquiera. Así, Barney se vio libre para abandonarse a sus recuerdos.

Pronto se encontraron avanzando junto a campos de caña de azúcar cuyos tallos verdes llegaban incluso a la altura de la cabeza de Barney. En sus hileras trabajaban los esclavos africanos, atendiendo la cosecha. Los hombres llevaban pantalones cortos raídos, las mujeres iban con sencillos vestidos sueltos y los niños corrían desnudos. Todos iban tocados con sombreros de paja hechos por ellos mismos. En un campo cavaban agujeros y plantaban nuevas cañas, sudando bajo el sol. Barney vio a otro grupo que manejaba una enorme presa de madera con la que aplastaban las varas hasta que su jugo exprimido se vertía en un depósito que había debajo. Entonces pasaron junto a un edificio de madera en el que se veía llamear un fuego y de donde salían grandes nubes de vapor.

—La casa de calderas —explicó Mauricio.

—Con este clima, me pregunto cómo sobrevive la gente trabajando en un sitio así —comentó Barney.

—Muchos no sobreviven —dijo Mauricio—. Un gran problema, la muerte de esclavos en la casa de calderas. Muy caro.

Por fin apareció ante sus ojos la mansión de la plantación, un edificio de dos plantas construido con la misma piedra coralina de un blanco amarillento que el palacio de la ciudad. A medida que se acercaban, Mauricio señaló una pequeña casa de madera que quedaba a la sombra de un agradable bosquecillo de palmeras.

—Bella —dijo, y siguió camino hacia la casa grande.

A Barney se le cerró la garganta mientras desmontaba y ataba el caballo al tronco de una palmera. Nueve años, pensó. En nueve años podía haber pasado cualquier cosa.

Se acercó a la casa. La puerta estaba abierta, así que entró.

En un rincón vio a una anciana tumbada en un estrecho camastro. No había nadie más en la habitación.

—¿Dónde está Bella? —preguntó Barney en español.

La mujer se lo quedó mirando largo rato.

—Sabía que volverías —dijo entonces.

Esa voz le dejó de piedra. Miró a la anciana con incredulidad.

—¿Bella? —dijo.

—Me estoy muriendo —repuso ella.

Barney cruzó en dos pasos la pequeña habitación y se arrodilló junto a la cama.

Sí que era ella. Se le había caído tanto pelo que casi estaba calva, su piel dorada se había vuelto del color del pergamino viejo, y su cuerpo, una vez tan lozano, estaba consumido; pero Barney reconoció sus ojos azules.

—¿Qué te ha pasado? —preguntó.

—El dengue.

Barney nunca había oído hablar de esa enfermedad, pero eso ya nada importaba; cualquiera podía ver que le faltaba poco para morir.

Se inclinó para darle un beso y ella apartó la cabeza.

—Estoy horrible —se lamentó.

Él le besó la mejilla.

—Mi Bella querida… —dijo. Estaba tan abrumado por la pena que apenas podía hablar y luchaba por contener unas lágrimas muy poco viriles. Al final logró decir—: ¿Hay algo que pueda hacer por ti?

—Sí —contestó ella—. Necesito un favor.

—Lo que sea.

Antes de que Bella pudiera decir nada, Barney oyó la voz de un niño tras él.

—¿Tú quién eres?

Se volvió y vio que en la puerta había un chiquillo. Tenía la piel dorada, su africano pelo rizado era de un castaño rojizo y tenía los ojos verdes.

Barney miró a Bella.

—Tiene unos ocho años… —dijo.

Ella asintió.

—Se llama Barnardo Alfonso Willard. Cuida de él.

Barney se sintió como si acabara de arrollarlo un caballo a la carrera. Apenas conseguía tomar aliento. Había recibido dos fuertes golpes: Bella estaba en su lecho de muerte y él tenía un hijo. Su vida había quedado trastocada en cuestión de segundos.

—Alfo, este es tu padre —dijo Bella—. Ya te he hablado de él.

Alfo miró a Barney; su rostro era una máscara de rabia infantil.

—¿Por qué has venido? —le espetó—. Mi madre te estaba esperando… ¡y ahora se morirá!

—Alfo, calla —ordenó Bella.

—¡Vete! —gritó el niño—. ¡Vuelve a Inglaterra! ¡Aquí no te queremos!

—¡Alfo! —insistió su madre.

—No pasa nada, Bella —dijo Barney—. Deja que grite. —Miró al chico—. Mi madre también murió, Alfo. Te comprendo.

La rabia del niño se convirtió en dolor. Rompió a llorar y se lanzó a la cama, junto a su madre.

Bella le echó un brazo esquelético sobre los hombros y él enterró el rostro en su costado sin dejar de sollozar.

Barney le acarició el pelo. Era suave y mullido. «Mi hijo —pensó—, mi pobre hijo…»

El tiempo pasó sin que nadie hablara. Al cabo, Alfo dejó de llorar y miró a Barney chupándose el pulgar.

Bella cerró los ojos. «Así está bien —pensó Barney—. Descansa.»

«Que duermas bien, amor mío.»

19

I

Sylvie tenía mucho trabajo, y eso resultaba peligroso.

París estaba repleta de hugonotes que se encontraban en la ciudad con motivo del enlace real y compraban grandes cantidades de papel y tinta en la tienda de la rue de la Serpente. También llegaban hasta allí en busca de libros prohibidos; no solo la Biblia en francés, sino las incendiarias obras de Juan Calvino y Martín Lutero, en las que se atacaba a la Iglesia católica. Sylvie pasaba el día yendo de aquí para allá: acudía varias veces al día al almacén de la rue du Mur y dedicaba la jornada a entregar los libros de contrabando en hogares y otros alojamientos protestantes de toda la ciudad.

Además, todo debía hacerse con la máxima discreción. Ella ya estaba acostumbrada a eso, aunque no a tanta actividad. En lugar de correr el riesgo de que la detuvieran tres veces a la semana, lo corría tres veces al día. La tensión constante resultaba agotadora.

Para ella, pasar un tiempo con Ned era un oasis de tranquilidad y seguridad en el que descansar. Él demostraba preocupación, pero no angustia. Jamás se dejaba llevar por el pánico. Opinaba que Sylvie era valiente; de hecho, afirmaba que era una heroína. A ella le encantaba ser objeto de admiración para Ned, aunque en el fondo supiera que estaba muerta de miedo.

Cuando el diplomático las visitó por tercera vez en la tienda, la madre de Sylvie le reveló sus auténticos nombres y lo invitó a comer ese mismo día.

Isabelle no había consultado a su hija sobre la invitación. Fue un acto impulsivo, y pilló a Sylvie por sorpresa. Cuando Ned aceptó de buen grado, Sylvie se quedó atónita, aunque estaba encantada.

Cerraron la puerta que daba a la calle, echaron el cerrojo y se retiraron a la trastienda. Isabelle cocinó una trucha fresca de río, pescada esa misma mañana, con calabacín e hinojo para potenciar su aroma, y Ned la devoró con deleite. Una vez acabado el plato, Isabelle sacó un cuenco de ciruelas claudias, amarillas con pintitas rojas, y una botella de coñac de oscuro color ámbar. No solían tener ese licor en la casa: ninguna de ellas bebía nada más fuerte que el vino y, por lo general, lo rebajaban con agua. Resultaba evidente que Isabelle había planificado aquella comida en secreto.

Ned les contó las aciagas noticias procedentes de los Países Bajos.

—Hangest desobedeció las órdenes de Coligny, cayó en una emboscada y su derrota fue aplastante. Ahora está prisionero.

Isabelle estaba interesada en Ned, no en Hangest.

—¿Cuánto tiempo crees que te quedarás en París? —preguntó.

—Mientras la reina Isabel requiera mi presencia en la ciudad.

—Y después supongo que te irás a tu casa, a Inglaterra, ¿verdad?

—Sin duda acudiré allí donde la reina desee enviarme.

—Eres su más leal servidor.

—Me siento afortunado de servirla.

Isabelle cambió el cariz de sus preguntas.

—¿Las casas inglesas son distintas a las francesas? —inquirió—. Tu casa, por ejemplo.

—Nací en una gran casa situada enfrente de la catedral de Kingsbridge. Ahora pertenece a mi hermano mayor, Barney, pero me alojo en ella cuando voy de visita.

—Enfrente de la catedral… Debe de ser una vista muy agradable.

—Es un lugar maravilloso. Me encanta sentarme en la sala principal y mirar por la ventana hacia el templo.

—¿A qué se dedicaba tu padre?

—¡Madre, pareces la Inquisición! —protestó Sylvie.

—No me importa —aseguró Ned—. Mi padre era comerciante y tenía almacenes en Calais. Cuando murió, mi madre llevó las riendas del negocio durante diez años. —Sonrió con nostalgia—. Aunque lo perdió todo cuando vosotros los franceses volvisteis a arrebatarnos Calais.

—¿Hay franceses en Kingsbridge?

—Los hugonotes perseguidos han buscado asilo por toda Inglaterra. Guillaume Forneron tiene un taller de batista en el barrio de Loversfield. Todo el mundo quiere una camisa de Forneron.

—Y tu hermano, ¿a qué se dedica?

—Es capitán de barco. Tiene una nave llamada *Alice*.

—¿Es su propia nave?

—Sí.

—Pero… si Sylvie había mencionado una mansión en el campo…

—La reina Isabel me nombró señor de Wigleigh, una población no muy alejada de Kingsbridge. Es un lugar pequeño, pero sí posee una mansión, donde paso un par de temporadas al año.

—En Francia recibirías el tratamiento de *sieur de Wigleigh*.

—Sí.

A los franceses les costaba pronunciar el nombre de la localidad, al igual que el apellido Willard.

—Tu hermano y tú os habéis recuperado con éxito de la ruina sufrida por tu familia. Tú eres un importante diplomático y Barney tiene su propio barco.

Ned ya se habría percatado de que Isabelle intentaba sonsacarle datos sobre su condición social y económica, o eso pensó Sylvie. Sin embargo, no parecía molestarle; de hecho, se mostraba encantado haciendo alarde de su respetabilidad. De todas formas, la hija de Isabelle se sentía abochornada. El hombre podía creer que se esperaba que contrajera matrimonio con ella.

—Tenemos que abrir la tienda —dijo Sylvie para poner punto final al interrogatorio.

Su madre se levantó.

—Ya me encargo yo. Vosotros dos quedaos aquí sentados y hablad unos minutos más. Te llamaré si te necesito, Sylvie.

Isabelle se marchó de la habitación.

—Siento que te haya interrogado de esa forma —se lamentó Sylvie.

—No te disculpes —dijo Ned sonriendo—. Una madre tiene derecho a saber cosas sobre un hombre que traba amistad con su hija.

—Eso es muy amable por tu parte.

—Es imposible que yo sea el primero en ser sometido a tal interrogatorio.

Sylvie sabía que debía contarle su historia; ese momento acabaría llegando tarde o temprano.

—Hace mucho tiempo hubo alguien. Y fue mi padre quien lo interrogó.

—¿Puedo preguntar qué ocurrió?

—El hombre era Pierre Aumande.

—¡Por el amor de Dios! ¿Y en esa época era protestante?

—No, pero nos engañó para espiar a la congregación. Una hora después de la boda fuimos todos detenidos.

Ned alargó una mano sobre la mesa para tomar la de Sylvie.

—¡Qué crueldad!

—Me rompió el corazón.

—He indagado sobre su pasado, ¿sabes? Su padre es sacerdote en un pueblo; es hijo ilegítimo de uno de los hombres de la familia de Guisa. La madre de Pierre era el ama de llaves de ese sacerdote.

—¿Cómo lo sabes?

—La marquesa de Nimes me lo ha contado.

—¿Louise? Está en nuestra congregación, pero jamás me lo había confiado.

—Tal vez temiera avergonzarte si te hablaba de él.

—Pierre me contó muchas mentiras. Quizá sea ese el motivo por el que no he vuelto a confiar en nadie desde entonces...

Ned le dedicó una mirada inquisitiva. Sylvie sabía que estaba preguntándole si tampoco confiaba en él. Sin embargo, no se sentía preparada para responder esa pregunta.

Él esperó unos minutos, pero al final se dio cuenta de que ella no iba a añadir nada más al respecto.

—Bueno —zanjó—, ha sido una comida muy agradable, gracias.

Ella se levantó para despedirse. Ned parecía alicaído, y a Sylvie le dio un vuelco el corazón de pura compasión. Dejándose llevar por el instinto, rodeó la mesa y lo besó.

Pretendía que fuera un inocente beso de amiga, pero no resultó así: el hecho es que acabó besándolo en los labios. El beso fue como un dulce bocado, y saborearlo un poco la hizo desearlo más. Le posó una mano en la nuca y lo presionó contra sus labios, encendida por la pasión.

Él no necesitó más invitación. La estrechó entre sus brazos y la atrajo hacia sí. A ella la recorrió una sensación que ya había olvidado, el júbilo de desear otro cuerpo, aunque no dejaba de repetirse que tenía que apartarlo de ella inmediatamente.

Ned le puso las manos sobre los senos y los estrujó con suavidad al tiempo que emitía un sonido gutural. A ella le encantó la sensación, aunque también le hizo recuperar la sensatez de golpe. Dejó de besarlo y lo apartó de un empujón. Estaba jadeando.

—No ha sido mi intención —se disculpó Sylvie.

Él permaneció callado; se limitaba a sonreír de felicidad.

Sylvie se dio cuenta de que había revelado los sentimientos que pretendía ocultar. Aunque en ese momento ya no le importaba.

—Será mejor que te vayas —dijo de todos modos—, antes de que haga algo de lo que me arrepienta.

Por lo visto, imaginar eso hizo que Ned se alegrara todavía más.

—Está bien —accedió—. ¿Cuándo volveré a verte?

—Pronto. Vete y despídete de mi madre.

Ned intentó besarla de nuevo, pero ella le puso una mano en el pecho.

—Ya no más —le dijo.

Él lo aceptó. Entró en la tienda.

—Gracias, madame Palot, por vuestra hospitalidad.

Sylvie se dejó caer en el asiento. Transcurrido un instante, oyó cómo se cerraba la puerta de la tienda.

Su madre entró en la parte de atrás; parecía encantada.

—Se ha marchado, pero volverá.

—Lo he besado —confesó Sylvie.

—Eso he supuesto, a juzgar por la forma en que sonreía.

—No debería haberlo hecho.

—No veo por qué no. Yo misma lo habría besado de tener veinte años menos.

—No seas vulgar, madre. Ahora esperará que me case con él.

—Si estuviera en tu lugar, yo lo haría sin pensarlo, antes de que otra chica lo pesque.

—Basta ya. Sabes perfectamente que no puedo casarme con él.

—¡No entiendo nada! ¿De qué estás hablando?

—Nuestra misión es propagar el verdadero Evangelio por todo el mundo.

—Pues quizá ya hayamos hecho bastante.

Sylvie no daba crédito. Su madre jamás había hablado de esa forma.

Isabelle se percató de su reacción.

—Incluso Dios descansó al séptimo día después de crear el mundo —añadió a la defensiva.

—Nuestra obra no ha concluido.

—Tal vez jamás esté terminada, hasta que suene la última trompeta.

—Con mayor razón debemos seguir adelante.

—Quiero que seas feliz. Eres mi pequeña.

—Pero ¿qué quiere Dios? Tú me enseñaste a hacerme siempre esa pregunta.

Isabelle lanzó un suspiro.

—Así es. De joven era más estricta.

—Eras inteligente. No puedo casarme. Tengo una misión.

—En cualquier caso, ocurra lo que ocurra con Ned, quizá un día encontremos otras formas de cumplir la voluntad de Dios.

—No veo cómo.

—Tal vez nos sea revelado.

—Eso está en manos de Dios, ¿no es así, madre?

—Sí.

—Así pues, debemos sentirnos satisfechas.

Isabelle volvió a suspirar.

—Amén —dijo, aunque Sylvie no estaba segura de que lo dijera con total convencimiento.

II

En cuanto Ned salió de la tienda se percató de la presencia de un joven harapiento apostado en la entrada de la taberna de enfrente. Se encontraba solo y no estaba ocupado en nada en concreto. Ned caminó en dirección este, rumbo a la embajada inglesa. Se volvió para mirar y se dio cuenta de que el joven seguía el mismo camino.

Ned se sentía muy animado. Sylvie lo había besado y lo había hecho de corazón. Él la adoraba. Por primera vez había conocido a una mujer que estaba a la altura de Margery. Sylvie era inteligente y valiente, además de cariñosa y seductora. Se sentía impaciente por volver a verla.

No había olvidado a Margery. Jamás lo haría. Aunque se había negado a huir con él, y Ned tendría que vivir sin ella el resto de su existencia. No obstante, tenía derecho a enamorarse de otra persona.

Además, le gustaba la madre de Sylvie. Isabelle seguía siendo una hermosa mujer de mediana edad: tenía un cuerpo curvilíneo y un rostro atractivo, y las arrugas de sus ojos azules le daban carácter a su presencia. Por si fuera poco, había dejado bastante claro que aprobaba a Ned.

Se sentía furioso por la historia que Sylvie le había contado sobre Pierre Aumande. ¡Había llegado a casarse con ella! No le extrañaba que llevara tanto tiempo soltera. Imaginar a Sylvie traicionada de aquella forma el día de su boda hacía que Ned sintiera deseos de estrangular a Pierre con sus propias manos.

Sin embargo, no permitió que eso lo desanimara. Tenía muchos motivos para ser feliz. Era incluso posible que Francia se convirtiera en el segundo país más importante del mundo donde se aplicara la libertad de culto.

Al cruzar la rue Saint-Jacques, se volvió para mirar con disimulo y vio al joven harapiento de la rue de la Serpente.

Debía hacer algo al respecto.

Se detuvo al otro lado de la calle y miró hacia la magnífica iglesia de Saint-Séverin. El andrajoso muchacho cruzó a toda prisa la calle, con tal de no ser visto por Ned, y entró raudo en un callejón.

Ned se adentró por los terrenos de la pequeña iglesia de Saint-Julien-le-Pauvre. Cruzó el cementerio vacío. Al doblar la esquina por el extremo oriental de la iglesia se topó con una puerta entreabierta tras la que ocultarse. Sacó su daga y la sujetó por la base de la empuñadura, de tal forma que esta asomaba entre el pulgar y el índice de la mano derecha.

Cuando el joven desaliñado llegó a la altura de la puerta, Ned salió de su escondite y lo golpeó con la empuñadura del arma en la cara. El hombre profirió un grito y cayó de espaldas, sangrando profusamente por la nariz y la boca. Sin embargo, recuperó el equilibrio enseguida y se volvió para salir corriendo. Ned le fue a la zaga y lo derribó; el joven cayó de bruces al suelo. Ned se arrodilló sobre la espalda del desconocido y le colocó la punta de la daga en el cuello.

—¿Quién te envía? —preguntó.

El hombre se tragó la sangre antes de contestar.

—No sé a qué os referís… ¿Por qué me habéis atacado?

Ned presionó la punta del arma hasta que atravesó la sucia piel del cogote del individuo y la sangre empezó a manar.

—¡No, por favor! —gritó este.

—Nadie está mirando. Te mataré y me marcharé, a menos que me digas quién te ha ordenado que me siguieras.

—¡Está bien, está bien! Ha sido Georges Biron.

—¿Quién demonios es ese?

—El señor de Montagny.

Ese nombre le resultaba familiar.

—¿Por qué quiere saber adónde voy?

—No lo sé, ¡lo juro por Dios! Jamás nos da una razón, solo nos dice a quién seguir.

Así pues, su perseguidor pertenecía a un grupo. Biron debía de ser el cabecilla. Él, o alguien para el que trabajaba, había ordenado vigilar a Ned.

—¿A quién más estás siguiendo?

—Antes seguíamos a Walsingham, pero ahora tenemos que seguiros a vos.

—¿Biron trabaja para algún gran señor?

—Es posible, pero él no nos cuenta nada. Por favor, creedme, es la verdad.

Aquello tenía sentido, pensó Ned. No había necesidad de confiar sus auténticos motivos a un desgraciado como ese.

Se levantó, envainó la daga y se alejó caminando.

Cruzó la place Maubert hasta la embajada y entró en el edificio. Walsingham se encontraba en el vestíbulo.

—¿Sabéis algo sobre Georges Biron, señor de Montagny? —preguntó Ned.

—Sí —dijo Walsingham—. Figura en una lista de colaboradores de Pierre Aumande de Guisa.

—Ah, eso lo explica todo.

—¿Explica el qué?

—El por qué ha ordenado que nos sigan tanto a vos como a mí.

III

Pierre estaba vigilando la tiendecita de la rue de la Serpente. Conocía bien la calle. En su época de estudiante, hacía ya muchos años, ese había sido su barrio. Solía frecuentar la taberna de enfrente, aunque en aquellos días no existía la tienda.

Encontrarse allí lo hizo recapitular sobre su recorrido vital. Pensó con satisfacción que aquel joven estudiante anhelaba muchas cosas que por fin poseía. Era el consejero en el que más confiaba la familia de Guisa; tenía ropa elegante y la vestía en sus audiencias con el rey; poseía dinero y algo más valioso que el dinero: poder.

Sin embargo, también tenía preocupaciones. No habían logrado reprimir a los hugonotes; de hecho, parecían fortalecidos. Los países escandinavos y algunas de las provincias alemanas eran de firmes creencias protestantes, al igual que el diminuto reino de Navarra. Por otra parte, continuaba librándose la batalla contra el protestantismo en Escocia y los Países Bajos.

No obstante, había buenas noticias procedentes de tierras holandesas: el cabecilla de los hugonotes, Hangest, había sido vencido en Mons, y se encontraba en una mazmorra con algunos de sus lugartenientes, sufriendo las torturas infligidas por el brutal duque de Alba. Los victoriosos católicos parisinos habían inventado un cántico que se oía todas las noches en las tabernas: «¡Hang-est! ¡Ja! ¡Ja! ¡Ja! ¡Hang-est! ¡Ja! ¡Ja! ¡Ja!».

Sin embargo, lo ocurrido en Mons no fue decisivo para la causa general, y no habían logrado contener la rebelión.

Lo que era peor, Francia se precipitaba dando tumbos, como un borracho que intenta avanzar pero retrocede tambaleante, hacia el despreciable compromiso que había iniciado la reina Isabel en Inglaterra: una sociedad firmemente católica ni protestante, sino una permisiva combinación de ambas posturas. Faltaban solo unos días para la boda real y todavía no había incitado la clase de rebelión que podría haber causado su anulación.

Sin embargo, el levantamiento tendría lugar. Y, cuando ocurriera, Pierre estaría preparado. Su cuaderno negro con la lista de protestantes presentes en París era más abultado gracias a los visitantes llegados a la ciudad. Además, esos días, el duque Enrique y él tenían otros planes. Habían elaborado una lista, comparable a la de su cuaderno, con nombres de nobles ultracatólicos dispuestos a convertirse en asesinos. Cuando llegara el alzamiento de los hugonotes, tañería sin pausa la campana de Saint-Germain-l'Auxerrois, y esa sería la señal para que cada uno de esos nobles católicos matara al protestante asignado.

En principio, la totalidad de los hombres que figuraban en la lista había accedido a hacerlo. Pierre sabía que no todos ellos cumplirían su palabra, pero serían suficientes. En cuanto los hugonotes se rebelaran, los católicos atacarían. Aniquilarían a la bestia cortándole la cabeza. En ese momento, la milicia de la ciudad dispondría de los miembros necesarios para el ataque. El movimiento de los hugonotes recibiría un duro golpe, tal vez mortal de necesidad. Supondría el final de la despreciable política monárquica de tolerancia con el protestantismo. Además, de esa forma, los miembros de la familia de Guisa volverían a ser la estirpe más poderosa de Francia.

En esos momentos, Pierre se encontraba delante de una nueva dirección para su cuaderno de cubiertas negras.

—El inglés se ha enamorado —le había dicho Georges Biron.

—¿De quién? ¿Alguien a quien podamos chantajear? —preguntó Pierre.

—De una mujer que lleva un negocio de artículos de escritura en la margen izquierda.

—¿Su nombre?

—Thérèse Saint-Quentin. Lleva la tienda con su madre, Jacqueline.

—Deben de ser protestantes. El inglés no coquetearía con una católica.

—¿Queréis que las espíe?

—Puedo encargarme yo.

En ese instante, Pierre estaba comprobando con sus propios ojos que las Saint-Quentin tenían una casa modesta que constaba de una sola planta situada sobre la tienda. Supuso que el acceso al patio trasero se realizaba por el callejón con la anchura justa para un solo un carromato. La fachada se veía muy bien reformada y toda la carpintería estaba recién pintada; Pierre dedujo que el negocio era próspero. La puerta permanecía abierta debido al calor abrasador del mes de agosto. En una ventana habían dispuesto un escaparate con un toque muy artístico: muestras de papeles colocadas en forma de abanico, un ramillete de plumas fuente metido en un jarrón y tinteros de cristal de diferentes tamaños.

—Esperad aquí —dijo a sus secuaces.

Entró en la tienda y quedó anonadado al encontrarse a Sylvie Palot.

Era ella, no había lugar a confusión. Calculó que tendría treinta y un años, aunque parecía un poco mayor, sin duda envejecida por las terribles experiencias vividas. Estaba más delgada que antes, pues había perdido su redondez adolescente. Se apreciaban las primeras arrugas en sus labios y en su mandíbula angular, pero sus ojos conservaban el mismo tono azul. Llevaba un vestido de ese mismo color de un tejido sin estampados y, por debajo de la prenda, se adivinaba la silueta de su cuerpo, todavía robusto y formidable.

Durante un instante se sintió transportado, como si estuviera bajo los efectos de un hechizo, a esa época pretérita de hacía ya catorce años: el mercado del pescado donde se había dirigido a ella por primera vez; la librería cobijada a la sombra de la catedral; la iglesia clandestina en el pabellón de caza, y un Pierre más joven y más inocente que no tenía nada pero que lo ambicionaba todo.

Sylvie se encontraba sola en la tienda. Estaba de pie frente a una mesa, sumando cifras anotadas en las columnas de un libro mayor. En un primer momento no levantó la vista ni lo vio.

Él se quedó mirándola con detenimiento. No sabía cómo lo había logrado, pero había sobrevivido a la muerte de su padre y a que la desposeyeran del negocio de su progenitor. La joven se había puesto un nombre falso y había abierto un nuevo negocio por su cuenta, que, además, parecía próspero. A Pierre lo confundía que Dios permitiera que un número tan elevado de protestantes medrara entre los comerciantes de bien. Esos individuos invertían sus beneficios en pagar a los pastores, construir salas de reunión y comprar libros prohibidos. Algunas veces resultaba difícil entender los planes divinos.

Por si fuera poco, en ese momento Sylvie tenía un admirador que era enemigo declarado de Pierre.

—Hola, Sylvie —dijo él después de un rato.

Aunque la saludó con tono amigable, ella gritó del susto. Debió de reconocer su voz, a pesar de todos los años que habían pasado.

Pierre se regodeó al ver la expresión de miedo en el rostro femenino.

—¿Qué haces aquí? —preguntó ella con voz temblorosa.

—Pura casualidad. Qué deliciosa sorpresa me has deparado.

—No me das miedo —dijo Sylvie. Él estaba convencido de que mentía, lo cual le encantaba—. ¿Qué más puedes hacerme? —prosiguió—. Ya me has arruinado la vida.

—Podría volver a hacerlo.

—No, no podrías. Hemos conseguido la Paz de Saint-Germain.

—Pero continúa siendo delito vender libros prohibidos.

—No vendemos libros.

Pierre echó un vistazo al vestíbulo. No había libros impresos a la vista, o eso parecía; solo libros mayores en blanco como el que Sylvie estaba rellenando y unos cuadernos más pequeños llamados *livres de raison*. Quizá el celo religioso de la mujer hubiera disminuido tras ver a su padre morir en la hoguera; ese era el auténtico anhelo de la Iglesia. Sin embargo, en algunas ocasiones, tales ejecuciones tenían el efecto contrario, y servían para crear mártires que inspiraban a otros creyentes. Era posible que la hija del reo hubiera dedicado su vida a proseguir la misión de su padre. Tal vez tuviera una tienda de literatura herética en algún otro lugar. Pierre podía ordenar que la siguieran, día y noche, para descubrirlo; pero, por desgracia, ella ya estaba advertida, y tomaría más precauciones que de costumbre.

Pierre cambió su estrategia de ataque.

—Antes me amabas.

Ella se puso blanca como el papel.

—Que Dios me perdone.

—Vamos…, antes te gustaba besarme.

—Tus besos eran cicuta con miel.

Él dio un paso adelante con gesto amenazante. En realidad no quería besarla, jamás lo había deseado. Le excitaba más asustarla.

—Volverías a besarme, lo sé.

—Te arrancaría la nariz de un mordisco.

Pierre tuvo la sensación de que hablaba en serio, pero insistió en su discurso fanfarrón:

—Te enseñé todo lo que sabes sobre el amor.

—Me enseñaste que un hombre puede ser cristiano y mentiroso al mismo tiempo.

—Todos somos pecadores. Por eso necesitamos la gracia de Dios.

—Algunos pecadores son peores que otros, y los hay que van al infierno.

—¿Ya has besado a tu admirador inglés?

Ese comentario la asustó de veras, y a Pierre le satisfizo percibirlo. Resultaba evidente que a ella no se le había pasado por la cabeza que él conociera la existencia de sir Ned.

—No sé de quién me hablas —mintió.

—Sí, sí lo sabes.

Ella tuvo que esforzarse por recuperar la compostura.

—¿Estás satisfecho con lo que has conseguido, Pierre? —Señaló el jubón del hombre con un gesto de la mano—. Tienes esa ropa elegante y te he visto montar en compañía del duque de Guisa. Has conseguido lo que querías. ¿Ha valido la pena todo el daño que has hecho para lograrlo?

Él no pudo resistir la tentación de fanfarronear.

—Tengo dinero, y más poder del que jamás podría haber soñado.

—Pero en realidad no era eso lo que deseabas. Olvidas lo bien que te conozco.

Pierre sintió una repentina ansiedad.

—Lo único que querías era ser uno de ellos —prosiguió Sylvie sin el menor reparo—, un miembro de la familia de Guisa, que te repudió cuando eras niño.

—Y ya lo soy —dijo él.

—No, no lo eres. Todos conocen tu auténtico origen, ¿verdad?

Pierre se sintió presa de un pánico absoluto.

—¡Soy el consejero de máxima confianza del duque!

—Pero no su primo. Ven tu elegante atuendo y recuerdan que eres el hijo ilegítimo de un hijo ilegítimo, y se mofan de tus pretensiones, ¿verdad?

—¿Quién te ha contado esa sarta de mentiras?

—La marquesa de Nimes lo sabe todo sobre ti. Es natural de la misma región que tú. Has vuelto a casarte, ¿verdad?

Él hizo un mohín. ¿Estaba suponiéndolo o lo sabía a ciencia cierta?

—¿Infelizmente, quizá? —añadió ella. Pierre se vio incapaz de ocultar sus sentimientos y Sylvie interpretó su expresión con gran precisión—. Pero no con una dama de la nobleza. Te has casado con una mujer de baja cuna, y por ese motivo la odias.

Sylvie tenía razón. Por si alguna vez olvidaba cómo había conseguido el derecho a llevar el apellido De Guisa, tenía a su odiosa mujer y a su irritante hijo adoptivo para recordarle el precio que había pagado a cambio. Fue incapaz de disimular el resentimiento que le torció el gesto.

Sylvie se percató de ello.

—Pobre mujer —se compadeció.

Pierre debería haber rodeado la mesa para tumbarla de un puñetazo y, a continuación, llamar a sus guardias para que le propinaran una paliza, pero fue incapaz de reunir la energía necesaria. En lugar de sentirse fortalecido por la ira, se vio invadido por la desconfianza y la inseguridad. Ella tenía razón; lo conocía muy bien. Lo había herido, y lo único que deseaba él era marcharse con el rabo entre las piernas para ir a lamerse las heridas.

Pierre estaba a punto de irse cuando la madre de Sylvie entró en la sala desde la trastienda. Lo reconoció al instante. Quedó tan impactada que retrocedió un paso de forma instintiva, con expresión aterrorizada y asqueada a un tiempo, como si acabara de ver un perro rabioso. Entonces el impacto se tornó rabia.

—¡Maldito hombre del demonio! —gritó—. Tú mataste a mi Gilles. Y arruinaste la vida de mi hija. —Hablaba entre chillidos agudos, como víctima de un ataque de locura, y Pierre se alejó de ella avanzando de espaldas hacia la puerta—. ¡Si tuviera un cuchillo, te arrancaría esas tripas envenenadas! —vociferó—. ¡Asqueroso! ¡Eres el aborto de una ramera sifilítica! ¡Eres un cadáver putrefacto y odioso! ¡Te estrangularé!

Pierre salió corriendo de la tienda y cerró de un portazo.

IV

La atmósfera que se respiraba en el enlace estuvo enrarecida desde el principio.

A primera hora del lunes por la mañana, la multitud se agolpaba en las calles; los parisinos jamás se habrían perdido un espectáculo de tales características. En la plaza de la catedral de Notre-Dame se había levantado un anfiteatro provisional, construido con troncos y cubierto por una carpa dorada, con pasarelas elevadas que conducían a la iglesia y a los alrededores del palacio episcopal. Como dignatario de rango inferior, Ned tomó asiento en la tribuna varias horas antes del comienzo oficial de la ceremonia. Era un día despejado del mes de agosto, y los presentes se achicharraban bajo el sol abrasador. La plaza donde se levantaba la estructura provisional estaba abarrotada de ciudadanos sudorosos. También había espectadores apostados en las ventanas y subidos a las azoteas de las casas próximas al lugar. Los presentes guardaban un silencio abrumador. Los ultracatólicos parisinos no querían que la traviesa niña de sus ojos se desposase con un despreciable protestante. Por si fuera poco, todos los domingos, esa rabia era alimentada por los incendiarios predicadores que condenaban el enlace calificándolo de abominación.

Ned seguía sin creer que la boda llegara a celebrarse. La multitud podía rebelarse y detener la ceremonia. Además, se rumoreaba que la princesa Margarita amenazaba con negarse a contraer matrimonio en el último minuto.

La tribuna fue llenándose a lo largo del día. Alrededor de las tres de la tarde, Ned se encontró sentado junto a Jerónima Ruiz. Tenía pensado volver a hablar con ella tras su intrigante conversación en el palacio del Louvre, aunque no había contado con la oportunidad de hacerlo en los días transcurridos desde entonces. La saludó con calidez.

—Tenéis la misma sonrisa que Barney —comentó ella con cierto tono nostálgico.

—El cardenal Romero debe de estar decepcionado —dijo Ned—. Por lo visto, el enlace sigue su curso.

Ella habló en voz más baja.

—Me contó algo que os interesará.

—¡Fantástico!

Ned planeaba convencer a Jerónima para que filtrara información. Por lo visto, no era necesario que nadie la convenciera de ello.

—El duque de Guisa tiene una lista con los nombres y direcciones de los cabecillas protestantes de París. Se ha asignado un noble católico de confianza a cada uno de ellos. Si se producen disturbios, los hugonotes serán asesinados.

—¡Dios mío! ¿De veras tienen tanta sangre fría?

—La familia de Guisa es así.

—Gracias por contármelo.

—Me gustaría matar a Romero, pero no puedo, porque lo necesito —dijo ella—. Sin embargo, esa sería sin duda la mejor alternativa...

Él se quedó mirándola, fascinado y un tanto horrorizado. La familia de Guisa no era la única con sangre fría.

La conversación quedó interrumpida por el rumor de la multitud. Ambos se volvieron para contemplar el desfile de la comitiva de la novia, que partía desde el palacio del Louvre y cruzaba el puente de Notre-Dame desde la margen derecha hasta la isla. Enrique de Borbón, rey de Navarra, vestía un conjunto de jubón y bombachos de satén amarillo claro con bordados de hilo de plata, perlas y piedras preciosas cosidas en el tejido. Iba escoltado por los nobles protestantes, entre los que se contaba el marqués de Nimes. Los ciudadanos de París observaban la marcha en profundo silencio.

Ned se volvió para dirigirse a Jerónima, pero ella se había alejado, y en ese momento era Walsingham quien se encontraba a su lado.

—Acabo de enterarme de algo escalofriante —dijo Ned, y repitió lo que Jerónima le había contado.

—Quizá no debería sorprendernos —opinó Walsingham—. Lo tienen todo planeado, qué duda cabe.

—Y ahora nosotros conocemos sus planes, gracias a esa «buscona» española.

Walsingham esbozó una sonrisa, algo nada habitual en él.

—Muy bien, Ned, lo reconozco: tenías razón respecto a ella.

El rey Carlos salió del palacio episcopal junto con la novia, su hermana, del brazo. Llevaba el mismo atuendo de satén y color amarillo claro que Enrique de Borbón, como signo de fraternidad. No obstante, él lucía joyas de mayor tamaño y también en mayor cantidad. Justo cuando se acercaban a la tribuna, Walsingham se inclinó en dirección a Ned.

—Me han dicho que el traje del rey ha costado quinientos mil escudos —comentó con desprecio.

Ned no daba crédito.

—¡Eso son ciento cincuenta mil libras!

—Que es la mitad del presupuesto anual del gobierno inglés.

Por una vez, Ned compartía el desprecio que Walsingham sentía hacia la ostentación.

La princesa Margarita llevaba un vestido de terciopelo de un intenso tono violeta, y una capa azul con una larga cola que sostenían tres damas. Ned pensó que la novia iba a pasar calor. De todas las princesas se decía que eran bellas, pero en el caso de Margarita era la pura verdad. Tenía un rostro sensual, con grandes ojos enmarcados que destacaban bajo sus marcadas cejas, y labios rojos que eran una invitación al beso. Sin embargo, en ese instante, su rostro lucía una expresión de obcecado resentimiento.

—No está contenta —le comentó Ned a Walsingham.

El embajador se encogió de hombros.

—Sabía desde niña que no tendría permiso para escoger marido. La vida de lujuria y dispendio obscenos de la corte francesa tiene un precio.

Ned pensó en el matrimonio concertado de Margery.

—Comprendo a Margarita —afirmó.

—Si los rumores sobre ella son ciertos, los votos matrimoniales no la harán cambiar sus costumbres.

Por detrás del rey iban sus hermanos, todos con el mismo atuendo satinado de color amarillo. De ese modo dejaban bien clara la situación ante el público: desde ese día, los hombres de la familia Valois y los Borbones serían hermanos. La novia iba seguida por no menos de un centenar de damas de la nobleza. Ned jamás había visto tantos diamantes y rubíes juntos. Entre todas las féminas de la comitiva sumaban más joyas de las que poseía la mismísima reina Isabel.

Sin embargo, los presentes seguían sin elevar sus vítores.

La procesión avanzaba con parsimonia por la pasarela elevada que conducía al anfiteatro, y ese fue el lugar donde la novia se situó junto al novio. Era la primera vez que se celebraba un enlace real entre una católica y un protestante, y se había ideado una compleja ceremonia con el objetivo de no ofender a ninguno de los credos.

Como marcaba la costumbre, el enlace se celebró en el exterior de la iglesia. El cardenal de Borbón oficiaba la boda. A medida que pasaban los segundos y se desarrollaba la ceremonia, Ned se dejaba imbuir por la solemnidad del momento: un gran país avanzaba, con paso lento y agónico, hacia el ideal de libertad de culto. Ned lo anhelaba. Ese era el deseo de la reina Isabel, y era lo que necesitaba Sylvie Palot.

Al final, el cardenal preguntó a Margarita si aceptaba al rey de Navarra como legítimo esposo.

Ella lo miró, inexpresiva y apretando mucho los labios.

Ned estaba seguro de que no sería capaz de sabotear la boda a esas alturas. Sin embargo, el pueblo afirmaba que era una dama obstinada.

El novio se removió en el lugar, incómodo.

La princesa y el cardenal se sostuvieron la mirada durante largo rato.

El rey Carlos, de pie justo detrás de su hermana, dio un paso adelante, le puso una mano en la nuca y la obligó a inclinar la cabeza.

Dio la sensación de que la princesa Margarita asentía.

A Ned le quedó claro que no era un consentimiento formal. Dios era testigo y también la multitud presente. No obstante, al cardenal le bastó con eso y se apresuró a declararlos, de viva voz, marido y mujer.

Ya estaban casados, pero si algo salía mal antes de que el matrimonio fuera consumado, todavía podía anularse.

La comitiva nupcial entró en la catedral para la celebración del oficio. El novio no se quedó a presenciar el ritual católico, sino que salió del templo casi de inmediato.

Una vez en el exterior, habló con Gaspard de Coligny, el general hugonote. Quizá no pretendieran ofender a nadie, pero la actitud despreocupada de uno y otro daba pie a pensar que estaban despreciando el oficio celebrado en el interior de la catedral. Sin duda alguna, ese fue el sentir de la multitud, y los presentes empezaron a elevar sus protestas. No tardaron en entonar su cántico de la victoria: «¡Hang-est! ¡Ja! ¡Ja! ¡Ja! ¡Hang-est! ¡Ja! ¡Ja! ¡Ja!».

Aquello enfureció a los hugonotes, cuyos cabecillas estaban siendo torturados en las mazmorras del duque de Alba.

Los notables de la tribuna iban y venían despreocupados, seguían parloteando entre ellos, pero en cuanto los cánticos se intensificaron, sus conversaciones se silenciaron y empezaron a mirar a su alrededor con gran consternación.

Un grupo de hugonotes apostados en la azotea de una casa cercana al lugar contraatacó cantando un salmo, y otras voces se sumaron al coro. Entre la multitud situada a pie de calle, unos cuantos jóvenes corpulentos empezaron a avanzar hacia la casa en cuestión.

La escena poseía todos los ingredientes de una revuelta popular. Si esta se producía, el acto pacífico del enlace acabaría convertido en batalla campal.

Ned localizó al amigo de Walsingham, el marqués de Lagny, tocado con su bonete brocado, y le habló con premura.

—¿No podéis detener los cantos de los hugonotes? —preguntó—. Enfurecen a la multitud. Perderemos todo cuanto hemos conseguido si se produce una revuelta.

—Podría detenerlos si los católicos cesan sus cánticos —dijo Lagny.

Ned echó un vistazo a su alrededor en busca de algún católico conciliador y vio a Aphrodite Beaulieu. La abordó sin pensarlo.

—¿Podéis conseguir que un sacerdote u otra persona impida que la multitud entone el cántico de Hangest? Está a punto de provocar un horrible tumulto.

Aphrodite era una joven sensata y entendía el peligro inminente.

—Entraré en el templo y hablaré con mi padre.

Ned se fijó en Enrique de Borbón y Gaspard de Coligny y se dio cuenta de que ellos eran la raíz del problema. Regresó hasta donde se encontraba Lagny.

—¿Podríais decirles que fueran más discretos? —le pidió—. Estoy seguro de que no lo hacen de forma intencionada, pero están provocando a los presentes.

Lagny asintió en silencio.

—Iré a hablar con ellos. Ninguno de los dos querrá ser el causante de problemas.

Transcurridos un par de minutos, Enrique y Gaspard desaparecieron al entrar en el palacio episcopal. Un sacerdote salió de la catedral, reprendió a la multitud por alterar la celebración de la misa, y los cánticos se silenciaron. Los hugonotes de las azoteas dejaron de cantar. La plaza quedó en silencio.

Ned pensó que la crisis había pasado… por el momento.

V

Al enlace le siguieron tres días de espléndidas celebraciones, y ninguna revuelta. Pierre se sentía profundamente decepcionado.

Se producían peleas en las calles y trifulcas en las tabernas cuando los jubilosos protestantes se topaban con los furiosos católicos; sin embargo, ninguna de las reyertas llegó a convertirse en una batalla campal generalizada por toda la ciudad, como era el expreso deseo de Pierre.

La reina Catalina no podría digerir una confrontación violenta. Coligny, como todos los hugonotes más astutos, estaba convencido de que la mejor estrategia era evitar que corriera la sangre. Juntos, los débiles moderados de ambos credos mantenían la paz.

La familia de Guisa estaba desesperada. Veía cómo el poder y el prestigio se le escapaban entre los dedos sin poder evitarlo. Entonces Pierre ideó un plan.

Asesinarían a Gaspard de Coligny.

El jueves, cuando la nobleza acudió al torneo, el momento cumbre de las celebraciones, Pierre se quedó con Georges Biron en una de las salas medievales situadas en el ala antigua del palacio del Louvre. Los suelos eran de tierra y las paredes de piedra vista.

Biron se dirigió hacia una mesa situada junto a una ventana, donde el tablero recibía toda la luz. El recién llegado portaba una bolsa de lona y sacó de su interior un arma de fuego de cañón largo.

—Es un arcabuz —aclaró Pierre—. Pero con dos cañones, uno debajo del otro.

—Y si el tirador no acierta a Coligny con la primera bala, tiene una segunda oportunidad.

—Muy bien dicho.

Biron señaló el gatillo del mecanismo.

—Tiene una llave de mecha que enciende la serpentina.

—Es de encendido mecánico. Pero ¿eso lo matará?

—Desde una distancia de hasta noventa metros, sí.

—Un mosquete español sería más conveniente. Los mosquetes son más grandes y más pesados, y su impacto tiene más posibilidades de resultar fatal.

Biron negó con la cabeza.

—Es demasiado difícil ocultar un mosquete. Las intenciones del tirador serían demasiado evidentes. Además, Louviers no es un hombre joven. No estoy seguro de que pueda manejar un mosquete.

—Hacía falta mucha fuerza para levantar un arma así; de ahí que los mosqueteros fueran conocidos por su corpulencia.

Pierre había llevado a Charles de Louviers a París. Este había permanecido con la cabeza fría en Orleans: el asesinato de Antonio de Borbón había fracasado por la indecisión del rey Francisco II, no por ningún error de Louviers. Transcurridos unos años, el mismo hombre había asesinado al líder hugonote conocido como Capitán Luzé y había cobrado una recompensa de dos mil escudos. Además, Louviers era miembro de la nobleza, lo que —en opinión de Pierre— significaba que era fiel a su palabra, mientras que cualquier malandrín callejero cambiaría de bando a cambio de una botella de vino. Pierre esperaba haber tomado la decisión correcta.

—Está bien —dijo—. Echemos un vistazo al recorrido.

Biron guardó el arma en la bolsa y los dos hombres salieron al patio. Las murallas medievales del castillo quedaban situadas a dos de los lados de la cuadrícula; en los otros dos laterales se alzaban sendos palacios modernos de estilo italiano.

—Cuando Gaspard de Coligny entra por aquí procedente de sus aposentos —dijo Biron— y regresa a ellos también por este lugar, lo hace en compañía de un cuerpo de guardia formado por una veintena de hombres armados.

—Eso será un problema.

Pierre recorrió el camino que debía realizar Coligny y salió cruzando la puerta medieval en dirección a la rue des Poulies. La familia Borbón poseía un palacio justo enfrente del Louvre. Junto a este se hallaba la mansión del hermano del rey, Hércules Francisco. Pierre miró a ambos lados de la calle.

—¿Dónde se encuentra el alojamiento de Coligny?

—A la vuelta de la esquina, en la rue de Béthisy. Está a solo unos metros de aquí.

—Vamos a echar un vistazo.

Se dirigieron hacia el norte, alejándose del río.

La tensión en las calles seguía siendo palpable. Incluso en ese momento, Pierre localizó hugonotes con sus austeros aunque costosos atuendos de color negro y gris, paseándose por allí, como si fueran los dueños de la ciudad. Si hubieran tenido al menos una pizca de sensatez no se habrían mostrado tan triunfantes. Aunque Pierre pensó que, de haber actuado así, no serían protestantes.

El pueblo ultracatólico de París despreciaba a aquellos visitantes. La tolerancia pendía de un hilo: era un puente de paja que soportaba el peso de un carro con ruedas de acero.

Si encontraban una buena excusa, cualquiera de los dos bandos se desbocaría. Entonces, si se producía un elevado número de bajas, la guerra civil volvería a estallar, y la Paz de Saint-Germain se rompería sin importar que se hubiera producido el enlace real.

Pierre iba a proporcionar esa excusa para la confrontación.

Observó la calle con detenimiento en busca de un punto aventajado desde el cual un tirador pudiese disparar a alguien que pasara caminando por allí: una torre, un árbol alto o una ventana situada en el piso superior de alguna vivienda. El problema era que el asesino necesitaría una vía de escape, puesto que los guardaespaldas de la víctima saldrían corriendo tras él.

Pierre se detuvo ante una casa que reconoció. Pertenecía a la madre de Enrique de Guisa, Anna d'Este. Se había casado en segundas nupcias y se había convertido en duquesa de Nemours, aunque seguía odiando a Coligny, pues pensaba que él era el responsable de la muerte de su primer esposo. De hecho, había hecho tanto como Pierre para mantener viva la sed de venganza en el joven duque Enrique. Pierre estaba convencido de que la duquesa colaboraría.

Se fijó en la fachada. Las ventanas de los pisos superiores sobresalían por las celosías de madera, de las que colgaban enredaderas: un hermoso detalle que sin duda había sido idea de la duquesa. Ese día, sin embargo, las celosías estaban cubiertas con ropa húmeda tendida al sol, lo que sugería que la duquesa no se encontraba en su residencia. Pierre pensó que eso era incluso más conveniente.

Aporreó la puerta y le abrió el criado. El hombre reconoció de inmediato al consejero de la casa de Guisa y habló con tono de deferencia teñida de miedo.

—Buenos días tengáis, monsieur de Guisa, espero poder seros de ayuda. —A Pierre le encantaba esa actitud tan obsequiosa, aunque siempre fingía indiferencia. Empujó al hombre y entró sin responder.

Subió las escaleras y Biron lo siguió, portando todavía la bolsa alargada con el arcabuz.

Allí encontraron una amplia sala de estar, situada en la fachada de la segunda planta. Pierre abrió la ventana. A pesar de la colada que ondeaba por la brisa, tenía una visión clara de ambos lados de la calle que desembocaba en el Louvre.

—Pásame el arma —ordenó.

Biron sacó el arcabuz de la bolsa. Pierre lo apoyó en el alféizar de la ventana y miró siguiendo la línea del cañón. Avistó una pareja tomada del brazo y vestida con elegancia que se aproximaba hacia él. Apuntó al hombre. Para su sorpresa, reconoció al anciano marqués de Nimes. Pierre apartó el cañón a un lado y se quedó observando a la mujer, que llevaba un vestido de llamativo color amarillo. No cabía duda, era la marquesa Louise, la misma que lo había humillado en dos ocasiones: la primera, hacía mucho tiempo, cuando le había hecho un desaire en el oficio protestante del pabellón de caza; y, una vez más, hacía solo una semana, en la tienda de la rue de la Serpente, cuando Sylvie lo había atacado con los secretos sobre su vida personal que le había confiado Louise. En ese momento podía vengarse; le habría bastado con apretar el gatillo que accionaba la llave de mecha. Apuntó a su busto. Ella tenía los treinta ya cumplidos, pero era una dama todavía voluptuosa y, en cualquier caso, sus pechos eran más voluminosos que antes. Pierre deseaba manchar de roja sangre su vestido amarillo; prácticamente oía ya los gritos de la mujer…

«Ya llegará el día —pensó—. Todavía no.»

Sacudió la cabeza y se incorporó.

—Desde aquí está bien —le dijo a Biron, y le devolvió el arma.

Salió de la habitación. El criado se encontraba en el rellano a la espera de órdenes.

—Tiene que haber una salida trasera —le dijo Pierre.

—Sí, señor. ¿Queréis que os indique dónde?

Bajaron las escaleras, cruzaron la cocina y el lavadero hasta llegar a un patio con una cancela. Pierre la abrió y se encontró en los terrenos de la iglesia de Saint-Germain-l'Auxerrois.

—Esto es perfecto —le dijo a Biron en voz baja—. Tendremos un caballo esperando aquí, ya ensillado, y Louviers puede escapar al minuto siguiente de haber disparado el tiro letal.

Biron asintió convencido.

—Es un buen plan.

Volvieron a recorrer la casa. Pierre dio al criado un escudo de oro.

—No he estado aquí hoy —dijo—. Nadie ha estado aquí. Tú no has visto nada.

—Gracias, señor —dijo el hombre.

Pierre pensó unos segundos más y se dio cuenta de que con el dinero no bastaba.

—No hace falta que te cuente cómo castiga la deslealtad la familia de Guisa.

El criado lo miró con expresión de terror.

—Lo entiendo, señor, de verdad que lo entiendo.

Pierre asintió en silencio y se alejó. Era más conveniente ser temido que apreciado.

Siguió avanzando por la calle hasta llegar a un pequeño cementerio situado por detrás de un muro bajo bordeado de árboles. Cruzó la calle y se volvió a mirar. Desde allí veía con toda claridad la casa de Nemours.

—Perfecto —volvió a decir.

VI

El viernes por la mañana, Gaspard de Coligny debía asistir a la reunión del concilio real en el palacio del Louvre. La asistencia no era opcional, y ausentarse se consideraba un acto de desobediencia que ofendía directamente a la figura del rey. Si un hombre se encontraba demasiado enfermo para levantarse de la cama y hubiera enviado un desagradable mensaje como excusa, el rey podría haberlo despreciado con un gesto altanero y decir que si la enfermedad era tan grave, ¿por qué el individuo en cuestión no se moría de una vez por todas?

Si Coligny seguía sus costumbres habituales, pasaría caminando por delante de la casa de la duquesa de Nemours en su camino de regreso al Louvre.

A media mañana, Charles de Louviers se encontraba apostado en la ventana del segundo piso de la vivienda. Biron aguardaba en la puerta trasera, sujetando las riendas de un veloz caballo que ya estaba ensillado. Pierre se había situado en el pequeño cementerio, parapetado tras los árboles, mirando por encima del muro bajo.

Lo único que debían hacer era esperar.

Enrique de Guisa había dado su consentimiento al plan de Pierre. El único reproche del duque era no ser él mismo quien tuviera la oportunidad de disparar la bala que mataría al hombre responsable del asesinato de su padre.

Un grupo de entre quince y veinte hombres apareció al final de la calle.

Pierre se puso en tensión.

Coligny era un hombre atractivo de unos cincuenta años, con cabellera de rizos canos de peinado impecable y barba también encanecida. Avanzaba con el porte erguido de un soldado, pero justo en ese momento iba leyendo mientras caminaba y, en consecuencia, se movía con más lentitud, lo que resultaría conveniente para Louviers, pensó Pierre con creciente excitación y aprensión. Coligny estaba rodeado de soldados y otros acompañantes, aunque estos no parecían especialmente vigilantes. Iban hablando entre ellos, mirando a su alrededor con cierto descuido, pues, por lo visto, no temían la existencia de peligro alguno para su señor. Habían bajado la guardia.

El grupo iba caminando por el centro de la calle. «Todavía no —pensó Pierre—, todavía no dispares.» Desde lejos, Louviers tendría problemas para acertar a Coligny, porque los demás se interponían en su camino; pero, a medida que el grupo se aproximaba a la casa, su ubicación aventajada en el segundo piso le proporcionaría un ángulo de tiro más propicio para disparar.

Coligny se acercaba. En cuestión de segundos, el ángulo sería perfecto, pensó Pierre. A esas alturas, Louviers ya tendría a Coligny a tiro.

«Ahora —pensó Pierre—. No tardes demasiado…»

Coligny frenó en seco de pronto y se volvió para hablar con un compañero. En ese instante se oyó un disparo. A Pierre se le cortó la respiración. El grupo de Coligny se detuvo de golpe. En el preciso momento en que se hizo un silencio atronador, Coligny profirió una blasfemia y se sujetó el brazo izquierdo con la mano derecha. Lo habían herido.

Pierre sintió una intensa frustración. Esa parada repentina e inesperada había salvado la vida a Coligny.

Sin embargo, el arcabuz de Louviers tenía dos cañones, y se oyó otro disparo a renglón seguido del primero. Esta vez, Coligny cayó abatido. Pierre no lograba verlo. ¿Estaría muerto?

Sus acompañantes rodeaban el cuerpo. Era todo confusión. Pierre estaba desesperado por saber qué ocurría, pero no conseguía vislumbrarlo. La cabeza de pelo cano de Coligny emergió en medio de la multitud. ¿Habrían levantado su cadáver? Entonces Pierre vio que Coligny tenía los ojos abiertos y hablaba. Estaba de pie. ¡Seguía vivo!

«Recarga, Louviers, y vuelve a disparar, deprisa», pensó Pierre. Pero algunos de los guardaespaldas de Coligny por fin reaccionaron y empezaron a buscar a los culpables. Uno señaló al segundo piso de la casa de la duquesa de Nemours, donde se agitaba una cortina blanca en una ventana abierta, y cuatro de ellos corrieron hacia la vivienda. ¿Estaría Louviers incluso en ese momento en condiciones de volver a cargar su arma? Los hombres entraron raudos en la casa. Pierre permaneció allí mirando por encima del muro, inmóvil en el sitio, esperando un nuevo disparo; pero no se oyó ninguno más. Si Louviers todavía estaba allí, ya debían de haberlo apresado.

Pierre volvió a volcar su atención en Coligny. Estaba erguido, pero tal vez sus hombres lo sujetaban. Aunque solo estuviera herido, aún podía morir. No obstante, pasado un minuto pareció recuperarse y exigió que lo dejaran pasar, y los soldados se apartaron para abrirle paso. Fue entonces cuando Pierre pudo ver mejor qué ocurría y se dio cuenta de que Coligny se mantenía de pie sin ayuda. Llevaba ambos brazos pegados al cuerpo y tenía sangre en las mangas y el jubón, pero, para desesperación de Pierre, las heridas parecían superficiales. De hecho, en cuanto sus hombres le dejaron sitio para pasar, empezó a caminar hacia la casa con paso decidido y sin ayuda de nadie, antes incluso de requerir la atención de un médico.

Los soldados que habían entrado en la casa de Nemours salían justo en ese momento, y uno de ellos llevaba el arcabuz de doble cañón. Pierre no logró oír qué decían, pero sí fue capaz de interpretar sus gestos: negaciones de cabeza, hombros levantados con desesperación y brazos que se agitaban indicando una huida veloz. Louviers había escapado.

El grupo se aproximó al escondite de Pierre, quien se dio media vuelta, se apresuró a salir del cementerio por la cancela del fondo y se alejó caminando, profundamente decepcionado.

VII

En cuanto tuvieron conocimiento de lo sucedido, Ned y Walsingham supieron que aquello podía suponer el fin de todo cuanto la reina Isabel y ellos mismos esperaban.

Se apresuraron de inmediato hacia la rue de Béthisy. Encontraron a Coligny yaciendo en su lecho, rodeado por algunos de los principales hugonotes, incluido el marqués de Lagny. Lo atendían varios médicos, entre ellos, el famoso Ambroise Paré, cirujano del rey. Era un hombre de sesenta años ya cumplidos, de escasa cabellera canosa y una larga barba negra que le daba aspecto reflexivo.

Ned sabía que la técnica habitual para desinfectar heridas consistía en cauterizarlas, o bien con aceite hirviendo, o bien con un hierro candente. Este método era tan doloroso que, en ocasiones, el paciente moría a causa del sufrimiento. Paré prefería aplicar un ungüento elaborado con trementina para prevenir la infección. Había escrito un manual de medicina, *Método de tratar las heridas causadas por arcabuces y otros bastones de fuego y aquellas que son hechas por pólvora de cañón*. A pesar del éxito de sus resultados, sus métodos no habían calado en la profesión; los médicos eran un gremio conservador.

Coligny estaba pálido y sin duda dolorido, aunque parecía en posesión de todas sus facultades. Una de las balas le había amputado la punta del dedo índice de la mano derecha, explicó Paré. La otra bala le había penetrado en el codo izquierdo. El cirujano real la había extraído —un proceso agónico que seguramente era el causante de la palidez del paciente— y la enseñó a los presentes: era una bola de plomo de poco más de un centímetro de diámetro.

Sin embargo, Paré dijo que Coligny viviría, lo cual suponía un gran alivio. A pesar de ello, los hugonotes se sentirían agraviados por el atentado contra la vida de su héroe, y sería todo un reto impedir que organizaran una revuelta.

Varios de los presentes que rodeaban el lecho del herido se sentían ávidos de pelea. Los amigos de Coligny tenían sed de venganza. Ninguno dudaba que el duque de Guisa estaba detrás del intento de asesinato. Querían ir al Louvre sin más demora y encararse al rey. Pretendían exigir la detención inmediata de Enrique de Guisa, y amenazaban con un levantamiento hugonote si no conseguían lo que deseaban. Incluso plantearon la insensatez de hacer preso al rey.

El propio Coligny los urgió a la prudencia, pero lo hizo con la voz temblorosa de un hombre herido que yacía en su lecho.

Walsingham, a su vez, se esforzó en contener los ánimos de los más airados.

—Tengo información que podría ser trascendental —anunció.

Se encontraba allí en representación del único gran país protestante, y los nobles hugonotes lo escuchaban con atención.

—Los ultracatólicos están preparados para vuestra rebelión. El duque de Guisa tiene un plan para sofocar cualquier demostración de fuerza por parte de los protestantes tras el enlace real. Cada uno de los presentes en esta habitación... —Los miró a todos con gravedad—. Cada uno de los presentes en esta habitación tiene asignado su propio asesino, escogido entre los aristócratas católicos más fanáticos.

Fue una noticia impactante y provocó un revuelo generalizado de horror e indignación.

El marqués de Lagny se quitó el bonete enjoyado y se rascó la cabeza.

—Disculpadme, embajador Walsingham —dijo con escepticismo—, pero ¿cómo es posible que vos sepáis algo así?

Ned se puso en tensión. Estaba casi seguro de que Walsingham no revelaría el nombre de Jerónima Ruiz. La dama todavía podía facilitarles más información.

Por suerte, Walsingham no delató a la informadora de Ned.

—Tengo un espía en la casa de Guisa, por supuesto —mintió.

Lagny solía ser conciliador, pero en ese momento se mostró desafiante.

—Entonces debemos estar preparados para defendernos.

—¡La mejor defensa es el ataque! —exclamó otro de los presentes.

Todos estuvieron de acuerdo con dicha afirmación.

Ned era uno de los más jóvenes allí, pero tenía algo que decir, así que alzó la voz.

—El duque de Guisa espera, sin duda, una revuelta protestante que obligue al rey a violar la Paz de Saint-Germain. Si atacáis, estaréis haciéndole el juego.

Nada servía para apaciguarlos. Les hervía la sangre.

Entonces llegó el rey Carlos.

Su aparición provocó un tremendo impacto. Nadie lo esperaba. Llegó sin previo aviso. Su madre, la reina Catalina, se encontraba con él, y Ned supuso que aquella visita había sido idea de ella. Iban seguidos por una multitud de importantes miembros de la corte, entre los que se contaban la mayoría de los nobles católicos que odiaban a Coligny. Pero el duque de Guisa no se hallaba entre ellos, y a Ned no le pasó por alto ese detalle.

Hacía once años que Carlos era rey, aunque todavía tenía veintiuno, y Ned pensó que ese día lucía un aspecto especialmente juvenil y vulnerable. Se apreciaba auténtica desazón y ansiedad en su rostro pálido, reforzado por la pelusilla del bigote incipiente y una barba apenas visible.

Ned se sintió algo más esperanzado. Esa aparición del rey suponía un acto de extraordinaria conmiseración, y resultaría muy difícil que los hugonotes lo pasaran por alto.

Las palabras de Carlos reforzaron el optimismo de Ned.

—El dolor lo padecéis vos, sin embargo nosotros sufrimos la ofensa —dijo dirigiéndose a Coligny.

Resultaba evidente que se trataba de una frase ensayada y que su intención era que fuese propagada por toda la ciudad de París; aunque eso no le restaba trascendencia.

Trajeron una silla a toda prisa, y el rey tomó asiento frente a la cama.

—Os juramos dar con el responsable.

—Enrique de Guisa —murmuró alguien.

—Sin importar quién haya sido —prosiguió el rey—. Ya hemos designado una comisión de investigación, y en este preciso instante sus integrantes están interrogando a los criados de la casa en la que se ocultaba el asesino.

Ned sabía que aquello era una farsa destinada a guardar las apariencias. Una investigación formal jamás tenía el auténtico objetivo de descubrir la verdad. Ningún rey en su sano juicio permitiría que un grupo independiente de hombres controlara semejante proceso cuyo resultado podía resultar tan incendiario. La comisión no era más que una estrategia para demorar las cosas, cuya intención no era descubrir los hechos, sino calmar los ánimos; lo cual era bueno.

—Os rogamos —continuó el rey— que vengáis al palacio del Louvre, y permanezcáis en nuestra real presencia, donde estaréis bien protegido de cualquier otro intento de lesión a vuestra persona.

Ned pensó que eso ya no era tan buena idea. Coligny no estaba seguro en ninguna parte, pero sí que se encontraba mejor allí, entre amigos, y no bajo la dudosa protección del rey Carlos.

El rostro de Coligny delataba similares reparos, aunque no podía expresarlo en voz alta por miedo a ofender a Su Majestad.

Fue Ambroise Paré quien salvó el pellejo de Coligny.

—Debe permanecer aquí, majestad —dijo—. Cualquier movimiento podría reabrir las heridas, y no puede permitirse perder más sangre.

El rey aceptó la prescripción médica con un asentimiento de cabeza.

—En tal caso —dijo—, os enviaremos al señor de Cosseins con una compañía de cincuenta lanceros y arcabuceros como refuerzo de vuestra reducida guarnición de guardaespaldas.

Ned frunció el ceño. Cosseins era el hombre del rey. Los guardias que rendían lealtad a otra persona eran de dudosa confianza. ¿Estaría siendo Carlos ingenuamente generoso, desesperado por tener un gesto de reconciliación? Era lo bastante joven e inocente para no darse cuenta de que su oferta no sería bienvenida.

Sin embargo, ya había sido rechazado un gesto conciliador, y la etiqueta obligaba a Coligny a aceptar.

—Es un ofrecimiento muy amable, majestad.

Carlos se levantó para marcharse.

—Vengaremos esta afrenta —sentenció con tono forzado.

Ned miró a todos los jefes hugonotes allí reunidos y vio, por su postura y su expresión facial, que muchos de ellos se sentían inclinados a creer en la sinceridad del rey, y a concederle al menos una oportunidad de evitar el baño de sangre.

El monarca salió a toda prisa de la habitación. Mientras lo seguía, la reina Catalina cruzó la mirada con Ned. Él le dedicó el más breve de los asentimientos de cabeza para agradecerle el intento de conservar la paz al llevar al rey hasta allí. Durante un instante, las comisuras de los labios de la reina formaron una sonrisa de reconocimiento prácticamente imperceptible.

VIII

Ned pasó gran parte del sábado transcribiendo en clave una carta de Walsingham dirigida a la reina Isabel, donde se detallaban los acontecimientos acaecidos durante una semana preocupante, así como el esfuerzo de la reina Catalina por mantener la paz. Concluyó su tarea a última hora de la tarde del sábado, luego salió de la embajada y se dirigió hacia la rue de la Serpente.

Era una tarde cálida, y multitud de muchachos bebían en el exterior de las tabernas, burlándose de los vagabundos que pasaban por allí y silbando a las muchachas; no eran muy distintos de los alborotadores jóvenes de Kingsbridge, con dinero en los bolsillos y energía de sobra para malgastar. Más tarde se producirían reyertas; siempre las había los sábados por la noche. Sin embargo, Ned no localizó a ningún hugonote cuya presencia resultara muy evidente. Al parecer, tenían el buen juicio de mantenerse alejados de las calles y seguramente estaban en sus casas cenando a puerta cerrada. Con suerte, esa noche se evitaría la revuelta. Y al día siguiente era domingo.

Ned se encontraba sentado en la trastienda con Sylvie e Isabelle. Estaban contándole que Pierre Aumande las había visitado.

—Creíamos que se había olvidado de nosotras —dijo Isabelle con ansiedad—. No sabemos cómo nos ha localizado.

—Yo sí lo sé —afirmó Ned con sentimiento de culpa—. Uno de sus hombres ha estado siguiéndome. Debí atraerlo hasta aquí cuando vine a comer la semana pasada. Lo lamento mucho. Ignoraba que estaban vigilándome, pero lo descubrí en cuanto salí de aquí.

—¿Cómo sabes que el hombre que te seguía trabajaba para Pierre? —preguntó Sylvie.

—Lo derribé de un puñetazo, le puse la daga en el cogote y lo amenacé con rajarlo si no me lo decía.

—Oh.

Ambas mujeres permanecieron en silencio durante un minuto, y Ned se dio cuenta de que, hasta ese momento, no se lo habían imaginado implicado en una acción violenta. Por fin rompió el silencio.

—¿Qué crees que hará Pierre? —preguntó.

—No lo sé —respondió Sylvie—. Tendré que tomar precauciones adicionales durante un tiempo.

Ned les describió lo ocurrido cuando el rey visitó al herido Gaspard de Coligny. Sylvie se centró de inmediato en la información relativa a la lista de protestantes con su correspondiente asesino ya asignado.

—Si el duque de Guisa posee una lista así, debe de haber sido elaborada por Pierre —afirmó.

—No lo sé, pero parece probable —comentó Ned—. Sin duda es el principal espía del duque.

—En tal caso —dijo Sylvie—, sé dónde está esa lista.

Ned se enderezó en el asiento.

—¿Lo sabes? —preguntó—. ¿Dónde está?

—Tiene un cuaderno que guarda en casa. Cree que está más seguro allí que en el palacio de Guisa.

—¿Lo has visto?

Sylvie asintió en silencio.

—Muchas veces. Por eso sé qué protestantes están en peligro.

Ned estaba intrigado. Así era entonces como obtenía su información.

—Pero jamás ha incluido una lista de asesinos —añadió Sylvie.

—¿Podría verlo yo?

—Tal vez.

—¿Ahora?

—No puedo asegurártelo, pero el sábado por la tarde suele ser un buen momento. Intentémoslo. —Sylvie se levantó.

Isabelle expresó su desacuerdo:

—Salir a la calle no es seguro. La ciudad está llena de hombres furiosos, y están todos borrachos. Quedaos en casa.

—Madre, nuestros amigos pueden morir asesinados. Debemos avisarlos.

—Entonces os ruego por Dios que tengáis cuidado.

Todavía no había oscurecido cuando Ned y Sylvie salieron de la tienda y cruzaron la Île de la Cité. La negra silueta de la catedral se elevaba sobre la tumultuosa ciudad a la luz del ocaso. Al llegar a la margen derecha del Sena, Sylvie condujo a Ned entre las apiñadas casas de Les Halles hasta una taberna situada junto a la iglesia de Saint-Étienne.

Pidió que llevaran una jarra de cerveza a la puerta trasera de una casa de la calle contigua; Ned dedujo que se trataba de una contraseña. El lugar se hallaba abarrotado, y no había ni un solo sitio donde sentarse, por ello permanecieron de pie en un rincón. Ned estaba nerviosísimo por la expectativa. ¿De veras estaba a punto de leer la lista secreta de Pierre Aumande?

Transcurridos unos minutos, se reunió con ellos una mujer delgada y sencilla de unos veinte años. Sylvie la presentó como Nath, la criada de Pierre.

—Es miembro de nuestra congregación —dijo.

Ned lo entendió. Sylvie había subvertido a la criada de Pierre y así había conseguido acceder a sus documentos. Demostraba así su gran inteligencia.

—Este es Ned —le dijo Sylvie a Nath—. Podemos confiar en él.

La muchacha sonrió de oreja a oreja.

—¿Vas a casarte con él? —preguntó de sopetón.

Ned reprimió una sonrisa.

Sylvie parecía mortificada, pero distrajo la atención con una broma.

—No esta noche —dijo, y cambió de tema a toda prisa—: ¿Qué está pasando en la casa?

—Pierre está de mal humor. Ayer salió algo mal.

—Coligny no ha muerto —dijo Ned—, eso es lo que le salió mal.

—De todas formas, esta tarde ha acudido al palacio de Guisa.

—¿Odette está en casa? —preguntó Sylvie.

—Ha ido a ver a su madre y se ha llevado a Alain.

Sylvie dio las explicaciones pertinentes a Ned.

—Odette es la esposa de Pierre, y Alain es su hijo adoptivo.

Ned se sintió intrigado por esos detalles sobre la vida privada de un villano tan conocido.

—Ni siquiera sabía que estaba casado.

—Es una larga historia. Te la contaré otro día. —Sylvie se volvió de nuevo hacia Nath—. Ned necesita echar un vistazo al cuaderno.

La sirvienta se levantó.

—Vamos, pues. Este es el momento perfecto.

Dieron la vuelta a la manzana. Era un barrio pobre, y la casa de Pierre era una vivienda pequeña en una hilera de habitáculos similares. Ned se quedó sorprendido por su modestia: Pierre era visiblemente pudiente, con sus caros ropajes y joyas. Sin embargo, a los nobles como el duque de Guisa a veces les gustaba que sus consejeros vivieran en lugares humildes, para persuadirlos de medrar en su condición. Además, un lugar de esas características podía resultar útil para las reuniones clandestinas.

Nath los hizo pasar con discreción por la puerta trasera. Solo había dos estancias en la primera planta: el comedor y la cocina. Ned apenas daba crédito de estar en la vivienda privada del temido Pierre Aumande. Se sentía como Jonás en el vientre de la ballena.

En el suelo del comedor descansaba un cofre con documentos. Nath levantó una bolsa de costura y sacó de ella un alfiler cuidadosamente doblado para adoptar forma de ganzúa. Con ese utensilio forzó la cerradura.

«Asombroso», pensó Ned. Así de simple. Con qué facilidad.

Nath levantó la tapa del cofre.

Estaba vacío.

—¡Oh! —exclamó—. ¡El cuaderno ha desaparecido!

Se produjo un momento de impactante silencio.

Entonces habló Sylvie.

—Pierre se lo ha llevado consigo al palacio de Guisa. —Su tono era reflexivo—. Pero ¿por qué?

—Porque, supuestamente, va a utilizarlo —sugirió Ned—. Lo que significa que está a punto de poner en marcha su plan de asesinar a todos los nobles protestantes de París, y sin duda lo hará esta noche.

El gesto de Sylvie se demudó de puro terror.

—Que Dios nos ampare —se lamentó.

—Tienes que avisar a esas personas.

—Es preciso que salgan de París, si pueden.

—Si no pueden, diles que acudan a la embajada inglesa.

—Deben de contarse por centenares, incluidos todos los visitantes que han venido para el enlace. No podréis acogerlos a todos en la embajada.

—No. Pero, en cualquier caso, no puedes advertir a centenares de personas…, eso te llevaría varios días.

—¿Qué podemos hacer?

—Debemos hacer todo lo posible y salvar a tantos como podamos.

20

I

El sábado por la noche, el duque Enrique estaba en pleno berrinche, poseído por la ira del joven que descubre que el mundo no funciona como siempre había creído.

—¡Fuera de mi vista! —le gritó a Pierre—. Estás despedido. No quiero volver a verte nunca más.

Por primera vez, Pierre temió a Enrique tanto como había temido al padre de este, el duque Francisco el Acuchillado. Era como si alguien le hubiese clavado un puñal en el vientre.

—Entiendo vuestro enojo —le aseguró, desesperado. Salvo que consiguiera disuadirlo, sabía que aquello era el fin de su carrera.

—¡Dijiste que habría disturbios! —vociferó Enrique—. ¡Y no ha pasado nada!

Pierre abrió los brazos en un gesto de impotencia.

—La reina madre mantuvo el orden.

Se encontraban en el palacio de Guisa de la rue Vieille du Temple, en la pequeña aunque opulenta habitación en la que Pierre había conocido al duque Francisco y al cardenal Carlos. En esos momentos se sentía tan humillado como hacía catorce años en ese mismo lugar, cuando no era más que un simple estudiante acusado de utilizar el apellido De Guisa de manera ilícita. Estaba a punto de perder todo lo que había conseguido desde entonces. Imaginó la cara de satisfacción y desdén de sus enemigos e intentó reprimir las lágrimas.

Cuánto habría agradecido que el cardenal Carlos estuviese allí... La familia necesitaba de su astucia y su incomparable habilidad estratégica; sin embargo, las responsabilidades de su cargo exigían su presencia en Roma. Pierre estaba solo.

—Intentaste asesinar a Coligny… ¡y fracasaste! —barbotó Enrique—. Eres un incompetente.

Pierre estaba abochornado.

—Le dije a Biron que le diera un mosquete a Louviers, pero él recomendó algo más pequeño.

—Me aseguraste que los hugonotes se alzarían de todas formas, aunque Coligny solo resultara herido.

—La visita del rey a Coligny en su lecho de convaleciente los aplacó.

—¡Nada de lo que haces da resultado! Dentro de poco, los nobles hugonotes abandonarán París y volverán triunfantes a sus casas. Entonces sí que habremos perdido nuestra oportunidad… ¡Y todo por hacerte caso! Cosa que no volverá a ocurrir.

Pierre trató de pensar con claridad mientras intentaba defenderse del furibundo ataque de Enrique. Sabía lo que tenía que hacer…, pero ¿el joven duque lo escucharía en medio de aquel arrebato?

—Me pregunto qué aconsejaría vuestro tío Carlos —dijo.

La idea llamó la atención de Enrique, que relajó su expresión iracunda para mostrar verdadero interés.

—¿Y bien? ¿Qué aconsejaría?

—Creo que propondría que actuásemos como si la rebelión protestante hubiese estallado de verdad.

A Enrique solía costarle cazar las cosas al vuelo.

—¿Qué quieres decir?

—Toquemos las campanas de Saint-Germain-l'Auxerrois. —Pierre le mostró el cuaderno de cuero negro en el que aparecían los nombres de los asesinos y sus víctimas, debidamente emparejados—. Los nobles leales al rey creerán que los hugonotes se han sublevado y matarán a los cabecillas para salvar la vida de su señor.

A Enrique le sorprendió la audacia del plan, pero no lo rechazó de inmediato, por lo que Pierre vio aumentar sus esperanzas.

—Los hugonotes responderán.

—Armad a las milicias.

—Eso solo puede hacerlo el preboste de los mercaderes. —El título equivalía al de alcalde—. Y no moverá un dedo porque lo diga yo.

—Eso dejádmelo a mí. —Pierre solo tenía una vaga idea de cómo iba a manejar el asunto, pero parecía haber captado la atención de Enrique y no podía permitirse detenerse en los detalles.

—¿Cómo nos aseguraremos de que la milicia venza a los hugonotes? —preguntó Enrique—. Hay miles en las afueras. ¿Y si acuden en defensa de sus hermanos? La contienda podría estar muy reñida.

—Cerraremos las puertas de la ciudad.

París estaba defendida por una muralla y cada una de sus puertas conducía a un puente sobre el canal, que rodeaba prácticamente todo el perímetro del muro. Si las cerraban, dificultarían la entrada o la salida de la ciudad.

—Insisto: eso solo puede hacerlo el preboste.

—Insisto: eso dejádmelo a mí. —En esos momentos, Pierre estaba dispuesto a prometer cualquier cosa con tal de recuperar el favor de Enrique—. Lo único que debéis hacer es aseguraros de que vuestros hombres están preparados para entrar en la residencia de Coligny y matarlo tan pronto como os comunique que todo está listo.

—El señor de Cosseins y cincuenta hombres de la guardia real custodian a Coligny, así como sus propios efectivos.

—Cosseins es el hombre del rey.

—¿Y lo hará llamar?

—Eso es lo que creerá Cosseins —afirmó Pierre, contestando lo primero que se le pasó por la cabeza.

Enrique lo miró fijamente largo rato.

—¿Estás seguro de que puedes hacerlo?

—Sí —mintió Pierre. No le quedaba otra opción—. Pero vos no correréis ningún riesgo —añadió muy serio—. Si fracaso, lo único que habréis hecho habrá sido armar a vuestros hombres para nada.

Aquello convenció al joven duque.

—¿Cuánto tiempo necesitas?

—Estaré de vuelta antes de medianoche —aseguró Pierre, poniéndose en pie.

Una promesa más que no estaba seguro de poder cumplir.

Salió de la habitación llevándose con él el cuaderno negro.

Georges Biron lo esperaba fuera.

—Ensilla dos caballos —le ordenó Pierre—, tenemos mucho que hacer.

No podían salir por la puerta principal por culpa de los hugonotes airados que se habían concentrado delante de la residencia de los De Guisa. Creían que Enrique era el responsable del intento de asesinato —prácticamente como todo el mundo— y pedían su cabeza, aunque por el momento no habían hecho nada lo bastante grave para justificar que los hombres del duque abriesen fuego. Por fortuna, el palacio era gigantesco, ocupaba toda una manzana, y disponía de vías de entrada y salida alternativas. Pierre y Biron partieron por una puerta lateral.

Se dirigieron a la place de Grève, la más importante de la ciudad, donde vivía el preboste. Las estrechas y sinuosas calles de París dibujaban un trazado tan enrevesado como el plan que tomaba forma en la cabeza de Pierre. Llevaba maquinándolo desde hacía mucho tiempo, pero la oportunidad de ponerlo en marcha se había presentado de manera inesperada y se veía obligado a improvisar. Inspiró hondo para calmarse. Se trataba de la apuesta más arriesgada de su vida, pues había un sinfín de cosas que podían salir mal, y si fracasaba una sola parte del plan, todo estaba perdido. Dudaba que pudiera ingeniárselas para salvarse de un nuevo desastre. La vida de poder y riqueza que había conocido como consejero de la familia de Guisa llegaría a un ignominioso fin.

Intentó apartar aquellos pensamientos de su mente.

El preboste era un impresor y un librero acaudalado llamado Jean Le Charron. Pierre interrumpió una cena familiar y le comunicó que el rey quería verlo, una artimaña cuyo éxito dependía de la credulidad de Le Charron.

Solo hacía una semana que el preboste había jurado su cargo y se quedó atónito ante la visita del famoso Pierre Aumande de Guisa. Era tal el entusiasmo que le había provocado la noticia del requerimiento del rey que ni siquiera se le pasó por la cabeza cuestionar la autenticidad del mensaje y accedió a acompañarlo de inmediato. Pierre había salvado el primer obstáculo.

Le Charron ensilló el caballo y los tres partieron con el ocaso hacia el palacio del Louvre.

Biron se quedó en el patio mientras Pierre acompañaba a Le Charron al interior. El estatus del consejero era lo bastante elevado para llegar al guardarropa, la sala de espera que precedía a la sala de audiencias, pero no más allá.

De nuevo se hallaba ante un momento delicado. El rey Carlos no había hecho llamar ni a Pierre ni a Le Charron, y aquel no poseía suficiente abolengo —nada más lejos— para que el rey lo recibiera sin más.

Dejó a Le Charron a un lado y se dirigió al ujier de cámara con un tono tranquilo y lleno de confianza que no admitía discusión.

—Sé tan amable de informar a Su Majestad de que le traigo un mensaje de Enrique, duque de Guisa.

El rey Carlos no había hablado con Enrique, ni lo había visto, desde el intento fallido de asesinato, por lo que Pierre suponía que al monarca le intrigaría saber qué querría el duque.

Tras una larga espera, por fin lo hicieron pasar.

Pierre le dijo a Le Charron que se quedara en el guardarropa hasta que lo llamaran y entró en la sala de audiencias.

El rey Carlos y su madre estaban sentados a la mesa, terminando de cenar. Pierre lamentó que Catalina estuviera allí. Podría haber engañado a su hijo con facilidad, pero la madre era más lista y menos confiada.

—Mi noble señor, el duque de Guisa os pide perdón con toda humildad por no haber acudido a palacio en persona —empezó a decir Pierre.

Carlos asintió aceptando las disculpas, pero Catalina, sentada frente a él, no se dio por satisfecha con tanta facilidad.

—¿Qué se lo impide? —preguntó con sequedad—. ¿Tal vez la mala conciencia?

Pierre esperaba aquella reacción y tenía la respuesta preparada.

—El duque teme por su vida, majestad. Hay una turba de hugonotes provistos de armas frente a sus puertas día y noche, por lo que no puede salir de palacio sin gran riesgo para su persona. Están tramando su venganza, se cuentan por miles, tanto en la ciudad como en las afueras, y están armados y sedientos de sangre...

—Te equivocas —lo interrumpió la reina madre—. Su Majestad el rey ha aplacado sus temores. Ha ordenado que se lleve a cabo una investigación sobre el atentado y ha prometido que los culpables recibirán su justo castigo. Además, también ha visitado a Coligny en su lecho de enfermo. Tal vez haya algunos exaltados en la rue Vieille du Temple, pero sus cabecillas están tranquilos.

—Eso es justamente lo que le he dicho al duque Enrique —mintió Pierre—, pero cree que los hugonotes están al borde del alzamiento y teme que la única esperanza sea disponer un ataque preventivo para acabar con la amenaza.

—Dile que yo, el rey Carlos IX, respondo de su seguridad.

—Gracias, majestad. Me aseguraré de hacerle llegar una garantía tan incuestionable. —En realidad, la garantía apenas era tal. Un rey fuerte, temido por sus barones, habría estado en disposición de proteger al duque, pero Carlos era física y psicológicamente débil. Aunque el monarca no fuese consciente de ello, su madre sí, por lo que Pierre se dirigió a ella—: Aun así, al duque Enrique le complacería presentaros una propuesta. —Contuvo la respiración. Estaba siendo muy osado: tal vez el rey se prestaba a oír el consejo de los nobles, pero no era habitual que dicha recomendación se hiciera por mediación de un subordinado.

Se hizo un silencio. Pierre temió estar a punto de ser despachado por insolente.

Catalina lo miró con recelo. Sabía que ese era el verdadero motivo de la visita de Pierre, pero no lo reprendió, lo que daba una idea del poco control que la reina madre ejercía sobre la delicada situación y de lo cerca que estaba la ciudad del caos.

—¿Qué quieres? —preguntó el rey, al fin.

—Tomar unas sencillas precauciones que nos protegerían de los brotes violentos por parte de cualquier bando.

—¿Como cuáles? —quiso saber Catalina, suspicaz.

—Cerrad las puertas de la ciudad para que nadie pueda entrar, ni los hugonotes de las afueras ni un supuesto refuerzo católico. —Pierre hizo una pausa. Acababa de inventarse lo de la ayuda católica externa, pues era a los hugonotes a los que deseaba mantener a raya; sin embargo, ¿se daría cuenta Catalina de la artimaña?

—En realidad, es una buena idea —admitió el rey Carlos.

La reina madre permaneció callada.

Pierre prosiguió como si hubiera recibido el consentimiento.

—A continuación, encadenad las embarcaciones de los muelles e izad las cadenas de hierro de una orilla a otra del Sena para impedir que cualquier nave con intenciones hostiles pueda acercarse a la ciudad. De ese modo, los agitadores no podrían llegar a París por el río.

Y los hugonotes no podrían salir.

—También me parece sensato —aprobó el rey.

Pierre empezó a intuir la victoria y continuó adelante.

—Ordenad al preboste que arme a la milicia y apostad guardias en las encrucijadas más importantes de la ciudad con órdenes de hacer retroceder a cualquier grupo de hombres armados, independientemente de la fe que aseguren profesar.

Catalina comprendió al instante que no se trataba de una medida neutral.

—Sabes que la milicia solo está compuesta por católicos —apuntó.

—Lo sé —aseguró Pierre—, pero no disponemos de otros medios para mantener el orden.

No dijo nada más. Prefería no entrar en debates sobre imparcialidad teniendo en cuenta que el plan carecía de ella desde el principio. Aun así, conservar la paz era la mayor preocupación de Catalina.

—No veo ningún mal en tomar unas precauciones tan sencillas —comentó Carlos a su madre.

—Tal vez no —repuso Catalina. No se fiaba de ningún De Guisa, pero lo que su intermediario proponía parecía sensato.

—El duque desea hacer una sugerencia más —prosiguió Pierre. Enrique no había sugerido nada, pero la etiqueta exigía que el consejero diese a entender que su señor era el artífice de aquel plan—. Desplegad la artillería de la ciudad. Si disponemos los cañones en la place de Grève, defenderían el ayuntamiento… O podrían trasladarse a cualquier otro lugar en caso necesario.

«O acabar con una turba de protestantes», pensó.

El rey asintió.

—Así lo haremos. El duque de Guisa es un buen estratega militar. Por favor, transmítele mis agradecimientos.

Pierre hizo una reverencia.

—Tendrás que hacer llamar al preboste —apuntó Catalina dirigiéndose a Carlos. Naturalmente, creía que la demora le proporcionaría tiempo suficiente para reflexionar sobre las propuestas de Pierre y encontrar los inconvenientes.

Sin embargo, este no le concedió esa oportunidad.

—Majestad, me he tomado la libertad de traer al preboste conmigo, que aguarda fuera, a la espera de vuestras órdenes.

—Bien hecho —lo felicitó Carlos—. Hazlo pasar.

Le Charron entró haciendo una profunda reverencia, entusiasmado e intimidado ante el acontecimiento de encontrarse en presencia real.

Pierre se permitió hablar en nombre del rey e indicó a Le Charron que pusiera en marcha todas las medidas que había propuesto. Mientras le transmitía las órdenes, temía que Carlos o, más probablemente, Catalina cambiase de opinión, pero ambos se limitaron a asentir en señal de aprobación. Tenía la impresión de que a Catalina le costaba creer que el duque Enrique solo pretendiera protegerse y evitar los disturbios, pero era evidente que no conseguía desentrañar qué motivo oculto podría tener Pierre y no presentó ninguna objeción.

Le Charron se deshizo en agradecimientos por el honor que suponía recibir instrucciones del rey y, tras jurar que las cumpliría al pie de la letra, les permitieron retirarse. Pierre apenas podía creer que se hubiese salido con la suya y temía que Catalina lo hiciera llamar en cualquier momento mientras abandonaban el salón caminando hacia atrás y haciendo reverencias. En cuanto la puerta se cerró delante de él, comprendió que estaba un paso más cerca de la victoria.

Le Charron y él atravesaron el guardarropa y la sala de guardia y descendieron las escaleras.

Había oscurecido cuando salieron al patio, donde Biron los esperaba con los caballos.

Pierre aún tenía que urdir un engaño más antes de despedirse de Le Charron.

—Una cosa que el rey olvidó mencionar —dijo.

Esa sola frase habría suscitado las sospechas de un cortesano experimentado, pero Le Charron estaba impresionado por la aparente cercanía de Pierre con el monarca y deseaba complacerlo como fuese.

—Lo que sea, por descontado —contestó.

—Si la vida del rey corre peligro, las campanas de Saint-Germain-l'Auxerrois tocarán sin descanso, y por todo París se les unirán otras iglesias con sacerdotes católicos de confianza. Esa será vuestra señal de alarma, querrá decir que los hugonotes se han alzado contra el rey y que debéis atacarlos.

—¿Creéis que algo así podría llegar a ocurrir? —preguntó Le Charron, atónito.

—Esta misma noche, así que estad preparado.

Le Charron no dudó de Pierre ni un solo momento y aceptó sus palabras sin más.

—Así será —prometió.

Pierre sacó el cuaderno de tapas negras de la alforja, arrancó las hojas en las que había anotado los nombres de los asesinos y las víctimas nobles —las demás estaban dedicadas a hugonotes normales y corrientes de la ciudad— y se lo tendió a Le Charron.

—Aquí tenéis una lista de todos los protestantes conocidos de París junto con sus señas —dijo.

Le Charron no salía de su asombro.

—¡No sabía que existiese este documento!

—Es el fruto de muchos años de trabajo —aseguró Pierre, no sin cierto orgullo—. Esta noche tendrá el uso para el que fue concebido.

Le Charron aceptó el cuaderno con reverencia.

—Gracias.

—Si oís las campanas, vuestro deber consistirá en acabar con todo aquel que aparezca en el cuaderno —insistió Pierre con tono solemne.

Le Charron tragó saliva. Acababa de comprender que podía terminar envuelto en una carnicería, pero Pierre lo había conducido hasta esa conclusión con tanto cuidado, de una manera tan gradual y razonable, que asintió sin más.

—En caso de que se llegase al enfrentamiento, ordenaré a la milicia que se identifique, tal vez con un brazalete blanco, para que puedan reconocerse entre ellos.

—Muy buena idea —admitió Pierre—. Le diré a Su Majestad que se os ocurrió a vos.

—Eso sería un gran honor —contestó Le Charron, entusiasmado.

—Es mejor que os pongáis en marcha. Tenéis mucho que hacer.

—Sí. —El preboste montó en su caballo sin soltar el cuaderno negro. Antes de despedirse, pareció asaltarlo una leve desazón—. Esperemos que ninguna de estas precauciones acabe demostrándose necesaria.

—Amén —contestó Pierre con hipocresía.

Le Charron partió al trote.

Biron montó en su caballo.

Pierre se demoró unos momentos contemplando el palacio de estilo italiano que acababa de abandonar. Casi no podía creer que hubiese engañado a sus ocupantes reales, pero cuando un gobernante se hallaba al borde del pánico, no dudaba en tomar medidas expeditivas y estaba más que dispuesto a aceptar cualquier plan medianamente prometedor.

En cualquier caso, todavía no podía cantar victoria. Todo lo que había intentado esos últimos días había fallado y aún cabía la posibilidad de que el plan de esa noche, más complicado que ninguno anterior, fracasara.

Se dio impulso para subir a la silla.

—A la rue de Béthisy —le dijo a Biron—. Vamos.

Nadie podía acceder a la residencia de Coligny. La guardia real custodiaba las puertas. Había varios hombres en formación, provistos con arcabuces y lanzas, mientras otros descansaban a un lado, sentados en el suelo, con las armas en la mano. Formaban una barrera impenetrable.

—Traigo un mensaje de Su Majestad el rey para el señor de Cosseins —anunció Pierre tras frenar el caballo.

—Yo le entregaré el mensaje —dijo el guardia.

—No, ni pensarlo. Ve a buscarlo.

—Está durmiendo.

—¿Quieres que vuelva al Louvre y diga que tu señor no se ha dignado salir de la cama para recibir un mensaje del rey?

—No, señor, por supuesto que no, perdonadme.

El hombre se marchó y regresó un minuto después con Cosseins, quien tenía todo el aspecto de haber estado durmiendo vestido.

—Ha habido un cambio de planes —informó Pierre a Cosseins—. Los hugonotes han conspirado contra la persona del rey y pretendían hacerse con el control del gobierno. Hombres leales han frustrado la conjura, pero el rey quiere que se detenga a Coligny.

Cosseins no era tan cándido como Le Charron. Lo miró con suspicacia, como si creyera poco probable que alguien hubiese escogido al consejero del duque de Guisa como mensajero del rey.

—¿Traéis alguna confirmación? —preguntó con inquietud.

—No tenéis que detenerlo vos mismo. El rey enviará a alguien.

Cosseins se encogió de hombros. Eso le ahorraba comprometerse a nada.

—Muy bien —contestó.

—Solo debéis estar preparados —insistió Pierre, y partió al trote.

Había hecho todo lo que había podido. Había allanado el camino del Armagedón ayudándose de una pequeña serie de engaños verosímiles. En esos momentos, solo quedaba esperar que aquellos a quienes había intentado manipular, desde el rey hasta el sacerdote de Saint-Germain-l'Auxerrois, actuaran según sus cálculos.

La concurrencia de la rue Vieille du Temple había disminuido al anochecer, pero seguía habiendo suficientes hugonotes airados para que Pierre y Biron decidiesen entrar en el palacio por la puerta lateral.

La primera cuestión era si el duque Enrique estaría preparado. El joven siempre estaba dispuesto a entrar en acción, pero había perdido la fe en Pierre, y era posible que hubiese cambiado de opinión y hubiese optado por no reunir a sus hombres.

Pierre sintió un gran alivio y alegría al ver cincuenta hombres armados formando en el patio interior junto a los mozos que sujetaban sus caballos ensillados. Distinguió entre ellos a Rasteau, el hombre sin nariz, y a Brocard, su compañero inseparable. Las antorchas llameantes se reflejaban en los petos y los cascos. La partida estaba compuesta por un grupo disciplinado de hombres de armas y miembros de la pequeña aristocracia que guardaban silencio a la espera de las órdenes. Se respiraba una amenaza soterrada en aquella escena.

Pierre se abrió camino hasta el centro, donde se encontraba el duque Enrique.

—¿Y bien? —le preguntó el joven en cuanto lo vio.

—Todo está listo —aseguró Pierre—. El rey ha accedido a lo que queríamos. El preboste está armando a la milicia y desplegando la artillería de la ciudad en estos momentos.

«O eso espero», pensó.

—¿Y Cosseins?

—Le he dicho que Carlos enviaría a alguien para detener a Coligny. Si no me ha creído, tendréis que entrar a la fuerza.

—Que así sea. —Enrique se volvió hacia sus hombres y alzó la voz—: ¡Saldremos por la puerta principal! —anunció—. Muerte a quien se interponga en nuestro camino.

Montaron a caballo. Un mozo le tendió a Pierre un cinto con un arma envainada, que se lo ciñó a la cintura y subió a la silla de un salto. Si podía, intentaría no participar de manera activa en la contienda, pero nunca estaba de más ir preparado.

Se volvió hacia el arco que conducía a la salida y vio que dos criados estaban abriendo las grandes verjas de hierro. La multitud del exterior se quedó momentáneamente desconcertada, sin saber qué hacer. No habían previsto aquella situación, no creían que las puertas fueran a abrirse. En ese momento, el duque Enrique espoleó a su caballo y la partida salió al trote acompañada del súbito estruendo que producían los cascos repicando contra el suelo. La muchedumbre se desperdigó aterrorizada, pero no todos consiguieron apartarse a tiempo. En medio de los gritos, los imponentes caballos cargaron contra la gente al tiempo que los jinetes blandían sus espadas. Los heridos y los muertos se contaron por decenas.

Había empezado la matanza.

Avanzaron por las calles a galope tendido. Los pocos que a esas horas aún se encontraban fuera de casa se apartaban de su camino, temiendo por sus vidas. Pierre estaba extasiado, aunque inquieto. Aquello era por lo que había estado trabajando desde que el rey Carlos había firmado esa vergonzosa Paz de Saint-Germain. Las medidas que se tomarían esa noche demostrarían que Francia jamás toleraría la herejía… y que nunca se debía subestimar a la familia de Guisa. Pierre tenía miedo, pero lo invadía un entusiasmo exultante.

Le preocupaba Cosseins. Esperaba haber sido capaz de ganarse su confianza y, por lo tanto, su colaboración, pero el hombre no era idiota. Si oponía resistencia, el feroz combate que estallaría tal vez daría tiempo a Coligny para escapar. Todo el plan podía irse a pique solo por eso.

El palacio de Guisa se encontraba al este de la ciudad y la residencia de Coligny en el extremo occidental, pero la distancia era pequeña y a esas de la noche apenas encontrarían obstáculos en el camino. Los jinetes llegaron a la rue de Béthisy en cuestión de minutos.

Los hombres de Cosseins debían de haber oído el repicar de los cascos desde lejos, y en ese momento, cuando la residencia de Coligny empezó a dibujarse a la luz de las estrellas, Pierre comprobó que los guardias ofrecían una visión más ordenada e imponente que media hora antes, alineados delante de las puertas con los arcabuces preparados y las lanzas en ristre.

—¡Vengo a detener a Gaspard de Coligny! —anunció el duque Enrique tras frenar su caballo—. ¡Abrid las puertas en nombre del rey!

Cosseins dio un paso al frente. La luz de las antorchas de los hombres del duque de Guisa confería a su rostro una expresión diabólica.

—No he recibido esas instrucciones —replicó.

—Cosseins, sois un buen católico y un fiel servidor de Su Majestad el rey Carlos —dijo Enrique—, pero no aceptaré un no por respuesta. He recibido órdenes de mi tutor y pienso cumplirlas, aunque para ello deba mataros a vos primero.

Cosseins vaciló. Se hallaba en una situación difícil, como Pierre había previsto. Le habían asignado la protección de Coligny, aunque era perfectamente verosímil que el rey hubiera cambiado de opinión y hubiese ordenado su detención. Además, si oponía resistencia ante Enrique, y los soldados de un bando y otro entraban en liza, se derramaría mucha sangre…, tal vez incluso la del propio Cosseins.

Como Pierre esperaba, el capitán de la guardia decidió salvar el pellejo y enfrentarse más tarde a las consecuencias.

—¡Abrid las puertas! —ordenó.

Sus hombres obedecieron y la exultante partida del duque de Guisa entró en el patio a la carga.

La entrada principal de la casa estaba defendida por una enorme puerta doble de madera maciza con refuerzos de hierro. Pierre vio que se cerraba de golpe al llegar al patio y supuso que la guardia personal de Coligny se encontraría al otro lado. Los soldados del duque de Guisa empezaron a golpearla con sus espadas y uno hizo saltar la cerradura de un disparo. Pierre se lamentó por no haber pensado en llevar con ellos un par de almádenas y, una vez más, temió que el retraso le brindara a Coligny la oportunidad de escapar. A nadie se le había ocurrido comprobar si existían más salidas.

Sin embargo, la puerta acabó cediendo y se abrió de par en par, tras lo que se inició un combate feroz en las escaleras donde media docena de guardias intentaron contener a los intrusos, pero los hombres de Coligny pronto se vieron superados en número y en cuestión de minutos todos yacían muertos o heridos de muerte.

Pierre desmontó de un salto y subió los peldaños de dos en dos. Los hombres de armas estaban abriendo las puertas a patadas.

—¡Por aquí! —gritó uno de ellos, y Pierre siguió la voz hasta el dormitorio principal.

Coligny estaba arrodillado a los pies de la cama. Llevaba puesto el camisón, un gorro de dormir que le cubría el cabello plateado y el brazo herido en cabestrillo. Rezaba en voz alta.

A pesar de que todos ellos habían hecho cosas peores, los esbirros del duque vacilaron antes de matar a un hombre en plena oración.

—¡¿De qué tenéis miedo?! —gritó Pierre—. ¡Matadlo, malditos seáis!

Un hombre llamado Besme hundió su hoja en el pecho de Coligny. Cuando la extrajo, la sangre roja empezó a manar de la herida a chorros. Coligny cayó de bruces.

Pierre corrió a la ventana, la abrió de golpe y vio a Enrique en el patio delantero, a lomos de su caballo.

—¡Duque Enrique! —lo llamó—. ¡Me enorgullece informaros de que Coligny ha muerto!

—¡Enséñame el cuerpo! —gritó Enrique a su vez.

Pierre se volvió hacia la habitación.

—Besme, tráelo aquí —ordenó.

El hombre pasó las manos por debajo de los brazos de Coligny y arrastró el cadáver por el suelo.

—Súbelo a la ventana.

Besme obedeció.

—¡No le veo la cara! —protestó Enrique.

Con gesto impaciente, Pierre agarró el cuerpo por las caderas y lo impulsó. El cadáver superó el alféizar, cayó al vacío y se estampó de cara contra los adoquines con un golpe sordo.

Enrique desmontó y, con un gesto cargado de desdén, le dio la vuelta con el pie.

—Es él —confirmó—. El hombre que asesinó a mi padre.

Los esbirros que lo rodeaban lanzaron vítores.

—Ya está —dijo Enrique—. Que suenen las campanas de Saint-Germain-l'Auxerrois.

II

Sylvie lamentó no tener un caballo.

Tardaba tanto yendo de casa en casa para avisar a los miembros de la congregación que se reunía en el desván del establo, que la frustración era desquiciante. Cada vez que salía de una, tenía que buscar la siguiente, explicarle la situación a la familia, convencerla de que no se lo estaba inventando y, a continuación, dirigirse corriendo al siguiente hogar protestante más cercano. Seguía un plan lógico: se desplazaba hacia el norte a lo largo de la rue Saint-Martin, la arteria principal de la ciudad, y tomaba alguna calle lateral para acortar el camino. Aun así, solo conseguía dar tres o cuatro alertas por hora. Si hubiera tenido un caballo, habría ido el doble de rápida.

Además, también habría sido menos vulnerable. A un borracho le costaría tirar a una mujer joven y fuerte de un caballo, pero a pie y sola en la oscuridad de las calles de París temía que pudiese pasar cualquier cosa y que nadie lo viese.

Conforme se acercaba a la residencia del marqués de Lagny, que no distaba demasiado de su almacén, próximo a la muralla de la ciudad, oyó unas campanas a lo lejos y frunció el ceño. ¿Qué estaba ocurriendo? El repique inesperado solía anunciar que sucedía algo grave, y el clamor no dejaba de aumentar de intensidad, por lo que dedujo que las demás iglesias estaban sumándose al coro. Una contingencia que afectaba a toda la ciudad solo podía significar una cosa: el temor que Ned y ella habían compartido al descubrir que faltaba el cuaderno de Pierre estaba haciéndose realidad.

Minutos después, aporreaba la puerta de la casa del marqués, quien acudió a abrirla en persona. Sylvie supuso que ya debía de estar levantado y que los criados seguían durmiendo. También se fijó en que era la primera vez que lo veía sin el bonete bordado con gemas y que lucía tonsura en la coronilla.

—¿Por qué suenan las campanas? —preguntó.

—Porque nos van a matar a todos —contestó Sylvie, y entró de inmediato.

El hombre la condujo hasta el salón. Era viudo, y sus hijos, ya mayores, no vivían con él, de modo que seguramente no había nadie más en la casa aparte de los criados. Sylvie vio que había estado leyendo uno de los libros que le había vendido a la luz de un candelabro de hierro forjado. El marqués le ofreció un vaso de vino de una frasca que había junto a la silla. A pesar de llevar horas fuera de casa, hasta ese momento no se había dado cuenta del hambre y la sed que tenía. Lo apuró de un trago, pero rechazó un segundo vaso.

Sylvie le explicó que sospechaba que los ultracatólicos estaban a punto de lanzar un ataque y que había ido por toda la ciudad poniendo a los protestantes sobre aviso; sin embargo, temía que las hostilidades ya hubieran empezado y que tal vez fuese demasiado tarde para dar la alarma.

—Tengo que volver a casa.

—¿De verdad? Quizá estés más segura quedándote.

—Quiero comprobar que mi madre está bien.

El marqués la acompañó a la puerta, pero, al girar el picaporte, alguien la aporreó al otro lado.

—¡No abráis! —le pidió Sylvie, demasiado tarde.

La mujer echó un vistazo por encima del hombro de Lagny y vio a un noble en el umbral, acompañado de varios hombres. Lagny lo reconoció.

—¡Vizconde de Villeneuve! —exclamó sorprendido.

Villeneuve llevaba un caro sobretodo rojo, pero Sylvie se asustó al ver que empuñaba la espada.

El marqués conservó la calma.

—¿Qué os trae a mi casa a esta hora de la noche, vizconde?

—La obra de Dios —contestó Villeneuve, y hundió la espada en la barriga de Lagny con un rápido movimiento.

Sylvie chilló.

Lagny también, de dolor, y cayó de rodillas.

Sylvie echó a correr por el vestíbulo en dirección a la parte trasera de la casa mientras Villeneuve trataba de sacar la hoja de las tripas del marqués. Abrió una puerta de par en par, la cruzó y apareció en una amplia cocina.

En París, como en todas partes, los criados no conocían el lujo de dormir en una cama, por lo que solían improvisar un jergón en el suelo. En aquella cocina habría una decena de criados que comenzaban a despertarse, preguntando con voz aterrada qué ocurría.

Sylvie cruzó la estancia a toda prisa, sorteando hombres y mujeres, y alcanzó la puerta del fondo, pero estaba cerrada y no se veía la llave por ninguna parte.

Reparó en una ventana abierta, que dejaba entrar el aire en una habitación atestada una noche de agosto, y escapó por ella sin pensárselo dos veces.

Salió a un patio rodeado por un alto muro de piedra y en el que había un gallinero y un palomar. Al fondo vio una puerta e intentó abrirla, pero también estaba cerrada. Estuvo a punto de echarse a llorar de miedo e impotencia.

Oyó gritos aterrorizados a su espalda y supuso que Villeneuve y sus hombres habían entrado en la cocina. Imaginó que darían por sentado que los criados eran protestantes, como su señor —algo que era habitual—, y que los matarían a todos antes de ir a por ella.

Se encaramó al tejado del gallinero, lo que provocó un coro de cacareos histéricos en el interior. Apenas la separaba un metro del muro, así que saltó y aterrizó en lo alto de la estrecha tapia, aunque perdió el equilibrio y se hizo daño al caer de rodillas. En cuanto consiguió estabilizarse, se descolgó por el otro lado, que daba a un callejón pestilente.

Echó a correr como alma que lleva el diablo, salió a la rue du Mur y, sin perder un segundo, se dirigió a su almacén, al que llegó sin haberse cruzado con nadie. Abrió la puerta, entró, la cerró tras de sí y echó la llave.

Estaba a salvo. Apoyó la mejilla contra la madera. Había escapado, pensó con una extraña sensación de euforia, y en ese momento la asaltó una idea que la sorprendió: «No quiero morir ahora que he conocido a Ned Willard».

III

Walsingham comprendió de inmediato lo que significaba la desaparición del cuaderno y encomendó a algunos de sus empleados, Ned entre ellos, la tarea de ir a las casas de destacados ingleses protestantes que vivían en París para aconsejarles que fuesen a refugiarse a la embajada. No había caballos para todos, así que Ned decidió ir a pie. A pesar del calor que hacía, llevaba botas altas de montar y un jubón de piel, e iba armado con una espada y un largo puñal de hoja afilada.

Acababa de cumplir su cometido y estaba saliendo de la última casa que le habían asignado cuando empezaron a sonar las campanas.

Pensó en Sylvie, preocupado. El plan de Pierre solo exigía la muerte de protestantes aristócratas, pero una vez que los hombres empezaban a matar era difícil detenerlos. Hacía quince días, Sylvie no habría tenido nada que temer, su actividad como vendedora de libros ilegales era un secreto bien guardado, pero la semana anterior Ned había conducido a Pierre hasta el hogar de aquella mujer y seguramente aparecía en la lista desde entonces. Decidió que llevaría a su madre y a ella a la embajada como medida preventiva.

Se dirigió a la rue de la Serpente y llamó con insistencia a la puerta de la tienda.

Una figura se asomó a una de las ventanas del primer piso.

—¿Quién es? —La voz pertenecía a Isabelle.

—Ned Willard.

—Espera, ahora bajo.

La ventana se cerró y, un momento después, Isabelle apareció en la puerta.

—Pasa.

La mujer la cerró en cuanto Ned entró. Una sola vela alumbraba los estantes llenos de libros de cuentas y frascos de tinta.

—¿Dónde está Sylvie? —preguntó Ned.

—Sigue fuera, avisando a la gente.

—Ya es demasiado tarde para avisar a nadie.

—Puede que se haya refugiado en algún sitio.

Ned empezó a preocuparse.

—¿Dónde crees que puede estar?

—Iba a recorrer la rue Saint-Martin en dirección norte para acabar en la casa del marqués de Lagny. Podría estar allí o… —Isabelle vaciló.

—¿Dónde? —preguntó Ned, impaciente—. ¡Su vida está en peligro!

—Tenemos un escondite. Debes jurar que nunca se lo revelarás a nadie.

—Lo juro.

—En la rue du Mur, cerca de la esquina de la rue Saint-Denis, hay una vieja cuadra de ladrillo sin ventanas.

—Con eso me basta. —Vaciló—. ¿Sabrás arreglártelas sola?

Isabelle abrió un cajón del mostrador y le enseñó dos pistolas de bolsillo de un solo disparo con mecanismo de llave de rueda, además de media docena de balas y una caja de pólvora.

—Guardo esto para cuando se cuelan los borrachos de la taberna de enfrente pensando que no debe de ser muy difícil robar en una tienda regentada por dos mujeres.

—¿Has disparado a alguien alguna vez?

—No, basta con enseñarles las pistolas.

Ned puso la mano en el picaporte de la puerta.

—Atráncala cuando salga.

—No te preocupes.

—Asegúrate de que todas las ventanas están bien cerradas y con el pestillo puesto.

—Descuida.

—Apaga la vela y no abras. Si llama alguien, no contestes. Que piensen que no hay nadie.

—De acuerdo.

—Sylvie y yo vendremos a buscarte y luego nos iremos todos a la embajada inglesa.

Ned abrió la puerta.

Isabelle lo agarró por el brazo.

—Cuídala —le pidió con voz entrecortada—. Pase lo que pase, cuida de mi pequeña.

—Esa es mi intención —contestó, y se marchó corriendo.

Las campanas seguían sonando. La orilla izquierda del Sena estaba prácticamente desierta; sin embargo, cuando cruzó el puente de Notre-Dame, con sus tiendas caras, se quedó boquiabierto al ver dos cuerpos sin vida en plena calle. Un hombre y una mujer con ropa de dormir, apuñalados con saña. El aire doméstico de la escena le provocó náuseas: marido y mujer, tumbados uno junto al otro como si estuvieran en la cama, pero con las ropas empapadas de sangre.

Un poco más adelante vio que, por la puerta abierta de una joyería, salían dos hombres cargados con sacos en los que debían de llevar objetos valiosos. Ned se apresuró a pasar junto a los saqueadores, que lo miraron con cara de pocos amigos. No quería tener un altercado con ellos que lo retrasase, y era evidente que ellos tampoco, porque no lo siguieron.

Un grupo de hombres aporreaba una puerta en la orilla derecha. Llevaban una tira de tela blanca atada en el brazo, por lo que Ned supuso que se trataría de algún tipo de identificación. La mayoría iban armados con puñales y garrotes, menos uno de ellos, mejor vestido que los demás, que empuñaba una espada.

—¡Abrid, protestantes blasfemos! —gritó con una cuidada pronunciación el que parecía estar al mando.

Se trataba, por tanto, de una brigada de católicos dirigida por un oficial. Ned imaginó que formarían parte de la milicia de la ciudad. Según la información que le había facilitado Jerónima, estaba gestándose una matanza de nobles protestantes, pero la casa junto a la que pasaba era una residencia normal y corriente, propiedad quizá de un artesano o un pequeño comerciante. Como temía, la carnicería estaba extendiéndose más allá de los objetivos establecidos en un principio, los aristócratas, y el desenlace podía ser aterrador.

Se sintió como un cobarde tratando de sortear disimuladamente la escena del crimen con la esperanza de que los hombres de los brazaletes blancos no se fijaran en él, pero ¿qué otra cosa podía hacer? Era imposible que él solo pudiera salvar a los ocupantes de la casa de seis atacantes. Si se enfrentaba a ellos, lo matarían y luego retomarían su bárbaro cometido. Además, tenía que encontrar a Sylvie.

Ned siguió la amplia rue Saint-Martin hacia el norte alumbrado por la luz de las estrellas mientras comprobaba callejón tras callejón con la esperanza de toparse con una mujer menuda, de postura erguida y paso vivo dirigiéndose hacia él con una sonrisa aliviada en los labios. En una de esas callejas divisó un grupo de hombres de aspecto tosco, tres esta vez, con brazaletes blancos y sin espadas. Estaba a punto de seguir adelante cuando un detalle le llamó la atención.

Estaban de espaldas a él, concentrados en algo que había en el suelo. En ese momento, horrorizado, Ned atisbó algo que le recordó la delicada curva de la pierna de una mujer joven.

Se detuvo y aguzó la vista. Estaba oscuro, pero uno de ellos llevaba un farol. Finalmente, Ned creyó ver que había una chica en el suelo y un cuarto hombre arrodillado entre sus piernas. La joven gimoteaba y al cabo de un momento distinguió lo que decía: «No, no, no…».

Sintió el poderoso impulso de salir corriendo, pero algo se lo impidió. Parecía que todavía no la habían violado, por lo que si se apresuraba a intervenir, tal vez podría evitarlo.

O acabar muerto.

Los hombres estaban concentrados en la mujer y no lo habían visto, pero podían volverse en cualquier momento. No había tiempo para pensar.

Dejó el farol en el suelo y desenvainó la espada.

Se aproximó con sigilo y, antes de que el miedo lo detuviera, hundió la hoja de su arma en el muslo del hombre que tenía más cerca.

El miliciano aulló de dolor.

Ned extrajo la hoja. El siguiente estaba dándose la vuelta para ver qué ocurría cuando Ned le asestó un tajo con tal suerte que la punta del acero le hizo un corte desde la barbilla hasta el ojo. El hombre chilló y se llevó las manos a la cara. La sangre borbotaba entre los dedos.

El tercero miró a sus compañeros heridos, se dejó llevar por el pánico y echó a correr por el callejón.

Segundos después, los otros dos hicieron lo mismo.

El cuarto, que seguía arrodillado, se levantó de un salto y salió tras ellos, sujetándose los calzones con las manos.

Ned envainó la espada ensangrentada y se agachó junto a la joven para bajarle el vestido y cubrir su desnudez.

En ese momento la miró a la cara y vio que se trataba de Aphrodite Beaulieu.

Ni siquiera era protestante. Se preguntó qué estaría haciendo en la calle a esas horas, cuando sus padres no le habrían permitido pasear sola ni de día. Supuso que volvería de una cita secreta y recordó con qué cara de felicidad había sonreído a Bernard Housse en el Louvre. De no ser porque esa noche alguien había decidido soltar los perros de la guerra, seguramente se habría salido con la suya.

La joven lo miró.

—¿Ned Willard? ¡Gracias a Dios? Pero ¿cómo…?

La tomó de la mano y la ayudó a ponerse en pie.

—No hay tiempo para explicaciones —la interrumpió. La mansión Beaulieu no quedaba lejos, en la rue Saint-Denis—. Os acompañaré a casa.

Recogió el farol y la tomó del brazo.

Aphrodite estaba en tal estado de conmoción que era incapaz de llorar o de articular palabra.

Ned miraba a su alrededor con actitud vigilante mientras avanzaban por las calles. Nadie estaba a salvo.

Casi habían llegado a la casa de la joven cuando cuatro hombres con brazaletes blancos salieron de un callejón lateral y se acercaron a ellos.

—¿Estáis huyendo, protestantes? —preguntó uno.

Ned se quedó paralizado. Pensó en desenvainar la espada, pero ellos también llevaban, y además eran cuatro. Había sorprendido al último grupo y los había obligado a huir, pero estos se enfrentaban a él con las manos enarbolando sus armas, dispuestos a presentar batalla. No tenía la menor posibilidad.

No le quedaba otra opción que intentar disuadirlos con su elocuencia, aunque sabía que un extranjero levantaría sospechas de inmediato. Su pronunciación era lo bastante buena para engañar a la gente —los parisinos creían que procedía de Calais—, pero a veces cometía errores gramaticales de principiante y rezó para que un desliz como decir «le maison» en lugar de «la maison» no acabara delatándolo.

Lanzó un resoplido cargado de desdén.

—Se trata de mademoiselle Beaulieu, mentecatos —dijo—, una buena católica, y la mansión del conde de Beaulieu está a dos pasos de aquí. Si le ponéis un dedo encima, despertaré a toda la casa.

No se trataba de una amenaza sin fundamento, estaban tan cerca que lo oirían si se echaba a gritar. Sin embargo, Aphrodite le apretó el brazo y Ned imaginó que la joven prefería evitar que sus padres supieran que había estado fuera.

El cabecilla del grupo lo miró con suspicacia.

—Si es una noble católica, ¿qué está haciendo en la calle a estas horas?

—¿Y si se lo preguntamos a su padre? —Ned mantuvo su pose de firme arrogancia, aunque no sin esfuerzo—. Seguro que él también querrá saber qué demonios crees que haces importunando a su hija. —Inspiró hondo y alzó la cabeza, como si estuviera a punto de gritar pidiendo auxilio.

—De acuerdo, de acuerdo —cedió el cabecilla—, pero los hugonotes se han alzado contra el rey y la milicia tiene órdenes de buscarlos y matarlos a todos, así que será mejor que os metáis en casa y no salgáis.

Ned disimuló su alivio.

—Y será mejor que tú te andes con más cuidado a la hora de dirigirte a una noble católica —contestó, y pasó junto a los hombres acompañado de Aphrodite. El cabecilla no dijo nada.

—Tengo que entrar por la parte de atrás —comentó la muchacha en cuanto estuvo segura de que no podían oírlos.

Ned asintió. Justo lo que había imaginado.

—¿La puerta trasera no está cerrada con llave?

—Mi criada está esperando.

Era la historia más vieja del mundo: la criada de Aphrodite ayudaba a su señora a vivir una aventura prohibida. En cualquier caso, no era asunto suyo. La acompañó a la parte de atrás y la joven llamó a una alta puerta de madera. Una jovencita la abrió de inmediato.

Aphrodite tomó con fuerza la mano de Ned entre las suyas y lo besó en los dedos.

—Os debo la vida —musitó antes de entrar y de que la puerta se cerrara tras ella.

Ned se encaminó a la residencia de Lagny poniendo mayor atención que antes. Ahora estaba solo y, en consecuencia, resultaba más sospechoso. Tocó la empuñadura de la espada con gesto nervioso.

A esas alturas ya había luz en muchas casas. Seguramente sus ocupantes se habrían levantado y habrían encendido velas, alertados por las campanas. De vez en cuando, un rostro pálido se asomaba a una ventana y escudriñaba la calle con inquietud.

Por fortuna, la vivienda del marqués no quedaba lejos. Subía los escalones que conducían a la puerta principal cuando reparó en que el lugar se hallaba a oscuras y en silencio. Tal vez Lagny y sus criados querían simular que la casa estaba vacía, como Ned le había pedido a Isabelle que hiciese.

La puerta cedió al llamar. Solo estaba medio ajustada, por lo que se abrió de par en par a un vestíbulo a oscuras. Ned percibió un olor nauseabundo que le recordó a un puesto de carnicero y, al alzar el farol, ahogó un grito.

La sangre cubría el suelo embaldosado y las paredes revestidas de paneles. Había cadáveres por todas partes, entre los que distinguió al marqués, que estaba tumbado de espaldas, con heridas de cuchillo en el vientre y en el pecho. El corazón se le detuvo mientras alumbraba el rostro de los demás cuerpos, temiendo que uno de ellos resultase ser el de Sylvie. No reconoció a nadie y por sus ropas dedujo que se trataba de los criados.

Había más en la cocina. Vio una ventana abierta que daba a un patio y esperó que alguno hubiera logrado escapar por ahí.

Registró la casa, sosteniendo el farol sobre los rostros de los cadáveres hasta que, para su inmenso alivio, comprobó que Sylvie no se hallaba entre ellos.

Solo quedaba encontrar el escondite secreto; pero si no estaba allí, se temía lo peor.

Antes de abandonar el edificio se arrancó el cuello de encaje de la camisa y se lo ató alrededor del brazo para simular que pertenecía a la milicia. Existía el peligro de que lo pusieran a prueba y se descubriera que era un impostor, pero sopesando la alternativa, decidió que valía la pena correr ese riesgo.

La desesperación empezaba a hacer mella en él. Apenas la conocía desde hacía unas semanas, pero Sylvie había pasado a significarlo todo para él. «Perdí a Margery, no puedo perder también a Sylvie. ¿Qué sería de mí?», pensó.

Se dirigió a la rue du Mur y, tras localizar el edificio de ladrillo sin ventanas, llamó a la puerta de madera.

—Soy yo. Ned —dijo en voz baja y apremiante—. ¿Estás ahí, Sylvie?

Silencio. Sintió que el pulso se le detenía hasta que oyó el chirrido de una barra y el chasquido de una cerradura. La puerta se abrió y él entró. Sylvie echó la llave, colocó la barra y luego se volvió hacia Ned, que alzó el farol para mirarla a la cara. Estaba alterada, asustada y llorosa, pero viva y, por lo que parecía, ilesa.

—Te quiero —dijo Ned.

Sylvie se lanzó a sus brazos.

IV

Pierre estaba atónito ante el resultado de sus maquinaciones. La milicia de París se había lanzado a la matanza de protestantes con mayor afán y rencor de lo que habría podido llegar a imaginar.

Aun así, sabía que su astucia no era la causa. La celebración del enlace había enfurecido a los parisinos y los predicadores populares les habían asegurado que tenían todo el derecho a sentirse así. La ciudad era un polvorín de odio a la espera de que alguien lo hiciese estallar. Pierre se había limitado a prender la mecha.

A la llegada del alba del día de San Bartolomé, París amaneció con las calles cubiertas por centenares de hugonotes muertos o moribundos. Tal vez sí era posible acabar con todos los protestantes de Francia. Pierre comprendió, con una mezcla de euforia y asombro, que aquella podía ser la solución definitiva.

Había reunido en torno a sí a una pequeña partida de sicarios prometiéndoles que les permitiría robar lo que quisieran a quienes mataran. Entre ellos se encontraban Biron, el cabecilla de sus espías, además de Brocard, Rasteau y un puñado de maleantes que aquel utilizaba para ciertas labores como la vigilancia de sospechosos.

Pierre había entregado el cuaderno negro al preboste, Le Charron, pero recordaba muchos nombres y direcciones. Llevaba catorce años espiando a toda esa gente.

Primero se dirigieron a la residencia de René Duboeuf, el sastre de la rue Saint-Martin.

—No los matéis ni a su esposa ni a él hasta que yo lo diga —ordenó Pierre.

Tiraron la puerta abajo y entraron en la tienda. Varios hombres subieron al primer piso.

Pierre abrió un cajón y encontró la libreta del sastre, que contenía los nombres y las señas de sus clientes, lo que siempre había querido. Esa noche le sacaría provecho.

Los hombres arrastraron a los Duboeuf hasta la tienda en ropa de dormir.

René era un hombrecillo que rondaba la cincuentena. Ya estaba calvo cuando Pierre lo conoció, hacía trece años. La esposa era por entonces una mujer joven y bella, que continuaba conservando su atractivo a pesar de su aspecto aterrorizado. Pierre le sonrió.

—Françoise, si no recuerdo mal —dijo. Se volvió hacia Rasteau—. Córtale un dedo.

Rasteau soltó su risita estridente.

En medio de los sollozos de la mujer y las súplicas de su marido, un sicario le sujetó una de las manos sobre la mesa y Rasteau le cortó el meñique y parte del anular. La sangre brotó a chorro sobre la madera y manchó un rollo de lana gris claro. Françoise chilló y se desmayó.

—¿Dónde está el dinero? —preguntó Pierre.

—En el asiento del bacín, detrás del orinal —contestó el sastre—. Por favor, no le hagáis más daño.

Pierre indicó a Biron que subiera al primer piso.

—Ponedla en pie —ordenó a continuación, viendo que Françoise había abierto los ojos.

Biron regresó con una bolsa de cuero que vació sobre la mesa, en medio del charco de sangre, en el que aparecieron un montón de monedas de distinto valor.

—Aquí falta mucho dinero —calculó Pierre—. Arrancadle el camisón.

Françoise era más joven que su marido y tenía buena figura. Los hombres enmudecieron.

—¿Dónde está el resto? —preguntó Pierre, dirigiéndose al sastre. Duboeuf vaciló.

—¿Queréis que le corte las tetas? —intervino Rasteau, excitado.

—En la chimenea, en el tiro. Por favor, no le hagáis nada —suplicó el sastre.

Biron metió la mano en el tiro de la chimenea —apagada, por ser agosto— y extrajo una caja de madera. Rompió la cerradura con la punta de la espada y volcó el contenido sobre la mesa, una buena cantidad de monedas de oro.

—Rebanadles el cuello y repartíos el dinero —dijo Pierre, y salió de la casa sin detenerse a mirar.

A quienes realmente quería ver muertos era a los marqueses de Nimes. Le encantaría matar al hombre delante de su esposa; Pierre no conseguía imaginar mejor venganza que aquella, pero vivían extramuros, en Saint-Jacques, y las puertas de la ciudad estaban cerradas, así que por el momento se hallaban a salvo de su ira.

Dado que no podía tratarse de ellos, pensó en la familia Palot.

Isabelle Palot había hecho algo peor que insultarlo unos días atrás; tras presentarse en su tienda, la mujer le había infundido miedo. Y la perspicaz Sylvie se había dado cuenta. Había llegado la hora de que recibieran su castigo.

Los hombres estaban tardando mucho en repartirse el dinero, por lo que imaginó que estarían violando a la mujer antes de matarla. Durante la guerra civil, había observado que, cuando los hombres empezaban a matar, ya nada los detenía. Era como si levantar una prohibición las levantase todas.

Por fin salieron de la tienda. Pierre los condujo hacia el sur, por la rue Saint-Martin, y cruzaron la Île de la Cité. En ese momento recordó las palabras que Isabelle le había dirigido: «¡Asqueroso! ¡Eres el aborto de una ramera sifilítica! ¡Eres un cadáver putrefacto y odioso!». Se las recordaría cuando estuviera agonizando.

V

Ned comprobó que los libros de Sylvie se hallaban a buen recaudo, ocultos con ingenio. Cualquiera que entrara en el almacén solo vería barriles apilados hasta el techo. La mayoría únicamente contenían arena, pero Sylvie le había enseñado varios que estaban vacíos y que podían moverse con facilidad para acceder al lugar donde almacenaba los libros, guardados en cajas. Según ella, nadie había descubierto jamás su secreto.

Apagaron el farol de Ned por miedo a que el débil resplandor se colara por las grietas y los delatara, y se sentaron en la oscuridad, con las manos enlazadas. El tañido de las campanas era ensordecedor y se mezclaba con los ecos de los disturbios que llegaban hasta sus oídos: chillidos, los gritos roncos de los hombres en plena lucha y algún disparo ocasional. Sylvie estaba preocupada por su madre, pero Ned la convenció de que Isabelle corría menos peligro en casa que ellos si saliesen a la calle.

Esperaron durante horas, atentos, a la expectativa. Los ruidos del exterior empezaron a apagarse más o menos al mismo tiempo que una luz débil se colaba alrededor de la puerta, como si la enmarcara, anunciando el alba.

—No podemos quedarnos aquí para siempre —observó Sylvie.

Ned abrió un resquicio, asomó la cabeza con cuidado y echó un vistazo a la rue du Mur a la luz del amanecer.

—Despejado —dijo, y salió.

Sylvie lo siguió y echó la llave detrás de él.

—Tal vez haya acabado la matanza —aventuró la joven.

—Puede que se resistan a cometer atrocidades a plena luz del día.

—«Y los hombres amaron más las tinieblas que la luz, porque sus obras eran malas» —recitó Sylvie, recordando un versículo del Evangelio de San Juan.

Echaron a andar con paso vivo, muy pegados. Ned aún lucía el brazalete, por si acaso, aunque depositaba mayor confianza en la espada que llevaba al cinto y que sujetaba por la empuñadura, como si el gesto le infundiera seguridad. Se dirigieron hacia el sur, en dirección al río.

Al doblar una esquina, dos hombres yacían muertos a la puerta de una tienda de sillas de montar. La desnudez de los cuerpos sorprendió a Ned, así como la figura de la anciana de cabello gris y un abrigo sucio que había inclinada sobre ellos y que los tapaba en parte. Segundos después, comprendió que estaba quitándoles la ropa.

Las prendas de segunda mano eran valiosas, ya que solo los ricos podían permitirse renovar su vestuario. Incluso la ropa interior gastada y sucia se vendía como trapos a los que hacían papel. Ned concluyó que aquella pobre anciana estaba robándosela a los muertos para venderla posteriormente. La mujer tiró de los calzones de uno de los cadáveres y luego salió corriendo con un fardo bajo el brazo. La desnudez de los cuerpos apuñalados hizo que la escena resultase incluso más obscena. Ned se fijó en que Sylvie apartaba la mirada cuando pasaron al lado.

Evitaron las anchas y rectas vías principales, donde los verían a la primera, y avanzaron por las calles estrechas y tortuosas del barrio de Les Halles. Incluso allí había cadáveres. La mayoría de ellos estaban desnudos y en algunos lugares incluso los habían apilado, como si hubiesen querido despejar la calle para que la gente pudiera pasar. Ned vio rostros curtidos de personas que trabajaban a la intemperie, manos blancas y suaves de mujeres ricas y miembros finos y delgados de niños. Llegó un momento en que perdió la cuenta. Le recordaba a algunas de esas imágenes que representaban el infierno y que solían decorar las iglesias católicas, aunque aquello era real y había ocurrido ante sus ojos en una de las ciudades más importantes del mundo. El horror era tal que sintió que todo se revolvía en su interior; habría vomitado de no haber tenido el estómago vacío. Echó un vistazo a Sylvie y vio que estaba pálida, con expresión seria y concentrada.

Sin embargo, aún quedaba lo peor.

La milicia estaba deshaciéndose de los cadáveres junto a la orilla del río. Los muertos, y algunos heridos incapaces de defenderse, eran arrojados al Sena sin mayores miramientos de los que se tendría con unas ratas envenenadas. A algunos los arrastraba la corriente, pero otros apenas se movían y los lugares menos profundos permanecían atorados de cuerpos. Un hombre con una larga pértiga intentaba alejarlos de la orilla para hacer sitio a los siguientes, pero los cadáveres parecían apáticos, como si se resistieran a marcharse.

Los milicianos estaban demasiado ocupados para fijarse en Ned y Sylvie, que pasaron de largo sin detenerse, en dirección al puente.

VI

La excitación de Pierre aumentaba a medida que se aproximaba a la pequeña tienda de artículos de escritorio de la rue de la Serpente.

No sabía si animar a los hombres a violar a Isabelle, un castigo apropiado, aunque luego se le ocurrió algo mejor: que violasen a Sylvie delante de su madre. Si algo le había enseñado Odette era que la gente sufría más cuando les hacían daño a sus hijos. También se planteó violar a Sylvie él mismo, pero eso empañaría su autoridad ante sus hombres. Que hiciesen ellos el trabajo sucio.

No llamó a la puerta. A esas alturas, ya nadie contestaba; además, solo servía para dar tiempo a la gente a armarse. Los hombres de Pierre apenas tardaron unos segundos en tirar la puerta abajo con una almádena y, a continuación, entraron en tromba.

Pierre oyó un disparo nada más poner un pie en la tienda, cosa que lo dejó desconcertado ya que sus hombres no llevaban pistolas. Eran caras y, por lo general, solo la aristocracia poseía armas de fuego. Un segundo después vio a Isabelle al fondo del establecimiento y a uno de sus hombres a sus pies, aparentemente muerto. Acto seguido, Isabelle levantó una segunda pistola y apuntó a Pierre con cuidado. Antes de que este tuviera tiempo de reaccionar, uno de los sicarios la atravesó con la espada. La mujer cayó al suelo sin llegar a disparar el arma.

Pierre lanzó un juramento. Había planeado una venganza mucho más elaborada, aunque aún quedaba Sylvie.

—¡Hay otra mujer! —les gritó a sus hombres—. ¡Registrad la casa!

No les llevó demasiado tiempo. Biron corrió al primer piso y bajó al cabo de un minuto.

—No hay nadie más —le informó.

Pierre miró a Isabelle, pero estaba tan oscuro que no sabía si continuaba con vida.

—Llevadla afuera —ordenó.

A la luz del día comprobó que sangraba abundantemente por la herida profunda del hombro.

—¡¿Dónde está Sylvie?! —gritó furioso, agachándose a su lado—. ¡Habla, zorra!

Isabelle debía de estar agonizando de dolor, pero lo miró con una sonrisa torcida.

—Miserable… —musitó con un hilo de voz—. Vete al infierno, donde debes estar.

Pierre rugió fuera de sí. Se levantó y le dio una patada en el hombro, aunque no sirvió de nada, Isabelle había dejado de respirar, y tenía sus ojos sin vida clavados en él.

Se le había escapado.

Regresó a la tienda, que sus hombres estaban registrando en busca de dinero. Empezó a recorrer el local, lleno de artículos de escritorio de toda clase, y a apilar el papel en medio del suelo a medida que sacaba los libros de cuentas de los estantes y vaciaba armarios y cajones. Cuando terminó, le quitó el farol a Brocard, lo abrió y acercó la llama a la pila, que prendió de inmediato.

VII

Ned creía que Sylvie y él habían tenido suerte de poder alcanzar la orilla izquierda sin que los abordasen. En general, la milicia no atacaba a la gente de manera aleatoria, sino que parecía estar utilizando nombres y direcciones que sin duda había obtenido de Pierre. Aun así, ya lo habían obligado a detenerse y lo habían interrogado estando con Aphrodite Beaulieu, y no sabía qué podía ocurrir si volvía a suceder. De ahí que doblara la esquina de la rue de la Serpente junto a Sylvie y se dirigiera rápidamente a la tienda con una gran sensación de alivio.

Tuvo el terrible presentimiento de saber de quién se trataba en cuanto vio el cuerpo tendido en la calle. A Sylvie le ocurrió lo mismo; dejó escapar un sollozo y echó a correr. Instantes después, los dos se agacharon junto al cadáver sobre los adoquines ensangrentados. Ned supo de inmediato que estaba muerta. Le tocó la cara y la notó caliente, de modo que no hacía mucho, lo que explicaba por qué no le habían robado la ropa aún.

—¿Puedes con ella? —le preguntó Sylvie entre sollozos.

—Sí —aseguró Ned—, si me ayudas a subirla al hombro.

Pesaría, pero la embajada no quedaba lejos. Además, pensó que parecería un miliciano deshaciéndose de un cadáver y, por tanto, habría menos posibilidades de que lo parasen para interrogarlo.

Había pasado las manos por debajo de los brazos sin vida de Isabelle cuando olió el humo y se detuvo un momento para volverse hacia la tienda; percibió movimiento en su interior. ¿Había un incendio? Una llamarada iluminó el local y distinguió a varios hombres recorriéndolo con aire decidido, como si buscaran algo, tal vez objetos de valor.

—¡Todavía están aquí! —avisó a Sylvie.

En ese momento, Ned vio que dos asaltantes salían de la tienda. Uno estaba desfigurado; en lugar de nariz tenía dos agujeros rodeados de un tejido cicatrizado tosco y descolorido. El otro era rubio y lucía una barba puntiaguda. Ned lo reconoció al instante.

—¡Tenemos que dejarla, vamos! —la apremió.

Abrumada por el dolor, Sylvie vaciló un segundo y, acto seguido, echó a correr. Ned fue tras ella, pero los habían identificado.

—¡Ahí está! —oyó que gritaba Pierre—. ¡Ve a por la mujer, Rasteau!

Ned y Sylvie llegaron al final de la rue de la Serpente. Cuando pasaron junto a los altos ventanales de la iglesia de Saint-Séverin, Ned echó la vista atrás y vio que el tal Rasteau iba tras ellos, con la espada desenvainada.

Cruzaron la amplia rue Saint-Jacques como una exhalación y entraron en el cementerio de Saint-Julien-le-Pauvre. Sin embargo, Sylvie empezaba a cansarse y Rasteau les ganaba terreno. Ned se devanó los sesos tratando de encontrar la manera de escapar. Rasteau tendría casi cuarenta años, pero era fuerte y corpulento, y probablemente había perdido la nariz en una reyerta. También cabía la posibilidad de que fuese un consumado espadachín habituado al combate. En resumidas cuentas, era un rival temible. La fuerza y la habilidad del sicario se impondrían en cualquier enfrentamiento que se alargara más de dos segundos, por lo que su única esperanza pasaba por sorprenderlo como fuese y acabar con él cuanto antes.

Ned conocía bastante bien aquel lugar después de haber atrapado allí al hombre que había estado siguiéndolo. Al doblar la esquina de la iglesia, Rasteau los perdió de vista un instante. En ese momento, Ned se detuvo en seco y tiró de Sylvie hacia el refugio que les ofrecía un portal.

Ambos jadeaban. Ned oyó aproximarse los veloces y contundentes pasos de su perseguidor y, antes de darse cuenta, ya había desenvainado la espada y el puñal. Tenía que calcularlo a la perfección, el hombre no podía rebasarlos, pero no había tiempo para pensar y abandonó el portal cuando creyó que Rasteau estaba prácticamente encima de ellos.

Se había adelantado. Tal vez imaginando una posible trampa, el sicario había ralentizado sus pasos un instante antes y no se encontró de bruces con la espada de Ned, como era la intención del inglés. Consciente de que no le daba tiempo a detenerse, Rasteau se desvió en el último momento para no acabar ensartado por la hoja de su rival.

Ned reaccionó de inmediato: le lanzó una estocada y la punta penetró en el costado del sicario cuando este pasaba por su lado, llevado por el impulso de la carrera. El acero volvió a salir. Rasteau dio la vuelta, se tambaleó y cayó pesadamente. Sin pensárselo dos veces, Ned se abalanzó sobre él con la espada en la mano, pero el hombre blandió la suya con un revés y le arrebató el arma, que salió volando por los aires y aterrizó sobre una tumba.

El sicario se puso en pie sin perder tiempo, con movimientos veloces para alguien de su tamaño. Ned vio que Sylvie salía del portal.

—¡Corre, Sylvie, corre! —le gritó.

En ese momento, Rasteau se dirigió hacia él lanzando el acero contra su cuerpo. Ned retrocedió, usando el puñal para detener primero una estocada, luego un revés y de nuevo una estocada, aunque sabía que no podría rechazarlo por mucho tiempo más. A continuación, el hombre amagó un altibajo y, con una agilidad sorprendente, cambió el tiro a una estocada y metió el acero por debajo de la guardia de Ned.

De pronto, Rasteau se detuvo en seco y la punta de una espada le asomó en medio del pecho. Ned retrocedió de un salto para evitar la hoja del sicario, aunque resultó innecesario ya que el envite perdió la fuerza que llevaba un segundo antes. Rasteau cayó de bruces al suelo, entre alaridos de dolor. Detrás de él apareció la figura menuda de Sylvie empuñando la espada que le habían arrebatado a Ned. La joven sacó la hoja de la espalda.

No se quedaron a verlo agonizar. Ned tomó a Sylvie de la mano y cruzaron la place Maubert como una exhalación, pasaron junto a las horcas y se dirigieron a la embajada.

Dos guardias armados defendían las puertas. Era la primera vez que Ned los veía, de manera que no podía tratarse de servidores de la legación.

—Aquí no podéis entrar —les advirtió uno de ellos, dando un paso al frente.

—Soy el embajador adjunto y esta es mi esposa —contestó Ned—. Fuera de mi camino.

—¡Están bajo la protección del rey! ¡Dejadlos pasar! —La voz autoritaria de Walsingham se oyó desde una de las ventanas del primer piso.

El guardia se hizo a un lado y Ned y Sylvie subieron los escalones. La puerta se abrió antes de alcanzarla.

Por fin estaban a salvo.

VIII

Me casé con Sylvie dos veces: primero en la pequeña iglesia de Saint-Julien-le-Pauvre, al lado de donde ella había matado al hombre sin nariz, y luego en la capilla de la embajada inglesa, en una ceremonia protestante.

Sylvie era virgen a sus treinta y un años, e hicimos el amor cada noche y cada mañana durante meses en una especie de afán por recuperar el tiempo perdido. Cuando me ponía encima de ella, se aferraba a mí como si estuviera salvándola de ahogarse, y luego solía llorar hasta quedarse dormida entre mis brazos.

Nunca encontramos el cuerpo de Isabelle, lo que hacía más duro el luto de Sylvie. Al final consideramos la tienda reducida a cenizas como una sepultura y todos los domingos la visitábamos y dedicábamos unos minutos a la memoria de la fuerte y valiente mujer, cogidos de la mano.

A pesar de todo, los protestantes se recuperaron de la matanza de San Bartolomé. Tres mil personas habían sido asesinadas en París, y miles más perecieron en las carnicerías que se sucedieron en otros lugares como por contagio, pero los hugonotes respondieron. Las ciudades con mayorías protestantes acogieron a refugiados y cerraron sus puertas a los representantes del rey. La familia de Guisa, católicos poderosos partidarios del monarca, volvió a ser aceptada en el círculo real cuando estalló la guerra civil.

Los servicios se reanudaron en el desván del establo y en otros lugares clandestinos por todo el país.

Walsingham fue llamado a Londres y nosotros lo acompañamos. Antes de partir, Sylvie le enseñó el almacén de la rue du Mur a Nath, que a partir de entonces se encargaría de la venta de libros prohibidos a los protestantes parisinos. Sin embargo, mi esposa no estaba dispuesta a abandonar su misión y anunció que continuaría comprando los li-

bros en Ginebra. Cruzaría el Canal hasta Ruán, recogería la mercancía, la llevaría hasta París, pagaría los sobornos necesarios y la entregaría en la rue du Mur.

Me preocupaba, pero si algo me había enseñado la reina Isabel era que algunas mujeres no admitían el gobierno de los hombres. En cualquier caso, aunque hubiese estado en mi mano, no sé si la hubiese detenido. Tenía una misión sagrada y eso no podía negárselo. Cuanto más tiempo continuase con aquella actividad, más probabilidades había de que acabasen atrapándola. Y entonces la ejecutarían, de eso no me cabía duda.

Era su destino.

21

I

Rollo permaneció en la cubierta del *Petite Fleur* mientras el navío mercante se acercaba a la costa de Inglaterra, el momento más delicado de todos.

El barco, procedente de Cherburgo y con destino a Combe Harbour, transportaba barriles de aguardiente de manzana, enormes ruedas de queso y ocho sacerdotes jóvenes del Colegio Inglés de Douai.

Rollo, que había empezado a perder pelo y se había dejado crecer la barba para compensar, vestía un hábito, con una cruz colgándole sobre el pecho, y lucía un manto blanco encima de los hombros. Aunque la capa no tenía un aspecto demasiado sacerdotal, era la señal acordada.

Lo había preparado todo con sumo cuidado, pero había un millar de cosas que podían salir mal al llevarlas a la práctica. Ni siquiera estaba seguro de que el capitán fuese de confianza. El hombre iba a recibir una suma nada despreciable por realizar aquella parada, pero siempre cabía la posibilidad de que otra persona —Ned Willard o cualquier otro enviado de la reina Isabel— le hubiese ofrecido una cantidad mayor para traicionarlo.

Lamentaba tener que depender tanto de su hermana. Era lista, valiente y organizada, pero mujer al fin y al cabo. Con todo, Rollo no deseaba poner el pie en tierra inglesa, aún no, y por lo tanto no le quedaba más remedio que recurrir a ella.

Al anochecer, el capitán echó anclas en una bahía sin nombre, a tres millas de su destino. Por fortuna, el mar estaba en calma. En la ensenada, cerca de la playa, había fondeado un pequeño barco de pesca de casco redondeado, con mástil y remos. Se trataba del *Ava*. Rollo lo conocía de cuando su padre era el administrador de aduanas de Combe Harbour, aunque en aquellos tiempos se llamaba *Saint Ava*. En una quebrada al otro lado de la playa, se alzaba una casita de piedra blanca de aspecto sólido y resistente que echaba humo por la chimenea.

Rollo la observó con atención, nervioso, esperando una señal. Había depositado tantas esperanzas en aquella misión que notaba la tensión hasta en el último músculo de su cuerpo; el miedo al fracaso casi le producía náuseas. Era el principio del fin. Los jóvenes a los que acompañaba eran enviados secretos de Dios y, aunque solo se trataba de una pequeña avanzadilla, pronto les seguirían más. Un día no muy lejano, acabarían los tiempos aciagos que les había tocado vivir, Inglaterra desterraría el absurdo despropósito de la libertad de culto y, por fortuna, la gran masa de labriegos y menestrales ignorantes volverían a postrarse ante la autoridad de la única Iglesia verdadera. La familia Fitzgerald ocuparía de nuevo su legítima posición, si no una mejor; tal vez Rollo llegaría a obispo y su cuñado, Bart, a duque. Además, en Kingsbridge habría una purga de puritanos como la que se había llevado a cabo en París durante la matanza de San Bartolomé, aunque debía ocultar esa parte de su sueño a Margery, que se habría negado a participar de haber conocido los planes violentos que tenía en mente.

Por fin vio la señal acordada en respuesta al manto blanco: alguien agitó una sábana desde una de las ventanas del primer piso.

Quizá se tratase de una trampa. Ned Willard podría haber detenido y torturado a Mal Roper, el recalcitrante pescador católico que vivía en la casita, para obtener información, y tal vez ahora utilizaba la sábana blanca de anzuelo. Sin embargo, la suerte estaba echada. Todos, tanto quienes lo acompañaban como él mismo, eran conscientes de que se jugaban la vida.

Al anochecer, Rollo reunió en cubierta a los sacerdotes, que cargaban con un fardo que contenía sus efectos personales además de todo lo necesario para llevar los sacramentos a las familias inglesas más desfavorecidas: vino, agua bendita, hostias consagradas y aceite santo para la confirmación.

—Silencio absoluto hasta que lleguéis a la casa —les advirtió en voz baja—. En el mar se oyen hasta los susurros. Nadie suele visitar la bahía salvo la familia del pescador, pero nunca se sabe…, y vuestra misión podría acabar antes de pisar Inglaterra. —Entre los sacerdotes se encontraba el entusiasta Lenny Price, la primera persona que Rollo había conocido en el Colegio Inglés de Douai, y el mayor del grupo—. Lenny, estarás al mando en cuanto desembarquéis.

El capitán arrió un bote, que produjo un gran chapoteo al caer al agua, y los sacerdotes descendieron por una escalera de cuerda. Rollo fue el último. Dos marineros se pusieron a los remos y el bote se deslizó en silencio sobre las aguas. En la playa, Rollo distinguió con dificultad la silueta de una mujer menuda acompañada por un perro. Era Margery. Por fin respiró con cierto alivio.

El bote topó con los bajíos y los sacerdotes saltaron a las aguas poco profundas. Margery los saludó estrechándoles la mano, pero no abrió la boca. El perro, bien entrenado, también guardó silencio.

Rollo no desembarcó. Su hermana lo miró y sonrió sorprendida, tocándose la barbilla como si se tironeara de la barba; era la primera vez que lo veía de aquella guisa. «¡Idiota!», pensó Rollo, y se volvió en redondo de inmediato. Los sacerdotes no debían saber que era el hermano de Margery, ellos solo lo conocían como Jean Langlais.

Los marineros alejaron el bote de la orilla y empezaron a remar de regreso al *Petite Fleur*. Rollo se dio la vuelta y siguió con atención el dificultoso avance de los sacerdotes por la playa de guijarros, encabezados por Margery, que los condujo hasta la casita. Atravesaron la puerta apresuradamente y los perdió de vista.

II

Mal Roper, Peg, su mujer, y sus tres robustos hijos permanecieron arrodillados en el suelo de piedra de la única estancia de la planta baja de la vivienda mientras Lenny Price decía misa. Margery estuvo a punto de llorar al ver la emoción con que aquellos sencillos creyentes recibían los sacramentos. No le importaba perder la vida por lo que estaba haciendo, porque ese momento lo compensaba todo.

Solía pensar en su difunta tía abuela, la hermana Joan. La joven y atribulada Margery, con dieciséis años y a punto de casarse, había subido a la última planta de la casa de su padre, donde la anciana Joan había convertido dos pequeñas habitaciones en una celda monástica y una capilla. La mujer le había asegurado que Dios tenía una misión para ella, pero que debía aguardar a que él se la revelase. Y tenía razón. Margery había esperado y Dios le había revelado su misión, la que llevaba años llevando a cabo.

Se necesitaban muchísimos sacerdotes católicos. Margery hablaba con los aristócratas y los potentados católicos londinenses siempre que Bart acudía al Parlamento. Los tanteaba con discreción y no tardó en descubrir que muchos estaban desesperados por recibir los sacramentos. Cuando se encontraba en la capital, procuraba mantenerse alejada de las embajadas francesa y española para evitar que sospecharan una conspiración y había convencido a Bart para que se condujese con la misma cautela. Su marido respaldaba su misión. El hombre abominaba del protestantismo, pero se había vuelto pasivo y perezoso con el paso del tiempo y se contentaba con dejarle hacer todo el trabajo a su mujer, siempre y cuando ella le permitiera creer que desempeñaba un papel indispensable. A Margery no le importaba.

Tras la misa, Peg Roper les sirvió un sustancioso guiso de pescado en escudillas de madera y un pan basto y casero. Margery se alegró de que los sacerdotes comieran con apetito, les quedaba mucho camino por delante antes de que amaneciera.

Los Roper no eran ricos, pero Mal rechazó el dinero.

—Gracias, mi señora, pero no hace falta que nos paguen para cumplir la voluntad de Dios —aseguró.

Margery vio que lo decía con orgullo y aceptó la negativa.

Partieron a medianoche.

La condesa encabezaba la marcha con uno de los dos faroles que había llevado, y Lenny la cerraba con el otro. Puso rumbo hacia el norte por una ruta conocida, urgiéndolos a guardar silencio cada vez que se aproximaban a un pueblo o a una granja para evitar que los descubriesen. Un grupo de nueve personas viajando de noche levantaría las sospechas y la animosidad de cualquiera que los sorprendiese, por lo que Margery sobre todo extremaba las precauciones cuando pasaban cerca de grandes casas señoriales en las que pudiera haber hombres de armas. No deseaba que sus señores los enviaran con antorchas para interrogar a los viajeros.

A pesar de que hacía una noche agradable y de que el camino estaba seco, la caminata le resultaba dura. Desde el nacimiento de su segundo hijo, Roger, sufría dolores de espalda ocasionales, sobre todo cuando tenía que recorrer largas distancias a pie, pero no le quedaba más remedio que apretar los dientes y aguantar.

Cada dos o tres horas, se detenían en un punto determinado y elegido con antelación, lejos de cualquier lugar habitado, donde descansaban, bebían agua de un arroyo, comían algo de pan que Peg Roper les había dado para el viaje y aliviaban la vejiga antes de continuar.

Margery aguzó el oído durante todo el camino, atenta a cualquier ruido que indicara la presencia de otras personas. En una ciudad, la gente acecharía escondida en los callejones, por lo general con intenciones poco honestas, pero en el campo había poco que robar y, en consecuencia, menos malhechores. Aun así, no bajó la guardia.

Tras enterarse de la matanza de San Bartolomé, no había podido parar de llorar en todo el día. ¡Tanta gente asesinada por católicos! Era mucho peor que una guerra, donde los soldados mataban soldados. En París, los ciudadanos habían pasado a cuchillo a millares de mujeres y niños indefensos. ¿Cómo permitía Dios que sucediera algo semejante? Y luego, para empeorarlo, el Papa había enviado una carta de felicitación al rey de Francia. No podía ser la voluntad de Dios. Por difícil que resultara de creer, el Papa se había equivocado.

Además, sabía que Ned estaba en París en ese momento y, hasta que anunciaron que todos los miembros de la embajada inglesa habían sobrevivido, había temido por su vida. Sin embargo, a renglón seguido llegó la noticia de que Ned se había casado con una mujer francesa, cosa que la abatió enormemente, aunque era consciente de que no tenía ningún derecho a estar triste. Había tenido la oportunidad de huir con él y la había rechazado; además, Ned no podía pasarse la vida suspirando por ella, sabía que quería tener una esposa y formar una familia. Debería alegrarse de que hubiese encontrado la felicidad con otra persona. No obstante, le resultaba imposible.

Se preguntó cómo sería la nueva señora Willard. La gente decía que las mujeres francesas eran extremadamente sofisticadas. ¿Vestiría con elegancia e iría cargada de joyas? De pronto se sorprendió esperando que se tratara de una joven atolondrada con la cabeza llena de pájaros que no tardara en aburrir a Ned. «Qué pensamientos tan mezquinos —se dijo—. Debería desearle toda la felicidad del mundo. Y así es.»

La débil luz que despuntaba hacia el este a medida que se aproximaban a New Castle le permitió distinguir las almenas recortadas contra el firmamento, y en ese instante sintió que la invadía una gran sensación de alivio y cansancio. Había sido una larga travesía.

El camino conducía directamente a la entrada, donde, como siempre, los grajos encaramados a los muros recibieron a los visitantes con sus graznidos estridentes.

Margery llamó con decisión. Un rostro se asomó un momento a la aspillera de la casa del guarda y un minuto después un centinela somnoliento abría la pesada puerta de madera, que se apresuró a atrancar en cuanto el grupo la hubo cruzado. Por fin Margery se sintió a salvo.

Condujo a los hombres que tenía a su cargo a través del patio y los hizo entrar en la capilla.

—Los criados enseguida os traerán el desayuno y ropa de cama —les dijo—. Luego podréis dormir todo el día, si queréis, pero recordad que es vital mantener la discreción. La gente del castillo es católica, pero aun así no debéis preguntarles ni cómo se llaman ni decirles vuestros nombres. No queráis saber dónde estáis o a quién pertenece este lugar. Lo que no se sabe, no puede revelarse... ni siquiera bajo tortura.

No era la primera vez que oían aquellos consejos, Rollo ya se había encargado de ello, pero nunca estaba de más que se los recordasen.

Partirían al día siguiente por parejas. Margery los acompañaría hasta el camino que los llevaría a sus distintas destinaciones. Dos se dirigían al oeste, a Exeter, otros dos al norte, a Wells, dos más al nordeste, a Salisbury, y los dos restantes al este, a Arundel. Cuando se despidiera de ellos, dependerían únicamente de sus propios medios.

Salió de la iglesia y cruzó el patio en dirección a la casa. La llegada de los sacerdotes ya había provocado un frenesí de actividad y los criados estaban levantados y ocupados en sus quehaceres. Subió a la habitación de los niños. Permanecían dormidos, cada uno en su cama, aunque estas se mantenían pegadas. Se inclinó sobre Bartlet, que ya tenía siete años y era bastante alto para su edad, y lo besó en la cabeza. Luego se volvió hacia el pequeño y rubio Roger, que todavía no había cumplido dos años. Depositó un beso en la suave mejilla.

Roger abrió los ojos. Eran de color castaño dorado. Como los de Ned.

III

Sylvie esperaba con ilusión la primera visita a Kingsbridge, la ciudad que había visto nacer al hombre que amaba. Llevaban menos de un año casados y creía que aún tenía muchas cosas que aprender sobre Ned.

Sabía que era valiente, bondadoso e inteligente. Conocía su cuerpo de memoria, adoraba hasta el último centímetro de su piel y, cuando hacían el amor, tenía la sensación de meterse en su cabeza y saber exactamente lo que estaba pensando. Sin embargo, continuaban existiendo lagunas, temas que él no solía comentar, épocas de su vida a las que apenas se refería, aunque hablaba mucho de Kingsbridge, y Sylvie tenía ganas de ver la ciudad. Con todo, lo que de verdad deseaba era conocer a la gente que había significado algo en su vida, a las personas que amaba y odiaba, sobre todo a la mujer del pequeño retrato que guardaba junto al espejo que utilizaba para afeitarse en la habitación de París.

La visita había venido propiciada por una carta del hermano de Ned, Barney, en la que anunciaba que había vuelto a Kingsbridge con su hijo.

—No sabía lo del niño —comentó Ned, leyendo la carta en el salón de la casita que habían alquilado cerca de la catedral de San Pablo.

—¿Está casado? —preguntó Sylvie.

—Supongo. ¿De qué otro modo va a tener un hijo?, aunque es raro que no la mencione a ella.

—¿Y Walsingham te dará permiso para dejar Londres? —Sylvie sabía que Ned y Walsingham estaban ocupados en la ampliación del servicio secreto de inteligencia de la reina Isabel, confeccionando listas en las que aparecían los nombres de quienes podrían conspirar para derrocar a la reina y poner a María Estuardo en su lugar.

—Sí —aseguró Ned—. Supongo que me pedirá que investigue con discreción a los católicos del condado de Shiring, sobre todo al conde Bart, pero eso no supondrá ningún problema.

Destinaron cinco relajados días al viaje, que realizaron a caballo desde Londres. Sylvie todavía no estaba embarazada, de modo que montar no suponía ningún peligro para ella. La frustraba que estuviera tardando tanto en concebir, pero por fortuna Ned no se había quejado.

Estaba habituada a las grandes capitales. Había vivido en París hasta que se casó con Ned, y llevaban afincados en Londres desde que llegaron a Inglaterra. En cualquier caso, la vida en las ciudades de provincia era más segura, más tranquila, menos frenética, por lo que Kingsbridge le gustó de inmediato.

El ángel de piedra de la aguja de la catedral le causó una profunda impresión. Ned le contó que, según la leyenda, el rostro del ángel pertenecía a Caris, la monja que había fundado el hospital. Sylvie preguntó con desaprobación por qué la estatua no había sido decapitada como las demás imágenes idólatras de santos y ángeles.

—Porque no llegan hasta allí arriba —le explicó Ned—. Tendrían que construir un andamio —añadió, como si le restara importancia. No era un tema con el que soliera mostrarse demasiado crítico—. Pero algún día tienes que subir a la torre, las vistas de la ciudad son espectaculares.

Kingsbridge le recordaba a Ruán, con sus muelles junto al río, la gran catedral en el corazón de la ciudad y el mismo aire de prosperidad y animación. Pensar en Ruán le recordó el plan de continuar introduciendo en París libros protestantes de contrabando. Había recibido una carta de Nath, enviada desde la embajada inglesa, que contenía noticias muy esperanzadoras. Nath prosperaba como vendedora de libros en la clandestinidad, pero por el momento estaba bien abastecida y le aseguraba que se pondría en contacto con ella en cuanto empezara a quedarse sin existencias.

Mientras tanto, Sylvie había ideado otro plan que discurría en paralelo al primero. Había miles de refugiados hugonotes en Londres, muchos de ellos esforzándose por aprender inglés, y había pensado que tal vez les interesara comprar libros en francés. Ned ya le había informado de que, como extranjera, no le estaría permitido abrir una librería en la misma ciudad, por lo que Sylvie estaba buscando un local extramuros, tal vez en Southwark, donde vivían muchos de los refugiados.

Barney le gustó de inmediato, como les ocurría a la mayoría de las mujeres, según le había comentado Ned con una sonrisa. El mayor de los Willard vestía unos amplios calzones de marinero con unos zapatos de cordones bien atados y un gorro de pieles, y lucía una barba roja exuberante que le cubría la mayor parte del curtido rostro. Sylvie supuso que aquella sonrisa de bribón haría flaquear las piernas de muchas jovencitas. Cuando llegaron a la casa que se alzaba delante de la catedral, Barney dio un cálido abrazo a Ned y besó a Sylvie con algo más de entusiasmo de lo que habría sido apropiado.

Ambos suponían que el hijo de Barney apenas tendría unos meses, pero Alfo ya contaba nueve años. El niño, de piel morena, pelo rizado y cobrizo y con los mismos ojos verdes de Barney, lucía una versión en miniatura del atuendo marinero de su padre, gorro de piel incluido. Resultaba obvio que era africano, e incluso más que era hijo de Barney.

Sylvie se agachó para hablar con él.

—¿Cómo te llamas? —le preguntó.

—Barnardo Alfonso Willard.

—Lo llamamos Alfo —dijo Barney.

—Hola, Alfo, yo soy tu tía Sylvie —se presentó.

—Encantado de conocerte —contestó el niño con formalidad. Alguien le había enseñado buenos modales.

—¿Y su madre? —preguntó Ned, dirigiéndose a Barney.

Las lágrimas acudieron a los ojos de su hermano.

—La mujer más bella que haya conocido jamás.

—¿Dónde está?

—En una tumba de La Española, en Nueva España.

—Lo siento, hermano.

—Eileen cuida de mí —aclaró Alfo.

Los Fife, una pareja ya mayor y su hija, Eileen, de veintipocos años, eran quienes llevaban la casa.

Ned sonrió.

—Y pronto irás a la Escuela de Gramática de Kingsbridge, como tu padre y tu tío, y aprenderás a escribir en latín y a contar dinero.

—No quiero ir a la escuela —protestó Alfo—. Quiero ser marinero, como el capitán.

—Ya veremos —repuso Barney. Se volvió hacia Ned y añadió—: Sabe que soy su padre, pero a bordo del barco se acostumbró a llamarme capitán, igual que mis hombres.

Al día siguiente de su llegada, Ned llevó a Sylvie a conocer a los Forneron, la familia de influyentes hugonotes de Kingsbridge, y todos charlaron en francés. Sylvie se defendía cada vez mejor en inglés, pero era un alivio poder relajarse y hablar sin tener que buscar las palabras. Los Forneron tenían una preciosa niña de diez años, Valerie, que se impuso la labor de enseñar a Sylvie algunas locuciones inglesas útiles que hicieron las delicias de todos.

Los Forneron les pidieron que los pusieran al corriente sobre la matanza de San Bartolomé, de la que aún se hablaba con horror en Europa. Sylvie todavía no había conocido a nadie que no le hubiese preguntado sobre el tema.

Al tercer día, recibió un regalo caro, un rollo del mejor paño de Amberes, en el que había suficiente tela para un vestido. Se lo había enviado Dan Cobley, el hombre más rico de la ciudad. No era la primera vez que Sylvie oía su nombre, ya que Ned y ella habían viajado a Londres en uno de sus barcos.

—Quiere congraciarse conmigo por si algún día necesita el favor de la reina —dijo Ned.

Dan los visitó al día siguiente. Sylvie lo condujo al salón delantero, la estancia con vistas a la catedral, y le sirvió vino y dulces. Era un hombre orondo y pretencioso al que Ned se dirigió en un tono cortante muy poco habitual en él. Cuando Dan se hubo ido, Sylvie le preguntó por la razón de tanta antipatía.

—Es un puritano hipócrita —contestó Ned—. Viste de negro y protesta cuando aparecen besos en las representaciones teatrales, pero luego se dedica a engañar a la gente cuando hace negocios.

Una de las lagunas importantes en la vida de Ned quedó cubierta cuando lady Susannah Twyford, una mujer voluptuosa de unos cincuenta años, los invitó a cenar a su casa. Sylvie solo necesitó un minuto para adivinar que Susannah había sido amante de Ned. Se dirigía a él con una intimidad y una confianza propias solo si ambos habían mantenido una relación sexual, y él parecía feliz y relajado con ella. Sylvie se sintió molesta. Sabía que Ned no era virgen cuando se casaron, pero ver el afecto con que sonreía a un antiguo amor le resultó un poco difícil de aceptar.

Susannah debió de percatarse de su incomodidad porque se sentó a su lado y la tomó de las manos.

—No sabes lo contento que está Ned de haberse casado contigo, Sylvie, y entiendo por qué —dijo—. Siempre he esperado que encontrase a una mujer valerosa e inteligente, además de hermosa. Es un hombre especial y se merece a alguien especial.

—Parece tenerte mucho cariño.

—Sí —admitió Susannah con franqueza—, y yo a él, pero está enamorado de ti, y eso es algo muy distinto. Me encantaría que pudiésemos ser amigas.

—A mí también —afirmó Sylvie—. Ned tenía treinta y dos años cuando lo conocí, habría sido de tontos creer que era la primera mujer de la que se enamoraba.

—Es curioso las tonterías que queremos creer cuando estamos enamorados.

Sylvie comprendió que se encontraba ante una mujer bondadosa y de gran experiencia, y se sintió más tranquila.

Visitó la catedral por primera vez el día de Pentecostés.

—No me lo puedo creer —musitó Sylvie mientras recorrían la nave.

—Es una maravilla, sí —convino Ned—, nunca me canso de admirarla.

—Cierto, pero no me refería a eso. No hay estatuas de mármol, ni cuadros llamativos, ni cofres cubiertos de joyas que contengan huesos antiguos.

—Vuestras iglesias y lugares de encuentro hugonotes también son así.

Sylvie cambió al francés para poder expresarse mejor.

—¡Pero esto es una catedral! ¡Es grandiosa, soberbia y tiene centenares de años, como deben ser las iglesias!, ¡pero es que además es protestante! En Francia, los oficios hugonotes se llevan a cabo en la clandestinidad, en cualquier lugar improvisado, y siempre tienes la sensación de que falta algo. No sabes cuánto me alegro de poder asistir a un servicio protestante en un lugar donde la gente lleva siglos rindiéndole culto a Dios.

—Yo también me alegro —aseguró Ned—. Conozco a muy poca gente que haya sufrido tanto como tú. Mereces ser feliz.

Se acercaron a un hombre alto y robusto de la edad de Sylvie que vestía un abrigo caro de color amarillo.

—Sylvie, este es Bart, el conde de Shiring —dijo Ned, presentándole al hombre de rostro atractivo enrojecido por la bebida.

Sylvie recordó que Ned debía investigar a los católicos del lugar, entre quienes Bart era la figura más destacada. Hizo una reverencia.

El conde sonrió, inclinó la cabeza con gesto galante y le lanzó una mirada pícara.

—Menudo zorro estás hecho, Ned, volviendo a casa con una guapa mujerzuela francesa —comentó.

Sylvie sospechaba que la palabra «mujerzuela» no era demasiado cortés, pero decidió restarle importancia. Al conde lo acompañaba un niño vestido con la misma ostentación.

—¿Y quién es este jovencito? —preguntó.

—Mi hijo Bartlet, el vizconde —contestó Bart—. Acaba de cumplir nueve años. Dales la mano, Bartlet, y saluda con educación.

El niño obedeció. A pesar de su corta edad, ya tenía la rotunda presencia física de su padre. Sylvie sonrió al ver una espada de madera en el cinturón.

—Y esta es la condesa Margery —dijo Ned.

Sylvie levantó la vista y descubrió, sorprendida, a la mujer del pequeño retrato. Y se sorprendió de nuevo al constatar que, en vivo, era mucho más atractiva. Aunque parecía mayor que en la pintura —unas arruguitas le adornaban la comisura de la boca y de los ojos, por lo que Sylvie calculó que tendría unos treinta años—, la mujer real desprendía una vitalidad y un carisma tan patentes como la atmósfera cargada de electricidad en plena tormenta. Lucía una melena rizada exuberante, indomable, y llevaba un pequeño tocado de color rojo colocado de lado. «No me extraña que estuviera enamorado de ti», pensó Sylvie de inmediato.

Margery agradeció la reverencia de la mujer francesa, a la que estudió con sincero interés, pero al volverse hacia Ned, Sylvie vio amor en su mirada: Margery irradiaba felicidad cuando lo saludó. «No lo has olvidado —se dijo—. Y no lo olvidarás nunca. Es el amor de tu vida.»

Miró a su marido, que también parecía extasiado. Margery ocupaba un gran lugar en su corazón, de eso no cabía duda.

Se le cayó el alma a los pies. A pesar de lo inesperado que había resultado descubrir los sentimientos que Susannah Twyford todavía albergaba hacia Ned, estos estaban inspirados por un profundo cariño. Lo que Margery sentía era mucho más fuerte y le hizo perder algo de seguridad. «Desea a mi marido —pensó—. Bueno, pues no lo tendrá.»

En ese momento se fijó en un niño de unos dos años que aún caminaba con paso inseguro, medio escondido detrás de las amplias faldas del vestido rojo de la condesa.

—Y este es mi otro hijo, Roger —dijo Margery, viendo que Sylvie dirigía su mirada hacia la criatura. Se agachó y lo aupó con agilidad—. Roger, este es sir Ned Willard. Trabaja para la reina, es una persona muy importante.

—¿Es la reina? —preguntó la criatura, señalando a la otra mujer.

Todos se echaron a reír.

—La mía sí —contestó Ned.

«Gracias, cariño», pensó Sylvie.

—¿Está tu hermano en Kingsbridge? —se interesó Ned, volviéndose hacia Margery.

—Últimamente no se deja ver mucho por aquí.

—¿Dónde está, entonces?

—Ahora es consejero del conde de Tyne.

—Estoy seguro de que su formación jurídica y su experiencia al frente de un negocio le serán de gran utilidad al conde. ¿Vive en Tyne Castle?

—Se aloja allí, pero el conde tiene propiedades por todo el norte de Inglaterra y creo que Rollo viaja bastante en su nombre.

Ned continuó indagando sobre los católicos del lugar mientras Sylvie miraba al pequeño Roger con interés. Había algo en él que la inquietaba y al cabo de un minuto comprendió por qué: tenía un aire que le resultaba familiar.

Se parecía a Ned.

Se volvió hacia su marido y vio que estudiaba a Roger con el ceño ligeramente fruncido. Él también se había fijado en algo. Sylvie lo conocía como la palma de su mano y por su expresión adivinó que aún no había descubierto qué lo desconcertaba. A los hombres les costaba más encontrar los parecidos. La mirada de Sylvie se cruzó con la de Margery y las dos mujeres se entendieron al instante mientras Ned seguía un tanto confuso y el conde Bart continuaba en su propio mundo.

El servicio se inició con un cántico y las conversaciones se pospusieron hasta que la ceremonia llegó a su fin. Más tarde, tuvieron invitados a comer y, entre unas cosas y otras, Sylvie no encontró la oportunidad de quedarse a solas con Ned hasta la hora de irse a dormir.

Era primavera y ambos se metieron desnudos en la cama. Sylvie le acarició el pelo del pecho.

—Margery aún te quiere.

—Está casada con el conde.

—¿Y qué más da?

—¿Cómo puedes decir eso?

—Porque ya se acostó contigo una vez.

Ned se molestó, pero no hizo ningún comentario.

—Debe de hacer unos tres años, justo antes de que te fueras a París.

—¿Cómo lo sabes?

—Porque Roger ahora tiene dos años.

—Ah, te has dado cuenta.

—Ha heredado tus ojos. —Lo miró a la cara—. Esos preciosos ojos castaño dorado.

—¿No estás enfadada?

—Cuando me casé contigo, sabía muy bien que yo no era la primera mujer de la que te enamorabas, pero…

—Sigue.

—… pero lo que no sabía era que pudieras seguir queriéndola o que ella había tenido un hijo tuyo.

Ned tomó sus manos entre las suyas.

—No puedo decirte que Margery me sea indiferente o que no me importe, pero quiero que sepas que tú eres todo mi mundo.

Había dicho justo lo que ella quería oír, pero no sabía si creerle. Lo único de lo que estaba segura era de que lo amaba y no iba a permitir que nadie se lo arrebatara.

—Hazme el amor.

Ned la besó.

—Dios mío, eres una tirana —bromeó, y volvió a besarla.

Sin embargo, aquello no era suficiente. Sylvie quería compartir con él algo que nunca hubiera tenido con Susannah Twyford o con Margery Shiring.

—Espera —dijo mientras pensaba—. ¿Hay alguna cosa que siempre hayas querido hacer con una mujer? —Nunca antes le había propuesto nada parecido, ni a él ni a nadie—. ¿Algo que te excite cuando lo imaginas, pero que nunca hayas hecho?

Contuvo la respiración. ¿Qué diría?

Ned se quedó pensativo y con una expresión un tanto azorada.

—¡Sí que lo hay! —exclamó Sylvie, triunfante—. No lo niegues. —Le encantaba saber qué pensaba con solo mirarlo—. ¿Qué es?

—Me da vergüenza decirlo.

Se había sonrojado. Qué tierno. Sylvie se acercó más a él, pegando su cuerpo al suyo.

—Entonces dímelo al oído —le susurró.

Ned se lo dijo.

Sylvie lo miró, sonriendo, un poco sorprendida, aunque también acalorada.

—¿En serio?

Ned negó con la cabeza.

—No, olvídalo. Tendría que haberme callado.

Sylvie estaba excitada y sabía que él también.

—No sé. Podríamos probarlo.

Y eso hicieron.

1285-1369

CUARTA PARTE

1583-1589

22

I

Ned miró con detenimiento el rostro de su hijo, Roger. La emoción que sentía era tal que apenas podía hablar. Roger era un chico a las puertas de la adolescencia; empezaba a ser más alto, aunque todavía conservaba la tersura de la piel en las mejillas y se le escapaban gallos al hablar. Tenía el cabello oscuro y rizado de Margery y su misma mirada traviesa, pero los ojos castaño dorado de Ned.

Se encontraban en el salón de la casa situada enfrente de la catedral. El conde Bart había llegado a Kingsbridge para asistir al tribunal de primavera de las sesiones trimestrales, y se había llevado consigo a los dos muchachos que creía sus hijos: Bartlet, quien ya tenía dieciocho años, y Roger, de doce. Ned también estaba allí para el tribunal; en ese momento era el representante de Kingsbridge en el Parlamento.

Ned no tenía más hijos. Sylvie y él habían consumado su unión durante más de una década, con una pasión cuyo ardor no disminuía, pero ella jamás se había quedado embarazada. Esa circunstancia los entristecía a ambos y, a pesar de lo lamentable de la situación, hacía que Roger fuera muy valioso para su verdadero padre.

Estando en compañía del chico, Ned rememoraba su adolescencia. «Ya sé qué te espera —pensaba al mirarlo— y me gustaría poder contártelo y facilitarte el camino; pero cuando tenía tu edad, jamás creí a los adultos que decían comprender cómo era la vida de los jóvenes, así que supongo que tú tampoco lo harás.»

Roger tenía una actitud bastante relajada con Ned, lo cual resultaba razonable. Aquel hombre era amigo de su madre, y Roger lo consideraba una especie de tío carnal. Ned solo podía demostrar su afecto escuchando con detenimiento al chico, tomándolo en serio y respondiendo a conciencia todo cuanto preguntaba. Quizá esa fuera la razón por la que Roger le hacía confidencias de vez en cuando, y eso le producía una enorme satisfacción.

—Sir Ned —dijo Roger—, vos conocéis a la reina. ¿Por qué odia a los católicos?

Ned no esperaba esa pregunta, aunque quizá fuera una cuestión previsible. Roger sabía que sus padres eran católicos residentes en un país protestante y ya era lo bastante mayor para preguntarse el porqué.

—La reina no odia a los católicos —respondió el otro con una evasiva para ganar tiempo.

—Obligó a mi padre a pagar una multa por no ir a la iglesia.

Ned entendió que el chico era de pensamiento ágil, y el rubor fugaz de satisfacción que sintió se vio acompañado de la dolorosa puñalada que suponía el tener que ocultar su orgullo, sobre todo, ante su propio hijo.

Entonces le dijo a Roger lo mismo que a todo el mundo.

—Siendo joven, la princesa Isabel me dijo que, si se convertía en reina, ningún inglés moriría a causa de sus creencias religiosas.

—No ha cumplido esa promesa —repuso Roger enseguida.

—Lo ha intentado. —Ned buscaba palabras para explicar las complejidades de la política a un muchacho de doce años—. Por una parte, debe enfrentarse a los puritanos del Parlamento que la acusan a diario de ser demasiado condescendiente y le dicen que debería quemar a los católicos en la hoguera, tal como hacía con los protestantes su predecesora, la reina María Tudor. Por otra parte, debe enfrentarse a los traidores católicos como el duque de Norfolk, quien quiere matarla.

—Hay sacerdotes que mueren ejecutados solo por conseguir que los feligreses vuelvan a profesar la fe católica, ¿no es así? —insistió Roger con obstinación.

Ned tenía el convencimiento de que el chico se había preparado esas preguntas. Lo más probable era que no quisiera incomodar a sus padres con tales preocupaciones. Por otra parte, estaba encantado de que confiara en él lo suficiente para transmitirle sus inquietudes. No obstante, ¿por qué estaba Roger tan preocupado? Ned supuso que Stephen Lincoln seguía viviendo de manera más o menos clandestina en New Castle. Debía de ser el tutor de Bartlet y Roger, y, casi con total seguridad, diría misa de forma habitual para la familia. A Roger le preocupaba que su profesor fuera descubierto y ejecutado.

Había muchos más sacerdotes que antes. Stephen era uno de los viejos retrógrados que sobrevivían tras la revolución religiosa de la reina Isabel, aunque se habían ordenado docenas de nuevos religiosos, quizá cientos. Ned y Walsingham habían atrapado a diecisiete. Todos habían muerto ejecutados por traición.

Ned había interrogado a la mayoría de los diecisiete antes de morir. No había averiguado tanto como deseaba, en parte porque habían sido entrenados para soportar los interrogatorios, pero, sobre todo, porque no sabían demasiado. Su cabecilla operaba bajo el elocuente pseudónimo de Jean Langlais y les facilitaba la mínima información posible sobre la operación en la que estuviesen participando. Desconocían el punto exacto de la costa donde desembarcaban e ignoraban el nombre de los colaboradores clandestinos que los recibían y los ponían en ruta hacia sus destinos.

—Esos sacerdotes —dijo Ned— son instruidos en el extranjero y entran en Inglaterra de forma ilegal. Rinden cuentas ante el Papa, no ante nuestra reina. Algunos de ellos pertenecen a un grupo ultracatólico de línea dura que se hacen llamar jesuitas. Isabel teme que puedan estar conspirando para destronarla.

—¿Y están conspirando? —preguntó Roger.

Si Ned hubiera estado discutiendo con un adulto católico habría respondido con ánimo polemista a esas cuestiones. Habría despreciado la ingenuidad de cualquier interlocutor que no diera por sentadas las intenciones traidoras de los sacerdotes católicos clandestinos. Pero no tenía deseo alguno de ganar la discusión con su hijo. Solo quería que el chico conociera la verdad.

Todos los sacerdotes creían que Isabel era una reina ilegítima y que la auténtica monarca de Inglaterra era María Estuardo, la reina de los escoceses; aunque ninguno de ellos había hecho nada para enmendar dicha situación, al menos de momento. No habían intentado ponerse en contacto con María Estuardo, quien permanecía encerrada; tampoco habían formado grupos de nobles católicos descontentos, ni habían urdido un plan para asesinar a Isabel.

—No —le dijo a Roger—. Por lo que yo sé, no están conspirando en contra de Su Majestad.

—Así que los ejecutan solo por ser sacerdotes católicos.

—Desde un punto de vista moral, tu afirmación es cierta —admitió Ned—. Y me causa una profunda tristeza que Isabel no haya sido capaz de cumplir el juramento que hizo en su juventud. Sin embargo, desde un punto de vista político le resultaba bastante imposible tolerar, en su reino, la existencia de una red de hombres leales a un potentado extranjero, el Papa, que se ha declarado enemigo suyo. No hay soberano en ningún país del mundo capaz de soportar algo así.

—Además, si ocultas a un sacerdote en tu casa, el castigo es la pena capital.

Eso era lo que preocupaba realmente a Roger. Si descubrían a Stephen Lincoln diciendo misa, o incluso se demostraba que guardaba objetos sacramentales en New Castle, tanto Bart como Margery podían morir ejecutados.

Ned también temía por la vida de Margery. Quizá no pudiera evitar que recayera sobre ella el peso de la ley.

—Creo que deberíamos adorar a Dios de la forma que cada uno considere adecuada —dijo—, y no preocuparnos por lo que hagan los demás. No odio a los católicos. He sido amigo de tu madre... y de tu padre... toda mi vida. No me parece bien que los cristianos se maten poniendo como pretexto la teología.

—No solo los católicos queman a personas en la hoguera. Los protestantes de Ginebra quemaron a Miguel Servet.

Ned pensó en decir que ese caso se conocía en toda Europa precisamente porque era poco habitual que los protestantes mandaran a nadie a morir en la hoguera, pero decidió descartar ese tipo de argumentación con Roger.

—Es cierto —afirmó, en cambio—, y dejará una mancha en el nombre de Juan Calvino hasta el día del Juicio Final. Pero hay algunas personas, en ambos bandos, que luchan por lograr la tolerancia. La reina Catalina, madre del rey de Francia, es una de ellas, y es católica. La reina Isabel es otra de esas personas.

—¡Pero si las dos matan a gente!

—Ninguna de ellas es una santa. Hay algo que debes intentar comprender, Roger. En política no existen los santos. Sin embargo, las personas imperfectas también pueden transformar el mundo para mejorarlo.

Ned había recurrido a sus mejores argumentos, pero Roger no parecía satisfecho. No quería escuchar que la vida era complicada. Tenía doce años y buscaba verdades incuestionables. Tendría que ir aprendiendo poco a poco, como todo el mundo.

La conversación se interrumpió cuando apareció Alfo. Roger enmudeció de golpe y, pasados unos minutos, se excusó para marcharse.

—¿Qué quería? —le preguntó Alfo a Ned.

—Tiene las clásicas dudas de la adolescencia. Me considera un viejo e inofensivo amigo de la familia. ¿Cómo va la escuela?

Alfo tomó asiento. En ese momento tenía diecinueve años, las piernas largas de Barney y su misma actitud despreocupada.

—Lo cierto es que, hace un año, la Escuela de Gramática ya me había enseñado todo cuanto tenía que ofrecerme. Hoy en día paso la mitad del tiempo leyendo y la otra mitad enseñando a alumnos menores que yo.

—¿Ah, sí? —Estaba claro que, ese día, la misión de Ned consistía en aconsejar a los más jóvenes. Tenía solo cuarenta y tres años; no era lo bastante mayor para asumir esa responsabilidad—. Quizá deberías ir a Oxford y empezar a estudiar en la universidad. Podrías vivir en el Kingsbridge College.

A Ned no le convencía del todo la idea. Él no había cursado estudios universitarios y no se podía decir que hubiera sufrido mucho por ello. Era tan inteligente como la mayoría de los clérigos que conocía. Por otra parte, de vez en cuando, sí que percibía que los hombres con formación superior eran más ágiles que él en sus argumentaciones, y sabía que se trataba de una habilidad adquirida durante los debates académicos.

—No tengo vocación de clérigo.

Ned sonrió. A Alfo le gustaban mucho las chicas, y esa atracción era correspondida. Había heredado el encanto natural para la seducción de Barney. Las jóvenes tímidas se sentían azoradas por sus rasgos africanos, pero estos atraían a las más atrevidas.

Ned opinaba que los ingleses se comportaban de forma ilógica con los extranjeros: odiaban a los turcos y creían que los judíos eran malignos, pero consideraban a los africanos seres inofensivos y exóticos. Los hombres como Alfo, que, por una razón u otra, acababan en Inglaterra, solían contraer matrimonio con una mujer de la comunidad, donde el legado de su apariencia se extinguía tras el nacimiento de tres o cuatro generaciones.

—La asistencia a la universidad no te obliga a convertirte en pastor. Aunque me da a mí que te ronda otra cosa por la cabeza.

—Mi abuela Alice tenía el sueño de convertir el antiguo monasterio en un mercado cubierto.

—Es verdad, ese era el sueño de tu abuela. —Eso había sido hacía mucho tiempo, pero Ned no había olvidado la visita a las ruinas junto a su madre, durante la cual imaginaron los puestos del mercado instalados en las galerías del claustro—. Sigue siendo una buena idea.

—¿Podría invertir el dinero del capitán en la compra del lugar?

Ned se lo planteó. Era el custodio de la riqueza de Barney mientras este se encontraba en alta mar. Poseía gran cantidad de efectivo, aunque ya había realizado unas cuantas inversiones —una huerta en Kingsbridge y una vaquería en Londres— y había aumentado los ingresos de su hermano.

—Creo que sí podríamos hacerlo, siempre y cuando el precio sea justo —añadió con tono precavido.

—¿Debo dirigirme al cabildo?

—Investiga un poco antes. Pregunta sobre las últimas ventas de terreno edificable en Kingsbridge, averigua cuánto se ha pagado por hectárea.

—Eso haré —dijo Alfo con entusiasmo.

—Debes actuar con discreción. No cuentes a nadie nuestros planes; di que yo te he pedido que hagas las averiguaciones porque estoy buscando un terreno para mí. Luego ya hablaremos sobre cuánto ofrecer por el monasterio.

Eileen Fife entró en la habitación con un paquete en las manos. Sonrió con gesto afectuoso a Alfo y entregó el bulto a Ned.

—Un mensajero lo ha traído desde Londres para vos, sir Ned. Se encuentra en la cocina por si requerís su presencia.

—Sírvele algo de comer —ordenó Ned.

—Ya lo he hecho —dijo Eileen, indignada ante la suposición de que pudiera haber olvidado tal cortesía.

—Por supuesto que lo has hecho, disculpa.

Ned abrió el paquete. Contenía una carta para Sylvie, cuya dirección estaba escrita con la letra de trazo infantil de Nath y que sin duda había sido remitida por la embajada inglesa de París. Con toda seguridad sería una solicitud de más libros, algo que habían recibido tres veces en los últimos diez años.

Ned sabía, por las cartas de Nath y las visitas de Sylvie a París, que la criada de Pierre sustituía a su esposa en más aspectos que el de la venta de libros. Seguía sirviendo para la familia de Pierre Aumande de Guisa y vigilando al señor de la casa para filtrar la información a los protestantes de París. Pierre se había trasladado al palacio de Guisa junto con Odette, el hijo de esta, Alain, un estudiante que ya contaba veintidós años de edad, y Nath. Esto daba a la joven extraordinarias oportunidades para la práctica del espionaje, en especial en lo tocante a los católicos ingleses de París. Además, Nath había convertido a Alain al protestantismo sin el conocimiento de Odette ni de Pierre. Toda la información obtenida por la joven llegaba a Sylvie contenida en cartas como la que acababan de recibir.

Ned la dejó a un lado para que su esposa la abriera.

La otra misiva era para él. Estaba escrita con caligrafía cursiva de trazo pulcro y se apreciaba que era la obra apurada de un hombre metódico. Ned reconoció la letra de sir Francis Walsingham, su jefe y mentor. No obstante, no pudo leer la carta en ese mismo instante porque estaba escrita en clave.

—Necesitaré un tiempo para redactar la respuesta —le dijo a Eileen—. Acomoda al mensajero para que pase aquí la noche.

Alfo se levantó.

—¡Pondré en marcha nuestro nuevo proyecto! Gracias, tío Ned.

Este empezó a descifrar la carta. Contenía solo tres frases. Resultaba tentador escribir el mensaje resultante encima del codificado, pero esa práctica estaba totalmente prohibida. Si una carta en clave descifrada caía en malas manos, el enemigo tendría la guía para traducir todos los mensajes escritos con el mismo código. Los especialistas en descifrar claves que trabajaban para Ned, ocupados en interceptar la correspondencia de las embajadas extranjeras en Londres, se habían beneficiado en más de una ocasión de ese mismo descuido en el que caían los sujetos a los que espiaban. Ned escribió su decodificación con un estilete de acero sobre una pizarra que después podía borrarse con un paño húmedo.

Se sabía el código de memoria y tradujo la primera frase de inmediato: «Noticias de París».

Se le aceleró el pulso. Walsingham y él estaban impacientes por averiguar cuál sería el siguiente movimiento de los franceses. Durante las décadas de 1560 y 1570, la reina Isabel había contenido al enemigo fingiendo que se hallaba sopesando las proposiciones matrimoniales de distintos príncipes católicos. Su última víctima había sido Hércules Francisco, hermano del rey Enrique III de Francia. Isabel cumpliría los cincuenta ese mismo año, pero conservaba el poder de fascinar a los hombres. Había encandilado a Hércules Francisco, aunque el joven no hubiera cumplido aún los treinta, y lo llamaba «mi ranita». Jugó con él durante tres años, hasta que él llegó a la misma conclusión que todos los pretendientes de Isabel: que la reina no tenía intención de casarse con nadie. Sin embargo, Ned tenía la sensación de que Isabel había jugado la baza del matrimonio por última vez, y temía que los enemigos de la reina hicieran lo que planeaban desde hacía tanto tiempo: llevar a cabo una acción decidida para deshacerse de ella.

Ned estaba empezando a descifrar la segunda frase cuando la puerta se abrió de golpe y Margery entró hecha una furia.

—¡¿Cómo te has atrevido?! —espetó—. ¡¿Cómo te has atrevido?!

Ned quedó anonadado. Los repentinos ataques de ira de Margery eran temidos por sus sirvientes, pero él jamás había sido objeto de ninguno de ellos. Su relación con ella era amigable y afectuosa.

—¿Qué demonios he hecho? —preguntó.

—¿Cómo te atreves a envenenar la cabeza de mi hijo con tus herejías protestantes?

Ned frunció el ceño.

—Roger me ha hecho preguntas —respondió para refrenar la indignación de la madre—. He intentado responderle con mucha sinceridad.

—Educaré a mis hijos en la fe de sus antepasados y no permitiré que tú los corrompas.

—Está bien —accedió Ned con cierta exasperación—. Pero, tarde o temprano, alguien les dirá que existe otro punto de vista. Da las gracias de que haya sido yo y no un puritano intolerante como Dan Cobley.

Aunque se sentía molesto con ella, no podía evitar fijarse en lo atractiva que estaba mientras sacudía su espesa melena y lo miraba con los ojos inyectados en rabia. Era mucho más bella a los cuarenta de lo que había sido a los catorce, cuando Ned la besó detrás del montículo que formaba la tumba del prior Philip.

—Mis hijos serían muy capaces de reconocer a Cobley como el empecinado blasfemo que es —repuso ella—. Tú finges ser un hombre razonable mientras te dedicas a emponzoñarles la mente.

—¡Ah! ¡Ya entiendo! Lo que te importuna no es mi condición de protestante, sino mi capacidad de razonar. No quieres que tus hijos sepan que los hombres pueden discutir sobre religión con serenidad y disentir sin intentar asesinar a su interlocutor.

Incluso mientras discutía con ella, empezó a darse cuenta de que

Margery no estaba molesta porque él estuviera emponzoñando la mente de Roger. En realidad, la reconcomía la rabia porque el destino los había separado, a Ned y a ella, y no podían educar a sus hijos como pareja.

Sin embargo, Margery era como un caballo de batalla y nada la detendría.

—¡Oh!, te crees muy listo, ¿verdad? —dijo ella, airada.

—No, pero al menos no finjo ser estúpido, que es lo que tú estás haciendo ahora.

—No he venido para discutir. Estoy aquí para decirte que no hables con mis hijos.

Ned bajó la voz.

—Roger también es hijo mío.

—Él no debe pagar por mis pecados.

—Entonces no lo fuerces a adoptar tu religión. Cuéntale lo que tú crees y reconoce ante él que los hombres buenos disienten. Así te tendrá más respeto.

—No te atrevas a decirme cómo debo educar a mis hijos.

—Pues no me digas qué puedo y qué no puedo decir al mío.

Margery se dirigió hacia la puerta.

—Te mandaría al infierno, pero ya estás de camino.

Salió de la habitación y, transcurridos unos segundos, se oyó el portazo de la entrada.

Ned miró por la ventana, pero, por una vez, no disfrutó de la belleza de la catedral. Lamentaba mucho haber discutido con Margery.

Los dos se habían puesto de acuerdo en una cosa: jamás le explicarían a Roger la verdad sobre la paternidad de Ned. Ambos sentían que para el chico —incluso cuando ya fuera un hombre— supondría una enorme decepción saber que había vivido engañado durante toda su vida. Ned nunca tendría la alegría de reconocer a su único hijo, pero estaba dispuesto a semejante sacrificio por el bien del chico. El bienestar de Roger era más importante que el de Ned; eso era precisamente lo que significaba ser padre.

Bajó la vista hacia la carta y transcribió la segunda frase: «El cardenal Romero ha vuelto y su amante está con él». Eso era importante. Romero era un enviado informal del rey de España. Debía de estar planeando alguna intriga con los ultracatólicos franceses. Además, su querida, Jerónima Ruiz, había actuado como espía para Ned en los momentos previos a la matanza de San Bartolomé. Tal vez quisiera contarle qué maquinaba Romero.

Mientras estaba concentrado en la tercera frase, Sylvie entró en la sala. Ned le entregó la carta que había llegado junto a la suya. Ella no la abrió enseguida.

—He escuchado parte de tu conversación con Margery —dijo—. En concreto, cuando hablabais en voz más alta. No parecía muy agradable.

Ned la tomó de la mano sintiéndose incómodo.

—Yo no intentaba convertir a Roger. Solo pretendía responder sus preguntas con sinceridad.

—Ya lo sé.

—Disculpa si mi antiguo amor te ha abochornado.

—No me siento abochornada —dijo Sylvie—. Hace tiempo que me di cuenta de que seguís amándoos.

Aquello sobresaltó a Ned. Era la pura verdad, aunque él jamás lo había reconocido.

—No puedes ocultar ese tipo de cosas a tu mujer —afirmó Sylvie como si acabara de leerle el pensamiento.

Entonces abrió su carta.

Ned volvió a concentrarse en la suya. Pensando todavía en lo que acababa de decir Sylvie, descifró la última frase: «Jerónima solo hablará contigo».

Levantó la mirada para dirigirse a Sylvie, y se le ocurrieron las palabras exactas.

—Lo que importa es que sepas que te amo.

—Sí, sé que me amas. La carta es de Nath. Necesita más libros. Debo viajar a París.

—Yo también —dijo Ned.

II

Sylvie todavía no había subido a la torre de la catedral para contemplar las vistas. Tras el servicio dominical, con los rayos del sol primaveral penetrando por las vidrieras de múltiples colores, levantó la mirada hacia las escaleras. Había una portezuela en el muro del transepto sur que daba a una escalera de caracol. Sylvie estaba preguntándose si debía pedir permiso o colarse sin más por la puerta, cuando Margery se dirigió a ella.

—No tenía ningún derecho a irrumpir como una desquiciada en tu casa y armar un escándalo como el del otro día —dijo—. Me siento abochornada.

Sylvie cerró la portezuela. Aquello era importante y las vistas desde la torre no se moverían de allí.

Sentía que ella había salido ganando y, en consecuencia, que tenía la obligación de comportarse con magnanimidad.

—Comprendo el motivo de tu disgusto —dijo—. Al menos eso creo. Y, sinceramente, no te culpo.

—¿Qué quieres decir?

—Ned y tú deberíais estar criando juntos a Roger. Pero no podéis, y eso te parte el corazón.

Margery parecía impresionada.

—Ned juró que jamás se lo contaría a nadie.

—No lo ha hecho. Lo he supuesto, y él no lo ha negado. Pero el secreto está a salvo conmigo.

—Bart me matará si lo averigua.

—No lo averiguará.

—Gracias.

Margery tenía los ojos llorosos.

—Si Ned se hubiera casado contigo, habría tenido la casa llena de niños. Pero yo no puedo concebir. Y no es que no lo hayamos intentado…

Sylvie no estaba segura del motivo por el que mantenía una conversación tan sincera con la mujer que amaba a su marido. Sencillamente le parecía que no tenía sentido ocultar la verdad.

—Lamento oír eso…, aunque ya lo había imaginado.

—Si muero antes que Ned, y Bart muere antes que tú, deberías casarte con él.

—¿Cómo puedes decir tal cosa?

—Os estaré mirando desde el Cielo y bendeciré vuestra unión.

—Eso no va a suceder…, pero gracias por decirlo. Eres una buena mujer.

—Tú también lo eres. —Sylvie sonrió—. ¿Verdad que tiene suerte?

—¿Ned?

—Por recibir el amor de ambas.

—No lo sé —dijo Margery—. ¿Eso crees?

Rollo quedó impresionado por el palacio de la familia de Guisa. Era de mayores dimensiones que el Louvre. Con sus patios y sus jardines alcanzaba por lo menos una hectárea. El lugar estaba repleto de miembros del servicio y soldados, así como parientes lejanos y aprovechados, que disfrutaban de cama y comida gratis a diario. Solo los establos ocupaban más que toda la casa construida en Kingsbridge por el padre de Rollo cuando su familia se hallaba en la cúspide de su prosperidad financiera.

Rollo fue invitado al palacio en el mes de junio de 1583, para una reunión con el duque de Guisa.

Francisco el Acuchillado había fallecido hacía tiempo, al igual que su hermano, el cardenal Carlos. El hijo de Francisco, Enrique, a la sazón de treinta y dos años, era el duque en ese momento. Rollo lo observó con detenimiento, fascinado. Por una coincidencia que la mayoría de los franceses consideraban un designio divino, Enrique había resultado herido en la cara, al igual que su padre. Francisco quedó desfigurado por una herida de lanza, mientras que Enrique había recibido el disparo de un arcabuz, pero ambos acabaron con marcas visibles, y por ello Enrique también se apodaba el Acuchillado.

El cardenal Carlos, conocido por su artería, había sido reemplazado, en los consejos celebrados por la familia de Guisa, por Pierre Aumande de Guisa, el pariente lejano de baja cuna que había sido el protegido de Carlos. Pierre era tutor del Colegio Inglés, y había puesto a Rollo el apodo de Jean Langlais, nombre con el que era conocido durante sus misiones secretas.

Rollo se reunió con el duque en una sala pequeña aunque opulenta, decorada con cuadros de escenas bíblicas en los que muchos hombres y mujeres posaban desnudos. La decoración tenía cierto toque decadente que lo incomodaba.

Se sentía halagado, aunque también un tanto intimidado, por el elevado estatus de los demás personajes convocados para la reunión. El cardenal Romero se encontraba allí en representación del rey de España, y Giovanni Castelli, en nombre del Papa. Claude Matthieu era el rector de los jesuitas profesos. Esos hombres eran la artillería pesada de la ortodoxia cristiana, y a Rollo le impresionaba encontrarse en su compañía.

Pierre ocupó un asiento junto al duque Enrique. Su afección cutánea había empeorado con el paso de los años, y en ese momento tenía rojeces en las manos, el cuello, los rabillos de los ojos y las comisuras de los labios, y se rascaba sin parar.

Tres criados de la familia de Guisa sirvieron vino y dulces mientras las notables personalidades fueron ocupando sus asientos; a continuación, permanecieron junto a la puerta a la espera de nuevas órdenes. Rollo supuso que el servicio era de la máxima confianza, aunque, de todas formas, él los habría hecho esperar en el exterior. El secretismo se había convertido en su obsesión. La única persona en la sala que conocía su auténtico nombre era Pierre. En Inglaterra ocurría todo lo contrario: nadie sabía que Rollo Fitzgerald era Jean Langlais, ni siquiera su hermana, Margery. En teoría, Rollo trabajaba para el conde de Tyne, que era un católico asustadizo, devoto pero temeroso de las conspiraciones. El noble le pagaba un salario, le concedía todos los permisos que deseaba y no hacía preguntas.

El duque Enrique inició el debate con una afirmación que emocionó a Rollo:

—Nos hemos reunido para hablar sobre la invasión de Inglaterra.

Ese era el sueño de Rollo. La labor a la que llevaba ya una década entregado en cuerpo y alma, ayudar a sacerdotes a entrar de incógnito en Inglaterra, era importante, pero una solución paliativa. Con ella se mantenía viva la auténtica fe, aunque no contribuía en nada a cambiar la situación. Su verdadero valor era su condición de prolegómeno de lo que el duque acababa de anunciar. Una invasión encabezada por Enrique devolvería Inglaterra a la Iglesia católica y restablecería la posición de la familia Fitzgerald en la élite gobernante.

Rollo ya podía visualizarlo: la armada invasora con sus estandartes ondeando al viento; los hombres bien pertrechados desembarcando en las playas; su entrada triunfal en Londres, jaleados por las multitudes; la coronación de María Estuardo. También se vio a sí mismo, ataviado con su casulla de obispo, oficiando la misa en la catedral de Kingsbridge.

Después de discutirlo con Pierre, él había entendido que la reina Isabel constituía un importante escollo para la familia de Guisa. Siempre que los ultracatólicos alcanzaban una situación aventajada en Francia, oleadas de hugonotes buscaban asilo en Inglaterra, donde eran bienvenidos por sus habilidades manuales y su talento para los negocios. En cuanto prosperaban allí, enviaban dinero a sus correligionarios en el país galo. Isabel también interfería en los Países Bajos españoles, al permitir que voluntarios ingleses acudieran allí para luchar junto al bando rebelde.

Pero Enrique tenía otros motivos.

—Es una situación insostenible —dijo— que Isabel, quien ha sido declarada ilegítima por el Papa, gobierne Inglaterra y mantenga a la auténtica reina, María Estuardo, en prisión.

María Estuardo, la reina de los escoceses, era prima del duque Enrique. Si se convertía en monarca de Inglaterra, los De Guisa pasarían a ser la familia más poderosa de Europa. Evidentemente, esa era la principal motivación de Enrique y de Pierre.

Rollo dudó un instante sobre la conveniencia de que una familia extranjera detentara el poder absoluto en su país. No obstante, era un pequeño precio a cambio de la auténtica fe.

—Veo la invasión como una horca de dos puntas —dijo Enrique—. Un ejército de doce mil hombres arribará a algún puerto de la costa este, llamará a las armas a los nobles católicos del lugar y juntos se harán con el dominio del norte del país. Otro ejército, tal vez más reducido, arribará a la costa sur y, una vez más, alentará a los católicos a hacerse con el control. Ambos grupos, nutridos y reforzados por los partidarios ingleses de la invasión, marcharán en dirección a Londres.

—Muy bien, pero ¿quién pagará todo eso? —preguntó el cabecilla de los jesuitas.

Fue el cardenal Romero quien le respondió.

—El rey de España ha prometido hacerse cargo de la mitad de los costes. Felipe está harto de que los piratas ingleses aborden sus galeones transatlánticos y roben sus cargamentos de oro y plata procedentes del virreinato de Nueva España.

—¿Y la otra mitad?

—Creo que el Papa contribuirá —dijo Castelli—, sobre todo si se le presenta un plan creíble de ataque.

Rollo sabía que los reyes y los papas eran más propensos a dar su palabra que su dinero. Sin embargo, en ese mismo instante, la liquidez no era una preocupación tan acuciante como de costumbre. El duque Enrique había heredado medio millón de libras francesas de su abuela, por eso tenía la capacidad de asumir él mismo parte de los costes si era necesario.

—El ejército invasor necesitará los planos de puertos propicios para el atraque —dijo Enrique en ese momento.

Rollo se dio cuenta de que Pierre era el auténtico artífice de la reunión. Ya conocía las respuestas a todas las preguntas. El objetivo del encuentro era poner en conocimiento de cada uno de los presentes que los demás también estaban dispuestos a desempeñar su función.

—Conseguiré los planos —dijo Rollo.

Enrique se quedó mirándolo.

—¿Tú solo?

—No, duque, solo no. Cuento con una amplia red de católicos poderosos y ricos en Inglaterra.

Dicha red era de Margery, no suya, pero ninguno de los asistentes a la reunión lo sabía. Además, Rollo siempre había insistido en conocer el destino de los sacerdotes, con el pretexto de garantizar que se avendrían con sus protectores.

—¿Puedes confiar en esas personas? —preguntó Enrique.

—No son simples católicos, excelencia. Son hombres que se arriesgan a ser condenados a la pena capital por acoger a los sacerdotes que he hecho entrar de incógnito en Inglaterra durante los últimos diez años. Merecen mi más absoluta confianza.

El duque parecía impresionado.

—Entiendo.

—No solo nos proporcionarán los planos, serán el núcleo del levantamiento que respaldará la invasión.

—Muy bien —dijo Enrique.

Pierre tomó la palabra por primera vez.

—Nos resta hablar sobre una cuestión esencial: María Estuardo, la reina de los escoceses. No podemos embarcarnos en esta empresa a menos que tengamos claro el compromiso por parte de ella de que respaldará la rebelión, autorizará la ejecución de Isabel y subirá al trono.

Rollo inspiró con fuerza.

—Yo me encargaré de conseguir su consentimiento —afirmó, y rezó en silencio para ser capaz de cumplir esa ambiciosa promesa.

—Pero ella está en prisión, y abren todas sus cartas —dijo Enrique.

—Eso es un problema, pero no insalvable.

El duque se mostró satisfecho con dicha afirmación. Echó un vistazo a la sala.

—Creo que eso es todo —zanjó con la enérgica impaciencia habitual de los hombres poderosos—. Caballeros, gracias a todos por vuestra asistencia.

Rollo se quedó mirando la puerta y vio, para su sorpresa, que a los tres criados se había unido una cuarta persona; un hombre de unos veintitantos años con el pelo cortado a la mínima expresión, al estilo de moda entre los estudiantes. Su rostro le sonaba vagamente. Fuera quien fuese, había escuchado a Rollo prometer que iba a traicionar a su país.

—¿Quién es ese hombre? —preguntó desconcertado, al tiempo que lo señalaba.

—Es mi hijo adoptivo —respondió Pierre—. ¿Qué demonios estás haciendo aquí, Alain?

Entonces Rollo lo reconoció. Había visto al chico en varias ocasiones a lo largo de los años. Tenía el pelo y la barba rubios, tan característicos de la familia de Guisa.

—Mi madre está enferma —anunció Alain.

Rollo se quedó contemplando con interés toda la gama de emociones reflejadas en el rostro de Pierre. Al principio, de forma fugaz, percibió una mirada de esperanza, rápidamente reprimida; luego, un velo de preocupación, que no llegó a convencer a Rollo, y, por último, una expresión de enérgica diligencia.

—Ve en busca de un médico enseguida —ordenó entonces—. Corre al Louvre y localiza a Ambroise Paré, no me importa cuánto cueste. Mi amada Odette merece recibir los mejores cuidados. ¡Anda, muchacho, deprisa! —Pierre se volvió hacia el duque y dijo—: Si no requerís más mi presencia, excelencia...

—Vete, Pierre —dijo Enrique.

Pierre dejó la sala, y Rollo pensó: «¿A qué vendrá toda esta farsa?».

IV

Ned Willard había llegado a París para reunirse con Jerónima Ruiz, pero tenía que andarse con mucho cuidado. Si alguien sospechaba que la dama le estaba pasando información secreta sería ajusticiada, y él podía correr el mismo destino.

Estaba en la librería situada a la sombra de la catedral de Notre-Dame, la tienda que antaño perteneció al padre de Sylvie. Ned no conocía a la joven en esa época, pero ella le había indicado dónde se encontraba el lugar en 1572, cuando la estaba cortejando. En ese momento, el negocio pertenecía a otra persona, y Ned entró para hacer tiempo.

Iba leyendo con detenimiento los títulos de los lomos de los libros y, al mismo tiempo, miraba de reojo y con impaciencia la fachada oeste del templo, con sus dos torres iguales. En cuanto los altos pórticos se abrieron, dejó de fingir que estaba comprando y se apresuró a salir de la librería.

La primera persona en abandonar la catedral fue Enrique III, quien se convirtió en rey de Francia al fallecer su hermano, Carlos IX, nueve años atrás. Ned lo contempló sonreír y saludar con la mano a la multitud de parisinos que ocupaban la plaza. El rey contaba treinta y un años. Tenía los ojos y el pelo negros, y este ya empezaba a ralear por las sienes, dibujándole un pico de viuda en la frente. Era lo que los ingleses llamaban un «político» —*un politique*, en francés—, y significaba que tomaba decisiones relativas a la religión de acuerdo con lo que él consideraba conveniente para su país, y no a la inversa.

Lo seguía, casi pisándole los talones, su madre, la reina Catalina, quien ya era una vieja algo oronda de sesenta y cuatro años, e iba tocada con el típico casquete negro de las viudas. La reina madre había alumbrado cinco hijos, pero todos nacidos con mala salud, por lo que tres de ellos ya habían fallecido. Aunque había algo incluso peor: ninguno de ellos había tenido un hijo varón, motivo por el cual los hermanos se habían sucedido unos a otros como reyes de Francia. Sin embargo, esa suerte aciaga había convertido a Catalina en la mujer más poderosa de Europa. Al igual que la reina Isabel, había utilizado el poder para arbitrar el conflicto religioso, decantándose más por llegar a un compromiso que por el uso de la violencia. Y, lo mismo que la monarca inglesa, había tenido un éxito limitado.

Cuando la comitiva real desapareció tras cruzar el puente hacia la margen derecha, se produjo un éxodo generalizado procedente de los pórticos de triple arcada de la catedral. Ned se unió a la multitud, con la esperanza de confundirse entre el gran número de personas que habían acudido a ver al rey.

En cuestión de segundos localizó a Jerónima Ruiz. No fue difícil distinguirla entre el gentío. Vestía de rojo, como era habitual. En ese momento tenía cuarenta y pocos años: la silueta de reloj de arena de su juventud se había rellenado, su cabello ya no era tan abundante y lustroso, y sus labios habían perdido la carnosidad. No obstante, caminaba con gracejo al tiempo que miraba a su alrededor con actitud coqueta y haciendo aletear las pestañas negras. Seguía irradiando lujuria y deseo de manera mucho más visible que cualquiera de las mujeres allí presentes. A pesar de todo, Ned tuvo la sensación de que aquel don natural de Jerónima en el pasado era algo que, a su edad, le costaba un esfuerzo.

Las miradas de ambos se cruzaron. Ella lo reconoció de inmediato y volvió la cabeza a toda prisa.

No podía dirigirse a Jerónima abiertamente; su encuentro debía parecer fortuito. También debía ser breve.

Tuvo que esforzarse por acercarse más a ella. La dama estaba con el cardenal Romero y, para mantener las apariencias, no iba tomada de su brazo, sino que caminaba muy por detrás de él. Cuando el purpurado se detuvo para hablar con el vizconde de Villeneuve, Ned se situó con naturalidad junto a ella.

—Estoy arriesgando mi vida —dijo Jerónima sin dejar de sonreír a nadie en concreto—. Solo podemos hablar unos segundos.

—Está bien.

Ned miró a su alrededor fingiendo gran interés mientras no cesaba de vigilar por si alguien se había percatado de su encuentro.

—El duque de Guisa planea invadir Inglaterra —dijo Jerónima.

—¡Por Cristo Nuestro Señor! —exclamó Ned—. ¿Cómo…?

—Guarda silencio y escucha —espetó—. Si no lo haces, no tendré tiempo de contártelo todo.

—Perdona.

—Habrá dos incursiones, una en la costa este y otra en la costa sur.

—¿Cuántos hombres? —preguntó Ned, obligado a saberlo.

—No lo sé.

—Por favor, continúa.

—No hay mucho más que contar. Ambos ejércitos buscarán refuerzos entre la población local y marcharán en dirección a Londres.

—Esta información no tiene precio.

Ned dio gracias a Dios por que Jerónima odiara a la Iglesia católica por haber torturado a su padre. Le impresionaba que la motivación de la mujer fuera tan parecida a la suya: él había despreciado esa religión autoritaria desde que su familia cayera en la ruina por culpa del obispo Julius y sus secuaces. Cada vez que le flaqueaban las fuerzas, recordaba cómo les habían robado aquello por lo que su madre había trabajado con denuedo toda su vida, y cómo una mujer fuerte e inteligente fue consumiéndose hasta que la muerte se apiadó de ella. El dolor que le provocaba recordarlo palpitaba todavía como el de una antigua herida y reforzaba la determinación de Ned.

Miró a Jerónima de soslayo. Estando tan cerca, apreció las arrugas de su cara y percibió esa pátina de cinismo implacable por debajo de su apariencia seductora. Se convirtió en amante de Romero a los dieciocho años. Se esmeraba por conservar el afecto del prelado incluso ya cumplidos los cuarenta, aunque debía de ser una tarea ardua.

—Gracias por contármelo —dijo Ned. Su gratitud era sincera. Pero quería saber algo más—. El duque de Guisa debe de tener colaboradores ingleses.

—Estoy segura de ello.

—¿Sabes quiénes son?

—No. Recuerda: obtengo la información gracias a las confidencias de alcoba. No tengo la oportunidad de formular preguntas. Si lo hiciera, levantaría sospechas.

—Me hago cargo.

—¿Alguna novedad sobre Barney? —preguntó ella, y Ned percibió cierto tono anhelante.

—Se pasa la vida en alta mar. No se ha casado. Pero tiene un hijo de diecinueve años.

—Diecinueve… —repitió ella, y se quedó pensativa—. ¿Cómo pasan tan rápido los años?

—El chico se llama Alfo. Y empieza a mostrar aptitudes para los negocios. En eso ha salido a su padre.

—Entonces es un chico inteligente, como todos los Willard.

—Sí, sí que lo es.

—Saluda a Barney de mi parte, Ned.

—Una cosa más.

—Rápido, Romero se acerca.

Ned necesitaba una vía permanente de comunicación con Jerónima. Improvisó a toda prisa.

—Cuando regreses a Madrid, un hombre se presentará en tu casa para venderte una crema que conservará la juventud de tu rostro.

Estaba bastante seguro de poder disponer algo así si hablaba con los comerciantes ingleses que se encontraban en España.

Ella sonrió muy a pesar suyo.

—Uso muchas de esas cremas.

—Cualquier información que le confíes me llegará a Londres.

—Entiendo.

Luego dio la espalda a Ned y sonrió ampliamente al cardenal, sacando pecho al tiempo que lo hacía. Ambos se alejaron caminando, Jerónima contoneando sus prominentes posaderas. A Ned se le antojó una visión triste: una meretriz envejecida esforzándose al máximo por sacar partido a sus decrépitos encantos con tal de retener el afecto de un sacerdote viejo, corrupto y barrigudo.

Algunas veces, Ned tenía la sensación de vivir en un mundo en descomposición.

V

La enfermedad de Odette emocionaba a Pierre incluso más que la invasión de Inglaterra.

Ella constituía el único obstáculo en su camino hacia la grandeza. Era el principal consejero del duque, y recibía más atenciones y era merecedor de más confianza que en toda su trayectoria. Sus aposentos estaban distribuidos en una serie de estancias en el palacio de la rue Vieille du Temple, donde vivía con Odette, Alain y Nath, quien era su doncella desde hacía años. Le habían concedido el señorío de una pequeña aldea de la Champaña, lo que le permitía autoproclamarse *sieur de Mesnil*, miembro de la aristocracia, aunque no de la nobleza. Quizá el duque Enrique jamás lo nombrara conde, pero la alta burguesía francesa había ganado el derecho de designar hombres a altos cargos eclesiásticos sin la aprobación de Roma. De no haber estado casado, podía haber solicitado al duque Enrique que lo nombrara abad de un monasterio, o incluso obispo.

Sin embargo, cabía la posibilidad de que su esposa muriera. La idea resultaba tan esperanzadora que lindaba con lo increíble. Sería libre, libre para medrar en los consejos de los poderosos y llegar prácticamente hasta donde se propusiera.

Los síntomas de Odette eran dolor tras las ingestas, diarrea, deposiciones sangrantes y cansancio. Siempre había sido obesa, pero la grasa de su cuerpo se había consumido, seguramente porque el intenso sufrimiento le quitaba las ganas de comer. El doctor Paré había diagnosticado fiebre estomacal complicada por temperatura corporal elevada, y había indicado que bebiera grandes cantidades de cerveza de baja graduación y vino rebajado con agua.

Pierre temía que llegara a recuperarse.

Por desgracia para él, Alain cuidaba muy bien de ella. Había abandonado sus estudios y rara era la vez que se alejaba del lecho de su madre. Pierre odiaba al chico, aunque, sorprendentemente, los miembros del servicio lo tenían en alta estima, y se compadecían de él por la enfermedad de su madre. Alain había dispuesto todo para que sirvieran las comidas en los aposentos de Odette y dormía en el suelo de la habitación de su madre.

Cuando tenía oportunidad, Pierre daba a Odette todo lo que Paré había contraindicado: coñac y vino peleón, especias y comida con mucha sal. Esto provocaba a la mujer retortijones y jaquecas frecuentes, y su aliento se tornaba pútrido. De haber podido cuidarla él solo, Pierre podría haberla matado así, pero Alain jamás se ausentaba durante demasiado tiempo.

En cuanto su mujer empezó a recuperarse, su ambicioso marido vio cómo se esfumaban sus esperanzas de convertirse en obispo, y cayó presa de la desesperación.

En la siguiente visita del doctor Paré a Odette, este afirmó que la paciente estaba sanando, y Pierre se sintió más hundido incluso. La dulce promesa de liberarse de esa vulgar mujer empezó a disiparse, y sintió el dolor de la decepción como una herida abierta.

—Ahora debería beber un preparado reconstituyente —indicó el médico. Pidió una pluma, papel y tinta, que Alain le facilitó con presteza—. El boticario de enfrente, Giglio, puede preparártelo en cuestión de minutos; es una sencilla mezcla de miel, regaliz, romero y pimienta. —Lo anotó en un pedazo de papel y se lo entregó al joven.

A Pierre se le ocurrió una idea descabellada de pronto. Sin pensar mucho en los detalles, decidió deshacerse de Alain. Dio una moneda a su hijo adoptivo.

—Ve a buscar el preparado ahora mismo.

Alain se mostró reticente. Miró a Odette, quien se había quedado dormida sobre su almohada de plumas.

—No me gusta dejarla.

¿Era posible que hubiera adivinado la desquiciada ocurrencia que había inspirado a Pierre? De ninguna manera.

—Ordena a Nath que vaya —dijo Alain.

—Nath ha ido al mercado del pescado. Tú irás al boticario. Yo me quedaré cuidando de Odette. No la dejaré sola, no te preocupes.

Con todo, Alain no acababa de estar convencido. Temía a Pierre, como la mayoría de las personas, aunque podía ser muy tozudo algunas veces.

—Vete ya, muchacho —dijo Paré—. Cuanto antes beba tu madre el preparado, antes se recuperará.

Alain no se atrevió a contradecir al médico y salió de la habitación.

—Habéis obrado con enorme diligencia, doctor —dijo Pierre con ánimo de ir despidiéndolo—. Os estoy agradecido.

—Como siempre, ha sido un placer poder ayudar a un miembro de la familia de Guisa, por supuesto.

—Me aseguraré de hacérselo saber al duque Enrique.

—¿Cómo se encuentra el duque?

Pierre estaba impaciente por conseguir que Paré se marchara antes de que regresara Alain.

—Muy bien —respondió.

Odette emitió un leve ruidito medio dormida.

—Creo que necesita usar la bacinilla —comentó Pierre.

—Os dejaré, pues —dijo Paré, y se marchó.

Era la oportunidad de Pierre. Tenía el corazón desbocado. En ese momento podía resolver todos sus problemas en cuestión de minutos.

Podía matar a Odette.

Hasta entonces, dos cosas le habían impedido hacerlo. Una de ellas era su fuerza física: no estaba seguro de poder con ella. La otra era el miedo a la ira del cardenal Carlos. El prelado le había advertido que, si Odette moría, él mismo acabaría con Pierre, sin importar en qué circunstancias hubiera fallecido su mujer.

Pero en ese instante, Odette estaba débil y Carlos, muerto.

Aun así, ¿sería sospechoso? Pierre había hecho un enorme esfuerzo por interpretar su papel de marido entregado. Carlos no se había dejado engañar, ni tampoco Alain, pero los demás sí, entre los que se contaba Enrique, quien no sabía nada de la historia. El chico podría acusar a Pierre, pero este sería capaz de presentar al joven como un hijo desconsolado y desquiciado que culpaba a su padrastro de una muerte acontecida en circunstancias naturales. Enrique creería esa versión.

Pierre cerró la puerta.

Se quedó mirando a la durmiente Odette con desprecio. Haberse casado con ella bajo amenaza había sido la máxima humillación de su vida. Notó que estaba temblando de pura emoción y deseo. Esa sería la venganza definitiva.

Arrastró una pesada silla por el suelo hasta el otro extremo de la habitación y la usó para atrancar la puerta y así impedir que alguien entrara.

El ruido despertó a Odette, quien levantó la cabeza.

—¿Qué está pasando? —preguntó con ansiedad.

Pierre intentó hablar con tono tranquilizador.

—Alain ha ido a comprar un reconstituyente al boticario —dijo, y cruzó la habitación para situarse junto a la cama.

Odette intuyó el peligro.

—¿Por qué has atrancado la puerta? —preguntó con voz temblorosa.

—Para que nadie te moleste —dijo Pierre, y, a renglón seguido, sacó la almohada de plumas de debajo de la cabeza de su mujer y se la puso sobre la cara. Lo hizo justo a tiempo de acallar el chillido que ella profirió desde el fondo de su alma.

Odette se defendió con una fuerza sorprendente. Consiguió sacar la cabeza de debajo de la almohada y tomar aire, aterrorizada, antes de que él pudiese volver a taparle con ella la nariz y la boca. Se agitaba con tal energía que él tuvo que subirse a la cama y arrodillarse sobre su pecho. Incluso en esa postura, ella fue capaz de mover los brazos y empezó a darle puñetazos en las costillas y el vientre. Él tuvo que apretar los dientes para aguantar el dolor y seguir apretando la almohada enérgicamente.

Pierre creyó que Odette lograría vencerlo y que no conseguiría acabar con ella; esa aterradora idea le insufló una fuerza extraordinaria, y presionó hacia abajo con todas sus ganas.

Por fin notó cómo ella se debilitaba. Sus puñetazos eran cada vez más flojos, luego dejó caer los brazos inertes a ambos lados del cuerpo. Pataleó un par de veces más hasta que sus piernas quedaron inmóviles. Pierre seguía apretando la almohada. No quería arriesgarse a que ella reviviera. Esperaba que Alain no regresara todavía, suponía que Giglio tardaría su tiempo en elaborar el preparado.

Pierre jamás había matado a nadie. Había sido responsable de la muerte de centenares de herejes y de muchos testigos inocentes, y todavía tenía pesadillas en las que veía las pilas de cuerpos desnudos en las calles de París durante la matanza de San Bartolomé. Incluso en ese momento estaba planeando una guerra contra Inglaterra en la que morirían miles de personas. Pero jamás, hasta entonces, había matado a nadie con sus propias manos. Eso era distinto. El alma de Odette estaba abandonando su cuerpo mientras él la asfixiaba. Era algo terrible.

Cuando la mujer llevaba ya un par de minutos inmóvil, Pierre levantó un poco la almohada, con cautela, y la miró a la cara, demacrada por la enfermedad. Ya no respiraba. Posó una mano en su pecho y no percibió latido alguno.

Estaba muerta.

Pierre se sentía exultante. ¡Muerta!

Volvió a colocarle la almohada debajo de la cabeza. Ya fallecida, Odette tenía una expresión de placidez. No se apreciaba ni rastro de la violencia sufrida un instante antes.

La inyección de júbilo triunfal dejó de tener efecto y Pierre empezó a pensar en el peligro que supondría que lo descubrieran. Apartó la silla de delante de la puerta. No estaba seguro de dónde se encontraba el mueble antes, aunque no creía que nadie se percatara de ese detalle.

Miró a su alrededor en busca de cualquier elemento que pudiera levantar sospechas y vio que la ropa de cama estaba demasiado arrugada, de modo que se apresuró a alisarla sobre el cuerpo de Odette.

Entonces no supo qué más hacer.

Quería salir de la habitación, pero había prometido a Alain que se quedaría allí, y parecería culpable si se marchaba. Lo mejor sería fingir inocencia. Sin embargo, le resultaba prácticamente imposible seguir en la misma estancia que el cadáver. Odiaba a Odette y se alegraba de su muerte, pero acababa de cometer un pecado terrible.

Fue consciente de que Dios sabría qué había hecho aunque nadie más lo supiera. Había asesinado a su esposa. ¿Cómo conseguiría el perdón por un pecado así?

Ella tenía los ojos todavía abiertos. Pierre temía mirarlos por miedo a que le devolvieran la mirada. Le hubiera gustado cerrárselos, pero le producía pavor tocar el cadáver.

Intentó recomponerse. El padre Moineau siempre le había asegurado que contaría con el perdón divino porque estaba entregado a la obra de Dios. ¿No era eso aplicable en este caso? No, por supuesto que no. Había sido un acto de profundo egoísmo. No tenía excusa.

Se sintió condenado. Vio que le temblaban las manos, las manos con las que había sujetado la almohada sobre el rostro de Odette con tanta fuerza que la había asfixiado. Se sentó en un banco junto a la ventana y se quedó mirando a la calle para no tener que hacerlo al cadáver. No obstante, se volvía cada pocos segundos para mirarla y asegurarse de que continuaba ahí tendida, porque no podía evitar imaginar su cuerpo sin vida levantándose de la cama, volviendo su rostro de mirada perdida hacia él, señalándolo con un dedo acusador y pronunciando en silencio la frase: «Él me asesinó».

Al final la puerta se abrió y entró Alain. Pierre sufrió un instante de puro pánico y estuvo a punto de gritar: «¡He sido yo, yo la he matado!». Luego recuperó su templanza habitual.

—¡Chisss!—exclamó, aunque Alain no hubiera hecho ruido alguno—. Está durmiendo.

—No, no está durmiendo —replicó Alain—. Tiene los ojos abiertos. —Frunció el ceño—. Has alisado las sábanas.

—Estaban un poco arrugadas.

—Ha sido un bonito detalle —comentó Alain con un tono de ligera sorpresa. Pero volvió a fruncir el ceño—. ¿Para qué has movido la silla?

A Pierre lo desesperó que el joven se percatara de esos detalles triviales. No se le ocurría ninguna razón inocente para explicar el cambio de posición de la silla, así que recurrió a la negación.

—Está en el mismo lugar de siempre.

Alain parecía confundido, aunque no insistió más. Dejó una botella en la mesilla de noche y entregó a Pierre un puñado de monedas de las vueltas. Luego se dirigió al cuerpo sin vida.

—Te he traído la medicina, madre —dijo—. Puedes tomar un poco ahora mismo. Tiene que mezclarse con agua o vino.

Pierre quiso gritarle: «¡Mírala, está muerta!».

Había una jarra de vino y una copa en la mesilla. Alain vertió un poco del preparado en la copa, añadió vino del recipiente y lo removió con la punta de un cuchillo. Luego, por fin, se acercó a la cama.

—Vamos a incorporarte para que te sientes —dijo. Entonces la miró con gesto adusto y ceñudo—. ¿Madre? —Habló con un hilillo de voz—. ¡Por la Virgen Santa! ¡No! —Se le cayó la copa al suelo y el bebedizo se derramó sobre las baldosas.

Pierre se quedó mirándolo con mórbida fascinación. Tras quedarse paralizado por el impacto durante unos minutos, Alain se inclinó hacia delante y se acercó al cuerpo inmóvil.

—¡Madre! —gritó, como si hablando en voz más alta pudiera resucitarla.

—¿Ocurre algo? —preguntó Pierre.

Alain sujetó a Odette por los brazos y la levantó. A ella se le dobló la cabeza hacia atrás, inerte.

Pierre se acercó a la cama y tuvo la precaución de situarse en el lado contrario del que se encontraba Alain, alejado de un posible ataque. No temía la fuerza física de su hijastro —más bien sería este quien debería temer la de Pierre—, pero sería mejor evitar cualquier pelea.

—¿Qué sucede? —preguntó.

Alain se quedó mirándolo con desprecio.

—¿Qué has hecho?

—Nada más que vigilarla —respondió Pierre—. Pero parece inconsciente.

Alain la recostó con delicadeza sobre la cama, con la cabeza encima de la almohada que la había matado. Le palpó el pecho en busca de los latidos y luego le tocó el cuello para tomarle el pulso. Al final posó la mejilla cerca de la nariz de su madre para comprobar si respiraba.

—Está muerta.

—¿Estás seguro? —Pierre también tocó su pecho y después asintió con tristeza—. Es terrible —afirmó—. Justo cuando creíamos que estaba recuperándose...

—¡Estaba recuperándose! ¡Tú la has matado, demonio!

—Estás muy disgustado, Alain.

—No sé qué has hecho, pero la has matado.

Pierre se dirigió a la puerta y llamó a gritos al servicio.

—¡A mí! ¡Que venga alguien! ¡Deprisa!

—Te mataré —dijo Alain.

La amenaza resultaba irrisoria.

—No digas cosas que no sientes.

—Lo haré —repitió Alain—. Esta vez has llegado demasiado lejos. Has asesinado a mi madre, y voy a hacértelo pagar. Aunque me cueste la vida, te mataré con mis propias manos y contemplaré tu agonía.

Durante un breve instante, Pierre sintió un escalofrío de miedo. Pero lo desestimó de inmediato. Alain no iba a matar a nadie.

Miró en dirección al largo pasillo y vio cómo se acercaba Nath, que portaba una cesta, pues había regresado del mercado.

—Ven, Nath —ordenó—. Deprisa. Ha ocurrido algo muy triste.

VI

Sylvie se tocó con un sombrero negro de tupido velo que le cubría el rostro y acudió al funeral de Odette Aumande de Guisa.

Quería estar junto a Nath y Alain, ambos profundamente afectados por el fallecimiento; además, sentía un extraño vínculo emocional con Odette, pues ambas habían estado casadas con Pierre.

Ned no asistió al sepelio. Había acudido a la catedral de Notre-Dame para averiguar qué prominentes católicos ingleses se encontraban en París; quizá los hombres que colaboraban con el duque de Guisa fueran tan tontos como para dejarse ver.

Era un día lluvioso y el cementerio estaba enfangado. A Sylvie le parecía que los dolientes eran, en su mayoría, miembros en segundo grado de la familia de Guisa y sirvientes. El único personaje de altura que había asistido al funeral era Véronique, quien había conocido a Odette desde la adolescencia de ambas, y Pierre, quien fingía sentirse compungido por la pena.

Sylvie lo observaba con nerviosismo, aunque estaba segura de que gracias a su tocado no la descubrirían. Estaba en lo cierto: él ni siquiera la miró.

Nath y Alain eran los únicos que lloraban.

Cuando la ceremonia concluyó y Pierre y la mayoría de los asistentes se marcharon, Sylvie, Nath y Alain se situaron al cobijo de un roble para hablar.

—Creo que él la ha matado —dijo Alain.

Alain tenía la apariencia típica de un De Guisa, según apreció Sylvie, incluso con los ojos llorosos y enrojecidos.

—Pero ella estaba enferma —le dijo.

—Lo sé. Pero la dejé sola con él durante unos minutos para ir a comprar una preparación al boticario, y cuando regresé, ella estaba muerta.

—Lo lamento muchísimo —dijo Sylvie. Ignoraba si las palabras de Alain se ajustaban a la verdad, aunque estaba segura de que Pierre era perfectamente capaz de cometer un asesinato.

—Voy a marcharme del palacio —anunció Alain—. No tengo ningún motivo para quedarme ahora que ella ya no está.

—¿Adónde irás?

—Puedo trasladarme a mi colegio.

—Yo también debo marcharme —dijo Nath—. Me han despedido. Pierre siempre me ha odiado.

—¡Oh, querida! ¿Y qué harás?

—No necesito un empleo. Además, gracias al negocio de los libros, siempre tengo que estar de aquí para allá.

Nath era imparable. Desde que Sylvie la había convertido en espía, hacía ya muchos años, se había vuelto más fuerte y habilidosa.

Sin embargo, le inquietaba la situación.

—¿Tienes que irte? Eres nuestra fuente más fiable de información sobre Pierre y la familia de Guisa.

—No tengo alternativa. Él me ha echado.

—¿No puedes suplicarle? —preguntó Sylvie, desesperada.

—Tú lo conoces muy bien.

En efecto, Sylvie conocía bien a Pierre. Ni todas las súplicas del mundo conseguirían que cambiara de opinión y se retractara de cualquier maldad de la que estuviera convencido.

No obstante, aquello suponía un grave problema, y Sylvie se dio cuenta de inmediato de que existía una solución evidente. Se volvió hacia Alain.

—Tú podrías quedarte con Pierre, ¿verdad?

—No.

—¡Necesitamos saber qué está tramando!

Alain parecía mortificado.

—¡No puedo vivir con el hombre que ha matado a mi madre!

—Pero crees en la auténtica religión, en el protestantismo, ¿no es así?

—Por supuesto.

—Y nuestra misión como creyentes practicantes es propagar la palabra.

—Ya lo sé.

—La mejor forma de servir a la causa podría ser que me contaras lo que planea tu padrastro.

El muchacho parecía indeciso.

—¿De veras?

—Conviértete en su secretario, hazte indispensable para él.

—La semana pasada juré que lo mataría para vengarme.

—No tardará en olvidarlo, hay demasiadas personas que han jurado lo mismo que tú. Pero, sin duda, la mejor forma de vengar la muerte de tu madre, y una forma que agradaría a Nuestro Señor, sería desbaratar sus planes para acabar con la auténtica religión.

—Eso honraría la memoria de mi madre —sentenció Alain con tono reflexivo.

—Exacto.

Pero la duda volvió a asaltarle.

—Tendré que pensarlo.

Sylvie se quedó mirando a Nath, quien se señaló a sí misma con un discreto gesto, como diciendo: «Déjamelo a mí. Yo lo convenceré». Sylvie decidió que seguramente lo conseguiría, pues había sido como una segunda madre para el joven.

—No puedo expresar siquiera lo importante que es para nosotros conocer la identidad de los católicos ingleses que contactan con la familia de Guisa —le explicó Sylvie a Alain.

—La semana pasada se celebró una concurrida reunión en el palacio —dijo este—. Están hablando de invadir Inglaterra.

—Eso es aterrador. —Sylvie no reveló que ya tenía información sobre dicha reunión. Ned le había enseñado que jamás desvelara a un espía que existían otros informadores, era una regla fundamental del juego—. ¿Había algún inglés en ese encuentro?

—Sí, había uno, un sacerdote procedente del Colegio Inglés. Mi padrastro se ha reunido con él en numerosas ocasiones. Ese hombre contactará con María Estuardo y se asegurará de que ella respalde la invasión.

Jerónima Ruiz no había conseguido esa información trascendental. Sylvie estaba muerta de impaciencia por contárselo a Ned. No obstante, había otro detalle fundamental que debía conocer.

—¿Quién es ese sacerdote? —preguntó, y contuvo la respiración.

—Se hace llamar Jean Langlais —respondió Alain.

Sylvie lanzó un suspiro de satisfacción.

—¿Conque así es como se llama? —dijo—. Qué interesante…

23

I

El castillo de Sheffield era una de las cárceles más incómodas en las que Alison había pasado los últimos quince años con María Estuardo. Aquel lugar tenía tres siglos, y se notaba. Lo habían erigido en la confluencia de dos ríos, y en sus otros dos laterales habían abierto un foso, así que describirlo como húmedo era quedarse miserablemente corto. Su propietario, el conde de Shrewsbury, discutía con la reina Isabel por la escasa asignación que le entregaba para la manutención de María y, en consecuencia, compraba la comida y la bebida más baratas para la prisionera.

La única característica que salvaba aquel lugar era el parque de mil hectáreas para la caza del ciervo que había nada más cruzar el foso.

A María le estaba permitido cabalgar por ese parque, aunque siempre debía ir acompañada por una escolta de guardias armados. Los días que por cualquier motivo no le apetecía salir, Alison tenía permiso para ir sola; a nadie le importaba si ella se escapaba. Su montura era un poni negro llamado Mozo, que casi siempre era un animal dócil.

En cuanto tuvo el sendero de nogales ante sí, puso a Mozo al galope durante unos cuatrocientos metros para que quemara el exceso de energía. Después de eso se mostraría más obediente.

Cabalgar a toda velocidad le transmitía una sensación de libertad breve e ilusoria. Al frenar a Mozo y ponerlo al paso, no obstante, recordó que vivía en una cárcel y se preguntó por qué se quedaba allí. Nadie la detendría si decidía regresar a Escocia, o a Francia. Pero también era prisionera de la esperanza.

La esperanza había marcado su vida... y asimismo la decepción. Alison había aguardado a que María se convirtiera en reina de Francia, pero aquello duró menos de dos años. María había regresado a su hogar para gobernar Escocia y, sin embargo, allí jamás acabaron de aceptarla como soberana y al final la obligaron a abdicar. Ahora era la legítima reina de Inglaterra, reconocida como tal por todo el mundo... salvo por los ingleses. Aun así, existían miles, tal vez millones de católicos leales que lucharían por ella y la aclamarían como su monarca, de modo que Alison esperaba y anhelaba el momento en que tuviesen ocasión de conseguirlo.

La espera sería larga.

Estaba cruzando un bosquecillo cuando un hombre al que no conocía salió de detrás de un roble gigantesco y se detuvo frente a ella.

Eso sobresaltó a Mozo, que resbaló hacia un lado. Alison logró controlar enseguida al animal, pero no antes de que el hombre se acercase lo bastante para agarrarlo de la brida.

—Soltad mi caballo o haré que os azoten —exigió ella con firmeza.

—No voy a haceros ningún daño —aseguró el desconocido.

—Pues soltadlo.

El hombre dejó la brida y retrocedió un paso.

Tenía poco menos de cincuenta años, le pareció a Alison. El pelo le raleaba en la coronilla, pero su barba rojiza estaba bien poblada. No parecía muy amenazador, quizá solo había sujetado la brida para ayudarla a controlar al animal.

—¿Sois Alison McKay? —preguntó.

Ella alzó el mentón en un gesto universal de superioridad.

—Al desposarme con mi marido me convertí en lady Ross, y cuando lo enterré hace un año pasé a ser la viuda lady Ross, pero sí, una vez fui Alison McKay, hace mucho tiempo. ¿Quién sois vos?

—Jean Langlais.

—He oído hablar de vos —repuso Alison, que reconoció el nombre—. Pero no sois francés.

—Soy un mensajero de Francia. De Pierre Aumande de Guisa, para ser exactos.

—Lo conozco. —Alison recordaba a un joven de pelo rubio y ondulado, con un aire de eficiencia implacable. Había deseado tenerlo de su lado y se había imaginado aunando fuerzas con él, pero no había sido ese su destino. Además, ya no sería tan joven, desde luego—. ¿Cómo está Pierre?

—Es la mano derecha del duque de Guisa.

—¿Obispo, tal vez, o incluso arzobispo? No, claro que no, está casado. —Con una chiquilla del servicio a la que había dejado preñada uno de los alborotadores adolescentes De Guisa, recordó. Para gran pesar de Alison.

—Su esposa murió hace poco.

—Oh… Habrá que seguir su ascenso. Quizá acabe siendo Papa. ¿Qué mensaje envía?

—Vuestro cautiverio casi ha llegado a su fin.

El corazón de Alison palpitó con optimismo, pero ella contuvo su alegría. Era fácil decir: «Vuestro cautiverio casi ha llegado a su fin»; conseguir que sucediera era algo muy distinto.

—¿Cómo es eso? —preguntó manteniendo una expresión neutra.

—El duque de Guisa planea invadir Inglaterra con el apoyo del rey Felipe II y el papa Gregorio XIII. María Estuardo debe ser la cabeza simbólica de ese ejército. La liberarán y la subirán al trono.

¿Sería eso cierto? Alison apenas se atrevía a pensar que sí. Sopesó qué debía contestar y, para ganar tiempo, fingió perderse en su recuerdo.

—La última vez que vi a Enrique de Guisa era un niñito rubio de diez años, y ahora quiere conquistar Inglaterra.

—Los De Guisa solo tienen por encima a la familia real de Francia. Si dice que va a conquistar Inglaterra, lo hará. Pero necesita saber que su prima María aceptará representar su papel en esa revolución.

Alison lo escrutó con la mirada. Tenía un rostro delgado y apuesto, pero su aspecto general transmitía una sensación de crueldad despiadada. Le recordaba un poco a Pierre. Tomó una decisión.

—Puedo daros esa garantía aquí y ahora.

Jean Langlais sacudió la cabeza.

—El duque Enrique no aceptará vuestra palabra… ni la mía, para el caso. Lo quiere por escrito, del puño y letra de María.

Las esperanzas de Alison volvieron a esfumarse. Eso sería difícil.

—Sabéis que todas las cartas que envía y recibe las lee un hombre llamado sir Ned Willard. —Alison había conocido al joven Ned Willard en Saint-Dizier, junto al medio hermano de María, Jacobo Estuardo, y había vuelto a verlo en el castillo de Carlisle. Al igual que Pierre, Ned había llegado muy lejos.

Los ojos de Langlais refulgieron de reconocimiento, y Alison supuso que también él conocía a Ned.

—Debemos establecer un canal secreto de comunicación —dijo el hombre.

—Vos y yo podemos encontrarnos aquí. Me dejan salir a cabalgar sola una vez a la semana.

Él negó con la cabeza.

—Podría valer por el momento. He estado observando el castillo y veo que la seguridad que rodea a la reina María es descuidada, pero podrían reforzarla. Necesitamos un medio que sea más difícil de detectar.

Alison asintió; tenía razón.

—¿Qué proponéis?

—Yo iba a preguntaros lo mismo. ¿Hay algún sirviente, alguien que suela entrar y salir del castillo de Sheffield, a quien podamos convencer para que mueva clandestinamente las cartas?

Alison lo pensó. Ya había hecho algo así antes, en Loch Leven, y podía volver a hacerlo. Muchas personas visitaban el castillo todos los días. Tenían que proveerlo de comida, bebida y todo lo necesario para la reina María y su séquito de treinta personas; hasta un monarca prisionero tenía corte. Y además estaban la familia y los parásitos del conde de Shrewsbury. Pero ¿a quién de esos visitantes podría engatusar, forzar o chantajear para que realizara la peligrosa misión?

El pensamiento de Alison dio con Peg Bradford, una muchacha sencilla y huesuda de dieciocho años que iba a recoger la ropa blanca sucia y se la llevaba a casa para lavarla. Nunca había visto a una reina y no ocultaba su adoración por María Estuardo. La reina de los escoceses pasaba ya de los cuarenta y su belleza había desaparecido: el cautiverio la había convertido en una mujer gruesa, y su melena, que siempre había sido exuberante, se había deteriorado tanto que cuando estaba en compañía se ponía una peluca castaño rojizo. Aun así, seguía siendo ese personaje de cuento, una reina malhadada que soportaba con nobleza crueldades e injusticias, irresistiblemente seductora para muchos. María le daba coba a Peg casi de forma mecánica, sin pensarlo apenas; con personas como ella siempre se mostraba regia pero afable, de modo que a ellos les parecía cálida y humana, maravillosa. Cuando se era reina, como bien sabía Alison, no había que hacer mucho para ser amada.

—Una lavandera que se llama Peg Bradford —dijo—. Vive en Brick Street, junto a la iglesia de St. John.

—Me pondré en contacto con ella, pero debéis prepararla.

—Desde luego. —Eso sería fácil. Alison podía imaginarse a María sosteniendo la mano de Peg y hablándole en voz baja y con un deje de confidencialidad. Podía imaginar la dicha y la devoción en el rostro de Peg cuando le confiaran una tarea tan especial al servicio de la reina.

—Decidle que irá a verla un desconocido —pidió Langlais—. Con una bolsa de oro.

II

En Shoreditch, justo frente a la muralla oriental de la ciudad de Londres, entre un matadero y un estanque donde abrevaban los caballos, se alzaba un edificio al que llamaban «el Teatro».

Cuando lo construyeron, nadie en Inglaterra había visto jamás una estructura como aquella: un patio adoquinado en el centro, rodeado por una galería octogonal de madera con gradas bajo una cubierta de tejas. En uno de los ocho laterales había una plataforma que recibía el nombre de «escenario» y que sobresalía hacia el patio. El Teatro se había construido con el solo propósito de representar obras en él, y era mucho más adecuado para ello que los patios de las tabernas y los salones donde solían celebrarse esos espectáculos.

Rollo Fitzgerald fue allí una tarde del otoño de 1583. Estaba siguiendo a Francis Throckmorton. Necesitaba forjar un eslabón más en la cadena de comunicación entre el duque de Guisa y la reina de los escoceses.

Su hermana, Margery, no sabía que se encontraba en Inglaterra, y él lo prefería así; ella jamás debía sospechar lo que estaba haciendo. Aunque seguía ayudando a sacerdotes del Colegio Inglés a entrar clandestinamente en el país, su hermana detestaba la idea de que los cristianos luchasen entre sí. Si se enteraba de que él instigaba una insurrección, le buscaría problemas. Su aversión por la violencia era tan firme que tal vez llegase incluso a desbaratar la conspiración.

Sin embargo, todo iba muy bien. Rollo casi no podía creer que el plan estuviera saliendo adelante sin pegas. Debía de ser la voluntad de Dios.

La lavandera Peg Bradford había resultado fácil de persuadir, tal como había predicho Alison. La muchacha habría pasado cartas a través de la lavandería solo por complacer a la reina María; el soborno que le ofreció Rollo casi había estado de más. No tenía ni idea de que sus actos podían llevarla a la horca. Rollo había sentido una punzada de culpabilidad al convencer a una criatura tan idealista y bienintencionada para convertirla en una traidora.

En el otro extremo de la cadena, Pierre Aumande de Guisa había dispuesto que sus cartas para María se recibieran en la embajada francesa de Londres.

Lo único que le faltaba a Rollo era que alguien recogiera esas cartas en Londres y se las entregara a Peg en Sheffield, y para eso había elegido a Throckmorton.

La entrada al Teatro valía un penique. Throckmorton pagó un penique más para acceder a la galería cubierta, y un tercero por el alquiler de un taburete. Rollo lo siguió y se quedó de pie detrás de él, a la espera de una oportunidad para hablarle en voz baja sin llamar la atención.

Throckmorton procedía de una familia adinerada y distinguida cuyo lema era «La virtud es la única nobleza». Su padre había prosperado durante el reinado de la difunta María Tudor, pero había caído en desgracia bajo el de la reina Isabel, igual que el padre de Rollo, por lo que el viejo Throckmorton se había mostrado entusiasmado de poder hospedar a uno de los sacerdotes secretos de Rollo.

Throckmorton se vestía con ropas caras y una extravagante gorguera blanca. Todavía no había cumplido los treinta, pero las entradas de su cabellera formaban un pico de viuda que, junto con su nariz afilada y la barba acabada en punta, hacían que recordara a un ave. Después de estudiar en Oxford, había viajado a Francia y allí se había puesto en contacto con exiliados católicos ingleses, y así era como Rollo había llegado a saber de sus inclinaciones. Sin embargo, nunca se habían visto en persona y Rollo no estaba nada seguro de poder persuadirlo para que arriesgara su vida por la causa.

La obra se titulaba *Ralph Roister Doister*, que era también el nombre del protagonista, un fanfarrón cuyas acciones nunca se correspondían con sus palabras. Sus alardes eran aprovechados por el picaruelo Matthew Merrygreek para meterlo en situaciones absurdas que lograban que el público entero rugiera de risa. Rollo se acordó del dramaturgo africano Terencio, que había escrito en latín en el siglo II antes de Cristo, y cuyas obras eran de obligada lectura para todos los estudiantes. La representación le pareció tan divertida que durante unos minutos incluso se olvidó de su misión letal.

Entonces anunciaron un entreacto y volvió al presente.

Siguió a Throckmorton afuera y se colocó a su lado en la cola para comprar un vaso de vino.

—Dios te bendiga, hijo mío —dijo acercándose un poco.

Throckmorton se sobresaltó.

Rollo no vestía su hábito sacerdotal, pero se llevó discretamente la mano al cuello, encontró su cruz de oro oculta bajo la ropa y se la mostró un segundo al joven antes de hacerla desaparecer de nuevo. Esa cruz lo identificaba como católico; los protestantes creían que era supersticioso llevarla.

—¿Quién sois? —preguntó Throckmorton.

—Jean Langlais.

A Rollo se le había pasado por la cabeza que podía usar otros nombres falsos para borrar su rastro aún más, pero el de Jean Langlais había empezado a adquirir cierta aura. Representaba una figura misteriosamente poderosa, un ser fantasmagórico que se movía en silencio entre Inglaterra y Francia, trabajando en secreto por la causa católica. Se había convertido en una valiosa ventaja.

—¿Y qué queréis?

—Dios tiene un trabajo para ti.

La cara de Throckmorton mostró tanto entusiasmo como miedo mientras pensaba en lo que podía significar aquello.

—¿Qué clase de trabajo?

—Debes ir a la embajada francesa… de noche, cubierto con capa y capucha…, y preguntar por las cartas de monsieur de Guisa. Después llevarás esas cartas a Sheffield y se las darás a una lavandera que se llama Peg Bradford. Allí esperarás a que Peg te entregue otras cartas que traerás de vuelta a la embajada. Nada más.

Throckmorton asintió despacio.

—Sheffield es donde tienen prisionera a María, la reina de los escoceses.

—Sí.

Se produjo una larga pausa.

—Podrían ahorcarme por ello.

—Antes entrarías en el Cielo…

—¿Por qué no lo hacéis vos mismo?

—Porque tú no eres el único a quien Dios ha elegido para llevar a cabo su voluntad. En Inglaterra hay miles de hombres jóvenes como tú que anhelan un cambio. Mi papel es el de decirles qué pueden hacer en esta lucha por restaurar la verdadera fe. Es probable que también yo llegue al Cielo más pronto que tarde.

La fila fue avanzando y compraron sus bebidas. Rollo apartó a

Throckmorton de la concurrencia y ambos se quedaron de pie al borde del estanque, mirando sus aguas negras.

—Debo pensarlo —dijo Throckmorton.

—No hay nada que pensar. —Era lo último que quería Rollo. Necesitaba que se comprometiera ya—. El Papa ha excomulgado a la falsa reina, Isabel, y ha prohibido a los ingleses que la obedezcan. Tu deber sagrado es el de ayudar a que la verdadera reina de Inglaterra recupere su trono. Lo sabes, ¿verdad?

Throckmorton dio un trago de vino.

—Sí, lo sé —respondió.

—Pues dame la mano y di que cumplirás tu parte.

El joven dudó un buen rato y después miró a Rollo a los ojos.

—Lo haré —anunció.

Y se dieron la mano.

III

Ned tardó una semana en llegar a Sheffield.

Una distancia como esa, unos doscientos setenta y cinco kilómetros, podía recorrerse más deprisa si se tenían preparados caballos en establos repartidos a lo largo de la ruta, para así cambiar la montura varias veces al día; pero eso era algo que tenían sobre todo los comerciantes que necesitaban un servicio de correo regular entre ciudades como París y Amberes, porque para ellos las noticias eran oro. No existía ningún servicio de correo entre Londres y Sheffield.

El viaje le dejó mucho tiempo para preocuparse.

Su pesadilla se estaba haciendo realidad. Los ultracatólicos franceses, el rey de España y el Papa se habían puesto de acuerdo al fin para actuar conjuntamente. Su unión era una combinación mortal. Entre todos poseían poder y dinero suficientes para lanzar una invasión sobre Inglaterra. Los espías ya estaban haciendo planos de los puertos en los que desembarcarían los invasores. Ned no tenía ninguna duda de que los nobles católicos descontentos, como el conde Bart, estaban afilando sus espadas y bruñendo su armadura.

Y ahora, para empeorar aún más las cosas, María Estuardo se hallaba involucrada.

Ned había recibido un mensaje de Alain de Guisa desde París, a través de la embajada inglesa de allí. Alain seguía viviendo con Pierre y espiaba sus movimientos; aquella era su venganza. Pierre, por su lado, trataba a su hijastro como a un esclavo inofensivo, lo mandaba a hacer recados y parecía gustarle tenerlo a mano como bestia de carga en general.

El mensaje de Alain decía que Pierre estaba exultante porque había conseguido establecer contacto con la reina de los escoceses.

Eso eran malas noticias. El refrendo de María le daría a toda la empresa de la traición una pátina de respetabilidad sagrada. Para muchos era la reina legítima de Inglaterra, e Isabel, la usurpadora. Bajo el auspicio de María, una panda de malhechores extranjeros se convertiría a ojos del mundo en un ejército de la legitimidad.

Era para volverse loco. Después de todo lo que había logrado Isabel, de conseguir la paz religiosa y la prosperidad comercial en Inglaterra durante veinticinco años…, seguían sin dejarla en paz.

El cometido de Ned de proteger a Isabel se veía aún más dificultado por las rivalidades personales dentro de la corte, como tan a menudo sucedía en política. Su puritano superior, Walsingham, chocaba con Robert Dudley, el conde de Leicester, tan amante de la diversión. «¡Códigos secretos y tinta invisible…! —se mofaba Leicester cuando se cruzaba con Walsingham en el palacio de White Hall o el jardín de Hampton Court—. ¡El poder se gana con armas y balas, no con plumas y tinta!» No lograba persuadir a la reina para que se deshiciese de su consejero —Su Majestad era demasiado inteligente para eso—, pero el escepticismo de él reforzaba la tacañería de ella, y el trabajo que realizaban Walsingham y sus hombres nunca recibía una financiación adecuada.

Ned podría haber llegado a Sheffield al final de su sexto día de viaje, pero no quería presentarse lleno de todo y cansado del camino en caso de tener que imponer su autoridad. Por eso se detuvo en una posada a unos tres kilómetros de la ciudad. Al día siguiente se levantó temprano, se puso una camisa limpia y llegó a las puertas del castillo de Sheffield a las ocho de la mañana.

La fortaleza era formidable, pero le molestó ver que la seguridad era muy laxa. Cruzó el puente sobre el foso junto a otras tres personas: una niña con dos cubos con tapa, que sin duda contenían leche; un musculoso mozo de albañil que llevaba un largo madero sobre un hombro, quizá para algún trabajo de reparación, y un carretero con un vertiginoso cargamento de heno. Tres o cuatro personas cruzaban en el sentido contrario, y a ninguno le dieron el alto los dos guardias armados de las puertas, que estaban comiendo chuletas de cordero y lanzaban los huesos al foso.

Ned se detuvo sobre su montura en el centro del patio interior y miró en derredor para situarse. Había un torreón que supuso sería la cárcel de María. El carro de heno avanzó retumbando hacia un edificio que claramente era el bloque de los establos. Una tercera construcción, la de aspecto menos inhóspito, debía de ser la residencia del conde.

Condujo su caballo hasta el establo.

—¡Eh, tú! ¡Encárgate de mi animal! —exigió con su voz más arrogante antes de desmontar.

El mozo, sobresaltado, asió la brida.

—Supongo que encontraré al conde en ese edificio, ¿no? —dijo Ned señalando.

—Sí, señor. ¿Puedo preguntar vuestro nombre?

—Sir Ned Willard, y será mejor que lo recuerdes. —Dicho eso, se alejó a grandes pasos.

Abrió de un empujón la puerta de madera de la casa y entró en un pequeño vestíbulo con una chimenea que humeaba. A un lado, una puerta abierta dejaba ver un gran salón medieval, lúgubre, donde no había nadie.

El anciano portero no fue tan fácil de intimidar como el mozo de cuadra.

—Buenos días tengáis, señor —dijo tras colocarse delante, impidiéndole el paso.

Sus modales eran buenos, pero como guardia era prácticamente inútil; Ned podría haberlo tumbado con una sola mano.

—Soy sir Ned Willard y traigo un mensaje de la reina Isabel. ¿Dónde está el conde de Shrewsbury?

El portero se tomó un momento para calarlo. Alguien que no tenía más que un «sir» antepuesto a su nombre estaba por debajo de un conde en la escala social. Por otro lado, no era inteligente ofender a un mensajero de la reina.

—Es un honor daros la bienvenida a esta casa, sir Ned —dijo con mucho tiento—. Iré de inmediato a ver si el conde está en disposición de recibiros.

Abrió una puerta que daba al vestíbulo y Ned entrevió un comedor. La puerta se cerró, pero Ned oyó hablar al hombre:

—Mi señor, ¿podéis recibir a sir Ned Willard, que trae un mensaje de Su Majestad la reina Isabel?

Ned no esperó. Abrió la puerta, irrumpió y pasó de largo junto al sobresaltado portero. Se encontró en una sala pequeña con una mesa redonda y una gran chimenea, más cálida y más cómoda que el otro salón. Había cuatro personas desayunando, y a dos de ellas las conocía. La mujer extraordinariamente alta de unos cuarenta años de edad con papada y peluca pelirroja era María, la reina de los escoceses. La había visto por última vez hacía quince años, cuando él se había desplazado hasta el castillo de Carlisle para comunicarle que la reina Isabel la había hecho su prisionera. La mujer de mediana edad que se sentaba junto a ella era su dama de compañía, Alison, lady Ross, que también había estado con María en Carlisle e incluso antes, en Saint-Dizier. Ned nunca había visto a los otros dos, pero podía suponer quiénes eran. El hombre de unos cincuenta años con calva incipiente y una barba en forma de pica tenía que ser el conde, y la imponente mujer de esa misma edad, la condesa, a quien solían llamar Bess de Hardwick.

La furia de Ned se redobló. El conde y su esposa eran unos necios negligentes que estaban poniendo en peligro todo lo que había conseguido Isabel.

—¿Qué diantres…? —espetó el señor de la casa.

—Soy un espía jesuita enviado por el rey de Francia para secuestrar a María Estuardo —lo atajó Ned—. Bajo mi abrigo llevo dos pistolas, una para asesinar al conde y la otra para la condesa. Fuera tengo a seis de mis hombres escondidos en una carreta de heno, armados hasta los dientes.

Nadie sabía si tomárselo del todo en serio.

—¿Es una especie de chanza? —dijo el conde.

—Es una especie de inspección —contestó Ned—. Su Majestad la reina Isabel me ha pedido que averigüe si estáis custodiando bien a María. ¿Qué debo decirle, señor? ¿Que he podido llegar hasta su presencia sin que me hayan dado el alto ni me hayan registrado una sola vez… y que podría haber traído a seis hombres conmigo?

El conde puso cara de circunstancias.

—Sería mejor que no le dijerais eso, debo admitir.

—¿Cómo osáis actuar así en mi presencia? —preguntó María con voz de regia autoridad.

Ned siguió hablándole al conde:

—De ahora en adelante comerá en el torreón.

—Vuestra insolencia es intolerable —objetó María.

Ned no le hizo caso. No le debía pleitesía a la mujer que quería asesinar a su reina.

María se levantó y caminó hacia la puerta seguida de Alison, que se apresuró tras ella.

—Acompañadlas, por favor, mi señora —le pidió Ned a la condesa—. No hay espías jesuitas en el patio en este momento, pero cuando los haya no lo sabréis, y siempre es mejor adoptar buenas costumbres.

La condesa no estaba habituada a que le dijeran lo que debía hacer, pero sabía que tenía problemas, así que dudó solo un instante antes de obedecer.

Ned acercó una silla a la mesa.

—Bueno, mi señor —dijo—. Hablemos sobre lo que debéis cambiar antes de que pueda ofrecerle a la reina Isabel un informe satisfactorio.

IV

De vuelta en Londres, en la casa que Walsingham tenía en Seething Lane, Ned le informó de que María Estuardo se encontraba ya mejor custodiada que nunca.

Walsingham fue de inmediato al meollo del asunto.

—¿Puedes garantizar que no se está comunicando con el exterior?

—No —admitió Ned con frustración—. No a menos que nos deshagamos de sus sirvientes y la encerremos sola en una mazmorra.

—Ojalá pudiésemos —exclamó Walsingham con vehemencia—, pero la reina Isabel no permitiría semejante rigor.

—Nuestra reina tiene buen corazón.

La opinión de Walsingham al respecto era más cínica.

—Sabe que las historias sobre lo cruel que es con su regia pariente podrían socavar su autoridad.

Ned no iba a discutir con él.

—Sea como fuere, en Sheffield no podemos hacer más.

Walsingham se toqueteó la barba.

—Pues centrémonos en el otro extremo —dijo—. La embajada francesa debe de estar involucrada. Comprueba qué católicos ingleses figuran entre sus visitantes habituales. Tenemos una lista.

—Me pondré a ello de inmediato.

Ned subió a la habitación cerrada de la planta superior donde Walsingham guardaba los valiosos informes y se sentó dispuesto a realizar una sesión de estudio.

La lista más larga era la de católicos ingleses de buena cuna. No había sido difícil confeccionarla. Todas las familias que habían prosperado bajo el reinado de María Tudor y habían caído en desgracia bajo Isabel eran automáticamente sospechosas y confirmaban de numerosas formas sus tendencias, a menudo en público. Muchos pagaban la multa por no ir a la iglesia. Vestían ropas llamativas, despreciando el negro y el gris tan lúgubres de los protestantes devotos. En una casa católica nunca había una Biblia en inglés. Esas cosas llegaban a oídos de Walsingham a través de los obispos y los lores tenientes de los condados. Tanto el conde Bart como Margery aparecían en ella.

Sin embargo, era una lista demasiado extensa. La mayoría de esas personas eran inocentes de traición. A veces Ned sentía que disponía de tanta información que sería difícil separar el grano de la paja. Se centró en el registro alfabético de los católicos de Londres. Además de los que vivían allí, Walsingham recibía informes diarios sobre los católicos que entraban en la ciudad o salían de ella. Los visitantes católicos solían alojarse en casa de residentes que también lo eran, o bien se hospedaban en posadas frecuentadas por otros católicos. Sin duda era una lista incompleta. Londres era una ciudad de cien mil habitantes y resultaba imposible tener espías en todas las calles. Pero Walsingham y Ned sí contaban con informantes en los lugares de encuentro habituales de los católicos y conseguían tener controladas la mayoría de las idas y venidas.

Hojeó el libro. Conocía cientos de esos nombres —las listas eran su vida—, pero era bueno refrescar la memoria. Una vez más aparecieron Bart y Margery, que iban a la casa de los Shiring en la Strand cuando había sesión en el Parlamento.

Después se concentró en el registro diario de visitantes de la embajada francesa en Salisbury Square. El edificio estaba bajo vigilancia día y noche desde la taberna Salisbury, al otro lado de la calle, como lo había estado desde que Walsingham regresó de París en 1573. Empezando por el día anterior y desde ahí hacia atrás, Ned cotejó cada nombre con el registro alfabético.

En esa lista no aparecía Margery. De hecho, ni Bart ni ella habían sido vistos junto a ningún embajador extranjero ni demás personajes sospechosos cuando estaban en Londres. Visitaban a otros católicos, desde luego, y sus criados frecuentaban una taberna católica que había cerca de la casa llamada The Irish Boy, pero no había nada que los relacionara con actividades subversivas.

Sin embargo, gran parte de los visitantes de la embajada francesa no podían ser identificados por su nombre. Resultaba frustrante que el registro tuviera tantas entradas del tipo «Desconocido que entrega carbón», «Correo no conocido con cartas» o «Mujer a quien no se ha podido distinguir en la oscuridad». Aun así, Ned persistió con la esperanza de encontrar alguna pista. Lo que fuera.

Entonces le llamó la atención una entrada de dos semanas atrás: «Madame Aphrodite Housse, esposa del embajador adjunto».

En París, Ned había conocido a una tal mademoiselle Aphrodite Beaulieu que parecía tenerle afecto a un joven cortesano llamado Bernard Housse. Tenía que tratarse de la misma persona. Y, en tal caso, Ned la había salvado de una panda de violadores durante la matanza de San Bartolomé.

Volvió a consultar el registro alfabético y descubrió que monsieur Housse, el embajador adjunto francés, tenía una casa en la Strand.

Se puso el abrigo y salió.

Dos cuestiones le ocupaban la mente mientras se apresuraba hacia el oeste. ¿Conocía Aphrodite el nombre del correo que iba a Sheffield? Y, de ser así, ¿se sentiría lo bastante en deuda con él para desvelarle el secreto?

Ned pensaba averiguarlo.

Salió de las murallas de Londres por Ludgate, cruzó el apestoso río Fleet y encontró la residencia de los Housse, una casa modesta y agradable en la parte norte de la Strand, la más barata. Llamó a la puerta y le dio su nombre a una doncella. Esperó unos minutos durante los que consideró la remota posibilidad de que Bernard Housse se hubiese casado con otra Aphrodite; después lo acompañaron escaleras arriba, hasta un salón pequeño y cómodo.

Él recordaba a una muchacha entusiasta y coqueta de dieciocho años, pero se encontró con una elegante mujer de veintinueve cuya figura parecía indicar que había dado a luz hacía poco y que tal vez todavía amamantaba. Lo saludó en francés y con cariño.

—Sí que sois vos —dijo—. ¡Después de tanto tiempo!

—De modo que os casasteis con Bernard —señaló Ned.

—Sí —repuso ella con una sonrisa satisfecha.

—¿Tenéis hijos?

—Tres…, ¡por ahora!

Se sentaron. Ned se mostró pesimista. Quienes traicionaban a su país solían ser personas atormentadas, rabiosas y con un gran resentimiento, como Alain de Guisa y Jerónima Ruiz. Aphrodite era una mujer felizmente casada, con hijos y un marido que parecía gustarle. La probabilidad de que quisiera desvelar ningún secreto era escasa, pero él tenía que intentarlo de todos modos.

Ned le contó que se había casado con una mujer francesa y se la había traído a Inglaterra, y Aphrodite comentó que le gustaría conocerla. Después le dijo cómo se llamaban sus tres hijos, y él memorizó los nombres porque tenía la costumbre de hacerlo con todos. Tras varios minutos poniéndose al corriente de sus respectivas vidas, Ned llevó la conversación hacia donde le interesaba.

—Una vez os salvé la vida en París —dijo.

Ella se puso solemne.

—Siempre os estaré agradecida por ello. Pero, por favor, Bernard no sabe nada…

—Ahora intento salvar la vida de otra mujer.

—¿De veras? ¿De quién?

—La reina Isabel.

Aphrodite pareció incomodarse.

—Vos y yo no deberíamos hablar de política, Ned.

—El duque de Guisa maquina asesinar a Isabel para poder subir a su prima María Estuardo al trono —insistió él—. Sin duda os opondréis a un asesinato.

—Por supuesto, pero…

—Hay un inglés que va a vuestra embajada, recoge cartas enviadas por Enrique de Güisa y se las lleva a María a Sheffield. —Ned detestaba desvelar todo lo que sabía, pero era su única oportunidad de convencerla—. Después regresa con las respuestas de María. —Miraba a Aphrodite con severidad mientras hablaba, estudiando su reacción, y creyó ver un destello de reconocimiento en sus ojos—. Quizá sepáis quién es ese hombre —dijo con insistencia.

—Ned, esto no es justo.

—Debo conocer su nombre. —Le desanimó percibir un deje de desesperación en su propia voz.

—¿Cómo podéis hacerme esto…?

—Debo proteger a la reina Isabel de hombres malvados, igual que una vez os protegí a vos.

Aphrodite se levantó.

—Siento que hayáis venido si vuestro propósito era el de sacarme información.

—Os estoy pidiendo que salvéis la vida de una reina.

—Me estáis pidiendo que traicione a mi marido y a mi país, ¡y a un hombre que ha sido huésped de la casa de mi padre!

—¡Me lo debéis!

—Os debo mi vida, no mi alma.

Ned sabía que lo había derrotado y se avergonzó de haberlo intentado siquiera. Había pretendido corromper a una mujer íntegra y decente que se sentía en deuda con él. A veces odiaba su trabajo.

También él se puso en pie.

—Me marcho ya —anunció.

—Me temo que es lo que deberíais hacer.

Sin embargo, algo le rondaba a Ned por la cabeza. Sentía que Aphrodite le había desvelado información importante y que él la había pasado por alto en mitad de la discusión. Quería prolongar su visita y hacer más preguntas, pero ella lo miraba con enojo, visiblemente impaciente por verlo marchar, y él sabía que si no se iba, sería ella la que abandonaría el salón.

Salió de la casa y regresó a la ciudad desalentado. Subió a la colina de Ludgate y pasó frente a la mole gótica de la catedral de San Pablo, cuyas piedras grises se habían vuelto negras por el hollín de las miles de chimeneas de Londres. Vio entonces la Torre, donde interrogaban y torturaban a los traidores, y torció para bajar por Seething Lane.

Cuando entró en la casa de Walsingham, recordó lo que había dicho Aphrodite: «Me estáis pidiendo que traicione a mi marido y a mi país, ¡y a un hombre que ha sido huésped de la casa de mi padre!».

Un hombre que había sido huésped de la casa de su padre.

La primera lista de todas las que había confeccionado Ned al llegar a París con Walsingham diez años atrás fue un registro de católicos ingleses que visitaban la residencia del conde de Beaulieu en la rue Saint-Denis.

Y Walsingham nunca tiraba nada.

Subió corriendo las escaleras hacia la habitación cerrada. El libro que contenía la lista de París estaba en el fondo de un arcón. Lo sacó y sopló para quitarle el polvo de encima.

Aphrodite debía de referirse a la casa de su padre en París, ¿verdad? El conde también tenía una casa solariega en Francia, pero, que Ned supiera, allí nunca se habían dado cita los exiliados ingleses. Y Beaulieu tampoco había aparecido jamás en el registro de católicos que vivían en Londres.

Nada era seguro.

Abrió el libro con entusiasmo y empezó a leer con atención los nombres anotados allí por su propia mano una década atrás. Se obligó a ir despacio, recordando los rostros de esos jóvenes ingleses furiosos que se habían marchado a Francia porque se sentían fuera de lugar en su propio país. Mientras estaba en ello, se vio asaltado por recuerdos de París: el relumbrón de las tiendas, los magníficos ropajes, el hedor de las calles, la extravagancia de los entretenimientos reales, la brutalidad de la matanza.

Un apunte despertó su interés como si le hubieran dado un bofetón. No había llegado a cruzárselo en persona, pero sí conocía su nombre.

Ned creyó que se le había parado el corazón. Regresó a la lista alfabética de católicos de Londres. Sí, era un hombre que había visitado la casa del conde de Beaulieu en París y que estaba actualmente en Londres.

Se llamaba sir Francis Throckmorton.

—Ya te tengo, demonio —dijo Ned.

V

—Hagas lo que hagas, no lo detengas —dijo Walsingham.

Ned se quedó de piedra.

—Creía que se trataba de eso.

—Piénsalo mejor. Siempre habrá otro Throckmorton. Hacemos todo lo posible por proteger a la reina Isabel, desde luego, pero algún día uno de esos traidores se nos escapará de las manos.

Ned admiraba la capacidad de Walsingham para pensar siempre un paso por delante de la situación presente, pero no sabía adónde quería llegar con todo aquello.

—¿Qué más podemos hacer, aparte de estar siempre vigilantes?

—Que nuestra misión sea la de conseguir pruebas de que María Estuardo conspira para usurpar el trono de Isabel.

—La reina sin duda autorizará la tortura de Throckmorton, puesto que ha amenazado su trono, y Throckmorton confesará, naturalmente. Pero todo el mundo sabe que las confesiones no siempre son fidedignas.

—Cierto. Debemos conseguir pruebas incontestables.

—¿Y llevar a María Estuardo a juicio?

—Exacto.

Ned sentía curiosidad, pero todavía no veía qué era lo que planeaba el astuto intelecto de Walsingham.

—¿Qué conseguiríamos con eso?

—Como mínimo haríamos que María perdiese popularidad entre el pueblo inglés. Salvo los ultracatólicos más acérrimos, todo el mundo rechazaría a alguien que pretende destronar a una reina tan querida.

—Eso no detendrá a los asesinos.

—Pero debilitará el apoyo que reciben, y fortalecerá nuestra posición cuando pidamos que se endurezcan las condiciones del cautiverio de María.

Ned mostró estar de acuerdo con él, y asintió.

—Además, Isabel estará menos preocupada por que puedan acusarla de algo tan poco femenino como la crueldad hacia su prima —dijo—. De todos modos…

—Sería aún mejor si pudiésemos demostrar que María no solo ha conspirado para derrocar a la reina Isabel, sino también para asesinarla.

Por fin Ned empezó a ver por qué derroteros transitaba el pensamiento de Walsingham, y le sobresaltó lo despiadado que era.

—¿Deseáis que sentencien a María a muerte?

—Sí.

A Ned eso le pareció escalofriante. Ajusticiar a un soberano era lo más parecido al sacrilegio.

—Pero la reina Isabel jamás la ejecutará.

—¿Aunque demostremos que María ha conspirado para asesinarla?

—No lo sé —concedió Ned.

—Tampoco yo —dijo Walsingham.

VI

Ned puso a sir Francis Throckmorton bajo vigilancia las veinticuatro horas del día.

Seguro que Aphrodite le habría hablado a su marido de la visita de Ned, así que la embajada francesa habría alertado a Throckmorton. Ned supuso, por tanto, que este ya sabría que sospechaban de la existencia de la correspondencia con María. Sin embargo, basándose en esa misma conversación, tal vez creyeran que Ned no conocía la identidad del correo.

Los agentes que lo vigilaban se relevaban dos veces al día, y aun así existía el riesgo de que los detectase, pero de momento no parecía haberlo hecho. Ned supuso que Throckmorton no estaba acostumbrado al trabajo clandestino y simplemente no comprobaba si alguien lo seguía o no.

Alain de Guisa escribió desde París para decir que Pierre había enviado una carta importante a María Estuardo con un mensajero. Throckmorton tendría que hacerle llegar esa carta a la prisionera de manera clandestina. Si lograban detenerlo con la carta de Pierre en la mano, tal vez sirviera como prueba objetiva de su traición.

No obstante, Walsingham quería a María, no a Throckmorton. Así que Ned decidió que esperaría a ver si este recibía una respuesta de la prisionera. Si ella accedía a la conspiración, y sobre todo si escribía palabras de aliento, estaría condenada.

Un día de octubre, mientras Ned aguardaba con ansia a ver qué hacía el correo de los franceses, un caballero de la corte llamado Ralph Ventnor fue a Seething Lane a comunicar que la reina Isabel quería ver a Walsingham y a Ned de inmediato. Ventnor no conocía el motivo.

Se pusieron los abrigos y recorrieron a pie la corta distancia hasta la Torre, donde Ventnor tenía una barcaza esperando en el muelle para llevarlos hasta White Hall.

Ned no podía controlar su inquietud mientras subían río arriba. Un llamamiento perentorio rara vez significaba buenas noticias, e Isabel siempre había sido muy caprichosa. El cielo azul de su aprobación podía cubrirse de nubarrones negros en cuestión de segundos... y volver a despejarse enseguida.

En White Hall, Ventnor los hizo pasar por la sala de la guardia, llena de soldados, y la cámara de presencia, donde esperaban los cortesanos, y los condujo por un largo pasillo hasta la cámara privada.

La reina estaba sentada en una silla de madera tallada y dorada. Llevaba un vestido rojo y blanco con una sobreveste de gasa plateada y mangas acuchilladas que mostraban el forro de tafetán rojo. Aunque era una vestimenta juvenil y alegre, no podía ocultar el paso del tiempo. Isabel acababa de cumplir los cincuenta, y en su rostro, a pesar de la gruesa capa de maquillaje blanco que usaba, se notaba la edad. Al hablar, dejaba ver unos dientes manchados y torcidos, y muchos le faltaban.

El conde de Leicester también se hallaba en la sala. Tenía la misma edad que la reina y, al igual que ella, vestía como un jovenzuelo adinerado. Ese día llevaba un conjunto de seda azul cielo con bordados dorados, y su camisa tenía mangas con puños de lechuguilla, igual que el cuello. A Ned le pareció ridículamente ostentoso.

Leicester estaba muy ufano, según advirtió Ned con inquietud. Quizá creyera que iba a ganarle puntos a Walsingham.

Ned y su superior hicieron sendas reverencias el uno junto al otro, y la reina les habló con una voz tan fría como el mes de febrero.

—Han detenido a un hombre en una taberna de Oxford por decir que iba de camino a Londres para matar a la reina de un tiro.

«Diantre, se nos ha pasado uno», pensó Ned, y recordó las palabras de Walsingham: «Algún día uno de esos traidores se nos escapará de las manos».

Leicester habló alargando las palabras con altanería, como dando a entender que todo aquello era absurdo.

—El hombre iba armado con un pistolón y decía que la reina era una serpiente y una víbora, y que él la ensartaría con una estaca.

Sin duda Leicester intentaría restregárselo por las narices, pensó Ned, pero en realidad el asesino no parecía demasiado peligroso, si era tan indiscreto para que le hubieran dado el alto cuando aún estaba a casi cien kilómetros de la reina.

—¿Para qué os pago todo ese dinero —dijo Isabel—, si no me protegéis de personajes como ese?

Aquello era indignante: tan solo les entregaba setecientas cincuenta libras anuales, lo cual no les alcanzaba, ni muchísimo menos, y el propio Walsingham tenía que financiar de su bolsillo gran parte de su trabajo. Pero las reinas no tenían por qué ser justas.

—¿Quién es ese hombre? —preguntó Walsingham.

—John Somerfield —contestó Leicester.

Ned reconoció el nombre: estaba en la lista.

—Conocemos a Somerfield, majestad —dijo—. Es uno de los católicos de Warwickshire. Está loco.

El conde de Leicester rio con sarcasmo.

—Y eso significa que no es ningún peligro para Su Majestad, ¿verdad?

Ned se sonrojó.

—Significa que no es probable que forme parte de una conspiración seria, señor.

—¡Ah, muy bien! En tal caso, sus balas evidentemente no podrán matar a nadie, ¿no es así?

—No me refería a…

Leicester interrumpió a Ned.

—Majestad, desearía que encomendaseis a otros hombres la tarea de proteger a vuestra valiosa persona. —Y con voz empalagosa, añadió—: Es la labor más importante del reino.

Era un adulador muy habilidoso y, por desgracia, tenía encandilada a Isabel.

Esta vez fue Walsingham quien tomó la palabra:

—Os he fallado, majestad. No he sabido ver el peligro que representaba Somerfield. Sin duda hay muchos hombres en Inglaterra capaces de hacer este trabajo mejor que yo. Os ruego que le entreguéis la responsabilidad a alguno de ellos. Personalmente, estaré agradecido de dejar la carga que he llevado durante tanto tiempo y reposar mis huesos cansados.

No lo decía en serio, desde luego, pero tal vez fuera la mejor forma de tratar con la reina en el estado de ánimo en que se encontraba. Ned se dio cuenta de que había sido un necio al intentar argumentar nada. Si Isabel estaba molesta, decirle que no tenía de qué preocuparse solo conseguiría enfadarla más. Con humilde abnegación había más probabilidades de agradarle.

—¡Tenéis la misma edad que yo! —espetó la reina con brusquedad. Sin embargo, sí parecía aplacada por la disculpa de Walsingham; o quizá le había hecho notar que, en realidad, no había en Inglaterra ningún hombre que pudiera trabajar tanto y tan a conciencia como él mismo para protegerla de las muchas personas, locas y cuerdas, que deseaban asesinarla. Aun así, todavía no estaba dispuesta a dejarlo ir—. ¿Qué vais a hacer para conseguir que esté más segura? —quiso saber.

—Majestad, estoy a las puertas de desbaratar una conspiración muy bien organizada contra vos por parte de unos enemigos de un calibre muy diferente al de John Somerfield. Esa gente no empuñará un arma ni hará alarde de sus intenciones en las tabernas. Están confabulados con el Papa y el rey español, cosa que os aseguro que no pasa con Somerfield. Están decididos y bien financiados, y además mantienen un secretismo rayano en lo obsesivo, a pesar de lo cual espero detener a su cabecilla en los próximos días.

Fue una enérgica defensa contra las maliciosas intenciones de Leicester, pero de todos modos Ned se sintió abatido. Aquello era prematuro. Una detención tan precipitada frenaría la conspiración antes de tiempo y, como consecuencia, no lograrían pruebas de la complicidad de María Estuardo. Las rivalidades personales habían vuelto a interponerse.

—¿Quiénes son esas personas? —preguntó la reina.

—Por miedo a que puedan verse advertidos, majestad, no querría dar nombres... —Walsingham miró a Leicester con intención— en público.

El conde estaba a punto de protestar indignado, pero la reina tomó la palabra:

—Tenéis mucha razón, no debería haber preguntado. Muy bien, sir Francis, será mejor que nos dejéis y regreséis a vuestro trabajo.

—Gracias, majestad —repuso este.

VII

Rollo Fitzgerald estaba inquieto por Francis Throckmorton.

Desde luego, no era como los hombres formados en el Colegio Inglés. Estos se habían comprometido de por vida a someterse al mandato de la Iglesia, entendían la obediencia y la dedicación. Habían salido de Inglaterra, habían estudiado durante años, habían profesado sus votos y habían regresado a casa para ocuparse del trabajo que les habían enseñado a hacer. Sabían que se jugaban la vida: cada vez que Walsingham atrapaba y ejecutaba a alguno de ellos, su muerte era recibida en el colegio como la de un mártir.

Throckmorton, en cambio, no había hecho ningún voto. Era un joven aristócrata adinerado que tenía una relación romántica con el catolicismo. Se había pasado la vida satisfaciéndose a sí mismo, no a Dios. Su valor y su determinación estaban por probar. Quizá se echara atrás.

Y aunque aguantase hasta el final, había otros peligros. ¿Hasta qué punto sería discreto? No tenía experiencia en el trabajo clandestino. ¿Se emborracharía y, presuntuoso, lanzaría indirectas sobre su misión secreta delante de sus amigos?

A Rollo también le preocupaba Peg Bradford. Alison decía que Peg haría cualquier cosa por María; pero la amiga de la reina de los escoceses podía equivocarse, y la joven podía resultar poco de fiar.

Su mayor inquietud era la propia María. ¿Cooperaría? Sin ella, toda aquella conjura no era nada.

«Cada cosa a su tiempo —se dijo—. Primero, Throckmorton.»

Por seguridad, habría preferido no tener más contacto con él, pero eso no era posible. Rollo debía saber si todo estaba sucediendo según lo planeado. Por eso, aunque a desgana, se acercó a la casa de su agente en St. Paul's Wharf, bajando desde la catedral al atardecer, cuando era más difícil distinguir los rostros.

Tuvo la mala suerte de que Throckmorton había salido, según le informó el criado. Rollo pensó en marcharse y regresar en otro momento, pero estaba ansioso por saber lo que ocurría, así que le dijo al hombre que podía esperar.

El criado lo condujo hasta un pequeño salón con una ventana que daba a la calle. Al fondo había una puerta doble que estaba entreabierta, y Rollo vio la grandiosa sala que había al otro lado, cómoda y lujosamente amueblada, pero de la que salía un acre olor a humo: estaban quemando basura en el jardín trasero.

Rollo aceptó una copa de vino y, mientras esperaba, estuvo pensando en sus agentes secretos. En cuanto estableciera la comunicación entre Pierre, en París, y María, en Sheffield, tendría que realizar un viaje por Inglaterra para visitar a sus sacerdotes clandestinos. Debía recopilar mapas, de ellos o de sus protectores, y confirmar las garantías de apoyo al ejército invasor. Tenía tiempo —la invasión no tendría lugar hasta la primavera del año siguiente—, pero había muchas cosas que hacer.

Throckmorton llegó al caer la noche. Rollo oyó que el criado abría la puerta y hablaba con él.

—Hay un caballero esperando en el salón, señor. Ha preferido no dar su nombre.

El joven se alegró de ver a Rollo y sacó del bolsillo de su abrigo un pequeño paquete que dejó en la mesa con un golpe y un gesto triunfal.

—¡Cartas para la reina María! —exclamó exultante—. Ahora mismo vengo de la embajada francesa.

—¡Bien hecho! —Rollo se levantó de un salto y se puso a examinar las cartas. Reconoció el sello del duque de Guisa y el del hombre de María en París, John Leslie. Deseaba leer su contenido, pero no podía romper los sellos sin buscarse problemas—. ¿Cuándo podréis llevarlas a Sheffield?

—Mañana —contestó Throckmorton.

—Fantástico.

Entonces se oyeron fuertes golpes en la puerta de entrada y ambos hombres se quedaron de piedra y aguzaron los oídos. No era la llamada cortés de una visita amistosa, sino el martilleo arrogante de alguien hostil. Rollo se acercó a la ventana y, a la luz del farol que colgaba sobre la puerta, vio a dos hombres bien vestidos. Uno volvió la cabeza hacia la luz y Rollo reconoció al instante a Ned Willard.

—Maldición —dijo—. Hombres de Walsingham.

De súbito comprendió que Ned debía de tener vigilado a Throckmorton. Debían de haberlo seguido hasta la embajada francesa, y Ned sin duda había deducido qué lo había llevado allí. Pero, para empezar, ¿cómo había llegado él hasta su agente? Rollo se dio cuenta de que el servicio secreto de Walsingham era bastante más eficiente de lo que nadie imaginaba.

Y al cabo de un minuto tendrían a Rollo en sus manos.

—Ordenaré a mi criado que diga que he salido —dijo Throckmorton.

Fue hacia la puerta del salón, pero llegó demasiado tarde…

Rollo oyó cómo abrían la puerta de la entrada y el sonido de unas voces exigentes. Todo se estaba desarrollando a gran velocidad.

—Ve y entretenlos —dijo Rollo.

Throckmorton salió al vestíbulo diciendo:

—Bueno, bueno, ¿qué es todo este jaleo?

Rollo observó las cartas que estaban en la mesa. Resultaban innegablemente incriminatorias. Si contenían lo que él creía que contenían, los condenarían a Throckmorton y a él a muerte.

La confabulación entera se hallaba en peligro, a menos que Rollo pudiera salir del atolladero en los segundos siguientes.

Se hizo con las cartas y cruzó la puerta entreabierta hacia la sala trasera, donde había una ventana que daba al jardín. La abrió deprisa y se encaramó a ella. Mientras lo hacía, oyó en el salón la voz de Ned Willard, que él tan bien conocía desde la infancia.

En el centro del jardín había una hoguera de hojarasca, basura de la cocina y paja sucia del establo. Al mirar hacia el fondo en la cambiante luz rojiza de las llamas, Rollo vio la silueta de un hombre que se acercaba entre los árboles. Dedujo que debía de ser un tercer miembro de la partida de Ned. Su rival era meticuloso y no se habría olvidado de cubrir la salida trasera de la casa.

—¡Eh, tú! —gritó el hombre.

Rollo tuvo que tomar una decisión en una fracción de segundo. Throckmorton estaba condenado. Lo detendrían y lo torturarían, y él les diría todo lo que sabía antes de ser ejecutado. Sin embargo, no conocía la verdadera identidad de Jean Langlais. No podía traicionar a nadie más que a la lavandera, Peg Bradford, y ella era una trabajadora ignorante que con su despreciable vida no haría nada más que traer a más trabajadores ignorantes a este mundo. Lo fundamental era que Throckmorton no podría incriminar a María Estuardo. La única prueba contra ella estaba en las cartas que Rollo tenía en su mano.

Las arrugó y las lanzó al refulgente corazón amarillento del fuego.

El tercer hombre corrió hacia él.

Rollo esperó unos valiosísimos instantes para asegurarse de que el papel prendía, se ennegrecía y empezaba a arrugarse y convertirse en cenizas.

Con las pruebas destruidas, sorprendió al tercer hombre echando a correr directo hacia él. Le dio un violento empujón que lo tiró al suelo y siguió corriendo para dejarlo atrás.

Llegó hasta el final del jardín, que desembocaba en la playa embarrada del Támesis, y torció por la orilla sin dejar de correr.

VIII

La primavera de 1584, Pierre fue a ver cómo desahuciaban de su casa a la marquesa de Nimes.

Su marido, el marqués, había conseguido evitar durante décadas cualquier represalia por ser protestante, pero Pierre había sido paciente. La casa solariega del alejado barrio de Saint-Jacques había seguido siendo un centro de actividades heréticas aun después de su gran golpe de 1559, cuando consiguió atrapar a la congregación entera. Sin embargo, ya estaban en 1584 y París se hallaba sometido al poder tácito de un grupo conocido como Liga Católica, que se dedicaba a erradicar el protestantismo, y Pierre había logrado llevar al marqués ante la corte suprema, el Parlamento de París, y que lo condenaran a muerte.

En realidad, a Pierre nunca le había interesado demasiado el viejo marqués. A quien odiaba de verdad era a la marquesa Louise, que se había convertido en una elegante viuda de cuarenta y tantos años. Las propiedades de herejes como el marqués quedaban confiscadas, así que su ejecución la había dejado a ella en la indigencia.

Pierre llevaba veinticinco años esperando que llegara ese momento.

Se presentó allí justo cuando la marquesa se enfrentaba al alguacil en su vestíbulo de la entrada. Se confundió entre los hombres del funcionario para poder mirar, y ella no se percató de su presencia.

Estaba rodeada de testimonios de la riqueza que había perdido: cuadros al óleo de escenas campestres en las paredes, todas con revestimiento de madera; sillas de recibidor de madera tallada, relucientes de cera; mármoles bajo los pies y arañas de cristal en lo alto. Llevaba un vestido de seda verde que parecía mecerse como el agua sobre sus caderas generosas. Cuando era joven, todos los hombres se habían quedado embobados mirando su gran busto, y todavía conservaba una figura bien torneada.

—¿Cómo os atrevéis? —le estaba diciendo al alguacil con voz autoritaria—. No podéis obligar a una noble a abandonar su hogar.

Era evidente que el alguacil ya había hecho aquello antes. Hablaba con educación, pero se mantenía firme.

—Os aconsejo que os marchéis sin alboroto, señora —dijo—. Si no salís a pie, tendrán que sacaros en volandas, lo cual es indecoroso.

La mujer se acercó a él y echó los hombros hacia atrás para atraer la atención hacia sus pechos.

—Podéis hacer uso de vuestro criterio —dijo con un tono más cálido—. Regresad dentro de una semana, y para entonces ya habré tenido tiempo de organizar lo necesario.

—El tribunal os concedió tiempo, señora, y ahora ese tiempo se ha agotado.

Ni la altivez ni sus encantos habían servido de nada, así que la marquesa decidió mostrar su desesperación.

—No puedo irme de mi casa… ¡No tengo adónde ir! —se lamentó—. Tampoco puedo alquilar una habitación, pues no tengo dinero. ¡Ni un solo sueldo me queda! ¡Mis padres murieron y a todos mis amigos les aterroriza ayudarme por miedo a que también a ellos los acusen de herejía!

Pierre la contempló y disfrutó viendo las lágrimas en su rostro y oyendo el deje de pánico en su voz. La mismísima marquesa que había desairado al joven Pierre hacía un cuarto de siglo… Sylvie le había presentado con orgullo a la joven Louise, y él le había dedicado un comentario jocoso que, sin embargo, había desagradado tanto a la marquesa que le había soltado: «Incluso en la Champaña deberían enseñar a un hombre a mostrarse respetuoso con sus superiores», para después volverle la espalda con toda intención. Pierre aún se estremecía al recordarlo.

Disfrutó viendo cómo se habían vuelto las tornas. Hacía poco que lo habían nombrado abad de Sainte-Houx, un monasterio que poseía miles de hectáreas de tierra en la Champaña. Él se quedaba con los ingresos y dejaba que los monjes vivieran en la pobreza, según los votos que habían profesado. Era rico y poderoso, mientras que Louise estaba arruinada e indefensa.

—Hace buen tiempo —dijo el alguacil—, podéis dormir en el bosque. O, si llueve, en el convento de Sainte-Marie-Madeleine, en la rue de la Croix, acogen a mujeres indigentes.

Louise se escandalizó de verdad.

—¡Ese sitio es para prostitutas!

El alguacil hizo un gesto de indiferencia.

La marquesa se echó a llorar. Sus hombros se derrumbaron, se cubrió la cara con las manos y su pecho empezó a sacudirse entre sollozos.

A Pierre le resultó excitante la aflicción de la mujer, y en ese momento salió a su rescate.

Dio un paso al frente de entre el pequeño grupo que se había reunido ante la puerta y se colocó entre el alguacil y la marquesa.

—Calmaos, madame —dijo—. La familia de Guisa no permitirá que una noble duerma en el bosque.

La mujer apartó las manos de la cara y lo miró a través de las lágrimas.

—Pierre Aumande —balbuceó—. ¿Habéis venido a burlaros de mí?

Sufriría más aún por no haberlo llamado Pierre Aumande de Guisa.

—He venido a socorreros en un momento de necesidad —repuso—. Si accedéis a acompañarme, os llevaré a un lugar donde estaréis segura.

La mujer no se movió de su sitio.

—¿Adónde?

—Dispongo de un aposento reservado y pagado en un barrio tranquilo. Tiene criada. No es espléndido, pero no estaréis incómoda. Venid a echarle un vistazo. Estoy seguro de que os servirá, temporalmente al menos.

Estaba claro que la marquesa no sabía si creerlo. Los De Guisa odiaban a los protestantes, ¿por qué iban a portarse bien con ella? Sin embargo, tras un largo momento de duda, se dio cuenta de que no tenía otra opción, así que aceptó.

—Dejad que meta algunas cosas en una bolsa.

—Nada de joyas —señaló el alguacil—. Inspeccionaré la bolsa antes de que os marchéis.

Ella no contestó, se volvió sobre sus talones y abandonó el vestíbulo con la cabeza bien alta.

Pierre apenas si podía contener su impaciencia. Pronto tendría a esa mujer en sus manos.

La marquesa no estaba emparentada con los De Guisa, y además se encontraba en el bando contrario en la guerra de religión, pero en la mente de Pierre, por algún motivo, tanto ella como aquellos eran lo mismo. Los De Guisa lo habían utilizado como consejero y mercenario, pero ni con el paso del tiempo habían dejado de despreciarlo socialmente. Era el más influyente y mejor recompensado de sus servidores, pero seguía siendo eso, un servidor; siempre lo invitaban a los consejos de guerra, nunca a una cena familiar. Por ese rechazo no podía vengarse, pero sí podía castigar a Louise.

La marquesa regresó con una bolsa de piel llena a reventar. El alguacil, haciendo efectiva su amenaza, la abrió y sacó todo lo que contenía. Allí dentro había decenas de prendas de hermosa seda y ropa interior de hilo, bordada y ribeteada. A Pierre le hizo pensar en lo que tal vez llevaría puesto debajo de ese vestido verde.

La mujer, con una arrogancia característica, le pasó la bolsa a Pierre como si fuese un lacayo.

Él no la desilusionó. Todo llegaría, a su tiempo…

La acompañó afuera. Biron y Brocard esperaban con los caballos. Habían llevado una montura de más para la marquesa. Abandonaron la propiedad de Nimes, entraron en París por la puerta de Saint-Jacques y siguieron la rue Saint-Jacques hasta el Petit Pont. Cruzaron la Île de la Cité y así llegaron a una modesta casa adosada no muy lejos del palacio de Guisa. Pierre mandó a Biron y a Brocard que llevaran los caballos a casa, y entonces hizo entrar a Louise.

—La planta superior es para vos —informó.

—¿Quién más vive aquí? —preguntó ella con angustia.

—Un inquilino diferente en cada planta —respondió Pierre, fiel a la verdad—. La mayoría han trabajado para los De Guisa en el pasado: un tutor retirado, una costurera a quien ya le falla la vista, una española que de vez en cuando hace traducciones... Todos muy respetables. —Y ninguno de ellos dispuesto a arriesgarse a perder su lugar contrariando a Pierre.

Louise parecía hasta cierto punto más tranquila.

Subieron las escaleras. La marquesa resollaba cuando llegaron arriba del todo.

—Este esfuerzo me va a dejar agotada —protestó.

Pierre estaba encantado. Eso quería decir que ya estaba aceptando vivir allí.

La criada los recibió con una reverencia. Pierre le enseñó a Louise el salón, la cocina con su trascocina y, por último, el dormitorio. La mujer estaba gratamente sorprendida. Pierre había dicho que no era un aposento espléndido, pero en realidad no había escatimado dinero en amueblar la pequeña estancia; tenía pensado pasar mucho tiempo allí.

Louise estaba a todas luces desconcertada. Alguien a quien creía un enemigo se mostraba generoso con ella. Por su cara, Pierre vio que no entendía nada. Perfecto.

Cerró la puerta del dormitorio y entonces ella empezó a comprender.

—Recuerdo cómo me quedaba mirando estas dos... —dijo, y le puso las manos en sendos pechos.

Ella retrocedió un paso.

—¿Acaso esperáis que me convierta en vuestra amante? —espetó con desdén.

Pierre sonrió.

—Ya sois mi amante —contestó con unas palabras que le encantaron—. Desnudaos.

—No.

—Pues os arrancaré el vestido.

—Gritaré.

—Adelante, gritad. La criada lo está esperando. —Le dio un brusco empujón que la hizo caer de espaldas en la cama.

—No, por favor —suplicó la mujer.

—Ni siquiera os acordáis —gruñó él—. «Incluso en la Champaña deberían enseñar a un hombre a mostrarse respetuoso con sus superiores.» Eso fue lo que dijisteis, hace veinticinco años.

La marquesa lo miró horrorizada de incredulidad.

—¿Y por eso me castigáis así?

—Abríos de piernas —dijo Pierre—. Esto no ha hecho más que empezar.

IX

Más tarde, mientras regresaba a pie al palacio de los De Guisa, Pierre se sentía como le ocurría algunas veces después de un gran festín: saciado pero con náuseas. Le encantaba ver a un aristócrata humillado, pero aquello casi había sido demasiado para él. Volvería, desde luego, pero quizá tardase unos días en hacerlo. La marquesa era una comida algo indigesta.

Al llegar a casa se encontró con que Rollo Fitzgerald, el inglés a quien había puesto el nombre en clave de Jean Langlais, lo estaba esperando en su salón.

Pierre se molestó. Quería disfrutar de una hora en soledad para digerir lo que acababa de hacer y dejar que sus turbulentos pensamientos recuperasen la calma. En lugar de eso, tendría que ocuparse de asuntos de trabajo.

Rollo llevaba consigo un estuche de lona que abrió para sacar de él un fajo de mapas.

—Todos los puertos importantes de las costas sur y este de Inglaterra —anunció con orgullo antes de dejar los mapas en el escritorio de Pierre.

Este los examinó. Los habían dibujado manos diferentes, algunos eran más artísticos que otros, pero resultaba admirable lo claros que parecían todos ellos, con embarcaderos, muelles y bajíos peligrosos cuidadosamente señalados.

—Son buenos —dijo—, aunque han tardado su tiempo en llegar.

—Lo sé, y lo siento —se disculpó Rollo—, pero la detención de Throckmorton nos ha retrasado.

—¿Qué le ha ocurrido?

—Lo han condenado por traición y lo han sentenciado a muerte.

—Otro mártir.

—Espero que su muerte no sea en vano —señaló Rollo, como lanzando una indirecta.

—¿Qué quieres decir?

—¿Sigue el duque de Guisa decidido a invadir Inglaterra?

—Por supuesto. Quiere ver a María Estuardo en el trono inglés, igual que casi todos los hombres fuertes de Europa.

—Bien. Los carceleros de María han reforzado la seguridad a su alrededor, pero encontraré la forma de restablecer la comunicación con ella.

—Entonces, ¿podemos empezar a planificar la invasión para el año que viene, 1585?

—Sin duda.

El hijastro de Pierre entró en la sala.

—Noticias desde Picardía —anunció—. Hércules Francisco ha muerto.

—¡Dios santo! —exclamó Pierre. Hércules Francisco era el hijo menor del difunto rey Enrique y la reina Catalina—. Esto es una catástrofe —le dijo a Rollo—, era el heredero al trono.

Rollo arrugó la frente.

—Pero si a Enrique III no le pasa nada… —comentó—. ¿Por qué os preocupa tanto su heredero?

—Enrique es el tercer hermano en ser rey. Los dos anteriores murieron jóvenes y sin descendencia, así que a él podría ocurrirle lo mismo.

—Entonces, ahora que Hércules Francisco ha muerto, ¿quién es el heredero al trono?

—Esa es la tragedia: el rey de Navarra. Y es protestante.

—¡Pero Francia no puede tener un rey protestante! —exclamó Rollo, indignado.

—Por supuesto que no. —El rey de Navarra, además, era miembro de la familia Borbón, enemigos ancestrales de los De Guisa, lo cual era otro imperioso motivo para mantenerlo alejado del trono—. Debemos conseguir que el Papa anule el derecho sucesorio del rey de Navarra. —Pierre estaba pensando en voz alta. El duque Enrique convocaría un consejo de guerra antes de que acabara el día, y Pierre necesitaba tener un plan preparado—. Volverá a haber guerra civil y el duque de Guisa dirigirá las fuerzas católicas. Debo ir a verlo —dijo, y se levantó.

Rollo señaló sus mapas.

—Pero… ¿y la invasión de Inglaterra?

—Inglaterra tendrá que esperar —zanjó Pierre.

24

I

El día que María Estuardo cumplía cuarenta y tres años, Alison salió a montar a caballo con ella. Su aliento se tornaba vaho por el gélido aire de la mañana, y Alison agradecía sentir bajo el cuerpo el calor que irradiaba su caballo, Mozo. Iban acompañadas por un escuadrón de soldados. María y todo su séquito tenían prohibido hablar con nadie ajeno a ese grupo bajo cualquier circunstancia. Si un niño ofrecía una manzana a la reina, un soldado apartaría la fruta de un manotazo.

Las vigilaba un nuevo carcelero, sir Amias Paulet, un puritano tan estricto que Walsingham parecía un libertino a su lado. Paulet era el primer hombre que Alison conocía inmune a los seductores encantos de María. Cuando ella le tocaba un brazo como por accidente, le dedicaba una sonrisa encantadora o hablaba con despreocupación sobre besos, bustos o lechos, él se quedaba mirándola como si estuviera loca y no le respondía.

Paulet no se andaba con remilgos a la hora de leer la correspondencia de María; le entregaba abiertas todas las cartas sin mediar disculpa. Ella tenía permitido escribir a sus familiares y amigos de Francia y Escocia, pero, en esas condiciones, era imposible hablar sobre la invasión de Inglaterra, ni sugerir que la rescatasen, ni planear la ejecución de Isabel ni su ascensión al trono.

Alison sentía el ánimo renovado tras el paseo a caballo, pero, en el camino de regreso a casa, volvió a caer presa de la tristeza habitual. Era el vigésimo cumpleaños que María celebraba durante su cautiverio. La misma Alison tenía ya cuarenta y cinco años, y había vivido todos esos aniversarios con María, albergando la esperanza, año tras año, de que ese fuese el último que seguían prisioneras. Alison tenía la sensación de haber pasado la vida esperando. Lamentablemente, esos días en los que eran las jóvenes más elegantes de París quedaban ya muy atrás.

El hijo de María, Jacobo, había cumplido los veintiuno y era rey de Escocia. Ella no lo había visto desde su primer año de vida. El joven no mostraba interés alguno por su madre y no hacía nada por ayudarla, aunque ¿por qué iba a hacerlo? No la conocía. María odiaba a rabiar a la reina Isabel por mantenerla alejada de su único vástago durante casi toda la existencia de este.

Se aproximaban a la cárcel donde estaban entonces: Chartley Manor tenía un foso y almenas, aunque, de no ser por esos elementos arquitectónicos, respondía más bien a las características de una casa y no de un castillo. Era una casa solariega con estructura de madera, numerosas y acogedoras chimeneas e hileras de ventanas para permitir la entrada de la luz solar. Tenía la capacidad justa para el séquito de María además de albergar a la familia de Paulet, así que todos los soldados debían alojarse en diversas casas de los alrededores. María y Alison no se sentían permanentemente rodeadas de guardias, pero, a pesar de ello, el lugar seguía siendo una cárcel.

Las amazonas cruzaron el puente sobre el foso, entraron en el amplio patio y tiraron de las riendas para detener sus caballos junto al pozo situado en el centro. Alison desmontó y dejó que Mozo bebiera en el abrevadero. La carreta de reparto del bodeguero se encontraba a un lado, y unos hombres corpulentos estaban descargando barriles de cerveza para llevarlos hasta las dependencias de la reina entrando por la cocina. Alison se percató de la presencia de una camarilla de mujeres junto a la puerta. Lady Margaret Paulet estaba allí con sus doncellas, todas arremolinadas alrededor de un individuo con una capa sucia por el polvo del camino. La señora de la casa era más amigable que su marido, así que Alison cruzó el patio para acercarse y ver qué ocurría.

El hombre del centro del grupito tenía abierto un baúl de viaje lleno de cintas, botones y bisutería barata. María se acercó y permaneció detrás de Alison. Las mujeres señalaban los productos a la venta, preguntaban el precio y cuchicheaban animadamente sobre cuáles eran sus preferidos.

—¿Tienes pociones de amor? —preguntó una de ellas con tono malicioso.

Fue un comentario hecho con actitud coqueta, y los vendedores ambulantes solían ser especialistas en halagar a sus clientas, pero este se mostró abochornado y masculló algo relacionado con la mayor conveniencia de las cintas frente a las pociones.

Sir Amias Paulet asomó por la puerta de la casa y se acercó a averiguar qué ocurría. En la cincuentena, era un hombre calvo con un cerquillo de pelo cano que le rodeaba la cabeza y un espeso bigote pelirrojo.

—¿Qué es todo esto? —preguntó.

A su esposa le asaltó el sentimiento de culpa.

—Oh, no es nada —respondió.

—Lady Margaret no está interesada en perifollos —le dijo Paulet al vendedor. Margaret y sus doncellas se alejaron a regañadientes, y el dueño de la casa añadió con desprecio—: Enseña tus productos a la reina escocesa. Esas baratijas son más de su estilo.

María y las mujeres de su séquito también cautivas ignoraron la grosería; se habían acostumbrado a esos desplantes. Ansiaban entretenerse con algo, así que se arremolinaron a toda prisa en torno al vendedor y ocuparon el lugar de las decepcionadas doncellas de Paulet.

En ese instante, Alison observó más de cerca al hombre y contuvo un grito de sorpresa al reconocerlo. Tenía el pelo ralo y una espesa barba pelirroja. Era el hombre que había hablado con ella en el parque del castillo de Sheffield, y su nombre era Jean Langlais.

Alison miró a María y recordó que la reina no lo había visto jamás. Ella era la única con la que había hablado. Sintió una esperanza repentina. Sin duda estaba allí para hablar con ella una vez más.

También experimentó un fugaz espasmo de deseo. Desde su encuentro en el parque se había recreado con la fantasía de que se casaría con él y ambos se convertirían en la pareja más poderosa de la corte cuando María fuera la reina de la Inglaterra católica. Sabía que era una tontería tener tales ensoñaciones con un hombre que acababa de conocer, aunque ¿por qué no?, una prisionera tenía derecho a los sueños más descabellados.

Debía alejar a Langlais del concurrido patio y llevarlo a un lugar donde él pudiera dejar de fingir ser un vendedor ambulante y hablar con sinceridad.

—Tengo frío. Vayamos adentro —propuso.

—Yo sigo acalorada después del paseo a caballo —dijo María.

—Por favor, señora —insistió Alison—, recordad vuestra debilidad respiratoria y entrad en la casa.

María adoptó una expresión ofendida ante la insolencia de Alison; aunque quizá percibiera la urgencia en la voz de su dama de compañía, porque enarcó una ceja con gesto interrogante. Por fin la miró directamente a los ojos, abiertos como platos, y entonces captó el mensaje.

—Pensándolo bien, será mejor que entremos —accedió.

Condujeron a Langlais a la cámara privada de María, y Alison hizo salir a todos los demás.

—Majestad —dijo en francés—, este es Jean Langlais, el mensajero del duque de Guisa.

María reaccionó con sobresalto.

—¿Qué tiene que decirme el duque? —preguntó con ansiedad.

—La crisis ha concluido —dijo Langlais, hablando en francés con acento inglés—. Se ha firmado el Tratado de Nemours y el protestantismo vuelve a ser ilegal en Francia.

María restó importancia a lo dicho con un gesto despreciativo de su mano.

—Esa es información pasada.

Langlais era inmune a los desprecios de la reina. Prosiguió con serenidad:

—El tratado constituye un triunfo para la Iglesia, y para el duque de Guisa y el resto de los miembros de la familia francesa de Vuestra Majestad.

—Sí, ya lo sé.

—Lo que significa que vuestro primo, el duque Enrique, tiene libertad para retomar el plan con el que ha soñado durante tanto tiempo: restituir a Vuestra Majestad el trono que os corresponde por derecho.

Alison no sabía si alegrarse. Con demasiada frecuencia había celebrado éxitos de forma prematura. A pesar de ello, la esperanza la llenó de júbilo. Percibió cómo se le iluminaba el rostro a María.

—Una vez más —prosiguió Langlais—, nuestra primera misión es establecer un canal de comunicación entre el duque y Vuestra Majestad. He encontrado a un joven católico inglés que será nuestro mensajero. Pero debemos dar con una manera de hacer llegar las misivas a esta casa y enviar las respuestas sin que Paulet las lea.

—Eso ya lo hemos hecho antes —dijo Alison—, pero cada vez es más difícil. No podemos volver a recurrir a las lavanderas. Walsingham descubrió ese ardid.

Langlais asintió en silencio.

—Seguramente Throckmorton reveló ese secreto antes de morir.

Alison quedó impresionada por la frialdad con la que había aludido al martirio de sir Francis Throckmorton. Se preguntó cuántos conspiradores más, discípulos de Langlais, habrían sufrido torturas y muerto ejecutados.

Apartó ese pensamiento.

—De todas formas —dijo—, Paulet ya no nos permite salir a lavar la ropa. Las sirvientas de la reina la lavan en el foso.

—Tendremos que pensar en otra cosa —sugirió Langlais.

—Ningún miembro de nuestro séquito tiene permitido el contacto con el mundo exterior —aclaró Alison con abatimiento—. Me sorprende que Paulet no os haya echado.

—Me he fijado en los barriles de cerveza que han traído.

—Ah —dijo Alison—. Qué buena idea. Sois muy ocurrente.

—¿De dónde proceden?

—De la posada The Lion's Head, en Burton, la ciudad más próxima.

—¿Paulet los inspecciona?

—¿Para comprobar si hay cerveza? No.

—Bien.

—Pero ¿cómo vamos a meter las cartas en barriles de cerveza? El papel se mojaría y la tinta se correría…

—¿Y si metemos las hojas en botellas selladas?

Alison asintió con parsimonia.

—Y nosotras podríamos hacer lo mismo con las respuestas de la reina.

—Podríais meter los mensajes en las mismas botellas y volver a sellarlas con lacre para las cartas.

—Las botellas entrechocarán en los barriles vacíos. Alguien podría mirar en su interior para averiguar qué provoca el ruido.

—Hay formas de evitarlo. Llenar el barril de paja. O envolver las botellas en trapos y clavarlos a la madera para que no se muevan.

Alison se sentía cada vez más entusiasmada.

—Ya se nos ocurrirá algo. Pero tendremos que convencer al bodeguero para que colabore.

—Sí —dijo Langlais—. Dejádmelo a mí.

Gilbert Gifford tenía aspecto inocente, pero Ned Willard opinaba que esa ingenuidad se limitaba a su aspecto. Aparentaba menos de veinticuatro años: en su terso rostro solo se apreciaba pelusilla adolescente en la barba y el bigote, y era muy probable que jamás se hubiera afeitado. Sin embargo, Alain de Guisa le había contado a Sylvie, en una carta que le llegó gracias a la embajada inglesa de París, que Gifford se había reunido hacía poco con Pierre Aumande en la capital francesa. En opinión de Ned, Gifford era un agente en extremo peligroso de los enemigos de la reina Isabel.

Con todo, actuaba con ingenuidad. En diciembre de 1585 cruzó el Canal desde Francia y desembarcó en Rye. Por descontado, no tenía el permiso real que se requería a un inglés que viajara al extranjero, por ello tuvo que ofrecer un soborno al práctico del puerto de Rye. En otro tiempo le habría bastado con eso, pero las cosas habían cambiado. Un trabajador portuario que permitiera la entrada de un personaje sospechoso podía ser condenado a pena de muerte, al menos, desde un punto de vista teórico. El práctico del puerto había detenido a Gifford, y Ned había ordenado que lo llevaran a Londres para someterlo a un interrogatorio.

Willard intentaba descifrar el enigma mientras Walsingham y él permanecían sentados frente a Gifford, del otro lado de un escritorio en la casa de Seething Lane.

—¿Por qué demonios pensaste que te saldrías con la tuya? —preguntó Walsingham—. Tu padre es un católico notable. La reina Isabel lo ha tratado con gran indulgencia, incluso lo ha nombrado sheriff principal de Staffordshire. Y, a pesar de ello, se ha negado a asistir al servicio, ¡aunque la mismísima reina se encontrara en su parroquia!

Gifford se mostraba solo un tanto inquieto para estar siendo interrogado por un personaje que había enviado a tantos católicos a la muerte. Ned supuso que el joven no tenía ni idea del lío en el que estaba metido.

—Por supuesto que sé que he obrado mal al salir de Inglaterra sin permiso —dijo como si estuviera confesando una diablura—. Os ruego que tengáis en cuenta que solo tenía diecinueve años en ese momento. —Intentó esbozar una sonrisa cómplice—. ¿No hicisteis ninguna tontería en vuestra juventud, sir Francis?

Walsingham no correspondió la sonrisa.

—No, no hice ninguna tontería —respondió sin emoción.

A Ned casi se le escapó la risa. Seguramente era cierto.

—¿Por qué has regresado a Inglaterra? —preguntó Ned al sospechoso—. ¿Cuál era el propósito de tu viaje?

—Hace cinco años que no veo a mi padre.

—¿Y por qué ahora? —insistió Ned—. ¿Por qué no el año pasado o el que viene?

Gifford se encogió de hombros.

—Me parecía tan buen momento como cualquier otro.

Ned varió el rumbo del interrogatorio.

—¿En qué parte de Londres planeas alojarte si no te encerramos en la Torre?

—En la posada The Plough.

The Plough era una posada situada justo después de la taberna Temple, al oeste de la ciudad, frecuentada por los visitantes católicos. El jefe de los mozos de cuadra trabajaba a sueldo de Walsingham, y daba informes fiables sobre todas las entradas y salidas del establecimiento.

—¿A qué otra parte de Inglaterra viajarás? —preguntó Ned.

—A Chillington, por supuesto.

Chillington Hall era la residencia del padre de Gifford en Staffordshire. Se encontraba a media jornada a caballo desde Chartley, donde María Estuardo estaba presa en ese momento. ¿Era una simple coincidencia? Ned no creía en las coincidencias.

—¿Cuándo viste por última vez al sacerdote Jean Langlais?

Gifford no respondió.

Ned le dio tiempo. Estaba desesperado por saber más sobre ese misterioso personaje. Sylvie había visto a Langlais, de forma fugaz, en París, en el año 1572, y solo había averiguado que era inglés. Nath y Alain lo habían visto en un par de ocasiones durante los años posteriores a aquel encuentro, y lo describían como un hombre ligeramente más alto que la media, con barba de color pelirrojo oscuro, que hablaba francés con la fluidez que da la práctica intensa aunque con un inconfundible acento inglés. Dos sacerdotes clandestinos a los que Ned había interrogado habían mentado a su jefe al entrar de forma ilícita en Inglaterra. Y eso era todo cuanto sabían de Langlais. Nadie conocía su auténtico nombre ni de qué parte de Inglaterra procedía.

—¿Y bien? —dijo Ned.

—Intento recordar, pero estoy seguro de que no conozco a ningún hombre llamado así.

—Creo que ya he oído bastante —zanjó Walsingham.

Ned se dirigió hacia la puerta y llamó a un guardia.

—Lleva al señor Gifford a la sala de estar y quédate con él, por favor.

Gifford salió de allí.

—¿Tú qué opinas? —preguntó Walsingham.

—Está mintiendo —dijo Ned.

—Estoy de acuerdo. Avisa a todos tus agentes para que estén atentos a sus movimientos.

—Muy bien —convino Ned—. Y tal vez haya llegado la hora de que haga una pequeña visita a Chartley.

III

Alison encontró a sir Ned Willard tremendamente agradable durante la semana que había pasado en Chartley Manor. Con los cuarenta ya cumplidos, era un hombre cortés y encantador incluso mientras cometía los actos más ofensivos. Iba a todas partes y lo veía todo. Al mirar por la ventana, a primera hora, Alison veía que Ned ya estaba en el patio, sentado junto al pozo, comiendo un pedazo de pan y contemplando el ir y venir de todo el que pasaba con esa mirada suya que no perdía detalle. Jamás llamaba a la puerta. Entraba en las dependencias de cualquiera, sin importar que fuera hombre o mujer, diciendo educadamente: «Espero no molestar». Si le decían que, en efecto, estaba molestando, él respondía con tono de disculpa: «Me habré ido dentro de un minuto», y se quedaba allí tanto como se le antojaba. Si alguien estaba escribiendo una carta, él la leía por encima de su hombro. Entraba en el salón donde comían la reina María y su séquito y se quedaba a escuchar sus conversaciones. No importaba que estas fueran en francés, pues él lo hablaba con fluidez. Si alguien protestaba, Ned decía: «Lo siento, pero, veréis, los presos no tienen derecho a disfrutar de intimidad». Todas las mujeres decían que era encantador, y una de ellas reconoció que se paseaba desnuda por su habitación con la esperanza de que él entrara de pronto.

Su meticulosidad era especialmente exasperante porque, en las últimas semanas, María había empezado a recibir las cartas en los barriles procedentes de The Lion's Head, en Burton. Además, se había acumulado una abultada saca de correspondencia secreta en la embajada francesa de Londres desde la detención de Throckmorton, acontecida hacía más de un año. María y su secretario de siempre, Claude Nau, se empleaban a conciencia en leer y responder la avalancha de misivas llegadas a diario, donde se actualizaban las relaciones confidenciales de María con poderosos aliados en Escocia, Francia, España y Roma. Se trataba de una labor importante: Alison y María sabían que la gente podía olvidar fácilmente a una heroína si la perdían de vista. En ese momento las cortes de Europa estaban recibiendo recordatorios gráficos de que María seguía viva y en buen estado de salud, y de que estaba dispuesta a ocupar el trono que le correspondía por derecho.

Con la llegada de sir Ned Willard, todo ese proceso se había detenido. No se podían escribir cartas, ni mucho menos en clave, por temor a que él entrara y descubriera un revelador documento a medio redactar. Ya se habían sellado numerosas botellas con cartas y se habían metido en un barril vacío, listo para que lo recogiera el repartidor de The Lion's Head. Alison y María hablaron largo y tendido sobre qué hacer al respecto. Supusieron que llamarían más la atención si abrían el barril y retiraban las botellas, así que las dejaron donde estaban. Sin embargo, por el mismo motivo, no añadieron ninguna más.

Alison rezó para que Ned se marchara antes de la siguiente entrega de cerveza. Al hombre que se hacía llamar Jean Langlais se le había ocurrido la idea de ocultar los mensajes en los barriles al contemplar el reparto de cerveza; ¿no podría pensar otro tanto Ned con la misma agilidad mental? Pero la oración de la dama no fue atendida.

Alison y María estaban junto a una ventana, mirando a Ned en el patio, cuando llegó el pesado carromato con los barriles de ciento veinte litros.

—Ve a darle conversación —ordenó María a toda prisa—. Distráelo.

Alison salió presta al encuentro de Ned.

—Bueno, sir Ned —le dijo con tono conversador—, ¿estáis satisfecho con lo dispuesto por sir Amias Paulet para mantener la seguridad?

—Es bastante más meticuloso que el conde de Shrewsbury.

Alison dejó escapar una risilla nerviosa.

—¡Jamás olvidaré el día en que entrasteis hecho una furia mientras desayunábamos en el castillo de Sheffield! —comentó—. Erais como un ángel vengador. ¡Aterrador!

Ned sonrió, pero Alison percibió que era una sonrisa perspicaz. Él sabía que ella estaba coqueteando. Por lo visto, no le molestaba, aunque Alison estaba segura de que no se dejaría embaucar por sus encantos.

—Era la tercera vez que coincidíamos —prosiguió—, aunque nunca os había visto así antes. De todas formas, ¿por qué estabais tan enojado?

Ned no respondió hasta pasado un rato. Miró más allá del repartidor que descargaba los barriles llenos de cerveza del carromato y los llevaba rodando hasta los aposentos de María. A Alison le dio un vuelco el corazón; esos barriles contenían, casi con total seguridad, mensajes secretos incriminatorios, remitidos por los enemigos de la reina Isabel. Lo único que debía hacer Ned era impedir que los movieran, con su característica determinación cortés, y exigir que los abrieran para poder revisar su contenido. Entonces el juego habría terminado, y un nuevo conspirador sería torturado y moriría ejecutado.

Pero Ned no hizo nada. Su atractivo rostro no mostraba más inquietud que la expresada cuando había llegado el pedido de carbón. Se volvió para mirar a Alison.

—¿Puedo responderos con una pregunta?

—Está bien.

—¿Por qué estáis aquí?

—¿A qué os referís?

—María Estuardo está presa, pero vos no. No constituís una amenaza para la Corona de Inglaterra. No pretendéis ascender al trono inglés. No tenéis parientes poderosos en la corte del rey de Francia. No escribís cartas al Papa ni al rey de España. Podríais salir por vuestro propio pie de Chartley Manor y a nadie le importaría. ¿Por qué os quedáis?

Era una pregunta que, con frecuencia, se hacía a sí misma.

—La reina María y yo nos criamos juntas —dijo—. Yo soy un poco mayor y siempre cuidaba de ella. Luego se convirtió en una interesante y hermosa joven, y yo, en cierto sentido, quedé prendada de ella. Cuando regresamos a Escocia me casé, pero mi marido falleció poco después de la boda. Sencillamente, parecía destinada a servir a la reina María.

—Entiendo.

—¿De veras?

Con el rabillo del ojo Alison vio que los hombres regresaban con los barriles vacíos, incluidos los que contenían las botellas con los mensajes secretos, y los cargaban en el carromato. Una vez más, lo único que Ned tenía que hacer era dar la orden y los recipientes serían abiertos, lo que dejaría a la vista su contenido secreto. Pero Ned no hizo intento alguno de hablar con los peones.

—De veras lo entiendo —respondió siguiendo la conversación con Alison—, porque yo siento lo mismo por la reina Isabel. Y por eso me enfurecí de aquella manera cuando descubrí que el conde de Shrewsbury la había traicionado.

Los hombres al servicio del bodeguero entraron en la cocina para disfrutar de su almuerzo antes de volver a ponerse en marcha. El peligro había pasado. Alison respiró más aliviada.

—Y ahora ha llegado el momento de que me marche —anunció Ned—. Debo regresar a Londres. Adiós, lady Ross.

Alison no sabía que él estaba a punto de marcharse.

—Adiós, sir Ned —dijo.

Él entró en la casa.

Alison regresó junto a la reina María y juntas miraron por la ventana. Ned salió de la casa con un par de sillas de montar supuestamente cargadas con unos cuantos objetos necesarios para el viaje. Habló con un mozo y este sacó un caballo.

Se había marchado antes de que los repartidores terminaran de comer.

—Qué alivio —exclamó la reina María—. Gracias a Dios.

—Sí —admitió Alison—. Al parecer nos hemos salido con la nuestra.

IV

Ned no fue a Londres. Cabalgó hasta Burton y pagó una habitación en The Lion's Head.

Cuando se llevaron su caballo a los establos y sus alforjas fueron descargadas, se dedicó a echar un vistazo a la posada. Había una taberna que daba a la calle. Una entrada en forma de arco para los carros conducía a un patio con los establos a un lado y las habitaciones de los huéspedes al otro. En el fondo de las dependencias había una bodega donde se elaboraba cerveza, y el olor a levadura impregnaba el aire. Era un negocio próspero: la taberna estaba abarrotada de bebedores, viajeros en constante trajín y repartidores que salían y entraban del patio a todas horas.

Ned se fijó en que los barriles vacíos de los carros entrantes los hacían rodar hasta un rincón donde un chico les quitaba la tapa, limpiaba el interior con agua y los frotaba con un cepillo; luego apilaba los recipientes boca abajo para que se secaran.

El dueño era un hombre corpulento cuya barriga sugería que consumía grandes cantidades de su propia cerveza. Ned oyó que los trabajadores lo llamaban Hal. Estaba en constante movimiento, iba de la bodega al establo, apremiaba a sus empleados y les gritaba órdenes.

Cuando Ned interiorizó la distribución del lugar, se sentó en un banco del patio con una jarra de cerveza y se mantuvo a la espera. El sitio era un hervidero de actividad, y nadie reparaba en su presencia.

Estaba casi seguro de que los mensajes entraban y salían de Chartley Manor en los barriles de cerveza. Llevaba allí una semana y había observado casi todos los movimientos, y esa era la única posibilidad que veía factible. En el momento de la llegada de la cerveza a la casa, Alison solo lo había distraído en parte. Podía haber sido una mera coincidencia que la dama decidiera charlar con él justo en ese instante. Pero Ned no creía en las coincidencias.

Supuso que los carreteros viajarían más despacio que él al regresar desde Chartley, pues su caballo estaba descansado y los de tiro, fatigados. Al final ya se había hecho de noche cuando el repartidor entró en el patio de The Lion's Head. Ned permaneció donde estaba, observando. Uno de los hombres se marchó y regresó con Hal mientras los demás desenganchaban los caballos. Luego llevaron rodando los barriles vacíos hasta el chico que los limpiaba con el cepillo.

Hal lo observó quitar las tapas con una palanca. Se apoyó contra la pared y adoptó una actitud despreocupada. Tal vez fuera una pose sincera. Era probable que hubiera supuesto que, si abría los barriles en secreto, sus empleados sospecharían algo oscuro en sus intenciones, mientras que, si fingía despreocupación, supondrían que no ocurría nada fuera de lo común.

Una vez hubieron retirado las tapas, Hal miró en el interior de cada uno de los barriles. Se agachó y sacó dos objetos con forma de botella envueltos en trapos y atados con unas cuerdas.

Ned se permitió suspirar de satisfacción.

Hal hizo un gesto de asentimiento al chico, cruzó el patio hasta una puerta que no había usado antes y entró en la posada.

Ned se apresuró a seguirlo.

La puerta conducía a una serie de dependencias que parecían las del dueño. Ned entró en la sala de estar de uno de los aposentos. Hal se encontraba de pie frente a una alacena abierta, evidentemente ocultando los objetos que acababa de sacar del barril. Al oír las pisadas de Ned sobre los tablones de madera, se volvió de golpe.

—Salid de aquí, ¡esto son dependencias privadas!

—En este momento estás más cerca de morir en la horca de lo que has estado en toda tu vida —sentenció Ned con serenidad.

La expresión de Hal se demudó al instante. Se quedó blanco como el papel y boquiabierto. Estaba anonadado y aterrorizado al mismo tiempo. Fue un cambio de actitud revelador en aquel individuo corpulento y fanfarrón, y Ned dedujo que Hal, a diferencia de la infeliz Peg Bradford, sabía exactamente qué delito estaba cometiendo.

—¿Quién sois? —preguntó tras titubear durante largo rato.

—Soy el único hombre en la Tierra que puede salvarte del patíbulo.

—Oh, Dios me asista…

—Podría hacerlo si me ayudas.

—¿Qué debo hacer?

—Dime quién viene a recoger las botellas de Chartley y te entrega otras para que tú las lleves hasta allí.

—No sé cómo se llama, de veras, ¡lo juro!

—¿Cuándo regresará?

—No lo sé. Nunca avisa antes de llegar y sus visitas son irregulares.

«Desde luego que sí —pensó Ned—. El hombre actúa con precaución.»

—Oh, Dios, he sido un estúpido —masculló Hal entre lamentos.

—No te quepa duda. ¿Por qué lo has hecho? ¿Eres católico?

—Soy de la religión que me ordenen ser.

—Entonces lo has hecho por pura codicia.

—Que Dios me perdone.

—Ha perdonado pecados más graves. Ahora escúchame. Lo único que tienes que hacer es seguir actuando como hasta ahora. Entrega al mensajero las botellas, acepta las que él te traiga, envíalas a Chartley y regresa con las respuestas, tal como venías haciendo. Y no cuentes a nadie nada sobre mí, en ninguna parte.

—No lo entiendo.

—No tienes por qué entenderlo. Tú olvida que me has conocido. ¿Te ha quedado claro?

—Sí, y gracias por vuestra misericordia.

«No te la mereces, traidor codicioso», pensó Ned.

—Me quedaré aquí hasta que llegue el mensajero, sea cuando sea —dijo.

El correo llegó dos días después. Ned lo reconoció enseguida.

Era Gilbert Gifford.

V

Se trataba de una empresa peligrosa: reclutar hombres para unirse a una conspiración cuya finalidad era matar a la reina. Rollo debía ser muy precavido. Si escogía al hombre equivocado, podía meterse en graves problemas.

Había aprendido a identificar una mirada en concreto. Era una combinación de noble propósito y despreocupación intelectual por las consecuencias. No se trataba de locura, aunque sí era una suerte de irracionalidad. Rollo se preguntaba algunas veces si él también tendría esa mirada. Creía que no, se mostraba cauteloso hasta el punto de la obsesión. Quizá la tuviera de joven, pero estaba seguro de haberla perdido, pues, de no ser así, ya habría sido colgado, ahogado y descuartizado como Francis Throckmorton y todos los demás jóvenes católicos idealistas a los que Ned Willard había echado el guante. En tal caso, habría ido al Cielo, como esos chicos; aunque un hombre no tenía derecho a elegir el momento de realizar el último viaje.

Rollo opinaba que Anthony Babington sí poseía esa mirada característica.

Llevaba tres semanas observando a Babington, aunque desde cierta distancia. No se había dirigido a él. Ni siquiera había entrado en las casas ni tabernas que frecuentaba, pues sabía que estarían vigiladas por los espías de Ned Willard. Se acercaba al sujeto solo en los lugares que no eran puntos de reunión de los católicos, y cuando este se encontraba entre grupos de personas tan numerosos que una más pasaría desapercibida: en las boleras, en las peleas de gallos, en los espectáculos de hostigamiento de osos encadenados y entre los asistentes a las ejecuciones públicas. Pero no podía estar tomando precauciones eternamente. Había llegado la hora de jugarse el pellejo.

Babington era un joven procedente de una familia católica acomodada de Derbyshire, que acogía a uno de los sacerdotes clandestinos de Rollo. El sujeto en cuestión conocía a María Estuardo; siendo niños, Babington había sido paje en la casa del conde de Shrewsbury, en la época en la que este era el carcelero de María. El pequeño había quedado fascinado por los encantos de la reina cautiva. ¿Era esa toda la información que Rollo podía obtener? Solo había una forma de averiguarlo.

Por fin habló con él durante una pelea entre un toro y una jauría de perros salvajes.

Se celebraba en los jardines parisinos de Southwark, en la margen izquierda del río. La entrada costaba un penique, pero Babington pagó dos por un asiento en tribuna, apartado del tumulto y el hedor de los vulgares asistentes acomodados en el gallinero.

El toro se encontraba en el interior de un ruedo, aunque totalmente libre. Soltaron en su interior seis enormes perros de caza que se abalanzaron enseguida sobre la bestia para intentar morderle las patas. El corpulento bovino demostró una agilidad sorprendente: volvía la cabeza con su cuello musculoso y se defendía de sus atacantes a cornadas. Los perros las esquivaban, aunque no siempre con éxito. Los más afortunados eran lanzados por los aires; los que corrían peor suerte acababan empalados por la cornamenta hasta que morían entre sacudidas. El olor a sangre impregnaba el ambiente.

El público jaleaba a los animales, les gritaba palabras de aliento y apostaba por la posibilidad de que el toro matara a los perros antes de sucumbir víctima de sus heridas.

Nadie miraba a otro lugar que no fuera el ruedo.

Rollo empezó, como siempre, haciendo saber a su objetivo que era sacerdote católico.

—Dios te bendiga, hijo mío —le dijo en voz baja a Babington, y cuando este lo miró sobresaltado, Rollo le enseñó su crucifijo de oro.

Babington se mostró impactado y entusiasmado.

—¿Quién sois?

—Jean Langlais.

—¿Qué queréis de mí?

—Ha llegado la hora de María Estuardo.

Babington abrió mucho los ojos.

—¿Qué queréis decir?

Rollo pensó que el joven ya lo sabía.

—El duque de Guisa —prosiguió— está preparado y cuenta con un ejército de sesenta mil hombres. —Eso había sido una exageración: el duque no estaba preparado y jamás lograría reunir a sesenta mil hombres, pero Rollo necesitaba inspirar confianza—. El duque posee mapas de todos los puertos más importantes de las costas sur y este, donde desembarcarán sus hombres. También tiene en su poder una lista de nobles católicos leales, entre los que se encuentra tu padrastro, con los que puede contar para combatir a los invasores y luchar por la restauración de la auténtica fe. —Eso sí era cierto.

—¿Es posible que estéis diciendo la verdad? —preguntó Babington, ávido de creerlo.

—Solo falta una cosa, y necesitamos a un buen hombre para suplir tal carencia.

—Hablad.

—Un católico de alta cuna y de fe incuestionable debe reunir un grupo de amigos de similares características y liberar a María Estuardo de su cautiverio en cuanto estalle la contienda. Tú, Anthony Babington, has sido elegido para desempeñar dicha misión.

Rollo dio la espalda al joven con tal de concederle unos instantes para que asimilara toda la información. En el ruedo, el toro, los perros muertos y los agonizantes ya habían sido retirados, y la parte más distendida de la tarde estaba empezando. Entró en escena un viejo caballo montado por un mono. El público lo jaleó, era el momento del espectáculo preferido por todos. Soltaron seis perros jóvenes. Estos atacaron y mordieron al caballo, que intentaba huir desesperado de sus fauces; pero también saltaban para alcanzar al mono, que parecía atraerles más. Los espectadores reían a mandíbula batiente mientras el mico, enloquecido por el miedo, intentaba con todas sus fuerzas escapar de las dentelladas e iba dando botes de un lado a otro del lomo del jamelgo hasta que al final intentó resistir sobre su cabeza.

Rollo se quedó mirando a Babington a la cara. El joven no estaba fijándose en el espectáculo. Lucía expresión de orgullo, júbilo y miedo. Rollo podía adivinar sus pensamientos. Babington tenía veintitrés años, y ese era su momento de gloria.

—La reina María está cautiva en Chartley Manor, en Staffordshire —le informó Rollo—. Debes ir allí a hacer un reconocimiento del terreno, pero no intentes captar su atención intentando hablar con ella. Cuando tengas listo el plan de acción, le escribirás explicándole los detalles y me confiarás la carta. Tengo una manera de hacerle llegar mensajes secretos.

A Babington le brillaban los ojos al imaginarse tocado por el destino.

—Lo haré —afirmó—. Y hacerlo será un honor.

En el ruedo, el caballo se desplomó, los perros atraparon al mono y lo descuartizaron.

Rollo estrechó la mano a Babington.

—¿Cómo me pongo en contacto con vos? —preguntó el joven.

—No tendrás que hacerlo —dijo Rollo—. Yo me pondré en contacto contigo.

VI

Ned llevó a Gifford a la Torre de Londres, con el brazo derecho atado a la muñeca izquierda de un guardia.

—Aquí es donde torturan a los traidores —dijo Ned con tono distendido mientras ascendían por las escaleras de piedra.

Gifford parecía aterrorizado. Fueron hasta una habitación con una mesa de escritorio y una chimenea, apagada, pues era verano. Tomaron asiento cada uno a un lado de la mesa; Gifford seguía atado al guardia, quien permaneció de pie junto a él.

En la sala contigua se oyó el grito de un hombre.

Gifford se puso lívido.

—¿Quién es? —preguntó.

—Un traidor llamado Launcelot —dijo Ned—. Imaginó un plan para disparar a la reina Isabel mientras ella montaba por el parque de St. James. Propuso su complot de asesinato a otro católico que resultó ser un leal súbdito de la reina. —El segundo hombre también resultó ser un agente de Ned—. Creemos que Launcelot es un loco que actúa por su cuenta, pero sir Francis Walsingham debe cerciorarse.

El rostro de tersa piel infantil de Gifford estaba blanco como la cera, y le temblaban las manos.

—Si no quieres sufrir los tormentos que está padeciendo Launcelot —advirtió Ned—, solo tienes que colaborar conmigo. No es nada
difícil.

—Jamás —repuso Gifford, aunque su voz era débil.

—Después de recoger las cartas de la embajada francesa, me las
traerás para que yo pueda hacer copias de ellas antes de que las lleves
a Chartley.

—Vos no podréis leerlas —advirtió Gifford—. Ni yo tampoco.
Están escritas en clave.

—Deja eso de mi cuenta.

Ned contaba con un genio para descifrar códigos llamado Phelippes.

—La reina María verá los sellos de lacre abiertos de las cartas y
sabrá qué he hecho.

—Los lacres serán restituidos. —Phelippes también era un magnífico falsificador—. Nadie será capaz de apreciar la diferencia.

Gifford quedó anonadado ante tales afirmaciones. No había imaginado lo complejo y profesional que era el servicio secreto de la reina
Isabel. Tal como Ned había sospechado desde un principio, Gifford
ignoraba a lo que se enfrentaba.

—Harás lo mismo cuando recojas las cartas en Chartley —prosiguió Ned—. Me las traerás, y yo haré que las copien antes de que las
entregues en la embajada francesa.

—Jamás traicionaré a la reina María.

Launcelot volvió a gritar, el alarido se acalló y el hombre empezó
a sollozar y a suplicar clemencia.

—Eres un hombre afortunado —le dijo Ned a Gifford.

El muchacho emitió un gruñido de incredulidad.

—Desde luego que sí —insistió Ned—. Verás, no sabes demasiado.
Ni siquiera conoces el nombre del individuo que te reclutó en París.

Gifford no dijo nada, pero Ned dedujo por su expresión que sí
tenía un nombre.

—Se hace llamar Jean Langlais —añadió Ned.

A Gifford no se le daba bien ocultar sus verdaderos sentimientos
y permitió que su sorpresa fuera visible.

—Evidentemente se trata de un pseudónimo, pero es lo único que
te dijo.

Una vez más, el joven se mostró desesperado por la cantidad de
información que poseía Ned.

—Eres afortunado porque puedo valerme de ti y, si haces lo que te ordeno, no sufrirás tormento alguno.

—No lo haré.

Launcelot chilló como si ardiera en el infierno.

Gifford se volvió y vomitó sobre el suelo de piedra. El olor agrio impregnó la pequeña habitación.

Ned se levantó.

—Lo he dispuesto todo para que te torturen esta tarde. Vendré a visitarte mañana. Para entonces habrás cambiado de opinión.

—¡No, no, por favor, basta! —se oyó a Launcelot suplicar entre sollozos.

Gifford se limpió la boca antes de hablar.

—Lo haré —dijo en voz baja.

—Necesito oír mejor lo que has dicho —exigió Ned.

Gifford habló en voz más alta.

—¡Lo haré, maldito seáis!

—Bien —dijo Ned; luego se dirigió al guardia—: Desátalo y déjalo ir.

Gifford casi no podía creerlo.

—¿Puedo marcharme?

—Siempre y cuando hagas lo que te he dicho. Estarás vigilado, así que no pienses que puedes engañarme.

Launcelot empezó a llorar llamando a su madre.

—Y la próxima vez que regreses a este lugar, no tendrás escapatoria —le advirtió Ned.

—Entiendo.

—Largo.

Gifford salió de la habitación, y Ned oyó sus acelerados pasos bajar ruidosamente las escaleras de piedra. Después hizo un gesto de cabeza al guardia, quien también salió. Por fin se recostó en el respaldo de la silla, exhausto. Cerró los ojos, pero, transcurrido un minuto, Launcelot volvió a gritar, y Ned tuvo que marcharse.

Salió de la Torre y recorrió a pie la orilla del río. La fresca brisa procedente del agua disipó el hedor a vómito que se le había metido por la nariz. Miró a su alrededor, a los barqueros, pescadores, vendedores ambulantes, personas ocupadas en sus quehaceres diarios y sencillos paseantes, cientos de rostros que hablaban, gritaban, reían, bostezaban, cantaban…, pero ninguno gritaba de agonía ni se empapaba de sudor a causa del tormento. La vida transcurría con normalidad.

Cruzó el Puente de Londres hasta la margen izquierda. Era la zona donde vivían la mayoría de los hugonotes. Habían llevado la compleja técnica textil consigo procedente de los Países Bajos y de Francia, y habían prosperado con celeridad en Londres. Eran buenos clientes para Sylvie.

La tienda de su esposa se encontraba en los bajos de un edificio con estructura de madera; era una típica casa londinense, de las que estaban en hilera, con cada planta sobresaliendo ligeramente con respecto a la inferior. La puerta de entrada permanecía abierta, y Ned accedió al interior. Sintió cómo se tranquilizaba ante la visión de las estanterías de libros y el olor a papel y tinta.

Sylvie se hallaba desembalando un envío de Ginebra. Se irguió al oír los pasos. Lo miró a los ojos y lo besó con ternura en los labios.

Lo separó un poco de ella y le habló en inglés con ligero acento francés:

—¿Qué demonios ha sucedido?

—Debía realizar una tarea desagradable. Ya te lo contaré, pero ahora quiero asearme.

Salió al patio trasero, llenó una palangana con el agua de la lluvia recogida en un barril y se lavó la cara y las manos con el agua fría.

Ya de regreso en la casa, subió a las dependencias destinadas a la vivienda y se dejó caer sobre su sillón favorito. Cerró los ojos y oyó a Launcelot llamando a gritos a su madre.

Sylvie subió también. Se acercó a la despensa, sacó una botella de vino y sirvió dos vasos. Le pasó uno a Ned, lo besó en la frente y se sentó a su lado, rodilla con rodilla. Él fue bebiendo el vino a sorbos y la tomó de la mano.

—Cuéntame —dijo Sylvie.

—Hoy han torturado a un hombre en la Torre. Había amenazado la vida de la reina. No lo he torturado yo, soy incapaz, no tengo estómago para ese trabajo. Pero lo he dispuesto todo para realizar un interrogatorio en la habitación contigua, con tal de que mi sospechoso pudiera oír los gritos.

—Qué espanto.

—Ha funcionado. He convertido a un agente enemigo en agente doble. Ahora trabaja para mí. Pero todavía me resuenan esos gritos en la cabeza. —Sylvie le apretó la mano y no dijo nada. Transcurrido un instante, él siguió hablando—: A veces odio mi trabajo.

—Gracias a ti, hombres como el duque de Guisa y Pierre Aumande no pueden hacer en Inglaterra lo mismo que hacen en Francia: quemar a personas en la hoguera por sus creencias.

—Pero para derrotarlos, tengo que ser como ellos.

—No, no eres como ellos —afirmó Sylvie—. No luchas por hacer que el protestantismo sea la religión obligatoria tal como ellos pretenden al imponer el catolicismo. Tú luchas por la tolerancia.

—Al principio sí era así. Pero ahora, cuando atrapamos a sacerdotes clandestinos, los ejecutamos, sin importar si son o no una amenaza para la reina. ¿Sabes qué le hicimos a Margaret Clitherow?

—¿Esa mujer ejecutada en York por dar cobijo a un sacerdote católico?

—Sí. La desnudaron, la ataron, luego la tumbaron en el suelo; le colocaron encima la puerta de su propia casa y la cubrieron de rocas hasta que murió aplastada.

—Oh, Dios, no lo sabía.

—Es desquiciante.

—¡Pero tú jamás habías querido que esto fuera así! Querías que las personas con distintas creencias convivieran en armonía.

—Así era, aunque quizá sea imposible.

—Roger me ha contado algo que una vez le dijiste. No sé si recuerdas esa vez en que te preguntó por qué la reina odiaba a los católicos.

Ned sonrió.

—Sí que lo recuerdo.

—Él no ha olvidado lo que le dijiste.

—Tal vez sí que haya hecho algo bien. ¿Qué le dije?

—Le dijiste que no hay santos en la política, pero que las personas imperfectas también pueden cambiar el mundo para mejorarlo.

—¿Eso le dije?

—Eso me ha contado Roger.

—Bueno —dijo Ned—. Espero que sea cierto.

VII

El verano trajo esperanzas renovadas a Alison, quien se animaba con la mejoría del tiempo. Solo el círculo íntimo de Chartley Manor tenía noticias de la correspondencia secreta con Anthony Babington, pero el recuperado buen ánimo de María alegraba a todo el mundo.

Alison se sentía contenta, aunque no se dejaba cegar por el optimismo. Deseaba saber algo sobre Babington. Procedía de una buena familia católica, pero era todo cuanto podía decir de él. Tenía solo veinticuatro años. ¿De verdad podía liderar una rebelión contra la reina, quien había resistido inamovible en el poder durante veintisiete años? Alison quería conocer el plan.

La misiva donde se incluían los detalles llegó el mes de julio de 1586.

Tras un intercambio inicial de cartas que sirvieron para establecer contacto y asegurar a ambos extremos que el canal de comunicación funcionaba, Babington envió un esquema completo de su propuesta. La carta llegó en un barril de cerveza y fue descifrada por el secretario de María, Claude Nau. Alison permaneció sentada junto a María y Nau, en los aposentos de la reina en Chartley Manor, y no dejaba de mirar la hoja.

Aquello resultaba emocionante.

—Babington escribe sobre «esta acción memorable y honorable» y dice que es «la última esperanza de recuperar la fe de nuestros antepasados», y dice más —anunció Nau, leyendo el mensaje descifrado—. Hace hincapié en seis acciones distintas, necesarias para el éxito del alzamiento. La primera es la invasión de Inglaterra llevada a cabo por un ejército extranjero. La segunda es que ese ejército será lo bastante numeroso para garantizar una victoria militar.

—El duque de Guisa dispone de sesenta mil hombres —dijo María—, según nos han contado.

Alison esperaba que fuera cierto.

—En tercer lugar, deben escogerse los puertos en los que los ejércitos puedan atracar y abastecerse.

—Eso ya quedó establecido hace tiempo, creo, y los mapas se enviaron a mi primo el duque Enrique —dijo María—. Aunque quizá Babington no lo sepa.

—La cuarta acción que menciona es que, cuando los soldados lleguen, deben ser recibidos por un numeroso ejército local para protegerlos en el momento del amarre frente a un contrataque inmediato.

—El pueblo se alzará de forma espontánea —aseguró María.

Alison pensó que tal vez fuera necesario alentarlos, pero eso podía arreglarse.

—Babington ha tenido la misma idea —dijo Nau—. Ha escogido

hombres a los que define como «vuestros lugartenientes» en el oeste, el norte, el sur de Gales, el norte de Gales y en los condados de Lancaster, Derby y Stafford.

Alison pensó que parecía todo muy bien organizado.

—«En quinto lugar, la reina María será liberada» —leyó Nau en voz alta—. «Yo mismo, con diez caballeros y cientos de nuestros seguidores, llevaremos a cabo la liberación de Vuestra Majestad de las manos de vuestros enemigos.»

—Bien —dijo María—. Sir Amias Paulet no cuenta ni con un centenar de guardias en este lugar, y, además, la mayoría de ellos se alojan en las casas del vecindario, ni siquiera viven en la mansión. Antes de que puedan ser llamados a las armas, ya nos habremos marchado.

Alison se sentía cada vez más enérgica.

—Y, en sexto lugar, por supuesto, Isabel debe ser asesinada. Babington escribe: «Para la eliminación de la usurpadora, a cuya obediencia ya no estamos sujetos gracias a la excomunión, habrá seis caballeros, todos amigos de confianza, que, por el celo con el que defienden la causa católica y el servicio a Vuestra Majestad, llevarán a cabo esa trágica ejecución». Creo que no puede estar más claro.

Alison pensó que estaba clarísimo, y por un instante se le pusieron los vellos de punta al imaginar el asesinato de una reina.

—Debo responder cuanto antes —afirmó María.

Nau parecía impaciente.

—Deberíamos tener mucho cuidado con la respuesta.

—Solo puedo responder una cosa y es que sí.

—Si vuestra carta llega a manos equivocadas…

—Estará en las manos adecuadas y será escrita en clave.

—Pero si algo saliera mal…

María se ruborizó, y Alison sabía que era por efecto de la rabia y la frustración acumuladas durante los últimos veinte años.

—Debo aprovechar esta oportunidad. No me queda otra esperanza.

—Vuestra respuesta a Babington constituirá una prueba de traición.

—Que así sea —sentenció María.

VIII

El espionaje requería grandes dosis de paciencia. Fue la conclusión a la que llegó Ned en julio de 1586.

Allá por 1583 había albergado la esperanza de que Francis Throckmorton le facilitara pruebas sólidas sobre la traición de María Estuardo. Esa esperanza se esfumó cuando la malicia del conde de Leicester había obligado a Ned a detener a Throckmorton de forma prematura. Más adelante, en 1585, había descubierto un nuevo Throckmorton en la persona de Gilbert Gifford. En esa ocasión, el conde de Leicester no estaba en Inglaterra para crear problemas; la reina Isabel lo había enviado a los Países Bajos españoles como capitán de un ejército en auxilio de los rebeldes protestantes holandeses alzados contra sus caciques católicos españoles. Leicester estaba actuando de forma desastrosa —tenía habilidades para el coqueteo y el enamoramiento, pero no para luchar contra el enemigo ni aniquilarlo—, aunque su torpeza evitaba que arruinara los planes de Walsingham.

En consecuencia, Ned se encontraba en una posición aventajada. María creía que estaba enviando y recibiendo cartas secretas, pero Ned las leía todas.

No obstante, ya se encontraban en el mes de julio y no había descubierto todavía lo que estaba buscando, pese a haber transcurrido seis meses de vigilancia.

Podía deducirse la traición en todas las cartas que María recibía o enviaba, por supuesto, ya fueran misivas destinadas a Pierre Aumande o al rey de España; pero Ned necesitaba una prueba irrefutable. La carta que Babington había remitido a María en julio era explícita, y moriría en la horca por ella sin lugar a dudas. Ned esperaba impaciente la respuesta de la reina de los escoceses. Estaba seguro de que en ese momento sí que expresaría con claridad y por escrito sus intenciones. Las palabras con las que lo hiciera podían condenarla por fin.

La respuesta de María llegó a manos de Ned el 19 de julio. Se trataba de una carta de siete páginas.

Había sido escrita por su secretario, Claude Nau, como siempre, y en clave. Ned la entregó a Phelippes para que la descifrara y esperó, muerto de impaciencia. No logró concentrarse en nada más. Tenía una larga carta remitida por Jerónima Ruiz desde Madrid en la que le hablaba sobre la política interna de la corte española, que ya había leído tres veces sin entender ni una palabra. Desistió y salió de casa de

Walsingham en Seething Lane. Fue dando un paseo por el puente hasta su propia casa en Southwark para la comida del mediodía. Estar con Sylvie siempre lo apaciguaba.

Ella cerró la tienda y cocinó unos filetes de salmón con vino y romero. Mientras disfrutaban del plato en el comedor situado encima de la tienda, Ned le habló de la carta de Babington y sobre la respuesta de María. No tenía secretos con Sylvie; estaban juntos en el espionaje.

Mientras terminaban el pescado, llegó uno de los ayudantes de Ned con la carta descifrada.

Estaba en francés. Ned no leía ese idioma con la misma fluidez con la que lo hablaba, pero logró entender la misiva con ayuda de Sylvie.

María empezaba ensalzando las intenciones de Babington en términos generales.

—Con esto ya nos basta para condenarla por traición —dijo Ned, satisfecho.

—Es muy triste —comentó Sylvie.

Ned la miró con las cejas enarcadas. Su esposa era una cruzada protestante que había arriesgado la vida por sus creencias en numerosas ocasiones y, con todo, sentía lástima por María Estuardo.

Sylvie percibió la mirada de Ned.

—Recuerdo su boda. No era más que una niña, aunque hermosa, con un maravilloso futuro por delante. Iba a convertirse en reina de Francia. Parecía la joven más afortunada del mundo. Y mira en qué ha acabado.

—Ella misma se ha creado todos los problemas que tiene.

—¿Tomaste siempre buenas decisiones a los diecisiete años?

—Supongo que no.

—Cuando yo tenía diecinueve años me casé con Pierre Aumande. ¿No te parece que eso fue crearme problemas a mí misma?

—Entiendo lo que quieres decir.

Ned siguió leyendo. María iba más allá de la alabanza generalizada. Comentaba, punto por punto, los planes de Babington, y lo urgía a elaborar más los preparativos para dar la bienvenida a los invasores, animar a los rebeldes locales a que respaldaran el alzamiento y abastecer de armamento y víveres a todos los hombres. Además, solicitaba un esquema más específico sobre el plan para liberarla en Chartley Manor.

—Mejor que mejor —dijo Ned.

Y lo que era más importante, urgía a Babington a pensar seriamente en la forma en que los asesinos de la reina Isabel llevarían a cabo su misión letal.

Cuando Ned leyó esa frase sintió que le habían quitado un tremendo peso de encima. Era su prueba irrefutable. María había tomado parte activa en la planificación del regicidio. Era tan culpable como si ella misma empuñara el cuchillo.

De un modo u otro, María Estuardo estaba acabada.

IX

Rollo encontró a Anthony Babington de celebración.

El muchacho se hallaba en la gran casa señorial londinense de Robert Pooley con varios conspiradores como él, sentados alrededor de una mesa cubierta de pollos asados, cuencos de cebollas caramelizadas con mantequilla, hogazas de pan recién horneado y vino de Jerez.

Rollo se sintió molesto por la frivolidad del grupo. Los hombres que estaban planeando derrocar a la reina no deberían emborracharse en pleno día. Sin embargo, a diferencia de Rollo, no eran conspiradores curtidos por la experiencia, sino aficionados idealistas que se habían embarcado en una magnífica aventura. La osada confianza de la juventud y su condición de nobles los hacían comportarse y vivir con despreocupación.

Rollo había transgredido sus propias normas al acudir a la casa de Pooley. Por lo general, se mantenía alejado de los puntos de reunión habituales de los católicos. Esos lugares permanecían vigilados por Ned Willard. Pero Rollo llevaba una semana sin ver a Babington y necesitaba saber qué estaba pasando.

Echó un vistazo a la sala, captó la mirada de Babington y le hizo una seña. Como se sentía incómodo en casa de un católico reconocido, le ordenó salir al exterior. A lo largo de toda la fachada había un vasto jardín, situado a la sombra a pesar del sol de agosto, gracias a un pequeño huerto de moreras e higueras. Incluso así, a Rollo no le parecía un lugar completamente seguro, pues solo los separaba un muro bajo de la concurrida calle, ruidosa por el paso de carromatos y vendedores y por los martillazos y gritos de un solar en construcción al otro lado de la calzada. Insistió en salir del jardín y situarse en la sombría entrada de la iglesia que se encontraba junto a la vivienda.

—¿Qué está ocurriendo? —preguntó por fin—. Todo parece haberse detenido.

—Quitad esa mala cara, monsieur Langlais —dijo Babington con tono animado—. Hay buenas noticias. —Sacó una hoja de papel de su bolsillo y se la entregó con una floritura.

Era una carta escrita en clave cuyo mensaje descifrado él mismo había redactado. Rollo se desplazó hasta la arcada y la leyó a la luz del sol. Estaba en francés y era de María Estuardo para Babington. Aprobaba todos sus planes y lo urgía a detallar más los preparativos.

La ansiedad de Rollo desapareció. La carta era todo cuanto esperaba, el elemento final y decisivo del plan. Llevaría el mensaje de inmediato al duque de Guisa, quien enseguida reuniría su ejército para la invasión. La tiranía pagana de veintiocho años ejercida por Isabel casi había tocado a su fin.

—Bien hecho —dijo Rollo, y se metió la carta en el bolsillo—. Partiré a Francia mañana. Cuando regrese, lo haré acompañado del ejército de Dios para la liberación.

Babington le dio una palmada en la espalda.

—Sois un buen hombre —afirmó—. Venid a comer con nosotros.

Rollo estaba a punto de rechazar la invitación, pero, antes de poder decir nada, su sexto sentido lo puso en alerta. Frunció el ceño. Algo marchaba mal. La calle había quedado en silencio. Ya no se oían ruedas de carromato, los vendedores ya no anunciaban sus mercancías a gritos y el solar de la construcción también estaba sumido en un profundo silencio. ¿Qué había pasado?

Agarró a Babington por el codo.

—Tenemos que salir de aquí —dijo.

El joven agente rio.

—Diablos, ¿por qué? ¡En el comedor de Pooley hay una jarra del mejor vino medio llena!

—Cállate, idiota, y sígueme, si es que en algo valoras tu vida.

Rollo entró en la iglesia, silenciosa y en penumbra, y cruzó a toda prisa la nave hasta una pequeña entrada de la pared del fondo. Abrió la ruidosa puerta, que daba a la calle. Se asomó a mirar.

Tal como había temido, la casa de Pooley estaba a punto de ser asaltada. Los soldados estaban tomando posiciones a lo largo de toda la calle, y eran observados con nerviosismo por los albañiles, los vendedores y los transeúntes. A escasos metros de Rollo, dos hombres corpulentos armados con espadas hacían guardia junto a la cancela del jardín, claramente preparados para interceptar a cualquiera que intentara huir. Mientras Rollo miraba, Ned Willard apareció y aporreó la puerta de la casa de Pooley.

—Demonios —espetó Rollo. Uno de los soldados dirigió sus pasos justo a donde él se encontraba, así que cerró a toda prisa la puerta—. Nos han descubierto.

Babington parecía asustado.

—¿Quién ha sido?

—Ha sido Willard. Es el brazo derecho de Walsingham.

—Podemos ocultarnos aquí.

—No durante mucho tiempo. Willard actúa a conciencia. Acabará dando con nosotros si seguimos aquí.

—¿Qué vamos a hacer?

—No lo sé. —Rollo volvió a asomarse para mirar. La puerta de Pooley estaba abierta en ese momento, y Willard había desaparecido, seguramente estaba en el interior. Los soldados parecían tensos, a la espera de entrar en acción, mirando a su alrededor con cautela. Rollo volvió a cerrar la puerta—. ¿Sabes correr rápido?

Babington eructó y se puso verde.

—Debería presentar batalla —dijo poco convencido.

Buscó a tientas su espada, pero no la llevaba colgada al cinto; Rollo supuso que estaría colgada de un gancho en el recibidor de la entrada de la casa de Pooley.

Entonces Rollo oyó una oveja.

Frunció el ceño. Siguió oyendo el balido y se dio cuenta de que no era una sola oveja, sino un rebaño entero. Recordó que había un matadero en esa calle. Un ganadero conducía a sus animales para sacrificarlos, un suceso cotidiano en todas las ciudades del mundo.

El sonido se oyó más próximo.

Rollo echó un tercer vistazo. En ese momento ya se veía el rebaño, y olió las ovejas. Eran más o menos un centenar, y ocupaban la calle de cabo a cabo. Los transeúntes blasfemaban por su presencia y se colaban en los portales para apartarse de ellas. Las que iban en cabeza llegaron a la altura de la puerta de Pooley, y de pronto Rollo entendió cómo podían salvarlo las ovejas.

—Prepárate —le dijo a Babington.

Los soldados estaban molestos, pues se veían obligados a apartarse a causa del ganado, pero no podían hacer nada. Si hubieran sido seres humanos quienes los empujaban, ya habrían blandido sus espadas, pero era inútil intimidar a las aterrorizadas ovejas, que se dirigían en procesión hacia su muerte segura. Rollo se habría reído de no haber temido por su propia vida.

Cuando las cabezas del rebaño pasaron por delante de los dos hombres situados en la cancela del jardín, todos los soldados quedaron atrapados por las ovejas.

—¡Ahora! —exclamó Rollo en ese momento y abrió la puerta de golpe.

Salió disparado con Babington a la zaga. Dos segundos después su vía de escape quedaría obstaculizada por el rebaño. Iba corriendo por la calle mientras oía las pisadas del joven agente por detrás de él.

Los soldados les dieron el alto a gritos. Rollo se volvió y vio a algunos de ellos intentando abrirse paso a empujones entre las ovejas para darles caza.

Rollo corría en diagonal por la calle y pasó por delante de una taberna. Un borracho que bebía cerveza en la puerta alargó un pie para hacerle la zancadilla, pero el fugitivo lo esquivó. Otros se limitaban a mirar. Los londinenses no solían colaborar demasiado con los soldados, que acostumbraban a ser brutales, sobre todo si estaban borrachos, y algunos transeúntes jaleaban a los hombres en fuga.

Un instante después, Rollo oyó el disparo de un arcabuz, pero no notó impacto alguno, y el paso de Babington no deceleró, así que habían errado el tiro. Se produjo un nuevo disparo, con la misma mala suerte, salvo que esta vez los transeúntes se pusieron a cubierto a toda prisa, pues sabían muy bien que las balas no siempre impactaban en el blanco pretendido.

Rollo dobló por una calle paralela. Un hombre con un garrote levantado le dio el alto.

—¡Vigilancia ciudadana! —gritó—. ¡Alto!

Los miembros de la vigilancia ciudadana tenían derecho a detener e interrogar a cualquier persona sospechosa. Rollo intentó esquivar al hombre, pero este blandió el madero. Rollo notó un golpe en el hombro, perdió el equilibrio y cayó al suelo. Rodó para colocarse boca arriba, miró hacia atrás y vio a Babington describir un semicírculo con el brazo que acabó con un fuerte puñetazo contra la cabeza del vigilante, al que derribó.

Intentó levantarse, pero parecía demasiado aturdido y se desplomó contra el suelo.

Babington ayudó a Rollo a incorporarse y ambos siguieron corriendo.

Doblaron otra esquina, se desviaron por un callejón, salieron a un mercado callejero y redujeron la marcha para continuar caminando. Se abrieron paso a empujones entre la multitud que compraba en los puestos. Un tendero intentó vender a Rollo un panfleto sobre los pecados del Papa, y una ramera se ofreció a hacerles un servicio doble por el precio de uno. Rollo echó la vista atrás y comprobó que nadie los perseguía. Habían conseguido huir. Quizá alguno de los reunidos en la casa de Pooley también había logrado escapar en medio de la confusión.

—Dios nos ha enviado unos ángeles para ayudarnos —dijo Rollo con solemnidad.

—Encarnados en ovejas —apostilló Babington, y ambos rompieron a reír.

X

Alison quedó asombrada cuando el cascarrabias de sir Amias Paulet sugirió a María Estuardo que podría acompañarlo, junto con algunos nobles de la localidad, en la cacería del ciervo. A María le encantaba montar y estar en sociedad, y se alegró sobremanera ante la posibilidad de disfrutar de ambas actividades al mismo tiempo.

Alison la ayudó a vestirse. María deseaba estar igual de bella que de majestuosa para las personas que no tardarían en convertirse en sus súbditos. Se puso una peluca sobre el pelo cano y la sujetó firmemente con la ayuda de un sombrero.

A Alison también se le permitió ir, junto con el secretario de María, Nau. Salieron a caballo del patio de Chartley Manor y cruzaron el foso, luego se dirigieron hacia el páramo que conducía a la aldea donde se reuniría la partida de caza.

Alison se sentía pletórica por el sol, la brisa y sus pensamientos sobre el futuro. Ya habían existido conspiraciones previas para liberar a María, y Alison había sufrido toda una serie de amargas decepciones, pero esa confabulación parecía distinta, porque tenía en cuenta hasta el último detalle.

Habían pasado tres semanas desde que María respondiera a Anthony Babington dando su aprobación al plan del joven. ¿Cuánto tiempo más tendrían que esperar? Alison intentó calcular el número de días que tardaría el duque de Guisa en reunir a su ejército: ¿dos semanas, un mes? Quizá María y ella se enterasen por casualidad de algún rumor prematuro sobre la invasión. En cualquier momento podían llegar noticias a Inglaterra sobre una flota de naves que estaban reuniéndose en la costa norte de Francia, y miles de soldados embarcando con sus caballos y su armamento. O quizá el duque sería discreto y escondería la flota en los ríos y puertos ocultos hasta el último minuto, para que la invasión fuera un auténtico impacto.

Mientras rumiaba sobre todo ello, vio un grupo de jinetes en la distancia que se acercaba al galope. El corazón le dio un vuelco. ¿Sería esa la partida de rescate?

Cada vez estaban más cerca. Eran seis hombres. Alison tenía el corazón desbocado. ¿Paulet presentaría batalla? Llevaba consigo a dos soldados, pero eran inferiores en número.

El hombre que iba a la cabeza del grupo era alguien que Alison no reconoció. A pesar de su excitación irrefrenable, se fijó en que sus ropas eran lujosas: llevaba un atuendo de sarga verde con costosos brocados. Debía de ser Anthony Babington.

Entonces Alison miró a Paulet y se preguntó por qué parecía tranquilo. Que se aproximara un grupo de hombres al galope en campo abierto solía ser motivo de preocupación, pero su rostro daba a entender que prácticamente los estaba esperando.

Volvió a fijarse en los jinetes y vio, horrorizada por la desagradable sorpresa, que en la retaguardia iba el esbelto y delgado Ned Willard. Eso significaba que no se trataba de una partida de rescate. Willard había sido el enemigo acérrimo de María durante un cuarto de siglo. En ese momento, casi a punto de cumplir los cincuenta años, tenía mechones canosos en su cabellera negra y arrugas en el rostro. Aunque cabalgara en la retaguardia, Alison tuvo la sensación de que era el verdadero cabecilla del grupo.

Paulet presentó al hombre con traje de costura francesa de color verde como sir Thomas Gorges, un emisario de la reina Isabel, y Alison fue presa de un terror mortal.

Gorges pronunció lo que a todas luces era una frase ensayada.

—*Madam* —dijo dirigiéndose a María—, la reina, mi señora, considera muy extraño que vos, contraria al pacto y al compromiso entre Vuestras Excelencias, conspiraseis contra ella y su Estado, algo que Su

Majestad no habría creído de no haber visto las pruebas de ello con sus propios ojos y tener así la certeza de su veracidad.

Alison se dio cuenta de que la cacería del ciervo era una patraña. Paulet se lo había inventado para separar a María del grueso de su séquito.

La sorpresa dejó horrorizada a la reina. Su altanería la abandonó. Aturullada, le costaba hilvanar frases con coherencia.

—Yo jamás… Siempre he sido una buena hermana… Soy amiga de Isabel…

Gorges ignoró su balbuceo.

—Vuestros sirvientes, también probados culpables, serán apartados de vos.

—¡Debo quedarme con ella! —exclamó Alison.

Gorges miró a Willard, quien negó fugazmente con la cabeza.

—Tú te quedarás con los demás sirvientes —le espetó Gorges.

María se volvió hacia Nau.

—¡No permitas que nos hagan esto!

Nau parecía aterrorizado, y Alison lo comprendía. ¿Qué podía hacer un secretario en una situación así?

María desmontó de su caballo y se sentó en el suelo.

—¡No me iré! —exclamó.

Willard habló por primera vez.

—Ve hasta esa casa —le dijo a un miembro del grupo. Señaló una prominente granja medio oculta por los árboles a poco más de un kilómetro de distancia—. Seguro que tienen un carro. Tráelo aquí. Si es necesario, ataremos a María Estuardo y la subiremos a la fuerza.

María volvió a levantarse y se rindió.

—Iré a caballo —dijo sin entusiasmo.

Montó de nuevo.

Gorges entregó a sir Amias Paulet un pedazo de papel, seguramente una orden de detención. Paulet la leyó y a continuación asintió en silencio. Conservó el papel, quizá porque quería una prueba, en caso de que algo saliera mal, de que le habían ordenado que dejara de estar al cargo de María.

Ella estaba pálida y temblando.

—¿Van a ejecutarme? —preguntó con voz trémula.

Alison tenía ganas de llorar.

Paulet miró a María con desprecio. Tras un silencio cruelmente prolongado, respondió a su pregunta.

—Hoy no.

Los jinetes que efectuaron el arresto se dispusieron a partir. Uno de ellos dio una palmada en la grupa del caballo de la reina, quien sintió el tirón en cuanto la bestia se puso en movimiento, pero María era buena amazona y no se cayó de la silla cuando el animal empezó a trotar. Los demás avanzaron con ella, rodeándola.

Alison rompió a llorar cuando vio cómo se alejaba María, posiblemente con destino a un nuevo cautiverio. ¿Cómo podía haber ocurrido aquello? Solo se le ocurría que Ned Willard hubiera descubierto el plan de Babington.

Alison se volvió hacia Paulet.

—¿Qué harán con ella? —preguntó.

—La llevarán a juicio por traición.

—¿Y después?

—Después será castigada por sus delitos —dijo Paulet—. Se hará la voluntad de Dios.

XI

Babington demostró ser escurridizo. Ned registró todas las casas de Londres en las que se había alojado el conspirador sin dar con una sola pista. Organizó una red de busca y captura por toda Inglaterra; envió una descripción de Babington y sus secuaces a los sheriffs, prácticos de puerto y lores tenientes de los condados. Mandó dos hombres a la casa de los padres de Babington en Derbyshire. En sus comunicados amenazaba con la pena de muerte a todo aquel que ayudara a escapar a cualquiera de los conspiradores.

En realidad, a Ned no le preocupaba especialmente Babington. El joven ya no constituía un gran peligro. Su plan había sido frustrado: habían trasladado a María, la mayoría de los conspiradores estaban siendo interrogados en la Torre de Londres y el mismísimo Babington era un fugitivo. Todos esos nobles católicos que se habían mostrado dispuestos a respaldar la invasión debían de estar guardando de nuevo sus viejas armaduras.

No obstante, Ned sabía, gracias a su larga y agotadora experiencia, que podría estar urdiéndose otro plan renacido de las cenizas del primero. Debía encontrar una forma de anular dicha posibilidad. El juicio por traición de María Estuardo la desacreditaría a ojos de todos menos de sus fanáticos partidarios. Así lo creía Ned.

Y había uno de ellos al que quería capturar a toda costa. Todos los prisioneros interrogados habían mencionado el nombre de Jean Langlais. Decían que no era francés, sino inglés, y algunos lo habían conocido en el Colegio Inglés. Lo describían como un hombre más bien alto, de unos cincuenta años y con una tonsura en la coronilla; no tenía ninguna característica destacable en su aspecto. Nadie sabía su verdadero nombre ni de dónde había llegado.

El mismo hecho de que se supiera tan poco sobre alguien tan importante sugería, en opinión de Ned, que era extraordinariamente competente y, por tanto, peligroso.

En ese momento, y gracias al interrogatorio de Robert Pooley, sabía que tanto Langlais como Babington habían estado en su casa minutos antes del registro. Con toda probabilidad, eran ellos los dos hombres que los soldados habían visto escabullirse por la iglesia del barrio, y en su huida habían recibido la inestimable ayuda de un rebaño de ovejas que había obstaculizado el paso a los perseguidores. Ned los había perdido. Sin embargo, seguramente seguían juntos, con los pocos conspiradores que todavía resistían.

Ned tardó diez días en localizarlo.

El 14 de agosto llegó a la casa de Seething Lane un jinete atemorizado a lomos de un caballo sudoroso. Era un joven miembro de la familia Bellamy, muy conocido entre los católicos, pero no sospechoso de traición. Babington y sus compañeros fugitivos habían aparecido en la casa de la familia, Uxendon Hall, cerca de la aldea de Harrow-on-the-Hill, a unos veinte kilómetros al oeste de Londres. Agotados y muertos de hambre, habían suplicado refugio. Los Bellamy les habían facilitado comida y bebida —según aseguraron, obligados bajo amenaza de muerte—, pero habían insistido en que los fugitivos dejaran la casa y siguieran su camino. En ese momento, la familia estaba aterrorizada por miedo a que los ahorcaran acusándolos de cómplices, y se mostraban ansiosos por demostrar su lealtad y ayudar a las autoridades a atrapar a los conspiradores.

Ned ordenó que le trajeran unos caballos de inmediato.

Cabalgando a galope tendido, sus soldados y él tardaron menos de dos horas en llegar a Harrow-on-the-Hill. Tal como el topónimo inglés sugería, la aldea estaba situada en lo alto de una colina que destacaba entre los campos que la rodeaban, y albergaba una pequeña escuela abierta hacía poco por un granjero de la localidad. Ned se detuvo en la posada de la aldea y supo que, antes de su llegada, había pasado por allí un grupo de desconocidos sospechoso por su aspecto desaliñado, que viajaban a pie y se dirigían hacia el norte.

Guiados por el joven Bellamy, el grupo siguió la carretera con dirección a la linde del distrito de Harrow, demarcada por un antiguo mojón de piedra, y atravesó la aldea siguiente, que, según dijo Bellamy, se llamaba Harrow Weald. Pasada la aldea, en una posada llamada The Hart dieron alcance a sus presas.

Ned y sus hombres entraron en el edificio con las espadas en ristre y listos para la lucha, pero el grupo de Babington no opuso resistencia.

Ned los miró con severidad. Constituían una visión lamentable: se habían cortado el pelo a tijeretazos torpes y tenían la cara manchada con una especie de menjunje en un patético intento de camuflaje. Eran jóvenes nobles acostumbrados a mullidos lechos, que habían estado durmiendo a la intemperie durante diez días. Prácticamente parecían aliviados de que los hubieran descubierto.

—¿Cuál de vosotros es Jean Langlais? —preguntó Ned.

Durante un instante nadie respondió.

—No está aquí —dijo Babington al final.

XII

Ned era presa de la más profunda frustración el primer día del mes de febrero de 1587. Le dijo a Sylvie que estaba pensando en dejar el servicio secreto de Su Majestad. Se retiraría de la vida de la corte, seguiría siendo miembro del Parlamento por Kingsbridge, y ayudaría a Sylvie a dirigir la librería. Sería una existencia menos emocionante, pero más feliz.

La propia Isabel era el motivo de su exasperación.

Ned había hecho todo lo posible por liberarla de la amenaza que constituía María Estuardo. María estaba encarcelada en ese momento en el castillo de Fotheringhay, en Northamptonshire, y aunque al final habían permitido que siguiera en compañía de sus sirvientes, Ned se había asegurado de que el rígido sir Amias Paulet también la acompañara para imponer sus estrictas medidas de seguridad. En octubre, la prueba que había obtenido fue presentada en el juicio contra María, y la había condenado por delito de traición. En noviembre, el Parlamento la había sentenciado a muerte. A principios de diciembre, la noticia de la sentencia se había propagado por todo el país para júbilo general. Walsingham había redactado de inmediato el borrador de la autorización para la ejecución. El anciano mentor de Ned, William Cecil, en ese momento lord Burghley, aprobó el documento.

Casi dos meses después, Isabel seguía sin estampar su rúbrica en el mismo.

Para sorpresa de Ned, Sylvie entendía la postura de la monarca.

—No quiere matar a una reina —dijo—. Eso sentaría un precedente negativo. Ella misma es reina. Y no es la única que se siente así. Todos los monarcas de Europa se sentirán agraviados si Isabel ejecuta a María. ¿Quién sabe qué harán para vengarse?

Ned no lo veía del mismo modo. Había dedicado su vida a la protección de Isabel, y le daba la sensación de que ella despreciaba sus esfuerzos.

Como si lo hubieran hecho para respaldar el punto de vista de Sylvie, los embajadores de Francia y Escocia acudieron a visitar a Isabel al palacio de Greenwich el 1 de febrero para rogar clemencia por la vida de María. La reina no quería entrar en disputas con ninguno de los dos países. Hacía poco había firmado un tratado de paz con el rey Jacobo VI de Escocia, el hijo de María. Por otra parte, la vida de Isabel todavía seguía bajo amenaza. En enero, un tal William Stafford confesó estar planeando envenenarla. Walsingham lo había hecho público, y con ello dio la impresión de que el plan había estado a punto de funcionar aunque no hubiera sido así. La intención de tal ardid fue que el pueblo apoyase la ejecución de María. Al margen de la exageración, lo sucedido fue un escalofriante recordatorio de que Isabel jamás estaría del todo segura mientras la reina de los escoceses siguiera con vida.

Cuando los embajadores se hubieron marchado, Ned decidió volver a presentar a Isabel la autorización para la ejecución. Tal vez ese día sí estuviera de humor para firmarla.

Estaba trabajando a las órdenes de William Davison, quien actuaba como secretario de Estado en sustitución de Walsingham porque este estaba enfermo. Davison estuvo de acuerdo con el plan de Ned: todos los consejeros de Isabel ansiaban con desesperación que ella zanjara ese asunto. Davison y Ned incluyeron la autorización para la ejecución entre un montón de documentos que requerían la firma real.

Ned sabía que Isabel no se dejaría engañar por aquella inocente treta, aunque podía fingir que sí la habían engañado. El hombre intuía que Isabel buscaba una forma de firmar el documento y excusarse diciendo que lo había hecho sin pretenderlo. Si esa era la farsa que la reina deseaba protagonizar, él se la facilitaría.

Isabel parecía de buen humor, y Ned lo percibió con alivio al entrar con el resto de la comitiva en la cámara de presencia.

—Qué tiempo tan agradable para ser febrero —comentó ella. La reina sufría a menudo sofocos de calor. Sylvie decía que era por su edad: tenía cincuenta y tres años—. ¿Estáis bien, Davison? —preguntó—. ¿Practicáis suficiente ejercicio? Trabajáis demasiado.

—Me encuentro muy bien, y Vuestra Majestad ha sido muy amable al preguntarlo —dijo el consejero.

Isabel no dio conversación a Ned. Era consciente de que él estaba molesto con ella por sus evasivas. Él, por su parte, era incapaz de ocultar sus sentimientos ante la reina. Y ella lo conocía demasiado bien, tal vez tanto como Sylvie.

Isabel tenía una intuición asombrosa, y en ese momento lo demostró.

—Ese montón de documentos que lleváis apoyados sobre el pecho como si fuera una delicada criatura —dijo todavía dirigiéndose a Davison—, ¿incluye la autorización de la ejecución?

Ned se sintió estúpido. No tenía ni idea de cómo lo habría averiguado.

—Sí —confesó Davison.

—Dádmela.

El consejero extrajo el documento de la pila y se lo entregó a la reina con una reverencia. Ned estaba esperando que les dedicara una reprimenda a ambos por intentar engañarla, pero Isabel no lo hizo. Leyó la autorización, apartándola a un brazo de distancia para poder enfocar bien a pesar de su vista cansada.

—Traedme pluma y tinta —dijo entonces.

Asombrado, Ned se acercó a una mesita situada en un rincón y cogió lo que necesitaba la reina.

¿De veras iba a firmar? ¿O estaría jugando con él, como había hecho con todos esos príncipes europeos que habían deseado casarse con ella? Isabel jamás había contraído matrimonio; tal vez jamás firmara la pena de muerte de María Estuardo.

Isabel mojó la pluma en el tintero que Ned sostenía en alto. La reina dudó un instante, lo miró con una sonrisa que él no fue capaz de interpretar y firmó la autorización con una floritura.

Ned apenas podía creer que al final lo hubiera hecho; recibió el documento de sus manos y se lo entregó a Davison.

Isabel parecía triste.

—¿No os da pena que suceda algo así? —preguntó.

—Prefiero ver a Vuestra Majestad viva, aunque sea a cambio de la vida de otra reina —respondió Davison.

«Buena respuesta», pensó Ned; no estaba de más recordar a Isabel que la propia María la habría matado si hubiera podido.

—Llevad ese documento al Lord Canciller —ordenó— y que él estampe el sello real.

«Incluso mejor», pensó Ned. La reina estaba actuando con total sinceridad.

—Sí, majestad —dijo Davison.

—Pero hacedlo con el mayor secretismo posible —añadió Isabel.

—Sí, majestad.

Estaba muy bien que Davison dijera «Sí, majestad», pensó Ned, pero ¿qué demonios quería decir ella con eso de que usaran el documento con el mayor secretismo posible? No obstante, decidió no formular la pregunta.

Isabel se volvió hacia él.

—Cuenta a Walsingham lo que he hecho —añadió con tono sarcástico—. Se sentirá tan aliviado que es posible que muera de gusto.

—No está tan enfermo, gracias a Dios —dijo Ned.

—Dile que la ejecución debe llevarse a cabo en el recinto de Fotheringhay, no en el jardín del castillo, ni públicamente.

—Muy bien.

La reina adoptó una pose reflexiva.

—Si algún amigo leal a nuestro reinado asestara el golpe final en secreto —comentó la monarca en voz baja, sin mirar a ninguno de los dos hombres—, los embajadores de Francia y Escocia no me culparían de ello.

Ned se sintió impresionado; la reina estaba insinuando la comisión de un asesinato. Entonces decidió de inmediato no implicarse en absoluto en ese plan, ni mencionarlo siquiera a nadie. Sería demasiado fácil para una reina negar que había hecho cualquier sugerencia y demostrarlo mandando al asesino a la horca.

Isabel miró directamente a Ned. Por lo visto, percibió su oposición y se volvió hacia Davison. Él tampoco dijo nada. La reina lanzó un suspiro.

—Escribid a sir Amias, a Fotheringhay. Decidle que la reina lamenta que no haya dado con una forma de abreviar la vida de María Estuardo, teniendo en cuenta el grave peligro al que está sujeta Isabel cada hora de todos los días.

Aquello era algo despiadado incluso para las costumbres de Isabel. «Abreviar la vida» prácticamente no era ningún eufemismo. Sin embargo, Ned conocía muy bien a Paulet. Era un carcelero estricto, pero la estricta moral que lo llevaba a amenazar a su prisionera con severidad también le impedía asesinarla. No podría convencerlo de que el asesinato era la voluntad de Dios. Se negaría a cumplir los designios de la reina, y seguramente ella lo castigaría por ese motivo. Tenía poca paciencia con los hombres que no la obedecían.

Ordenó a Davison y Ned que se retiraran.

Ya fuera, en la sala de espera, Ned habló en voz baja con Davison.

—Cuando la autorización tenga el timbre real, os sugiero que la llevéis a lord Burghley. Seguramente convocará una reunión de emergencia del Consejo Privado. Estoy seguro de que votarán a favor de enviar el documento a Fotheringhay sin consultar a la reina Isabel. Todo el mundo quiere que la ejecución se lleve a cabo de una vez por todas.

—¿Vos qué haréis? —preguntó Davison.

—¿Yo? —dijo Ned—. Voy a contratar un verdugo.

XIII

El único miembro del reducido séquito de María Estuardo que no estaba llorando era la propia María.

Las mujeres pasaron la noche sentadas alrededor de su cama. Nadie durmió. Desde el gran salón oían los martillazos de los carpinteros que, sin duda alguna, estaban levantando una suerte de patíbulo. En el exterior de los abarrotados aposentos de María, las pesadas botas de los soldados marchaban de un lado a otro del pasillo toda la noche; el nervioso Paulet temía un intento de rescate y había ordenado que sus hombres montaran guardia con especial celo.

María se levantó a las seis de la mañana. Todavía estaba oscuro.

Alison la vistió a la luz de las velas. María escogió unas enaguas de color rojo oscuro y un escotado corpiño de satén rojo. Lo complementó con un faldón de satén negro y un sobretodo de la misma tela con bordados dorados y mangas acuchilladas, por las que asomaba la tela violeta del forro. Llevaba una estola de piel al cuello para protegerse del crudo frío de Fotheringhay. Alison la ayudó a colocarse un tocado con un largo velo de encaje blanco que le caía por la espalda y llegaba hasta el suelo. A Alison le recordaba la lujosa cola de terciopelo gris azulado del vestido que se había puesto para la boda de María en París, tristemente, hacía ya tantos años.

A continuación, María acudió ella sola a un pequeño oratorio para rezar. Alison y el resto del séquito se quedaron fuera. Empezó a amanecer mientras aguardaban. La dama miró por una ventana y vio que iba a ser un día bonito y soleado. Por algún motivo, esa trivialidad la enfureció.

El reloj dio las ocho, y, poco después, se oyó un golpeteo fuerte e insistente en la puerta de la cámara de María. Un hombre llamaba.

—¡Los lores esperan a la reina!

Hasta ese instante, Alison no había creído de verdad que María fuera a ser ejecutada. Imaginó que sería una treta, una farsa dirigida por Paulet por algún motivo despreciable; o por la propia Isabel, quien enviaría un indulto en el último minuto. Recordó que William Appletree, quien había disparado contra Isabel mientras ella viajaba en una barcaza por el río Támesis, había recibido un impactante indulto cuando se encontraba ya en el patíbulo. Pero si los lores se habían presentado para presenciar la ejecución, debía de tratarse de una realidad. El corazón le pesaba como una piedra, y le temblaban las piernas. Deseaba tumbarse, cerrar los ojos y sumirse en un sueño eterno.

Pero debía cuidar a su reina.

Llamó a la puerta de la capilla y miró en su interior. María estaba arrodillada ante el altar, sujetando su breviario en latín.

—Dame un momento más para concluir mis oraciones —dijo.

Alison transmitió ese mensaje a través de la puerta cerrada, pero los hombres que aguardaban en el exterior no estaban de humor para concesiones. La puerta se abrió de golpe.

—Espero que no nos obligue a arrastrarla hasta allí —dijo el soldado con un tono teñido de pánico, y Alison percibió, en ese momento de compasión que la sorprendió, que el hombre también estaba apesadumbrado.

El soldado abrió la puerta de la capilla sin llamar. María se puso en pie enseguida. Se la veía pálida, aunque serena, y Alison, que la conocía bien, sintió la certeza, en ese instante, de que la reina mantendría su actitud regia a lo largo de la tragedia que estaba a punto de representarse. Alison se sintió aliviada: habría detestado ver a María perder la dignidad además de la vida.

—Seguidme —ordenó el sheriff.

María se volvió unos segundos y tomó un crucifijo de marfil de un gancho de la pared, situado sobre el altar. Con la cruz pegada a su voluminoso busto y el breviario en la otra mano, avanzó a la zaga del sheriff, y Alison los siguió a ambos.

María era varios centímetros más alta que el sheriff. La enfermedad y el cautiverio la habían transformado en una mujer rolliza y encorvada, pero Alison se fijó, y sintió un orgullo teñido de compasión, en que se esforzaba por caminar erguida, con expresión digna y paso firme.

Les dieron el alto en la pequeña antecámara de la sala.

—La reina debe seguir sola a partir de aquí —anunció el sheriff.

El séquito de María se opuso, pero el hombre fue implacable.

—Son órdenes de la reina Isabel —dijo.

María habló en voz alta y clara.

—No os creo —dijo—. Como reina virgen, Isabel jamás condenaría a otra reina a morir sin una dama que la asistiera.

El sheriff ignoró el comentario. Abrió la puerta que daba al vestíbulo.

Alison vio la tarima que habían levantado para la ocasión, a unos sesenta centímetros del suelo, cubierta de una tela negra y una comitiva de nobles a su alrededor.

María cruzó la entrada y se detuvo, para que no pudieran cerrar la puerta, y habló con voz sonora que retumbó en el vestíbulo.

—Os lo ruego, señores, permitid a mis sirvientes permanecer a mi lado para que puedan informar de la manera en que he de morir.

—Podrían empapar sus pañuelos en la sangre de la condenada —sugirió alguien— y usarlos como reliquias blasfemas para los estúpidos supersticiosos.

Alison se dio cuenta de que ya había alguien preocupado por las consecuencias populares de esa ejecución. Pensó, desesperada, que no importaba qué hicieran; todos los participantes en ese acto cruel serían odiados y despreciados por los siglos de los siglos.

—No harán tal cosa —aseguró María—. Tenéis mi palabra.

Los lores debatieron, y Alison oyó sus murmullos.

—Está bien, pero solo pueden ser seis.

María accedió y señaló, una a una, las personas elegidas, empezando por Alison. A continuación, siguieron avanzando.

En ese momento, Alison pudo ver el panorama general de la sala. El patíbulo se hallaba situado en el centro. Sentados encima, sobre dos taburetes, se encontraban los hombres que reconoció como los condes de Kent y Shrewsbury. Un tercer taburete, con un cojín en el asiento, estaba claramente destinado para María. Frente a este, también cubierto por un paño negro, se ubicaba el tocón donde iban a decapitarla, y en el suelo había un hacha enorme de talador, con la hoja recién pasada por la piedra de afilar.

Frente al escenario había dos asientos más, uno ocupado por Paulet y el otro por un hombre que Alison no reconoció. De pie a un lado había un tipo corpulento con ropa de trabajo, la única persona presente así vestida; tras un instante de confusión, Alison cayó en la cuenta de que debía de tratarse del verdugo. Un nutrido cuerpo de soldados armados rodeaba el patíbulo. A su alrededor había un numeroso público: una ejecución debía tener espectadores.

Entre la multitud, Alison identificó a sir Ned Willard. El hombre había hecho más que nadie para hacer realidad el horror que estaba a punto de acontecer. Había superado en inteligencia a todos y cada uno de los enemigos de Isabel. Pero no tenía una actitud triunfal. De hecho, parecía horrorizado ante la visión del patíbulo, el hacha y la reina condenada. Alison hubiera preferido que estuviera regodeándose por su triunfo; le habría resultado más fácil odiarlo.

Ardían los troncos en una gigantesca chimenea, aunque no servían de mucho, y a Alison le pareció que el vestíbulo debía ser más frío que el patio iluminado por el sol que se veía a través de las ventanas.

María se acercó al patíbulo. Al hacerlo, Paulet se levantó y le tendió una mano para ayudarla a subir los escalones.

—Gracias —dijo ella, aunque no perdió su cruel sentido de la ironía, porque añadió con amargura—: Esta es la última vez que os causaré molestias.

Subió los tres escalones con la cabeza muy alta.

Luego ocupó con serenidad su sitio en el taburete del reo.

Mientras se leía la autorización de su ejecución en voz alta, ella permaneció sentada e inmóvil, con el rostro inexpresivo; pero cuando un clérigo empezó a rezar, en voz muy alta y con pomposidad, pidiendo a Dios que la convirtiera a la fe protestante en el último momento, ella se opuso.

—Sigo creyendo en la antigua religión católica y romana —dijo con determinación regia—, y pienso derramar mi propia sangre para defenderla.

El hombre lo ignoró y siguió rezando.

María se removió en el asiento para darle la espalda y abrió su breviario en latín. Empezó a leerlo en voz alta mientras el sacerdote seguía orando, y Alison pensó, orgullosa, que María era, indiscutiblemente, la más misericordiosa de los dos. Un minuto después, María se dejó caer al suelo, de rodillas, y se situó frente al tocón de decapitación como si estuviera ante el altar.

Por fin concluyeron las oraciones. En ese instante, María tenía que despojarse de sus vestiduras. Alison subió al patíbulo para ayudarla. María parecía querer librarse de esas prendas a toda prisa, como si estuviera impaciente por acabar con aquello, y Alison le quitó el sobretodo y el faldón tan deprisa como pudo; por último, la liberó del tocado y del velo.

María se incorporó con sus enaguas rojo sangre; era la viva imagen de una mártir católica, y Alison se dio cuenta de que había escogido ese color exactamente con esa intención.

Sus sirvientes lloraban y rezaban en voz alta, pero María los reprendió.

—No lloréis por mí —les ordenó en francés.

El verdugo levantó el hacha.

Otra de las mujeres extrajo una venda blanca y cubrió los ojos de la reina.

María se arrodilló. Como no podía ver el tocón, alargó las manos para buscarlo a tientas; luego agachó la cabeza para colocarla en posición y dejó expuesto su cuello desnudo. En cuestión de segundos, el filo del hacha cortaría su tersa carne. Alison agonizaba de espanto.

—Oh, Señor, pongo mi espíritu en Vuestras manos —dijo María en voz alta.

El verdugo levantó el hacha y la dejó caer con todas sus fuerzas.

No impactó en el punto deseado. El golpe asestado no cortó el cuello de María, sino que dio contra el hueso de la nuca. Alison no pudo contenerse y dejó escapar un sonoro sollozo. Era lo más espantoso que había presenciado en toda su larga vida.

María no se movía, y Alison no sabía si seguía consciente. No hizo ruido alguno.

El verdugo levantó el hacha y asestó un nuevo golpe, y esa vez apuntó mejor. La hoja de acero penetró en el cuello por el punto exacto y lo rebanó casi hasta el final. Aunque la cabeza quedó sujeta por un tendón y no cayó al suelo.

De forma espantosa, el verdugo tomó el hacha con ambas manos y sajó el tendón.

Al final, la cabeza de María cayó rodando del tocón sobre la alfombra de paja que había sido colocada allí a tal fin.

El hombre asió la cabeza por el pelo y la levantó en alto.

—¡Dios salve a la reina! —exclamó.

Pero María llevaba una peluca, y en ese instante, para horror y repulsa de Alison, peluca y cráneo se separaron. La cabeza de María cayó sobre la tarima y el verdugo se quedó con la rizada peluca caoba en la mano. La cabellera natural quedó expuesta con su apurado corte de pelo y sus canas.

Fue la terrible humillación final, y Alison no pudo hacer otra cosa más que cerrar los ojos.

25

I

Sylvie se ponía enferma al pensar en la invasión española. Imaginaba otra matanza como la de San Bartolomé; en su mente se repetían las imágenes de las calles de París en las que se amontonaban cadáveres cuya desnudez dejaba a la vista heridas espantosas. Creía haber escapado de todo aquello, pero... ¿seguro que no podía volver a ocurrir?

Los enemigos de la reina Isabel habían cambiado de táctica: en lugar de andarse con conspiraciones secretas, eran partidarios de la acción directa. El rey Felipe II estaba reuniendo una armada. Llevaba mucho tiempo planteándolo, pero la decapitación de María Estuardo había dotado la invasión de absoluta legitimidad a ojos de los dirigentes europeos. El mezquino papa Sixto V había quedado tan estupefacto por la ejecución que había prometido un millón de ducados de oro para contribuir al coste de la guerra.

Ned se había enterado pronto de la creación de la armada, pero con el tiempo el asunto se había convertido en el secreto peor guardado de Europa. Sylvie había oído hablar de ello en la iglesia protestante de Londres. Felipe II no podía ocultar los cientos de barcos y miles de soldados reunidos en Lisboa y sus alrededores como punto de partida. La armada del rey estaba adquiriendo millones de toneladas de provisiones (comida, pólvora, balas de cañón y los barriles imprescindibles para almacenarlo todo), y los encargados de realizar las compras se veían obligados a recorrer Europa entera. Incluso habían comprado provisiones en Inglaterra, según sabía Sylvie, puesto que un comerciante de Kingsbridge llamado Elijah Cordwainer había sido ahorcado por venderles sus mercancías.

Ned estaba desesperado por conocer el plan de batalla del rey de

España, e incluso Sylvie les había pedido a sus contactos de París que estuvieran atentos a cualquier pista. Mientras tanto, habían tenido noticias de Barney. Su barco, el *Alice*, había fondeado durante un breve período de tiempo en Dover cuando se dirigía a Combe Harbour, y Barney había aprovechado la oportunidad para escribir a su hermano y comunicarle que al cabo de pocos días llegaría a Kingsbridge y que, por una razón especial, esperaba encontrar allí a Ned.

Sylvie contaba con un ayudante competente capaz de regentar la librería en su ausencia. También Ned pudo ausentarse de Londres durante unos días. Llegaron a Kingsbridge antes que Barney, y al no saber con exactitud cuándo lo haría él, todas las mañanas se dirigían al puerto a esperar la barcaza procedente de Combe Harbour. El hijo de Barney, Alfo, que tenía ya veintitrés años, iba con ellos. Y también Valerie Forneron.

Alfo y Valerie eran novios. Valerie era la guapa hija de un inmigrante hugonote fabricante de batista llamado Guillaume Forneron, y se contaba entre las numerosas muchachas de Kingsbridge que se habían sentido cautivadas por la apariencia exótica de Alfo y el atractivo físico que había heredado de Barney. Sylvie se preguntaba si Guillaume no sentiría cierto recelo ante un pretendiente con un aspecto tan distinto a todo el mundo. Sin embargo, al parecer, lo único que le importaba a Guillaume era que Alfo fuera protestante. Si Valerie se hubiera enamorado de un muchacho católico, sí se habría armado un buen escándalo.

Alfo le confió a Sylvie que Valerie y él se habían prometido secretamente en matrimonio.

—¿Crees que al capitán le molestará? —preguntó Alfo con nerviosismo—. No he tenido la oportunidad de pedirle opinión.

Sylvie se quedó pensativa unos momentos.

—Dile que sientes no haber podido pedirle permiso porque llevas tres años sin verlo, pero que sabes que la muchacha será de su agrado. No creo que le moleste.

Barney llegó el tercer día por la mañana y les tenía reservada una sorpresa. Se apeó de la barcaza junto con una mujer de unos cuarenta años con las mejillas sonrosadas, una mata de pelo rubio y rizado y una amplia sonrisa.

—Esta es Helga —dijo con aire muy ufano—. Mi esposa.

Helga se dirigió de inmediato a Alfo y le cogió la mano entre las suyas.

—Tu padre me ha hablado de tu madre —dijo con acento alemán—, y sé que jamás podré sustituirla, pero espero que aprendamos a querernos. Por mi parte, trataré de no ser como las madrastras malvadas de los cuentos.

Eran las palabras apropiadas, pensó Sylvie.

Helga fue contándoles su historia a retazos. Era una viuda sin hijos procedente de Hamburgo y había vivido como próspera consignataria del excelente vino alemán conocido como vino del Rin. En un principio Barney había sido cliente suyo, luego se convirtió en su amante y, más tarde, en su prometido. Ella había vendido el negocio para casarse con él, pero tenía pensado emprender uno nuevo en Kingsbridge como importadora del mismo vino.

Alfo presentó a Valerie y, mientras se esforzaba por encontrar las palabras adecuadas para explicar que estaban prometidos, Barney se le adelantó.

—Es maravillosa, Alfo —dijo—. Cásate con ella enseguida.

Todo el mundo se echó a reír.

—Eso es lo que tengo pensado hacer, capitán —consiguió articular Alfo.

Sylvie disfrutó mucho de aquel encuentro: todos se abrazaban y se estrechaban la mano, corrían las noticias y varias personas hablaban a la vez entre risas y alegría. Como sucedía siempre en tales ocasiones, no pudo evitar comparar la familia de Ned con la suya propia, formada tan solo por tres personas, sus padres y ella, y luego por dos. Al principio se había sentido apabullada ante el numeroso clan que constituían Ned y los suyos, pero en el presente estaba encantada, aunque eso le hiciera sentir las limitaciones de su familia original.

Por fin emprendieron el corto camino a pie cuesta arriba por la calle principal. Cuando llegaron a la casa, Barney echó un vistazo al otro lado de la plaza del mercado.

—¡Vaya! ¿Qué ha pasado con las ruinas del monasterio?

—Ven a verlo —dijo Alfo.

Guio al grupo hasta la nueva entrada del muro occidental del claustro. Había pavimentado el terreno con piedras de manera que no se viera embarrado por el paso de la muchedumbre. También había restaurado los arcos y la bóveda, y todos y cada uno de los espacios comprendidos entre los arcos del claustro estaban ocupados por puestos con mercancías. El lugar se hallaba abarrotado de compradores.

—Anda, pero si este era el sueño de mi madre… ¿Quién lo ha hecho?

—Tú, capitán —dijo Alfo.

Ned se lo explicó:

—Compré el monasterio con tu dinero, y Alfo lo convirtió en el mercado cubierto que nuestra madre planeó hace casi treinta años.

—Es una maravilla —opinó Barney.

—Y va a proporcionarte mucho dinero —dijo Alfo con orgullo.

Sylvie, que conocía muy bien las necesidades de los comerciantes, había ofrecido muchos consejos a Alfo en relación con el mercado, pero, como suele ocurrirles a los jóvenes, Alfo no dijo gran cosa acerca de la ayuda que había recibido, y como suelen hacer las tías bondadosas, Sylvie no se lo recordó.

Había que reconocer que Alfo tenía buen olfato para los negocios. Sylvie supuso que lo había heredado de su madre, una emprendedora que al parecer elaboraba el mejor ron de Nueva España.

—Este sitio está llenísimo de gente —observó Barney.

—Quiero ampliarlo hacia el viejo refectorio de los monjes —explicó Alfo—. Si el capitán da su aprobación —se apresuró a añadir.

—Me parece una buena idea —dijo Barney—. Más tarde echaremos un vistazo a los números, tenemos mucho tiempo por delante.

Retrocedieron cruzando el claustro y por fin entraron en la casa. A la hora de comer la familia se reunió en torno a la mesa y, como era inevitable, la conversación recayó en la inminente invasión española.

—Después de todo lo que hemos hecho… —dijo Ned con un pesimismo tal que atenazó el corazón de Sylvie—. Tan solo queríamos un país en el que los hombres pudieran hacer las paces con Dios a su manera en lugar de repetir las oraciones como un loro. Pero no nos lo permitirán.

—¿Hay esclavos en España, capitán?

¿A qué venía esa pregunta?, pensó Sylvie. Recordó el momento en que Alfo supo que existía la esclavitud. Tenía unos trece o catorce años. Su madre le había explicado que su abuela había sido una esclava, y que muchos esclavos tenían la piel oscura, como él. Al chico lo había tranquilizado mucho saber que en Inglaterra la esclavitud no estaba legalmente permitida, y desde entonces no había vuelto a mencionar el tema, pero Sylvie se daba cuenta de que en realidad no había dejado de darle vueltas. Para él Inglaterra era sinónimo de libertad, y la perspectiva de la invasión española había hecho aflorar de nuevo sus miedos.

—Sí —respondió Barney—. En España hay esclavos. En Sevilla, donde yo vivía, todas las familias ricas tienen esclavos.

—¿Y son negros?

Barney suspiró.

—Sí. Algunos prisioneros de guerra procedentes de Europa, galeotes por lo general, pero la mayoría son africanos o turcos.

—Si los españoles nos invaden, ¿cambiarán las leyes?

—Casi seguro. Nos convertirán a todos en católicos, de eso se trata.

—¿Y la esclavitud estará permitida?

—Es posible.

Alfo asintió con mala cara y Sylvie se preguntó si era posible que el fantasma de la esclavitud lo persiguiera durante toda la vida.

—¿No podemos hacer nada para evitar la invasión? —preguntó.

—Sí —respondió Barney—. No podemos limitarnos a esperar que lleguen, tenemos que ser los primeros en atacar.

—Ya le hemos propuesto eso mismo a la reina, un ataque preventivo —dijo Ned.

—Detener la invasión antes de que empiece.

Ned era más moderado.

—Atacarlos antes de que zarpen con la intención de causar los daños mínimos para que el rey Felipe se lo piense dos veces.

—¿Y la reina Isabel está de acuerdo? —preguntó Barney, lleno de esperanza.

—Ha decidido enviar seis barcos: cuatro de guerra y dos pinazas.

Las pinazas eran embarcaciones más pequeñas y más veloces, con frecuencia usadas para efectuar reconocimientos y transportar mercancías, pero que no resultaban muy útiles para la batalla.

—¿Cuatro barcos de guerra contra el país más rico y poderoso del mundo? —protestó Barney—. ¡No son suficientes!

—¡No podemos poner en riesgo a toda la armada! Inglaterra quedaría indefensa. Pero hemos pedido a los barcos mercantes armados que se unan a la flota. Habrá saqueos si la misión tiene éxito.

—Yo iré —dijo Barney de inmediato.

—Vaya —exclamó Helga, que apenas había pronunciado palabra hasta ese momento—. ¿Tan pronto?

Sylvie se sintió apenada por ella. Pero se había casado con un marino, alguien cuya vida siempre corría peligro.

—Llevaré los dos barcos —prosiguió Barney. Tenía dos: el *Alice* y el *Bella*—. ¿Quién está al mando?

—Sir Francis Drake —dijo Ned.

—¡Es el hombre adecuado! —exclamó Alfo con entusiasmo. Drake era un héroe para los muchachos ingleses. Había dado la vuelta al mundo, cosa que solo habían conseguido hacer dos capitanes de barco en la historia de la humanidad, y esa era la clase de proezas que se adueñaba del imaginario de los jóvenes, pensó Sylvie—. Si Drake está allí, todo irá bien —afirmó Alfo.

—Tal vez —comentó Sylvie—, pero rezaré para que Dios también te acompañe.

—Así sea —dijo Helga.

II

Nadie debería amar el mar, pero Barney lo amaba. Navegar le producía una sensación vivificante, con el viento que azotaba las velas y los destellos de las olas bajo el sol.

Había algo de locura en ese sentimiento, pues el mar era peligroso. Aunque la flota inglesa no había avistado todavía al enemigo, ya había perdido un barco, el *Marengo*, durante una violenta tempestad en el golfo de Vizcaya. Incluso cuando hacía buen tiempo se corría constantemente el riesgo de sufrir un ataque por parte de países enemigos, o de piratas que hasta el último momento fingían buenas intenciones. Pocos marineros llegaban a viejos.

El hijo de Barney habría querido formar parte de esa aventura. Alfo deseaba estar en primera línea, defendiendo a su país. Amaba a Inglaterra, sobre todo a Kingsbridge. Sin embargo, Barney se había opuesto de forma terminante. La verdadera pasión de Alfo era el comercio, y en ello se diferenciaba de su padre, que siempre había detestado los libros de cuentas. Además, una cosa era que arriesgara su propia vida y otra muy distinta que pusiera en peligro a su querido hijo.

El traicionero océano Atlántico se había calmado a medida que la flota se aproximaba al cálido mar Mediterráneo. Según los cálculos de Barney, se encontraban a unas diez millas de Cádiz, cerca de Gibraltar y del extremo sudoeste de España, cuando se oyó un disparo y en el buque insignia *Elizabeth Bonaventure* se izó un gallardete, lo cual llamaba a todos los capitanes a reunirse para un consejo militar con el vicealmirante sir Francis Drake.

Eran las cuatro de una soleada tarde del miércoles 29 de abril de 1587 y una agradable brisa procedente del sudoeste empujaba los veintiséis barcos directamente hacia su destino a una moderada velocidad de cinco nudos. Barney, a regañadientes, arrió las velas del *Alice* y el barco aminoró la marcha hasta quedar inmóvil, meciéndose arriba y abajo al compás de las olas de ese modo que tanto mareaba a los marineros de agua dulce.

Tan solo seis naves del convoy eran buques de guerra pertenecientes a la reina. Las otras veinte, incluidas las dos de Barney, eran barcos mercantes. Sin duda el rey Felipe los acusaría de ser poco más que piratas; y encima, pensó Barney, tendría razón. Pero Isabel, a diferencia de Felipe, no disponía de las inagotables minas de plata de Nueva España para financiar la armada, y ese era su único modo de reunir una flota de ataque.

Barney ordenó a la tripulación que soltara un bote y remó hasta el *Elizabeth Bonaventure*. Vio que otros capitanes hacían lo mismo, y al cabo de unos minutos el barco topó con el costado del buque insignia y Barney trepó por la escalera de cuerda hasta la cubierta.

Era una nave grande, de unos treinta metros de eslora, con piezas de artillería —cuarenta y siete, entre las cuales había dos cañones pesados que disparaban proyectiles de a sesenta libras—, pero no había ningún espacio lo bastante amplio para albergar a todos los capitanes, de modo que permanecieron en la cubierta, de pie alrededor de una silla de madera tallada que nadie osó ocupar.

Algunas de las naves se encontraban todavía a una milla o más de distancia, y no todos los capitanes estaban presentes cuando apareció el impaciente Drake.

Era un hombre de constitución robusta que rondaba los cuarenta años, tenía el cabello rizado y pelirrojo, los ojos verdes y la tez blanca y sonrosada que algunas personas definían como de «aspecto lozano». Su cabeza parecía demasiado pequeña en relación con el cuerpo.

Barney se quitó el sombrero, y los otros capitanes lo imitaron. Se sabía que Drake era orgulloso, tal vez porque había escalado hasta las más altas esferas desde una humilde granja de Devon. Sin embargo, el respeto que le profesaban los capitanes era sincero. Todos conocían hasta el último detalle de los tres años que había empleado viajando alrededor del mundo.

Se sentó en la silla tallada y miró el cielo.

—Podríamos llegar a Cádiz antes de que se ponga el sol —dijo.

Cádiz era su objetivo, y no Lisboa, donde se hallaba reunida la flota española. Drake era igual que la difunta madre de Barney en cuanto a su obsesión por recibir noticias, y había interrogado a los capitanes de dos barcos mercantes neerlandeses con los que se habían cruzado cerca de Lisboa. Por ellos había sabido que las naves con las municiones para la invasión estaban efectuando su carga en Cádiz, y pensaba sacar partido de esa información. Los barcos de suministro resultarían más fáciles de derrotar, y tal vez lo que era más importante para el avaro Drake: su cargamento sería un tesoro de lo más valioso.

El primer oficial era William Borough, un famoso marinero que había escrito un libro acerca de la brújula.

—¡Pero si ni siquiera contamos con todos nuestros hombres! Varios barcos se han quedado atrás y están a millas de distancia —repuso.

Barney pensó que pocos hombres habría tan dispares como Drake y Borough. El contralmirante era un hombre culto, docto y cauteloso, un hombre hecho para los registros, los documentos y las cartas de navegación. Drake era impulsivo y desdeñaba la timidez, un hombre de acción.

—Tenemos el viento y la meteorología de nuestra parte —opinó—. Debemos aprovechar esta oportunidad.

—Cádiz tiene un gran puerto, pero la entrada a la bahía es traicionera —se opuso Borough, blandiendo una carta náutica que Drake no se molestó en mirar. Con todo, el hombre insistió—: Solo hay un paso de aguas profundas y queda muy cerca del extremo de la península… donde hay una fortaleza erizada de cañones.

—No izaremos ninguna bandera al entrar —dijo Drake—. No nos identificarán hasta que sea demasiado tarde.

—No tenemos ni idea de qué barcos hay fondeados en el puerto —replicó Borough.

—Mercantes, según los capitanes holandeses.

—Puede que también haya buques de guerra.

—¡Están todos en Lisboa, por eso hemos venido a Cádiz!

A Borough le exasperaba la despreocupación de Drake.

—¿Y cuál es nuestro plan de batalla? —preguntó enfadado.

—¿Plan de batalla? —repuso Drake sin prestarle demasiada atención—. ¡Seguidme!

Comenzó de inmediato a gritar dando órdenes a su tripulación. Barney y el resto de los capitanes se deslizaron precipitadamente por la borda hasta sus botes, riendo a carcajadas de la osadía de Drake y ansiosos también por pasar a la acción. En un rincón de su cerebro, una vocecita preocupada le susurraba a Barney que Borough tenía motivos para mostrar recelo, pero el espíritu combativo de Drake resultaba contagioso.

En cuanto Barney volvió a encontrarse a bordo del *Alice*, ordenó a su tripulación que izara las velas. Había seis hombres, dos en cada mástil y todos bien fornidos. Los marineros treparon por los mástiles como si fueran monos y en menos de un minuto el viento henchía la lona y la proa del barco surcaba las olas. Barney se sentía feliz.

Miró hacia delante. En el horizonte apareció una imagen borrosa que poco a poco fue definiéndose hasta revelar una fortaleza.

Barney conocía Cádiz. Se hallaba cerca de la desembocadura del río Guadalquivir, a ciento veinte kilómetros de Sevilla, donde había vivido con Carlos y Ebrima hacía casi treinta años. Pocos kilómetros hacia el interior estaba Jerez, cuna del fuerte vino del mismo nombre y que los ingleses llamaban *sherry sack*. La ciudad de Cádiz con su fortaleza se erigía en el extremo de una larga península que cercaba un gran puerto natural. Dos ríos afluían a una amplia bahía delimitada por pueblos y asentamientos que bordeaban la franja marítima.

Las naves de la flota se alinearon detrás del buque insignia de Drake, primero los barcos de guerra y los mercantes después. Sin necesidad de recibir órdenes, se dispusieron en una formación conocida como línea de fila, uno detrás del otro, de modo que un enemigo situado justo enfrente, que era donde se encontraban los españoles en esos momentos, solo pudiera disparar a un barco cada vez. Eso también significaba que si Drake conseguía abrirse paso por el bajío, lo lograrían todos.

Barney tenía miedo, pero ese estado producía en él un efecto curioso: lo animaba. Era mejor que el vino de Jerez. Cuando estaba en peligro se sentía más vivo que en cualquier otra situación. No era estúpido, conocía el dolor de las heridas y había visto el pánico y el terror de los hombres a punto de ahogarse cuando se hundía un barco. Sin embargo, nada de ello hacía disminuir la emoción que sentía cuando se enfrascaba en una batalla, dispuesto a matar o a morir.

Faltaba una hora para que se pusiera el sol, según sus cálculos, cuando el *Elizabeth Bonaventure* entró en el puerto de Cádiz.

Barney examinó la fortaleza. No veía movimiento en torno a los cañones, nadie que embocara las balas ni correteos en busca de municiones, baldes o los útiles alargados en forma de tornillo llamados baquetas que servían para limpiarlos. Todo cuanto podía distinguir era a unos cuantos soldados apoyados en las almenas, observando con cierta curiosidad las naves sin identificar de la flota que se aproximaba. Y no había sonado ninguna alarma, eso estaba claro.

Cuando el *Alice* entró en el puerto detrás de los barcos en vanguardia, Barney observó la ciudad. Vio lo que parecía una plaza principal atestada de gente. Allí no había cañones, por el motivo obvio de que habrían chocado contra las embarcaciones ancladas muy juntas una al lado de la otra a lo largo de la línea costera.

Le extrañó reparar en que algunos de los barcos carecían de vela, de modo que los mástiles estaban desnudos. ¿Por qué las habrían retirado? De vez en cuando hacía falta repararlas, pero no todas a la vez. Recordó que Ned decía que Felipe II había requisado decenas de barcos extranjeros para su armada sin prestar atención a los deseos de sus propietarios. Tal vez, dedujo, su deseo era evitar que liberaran los barcos de manera subrepticia. Sin embargo, de ese modo estaban inmovilizados y no podrían escapar de los disparos de los ingleses. Así que sus dueños eran desafortunados por partida doble.

Aguzó la vista en la luz vespertina y le pareció ver que la mayoría de las personas reunidas en la plaza daban la espalda al mar. Formaban dos grupos, y cuando la flota se acercó más, Barney vio que uno de los grupos estaba presenciando una obra de teatro representada sobre un escenario, mientras que el otro rodeaba a una compañía de acróbatas. En Cádiz no se había librado ninguna batalla, ni en vida de Barney ni en los años anteriores, que él supiera, y supuso que la gente se sentía segura. No tenían por qué darse la vuelta para observar la actividad cotidiana de los barcos que arribaban a puerto.

Durante los minutos siguientes sufrirían una terrible conmoción.

Miró alrededor de la bahía. Contó unas sesenta embarcaciones en la totalidad del puerto. Más o menos la mitad eran cargueros, y el resto correspondían a distintos barcos más pequeños, todos amarrados en el muelle o anclados en la costa. La mayor parte de sus tripulaciones se hallaban en tierra, comiendo comida fresca, bebiendo en las tabernas y disfrutando de compañía femenina. Sin duda muchos de los hombres formaban parte de la concurrencia reunida en la plaza principal. Los barcos ingleses eran zorros en un gallinero, a punto de abalanzarse sobre sus presas. Barney sintió una oleada de euforia. ¡Qué golpe tan tremendo representaría para el rey Felipe y sus planes de invasión si la armada inglesa conseguía destruirlos a todos!

Casi había dado una vuelta completa y se encontraba mirando al norte cuando vio las galeras.

Había dos saliendo de El Puerto de Santa María, en la desembocadura del río Guadalete. Barney sabía que eran galeras por su forma estrecha y las hileras de remos inclinados que sobresalían a ambos lados y que entraban y salían del agua con perfecta sincronía. En una tormenta en mitad del Atlántico, una galera volcaría seguro, pero resultaba de gran utilidad en las tranquilas aguas del Mediterráneo. Impulsadas por esclavos, resultaban rápidas y fáciles de maniobrar, y no dependían del viento, cosa que suponía una gran ventaja con respecto a los barcos de vela.

Barney observó cómo cruzaban la bahía a toda velocidad. Los cañones estaban montados en la proa, por lo que solo podían disparar hacia delante. Solían tener una punta de hierro o latón para embestir, tras lo cual los piqueros y arcabuceros completaban la operación lanzándose al abordaje del maltrecho barco enemigo para acabar con la tripulación. Sin embargo, nadie mandaría dos galeras para hacer frente a veintiséis buques, de modo que Barney concluyó que su misión era exploratoria. Pensaban interrogar al capitán de la flota.

Pero no tuvieron oportunidad de hacerlo.

Drake orientó el *Elizabeth Bonaventure* hacia las galeras con una maniobra ejecutada a la perfección. Podría haber tenido problemas si en la bahía no hubiera soplado viento o solo una ligera brisa, pues los veleros se hallaban indefensos cuando estaban inmóviles, mientras que las galeras no necesitaban del viento para moverse. Pero a Drake le sonreía la suerte.

Los otros buques de guerra siguieron a Drake con gran precisión.

Los barcos mercantes mantuvieron el rumbo y cruzaron el paso de aguas profundas junto a la fortaleza para luego desplegarse en abanico a lo ancho del puerto.

Barney observó las galeras. Cada una de ellas disponía de unos veinticuatro remos, según sus cálculos. Cada remo era impulsado por cinco esclavos. Eran hombres que no vivían muchos años; encadenados a los bancos, quemados por el sol y cubiertos por su propia roña, sufrían constantemente enfermedades infecciosas. Los más débiles duraban unas semanas; los más fuertes, un año o dos; y cuando morían, sus cuerpos eran arrojados al mar sin ceremonias.

En el momento en que las galeras estuvieron cerca del *Elizabeth Bonaventure*, Barney aguardó a que Drake pasara a la acción. Justo cuando empezaba a temer que el vicealmirante se estuviera excediendo un poco en la contención del fuego, una bocanada de humo surgió del buque insignia, y un instante después el ruido de un cañón retronó en la bahía. El primer proyectil cayó al mar sin causar daños, puesto que el artillero tenía que calcular el alcance de los disparos. La artillería era una ciencia inexacta, como bien sabía el artillero Barney. Sin embargo, el segundo y el tercer disparo también fueron fallidos, así que tal vez el hombre de Drake fuera un incompetente.

Las galeras no respondieron a los disparos; sus cañones, más pequeños, aún no podían alcanzar el objetivo.

Al final resultó que el artillero de Drake no era ningún incompetente. Su cuarta bala alcanzó una galera justo en el centro, y la quinta cayó sobre la proa.

Habían sido disparos certeros con munición pesada, y la galera empezó a hundirse de inmediato. Barney oyó los gritos de dolor de los heridos y los de pánico de los afortunados que habían resultado ilesos. Los soldados españoles arrojaron las armas, saltaron al agua y se dirigieron a la segunda galera, y los que no podían nadar se aferraron a los trozos de madera flotantes. Al poco, la tripulación hizo lo propio. Se oyó un coro de chillidos y súplicas procedentes de las hileras de remeros que rogaban que les quitaran las cadenas, pero nadie podía ocuparse de ellos y fueron abandonados entre gritos lastimeros, destinados a hundirse con los restos de la embarcación.

La segunda galera aminoró la marcha y empezó a recoger a los supervivientes. Drake dejó de disparar; tal vez fuera un caballeroso gesto de consideración por los pobres desdichados que estaban en el agua, pero lo más seguro es que lo hiciera para no malgastar munición.

Casi de inmediato aparecieron más galeras procedentes de El Puerto de Santa María, con los remos entrando y saliendo del agua con la misma elegancia, repetida una y otra vez, de las patas de los caballos de carreras. Barney contó seis, que surcaban a toda velocidad las quietas aguas del puerto. Tenía que reconocer el mérito de quien estaba al mando, pues nadie que no fuera valiente mandaría seis embarcaciones a luchar contra veintiséis.

Aparecieron en formación de línea de frente, una al lado de la otra, siguiendo su táctica habitual, pues de ese modo cada nave protegía los costados vulnerables de las dos contiguas.

Los cuatro buques de guerra viraron de nuevo y empezaron a disparar en cuanto tuvieron las galeras al alcance.

A medida que la batalla avanzaba, Barney vio que algunos de los barcos de la bahía levaban anclas y empezaban a izar las velas. Imaginó que su tripulación no había desembarcado todavía, y sus lúcidos capitanes se habían dado cuenta de que estaban atacando Cádiz y habían decidido escapar. Sin embargo, la mayor parte de los barcos quedaron atascados: no habían tenido tiempo de reunir a la tripulación, que andaba por tabernas y burdeles, y un barco no podía navegar sin sus marineros.

En la plaza de la ciudad, la población era presa del pánico. Algunas personas se alejaban de la costa en dirección a sus casas, pero la mayoría corrían hacia la fortaleza en busca de protección.

Barney sentía interés por los barcos que seguían anclados en la bahía. Probablemente estaban custodiados por un par de vigilantes nocturnos nada más. Empezó a observarlos y fijó la vista en una embarcación más bien pequeña, con forma redondeada y tres mástiles que parecía hecha para transportar mercancías más que para la guerra. No percibió actividad alguna en la cubierta.

Indicó a la tripulación que redujera velas, con lo cual el *Alice* aminoró la marcha, y que virara hacia el carguero. En ese momento Barney vio que dos hombres abandonaban el barco, deslizándose por una soga hasta un bote que luego desamarraron y con el que remaron enérgicamente hacia la costa. Eso confirmó sus sospechas: el barco había quedado desierto.

Volvió a mirar los barcos de guerra del otro lado de la bahía y vio que habían obligado a las galeras a retirarse.

Al cabo de unos minutos el *Alice* se hallaba lo bastante cerca del carguero para arriar velas y quedar prácticamente inmóvil. La tripulación de Barney juntó los dos barcos con la ayuda de sogas y bicheros, y por fin pudieron saltar de una embarcación a la otra.

A bordo del carguero no había nadie.

El primer oficial de Barney, Jonathan Greenland, bajó a la bodega para examinar la carga.

Regresó con aire apesadumbrado, llevando listones de madera bajo un brazo y anillas de hierro bajo el otro.

—Duelas de toneles —explicó indignado—. Y arandelas metálicas de refuerzo.

Barney se sintió decepcionado. No era un saqueo muy productivo. Claro que, por otra parte, destruir ese carguero perjudicaría la invasión al reducir el número de barriles donde la armada española guardaba sus provisiones.

—Prendedle fuego al barco —ordenó.

La tripulación cogió trementina del *Alice* y esparció el líquido inflamable por la cubierta del barco mercante y los compartimentos inferiores. Luego prendieron fuego en diversos puntos y se apresuraron a regresar a su propio navío.

Estaba oscureciendo, pero el carguero en llamas iluminaba las embarcaciones cercanas, y Barney eligió su segundo objetivo. De nuevo el *Alice* se aproximó y descubrió que los vigilantes habían huido. La tripulación saltó al abordaje, y esa vez Jonathan Greenland salió de la bodega con expresión de alegría.

—Vino —anunció—. De Jerez. Mares enteros de vino.

Los marineros ingleses bebían cerveza, pero a los afortunados españoles les daban vino, y harían falta miles y miles de litros para la flota invasora. Sin embargo, ese carguero jamás alcanzaría su destino.

—Sacadlo todo —ordenó Barney.

La tripulación encendió antorchas y emprendió el duro trabajo de sacar los barriles de la bodega y trasladarlos al *Alice*. Trabajaban con alegría, sabiendo que todos recibirían una parte de los beneficios de la venta de la valiosa carga.

La nave enemiga estaba completamente abastecida para la travesía, y la tripulación de Barney cogió además la carne curada con sal, el queso y las galletas marineras para aprovisionar el *Alice*. El barco también estaba armado, y Barney se llevó la pólvora. Las balas no eran del mismo calibre que sus cañones, e hizo que la tripulación las arrojara al mar para que jamás las pudieran disparar contra los marineros ingleses.

Cuando hubieron vaciado la bodega, prendió fuego al barco.

Al echar un vistazo al puerto, vio otras cinco o seis naves en llamas. A lo largo de la orilla habían encendido antorchas, y vio que los cañones de la fortaleza eran remolcados por caballos hasta el muelle. Los asaltantes ingleses seguían estando fuera del radio de alcance, pero Barney imaginó que el propósito era disuadirlos de que desembarcaran. Le pareció ver tropas congregadas en la plaza y dedujo que la población creía que el ataque de los barcos era tan solo el preludio de una invasión, así que habían decidido hábilmente confiar en sus defensas terrestres. No tenían modo de saber que las órdenes de Drake consistían en acabar con las embarcaciones españolas, no en conquistar las ciudades.

El resultado fue que casi no encontraron resistencia. Barney vio que un navío enorme disparaba contra varios barcos ingleses, pero fue una excepción; por lo demás, apenas se abrió fuego y en general los asaltantes pudieron hacerse con el botín y quemar naves sin trabas.

Barney miró alrededor en busca de otro barco que destruir.

III

En Inglaterra se alegraron mucho cuando supieron del ataque de Drake en Cádiz, pero el marido de Margery, el conde Bart, no se unió a los festejos.

Los detalles variaban, pero todos los informes coincidían en que se habían destruido alrededor de veinticinco barcos importantes, y miles de toneladas de provisiones habían sido robadas o arrojadas al fondo del mar. La armada española había quedado reducida antes incluso de zarpar. Ningún marinero inglés había perdido la vida y solo uno había resultado herido por un disparo afortunado desde una galera. La reina Isabel había sacado provecho de la expedición.

—¡Fue un día infame! —rugió Bart, sentado a la mesa del comedor en New Castle—. Sin avisos, sin declaraciones de guerra, solo robos y asesinatos hechos con todo el descaro por un grupo de piratas.

A sus cincuenta años, Bart, por el parecido con su suegro, le traía a Margery dolorosos recuerdos de este, quien la había violado, solo que Bart tenía la cara más roja y estaba aún más gordo que él.

—Esos barcos iban de camino hacia aquí para matarnos a todos, incluidos mis dos hijos —soltó Margery con tono cáustico—. Me alegro de que se hayan hundido.

El joven Bartlet se puso del lado de su padre, como siempre. A sus veintitrés años era alto y pecoso, y guardaba cierto parecido con el padre de Margery, pero su modo de proceder era idéntico al de Bart, por desgracia. Margery lo quería, pero le costaba encontrarle alguna virtud, y eso la hacía sentirse culpable.

—El rey Felipe solo quiere que Inglaterra vuelva a ser católica —opinó Bartlet—. La mayoría de los ingleses lo agradecerán.

—Es posible que muchos lo agradezcan, pero no a cambio de que otro país nos conquiste —replicó Margery.

Stephen Lincoln estaba sorprendido.

—Mi señora, ¿cómo podéis afirmar una cosa así? El Papa ha aprobado el plan del rey de España.

Stephen había demostrado ser poco amigo de Margery, pero ella sentía cierta compasión por él de todos modos. Durante treinta años había sido sacerdote en secreto, ofreciendo misas furtivas después de que anocheciera y guardando los sacramentos en escondites indecorosos como si fuera una ignominia. Había dedicado su vida a Dios, pero había vivido como un criminal, y eso le había dejado el rostro demacrado y surcado de arrugas y el alma resentida. Sin embargo, en ese punto se equivocaba, y el Papa también.

—Creo que es un error —dijo Margery con tono resuelto—. Una invasión solo servirá para que la gente se aleje del catolicismo al relacionarlo con la dominación extranjera.

—Y eso, ¿cómo lo sabéis? —Stephen se refería a cómo podía saber una cosa así ella, una simple mujer, pero no se atrevió a decirlo.

—Lo sé porque es lo que pasó en los Países Bajos. Los holandeses patriotas lucharon a favor del protestantismo, pero no lo hicieron por la doctrina en sí, sino porque querían la independencia de España —repuso Margery.

Roger se unió a la conversación. De pequeño había sido una ricura, pensó Margery, pero tenía ya diecisiete años y lucía una barba oscura y rizada que crecía con gran rapidez. El lado travieso de Margery se manifestaba en el caso de su hijo como una mezcla de seguridad en sí mismo, viveza y espíritu combativo que arrancaba sonrisas. Tenía los ojos color castaño dorado de su padre biológico, Ned. Era una suerte que Bart, como la mayoría de los hombres de su clase, nunca se fijara en el color de los ojos de la gente, y de que cualquiera que sospechara quién era el verdadero padre del muchacho jamás se atreviera a decirlo por miedo a que Bart lo atravesara con su espada.

—Madre, entonces ¿cómo crees que podemos conseguir que nuestro país vuelva a ser católico?

Margery estaba orgullosa de tener un hijo capaz de formular una pregunta tan sensata y difícil de responder. Era un muchacho de mente muy despierta y tenía planeado estudiar en el Kingsbridge College, en Oxford. Roger era un católico acérrimo y tomaba parte activa en el traslado clandestino de los sacerdotes. Con todo, Stephen, que era su tutor, no había conseguido domar el espíritu independiente que el joven había heredado de Ned.

—Si los dejan tranquilos, los ingleses volverán poco a poco y mansamente a la fe tradicional —respondió su madre.

Sin embargo, no era su destino que los dejaran tranquilos.

En 1587 España se quedó sin armada, pero cuando el verano dio paso al otoño, Margery, igual que todo el mundo, entendió que se habían precipitado celebrando los acontecimientos. Creían que Drake había impedido la invasión, pero el ataque a Cádiz solo había servido para retrasarla. Felipe II era tan rico que, para consternación de los ingleses, simplemente volvió a construir barcos nuevos y a comprar provisiones.

La reina Isabel y su gobierno empezaron a organizarse para una lucha a muerte.

Ese invierno restauraron las defensas a lo largo de toda la costa. Reforzaron los castillos y levantaron nuevas murallas de tierra alrededor de las ciudades que no habían visto una sola batalla durante siglos enteros. Volvieron a levantar los muros de Kingsbridge, ya que los viejos habían desaparecido hacía tiempo para extender los límites de la ciudad hacia la periferia. Limpiaron los antiguos cañones herrumbrosos de Combe Harbour y se comprobó su funcionamiento. Se construyeron hileras de atalayas en las colinas, desde la costa hasta Londres, justo a tiempo para comunicar la terrible noticia de que se habían avistado los galeones.

Margery estaba horrorizada. Los católicos masacrarían a los protestantes y viceversa. Sin embargo, creer en Jesucristo en teoría no tenía nada que ver con los cañones y las espadas, con matar y mutilar a gente. En el Evangelio, solo los enemigos de Jesús derramaban sangre.

No podía evitar darle vueltas al hecho de que Ned creía lo mismo que ella, que los cristianos no debían matarse unos a otros por causa de la doctrina. Él decía que la reina Isabel también pensaba igual, aunque reconocía que no siempre había sido fiel a sus ideales.

En los primeros meses de 1588, a medida que llegaban noticias acerca del tamaño y el poder del fuego de la nueva armada española, la angustia de Margery iba en aumento. Se rumoreaba que tenían más de cien naves, una cifra que aterraba a los ingleses, cuya flota al completo se reducía a treinta y ocho barcos.

El gobierno empezó a recluir a católicos de renombre como medida de precaución. Margery tenía la esperanza de que los hombres de su familia fueran encerrados en una prisión en la que estuvieran a salvo. Sin embargo, a Bart no se lo consideraba peligroso. Jamás había tomado parte en ninguna conspiración. Era Margery quien había asumido las labores de espía en New Castle, y se había cuidado mucho de que nadie sospechara de ella.

Entonces llegaron las armas.

Dos carros llenos de heno entraron en el castillo, pero cuando retiraron el heno se descubrió que ocultaba media docena de hachas de guerra, alrededor de cuarenta espadas, diez arcabuces, un saco de balas y un pequeño barril de pólvora. Margery observó cómo llevaban los pertrechos a la casa y los almacenaban en la vieja tahona.

—¿Para qué es todo eso? —le preguntó a Bart.

Lo cierto es que Margery ignoraba la respuesta. ¿Por quién lucharía su marido?, ¿por la reina y su país o por la Iglesia católica?

Él la puso al corriente enseguida.

—Reuniré a un ejército de leales católicos formado por hombres de buena posición y campesinos, y lo dividiré en dos. La mitad irá a Combe Harbour para recibir a los libertadores españoles, y Bartlet guiará a la otra mitad hasta Kingsbridge, donde tomarán la ciudad y entrarán en la catedral para celebrar una misa… en latín.

A los labios de Margery afloró una horrorizada expresión de protesta, pero la acalló. Si permitía que Bart supiera cómo se sentía, impediría que le diera más información.

Bart tuvo la impresión de que la respuesta de su esposa se debía a los escrúpulos ante el derramamiento de sangre. Sin embargo, la cosa era más seria que eso. Margery no se contentaba con mirar hacia otro lado, tenía que hacer algo para evitar aquello.

En vez de protestar, trató de sonsacarlo:

—No puedes hacer tódo eso tú solo.

—No estaré solo. Hay nobles católicos repartidos por todo el país que harán lo mismo que yo.

—¿Cómo lo sabes?

—Tu hermano está al frente de esto.

—¿Rollo? —Eso era nuevo para Margery—. Está en Francia.

—Ya no. Está organizando a la nobleza católica.

—Pero ¿cómo sabe a quién organizar? —Mientras formulaba la pregunta, Margery se dio cuenta, con horror, de cuál sería la respuesta.

Bart confirmó sus temores.

—Todos y cada uno de los nobles que han arriesgado la vida para esconder a un sacerdote clandestino están dispuestos a luchar contra Isabel Tudor.

Margery se quedó sin respiración, como si le hubieran propinado un puñetazo en el estómago. Se esforzó por ocultar sus verdaderos sentimientos ante Bart, quien, por fortuna, no era muy observador.

—O sea que... —Tragó saliva, respiró hondo y empezó de nuevo—: O sea que Rollo ha utilizado mi red clandestina de sacerdotes para organizar una insurrección armada contra la reina Isabel.

—Sí —afirmó Bart—. Creímos que sería mejor no decírtelo.

«Pues claro», pensó Margery con amargura.

—A las mujeres no les gusta hablar de derramamientos de sangre —prosiguió Bart, como si fuera un experto en los sentimientos femeninos—. Pero un día u otro te habrías acabado enterando.

Margery estaba enfadada y tenía el corazón encogido, pero no quería que Bart lo supiera, de modo que formuló una pregunta banal.

—¿Dónde guardáis las armas?

—En la tahona, el viejo horno de pan.

—Pero no son suficientes para todo un ejército.

—Llegarán más. Y detrás del horno hay mucho más espacio.

Bart se volvió para dar órdenes a los sirvientes y Margery aprovechó la oportunidad para marcharse.

¿Había sido una ingenua? Sabía que Rollo no dudaría en mentirle, ni Bart tampoco. Sin embargo, había creído que su hermano, igual que ella, solo deseaba ayudar a los fieles católicos a recibir los sacramentos. ¿Debería haber adivinado sus verdaderas intenciones?

Tal vez se habría percatado de lo que Rollo pretendía si hubiera podido hablar con él. No obstante, llevaba años limitándose a saludarlo desde la playa cada vez que traía a un nuevo grupo de sacerdotes del Colegio Inglés. La falta de contacto había hecho que le resultara más fácil engañarla.

Una cosa tenía clara: ya no escondería a más sacerdotes de los que Rollo trasladaba hasta Inglaterra. Hasta ese momento lo había hecho porque ignoraba el doble juego, pero ya sabía la verdad y no quería tener nada más que ver con el asunto, ni con ninguna otra cosa que deseara su hermano. Le enviaría un mensaje en clave con ese propósito en cuanto tuviera la oportunidad. Se pondría furioso, y a ella eso le proporcionaría cierta satisfacción.

Esa noche no pudo dormir, ni tampoco las sucesivas, hasta que decidió dejar de sentirse culpable y hacer algo. No tenía ninguna obligación de guardar los secretos de Rollo, ni tampoco los de Bart. ¿Había algo que pudiera hacer para evitar el derramamiento de sangre y mantener a sus hijos a salvo?

Decidió hablar con Ned Willard.

Faltaban pocos días para Pascua, y como siempre por esas fechas iría con Bart y los chicos a la feria de Kingsbridge. Allí asistirían a los servicios especiales con motivo de las festividades en la catedral. Bart ya no podía dejar de asistir a los oficios protestantes, era demasiado peligroso y demasiado caro: la multa por no ir a la iglesia ascendía ya a veinte libras.

Margery sintió remordimientos cuando, al aproximarse a Kingsbridge con su familia, divisó la torre de la catedral por encima de las copas de los árboles. ¿Debería haberse mantenido al margen y no dar su apoyo a la invasión española y la consiguiente rebelión católica? Después de todo, el resultado sería que Inglaterra volvería a ser católica, y seguro que tal era la voluntad de Dios.

La Pascua que celebraban los protestantes era aburrida. Ya no se paseaban los huesos de san Adolfo en animada procesión por las calles de Kingsbridge. No se escenificaban los misterios en la catedral. En vez de eso, todas las tardes una compañía de actores representaba en el patio de la posada Bell una obra titulada *Everyman*. Los protestantes no comprendían la necesidad que la gente tenía de presenciar drama y vistosidad en la iglesia.

Sin embargo, Margery, a sus cuarenta y cinco años, ya no creía que el protestantismo fuera perverso y el catolicismo, perfecto. Para ella la dualidad importante era entre tiranía y tolerancia, entre quienes intentaban imponer su punto de vista a todo el mundo y quienes respetaban la fe de aquellos que no estaban de acuerdo. Rollo y Bart pertenecían al grupo autoritario que consideraba digno de desprecio. Ned, en cambio, era una de las pocas personas que creían en la libertad de culto. Podía confiar en él.

No acudió corriendo en busca de Ned durante su primer día en Kingsbridge, ni tampoco al segundo. Tal vez ese año él no fuera a la ciudad para la Pascua. Vio a su sobrino, Alfo, felizmente casado con Valerie Forneron. También vio a la cuñada alemana de Ned, Helga, pero no a Barney, que había regresado de Cádiz con otro pequeño botín y se había vuelto a hacer a la mar tras una breve licencia. Margery vacilaba acerca de preguntar a la familia sobre los planes de Ned. No quería que tuvieran la impresión de que estaba desesperada por hablar con él, aunque sí que lo estaba.

El Sábado Santo se hallaba en el mercado del antiguo claustro que habían techado. Estaba tanteando un retal de color burdeos que creyó que le sentaría bien, puesto que, en fin, ya no era ninguna niña. Entonces levantó la vista hacia el otro lado del mercado y vio la figura achaparrada de la esposa de Ned, Sylvie.

Sylvie y Margery eran iguales, y las dos lo sabían. Margery no necesitaba ser modesta consigo misma, y veía que tanto ella como Sylvie eran mujeres atractivas además de inteligentes y decididas, muy parecidas, de hecho, a la extraordinaria madre que había tenido Ned. Sylvie era protestante, por supuesto, y de las luchadoras. Sin embargo, incluso en ese punto veía Margery la similitud, pues ambas corrían terribles riesgos por el bien de su fe.

Margery deseaba hablar con Ned, no con Sylvie, pero esta la había visto, y, tras sonreírle, se acercó a ella.

Margery pensó entonces en darle un recado para Ned. De hecho, incluso sería mejor así, pues nadie podría señalarla como sospechosa ante Bart por haberla visto hablando con Ned.

—Qué tocado tan bello —comentó Sylvie con su delicado acento francés.

—Gracias. —Margery llevaba un gorro de terciopelo azul celeste. Le mostró a Sylvie la tela que estaba palpando—. ¿Te gusta el color?

—Eres demasiado joven para vestirte de color burdeos —dijo Sylvie con una sonrisa.

—Qué amable.

—He visto a tus dos hijos. ¡Roger ya tiene barba!

—Crecen demasiado rápido.

—Te envidio. Yo no he conseguido concebir hijos, y sé que Ned está disgustado, aunque no se queja.

El hecho de que Sylvie conociera los sentimientos íntimos que Ned no verbalizaba y se lo revelara de una forma tan inesperada hizo que Margery sintiera una fuerte oleada de celos. «Tú no tienes hijos —pensó—, pero lo tienes a él.»

—Estoy preocupada por los chicos —le confesó—. Si los españoles nos invaden, tendrán que luchar en el campo de batalla.

—Ned dice que los barcos de la reina intentarán impedir que los soldados españoles tomen tierra.

—No estoy segura de que tengamos suficientes barcos.

—A lo mejor Dios está de nuestra parte.

—Ya no estoy tan segura como antes sobre a quién protege Dios.

Sylvie sonrió con pesar.

—Yo tampoco.

Con el rabillo del ojo Margery vio que Bart entraba en el mercado. Tenía que tomar una rápida decisión.

—¿Le darás a Ned un recado de mi parte?

—Claro. Pero, espera, él está por aquí...

—Lo siento, no hay tiempo. Pídele que entre en New Castle y prenda a Bart, a Bartlet y a Roger. Encontrará armas apiladas en la vieja tahona, son para ayudar a los invasores.

Su plan era muy arriesgado, lo sabía, pero confiaba en Ned.

—Se lo diré —respondió Sylvie con los ojos como platos—. Pero ¿por qué quieres que prendan a tus hijos?

—Para que no tengan que luchar. Es mejor estar en prisión que en la tumba.

Esa idea pareció sorprender a Sylvie. Quizá no hubiera caído en la cuenta de que los hijos, además de alegrías, pueden traer tristezas.

Margery miró a Bart. Aún no la había visto. Si se despedía de Sylvie en ese momento, él no sabría que habían estado hablando.

—Gracias —dijo, y se marchó.

Vio a Ned al día siguiente, en la catedral, durante el oficio de Pascua. A pesar de que habían pasado muchos años, seguía sintiéndose atraída por aquella familiar figura esbelta. Tuvo la impresión de que se le ralentizaba el pulso, y la invadió una mezcla de amor y pesar que le producía alegría y dolor en igual medida. Se alegró de haberse vestido con un manto nuevo de color azul esa mañana. Sin embargo, no se acercó a hablar con él. La tentación era fuerte, se moría de ganas de mirarlo a los ojos y ver cómo sus comisuras se fruncían cuando hacía un comentario irónico. Pero resistió.

Abandonó Kingsbridge y regresó a New Castle con su familia el martes después de Pascua. El miércoles llegó Ned Willard.

Margery estaba en el patio cuando uno de los centinelas de las almenas gritó:

—¡Hombres a caballo en el camino de Kingsbridge! Doce... o quince... ¡o puede que veinte!

Entró corriendo en la casa. Bart, Bartlet y Roger se hallaban ya en el salón principal, ciñéndose las espadas.

—Seguramente es el sheriff de Kingsbridge —aventuró Bart.

Entonces apareció Stephen Lincoln.

—¡El escondite está lleno de armas! —exclamó con voz asustada—. ¿Qué voy a hacer?

Margery ya había pensado en eso.

—Coged la caja con los sacramentos y dejadla junto a la puerta trasera. Id a la taberna del pueblo y esperad allí hasta que os avisemos de que el camino está libre de obstáculos.

Todos los ciudadanos eran católicos y no lo traicionarían, de modo que Stephen se marchó corriendo.

Margery se dirigió a los muchachos.

—Vosotros dos no digáis nada ni hagáis nada, ¿me oís? Dejad que hable vuestro padre y quedaos callados.

—A menos que yo les indique lo contrario —dijo Bart.

—A menos que vuestro padre os indique lo contrario —repitió ella.

Bart no era el padre de ninguno de los dos, pero Margery había guardado muy bien el secreto. Reparó en que habían pasado treinta años desde que Ned y ella se encontraran en ese mismo salón después de que ella regresara de Calais. ¿Qué obra habían visto? *María Magdalena.* Estaba tan emocionada por haberlo besado que había visto la representación sin enterarse de nada de lo que ocurría. Por entonces albergaba grandes esperanzas de vivir una vida feliz al lado de Ned. «Si hubiera sabido en qué iba a convertirse mi vida —pensó—, es posible que me hubiera arrojado desde un torreón.»

Oyó que los caballos accedían al patio y al cabo de un minuto el sheriff entró en el salón principal. Era Rob Matthewson, el hijo del viejo sheriff Matthewson, que había muerto. Rob era igual de corpulento que su padre y se guiaba por su misma determinación de no dejarse mandar por nadie excepto por la reina.

A su espalda lo seguía un gran grupo de hombres de armas, entre los que se hallaba Ned Willard. Al verlo de cerca, Margery reparó en que su rostro empezaba a mostrar arrugas alrededor de la nariz y de la boca, y que su pelo oscuro estaba salpicado de gris.

Estaba dejando que el sheriff llevara la voz cantante.

—Debo registrar vuestra casa, conde Bart —dijo Matthewson.

—¿Qué demonios andas buscando, perro insolente? —le espetó Bart.

—Tengo información de que en esta casa hay un sacerdote católico llamado Stephen Lincoln. Vos y vuestra familia debéis permanecer en esta estancia mientras lo busco.

—No pienso marcharme a ninguna parte —soltó Bart—. Resulta que vivo aquí.

El sheriff salió de la casa y su séquito fue con él. Ned se detuvo un momento en la puerta.

—Siento mucho que esté ocurriendo esto, condesa Margery —dijo.

Ella le siguió la corriente.

—No, no lo sentís —replicó ella, como si estuviera enfadada.

Él prosiguió.

—Pero ante la invasión inminente del rey de España, no podemos permitirnos dar por sentada la lealtad de nadie.

Bart soltó un gruñido de disgusto, y Ned salió sin decir nada más.

Al cabo de unos minutos se oyeron gritos triunfales, y Margery imaginó que Ned había guiado a Matthewson hasta el escondite.

Miró a su marido, que obviamente había llegado a la misma conclusión. En su rostro asomó una mezcla de consternación e ira, y Margery supo que tendrían problemas.

Los hombres del sheriff empezaron a arrastrar las armas hasta el salón principal.

—Espadas —dijo Matthewson—. ¡A decenas! Pistolas y munición. Hachas de guerra. Arcos y flechas. Todo escondido en una pequeña habitación secreta. Conde Bart, quedáis arrestado.

A Bart casi le dio un ataque. Lo habían descubierto. Se puso de pie y empezó a despotricar.

—¡¿Cómo te atreves?! —gritó—. Soy el conde de Shiring. No puedes hacer una cosa así y esperar seguir con vida. —Con el rostro encendido, levantó aún más la voz—: ¡Guardias! —llamó a voz en cuello—. ¡Venid! —Y desenvainó la espada.

Bartlet y Roger hicieron lo propio.

—¡No! —chilló Margery. Había planeado aquello para que sus hijos estuvieran a salvo, pero como resultado había puesto sus vidas en peligro—. ¡Parad!

El sheriff y sus hombres también desenvainaron las espadas.

Ned no sacó la suya; en vez de eso, levantó los brazos y gritó:

—¡Deteneos todos! No sacaremos nada peleando, y cualquiera que ataque a los hombres del sheriff será ahorcado.

Los dos grupos se situaron de frente a ambos lados del salón. Los hombres de armas de Bart entraron para flanquear al conde, y aparecieron más ayudantes del sheriff. Margery apenas podía creer lo rápido que se habían torcido las cosas. Si llegaban a luchar, sería una masacre.

—¡Matadlos a todos! —gritó Bart.

Y entonces se desplomó al suelo, fulminado.

Fue como si cayera un árbol, más despacio al principio, más rápido después, y al golpear el suelo de piedra hizo un ruido escalofriante.

Margery lo había visto muchas veces derrumbarse a causa de las borracheras, pero en aquello había una diferencia abismal.

Todo el mundo se quedó petrificado.

Margery se arrodilló junto a Bart y le posó la palma de la mano en el pecho. Luego le buscó el pulso en la muñeca y en el cuello. No había señales de vida.

Se quedó mirando a su marido. Era un hombre que durante los cincuenta años que había estado en el mundo se había permitido todo tipo de excesos y no había hecho sino buscar su propio placer sin tener en cuenta a los demás.

—Está muerto —anunció.

Y todo cuanto sintió fue alivio.

IV

Pierre Aumande se dirigió al piso donde tenía encerrada a Louise de Nimes, convertida prácticamente en su meretriz particular desde hacía cuatro años. La encontró vestida con ricos ropajes y el cabello recogido en un elegante peinado, como si fuera a recibir invitados en la corte, cosa que jamás se le permitía hacer, por supuesto. Siempre la obligaba a vestirse de ceremonia, pues eso intensificaba el placer de vejarla. Cualquiera era capaz de humillar a una sirvienta, pero Louise era marquesa.

El juego no se había agotado para Pierre, y tenía la sensación de que jamás lo haría. No le pegaba a menudo porque luego le dolían las manos. Tampoco fornicaba mucho con ella. Tenía formas más exquisitas de infligirle dolor. Lo que más le gustaba era humillarla y echar por tierra su dignidad.

Una vez se había escapado, y él se había echado a reír porque sabía que tal cosa ocurriría. Pero a los pocos amigos y conocidos de la marquesa les aterraba que, si le daban cobijo, los consideraran sospechosos de herejía, de modo que no tenía adónde ir. Nacida para una vida de privilegios, era absolutamente incapaz de ganarse la vida por sus propios medios, de modo que, como les ocurría a muchas mujeres en la miseria, acabó prostituyéndose para no morir de hambre. Después de pasar una noche en un burdel, Louise le había pedido a Pierre que la aceptara de nuevo.

Él, solo para divertirse, había fingido sentirse reticente y la había obligado a ponerse de rodillas y a suplicarle. Desde luego, aquello era algo demasiado bueno para renunciar a ello.

Ese día le sorprendió ligeramente ver allí a su hijastro, Alain, sentado cerca de Louise en el sofá y hablando con tono de confidencia.

—¡Alain y Louise! —exclamó.

Los dos se levantaron de golpe.

—¿Qué estás haciendo tú aquí? —le preguntó a Alain.

El joven señaló un vestido colocado sobre una silla.

—Me has pedido que le trajera ese vestido.

Era cierto, recordó Pierre.

—Pero no te he pedido que te pasaras la tarde cotilleando. Vuelve al palacio y dile al duque Enrique que voy de camino a verlo y que me he enterado del plan de batalla del rey Felipe para invadir Inglaterra.

—¿Quién te lo ha contado? —le preguntó Alain, arqueando las cejas.

—No importa. Espérame en la puerta de los aposentos del duque en el palacio. Puedes tomar notas.

Pierre se acercó a Louise y le acarició los pechos como de pasada.

Alain se marchó.

Tanto Alain como Louise tenían miedo de Pierre. En los momentos en que se permitía ser sincero consigo mismo, veía que ese era el motivo por el cual los conservaba a su lado. No era por lo útil que Alain le resultara como criado o por el atractivo sexual de Louise; ambas cosas eran secundarias. Le gustaba que le tuvieran miedo, lo estimulaba.

¿Le importaba que fueran amigos? No veía nada de malo en ello. Incluso comprendía por qué Alain simpatizaba con Louise. Era una mujer más mayor, la sustituta de su madre.

Le estrechó los pechos con más fuerza.

—Siempre han sido tu mayor cualidad —le dijo.

Ella hizo una mueca de disgusto. Fue una expresión fugaz, y la borró de inmediato, pero él llegó a verla y le propinó una bofetada.

—Aparta esa expresión de tu cara —le ordenó.

—Lo siento mucho —dijo ella humildemente—. ¿Queréis que os chupe la verga?

—No tengo tiempo. He venido para decirte que he invitado a una persona a cenar mañana. Quiero mostrar mi agradecimiento al hombre que me contó el plan de batalla de los españoles. Tú nos servirás la cena.

—Muy bien.

—Desnuda.

Ella lo miró de hito en hito.

—Desnuda —repitió—. ¿Delante de un extraño?

—Actuarás con absoluta normalidad, solo que no llevarás ropa. Creo que eso le divertirá.

Los ojos de Louise se arrasaron en lágrimas.

—¿No llevaré puesto nada de nada?

—Zapatos, si quieres.

Ella logró contener el llanto, pero le costó mucho.

—¿Hay algo más que deba hacer?

—No, solo servirnos la cena.

—Muy bien.

La aflicción de la marquesa le producía excitación, y se sintió tentado de quedarse más rato, pero quería ver al duque Enrique lo antes posible, así que se dio media vuelta y salió de la habitación. Al cerrar la puerta la oyó llorar, y sonrió con placer mientras bajaba las escaleras.

V

Ned estaba exultante cuando recibió una carta de Alain de Guisa desde París; en ella le explicaba los detalles del plan de batalla del rey de España.

La armada española entraría por el canal de Inglaterra y fondearía en Dunkerque. Allí se reunirían con los Tercios de Flandes, el ejército español de los Países Bajos comandado por Alejandro Farnesio de Parma, el general de mayor éxito que Felipe II había enviado jamás a esas tierras. Entonces la armada reforzada daría media vuelta y zarparía con rumbo al oeste, directa hacia el estuario del río Támesis.

Ned también recibió una carta de Jerónima Ruiz explicándole que la armada española disponía de ciento veintinueve barcos.

Jerónima estaba en Lisboa, había visto la flota española con sus propios ojos y había contado las naves del puerto. Había acudido allí con el cardenal, que formaba parte del gran contingente de sacerdotes que hacían falta para bendecir los barcos y absolver a todos y cada uno de los veintiséis mil marineros y soldados por los pecados que cometerían en Inglaterra.

La reina Isabel estaba destrozada. Su flota completa constaba de treinta y ocho barcos, por lo que no veía la forma de detener la invasión, y Ned tampoco. Isabel caería, Felipe II gobernaría Inglaterra y los ultracatólicos dominarían Europa.

Tal cosa mortificaba a Ned. Tenía la impresión de que era culpa suya por haber apoyado la ejecución de María Estuardo.

Otros espías corroboraron la información de Jerónima. Las cifras variaban muy ligeramente entre un mensaje y otro.

Isabel quería saber cuántas tropas tenía el duque de Parma en los Países Bajos, y cómo tenía pensado conseguir que cruzaran el Canal. Ned había recibido informes de distintos espías, pero no estaban de acuerdo, de modo que decidió ir a verlo por sí mismo.

Su vida estaba en juego. Si lo apresaban y descubrían que era un espía inglés, lo mejor que podía pasarle era que lo ahorcaran. Pero él había contribuido a provocar la catástrofe que se les venía encima, y su deber era hacer cuanto pudiera por impedirla, aunque tuviera que arriesgar la propia vida.

Tomó un barco hasta Amberes. Le pareció una ciudad animada y cosmopolita donde todo el mundo era bienvenido, siempre que pagara sus deudas, suponía.

—No es de extrañar que la usura sea pecado —dijo Carlos Cruz.

Ned tenía curiosidad por conocer a Carlos, el primo lejano de quien tanto había oído hablar. Tenía cincuenta y un años y era un hombre robusto con una barba muy poblada que se estaba tornando gris. Ned pensó que parecía el campesino alegre de una de esas pinturas flamencas donde se ve a un grupo de palurdos armando jolgorio. Le costaba imaginar que Carlos y Barney hubieran matado a un sargento en una pelea durante una partida de càrtas.

Carlos vivía en una gran casa de la costa cuyo patio trasero albergaba una enorme fundición de hierro. Su esposa, Imke, era guapa y tenía una amplia y cálida sonrisa. Su hija y su yerno vivían con ellos, además de dos nietos. Los hombres vestían con austeridad, pero las mujeres lucían ropas de bellos colores: azulón y escarlata, melocotón y lavanda. La casa estaba llena de objetos de valor: óleos enmarcados, instrumentos musicales, espejos, decorativos jarrones, cuencos y cristalería, libros con las cubiertas de piel, alfombras y cortinajes. Los neerlandeses parecían hacer vida en sus casas, y mostraban su buena posición de una curiosa forma doméstica que Ned no había observado en ningún otro lugar.

Ned necesitaba la ayuda de Carlos para esa misión, pero no estaba seguro de obtenerla. Carlos era español y católico. Claro que, por otra parte, la Iglesia lo había obligado a abandonar su tierra natal. ¿Estaría dispuesto a actuar en contra de su propia armada? Pronto lo descubriría.

El día que Ned llegó, Ebrima Dabo, quien durante tanto tiempo había sido socio de Carlos, acudió a la cena con su esposa, Evi. Ebrima tenía setenta años y su pelo rizado se había tornado blanco. Evi llevaba una gargantilla de oro con un colgante de diamante. Ned recordó que Barney le había explicado que cuando Ebrima vivía como esclavo, había sido el amante de la tía Betsy. Qué vida la de ese hombre: primero había sido granjero en África Occidental, luego soldado, prisionero de guerra, esclavo en Sevilla, otra vez soldado en los Países Bajos y, por fin, un rico fundidor de Amberes.

Carlos sirvió vino con generosidad y él mismo bebió mucho. Mientras cenaban, surgió en la conversación que Carlos y Ebrima recelaban de la armada española.

—En parte es por la reina Isabel por lo que España no ha conseguido poner paz en los Países Bajos —opinó Carlos hablando en francés, una lengua que todos entendían—. Cuando el rey de España haya conquistado Inglaterra, estará libre de su intercesión aquí.

—Es malo para los negocios que los sacerdotes gobiernen un país —dijo Ebrima.

—Y si el movimiento por la independencia sufre una derrota, no habrá nada que pare a la Santa Inquisición —añadió Carlos.

Ned estaba animado. La preocupación que sentían era buena. Pensó que había llegado el momento de formular su proposición.

Le había dado muchas vueltas al asunto. Estaría más seguro si viajaba con Carlos, que hablaba un holandés fluido, conocía bien el país y a su vez era muy conocido por cientos de personas en la región. Carlos, sin embargo, estaría arriesgando la vida.

Respiró hondo.

—Si queréis ayudar a Inglaterra, hay una cosa que podéis hacer —dijo.

—Sigue —dijo Carlos.

—He venido para calcular la fuerza de la armada española cuyas tropas están a punto de embarcar con rumbo a Inglaterra.

—Ah —terció Ebrima con el tono de quien de repente lo comprende todo—. Me lo preguntaba.

—La armada española está reunida sobre todo en Dunkerque y Nieuwpoort —explicó Carlos.

—No sé si os parecería bien venderles a los españoles una remesa de balas de cañón. Las necesitan a miles para la batalla que les espera. Y si llegamos nosotros con varias carretadas de munición, nos recibirán con los brazos abiertos en lugar de considerarnos sospechosos.

—Conmigo no contéis —dijo Ebrima—. Os deseo mucha suerte, pero soy demasiado viejo para hazañas de ese tipo.

La cosa empezaba mal, pensó Ned con desánimo. Era posible que eso disuadiera a Carlos.

Sin embargo, Carlos sonrió.

—Será como en los viejos tiempos —dijo.

Ned se relajó y bebió un poco más de vino.

Al día siguiente, Carlos cargó todas sus reservas de balas de cañón en carros y registró todo Amberes en busca de más. Al final consiguió llenar ocho carros. Los alineó por pares y puso dos bueyes para que tiraran de cada par. Partieron al tercer día.

El camino hasta Nieuwpoort bordeaba la costa, y pronto Ned empezó a divisar aquello que lo había llevado hasta allí: los preparativos de la invasión. A lo largo de toda la orilla había amarrados flamantes barcos de quilla plana, y todos los astilleros bullían de actividad para fabricar más. Eran barcos toscos y aparatosos, y no podían tener más que un objetivo: trasladar a una gran cantidad de hombres. Daba la impresión de que los había a cientos, y Ned calculó que en cada uno podrían viajar entre cincuenta y cien soldados. ¿Cuántos millares de ellos tenía el duque de Parma en la reserva? El destino del país de Ned dependía de la respuesta a esa pregunta.

Ned pronto empezó a ver a los soldados, acampados hacia el interior, sentados alrededor de hogueras en las que asaban los alimentos, jugando a los dados o a las cartas, aburridos, como solía ocurrir en el ejército. Se cruzaron con un grupo de ellos en el camino. Los soldados se fijaron en los carros llenos de munición y los saludaron con entusiasmo. A Ned le alivió comprobar que las balas de cañón iban a servirles de salvoconducto.

Empezó a efectuar cálculos, pero el campamento parecía no tener fin. Kilómetro tras kilómetro, a medida que los bueyes avanzaban lentamente por el camino de tierra tirando de la pesada carga, veían más y más tropas.

Dejaron atrás Nieuwpoort y llegaron a Dunkerque, pero el panorama seguía siendo el mismo.

No tuvieron problemas para entrar en la ciudad amurallada de Dunkerque, y se abrieron paso hasta la plaza del mercado, que daba a la costa. Mientras Carlos regateaba con un capitán del ejército por el precio de las balas de cañón, Ned fue hasta la playa y contempló el horizonte, pensativo.

La cantidad de soldados debía de ser parecida a la de las tropas dispuestas para embarcar en Lisboa, calculó. En total debía de haber más de cincuenta mil hombres a punto de invadir Inglaterra. Era un ejército muy numeroso, más que ninguno de los que habían existido en Europa durante décadas. La batalla más importante de la que Ned recordaba haber oído hablar era el sitio de Malta, donde habían intervenido treinta o cuarenta mil soldados turcos. Lo invadió la abrumadora sensación de que un gran poder estaba destinado a destruir su patria sin remedio.

Claro que no podían hacerlo sin llegar a Inglaterra.

¿Podrían aquellos barcos de quilla plana trasladar a las tropas por mar abierto hasta Inglaterra? Era peligroso; si las aguas no estaban en calma, volcarían. Lo más probable era que su propósito fuera trasladar a los soldados a barcos más grandes anclados cerca de la orilla, un proceso que duraría semanas enteras para que los galeones pudieran atracar con normalidad.

Ned se quedó mirando el puerto e imaginó los miles de soldados de infantería trasladados a los galeones anclados cerca de la costa... y se dio cuenta entonces de que ese era precisamente el punto débil del plan de batalla del rey español. Más tarde, cuando el ejército ya hubiera embarcado, los invasores constituirían una fuerza imparable.

El pronóstico no era nada halagüeño. Si la invasión tenía éxito, volvería a perecer gente en la hoguera. Ned no olvidaría nunca los terribles alaridos de Philbert Cobley cuando lo quemaron vivo frente a la catedral de Kingsbridge. No era posible que Inglaterra retrocediera así en el tiempo, ¿verdad?

La única esperanza era detener a la armada española en el Canal antes de que las tropas embarcaran. La flota de Isabel estaba en inferioridad numérica, de modo que las posibilidades de éxito eran escasas. Con todo, no podían hacer otra cosa.

26

I

Cuando Rollo Fitzgerald volvió a ver Inglaterra a las cuatro de la tarde del viernes 29 de julio de 1588, su corazón se llenó de una inmensa alegría.

Permanecía de pie en la cubierta del buque insignia español, el *San Martín*, y sus piernas se habían acostumbrado ya al balanceo de las olas sin ningún esfuerzo consciente. Inglaterra era una simple mancha en el horizonte, hacia el norte, pero los marineros tenían sus trucos para saber dónde se hallaban. El hombre encargado de sondar la profundidad del agua lanzó la plomada por la popa y midió su longitud a medida que la iba soltando. Había calculado sesenta y un metros cuando tocó fondo, y el escandallo reveló arena blanca, lo cual, para el experto marinero, era prueba de que el barco estaba entrando en la desembocadura occidental del canal de Inglaterra.

Rollo había huido del país después de que fracasara su complot para liberar a María Estuardo. Durante varios días de nerviosismo extremo, Ned Willard había estado pisándole los talones, pero al fin había logrado salir airoso sin que lo atrapara.

Se había trasladado de inmediato a Madrid, pues allí era donde había de decidirse el destino de Inglaterra. Seguía haciéndose llamar Jean Langlais y había trabajado sin descanso para colaborar e impulsar la invasión española. Gozaba de una gran credibilidad. Los informes de don Bernardino de Mendoza, el embajador de España, primero en Londres y luego en París, habían dejado claro al rey Felipe II que Langlais era la persona que más se había esforzado por mantener viva la fe católica en la Inglaterra protestante. Su categoría estaba justo por detrás de la de William Allen, quien sería arzobispo de Canterbury después de la invasión.

La botadura de la flota se había retrasado una y otra vez, pero por fin se hizo a la mar el 28 de mayo de 1588, con Rollo a bordo.

El rey Felipe lo presentó como una guerra defensiva: la represalia por los ataques de los piratas ingleses a los convoyes transatlánticos, por la ayuda de la reina Isabel a los rebeldes de Flandes y por el ataque de Drake en Cádiz. Sin embargo, Rollo se sentía como un cruzado; estaba allí para liberar a su país de los infieles que se habían apoderado de él treinta años atrás y era uno de los muchos ingleses católicos que regresaban con la marina de guerra española. También había ciento ochenta sacerdotes en las naves. Rollo estaba convencido de que los libertadores serían bien recibidos por aquellos cuyos corazones habían permanecido fieles a la verdad, a la fe tradicional. A él le habían prometido el puesto de obispo de Kingsbridge, la recompensa por todos los difíciles y peligrosos años de trabajo secreto en las mismísimas narices de Ned Willard. De nuevo, la catedral de Kingsbridge ofrecería misas católicas con crucifijos e incienso, y Rollo estaría al frente de todo ello, ataviado con las bellas vestiduras sacerdotales que correspondían a su posición.

El almirante de la Grande y Felicísima Armada era el duque de Medina Sidonia, un hombre de treinta y ocho años y con calvicie prematura. Se trataba del terrateniente más rico de España y tenía poca experiencia en el mar. Su consigna era la precaución.

Cuando se hubo confirmado la posición de la Armada, el duque izó una bandera especial en el palo mayor, una que había recibido la bendición del Papa y que había sido llevada en procesión por la catedral de Lisboa. Luego desplegó en el trinquete el estandarte real, la cruz de Borgoña. Las otras naves exhibían más enseñas: castillos de Castilla, dragones de Portugal, los estandartes de los nobles a bordo de cada nave y los emblemas de los santos que los protegían. Ondeaban y restallaban valientemente al viento, proclamando la gallardía y la fuerza de la flota.

El *San Martín* efectuó tres disparos para indicar una plegaria de acción de gracias. Luego recogió y plegó las velas y echó el ancla, y el duque de Medina Sidonia convocó un consejo militar.

Rollo acudió a dicho consejo, pues en los últimos dos años había aprendido suficiente español para seguir una conversación e incluso tomar parte en ella si era necesario.

El vicealmirante de Medina Sidonia era el apuesto don Juan Martínez de Recalde, que capitaneaba el *San Juan de Portugal*. Había sido oficial de la marina durante toda su vida, tenía sesenta y dos años y era el comandante con más experiencia de la armada española. Ese día había requisado un pesquero inglés y había interrogado a la tripulación, y en ese momento les estaba revelando que la flota inglesa se hallaba oculta en la desembocadura del río Plym. Era el primer puerto relativamente amplio de la costa sur.

—Si nos apresuramos en llegar a Plymouth y los sorprendemos allí, podremos destruir la mitad de la flota —dijo Martínez de Recalde—. Será la venganza por el ataque de Drake en Cádiz.

Rollo sintió que el corazón se le llenaba de esperanza. ¿Era posible que todo acabara tan pronto?

El duque de Medina Sidonia tenía sus reservas.

—Hemos recibido órdenes estrictas de Su Majestad el rey Felipe —anunció—. Debemos acudir directamente al encuentro con el duque de Parma y los Tercios de Flandes en Dunkerque sin desviarnos. El rey quiere una invasión, no una batalla naval.

—Sea como sea, nos toparemos con barcos ingleses —repuso Martínez de Recalde—. Seguro que nos impedirán llegar al lugar señalado. Ya que tenemos una oportunidad única para aniquilarlos, sería absurdo no aprovecharla.

El duque de Medina Sidonia se volvió hacia Rollo.

—¿Conoces la zona?

—Sí.

Muchos ingleses considerarían a Rollo un simple traidor. Si lo hubieran visto en el buque insignia de la fuerza invasora, ayudando y dando consejos al enemigo, lo habrían sentenciado a muerte. Ellos no lo comprenderían, pero al final sería Dios quien lo juzgaría, no los hombres.

—La bocana del puerto de Plymouth es estrecha —dijo—. Solo caben dos o tres naves en línea de frente, no más. Y está llena de cañones. Pero una vez dentro, con unos cuantos galeones pueden hacerse estragos. Los herejes no tendrán adónde huir.

Las naves españolas estaban armadas con cañones pesados de tubo corto, inservibles a cierta distancia pero destructivos a corto alcance. Además, las cubiertas de la flota rebosaban de soldados ansiosos por pasar a la acción, mientras que los buques ingleses estaban tripulados sobre todo por simples marineros. Aquello iba a ser una auténtica matanza, pensó Rollo con entusiasmo.

—Y Plymouth tiene una población de unos dos mil habitantes,

menos de una décima parte de nuestras fuerzas —concluyó—. Se verán indefensos.

El duque de Medina Sidonia guardó silencio un buen rato, pensativo.

—No. Esperaremos aquí a los barcos que han quedado atrás —respondió al fin.

Rollo estaba contrariado. Claro que tal vez el duque de Medina Sidonia tuviera razón, la superioridad de los españoles en relación con los ingleses era aplastante, de modo que el almirante no necesitaba correr riesgos. Daba igual cuándo o dónde entablaran combate con la flota inglesa, no cabía duda de que la Armada de Felipe II sería la vencedora.

II

Barney Willard se hallaba en Plymouth Hoe, un parque situado sobre unos acantilados de escasa altura desde donde se dominaba la entrada del puerto. Era uno de los pocos hombres que acompañaban al almirante de la flota inglesa, lord Howard. Desde el Hoe podían ver las naves, muchas de las cuales se estaban abasteciendo de agua fresca y comida. A los escasos buques de guerra de la armada real se habían sumado barcos mercantes de menor tamaño entre los que se contaban los dos de Barney, el *Alice* y el *Bella*, y en el puerto había ya unas noventa embarcaciones.

El viento soplaba del sudoeste, y olía a mar, lo cual a Barney siempre le levantaba el ánimo; pero, por desgracia, la dirección era perfecta para la Armada, que se disponía a entrar en el Canal desde el Atlántico en su singladura hacia el este.

La reina Isabel había apostado fuerte: durante una reunión con sus comandantes navales —lord Howard, sir Francis Drake y sir John Hawkins— había decidido enviar a la mayor parte de la flota al encuentro con la Armada en el extremo oeste del Canal. El extremo este —el estrecho de Dover, que el duque de Parma planeaba cruzar con su ejército invasor— quedaría defendido solamente por unos cuantos buques de guerra. Todos sabían hasta qué punto tal empresa resultaba arriesgada.

En Plymouth Hoe se respiraba un ambiente tenso. Tenían el destino de Inglaterra en sus manos y se enfrentaban a un enemigo abrumadoramente superior. Barney sabía que en una batalla naval todas las expectativas podían verse alteradas por la impredecibilidad del tiempo, pero lo tenían todo en contra y estaban muy preocupados... a excepción del vicealmirante Drake, que hizo alarde de su fama de impasible sumándose a un grupo de lugareños para jugar a los bolos.

Mientras Barney, nervioso, observaba el mar, apareció una pinaza en el Canal. Era una embarcación pequeña, de unas cincuenta toneladas, que tenía todas las velas desplegadas y surcaba el agua como un pájaro. Barney conocía el barco.

—Es el *Golden Hind* —dijo.

Se oyó un murmullo de interés entre la tripulación allí reunida. El *Golden Hind* era una de las veloces embarcaciones destinadas a vigilar la zona más occidental de Inglaterra para detectar a los posibles invasores. Solo podía haber una razón para que regresara a tal velocidad, pensó Barney, y el temor le produjo escalofríos.

Observó cómo la embarcación entraba en el puerto, arriaba las velas y atracaba en la playa. Antes incluso de que estuviera amarrada, dos hombres desembarcaron y corrieron en dirección a la ciudad. Al cabo de pocos minutos, dos caballos enfilaron la cuesta a medio galope hacia el parque. Drake abandonó el juego de bolos y, cojeando a causa de la vieja herida de bala del muslo derecho, cruzó el césped para oír lo que tenían que decirle.

El hombre de mayor edad se presentó como Thomas Fleming, capitán del *Golden Hind*.

—Hemos topado con los españoles al amanecer —dijo sin aliento—. Desde entonces, hemos estado navegando viento en popa.

El almirante, Charles Howard, era un hombre enérgico de cincuenta y dos años con la barba canosa.

—Buen amigo —le dijo a Fleming—, dinos lo que has visto.

—Cincuenta barcos españoles, cerca de las islas Sorlingas.

—¿De qué tipo?

—Sobre todo grandes galeones, con algunos barcos de abastecimiento y unas cuantas galeazas cargadas de armamento e impulsadas por remos además de velas.

De pronto, una extraña calma invadió a Barney. Aquello que llevaba amenazándolos tanto tiempo y que tanto temían había sucedido por fin: el país más poderoso del mundo estaba atacando Inglaterra. El final de la incertidumbre se presentaba acompañado de una extraña sensación de alivio. No había nada que hacer excepto luchar a muerte.

—¿En qué dirección avanzan los españoles?

—En ninguna, señor. Sus naves se hallan inmóviles, y parece que estén esperando a que otras las alcancen.

—A ver, amigo, ¿estás seguro de las cifras? —preguntó lord Parminter.

—No nos hemos acercado por miedo a que nos capturaran y no pudiéramos comunicaros la noticia.

—Muy acertado, Fleming —dijo lord Howard.

Barney calculó que las islas Sorlingas debían de estar a cien millas de Plymouth. Sin embargo, Fleming había recorrido esa distancia en menos de un día. La Armada no podía navegar a la misma velocidad, pero tal vez llegaran antes del anochecer, pensó con nerviosismo, sobre todo si dejaban atrás los lentos barcos de abastecimiento.

Parminter estaba planteándose eso mismo.

—¡Debemos zarpar enseguida! —dijo—. Es preciso entablar una batalla frontal con la Armada antes de que avisten tierra.

Parminter no era marino. Barney sabía que un combate frontal era lo último que querían los ingleses.

Lord Howard se explicó con paciencia y educación:

—Está subiendo la marea y el viento sopla del sudoeste. Es muy difícil que un barco salga del puerto contra viento y marea, e imposible que lo haga la flota entera. Pero el flujo cesará a las diez de la noche, y ese será el momento de hacerse a la mar.

—¡Para entonces puede que los españoles ya estén aquí!

—Es posible. Qué suerte que su comandante haya decidido esperar y agrupar la flota.

Drake habló por primera vez.

—Yo no habría esperado —dijo. Nunca dejaba escapar la oportunidad de jactarse—. Si dudas, estás perdido.

Howard sonrió. Drake era un fanfarrón, pero valía la pena tenerlo de tu parte en una batalla.

—Los españoles han actuado con vacilación, pero todavía no han perdido, por desgracia —señaló.

—De todos modos, lo tenemos mal. La Armada está situada a barlovento con respecto a nuestra posición, y eso le concede ventaja.

Barney asintió con mala cara. Sabía por experiencia que el viento lo era todo en una batalla naval.

—¿Y es posible que consigamos situarnos nosotros a barlovento de ellos? —preguntó Howard.

Barney sabía lo difícil que resultaba barloventear. Cuando un barco recibe el viento por el costado con la vela en diagonal, puede virar rápidamente en cualquier dirección que forme un ángulo de hasta noventa grados con respecto a este. Es decir, que si el viento sopla del norte, el barco puede orientarse sin dificultad hacia el este o el oeste, o también hacia el sur. Sin embargo, una nave bien construida con una tripulación experimentada, puede lograr más que eso y virar hacia el nordeste o el noroeste con las velas cazadas, ciñendo el viento. A eso se le llama navegar de bolina, y supone todo un reto porque un pequeño error de cálculo llevaría la nave a un punto muerto donde acabaría perdiendo velocidad hasta pararse. La cuestión era que, si la flota inglesa quería orientarse hacia el sudoeste cuando el viento soplaba de esa misma dirección, tendría que navegar primero hacia el sur y luego moverse en zigzag durante un proceso lento y agotador que recibe el nombre de bordear o dar bordadas.

Drake parecía dudoso.

—No solo será necesario avanzar a bordadas, también tendremos que mantenernos fuera de la vista del enemigo; si no, cambiarán el rumbo para interceptarnos.

—No te he preguntado si sería difícil o no, solo si es posible.

Drake esbozó una sonrisa, le gustaba esa forma de hablar.

—Es posible —dijo.

Barney cobró ánimos gracias al bravo discurso de Drake. No tenían otra posibilidad.

—Pues hagámoslo —concluyó lord Howard.

III

Durante la mayor parte del sábado, Rollo permaneció en el lado de babor del *San Martín* mientras navegaba con el viento a favor por el Canal en dirección a Portsmouth. La Armada formaba una ancha columna, con los mejores buques de guerra en la vanguardia y la retaguardia y los barcos de abastecimiento protegiendo la parte central.

Mientras contemplaba las rocosas orillas de Cornualles a su paso, Rollo se sintió abrumado por sentimientos encontrados de euforia y culpa. Estaba en su país y se disponía a atacarlo. Sabía que cumplía la voluntad de Dios, pero una sensación en un recoveco de su mente le decía que tal vez aquello no fuera a procurarle honor a él ni a su familia. En realidad no le preocupaban los hombres que pudieran morir en la batalla, jamás le habían inquietado ese tipo de cosas; siempre había hombres que morían, el mundo funcionaba así. Pero no podía sacudirse de encima el temor de que, si la invasión fallaba, pasaría a la historia como un traidor, y eso le producía un profundo desasosiego.

Era el momento que los vigías ingleses habían estado esperando y, una tras otra, las almenaras ardieron en las lejanas cimas lanzando una intensa señal de alarma a lo largo de la costa con mayor velocidad de la que los barcos podían alcanzar. Rollo temía que la flota inglesa, puesta en alerta, navegara hacia el puerto de Plymouth y se dirigiera hacia el este para evitar verse atrapada. El retraso cauteloso del duque de Medina Sidonia le había hecho perder una oportunidad.

Siempre que la Armada navegaba próxima a la costa, Rollo veía multitudes contemplándola desde los acantilados, en absoluta quietud y silencio a causa del sobrecogimiento, pues nadie en la historia de la humanidad había visto tantos navíos juntos.

Al caer la tarde, los marinos españoles observaron los bancos de arena y las oscuras rocas del peligroso arrecife llamado Eddystone, y viraron para sortearlo. La conocida amenaza se hallaba al sur de Plymouth. Poco después, algunas velas distantes en el este, que reflejaban los destellos del último sol, ofrecieron a Rollo su primera visión desgarradora de la flota inglesa.

El duque de Medina Sidonia ordenó a la Armada que fondeara, para asegurarse de que sus barcos permanecerían a barlovento con respecto a los ingleses. No cabía duda de que al día siguiente entrarían en combate, y no quería conceder ventaja al enemigo.

Pocos hombres embarcados en el *San Martín* durmieron esa noche. Prepararon las armas, comprobaron una y otra vez sus pistolas y cebadores, y pulieron el blindaje. Los artilleros almacenaron balas en las taquillas y tensaron las cuerdas que mantenían amarrados los cañones; luego llenaron barriles de agua de mar para apagar posibles incendios. Retiraron los obstáculos de los costados del barco para que los carpinteros detectaran con mayor facilidad los agujeros en el casco y pudieran repararlos.

La luna se elevó a las dos de la madrugada. Rollo se encontraba en la cubierta, y miró a lo lejos tratando de avistar la flota inglesa, pero solo consiguió divisar vagos contornos que bien podían ser niebla. Rezó por la marina de guerra española y por sí mismo, por que sobreviviera a la batalla del día siguiente y viviera lo suficiente para convertirse en el obispo de Kingsbridge.

El amanecer de verano llegó pronto y confirmó que tenían cinco naves inglesas frente a ellos. Sin embargo, cuando la luz aumentó de intensidad, Rollo sufrió un tremendo sobresalto al volverse y comprobar que la flota inglesa se encontraba no delante sino detrás de la Armada. ¿Cómo demonios había sucedido aquello?

Los cinco barcos de delante debían de haber servido de señuelo, y el grueso había conseguido navegar de bolina, desafiando el viento, para rodear a la Armada, y ahora se hallaba en posición de ventaja a barlovento detrás de los españoles, a punto para la batalla.

Los marinos del *San Martín* se habían quedado de piedra. Nadie había reparado en que el nuevo diseño de los barcos ingleses, más bajos y más estrechos, suponía semejante diferencia en cuanto a su maniobrabilidad. Rollo tenía la moral por los suelos. Menudo revés, ¡y tan pronto!

Miró hacia el norte y vio las últimas naves de la flota inglesa abriéndose paso a lo largo de la costa para reunirse con el resto; resultaba exasperante el modo en que daban repiquetes hacia el sur y hacia el norte en el estrecho paso de que disponían. Para gran asombro de Rollo, cuando el barco en cabeza alcanzó el punto más meridional de su zigzag, abrió fuego en el flanco septentrional de la Armada. Vació los cañones y volvió a virar al norte. Ninguno de los disparos alcanzó los buques españoles, así que los ingleses habían malgastado munición; pero habían sorprendido a sus enemigos por partida doble: primero, por la habilidad de la navegación y, después, por la audacia del capitán inglés.

Se habían efectuado los primeros disparos de la batalla.

El duque de Medina Sidonia ordenó la señal combinada de disparar e izar la enseña real para que la Armada se dispusiera en formación de combate.

IV

Era el turno de los ingleses de quedar sorprendidos. Los barcos españoles, alejándose de la flota de Howard en dirección este, adoptaron una formación defensiva con una precisión jamás alcanzada por ninguna marina de guerra inglesa. Como guiados por una fuerza divina, formaron una curva perfecta que ocupaba varias millas, cual luna creciente con los extremos apuntando a los ingleses de modo amenazador.

Ned Willard observaba el despliegue desde la cubierta del *Ark Royal*. Ned era el representante de Walsingham en el buque insignia. El *Ark* era un galeón de cuatro palos y poco más de treinta metros de eslora; el explorador sir Walter Raleigh lo había construido para luego vendérselo a la reina Isabel, aunque esta, con toda su mezquindad, no le había pagado, sino que había deducido cinco mil libras del dinero que, según decía, le debía él. El buque estaba muy bien armado, con treinta y dos cañones alineados en dos cubiertas de artillería y un castillo de proa. Ned no disponía de camarote propio, pero tenía el lujo de ocupar una litera en el que compartía con otros cuatro hombres. Los marineros dormían en la cubierta, y a la tripulación de trescientos hombres más cien soldados le costaba encontrar sitio en un barco cuya manga máxima era de once metros.

Al observar la maniobra, casi mágica, de la Armada, Ned se dio cuenta de que los barcos de abastecimiento se encontraban en el centro y que los galeones de combate estaban justo enfrente o en los extremos. Reparó al momento en que los ingleses solo podían disparar a las puntas de la formación, pues cualquier nave que entrara en la media luna sería susceptible de ser atacada por detrás, ya que la falta de viento restaría fuerza a las velas. Todos los navíos excepto el último estaban resguardados por otro situado tras él. Era una formación planeada con esmero.

La flota española desconcertaba a Ned también por otros motivos. Las naves resplandecían con su pintura de colores llamativos, y aun desde la distancia veía que los hombres de cubierta llevaban puestas sus mejores galas, con las calzas y el jubón en tonos carmesí, azul real, púrpura y dorado. Incluso los esclavos que remaban en las galeazas llevaban chaquetas de un rojo vivo. ¿Qué clase de combatientes vestían como si fueran a una fiesta de alto copete? En los barcos ingleses, solo los nobles vestían con ropas elegantes. Incluso los comandantes como Drake y Hawkins llevaban las anodinas calzas de lana de diario y el jubón de piel.

Lord Howard se hallaba en la toldilla del *Ark*, una posición elevada detrás del palo mayor desde donde podía ver la mayoría de sus naves y las del enemigo. Ned se encontraba cerca de él. Por detrás, la flota inglesa estaba dispuesta de forma descuidada formando una línea irregular.

Ned reparó en un marinero que esparcía serrín en la cubierta principal, y tan solo le llevó un momento deducir que era para evitar que la madera resbalara a causa de la sangre.

Howard dio una orden a voz en cuello y el *Ark* guio a la flota hacia la batalla. A continuación el almirante se dirigió hacia la punta septentrional de la media luna. A lo lejos, al sur, el *Revenge* de Drake fue a por el extremo opuesto.

El *Ark* se acercó por la retaguardia del último barco español, un enorme galeón que Howard imaginó que sería el *Rata Coronada*. Cuando el *Ark* empezó a cruzar la popa del *Rata*, el capitán español viró de modo que los dos barcos pasaron dándose el costado. Y, al hacerlo, dispararon todos los cañones.

Ned descubrió que el estruendo de los disparos de un barco tan próximo sentaba como un puñetazo en la cara, y el humo de toda aquella pólvora era peor que la niebla, pero cuando el viento despejó el panorama, vio que ninguno de los dos barcos había acertado con los cañonazos. Howard sabía que los españoles solo querían acercarse lo suficiente para abordarlos, y al pretender evitar semejante desastre había mantenido una distancia demasiado excesiva para causar daños. El fuego de los españoles, con sus cañones más pesados y de menor alcance, también resultó inofensivo.

Ned acababa de experimentar su primera escaramuza en el mar, y en realidad no había ocurrido nada.

Los barcos que seguían al *Ark* estaban atacando al *Rata* y a tres o cuatro galeones cercanos, pero con poco éxito. Algunos de los cañones ingleses dañaron las jarcias de los buques enemigos, pero ninguno de los dos bandos sufrió daños importantes.

Ned miró hacia el sur y vio que el ataque de Drake en el extremo meridional estaba teniendo un resultado similar.

La batalla avanzó hacia el este hasta que los españoles hubieron perdido toda oportunidad de atacar Plymouth, y con ese objetivo cumplido, los ingleses se retiraron.

Sin embargo, aquella era una victoria pírrica, pensó Ned con pesadumbre. La Armada, más o menos ilesa, seguía su rumbo hacia el punto donde debía encontrarse con el ejército de Flandes en Dunkerque. Inglaterra seguía corriendo el mismo peligro que antes.

V

Durante esa semana, Rollo se sentía más optimista cada día.

La Armada navegaba con majestuosidad hacia el este, perseguida y hostigada por la flota inglesa, pero sin detenerse ni sufrir retrasos importantes. Un perro que intentaba morder la pata de un caballo de tiro podía resultar molesto; sin embargo, tarde o temprano recibiría una coz en la cabeza. Los españoles habían perdido dos barcos en accidentes y Drake, como todo el mundo consideraba ya normal, abandonó su puesto durante el tiempo suficiente para apresar uno de ellos, un valioso galeón, el *Rosario*. Con todo, a la flota española no había quien la parara.

El sábado 6 de agosto, Rollo miró por encima del bauprés del *San Martín* y vio la familiar silueta del puerto francés de Calais.

El duque de Medina Sidonia decidió detenerse allí. La Armada se hallaba a veinticuatro millas de Dunkerque, donde se esperaba que el duque de Parma estuviera aguardándolos con su ejército y su flotilla de barcos, dispuesto a unirse a la invasión. Sin embargo, había un problema: al este de Calais, los bancos de arena y los bajíos se extendían nada menos que quince millas desde la costa, lo cual era letal para cualquier navegante que no conociera la zona al dedillo. Existía el riesgo de que la Armada se viera obligada a emprender ese rumbo a causa de los vientos del oeste y las mareas vivas. Cauteloso como era, el duque de Medina Sidonia decidió de nuevo que no valía la pena correr riesgos.

Cuando un disparo dio la señal en el *San Martín*, los buques de la gran flota arriaron las velas de forma simultánea y se produjo una imponente parada; entonces echaron anclas.

Los ingleses se detuvieron de manera menos vistosa media milla por detrás.

Navegando a lo largo del Canal, Rollo había observado con envidia cómo aparecían pequeñas embarcaciones procedentes de la costa inglesa con provisiones para la flota, barriles de pólvora y carne de tocino que estaban subiendo a los barcos. Los españoles no recibían provisiones desde La Coruña: los franceses tenían órdenes de no mercadear con la flota española porque su rey quería permanecer neutral en esa guerra. Con todo, Rollo había pasado muchas veces por Calais a lo largo de sus viajes y sabía que allí odiaban a los ingleses. El gobernador de la ciudad había perdido una pierna treinta años atrás en la batalla que sirvió para recuperar Calais, antes ocupada por Inglaterra.

Rollo aconsejó al duque de Medina Sidonia que enviara a tierra a una pequeña delegación para ofrecer sus saludos y algunos obsequios, de modo que les permitieran comprar todo cuanto necesitaran. Por desgracia, era imposible reunir lo suficiente: no había bastante pólvora en todo Calais para reemplazar ni una décima parte de toda la que la Armada había gastado en la última semana.

Y entonces llegó un mensaje que hizo enloquecer de ira al duque de Medina Sidonia: el duque de Parma no estaba a punto. Ninguno de sus barcos disponía de provisiones y no habían empezado siquiera el embarque. Le llevaría varios días prepararse y navegar hasta Calais.

Rollo no estaba seguro de que la furia del comandante estuviera justificada. No se podía pretender que el duque de Parma subiera a su ejército a bordo de pequeños barcos y los tuviera allí esperando durante un tiempo indefinido. Tenía mucho más sentido esperar a que supieran que habían llegado los españoles.

A última hora de esa misma tarde, Rollo se llevó la desagradable sorpresa de ver que otra flota inglesa se dirigía a Calais desde el nordeste. Era la segunda parte de la patética marina de guerra de Isabel, pensó. Esos barcos no habían sido enviados a Plymouth para enfrentarse a la Armada, pues la mayoría de las naves no eran buques de guerra sino pequeños mercantes, no excesivamente armados, y no estaban a la altura de los enormes galeones españoles.

La Armada aún era mucho más poderosa. Y el retraso no suponía un desastre insalvable. Ya habían repelido a la flota inglesa durante una semana; solo quedaba aguardar a que llegara Parma, y podían conseguirlo. Entonces tendrían la victoria al alcance de la mano.

VI

La armada real había fallado, Ned lo sabía. Los barcos españoles, casi intactos y recién aprovisionados, estaban a punto de encontrarse con el duque de Parma y su ejército de Flandes. Cuando lo hubieran logrado, se hallarían a menos de un día de distancia de la costa inglesa.

El domingo por la mañana, lord Howard convocó un consejo de guerra en la cubierta del *Ark Royal*. Era la última oportunidad de frenar la invasión.

Un ataque frontal sería suicida. La Armada tenía más navíos y más armamento, y los ingleses ni siquiera podían contar con la pequeña ventaja que suponía su facilidad para maniobrar. En el mar, la formación de media luna de las fuerzas españolas, que seguía desplazándose, parecía invencible.

¿Había algo que pudieran hacer?

Muchos hombres hablaron a la vez; sugerían un ataque con brulotes.

Ned tenía la impresión de que era un recurso desesperado. Debían sacrificar naves caras, incendiarlas y dirigirlas hacia el enemigo. No obstante, los vientos caprichosos y las corrientes irregulares podían desviarlas de su rumbo, o tal vez los barcos enemigos fueran lo bastante ágiles para apartarse, de modo que no se tenía la certeza de que los brulotes alcanzaran su objetivo e hicieran que la flota enemiga estallara en llamas.

Con todo, a nadie se le ocurría una idea mejor.

Se seleccionaron ocho de los barcos más antiguos para ser sacrificados, y los trasladaron al centro de la flota inglesa con la esperanza de disimular los preparativos.

Llenaron las bodegas de los barcos con brea, trapos y maderas viejas, mientras pintaban los mástiles con alquitrán.

Ned recordó haber hablado con Carlos del sitio de Amberes, donde los rebeldes de Flandes habían empleado una táctica similar, y él le había sugerido a Howard que cargaran los cañones de los brulotes. El calor de las llamas haría arder la pólvora y dispararía las armas, con suerte en el momento en que las naves se hallaran en medio de la flota enemiga. A Howard le gustó la idea y dio la orden.

Ned se cercioró de que cargaran los cañones tal como le había explicado Carlos, por partida doble, con una bala de cañón y un proyectil de menor tamaño.

Se ató un pequeño barco a la popa de cada brulote, de modo que la mínima tripulación de emergencia que tuviera el valor de dirigir las naves contra el enemigo pudiera escapar en el último minuto.

Para consternación de Ned, el intento de mantener la actividad en secreto fracasó. Los españoles no eran tontos y se dieron cuenta de lo que se traían entre manos. Ned vio que dirigían pinazas y otros barcos para formar una pantalla entre las dos flotas y supuso que el duque de Medina Sidonia tenía un plan para proteger a la Armada. Con todo, Ned no acababa de imaginarse qué clase de efecto podía tener aquello.

Cayó la noche, el viento refrescó y el curso de la marea cambió.

A medianoche, tanto el viento como la marea eran perfectos. La tripulación de emergencia izó las velas y dirigió a oscuras los brulotes hacia las luces titilantes de la armada española. Ned se moría de ganas de verlo, pero aún no había luna y los barcos eran simples manchas oscuras en el negro mar. Las dos flotas se encontraban a tan solo media milla de distancia, pero la espera se hizo interminable. A Ned se le aceleró el pulso. Todo dependía de esa maniobra. No solía rezar, pero envió una ferviente súplica a los cielos.

De pronto surgió un destello. Una tras otra, las ocho embarcaciones ardieron en llamas. En la luz roja de la conflagración, Ned vio a los marineros saltar de los barcos para huir. Las ocho llamaradas pronto se fundieron en una sola, formando un infierno, mientras el viento dirigía la bomba incendiaria hacia la flota enemiga de modo inexorable.

VII

Rollo lo observó todo con el corazón aporreándole el pecho y respirando a bocanadas. Los brulotes se acercaban a la pantalla formada por los pequeños navíos que el duque de Medina Sidonia había desplegado para obstaculizarlos. El humo que llenaba los orificios nasales de Rollo olía a madera y alquitrán. Incluso percibía ya el calor de las llamas.

Dos pinazas se separaron de la pantalla y avanzaron hacia ambos extremos de la hilera de brulotes. Los tripulantes, arriesgando sus vidas, lanzaron rezones a los barcos en llamas. En cuanto consiguieron asegurarlos, cada una de las dos naves empezó a remolcar un brulote. A Rollo, que temblaba de miedo al pensar en la muerte, le impresionó sobremanera el valor y la pericia de los marineros españoles. Se dirigían a mar abierto, donde los brulotes podrían quedar reducidos a cenizas sin causar daños.

Quedaban seis. Otras dos pinazas se aproximaron a los barcos de los extremos y repitieron la operación. Con suerte, pensó Rollo, los irían separando por parejas igual que antes y la maniobra de los ingleses habría resultado del todo ineficaz. La táctica del duque de Medina Sidonia estaba surtiendo efecto, y Rollo se animó.

Entonces lo sorprendió el estruendo de los cañones.

Seguro que no quedaba nadie con vida a bordo de los brulotes, pero las armas se habían disparado como por arte de magia. ¿Era el mismo Satán quien encendía los cañones para ayudar a los herejes mientras las llamas lo envolvían?

Rollo cayó en que habían cargado las armas de antemano y estas se habían disparado cuando el calor había encendido la pólvora.

El resultado fue una masacre: a contraluz del naranja intenso del fuego vio, en las pinazas, las negras siluetas de los hombres estremecerse y dar sacudidas, como diablos enloquecidos danzando en el infierno, al ser alcanzados por las balas. Los cañones debían de estar cargados con proyectiles o piedras. Daba la impresión de que los hombres chillaban, pero el rugido de las llamas y el estrépito de los cañonazos no permitían oír nada.

El intento de capturar y desviar los brulotes fracasó cuando los miembros de la tripulación, muertos o heridos, fueron cayendo a la cubierta o al mar. Los barcos incendiarios, movidos por la corriente, se acercaban de forma inexorable.

Llegados a ese punto, a los españoles no les quedaba otro remedio que huir.

A bordo del *San Martín*, el duque de Medina Sidonia disparó una señal dando la orden de levar anclas y alejarse, pero era innecesario. En todos los barcos que Rollo podía ver en el rojizo contraluz, los hombres se agolpaban en los mástiles para trepar por ellos e izar velas. Con las prisas, muchos no levaron el ancla sino que se limitaron a cortar las gruesas cuerdas con el hacha y dejaron que el pesado hierro se hundiera en el mar.

Al principio, el *San Martín* empezó a moverse con una lentitud desesperante. Igual que todos los otros barcos, lo habían anclado en dirección contraria al viento para ganar estabilidad, de modo que primero tenían que darle la vuelta, y esa era una operación meticulosa que debía efectuarse con los aparejuelos. A Rollo le parecía inevitable que el galeón se incendiara antes de lograr avanzar, y se preparó para saltar al agua y tratar de nadar hasta la orilla.

El duque de Medina Sidonia envió tranquilamente una pinaza para que se dirigiera a todos los barcos de la flota con órdenes de navegar hacia el norte y reagruparse, pero Rollo no estaba seguro de que muchos fueran a obedecer. La presencia de los brulotes en llamas resultaba tan aterradora que la mayoría de los marineros solo podían pensar en huir.

Cuando lograron virar y por fin se hincharon las velas, tuvieron que concentrarse en escapar sin chocar unos con otros. En cuanto tuvieron el camino libre, la mayor parte de los navíos zarparon lo más rápido posible a merced del viento y la marea, sin prestar atención al rumbo.

Entonces un brulote se acercó peligrosamente al *San Martín*, y las chispas incendiaron la vela de proa.

Rollo miró las negras aguas y dudó si saltar.

Sin embargo, el barco estaba preparado para hacer frente a los incendios. En la cubierta había barriles de agua de mar y baldes apilados. Un marinero cogió un balde y arrojó agua a la tela en llamas. Rollo cogió otro e hizo lo propio. Más marineros se sumaron a ellos, y entre todos pronto apagaron el fuego.

Por fin el galeón alcanzó la dirección del viento y se alejó del peligro.

Se detuvo al cabo de una milla. Rollo miró por encima de la popa. Los ingleses no estaban haciendo nada. A salvo, a barlovento de las llamas, podían permitirse observar. La armada española seguía siendo presa de la confusión y el pánico. Aunque no se incendió ninguno de los barcos españoles, el peligro era tan inminente que resultaba imposible que nadie pensara en otra cosa más que en salvar el pellejo.

Por el momento, el *San Martín* estaba solo, y era vulnerable. Se había echado la noche encima y no podían hacer nada más. Claro que al menos habían salvado las naves. Por la mañana, el duque de Medina Sidonia se enfrentaría a la ardua tarea de volver a colocar a la Armada en formación. Era posible conseguirlo, y seguir adelante con los planes de invadir Inglaterra.

VIII

Cuando amaneció en Calais, Barney Willard, situado en la cubierta del *Alice*, observó que los brulotes habían fallado. Sus restos en llamas estaban desparramados por la costa de Calais, pero no se había incendiado ningún otro barco. Solo se avistaba un naufragio, el del *San Lorenzo*, que, a la deriva, avanzaba sin remedio hacia los acantilados.

Aproximadamente una milla hacia el norte, reconoció la silueta del buque insignia español, el *San Martín*, y cuatro galeones más. El resto de la imponente Armada seguía sin aparecer. Se habían separado y habían perdido la formación, pero estaban intactos. A medida que observaba, Barney vio que cinco galeones viraban hacia el este y adquirían velocidad. El duque de Medina Sidonia se dirigía a por las naves que iban a la zaga. Cuando lo hubiera logrado, podría regresar a Calais con la flota al completo y acudir a la cita con el duque de Parma.

Aun así, Barney tenía la sensación de que sus posibilidades de éxito eran escasas. La Armada era vulnerable y habían conseguido quebrar su disciplina y dispersar los barcos. Tal vez los encontraran uno por aquí y dos por allá.

Si al mismo tiempo se dirigían a los bancos de arena de los Países Bajos, mucho mejor. Barney había tenido que sortear muchas veces esos bajíos cuando entraba en Amberes, y Drake también estaba familiarizado con ellos, pero para la mayoría de los marinos españoles representaban una amenaza inexplorada. Aún tenían una oportunidad, pero no duraría mucho tiempo.

Para gran satisfacción de Barney, lord Howard llegó a la misma conclusión que él.

El *Ark Royal* efectuó un disparo de aviso y el *Revenge* de Drake levó anclas e izó las velas. Barney gritó más órdenes a la tripulación, que se frotó los ojos para quitarse de encima el sueño y se puso manos a la obra enseguida, como un coro a punto de entonar un madrigal.

La flota inglesa partió en persecución de los cinco galeones.

Barney permaneció en la cubierta; mantenía el equilibrio sin ningún esfuerzo a pesar de las agitadas aguas. Estaban teniendo un agosto borrascoso, con el viento en constante cambio de fuerza y dirección y las lluvias intermitentes que solo permitían la visión a ratos, como solía ocurrir en el Canal. Barney disfrutaba de la sensación de velocidad sobre el agua y del aire salado en sus pulmones, de la fría lluvia que le refrescaba la cara y la perspectiva de algún saqueo al final del día.

Los veloces barcos ingleses fueron ganando ventaja a los galeones sin darles tregua, pero la huida española no fue infructuosa, pues cuando pasaron junto a los estrechos del mar del Norte recogieron barcos de la Armada que se habían dispersado. Con todo, continuaban estando en inferioridad numérica con respecto a los ingleses, que aún se les acercaron más.

Eran las nueve de la mañana y, según los cálculos de Barney, estaban a unas siete millas de la población neerlandesa de Gravelinas cuando el duque de Medina Sidonia decidió que no valía la pena seguir huyendo y viró para enfrentarse a su enemigo.

Barney bajó a la cubierta de artillería. Su artillero mayor era un norteafricano de piel negra llamado Bill Coory. Barney creía haberle enseñado a Bill todo cuanto sabía y este era tan experto como podía serlo él o incluso más. Barney le ordenó que preparara a la tripulación del *Alice* para el combate.

Observó que el *Revenge* de Drake se echaba encima del *San Martín*. Las dos naves se disponían a atacar de costado, como había tenido lugar cientos de veces durante los últimos nueve días sin apenas causar daños. Sin embargo, esa vez fue diferente: Barney receló cada vez más cuando el *Revenge* avanzó de tal modo que acabó por acercarse peligrosamente al barco español. Drake había olido la sangre, o tal vez el oro, y Barney temió por la vida del héroe inglés cuando se aproximó a cien metros de su objetivo. Si Drake resultaba muerto en el primer enfrentamiento de la batalla, los ingleses se desmoralizarían por completo.

Los dos barcos dispararon sus cañones de proa, unas armas engorrosas cuyo objetivo era desconcertar y sembrar el pánico entre la tripulación enemiga, pero que no podían hundir un barco. Entonces, cuando los dos grandes buques estuvieron a la misma altura, la ventaja del viento se hizo sentir. La nave española, con el viento de popa, escoró de modo que sus cañones, incluso en el punto más bajo, apuntaban al aire. El barco inglés, en cambio, con el viento de proa, se inclinó hacia su enemigo, y a una distancia tan corta los cañones pudieron apuntar a la cubierta y la parte inferior que quedaba expuesta.

Empezaron los disparos. Los cañones de las dos naves emitían ruidos distintos. Los del *Revenge* tenían un sonido moderado, como un toque de tambor, y mientras alcanzaba la posición óptima, todos los cañones de la cubierta entraron en acción con tanta disciplina que hizo palpitar de alegría el corazón de artillero de Barney. El sonido del *San Martín* era más grave pero irregular, como si los artilleros quisieran ahorrar munición.

Ambos barcos se mecían arriba y abajo con las olas como simples boyas, pero estaban ya tan cerca que ni siquiera en mitad de las agitadas aguas era probable que fallaran.

El *Revenge* fue alcanzado por varias balas enormes. A causa del ángulo que formaba, los disparos fueron a parar a las jarcias, pero incluso así un barco podía quedar inutilizado si se rompían los mástiles. El *San Martín* sufrió otro tipo de daño. Algunos de los cañones de Drake disparaban munición poco convencional de diversos tipos:

unas latas cuyo contenido eran pequeñas piezas metálicas llamadas metralla que desgarraban la carne, balas de cañón encadenadas por pares que rodeaban las jarcias y derribaban los penoles, e incluso letales esquirlas de metal capaces de rajar las velas.

Entonces la escena se ensombreció a causa del humo de las andanadas. Entre los estallidos, Barney oía los gritos de los hombres mutilados y percibía el sabor de la pólvora en la boca y la nariz.

Los buques se separaron, y al hacerlo dispararon los cañones de popa. Cuando emergieron de entre la nube humeante, Barney vio que Drake no pensaba aminorar la marcha dando media vuelta para volver a atacar al *San Martín*, sino que iba derecho a por el siguiente barco español. Dedujo con alivio que el *Revenge* no había sufrido daños serios.

La siguiente nave de la línea inglesa, el *Nonpareil*, se abalanzó sobre el *San Martín* siguiendo el ejemplo de Drake. Su comandante se situó extraordinariamente cerca del buque enemigo, aunque no lo bastante para permitir que el barco español maniobrara y lo abordara; entonces volvieron a retronar los cañones. Esa vez Barney creyó que los españoles habían disparado menos balas y tuvo la sospecha de que los artilleros eran lentos efectuando la carga.

Llevaba ya bastante tiempo observando la escena; había llegado la hora de entrar en acción. Era importante para el *Alice* que lo vieran atacando barcos españoles, pues eso permitiría que Barney y su tripulación recibieran una parte del botín.

El siguiente galeón de la línea española era el *San Felipe*, y ya se hallaba rodeado de naves inglesas que lo castigaban sin piedad. A Barney le recordó a una jauría de perros de caza atacando a un oso, como ocurría en la actividad de ocio favorita de los ingleses. Los barcos se estaban acercando tanto que Barney vio cómo un inglés que había perdido el juicio saltaba el hueco que lo separaba de la cubierta del *San Felipe* y, de inmediato, las espadas españolas lo reducían a pedazos. Se dio cuenta de que era la única ocasión durante los últimos nueve días en que alguien había abordado una nave enemiga, lo cual demostraba hasta qué punto los ingleses habían triunfado al impedir que los españoles utilizaran sus tácticas preferidas.

Cuando el *Alice* se lanzó al ataque siguiendo la estela de un buque de guerra llamado *Antelope*, Barney miró al horizonte y vio, para su consternación, que un nuevo grupo de barcos españoles aparecía a lo lejos y avanzaba a toda velocidad para sumarse a la batalla. Acudir al rescate de una flota en clara inferioridad numérica requería coraje; no obstante, daba la impresión de que los españoles andaban servidos de dicha cualidad.

Apretó los dientes y gritó a su timonel que se acercara hasta situarse a cien metros del *San Felipe*.

Los soldados del galeón dispararon los mosquetes y arcabuces, y a punto estuvieron de anotarse varios disparos certeros entre los hombres apiñados en la cubierta del *Alice*. Barney se arrodilló y resultó ileso, pero media docena de sus hombres cayeron en la cubierta, ensangrentados. Entonces Bill Coory empezó a disparar y se oyeron retronar los cañones del *Alice*. Los proyectiles pequeños fueron a parar a la cubierta del galeón, acribillando a marineros y soldados, mientras que las balas de cañón, más grandes, penetraron en los tablones del casco y lo hicieron añicos.

El galeón respondió con una bala grande a los ocho disparos menores del *Alice*, y cuando se estrelló contra la popa, Barney sintió el estruendo en la boca del estómago. El carpintero del barco, que aguardaba en cubierta a que llegara exactamente ese momento, bajó corriendo para intentar reparar los daños.

Barney había tomado parte en otras batallas. No era que no tuviera miedo, pues los hombres que carecían de él no sobrevivían mucho tiempo en el mar, pero descubrió que, una vez entablada la lucha, había tanto que hacer que no pensaba en el peligro hasta que este pasaba. Era presa de un entusiasmo que lo llenaba de energía; daba órdenes a gritos a la tripulación, corría de un lado a otro del barco para lograr mejor visibilidad, bajaba a la cubierta de artillería cada pocos minutos para dar instrucciones y ánimos a los artilleros, que sudaban profusamente. Tosía a causa del humo de los disparos, resbalaba en la sangre derramada y tropezaba con los cuerpos de los hombres muertos o heridos.

Dio un rodeo con el *Alice* hasta situarse detrás del *Antelope* y siguió al buque de mayor tamaño cuando volvió a cruzarse con el enemigo, y esta vez disparó los cañones de babor. Soltó un reniego cuando una bala del galeón fue a dar al mástil de popa. Una fracción de segundo más tarde, notó un intenso dolor punzante en la coronilla. La palpó y extrajo una astilla de madera de su cuero cabelludo. Sentía la cálida humedad de la sangre, pero no eran más que unas gotas y se dio cuenta de que había conseguido escapar con un mero rasguño.

El mástil no cayó, y el carpintero corrió a apuntalarlo con torna-puntas de refuerzo.

Cuando el *Alice* emergió de todo aquel humo sulfúreo, Barney reparó en que la Armada se estaba desplazando poco a poco hasta su formación de media luna. Le asombraba que los comandantes y sus tripulaciones consiguieran dar muestras de tanta disciplina a la vez que hacían frente a una acometida semejante. Resultaba angustioso hasta qué punto costaba hundir los barcos españoles, y muy pronto llegarían refuerzos.

Barney dio otro rodeo con el *Alice*, dispuesto a emprender un nuevo ataque.

IX

El furor de la batalla no cesó en todo el día, y a media tarde Rollo estaba desesperado.

El *San Martín* había recibido centenares de disparos. Tres de los cañones de mayor tamaño del barco habían sido arrancados de sus soportes y, por tanto, habían quedado inservibles, pero disponía de muchos más. El barco, lleno de agujeros, se mantenía a flote gracias a los buzos, los más valientes de todos los valientes, que se sumergían en el mar con planchas de plomo y cáñamo de calafateo para reparar el casco mientras rugían los cañonazos. Alrededor de Rollo yacían mul-titud de hombres muertos o heridos, y la mayoría invocaban a Dios o su santo favorito para que los libraran de la agonía. El aire que respi-raba sabía a sangre y a humo de artillería.

El *María Juan* había resultado tan maltrecho que no consiguió mantenerse a flote, y Rollo había observado con desespero cómo el magnífico buque se hundía, de forma lenta pero irremediable, entre las grises olas del frío mar del Norte y desaparecía de la vista para siempre. El *San Mateo* se hallaba próximo a su final. En un esfuerzo por mantenerlo a flote, la tripulación estaba echando por la borda to-dos los objetos móviles: cañones, rejillas, maderos rotos e incluso los cadáveres de los compañeros muertos. El *San Felipe* también estaba muy dañado y era imposible de gobernar, por lo que andaba a la deri-va sin que nada pudiera hacerse al respecto, alejándose de la batalla rumbo a los bancos de arena.

No se trataba tan solo de la inferioridad numérica de los españoles. Eran soldados valientes y diestros marinos, pero ganaban las batallas embistiendo y abordando al enemigo, y los ingleses se las habían ingeniado para evitarlo. En vez de eso, se habían visto obligados a entablar un combate de artillería, y eso los situaba en desventaja. Los ingleses habían desarrollado una técnica de disparo rápido que los españoles no eran capaces de igualar. Los cañones de sus barcos, de mayor tamaño, costaban de recargar, y a veces se requería que los artilleros se colgaran con cuerdas por fuera del casco para introducir la bala, cosa que, en plena batalla, resultaba casi imposible.

El resultado fue desastroso.

Como si quisiera asegurar todavía más la derrota, el viento había rolado en dirección norte, de modo que no podían escapar hacia allí. Hacia el este y hacia el sur solo había bancos de arena, y los ingleses los presionaban desde el oeste. Estaban atrapados. Resistían con gran coraje, pero acabarían por hundirse a causa de los cañones ingleses o encallando en los bajíos.

No había esperanza.

X

A las cuatro de la tarde el tiempo cambió.

Se levantó un turbión inesperado procedente del sudoeste. En la cubierta del *Ark Royal* de lord Howard, el fuerte viento zarandeaba a Ned Willard y la lluvia lo empapaba. Podría haber soportado ese contratiempo tranquilamente, pero le preocupaba que la armada española quedara oculta por una cortina de agua. La flota inglesa avanzó con cautela hasta el lugar donde deberían hallarse los españoles, pero habían desaparecido.

No irían a escaparse a esas alturas de la batalla, ¿verdad?

Al cabo de media hora la tormenta se fue con la misma rapidez con que había llegado, y el repentino sol de media tarde permitió a Ned observar, para su consternación, que los barcos españoles se encontraban ya dos millas al norte y avanzaban con rapidez.

El *Ark* emprendió el rumbo y le dio alcance, y el resto de la flota lo siguió, pero les llevaría mucho tiempo situarse a su altura, y Ned se dio cuenta de que el combate no proseguiría hasta la noche.

Las dos flotas se hallaban próximas a la costa este de Inglaterra.

Cayó la noche. Ned estaba exhausto y se acostó en su litera, vestido de pies a cabeza. Al día siguiente, al romper el alba, echó un vistazo a lo que tenían por delante y vio que los españoles se encontraban a la misma distancia y que navegaban en dirección al norte lo más rápido que podían.

Lord Howard se hallaba en su lugar habitual de la toldilla, bebiendo cerveza insulsa.

—¿Qué ocurre, señor? —preguntó Ned con cortesía—. No da la impresión de que nos hayamos acercado.

—No es necesario —respondió Howard—. Mirad, se van.

—¿Adónde?

—Buena pregunta. Por lo que observo, se verán obligados a circunnavegar la punta más septentrional de Escocia y volverán hacia el sur por el mar de Irlanda, para el cual no hay cartas de navegación, como sabréis.

Ned no lo sabía.

—He estado a vuestro lado en cada momento durante los últimos once días, y sigo sin entender cómo ha ocurrido.

—La verdad, sir Ned, es que es muy difícil conquistar una isla. Los invasores están en tremenda desventaja. Les faltan provisiones, son vulnerables cuando las tropas tratan de embarcar o desembarcar, y pierden la pista en un territorio o unas aguas desconocidas. Lo que hemos hecho, sobre todo, es hostigarlos hasta que las dificultades inherentes a la invasión han podido con ellos.

Ned asintió.

—Pues la reina Isabel hizo bien gastando tanto dinero en la flota.

—Cierto.

Ned miró mar adentro y observó a la Armada retirándose.

—Así que hemos ganado —dijo. Apenas podía creerlo.

Sabía que lo lógico habría sido ponerse a dar saltos de alegría, y lo más probable es que lo hiciera cuando asimilara la noticia; de momento, sencillamente, no lograba salir de su asombro.

Howard sonrió.

—Sí —respondió—. Hemos ganado.

—¡Caray! —exclamó Ned—. ¡Quién lo iba a decir!

27

I

Alain despertó a su padrastro, Pierre Aumande.

—Se ha convocado una reunión de emergencia del Consejo Privado —le informó. Parecía nervioso, sin duda porque tenía que interrumpir el descanso de su irritable señor.

Pierre se incorporó y frunció el ceño. No le gustaban las sorpresas, y aquella citación resultaba algo completamente inesperado. ¿Cómo era posible que no estuviese enterado? ¿Qué podía revestir tanta urgencia? Unas escamas de piel seca caían sobre la colcha bordada mientras se rascaba los brazos, pensativo.

—¿Sabes algo más?

—Hemos recibido un mensaje de D'O —contestó Alain. Aquel apellido tan poco habitual correspondía al superintendente de finanzas del rey Enrique III, François d'O—. Pide que procures que el duque de Guisa asista a la reunión.

Pierre miró por la ventana. Todavía no había amanecido y no se veía nada, pero oía la lluvia torrencial repicando sobre el tejado y rebotando contra los cristales. Poco más iba a averiguar quedándose en la cama, así que se levantó.

Faltaban dos días para la Navidad de 1588. Se hallaban a más de ciento sesenta kilómetros de París, en el castillo real de Blois, un palacio gigantesco con incontables habitaciones. Pierre ocupaba una suite magnífica, del mismo tamaño que la de su señor, el duque de Guisa, y casi tan grande como la del rey.

Igual que el monarca y el duque, Pierre se había llevado con él parte de su lujoso mobiliario, compuesto, entre otras cosas, por una cama voluptuosamente cómoda y un escritorio simbólicamente gigantesco. También contaba con otra posesión muy preciada: un par de pistolas de rueda con adornos de plata que le había regalado el rey Enrique, la primera y la única vez que había recibido un presente de un monarca, y que guardaba cargadas junto a la cama.

Disponía de un séquito de criados encabezados por Alain, que en esos momentos tenía veintiocho años y a quien había transformado en un fiel servidor tras conseguir de él un sometimiento absoluto. También lo acompañaba su servil y complaciente amante, Louise de Nimes.

Pierre había convertido al duque Enrique de Guisa en uno de los hombres más importantes de Europa, más poderoso que el mismísimo rey de Francia, y el estatus de Pierre había ascendido en consecuencia junto al de su señor.

El monarca había heredado el carácter conciliador de su madre, la reina Catalina, y había procurado mostrarse laxo con los hugonotes, los protestantes franceses, algo que Pierre había considerado una amenaza desde el principio. Aumande había animado al duque a crear la Liga Católica, una unión de confraternidades ultracatólicas con la que combatir la deriva herética. Lo que Pierre jamás habría soñado era el éxito que tendría dicha Liga, que en esos momentos constituía el frente político francés con mayor fuerza y bajo cuyo yugo se encontraban París y otras ciudades importantes. Tal era su poder que había conseguido que el rey Enrique abandonara la capital, motivo por el cual este se alojaba en Blois en esos momentos. Además, Pierre había logrado que el duque fuese nombrado Lugarteniente General del Reino, lo que a efectos prácticos arrebataba al monarca el control de su propio ejército.

Las asambleas de los Estados Generales, el Parlamento nacional, se venían llevando a cabo en Blois desde octubre. Pierre, cuyo verdadero objetivo era asegurarse de que el rey accedía a todas las demandas de la Liga, había aconsejado al duque de Guisa que aparentase ser el representante del pueblo durante las negociaciones con el monarca, aunque en realidad lideraba la oposición al poder de la realeza.

Sin embargo, Aumande temía que la arrogancia de su señor estuviese yendo demasiado lejos. Hacía una semana, en un banquete de la familia de Guisa, Luis, cardenal de Lorena y hermano del duque Enrique, había propuesto un brindis por «¡Mi hermano, el nuevo rey de Francia!». Por descontado, la noticia de la provocación no había tardado en llegar a oídos del soberano, aunque Pierre dudaba de que se atreviese a escarmentar a los De Guisa. En cualquier caso, aquellas fanfarronadas tentaban a la suerte.

Escogió un caro jubón blanco acuchillado que dejaba ver el forro de seda dorada y cuyo color disimulaba las escamillas blanquecinas que se le desprendían constantemente del cuero cabelludo.

La suave luz invernal del amanecer asomó a regañadientes y dejó entrever un cielo negro y una lluvia incesante. Pierre recorrió los pasillos y los corredores oscuros del laberíntico castillo hasta los aposentos del duque Enrique, acompañado por un lacayo que llevaba una vela.

El capitán de la guardia nocturna del duque, un suizo llamado Colli a quien Pierre había tenido la precaución de sobornar, lo saludó con deferencia.

—Ha pasado parte de la noche con madame de Sauve. A las tres ya estaba de vuelta.

La incansable y promiscua Charlotte de Sauve era la amante del momento del duque, que ese día muy probablemente querría dormir hasta entrada la mañana.

—Tengo que despertarlo —dijo Pierre—. Que le traigan una jarra de cerveza, no creo que haya tiempo para mucho más.

Aumande entró en el dormitorio. La esposa de Enrique se encontraba en París a punto de dar a luz a su decimocuarto hijo, por lo que el duque estaba solo. Pierre lo zarandeó por el hombro. Enrique, que todavía no había cumplido los cuarenta años, seguía siendo un hombre vigoroso y no tardó en despertarse.

—Me pregunto qué será eso tan urgente que el consejo no puede esperar hasta después del desayuno —masculló el hombre mientras se ponía un jubón de satén gris sobre la ropa interior.

Pierre no estaba dispuesto a confesar que lo ignoraba.

—Al rey le preocupan los Estados Generales.

—Fingiría que estoy enfermo, pero aún habría quien aprovecharía mi ausencia para conspirar contra mí.

—No lo dudéis ni un solo instante.

Ese era el precio del éxito. La debilidad de la monarquía francesa, que había comenzado con la muerte prematura del rey Enrique II treinta años antes, había ofrecido grandes oportunidades a la familia de Guisa; sin embargo, tan pronto se afianzaba su poder, otros intentaban arrebatárselo.

Un criado entró con una jarra de cerveza, que el duque apuró de un solo trago.

—Así está mejor —dijo después de lanzar un sonoro eructo.

El jubón de satén no abrigaba y en los pasillos del palacio hacía frío, por lo que Pierre le tendió una capa para el paseo hasta la cámara del consejo. El duque se puso un gorro y unos guantes y partieron.

Colli encabezaba la comitiva. Enrique no iba a ningún lugar sin su guardia personal, ni siquiera cuando se trasladaba de una estancia a otra dentro del palacio. Sin embargo, los hombres de armas no podían acceder a la cámara del consejo, por lo que Colli se quedó junto a las magníficas escaleras cuando el duque y Pierre entraron en la sala.

Un crepitante fuego ardía en la chimenea. El duque Enrique se quitó la capa y tomó asiento en la larga mesa junto a los demás consejeros.

—Traedme pasas de Damasco —le dijo a un criado—. No he comido nada.

Pierre se reunió con los demás asesores que esperaban junto a la pared y el consejo empezó a debatir cuestiones relacionadas con impuestos recaudatorios.

El rey había convocado los Estados Generales porque necesitaba dinero. Los prósperos comerciantes que formaban el tercer estado —tras la aristocracia y el clero— se negaban a entregarle ni una sola libra más, muy poco dispuestos a desprenderse de lo que les había costado ganar con tanto esfuerzo. En una muestra de insolencia sin igual, habían enviado contables para que examinaran las cuentas reales y estos habían dictaminado que el rey no necesitaba aumentar los tributos, sino administrarse mejor.

El superintendente de finanzas, François d'O, fue directo al grano.

—El tercer estado debe alcanzar un compromiso con el rey —sentenció mirando al duque.

—Lo hará —aseguró Enrique—, concededles más tiempo. El orgullo les impide dar su brazo a torcer de inmediato.

Pierre pensó que todo iba bien por el momento. Cuando se alcanzase dicho acuerdo, todo el mundo alabaría al duque por haber mediado entre las partes.

—¿Y de qué inmediatez estamos hablando? —insistió el superintendente con terquedad—. Llevan dos meses desafiando al rey.

—Acabarán entrando en vereda.

Pierre se rascó la axila. ¿Por qué se había convocado el Consejo Privado con tanta urgencia? Se trataba de una discusión en curso y no parecía que hubiese ocurrido nada nuevo.

Un criado ofreció una bandeja al duque.

—Excelencia, no hay uvas secas —le informó—. Os he traído pasas de la Provenza.

—Bienvenidas sean. Tengo tanta hambre que hasta me comería unos ojos de cordero —fanfarroneó el duque.

El superintendente no estaba dispuesto a permitir que cambiara de tema.

—Cuando se le pide al tercer estado que sea razonable, ¿sabéis lo que contesta? —prosiguió—. Que no necesita comprometerse porque cuenta con el apoyo del duque de Guisa. —Hizo una pausa y recorrió la mesa con la mirada.

Enrique se quitó los guantes y empezó a engullir las pasas.

—Excelencia, vos aseguráis interceder entre el rey y el pueblo, pero os habéis convertido en el obstáculo que impide el acuerdo —insistió François d'O, dirigiéndose directamente a él.

A Pierre no le gustó cómo había sonado aquel último comentario, le recordaba demasiado a una sentencia.

El duque Enrique acabó de tragar una pasa, pero no respondió, como si se hubiera quedado sin palabras.

Seguía devanándose los sesos en busca de una réplica adecuada cuando Revol, el secretario de Estado, entró por una de las puertas que daban a la habitación contigua, los aposentos reales, y se acercó al duque.

—Excelencia, el rey desea hablar con vos —le comunicó al oído al De Guisa.

Pierre se quedó desconcertado; era la segunda sorpresa de la mañana. Estaba ocurriendo algo de lo que no estaba enterado y tuvo la sensación de que eso no auguraba nada bueno.

El duque respondió a la petición del rey con osada parsimonia. Sacó del bolsillo un pequeño estuche plateado con forma de concha en el que guardó varias pasas, como si pretendiera llevárselas para comerlas mientras hablaba con el rey. A continuación, se levantó, recogió la capa y ordenó a Pierre que lo siguiera con un brusco gesto de cabeza.

En la habitación contigua lo esperaba un escuadrón de la guardia personal del rey, encabezado por un hombre llamado Montsérié, que dirigió al duque una mirada cargada de hostilidad. Enrique, aconsejado por Pierre, había propuesto disolver los Cuarenta y cinco —como se conocía a este cuerpo de élite tan bien pagado— para ahorrar dinero y, por descontado, para debilitar al monarca. Sin embargo, no había sido una de sus mejores ideas. La propuesta no había sido aceptada y solo había conseguido que los Cuarenta y cinco odiaran a su señor.

—Espera aquí por si te necesito —dijo el duque dirigiéndose a Pierre.

Montsérié se adelantó para abrir la siguiente puerta.

Enrique echó a andar, pero enseguida se detuvo y se volvió hacia su ayudante.

—Pensándolo mejor, vuelve al Consejo Privado. Así podrás contarme qué se ha dicho en mi ausencia.

—Como gustéis, excelencia —respondió Pierre.

Montsérié abrió la puerta, al otro lado de la cual esperaba el rey Enrique quien, a sus treinta y siete años, prácticamente llevaba media vida al frente de la casa real. El monarca tenía un rostro carnoso y sensual que transmitía una plácida autoridad.

—Ya está aquí, el hombre al que llaman el nuevo rey de Francia —lo saludó mirándolo a los ojos. Acto seguido, se volvió hacia Montsérié y le dirigió un breve, aunque inequívoco, asentimiento de cabeza.

En ese momento, Pierre supo que estaba a punto de ocurrir una desgracia.

Con un movimiento grácil y veloz, Montsérié desenvainó una larga daga y apuñaló al duque.

La afilada hoja atravesó sin dificultad el fino jubón de satén y se hundió en el fornido pecho.

Pierre se quedó helado, incapaz de reaccionar.

El duque abrió la boca como si fuera a gritar, pero no emitió ningún sonido, por lo que Pierre comprendió que la herida había resultado mortal.

Sin embargo, la guardia real no lo consideró suficiente y rodeó al duque para continuar acuchillándolo con sus puñales y espadas mientras la sangre manaba a borbotones por todas las heridas y orificios de su cuerpo, incluidas la nariz y la boca.

Paralizado, Pierre contempló la escena lleno de horror. Enrique se desplomó mientras la vida se le escapaba entre estertores.

Aumande miró al rey, que observaba lo que ocurría sin inmutarse, y por fin comprendió el verdadero alcance de la situación: su señor había sido asesinado y él sería el siguiente. Con disimulo, aunque sin perder tiempo, se dio media vuelta y regresó a la cámara donde se celebraba la reunión.

Los consejeros sentados alrededor de la larga mesa lo miraron en silencio y comprendió que sabían de antemano lo que iba a ocurrir. La reunión de «urgencia» solo había sido un pretexto para pillar al duque de Guisa desprevenido. Era obvio que se trataba de una conspiración en la que todos estaban implicados.

Intuyendo que esperaban noticias que les confirmaran el asesinato, aprovechó ese momento de incertidumbre para huir. Cruzó la estancia a toda prisa, sin abrir la boca, salió de la habitación y cerró de un portazo, lo que ahogó el barullo de voces que se formó tras él.

El guardia personal del duque, Colli, lo miró desconcertado, pero Pierre hizo caso omiso y descendió las magníficas escaleras sin perder tiempo. Nadie trató de detenerlo.

No daba crédito a lo que acababa de presenciar. Respiraba con dificultad y comprobó que sudaba a pesar del frío. El duque había muerto, lo habían asesinado, y resultaba evidente que lo había ordenado el rey. Enrique de Guisa se había vuelto demasiado confiado. Igual que Pierre. Había dado por sentado que el débil monarca carecía de valor y decisión suficientes; un error nefasto que le había costado la vida a su señor.

Tenía suerte de no haber sido el siguiente. Atravesó el palacio sin demora, intentando contener el pánico. Era probable que el rey y sus colaboradores se hubiesen limitado a planear el asesinato del duque, pero este ya estaba muerto, por lo que no tardarían en buscar la manera de afianzar su victoria y lo primero sería eliminar a los hermanos de Enrique, el cardenal Luis y el arzobispo de Lyon; después se ocuparían del consejero, Pierre.

En cualquier caso, todo sería caos y confusión durante los siguientes minutos y creyó ver en ello su oportunidad de salvación.

Carlos, el primogénito de Enrique, se convertiría en el nuevo duque de Guisa, se dijo mientras corría por un pasillo. El joven tenía diecisiete años y ya era lo bastante mayor para tomar las riendas de la casa de Guisa, igual que lo había hecho el padre de este a los doce. Si Pierre conseguía salir de allí, haría exactamente lo mismo que había hecho con Enrique: se congraciaría con la madre, se convertiría en uno de los consejeros imprescindibles del joven, plantaría en ellos la semilla de la venganza y, gracias a él, algún día el nuevo duque sería tan poderoso como el anterior.

No era la primera vez que sufría un revés y siempre había sabido salir airoso.

Llegó a sus aposentos sin resuello. Alain, su hijastro, se encontraba en el salón.

—Ensilla tres caballos —le ordenó Pierre con sequedad—. Llévate únicamente el dinero y las armas. Hay que estar fuera de aquí en diez minutos.

—¿Adónde vamos? —quiso saber el joven.

«El imbécil tendría que haber preguntado "por qué", no "adónde"», pensó.

—¡Todavía no lo he decidido! ¡Aligera! —gritó Pierre.

Encontró a Louise en el dormitorio. Todavía iba en camisón y rezaba el rosario arrodillada en el reclinatorio.

—Vístete, rápido —le espetó Pierre—. Si no estás lista, me voy sin ti.

La mujer se levantó y se acercó a él con las manos entrelazadas, como si continuase con la oración.

—No vas a salir de esta —murmuró.

—Si no espabilas, desde luego que no —contestó exasperado—. ¡Que te vistas!

Louise abrió las manos, entre las que asomó un puñal de hoja corta con el que le asestó una cuchillada en la cara.

—¡Dios! —aulló Pierre, más afectado por la sorpresa que por el corte. Difícilmente el asombro habría sido mayor si el cuchillo se hubiera movido solo. Era Louise, el ratoncillo asustado, la mujer indefensa de la que abusaba por placer, y lo había atacado… Además, no se trataba de un mero rasguño en la mejilla, sino de un tajo profundo que sangraba en abundancia—. ¡Puta, te voy a rajar el cuello! —chilló, y se abalanzó sobre ella, echando mano a su daga.

La mujer retrocedió con agilidad.

—¡Se acabó, malnacido, soy libre! —gritó Louise, y lo apuñaló en el cuello.

Incrédulo, Pierre sintió cómo la hoja penetraba en su carne. ¿Qué estaba pasando? ¿Por qué creía que era libre? Un rey débil había ordenado matar al duque y ahora una mujer débil lo apuñalaba a él. No salía de su asombro.

Sin embargo, Louise distaba mucho de ser una asesina consumada. No sabía que el primer ataque debía ser mortal y pagaría con su vida el error de principiante que había cometido.

La rabia guio los movimientos de Pierre. Se llevó una mano al cuello y apartó con la otra el brazo con el que Louise blandía el cuchillo. Estaba herido, pero continuaba vivo e iba a matarla. Se abalanzó sobre ella sin darle oportunidad a que volviera a asestarle otra puñalada y la derribó. La mujer soltó el arma al caer al suelo.

Pierre aprovechó para hacerse con el puñal y, tratando de ignorar el dolor que le producían las heridas, se arrodilló a horcajadas sobre Louise y alzó el arma, aunque se detuvo un momento para decidir dónde iba a clavárselo: ¿en la cara?, ¿en los pechos?, ¿en la garganta?, ¿en el vientre?

De pronto, algo impactó con fuerza contra uno de sus hombros y lo lanzó a un lado. Por un instante, tuvo la sensación de que el brazo que había recibido el golpe se le quedaba muerto y esta vez fue él quien soltó el puñal al tiempo que la violencia del encontronazo lo apartaba de Louise y se estrellaba contra el suelo, donde quedó tendido boca arriba.

Al levantar la vista, vio a Alain.

Su hijastro sostenía en las manos las pistolas de rueda que el rey Enrique le había regalado y con las que lo apuntaba en esos momentos.

Pierre clavó su mirada en ellas, sabiéndose indefenso. Las había disparado varias veces y sabía que funcionaban a la perfección; además, aunque ignoraba si Alain tenía puntería, era poco probable que errara el tiro encontrándose a solo dos pasos de él.

En el silencio que siguió, interrumpido únicamente por el tamborileo de la lluvia, Pierre comprendió que Alain sabía desde el principio lo del asesinato del duque y que por eso había preguntado adónde y no por qué. Igual que Louise. Se habían aliado para conspirar en su contra y matarlo aprovechando ese momento de debilidad. Y se saldrían con la suya, porque todo el mundo daría por sentado que Pierre había sido ejecutado por orden del rey, como había ocurrido con el duque.

¿Cómo podía estar sucediéndole aquello a él, Pierre Aumande de Guisa, después de treinta años como maestro indiscutible de la manipulación?

Primero miró a Louise, luego a Alain, y en ambos rostros vio la misma expresión: odio, aunque mezclado con algo más. Dicha. Habían logrado su victoria y estaban felices.

—Ya no me sirves de nada —le espetó Alain.

Sus dedos se tensaron sobre los largos y serpentinos brazos pivotantes que sobresalían por debajo del cañón.

¿Qué había querido decir? Pierre llevaba toda la vida utilizando a Alain, no al revés. ¿Qué no había sabido ver? Una vez más, perplejo, ignoraba lo que ocurría.

Abrió la boca para pedir auxilio, pero la herida del cuello le impidió emitir ningún sonido.

Las llaves de rueda giraron, ambas pistolas lanzaron chispas y se dispararon con un estallido doble.

Pierre sintió como si lo hubiesen golpeado en el pecho con una almádena. El dolor era insoportable.

—Ahora regresa al infierno, del que nunca debiste salir —oyó decir a Louise desde la lejanía.

La oscuridad lo invadió todo.

II

El conde Bartlet llamó Swithin a su primer hijo, igual que el bisabuelo de la criatura, y Rollo al segundo, como su tío abuelo. Ambos habían luchado con valentía contra el protestantismo y Bartlet era un católico recalcitrante.

A Margery no le complacía ninguno de los dos nombres. Swithin había sido un hombre despreciable y Rollo la había engañado y traicionado. Sin embargo, los nombres sufrieron una transformación cuando comenzó a aflorar la personalidad de los niños: Swithin era un gateador muy rápido, por lo que empezaron a llamarlo Swifty, y el rollizo Rollo acabó siendo Roley.

A Margery le gustaba ayudar a Cecilia, la mujer de Bartlet, por las mañanas. Ese día le dio de comer un huevo revuelto a Swifty mientras la joven amamantaba a Roley. Cecilia tendía a preocuparse demasiado por los niños y la presencia de Margery parecía ejercer un efecto balsámico. «Como todas las abuelas, probablemente», pensó.

Su segundo hijo, Roger, entró en la habitación de los niños para ver a sus sobrinos.

—Lo que voy a echar de menos a estos dos cuando me vaya a Oxford… —comentó.

Margery se percató de que a la joven niñera, Dot, se le había iluminado la cara al ver entrar a Roger. Su hijo tenía un encanto discreto y una sonrisa irónica que resultaba muy atractiva, y estaba convencida de que a Dot le habría gustado echarle el lazo. Tal vez no fuese tan mala idea que el joven se marchara a la universidad; la muchacha tenía buen corazón y mano con los niños, pero Roger necesitaba ampliar sus horizontes.

La idea le hizo preguntarse qué esperaba su hijo de su futuro.

—¿Has pensado qué quieres hacer después de Oxford?

—Me gustaría estudiar leyes —contestó Roger.

Aquello despertó la curiosidad de Margery.

—¿Por qué?

—Porque son fundamentales, es lo que conforma un país.

—Entonces, lo que verdaderamente te interesa son los entresijos del gobierno de una nación.

—Supongo que sí, siempre me ha fascinado lo que contaba padre cuando volvía del Parlamento, las maniobras y las estratagemas que utilizaba la gente a la hora de negociar, los motivos por los que se ponía de una parte o de otra…

El Parlamento nunca había suscitado un gran interés en el conde Bart, quien acudía a la Cámara de los Lores por obligación. Sin embargo, el verdadero padre de Roger, Ned Willard, había nacido para la política. Nunca dejaba de sorprenderle lo mucho que su hijo había heredado de él.

—Podrías ser el representante de Kingsbridge en el Parlamento y ocupar un escaño en la Cámara de los Comunes.

—Es lo que suelen hacer los hijos menores de los condes, pero ese cargo le corresponde a sir Ned.

—Algún día se retirará.

Margery imaginó que lo haría complacido sabiendo que se lo traspasaba a su hijo.

De pronto oyeron un alboroto de voces en la planta baja.

—Acaba de llegar el tío Rollo —anunció Roger, tras salir a averiguar qué ocurría.

Margery se quedó helada.

—¿Rollo? —repitió incrédula—. ¡Pero si hace años que no viene a New Castle!

—Bueno, pues está abajo.

Margery oyó los gritos de alegría de Bartlet cuando fue a recibir a su ídolo al gran salón.

—Venid a conocer a vuestro tío abuelo —dijo Cecilia a sus hijos con voz animada.

Sin embargo, Margery no tenía ninguna prisa por bajar a saludarlo.

—Yo iré más tarde —decidió, pasándole Swifty al tío de la criatura.

Salió del cuarto de los niños y recorrió el pasillo hasta llegar a sus aposentos con Maximus, su mastín, pegado a los tobillos. Como era habitual en aquellos casos, Bartlet y Cecilia se habían trasladado a las mejores habitaciones, pero la condesa viuda todavía contaba con sus propias y agradables dependencias. Margery entró en el tocador contiguo a su dormitorio y cerró la puerta.

La invadía una ira glacial. Después de descubrir que Rollo estaba utilizando su red para fomentar una insurrección violenta, le había enviado un mensaje breve y codificado para informarlo de que no volvería a ayudarlo a introducir sacerdotes en Inglaterra de manera clandestina. Rollo no había respondido y no habían vuelto a intercambiar más mensajes. Margery había dedicado muchas horas a madurar el discurso airado que pensaba soltarle si volvía a verlo alguna vez. Sin embargo, de pronto no sabía qué decirle.

Maximus se tendió delante del fuego mientras su ama se acercaba a la ventana. Era diciembre y los criados cruzaban el patio envueltos en gruesos abrigos. Al otro lado de los muros del castillo, los campos estaban helados, el barro se había endurecido y los árboles desnudos dirigían sus ramas bifurcadas hacia un cielo plomizo. Le habría gustado tener más dominio de sí misma, pero la visita inesperada de Rollo seguía turbándola. Cogió el rosario para tranquilizarse.

Oyó que los criados trajinaban un pesado equipaje en el pasillo, al otro lado de la puerta, y supuso que Rollo utilizaría su antiguo dormitorio, que estaba justo enfrente del que ella ocupaba en esos momentos. Poco después alguien llamó a la puerta y acto seguido entró su hermano.

—¡He vuelto! —anunció con voz alegre.

Estaba calvo y tenía la barba entrecana. Margery lo miró con expresión pétrea.

—¿Qué haces aquí?

—Yo también me alegro de verte —contestó él con tono sarcástico.

Maximus gruñó levemente.

—¿Qué demonios esperabas? —le espetó Margery—. Estuviste mintiéndome durante años. Ya sabes lo que opino acerca de que los cristianos se maten entre ellos por su fe, ¡y aun así me utilizaste para conseguir tu propósito! Has convertido mi vida en un infierno.

—Yo solo cumplí la voluntad de Dios.

—Lo dudo. Piensa en todas las muertes que se ha cobrado tu conspiración... ¡Incluida la de María, la reina de los escoceses!

—Que Dios la tenga en su santa gloria.

—En cualquier caso, no voy a seguir ayudándote y no puedes utilizar New Castle.

—Me temo que el tiempo de las conspiraciones ya pertenece al pasado. La reina María ha muerto y la armada española ha sido derrotada. De todas maneras, si volviera a presentarse una nueva oportunidad, hay otros lugares aparte de New Castle.

—Soy la única persona de Inglaterra que sabe que eres Jean Langlais. Podría entregarte a Ned Willard.

Rollo sonrió.

—Pero no lo harás —afirmó convencido—. Yo también podría hacer lo mismo contigo. Aun cuando no quisiese delatarte, es posible que no tuviera más remedio que hacerlo si me sometiesen a tortura. Llevas años escondiendo a sacerdotes, un delito sancionado con la pena de muerte, y te ejecutarían. Tal vez igual que a Margaret Clitherow, a la que aplastaron poco a poco hasta la muerte.

Margery se lo quedó mirando, horrorizada. No lo había pensado.

—Y no solo a ti —prosiguió Rollo—. Tanto Bartlet como Roger ayudaron a que los sacerdotes entraran en el país de manera clandestina. Así que, como ves, si me traicionas, también harás que ejecuten a tus hijos.

Rollo tenía razón, Margery estaba entre la espada y la pared; por vil y despreciable que fuera su hermano, no le quedaba más remedio que protegerlo. Sintió que la invadía una frustración ciega mientras miraba con odio su gesto engreído, pero tenía las manos atadas.

—Maldito seas —masculló—. Ojalá te pudras en el infierno.

III

El día de Epifanía hubo una gran cena familiar en casa de los Willard, en Kingsbridge.

Hacía tiempo que ya no se representaban obras teatrales en New

Castle, como antaño. El condado había ido empobreciéndose tras largos años de discriminación contra los católicos y el conde de Shiring ya no podía permitirse agasajar a sus vecinos con banquetes suntuosos, de modo que la familia Willard decidió celebrar su propia fiesta.

Seis personas ocupaban la mesa. Barney, que estaba de vuelta en casa, eufórico por el triunfo sobre la Armada, se sentaba a la cabecera, con su mujer, Helga, a un lado y su hijo, Alfo, al otro. Sylvie se fijó en que la buena vida empezaba a hacerse patente en las hechuras del joven. La mujer de Alfo, Valerie, sostenía a una pequeña en brazos. Ned ocupaba el otro extremo de la mesa, junto a Sylvie. Eileen Fife entró con una fuente descomunal de cerdo asado con manzanas que todos regaron con el vino dorado del Rin de Helga.

Barney y Ned se dedicaron a recordar episodios de la gran batalla naval mientras Sylvie y Valerie charlaban en francés y la joven amamantaba a la niña y comía. En cierto momento, Barney aseguró que la pequeña iba a parecerse a su abuela Bella, cosa bastante improbable, pensó Sylvie, ya que solo uno de los ocho bisabuelos de la criatura era africano y, por el momento, la niña tenía la piel clara y sonrosada. Alfo le explicó a Barney las mejoras que había proyectado para el mercado cubierto.

Sylvie se sentía segura, rodeada de su parlanchina familia, con un plato en la mesa y el fuego ardiendo en la chimenea. Por el momento, los enemigos de Inglaterra habían sido derrotados, aunque sabía que llegarían muchos más. Por otro lado, un espía había informado a Ned sobre la muerte de Pierre Aumande, al que habían asesinado el mismo día que a su señor, el duque de Guisa. Por fin se había hecho justicia.

Miró los rostros sonrientes que la rodeaban y comprendió que esa sensación que la inundaba se llamaba felicidad.

Después de cenar se pusieron unos gruesos abrigos y salieron. Para reemplazar la obra que solía representarse en New Castle, la posada Bell había contratado a una compañía de teatro que actuaría en el escenario provisional que habían instalado en el amplio patio del establecimiento. Los Willard pagaron la entrada y fueron a sentarse entre el público.

La obra, *La aguja de la comadre Gurton*, era una comedia de humor sobre una anciana que no podía coser porque perdía la única aguja que tenía. Entre los personajes se contaba un bufón llamado Diccon, que fingía invocar al diablo, y un criado llamado Hodge, que estaba tan asustado que se cagaba en los calzones. El público reía a carcajadas.

Ned estaba de buen humor; Barney y él abandonaron el patio y entraron en la taberna a pedir una jarra de vino.

En el escenario, la comadre iniciaba una hilarante pelea a puñetazos con su vecina, Dame Chat, cuando algo llamó la atención de Sylvie: entre el público había un hombre muy serio cuyo rostro le sonaba de algo. Tenía el aspecto demacrado del fanático irredento, imposible de olvidar.

Sus miradas se cruzaron, pero él no pareció reconocerla.

En ese momento, Sylvie recordó con nitidez una calle de París y a Pierre Aumande en la puerta de su casa dándole indicaciones a un sacerdote con entradas y barba cobriza.

—¿Jean Langlais? —musitó incrédula. ¿Era posible que se tratase de la persona que Ned llevaba buscando tanto tiempo?

El hombre dio la espalda al escenario y salió del patio.

Sylvie tenía que asegurarse de que era él; no debía perderlo de vista, no podía permitir que desapareciera. Jean Langlais se había convertido en el enemigo del protestantismo y de su marido.

Buscó a Ned pensando que podría resultar peligroso, pero su marido todavía no había regresado de la taberna. Cuando volviera, el presunto Langlais podría haberse desvanecido. No había tiempo que perder.

Sylvie nunca había vacilado a la hora de arriesgar su vida por aquello en lo que creía.

Y salió tras él.

IV

Rollo había decidido regresar a Tyne Castle, consciente de que ya no tendría oportunidad de usar New Castle para ningún propósito oculto. Margery no lo traicionaría de manera intencionada —eso conduciría a la ejecución de sus hijos—, pero si su hermana bajaba la guardia acabaría convirtiéndose en un peligro para la seguridad. Lo mejor era que no supiese nada.

Seguía en la nómina del conde de Tyne y, de hecho, aún llevaba a cabo labores jurídicas para su señor de vez en cuando con el objetivo de dar credibilidad a su tapadera, aunque ignoraba qué tareas clandestinas le estarían reservadas. La insurrección católica había fracasado, pero confiaba fervientemente en que tarde o temprano habría una nueva tentativa de devolver Inglaterra a la fe verdadera, y que él tomaría parte en ella.

De camino a Tyne se había detenido en Kingsbridge a pasar la noche, donde se había juntado con un grupo de viajeros que se dirigían a Londres. Al llegar se habían enterado de que el día de Epifanía se representaría una obra en el patio de la posada Bell y tenían intención de ir al teatro antes de partir a la mañana siguiente.

Después de haber visto solo un minuto de la obra, Rollo ya la encontraba vulgar. En cierto momento en que el público estallaba en carcajadas, se cruzó con la mirada de una mujer menuda de mediana edad que lo miraba extrañada, como si quisiera ubicarlo.

Era la primera vez que la veía e ignoraba de quién se trataba, pero no le gustó la manera en que fruncía el ceño; daba la impresión de que intentaba recordar de qué lo conocía. Se subió la capucha del hábito, se dio media vuelta y salió del patio.

Al llegar a la plaza del mercado, contempló con amargura la fachada occidental de la catedral, pensando en la oportunidad que había perdido de convertirla en la sede de su obispado.

Entró con gesto abatido. La iglesia se había transformado en un lugar gris y anodino por culpa de los protestantes. Habían decapitado las esculturas de santos y de ángeles en sus nichos de piedra para evitar la idolatría y los frescos de los muros apenas se percibían bajo la fina capa de cal. Incomprensiblemente, los protestantes habían conservado intactas las magníficas vidrieras, aunque los colores no lucían aquella tarde de invierno.

«Conmigo todo habría sido distinto —se dijo Rollo—. Habría llevado a la gente a una fe envuelta en color, bellas vestiduras y piedras preciosas, no a este puritanismo frío y cerebral.» Se le revolvió el estómago pensando en lo que había perdido.

Los sacerdotes habían ido a ver la obra y la iglesia estaba desierta, pero al volverse para contemplar la nave en toda su extensión, Rollo vio que la mujer que había estado observándolo en el patio de la posada lo había seguido hasta la catedral.

—*C'est bien toi... Jean Langlais?* ¿De verdad eres tú, Jean Langlais? —le preguntó, dirigiéndose a él en francés cuando sus miradas se encontraron. Sus palabras resonaron bajo el abovedado como si las hubiera pronunciado la Parca.

Rollo se giró mientras trataba de poner en orden sus pensamientos. Se hallaba en grave peligro, acababan de identificarlo como Langlais, y aunque daba la impresión de que la mujer no sabía nada de Rollo Fitzgerald, seguramente no tardaría en averiguarlo. Si lo llamaba Langlais delante de alguien que lo conociese como Rollo —alguien como Ned Willard—, ya podía darse por muerto.

Tenía que escapar de ella.

Recorrió el pasillo sur a toda prisa. Una de las puertas del muro daba al claustro, pero, al tirar del picaporte, permaneció firmemente cerrada y supuso que la habían cegado cuando Alfo Willard convirtió el cuadrángulo en un mercado.

Oyó los pasos ligeros de la mujer corriendo por la nave e imaginó que querría verlo más de cerca, para asegurarse de que no se equivocaba. Tenía que impedirlo.

Atravesó el pasillo a la carrera y enfiló hacia el crucero en busca de una salida con la intención de desaparecer en la ciudad antes de que a la mujer le diera tiempo a confirmar sus sospechas. Al llegar al transepto sur, vio una pequeña puerta al pie de la imponente torre y la abrió sin perder tiempo, suponiendo que daría al nuevo mercado, pero únicamente se encontró ante una angosta escalera de caracol que ascendía. Sin pensárselo dos veces, cruzó la puerta, la cerró detrás de él y empezó a subir los peldaños.

Confiaba en que la escalera condujera hasta la puerta de la galería que recorría todo el pasillo sur, aunque a media ascensión comprendió que no iba a tener tanta suerte. Pensó en volver atrás, pero en ese momento oyó pasos a su espalda y supo que no le quedaba otra opción que continuar.

Empezó a resollar. Tenía cincuenta y tres años y subir escaleras interminables le resultaba más trabajoso que antes. Aun así, la mujer que lo perseguía no era mucho más joven.

¿De quién se trataba? ¿Y de qué lo conocía?

Era francesa, eso resultaba evidente. Se había dirigido a él de *«toi»* en lugar de *«vous»*, lo que significaba que o bien habían intimado en alguna ocasión —cosa imposible—, o bien creía que no merecía el trato respetuoso de *«vous»*. Lo más probable era que hubiesen coincidido en París o en Douai.

Siendo francesa y estando en Kingsbridge, solo podía tratarse de una inmigrante hugonota. En la ciudad vivía una familia llamada Forneron, pero procedían de Lille, y Rollo nunca había estado allí.

Si bien Ned Willard se había casado con una francesa.

Esa debía de ser la mujer que subía la escalera tras él entre jadeos. Sylvie, recordó que se llamaba.

No perdía la esperanza de encontrar un pasaje abovedado en el siguiente recodo que condujera a uno de los muchos pasadizos abiertos en los sólidos muros, pero la espiral no parecía tener fin. Era como si estuviese atrapado en una pesadilla.

Extenuado y sin resuello, alcanzó los últimos escalones, que morían en una pequeña puerta de madera. Rollo la abrió de un tirón y una ráfaga de viento helado lo golpeó con fuerza. Se agachó para salvar el dintel y salió al exterior, al estrecho corredor enlosado de la cúspide de la torre central que se erigía por encima del crucero, oyendo cómo la puerta se cerraba con brusquedad detrás de él. Un pretil que le llegaba a las rodillas era lo único que se interponía entre una caída de más de cien metros y él. Miró hacia abajo y divisó el tejado del coro. A la izquierda se encontraba el cementerio y a la derecha el cuadrángulo del antiguo claustro, que habían techado para convertirlo en el mercado cubierto. A su espalda se hallaba el mercado, aunque quedaba oculto detrás de la aguja. El viento le agitaba el hábito con violencia.

El corredor rodeaba la base del chapitel. En lo alto, coronando la punta de la aguja, se alzaba el gigantesco ángel de piedra que, desde el suelo, parecía del tamaño de un ser humano. Rollo avanzó por el corredor a toda prisa, rezando por que hubiera otra escalera de caracol, o de mano o un tramo de escalones que le permitiera salir de allí. Cuando llegó al otro extremo, echó un vistazo al mercado, prácticamente desierto a esas horas en que todo el mundo estaría en la posada Bell viendo la obra.

No había otra salida. Justo cuando regresaba al punto de partida, la mujer apareció en la puerta.

El viento le echó el pelo sobre los ojos, pero ella se lo apartó de la cara y miró a Rollo fijamente.

—Sí que eres tú —confirmó al cabo—, el sacerdote que vi con Pierre Aumande. Tenía que asegurarme.

—¿Eres la esposa de Willard?

—Lleva muchos años buscando a Jean Langlais. ¿Qué haces en Kingsbridge?

El sacerdote tenía razón, la mujer no sabía que era Rollo Fitzgerald. Sus caminos nunca se habían cruzado en Inglaterra.

Hasta ese día. Y ahora ella conocía su secreto. Lo detendrían, lo torturarían y lo condenarían a la horca por traición.

En ese momento comprendió que no tenía alternativa.

Dio un paso hacia ella.

—Insensata, ¿acaso no sabes el peligro que corres?

—No te tengo ningún miedo —aseguró Sylvie, abalanzándose sobre él.

Rollo intentó detenerla agarrándola por los brazos.

Sylvie chilló y forcejeó. Aunque la superaba en tamaño, no era de las que se rendían con facilidad y empezó a retorcerse y a dar patadas hasta que consiguió liberar un brazo para arañarlo, pero él esquivó la mano.

Rollo la empujó por el corredor hasta la esquina, de modo que Sylvie quedó de espaldas al pretil; sin embargo, la mujer logró escabullirse, se colocó detrás de Rollo, que se vio al borde de la caída abrupta, y lo empujó con todas sus fuerzas. Aun así, la fuerza de Rollo se impuso y el hombre la obligó a retroceder. Aunque Sylvie chilló pidiendo auxilio, el viento se llevaba sus gritos, por lo que el inglés sabía que nadie la oiría. Rollo volvió a agarrarla de un brazo y tiró de ella, con lo que Sylvie perdió el equilibrio. A continuación, la asió por el otro brazo y ya casi la había lanzado por encima del pretil cuando la mujer frustró sus planes dejando de resistirse y arrojándose al suelo. Sylvie se alejó a rastras en cuanto logró soltarse, se puso en pie y echó a correr.

Rollo salió tras ella como un rayo, doblando los recodos del corredor sin detenerse a pesar de saber que un solo traspié significaba una caída mortal. No obstante, Sylvie era mucho más rápida. La mujer llegó junto a la puerta, pero esta había vuelto a cerrarse y tuvo que detenerse un instante para abrirla, una brevísima demora que Rollo aprovechó para darle alcance. La agarró por el cuello y por el faldón del abrigo y tiró de ella para apartarla de la puerta y devolverla al corredor.

Sylvie agitaba los brazos e intentaba fijar los pies en el suelo de piedra mientras Rollo la arrastraba de vuelta al pretil. Intentó repetir el truco de quedarse sin fuerzas, pero esta vez no funcionó y únicamente logró que a Rollo le resultara más sencillo tirar de ella hasta que llegaron a la esquina.

El sacerdote apoyó un pie contra el antepecho e intentó lanzarla al vacío. Sylvie consiguió meter una mano en uno de los orificios que el pequeño muro presentaba a ras de suelo, por donde se desaguaba el agua de lluvia, y se aferró al borde, pero Rollo le propinó una patada en el brazo y se soltó.

El hombre logró levantarla hasta que medio cuerpo asomaba por encima del pretil. Boca abajo, Sylvie contempló la caída con ojos desorbitados mientras chillaba de terror. Rollo soltó el cuello del abrigo e intentó agarrarla por los tobillos, pero solo consiguió atrapar uno y le levantó el pie todo lo que pudo. Sylvie prácticamente había rebasado el pretil, y se aferró al borde de este con ambas manos.

Rollo le agarró un brazo y le retiró la mano del antepecho, por lo que Sylvie se precipitó hacia delante, aunque le asió la muñeca en el último segundo y estuvo a punto de llevárselo con él. Sin embargo, al final le fallaron las fuerzas y lo soltó.

Rollo se tambaleó unos instantes, agitando los brazos en el aire para recuperar el equilibrio, hasta que logró alejarse del pretil y ponerse a salvo.

Sylvie se vio impulsada en el sentido contrario y, con una lentitud de pesadilla, rebasó el antepecho y se precipitó al vacío lentamente, dando vueltas y más vueltas, mientras él contemplaba la caída con una mezcla de horror y sensación de triunfo, consciente de que los gritos de la mujer apenas serían un débil susurro en el viento.

Oyó el golpe sordo que produjo al estrellarse contra el tejado del coro. El cuerpo rebotó y continuó descendiendo; la cabeza describía un ángulo extraño, así que Rollo imaginó que se había roto el cuello. La mujer rodó sin fuerzas por la pendiente del tejado y cayó por el borde, para después golpearse con uno de los contrafuertes. A continuación, aterrizó sobre el cobertizo del pasillo norte y volvió a precipitarse al vacío hasta que el suelo del cementerio detuvo la caída; su cuerpo no era más que un bulto informe.

El camposanto estaba desierto. Rollo echó un vistazo a su alrededor, pero solo vio tejados. Nadie los había visto.

Volvió a agachar la cabeza para pasar bajo el dintel de la puerta, la cerró tras de sí y descendió la escalera de caracol lo más rápido que pudo. Tropezó un par de veces y estuvo a punto de caer, pero el tiempo apremiaba.

Se detuvo un instante al pie de los escalones y pegó el oído a la puerta, pero no oyó nada y la abrió un resquicio. No detectó ni voces ni pisadas, así que se atrevió a echar un vistazo. No había nadie en la catedral.

Salió al transepto y cerró la puerta detrás de él.

Echó a andar por el pasillo sur con paso ligero, cubriéndose la cabeza con la capucha del hábito, hasta que llegó al extremo occidental de la iglesia y abrió la puerta apenas unos centímetros. Había gente en la plaza del mercado, pero como nadie miraba en su dirección, decidió salir. Se dirigió hacia el sur sin detenerse y pasó junto a la entrada del mercado cubierto haciendo todo lo posible por mantener los ojos clavados en el suelo; no quería cruzarse con la mirada de nadie.

Rodeó el palacio obispal por detrás y puso rumbo a Main Street.

Lo asaltó la idea de abandonar la ciudad de inmediato y no volver jamás, pero varias personas sabían que estaba allí y que tenía planeado partir a la mañana siguiente con un grupo de viajeros, por lo que levantaría sospechas si se marchaba de manera precipitada. La guardia de la ciudad podía enviar hombres a caballo tras él y traerlo de vuelta. Lo mejor era quedarse y fingir que no sabía nada.

Se dirigió a la plaza del mercado.

La representación de la posada había acabado y Rollo vio a Richard Grimes, un próspero maestro constructor de Kingsbridge que formaba parte del consejo municipal, entre la gente que empezaba a salir de la posada Bell.

—Buenas tardes, concejal —lo saludó con cortesía.

De ese modo, Grimes recordaría haber visto a Rollo en Main Street como si viniera del río, y ni se le pasaría por la cabeza que hubiera podido estar cerca de la catedral.

El hombre, sorprendido de verlo después de tantos años, estaba a punto de iniciar una conversación cuando oyeron voces de espanto y consternación que procedían del cementerio. Grimes se dirigió hacia allí de inmediato, seguido por Rollo.

Una multitud rodeaba el cuerpo de Sylvie, que yacía en el suelo con los brazos y las piernas rotos, una parte de la cabeza transformada en una horrible masa sanguinolenta. Alguien se agachó a su lado y le tomó el pulso, aunque resultaba obvio que estaba muerta. El concejal Grimes se abrió paso entre la gente.

—Es Sylvie Willard —confirmó—. ¿Qué ha ocurrido?

—Ha caído del tejado —contestó Susan White, un antiguo amor de Rollo. La bonita muchacha de rostro almendrado se había convertido en una matrona canosa que debía de rondar los cincuenta.

—¿Has visto cómo caía? —le preguntó Grimes.

Rollo se puso tenso. Creía que no había testigos, pero en el caso de que a Susan le hubiera dado por levantar la vista, seguramente lo habría reconocido.

—No, no lo he visto, pero es obvio, ¿no? —repuso la mujer.

La gente se apartó y apareció Ned Willard, que contempló el cuerpo tendido durante un instante infinito antes de caer de rodillas junto a su esposa, rugiendo como un animal herido.

—¡No! —Le levantó la cabeza con delicadeza y vio que parte del rostro era una masa informe—. No, no —repitió, y se echó a llorar, musitando entre sollozos que procedían de lo más hondo de su ser.

Grimes miró a su alrededor.

—¿Alguien ha visto cómo caía?

Rollo se preparó para salir huyendo, pero nadie dijo nada. No había testigos del asesinato.

Y supo que saldría impune.

V

Margery se quedó junto a la sepultura de Sylvie mientras bajaban el ataúd al hoyo. El día había amanecido frío y apacible y unos débiles rayos de luz invernal asomaban entre las nubes de manera intermitente, aunque ella tenía la sensación de encontrarse en medio de un tornado.

Le destrozaba el corazón ver a Ned de aquella manera, con el rostro oculto en un pañuelo mientras lloraba con desconsuelo, incapaz de articular palabra, flanqueado por Barney y Alfo. Lo conocía y sabía que amaba a su mujer con todo su ser. Había perdido a su compañera del alma.

Nadie se explicaba qué había empujado a Sylvie a subir a la torre. Margery sabía que su hermano estaba en la ciudad ese día y se le había pasado por la cabeza que tal vez conociese la respuesta, pero Rollo había partido a la mañana siguiente. Aun así, había ido preguntando a la gente, con toda la naturalidad posible, si habían visto a su hermano antes de que emprendiera la marcha, y tres personas habían confirmado que se encontraba entre el público que había acudido a ver la representación de la posada Bell. Según Ned, Sylvie siempre había querido subir a la torre para disfrutar de las vistas de la ciudad, por lo que quizá no le había gustado la obra y había decidido aprovechar ese momento para cumplir su deseo. Después de sopesar todas las opciones, Margery concluyó que esa era la explicación más probable.

Sin embargo, había algo más que casi hacía insoportable el dolor que sentía por Ned y era saber que, tal vez, al final la tragedia le concedería lo que hacía treinta años que anhelaba. La avergonzaba profundamente pensar algo semejante, pero de nada servía engañarse: sabía que Ned volvía a estar soltero y, por lo tanto, no había nada que le impidiera casarse con ella.

Aunque, de ocurrir esto, ¿acabaría ahí su tormento? Llevaría consigo un secreto que no podría compartir con él. Traicionar a Rollo significaba condenar a Bartlet y a Roger. ¿Se lo guardaría para sí misma y engañaría al hombre que amaba? ¿O permitiría que ahorcasen a sus hijos?

Mientras se decía una oración por los restos quebrados de Sylvie, Margery le rogó a Dios que nunca la obligase a elegir.

VI

Fue como si me hubieran amputado un miembro. Jamás recuperaría esa parte de mí que perdí con la muerte de Sylvie. De pronto comprendí lo que siente quien pretende caminar después de perder una pierna, y ya nunca más conseguí desembarazarme de la sensación de que, a partir de entonces, andaría cojo toda la vida. Había un gran vacío en mi interior, un profundo abismo imposible de llenar.

Sin embargo, los muertos perviven en nuestra memoria. Creo que ese es el verdadero significado de los espíritus. Sylvie había dejado este mundo, pero la veía a diario en mi cabeza. Y también la oía. Me prevenía contra colegas en los que no debía confiar, se burlaba de mí cuando admiraba la silueta de una joven, se reía conmigo de los concejales pomposos y lloraba cuando enfermaba un niño.

Con el tiempo, la tempestad envuelta en rabia y dolor amainó y me invadió la calma y una triste resignación. Margery regresó a mi vida como el viejo amigo que vuelve del extranjero. Ese verano visitó Londres y se trasladó a la casa de los Shiring, en la Strand. Pronto empezamos a vernos a diario. En esa época aprendí el significado de la palabra «agridulce», el regusto amargo de la pérdida y la miel de la esperanza mezclados en un solo fruto. Íbamos al teatro, montábamos a caballo en los prados de Westminster, paseábamos en barca e íbamos a merendar a Richmond… Y hacíamos el amor. A veces por la mañana, otras por la tarde, otras por la noche; en ocasiones, a todas horas.

Walsingham sospechó de ella al principio, pero Margery supo desarmarlo con una combinación de coquetería e intelecto que el hombre encontró irresistible.

En otoño, el espíritu de Sylvie me animó a casarme con Margery. «Claro que no me importa —me aseguró—. He disfrutado de tu amor mientras vivía, ahora es el turno de Margery. Lo único que deseo es mirarte desde el cielo y verte feliz.»

Nos casamos en Navidad, en la catedral de Kingsbridge, casi un año después de la muerte de Sylvie. Fue una ceremonia tranquila, sin pompa. Las bodas suelen anunciar el inicio de una nueva vida para una pareja joven; la nuestra se acercaba más a un broche final. Había trabajado junto a Walsingham para salvaguardar la vida de la reina Isabel y luchar en defensa de su gran ideal, la libertad de culto; había derrotado a la armada española al lado de Barney y los marineros ingleses, y Margery y yo por fin estábamos juntos. Tenía la sensación de que los hilos de nuestras vidas se habían tejido hasta componer un tapiz perfecto.

Sin embargo, me equivocaba. La trama aún habría de enredarse más.

QUINTA PARTE

1602-1606

28

I

Rollo Fitzgerald había vivido la última década del siglo XVI inmerso en el desencanto y la frustración. Todo lo que había intentado conseguir había quedado en nada. Nunca antes Inglaterra había sido tan protestante como en esos días. Su vida entera era un fracaso absoluto.

Y entonces, con el cambio de siglo, percibió el renacer de una última esperanza.

La reina Isabel tenía sesenta y seis años cuando dio comienzo la nueva centuria. Era una edad muy avanzada y se estaba quedando demacrada, pálida y melancólica. Se negaba a mirar hacia el futuro, y convirtió en acto de traición comentar siquiera la cuestión de quién la sucedería en el trono. «Los hombres siempre veneran el sol naciente y no el poniente», decía, y no le faltaba razón. A pesar de su prohibición, todo el mundo hablaba de lo que ocurriría a su muerte.

A finales del verano de 1602, un visitante de Roma fue a ver a Rollo a Tyne Castle. Era Lenny Price, que había estudiado con él en el Colegio Inglés, allá por la década de 1570. El vivaracho joven rubicundo de aquellos días se había convertido en un hombre canoso de cincuenta y cinco años.

—La Iglesia tiene una misión para ti —dijo Lenny—. Queremos que vayas a Edimburgo.

Habían subido al tejado de una de las torres del castillo y miraban más allá de las tierras de labranza, hacia el mar del Norte. A Rollo se le aceleró el pulso al escuchar las palabras de Lenny. Escocia estaba gobernada por el rey Jacobo VI, el hijo de María Estuardo.

—¿Una misión?

—La reina Isabel no tiene heredero —siguió explicando Lenny—. Ninguno de los tres hijos de Enrique VIII ha tenido descendencia, así que el rey Jacobo es el candidato con más probabilidades para suceder a Isabel en el trono de Inglaterra.

Rollo asintió con la cabeza.

—Ha mandado publicar un libro en el que explica su derecho al trono. —Jacobo creía en el poder de la palabra escrita, una filosofía muy útil para el rey de un país pequeño y pobre como Escocia.

—Es evidente que está maniobrando para conseguirlo. Busca apoyos... y Roma cree que es el momento oportuno para sacarle promesas.

Rollo sintió una cálida oleada de esperanza, pero se obligó a ser realista.

—A pesar de la madre que tuvo, Jacobo no es católico. Lo apartaron de María Estuardo con tan solo un año de edad y empezaron a envenenar a diario sus oídos infantiles con la idea del protestantismo.

—Pero hay una cosa que no sabes —dijo Lenny—. Casi nadie lo sabe, así que no debes repetirlo. —Bajó la voz aunque estaban los dos solos—: La esposa de Jacobo es católica.

Rollo se quedó de piedra.

—¿Ana de Dinamarca, la reina de Escocia, es católica? ¡Pero si la educaron en el protestantismo!

—Dios envió a un hombre devoto a hablar con ella, y vio la luz.

—¿Te refieres a que alguien la ha convertido?

—Ha sido acogida en la Iglesia —respondió Lenny casi en un susurro.

—¡Alabado sea el Señor! Pero eso lo cambia todo...

Su antiguo compañero alzó una mano como recomendando prudencia.

—No creemos que sea capaz de convertir a su marido.

—¿Acaso no la ama?

—Eso es difícil saberlo. Nuestros informantes en Escocia dicen que se profesan cariño, y tienen tres hijos, pero también dicen que Jacobo es un pervertido.

Rollo levantó una ceja interrogante.

—Con jóvenes efebos... —añadió Lenny.

Los hombres que amaban a otros hombres cometían un pecado capital, pero muchos de ellos eran sacerdotes, así que a Rollo no le venía de nuevas.

—Jacobo sabe que su mujer se ha hecho católica —siguió contando Lenny—, y ha aceptado ese hecho. Si no podemos esperar de él que restaure en Inglaterra el catolicismo como única fe, tal vez sí podamos esperar tolerancia.

Rollo se estremeció al oír esa palabra. Para él era una inmoralidad, una señal de recaída, error y decadencia. ¿Cómo podía la Iglesia católica estar pidiendo de pronto «tolerancia»?

Lenny no advirtió sus cuitas.

—Debemos actuar para sacar partido de esta situación, y ahí es donde entras tú. Debes llevar a Edimburgo un mensaje de la Iglesia católica inglesa. Si Jacobo nos promete libertad de culto, no nos opondremos a su aspiración al trono de Inglaterra.

Rollo comprendió de inmediato que aquello era lo que había que hacer, y su corazón se llenó de optimismo. Aun así, le vio una pega.

—No tengo suficiente rango —dijo—. El rey de Escocia no querrá recibirme.

—Pero la reina sí —aseguró Lenny—. Ella es uno de los nuestros, o sea que podemos organizarlo.

—¿Hasta tal punto está comprometida?

—En efecto.

—Es maravilloso —dijo Rollo—. Iré, desde luego que sí.

—Bien hecho —se felicitó Lenny.

Seis semanas después, Rollo estaba en el palacio de Holyrood, en Edimburgo. El edificio se alzaba a los pies de una colina llamada Arthur's Seat. Hacia el oeste, un camino recorría un kilómetro y medio hasta otra colina sobre la que se levantaba el castillo de Edimburgo, un hogar mucho menos acogedor. El rey Jacobo y la reina Ana preferían vivir en Holyrood.

Rollo se vistió con su sotana de sacerdote y se colgó un crucifijo alrededor del cuello. Fue a la parte occidental del castillo y allí le dio a un empleado el nombre de Jean Langlais, junto con el oportuno soborno. Lo acompañaron a una salita agradable, con altos ventanales y una gran chimenea. Escocia no estaba tan mal, pensó, si eras rico. Otra cosa muy diferente, con esos vientos tan helados, sería estar en la piel de uno de los niños descalzos que había visto en la ciudad.

Pasó una hora. De todos era sabido que los sirvientes reales fingían ser influyentes para exigir sobornos, tuvieran o no poder alguno en realidad. Pero Rollo no dependía solo de su soborno. En teoría, el sacerdote que había convertido a la reina Ana al catolicismo debió dé pedirle que lo recibiera. Aun así, para eso alguien tendría que decirle que Jean Langlais estaba allí.

La mujer que entró entonces no era la reina, de veintisiete años, sino una mujer elegante de más de sesenta que le resultó familiar.

—Bienvenido a Escocia, padre Langlais —dijo—. ¿Os acordáis de mí? Han pasado casi veinte años.

Cuando habló, Rollo la reconoció como Alison, la dama que tantos años había acompañado a María Estuardo. Ya tenía el pelo gris, pero conservaba los mismos ojos azules, siempre alerta. Se levantó y le dio la mano.

—¡Lady Ross! —exclamó.

—Ahora soy lady Thurston.

—No esperaba veros.

—La reina Ana se ha portado muy bien conmigo.

Rollo se hizo una composición de lugar. Tras la ejecución de María Estuardo, Alison había regresado a Escocia y había vuelto a casarse. Había conseguido serle útil a la reina Ana y se había convertido en dama de honor. Sin duda había sido Alison quien le había presentado a Ana al sacerdote católico que la había convertido.

—Supongo que fuisteis vos quien propuso mi misión de hoy —aventuró Rollo.

—Tal vez —dijo Alison.

Era una buena noticia. Aumentaba las probabilidades de que Rollo tuviera éxito.

—Gracias por vuestra ayuda.

—Os debo mucho —repuso Alison con calidez.

A Rollo se le pasó por la cabeza que tal vez la mujer sentía cierta debilidad por él. Sin embargo, a él nunca le había interesado el romance. El amor era una pasión que parecía haberle pasado de largo. Se estaba preguntando cómo responder a Alison cuando entró la reina Ana.

Tenía un rostro largo y ovalado, la frente alta y el cabello rizado y de un castaño claro. Su figura era armoniosa, y llevaba un vestido de escote bajo con el que lucía su generoso busto.

—Estaré encantada de recibiros, padre Langlais —dijo con un tono agradable.

Rollo hizo una profunda reverencia.

—Vuestra Majestad me hace un gran honor —dijo.

—Se lo hago a la Iglesia que representáis —lo corrigió ella.

—Por supuesto. —La etiqueta real era endiabladamente complicada—. Disculpadme.

—Pero sentémonos a hablar.

La reina tomó asiento, y Rollo y Alison hicieron lo propio. La mujer miró al sacerdote con curiosidad, esperando que fuese él quien iniciase la conversación.

Rollo fue directo al grano.

—Su Santidad el papa Clemente cree que Vuestra Majestad podría ser pronto reina de Inglaterra.

—Por supuesto —dijo ella—. El derecho de mi esposo al trono inglés es incontestable.

No lo era ni mucho menos. María Estuardo había muerto ejecutada por traición, y en general estaba aceptado que los hijos de los traidores no heredaban sus títulos.

—No obstante, puede haber quienes se opongan a él —repuso Rollo con mucho tacto.

Ella asintió con la cabeza. Conocía los hechos.

—Su Santidad ha dado a los católicos ingleses instrucciones para que apoyen la aspiración del rey Jacobo al trono, siempre que él prometa permitirnos la libertad de culto.

—Su Majestad, mi esposo, es un hombre proclive a la tolerancia —aseveró ella.

A Rollo se le escapó un gruñido de repulsión al oír la odiada palabra «tolerancia», y tuvo que camuflarlo con una tos.

La reina Ana no pareció darse cuenta.

—El rey Jacobo ha aceptado mi conversión a la fe verdadera —siguió diciendo.

—Maravilloso —murmuró Rollo.

—También permite que haya teólogos católicos en su corte, y a menudo debate con ellos.

Rollo vio que Alison asentía con discreción para confirmarlo.

—Os puedo asegurar, sin sombra alguna de duda —declaró la reina Ana con firmeza—, que cuando sea rey de Inglaterra nos dará a los católicos libertad de culto.

—Eso me llena de dicha —repuso Rollo con emoción. Mentalmente, sin embargo, oía a Lenny Price decir: «Pero ¿será verdad?». Lo cierto era que necesitaba escucharlo de boca del propio Jacobo.

Entonces se abrió la puerta y entró el rey.

Rollo se puso en pie de un salto e hizo una profunda reverencia.

El rey Jacobo tenía treinta y seis años. Su rostro era carnoso y relleno, como correspondía a un sibarita, y sus ojos de párpados caídos transmitían una mirada astuta. Le dio a su mujer un beso en la mejilla con cariño.

—El padre Langlais, aquí presente, ha venido a decirnos que Su Santidad el Papa apoya vuestra aspiración al trono de Inglaterra —le dijo la reina.

Jacobo sonrió a Rollo y habló con un fuerte acento escocés:

—Gracias por traernos tan buena noticia, padre. —Su dicción era algo babosa, como si tuviera la lengua demasiado grande para su boca.

—Le he asegurado —dijo Ana— que concederéis libertad de culto a los católicos ingleses.

—Espléndido —señaló el rey—. Mi madre era católica, como bien sabéis, padre Langlais.

—*Requiescat in pace* —dijo Rollo, usando la fórmula latina del «En paz descanse», la preferida por los católicos.

—Amén —contestó el rey Jacobo.

II

Ned Willard lloró a la muerte de la reina Isabel.

La soberana falleció en el palacio de Richmond el 24 de marzo de 1603, la madrugada de un jueves lluvioso. Ned se encontraba en la habitación, que estaba repleta de cortesanos, clérigos y damas de honor; una reina era demasiado importante para que la dejaran morir en paz.

Ned ya tenía sesenta y tres años. Sus dos superiores, William Cecil y Francis Walsingham, habían muerto hacía años, pero Isabel siguió necesitando un servicio secreto que Ned le proporcionó con dedicación. Se acercó al lecho de muerte junto al secretario de Estado de la reina, el minúsculo y jorobado Robert Cecil, de cuarenta años, el hijo menor del gran William. «Mi pigmeo», lo había llamado Isabel con la despreocupada crueldad de una soberana. Pero siempre había prestado atención a lo que decía, pues era tan brillante como su padre. «Thomas apenas es capaz de gobernar una pista de tenis, pero Robert podría gobernar Inglaterra», había dicho el viejo William de sus dos hijos.

«Ahora todos somos pigmeos —pensó Ned con tristeza—. Isabel era la gigante; los demás solo la servíamos.»

La reina llevaba tres días guardando cama, incapaz de hablar casi todo ese tiempo, y se había quedado dormida sobre las diez de la noche anterior. Ya eran las tres de la mañana cuando había dejado de respirar sin más.

Ned no era capaz de controlar sus sollozos. La mujer que había dominado su vida ya no estaba allí. Por primera vez en años recordó el momento en que había entrevisto a la joven princesa Isabel saliendo del baño, y sintió que lo atravesaba un dolor casi físico al pensar que aquella muchacha encantadora a quien había visto era la misma que yacía ahora en esa cama, delante de él.

Robert Cecil salió de la habitación en cuanto los médicos declararon su muerte, y Ned lo siguió, enjugándose las lágrimas de la cara con la manga de su sobretodo. No había tiempo para llorar. Tenían demasiado que hacer.

Tomaron una barcaza que avanzaba con dolorosa lentitud y que los llevó a Londres en plena oscuridad. A pesar de la prohibición real de hablar de la sucesión, el consejo había acordado hacía tiempo que Jacobo de Escocia debía ser el siguiente rey de Inglaterra. Aun así, había que hacerlo deprisa. Los ultracatólicos sabían que la reina se estaba muriendo y también ellos habían trazado complicados planes.

Jacobo no tenía ningún rival plausible como rey, pero había otras formas de desbaratar la sucesión. El panorama más probable era que los radicales intentasen secuestrar a Jacobo y a su primogénito, el príncipe Enrique. Hecho esto, o bien matarían a Jacobo, o bien lo obligarían a abdicar y declararían rey a su hijo, el mismo método por el cual el propio Jacobo había llegado al trono de Escocia siendo aún un niño de pecho. El príncipe Enrique tenía solo nueve años; por lo tanto, un adulto tendría que gobernar como regente suyo, y ese, desde luego, sería uno de los nobles católicos de mayor rango, tal vez incluso el hijastro de Ned, el conde Bartlet de Shiring.

Pero entonces los protestantes formarían un ejército, estallaría una guerra civil e Inglaterra viviría todo el horror y el derramamiento de sangre de las guerras de religión francesas.

Cecil y Ned se habían pasado los últimos tres meses tomando precauciones contra esa terrible perspectiva. Este último había elaborado una lista de los católicos más poderosos y, con la aprobación de su superior, los había encarcelado a todos. También había enviado una guardia armada al Tesoro Público y había mandado probar los cañones del palacio de White Hall.

Ned reflexionó entonces que las tres grandes mujeres del siglo xvi ya estaban muertas: Isabel, la reina Catalina de Francia y Margarita de Parma, gobernadora de los Países Bajos. Todas ellas habían intentado impedir que los hombres se mataran entre sí por su religión. Echando la vista atrás, le pareció que sus logros habían sido lamentablemente limitados. Personajes malvados siempre habían frustrado los denuedos de quienes buscaban la paz. Las sangrientas guerras de religión habían arreciado en Francia y en los Países Bajos durante décadas. Solo Inglaterra se había mantenido más o menos en paz.

Y lo único que deseaba hacer Ned con lo que le quedaba de vida era conservar esa paz.

La luz del día llegó cuando aún estaban en el río. Al entrar en White Hall, Cecil convocó al Consejo Privado.

Sus miembros acordaron una proclamación, y Robert Cecil la redactó de su puño y letra. Entonces los consejeros salieron al césped que quedaba frente a la palestra, donde se había reunido una muchedumbre, sin duda porque ya había corrido el rumor. Un heraldo leyó en voz alta el anuncio de que Isabel había fallecido y Jacobo de Escocia era el nuevo rey.

Después se acercaron a caballo a la ciudad, donde de nuevo había mucha gente en los puntos en los que solían hacerse las proclamas. El heraldo leyó la declaración frente a la catedral de San Pablo y más tarde en Cheapside Cross.

Por último, el Consejo Privado se dirigió a la Torre de Londres y tomó formalmente posesión de la fortaleza en nombre del rey Jacobo I de Inglaterra.

La reacción de los londinenses fue tibia, según observó Ned con alivio. Isabel había sido una reina popular, y estaban tristes. Los comerciantes de la capital habían prosperado bajo su reinado, y su principal deseo era que no hubiese cambios. Jacobo resultaba una incógnita: un rey extranjero, aunque escocés era mejor que español; un protestante, aunque casado con una católica; un hombre, aunque de él se rumoreaba que era un poco afeminado.

El funeral de la reina Isabel se celebró mientras Jacobo realizaba aún el largo viaje desde Edimburgo.

Un millar de plañideros oficiales escoltaron el féretro en su breve trayecto hasta la abadía de Westminster, y Ned calculó que por lo menos cien mil personas fueron a ver la comitiva. El ataúd iba cubierto de terciopelo púrpura y estaba coronado por una efigie en cera coloreada de Isabel con vestiduras majestuosas.

A Ned le habían asignado un lugar en el cortejo fúnebre, pero cuando entraron en la catedral pudo escabullirse para ir en busca de Margery. Le dio la mano durante el oficio y obtuvo de ella fuerza, lo mismo que se obtiene calor de un fuego. También Margery se sentía apenada, pues había llegado a compartir la convicción de Ned de que la paz entre cristianos era más importante que las disputas doctrinales, e Isabel simbolizaba ese credo salvador.

Cuando bajaron el féretro a su tumba, en la capilla mariana, Ned rompió a llorar de nuevo.

Entonces se paró a pensar por qué lloraba. Era en parte por el idealismo de Isabel, que él había sentido como propio. Estaba afligido porque, a lo largo de los años, había visto peligrar muchas veces esos ideales a causa de las exigencias de la política diaria, pues al final Isabel había matado casi a tantos católicos como protestantes había asesinado la reina María Tudor, María la Sanguinaria. Esta los había matado por sus creencias, mientras que aquella lo había hecho por traición, pero esa era una línea que a menudo se desdibujaba. Isabel había sido un ser humano imperfecto con un reinado compuesto de retales. Y aun así, Ned la había admirado más que a ninguna otra persona bajo el cielo.

Margery le pasó un pañuelo para las lágrimas. Estaba bordado con un dibujo de bellotas y Ned, con un sobresalto de asombro, lo reconoció como uno que le había dado él con ese mismo propósito hacía ya casi medio siglo. Se enjugó la cara, pero era como intentar secar la playa de Combe Harbour: las lágrimas no dejaban de caer, igual de implacables que la marea.

Los jefes de la casa real realizaron el ritual de partir sus bastones de mando blancos y lanzaron los trozos a la tumba, sobre el féretro.

Cuando la concurrencia empezó a disolverse, a Ned le dio por pensar que había merecido la pena vivir su vida por las personas que lo habían amado, y que las más importantes de entre ellas habían sido cuatro mujeres: su madre, Alice; la reina Isabel; Sylvie, y Margery. En esos momentos estaba roto de dolor porque Isabel era la tercera que moría. Se aferró a Margery con fuerza mientras salían juntos de la catedral, pues se dio cuenta de que ella era lo único que le quedaba.

Un año después de que muriera la reina Isabel, Rollo Fitzgerald juró que mataría al rey Jacobo.

El monarca había roto su promesa a los católicos y había renovado las leyes de Isabel Tudor contra el catolicismo, incluso las había reforzado con una ferocidad exacerbada, como si jamás le hubiese prometido a nadie tolerancia ni libertad de culto. Rollo nunca sabría si la mediación de la reina Ana había sido sincera, pero sospechaba que no. Juntos, Jacobo y Ana, lo habían embaucado a él, a la comunidad de católicos ingleses y hasta al propio Papa. La ira de Rollo nacía de la certeza de saberse timado y utilizado como instrumento para engañar a otros.

Aun así, no pensaba rendirse. Jamás le concedería la victoria al mentiroso Jacobo y a esos puritanos maliciosos, a los blasfemos y a los rebeldes que iban en contra de la verdadera Iglesia. La partida todavía no había acabado.

La idea de atacar a Jacobo con un arma blanca o de fuego era arriesgada; acercarse tanto al rey tenía el peligro de que guardias o cortesanos podían interponerse antes de que el hecho estuviera consumado. En el tejado de la torre de Tyne Castle, Rollo rumiaba cómo podría lograrse ese asesinato, y mientras tanto su sed de venganza se avivaba y su plan se hacía cada vez más monstruosamente ambicioso. Cuánto mejor no sería acabar también con la reina Ana... Y tal vez incluso con la descendencia real: Enrique, Isabel y Carlos. Y con los cortesanos principales, sobre todo Ned Willard. Deseaba poder matarlos a todos a la vez con un cañón de tiro doble como los que habían usado contra la Armada. Se acordó de los brulotes y se preguntó si no podría prenderle fuego a un palacio cuando estuvieran todos reunidos dentro.

Y poco a poco empezó a forjarse un plan en su cabeza.

Viajó a New Castle y le presentó su idea al conde Bartlet y a su primogénito, Swifty, de veinte años. De niño, Bartlet había venerado a Rollo, y este seguía teniendo una fuerte influencia sobre él. Desde que aprendió a hablar, a Swifty le habían dicho que la fortuna del condado de Shiring había menguado bajo el reinado de Isabel, y padre e hijo sufrieron una profunda decepción al ver que Jacobo continuaba con la persecución de la anterior reina contra los católicos.

El hermano menor de Bartlet, Roger, no estaba presente. Trabajaba en Londres para Robert Cecil y ya no vivía en New Castle, lo cual era bueno. Influido en gran medida por su madre, Margery, y su padrastro, Ned Willard, Roger podría haberse opuesto al plan de Rollo.

—En la apertura del Parlamento —dijo Rollo cuando los criados salieron y los tres se quedaron a solas después de comer—. Los tendremos a todos juntos: el rey Jacobo, la reina Ana, el secretario de Estado Robert Cecil, sir Ned Willard y los miembros de ese Parlamento hereje y blasfemo… Todos muertos de un solo golpe letal.

Bartlet parecía desconcertado.

—Es una perspectiva tentadora, desde luego —señaló—, pero no logro imaginar cómo podría conseguirse.

—Yo sí —repuso Rollo.

29

I

Ned Willard se hallaba en actitud de máxima alerta, examinando la capilla con nerviosismo, estudiando a los invitados a la boda, atento al más leve indicio de peligro. Estaba prevista la asistencia del rey Jacobo, y Ned temía por su vida, como había temido antes por la vida de Isabel. El servicio secreto nunca podía bajar la guardia.

Era el año 1604 y habían pasado tres días desde Navidad.

Ned no sentía demasiada simpatía por el rey Jacobo; el nuevo monarca había resultado ser mucho menos tolerante que Isabel, y no solo con respecto a los católicos. Le obsesionaban las brujas —había llegado incluso a escribir un libro sobre el tema— y había implantado una dura legislación en su contra. A Ned, en cambio, le parecían las viejecitas más inofensivas del mundo. De todos modos, Ned estaba decidido a proteger a Jacobo a toda costa con el fin de impedir la guerra civil que tanto temía.

El novio era Philip Herbert, el hijo de veinte años del conde de Pembroke. El joven Philip había llamado embarazosamente la atención del rey Jacobo, de treinta y ocho años, ya que, al parecer, el monarca se encaprichaba a menudo de los encantos de algunos jovencitos. Un cortesano ocurrente había dicho en cierta ocasión: «Isabel era rey y ahora Jacobo es reina», y la ingeniosa frase se había ido repitiendo por todo Londres. Jacobo había animado al joven Philip a casarse en un intento de demostrar que su interés por el muchacho era del todo inocente... cosa que no se creía nadie.

La novia era Susan de Vere, nieta del difunto William Cecil y sobrina del secretario de Estado Robert Cecil, amigo y colega de Ned. Como sabían que Jacobo iba a asistir a la ceremonia, los novios aguardaban con paciencia en el altar, pues el rey debía ser siempre el último en llegar. Se hallaban en el interior de una capilla del palacio de White Hall, donde a un asesino le resultaría extremadamente fácil asestar un golpe.

A Ned le llegaban rumores a través de sus espías en París, Roma, Bruselas y Madrid: los exiliados ingleses diseminados por toda Europa estaban conspirando para eliminar al rey Jacobo, quien, a su juicio, los había traicionado. Sin embargo, Ned aún desconocía los detalles de los complots específicos, por lo que, de momento, lo único que podía hacer era mantener los ojos bien abiertos.

Si de joven se hubiese preguntado cómo iba a ser su vida cuando alcanzase los sesenta y cinco años, habría dado por sentado que, para entonces, ya habría completado su misión: o bien Isabel y él habrían tenido éxito e Inglaterra sería el primer país del mundo en gozar de libertad religiosa, o bien habría fracasado y los ingleses volverían a morir en la hoguera por sus creencias. Nunca habría imaginado que la lucha seguiría siendo igual de encarnizada en su vejez y con Isabel ya muerta, como tampoco que el Parlamento aún continuaría persiguiendo a los católicos y estos todavía seguirían tramando complots de asesinato contra el rey. ¿Es que no iba a terminar nunca?

Miró a Margery, sentada junto a él con un sombrero de color azul brillante ladeado sobre sus rizos plateados.

—¿Qué pasa? —dijo ella.

—No quiero que el novio te vea —murmuró él con tono burlón—. A lo mejor decide casarse contigo en vez de con la novia.

Ella se echó a reír.

—Soy prácticamente una anciana.

—Eres la anciana más guapa de Londres.

Y era verdad.

Ned miró a su alrededor con inquietud. Reconocía a casi todos los presentes. Había sido íntimo amigo de los Cecil durante casi medio siglo, y conocía a la familia del novio casi igual de bien. Algunos de los rostros más jóvenes, al fondo de la sala, solo le resultaban vagamente familiares, por lo que supuso que debían de ser amigos de la feliz pareja. Conforme pasaban los años, a Ned le costaba cada vez más trabajo distinguir a un joven de otro.

Margery y él estaban sentados en los bancos delanteros, pero Ned no se sentía cómodo allí, y no dejaba de mirar por encima de su hombro, de modo que al final dejó a Margery y fue a sentarse al fondo.

Desde allí podía observar a todos los asistentes, cual paloma atenta al movimiento de sus crías, alerta ante la siguiente ave rapaz que trataría de llevarse a una de ellas.

Como era costumbre, todos los hombres portaban espadas, por lo que cualquiera de ellos podía ser un asesino, al menos en teoría. Sin embargo, una sospecha tan generalizada le resultaba del todo inútil y Ned se preguntó cómo podría obtener más información.

El rey y la reina llegaron al fin, sanos y salvos, y Ned sintió un gran alivio al ver que iban escoltados por una docena de hombres de armas; a un regicida le sería extremadamente difícil atravesar la barrera de semejante guardia personal. Ned se recostó hacia atrás en su banco y se relajó un poco.

La pareja real se tomó su tiempo para avanzar por el pasillo central, saludando a amistades y favoritos, y respondiendo a las reverencias del resto con magnanimidad. Cuando llegaron al frente, Jacobo hizo una seña con la cabeza al clérigo, dándole permiso para comenzar.

Mientras tenía lugar la ceremonia, un nuevo asistente se deslizó en el interior de la capilla, y el instinto de Ned activó todas las señales de alarma.

El recién llegado se quedó al fondo de la sala. Ned lo miró fijamente, sin importarle que el hombre advirtiese que lo observaban. Tenía unos treinta y pocos años, era alto y ancho de espaldas, y tenía cierto aire soldadesco. Sin embargo, no parecía nervioso ni tenso. Se apoyó en la pared, acariciándose el largo bigote y siguiendo la ceremonia. Irradiaba un halo de arrogante seguridad.

Ned decidió dirigirse a él, de modo que se levantó y se fue al fondo. Cuando se acercaba, el desconocido lo saludó despreocupadamente.

—Buenos días tengáis, sir Ned.

—¿Me conocéis…?

—Todo el mundo os conoce, sir Ned.

La observación era un cumplido, pero con cierto deje burlón.

—En cambio yo no os conozco a vos —repuso Ned.

—Fawkes —dijo el hombre—. Guy Fawkes, a vuestro servicio.

—¿Y quién os ha invitado aquí?

—Soy amigo del novio, si tanto os complace saberlo.

Nadie que estuviera a punto de matar a un rey podría entablar con Ned una conversación en un tono tan jocoso e informal. Pese a todo, aquel hombre, Fawkes, le daba muy mala espina. Había algo en su actitud desenfadada, en su mal disimulado desdén y su socarronería que sugería inclinaciones subversivas. Ned siguió sondeándolo.

—No os había visto nunca.

—Vengo de York. Mi padre era procurador en el tribunal consistorial de allí.

—Ah.

Un procurador era un abogado, y un tribunal consistorial era un tribunal eclesiástico. Para ocupar dicho cargo, el padre de Fawkes tendría que haber sido un protestante irreprochable, y debía haber prestado el juramento de lealtad del que abjuraban los católicos. Casi con toda certeza, Fawkes era inofensivo.

De todos modos, cuando Ned regresó a su banco decidió no perder de vista a Guy Fawkes.

II

Rollo Fitzgerald efectuó un reconocimiento completo de Westminster en busca de algún punto débil.

Una serie de edificios de distintas dimensiones se apiñaban en torno a un patio denominado Westminster Yard. Rollo no se sentía cómodo deambulando por allí dentro, pero nadie parecía prestarle demasiada atención. El patio era una plaza de aspecto lúgubre por la que merodeaban las prostitutas y sin duda al oscurecer ocurrían muchas otras cosas infames. El recinto estaba cercado por una verja, pero las puertas rara vez se cerraban, ni siquiera por las noches. Además de los edificios del Parlamento, en el interior había varias tabernas, una tahona y un comerciante de vinos con amplias bodegas.

La Cámara de los Lores, adonde acudiría el rey para presidir la ceremonia de apertura del Parlamento, era un edificio que, sobre el plano, tenía la forma de una letra hache achaparrada. El salón principal, la sala de mayor tamaño, correspondía al trazo horizontal central, mientras que uno de los trazos verticales lo formaba la Cámara del Príncipe, que se utilizaba como antesala para vestirse con la toga; y la otra era el Salón Pintado, lugar de celebración de reuniones. Pero esas estancias se hallaban en el primer piso, y a Rollo le interesaban más las habitaciones de la planta baja, justo debajo.

Bajo la Cámara del Príncipe había una garita para el portero además de unos aposentos destinados al encargado del Real Guardarropa. En paralelo se extendía un estrecho pasadizo, llamado Parliament Place, que conducía a un embarcadero en la margen izquierda del Támesis.

Rollo encaminó sus pasos hacia una taberna cercana conocida como The Boatman y se hizo pasar por un comerciante de leña que buscaba un lugar donde almacenar su mercancía, dispuesto a invitar a beber a cualquiera que le proporcionase alguna información útil al respecto. Allí hizo dos averiguaciones muy valiosas: en primer lugar, que el encargado del Guardarropa no necesitaba su habitación y estaba dispuesto a alquilarla, y en segundo lugar, que dicho aposento disponía de una bodega. Sin embargo, según le dijeron, el espacio estaba reservado a los miembros de la corte, y no lo alquilaban a comerciantes. Rollo fingió desilusión y dijo que, en ese caso, tendría que buscar otra ubicación para dejar sus leños. Los parroquianos de la taberna le dieron las gracias por la invitación y le desearon suerte.

Rollo ya había reclutado a otro conspirador, el cortesano Thomas Percy. Como católico, Percy nunca podría ser consejero del rey, pero Jacobo lo había nombrado caballero de los Gentlemen Pensioners, un grupo de la guardia real de élite. El apoyo de Percy era bueno y malo a la vez, pues tenía un carácter muy voluble, alternando episodios de energía frenética con otros de parálisis promovida por la melancolía, tal como le pasaba también a uno de sus antepasados, sir Harry Hotspur, en una obra dramática muy popular en Inglaterra sobre la juventud de Enrique V. No obstante, en ese momento demostró ser de gran ayuda: a instancias de Rollo, Percy solicitó hacer uso de las dependencias del encargado del Guardarropa para su esposa mientras él se hallaba en las sesiones de la corte y, tras prolongadas negociaciones, alquiló los aposentos.

Aquel fue un gran paso adelante.

Oficialmente, Rollo se hallaba en Londres a causa de un prolongado litigio entre el conde de Tyne y un vecino sobre la propiedad de un molino de agua. Aquella historia era una tapadera: su verdadero propósito era matar al rey, y para ello necesitaba más hombres.

Guy Fawkes era justo la clase de persona que estaba buscando. El padre de Fawkes, fervoroso protestante, había muerto cuando el pequeño Guy contaba solo ocho años y este había sido criado por una madre y un padrastro católicos. Siendo un joven adinerado, Fawkes había renunciado a una vida de ociosidad e indolencia, había vendido las propiedades heredadas de su padre y había partido en busca de aventuras. Había dejado Inglaterra para combatir en el bando de los Tercios españoles contra los rebeldes protestantes en los Países Bajos, donde aprendió todo sobre la ingeniería necesaria para los asedios de plazas fortificadas. En esos momentos se hallaba de vuelta en Londres, sin nada que hacer, listo para un poco de acción.

Por desgracia, Fawkes estaba sometido a vigilancia.

Esa tarde se encontraba en el teatro The Globe, en la orilla sur del río Támesis, asistiendo a la representación de una nueva obra de teatro titulada *Medida por medida*. A dos asientos de distancia de él se hallaba Nick Bellows, un hombre discreto y vestido con ropas corrientes y anodinas; Rollo sabía perfectamente que era uno de los hombres de Ned Willard, el encargado de seguir los movimientos de los sospechosos de espionaje.

Rollo permanecía entre el gentío de espectadores de patio sin asiento. Seguía la obra con actitud reprobadora, pues su argumento —la historia del poderoso gobernante de una ciudad que, actuando de forma hipócrita, quebranta sus propias leyes— estaba sin duda dirigido a fomentar la falta de respeto a la autoridad. Rollo esperaba una oportunidad para hablar con Fawkes sin atraer la atención de Bellows, pero no era tan sencillo. Bellows seguía discretamente a Fawkes cada vez que este abandonaba su asiento, una vez para comprar un vaso de vino y otra para orinar en el río.

Rollo todavía no había logrado hablar con él cuando terminó la obra y el público se dispuso a abandonar el teatro. La multitud se aglomeraba a la salida y avanzaba muy despacio. Entonces se situó justo detrás de Fawkes y le habló en voz muy baja, directamente al oído.

—No os volváis a mirar; hagáis lo que hagáis, escuchad —dijo.

Quizá Fawkes ya se había visto involucrado en actividades clandestinas con anterioridad, pues hizo tal y como le pedía Rollo, y únicamente realizó un imperceptible movimiento con la cabeza para indicar que lo había comprendido.

—Su Santidad el Papa tiene una misión para vos —continuó Rollo, siempre en voz baja—. Pero os sigue uno de los espías del rey Jacobo, así que primero debéis libraros de él. Id a una taberna y tomad un vaso de vino para darme ocasión de adelantarme a vos. A continuación, caminad en dirección oeste por la orilla del río, lejos del puente. Esperad a que solo quede un bote en la playa y luego alquiladlo para que os transporte a la otra orilla, de ese modo os quitaréis de encima a vuestro perseguidor. Una vez alcancéis la otra orilla, dirigíos rápidamente a Fleet Street y reuníos conmigo en la taberna York.

Fawkes volvió a asentir una vez más.

Rollo se alejó. Cruzó el Puente de Londres y atravesó con paso brioso las murallas de la ciudad hasta llegar a Fleet Street. Se detuvo frente a la taberna York, preguntándose si Fawkes acudiría a la cita. Sospechaba que Fawkes sería incapaz de resistirse a las ansias de aventura, y tenía razón. Su cita apareció en ese momento, caminando con sus andares característicos, que a Rollo le recordaban a un púgil profesional. Rollo permaneció alerta un par de minutos más, pero comprobó que no lo había seguido nadie y entró en la taberna.

Fawkes ocupaba la mesa en un rincón, con una jarra de vino y dos vasos. Rollo se sentó enfrente, de espaldas a los demás clientes, pues ocultar su rostro era ya un hábito muy arraigado en él.

—¿Quién me seguía? —le preguntó a Rollo.

—Nick Bellows. Un hombre menudo vestido con un sobretodo marrón, sentado dos asientos más allá de vos.

—No me he fijado en él.

—Va con mucho tiento para que nadie se fije en él.

—Por supuesto. ¿Qué queréis de mí?

—Tengo una pregunta muy sencilla para ti —dijo Rollo—. ¿Tienes valor suficiente para matar al rey?

Fawkes lo miró con severidad, tratando de formarse un juicio sobre él. Su mirada habría intimidado a muchos hombres, pero Rollo tenía una seguridad en sí mismo equiparable a la suya propia, así que le sostuvo la mirada fijamente.

—Sí —contestó Fawkes al fin.

Rollo asintió, satisfecho. Aquella era la clase de respuesta directa, sin ambages, que andaba buscando.

—Has sido soldado, entiendes el concepto de disciplina —dijo.

—Sí —respondió Fawkes otra vez.

—Tu nuevo nombre será John Johnson.

—¿Y no es ese un nombre demasiado obvio?

—No discutas. Vas a ser el ocupante de un pequeño alojamiento que he alquilado para ti. Te llevaré allí ahora mismo. No puedes volver a tus aposentos, podrían tener la casa vigilada.

—Hay un par de pistolas en mi habitación de las que lamentaría tener que desprenderme.

—Enviaré a alguien a recoger tus pertenencias cuando me asegure de que no hay nadie vigilando el lugar.

—Está bien.

—Ahora debemos irnos.

—¿Dónde está ese alojamiento?

—En Westminster —contestó Rollo—. En la Cámara de los Lores.

III

Aquella tarde de lluvia ya había anochecido, pero las tabernas y las tiendas de Londres estaban iluminadas con faroles y antorchas llameantes, y Margery sabía que no se equivocaba cuando vio a su hermano al otro lado de la calle. Permanecía de pie en la puerta de una taberna llamada The White Swan, al parecer despidiéndose de un hombre alto a quien Margery creía conocer de algo.

Hacía años que no veía a su hermano… Y lo cierto es que no le importaba; no le gustaba que nada le recordara el hecho de que Rollo era Jean Langlais. A causa de ese terrible secreto había estado a punto de rechazar la proposición de matrimonio de Ned quince años antes, pero de haberlo hecho, tampoco habría podido revelarle la razón. Lo amaba muchísimo, pero, al final, lo que inclinó la balanza no fue su amor por él sino el amor de él por ella. La amaba con toda su alma, Margery lo sabía, y si ella lo hubiese rechazado sin darle una explicación, Ned habría pasado el resto de su vida mortificándose, sufriendo sin entender el porqué. Margery tenía ese poder sobre su vida, y no pudo resistir la tentación de hacerle feliz.

Obviamente, no se sentía en modo alguno cómoda con su secreto, pero era como la jaqueca que había padecido desde el nacimiento de Roger: la cabeza le dolía a todas horas, pero había aprendido a convivir con el dolor.

Cruzó la calle y, en ese momento, el otro hombre se marchó y Rollo se volvió para entrar de nuevo en la taberna.

—¡Rollo! —lo llamó.

Su hermano se detuvo de pronto en la puerta, sorprendido, y por unos instantes su rostro adoptó una expresión tan aterradora que Margery se asustó; luego la reconoció.

—Eres tú —dijo con recelo.

—¡No sabía que estabas en Londres! —exclamó Margery—. ¿El hombre con el que hablabas no era Thomas Percy?

—Sí, era él.

—Eso me había parecido. Lo he reconocido por sus canas prematuras… —Margery no sabía qué religión profesaba Percy, pero algunos de los miembros de su reputada familia eran católicos, y Margery se mostró suspicaz—. ¿No habrás vuelto a las andadas, Rollo…?

—Desde luego que no. Todo aquello acabó.

—Eso espero. —Pero Margery no las tenía todas consigo—. Bueno, ¿y qué haces aquí?

—Me estoy ocupando de un largo y complejo litigio del conde de Tyne. Él y un vecino se disputan la propiedad de un molino de agua.

Eso era cierto, Margery lo sabía porque Roger, su hijo, lo había mencionado.

—Roger dice que los sobornos y los costes legales ya han costado más de tres molinos.

—Mi avispado sobrino tiene razón, pero el conde es obstinado. Ven conmigo.

Entraron y se sentaron juntos. Un hombre con una enorme nariz rojiza sirvió a Rollo un vaso de vino sin que tuviera que pedirlo. Su actitud arrogante le indicó a Margery que era el patrón.

—Gracias, Hodgkinson —dijo Rollo.

—¿Algo para la dama? —preguntó el hombre.

—Un vaso pequeño de cerveza, por favor —dijo Margery.

Cuando Hodgkinson se alejó, ella le preguntó a Rollo:

—¿Es que te alojas aquí?

—Sí.

Estaba perpleja.

—¿No tiene el conde una casa en Londres?

—No, alquila una cuando se reúne el Parlamento.

—Pues deberías utilizar la casa de los Shiring. Bartlet se alegraría mucho de que te alojaras allí.

—No hay sirvientes en la casa, solo un mayordomo, salvo cuando Bartlet viene a Londres.

—Pero a él le complacería mucho enviarte a un par de criados desde New Castle para que te asistan, si se lo pides.

Rollo puso cara de fastidio.

—Entonces se gastarían el dinero de Bartlet en ternera y vino para ellos y a mí me darían tocino y cerveza; y si me quejase, le dirían a tu hijo que soy demasiado despótico y exigente. Francamente, prefiero una taberna.

Margery no sabía con certeza si la irritación de su hermano se debía a ella o a la falta de honradez de los sirvientes, pero decidió cambiar de tema. Si quería hospedarse en una taberna, allá él.

—Y dime, ¿cómo estás?

—Como siempre. El conde de Tyne es un buen señor. ¿Y qué tal tú? ¿Ned está bien?

—Ahora está en París.

—¿De veras? —preguntó Rollo con interés—. ¿Qué está haciendo allí?

—Su trabajo —contestó ella vagamente—. La verdad es que no estoy muy segura.

Rollo sabía que estaba mintiendo.

—Espiar a los católicos, supongo. Ese es su trabajo, como todo el mundo sabe.

—Vamos, Rollo, es culpa vuestra, por intentar matar a su reina. No finjas indignación ahora.

—¿Eres feliz con Ned?

—Sí. Dios, en su inmensa sabiduría, me ha procurado una vida bien extraña, pero estos últimos quince años he sido verdaderamente feliz. —Se fijó en que Rollo llevaba los zapatos y las medias cubiertos de barro—. ¿Cómo te has ensuciado tanto?

—He tenido que caminar por la orilla del río.

—¿Por qué?

—Es una larga historia. Y he quedado con alguien.

Rollo se levantó. Margery se dio cuenta de que estaba dándole a entender que debía irse, de modo que besó a su hermano en la mejilla y se fue. No le había preguntado con quién había quedado, y mientras se alejaba de la taberna pensó en por qué no lo había hecho. La respuesta estaba clara: no creía que fuese a decirle la verdad.

IV

Rollo impuso unas estrictas normas de seguridad en la habitación del encargado del Guardarropa: todos debían llegar antes del amanecer, para que nadie los viera entrar; cada hombre debía traer su propia comida para no salir a la calle a plena luz del día, y se marchaban cuando ya había anochecido.

Rollo estaba a punto de cumplir los setenta años, por lo que delegó las tareas más pesadas a los hombres más jóvenes, como Fawkes y Percy, pero incluso a estos les resultaban extenuantes. Todos eran hijos de familias nobles y acaudaladas, y ninguno de ellos había tenido que cavar tierra en toda su vida.

Primero tuvieron que demoler el muro de ladrillo de la bodega y luego sacar las paladas de tierra que había tras el muro. El túnel debía ser lo bastante amplio para dar cabida a varios barriles de pólvora de casi ciento cincuenta litros de capacidad cada uno. Decidieron ahorrar tiempo cavando la altura justa para que los barriles pudieran rodar por el túnel, pero la desventaja en ese caso era que tenían que trabajar agachados o tumbados en el suelo, y pasaban un calor asfixiante en tan reducido espacio.

Durante el día se alimentaban a base de pescado en salazón, cecina y uvas pasas. Rollo no permitía que les sirviesen la clase de manjares a los que estaban habituados, por miedo a que atrajeran la atención sobre sí mismos.

La tarea dejaba a los hombres cubiertos de barro, razón por la cual Rollo estaba tan bochornosamente sucio en el inesperado encuentro con su hermana. Debían subir la tierra que extraían del túnel al nivel de la planta baja y después sacarla a la calle, ya de noche. A continuación debían transportarla por el pasadizo paralelo y luego por las escaleras que bajaban al embarcadero, desde donde podían arrojarla al río. Cuando Margery le había preguntado por sus medias embarradas, Rollo se había puesto muy nervioso, pero, por lo visto, su hermana había dado por buena su explicación.

Los excavadores del túnel eran discretos, pero no invisibles. Aun en la oscuridad, la gente que pasaba con faroles en la mano era testigo de sus idas y venidas. Para ahuyentar sospechas, Fawkes había ido diciendo que tenía albañiles trabajando en el habitáculo, realizando unas pequeñas reformas exigidas por la esposa de su señor. Rollo esperaba que nadie reparase en la ingente cantidad de tierra que estaban retirando de allí dentro por unas simples obras de escasa importancia.

Luego se enfrentaron a una dificultad tan grave que Rollo temió que fuese a dar al traste con todo el plan. Cuando ya llevaban cavados varios metros de túnel, se toparon con una gruesa pared de piedra.

Rollo dedujo que, naturalmente, el edificio de dos plantas de encima se erigía sobre sólidos cimientos; debería haber previsto aquella circunstancia. El trabajo se hizo más arduo y más lento, pero no tenían más remedio que continuar, pues no se habían adentrado lo suficiente bajo la cámara de debate para poder estar seguros de que la explosión acabase con la vida de todos los presentes.

Los cimientos de piedra resultaron tener más de un metro de espesor, por lo que Rollo temía que no fuesen a acabar a tiempo para la ceremonia de apertura del Parlamento. Sin embargo, a causa de un brote de peste en Londres, esta se pospuso y los conspiradores consiguieron un aplazamiento para la fecha límite.

Aun así, a Rollo lo consumían los nervios. Avanzaban con exasperante lentitud, y cuanto más tardasen, más riesgo corrían de ser descubiertos. Además, la operación conllevaba un peligro añadido: a medida que avanzaban, socavando los cimientos, Rollo temía que el edificio se derrumbase. Fawkes levantó unos gruesos postes de madera para apuntalar el techo del túnel —tal como había hecho bajo los muros de las ciudades de los Países Bajos durante los asedios—, pero Rollo no estaba seguro de qué conocimientos reales sobre minería tenía aquel hombre. El túnel bien podía desplomarse y matarlos a todos; incluso podía derribar el Parlamento entero, una proeza del todo inútil si el soberano no se hallaba dentro del edificio.

Un día, durante un descanso, hablaron sobre quién estaría en la Cámara cuando estallase la pólvora. El rey Jacobo tenía tres hijos: el príncipe Enrique, de once años, y el príncipe Carlos, de cuatro, probablemente acompañarían a sus padres a la ceremonia.

—Suponiendo que mueran los dos, la princesa Isabel será la heredera —señaló Percy—. Tendrá nueve años.

Rollo ya había pensado en la princesa.

—Debemos prepararnos para apresarla —dijo—. Quien la retenga a ella retendrá el trono.

—Vive en la abadía de Coombe, en Warwickshire.

—Necesitará un Lord Protector, quien, por supuesto, será el verdadero gobernante de Inglaterra.

—Propongo a mi pariente, el conde de Northumberland.

Rollo asintió. Era una buena sugerencia. Northumberland era uno de los pares más importantes del reino y simpatizaba con los católicos. Sin embargo, Rollo tenía una idea mejor.

—Propongo al conde de Shiring.

Los demás no mostraron demasiado entusiasmo. Rollo sabía lo que estaban pensando: Bartlet Shiring era un buen católico, pero no se trataba de un personaje ni de la talla ni de la trascendencia de Northumberland.

Demasiado cortés para menospreciar al sobrino de Rollo, Percy dijo:

—Debemos planear levantamientos en todas las partes del país en las que nuestros pares católicos sean fuertes. No podemos dar ninguna oportunidad a los protestantes de promover a un rival para que se haga con el trono.

—Y puedo garantizaros eso en el condado de Shiring —dijo Rollo.

—Mucha gente morirá —intervino alguien.

Rollo no tenía paciencia para los hombres que mostraban reparos ante el acto de matar. Una guerra civil sería el equivalente a una limpieza.

—Los protestantes merecen la muerte —insistió—. Y los católicos irán derechos al Cielo.

Justo en ese momento se produjo un ruido extraño. Al principio parecía una corriente de agua que fluía por el techo, pero luego se transformó en un estruendo semejante al movimiento de unas rocas. Inmediatamente, Rollo se temió un derrumbamiento, y era obvio que los demás hombres tuvieron la misma reacción instintiva, pues todos echaron a correr por la angosta escalera de piedra que iba del sótano de la bodega a la habitación de la planta baja como si les fuera la vida en ello.

Una vez arriba, se detuvieron a escuchar. El ruido continuaba oyéndose, de forma intermitente, pero el suelo no se movía, y Rollo vio que habían reaccionado con precipitación. El edificio no estaba derrumbándose, pero ¿qué ocurría, entonces?

Rollo señaló a Fawkes.

—Acompáñame —dijo—. Lo investigaremos. El resto, quedaos aquí y no hagáis ruido.

Llevó a Fawkes afuera y juntos rodearon el edificio. El ruido había cesado, pero Rollo dedujo que debía de proceder del túnel que estaban cavando.

En la parte posterior del edificio, una hilera de ventanas recorría el piso superior, iluminando así el interior de la cámara de debate. En mitad de la hilera había una pequeña puerta que daba a una escalera exterior de madera prácticamente en desuso, pues la entrada principal se hallaba en el otro lado. Bajo la escalera, a ras de suelo, había una puerta de madera de doble hoja en la que Rollo no había reparado hasta ese momento. De haberlo hecho, habría supuesto que se trataba de la puerta de acceso a algún almacén donde los jardineros guardaban sus herramientas. Por primera vez vio que las dos hojas de la puerta estaban abiertas de par en par, y que había un caballo de tiro aguardando pacientemente fuera.

Rollo y Fawkes entraron por la puerta.

Era un almacén, pero de enormes dimensiones. De hecho, Rollo calculó que debía de tener la misma anchura y longitud que la cámara que tenía justo encima. No estaba del todo seguro porque la sala, desprovista de ventanas, permanecía a oscuras, y solo la iluminaba la luz que se derramaba por la puerta. Parecía la cripta de una iglesia, con gigantescos pilares que se erigían hasta un techo bajo de madera que seguramente debía de conformar el suelo de la estancia superior. Rollo descubrió horrorizado que los excavadores del túnel debían de haber perforado la base de uno de aquellos pilares. Corrían un riesgo aún mayor de sufrir un derrumbe del que creía.

El espacio se hallaba prácticamente vacío, salvo por algunos maderos y telas de sacos desperdigados aquí y allá, además de una mesa cuadrada con un agujero en la superficie. Rollo descubrió de inmediato el origen de los extraños ruidos: un hombre con la cara tiznada estaba trasladando paladas de carbón de una pila a un carro. Esa era la causa del ruido.

Rollo miró a Fawkes y supo que ambos pensaban lo mismo: si conseguían hacerse con aquel almacén, podrían colocar la pólvora aún más cerca del rey… y podrían dejar de excavar el túnel.

Una mujer de mediana edad estaba observando la labor del carretero. Una vez lo hubo llenado hasta arriba, el hombre contó las monedas con sus manos negras de tizón y se las dio a la mujer, sin duda en pago por el carbón. La mujer se llevó las monedas a la puerta para examinarlas a la luz antes de dar las gracias al hombre. A continuación, mientras el carretero enganchaba el carro a su caballo, la mujer se dirigió afablemente a Rollo y a Fawkes.

—Buenos días tengáis, caballeros. ¿Qué se os ofrece?

—¿Qué estancia es esta? —preguntó Rollo.

—Me parece que eran las antiguas cocinas, en los tiempos en que se servían banquetes en la espaciosa cámara de arriba. Ahora es mi carbonera. O al menos lo era: llega la primavera y me estoy deshaciendo de todas mis existencias. Tal vez queráis comprarme algo vos también; es el mejor carbón del río Tyne, arde muy bien y…

Fawkes la interrumpió.

—No queremos carbón, pero estamos buscando un sitio donde almacenar una buena cantidad de leña. Me llamo John Johnson, y me ocupo de cuidar de las dependencias del encargado del Real Guardarropa.

—Yo soy Ellen Skinner, viuda y comerciante de carbón.

—Es un placer conoceros, señora Skinner. Así pues, ¿está disponible para alquiler este almacén?

—Lo tengo alquilado para el resto del año.

—Pero os estáis deshaciendo de vuestras existencias, según decís, porque llega la primavera. Con el calor, pocos clientes encontraréis para vuestro carbón.

Parecía una mujer de recursos.

—Puede que tenga pensados otros usos para el almacén.

Fingía sentir reticencia, pero Rollo vio resplandecer el brillo de la avaricia en sus ojos. Sus argumentos no eran más que tácticas de negociación. Empezaba a albergar esperanzas.

—Mi señor os pagaría bien —aseguró Fawkes.

—Os cedería mi alquiler a cambio de tres libras —dijo—. Y además de eso tendríais que pagar al propietario las cuatro libras al año que me cobra a mí.

Rollo contuvo el impulso de exclamar que aquello era una ganga. El precio no importaba, pero si parecía que estaban derrochando dinero a espuertas eso atraería la atención sobre ellos y quizá también las sospechas.

Fawkes regateó por pura cuestión de apariencias.

—Oh, señora, eso me parece demasiado… —repuso—. Un libra a cambio de vuestra cesión como mucho, desde luego.

—Tal vez me quede con el sitio después de todo. Necesitaré una carbonera cuando llegue septiembre.

—Dividamos la diferencia —dijo Fawkes—. Una libra y diez chelines.

—Si llegarais hasta las dos libras, cerraría el trato ahora mismo.

—Bueno, está bien… —cedió Fawkes, extendiendo la mano.

—Un placer, señor Johnson —dijo la mujer.

—Os aseguro, señora Skinner —dijo Fawkes—, que el placer es todo mío.

Ned se trasladó a París en un intento desesperado de averiguar qué estaba ocurriendo en Londres.

Seguían llegándole rumores sobre posibles complots católicos para acabar con la vida del rey Jacobo, y sus sospechas se acentuaron cuando Guy Fawkes, con gran habilidad, burló la vigilancia del hombre que lo seguía y desapareció. Sin embargo, los rumores carecían de detalles concretos, lo cual le resultaba enormemente frustrante.

París había alumbrado muchos complots con el objetivo de perpetrar un regicidio, a menudo con la ayuda de la ultracatólica familia de Guisa. Los protestantes habían mantenido en la ciudad francesa la red de espías creada por Sylvie, y Ned tenía la esperanza de que uno de ellos, seguramente Alain de Guisa, pudiera completar la información que le faltaba.

Tras los asesinatos simultáneos del duque Enrique y de Pierre Aumande, Ned temía que Alain ya no pudiese ser una fuente de información sobre los católicos ingleses exiliados, pero lo cierto era que Alain había aprendido mucho de la astucia de su padrastro: se las había ingeniado para hacerse imprescindible para la viuda y había trabado amistad con el nuevo joven duque, de modo que siguió viviendo en el palacio de Guisa de París y trabajando para la familia. Y como los conspiradores ingleses confiaban en los ultracatólicos De Guisa, Alain descubrió información valiosísima sobre sus planes y transmitió dicha información a Ned mediante cartas codificadas que enviaba a través de canales secretos preestablecidos. Buena parte de las conversaciones de los exiliados no arrojaban ningún fruto, pero, a lo largo de los años, en diversas ocasiones los soplos de Alain habían dado lugar a detenciones.

Ned leía todas sus cartas, pero en ese momento esperaba poder mantener un encuentro en persona. En las conversaciones cara a cara a veces salían detalles en apariencia triviales que luego podían resultar muy importantes.

Dejando a un lado su desazón, el viaje a Francia también le producía nostalgia, pues le hacía revivir sus años de juventud, recordar al gran Walsingham, con el que había trabajado durante dos décadas, pero, sobre todo, le recordaba a Sylvie. Cuando iba de camino a su encuentro con Alain, se desvió a la rue de la Serpente y permaneció unos minutos en la puerta de la librería que había sido el hogar de su primera esposa, recordando el feliz día que lo invitaron a cenar allí, cuando acabó besando a Sylvie en la trastienda, así como el día aciago que Isabelle había sido asesinada.

Ahora el lugar era una carnicería.

Atravesó el puente en dirección a la Île de la Cité, entró en la catedral y rezó una oración de agradecimiento por la vida de Sylvie. La iglesia era católica y Ned era protestante, pero hacía tiempo que creía que a Dios le importaban bien poco esas distinciones.

Y en aquella época el rey de Francia pensaba igual: Enrique IV había firmado el Edicto de Nantes, por el que daba a los protestantes libertad de culto. El nuevo duque de Guisa todavía era un niño, y esta vez su familia no había podido socavar la paz, poniendo fin de ese modo a los cuarenta años de guerra civil. Ned dio gracias a Dios por Enrique IV también. Tal vez Francia, como Inglaterra, estaba recorriendo poco a poco su propio camino hacia la tolerancia.

Los oficios protestantes seguían siendo discretos, y normalmente tenían lugar extramuros, para no provocar a los ultracatólicos. Ned caminó en dirección sur por la rue Saint-Jacques, atravesó la puerta de la ciudad y salió a los arrabales. Un hombre sentado leyendo al borde de la carretera era la indicación de un sendero que se internaba en el bosque y conducía a un pabellón de caza. Aquella era la iglesia informal a la que había asistido Sylvie antes de conocer a Ned. Su existencia había quedado al descubierto por culpa de Pierre Aumande, y la congregación se había disuelto, pero ahora volvía a ser un lugar de culto.

Alain ya se encontraba allí, con su esposa e hijos. Lo acompañaba también su vieja amiga Louise, la marquesa viuda de Nimes. Ambos estaban en el castillo de Blois cuando el duque Enrique y Pierre habían sido asesinados, y Ned sospechaba que se hallaban implicados de algún modo en el complot, aunque nadie se había atrevido a investigar ninguno de los dos asesinatos por la supuesta connivencia del rey. Ned también vio a Nath, que había asumido el control del negocio de Sylvie de la venta clandestina de libros; la mujer se había convertido en una próspera vieja dama que lucía incluso un tocado de pieles.

Ned se sentó junto a Alain, pero no habló hasta el momento de entonar los himnos, cuando toda la congregación cantaba demasiado alto para escuchar su conversación.

—Todos odian a ese Jacobo —murmuró Alain, hablando en francés—. Dicen que ha roto sus promesas.

—No andan errados —admitió Ned—; pese a todo, debo impedirles que lo maten. De lo contrario, la paz y la prosperidad que consiguió Isabel con tan tremendo esfuerzo se hará añicos por culpa de la guerra civil. ¿Qué más has oído?

—Quieren matar a la familia real al completo, a todos menos a la pequeña princesa, a quien declararán reina.

—A toda la familia… —repitió Ned, horrorizado—. Asesinos desalmados…

—Al mismo tiempo acabarán con la vida de los principales lores y ministros.

—Deben de estar planeando quemar un palacio o algo así. Podrían hacer eso mientras están todos reunidos en un banquete, o asistiendo a una obra de teatro. —Él mismo era uno de los ministros principales. De repente, aquello se había convertido en un asunto de vida y muerte no solo para el rey, sino también para él. Sintió un escalofrío—. ¿Dónde lo harán? —preguntó.

—No he podido averiguar eso todavía.

—¿Has oído alguna vez el nombre de Guy Fawkes?

Alain negó con la cabeza.

—No. Un grupo fue a ver al duque, pero no sé quiénes eran.

—¿No mencionaron ningún nombre?

—Ningún nombre auténtico.

—¿Qué quieres decir?

—El único nombre que oí era falso.

—¿Y qué nombre era ese?

—Jean Langlais —contestó Alain.

VI

Margery tenía un mal presentimiento respecto a Rollo. Todas las respuestas a sus preguntas habían sido plausibles, pero seguía sin fiarse de él. Sin embargo, no sabía qué podía hacer. Por supuesto, podría haberle dicho a Ned que Rollo era Jean Langlais, pero no tenía el valor de condenar a su hermano a la horca solo porque llevase las medias llenas de barro.

Mientras Ned estaba en París, Margery decidió llevar a su nieto Jack, el hijo de Roger, de visita a New Castle. Sentía que era su deber.

Cualquiera que fuese la profesión de Jack cuando fuese mayor, siempre contaría con la ayuda de sus parientes aristócratas. No tenían por qué gustarle, pero debía conocerlos. A veces, tener por tío a un conde resultaba mejor que el dinero, y cuando Bartlet muriese, el siguiente conde sería el hijo de este, Swifty, que era el primo de Jack.

Jack era un niño de doce años muy curioso y vehemente en sus opiniones. Se enzarzaba con pasión en polémicas conversaciones con Roger y Ned, adoptando siempre el punto de vista opuesto al que defendiera el adulto con el que hablaba. Ned decía que Jack era exactamente igual que la joven Margery, pero ella se negaba a aceptar que hubiese sido tan arrogante. Jack era menudo, como su abuela, con el mismo pelo rizado. Ahora era muy guapo, pero al cabo de un año o dos empezaría a transformarse en un hombre, y sus facciones se harían más toscas y rudas. Para Margery, el placer y la fascinación de ver a los hijos y los nietos crecer significaba la inmensa alegría que traía consigo la vejez.

Naturalmente, Jack no estaba de acuerdo con su abuela en la necesidad de hacer aquella visita.

—Yo quiero ser un aventurero, como el tío Barney —dijo—. Los nobles no tienen nada que ver con el comercio; se limitan a quedarse ahí sentados recaudando todas las rentas de los demás.

—La nobleza mantiene la paz y hace cumplir las reglas —argumentó ella—. No se pueden hacer transacciones comerciales sin leyes ni regulaciones. ¿Cuánta plata hay en un penique? ¿Qué ancho tiene una yarda de paño? ¿Qué ocurre cuando un hombre no paga sus deudas?

—Esos hacen las reglas a su medida —dijo Jack—. Además, es el consistorio el que impone los pesos y las medidas, no el conde.

Margery sonrió.

—Tal vez deberías ser un estadista, como sir Ned, en lugar de aventurero.

—¿Por qué?

—Porque tienes unas ideas muy claras sobre cómo se debe gobernar. Tú podrías ser el gobierno. Algunos de los hombres más poderosos de la corte solían ser chicos listos y aplicados en los estudios como tú.

El chico se quedó pensativo. Estaba en la maravillosa edad en que todo parecía posible.

Pero Margery quería que se comportase con educación en New Castle.

—Pórtate bien —dijo cuando se acercaban—. No discutas con el tío Bartlet. Estás aquí para hacer amigos, no enemigos.

—Muy bien, abuela.

No estaba segura de que se hubiese tomado en serio su advertencia, pero Margery había hecho todo lo posible. «Un niño siempre es como es —pensó— y no como tú quieres que sea.»

Su hijo, el conde Bartlet, les dio la bienvenida. Ya había cumplido la cuarentena y tenía el rostro pecoso como el padre de Margery, pero había tomado como modelo a seguir a Bart, a quien creía su verdadero padre. Milagrosamente, el hecho de que Bartlet fuese en realidad el fruto de la violación del conde Swithin no había emponzoñado la relación entre madre e hijo. Mientras Jack exploraba el castillo, Margery se sentó en el salón con Bartlet y se tomó un vaso de vino.

—Espero que Swifty y Jack hagan buenas migas —dijo.

—Dudo que lo suyo se convierta en una gran amistad, de los doce a los veinte hay una diferencia de edad muy grande —señaló Bartlet.

—El otro día me encontré con tu tío Rollo en Londres. Se hospeda en una taberna. No entiendo por qué no se aloja en la casa familiar de los Shiring.

Bartlet se encogió de hombros.

—Yo estaría encantado, desde luego. Así el holgazán de mi mayordomo trabajaría un poco, para variar.

Un criado sirvió a Margery más vino.

—Tú mismo te trasladarás a Londres a finales de este año, para la apertura del Parlamento.

—No necesariamente.

Margery se sorprendió.

—¿Por qué no?

—Diré que estoy enfermo.

Todos los condes estaban obligados a asistir a las sesiones del Parlamento, y si querían eludirlas tenían que decir que se encontraban demasiado enfermos para viajar.

—Pero ¿cuál es la verdadera razón?

—Tengo muchas cosas que hacer aquí.

Aquello no tenía ningún sentido para Margery.

—Desde que te nombraron conde no te has perdido una sola sesión del Parlamento. Como tampoco tu padre ni tu abuelo. Es la razón por la que tienes una casa en Londres.

—El nuevo rey no tiene el menor interés en conocer la opinión del conde de Shiring.

Aquello no era propio de su hijo. Bartlet, al igual que Bart y Swithin, solía expresar su opinión —normalmente en voz muy alta— sin preguntar a nadie si le importaba o no.

—¿Ya no quieres hacer oposición a una posible nueva legislación anticatólica?

—Me parece que hemos perdido esa batalla.

—Nunca te había visto tan derrotista.

—Es importante saber cuándo pelear las cosas… y cuándo dejar de hacerlo. —Bartlet se levantó—. Supongo que querrás acomodarte en tu habitación antes de la cena. ¿Tienes todo cuanto necesitas?

—Sí, eso creo.

Margery besó a su hijo y subió al piso superior. Estaba intrigada. Tal vez Bartlet no fuese como Bart y Swithin, después de todo. En el caso de ambos, su orgullo no les habría permitido jamás decir algo como «Me parece que hemos perdido esa batalla». Nunca admitirían haber estado en el bando equivocado.

Quizá Bartlet estuviera madurando.

VII

La parte más difícil y peligrosa del plan de Rollo llegó cuando tuvo que comprar treinta y seis barriles de pólvora y trasladarlos a Westminster.

Cruzó el río con dos de sus conspiradores más jóvenes y se dirigió andando a Rotherhithe, un vecindario de muelles y astilleros. Una vez allí, fueron directos a un establo y le dijeron a un mozo de cuadra que querían alquilar un carro con una caja resistente y dos caballos fuertes para tirar de él.

—Tendremos que transportar un cargamento de maderos de un barco viejo, ya desguazado —explicó Rollo—. Los voy a utilizar para construir un granero.

Los maderos de los barcos a menudo se reutilizaban de ese modo.

El mozo de cuadra no mostró ningún interés por la historia de Rollo. Le enseñó un carro y dos caballos de aspecto robusto.

—Muy bien, es justo lo que necesito —dijo Rollo.

—Weston, mi ayudante, os llevará en el carro.

Rollo frunció el ceño; no podía permitir eso de ninguna manera, un conductor sería testigo de todo.

—Preferiría conducir el carro yo mismo —replicó, tratando de aparentar tranquilidad—. Tengo dos ayudantes.

El mozo de cuadra sacudió la cabeza.

—Si Weston no os acompaña, tendréis que pagar un depósito; de lo contrario, ¿cómo sé yo que me devolveréis el carro?

—¿De cuánto es el depósito? —preguntó Rollo por disimular, porque lo cierto era que estaba dispuesto a pagar el precio que fuese.

—Cinco libras por cada uno de los caballos y una libra por el carro.

—Tendrás que darme un recibo.

Una vez finalizada la transacción, salieron del patio del establo y fueron a ver a un tratante de leña llamado Pearce. Allí Rollo compró haces de ramas secas e irregulares, atadas en fardos, y troncos partidos de tamaño más regular, atados también. Cargaron toda la leña en el carro. A Pearce le llamó la atención la insistencia de Rollo en apilar la leña en el carro de modo que formase un cuadrado hueco, dejando un espacio vacío en el centro.

—Seguro que vais a recoger otro cargamento que queréis mantener oculto —dijo.

—No es nada de valor —comentó Rollo, como si temiese que lo asaltasen los ladrones.

Pearce se dio unos golpecitos en la aleta de la nariz con gesto cómplice.

—No hace falta que digáis nada más.

Condujeron el carro a Greenwich, donde Rollo había preparado un encuentro con el capitán Radcliffe.

Guy Fawkes había calculado la cantidad de pólvora necesaria para asegurarse la completa destrucción de la Cámara de los Lores y así acabar con la vida de todos los asistentes a la ceremonia. Cualquier caballero dueño de una pistola o un arcabuz podía comprar una caja de pólvora para uso particular y nadie le haría preguntas, pero Rollo no tenía forma legítima de adquirir la cantidad que precisaba sin despertar sospechas.

Su solución fue recurrir a un criminal.

Radcliffe era oficial de intendencia y compraba suministros para la armada inglesa. La mitad de todo cuanto adquiría nunca llegaba a subir a bordo de ningún barco, sino que lo revendía por su cuenta y riesgo para llenarse los bolsillos. El mayor problema de Radcliffe consistía en ocultar lo rico que era.

Para Rollo, la ventaja que suponía contratar al capitán Radcliffe era que no podía ir por ahí fanfarroneando sobre la venta de la pólvora, pues, si lo hacía, acabaría en la horca por robar al rey. Tenía que mantener la boca cerrada si quería conservar la vida.

Rollo se reunió con el capitán en el patio de una taberna. Cargaron ocho barriles en el carro y los apilaron de dos en dos en el centro del cuadrado de leña. Cualquiera que los viera daría por sentado que los barriles contenían cerveza.

—Debéis de estar esperando una guerra —comentó Radcliffe.

Rollo tenía una respuesta preparada de antemano.

—Somos marinos mercantes —explicó—. Necesitamos defendernos.

—Desde luego que sí.

—No somos piratas.

—No, claro que no.

Como Pearce, Radcliffe se sentía inclinado a creer lo que Rollo negase.

Cuando terminaron, completaron el cuadrado y cubrieron la parte superior con leña, de manera que el cargamento secreto no pudiese verse ni siquiera desde una ventana alta.

A continuación, Rollo llevó el carro de vuelta a Westminster. Condujo con cuidado, pues los vehículos de ruedas con frecuencia chocaban entre sí y eso solía derivar en trifulcas de sus conductores, cosa que, a su vez, desembocaba en disturbios callejeros. Los habitantes de Londres, famosos por no desaprovechar nunca ninguna oportunidad, tenían por costumbre robar la carga de los carros mientras los conductores estaban distraídos. Si eso le sucedía a Rollo, todo habría acabado. Circulaba de forma tan prudente, siempre cediendo el paso a otro carro, que los demás conductores empezaron a lanzarle miradas suspicaces.

Regresó a Westminster Yard sin contratiempos de ninguna clase.

Fawkes lo estaba esperando y abrió las puertas dobles cuando se acercaron, de manera que Rollo pudo guiar el carro hasta el interior del almacén sin detenerse. A continuación, Fawkes cerró las puertas y Rollo sintió un inmenso alivio. Lo había conseguido.

Solo tenía que hacer lo mismo tres veces más.

Fawkes señaló una nueva puerta en la pared, apenas visible bajo la luz de un farol.

—He abierto un pasadizo que llega hasta la habitación del encargado del Guardarropa —reveló—. Ahora podemos ir de un lugar a otro sin salir a la calle y arriesgarnos a que nos vean.

—Muy bien —lo felicitó Rollo—. ¿Qué hay de la bodega?

—He tapiado el túnel.

—Enséñamelo.

Los dos hombres atravesaron la nueva puerta para acceder a la estancia contigua y luego bajaron las escaleras a la bodega. Fawkes había tapiado el agujero que había hecho en la pared, pero la obra era visible aun a la luz de una vela.

—Busca un poco de barro o de tierra y ensucia los ladrillos nuevos —indicó Rollo—. Y golpéalos también con un pico para que parezcan viejos.

—Buena idea.

—Quiero que ese trozo de pared no se distinga del resto.

—Por supuesto, pero aquí no va a bajar nadie.

—Solo por si acaso —dijo Rollo—. Toda precaución es poca.

Regresaron al almacén.

Los otros dos hombres estaban descargando los barriles de pólvora y llevándolos al fondo del almacén. Rollo les indicó que colocaran la leña delante de los barriles, apilando los haces con cuidado para que la pila se mantuviese estable. Uno de los jóvenes se encaramó a la mesa rota, con cuidado de no meter el pie en el agujero, y el otro le fue pasando fardos de leña para que los pusiera en lo alto.

Cuando terminaron, Rollo observó su obra con atención. Nadie sospecharía que aquello pudiese albergar algo más que varios montones de leña. Se sintió complacido.

—Incluso aunque alguien registrara este lugar —afirmó con satisfacción—, no es muy probable que encontrase la pólvora.

VIII

Ned y Margery vivían en la calle St. Paul's Churchyard, frente a la catedral de San Pablo, en una bonita casa de dos plantas con un peral en el jardín. La residencia no era demasiado impresionante, pero Margery le había dado un aire muy acogedor colocando alfombras y colgando cuadros, y disponían de chimeneas para mantenerla cálida en invierno. A Ned le gustaba porque podía mirar por la ventana y ver la catedral, lo cual le recordaba a Kingsbridge.

Ned regresó de París una noche, cansado y nervioso. Margery le preparó una cena ligera y luego se fueron a la cama e hicieron el amor. Por la mañana le habló de su viaje. Ella se quedó petrificada al escuchar sus palabras y trató por todos los medios de ocultar sus emociones. Por suerte, ese día Ned tenía prisa por informar a Robert Cecil, y se fue inmediatamente después del desayuno, dejándola a solas para poder pensar con calma.

Ned le había revelado la existencia de un plan para asesinar a toda la familia real salvo a la princesa Isabel, y al mismo tiempo, asesinar también a los principales ministros, lo cual probablemente significaba que tenían pensado quemar un palacio. Sin embargo, Margery tenía más información: Bartlet no iba a asistir a la ceremonia de apertura del Parlamento por primera vez desde que era conde de Shiring. A Margery le había sorprendido mucho esa decisión, pero ahora cobraba sentido. Los conspiradores pensaban asestar su golpe en Westminster.

Faltaban diez días para la ceremonia de apertura.

¿Cómo se había enterado Bartlet? Ned había descubierto que Jean Langlais estaba implicado en la conjura, y Margery sabía que Langlais era Rollo; la única explicación era que el tío de Bartlet lo había avisado para impedir que estuviese en Westminster.

Ahora Margery ya lo sabía todo, pero ¿qué podía hacer? Podía denunciar a Rollo a Ned, y tal vez eso sería lo que tendría que hacer al final, aunque se estremecía de horror al pensar en enviar a su propio hermano al patíbulo. Sin embargo, tal vez hubiese un modo mejor de hacer las cosas. Podía ir a ver a Rollo; sabía dónde se hospedaba. Podía decirle que estaba al tanto de todo y amenazarlo con revelar la conspiración a Ned. En cuanto su marido se enterase del plan, todo el complot se vendría abajo. Rollo no tendría más opción que renunciar a su propósito.

Se puso un pesado manto y unas botas recias y salió a las calles otoñales de Londres.

Se dirigió andando a The White Swan y encontró al patrón de nariz rojiza.

—Buenos días tengáis, señor Hodgkinson —dijo—. Estuve aquí hace unas semanas.

El patrón estaba de mal humor, tal vez a causa del exceso de su propio vino la noche anterior. La miró con aire indiferente.

—No puedo acordarme de todos los que vienen aquí para echar un trago de vino —dijo.

—No importa. Vengo a ver a Rollo Fitzgerald.

—No hay nadie con ese nombre en esta casa —dijo tajantemente.

—¡Pero si se hospedaba aquí!

El hombre le lanzó una mirada hostil.

—¿Puedo preguntar quién sois?

Margery adquirió un aire de altivez aristocrática.

—Soy la condesa viuda de Shiring, y haríais bien en hacer gala de vuestros buenos modales.

El hombre cambió de actitud. Nadie quería problemas con una aristócrata.

—Os ruego que me perdonéis, señora, pero no recuerdo haber alojado nunca a un huésped con el nombre que habéis mencionado.

—Me pregunto si alguno de sus amigos se alojarían aquí también. ¿Qué me decís de Jean Langlais?

—¡Oh, sí! —exclamó Hodgkinson—. De nombre francés, aunque hablaba como un inglés. Pero se marchó.

—¿Sabéis adónde fue?

—No. Monsieur Langlais es un hombre de pocas palabras, mi señora. No suele dar más información de la imprescindible.

Naturalmente.

Margery abandonó la posada. ¿Qué iba a hacer ahora? No tenía ni idea de dónde podía estar Rollo. Carecía de sentido denunciarlo a Ned, pues este no podría encontrarlo tampoco. Trató desesperadamente de pensar en alguna solución. Se iba a cometer una atrocidad, y estaba en su mano detener a los responsables.

¿Podía avisar del inminente peligro? Tal vez fuera posible sin necesidad de condenar a Rollo a la muerte. Sopesó la idea de escribir una carta anónima. Podía escribirle a Ned, falseando su letra, y hacerse pasar por uno de los conspiradores. No era preciso que le dijese nada de Rollo. La carta simplemente alertaría a Ned de que se mantuviese alejado de la ceremonia de apertura del Parlamento si quería conservar la vida.

Pero eso era muy poco creíble: ¿por qué iba a querer un conspirador católico salvar la vida de un famoso protestante de la corte del rey?

Por otra parte, si la carta llegaba a manos de un católico, tal vez se guardaría el secreto y no diría nada.

Lo que Margery necesitaba era una solución intermedia: un hombre que fuese leal al rey pero lo bastante amigo de los católicos para que no quisiesen matarlo. Había algunos miembros de la corte que encajaban en ese perfil, y Margery pensó en lord Monteagle, un católico que quería vivir en paz con sus compatriotas protestantes. Las personas como Rollo y Bartlet hablaban de él como un pusilánime indeciso, pero a Margery le parecía un hombre sensato. Si lo ponía sobre aviso, Monteagle daría la voz de alarma.

Decidió escribirle una carta.

Se dirigió a una de las numerosas papelerías que había en su propia calle y compró un tipo de papel que no empleaba normalmente. Una vez en casa, utilizó un cortaplumas para afilar la pluma. Escribiendo con la mano izquierda para alterar su propia letra, empezó su tarea:

> Milord, por el afecto que profeso a algunos de vuestros amigos, me veo en la obligación de confiaros que temo por vuestro bienestar.

Eso era suficientemente vago, pensó.

> Por esa razón, os aconsejo que, si en algo valoráis vuestra vida, ideéis algún pretexto para excusar vuestra ausencia en la apertura del Parlamento.

Aquello, en cambio, no daba lugar a equívocos: su vida corría peligro.

¿Qué diría Rollo en un mensaje semejante? Algo piadoso, tal vez.

> Pues Dios y el hombre se han aliado para castigar la perversidad de los tiempos en que vivimos.

Eso parecía condensar el tono apocalíptico adecuado.

> Y no toméis a la ligera esta advertencia, mas retiraos a vuestra casa solariega, donde podréis aguardar el suceso en lugar seguro.

Tenía que decir algo sobre el modo en que se produciría el magnicidio, pero lo único que sabía era que Ned sospechaba que planeaban incendiar el edificio. Debía insinuar algo así en la carta.

Pues, aunque en apariencia reine la calma, os digo que quienes se hallen en el interior del Parlamento recibirán un terrible golpe. Y aun así, no acertarán a ver quién les ha asestado dicho golpe.

¿En qué más pensaría un conspirador? ¿En destruir las pruebas?

Esta advertencia no conlleva ninguna condena, puesto que podría haceros mucho bien y no os hace ningún mal, ya que el peligro cesará en cuanto hayáis quemado la carta.

¿Y cómo debía terminar? Con algo sincero, decidió.

Y espero que Dios, bajo cuya sagrada protección os encomiendo, os conceda la gracia de hacer buen uso de ella.

Dobló la carta y la selló, presionando una moneda contra la cera blanda y sacudiéndola ligeramente para hacer ilegible la impresión, como si el autor de la nota hubiese aplicado un sello de forma descuidada.

Ahora tenía que entregarla.

Era muy probable que la viesen los miembros del servicio y quienes estuviesen en ese momento en la casa, tal vez hasta el propio Monteagle, quien la conocía personalmente, de modo que necesitaba un disfraz.

Margery y Ned tenían una sirvienta que en esos momentos estaba lavando sábanas en el patio trasero. Margery le dijo que se tomara el resto del día libre y le dio seis peniques para que fuera al espectáculo de los perros contra el oso.

Examinó el guardarropa de Ned. Se puso unos calzones, metiéndose las enaguas por dentro para aparentar más volumen, y luego se vistió con un jubón viejo y raído. Ned era delgado; pese a ello, la ropa de su marido le quedaba demasiado holgada. Sin embargo, cabía esperar que un simple mensajero fuese mal vestido. Se calzó unos zapatos muy gastados, también de Ned, y como le iban grandes, los rellenó de trapos; se dio cuenta de que tenía los tobillos demasiado esbeltos para ser un hombre. Se recogió el pelo y se puso uno de los peores sombreros de su marido.

Si por casualidad Ned llegaba a casa en ese preciso instante, la escena que se encontraría sería bastante extraña, pero lo más probable es que estuviera fuera todo el día; durante su ausencia en París, se le habría acumulado el trabajo y, además, se suponía que iba a cenar en casa de Cecil. Las probabilidades de que apareciese por sorpresa eran escasas, o al menos eso esperaba ella.

En el espejo no parecía un hombre, desde luego. Su rostro era excesivamente delicado, y tenía las manos demasiado pequeñas. Con una pala, removió el carbón de la chimenea y levantó una nube de hollín, que utilizó para ensuciarse las manos y la cara. «Eso está mejor», se dijo al mirarse de nuevo al espejo. Así podría pasar por un muchacho mugriento que bien podría hacer de mensajero.

Salió de la casa por la puerta trasera y se escabulló rápidamente, esperando que si la veía algún vecino no la reconociese. Se dirigió al este, a Ald Gate, y salió de la ciudad. Atravesó los campos hacia el pueblo de Hoxton, donde Monteagle poseía una casa solariega en un extenso jardín. Entró por la puerta de atrás, tal como haría un mensajero zarrapastroso.

Un hombre con la boca llena de comida acudió a la puerta. Margery le entregó la carta y le dijo con su voz más ronca:

—Para lord Monteagle, personal y muy importante.

El hombre masticó y engulló la comida.

—¿Y de quién es?

—De un caballero que me dio un penique.

—Está bien, muchacho, aquí tienes otro.

Extendió la mano, menuda pero sucia, tomó la moneda y luego se dio media vuelta.

IX

Ned Willard y la mayor parte del Consejo Privado estaban sentados en torno a la mesa de comedor de Robert Cecil cuando un criado entró a decirle a Cecil que lord Monteagle necesitaba hablar con él urgentemente.

Cecil se excusó y pidió a Ned que lo acompañase. Monteagle aguardaba en una salita contigua; parecía estar muy nervioso y sujetaba un papel en la mano como si estuviera a punto de estallarle allí mismo. Empezó con lo que a todas luces era una frase ensayada de antemano.

—El autor de esta carta parece creer que soy un traidor —dijo—, pero espero demostrar que no soy tal cosa trayéndoos la carta a vos, secretario de Estado, tan solo una hora después de haberla recibido.

A Ned le resultaba irónico que el alto y robusto joven lord Monteagle tuviese tanto miedo de Cecil, físicamente tan insignificante.

—Vuestra lealtad no está en duda —murmuró Cecil con tono conciliador.

Eso no era del todo cierto, pensó Ned, pero Cecil estaba siendo cortés.

Monteagle le tendió la carta y Cecil la tomó. Arrugó la frente ancha y pálida cuando empezó a leer su contenido.

—Válgame Dios, qué letra tan aborrecible…

Leyó la carta hasta el final y se la pasó a Ned. Cecil tenía las manos alargadas y huesudas, como las de una mujer muy alta.

—¿Cómo ha llegado esto a vos? —le preguntó Cecil a Monteagle.

—Mi criado me la trajo cuando estaba cenando. Se la dio un chico que se presentó en la puerta de la cocina. Mi criado le recompensó con un penique.

—Después de leer la carta, ¿enviasteis a alguien en busca del mensajero?

—Por supuesto, pero había desaparecido. Francamente, sospecho que mi criado esperó a terminar de cenar él mismo antes de traerme la carta, aunque jura lo contrario. En cualquier caso, no encontramos al mensajero cuando salimos a buscarlo, así que ensillé mi caballo y me vine directo aquí.

—Hicisteis lo correcto, señor.

—Gracias.

—¿Qué opinas, Ned?

—Que toda la carta no es más que una especie de falsificación —respondió este.

Monteagle se quedó muy sorprendido.

—¿De veras?

—Veréis, el autor afirma temer por vuestro bienestar por el afecto que profesa a algunos de vuestros amigos. Se me antoja algo harto improbable.

—¿Por qué?

—La carta es una prueba de traición. Si un hombre está al tanto de un complot para asesinar al rey, su deber es comunicárselo al Consejo Privado y, si no lo hace, podría acabar en la horca por ello. ¿Arriesgaría un hombre su propia vida por el amigo de un amigo?

Monteagle estaba desconcertado.

—No se me había ocurrido —dijo—. Di por sentado que el contenido de la carta era auténtico.

Cecil esbozó una sonrisa cómplice.

—Mi buen Willard nunca da nada por sentado —dijo.

—De hecho —siguió diciendo Ned—, sospecho que el autor de la carta os conoce, o al menos conoce a alguien a quien enseñaríais esta misiva.

Una vez más, la expresión de Monteagle era de absoluta perplejidad.

—¿Por qué decís eso?

—Nadie escribe así salvo un niño de escuela que aún no se defiende del todo bien con la pluma. Y aun así, la elección de las palabras es propia de un adulto. Por lo tanto, deduzco que la letra ha sido deformada de manera deliberada, lo que sugiere que alguien que con toda probabilidad podría llegar a leer la carta conoce al autor lo bastante bien para identificar su letra.

—Qué cosa tan terrible —exclamó Monteagle—. ¿Y quién podría ser?

—La frase sobre la perversidad de los tiempos en que vivimos es puro aderezo —prosiguió Ned, pensando en voz alta—. El meollo del mensaje se encuentra a continuación, cuando dice que Monteagle podría morir si acude al Parlamento. Esa parte, sospecho, es verdad. Encaja con la información que averigüé en París.

—Pero ¿cómo piensan ejecutar el asesinato? —preguntó Cecil.

—Esa es la pregunta clave. Sospecho que el autor no lo sabe; fijaos en la vaguedad de la frase: «recibirán un terrible golpe […] no acertarán a ver quién les ha asestado dicho golpe». Sugiere un peligro de alcance lejano, tal vez por medio de un disparo de cañón, pero nada más específico.

Cecil asintió.

—Claro que también cabe la posibilidad de que todo sea producto de la imaginación de un loco.

—No lo creo —dijo Ned.

Cecil se encogió de hombros.

—No hay ninguna prueba concreta, ni nada que podamos verificar. Una carta anónima solo es un trozo de papel.

Cecil tenía razón, las pruebas eran endebles, pero la intuición de Ned le decía que el peligro era real.

—Sea como sea, debemos mostrarle la carta al rey —dijo con aprensión.

—Por supuesto —convino—. Está cazando en Hertfordshire, pero será lo primero que vea cuando vuelva a Londres.

X

Margery siempre había sabido que, tarde o temprano, aquel día terrible acabaría por llegar. Había conseguido apartarlo de su mente a veces incluso durante años, y había sido feliz todo ese tiempo, pero en el fondo de su alma sabía que, al final, la vida por fin ajustaría las cuentas con ella. Había engañado a Ned durante décadas, pero una mentira siempre terminaba aflorando a la superficie algún día, y ese día acababa de llegar.

—Sé que Jean Langlais planea matar al rey —le dijo Ned con una mezcla de preocupación e impotencia—. Pero no puedo hacer nada porque no sé quién es Langlais ni dónde encontrarlo.

Margery se sentía mortificada por los remordimientos. Siempre había sabido que el escurridizo hombre al que Ned llevaba persiguiendo casi toda su vida era Rollo, y se había guardado aquella información para sí.

Sin embargo, ahora todo indicaba que Rollo iba a matar al rey, a la reina y a sus dos hijos, además de a todos los ministros, incluido el propio Ned. Margery no podía permitir que eso sucediera. Aun así, no sabía qué debía hacer, pues, aunque revelase el secreto, tal vez no salvaría a nadie. Sabía quién era Langlais, pero no dónde estaba, y tampoco tenía ni idea de cómo planeaba asesinarlos a todos.

Ned y ella estaban en casa, en St. Paul's Churchyard. Habían tomado un desayuno a base de huevos frescos y cerveza de baja graduación, y Ned ya llevaba puesto el sombrero, a punto de salir hacia la casa de Robert Cecil. En aquel momento del día solía demorarse unos minutos, de pie junto al fuego, para compartir con ella sus preocupaciones.

—Langlais siempre ha sido extremadamente precavido y cuidadoso —estaba diciendo en ese momento.

Margery sabía que eso era cierto. Los sacerdotes a quienes había ayudado a introducir de forma clandestina en Inglaterra siempre habían conocido a Rollo como Langlais, y ninguno de ellos había llegado a sospechar nunca que ella era su hermana. Lo mismo ocurría con todas las personas con las que Rollo había conspirado para liberar a María Estuardo y hacerla reina; todas lo conocían como Langlais, ninguna como Rollo Fitzgerald. En ese aspecto, en las precauciones extremas que tomaba, Rollo no se parecía en nada a la mayoría de sus compañeros de conspiración. Ellos abordaban su misión con espíritu temerario, pero Rollo siempre había conocido las cualidades de los enemigos a los que se enfrentaba, especialmente de Ned, y nunca había corrido ningún riesgo innecesario.

—¿Y no podéis cancelar la ceremonia de apertura del Parlamento? —le dijo Margery a Ned.

—No. Podemos aplazarla o trasladarla a otra ubicación, aunque eso en sí mismo ya daría muy mala imagen; los enemigos de Jacobo dirían que al rey lo odia tanta gente que tiene miedo de abrir su propio Parlamento por temor a que lo asesinen. Así que será Jacobo quien tome esa decisión, pero la ceremonia debe tener lugar en algún momento, en algún sitio concreto. Es imperativo que el país tenga un gobierno.

Margery no pudo soportarlo más.

—Ned, he hecho algo imperdonable —dijo.

Al principio, Ned no estaba seguro de cómo tomarse aquello.

—¿Qué?

—No te he mentido, pero te he ocultado un secreto. Lo hice porque me vi obligada. Y aún pienso lo mismo, pero sé que te vas a enfadar muchísimo.

—¿De qué demonios estás hablando?

—Conozco la verdadera identidad de Jean Langlais.

Ned se quedó perplejo, algo que no ocurría a menudo.

—¿Qué? ¿Cómo has podido…? Pero ¿quién es?

—Es Rollo.

Fue como si acabaran de decirle que había muerto alguien. Ned se puso pálido y se quedó boquiabierto. Se tambaleó y, acto seguido, se desplomó sobre una silla.

—¿Y tú lo sabías? —dijo al fin.

Margery no acertaba a articular palabra. Sentía como si una mano le atenazase la garganta. Se dio cuenta de que las lágrimas le resbalaban por las mejillas. Asintió con la cabeza.

—¿Desde hace cuánto tiempo?

Margery sofocó un sollozo y acertó a contestar:

—Desde siempre.

—Pero ¿cómo has podido ocultarme una cosa así?

Cuando al fin encontró las palabras, las soltó todas de golpe.

—Creí que Rollo solo estaba introduciendo sacerdotes inofensivos de forma clandestina en Inglaterra para traer los sacramentos a los católicos, pero luego descubriste que estaba conspirando para liberar a María Estuardo y actuar en contra de la reina Isabel, y huyó del país. Regresó después de la derrota de la Armada, pero dijo que todo había acabado y que ya no iba a seguir conspirando, y que si lo traicionaba, él revelaría que Bartlet y Roger habían ayudado a introducir sacerdotes católicos en el país.

—Tú escribiste la carta a Monteagle.

Margery asintió.

—Quería prevenirte sin condenar a Rollo.

—¿Cómo lo descubriste?

—Bartlet me dijo que no va a asistir a la ceremonia de apertura del Parlamento. Nunca en toda su vida se ha ausentado de ninguna. Rollo debe de haberlo avisado.

—Y todo eso estaba pasando delante de mis narices y yo sin saberlo. Yo, el maestro del espionaje, engañado por su propia esposa.

—Oh, Ned…

Él la miró como si fuese la criminal más despiadada y vil de la historia.

—Y Rollo estaba en Kingsbridge el día que murió Sylvie.

Sus palabras fueron como una bofetada, y Margery sintió que ya no podía sostenerse en pie. Se hincó de rodillas en la alfombra.

—Quieres matarme, lo sé —dijo—. Adelante, hazlo. Ahora ya no puedo seguir viviendo.

—Me ponía furioso cuando la gente decía que ya no podía seguir trabajando para la reina Isabel por haberme casado con una católica, que había dejado de ser digno de confianza. «Qué necios son», pensaba. Y ahora resulta que el necio era yo.

—No, no lo eras.

La mirada que le lanzó estaba tan cargada de ira que le rompió el corazón.

—Oh, sí, desde luego que sí —dijo.

Y se marchó.

XI

Ned y Cecil vieron al rey Jacobo el primer día de noviembre. Los recibió en White Hall, en la larga galería que iba de las cámaras privadas al jardín. Además de los cuadros, la galería exhibía valiosos cortinajes de brocado de oro y plata, justo los que le gustaban al monarca.

Ned sabía que Cecil dudaba de la autenticidad de la carta de Monteagle y que sospechaba que no sería más que una fuente de problemas. Cecil siguió creyendo lo mismo incluso cuando Ned le dijo que el conde Bartlet, un par católico, había decidido no acudir a la apertura del Parlamento sin dar ninguna razón plausible, y que probablemente alguien le había advertido de lo que iba a ocurrir allí.

El plan de Cecil consistía en tomar todas las precauciones posibles, pero no aplazar la ceremonia. Ned tenía otros planes.

Quería hacer algo más que frustrar los planes de asesinato. Demasiadas veces había estado a punto de dar caza a los traidores para, en el último momento, ver cómo se le escapaban de las manos, listos para urdir nuevos complots. Esta vez quería detener a los conspiradores para siempre. Quería atrapar a Rollo por fin.

Cecil entregó la carta de Monteagle a Jacobo.

—Por supuesto —le dijo—, nunca se nos ocurriría ocultar una cosa así a Vuestra Majestad. Por otra parte, tal vez no merezca ser tomada en serio. No hay ningún hecho ni datos concretos que la respalden.

—No hay hechos —añadió Ned—, pero sí indicios que la sostienen. Oí rumores en París.

Jacobo se encogió de hombros.

—Rumores —dijo.

—No podéis darles crédito, aunque tampoco podéis ignorarlos —señaló Ned.

—Exactamente.

Jacobo leyó la carta, acercándola a la lámpara, pues la luz invernal que se filtraba por las ventanas era muy débil.

El monarca se tomó su tiempo, y Ned pensó en Margery. No la había visto desde la revelación de su secreto. Él dormía en una posada, pues no podía soportar la idea de verla ni hablar con ella; era demasiado doloroso. Ni siquiera lograba identificar la emoción que lo embargaba; no sabía si era rabia, odio o dolor. Lo único que podía hacer era ahuyentarla de su pensamiento y concentrarse en otra cosa.

El rey bajó la mano ensortijada con la que sujetaba la carta y permaneció inmóvil unos minutos, con la mirada perdida. Ned vio el brillo de la inteligencia en sus ojos y el rictus de la determinación en sus labios, pero las marcas en la cara y los ojos hinchados revelaban una vena de autocomplacencia. Ned supuso que era difícil ser disciplinado y regirse por la moderación cuando se poseía el poder absoluto.

El rey releyó la carta.

—¿Tú qué opinas? —le preguntó a Cecil.

—Una medida sería reforzar inmediatamente la seguridad de Westminster Yard con guardias y cañones. Luego podríamos cerrar las puertas de la ciudad y registrar los distritos a conciencia. Después de eso, vigilaríamos a todo aquel que entrase y saliese hasta que la apertura del Parlamento se desarrollara sin incidencias.

Aquel era el plan óptimo para Cecil, pero tanto él como Ned sabían que debían dar opciones al rey, y no instrucciones.

Jacobo era muy consciente de la imagen pública que proyectaba, pese a sus discursos sobre el derecho divino de los reyes.

—Debemos tener cuidado de no alarmar innecesariamente al pueblo por algo que podría no ser nada en absoluto —dijo—. Eso haría parecer al rey débil y asustado.

—La seguridad de Vuestra Majestad es fundamental, pero sir Ned tiene una sugerencia alternativa.

Jacobo miró a su otro consejero con aire inquisitivo.

Ned estaba preparado.

—Considerad lo siguiente, majestad: si hay un complot en marcha, es posible que los preparativos no estén del todo listos todavía, de modo que si actuamos ahora, tal vez no consigamos dar con lo que estamos buscando. O lo que es aún peor, podríamos encontrar unos preparativos incompletos, lo cual solo nos proporcionaría unas pruebas cuestionables en un juicio. Entonces los propagandistas católicos dirían que las acusaciones eran falsas y que todo era un pretexto para la persecución.

Jacobo todavía no entendía el verdadero alcance de sus palabras.

—Pero tenemos que hacer algo.

—Desde luego. Para poder atrapar a todos los conspiradores y reunir la máxima cantidad de pruebas incriminatorias, debemos asestar el golpe en el último momento. Eso os protegerá a vos, majestad, inmediatamente y, lo que es aún más importante, también en el futuro.

Ned contuvo el aliento, aquel era el momento crucial.

Jacobo miró a Cecil.

—Creo que podría tener razón.

—Es a vos, majestad, a quien os corresponde juzgarlo.

El rey volvió a dirigirse a Ned.

—Muy bien. Actuad el 4 de noviembre.

—Gracias, majestad —dijo Ned con alivio.

Justo cuando él y Cecil empezaban a retirarse, haciendo una inclinación, al rey lo asaltó una última duda.

—¿Tenemos idea de quién está detrás de este acto de barbarie?

En ese momento, toda la furia que Ned sentía hacia Margery volvió a apoderarse de él con una intensidad insoportable, y tuvo que dominarse para contener el temblor que le recorría el cuerpo.

—Sí, majestad —dijo en un tono de voz que apenas lograba controlar—. Es un hombre llamado Rollo Fitzgerald de Shiring. Y me avergüenza deciros que es mi cuñado.

—En ese caso —dijo Jacobo con un tono amenazador apenas velado—, por la sangre de Cristo, más os vale que atrapéis a ese cerdo traidor.

30

I

Cuando los conspiradores supieron de la carta de Monteagle, el viernes 3 de noviembre, empezaron a acusarse de traición unos a otros. El ambiente en las dependencias del encargado del Guardarropa se envenenó.

—¡Ha sido uno de nosotros! —exclamó Guy Fawkes con tono beligerante.

Rollo temía que aquellos jóvenes fogosos se enzarzaran en una pelea.

—Da igual quien haya sido —se apresuró a decir—. Lo que está claro es que, más que un traidor, es un necio.

—¿Cómo podéis estar tan seguro?

—Porque un traidor nos habría delatado a todos, y ese idiota solo quería poner sobre aviso a Monteagle.

Fawkes se calmó.

—Supongo que tenéis razón.

—Lo importante es saber hasta qué punto las cosas se han torcido.

—Exacto —corroboró Thomas Percy—. ¿Podemos seguir con el plan o tenemos que abandonarlo?

—¿Después de todo lo que hemos hecho? No, no lo abandonaremos.

—Pero si Cecil y Willard lo saben...

—He oído decir que la carta no contiene mucha información detallada, y Cecil no está seguro de qué hacer con ella —explicó Rollo—. Hay muchas posibilidades de que salgamos airosos, no podemos rendirnos tan pronto, ¡tenemos el triunfo al alcance de la mano!

—¿Cómo podemos comprobarlo?

—Lo comprobarás tú —le espetó Rollo a Percy—. Mañana por la mañana, quiero que vayas a inspeccionar el terreno. Hazle una visita a tu pariente, el conde de Northumberland. Invéntate algún pretexto… como pedirle un préstamo, tal vez.

—¿Con qué objetivo?

—Es una tapadera, para que no sospeche que estás intentando enterarte de hasta qué punto el Consejo Privado está al corriente de la cuestión.

—¿Y cómo voy a enterarme de eso?

—Por la actitud que muestre contigo. Si eres sospechoso de traición, es casi seguro que a estas alturas la cosa habrá llegado a oídos del conde, así que lo notarás nervioso y con ganas de que te marches cuanto antes. Incluso es posible que te preste el dinero solo para librarse de ti.

Percy se encogió de hombros.

—De acuerdo.

El grupo se separó, y Fawkes quedó a cargo de las dependencias. A la mañana siguiente, Percy partió para hacer una visita a Northumberland, y a su vuelta Rollo se dio cita con él en una taberna próxima a Bishop's Gate, una de las puertas en la muralla de la ciudad. Percy parecía animado.

—Me reuní con él en Syon Place —dijo. Rollo sabía que se trataba de la casa solariega que el conde tenía a las afueras de Londres, hacia el oeste—. Se negó rotundamente a prestarme dinero, me dijo que era un bribón, y me invitó a cenar.

—De modo que no sospecha nada.

—O eso o es un actor de primera, mejor que Richard Burbage.

—Buen trabajo.

—Eso no nos garantiza nada.

—Pero sí que nos da bastantes pistas. Iré a comunicarle la buena noticia a Fawkes.

Rollo cruzó Londres. No se sentía seguro, más bien al contrario: Ned Willard se hallaba demasiado cerca. Sin embargo, el ciervo seguía llevando ventaja a los sabuesos, aunque fuera escasa, y necesitaba mantener esa ventaja algo más, por poco tiempo. Al día siguiente, a esas horas todo habría terminado.

Pero cuando alcanzó a ver la Cámara de los Lores, se llevó una desagradable sorpresa.

Detrás del edificio, donde estaba la entrada del sótano, vio a varios hombres bien vestidos que salían de la sala de juntas de la planta superior por la puerta trasera y descendían por la escalera de madera exterior. Rollo no recordaba haber visto a nadie utilizar jamás esa puerta.

Reconoció al hombre que guiaba al grupo, el conde de Suffolk, quien según su cargo de Lord Chambelán tenía que ocuparse de los preparativos de apertura del Parlamento.

Lo acompañaba lord Monteagle.

Rollo soltó un improperio. Qué mala suerte.

Retrocedió y dobló una esquina para no ser visto, y se aguantó las ganas imperiosas de salir corriendo. Tenía que descubrir qué estaba pasando exactamente. Fuera cual fuese el motivo por el que esos hombres se encontraban allí, suponía un riesgo tremendo para su plan. Los observó, medio escondido, dispuesto a huir en cualquier momento con tal de salvar la vida.

Bajaron la escalera y se dirigieron a la puerta de doble hoja del sótano donde estaba escondida la pólvora. Rollo notó que permanecían alerta y en silencio. Suffolk intentó abrir la puerta, pero la encontró cerrada con llave y, tras unos instantes de deliberación, le ordenó a un criado que forzara la cerradura.

De modo que se trataba de una inspección. Aquello era exasperante. Su plan no podía fracasar de una forma tan estúpida.

El criado de Suffolk se sirvió de una palanca. Rollo no había atrancado la puerta; se trataba de un sótano, no de la cámara del Tesoro, y si hubiera mandado colocar una barra de hierro o un fuerte cerrojo, habría llamado la atención. De modo que la puerta se abrió sin demasiadas dificultades y el grupo accedió al interior del sótano.

Rollo corrió a la habitación del encargado del Guardarropa cruzando a toda prisa el nuevo pasadizo que había hecho construir Guy Fawkes. Abrió en silencio la puerta de la sala y miró dentro. La luz era débil, como siempre, y los faroles de Suffolk y su comitiva no alcanzaban a alumbrar bien el espacio.

Con todo, habían visto a Fawkes.

«Que Dios nos ayude —rezó en silencio Rollo—; si no, estamos listos.»

Fawkes se hallaba de pie en un lado, vestido con un manto y un sombrero de copa, y llevaba un farol en la mano. Daba la impresión de que Suffolk no lo había visto muy bien, pues Rollo lo oyó dirigirse a él con voz sobresaltada.

—¿Quién eres?

Rollo contuvo la respiración.

—Soy John Johnson, señor —dijo Fawkes. Hablaba con tono calmado; era soldado y había estado otras veces en peligro.

Rollo pensó que ojalá hubiera elegido otro nombre, pues se notaba mucho que ese era inventado.

—¿Y qué demonios estás haciendo aquí, Johnson?

—Mi señor tiene alquilado este almacén y la dependencia contigua. Cuando él no está, yo soy el guarda, por llamarlo de algún modo.

Era una historia de lo más verosímil, pensó Rollo esperanzado. ¿Habría algún motivo por el cual Suffolk no fuera a tragársela?

—¿Y para qué utiliza tu señor este depósito?

—Para almacenar leña, como podéis ver.

Los miembros del grupo miraron las pilas de leña como si acabaran de descubrirlas en ese mismo momento, lo cual era posible, dada la escasa luz.

—¿Toda esa leña… para una única estancia? —se extrañó Suffolk.

Fawkes no respondió a esa pregunta retórica, y Rollo reparó con consternación en que había pasado por alto esa incoherencia.

—Sea como sea, ¿quién es tu señor? —preguntó Suffolk.

—Thomas Percy.

Se oyó un ligero murmullo procedente del grupo de inspección. Conocían a Percy por ser miembro de la guardia real de élite, y también sabían que tenía parientes católicos.

Rollo estaba tan asustado que sintió náuseas. Ese era el momento de mayor peligro. ¿Se le ocurriría a alguien mirar en el interior de una pila de leña? Recordó haber dicho, hablando más de la cuenta: «Incluso aunque alguien registrara este lugar, no es muy probable que encontrase la pólvora». Estaba a punto de descubrir si tal cosa iba a cumplirse, y de tan nervioso como se sentía, chascó la lengua.

Suffolk indicó a Monteagle que lo siguiera, y los dos hombres se acercaron al punto donde Rollo permanecía de pie, tras la puerta entreabierta.

—¡El conde de Northumberland está implicado en esto! —oyó que Monteagle exclamaba con agitación.

—Baja la voz —dijo Suffolk con tono más calmado—. No podemos acusar a uno de los pares más importantes del reino alegando que tiene almacenada demasiada leña.

—¡Tenemos que hacer algo!

—Solo informaremos al Consejo Privado de lo que hemos visto.

Rollo dedujo que a Suffolk no se le había ocurrido escarbar entre la leña... todavía.

Monteagle se estaba tranquilizando.

—Claro, por supuesto, tienes razón, perdóname. Es que temo que me echen la culpa al ser yo quien recibió la carta anónima.

Rollo se atrevió a albergar esperanzas de que las tribulaciones de Monteagle hubieran distraído a Suffolk de la inspección.

Suffolk le dio a Monteagle una palmada en el hombro.

—Lo comprendo.

Los dos hombres volvieron a reunirse con el grupo. La comitiva intercambió algunos comentarios banales y a continuación salió del edificio, tras lo cual Fawkes cerró lo mejor que pudo la puerta que había sido forzada.

Rollo entró en el almacén.

—Lo he oído todo —le dijo a Fawkes—, estaba detrás de la puerta.

Fawkes se lo quedó mirando.

—Que Dios nos ayude —dijo—. Han estado muy cerca.

II

Margery vivía inmersa en un pozo de tristeza, tan hondo que en el mundo no había consuelo para ella. Tras la marcha de Ned, pasó una semana entera sin comer ni apenas beber. No le encontraba sentido a levantarse de la cama por las mañanas, y si se obligaba a hacerlo, se limitaba a sentarse junto al hogar y llorar hasta que fuera oscurecía y podía volver a la cama. Su vida había terminado. Podría acudir a casa de su hijo Roger, pero entonces tendría que dar explicaciones, y no se veía capaz de afrontar eso.

Sin embargo, dos días antes de la apertura del Parlamento, la inquietud se apoderó de ella. ¿Habría atrapado Ned a Rollo o no? ¿Seguirían adelante con la ceremonia? ¿Estaría presente Ned? ¿Morirían todos?

Se puso una capa y caminó por la Strand hasta White Hall. No entró en el palacio pero permaneció en la puerta, medio oculta por la exigua luz de la tarde de invierno, buscando a su marido entre la gente. Los cortesanos entraban y salían con sus tocados de pieles.

Margery se sintió algo mareada a causa del hambre y tuvo que apoyarse en un muro para mantenerse en pie. Una fría neblina ascendía desde el río, pero se encontraba tan abatida que apenas le prestó atención.

Deseó con toda su alma no haber guardado el secreto de Rollo tanto tiempo. Debería haberle contado la verdad a Ned años atrás. Sea como fuere, la revelación habría provocado un terremoto en cualquier momento, pero el elegido ahora era el peor de todos, después de que Ned hubiese pasado a ser una parte tan importante de su vida, una vida que no podía concebir sin él.

Por fin lo vio. Llegó acompañado de un pequeño séquito de hombres vestidos con gruesos tabardos, miembros del Consejo Privado, tal vez. Mostraba una expresión sombría. Quizá fuera producto de su imaginación, pero en cuestión de una semana parecía haber envejecido: unas arrugas de preocupación le surcaban el rostro y una incipiente barba canosa asomaba a sus pálidas mejillas.

Margery se plantó frente a él y lo obligó a detenerse. Observó su rostro, leyendo sus sentimientos. Al principio, su gesto reveló un simple sobresalto, pero luego su expresión cambió y transmitió enfado. El instinto de Margery le decía que había estado intentando olvidarse de ella y de lo que había hecho, y le disgustaba que en esos momentos se lo estuviera recordando. ¿Percibía en él alguna señal de ternura, alguna indicación de clemencia? No estaba segura.

Por fin formuló la pregunta que la había llevado hasta allí:

—¿Has encontrado a Rollo?

—No —respondió Ned, y la apartó para entrar.

La tristeza se apoderó de ella. Lo amaba muchísimo.

Margery se alejó de las puertas del palacio para caminar sin rumbo fijo, y, aturdida por causa de la profunda pena que sentía, llegó hasta la embarrada orilla del Támesis. Las aguas estaban revueltas y en esos precisos instantes el curso de la corriente era rápido, de modo que la superficie se veía agitada y turbulenta.

Pensó en adentrarse en el río. Casi era de noche y seguramente nadie la vería. Jamás había aprendido a nadar, de forma que su vida acabaría en pocos minutos. Sentiría frío y unos momentos interminables de angustioso pánico, pero pondría fin a su tormento.

Cometería un pecado, un pecado mortal, pero el infierno no sería peor que el calvario por el que estaba pasando. Recordó una obra de teatro en la que una muchacha se suicida ahogándose después de que el príncipe de Dinamarca la rechace, y los dos personajes de los sepultureros discuten acerca de si merece o no un entierro cristiano. Nadie enterraría a Margery si se ahogaba en el río; su cuerpo sería arrastrado por la fuerte corriente, tal vez hasta el mar, donde se hundiría poco a poco y yacería en el profundo lecho junto con los marineros muertos en la batalla contra la armada española.

¿Quién ofrecería una misa por su alma? Los protestantes no creían en las oraciones por los muertos y los católicos no rezarían por una suicida. Además de morir, sería una réproba.

Permaneció allí durante largo rato, debatiéndose en un doloroso dilema que la arrastraba en direcciones opuestas: por una parte, anhelaba la paz de la muerte y, por otra, le horrorizaba provocar la ira eterna de Dios. Por fin le pareció ver a su tía abuela, la hermana Joan, acercándose a ella a través del fango, no como la recordaba en vida, sino caminando bien erguida, sin la ayuda de muletas de ninguna clase. Aunque estaba oscuro, Margery veía la cara de Joan, más joven y sonriente. La visión no habló, pero, en silencio, tomó a Margery del brazo y la apartó del agua con delicadeza. Cuando se acercaban a White Hall, Margery se topó con dos jóvenes que caminaban el uno junto al otro mientras reían a carcajadas, y se volvió para preguntarle a Joan si también ellos podían verla, pero su tía abuela había desaparecido. Margery volvía a estar sola.

III

La tarde del 4 de noviembre, Rollo se hallaba sentado junto a Guy Fawkes en el suelo del almacén, dándole las últimas instrucciones.

Rollo sacó una yesca —una astilla de madera carcomida que ardía con suma facilidad— y una caja con el pedernal. Extrajo su cuchillo e hizo varios cortes en la yesca a una distancia equivalente a la anchura de su dedo pulgar.

—Fawkes —dijo entonces—, enciende la yesca y reza el padrenuestro, ni deprisa ni despacio, sino tal como lo harías en la iglesia.

Fawkes hizo lo que le indicaba.

—*Pater noster...* —empezó, y recitó la oración en latín.

Cuando hubo terminado, la astilla había ardido casi hasta la última hendidura, y Rollo la apagó.

—A ver —dijo—, ¿cuántos padrenuestros tardarías en salir de aquí?

Fawkes frunció el entrecejo.

—Salir de aquí, cerrar la puerta y llegar hasta el río, dos padrenuestros —respondió—. Subir a la barca, soltar el amarre y colocar los remos, dos más. Y otros seis, tal vez, recorrer el tramo necesario para librarme de la explosión. Pongamos que diez entre todo.

—Entonces tienes que cortar la yesca hasta una longitud de diez veces la anchura de tu dedo pulgar.

Fawkes asintió, y Rollo se puso en pie.

—Ha llegado la hora de abrir la espita de los barriles de pólvora.

Fawkes arrimó la mesa, se colocó de pie encima de ella y empezó a retirar los haces de leña de la pila. Se los fue pasando a Rollo en lugar de arrojarlos al suelo porque los necesitaban intactos para volver a levantar la barrera, por si tenía lugar una segunda inspección.

Rollo sentía una extraña sensación en la boca del estómago. Aquello estaba ocurriendo de veras, por fin; iban a matar al rey.

Al cabo de unos minutos, habían conseguido abrir, entre la pila de leña, un hueco que llegaba hasta los barriles.

Rollo llevaba consigo una palanca y un útil de jardinería parecido a una pequeña pala. Allanó la superficie de uno de los barriles de pólvora y le dio la vuelta de modo que derramó el polvillo gris oscuro por el suelo. Con ayuda de la pala, sembró una hilera de pólvora desde el barril hasta la parte frontal de la pila, lo cual haría las veces de mecha. Había tenido la precaución de elegir una pala de madera, pues una metálica habría hecho saltar chispas contra las losas del suelo y todo habría volado por los aires en un abrir y cerrar de ojos.

Aquello tomó un cariz aterrador de tan real que era, y Rollo notó que todo su ser se estremecía de emoción al saber lo que estaba a punto de ocurrir. Allí estaban la pólvora y la yesca; justo encima, la cámara del Parlamento. El momento señalado tendría lugar al día siguiente. La explosión supondría una tremenda sacudida para el reino de Inglaterra y el protestantismo, y el triunfo que Rollo llevaba persiguiendo desde hacía medio siglo se hallaba al alcance de su mano. En cuestión de pocas horas habría realizado el trabajo más importante de su vida.

—Tenemos que volver a colocar la leña con cuidado —dijo—. El extremo del reguero de pólvora tiene que quedar justo debajo del primer haz de leña.

Entre los dos, volvieron a levantar la pila y la recolocaron hasta que Rollo quedó satisfecho.

—Esta noche, el resto de nosotros partiremos hacia los condados del centro del país para estar a punto cuando llegue el momento de iniciar el levantamiento —dijo Rollo.

Fawkes asintió.

—Mañana por la mañana, cuando estés seguro de que el rey está en la cámara del Parlamento, solo tienes que encender la yesca, dejarla en el suelo con el extremo sin llama bien insertado en el reguero de pólvora y marcharte.

—Sí —respondió Fawkes.

—Oirás la explosión desde el río.

—Sí —volvió a decir Fawkes—. La oirán desde París.

IV

En la larga galería del palacio de White Hall, a escasos minutos caminando desde Westminster Yard, todo era absoluta calma, pero el instinto de Ned Willard lanzaba una insistente señal de alarma imposible de ignorar.

Robert Cecil pensaba que Thomas Percy no era trigo limpio, pero no veía nada malo en una pila de leña. El conde de Suffolk estaba preocupado por el escándalo político que resultaría de una falsa acusación contra el conde de Northumberland. Sin embargo, Ned estaba seguro de que alguien tenía intención de matar al rey, y sabía que esa persona aún no había sido descubierta.

Por suerte, el rey Jacobo compartía la sensación de peligro inminente de Ned. Tenía una camisa interior de malla que podía colocarse debajo de la exterior, cosa que hacía siempre en las situaciones en que se sentía vulnerable, y decidió que al día siguiente la llevaría puesta para la ceremonia de apertura. A Ned no le bastaba con eso, y a última hora de la tarde consiguió que el rey se aviniera a realizar una segunda inspección de la Cámara de los Lores.

Los miembros del Consejo Privado, a quienes seguía preocupándoles causar una alarma innecesaria, insistieron en que la comitiva la dirigiera un juez de paz de Westminster, Thomas Knevett, y en que este fingiera estar buscando un traje de ceremonia extraviado que pertenecía al rey. A Ned le daba igual la excusa que se inventaran mientras le permitieran formar parte del grupo.

Los otros llevaban faroles, pero Ned cogió una antorcha encendida que arrancó miradas reprobatorias entre aquellos preocupados por la discreción.

—Una inspección es una inspección —dijo con tozudez—. Si no ves nada, no puedes encontrar nada.

Mientras recorrían la corta distancia entre el palacio de White Hall y Westminster Yard, con los faroles proyectando sombras inquietantes, Ned pensó en Margery. No conseguía apartarla de su mente, ni siquiera en sus esfuerzos por salvar la vida del rey. No cabía duda de que estaba enfadado con ella, pero la echaba terriblemente de menos. Detestaba tener que pasar noche tras noche en ruidosas tabernas y dormir solo en un lecho extraño. Deseaba contarle cosas y pedirle su opinión. Se le partía el corazón al pensar en ella, y se alegraba en secreto de estar viviendo una situación de máxima emergencia, pues eso le ocupaba la mente y lo distraía de su sufrimiento.

El grupo entró en la Cámara de los Lores por la puerta principal y registró el gran salón y las dos salas contiguas, la Cámara del Príncipe y el Salón Pintado.

Por desgracia, Ned no sabía lo que andaba buscando. ¿Un asesino disfrazado? ¿Un cañón oculto? No hallaron nada.

«¿Cómo me sentiré si todo esto es, en realidad, una falsa alarma? —se preguntó Ned—. Quedaré como un idiota, pero el rey seguirá con vida, y eso es lo único que importa.»

En la planta baja había varias dependencias. Registraron la garita del portero y la habitación del encargado del Guardarropa, alquilada por Thomas Percy. Luego entraron en el almacén, cruzando la puerta que Suffolk había forzado anteriormente. Ned se sorprendió de lo espacioso que era, pero por lo demás lo vio tal como lo había descrito Suffolk, incluido el criado cubierto con un manto que guardaba el lugar.

—Tú debes de ser Johnson —le dijo Ned al hombre.

—A vuestro servicio, señor.

Ned frunció el entrecejo. Algo en él le resultaba familiar.

—¿Nos conocemos?

—No, señor.

Ned no lo tenía claro, pero costaba saberlo con certeza a la luz titilante de la antorcha.

Se volvió hacia la pila de leña. Había una gran cantidad de ella.

¿Acaso Thomas Percy se proponía provocar un incendio? El fuego se propagaría con rapidez hasta el techo de madera del almacén, que debía de coincidir con el suelo de la Cámara de los Lores. Claro que ese era un método poco fiable para un asesinato, pues lo más probable era que alguien notara el olor a humo y evacuaran a la familia real para ponerla a salvo antes de que el lugar quedara reducido a cenizas. Para que realmente corrieran peligro, el fuego tendría que extenderse deprisa, con alquitrán o trementina, como en un brulote, convirtiendo el lugar en un infierno antes de que nadie pudiera salir de él. ¿Había alquitrán o trementina en aquel almacén? Ned no veía lo uno ni lo otro.

Se acercó a la pila de leña, y al hacerlo oyó que Johnson reprimía una protesta.

—¿Ocurre algo?

—Perdonadme, señor, pero de vuestra antorcha saltan chispas. Por favor, tened cuidado de no incendiar la leña.

Johnson se mostraba excesivamente nervioso.

—Si se prende fuego a la leña, puedes sofocarlo —dijo Ned con tono displicente, y se acercó más.

La madera estaba apilada con una meticulosidad impecable, y en la memoria de Ned había algo que pugnaba por salir a la luz. Esa escena le recordaba a alguna otra, de hacía mucho tiempo, pero no lograba que emergiera de entre sus recuerdos. Tenía la impresión de que, igual que en ese momento, la otra vez también estaba de pie en un almacén a oscuras, observando un montón de objetos apilados, pero no conseguía evocar cuándo ni dónde.

Se dio la vuelta y vio que todo el mundo lo observaba en silencio. Creían que estaba loco, pero a él le daba igual.

Volvió a mirar al guarda de Percy y se dio cuenta de que el hombre llevaba espuelas.

—¿Tienes previsto marcharte a alguna parte, Johnson? —preguntó.

—No, señor.

—¿Y por qué llevas puestas las espuelas?

—He estado cabalgando.

—Mmm… Pues tienes las botas sorprendentemente limpias para haber estado montando a caballo en pleno noviembre. —Y, sin esperar respuesta, Ned se volvió de nuevo hacia la pila de leña.

Muy cerca había una mesa vieja con un agujero en el tablero, y Ned imaginó que alguien se había subido a ella para colocar bien los haces de leña en lo alto de la pila.

De pronto, se acordó.

Era la terrible noche de la matanza de San Bartolomé en París. Sylvie y él se habían refugiado en el almacén secreto de la rue du Mur donde ella tenía guardados los libros prohibidos. A lo lejos se oían los ruidos de los disturbios en la ciudad, los gritos a voz en cuello de los hombres que luchaban y los chillidos de los heridos, el estallido de los disparos y el tañido enloquecedor de los centenares de campanas de las iglesias. En el almacén, a la luz de un farol, Ned había contemplado el montón de barriles que parecían llenar el espacio por completo.

Sin embargo, si se retiraban algunos de ellos, dejaban al descubierto cajas enteras de libros de contrabando.

—¡Válgame Dios! —exclamó Ned en voz baja.

Tendió la antorcha a otro miembro del grupo de inspección y trepó a la mesa, con cuidado de no introducir el pie en el agujero.

Cuando se sintió lo bastante afianzado sobre el tablero, levantó los brazos y retiró el primer fajo de leña de lo alto de la pila. Lo arrojó al suelo y procedió del mismo modo con los siguientes.

Oyó una riña a su espalda y se volvió.

John Johnson pretendía escapar y había cruzado corriendo el almacén hasta el otro extremo.

Ned profirió un grito de advertencia, pero uno de sus compañeros ya había pasado a la acción. Vio que se trataba de Edmund Doubleday, y que había echado a correr detrás de Johnson.

El supuesto guarda alcanzó una puerta de la pared del fondo, previamente oculta por la penumbra, y la abrió.

En ese momento Doubleday se lanzó por los aires y chocó contra Johnson produciendo un ruido sordo. Ambos cayeron al suelo.

Johnson intentó forcejear, y Doubleday le agarró la pierna. Entonces aquel le propinó una patada a este en la cara, pero los otros hombres los rodearon y, cuando Johnson trató de ponerse en pie, volvieron a tumbarlo de un empujón. Alguien se sentó encima de él. Otro hombre le aferró los brazos y un tercero se sentó sobre sus piernas.

Johnson dejó de ofrecer resistencia; Ned cruzó la sala y lo miró de frente. A la luz de varios faroles, su cara resultaba claramente visible.

—Te conozco —dijo Ned—. Eres Guy Fawkes.

—¡Vete al infierno! —le espetó este.

920

—Atadle las manos detrás de la espalda —ordenó Ned—, y sujetadle los tobillos de forma que pueda andar pero no correr.

—No tenemos cuerdas —dijo alguien.

—Pues quitadle las calzas y rasgadlas a tiras.

Un hombre sin calzas no podía alejarse demasiado.

Algo había motivado su repentina estampida.

—¿De qué tienes miedo? —preguntó Ned, pensativo, pero no obtuvo respuesta.

«Ha sido cuando he arrojado al suelo el segundo montón de leña», pensó Ned. ¿Qué sentido tenía aquello?

—Registradle los bolsillos —ordenó.

Doubleday se arrodilló junto al detenido y lo registró. A causa de la patada, tenía una gran marca roja en la cara y estaba empezando a hinchársele, pero él parecía no haberse percatado todavía.

Del interior del manto de Johnson, Doubleday sacó una caja con un pedernal y una yesca.

«De modo que pensaba prenderle fuego a algo», pensó Ned. La yesca mostraba unas hendiduras, como si quisieran ralentizar la velocidad a la que ardía; tal vez para que quien la encendiera pudiera huir antes de…

¿De qué?

Ned miró la pila de leña y luego al hombre que sostenía su antorcha, y se le ocurrió una idea aterradora.

—Llévate fuera mi antorcha enseguida, por favor, y apaga la llama —dijo, y con esfuerzo consiguió mantener la voz calmada—. Ahora mismo.

El hombre a quien había entregado la antorcha salió del almacén con paso rápido. Ned oyó el siseo de las llamas al extinguirse en contacto con el agua, seguramente de algún abrevadero de caballos cercano, y respiró un poco más tranquilo.

Con la escasa luz de los faroles que sostenían los otros miembros del grupo de inspección, el interior seguía sumido en la penumbra.

—Bueno —dijo Ned—, vamos a ver si esta montaña de leña esconde lo que yo creo.

El hombre más joven empezó a retirar los haces de leña, y casi de inmediato Ned vio el polvillo gris oscuro en el suelo. Era casi del mismo color que las piedras utilizadas como pavimento. Parecía pólvora.

Se estremeció al pensar lo cerca que había estado de ella con la antorcha encendida, echando chispas. No era de extrañar que Johnson estuviera nervioso.

La pila de leña ocultaba otra cosa detrás, como en el almacén de Sylvie, pero esta vez no se trataba de biblias sino de barriles, decenas y decenas de barriles. Habían inclinado un poco uno de ellos para separarlo de la base y derramar un montoncito de pólvora en el suelo. Ned sostuvo un farol en alto para verlo mejor, y se sintió sobrecogido. Había por lo menos treinta barriles de diversos tamaños, y contenían pólvora más que suficiente para hacer saltar por los aires la Cámara de los Lores y matar a todo el que estuviera dentro.

Incluido Ned Willard.

Le sorprendió la rabia que sintió al pensar que Rollo había planeado matarlo junto con la familia real y el resto del Consejo Privado, además de la mayoría de los miembros del Parlamento.

Y no era el único que se sentía así.

—¡Iban a matarnos a todos! —exclamó Doubleday, y varios hombres más hicieron lo mismo, indignados.

Uno de ellos, situado encima de Fawkes, le dio una fuerte patada en los testículos que lo hizo retorcerse de dolor.

Ned comprendía el impulso, pero puso fin a la violencia.

—Necesitamos que esté consciente y pueda hablar —dijo—. Nos dará los nombres de todos sus cómplices.

—Qué lástima —dijo uno de los hombres—. Me encantaría matarlo de una paliza.

—No te preocupes —dijo Ned—. Dentro de unas horas estará tumbado sobre el potro o aullando de dolor, para acabar traicionando a sus amigos. Y cuando la tortura acabe, lo ahorcarán, lo arrastrarán por el suelo y lo descuartizarán. —Se quedó mirando unos instantes al hombre tumbado en el suelo—. Creo que es castigo suficiente —concluyó.

V

Rollo cabalgó toda la noche, cambiando de caballo siempre que podía, y llegó a New Castle la mañana del martes 5 de noviembre. Allí el conde Bartlet y él esperaron ansiosos al mensajero de Londres que debía traerles la feliz noticia de la muerte del rey.

En la capilla que formaba parte del recinto del castillo había decenas de espadas, pistolas y armaduras. En cuanto se cerciorase de que el rey había muerto, Bartlet reuniría a los católicos del lugar y los proveería de armas, y luego partirían todos juntos en procesión hacia Kingsbridge, en cuya catedral Rollo ofrecería una misa en latín.

Si algo salía mal y las noticias de Londres no eran las que Rollo esperaba, disponía de un plan alternativo. Tenía un veloz caballo esperándolo, y unas alforjas provistas de lo más imprescindible. Cabalgaría directo hasta Combe Harbour y se embarcaría en la primera nave con destino a Francia. Con suerte, lograría escapar antes de que Ned Willard mandara cerrar los puertos de Inglaterra en su persecución de los conspiradores de la pólvora.

Era casi imposible que tuvieran noticias el mismo martes, pero aun así Rollo y Bartlet permanecieron despiertos hasta tarde, por si acaso. Rollo pasó toda la noche inquieto y se levantó al alba del miércoles. ¿Había cambiado el mundo? ¿Se hallaba Inglaterra en mitad de una revolución? No cabía duda de que obtendrían las respuestas antes de que ese día se pusiera el sol.

Sin embargo, no tuvieron que esperar tanto para descubrirlo.

Rollo estaba desayunando con Bartlet y el resto de la familia cuando oyeron el ruido de unos cascos dentro del recinto del castillo. Se levantaron de la mesa de un salto, cruzaron corriendo las dependencias y salieron desesperadamente a la puerta principal, impacientes por enterarse de lo ocurrido.

Una docena de hombres a caballo se arremolinaban en torno al patio. Por un momento, Rollo dudó sobre quién estaba al frente y escrutó los rostros en busca de alguno que le resultara familiar. Todos los hombres iban bien armados, algunos con espadas y puñales, otros con pistolas.

Entonces vio a Ned Willard.

Se quedó estupefacto. ¿Qué significaba eso? ¿Se habían torcido los planes? ¿O acaso había empezado la revolución y Ned formaba parte de una tentativa desesperada por parte de los últimos representantes del maltrecho gobierno protestante?

Enseguida obtuvo la respuesta.

—He encontrado la pólvora —dijo Ned.

Las palabras atravesaron a Rollo como si fueran balas, y sintió que le habían disparado al corazón. El complot había fallado. La rabia se iba apoderando de él mientras pensaba en cómo Ned había frustrado sus planes una y otra vez a lo largo de los años. Lo que más deseaba en el mundo era rodearle el cuello con las manos y estrujárselo hasta arrebatarle la vida.

Intentó dominar sus emociones y pensar con claridad. De modo que Ned había descubierto la pólvora; pero ¿cómo había sabido que era Rollo quien la había colocado allí?

—¿Me ha delatado mi hermana? —preguntó.

—Te ha guardado el secreto durante treinta años más de los que debería haberlo hecho.

Delatado por una mujer... Jamás debería haber confiado en ella.

Pensó en el caballo que tenía preparado. ¿Existía alguna posibilidad, por pequeña que fuese, de escapar entre aquel grupo de hombres jóvenes y fornidos, llegar al establo y huir de allí?

Ned pareció leerle el pensamiento.

—Vigiladlo bien. Lleva treinta años escabulléndose en mis narices.

Uno de los hombres levantó un arcabuz largo y apuntó a Rollo a la cara. Era un arma antigua que se disparaba con llave de mecha, y vio que esta estaba encendida, a punto para ser accionada hasta la cazoleta.

En ese momento supo que todo había terminado.

El conde Bartlet empezó a proferir bramidos en señal de protesta, pero Rollo estaba impaciente por que llegara el final. Tenía ya setenta años y no le quedaban motivos para seguir viviendo. Había pasado la vida entera intentando acabar con la monarquía herética de Inglaterra y había fracasado. No dispondría de más oportunidades.

El sheriff Matthewson, nieto de aquel que Rollo recordaba haber conocido en su juventud, se dirigió a Bartlet con voz firme pero tranquila:

—No busquemos problemas, por favor, mi señor. No le hará ningún bien a nadie.

Tanto el tono razonable del sheriff como el de protesta de Bartlet sonaron a oídos de Rollo como un mero ruido de fondo. Con la sensación de estar en mitad de un sueño, o tal vez de una obra de teatro, echó mano al interior de su jubón y sacó el puñal.

—¡Suelta ese cuchillo! —exclamó aterrado el ayudante del sheriff que lo apuntaba con el arma. El arcabuz le temblaba en las manos, pero consiguió seguir apuntando a la cara de Rollo.

Se hizo un silencio sepulcral mientras todos observaban a Rollo.

—Voy a matarte —le dijo al ayudante.

No tenía intenciones de hacer una cosa así, pero empuñó el cuchillo en alto, con cuidado de no mover la cabeza para que el ayudante acertara el disparo.

—Prepárate para morir —dijo.

Ned se situó detrás del ayudante del sheriff, y cuando este apretó la palanca y la mecha encendió la pólvora de la cazoleta, Rollo vio un fogonazo y oyó un disparo, y al instante supo que le habían evitado una muerte fácil. En la última fracción de segundo, Ned había empujado el cañón del arma. Rollo notó un dolor agudo en un lado de la cabeza y la oreja ensangrentada, por lo que comprendió que la bala lo había rozado.

Ned le agarró el brazo y le quitó el puñal.

—Aún no he terminado contigo —aseveró.

VI

Margery fue llamada en presencia del rey.

No era la primera vez que lo veía en persona. Durante sus dos años de reinado hasta el momento, Margery había asistido a varios festejos de la realeza junto a Ned: banquetes, escenificaciones de los misterios bíblicos y representaciones teatrales. Ned veía a Jacobo como un hombre voluptuoso, interesado por encima de todo en los placeres sensuales, pero Margery creía que tenía una vena cruel.

Su hermano Rollo debía de haberlo confesado todo bajo tortura y por tanto la habría delatado como cómplice en la operación clandestina de esconder sacerdotes en Inglaterra. Imaginaba que sería acusada, apresada y ejecutada a su lado.

Se acordó de María Estuardo, una valiente mártir católica. Margery deseaba morir con la misma dignidad con que lo había hecho María, pero ella era una reina y habían tenido la clemencia de cortarle la cabeza. No obstante, las traidoras morían en la hoguera. ¿Sería capaz ella de conservar la dignidad y rezar por sus torturadores mientras moría? ¿O daría alaridos, maldeciría al Papa y suplicaría piedad? No lo sabía.

Lo peor de todo era la perspectiva de que Bartlet y Roger tuvieran que sufrir el mismo destino que ella.

Se puso sus mejores galas y se dirigió a White Hall.

Para su sorpresa, Ned la estaba esperando en la antesala.

—Entraremos juntos —dijo.

—¿Por qué?

—Ya lo verás.

Se le veía tenso, contenido, y Margery no era capaz de discernir si seguía enfadado con ella o no.

—¿Me van a ejecutar? —preguntó.

—No lo sé.

Margery se sintió mareada y temió estar a punto de desmayarse. Ned la vio tambalearse y la agarró, y ella se dejó caer unos instantes en sus brazos; sentía demasiado alivio para esforzarse por mantenerse erguida. Sin embargo, enseguida se apartó; no tenía derecho a recibir aquel abrazo.

—Estoy bien —dijo.

Él la sujetó por el brazo un poco más antes de soltarla y comprobar que podía sostenerse por sí misma. Pero seguía mirándola con expresión de enfado. ¿Qué significaba eso?

No tuvo que darle vueltas mucho rato, pues un criado real hizo una seña a Ned para indicarle que debían entrar.

Lo hicieron juntos, en la larga galería. Margery había oído decir que al rey Jacobo le gustaba celebrar las reuniones allí porque así, cuando se aburría, podía contemplar las pinturas.

Ned saludó al monarca con una inclinación de cabeza y Margery hizo una reverencia.

—¡El hombre que me ha salvado la vida! —exclamó Jacobo. Arrastraba un poco las palabras al hablar, un leve defecto que parecía encajar con sus gustos sibaritas.

—Sois muy amable, majestad —dijo Ned—. Y, por supuesto, conocéis a lady Margery, la condesa viuda de Shiring y mi esposa desde hace dieciséis años.

Jacobo asintió, pero no dijo nada, y Margery dedujo por su frialdad que conocía sus tendencias religiosas.

—Querría pediros un favor, majestad —prosiguió Ned.

—Tengo la tentación de responderte: «Todo lo que me pidas te daré, hasta la mitad de mi reino», solo que la frase está vinculada con una desagradable historia.

Se refería a la leyenda de Salomé, que había pedido que le sirvieran la cabeza de Juan el Bautista en una bandeja.

—No creo que jamás haya pedido nada a Vuestra Majestad, excepto tal vez que mis servicios me hayan procurado vuestra buena voluntad.

—Nos has salvado de esos malvados conspiradores de la pólvora a mí, a mi familia y al Parlamento entero —dijo Jacobo—. Vamos, exprésate; ¿qué es lo que quieres?

—Durante el interrogatorio a Rollo Fitzgerald, este hizo algunas acusaciones relacionadas con delitos cometidos muchos años atrás, en las décadas de 1570 y 1580, durante el reinado de Isabel.

—¿A qué clase de delitos te refieres?

—Confesó que habían ocultado a sacerdotes católicos en Inglaterra.

—Van a ahorcarlo de todos modos.

—Dice que tuvo cómplices.

—¿Y quiénes son?

—El difunto conde de Shiring, Bart; quien era entonces su esposa, Margery, que es ahora la mía, y sus dos hijos, Bartlet, el conde actual, y lord Roger.

El rostro del monarca se ensombreció.

—Una acusación muy grave.

—Os pido, majestad, que tengáis en cuenta que una mujer puede ceder a la voluntad de un marido dominante y un hermano con igual poder sobre ella, y que Margery y sus hijos no pueden ser culpados por entero de los delitos cometidos bajo una influencia masculina tan fuerte.

Margery sabía que eso no era cierto. Ella había sido la cabecilla, no la seguidora, y lo habría confesado de haber sido solo su vida la que estuviera en juego, pero se mordió la lengua.

—Os pido, majestad, que les perdonéis la vida —dijo Ned—. Es la única recompensa que deseo por haber salvado la vuestra.

—No puedo decir que tal petición sea de mi agrado —respondió el rey.

Ned no dijo nada.

—Sin embargo, el episodio de los sacerdotes clandestinos ocurrió hace mucho tiempo, por lo que dices.

—Terminó tras la derrota de la Armada. Desde entonces, Rollo Fitzgerald no ha implicado a su familia en sus otros delitos cometidos.

—Ni siquiera me lo plantearía de no ser por el extraordinario servicio que has prestado a la Corona de Inglaterra durante tantos años.

—Toda mi vida, majestad.

El rey parecía malhumorado, pero por fin asintió.

—De acuerdo. No se procesará a sus cómplices.

—Gracias.

—Puedes irte.

Ned lo saludó con una inclinación de cabeza, Margery hizo una reverencia, y se marcharon.

Caminaron uno al lado del otro sin dirigirse la palabra a lo largo de la serie de antesalas, hasta que salieron del palacio y estuvieron en la calle. Ambos doblaron hacia el este, pasaron por la iglesia de St. Martin-in-the-Fields y la Strand. Margery solo podía sentir alivio. Todas las mentiras y el doble juego habían terminado.

Pasaron junto a los palacios alineados a orillas del Támesis y enfilaron Fleet Street, una calle de menor afluencia. Margery no sabía lo que Ned tenía en la cabeza en esos momentos, pero parecía que estaba regresando a casa con ella. ¿O era esperar demasiado?

Entraron en la ciudad por la puerta de Lud Gate y se dispusieron a subir la cuesta. Por delante de ellos, en lo alto de la colina, la catedral de San Pablo descollaba sobre las hileras de casitas con el tejado de paja, cual leona protegiendo a sus cachorros. Ned seguía sin pronunciar palabra, pero Margery tenía la impresión de que había cambiado de humor. Su semblante se relajó poco a poco, las arrugas debidas a la tensión y la ira parecían haber desaparecido, e incluso había un atisbo de su antigua sonrisa burlona. Margery, animada por ese cambio, extendió el brazo y lo tomó de la mano.

Él le permitió seguir así un buen rato, sin reaccionar, dejando la mano laxa. No obstante, por fin Margery notó que le estrechaba los dedos, suavemente pero con firmeza, y supo que, en adelante, todo iría bien.

VII

Lo ahorcamos delante de la catedral de Kingsbridge.

Margery y yo no queríamos estar entre la multitud, pero tampoco podíamos faltar, de modo que lo vimos todo desde la ventana de la vieja casa. Ella prorrumpió en llanto cuando sacaron a Rollo de la casa consistorial y lo condujeron por la calle principal hasta la plaza del mercado, donde lo hicieron subir al patíbulo.

Cuando retiraron la plataforma que lo sostenía, Margery empezó a rezar por su alma. Como protestante que soy, nunca he creído en las plegarias por las almas de los muertos, pero, por ella, yo también recé. Y por ella hice otra cosa, más práctica. Se suponía que debían abrir a Rollo en canal y destriparlo mientras aún estaba con vida, para luego descuartizarlo, pero yo había sobornado al verdugo, de modo que permitió que Rollo se asfixiara antes de que, siguiendo el ritual, su cuerpo fuera mutilado... para decepción de la multitud, que deseaba ver sufrir al traidor.

Después de eso, me retiré de la vida de la corte. Margery y yo regresamos a Kingsbridge para instalarnos allí de forma permanente. Roger, que nunca llegó a descubrir que era hijo mío, ocupó mi lugar como miembro del Parlamento por Kingsbridge. Mi sobrino Alfo se convirtió en el hombre más rico de la ciudad, y yo seguí siendo el señor de Wigleigh, de mi pequeño pueblo, a cuyos habitantes había tomado un gran cariño.

De modo que Rollo fue el último hombre que envié a la horca. Pero todavía queda una parte de la historia por contar...

Epílogo

1620

A sus ochenta años, Ned pasaba mucho tiempo durmiendo. Se echaba la siesta por las tardes, se acostaba temprano y a veces incluso daba una cabezada después de desayunar, en el salón delantero de la casa de Kingsbridge.

La vivienda siempre estaba llena. Tanto el hijo de Barney, Alfo, como el hijo de Ned, Roger, tenían ya hijos y nietos. Roger había comprado la casa de al lado y los jóvenes trataban ambos edificios como si fueran una única residencia.

Alguien les había dicho que el abuelo Ned lo sabía todo, y a menudo sus bisnietos entraban corriendo en el salón con preguntas. A él siempre le maravillaba todo lo que querían saber: ¿cuánto se tarda en llegar a Egipto?, ¿Jesús tenía alguna hermana?, ¿cuál es el número más alto de todos?

Ned los miraba con inmensa dicha, fascinado por la naturaleza azarosa de los parecidos familiares: uno tenía el encanto canalla de Barney; otro, la determinación implacable de Alice, y había una niñita a quien se le saltaban las lágrimas cuando reía, igual que a Margery.

Los rasgos heredados también se manifestaban en otros aspectos. Alfo era alcalde de Kingsbridge, igual que lo había sido su abuelo Edmund. Roger era miembro del Consejo Privado del rey Jacobo. Allá en New Castle, el conde Swifty era tristemente igual de brabucón y fantoche que Swithin, Bart y Bartlet antes que él.

La familia había crecido como un árbol que extendía sus ramas, y Ned y Margery habían contemplado juntos su desarrollo hasta que la vida de ella había llegado a un apacible final hacía tres años. Ned seguía hablando a veces con su mujer, cuando estaba solo. «Alfo ha comprado la taberna Slaughterhouse», le decía mientras se acostaba en la cama al final del día. O bien: «El pequeño Eddie ya está tan alto como yo». Poco le importaba que ella no respondiera; sabía lo que habría pensado. «A Alfo se le pega el dinero a los dedos como si fuera miel», habría dicho, o: «Eddie empezará a ir detrás de las muchachas cualquier día de estos».

Ned llevaba años sin visitar Londres, y nunca volvería a hacerlo. Aunque fuese extraño, no echaba de menos la emoción de perseguir a espías y traidores, como tampoco los retos ni las intrigas de palacio. Lo que añoraba era el teatro. Las obras le habían encantado desde que vio la historia de María Magdalena representada en New Castle aquel día de Epifanía de hacía tantos años. Pero una obra teatral era un acontecimiento que rara vez se daba en Kingsbridge. Las compañías ambulantes solo pasaban por allí una o dos veces al año, y actuaban en el patio de la posada Bell. Ned tenía el consuelo de poseer algunas de sus obras preferidas en forma de libro, así que podía leerlas. Había un escritor que le gustaba en especial, aunque en ese momento no recordaba cómo se llamaba. Últimamente se le olvidaban muchas cosas.

Se había quedado dormido con un libro abierto en el regazo y, al abrir los ojos, se preguntó qué lo había despertado. Levantó la vista y se encontró con un joven que tenía el mismo pelo rizado y oscuro que Margery: su nieto Jack, el hijo de Roger. Sonrió. Jack era igual que Margery en más cosas: guapo, encantador y batallador... y demasiado serio en cuestiones de religión. Su extremismo había ido en un sentido contrario al de Margery y seguía una rama del puritanismo. Eso originaba enconadas peleas con el pragmático de su padre.

Jack tenía veintisiete años y estaba soltero. Para sorpresa de todos, había decidido hacerse maestro constructor y le había ido bien. El pasado de la familia contaba con famosos maestros constructores; quizá lo llevara en la sangre.

—Tengo noticias importantes, abuelo. Me marcho —dijo tras sentarse frente a Ned.

—¿Por qué? Tienes un negocio próspero aquí, en Kingsbridge.

—El rey nos pone las cosas difíciles a los que nos tomamos en serio las enseñanzas de la Biblia.

Se refería a que tanto él como sus amigos puritanos discrepaban una y otra vez con la Iglesia de Inglaterra en numerosos puntos doctrinales, y el rey Jacobo era tan intolerante con ellos como con los católicos.

—Lamentaré mucho que te vayas, Jack —dijo Ned—. Me recuerdas a tu abuela.

—Y yo lamentaré decirte adiós. Pero queremos vivir en un lugar donde podamos hacer la voluntad de Dios sin intromisiones.

—He pasado mi vida intentando convertir Inglaterra en un país así.

—Pero no lo es, ¿verdad?

—Es más tolerante que ningún otro lugar, que yo sepa. ¿Adónde irás en busca de una libertad mayor?

—Al Nuevo Mundo.

—¡Por los clavos de Cristo! —Ned se sobresaltó—. No pensaba que fueses tan lejos. Perdona mis palabras, es que me has dejado atónito.

Jack asintió y aceptó la disculpa. Detestaba casi tanto como los católicos las exclamaciones blasfemas que Ned había aprendido de la reina Isabel, pero no dijo más al respecto.

—Un grupo hemos decidido zarpar hacia el Nuevo Mundo y fundar allí una colonia.

—¡Menuda aventura! Es el tipo de empresa en la que le habría encantado participar a tu abuela Margery.

Ned envidiaba la juventud y la intrepidez de Jack. Él jamás volvería a viajar. Por suerte, guardaba vívidos recuerdos: de Calais, de París, de Amsterdam. Se acordaba de cada detalle de esos viajes, y en cambio no era capaz de recordar en qué día de la semana estaban.

—Aunque Jacobo en teoría seguirá siendo nuestro rey —siguió diciendo Jack—, esperamos que muestre menos interés por nosotros y por cómo decidimos rendir culto, ya que le será imposible imponernos sus reglas a tanta distancia.

—Yo diría que tienes razón. Te deseo lo mejor.

—Reza por nosotros, por favor.

—Lo haré. Dime el nombre de vuestro barco para que pueda pedirle a Dios que lo guarde.

—Se llama *Mayflower*.

—El *Mayflower*. Debo intentar recordarlo.

Jack se acercó al escritorio.

—Te lo dejaré por escrito. Quiero que nos tengas en tus oraciones.

—Gracias. —Resultaba extrañamente emotivo que a Jack le importasen tanto las oraciones de Ned.

Su nieto escribió el nombre en un trozo de papel y dejó la pluma.

—Debo irme ya… Tengo mucho que hacer.

—Claro. De todas formas estoy cansado. Puede que eche una cabezada.

—Que duermas bien, abuelo.

—El Señor sea contigo, mi querido muchacho.

Jack se marchó. Ned miró por la ventana y contempló la magnífica fachada oeste de la catedral. Desde allí solo podía ver la entrada al cementerio donde yacían tanto Sylvie como Margery. No bajó la mirada hacia su libro. Estaba feliz con sus pensamientos. A menudo le bastaba con eso, en los últimos tiempos.

Su mente era como una casa que había ido amueblando durante toda su vida. Las mesas y las camas eran las canciones que sabía cantar, las obras que había visto, las catedrales que había admirado y los libros que había leído en inglés, francés y latín. Y compartía esa casa imaginaria con su familia, con los vivos y con los difuntos: sus padres, su hermano, las mujeres a las que había amado, los niños. También había habitaciones de invitados para visitas importantes, como Francis Walsingham, William y Robert Cecil, Francis Drake y, por supuesto, la reina Isabel. Incluso sus enemigos estaban allí —Rollo Fitzgerald, Pierre Aumande de Guisa, Guy Fawkes—, aunque encerrados en el sótano, pues ya no podían hacerle ningún daño.

Los cuadros de las paredes retrataban las ocasiones en las que había sido valiente, o listo, o amable. Hacían de la casa un lugar feliz. Y las cosas malas que había hecho, las mentiras que había contado, las personas a las que había traicionado y las veces que había sido cobarde, estaban garabateadas en letras feas en las paredes del cobertizo.

La biblioteca de la casa estaba formada por su memoria. Podía sacar de allí cualquier volumen y al instante se veía transportado a otro lugar y otra época: la Escuela de Gramática de Kingsbridge en su inocente infancia, el palacio de Hatfield en el emocionante año de 1558, las orillas del río Sena en la sangrienta noche de San Bartolomé, el Canal durante la batalla contra la Armada. Por extraño que pareciera, el personaje de Ned que vivía esas historias no siempre era el mismo. A veces tenía la sensación de que se trataba de una persona completamente diferente la que había aprendido latín, otra la que había caído bajo el hechizo de la joven princesa Isabel, un personaje más el que había apuñalado a un hombre sin nariz en el cementerio de la iglesia de Saint-Julien-le-Pauvre, y aún otro distinto el que había visto cómo los brulotes dispersaban los galeones frente a las costas de Calais.

Pero, desde luego, solo habían sido versiones diferentes de él mismo, el propietario de la casa.

Y un día aquel lugar se desmoronaría como hacían las construcciones viejas, y entonces, muy deprisa, todo se convertiría en polvo.

Con esa idea en la cabeza, Ned se quedó dormido.

Agradecimientos

Mis asesores en cuestiones históricas para *Una columna de fuego* han sido: Mercedes García-Arenal sobre España, Roderick Graham sobre Escocia, Robert Hutchinson sobre Inglaterra, Guy Le Thiec sobre Francia y Geoffrey Parker sobre los Países Bajos.

También he recibido ayuda de: Anne-Laure Béatrix y Béatrice Vingtrinier del Louvre de París, Dermot Burke de Hatfield House, Richard Dabb y Timothy Long del Museum of London, Simon Lennox, Trisha Muir y Richard Waters del castillo de Loch Leven, Sarah Pattinson del castillo de Carlisle, Les Read sobre teatro inglés del siglo XVI y Elizabeth Taylor de la National Portrait Gallery de Londres.

Mis editores han sido: Cherise Fisher, Leslie Gelbman, Phyllis Grann, Neil Nyren, Brian Tart y Jeremy Trevathan.

Entre los amigos y familiares que me han asesorado se encuentran: John Clare, Barbara Follett, Emanuele Follett, Tony McWalter, Chris Manners, Charlotte Quelch, John Studzinski, Jann Turner y Kim Turner.

Todos habéis contribuido a que el libro que he escrito sea mejor, y os hago llegar mi más sincero agradecimiento.

¿Qué personajes son históricos?

A veces los lectores me preguntan qué personajes de los que aparecen en una novela son rigurosamente históricos y cuáles son inventados. Quienes sientan curiosidad a continuación encontrarán una lista de los personajes de *Una columna de fuego* que existieron en realidad.

INGLATERRA

María Tudor, reina de Inglaterra
Isabel Tudor, medio hermana de María
Tom Parry, tesorero de Isabel
Sir William Cecil, consejero de Isabel
Robert Cecil, hijo de William
Sir Francis Walsingham, jefe de espías
Robert Dudley, conde de Leicester
Sir Nicholas Throckmorton
Nicholas Heath, canciller de la reina María Tudor
Sir Francis Drake, vicealmirante
Sir John Hawkins, comandante naval de quien se decía que era también pirata
Sir Francis Throckmorton
George Talbot, conde de Shrewsbury
Bess de Hardwick
Sir Amias Paulet
Gilbert Gifford, espía
William Davison, segundo secretario de Estado de la reina Isabel
Anthony Babington, traidor
Margaret Clitherow, mártir católica

Charles Howard de Effingham, lord gran almirante
Philip Herbert, conde de Pembroke, conde de Montgomery
Edmund Doubleday
Guy Fawkes
Thomas Percy

FRANCIA

Francisco, duque de Guisa
Enrique, hijo de Francisco
Carlos, cardenal de Lorena, hermano de Francisco
María de Guisa, hermana de Francisco y madre de María, la reina de
    los escoceses
Luis, cardenal de Guisa, apodado «cardenal Botellas»
Anna d'Este, duquesa de Guisa
Enrique II, rey de Francia
Catalina de Médici, reina de Francia
Diana de Poitiers, amante del rey Enrique II
Hijos de Enrique y Catalina:
    Francisco II, rey de Francia
    Carlos IX, rey de Francia
    Enrique III, rey de Francia
    Margarita, reina de Navarra
María Estuardo, la reina de los escoceses
Antonio, rey de Navarra
Enrique, hijo de Antonio, posteriormente Enrique IV, rey de Francia
Luis, príncipe de Condé
Gaspard de Coligny, almirante de Francia
Charles de Louviers, asesino
William Allen, abanderado de los ingleses católicos exiliados
Ambroise Paré, cirujano real
Jean de Poltrot, asesino
Adrien de Hangest
Jean Le Charron, preboste de París

ESCOCIA

Jacobo Estuardo, medio hermano ilegítimo de María, la reina de los escoceses

Jacobo Estuardo, hijo de María, la reina de los escoceses, posteriormente Jacobo VI, rey de Escocia, y Jacobo I, rey de Inglaterra

Ana de Dinamarca, reina de Escocia

John Leslie, obispo de Ross

Sir William Douglas

Lady Agnes, su esposa

George, apodado «Geordie el Hermoso»

Willie Douglas, hijo ilegítimo de sir William

ESPAÑA

Felipe II, rey de España

Conde de Feria, diplomático

Obispo Álvaro de la Quadra

Bernardino de Mendoza, embajador en Londres

Alonso Pérez de Guzmán y Sotomayor, séptimo duque de Medina Sidonia, almirante de la armada española

PAÍSES BAJOS

Margarita de Parma, gobernadora, medio hermana ilegítima del rey Felipe II

Pieter Titelmans, inquisidor